D1726842

Патруль Времени

Легко ли быть царем

Гибралтарский водопад

Единственная игра в городе

Delenda est

*«...И слоновую кость, и обезьян,
и павлинов»*

Печаль Гота Одина

Звезда над морем

Год выкупа

Щит Времен

МОСКВА

ЭКСМО

2007

Пол
АНДЕРСОН

Пол
АНДЕРСОН

Патруль Времени

МОСКВА

2007

УДК 820(73)
ББК 84(7США)
А 65

Poul ANDERSON

TIME PATROL

TIME PATROL; BRAVE TO BE A KING; GIBRALTAR FALLS;
· THE ONLY GAME IN TOWN; DELENDA EST; IVORY, AND APES,
AND PEACOCKS; THE SORROW OF ODIN THE GOTH; STAR OF THE SEA;
THE YEAR OF THE RANSOM
Copyright © 1991 by Poul Anderson

THE SHIELD OF TIME
Copyright © 1990 by Poul Anderson

Оформление художника *А. Саукова*

Серия основана в 2001 году

Андерсон П.
А 65   Патруль Времени: Фантастические произведения /Пер.
с англ. — М.: Эксмо, 2007. — 960 с. (Шедевры фантастики).

ISBN 978-5-699-05192-2

Произведения из цикла «Патруль Времени» принесли своему автору,
знаменитому американскому фантасту Полу Андерсону, мировую известность и неувядающую славу. В этой книге все они собраны под одной об-
ложкой.

УДК 820(73)
ББК 84(7США)

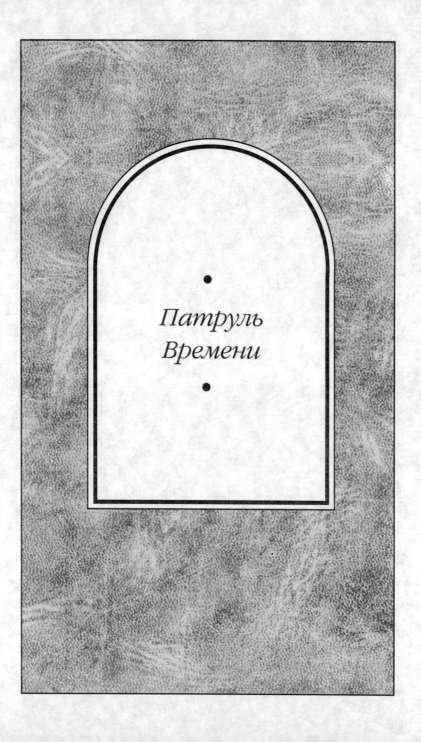

*Патруль
Времени*

ПАТРУЛЬ ВРЕМЕНИ

Глава 1

ТРЕБУЮТСЯ МУЖЧИНЫ: возраст 21—40, желат. холостые, воен. или тех. образов., хор. физ. данные — для высокооплач. работы, связ. с загран. поездками. Обращаться: «Компания прикладных исследований», 305, Вост., 45, с 9 до 12 и с 14 до 18.

— ...Работа, как вы понимаете, довольно необычная, — продолжал мистер Гордон, — к тому же носит весьма конфиденциальный характер. Надеюсь, вы умеете хранить секреты?

— Как правило, да, — ответил Мэнс Эверард. — Конечно, смотря что за секреты.

Гордон улыбнулся, не разжимая губ. Такую странную улыбку Эверард видел впервые. Гордон говорил на правильном английском, был одет в обычный костюм, но что-то выдавало в нем иностранца. И не просто странное сочетание смуглого безбородого лица, узких глаз азиата с тонким, правильной формы носом. Но что?..

— Не думайте, мы не шпионы, — сказал он.

Эверард смущенно улыбнулся.

— Извините. Только не считайте, пожалуйста, что я заразился той же истерией, что и большинство моих соотечественников. И вообще, у меня никогда не было допуска к секретной информации. Просто в вашем объявлении упомянуты заграничные поездки... Обстановка сейчас такова, что... Ну, вы же понимаете, я не хочу потерять свой заграничный паспорт.

Эверард был крупным широкоплечим мужчиной с загрубевшим и обветрившимся лицом и коротко стриженными каштановыми волосами. Его документы лежали на столе: свидетельство об увольнении из армии и справки о работе инженером-механиком в нескольких компаниях. На них Гордон взглянул мельком.

В кабинете не было ничего необычного: письменный стол, два кресла, шкаф с картотекой, дверь, ведущая в соседнюю комнату. Через открытое окно сюда, на шестой этаж, доносился грохот нью-йоркской улицы.

— У вас независимый характер, — сказал наконец Гордон, глядя на Эверарда через письменный стол. — Это хорошо. Многие, приходя сюда, так пресмыкаются, словно они будут рады и пинку под зад. Конечно, с вашими данными вы вряд ли станете хвататься за что попало, даже при нынешних обстоятельствах. Да и это... трудоустройство демобилизованных...

— Меня заинтересовало ваше предложение, — сказал Эверард. — Как вы видите, я работал за границей и хотел бы поездить еще. Но, честно говоря, я пока совсем не представляю, чем вы занимаетесь.

— О, очень многим, — туманно ответил Гордон. — Итак, вы воевали во Франции и в Германии...

От удивления Эверард моргнул: в армейском свидетельстве имелся список его наград, но он готов был поклясться, что Гордон не успел его прочесть.

— Гм... Не могли бы вы покрепче сжать руками выступы на подлокотниках вашего кресла? Благодарю вас. Как вы реагируете на опасность?

— Послушайте!.. — возмутился Эверард.

Гордон покосился на прибор, лежавший перед ним на столе, — небольшую коробочку с двумя шкалами и стрелкой.

— Неважно. Как вы относитесь к интернационализму?

— Слушайте, что...

— К коммунизму? Фашизму? К женщинам? Чем увлекаетесь? Благодарю вас, это все. Вы можете не отвечать.

— Черт побери, что все это значит? — резко спросил Эверард.

— Не беспокойтесь — просто небольшой психологический тест. Ваши взгляды меня интересовали не сами по себе, а как отражение основных ценностных ориентиров.

Гордон откинулся на спинку кресла и соединил кончики пальцев обеих рук.

— Пока все выглядит многообещающе. А теперь — о главном. Как я уже говорил, наша работа носит в высшей степени конфиденциальный характер. Мы... э-э... собираемся преподнести небольшой сюрприз нашим конкурентам, — он усмехнулся. — Если считаете нужным, можете донести о нашей беседе в ФБР. Нас уже проверяли и убедились в нашей полной благонадежности. Вы убедитесь, что мы действительно занимаемся финансовыми операциями и инженерными изысканиями по всему миру, но у нашей работы существует еще один аспект, для которого нам требуются люди вроде вас. Я заплачу вам сто долларов, если вы согласитесь пройти в другую комнату и подвергнуться тестированию. Вся процедура займет около трех часов. Если вы не выдержите испытания — на этом все закончится. Если выдержите, мы заключим с вами контракт, расскажем о предстоящей работе и начнем обучение. Вы согласны?

Эверард засомневался. Пожалуй, его слишком торопят. Что-то не так с этой фирмой. Пустой кабинет, любезный иностранец... Хотя ладно, решено.

— Я подпишу контракт, но лишь после того, как вы расскажете мне, чем занимаетесь.

— Как вам угодно, — Гордон пожал плечами. — Пусть будет так. Все равно о вашем согласии или несогласии имеет смысл говорить только после проведения тестов. Мы используем весьма современные методики.

Это, во всяком случае, оказалось чистой правдой. Эверард немного разбирался в методах и технике современной психологии — энцефалографах, ассоциативных тестах, многопрофильных опросниках, но среди множества гудевших и мигавших вокруг него приборов не было ни одного даже отдаленно знакомого. Вопросы, которые задавал ему ассистент — совершенно лысый человек неопределенного возраста с бледным, лишенным всякого выражения лицом, казались абсолютно бессмысленными. А металлический шлем, который Эверарду предложили надеть, — что он собой представляет? И куда тянутся от него многочисленные провода?

Эверард поглядывал на приборные панели, но буквы на них были совершенно незнакомыми: не английские, не французские, не русские, не греческие, не китайские... Ничего подобного в году 1954-м от Рождества Христова вроде бы не существовало. Возможно, уже тогда у него забрезжила догадка...

С каждым новым тестом в нем крепло ощущение, что только сейчас он узнает себя по-настоящему. Мэнсон Эммерт Эверард, тридцати лет, лейтенант инженерных войск армии США, демобилизован, работал конструктором и эксплуатационником в Америке, Швеции и на Аравийском полуострове; до сих пор холост, хотя все больше завидует своим женатым друзьям; постоянной подруги нет; любит книги; неплохой игрок в покер; интересуется яхтами, лошадьми и ружьями; отпуска посвящает пешим походам и рыбалке. Все это Эверард знал и раньше, но лишь по отдельности, как кусочки мозаики. А сейчас внезапно все слилось воедино, и он ощутил каждую свою черточку как неотъемлемую часть единого целого.

Он вышел из комнаты изможденный, потный. Гордон протянул ему сигарету, а сам стал быстро просматривать кодированные записи с результатами тестов, которые принес ему ассистент. Время от времени он бормотал себе под нос: «Так... кортикальная функция зет-20... здесь недифференцированная оценка... психическая реакция на антитоксин... дефект центральной координации...»

В его голосе слышался странный акцент — такого произношения гласных Эверарду не доводилось слышать ни в одном из диалектов английского языка.

Гордон оторвался от записей лишь через полчаса. Эверард порядком разозлился: это бесцеремонное исследование раздражало его все больше и больше. Но любопытство все же пересилило.

— Ну, наконец-то! — Гордон широко улыбнулся, сверкнув неправдоподобно белыми зубами. — Да будет вам известно, мне пришлось отвергнуть уже двадцать четыре кандидатуры. Но вы нам подходите. Вы определенно подходите...

— Для чего? — Эверард наклонился вперед, его сердце учащенно забилось.

— Для Патруля. Вас ждет работа, похожая на работу полицейского.

— Вот как? Где же?

— Везде. И всегда. Приготовьтесь: сейчас вам придется испытать небольшое потрясение. Видите ли, наша компания, занимаясь вполне законной деятельностью, является лишь прикрытием и источником доходов. Основная же работа заключается в том, что мы патрулируем время.

Глава 2

Академия находилась на американском Западе олигоценового периода — теплой эпохи лесов и зеленых равнин, когда крысоподобные прародители человека пугливо прятались, почуяв приближение гигантских млекопитающих. Академия была основана тысячу лет назад с расчетом на полмиллиона лет активной деятельности — достаточный срок, чтобы обучить столько сотрудников Патруля Времени, сколько будет необходимо. Затем Академию старательно уничтожат, чтобы от нее не осталось ни малейших следов. На место, где она стояла, придут ледники, а потом появятся люди, которые в 19352 году (7841 год Мореннианской Победы) раскроют секрет темпоральных путешествий, вернутся в олигоценовый период и построят Академию.

Комплекс длинных низких зданий с обтекаемыми контурами и переливчатой окраской расположился на зеленых лужайках среди исполинских древних деревьев. За Академией лесистый склон плавно спускался к большой коричневой реке. Ночью с другого берега иногда раздавался трубный зов титанотерия или отдаленный визг саблезубого тигра.

С пересохшим горлом Эверард вышел из темпомобиля (фактически машины времени) — большой металлической коробки без каких-либо внешних деталей. Он испытывал те же чувства, что и в первый день службы в армии, двенадцать лет назад (или через пятнадцать-двадцать миллионов лет, смотря что брать за точку отсчета): одиночество, беспомощность и отчаянное желание вернуться домой, не уронив при этом своего достоинства. Из других темпомобилей тоже выходили люди — всего около пятидесяти молодых мужчин и женщин, — и он немного успокоился. Вместе новички собрались не сразу — все, похоже, чувствовали себя не в своей тарелке. Не решаясь заговорить, они поначалу только разглядывали друг друга. На одном из мужчин Эверард увидел воротничок и котелок времен президента Гувера, но тут были представлены не только стили одежды и причесок, известные Эверарду до 1954 года. Откуда, например, явилась вон та девушка в переливчатых брюках в обтяжку, с зеленой помадой и причудливо уложенными желтыми волосами? Откуда... вернее, из какого времени?

Возле Эверарда остановился молодой человек лет двадцати пяти с худым, продолговатым лицом, одетый в потертый твидовый костюм, — словом, англичанин. Его подчеркнуто невозмутимый вид наводил на мысль о тщательно скрываемом большом горе.

— Привет, — сказал Эверард. — Может, пока познакомимся?

Он назвал свое имя и год, из которого прибыл.

— Чарльз Уиткомб, Лондон, 1947 год, — нерешительно отозвался мужчина. — Служил в Королевских ВВС, демобилизовался... Это предложение показалось мне большой удачей, но сейчас... Не знаю.

— Все может быть, — сказал Эверард, думая о зарплате. Пятнадцать тысяч в год, и это лишь для начала! Правда, еще предстоит разобраться, что здесь называют «годом». Скорее всего, имеется в виду личное биологическое время.

К ним подошел стройный молодой человек в плотно облегающей серой форме; наброшенный поверх нее темно-синий плащ мерцал, словно расшитый звездами. Приветливо улыбаясь, он заговорил без всякого акцента:

— Общий привет! Добро пожаловать в Академию! Надеюсь, все говорят по-английски?

Эверард заметил среди своих спутников мужчину в потрепанном мундире вермахта, индуса и еще несколько человек явно неевропейского вида.

— Пока вы не выучите темпоральный, будем пользоваться английским. — Он подбоченился. — Меня зовут Дард Келм. Я родился... минутку... в 9573 году по христианскому летосчислению, но специализируюсь по вашему периоду. Период, к слову сказать, охватывает годы с 1850 по 1975-й — все присутствующие родились в этом временном интервале. Если у вас что-то стрясется, я — ваша официальная Стена Плача. Вы, вероятно, ожидали увидеть что-то совершенно иное, но наша Академия — не конвейер, поэтому от вас здесь не потребуют школьной или армейской дисциплины. Каждый, наряду с общим курсом, пройдет индивидуальное обучение. Здесь никого не наказывают за неуспеваемость, потому что ее быть не может: предварительное тестирование не только практически исключает ее, но и сводит к минимуму возможность неудачи в вашей работе. По меркам ваших культур каждый из вас — вполне сложившаяся, зрелая личность, однако ваши способности неодинаковы, и поэтому для достижения наилучших результатов с каждым будут заниматься персонально. Порядки у нас очень простые, единственное правило — обычная вежливость. Вам будут созданы все условия и для учебы, и для отдыха. Невозможного никто требовать не станет. Добавлю, что охота и рыбалка здесь отличные, а если отлететь на пару-другую сотен миль — то просто фантастические. Теперь, если нет вопросов, прошу следовать за мной. Я покажу вам, где вы будете жить.

Дард Келм познакомил их с техническим оснащением жилых комнат. Оно соответствовало, наверное, нормам 2000-го года: функциональная мебель, меняющая форму по желанию владельца, бар-автомат, телеприемник, подключенный к гигантской видеотеке... Ничего сверхъестественного. Каждый новобранец получил в этом общежитии комнату. Питались все в центральной столовой, но если кто-то устраивал у себя вечеринку, то закуски доставлялись и в комнаты. Эверард почувствовал, что внутреннее напряжение постепенно уходит.

По случаю знакомства устроили банкет. Блюда оказались привычными — в отличие от безмолвных роботов, сервировавших стол. Хватало и вина, и пива, и сигарет. В пищу, видимо, что-то было добавлено, потому что Эверард, как, впрочем, и остальные, ощутил легкую эйфорию. Он уселся за пианино и стал наигрывать буги-вуги; человек пять-шесть принялись подпевать нестройными голосами.

Только Чарльз Уиткомб держался в стороне. Сидя в углу, он угрюмо потягивал вино, и тактичный Дард Келм не пытался вовлечь его в общее веселье.

Эверард решил, что здесь ему понравится, хотя все еще толком не представлял, что ему придется делать, зачем и как.

— Темпоральные путешествия открыли в период распада Хоританской Ересиархии, — сказал Келм, обращаясь к аудитории. — С деталями вы ознакомитесь позже, а сейчас прошу поверить на слово: это было беспокойное время, когда коммерческая и генетическая конкуренция между гигантскими синдикатами обернулась схваткой не на жизнь, а на смерть, все рушилось, а различные правительства стали пешками в большой галактической игре. Темпоральный эффект оказался побочным продуктом исследований проблемы мгновенной пространственной транспортировки. Некоторым из вас понятно, что для ее математического описания требуется привлечение аппарата бесконечно-разрывных функций... впрочем, это относится и к путешествиям в прошлое. Основы теории вам изложат на занятиях по физике, а пока я просто скажу, что этот процесс выражается через сингулярные отображения в континууме с размерностью $4N$, где N — полное число элементарных частиц во Вселенной. Разумеется, Группа Девяти, совершившая это открытие, отдавала себе отчет в возможностях его применения. Не только коммерческих — таких, как торговля, добыча сырья и прочие, которые вы легко можете додумать, но и в возможности нанести противнику внезапный смертельный удар. Теперь вы видите, что время — это не просто независимая переменная: прошлое можно изменить и...

— Вопрос!

Элизабет Грей, девушка из 1972 года, которая в своем времени была подающим надежды молодым физиком, подняла руку.

— Слушаю вас, — вежливо сказал Келм.

— Мне кажется, что вы описываете логически невозможную ситуацию. Исходя из того, что мы находимся в этом зале, я допускаю возможность путешествий во времени, но событие не может одновременно произойти и не произойти. Здесь есть внутреннее противоречие.

— Противоречие возникает лишь в том случае, если вы пользуетесь обычной двузначной логикой с законом исключенного третьего, — возразил Келм. — Рассмотрим такой пример: допустим, я отправился в прошлое и помешал вашему отцу встретиться с вашей матерью. В этом случае вы бы никогда не родились. Этот фрагмент истории Вселенной выглядел бы по-другому, причем другим он был бы всегда, хотя я и продолжал бы помнить о «первичном» состоянии мира.

— Ну а если вы проделаете то же самое с собственными родителями? — спросила Элизабет. — Вы перестанете существовать?

— Нет, поскольку я бы принадлежал отрезку истории, предшествовавшему моему вмешательству. Давайте применим это к вам. Если вы вернетесь, положим, в 1946 год и сумеете предотвратить брак ваших родителей в 1947 году, то вы все же останетесь существовать в этом году; вы не исчезнете лишь потому, что именно вы явились причиной произошедших событий. Даже если вы окажетесь в 1946 году всего за одну микросекунду до того, как выстрелите в человека, который, пойди все по-другому, стал бы вашим отцом, то и тогда вы не перестанете существовать.

— Но как я могу существовать, не... не родившись? — запротестовала она. — Как я могу жить, иметь воспоминания и... и все остальное — даже не появившись на свет?

Келм пожал плечами.

— Что с того? Фактически, вы говорите о том, что закон причинности или, строго говоря, закон сохранения энергии применим только к непрерывным функциям. На самом деле эти функции могут быть и разрывными.

Он усмехнулся и наклонился над кафедрой.

— Разумеется, кое-что и в самом деле невозможно. К примеру, по чисто генетическим причинам вы не можете стать собственной матерью. Если вы вернетесь в прошлое и выйдете замуж за вашего отца, то ни одна из родившихся у вас девочек не будет вами, поскольку они будут иметь лишь половину вашего набора хромосом.

Он откашлялся.

— Давайте больше не отвлекаться. Я излагаю только основы — подробности вы узнаете из других курсов. Итак, продолжим. Группа Девяти обнаружила, что можно вернуться в прошлое и упредить замыслы своих врагов или вообще не дать им родиться. Но тут появились данеллиане.

Келм впервые оставил свой небрежный, полушутливый тон. Он выглядел как человек, оказавшийся перед лицом непознаваемого.

— Данеллиане — это часть будущего, — тихо сказал он. — Я имею в виду наше общее будущее — более чем через миллион лет после моего времени. Человек превратился во что-то... это невозможно описать. Вероятно, вы никогда не встретитесь с ними, но если все-таки встретитесь, то будете... потрясены. Они не злы и не добры — просто они за пределами нашего восприятия. Они настолько же отстоят от нас, насколько мы — от тех насекомоядных, которые станут нашими предками. Встреча со всем этим лицом к лицу не сулит ничего хорошего.

Данеллиане вмешались, потому что под угрозой оказалось само их существование. Для них темпоральные путешествия стары как мир, причем глупости, алчности и безумию не раз представлялась возможность проникнуть в прошлое и вывернуть историю наизнанку. Данеллиане не хотели запрещать эти путешествия (ибо это одна из составных частей того комплекса явлений, который привел к появлению их самих), но были вынуждены регулировать их. Группе Девяти не удалось осуществить свои планы. Тогда же, для поддержания порядка в этой сфере, был создан Патруль Времени.

Ваша работа будет протекать в основном в ваших собственных эпохах — если вы не получите статуса агента-оперативника. Вы будете жить, как и все, иметь семью и друзей. Скрытая от других сторона вашей жизни принесет вам удовлетворение: она даст деньги, защиту, возможность проводить отпуск в очень интересных местах. Но, главное, вы будете ощущать чрезвычайную важность вашей работы. Вы всегда должны быть готовы к вызову. Иногда вам придется помогать темпоральным путешественникам, столкнувшимся с теми или иными трудностями, иногда — выполнять особые задания, становясь на пути новоявленных конкистадоров — политических, военных или экономических. Бывает и так, что зло уже свершилось; тогда, по горячим следам, Патруль предпринимает контрмеры, которые должны вернуть ход истории в нужное русло.

Желаю всем вам удачи!

Обучение началось с физической и психологической подготовки. Эверард впервые осознал, сколь неполноценно жил раньше — и физически, и духовно: в сущности, он был лишь наполовину тем, кем мог бы стать. Эти тренировки давались ему нелегко, но тем радостнее было впоследствии ощущать полный контроль над своим телом, над эмоциями, которые, благодаря дисциплине чувств, стали глубже, осознавать, насколько быстрее и точнее стал он мыслить.

В процессе обучения у него был выработан рефлекс против

разглашения сведений о Патруле: в беседе с непосвященными он теперь не смог бы даже намекнуть на существование такого института. Это стало для него совершенно невозможным — как прыжок на Луну. Кроме того, он изучил все уголки и закоулки психики человека двадцатого века.

Темпоральный — искусственный язык, на котором патрульные всех времен и народов разговаривали друг с другом, не опасаясь посторонних, был чудом простоты и выразительности.

Эверард полагал, что хорошо разбирается в военном деле, но здесь ему пришлось освоить боевые приемы и оружие многочисленных поколений, живших на протяжении пятидесяти тысяч лет: и приемы фехтования бронзового века, и циклический бластер, способный аннигилировать целый континент. При возвращении в свое время его снабдят небольшим арсеналом, но в случае командировок в другие эпохи явные анахронизмы разрешались только в крайних случаях.

Затем началось изучение истории, естественных наук, искусств и философии, а также особенностей произношения и поведения. Последнее относилось только к периоду между 1850 и 1975-м годами; перед выполнением заданий в других временных отрезках патрульный должен был получить сеанс гипнопедического инструктажа. Именно гипнопедия позволила пройти весь курс обучения за три месяца.

Эверард ознакомился с организацией Патруля Времени. Где-то «впереди», в таинственном будущем лежала цивилизация данеллиан, но прямая связь с ней почти отсутствовала. Патруль был сформирован на полувоенный манер — со званиями, но без уставных формальностей. История делилась на регионально-временные интервалы; в каждом из них действовала сеть резидентур, подчинявшихся региональному штабу, который размещался под вывеской какой-нибудь фирмы в крупном городе одного из двадцатилетий данного периода. В его времени таких отделений было три: Запад, Россия и Азия. Их штаб-квартиры находились в Лондоне, Москве и Бэйпине (так тогда назывался Пекин) беззаботного двадцатилетия 1890—1910-х, когда маскировка не требовала таких усилий, как в последующие годы, которые контролировались только небольшими филиалами, такими, как «Компания прикладных исследований». Рядовой работник резидентуры жил обычной жизнью обычного гражданина своего времени. Темпоральная связь осуществлялась курьерами или крохотными автоматическими капсулами, снабженными устройством, исключающим появление двух разных посланий одновременно.

Организация была настолько огромна, что Эверард иногда сомневался в ее реальности. И он все еще не мог оправиться от потрясения, вызванного новизной и необычностью происходящего...

Наставники относились к своим подопечным по-дружески и при случае были не прочь с ними поболтать. Как-то раз с Эверардом разговорился седой ветеран, сражавшийся в Марсианской войне 3890 года, а теперь обучавший их управлению космическими кораблями.

— Вы, ребята, схватываете все буквально на лету. С кем приходится адски трудно, так это с парнями из доиндустриальных эпох. Мы теперь даем им только азы и даже не пытаемся двинуться дальше. Был тут у нас один римлянин времен Цезаря — толковый малый, но у него никак не укладывалось в голове, что машину нельзя понукать, как лошадь. А вавилоняне вообще не представляют, что во времени можно путешествовать. Приходится кормить их россказнями о битвах богов.

— А чем вы кормите нас? — спросил молчавший до этого Уиткомб.

Космический волк, сощурившись, взглянул на англичанина.

— Правдой, — ответил он. — Той, которую вы в состоянии принять.

— А как здесь оказались вы?

— Нас накрыли неподалеку от Юпитера. По правде говоря, от меня осталось совсем немного. Это немногое забрали сюда и вырастили для меня новое тело. Из моих людей не уцелел никто, меня самого считали погибшим, поэтому возвращаться домой не имело смысла. Жить по указке Корпуса Управления — радости мало. Вот я и обосновался здесь. Отличная компания, работа непыльная, отпуск в любую эпоху. — Он усмехнулся. — Погодите, вот попадете еще в период упадка Третьего Матриархата! Веселая там жизнь, скажу я вам.

Эверард молчал. Он был просто зачарован зрелищем огромной Земли, поворачивающейся на фоне звезд.

С однокурсниками Эверард подружился. Их объединяло очень многое — да и как могло быть иначе? Ведь в Патруль отбирали людей сходного типа, со смелым и независимым складом ума. Завязалось несколько романов. Разлучать возлюбленных никто не собирался, и они сами выбирали, в какой год — его или ее — им отправиться после учебы. Девушки Эверарду нравились, но головы он старался не терять.

Как ни странно, но самая прочная дружба возникла у него с молчаливым и угрюмым Уиткомбом. Что-то привлекало его в англичанине: славный малый и вдобавок хорошо образованный. Славный, но какой-то потерянный...

Однажды они отправились прогуляться верхом — на лошадях, отдаленные предки которых спасались сейчас бегством из-под копыт своих гигантских потомков. В надежде подстрелить кабана-секача, которого он недавно видел поблизости, Эверард взял с собой ружье. Оба были одеты в форму Академии: легкие шелковистые серые костюмы, дававшие ощущение прохлады даже под палящими лучами желтого солнца.

— Не пойму, почему нам разрешают охотиться, — заметил Эверард. — Допустим, я убью саблезубого тигра — скажем, в Азии, — который при других обстоятельствах съел бы одного из насекомоядных предков человека. Разве будущее от этого не изменится?

— Нет, — ответил Уиткомб, успевший продвинуться в изучении теории темпоральных перемещений гораздо дальше своего товарища. — Понимаешь, пространственно-временной континуум ведет себя как сеть из тугих резиновых лент. Его нелегко деформировать — он всегда стремится возвратиться к своему «исходному» состоянию. Судьба одного насекомоядного не играет никакой роли, все определяется суммарным генофондом популяции, который достанется затем человеку.

Точно так же, убив в эпоху средневековья одну овцу, я вовсе не уничтожаю тем самым все ее потомство, которым, году к 1940-му, могут стать все овцы в мире. Несмотря на гибель своего далекого предка, овцы останутся там же, где и были, причем с теми же самыми генами: дело в том, что за такой длительный период все овцы (и люди тоже) становятся потомками всех ранее существовавших особей. Компенсация, понимаешь? Какой-нибудь другой предок рано или поздно передает потомкам те гены, которые ты считал уничтоженными.

Или вот, допустим, я помешал Буту убить Линкольна. Даже если я сделал это со всеми возможными и невозможными предосторожностями, то, скорее всего, Линкольна застрелит кто-нибудь другой, а обвинят все равно Бута.

Только из-за этой эластичности времени нам и разрешают путешествовать в прошлое. Если ты захочешь что-нибудь изменить, то тебе придется как следует все изучить, а потом еще и изрядно попотеть...

Он презрительно скривил губы.

— Внушение! Нам все твердят и твердят, что если мы вмешаемся в ход истории, то нас накажут. Мне нельзя вернуться в прошлое и застрелить этого проклятого ублюдка Гитлера в колыбели! Нет, я должен позволить ему вырасти, развязать войну и убить мою девушку...

Какое-то время Эверард ехал молча. Тишину нарушали только скрип кожаных седел да шелест высокой травы.

— Прости, — наконец сказал он. — Ты... ты хочешь рассказать об этом?

— Да. Правда, рассказ будет коротким. Ее звали Мэри Нельсон, она служила в женских вспомогательных частях ВВС. После войны мы собирались пожениться. В 1944 году она была в Лондоне. Все случилось семнадцатого ноября — я никогда не забуду эту дату. Она пошла к соседям — понимаешь, у нее был отпуск и она жила у матери в Стритеме. Тот дом, куда она пришла, был разрушен прямым попаданием снаряда «фау», а ее собственный дом совершенно не пострадал.

Кровь отхлынула от щек Уиткомба. Он уставился невидящим взглядом в пространство перед собой.

— Будет чертовски трудно не... не вернуться назад, хотя бы за несколько лет до этого. Только увидеть ее, больше ничего... Нет, я не осмелюсь.

Не зная, что сказать, Эверард положил руку на плечо товарища, и они молча поехали дальше.

Несмотря на то что каждый занимался по индивидуальной программе, к финишу все пришли одновременно. После краткой официальной церемонии выпуска началась шумная вечеринка. Все клялись помнить друг друга и договаривались о будущих встречах. Затем каждый отправился в то время, откуда прибыл, с точностью до часа.

Выслушав поздравления, Эверард получил от Гордона список агентов-современников (некоторые из них работали в секретных службах вроде военной разведки) и вернулся в свою квартиру. Не исключено, что позднее ему подыщут работу на какой-нибудь станции слежения, а пока все его обязанности (для налоговой инспекции он числился специальным консультантом «Компании прикладных исследований») сводились к ежедневному просмотру десятка документов — он должен был искать в них все относящееся к темпоральным путешествиям. И быть наготове.

Случилось так, что первое задание он нашел для себя сам.

Было непривычно читать газетные заголовки, зная заранее, что за ними последует. Пропадал эффект неожиданности, но печаль не проходила, потому что трагичной была сама эпоха.

Ему стало понятнее желание Уиткомба вернуться в прошлое и изменить историю.

Но, конечно, возможности одного человека слишком ограниченны. Вряд ли он изменит что-то к лучшему, разве что чисто случайно; скорее испортит все окончательно. Вернуться в прошлое и убить Гитлера и Сталина или японских генералов?.. Но их место могут занять другие, еще похлеще. Атомная энергия может остаться неоткрытой, а великолепный расцвет Венерианского Ренессанса так никогда и не наступит. Ни черта мы не знаем...

Он выглянул в окно. В чахоточном небе мерцали отблески городских огней, улицу заполняли автомобили и спешащая куда-то безликая толпа. Небоскребы Манхэттена отсюда не были видны, но Эверард и так мог представить, как они надменно вздымаются к облакам. И все это — только один водоворот на Реке Времени, протянувшейся от мирного доисторического пейзажа Академии до невообразимого будущего данеллиан. Сколько триллионов человеческих существ жило, смеялось, плакало, работало, надеялось и умирало в ее струях!

Ну что ж... Эверард вздохнул, раскурил трубку и отвернулся от окна. Долгая прогулка не уменьшила его беспокойства: несмотря на поздний час, тело и мозг настоятельно требовали действия... Он подошел к книжной полке, выбрал наугад книгу и раскрыл ее. Это был сборник рассказов об Англии времен королевы Виктории и Эдуарда VII.

Внезапно одна из сносок в тексте привлекла его внимание — всего несколько фраз о трагедии в Эддлтоне и о необычной находке в древнем бриттском кургане. Темпоральное путешествие? Он улыбнулся своим мыслям.

И все же...

«Нет, — подумал он. — Ерунда».

Все же проверить стоит, хуже от этого не будет. Судя по сноске, произошло это в Англии в 1894 году. Можно пролистать старые подшивки лондонской «Таймс». Хоть какое-то занятие...

Похоже, что другой цели у этой глупой затеи с просмотром газет и не было: просто изнывавший от скуки мозг ухватился за первую попавшуюся идею.

До открытия публичной библиотеки еще оставалось время, а он уже стоял на ступенях перед входом.

Первая статья была датирована 25 июня 1894 года, за ней последовали еще несколько. Эдалтон, небольшой поселок в графстве Кент, был известен, главным образом, поместьем времен короля Якова, принадлежавшим лорду Уиндему, и древним могильным курганом. Владелец поместья, страстный археолог-любитель, занялся раскопками, воспользовавшись помощью эксперта Британского музея Джеймса Роттерита, приходившегося ему родственником. Лорд Уиндем обнаружил захоронение, но довольно бедное: несколько полусгнивших и проржавевших предметов, а также человеческие и лошадиные кости. Там же находился ящичек, выглядевший, в отличие от всего остального, как новенький и наполненный слитками неизвестного металла, предположительно какого-то сплава свинца или серебра. Лорд Уиндем вскоре слег от неизвестной болезни с признаками отравления сильнодействующим ядом. Косвенные улики указывали на то, что Роттерит подсыпал своему родственнику какого-то восточного снадобья. 25 июня лорд Уиндем скончался, и в этот же день Скотланд-Ярд арестовал ученого. Семья Роттерита наняла известного частного детектива, который путем остроумных рассуждений, подтвержденных опытами на животных, сумел доказать, что обвиняемый невиновен и что причиной смерти лорда Уиндема явилась «смертоносная эманация», исходящая от слитков. Роттерит, который только заглядывал в ящик, не пострадал. Ящик вместе с его содержимым выбросили в Ла-Манш. Все поздравляют детектива. Конец фильма.

Эверард еще некоторое время сидел в длинном тихом зале. Да, негусто. Хотя, конечно, это происшествие наводит на вполне определенные мысли.

Но почему в таком случае викторианское отделение Патруля не провело расследования? Или провело? Вероятно. Вряд ли они станут оповещать всех о его результатах.

И все-таки докладную записку послать стоит.

Вернувшись в квартиру, Эверард взял одну из выданных ему маленьких почтовых капсул, вложил в нее рапорт, набрал координаты лондонского отделения и дату: 25 июня 1894 года. Когда он нажал на последнюю кнопку, капсула исчезла. С приглушенным хлопком воздух заполнил пространство, где она только что находилась.

Через несколько минут капсула возникла на прежнем месте. Эверард открыл ее и вынул большой лист бумаги с аккуратно напечатанным текстом. Ну да, конечно: пишущие машинки к 1894 году уже были изобретены. Он теперь владел скорочтением и прочел ответ за несколько секунд.

Милостивый государь!

В ответ на Ваше послание от 6 сентября 1954 г. подтверждаю сим его получение и выражаю искреннюю признательность за Ваше внимание. Расследование здесь только что началось, но в настоящий момент мы заняты предотвращением убийства Ее Величества, а также балканским вопросом, проблемой опиумной торговли с Китаем в 1890 г. (22370) и пр. Несмотря на то что мы можем, конечно, уладить текущие дела и вернуться затем назад, чтобы заняться Вашим вопросом, желательно не делать этого, поскольку одновременное нахождение в двух разных местах может оказаться замеченным. Поэтому будем весьма признательны, если Вы, а также квалифицированный британский агент сможете прибыть сюда для участия в расследовании. Если Вы не уведомите нас об отказе, будем ожидать Вас по адресу: Олд-Осборн-роуд, 14-Б, 26 июня 1894 г. в полночь.

С глубочайшей признательностью,

Ваш покорный слуга
Дж. Мэйнуэзеринг

Дальше следовала колонка пространственно-временных координат, плохо сочетавшаяся со всей этой цветистостью стиля.

Эверард позвонил Гордону и, получив его одобрение, договорился о подготовке темпороллера на «складе» компании. Затем он послал записку Чарльзу Уиткомбу в 1947 год, получил в ответ короткое «согласен» и отправился за машиной.

Темпороллер был оснащен антигравитационным генератором и напоминал мотоцикл с двумя сиденьями, но без руля и колес. Эверард ввел в машину координаты места, где должен был встретиться с Уиткомбом, нажал стартер и оказался на другом складе.

Лондон, 1947 год. Он на мгновение задумался, вспоминая, чем сейчас занимается тот Эверард, который на семь лет моложе... Он сейчас в Штатах, учится в колледже.

Протиснувшись мимо охранника, вошел Уиткомб.

— Рад увидеть тебя снова, старина, — сказал он, обменявшись с другом рукопожатием. Осунувшееся лицо осветилось хорошо знакомой Эверарду обаятельной улыбкой. — Значит, викторианская эпоха?

— Она самая. Забирайся.

Эверард вводил новые координаты. Теперь их целью было учреждение, точнее, личный кабинет его главы.

Один миг, и все вокруг них преобразилось. Дубовая мебель, толстый ковер, горящие газовые светильники — перемена была разительной. Электрическое освещение в это время уже существовало, но солидная торговая фирма «Дэлхаус энд Робертс» за модой не гналась. Из кресла навстречу им поднялся крупный мужчина с густыми бакенбардами и моноклем. Несмотря на напыщенный вид, в Мэйнуэзеринге чувствовалась сила. Его безукоризненный оксфордский выговор Эверард понимал с большим трудом.

— Добрый вечер, джентльмены! Надеюсь, путешествие было приятным? Ах да, виноват... Ведь вы, кажется, еще новички в нашем деле? Поначалу это всегда приводит в замешательство. Помню, как был шокирован, попав в двадцать первый век. Все такое неанглийское... Но что поделаешь, так устроен мир! Только другая грань все той же вечно новой Вселенной... Вы должны меня извинить за недостаток гостеприимства: мы сейчас страшно заняты. Немец-фанатик, узнавший в 1917 году секрет темпоральных путешествий от какого-то беспечного антрополога, украл его аппарат и явился сюда, в Лондон, чтобы убить Ее Величество. На его поиски уходит чертовски много времени.

— Вы его найдете? — спросил Уиткомб.

— А как же. Но работа дьявольски сложная, джентльмены, особенно когда приходится действовать тайно. Мне хотелось бы нанять частного детектива, но единственный подходящий чересчур умен. Он действует по принципу, согласно которому, устранив заведомо невозможное, вы всегда приходите к истине, какой бы неправдоподобной она ни казалась. Однако боюсь, что идея темпоральных путешествий может показаться ему не столь уж неправдоподобной.

— Готов поспорить, это тот самый человек, который расследует Эддлтонское дело, — сказал Эверард. — Или он возьмется за него завтра? Впрочем, это неважно: мы уже знаем, невиновность Роттерита он сумеет доказать. Важно другое: есть все основания предполагать, что кто-то пробрался в прошлое к древним бриттам и затеял какую-то авантюру.

— Ты хочешь сказать, к саксам, — поправил друга Уиткомб, который успел навести справки. — Очень часто путают бриттов и саксов.

— Столь же часто путают саксов с ютами, — мягко заметил Мэйнуэзеринг. — Кент, насколько я помню, захватили юты. М-да... Одежда вот здесь, джентльмены. И деньги. И документы.

Для вас подготовлено все. Мне иногда кажется, что вы, полевые агенты, не вполне осознаете, скольких трудов стоит управлениям проведение одной, даже самой незначительной операции. Ха! Пардон. У вас есть план действий?

— Думаю, да. — Эверард начал снимать одежду двадцатого века. — О викторианской Англии мы оба знаем вполне достаточно, чтобы не привлекать к себе внимания. Я, пожалуй, так и останусь американцем... Ах да, вы уже указали это в моих документах.

Мэйнуэзеринг помрачнел.

— Если, как вы говорите, инцидент с курганом попал даже в художественную литературу, то нас просто завалят докладными. Ваша пришла первой, за ней последовали две другие — из 1923 года и из 1960-го. Боже милосердный, ну почему мне не разрешают завести робота-секретаря?

Эверард сражался с непокорным костюмом. Размеры одежды для каждого патрульного хранились в архиве управления, и костюм пришелся ему впору, но только сейчас он смог оценить удобство одежды своего времени. Чертов жилет!

— Послушайте, — начал он. — Дело вряд ли окажется опасным. Поскольку сейчас мы находимся здесь, то оно должно было оказаться неопасным, а?

— Так-то оно так, — сказал Мэйнуэзеринг. — Но допустим, что вы, джентльмены, отправляетесь во времена ютов и обнаруживаете там этого нарушителя. Но вам не везет. Прежде чем вы успеваете выстрелить в него, он стреляет в вас сам. Возможно, он сумеет подкараулить и тех, кого мы пошлем после вас. Тогда ему удастся устроить промышленную революцию или что-нибудь в том же духе. История изменится. Поскольку вы попадете в прошлое до поворотного пункта, вы будете существовать и дальше... пусть в виде трупов. А мы... Нас здесь никогда не будет. И не было. Этого разговора никогда не было. Как сказано у Горация...

— Не беспокойтесь! — рассмеялся Уиткомб. — Сначала мы исследуем курган в этом времени, а потом вернемся к вам и решим, что делать дальше.

Он наклонился и начал перекладывать содержимое своего чемоданчика в чудовищное изделие из цветастого материала, называвшееся в конце девятнадцатого века саквояжем: два пистолета, изобретенные в далеком будущем физические и химические детекторы, а также крохотную рацию для экстренной связи с управлением.

Мэйнуэзеринг тем временем листал справочник Брадшо.

— Завтра утром вы можете уехать кентским поездом 8.23, — сказал он. — Отсюда до вокзала Чаринг-Кросс добираться не более получаса.

— Хорошо.

Эверард и Уиткомб снова уселись на темпороллер и исчезли. Мэйнуэзеринг зевнул, оставил записку секретарю и отправился домой. В 7.45 утра, когда роллер материализовался на том же самом месте, клерк уже сидел за своим столом.

Глава 4

Именно тогда Эверард впервые по-настоящему ощутил реальность темпоральных путешествий. Умом он их, конечно, воспринимал и раньше, в меру восторгался, но и только: чувствам они ничего не говорили. А теперь, проезжая по незнакомому Лондону в двухколесном кебе (самом настоящем кебе, запыленном и помятом, а вовсе не в имитирующем старину экипаже для катания зевак-туристов), вдыхая воздух, в котором, по сравнению с городом двадцатого века, было куда больше дыма и совсем не было выхлопных газов, наблюдая за уличной толчеей — за джентльменами в цилиндрах и котелках, за чумазыми чернорабочими, за женщинами в длинных платьях (не за актерами, а за живыми людьми, разговаривающими и потеющими, веселыми и печальными — за людьми, занятыми своими делами), он с неожиданной остротой ощутил, что и сам находится здесь. Его мать еще не родилась, его дедушки и бабушки только что поженились. Президентом Соединенных Штатов был Гровер Кливленд, Англией правила королева Виктория, творил Киплинг, а последним восстаниям американских индейцев еще предстояло произойти... Да, это было настоящее потрясение.

Уиткомб волновался меньше, но и его не оставил равнодушным увиденный воочию один из дней былой славы Англии.

— Я начинаю понимать, — прошептал он. — Там, в будущем, все еще спорят, был ли этот период эпохой неестественных пуританских условностей и почти не прикрытой жестокости или последним расцветом клонящейся к упадку западной цивилизации. Но, глядя на этих людей, понимаешь, что справедливо и то и другое: историю нельзя втиснуть в рамки простых определений, потому что она складывается из миллионов человеческих судеб.

— Конечно, — сказал Эверард. — Это справедливо для любой эпохи.

Поезд оказался знакомым: он почти не отличался от тех, что курсировали по английским железным дорогам в 1954 году. Это дало Уиткомбу повод для едких замечаний о нерушимых традициях. Через несколько часов они прибыли на маленькую сонную станцию, окруженную ухоженными цветниками, и наняли там коляску, чтобы добраться до поместья Уиндема.

Вежливый констебль задал несколько вопросов и пропустил их. Они выдавали себя за археологов (Эверард — из Америки, Уиткомб — из Австралии), спешно приехавших в Англию, чтобы встретиться с лордом Уиндемом по поводу его находки, и потрясенных его безвременной кончиной. Мэйнуэзеринг, который имел связи, наверное, повсюду, снабдил их рекомендательными письмами от какого-то авторитета из Британского музея. Инспектор Скотланд-Ярда разрешил им осмотреть курган («Дело ясное, джентльмены, все улики налицо, хотя мой коллега и не согласен — ха, ха!»). Частный детектив кисло улыбнулся и окинул прибывших пристальным взглядом: в чертах его лица, да и во всей его высокой худой фигуре было что-то ястребиное. Повсюду за ним ходил прихрамывая какой-то коренастый усатый мужчина, по-видимому секретарь.

Продолговатый курган до самого верха зарос травой: расчищено было только место раскопок. Стены могильника когда-то были обшиты изнутри грубо обтесанными балками, но они давным-давно обрушились, и их сгнившие остатки валялись на земле.

— В газетах упоминался какой-то металлический ящичек, — сказал Эверард. — Нельзя ли на него взглянуть?

Инспектор кивнул и повел их к небольшой пристройке. Основные находки были разложены там на столе и представляли собой лишь куски ржавого металла и обломки костей.

— Хм-м... В высшей степени необычно, — сказал Уиткомб. Его взгляд был прикован к гладкой стенке небольшого сундучка, отливавшей голубизной: какой-то неподвластный времени сплав, которого в эту эпоху еще не знали. — Не похоже на ручную работу. Вряд ли такое можно сделать без станка, а?

Эверард осторожно приблизился. Он уже догадывался, что находится внутри, а человека, прибывшего из так называемого атомного века, не нужно учить, как действовать в подобных ситуациях. Он достал из саквояжа радиометр и направил его на ящик. Стрелка дрогнула — едва заметно, но...

— Интересная штучка, — заметил инспектор. — Могу ли я узнать, что это такое?

— Экспериментальная модель электроскопа, — солгал Эверард.

Он осторожно открыл крышку ящика и подержал детектор над ним. Боже! Такого уровня радиоактивности достаточно, чтобы убить человека за сутки. Окинув взглядом несколько брусков с тусклым отливом, лежавших на дне ящика, он быстро захлопнул крышку и сказал дрогнувшим голосом:

— Будьте с этим поосторожней!

Благодарение небесам, кто бы ни был владельцем этого дьявольского груза, там, откуда он прибыл, умели защищаться от радиации!

Сзади бесшумно подошел частный детектив. Его худое лицо выражало охотничий азарт.

— Итак, сэр, вам известно, что это такое? — спокойно спросил он.

— Думаю, да.

Эверард вспомнил, что Беккерель откроет радиоактивность только через два года. Даже о рентгеновских лучах станет известно не раньше чем через год. Нельзя говорить ничего лишнего...

— Этот металл... В индейских племенах я слышал рассказы о редком металле, очень похожем на этот и чрезвычайно ядовитом...

— Очень любопытно. — Детектив принялся набивать большую трубку. — Вроде ртутных паров, так?

— Выходит, коробку в могильник подбросил Роттерит, — пробормотал полицейский.

— Инспектор, да вас просто засмеют! — перебил его детектив. — Я располагаю тремя убедительными подтверждениями полной невиновности Роттерита; загадкой оставалась только реальная причина смерти его светлости. Но, судя по словам этого джентльмена, все произошло из-за яда, находившегося в захоронении... Чтобы отпугнуть грабителей? Непонятно, однако, как у древних саксов оказался американский металл. Не исключено, что гипотеза о плаваниях финикийцев через Атлантику не лишена оснований. Когда-то у меня возникло предположение о наличии в уэльском языке халдейских корней, а теперь этому, похоже, нашлось подтверждение[1].

Эверард почувствовал вину перед археологией. Ладно, ящик скоро утопят в Ла-Манше, и все о нем забудут. Под каким-то предлогом они с Уиткомбом быстро откланялись и ушли.

---

[1] Этим исследованием Шерлок Холмс занимался в 1897 году (см. рассказ А. Конан Дойла «Дьяволова нога»). — *Здесь и далее примеч. пер.*

По пути в Лондон, оказавшись в купе, англичанин достал из кармана покрытый плесенью кусок дерева.

— Подобрал возле захоронения, — пояснил он. — По нему мы сможем определить возраст кургана. Дай-ка, пожалуйста, радиоуглеродный счетчик.

Он вложил кусочек дерева в приемное отверстие, повертел ручки настройки и прочел ответ:

— Тысяча четыреста тридцать лет, плюс-минус десяток. Курган появился... м-м... в 464 году; юты тогда только-только обосновались в Кенте.

— Если эти бруски до сих пор так радиоактивны, — пробормотал Эверард, — какими же они были первоначально, а? Ума не приложу, как можно совместить столь высокую радиоактивность с большим периодом полураспада, но, выходит, в будущем могут делать с атомом такие вещи, которые нам пока и не снились.

Они провели день как обычные туристы, а Мэйнуэзеринг, получивший полный отчет о командировке, рассылал тем временем запросы в различные эпохи и приводил в действие гигантскую машину Патруля. Викторианский Лондон заинтересовал Эверарда и даже, пожалуй, очаровал, несмотря на грязь и нищету.

— Мне хотелось бы жить здесь, — сказал Уиткомб, и на лице его появилось мечтательное выражение.

— Вот как? С их медициной и зубными врачами?

— Но зато здесь не падают бомбы! — В словах англичанина послышался вызов.

Когда они вернулись в управление, Мэйнуэзеринг уже собрал необходимую информацию. Заложив пухлые руки за спину и сцепив их под фалдами фрака, он расхаживал взад-вперед и, попыхивая сигарой, выкладывал новости.

— Металл идентифицирован с большой степенью вероятности. Изотопное топливо из тридцатого столетия. Проверка показывает, что купец из империи Инг посещал 2987 год, чтобы обменять свое сырье на их синтроп, секрет которого был утерян в эпоху Междуцарствия. Разумеется, он предпринял меры предосторожности и представлялся торговцем из системы Сатурна, но тем не менее бесследно исчез. Его темпомобиль тоже. Судя по всему, кто-то из 2987 года установил, кто он такой, а затем убил его, чтобы завладеть машиной. Патруль разослал сообщение, но машину тогда так и не нашли. Отыскали ее потом, в Англии пятого века, — ха-ха — двое патрульных, Эверард и Уиткомб!

Американец ухмыльнулся:

— Но если мы уже со всем управились, о чем тогда беспокоиться?

Мэйнуэзеринг изумленно взглянул на него.

— Дорогой мой, вы же еще ни с чем не управились! Для вас и для меня, с точки зрения нашего индивидуального биологического времени, эту работу еще предстоит сделать. И не думайте, пожалуйста, что успех предрешен, раз он зафиксирован в истории. Время эластично, а человек обладает свободой воли. Если вы потерпите неудачу, история изменится. Упоминание о вашем успехе пропадет из ее анналов, а моего рассказа об этом успехе не будет. Именно так это и происходило в тех считаных эпизодах, когда Патруль терпел поражение. Работа по этим делам все еще ведется, и если там достигнут наконец успеха, то история изменится и окажется, что успех был как бы «всегда». Tempus non nascitur, fit[1], если можно так выразиться.

— Ладно-ладно, я просто пошутил, — сказал Эверард. — Пора в путь. Tempus fugit[2], — он умышленно воспользовался игрой слов, и его намек достиг цели: Мэйнуэзеринг вздрогнул.

Выяснилось, что даже Патруль располагает весьма скудными сведениями о времени появления англов, когда римляне покинули Британию и стала рушиться романо-британская цивилизация. Считалось, что этот период не заслуживает особого внимания. Штаб-квартира в Лондоне 1000 года выслала все имевшиеся в ее распоряжении материалы и два комплекта тогдашней одежды. Часового сеанса гипнопедии оказалось достаточно, чтобы Эверард и Уиткомб смогли бегло разговаривать на латыни, а также понимать основные диалекты саксов и ютов; кроме того, они усвоили обычаи тех времен.

Одежда оказалась крайне неудобной: штаны, рубахи и куртки из грубой шерсти, кожаные плащи; все это скреплялось многочисленными ремнями и шнурками. Современные прически исчезли под пышными париками цвета соломы, а чисто выбритые лица и в пятом веке вряд ли кого-нибудь удивят. Уиткомб вооружился боевым топором, а Эверард — мечом, сделанным из специальной высокоуглеродистой стали, но оба гораздо больше полагались на ультразвуковые парализующие пистолеты XXVI века, спрятанные под куртками. Доспехов не прислали, но в багажнике темпороллера нашлась пара мотоциклетных шлемов. Во времена самодельного снаряжения они вряд ли привлекут к себе чрезмерное внимание; к тому же они наверняка окажутся куда прочнее и удобнее тогдашних шлемов. Кроме того, патрульные

---

[1] Время не рождается само собой, а делается *(лат.)*.

[2] Время бежит *(лат.)*.

захватили немного подуктов и несколько глиняных кувшинов с добрым английским элем.

— Превосходно! — Мэйнуэзеринг вынул из кармана часы и сверил время. — Я буду ждать вас обратно... э-ээ... скажем, в четыре часа. Со мной будут вооруженные охранники — на тот случай, если вы привезете нарушителя. Ну а после выпьем чаю.

Он пожал им руки.

— Доброй охоты!

Эверард уселся на темпороллер, установил на пульте управления координаты кургана в Эддлтоне (год 464-й, лето, полночь) и нажал кнопку.

Глава 5

Было полнолуние. Вокруг простиралась большая пустошь, уходившая к темной полосе леса, закрывавшей горизонт. Где-то завыл волк. Курган уже был на месте: во времени у них получился недолет.

Подняв с помощью антигравитатора роллер вверх, они осмотрели окрестности, скрытые за густой и мрачной стеной леса. Почти в миле от кургана лежал хутор: усадьба из обтесанных бревен и кучка надворных построек. На притихшие дома безмолвно лился лунный свет.

— Поля обработаны, — отметил Уиткомб вполголоса, чтобы не нарушать тишину. — Как тебе известно, юты и саксы в большинстве своем были йоменами. Они и сюда-то пришли в поисках земель. Только представь: всего несколько лет, как отсюда изгнали бриттов.

— Нам надо разобраться с погребением, — сказал Эверард. — Может, стоит двинуться дальше в прошлое и засечь момент, когда курган насыпали? Пожалуй, нет. Безопаснее разузнать все сейчас, когда страсти уже улеглись. Скажем, завтра утром.

Уиткомб кивнул. Эверард опустил роллер под прикрытие деревьев и прыгнул на пять часов вперед. На северо-востоке вставало ослепительное солнце, высокая трава серебрилась от росы, гомонили птицы. Патрульные спрыгнули с роллера, и он тут же с огромной скоростью взлетел на высоту десять миль; оттуда его можно будет вызвать с помощью миниатюрных радиопередатчиков, вмонтированных в их шлемы.

Они, не таясь, подошли к деревне, отмахиваясь топором и мечом от набросившихся на них с лаем собак довольно дикого вида. Войдя во двор, они обнаружили, что он ничем не вымощен и плюс к тому утопает в грязи и навозе. Несколько голых взлохмаченных детей глазели на них из обмазанной глиной хижины. Девушка, доившая низкорослую коровенку, взвизгнула, крепыш с низким лбом, кормивший свиней, потянулся за копьем. Эверард поморщился. Он подумал, что некоторым горячим приверженцам теории «благородного нордического происхождения» из его века следовало бы побывать здесь.

На пороге большого дома появился седобородый мужчина с топором в руке. Как и все люди этого времени, он был на несколько дюймов ниже среднего мужчины двадцатого века. Перед тем как пожелать гостям доброго утра, он встревоженно оглядел их.

Эверард вежливо улыбнулся.

— Я зовусь Уффа Хундингсон, а это мой брат Кнубби, — сказал он. — Мы ютландские купцы, приплыли сюда торговать в Кентербери (в пятом веке это название произносилось как «Кентуара-байриг»). Мы шли от того места, где причалил наш корабль, и сбились с пути. Почти всю ночь проблуждали по лесу, а поутру вышли к твоему дому.

— Я зовусь Вульфнот, сын Альфреда, — ответил йомен. — Входите и садитесь с нами за стол.

Большая, темная и дымная комната была заполнена до отказа: здесь сидели дети Вульфнота с семьями, а также его крепостные крестьяне со своими женами, детьми и внуками. Завтрак состоял из поданной на больших деревянных блюдах полупрожаренной свинины, которую запивали из рогов слабым кислым пивом. Завязать разговор не составило труда: эти люди, как, впрочем, и обитатели любого захолустья, любили посудачить. Гораздо труднее оказалось сочинить правдоподобный рассказ о том, что происходит в Ютландии. Раз или два Вульфнот, который был совсем не глуп, ловил их на явных несоответствиях, но Эверард твердо отвечал:

— До вас дошли ложные слухи. Пересекая море, новости приобретают странный вид.

Он с удивлением обнаружил, что люди здесь не потеряли связи с родиной. Правда, разговоры о погоде и урожае не слишком отличались от подобных разговоров на Среднем Западе двадцатого века.

Только спустя некоторое время Эверарду удалось как бы невзначай спросить о кургане. Вульфнот нахмурился, а его толстая беззубая жена поспешно сделала охранительный знак, махнув рукой в сторону грубого деревянного идола.

— Негоже заговаривать об этом, — пробормотал ют. —

Лучше бы чародея похоронили не на моей земле. Но он дружил с моим отцом, умершим в прошлом году, а отец не хотел никого слушать.

— Чародея? — Уиткомб насторожился. — Что это за история?

— Что ж, почему бы не рассказать ее? — Вульфнот задумался. — Чужеземца того звали Стейн, и появился он в Кентербери лет шесть назад. Должно быть, он пришел издалека, потому что не знал наречий англов и бриттов, но, став гостем короля Хенгиста, вскоре научился говорить по-нашему. Он преподнес королю странные, но полезные дары и оказался хитроумным советчиком, на которого король стал полагаться все больше и больше. Никто не осмеливался перечить ему, ибо у него был жезл, метавший молнии. Видели, как он крушил с его помощью скалы, а однажды, в битве с бриттами, он сжигал им людей. Поэтому некоторые считали его богом Вотаном, но этого не может быть, ибо он оказался смертен.

— Вот оно что. — Эверард едва сдержал лихорадочное нетерпение. — А что он делал, пока был жив?

— Давал королю мудрые советы — я же говорил... Это он сказал, что здесь, в Кенте, мы не должны истреблять бриттов и звать сюда все новых и новых родичей из земли наших отцов, а напротив, должны заключить мир с жителями этого края. Мол, наша сила и их знания, которые они переняли у римлян, помогут нам создать могучую державу. Может быть, он и был прав, хотя я, признаться, не вижу особой пользы от всех этих книг и бань, а тем более — от их непонятного бога на кресте... Но, как бы то ни было, он был убит неизвестными три года назад и похоронен здесь, как подобает: с принесенными в жертву животными и с теми вещами, которые его враги не тронули. Мы поминаем его дважды в год, и, надо сказать, его дух нас не тревожит. Но мне до сих пор как-то не по себе.

— Три года, — прошептал Уиткомб. — Понятно...

Не менее часа им потребовалось, чтобы откланяться, не обидев при этом хозяев. Вульфнот все-таки послал с ними мальчишку — проводить до реки. Эверард, не собиравшийся так далеко идти пешком, ухмыльнулся и вызвал темпороллер. Когда они с Уиткомбом устроились на сиденьях, он важно сказал пареньку, вытаращившему глаза от ужаса:

— Знай, что у вас гостили Вотан и Донар[1], которые отныне будут оберегать твой род от бед.

---

[1] В о т а н (Водан) и Д о н а р — германские верховные боги, им соответствуют скандинавские Один и Тор.

Затем он нажал кнопку, и роллер переместился на три года назад.

— Теперь предстоит самое трудное, — сказал он, разглядывая сквозь кустарник ночную деревню. Могильного кургана еще не существовало, чародей Стейн был жив. — Устроить представление для мальчишки — дело нехитрое, но знать бы, как нам удалось вытащить этого Стейна из самого центра большого и укрепленного города, в котором он вдобавок правая рука короля? К тому же у него есть бластер...

— Но у нас это, по-видимому, все же получилось, вернее, получится, — заметил Уиткомб.

— Ерунда! Ты же знаешь, что никаких гарантий это нам не дает... Если мы потерпим неудачу, то через три года Вульфнот будет рассказывать нам совсем другую историю, вероятно, о том, что Стейн находится в городе, — и он получит вторую возможность убить нас. Англия, которую он вытянет из Темных Веков к неоклассической культуре, превратится в нечто отличное от того, с чем ты познакомился в 1894 году... Интересно, что же Стейн затевает?

Он поднял темпороллер в небо и направил его в сторону Кентербери. В ночной темноте свистел рассекаемый воздух. Когда показался город, Эверард приземлился в небольшой рощице. В лунном свете белели полуразрушенные стены древнего римского города Дюровернума, испещренные черными пятнами — это юты латали их с помощью глины и бревен. После захода солнца в город было не попасть.

Роллер снова перенес их в дневное время суток — ближе к полудню — и опять взмыл в небо. Из-за завтрака, съеденного два часа назад (через три года), все время, пока они шли к городу по разбитой римской дороге, Эверард испытывал легкую дурноту. К городским воротам то и дело подкатывали скрипучие повозки, запряженные быками, — крестьяне везли на рынок продукты. Два мрачных стражника остановили Эверарда и Уиткомба возле ворот и потребовали, чтобы они назвались. На этот раз патрульные представились слугами торговца из Танета, посланными для переговоров с местными ремесленниками. Взгляды стражников оставались угрюмыми, пока Уиткомб не сунул им несколько римских монет; копья раздвинулись, можно было идти дальше.

Вокруг шумел, бурлил город, но и здесь стояла та же самая вонь, которая поразила Эверарда в деревне. Среди суетящихся ютов он заметил одетого на римский манер бритта, который брезгливо обходил кучи навоза, придерживая свою поношенную тунику, чтобы не прикоснуться к шедшим мимо дикарям. Зрелище жалкое и комичное одновременно.

Чрезвычайно грязный постоялый двор помещался в полуразрушенном доме с поросшими мхом стенами, в прошлом принадлежавшем, очевидно, богатому горожанину. Эверард и Уиткомб обнаружили, что здесь, в эпоху главенства натурального обмена, их золото ценится особенно высоко. Выставив выпивку, они без труда получили все нужные им сведения. «Замок Хенгиста находится в центре города... Ну, не замок — а скорее просто старое здание, непотребно разукрашенное по указке этого чужеземца Стейна... Не пойми меня превратно, приятель, это ложь, что наш добрый и отважный король пляшет под его дудку... К примеру, месяц назад... Ах да, Стейн! Он живет по соседству с королем. Странный человек, некоторые считают его богом... Да, в девушках он знает толк... Говорят, все эти мирные переговоры с бриттами — его затея. С каждым днем этих слизняков становится все больше, а благородному человеку нельзя даже пустить им кровь... Конечно, Стейн мудрец, я ничего против него не имею. Ведь он умеет метать молнии...»

— Что же нам делать? — спросил Уиткомб, когда они вернулись в свою комнату. — Ворваться и арестовать его?

— Вряд ли это возможно, — осторожно сказал Эверард. — У меня есть что-то вроде плана, но все зависит от того, чего добивается этот человек. Давай посмотрим, сможем ли мы получить аудиенцию.

Вдруг он вскочил с соломенной подстилки, служившей постелью, и принялся яростно чесаться.

— Черт возьми! Эта эпоха нуждается не в грамотности, а в хорошем средстве против блох!

Тщательно отреставрированный дом с белым фасадом и небольшим портиком перед входом выглядел неестественно чистым среди окружавшей его грязи. На ступеньках лениво развалились два стражника, но при появлении незнакомцев они мгновенно вскочили. Эверард сунул им несколько монет, представившись путешественником, разговор с которым наверняка заинтересует великого чародея.

— Передай ему, что пришел «человек из завтрашнего дня», — сказал он. — Это пароль, понимаешь?

— Чепуха какая-то, — недовольно буркнул стражник.

— А пароль и должен казаться чепухой, — важно ответил Эверард.

Недоверчиво покачав головой, ют потопал в дом. Ох уж эти новшества!

— Думаешь, мы поступаем правильно? — спросил Уит-комб. — Ведь теперь он будет начеку.

— Знаю. Но ведь такая шишка, как он, не станет тратить время на каждого незнакомца. А нам нужно действовать немедленно! Пока еще ему не удалось добиться устойчивых результатов — он даже в легендах пока не утвердился, — но если Хенгист пойдет на прочный союз с бриттами...

Стражник вернулся и, что-то пробормотав, повел их в дом. Они поднялись по ступенькам, миновали внутренний дворик и оказались в атриуме — просторном зале, где добытые на недавней охоте медвежьи шкуры резко контрастировали с выщербленным мрамором и потускневшими мозаиками. Рядом с грубым деревянным ложем стоял поджидавший их человек. Когда они вошли, он поднял руку, и Эверард увидел узкий ствол бластера тридцатого века.

— Держите руки перед собой ладонями вверх, — мягко сказал человек. — Иначе мне придется испепелить вас молнией.

Уиткомб шумно вздохнул. Эверард ожидал чего-то подобного, однако и у него заныло под ложечкой.

Чародей Стейн оказался невысоким мужчиной, одетым в изящно расшитую тунику, которая наверняка попала сюда из какого-то бриттского поместья. Гибкое тело, крупная голова с копной черных волос и — что было неожиданно — симпатичное, несмотря на неправильные черты, лицо...

— Обыщи их, Эдгар, — приказал он, и его губы искривились в напряженной улыбке. — Вытащи все, что окажется у них под одеждой.

Неуклюже обшарив карманы, стражник-ют обнаружил ультразвуковые пистолеты и швырнул их на пол.

— Можешь идти, — сказал Стейн.

— Они не причинят тебе вреда, повелитель? — спросил солдат.

Стейн улыбнулся шире.

— С тем, что я держу в руке? Ну-ну. Иди.

Эдгар ушел.

«По крайней мере меч и топор остались при нас, — подумал Эверард. — Но пока мы на прицеле, толку от них немного».

— Значит, вы пришли из завтрашнего дня, — пробормотал Стейн. Его лоб внезапно покрылся крупными каплями пота. — Да, это меня интересует. Вы говорите на позднеанглийском языке?

Уиткомб открыл было рот, но Эверард опередил его, сознавая, что на кон сейчас поставлена их жизнь.

— Какой язык вы имеете в виду? — спросил он.

— Такой.

Стейн заговорил на английском — с необычным произношением, но вполне понятно для человека двадцатого века.

— Я х'чу знать, 'ткуда вы, к'кого врем'ни из, здесь что инт'р'сует вас. Правд г'в'рите, или я с'жгу вас.

Эверард покачал головой.

— Нет, — ответил он на диалекте ютов. — Я вас не понимаю.

Уиткомб быстро взглянул на него и промолчал, готовый поддержать игру американца. Мозг Эверарда лихорадочно работал: он понимал, что малейшая ошибка грозит им смертью, и отчаяние придало ему находчивости.

— В нашем времени мы говорим так...

И он протараторил длинную фразу по-испански, имитируя мексиканский диалект и немилосердно коверкая слова.

— Но... это же романский язык! — Глаза Стейна блеснули, бластер в его руке дрогнул. — Из какого вы времени?

— Из двадцатого века от Рождества Христова. Наша земля зовется Лайонесс. Она лежит за Западным океаном...

— Америка! — Стейн судорожно вздохнул. — Когда-нибудь она называлась Америкой?

— Нет. Я не знаю, о чем вы говорите.

Стейн задрожал. Взяв себя в руки, он спросил:

— Вы знаете латынь?

Эверард кивнул.

Стейн нервно рассмеялся.

— Тогда давайте на ней и говорить. Если бы вы знали, как меня тошнит от здешнего свинского языка!..

Он заговорил на ломаной латыни, но довольно бегло — очевидно, он изучил ее здесь, в этом столетии, — затем взмахнул бластером.

— Извините за недостаток гостеприимства, но мне приходится быть осторожным!

— Разумеется, — сказал Эверард. — Меня зовут Менций, а моего друга — Ювенал. Мы историки и прибыли, как вы правильно догадались, из будущего. Темпоральные путешествия открыты у нас совсем недавно.

— А меня... Собственно говоря, меня зовут Розер Штейн. Я из 2987 года. Вы... слышали обо мне?

— Еще бы! — воскликнул Эверард. — Мы отправились сюда, чтобы разыскать таинственного Стейна, влияние которого на ход истории считается у нас решающим. Мы предполагали, что он может оказаться peregrinator temporis, то есть путешественником во времени. Теперь мы в этом убедились.

— Три года...

Штейн начал взволнованно расхаживать по залу, небрежно помахивая бластером. Но для внезапного броска расстояние между ними было все еще велико.

— Вот уже три года, как я здесь. Если бы вы знали, как часто я лежал без сна и гадал, удастся ли мой замысел. Скажите, ваш мир объединен?

— И Земля, и остальные планеты, — сказал Эверард. — Это произошло очень давно.

Его нервы были напряжены до предела. Их жизнь зависела сейчас от того, сможет ли он угадать, какую игру ведет Штейн.

— И вы свободны?

— Да. Хотя нами правит Император, законы издает Сенат, который избирается всем народом.

На лице этого гнома появилась блаженная улыбка. Штейн преобразился.

— Как я и мечтал... — прошептал он. — Благодарю вас.

— Значит, вы прибыли из своего времени, чтобы... творить историю?

— Нет, — ответил Штейн. — Чтобы изменить ее.

Слова прямо-таки хлынули из него, словно он многие годы хотел выговориться, но не мог этого сделать.

— Я тоже был историком. Случайно я встретился с человеком, выдававшим себя за торговца из системы Сатурна. Но я когда-то жил там и сразу разоблачил обман. Выследив его, я узнал правду. Он оказался темпоральным путешественником из очень далекого будущего. Поверьте, я жил в ужасное время. Как историк-психограф, я прекрасно понимал, что война, нищета и тирания, ставшие нашим проклятием, являются результатом не какой-то изначальной человеческой испорченности, а следствием довольно простых причин. Машинная технология, возникшая в разобщенном мире, обернулась против себя самой, войны становились все разрушительнее и охватывали все большие территории. Конечно, бывали мирные периоды, иногда даже довольно продолжительные, но болезнь укоренилась настолько, что конфликты стали неотъемлемой частью нашей цивилизации. Моя семья погибла во время одного из нападений венериан, и мне нечего было терять. Я завладел машиной времени после... после того, как избавился от ее владельца. Я понял, что главная ошибка была допущена в Темные Века. До этого Рим объединял огромную империю и мирно правил ею, а там, где царит мир, всегда появляется справедливость. Но к тому времени силы империи истощились и она пришла в упадок. Завоевавшие ее варвары были полны энергии, от них можно было ожидать многого, но Рим быстро развратил и их. Теперь вернемся к Англии. Она оказалась в стороне от гниющего римского государства. Сюда пришли германские племена — грязные дикари, полные сил и желания учиться. В моей линии истории они попросту уничтожили цивилизацию бриттов, а потом, будучи интеллектуально беспомощными, попались в ловушку другой, куда более опасной цивилизации, позднее названной «западной». По-моему, человечество заслуживало лучшей участи...

Это было нелегко. Вы и представить себе не можете, как тяжело жить в другой эпохе, пока не приспособишься к ней, — даже если обладаешь могучим оружием и занятными подарками для короля. Но теперь я завоевал уважение Хенгиста и пользуюсь все большим доверием у бриттов. Я могу объединить два этих народа, воюющих с пиктами. Англия станет единым королевством: сила саксов и римская культура дадут ей могущество, которое позволит ей выстоять против любых захватчиков. Христианство, разумеется, неизбежно, но я предусмотрю, чтобы здесь утвердился такой его вариант, при котором религия учит и воспитывает людей, а не калечит их души. Постепенно Англия станет силой, способной установить контроль над континентальными странами и, наконец, над всем миром. Я останусь здесь до тех пор, пока не образуется коалиция против пиктов, а затем исчезну, пообещав вернуться позже. Если я буду появляться каждые пятьдесят лет на протяжении последующих нескольких столетий, то стану легендой, Богом. Так я смогу проверять, на правильном ли пути они находятся.

— Я много читал о святом Стейниусе, — медленно сказал Эверард.

— И я победил! — выкрикнул Штейн. — Я дал миру мир!

По его щекам текли слезы. Эверард приблизился к нему. Все еще не вполне доверявший им Штейн снова направил бластер ему в живот. Эверард небрежно шагнул вбок, и Штейн повернулся, чтобы держать его под прицелом. Но он был так возбужден рассказом о торжестве своего дела, что совершенно забыл об Уиткомбе. Эверард взглянул через его плечо на англичанина и сделал ему знак.

Уиткомб занес топор. Эверард бросился на пол. Вскрикнув, Штейн выстрелил из бластера, и в этот момент топор врезался ему в плечо. Уиткомб прыгнул вперед и схватил Штейна за руку с оружием. Тот застонал от напряжения, пытаясь повернуть бластер, но на помощь уже подоспел Эверард. Все смешалось.

Еще один выстрел из бластера, и Штейн моментально обмяк. Кровь, хлынувшая из ужасной раны в груди, забрызгала плащи патрульных.

В зал вбежали два стражника. Эверард быстро подобрал ультразвуковой парализатор и передвинул регулятор на полную мощность. Пролетевшее рядом копье задело его руку. Он дважды выстрелил, и массивные тела стражников осели на пол — теперь они не придут в себя в течение нескольких часов.

Пригнувшись, Эверард настороженно прислушался. Из внутренних покоев доносился женский визг, но в дверях больше никого не было.

— Думаю, мы выиграли, — отдышавшись, пробормотал он.

— Похоже...

Уиткомб уставился на мертвое тело, распростертое на полу. Оно показалось ему трогательно маленьким.

— Я не думал, что придется убить его, — сказал Эверард. — Но время... не переупрямишь. Наверное, так и было записано.

— Лучше уж такой конец, чем суд Патруля и ссылка на какую-нибудь планету, — добавил Уиткомб.

— По букве закона он был вором и убийцей, — заметил Эверард. — Правда, он пошел на это ради своей великой мечты.

— Которую мы разрушили.

— Ее могла разрушить история. Так скорее всего и было бы. Одному человеку для такого дела не хватит ни мудрости, ни сил... Мне кажется, большинство бед человечеству приносят фанатики с добрыми намерениями, вроде него.

— В таком случае нам что, нужно опустить руки и пассивно принимать все, что происходит? Так?

— Подумай о своих друзьях из 1947 года, — возразил Эверард. — Их бы попросту никогда не существовало.

Уиткомб снял плащ и попытался отчистить его от крови.

— Пора идти, — сказал Эверард и быстрым шагом направился к двери в глубине зала. Там пряталась наложница, которая испуганно вытаращила на него глаза.

Для того чтобы выжечь замок, пришлось воспользоваться бластером Штейна. В задней комнате находились темпомобиль из империи Инг, а также книги и несколько ящиков с оружием и снаряжением. Эверард загрузил в машину времени все, кроме ящичка с изотопным топливом. Его нужно оставить, чтобы в будущем они смогли узнать обо всем, вернуться в прошлое и остановить человека, который решил стать Богом.

— Может, ты доставишь все это в 1894-й, на склад компании? — спросил он. — А я отправлюсь туда на нашем роллере и встречусь с тобой в управлении...

Уиткомб долго смотрел на него, ничего не отвечая. Потом выражение растерянности на его лице сменилось решимостью.

— Все в порядке, дружище, — сказал англичанин. Он как-то грустно улыбнулся, а потом пожал Эверарду руку. — Ну, прощай. Желаю удачи.

Эверард провожал его взглядом, пока он не скрылся внутри гигантского стального цилиндра. Слова друга озадачили Эверарда, ведь через несколько часов их ждало чаепитие в 1894-м...

Беспокойство не покинуло его и после того, как он выбрался из дома и смешался с толпой. Чарли — парень со странностями. Ну что ж...

Эверард беспрепятственно покинул город, добрался до рощицы и вызвал туда темпороллер. Поблизости могли оказаться люди, которые непременно прибежали бы посмотреть на странную птицу, упавшую сюда с небес, но он тем не менее не стал спешить и откупорил флягу с элем: ему просто необходимо было выпить. Затем он окинул напоследок взглядом древнюю Англию и перенесся в 1894 год.

Как и было условлено, его встретил Мэйнуэзеринг со своими охранниками. Руководитель отделения встревожился, увидев, что патрульный прибыл один, а его одежда покрыта засохшей кровью. Но Эверард быстро всех успокоил.

Ему потребовалось довольно много времени, чтобы вымыться, переодеться и представить секретарю полный отчет об операции, и он думал, что Уиткомб вот-вот приедет в кебе, но англичанина все не было и не было. Мэйнуэзеринг связался со складом по рации, помрачнел и, повернувшись к Эверарду, сказал:

— Все еще не появился. Может, у него возникли неполадки?

— Вряд ли. Эти машины очень надежны. — Эверард закусил губу. — Не знаю, в чем дело. Может быть, он неправильно меня понял и вернулся в 1947 год?

Послав туда запрос, они установили, что Уиткомб не появлялся и там. Эверард и Мэйнуэзеринг отправились пить чай. Когда они вернулись в кабинет, новых сведений об Уиткомбе так и не поступило.

— Лучше всего обратиться к полевым агентам, — сказал Мэйнуэзеринг. — Я думаю, они смогут его отыскать.

— Нет, подождите.

Эверард остановился как вкопанный. Возникшее у него еще раньше подозрение переросло в уверенность. Боже, неужели...

— У вас есть какая-то догадка?

— Да, что-то в этом роде. — Эверард начал стаскивать с себя викторианский костюм. Его руки дрожали. — Будьте добры, доставьте сюда мою одежду двадцатого века, — попросил он. — Возможно, я сам смогу найти его.

— Вы должны предварительно сообщить Патрулю о ваших предположениях и дальнейших намерениях, — напомнил Мэйнуэзеринг.

— К черту Патруль!

Глава 6

Лондон, 1944 год. На город опустилась ранняя зимняя ночь; пронизывающий холодный ветер продувал улицы, затопленные мраком. Откуда-то донесся грохот взрыва, потом в той стороне над крышами заплясали языки пламени, похожие на огромные красные флаги.

Эверард оставил свой роллер прямо на мостовой (во время обстрела самолетами-снарядами «фау» улицы были пустынны) и медленно двинулся сквозь темноту. Сегодня семнадцатое ноября. Тренированная память не подвела его: именно в этот день погибла Мэри Нельсон.

На углу он нашел телефонную будку и стал просматривать справочник. Нельсонов там было много, но в районе Стритема значилась только одна Мэри Нельсон — скорее всего, мать девушки. Пришлось допустить, что мать зовут так же, как и дочь. Точного времени попадания бомбы Эверард не знал, но мог легко установить его прямо здесь.

Когда он вышел из будки, совсем рядом полыхнул огонь и раздался грохот. Эверард бросился ничком на мостовую; там, где он только что стоял, просвистели осколки стекла. Итак, 1944 год, 17 ноября. Молодой Мэнс Эверард, лейтенант инженерных войск армии США, находился сейчас на другом берегу Ла-Манша, участвовал в наступлении на немецкие огневые позиции. Он не смог сразу вспомнить, где именно, и не стал напрягать память: это не имело значения. Он знал, что в той переделке с ним ничего не случится.

Пока он бежал к роллеру, позади полыхнуло еще раз. Он вскочил на сиденье и поднял машину в воздух. Зависнув над Лондоном, он увидел внизу только море тьмы, испещренное огненными пятнами пожаров. Вальпургиева ночь — словно все силы ада сорвались с цепи!

Он хорошо помнил Стритем — скопление унылых кирпичных домов, в которых жили клерки, зеленщики, механики — та самая мелкая буржуазия, которая поднялась на борьбу против врага, поставившего на колени всю Европу, и одолела его. Там жила одна девушка — в 1943 году... Что ж, наверное, в конце концов она вышла замуж за кого-то другого...

Снизившись, он стал искать нужный адрес. Неподалеку взметнулся столб огня — как при извержении вулкана. Машину швырнуло в сторону, и Эверард едва не свалился с сиденья, однако успел заметить, что обломки рухнувшего здания охватил огонь. Всего в трех кварталах от дома Нельсонов! Он опоздал.

Нет! Эверард уточнил время — ровно 22.30 — и переместился на два часа назад. Было по-прежнему темно, но разрушенный дом стоял целый и невредимый. На какое-то мгновение ему захотелось предупредить всех, кто в нем жил. Но нет: люди гибнут сейчас по всему миру. Он не Штейн, чтобы взваливать всю ответственность за ход истории себе на плечи.

Криво улыбнувшись, он соскочил с роллера и прошел в подворотню. Что ж, он и не какой-нибудь проклятый данеллианин! Он постучал, дверь открылась. Из темноты на него смотрела женщина средних лет, и тут Эверард осознал, что появление американца в гражданском костюме должно показаться ей странным.

— Извините, — сказал он. — Вы знакомы с мисс Нельсон?

— Да, знакома. — Женщина колебалась. — Она живет поблизости и... скоро придет к нам. А вы... ее друг?

Эверард кивнул.

— Она попросила передать вам, миссис... э-ээ...

— Миссис Эндерби.

— Ах да, конечно, миссис Эндерби. Я очень забывчив. Видите ли, мисс Нельсон просила меня передать, что она, к сожалению, не сможет прийти. Но она будет ждать вас вместе со всей вашей семьей у себя дома к половине одиннадцатого.

— Всех, сэр? Но дети...

— И детей тоже — всех до единого, обязательно. Она приготовила какой-то сюрприз — хочет показать вам что-то у себя дома. Вам непременно нужно прийти к ней всем.

— Ну что ж, сэр... Хорошо, если она так хочет.

— Всем — к половине одиннадцатого, без опоздания. До скорой встречи, миссис Эндерби.

Эверард кивнул на прощание и вышел на улицу.

Ладно, здесь сделано все, что можно. Теперь на очереди дом

Нельсонов. Он промчался через три квартала, спрятал роллер в темной аллее и к дому подошел пешком. Теперь он тоже провинился, и вина его не меньше, чем у Штейна. Интересно, как выглядит планета, на которую его сошлют?..

Темпомобиля из империи Инг возле дома не было, а такую махину спрятать нелегко — значит, Чарли здесь еще не появился. Придется что-нибудь придумывать на ходу.

Стучась в дверь, Эверард все еще размышлял о том, к чему приведет спасение им семьи Эндерби. Дети вырастут, у них появятся свои дети — скорее всего, ничем не примечательные англичане среднего класса. Но потом, спустя столетия, может родиться или, напротив, не родиться выдающийся человек. Да, пожалуй, время не так уж и неподатливо. За редким исключением совершенно неважно, кто были твои предки, — все решают генофонд человечества и общественная среда. Впрочем, случай с семьей Эндерби как раз и может оказаться таким исключением.

Дверь ему открыла симпатичная девушка небольшого роста. В ее внешности не было ничего броского, но военная форма ей очень шла.

— Мисс Нельсон?

— Да, это я.

— Меня зовут Эверард, я друг Чарли Уиткомба. Можно войти? У меня есть для вас небольшой сюрприз.

— Я уже собиралась уходить, — сказала девушка извиняющимся тоном.

— Вы никуда не пойдете, — брякнул он и тут же пошел на попятную, заметив ее возмущение: — Извините. Позвольте мне все вам объяснить.

Она провела его в скромную, тесно заставленную гостиную.

— Может, присядете, мистер Эверард? Только, пожалуйста, говорите потише. Вся семья уже спит, а утром им рано вставать.

Эверард устроился поудобнее, а Мэри присела на самый краешек софы, глядя на него во все глаза. Интересно, были ли среди ее предков Вульфнот и Эдгар? Да, наверняка... Ведь прошло столько веков. А может, и Штейн тоже.

— Вы из ВВС? — спросила она. — Служите вместе с Чарли?

— Нет, я из Интеллидженс сервис, поэтому приходится ходить в штатском. Скажите, когда вы в последний раз с ним виделись?

— Несколько недель назад. Сейчас он, наверное, уже высадился во Франции. Надеюсь, эта война скоро кончится. Как глупо с их стороны сопротивляться, ведь они же понимают, что им пришел конец, верно? — Она вскинула голову. — Так что у вас за новости?

— Я как раз к этому и хотел вернуться.

Эверард начал бессвязно рассказывать все, что знал о положении дел за Ла-Маншем. У него было странное чувство, будто он разговаривает с призраком. Рефлекс, выработанный долгими тренировками, не позволял ему сказать правду. Каждый раз, когда он пытался перейти к делу, язык переставал его слушаться...

— ...И если бы вы знали, чего стоит там достать пузырек обычных красных чернил...

— Извините, — нетерпеливо прервала его девушка. — Может, вы все-таки скажете, в чем дело? У меня действительно на сегодняшний вечер назначена встреча.

— Ох, простите... Ради бога, простите. Видите ли, дело вот в чем...

Эверарда спас стук в дверь.

— Извините, — удивленно пробормотала Мэри и пошла в прихожую мимо наглухо зашторенных окон. Эверард бесшумно двинулся за ней.

Она открыла дверь, тихонько вскрикнула и отступила назад.

— Чарли!..

Уиткомб прижал ее к себе, не обращая внимания на то, что ютский плащ был вымазан еще не засохшей кровью. Эверард вышел в коридор. Разглядев его, англичанин опешил:

— Ты...

Он потянулся за парализатором, но Эверард уже вытащил свой.

— Не будь идиотом! Я твой друг, и я хочу помочь тебе. Выкладывай, что взбрело тебе в голову?

— Я... я хотел удержать ее здесь... чтобы она не ушла...

— И ты думаешь, что они не смогут выследить тебя? — Эверард перешел на темпоральный, единственно возможный язык в присутствии испуганной Мэри. — Когда я уходил от Мэйнуэзеринга, он вел себя дьявольски подозрительно. Если мы сделаем неверный ход, то все отделения Патруля будут подняты по тревоге. Ошибку исправят любыми средствами — девушку, скорее всего, ликвидируют, а ты отправишься в ссылку.

— Я... — Уиткомб судорожно сглотнул. Его лицо окаменело от ужаса. — И ты... ты позволишь ей уйти из дома и погибнуть?

— Нет. Но нам нужно сделать все как можно аккуратнее.

— Мы скроемся... Найдем какую-нибудь эпоху подальше от всего этого... Если потребуется, то хоть в прошлое, к динозаврам.

Мэри оторвалась от Уиткомба и застыла с открытым ртом, готовая закричать.

— Замолчи! — одернул ее Эверард. — Твоя жизнь в опасности, и мы пытаемся тебя спасти. Если не доверяешь мне, положись на Чарли.

Повернувшись к англичанину, он снова перешел на темпоральный:

— Послушай, дружище, нет такого места или времени, где бы вы могли спрятаться. Мэри Нельсон погибла сегодня ночью — это исторический факт. В 1947 году среди живых ее не было. Это тоже уже история. Я и сам попал в идиотскую ситуацию: семья, которую она собиралась навестить, уйдет из дома до того, как туда попадет бомба. Если ты собираешься бежать вместе с ней, можешь быть уверен: вас найдут. Нам просто повезло, что Патруль пока еще сюда не добрался.

Уиткомб попытался взять себя в руки.

— Допустим, я прыгну вместе с ней в 1948 год, — сказал он. — Откуда тебе известно, что она не появилась внезапно вновь в 1948-м? Это событие тоже может стать историческим фактом.

— Чарли, ты просто не сможешь этого сделать. Попытайся. Давай, скажи ей, что ты собираешься отправить ее на четыре года в будущее.

— Рассказать ей?.. — простонал Уиткомб. — Но ведь я...

— Вот именно. Ты с трудом смог заставить себя преступить закон и появиться здесь, но теперь тебе придется лгать, потому что ты ничего не сможешь с собой поделать. И потом: как ты собираешься объяснять ее появление в 1948 году? Если она останется Мэри Нельсон — значит, она дезертировала из армии. Если она изменит имя, где ее свидетельство о рождении, аттестат, продовольственные карточки — все эти бумажки, которые так благоговейно почитают все правительства в двадцатом веке? Это безнадежно, Чарли.

— Что же нам делать?

— Встретиться с представителями Патруля и решить этот вопрос раз и навсегда. Подожди меня здесь.

Эверард был холоден и спокоен. У него просто не было времени, чтобы по-настоящему испугаться или хотя бы удивиться собственному поведению.

Выбежав на улицу, он вызвал свой роллер и запрограммировал его таким образом, чтобы машина появилась через пять лет, в полдень, на площади Пикадилли. Нажав кнопку запуска, он убедился, что роллер исчез, и вернулся в дом. Мэри рыдала в объятиях Уиткомба. Бедные, заблудившиеся в лесу дети, да и только, черт бы их побрал!

— Все в порядке. — Эверард отвел их назад в гостиную и сел рядом, держа наготове парализующий пистолет. — Теперь нам нужно подождать еще немного.

Действительно, ждать пришлось недолго. В комнате появился роллер с двумя людьми в серой форме Патруля. Оба были вооружены. Эверард мгновенно оглушил их зарядом небольшой мощности.

— Помоги мне связать их, Чарли, — попросил он.

Мэри смотрела на все это молча, забившись в угол.

Когда патрульные пришли в себя, Эверард стоял над ними, холодно улыбаясь.

— В чем нас обвиняют, ребята? — спросил он на темпоральном.

— Вы и сами знаете, — спокойно ответил один из пленников. — Главное управление приказало найти вас. Мы вели проверку на следующей неделе и обнаружили, что вы спасли семью, которая должна погибнуть под бомбежкой. Судя по содержанию личного дела Уиткомба, вы должны были затем отправиться сюда и помочь ему спасти эту женщину, которой тоже полагалось погибнуть сегодня ночью. Лучше отпустите нас, чтобы не отягчать свою участь.

— Но я ведь не изменил историю, — сказал Эверард. — Данеллиане остались там же, где и были, разве нет?

— Само собой, но...

— А откуда вы знаете, что семья Эндерби должна была погибнуть?

— В их дом попала бомба, и они сказали, что ушли оттуда только потому...

— Но они все-таки ушли из дома! Это уже исторический факт. И прошлое теперь пытаетесь изменить именно вы.

— А эта женщина...

— Откуда вы знаете, что какая-нибудь Мэри Нельсон не появлялась в Лондоне, скажем, в 1850 году и не умерла в преклонном возрасте году в 1900-м?

Патрульный мрачно усмехнулся.

— Стараетесь изо всех сил, да? Ничего не выйдет. Вы не сможете выстоять против всего Патруля.

— Вот как? А я ведь могу оставить вас здесь до прихода Эндерби. Кроме того, я запрограммировал свой роллер так, что он появится в многолюдном месте, а когда это произойдет, известно только мне. Что тогда случится с историей?

— Патруль внесет коррективы... как это сделали вы в пятом веке.

— Возможно! Но я могу значительно облегчить их задачу, если они прислушаются к моей просьбе. Мне нужен данеллианин.

— Что?

— То, что слышали, — отрезал Эверард. — Если нужно, я возьму ваш роллер и прыгну на миллион лет вперед. Я объясню им лично, насколько будет проще для всех, если они согласятся со мной.

— Этого не потребуется!

Эверард повернулся, и у него тут же перехватило дыхание. Ультразвуковой пистолет выпал из рук.

Глаза Эверарда не выдерживали сияния, исходившего от возникшей перед ними фигуры. Со странным сухим рыданием он попятился.

— Ваша просьба рассмотрена, — продолжал беззвучный голос. — Она была обдумана и взвешена за много лет до того, как вы появились на свет. Но тем не менее вы оставались необходимым связующим звеном в цепи времен. В случае неудачи в этом деле вы не смогли бы рассчитывать на снисхождение. Для нас является историческим фактом то, что некие Чарльз и Мэри Уиткомб жили в викторианской Англии. Историческим фактом является также и то, что Мэри Нельсон погибла вместе с семьей, которую она пошла навестить, в 1944 году, а Чарльз Уиткомб остался холостяком и впоследствии был убит при выполнении задания Патруля. Это несоответствие было замечено, и, поскольку даже малейший парадокс опасно ослабляет структуру пространства-времени, оно подлежало исправлению путем устранения одного из двух зафиксированных исторических фактов. Вы сами определили — которого.

Каким-то краешком потрясенного сознания Эверард уловил, что патрульные внезапно освободились от веревок.

Он узнал, что его роллер стал... становится... станет невидимым в момент материализации. Он узнал также, что отныне история выглядит следующим образом: Мэри Нельсон пропала без вести, по-видимому, погибла при взрыве бомбы, разрушившей дом семьи Эндерби, которая в это время находилась у Нельсонов. Чарльз Уиткомб исчез в 1947 году, по-видимому, утонул. Эверард узнал, что Мэри рассказали правду, подвергнув гипнообработке, не позволяющей ни при каких обстоятельствах раскрывать эту правду, и отправили вместе с Чарли в 1850 год. Он узнал, что они жили как обычные англичане среднего класса, хотя викторианская Англия так и не стала для них родным домом. Чарли поначалу часто грустил о том времени, когда работал в Патруле, но затем с головой ушел в заботы о жене и детях и пришел к выводу, что его жертва была не так уж велика.

Все это он узнал в одно мгновение. А когда черный водоворот, вобравший в себя сознание Эверарда, прекратил свое стремительное вращение и пелена, застилавшая его взгляд, пропала, данеллианина уже не было. Эверард снова повернулся к патрульным: чего он еще не знал, так это собственного приговора.

— Пошли, — сказал ему один из них. — Нам нужно уйти из дома, пока никто не проснулся. Мы доставим вас в ваше время. 1954 год, верно?

— А что потом? — спросил Эверард.

Патрульный пожал плечами. Его напускное спокойствие скрыло еще не прошедшее потрясение от встречи с данеллианином.

— Отчитаетесь перед начальником сектора, — сказал он. — Все говорит о том, что вы не годитесь для обычной работы в резидентуре.

— Значит... разжалован и отправлен в отставку?

— Не нужно драматизировать ситуацию. Неужели вы думаете, что ваш случай — единственный в своем роде за миллион лет работы Патруля? Существует стандартная процедура... Разумеется, вам придется пройти переподготовку. Люди с таким типом личности, как у вас, больше подходят для оперативной работы — всегда и повсюду, в любых эпохах и местах, где они понадобятся. Думаю, это придется вам по душе.

Эверард кое-как забрался на роллер. А когда он с него слез, позади осталось десять лет.

ЛЕГКО ЛИ БЫТЬ ЦАРЕМ

Глава 1

Однажды вечером в Нью-Йорке середины двадцатого века Мэнс Эверард, переодевшись в любимую домашнюю куртку, доставал из бара виски и сифон. Прервал его звонок в дверь. Эверард чертыхнулся. После нескольких дней напряженной работы ему достаточно было общества доктора Ватсона с его недавно найденными рассказами[1].

Ну, ладно, может, как-нибудь удастся отделаться. Он прошуршал шлепанцами по квартире, с вызывающим видом открыл дверь и холодно бросил:

— Привет.

Внезапно Эверарду показалось, что наступила невесомость, словно он попал на один из первых космических кораблей и беспомощно повис среди сверкающих звезд.

— О! — только и вымолвил он. — Я не ожидал... Входи.

Синтия Денисон остановилась, глядя поверх его плеча на бар. Эверард повесил над ним шлем, украшенный лошадиным хвостом, и два скрещенных копья из Ахейского бронзового века. Темные, блестящие, они выглядели невероятно красивыми. Синтия попыталась говорить спокойно, но ее голос сорвался:

— Мэнс, дай мне чего-нибудь выпить. Только побыстрей.

— Конечно, сейчас.

Он крепко сжал зубы и помог ей снять пальто. Закрыв дверь, она села на модную шведскую кушетку, такую же красивую и функционально безупречную, как и оружие из эпохи Гомера, и стала рыться в сумочке, нащупывая сигареты. Некоторое время они старались не смотреть друг на друга.

— Тебе, как всегда, ирландское со льдом? — спросил он.

Казалось, что эти слова доносятся до него откуда-то издалека, а сам он в это время кое-как управлялся с бутылками и бока-

---

[1] Имеются в виду написанные Адрианом Конан Дойлом и Джоном Диксоном Карром рассказы из сборника «Подвиги Шерлока Холмса», вышедшего в 1954 году.

лами, утратив всю свою ловкость, приобретенную в Патруле Времени.

— Да, — ответила она. — Значит, ты помнишь.

В тишине комнаты ее зажигалка щелкнула неожиданно громко.

— Ведь прошло всего несколько месяцев, — пробормотал он, не зная, что еще сказать.

— Объективного времени. Времени обычного, без искажений, с сутками, длящимися двадцать четыре часа. — Она выпустила облако дыма и пристально посмотрела на него. — Для меня немногим больше. Я ведь здесь почти безвылазно, со дня моей свадьбы. Восемь с половиной месяцев моего личного биологического времени — с того дня, как Кит и я... А сколько времени прошло для тебя, Мэнс? Сколько лет ты прожил, в каких эпохах побывал после того, как был шафером на нашей с Китом свадьбе?

У нее был высокий, довольно тонкий и поэтому невыразительный голос — единственный ее недостаток, по мнению Эверарда, если не считать маленького роста — едва-едва пять футов. Но сейчас Эверард понял, что она с трудом сдерживает рыдания.

Он протянул бокал.

— До дна.

Она послушно выпила, слегка поперхнувшись. Он снова наполнил ее бокал, а себе наконец налил шотландского виски с содовой. Потом придвинул кресло к кушетке и извлек из глубокого кармана изъеденной молью куртки трубку с кисетом. Руки Эверарда еще дрожали, правда, лишь чуть-чуть, и он надеялся, что она этого не заметит. Она поступила мудро, что не выложила свою новость сразу, какой бы та ни была: им обоим требовалось время, чтобы прийти в себя.

Лишь теперь он рискнул посмотреть на нее. Она не изменилась. Прелестная фигура — сама хрупкость, само изящество, подчеркнутые черным платьем. Золотистые волосы, падающие на плечи, огромные голубые глаза под изогнутыми бровями, чуть вздернутый нос, как всегда полуоткрытые губы. Косметикой Синтия почти не пользовалась, и поэтому нельзя было с уверенностью сказать, плакала она недавно или нет. Но сейчас она, по-видимому, была близка к этому.

Эверард принялся набивать трубку.

— Ну ладно, Син, — сказал он. — Ты мне расскажешь?

Она поежилась и наконец выговорила:

— Кит. Он пропал.

— Что? — Эверард выпрямился. — В прошлом?

— Где же еще? В Древнем Иране. Он отправился туда и не

50

вернулся. Это было неделю назад. — Она поставила стакан на подлокотник и сцепила пальцы. — Патруль его, конечно, искал, но безрезультатно. Я узнала об этом только сегодня. Они не могут его найти. Не ясно даже, что с ним произошло.

— Иуды, — прошептал Эверард.

— Кит всегда... всегда считал тебя своим лучшим другом, — сказала она с неожиданным напором. — Ты не представляешь, как часто он о тебе говорил. Честно, Мэнс. Не думай, что мы о тебе забыли: просто тебя никогда не застанешь дома и...

— Ладно, — прервал он ее. — Что я, мальчишка, чтобы обижаться? Я был занят. Да и вы... вы ведь только что поженились.

«После того как я вас познакомил, в ту лунную ночь у подножия Мауна-Лоа. В Патруле Времени чины и звания мало кого волнуют. Новичок вроде свежеиспеченной выпускницы Академии Синтии Каннингем, работающей простой секретаршей в своем собственном столетии, имеет полное право встречаться в нерабочее время с уважаемым ветераном... вроде меня... так часто, как им обоим захочется. Ничто не мешает ветерану воспользоваться своим опытом, чтобы взять ее с собой в Вену Штрауса потанцевать вальс или в Лондон Шекспира — сходить в «Глобус», побродить с ней по забавным маленьким барам Нью-Йорка времен Тома Лири или подурачиться на гавайских солнечных пляжах за тысячу лет до появления там людей на каноэ. А товарищ по Патрулю тоже имеет право присоединиться к ним. А потом на ней жениться. Конечно!»

Эверард раскурил трубку. Когда его лицо скрылось за пеленой дыма, он сказал:

— Начни с самого начала. Я не встречался с вами года... года два-три моего биологического времени, поэтому толком не знаю, чем занимался Кит.

— Так долго? — удивленно спросила она. — Ты даже не приезжал сюда в отпуск? Мы действительно очень хотели, чтобы ты навестил нас.

— Хватит извинений, — отрезал Эверард. — Если бы захотел — зашел бы.

Кукольное личико исказилось, как от пощечины, и он тут же пошел на попятную:

— Извини. Конечно, я хотел. Но я же говорил... Мы, агенты-оперативники, чертовски заняты, скачем туда-сюда по пространству-времени, как блохи на сковородке... Черт побери! — Он попробовал улыбнуться. — Син, ты же меня, грубияна, знаешь, не обращай внимания на всю эту болтовню. Я был в Древней Греции и сам создал миф о Химере, да-да. Я был известен как

51

«дилайопод», занятное чудовище с двумя левыми ногами, растущими изо рта.

Она натянуто улыбнулась и взяла из пепельницы свою сигарету.

— А я по-прежнему служу в «Прикладных исследованиях», — сказала она. — Обычная секретарша. Но благодаря этому я могу связаться со всеми управлениями, включая штаб-квартиру. И поэтому я точно знаю, что было сделано для спасения Кита... Почти ничего! Они просто бросили его! Мэнс, если ты не поможешь, Кит погибнет!

Синтия замолчала — ее трясло. Эверард не стал торопить девушку и, чтобы окончательно успокоиться самому, решил еще раз вспомнить послужной список Кита Денисона.

Родился в 1927 году в Кембридже, штат Массачусетс, в обеспеченной семье. В двадцать три года блестяще защитил докторскую диссертацию по археологии. К этому времени он уже успел стать чемпионом колледжа по боксу и пересечь Атлантику на тридцатифутовом кече. Призванный в 1950 году в армию, храбро сражался в Корее и, будь эта война популярнее, наверняка бы прославился. Однако можно было общаться с ним годами и так и не узнать всего этого. Когда ему нечем было заняться, он мог порассуждать со сдержанным юмором о высоких материях, но когда появлялась работа, он выполнял ее без лишней суеты. «Конечно, — подумал Эверард, — девушка досталась лучшему. Кит запросто мог стать оперативником, если бы захотел. Но у него здесь были корни, а у меня — нет. Наверное, он просто не такой непоседа, как я».

В 1952 году на Денисона, не знавшего, куда податься после демобилизации, вышел агент Патруля и завербовал его. Возможность темпоральных путешествий Денисон воспринял гораздо легче многих: сказалась гибкость ума, ну и, конечно, то, что он был археологом. Пройдя обучение, он с большим удовольствием обнаружил, что его собственные интересы совпадают с нуждами Патруля, и стал исследователем, специализируясь на протоистории восточных индоевропейцев. Во многих отношениях он был гораздо нужнее Эверарда.

Офицерам-оперативникам, которые во всех временах спасают потерпевших аварию, арестовывают преступников и поддерживают сохранность ткани человеческих судеб, приходится ведь забредать и на глухие тропы. А если нет никаких письменных источников — откуда им знать, правильно ли они действуют? Задолго до появления первых иероглифов люди воевали, путешествовали, совершали открытия и подвиги, последствия которых распространились по всему континууму. Патруль должен был знать о них. Работа корпуса исследователей и состояла в создании карт океана истории.

«А кроме того, Кит был моим другом».

Эверард вынул трубку изо рта.

— Хорошо, Синтия, — сказал он. — Расскажи мне, что произошло.

Глава 2

Ей удалось наконец взять себя в руки, и теперь ее голосок звучал почти сухо.

— Он следил за миграциями различных арийских племен. О них известно очень мало, сам знаешь. Приходится начинать с более-менее известного периода истории, и от него уже продвигаться назад во времени. С этим заданием Кит и отправился в Иран 558 года до Рождества Христова. Он говорил, что это незадолго до конца мидийского периода. Он собирался расспросить людей, изучить их обычаи, а потом перейти к еще более раннему этапу и так далее... Но ты, наверное, и сам все это знаешь, Мэнс. Ты же помогал ему однажды, еще до нашего знакомства. Он часто об этом рассказывал.

— Я просто сопровождал его — так, на всякий случай, — отмахнулся Эверард. — Он изучал переселение одного доисторического племени с Дона на Гиндукуш. Вождю мы представились бродячими охотниками и пропутешествовали с их караваном несколько недель в качестве гостей племени. Это было забавно.

Он вспомнил степь и необъятные небеса, скачку за антилопой, пиры у походных костров и девушку, волосы которой впитали горьковатую сладость дыма. На миг он пожалел, что не родился в том племени и не мог разделить его судьбу.

— На этот раз Кит отправился в прошлое один, — продолжала Синтия. — В его отделе всегда не хватает людей, как, впрочем, и во всем Патруле. Столько тысячелетий, за которыми надо наблюдать, а человеческая жизнь так коротка... Он и раньше ходил один. Я всегда боялась его отпускать, но он говорил, что в одежде бродячего пастуха, у которого нечего украсть, в горах Ирана он будет в большей безопасности, чем на Бродвее. Только на этот раз вышло иначе!

— Насколько я понял, — быстро заговорил Эверард, — он отправился — неделю назад, да? — намереваясь собрать информацию, передать ее в аналитический центр исследовательского отдела и вернуться назад в тот же самый день. («Потому что только слепой болван может оставить тебя одну и допустить, чтобы здесь, без него, проходила твоя жизнь».) Но не вернулся.

— Да. — Она прикурила новую сигарету от окурка первой. — Я сразу забеспокоилась. Спросила начальника. Он сделал одолжение, послал запрос на неделю вперед — то есть в сегодняшний день. Ему ответили, что Кит не возвращался. А в аналитическом центре сказали, что информации им он не передавал. Тогда мы сверились с хрониками в штаб-квартире регионального управления. Там говорится... что... Кит никогда не возвращался и что никаких его следов не было обнаружено.

Эверард осторожно кивнул.

— И тогда, разумеется, были объявлены поиски, результаты которых зафиксированы в хрониках.

Изменчивое время порождает множество парадоксов, в тысячный раз подумал он.

Если кто-то пропадал, от вас вовсе не требовалось браться за розыски только потому, что об этом говорится в каком-то отчете. Но других возможностей найти пропавшего не было. Конечно, вы могли вернуться назад и изменить ситуацию таким образом, чтобы в итоге найти его, — тогда в архиве «с самого начала» будет лежать ваш рапорт об успешных поисках и только вы один будете знать «прежнюю» правду.

Все это могло привести к большой путанице. Неудивительно, что Патруль болезненно относился даже к небольшим изменениям, которые никак не повлияли бы на общую картину исторического процесса.

— Наш отдел связался с ребятами из древнеиранского управления, и они послали группу осмотреть это место, — продолжил за Синтию Эверард. — Они ведь знали только предполагаемый район, где Кит собирался материализоваться, да? Я имею в виду, что, раз он не мог точно знать, где ему удастся спрятать роллер, он не оставил точных координат.

Синтия кивнула.

— Но я вот чего не понимаю: почему они не нашли машину? Что бы ни случилось с Китом, роллер все равно остался бы где-то там, в пещере какой-нибудь... У Патруля есть детекторы. Они могли бы по крайней мере зафиксировать для начала местонахождение роллера, а потом уже двинуться назад вдоль его мировой линии, разыскивая Кита.

Синтия затянулась сигаретой так ожесточенно, что у нее запали щеки.

— Они пробовали, — сказала она. — Но мне сказали, что это дикая, пересеченная местность и поиски там очень затруднены. Ничего не получилось. Они не смогли найти ни единого следа. Может, и нашли бы, если бы прочесали все как следует — милю за милей, час за часом. Но они побоялись. Понимаешь, этот регионально-временной интервал — решающий. Мистер Гордон показывал мне расчеты. Я не разбираюсь во всех этих обозначениях, но он сказал, что в историю этого столетия вмешиваться очень опасно.

Эверард обхватил ладонью чашечку трубки. Ее тепло успокаивало. Упоминание о переломных эпохах вызвало у него нервную дрожь.

— Понятно, — сказал он. — Они не смогли прочесать этот район так, как хотели, потому что это могло потревожить слишком много местных жителей, которые из-за этого по-другому вели бы себя во время решающих событий. О-хо-хо... А не пробовали они переодеться и побродить по деревням?

— Несколько экспертов Патруля так и сделали. Они провели в Древней Персии несколько недель. Но никто из встреченных ими людей не обронил даже намека. Эти дикари так недоверчивы... А может, они принимали наших агентов за шпионов мидийского царя. Как я поняла, они недовольны его владычеством... Ничегошеньки. Но так или иначе, нет никаких оснований считать, что общая картина исторического процесса исказилась. Поэтому они полагают, что Кита убили, а его роллер каким-то образом исчез. И какая разница... — она вскочила на ноги и неожиданно сорвалась на крик, — какая им разница: скелетом в каком-нибудь овраге больше, скелетом меньше!

Эверард тоже встал и обнял Синтию, дав ей выплакаться. Но он не думал, что ему самому при этом будет так скверно. Он давно перестал ее вспоминать (раз десять в день — не в счет), но теперь, когда она пришла к нему, искусству забывать предстояло учиться заново.

— Ну почему они не могут вернуться в локальное прошлое? — взмолилась она. — Разве нельзя прыгнуть всего на неделю назад и сказать ему, чтобы он не уходил? Я ведь прошу такую малость! Что за чудовища ввели этот запрет?

— Это сделали обычные люди, — сказал Эверард. — Если мы начнем возвращаться и подправлять свое личное прошлое, то скоро так все запутаем, что попросту перестанем существовать.

— Но за миллион лет, даже больше, — разве не было исключений? Должны быть!

Эверард промолчал. Он знал, что исключения были. Но знал и то, что для Кита Денисона исключения не сделают. Патрульные не святые, но собственные законы они нарушать не станут. К своим потерям они относились, как к любым другим: поднимали бокалы в память о погибших, а не отправлялись в прошлое, чтобы взглянуть на них еще раз, пока те живы.

Немного погодя Синтия отстранилась от него, вернулась за своим коктейлем и залпом выпила. Светлые локоны взметнулись водоворотом вокруг ее лица.

— Извини, — сказала она, достала платок и вытерла глаза. — Я не думала, что разревусь.

— Все в порядке.

Она уставилась в пол.

— Ты мог бы попытаться помочь Киту. Рядовые агенты отступились, но ты мог бы попробовать.

После такой просьбы у него не оставалось выхода.

— Мог бы, — ответил он ей. — Но у меня ничего не выйдет. Судя по хроникам, если я и пытался, то потерпел неудачу. А к любым изменениям пространства-времени относятся неодобрительно. Даже к таким заурядным.

— Для Кита оно не заурядное, — возразила она.

— Знаешь, Син, — пробормотал Эверард, — немногие женщины согласились бы с тобой. Большинство сочло бы, что оно для меня не заурядное.

Она заглянула ему в глаза и на какое-то время застыла. Затем прошептала:

— Мэнс, извини. Я не сообразила... Я думала, раз для тебя прошло столько времени, ты теперь...

— О чем ты? — перешел в оборону Эверард.

— Разве психологи Патруля не могут тебе помочь? — спросила она, снова опустив голову. — Я хочу сказать, раз они смогли выработать у нас рефлекс, не позволяющий рассказывать непосвященным о темпоральных путешествиях... Я подумала, что это тоже возможно: сделать, чтобы человек перестал...

— Хватит, — резко оборвал ее Эверард. Некоторое время он грыз мундштук трубки. — Ладно, — сказал он наконец. — У меня есть пара идей, которые, возможно, никто не проверял. Если Кита можно спасти, ты получишь его до завтрашнего полудня.

— Мэнс, а ты не можешь перенести меня в этот момент?

Ее начинала бить дрожь.

— Могу, — ответил он, — но не стану этого делать. Перед завтрашним днем тебе обязательно надо отдохнуть. Сейчас я отвезу тебя домой и прослежу, чтобы ты выпила снотворное. А потом вернусь сюда и обдумаю ситуацию. — Его губы изобразили некое подобие улыбки. — Перестань выплясывать шимми, ладно? Я же сказал тебе, мне надо подумать.

— Мэнс...

Ее руки сжали пальцы Эверарда.

Он ощутил внезапную надежду и проклял себя за это.

Глава 3

Осенью года 542-го до Рождества Христова одинокий всадник спустился с гор и въехал теперь в долину Кура. Он восседал на статном гнедом мерине, более крупном, чем большинство здешних кавалерийских лошадей, и потому в любом другом месте привлек бы внимание разбойников. Но Великий Царь навел в своих владениях такой порядок, что, как говорили, девственница с мешком золота могла без опаски обойти всю Персию. Это было одной из причин, по которым Мэнс Эверард выбрал для своего прыжка именно это время — через шестнадцать лет после года, в который направился Кит Денисон.

Кроме того, необходимо было прибыть тогда, когда всякое волнение, которое мог вызвать темпоральный путешественник в 558 году, давно уже прошло. Какова бы ни была судьба Кита, к разгадке, возможно, легче будет приблизиться с тыла. Во всяком случае, лобовые действия результатов не дали.

И наконец, по данным Ахеменидского регионально-временного управления, осень 542-го оказалась первым периодом относительного спокойствия со времени исчезновения Денисона. Годы с 558 по 553-й были тревожными: персидский правитель Аншана Куруш (которого будущее знало под именами Кайхошру и Кира) все сильнее не ладил со своим верховным владыкой, мидийским царем Астиагом. Кир поднял восстание, трехлетняя гражданская война подточила силы империи, и персы в конце концов одержали победу над своими северными соседями. Но Кир даже не успел порадоваться триумфу — ему пришлось подавлять восстания соперников и отражать набеги туранцев; он потратил четыре года, чтобы одолеть врагов и расширить свои владения на востоке. Это встревожило его коллег-монархов: Вавилон, Египет, Лидия и Спарта образовали антиперсидскую коалицию, и в 546 году их войска, которые возглавил царь Лидии Крез, вторглись в Персию. Лидийцы были разбиты и аннексированы, но вскоре восстали, и пришлось воевать с ними снова; кроме того, нужно было договариваться с беспокойными греческими колониями Ионией, Карией и Ликией. Военачальники Кира занимались всем этим на западе, а сам он был вынужден воевать на востоке с дикими кочевниками, угрожавшими его городам.

Но теперь наступила передышка. Киликия сдастся без боя, увидев, что в других захваченных Персией странах правят с такой мягкостью и таким уважением к местным обычаям, каких до сих пор не видел мир. Руководство восточными походами Кир передаст своим приближенным, а сам займется консолидацией уже завоеванных земель. Только в 539 году возобновится война с Вавилоном и будет присоединена Месопотамия. А затем будет другой мирный период, пока не наберут силу племена за Аральским морем. Тогда царь отправится в поход против них и встретит там свою смерть.

Въезжая в Пасаргады, Мэнс Эверард задумался — перед ним была весна надежды.

Конечно, эта эпоха, как и любая другая, не соответствовала такому возвышенному определению. Он проезжал милю за милей и везде видел крестьян, убиравших серпами урожай и нагружавших скрипучие некрашеные повозки, запряженные быками; пыль, поднимавшаяся со сжатых полей, щипала ему глаза. Оборванные дети, игравшие возле глиняных хижин без окон, разглядывали его, засунув в рот пальцы. Проскакал царский вестник; перепуганная курица с пронзительным кудахтаньем метнулась через дорогу и попала под копыта его коня. Проехал отряд копейщиков, одетых в шаровары, чешуйчатые доспехи, остроконечные шлемы, украшенные у некоторых перьями, и яркие полосатые плащи. Живописные наряды воинов изрядно запылились и пропитались потом, а с языка у них то и дело срывались грубые шутки. За глинобитными стенами прятались принадлежавшие аристократам большие дома и неописуемо прекрасные сады, но при существующей экономической системе позволить себе такую роскошь могли немногие. На девяносто процентов Пасаргады были типичным восточным городом с безликими лачугами и лабиринтом грязных улочек, по которым сновал люд в засаленных головных платках и обтрепанных халатах, городом крикливых базарных торговцев, нищих, выставляющих напоказ свои увечья, купцов, ведущих вереницы усталых верблюдов и навьюченных сверх всякой меры ослов, собак, жадно роющихся в кучах отбросов. Из харчевен доносилась музыка, похожая на вопли кошки, попавшей в стиральную машину, люди изрыгали проклятья и размахивали руками, напоминая ветряные мельницы... Интересно, откуда взялись эти россказни о загадочном Востоке?

— Подайте милостыню, господин, подайте, во имя Света! Подайте, и вам улыбнется Митра!..

— Постойте, господин! Бородой моего отца клянусь, из рук мастеров никогда не выходило более прекрасного творения, чем эта уздечка! Вам, счастливейшему из смертных, я предлагаю ее за смехотворную сумму...

— Сюда, мой господин, сюда! Всего через четыре дома отсюда находится лучший караван-сарай во всей Персии — нет, в целом мире! Наши тюфяки набиты лебединым пухом, вино моего отца достойно Деви, плов моей матери славится во всех краях земли, а мои сестры — это три луны, которыми можно насладиться всего за...

Эверард игнорировал призывы бегущих за ним юных зазывал. Один схватил его за лодыжку, и он, выругавшись, пнул мальчишку, но тот только бесстыдно ухмыльнулся. Эверард надеялся, что ему не придется останавливаться на постоялом дворе: хотя персы и были гораздо чистоплотнее большинства народов этой эпохи, насекомых хватало и здесь.

Не давало покоя ощущение беззащитности. Патрульные всегда старались припасти туза в рукаве: парализующий ультразвуковой пистолет тридцатого века и миниатюрную рацию, чтобы вызывать пространственно-временной антигравитационный темпороллер. Но все это не годилось, потому что тебя могли обыскать. Эверард был одет как грек: туника, сандалии, длинный шерстяной плащ. На поясе висел меч, за спиной — шлем со щитом, вот и все вооружение. Правда, оружие было из стали, в эти времена еще неизвестной. Здесь не было филиалов Патруля, куда он мог обратиться, если бы попал в беду, потому что эта относительно бедная и неспокойная переходная эпоха не привлекла внимания Межвременной торговли; ближайшая региональная штаб-квартира находилась в Персеполе, но и она отстояла от этого времени на поколение.

Чем дальше он продвигался, тем реже попадались базары, улицы становились шире, а дома — больше. Наконец он выбрался на площадь, с четырех сторон окруженную дворцами. Над ограждавшими их стенами виднелись верхушки ровно подстриженных деревьев. У стен сидели на корточках (стойку «смирно» еще не изобрели) легко вооруженные юноши — часовые. Когда Эверард приблизился, они поднялись, вскинув на всякий случай свои луки. Он мог бы просто пересечь площадь, но вместо этого повернул и окликнул парня, который был, по всей видимости, начальником караула.

— Приветствую тебя, господин, да прольется на тебя свет солнца, — персидская речь, выученная под гипнозом всего за час, легко заструилась с его языка. — Я ищу гостеприимства какого-нибудь великого человека, который снизошел бы, чтобы выслушать мои безыскусные рассказы о путешествиях в чужие земли.

— Да умножатся твои дни, — ответил страж.

Эверард вспомнил, что предлагать персам бакшиш нельзя: соплеменники Кира были гордым и суровым народом охотников, пастухов и воинов. Их речь отличалась той исполненной достоинства вежливостью, которая была свойственна людям такого типа во все времена.

— Я служу Крезу Лидийскому, слуге Великого Царя. Он не откажет в пристанище...

— Меандру из Афин, — подсказал Эверард.

Вымышленное греческое происхождение должно было объяснить его крепкую фигуру, светлую кожу и коротко стриженные волосы. Однако для большей достоверности ему пришлось налепить на подбородок ван-дейковскую бородку. Греки путешествовали и до Геродота, поэтому афинянин в этом качестве не показался бы здесь эксцентричным чудаком. С другой стороны, до Марафонской битвы оставалось еще полвека, и европейцы попадали сюда не настолько часто, чтобы не вызвать к себе интереса.

Появился раб, который отыскал дворецкого, который, в свою очередь, послал другого раба, и тот впустил чужеземца в ворота. Сад за стеной, зеленый и прохладный, оправдал надежды Эверарда: за сохранность багажа в этом доме опасаться нечего, еда и питье здесь должны быть хороши, а сам Крез обязательно захочет поподробнее расспросить гостя. «Тебе везет, парень», — подбодрил себя Эверард, наслаждаясь горячей ванной, благовониями, свежей одеждой, принесенными в его просто обставленную комнату финиками и вином, мягким ложем и красивым видом из окна. Ему не хватало только сигары.

Только сигары — из достижимых вещей.

Конечно, если Кит мертв и это непоправимо...

— К чертям собачьим, — пробормотал Эверард. — Брось эти мысли, приятель!

После заката похолодало. Во дворце зажгли лампы (это был целый ритуал, потому что огонь считался священным) и раздули жаровни. Раб пал перед Эверардом ниц и сообщил, что обед подан. Эверард спустился за ним в длинный зал, украшенный яркими фресками, изображавшими Солнце и Быка Митры, прошел мимо двух копьеносцев и оказался в небольшой, ярко освещенной комнате, устланной коврами и благоухавшей ладаном. Два ложа были по эллинскому обычаю придвинуты к столу, уставленному совсем не эллинскими серебряными и золотыми блюдами; рабы-прислужники стояли наготове в глубине комнаты, а за дверями, ведущими во внутренние покои, слышалась музыка, похожая на китайскую.

Крез Лидийский милостиво кивнул ему. Когда-то он был статен и красив, но за несколько лет, что минули после потери его вошедших в поговорки богатства и могущества, сильно постарел. Длинноволосый и седобородый, он был одет в греческую хламиду, но, по персидскому обычаю, пользовался румянами.

— Радуйся, Меандр Афинский, — произнес он по-гречески и подставил Эверарду щеку для поцелуя.

Хотя от Креза и несло чесноком, патрульный, следуя указанию, коснулся щеки губами. Со стороны Креза это было очень любезно: таким образом он показал, что положение Меандра лишь слегка ниже его собственного.

— Радуйся, господин. Благодарю тебя за твою доброту.

— Эта уединенная трапеза не должна оскорбить тебя, — сказал бывший царь. — Я подумал... — он замялся, — я всегда считал, что состою в близком родстве с греками, и мы могли бы поговорить о серьезных вещах...

— Мой господин оказывает мне слишком большую честь.

После положенных церемоний они наконец приступили к еде. Эверард разразился заранее приготовленной байкой о своих путешествиях; время от времени Крез озадачивал его каким-нибудь неожиданным вопросом, но патрульный быстро научился избегать опасных тем.

— Воистину, времена меняются, и тебе посчастливилось прибыть сюда на заре новой эпохи, — сказал Крез. — Никогда еще мир не знал более славного царя, чем... — И так далее, и тому подобное. Все это явно предназначалось для ушей слуг, бывших одновременно царскими шпионами, хотя в данном случае Крез не грешил против истины.

— Сами боги удостоили нашего царя своим покровительством, — продолжал Крез. — Если бы я знал, как благоволят они к нему — я хочу сказать, знай я, что это правда, а не сказки, — никогда не посмел бы я встать у него на пути. Сомнений быть не может, он — избранник богов.

Эверард, демонстрируя свое греческое происхождение, разбавлял вино водой, сожалея, что не выбрал какой-нибудь другой, менее воздержанный народ.

— А что это за история, мой господин? — поинтересовался он. — Я знал только, что Великий Царь — сын Камбиза, который владел этой провинцией и был вассалом Астиага Мидийского. А что еще?

Крез наклонился вперед. Его глаза, в которых отражалось дрожащее пламя светильников, приобрели удивительное выражение, называвшееся когда-то дионисийским и давно позабытое ко временам Эверарда: в них читались ужас и восторг одновременно.

— Слушай и расскажи об этом своим соотечественникам, — начал он. — Астиаг выдал свою дочь Мандану за Камбиза, ибо он знал, что персам не по душе его тяжкое иго, и хотел связать их вождей со своим родом. Но Камбиз заболел и ослаб. Если бы он умер, а его маленький сын Кир занял престол в Аншане, то установилось бы опасное регентство персидской знати, не имевшей обязательств перед Астиагом. Вдобавок сны предвещали царю Мидии, что Кир погубит его империю. Поэтому Астиаг повелел царскому оку Аурвагошу (Крез, переделывавший все местные имена на греческий лад, назвал Аурвагоша Гарпагом), который был его родичем, избавиться от царевича. Гарпаг, невзирая на протесты царицы Манданы, отнял у нее ребенка; Камбиз был слишком болен, чтобы помочь жене, да и в любом случае Персия не могла восстать без предварительной подготовки. Но Гарпаг не смог решиться на злое дело. Он подменил царевича мертворожденным сыном горца-пастуха, взяв с того клятву, что он будет молчать. Мертвый ребенок был завернут в пеленки царевича и оставлен на склоне холма; затем вызвали мидийских придворных, которые засвидетельствовали исполнение приказа, после чего ребенка похоронили. Кир, наш правитель, воспитывался как пастух. Камбиз прожил еще двадцать лет: сыновей у него больше не было, не было и силы, чтобы отомстить за первенца. И когда он оказался при смерти, у него не было наследника, которому персы считали бы себя обязанными повиноваться. Астиаг снова забеспокоился. В этот момент и объявился Кир; его личность установили благодаря нескольким приметам. Астиаг, втайне жалея о содеянном, радушно принял его и подтвердил, что он — наследник Камбиза. На протяжении пяти лет Кир оставался вассалом, но выносить тиранию мидян с каждым годом становилось для него все труднее. Тем временем Гарпаг в Экбатанах хотел отомстить за ужасное злодеяние: в наказание за непослушание Астиаг заставил его убить и съесть собственного сына. Гарпаг и еще несколько знатных мидян организовали заговор. Они избрали своим вождем Кира, Персия восстала, и после трехлетней войны Кир стал правителем двух народов. С тех пор он, конечно, подчинил себе и много других народов. Разве боги когда-нибудь выражали свою волю яснее?

Некоторое время Эверард лежал не шевелясь и вслушивался в сухой шелест листьев в саду, продуваемом холодным осенним ветром.

— Неужели это правда, а не слухи? — переспросил он.

— С тех пор как я нахожусь при персидском дворе, я получил достаточно доказательств. Сам царь подтвердил, что это истинная правда, то же самое сделали Гарпаг и другие участники событий.

Лидиец наверняка не лгал: ведь он сослался на свидетельство своего правителя, а знатные персы были правдивы до фанатизма. И все же за годы службы в Патруле Эверард не слышал ничего более неправдоподобного. Именно эту историю записал Геродот, с некоторыми изменениями она попала в «Шахнаме» — всякому было ясно, что это типичный героический миф. То же самое, в общих чертах, рассказывали о Моисее, Ромуле, Сигурде, о сотне других великих людей. Не было никаких оснований считать, что в ее основе лежат какие-то реальные события; вне всяких сомнений, Кир вырос самым обычным образом в доме своего отца, взошел на престол просто по праву рождения и поднял восстание из-за самых тривиальных причин.

Но только что рассказанную Эверарду сказку подтверждали свидетели, видевшие все своими глазами!

Здесь крылась какая-то тайна. Это напомнило Эверарду о его задаче. Надлежащим образом выразив свое удивление, он продолжил разговор, а затем спросил:

— До меня дошли слухи, что шестнадцать лет назад в Пасаргадах появился чужеземец в одежде бедного пастуха, который на самом деле был магом и чудотворцем. Возможно, что он здесь и умер. Не знает ли мой любезный хозяин что-нибудь о нем?

Сжавшись, Эверард ждал ответа. Он подозревал, что Кит Денисон не был убит каким-нибудь диким горцем, не сломал себе шею, упав со скалы, и вообще не попадал ни в какую из подобных бед. Потому что тогда его аппарат остался бы где-нибудь поблизости. Когда Патруль проводил поиски, они могли проглядеть в этой местности самого Денисона, но не темпороллер!

Все было наверняка сложнее. И если Кит вообще остался жив, он должен был объявиться здесь, в центре цивилизации.

— Шестнадцать лет назад? — Крез подергал себя за бороду. — Тогда меня в Персии не было. Но знамений в том году здесь хватало — ведь именно тогда Кир покинул горы и занял свой законный трон в Аншане. Нет, Меандр, я ничего об этом не знаю.

— Я жаждал найти этого человека, — начал Эверард, — потому что оракул... — И так далее, и тому подобное.

— Ты можешь расспросить слуг и горожан, — посоветовал Крез. — А я задам этот вопрос при дворе. Ты здесь поживешь пока, не правда ли? Возможно, сам царь пожелает увидеть тебя: чужестранцы всегда вызывают у него интерес.

Вскоре беседа оборвалась. С довольно кислой миной Крез пояснил, что персы предпочитают рано ложиться и рано вставать и что на заре он уже должен быть в царском дворце. Раб провел Эверарда обратно в его комнату, где патрульный обнаружил симпатичную девушку, которая ждала его и многообещающе улыбалась. На миг он замер в нерешительности, вспомнив про день, который наступит через двадцать четыре сотни лет. Но — к черту все это! Человек должен принимать все, что боги пожелают ему ниспослать, а боги, как известно, не слишком щедры.

Глава 5

Не прошло и часа после рассвета, как на площадь вылетел отряд кавалеристов; осаживая коней, они выкрикивали имя Меандра Афинянина. Оставив завтрак, Эверард вышел во двор. Окинув взглядом ближайшего к нему серого жеребца, он сосредоточил внимание на всаднике — суровом бородатом мужчине с крючковатым носом, — командире этих стражников, прозванных Бессмертными. Отряд заполнил площадь: беспокойно переступали кони, колыхались плащи и перья, бряцал металл, скрипела кожаная сбруя, а полированные латы сверкали в первых солнечных лучах.

— Тебя требует к себе тысячник! — выкрикнул офицер. Персидский титул, который он на самом деле назвал — «хилиарх», — носил начальник стражи и великий визирь империи.

На минуту Эверард застыл, оценивая ситуацию. Его мускулы напряглись. Приглашение было не очень-то сердечным, но он вряд ли мог отказаться, сославшись на другие срочные дела.

— Слушаю и повинуюсь, — произнес он. — Позволь мне только захватить небольшой подарок, чтобы отблагодарить за оказанную мне честь.

— Хилиарх сказал, что ты должен прийти немедленно. Вот лошадь.

Лучник-караульный подставил ему сложенные чашечкой руки, но Эверард вскочил в седло без посторонней помощи. Уметь это было весьма кстати в те времена, когда стремян еще не изобрели.

Офицер одобрительно кивнул, одним рывком повернул коня и поскакал впереди отряда; они быстро миновали площадь и помчались по широкой улице, вдоль которой располагались дома знати и стояли изваяния сфинксов. Движение было не таким оживленным, как возле базаров, но всадников, колесниц, носилок и пешеходов хватало и здесь; все они торопливо освобождали дорогу: Бессмертные не останавливались ни перед кем. Отряд с шумом влетел в распахнувшиеся перед ним дворцовые ворота. Разбрасывая копытами гравий, лошади обогнули лужайку, на которой искрились фонтаны, и, бряцая сбруей, остановились возле западного крыла дворца.

Дворец, сооруженный из ярко раскрашенного кирпича, стоял на широкой платформе в окружении нескольких зданий поменьше. Командир соскочил с коня и, повелительно махнув рукой, зашагал вверх по мраморной лестнице. Эверард последовал за ним, окруженный воинами, которые на всякий случай прихватили из своих седельных сумок легкие боевые топорики. При их появлении разодетые и наряженные в тюрбаны дворцовые рабы попадали ниц. Вошедшие миновали красно-желтую колоннаду, спустились в зал с мозаиками, красоту которых Эверард был тогда не в состоянии оценить, а потом прошли мимо шеренги воинов в комнату, разноцветный сводчатый потолок которой поддерживали стройные колонны; сквозь стрельчатые окна сюда проникало благоухание отцветающих роз.

Бессмертные согнулись в поклоне. «Что хорошо для них, то хорошо и для тебя, сынок», — подумал Эверард, целуя персидский ковер. Человек, лежавший на кушетке, кивнул.

— Поднимись и внемли! — произнес он. — Принесите греку подушку.

Солдаты застыли около Эверарда. Нубиец с подушкой в руках торопливо пробрался вперед и положил ее на пол перед ложем своего господина. Эверард, скрестив ноги, сел на подушку. Во рту у него пересохло.

Хилиарх, которого Крез, как он помнил, назвал Гарпагом, наклонился вперед. Тигриная шкура, покрывавшая кушетку, и роскошный красный халат, в который был закутан сухопарый мидянин, подчеркивали его стариковскую внешность — длинные, до плеч, волосы стального цвета, изрезанное морщинами смуглое горбоносое лицо. Но глаза, которые внимательно рассматривали пришедшего, старыми не были.

— Итак, — начал он (в его персидском слышался сильный североиранский акцент), — ты и есть тот человек из Афин. Благородный Крез сегодня утром рассказал о твоем прибытии и упомянул, что ты кое о чем расспрашивал. Так как это может касаться безопасности государства, я хотел бы знать, что именно ты ищешь. — Он погладил бороду рукой, на которой блестели самоцветы, и холодно улыбнулся. — Не исключено даже, что я помогу тебе в твоих поисках — если они безвредны для моего народа.

Он старательно избегал традиционных форм приветствия и даже не предложил прохладительных напитков — словом, не проделал ничего, что могло бы возвести Меандра в наполовину священный статус гостя. Это был допрос.

— Господин, что именно ты хочешь узнать? — спросил Эверард. Он уже догадывался, в чем дело, и тревожное предчувствие его не обмануло.

— Ты искал переодетого пастухом мага, который пришел в Пасаргады шестнадцать весен назад и творил чудеса, — голос хилиарха исказился от волнения. — Зачем это тебе и что еще ты слышал об этом? Не медли, чтобы придумать ложный ответ, — говори!

— Великий господин, — начал Эверард, — оракул в Дельфах сказал мне, что жизнь моя переменится к лучшему, если я узнаю судьбу пастуха, пришедшего в столицу Персии в... э-э... третьем году первой тирании Писистрата. Больше ничего об этом я нигде не узнал. Мой господин знает, насколько темны слова оракула.

— Хм, хм... — На худое лицо Гарпага легла тень страха, и он сделал рукой крестообразный знак, который у митраистов символизировал солнце. Затем он грубо бросил: — Что ты разузнал с тех пор?

— Ничего, великий господин. Никто не мог сказать...

— Лжешь! — зарычал Гарпаг. — Все греки лжецы. Поберегись, ты ввязался в недостойное дело! С кем еще ты говорил?

Эверард заметил, что рот хилиарха дергается от нервного

тика. У самого патрульного желудок превратился в холодный ком. Он раскопал что-то такое, что Гарпаг считал надежно скрытым, и настолько важное, что риск поссориться с Крезом, который был обязан защитить своего гостя, ничего перед этим не значил. А самым надежным кляпом во все времена был кинжал... Конечно, после того как дыба и клещи вытащат из чужеземца все, что он знает... «Но что именно я знаю, черт побери?!»

— Ни с кем, господин, — прохрипел он. — Никто, кроме оракула и Солнечного Бога, говорящего через оракула и пославшего меня сюда, не слышал об этом до вчерашнего вечера.

У Гарпага, ошеломленного упоминанием о Боге, перехватило дух. Было видно, как он заставил себя расправить плечи.

— Мы знаем только с твоих слов — со слов грека, что оракул сказал тебе... что ты не стремился выведать наши тайны. Но даже если тебя сюда прислал Бог, это могло быть сделано, чтобы уничтожить тебя за твои грехи. Мы поговорим об этом позже. — Он кивнул командиру стражников: — Отведите его вниз. Именем царя.

Царь!

Эверарда осенило. Он вскочил на ноги.

— Да, царь! — вскричал он. — Бог сказал мне... будет знак... и тогда я передам его слово царю персов!

— Хватайте его! — завопил Гарпаг.

Стражники бросились исполнять приказ. Эверард отпрыгнул назад, что есть мочи призывая царя Кира. Пусть его арестуют. Слух дойдет до престола, и тогда... Двое с занесенными топорами оказались между ним и стеной, остальные навалились сзади. Взглянув поверх их шлемов, он увидел, что Гарпаг вскочил на кушетку.

— Выведите его и обезглавьте! — приказал мидянин.

— Мой господин, — запротестовал командир, — он воззвал к царю!

— Чтобы околдовать нас! Теперь я его узнал, он сын Заххака и слуга Ахримана! Убейте его!

— Нет, подождите, — воскликнул Эверард, — подождите, вы что, не видите, это он — предатель, он хочет помешать мне поговорить с царем... Отпусти меня, тварь!

Чьи-то пальцы вцепились в его правую руку. Он готов был просидеть несколько часов в местной каталажке, пока босс не узнает о случившемся и не вызволит его оттуда, но теперь все обстояло несколько иначе. Он выдал хук левой: стражник с расквашенным носом отшатнулся назад. Эверард выхватил у него из рук топор и, развернувшись, отразил удар слева.

Бессмертные пошли в атаку. Топор Эверарда со звоном ударился о металл, отскочил и размозжил кому-то костяшки пальцев. Конечно, как воин, он превосходил большинство этих людей, но у снеговика в аду было больше шансов остаться невредимым, чем у него. Лезвие топора просвистело возле лица, но Эверард успел скользнуть за колонну: полетели щепки. Удача: его удар пришелся в руку одному из солдат, и, перепрыгнув через закованное в кольчугу тело раньше, чем оно коснулось пола, Эверард оказался на открытом пространстве в центре комнаты. Гарпаг соскочил с кушетки, вытаскивая из-под халата саблю: храбрости старому хрычу было не занимать. Эверард забежал ему за спину, мидянину пришлось повернуться, загородив тем самым патрульного от стражей. Топор и сабля встретились. Эверард старался держаться поближе к противнику, чтобы персы не могли воспользоваться луками и копьями, но они стали обходить его с тыла. Черт побери, вот и пришел конец еще одному патрульному...

— Стойте! Падите ниц! Царь идет!

Крик прозвучал трижды: Стражники застыли на месте, уставившись на появившегося в дверях гиганта-глашатая в алом халате, а затем с размаху попадали на ковер. Гарпаг выронил саблю из рук. Эверард едва не размозжил ему голову, но тут же опомнился и, заслышав доносящийся из зала топот ног, тоже бросил топор. На мгновение они с хилиархом замерли, переводя дыхание.

— Вот... он услышал... и явился... сразу, — выдохнул Эверард прямо в лицо мидянину.

Опускаясь на пол, тот зашипел, словно кот:

— Поберегись! Я буду следить за тобой. Если ты отравишь его разум, то и для тебя найдется отрава. Или кинжал...

— Царь! Царь! — гремел глашатай.

Эверард распростерся на полу рядом с Гарпагом.

Отряд Бессмертных ворвался в комнату и построился, оставив свободным проход к кушетке. Туда бросился дворецкий и накинул на кушетку особое покрывало. Затем, шагая широко и энергично, вошел сам Кир в развевающейся мантии. За ним следом шли несколько особо доверенных придворных, имевших право носить оружие в присутствии царя, а позади них сокрушенно заламывал руки раб-церемониймейстер, которому не дали времени, чтобы расстелить ковер и вызвать музыкантов.

В наступившей тишине раздался голос царя:

— В чем дело? Где чужеземец, воззвавший ко мне?

Эверард рискнул поднять глаза. Кир был высок, широкоплеч и худощав; выглядел он старше, чем следовало из рассказа Креза, — ему сорок семь, догадался Эверард, вздрогнув. Просто шестнадцать лет войн и охоты помогли ему сохранить гибкость. У него было узкое смуглое лицо с карими глазами, прямым носом и пухлыми губами; на левой скуле белел шрам от удара мечом. Черные волосы, слегка седеющие, были зачесаны назад, а борода подстрижена короче, чем принято у персов. Одет он был настолько просто, насколько позволяло его положение.

— Где чужеземец, о котором говорил прибежавший раб?

— Это я, Великий Царь, — отозвался Эверард.

— Встань. Назови свое имя.

Эверард поднялся и прошептал:

— Привет, Кит.

Глава 6

Виноградные лозы со всех сторон оплетали мраморную беседку. За ними почти не было видно окружавших ее лучников. Тяжело опустившись на скамью, Кит Денисон уставился на испещренный тенями от листьев пол и произнес с кривой улыбкой:

— По крайней мере наш разговор останется в тайне. Английский язык еще не изобрели.

Помедлив, он снова заговорил по-английски с грубоватым акцентом:

— Иногда мне кажется, что в моей теперешней жизни самое тяжелое то, что я ни минуты не могу побыть один. Единственное, что в моих силах, — выгонять всех из комнаты, где я нахожусь; но они все равно ни на шаг не отходят: прячутся за дверью, под окнами, стерегут, подслушивают... Надеюсь, их преданные души поджарятся в аду!

— Неприкосновенность личной жизни тоже еще не изобрели, — напомнил Эверард. — А у шишек вроде тебя ее никогда и не было.

Денисон снова устало посмотрел на него.

— Я все хочу спросить, как там Синтия, — сказал он, — но для нее, конечно, прошло... нет, пройдет не так много времени. Неделя, наверное. Ты, случайно, не захватил сигарет?

— В роллере оставил, — сказал Эверард. — Я решил, что мне и без того проблем достаточно. Не хватало еще объяснять кому-то, что это такое. Мне и в голову не могло прийти, что ты будешь управлять тут всей этой кутерьмой.

— Мне тоже, — передернул плечами Денисон. — Чертовски невероятная история. Парадоксы времени...

— Так что же случилось?

Денисон потер глаза и вздохнул.

— Меня просто затянуло в эту историю. Знаешь, иногда все, что было раньше, кажется мне нереальным, как сон. Были ли когда-нибудь христианство, симфоническая музыка или «Билль о правах»? Не говоря уже о всех моих знакомых. Ты, Мэнс, тоже из потустороннего мира, и я жду, что вот-вот проснусь... Ладно, дай мне собраться с мыслями. Ты в курсе, что тут происходит? Мидяне и персы находятся в достаточно близком родстве — и по происхождению, и по культуре, но в то время хозяевами положения были мидяне; вдобавок они переняли у ассирийцев много таких привычек, которые были не очень-то по душе персам. Мы ведь обыкновенные скотоводы и вольные земледельцы, и, конечно, несправедливо, что нам пришлось стать вассалами... — Денисон заморгал. — Ну вот, опять!.. Что значит «мы»? В общем, персы были недовольны. Двадцатью годами раньше царь Мидии Астиаг приказал убить маленького царевича Кира, но после пожалел об этом, потому что отец Кира был при смерти, а свара между претендентами на трон могла вылиться в гражданскую войну... Ну а я в это время появился здесь, в горах. Чтобы найти хорошее укрытие для роллера, мне пришлось немножко пошарить в пространстве и времени: я прыгал то туда, то сюда, смещался то на несколько дней, то на пару-другую миль. Поэтому-то Патруль и не смог засечь роллер. Но это лишь одна из причин... Итак, в конце концов я припарковался в пещере и отправился дальше пешком, но тут же вляпался. Через этот район проходила мидийская армия — утихомиривать недовольных персов. Какой-то разведчик видел, как я выходил из пещеры, и осмотрел ее; не успел я опомниться, как был схвачен, и офицер стал выпытывать у меня, что это за штуку я прячу в пещере. Солдаты приняли меня за мага и относились ко мне с некоторым благоговением, но они больше боялись не меня, а того, что их посчитают трусами. Разумеется, весть обо мне быстрее степного пожара распространилась и в армии, и по стране. Скоро все знали, что появился таинственный незнакомец — и при весьма необычных обстоятельствах. Армией командовал сам Гарпаг, а такого хитрого и упрямого дьявола еще не видел мир. Он подумал, что я могу пригодиться. Приказал мне включить моего бронзового коня, но сесть на него не разрешил. Однако мне удалось выпихнуть роллер в автономное путешествие по времени. Поэтому поисковая группа его так и не нашла. Он пробыл в этом веке только несколько часов, а потом, скорее всего, отправился прямиком к Началу.

— Хорошо сработано, — заметил Эверард.

— Я ведь выполнял инструкцию, запрещавшую анахронизмы такого уровня, — Денисон скривился, — но надеялся, что Патруль меня выручит. Знай я, что у них ничего не выйдет, я бы вряд ли остался таким хорошим, готовым на самопожертвование патрульным. Я берег бы роллер как зеницу ока и плясал под дудку Гарпага, пока не представится случай бежать.

Эверард взглянул на товарища и помрачнел. Кит изменился, подумал он: годы в чужой стране не просто состарили его, они повлияли на него сильнее, чем ему кажется.

— Изменяя будущее, — сказал он, — ты бы поставил на кон и существование Синтии.

— Да-да, верно. Я помню, что подумал об этом... тогда... Кажется, все было так давно!

Наклонившись вперед и подперев голову руками, Денисон смотрел наружу сквозь решетку беседки и продолжал монотонно рассказывать:

— Гарпаг, конечно, взбесился. Я даже думал, что он меня убьет. Меня несли оттуда связанным, как скотину, предназначенную на убой. Но, как я уже говорил, обо мне пошли слухи, которые со временем вовсе не утихли. Гарпага это устраивало еще больше. Он предложил мне на выбор: пойти с ним в одной связке или подставить горло под нож. Что еще мне оставалось? И здесь даже не пахло вмешательством в исторический процесс: скоро я понял, что играю роль, уже написанную историей. Понимаешь, Гарпаг подкупил одного пастуха, чтобы тот подтвердил его сказку, и создал из меня Кира, сына Камбиза.

Эверард, который был к этому готов, только кивнул.

— А зачем это было ему нужно? — спросил он.

— Тогда он хотел только укрепить власть мидян. Царь в Аншане, пляшущий под его дудку, поневоле будет верен Астиагу и поможет держать в узде всех персов. Меня втянули во все это так быстро, что я ничего не успел понять. Я только и мог следовать приказаниям Гарпага, надеясь, что с минуты на минуту появится роллер с патрульными, которые меня выручат. Нам очень помогло то, что эти иранские аристократы помешаны на честности — мало кто заподозрил, что я лжесвидетельствовал, объявив себя Киром, хотя сам Астиаг, по-моему, закрыл глаза на противоречия в этой истории. Кроме того, он поставил Гарпага на место, наказав его с изощренной жестокостью за то, что тот не разделался с Киром, хотя теперь Кир и оказался ему полезным: для Гарпага это было невыносимо вдвойне, потому что двадцать лет назад приказ он таки выполнил. Что до меня, то на протяжении пяти лет Астиаг становился мне самому все более и более противен. Теперь, оглядываясь назад, я понимаю, что он не был таким уж исчадием ада — просто типичный монарх Древнего Востока, но все это довольно трудно осознать, когда постоянно приходится видеть, как истязают людей... Итак, желавший отомстить Гарпаг организовал восстание, а я согласился его возглавить.

Денисон криво ухмыльнулся.

— В конце концов, я был Киром Великим и должен был играть в соответствии с пьесой. Сначала нам пришлось туго, мидяне громили нас раз за разом, но знаешь, Мэнс, я обнаружил, что мне такая жизнь нравится. Ничего похожего на эту гнусность двадцатого века, когда сидишь в своем окопчике и гадаешь, прекратится ли когда-нибудь вражеский обстрел. Да, война и здесь довольно отвратительна, особенно для рядовых, когда вспыхивают эпидемии — а от них здесь никуда не денешься. Но когда приходится сражаться, ты действительно сражаешься, своими собственными руками, ей-богу! И я даже открыл у себя талант к подобным вещам. Мы провернули несколько великолепных трюков.

Эверард наблюдал, как оживляется его товарищ. Денисон выпрямился, и в его голосе послышались веселые нотки.

— Вот, например, у лидийцев было численное превосходство в кавалерии. Мы поставили наших вьючных верблюдов в авангард, за ними пехоту, а конницу — позади всех. Крезовы клячи почуяли вонь от верблюдов и удрали. По-моему, они все еще бегут. Мы разбили Креза в пух и прах!

Он внезапно умолк, заглянул Эверарду в глаза и закусил губу.

— Извини, я постоянно забываюсь. Время от времени я вспоминаю, что дома убийцей не был: как правило, после битвы, когда я вижу разбросанные вокруг тела убитых и раненых — раненым даже хуже. Но я ничего не мог сделать, Мэнс! Я был вынужден воевать! Сначала — то восстание. Не будь я заодно с Гарпагом, как ты думаешь, долго ли я сам протянул бы на этом свете, а? Ну а потом пришлось защищаться. Я ведь не просил лидийцев на нас нападать, и восточных варваров тоже. Видел ли ты, Мэнс, хоть когда-нибудь разграбленный туранцами город? Тут или они нас, или мы их, но когда мы кого-то побеждаем, то не заковываем людей в цепи и не угоняем в рабство; они сохраняют свои земли и обычаи... Клянусь Митрой, Мэнс, у меня не было выбора!

Эверард какое-то время вслушивался в то, как ветерок шелестит садовой листвой, и наконец произнес:

— Я все понимаю. Надеюсь, тебе здесь было не очень одиноко.

— Я привык, — ответил Денисон, тщательно подбирая слова. — Гарпаг, конечно, не подарок, но с ним интересно. Крез оказался очень порядочным человеком. У мага Кобада бывают оригинальные мысли, и он единственный, кто осмеливается выигрывать у меня в шахматы. А еще охота, празднества, женщины... — Он вызывающе посмотрел на Эверарда. — А что я, по-твоему, должен был делать?

— Ничего, — сказал Эверард. — Шестнадцать лет — долгий срок.

— Кассандана, моя старшая жена, стоит всего того, что я пережил. Хотя Синтия... Господи, Мэнс!

Денисон вскочил и схватил Эверарда за плечи. Сильные пальцы, за полтора десятка лет привыкшие к топору, луку и поводьям, больно впились в тело. Царь персов вскричал:

— Как ты собираешься вытащить меня отсюда?

Глава 7

Эверард тоже встал, подошел к стене беседки и, засунув пальцы за пояс, стал смотреть в сад сквозь каменное кружево.

— Я не могу ничего придумать, — ответил он.

Денисон ударил кулаком по ладони.

— Этого я и боялся. С каждым годом я все больше боялся, что даже если Патруль меня и найдет, то... Ты должен мне помочь!

— Говорю тебе: не могу! — У Эверарда, который так и не повернулся к собеседнику, внезапно сел голос. — Сам подумай. Впрочем, ты, наверное, делал это уже не раз. Ты ведь не какой-нибудь варварский царек, чья судьба уже через сотню лет ничего не будет значить. Ты — Кир, основатель Персидской империи, ключевая фигура ключевого периода истории. Если Кир исчезнет, с ним исчезнет и все будущее! Не будет никакого двадцатого века, и Синтии тоже!

— Ты уверен? — взмолился человек за спиной Эверарда.

— Перед прыжком сюда я вызубрил факты, — сказал Эверард сквозь зубы. — Перестань валять дурака. У нас предубеждение против персов, потому что одно время они враждовали с греками, а наша собственная культура выросла преимущественно из эллинских корней. Но роль персов уж по крайней мере не меньше! Ты же видел, как это произошло. Конечно, по твоим меркам, они довольно жестоки, но такова вся эпоха, греки ничуть не лучше. Да, демократии здесь нет, но нельзя же винить их за то, что они не додумались до этого чисто европейского изобретения, которое просто несовместимо с их мировоззрением. Вот что важно: персы были первыми завоевателями, которые старались уважать побежденные народы; они соблюдали свои собственные законы и установили мир на достаточно большой территории, что позволило наладить прочные связи с Дальним Востоком. Они, наконец, создали жизнеспособную мировую религию — зороастризм, не замыкавшийся в рамках одного-единственного народа или местности. Может, ты и не знаешь, что само христианство и многие его обряды восходят к митраизму, но поверь мне, это так. Не говоря уж об иудаизме, который спасешь именно ты, Кир Великий. Помнишь? Ты захватишь Вавилон и разрешишь евреям, которые сохранили свою веру, вернуться домой; без тебя они бы растворились и затерялись в общей толпе, как это уже произошло с десятками других племен. Даже во времена своего упадка Персидская империя останется матрицей для грядущих цивилизаций. Александр просто вступил во владение территорией Персии — вот в чем состояла большая часть его завоеваний. А благодаря этому эллинизм распространился по всему миру! А ведь будут еще государства — преемники Персии: Понт, Парфия, Персия времен Фирдоуси, Омара Хайяма и Хафиза, знакомый нам Иран и тот, грядущий Иран, который появится после двадцатого века...

Эверард резко повернулся.

— Если ты все бросишь, — сказал он, — я с полным основанием могу предположить, что здесь по-прежнему будут строить зиккураты и гадать по внутренностям животных... европейцы не выберутся из своих лесов, Америка останется неоткрытой — да-да, и три тысячи лет спустя!

Денисон отвернулся.

— Да, — согласился он. — Я тоже об этом думал.

Некоторое время он вышагивал туда-сюда, заложив руки за спину. Его смуглое лицо с каждой минутой казалось все старше.

— Еще тринадцать лет, — пробормотал он еле слышно. — Через тринадцать лет я погибну в битве с кочевниками. Я точно не знаю как. Просто обстоятельства так или иначе приведут меня к этому. А почему бы и нет? Точно так же они приводили меня ко всему, что я волей-неволей делал до сих пор... Я знаю, что мой сын Камбиз, несмотря на все мои старания, вырастет садистом и окажется никуда не годным царем, и для спасения империи понадобится Дарий... Господи! — Он прикрыл лицо широким рукавом. — Извини меня. Терпеть не могу, когда люди себя жалеют, но ничего не могу с собой поделать.

Эверард сел, избегая смотреть на Денисона. Он слышал только его хриплое дыхание.

Наконец царь наполнил вином две чаши, устроился около Эверарда на скамье и сухо сказал:

— Прости. Теперь я в порядке. И я еще не сдаюсь.

— Можно доложить о твоих проблемах в штаб-квартиру, — предложил Эверард не без сарказма.

Денисон подхватил этот тон:

— Спасибо, братишка. Я еще помню их позицию. С нами они считаться не будут. Они закроют для посещений все время жизни Кира, чтобы меня никто не искушал, и пришлют мне теплое письмо. Они подчеркнут, что я — абсолютный монарх цивилизованного народа, что у меня есть дворцы, рабы, винные погреба, повара, музыканты, наложницы и охотничьи угодья — все это под рукой и в неограниченном количестве, так на что же мне жаловаться? Нет, Мэнс, с этим делом нам придется разбираться самим.

Эверард стиснул кулаки так сильно, что ногти впились в ладони.

— Ты ставишь меня в чертовски затруднительное положение, Кит, — сказал он.

— Я только прошу тебя подумать над этой проблемой... И ты это сделаешь, Ахриман тебя забери!

Его пальцы снова сжимали плечо Эверарда: приказывал покоритель всего Востока. Прежний Кит никогда бы не сорвался на такой тон, подумал Эверард, начиная злиться. Он задумался.

«Если ты не вернешься домой, и Синтия узнает, что ты никогда... Она могла бы прибыть сюда к тебе: еще одна иностранка в царском гареме не повлияет на ход истории. Но если я до встречи с ней доложу в штаб, что проблема неразрешима, — а в этом трудно сомневаться... Ну что ж, тогда годы правления Кира станут запретной зоной, и она не сможет присоединиться к тебе...»

— Я и сам об этом думал, и не раз, — сказал Денисон уже спокойнее. — И свое положение понимаю не хуже тебя. Но послушай, я могу описать тебе местонахождение пещеры, в которой моя машина оставалась несколько часов. А ты мог бы туда отправиться и предупредить меня сразу после моего появления там.

— Нет, — ответил Эверард. — Это исключено. Причины две. Во-первых, такие вещи запрещены уставом, и это разумно. В других обстоятельствах они могли бы сделать исключение, но тут вступает в действие вторая причина: ты — Кир. Они никогда не пойдут на то, чтобы полностью изменить все будущее ради одного человека.

«А я бы пошел на такое ради одной-единственной женщины? Не уверен. Надеюсь, что нет... Синтии совсем не обязательно знать обо всем. Для нее так будет даже лучше. Я могу воспользоваться своими правами агента-оперативника, чтобы сохранить все в тайне от нижних чинов, а ей просто скажу, что Кит необратимо мертв и что погиб он при таких обстоятельствах, которые вынудили нас закрыть этот период для темпоральных путешествий. Конечно, какое-то время она погорюет, но молодость возьмет свое, и вечно носить траур она не будет... Разумеется, это подло. Но, по большому счету, разве лучше будет пустить ее сюда, где она, на положении рабыни, будет делить своего мужа самое малое с дюжиной других царевен, на которых он был вынужден жениться по политическим соображениям? Разве не будет лучше, если она сожжет мосты и начнет все заново в своей эпохе?»

— О-хо-хо... Я изложил тебе эту идею только для того, чтобы от нее отделаться, — сказал Денисон. — Но должен найтись еще какой-нибудь выход. Послушай, Мэнс, шестнадцать лет назад сложилась ситуация, за которой последовало все остальное, и не по людскому капризу, а явно в соответствии с логикой событий. Предположим, что я не появился. Разве Гарпаг не мог подыскать другого псевдо-Кира? Конкретная личность царя не имеет значения. Другой Кир, естественно, отличался бы от меня миллионом деталей в повседневном поведении. Но если он не будет безнадежным идиотом или маньяком, а окажется просто разумным и порядочным человеком — надеюсь, уж этих-то качеств ты за мной отрицать не станешь, — тогда его карьера будет такой же, как у меня, во всех важных деталях, которые попадут в учебники истории. Ты знаешь это не хуже меня. За исключением критических точек, время всегда восстанавливает свою прежнюю структуру. Небольшие расхождения сглаживаются и исчезают через несколько дней или лет — действует обычная отрицательная обратная связь. И только в решающие моменты может возникнуть связь положительная, когда изменения с течением времени не пропадают, а нарастают. Ты же знаешь об этом!

— Еще бы, — хмыкнул Эверард. — Но, как следует из твоих же собственных слов, твое появление и было таким решающим моментом. Именно оно навело Гарпага на его идею. Иначе... Можно предположить, что пришедшая в упадок Мидийская империя развалится на части и, возможно, станет добычей Лидии или туранцев, потому что у персов не окажется необходимого им вождя, по рождению получившего божественное право царствовать над ними... Нет, к пещере в этот момент я подойду только с санкции кого-нибудь из данеллиан, не меньше.

Денисон взглянул на Эверарда поверх чаши, которую держал в руке, потом опустил ее, не отводя от собеседника глаз. Его лицо застыло и стало неузнаваемым. Наконец он очень тихо сказал:

— Ты не хочешь, чтобы я вернулся, да?

Эверард вскочил со скамьи. Он уронил свою чашу, и она со звоном упала на пол. Разлившееся вино напоминало кровь.

— Замолчи! — выкрикнул он.

Денисон кивнул.

— Я царь, — сказал он. — Стоит мне шевельнуть пальцем, и эти стражи разорвут тебя на куски.

— Ты просишь о помощи чертовски убедительно, — огрызнулся Эверард.

Денисон вздрогнул. Прежде чем заговорить, он какое-то время сидел неподвижно.

— Прости меня. Ты не представляешь себе, какой это удар... Да, конечно, это была неплохая жизнь. Ярче и интереснее, чем у большинства. К тому же это очень приятное занятие — быть полубогом. Наверное, поэтому через тринадцать лет я и отправлюсь в поход за Яксарт: поступить по-другому, когда на меня устремлены взгляды этих львят, я просто не смогу. Черт, я бы даже сказал, что ради этого стоит умереть.

Его губы искривились в подобие улыбки.

— Некоторые из моих девочек абсолютно сногсшибательны! А еще со мной всегда Кассандана. Я сделал ее старшей женой, потому что она смутно напоминает мне Синтию. Наверное, поэтому. Трудно сказать — ведь столько времени прошло. Двадцатый век кажется мне нереальным. А хороший скакун доставляет куда больше удовольствия, чем спортивный автомобиль... И я знаю, что мои труды здесь не напрасны, а такое может сказать о себе далеко не каждый... Да, извини, что я на тебя наорал. Я знаю, ты бы мне помог, если бы осмелился. А раз ты не можешь — а я тебя в этом не виню, — не нужно жалеть обо мне.

— Перестань! — простонал Эверард.

Ему казалось, что в его мозгу вращаются бесчисленные шестерни, перемалывающие пустоту. Над своей головой он видел разрисованный потолок; изображенный на нем юноша убивал быка, который был и Солнцем, и Человеком одновременно. За колоннами и виноградными лозами прохаживались с луками наготове стражи в чешуйчатых доспехах, напоминавших шкуру дракона; их лица казались вырезанными из дерева. Отсюда было видно и то крыло дворца, где находился гарем, в котором сотни, а то и тысячи молодых женщин ожидали случайной прихоти царя, считая себя счастливейшими из смертных. За городскими стенами раскинулись убранные поля, где крестьяне готовились принести жертвы Матери-Земле, чей культ существовал здесь задолго до прихода ариев, а они появились здесь в темном, предрассветном прошлом. Высоко над стенами словно парили в воздухе горы; там обитали волки, львы, кабаны и злые духи. Все здесь было уж слишком чуждым. Раньше Эверард считал, что с его закалкой любая чужеродность будет ему нипочем, но сейчас ему вдруг захотелось убежать и спрятаться: вернуться в свой век, к своим современникам, и забыть там обо всем.

Он осторожно сказал:

— Дай мне посоветоваться кое с кем из коллег. Мы детально проверим весь период. Может найтись какая-нибудь развилка, и тогда... Моих знаний не хватит, чтобы справиться с этим самому, Кит. Мне надо вернуться назад в будущее и проконсультироваться. Если мы что-то придумаем, то вернемся... этой же ночью.

— Где твой роллер? — спросил Денисон.

Эверард махнул рукой:

— Там, среди холмов.

Денисон погладил бороду.

— А точнее ты мне не скажешь, так ведь? Да, это разумно. Я не уверен, что сохранил бы выдержку, если бы знал, где достать машину времени.

— Я не имел этого в виду! — запротестовал Эверард.

— Не обращай внимания. Ладно, это неважно. Не будем пререкаться по пустякам. — Денисон вздохнул. — Отправляйся домой и подумай, что здесь можно сделать. Сопровождение нужно?

— Не стоит. Без него ведь можно обойтись?

— Можно. Благодаря нам тут безопаснее, чем в Центральном парке.

— Это не особенно обнадеживает. — Эверард протянул товарищу руку. — Только верни моего коня. Я очень не хотел бы его потерять — животное выращено специально для Патруля и приучено к темпоральным перемещениям. — Их взгляды встретились. — Я вернусь. Лично. Каким бы ни было решение.

— Конечно, Мэнс, — отозвался Денисон.

Они вышли вместе, чтобы избежать лишних формальностей с охраной и стражей у ворот. Денисон показал Эверарду, где во дворце находится его спальня, и сказал, что всю неделю будет по ночам ожидать там его прибытия. Наконец Эверард поцеловал царю ноги и, когда их царское величество удалились, вскочил на коня и медленно выехал за ворота дворца.

Он чувствовал себя выпотрошенным. На самом деле помочь здесь ничем нельзя, а он пообещал вернуться и лично сообщить царю этот приговор.

Глава 8

На исходе дня Эверард оказался в горах, где над холодными, шумными ручьями хмуро высились кедры. Несмотря на засушливый климат, в Иране этого века еще оставались такие леса. Боковая дорога, на которую он свернул, превратилась в уходящую вверх наезженную тропу. Его усталый конь еле тащился. Надо было отыскать какую-нибудь пастушью хижину и попроситься на ночлег, чтобы дать животному отдых. Впрочем, сегодня будет полнолуние, и он сможет, если понадобится, добраться к рассвету до роллера и пешком. Он сомневался, что сможет заснуть.

Однако лужайка с высокой сухой травой и спелыми ягодами так и звала отдохнуть. В седельных сумках у Эверарда еще оставалась еда, имелся и бурдюк с вином; это было кстати, так как с самого утра у него и крошки во рту не было. Он прикрикнул на лошадь и съехал на обочину.

Что-то привлекло его внимание. Далеко внизу на дороге горизонтальные солнечные лучи высветили облачко пыли. Оно увеличивалось прямо на глазах. Несколько всадников, скачущих во весь опор, предположил он. Царские вестники? Но что им нужно в этих местах? Его охватил нервный озноб. Он надел подшлемник, приладил поверх него шлем, повесил на руку щит и слегка выдвинул из ножен свой короткий меч. Наверняка отряд промчится с гиканьем мимо, но...

Теперь он смог разглядеть, что их восемь. Они скакали на хороших лошадях, а замыкающий вел на поводу несколько запасных. Однако кони их сильно устали: на запылившихся боках темнели пятна пота, гривы прилипли к шеям. Видимо, скакали они давно. Всадники были хорошо одеты: обычные белые шаровары, рубашки, сапоги, плащи и высокие шляпы без полей. Не придворные, не профессиональные вояки, но и не разбойники. Они были вооружены саблями, луками и арканами.

Неожиданно Эверард узнал седобородого всадника во главе отряда.

«Гарпаг!» — разорвалось в его мозгу.

Сквозь завесу пыли он смог разглядеть и то, что остальные, даже для древних иранцев, выглядят весьма устрашающе.

— О-хо-хо, — сказал Эверард вполголоса. — Сейчас начнется.

Его мозг заработал в бешеном ритме. Он даже не успел как следует испугаться — нужно было искать выход. Гарпаг наверняка помчался в горы, чтобы поймать этого грека Меандра. Очевидно, что при дворе, наводненном болтунами и шпионами, Гарпаг не позднее чем через час узнал, что царь говорил с чужеземцем на неизвестном языке как с равным, а после позволил ему вернуться на север. Хилиарху потребовалось совсем немного времени, чтобы выдумать предлог, объясняющий его отъезд из дворца, собрать своих личных громил и отправиться в погоню. Зачем? А затем, что когда-то в этих горах появился «Кир» верхом на каком-то устройстве, которое Гарпагу очень хотелось бы заполучить. Мидянин не дурак, он вряд ли удовлетворился уклончивым объяснением, состряпанным тогда Китом. Казалось вполне логичным, что однажды должен объявиться другой маг с родины царя, и тогда уж Гарпаг так просто не выпустит его машину из рук.

Эверард больше не медлил. Погоня была всего в сотне ярдов от него. Он уже мог разглядеть, как сверкают глаза хилиарха под косматыми бровями. Пришпорив коня, он свернул с тропы и поскакал через луг.

— Стой! — раздался позади него знакомый истошный вопль. — Стой, грек!

Эверард кое-как заставил свою изможденную лошадь перейти на рысь. Длинные тени кедров были уже рядом...

— Стой, или я прикажу стрелять!.. Остановись!.. Раз так, стреляйте! Не убивать! Цельтесь в коня!

На опушке леса Эверард соскользнул с седла. Он услышал злое жужжание и десятка два глухих ударов. Лошадь пронзительно заржала. Эверард оглянулся через плечо: бедное животное упало на колени. Он поклялся, что кое-кто за это поплатится, но их было восемь против одного... Он бросился под защиту деревьев. Возле его левого плеча просвистела стрела и вонзилась в ствол. Он пригнулся и, петляя, побежал сквозь сладко пахнущий сумрак. Порой низкие ветки хлестали его по лицу. Если бы заросли были погуще, он смог бы воспользоваться каким-нибудь трюком из арсенала индейцев-алгонкинов, но приходилось довольствоваться тем, что его шаги на этом мягком грунте были совершенно беззвучны. Персы пропали из виду. Не задумываясь, они попытались преследовать его верхом. Хруст, треск и громкая ругань, наполнившие воздух, свидетельствовали, что они в этом не слишком преуспели.

Еще миг, и они спешатся. Эверард поднял голову. Тихое журчание воды... Он рванулся в ту сторону, вверх по крутой каменистой осыпи. Его преследователи вовсе не беспомощные горожане, подумал он. Среди них наверняка есть несколько горцев, чьи глаза способны заметить малейшие следы. Нужно их запутать, тогда он сможет где-нибудь отсидеться, а тем временем Гарпагу придется вернуться во дворец к своим обязанностям. Эверард начал задыхаться. Позади послышались грубые голоса — обсуждалось какое-то решение, но слов было не разобрать. Очень далеко. А кровь у него в висках стучала слишком громко.

Раз Гарпаг осмелился стрелять в царского гостя, он наверняка не позволит этому гостю доложить обо всем царю. Схватить чужеземца, пытать, пока не выдаст, где его машина и как ею управлять, и оказать ему последнюю милость холодной сталью — такая вот программа действий. «Черт, — подумал Эверард сквозь бешеный стук в ушах, — я провалил эту операцию, сделал из нее руководство на тему «Как не должен поступать патрульный». А первый параграф в нем будет гласить: нельзя так много думать о женщине, которая тебе не принадлежит, и пренебрегать из-за этого элементарными предосторожностями».

Неожиданно он оказался на высоком сыром берегу. Внизу, в сторону долины, бежал ручей. По его следам они дойдут до этого места, но потом им придется решать, куда он направился по ручью. Действительно, куда?.. Он стал спускаться по холодной и скользкой глине. Лучше — вверх по течению. Так он окажется ближе к роллеру, а Гарпаг, скорее всего, решит, что он захочет вернуться к царю, и поэтому двинется в противоположном направлении.

Камни ранили его ноги, вода леденила. Деревья на обоих берегах стояли стеной, а вверху, словно крыша, тянулась узкая синяя полоска быстро темнеющего неба. В вышине парил орел. Воздух становился холоднее. Эверард спешил, скользя и спотыкаясь. В одном ему повезло: ручей извивался, как взбесившаяся змея, и вскоре патрульного уже нельзя было увидеть с того места, где он вошел в воду. «Пройду около мили, — подумал он, — а там, может быть, удастся ухватиться за низко свисающую ветку и выбраться, не оставив следов».

Медленно тянулись минуты.

«Ну, доберусь я до роллера, — размышлял Эверард, — вернусь к себе и попрошу у начальства помощи. Мне чертовски хорошо известно, что никакой помощи от них не дождешься. Почему бы не пожертвовать одним человеком, чтобы обеспечить их собственное существование и все, о чем они пекутся? Так что Кит завязнет здесь еще на тринадцать лет, пока варвары его не прикончат. Но Синтия и через тринадцать лет будет еще молода; после долгого кошмара жизни в изгнании с постоянной мыслью о приближающейся гибели мужа она окажется отрезанной от нас — чужая всем в этом запретном периоде, одна-одинешенька при запуганном дворе безумного Камбиза Второго... Нет, я должен скрыть от нее правду, удержать ее дома; пусть думает, что Кит мертв. Он бы и сам этого захотел. А через год-два она снова будет счастлива: я смогу научить ее быть счастливой».

Он давно перестал замечать, что острые камни ранят его обутые в легкие сандалии ноги, что его колени дрожат и подгибаются, что вода громко шумит. И тут, обогнув излучину, он вдруг увидел персов.

Их было двое. Они шли по ручью вниз по течению. Да, его поимке придавалось большое значение, раз уж они нарушили религиозный запрет на загрязнение рек. Еще двое шли поверху, прочесывая лес на обоих берегах. Одним из них был Гарпаг. Длинные сабли со свистом вылетели из ножен.

— Ни с места! — закричал хилиарх. — Стой, грек! Сдавайся!

Эверард замер как вкопанный. Вокруг его ног журчала вода. Двое шлепавших по ручью навстречу ему в этом колодце теней казались призраками — их смуглые лица растворились в сумраке, и Эверард видел только белые одежды да мерцающие лезвия сабель. Это был удар ниже пояса: преследователи поняли по следам, что он спустился к ручью; поэтому они разделились — половина туда, другая сюда. По твердой почве они могли передвигаться быстрее, чем он — по скользкому дну. Достигнув места, дальше которого он никак не успел бы уйти, они двинулись назад вдоль ручья, теперь уже медленнее — приходилось повторять все его извивы, — но в полной уверенности, что добыча у них в руках.

— Взять живым, — напомнил Гарпаг. — Можете покалечить его, если надо, но возьмите живым.

Эверард зарычал и повернул к берегу.

— Ладно, красавчик, ты сам напросился, — сказал он по-английски.

Двое, что были в воде, с воплями побежали к нему. Один споткнулся и упал. Воин с противоположного берега попросту уселся на глину и съехал со склона, как на санках.

Берег был скользкий. Эверард воткнул нижний край своего щита в глину и, опираясь на него, кое-как вылез из воды. Гарпаг уже подошел к этому месту и спокойно поджидал его. Когда Эверард оказался рядом, клинок старого сановника со свистом обрушился на него. Эверард, вскинув голову, принял удар на шлем — аж в ушах зазвенело. Лезвие скользнуло по нащечной пластине и задело его правое плечо, правда, несильно. Он словно почувствовал легкий укус, а потом ему стало уже не до этого.

На победу Эверард не надеялся. Но он заставит себя убить да еще и заплатить за это удовольствие.

Он выбрался на траву и успел поднять щит как раз вовремя, чтобы закрыть голову. Тогда Гарпаг попробовал достать его ноги, но Эверард отразил и этот выпад своим коротким мечом. Снова засвистела сабля мидянина. Однако, как докажет история двумя поколениями позже, в ближнем бою у легковооруженного азиата не было никаких шансов против гоплита. «Клянусь Господом, — подумал Эверард, — мне бы только панцирь и поножи, и я бы свалил всех четверых!» Он умело пользовался своим большим щитом, отражая им каждый удар, каждый выпад, и все время старался проскочить под длинным клинком Гарпага, чтобы дотянуться до его незащищенного живота.

Хилиарх злобно ухмыльнулся сквозь всклокоченную седую бороду и отскочил. Конечно, он тянул время и своего добился. Трое воинов уже взобрались на берег, завопили и бросились к ним. Атака была беспорядочной. Персы, непревзойденные бойцы поодиночке, никогда не могли освоить европейской дисциплины, встретившись с которой, они позднее сломают себе шеи при Марафоне и Гавгамелах. Но сейчас, один против четверых и без доспехов, он не мог рассчитывать на успех.

Эверард прижался спиной к стволу дерева. Первый перс опрометчиво приблизился к нему, его сабля отскочила от греческого щита, и в это время из-за бронзового овала вылетел клинок Эверарда и вонзился во что-то мягкое. Патрульный давно знал это ощущение и, выдернув меч, быстро отступил в сторону. Перс медленно осел, обливаясь кровью. Застонав, он запрокинул лицо к небу.

Его товарищи были уже рядом — по одному с каждой стороны. Низкие ветви не позволяли им воспользоваться арканами, поэтому они обнажили сабли. От левого нападавшего Эверард отбивался щитом. Правый бок при этом оставался открытым, но ведь его противники получили приказ не убивать — авось сойдет. Последовал удар справа — перс метил ему по ногам. Патрульный подпрыгнул, и клинок просвистел под ним. Внезапно левый атакующий тоже ткнул саблей вниз. Эверард почувствовал тупой удар и увидел вонзившееся в его икру лезвие. Одним рывком он высвободился. Сквозь густую хвою проглянуло заходящее солнце, и в его лучах кровь стала необыкновенно яркого алого цвета. Эверард почувствовал, что раненая нога подгибается.

— Так, так, — приговаривал Гарпаг, возбужденно подпрыгивая футах в десяти от них. — Рубите его!

И тогда Эверард, высунувшись из-за щита, выкрикнул:

— Эй вы, ваш начальник — трусливый шакал, у него самого духу не хватило, он поджал хвост и удрал от меня!

Это было хорошо рассчитано. На миг его даже перестали атаковать. Он качнулся вперед.

— Персы, раз вам суждено быть собаками мидян, — прохрипел он, — почему вы не выберете себе начальником мужчину, а не этого выродка, который предал своего царя, а теперь бежит от одного-единственного грека?

Даже по соседству с Европой и в такие давние времена ни один житель Востока не позволил бы себе «потерять лицо» в подобной ситуации. Гарпаг вряд ли хоть раз в жизни струсил — Эверард знал, как несправедливы его насмешки. Но хилиарх процедил проклятье и тут же ринулся на него. В этот миг патрульный успел заметить, каким бешенством вспыхнули глаза на сухом лице с крючковатым носом. Прихрамывая, Эверард тяжело двинулся вперед. Два перса на секунду замешкались. Этого вполне хватило, чтобы Эверард и Гарпаг встретились. Клинок мидянина взлетел и опустился; отскочив от греческого шлема, он, отбитый щитом, змеей скользнул вбок, норовя поразить здоровую ногу. Перед глазами Эверарда колыхалась широкая белая туника; наклонившись вперед и отведя назад локоть, он вонзил меч в тело противника.

Извлекая его, он повернул клинок — жестокий профессиональный прием, гарантирующий, что рана будет смертельной. Развернувшись на правой пятке, Эверард парировал щитом следующий удар. С минуту он яростно сражался с одним из персов, краем глаза при этом заметив, что другой заходит ему в тыл. «Ладно, — подумал он отрешенно, — я убил единственного, кто был опасен Синтии...»

— Стойте! Прекратите!

Это слабое сотрясение воздуха почти потонуло в шуме горного потока, но воины, услышав приказ, отступили назад и опустили сабли. Даже умирающий перс повернул голову.

Гарпаг, лежавший в луже собственной крови, силился приподняться. Его лицо посерело.

— Нет... постойте, — прошептал он. — Подождите. Это... не просто так. Митра не дал бы меня поразить, если бы...

Он поманил Эверарда пальцем. В этом жесте было что-то повелительное. Патрульный выронил меч, подошел, хромая, к Гарпагу и встал около него на колени. Мидянин откинулся назад, поддерживаемый Эверардом.

— Ты с родины царя, — прохрипел он в окровавленную бороду. — Не отпирайся. Но знай... Аурвагош, сын Кшайявароша... не предатель. — Худое тело напряглось; в позе мидянина было что-то величественное, он словно приказывал смерти подождать. — Я понял: за пришествием царя стояли высшие силы — света или тьмы, не знаю. Я воспользовался ими, воспользовался царем — не для себя, но ради клятвы верности, которую я дал царю Астиагу. Ему был... нужен... Кир, чтобы царство не расползлось на лоскутья. Потом Астиаг жестоко со мной обошелся и этим освободил меня от клятвы. Но я оставался мидянином. Я видел в Кире единственную надежду — лучшую надежду — для Мидии. Ведь для нас он тоже был хорошим царем — в его владениях нас чтут вторыми после персов. Ты понимаешь... пришелец с родины царя? — Потускневшие глаза ощупывали лицо Эверарда, пытаясь встретиться с его взглядом, но сил даже на это у хилиарха уже не было. — Я хотел схватить тебя, выпытать, где повозка и как ею пользоваться, а потом убить... Да... Но не ради своей выгоды. Это было ради всего царства. Я боялся, что ты заберешь царя домой; он давно тоскует, я знаю. А что сталось бы тогда с нами? Будь милосерден, ведь милосердие понадобится и тебе!

— Буду, — сказал Эверард. — Царь останется.

— Это хорошо, — вздохнул Гарпаг. — Я верю, ты сказал правду... Я не смею думать иначе... Значит, я искупил вину? — с беспокойством спросил он еле слышным голосом. — За убийство, которое совершил по воле моего старого царя — за то, что положил беспомощного ребенка на склоне горы и смотрел, как он умирает, — искупил ли я вину, человек из страны царя? Ведь смерть того царевича... чуть не принесла стране погибель... Но я нашел другого Кира! Я спас нас! Я искупил вину?

— Искупил, — ответил Эверард, задумавшись о том, вправе ли он отпускать такие грехи.

Гарпаг закрыл глаза.

— Теперь оставь меня, — произнес он, и в его голосе прозвучало гаснущее эхо былых приказаний.

Эверард опустил его на землю и заковылял прочь. Совершая положенные ритуалы, два перса встали на колени возле своего господина. Третий воин снова отрешился от всего, ожидая смерти.

Эверард сел под деревом, отодрал полосу ткани от плаща и

перевязал раны. С той, что на ноге, придется повозиться. Главное — добраться до роллера. Удовольствия от такой прогулки будет мало, но как-нибудь он доковыляет, а потом врачи Патруля с помощью медицины далекого будущего за несколько часов приведут его в порядок. Надо отправиться в какое-нибудь отделение, расположенное в неприметном периоде, потому что в двадцатом веке ему зададут слишком много вопросов.

А на такой риск он пойти не мог. Если бы его начальство узнало, что он задумал, ему наверняка бы все запретили.

Решение пришло к нему не в виде ослепительного озарения. Просто он наконец с трудом понял то, что уже давно вынашивал в подсознании. Он прислонился к дереву, переводя дух. Подошли еще четыре перса, им рассказали о том, что произошло. Они старались не смотреть в его сторону и лишь изредка бросали на него взгляды, в которых страх боролся с гордостью, и украдкой делали знаки против злых духов. Персы подняли своего мертвого командира и умирающего товарища и понесли их в лес. Тьма сгущалась. Где-то прокричала сова.

Глава 9

Заслышав шум за занавесями, Великий Царь сел в постели.

Царица Кассандана шевельнулась в темноте, и тонкие пальцы коснулись его лица.

— Что это, солнце моих небес? — спросила она.

— Не знаю. — Он сунул руку под подушку, нащупывая всегда находившийся там меч. — Ничего особенного.

По его груди скользнула ладонь.

— Нет, что-то произошло, — прошептала она, внезапно вздрогнув. — Твое сердце стучит, как барабан войны.

— Оставайся здесь. — Он поднялся и скрылся за пологом кровати.

С темно-фиолетового неба через стрельчатое окно на пол лился лунный свет. Ослепительно блестело бронзовое зеркало. Воздух холодил голое тело.

Какой-то темный металлический предмет, на котором, держась за поперечные рукоятки, верхом сидел человек, словно тень вплыл в окно и беззвучно опустился на ковер. Человек с него слез. Это был хорошо сложенный мужчина в греческой тунике и шлеме.

— Кит, — выдохнул он.

— Мэнс! — Денисон ступил в пятно лунного света. — Ты вернулся!

— А как ты думал? — фыркнул Эверард. — Нас может кто-нибудь услышать? По-моему, меня не заметили. Я материализовался прямо на крыше и тихо опустился вниз на антиграве.

— Сразу за этой дверью стражи, — ответил Денисон, — но они войдут, только если я ударю в гонг или закричу.

— Отлично. Надень что-нибудь.

Денисон выпустил из рук меч. На мгновение он застыл, потом у него вырвалось:

— Ты нашел выход?

— Может быть, может быть. — Эверард отвел взгляд, барабаня пальцами по пульту машины. — Послушай, Кит, — сказал он наконец. — У меня есть идея, которая может сработать, а может и нет. Чтобы ее осуществить, понадобится твоя помощь. Если она сработает, ты сможешь вернуться домой. Командование будет поставлено перед свершившимся фактом и закроет глаза на все нарушения устава. Но в случае неудачи тебе придется вернуться сюда в эту же ночь и дожить свой век Киром. Ты на это способен?

Денисон вздрогнул — но не от холода. Очень тихо он произнес:

— Думаю, да.

— Я сильнее тебя, — без обиняков сказал Эверард, — и оружие будет только у меня. Если понадобится, я оттащу тебя силком. Пожалуйста, не принуждай меня к этому.

Денисон глубоко вздохнул.

— Не буду.

— Тогда давай надеяться, что норны нам помогут. Пошевеливайся, одевайся. По дороге все объясню. Попрощайся с этим годом, да смотри не скажи ему: «До встречи», — потому что, если мой план выгорит, таким это время больше никто не увидит.

Денисон, повернувшийся было к сваленной в углу одежде, которую до рассвета должны были заменить рабы, застыл как вкопанный.

— Что-о?

— Мы попытаемся переписать историю, — сказал Эверард. — Или, может быть, восстановить тот ее вариант, который существовал первоначально. Я точно не знаю. Давай залезай!

— Но...

— Шевелись, шевелись! Разве до тебя не дошло, что я вернулся в тот же самый день, когда расстался с тобой? Сейчас я ковыляю по горам на раненой ноге — и все это для того, чтобы выгадать лишнее время. Давай двигайся!

Денисон решился. Его лицо скрывала темнота, но голос прозвучал очень тихо и четко:

— Мне нужно проститься с одним человеком.

— Что?

— С Кассанданой. Она была здесь моей женой целых... Господи, целых четырнадцать лет! Она родила мне троих детей, нянчилась со мной, когда я дважды болел лихорадкой, и сотни раз спасала от приступов отчаяния. А однажды, когда мидяне были у наших ворот, она вывела пасаргадских женщин на улицы, чтобы подбодрить нас, и мы победили... Дай мне пять минут, Мэнс.

— Хорошо, хорошо. Хотя, чтобы послать за ней евнуха, потребуется куда больше времени...

— Она здесь.

Денисон исчез за пологом кровати.

На мгновение пораженный Эверард замер. «Ты ждал меня сегодня, — подумал он, — и ты надеялся, что я смогу отвезти тебя к Синтии. Поэтому ты послал за Кассанданой».

А потом у него онемели кончики пальцев — так сильно он сжимал рукоять меча.

«Да заткнись ты! Самодовольный лицемер — вот ты кто!»

Вскоре Денисон вернулся. Он не проронил ни слова, пока одевался и устраивался на заднем сиденье роллера. Эверард совершил мгновенный пространственный прыжок: комната пропала, и теперь далеко внизу лежали затопленные лунным светом горы. Задувал холодный пронизывающий ветер.

— Теперь — в Экбатаны. — Эверард включил подсветку и стал колдовать над приборами, сверяясь с пометками в своем пилотском планшете.

— Эк... а-а, ты про Хагматан? Древнюю столицу Мидии? — удивленно спросил Денисон. — Но ведь сейчас это всего лишь летняя резиденция.

— Я имею в виду те Экбатаны, что были тридцать шесть лет назад, — сказал Эверард.

— Что-что?

— Послушай, все будущие ученые-историки убеждены, что рассказы о детстве Кира, приведенные Геродотом и персами, — это чистой воды басни. Так вот, может, они и правы. Возможно, твои здешние приключения — это только одна из причуд пространства-времени, которые и старается устранять Патруль.

— Ясно, — медленно произнес Денисон.

— Наверное, будучи еще вассалом Астиага, ты довольно

88

часто бывал при его дворе. Будешь моим проводником. Старый босс нам нужен лично, желательно — один и ночью.

— Шестнадцать лет — большой срок, — сказал Денисон.

— А что?

— Раз ты собрался изменять прошлое, зачем забирать меня именно из этого момента? Найди меня, когда я был Киром всего год; это достаточно долго, чтобы знать Экбатаны, и в то же время...

— Прости, не могу. Мы и так балансируем на грани дозволенного. Один бог знает, к чему может привести вторичная петля на мировых линиях. Даже если мы после этого выкарабкаемся, за такую авантюру Патруль отправит нас обоих в ссылку на какую-нибудь дальнюю планету.

— Пожалуй...

— А кроме того, — продолжал Эверард, — ты что, самоубийца? Ты что, действительно хотел бы, чтобы твое нынешнее «я» перестало существовать? Подумай, что ты предлагаешь.

Он закончил настройку аппаратуры. Человек за его спиной вздрогнул.

— Митра! — воскликнул Денисон. — Ты прав. Не будем больше об этом.

— Тогда поехали. — И Эверард надавил на клавишу главного переключателя.

Они зависли над обнесенным стенами городом посреди незнакомой равнины. Хотя эта ночь тоже была лунной, город показался им всего лишь грудой черных камней. Эверард принялся рыться в седельных сумках.

— Вот они, — сказал он. — Давай наденем эти костюмы. Я попросил ребят из отделения Мохенджодаро-Среднее подогнать их на наши фигуры. Там им самим частенько приходится так наряжаться.

Роллер начал пикировать, и рассекаемый воздух засвистел в темноте. Денисон вытянул руку над плечом Эверарда, показывая:

— Вот дворец. Царская спальня в восточном крыле...

Это здание было приземистее и грубее дворца персидского царя в Пасаргадах. Эверард заметил двух крылатых быков, белевших на фоне осеннего сада, — они остались от ассирийцев. Он увидел, что окна здесь слишком узки, чтобы пропустить темпороллер, чертыхнулся и направился к ближайшему дверному проему. Два конных стража подняли головы и, разглядев, что к ним приближается, пронзительно завопили. Лошади встали на дыбы, сбрасывая всадников. Машина Эверарда расколола дверь. Еще одно чудо не повредит ходу истории, особенно во времена, когда в чудеса верят так же истово, как в двадцатом веке — в витамины, и возможно, с большими на то основаниями. Горящие светильники освещали путь в коридор, где раздавались крики перепуганных рабов и стражи. Перед дверями царской спальни Эверард вытащил меч и постучал рукояткой.

— Твой черед, Кит, — сказал он. — Здесь нужен мидийский диалект арийского.

— Открывай, Астиаг! — зарычал Денисон. — Открывай вестникам Ахурамазды!

К некоторому удивлению Эверарда, человек за дверью повиновался. Астиаг был не трусливее большинства своих подданных. Но когда царь — коренастый мужчина средних лет с жестким лицом — увидел двух существ в светящихся одеждах, с нимбами вокруг голов и взметающимися из-за спин крыльями света, которые сидели на железном троне, парящем в воздухе, он пал ниц.

Эверард слышал, как Денисон гремит на плохо знакомом ему наречии, выражаясь в лучшем стиле уличных проповедников:

— Гнусный сосуд порока, гнев небес пал на тебя! Неужели ты думаешь, что даже самая ничтожная из твоих мыслей, хоть они и прячутся во тьме, их породившей, была когда-либо скрыта от Глаза Дня? Неужели ты думаешь, что всемогущий Ахурамазда допустит такое мерзкое деяние, какое ты задумал?..

Эверард отвлекся. Он ушел в собственные мысли: Гарпаг, вероятно, где-то здесь, в этом городе; он сейчас в расцвете сил и еще не согнут тяжестью своей вины. Теперь ему никогда не придется взваливать на себя это бремя. Он никогда не положит ребенка на скалу, не будет, опершись о копье, смотреть, как тот кричит и бьется, а потом затихает. В будущем он поднимет восстание — на то у него будут причины — и станет хилиархом Кира; но он не умрет на руках у своего противника после схватки в лесу, а какой-то перс, чьего имени Эверард не знал, тоже избежит греческого клинка и медленного падения в пустоту.

«Однако память о двух убитых мною людях запечатлелась в моем мозгу; на ноге у меня тонкий белый шрам; Киту Денисону сорок семь, и он привык вести себя как царь».

— ...Знай, Астиаг, что к этому младенцу благоволят небеса, а небеса милосердны. Тебя предупредили: если ты запятнаешь свою душу его безвинной кровью, этот грех тебе никогда не смыть! Позволь Киру вырасти в Аншане, или гореть тебе вечным огнем вместе с Ахриманом! Митра сказал!

Астиаг лежал ничком и стучал лбом об пол.

— Пошли, — сказал Денисон по-английски.

Эверард перепрыгнул в горы Персии на тридцать шесть лет вперед. Луна освещала кедры, растущие между дорогой и ручьем. Было холодно, слышался волчий вой.

Он посадил роллер, слез и стал освобождаться от костюма. Из-под маски показалось бородатое лицо Денисона, на котором застыло странное выражение.

— Интересно... — сказал он наконец еле слышно. — Интересно, не перестарались ли мы, запугивая Астиага? История гласит, что он три года воевал с Киром, когда персы подняли восстание.

— Мы всегда можем отправиться назад, к началу войны, и организовать видение, которое придаст ему уверенности, — сказал Эверард, изо всех сил старавшийся отделаться от ощущения, что его окружают призраки. — Но, по-моему, это не понадобится. Сейчас царевича он и пальцем не тронет, но стоит взбунтоваться вассалу, как обозленный Астиаг сразу позабудет о событии, которое будет к тому времени казаться ему только сном. Кроме того, его собственные сановники, мидийские богачи, вряд ли позволят ему уступить. Но давай проверим. На празднике зимнего солнцестояния царь возглавляет процессию, не так ли?

— Угу. Поехали. Быстрее.

В одно мгновение они оказались высоко над Пасаргадами, и в глаза им ударили солнечные лучи. Они спрятали машину и пошли в город пешком — два странника среди множества людей, устремившихся на празднование рождества Митры. По дороге они расспрашивали о событиях в Персии, объясняя, что долго пробыли в заморских краях. Ответы их удовлетворили: даже незначительные детали, не упоминавшиеся в хрониках, совпадали с тем, что помнил Денисон.

И наконец, стоя в многотысячной толпе под студено-голубым небом, они приветствовали Великого Царя Кира, проехавшего мимо них со своими приближенными — Кобадом, Крезом и Гарпагом; за ними следовали жрецы, а также те, кто являл собой гордость и великолепие Персии.

— ...Он моложе меня, — шептал Денисон, — но ему ведь и следует быть моложе. И немного ниже ростом... Совсем другое лицо, правда? Но он подойдет.

— Хочешь здесь повеселиться? — спросил Эверард.

Денисон поплотнее закутался в плащ. Воздух обжигал холодом.

— Нет, — ответил он. — Давай возвращаться. Я и без того

провел здесь слишком много времени. Даже если всего этого никогда не было.

— Угу... — Для удачливого спасателя Эверард выглядел слишком мрачно. — Этого никогда не было.

Глава 10

Кит Денисон вышел из лифта одного из нью-йоркских домов. Он удивился, что совсем не помнит, как этот дом выглядит. Он даже не смог вспомнить номера своей квартиры, пришлось заглянуть в справочник. Но ладно... Он попытался сдержать дрожь.

Дверь ему открыла Синтия.

— Кит? — удивленно спросила она.

Он растерялся и кое-как смог выговорить:

— Мэнс предупредил насчет меня, да? Он обещал.

— Да. Это неважно. Я просто не ожидала, что ты так изменишься внешне. Но это тоже неважно. Милый!

Она втащила его внутрь, прикрыла дверь и повисла у него на шее.

Он разглядывал квартиру. Как здесь тесно! И ему никогда не нравилось, как она обставила комнаты, хотя он и не стал с ней тогда спорить.

Уступать женщине, даже просто спрашивать о ее мнении — ему придется учиться этому заново, с самого начала. Будет нелегко.

Она подставила свое мокрое лицо, чтобы он ее поцеловал. Разве так она выглядит? Он не помнил — совсем не помнил. После всех этих лет в памяти осталось только, что она маленькая и светловолосая. С ней он прожил всего несколько месяцев. Кассандана звала его утренней звездой, родила ему троих детей и все четырнадцать лет выполняла любые его желания.

— Кит, добро пожаловать домой, — произнес высокий слабый голосок.

«Домой! — подумал он. — Господи!»

ГИБРАЛТАРСКИЙ ВОДОПАД

Предполагалось, что база Патруля Времени будет работать здесь лет сто, не больше — пока не закончится Затопление. В течение этого срока постоянно работать на ней предстояло лишь горстке людей — ученым и обслуживающему персоналу; поэтому она была невелика: домик да пара служебных построек, затерявшихся на просторах суши.

Оказавшись за пять с половиной миллионов лет до своего рождения на южной оконечности Иберии, Том Номура обнаружил, что рельеф местности тут даже сложнее, чем ему запомнилось. Поднимавшиеся к северу холмы переходили в четко выделявшуюся на фоне неба горную гряду, прорезанную глубокими ущельями, в которых прятались синие тени. Климат был засушливый: зимой выпадали ливни, летом же речки съеживались в ручейки или пересыхали совсем, а трава выгорала до желтизны. Деревья и кустарники росли редко — терновник, мимоза, акация и алоэ, а вокруг родников — пальмы, папоротники и орхидеи.

Тем не менее жизнь здесь била ключом. В безоблачном небе постоянно парили стервятники и ястребы. Миллионы травоядных паслись одним гигантским стадом: и полосатые, как зебры, низкорослые лошади, и первобытные носороги, и похожие на окапи предки жирафа. Иногда встречались покрытые редкой рыжей шерстью мастодонты с гигантскими бивнями и не очень похожие на своих потомков слоны. Были здесь и хищники: саблезубые тигры, древние виды крупных кошек, гиены, а также стаи обезьян, которые жили на земле, иногда вставая на задние лапы. Муравейники достигали шести футов в высоту. На лугах свистели сурки.

В воздухе пахло сухой травой, выжженной землей, навозом и свежей кровью. Когда поднимался ветер, он гремел, хлестал, обдавал пылью и жаром. Земля гудела от топота копыт, гомонили птичьи стаи, ревели звери. Ночь приносила холод, и в ясном небе горело такое множество звезд, что никто не замечал непривычных созвездий.

Так было вплоть до последнего времени. И пока больших изменений еще не произошло. Но теперь наступало Столетие Грома. И когда оно кончится, уже ничто не будет таким, как прежде.

— Нет, спасибо. Сегодня я просто похожу, посмотрю. А вы развлекайтесь. — Мэнс Эверард искоса поглядел на Тома Номуру и Филис-Рэч и улыбнулся им.

Номуре даже почудилось, что этот плечистый, слегка поседевший мужчина с рублеными чертами лица подмигнул ему. Они были из одного временного интервала и даже из одной и той же страны. Разница совсем невелика: Эверарда завербовали в Нью-Йорке 1954 года, а Номуру — в Сан-Франциско 1972-го; все перипетии, выпавшие на долю этого поколения, были просто россыпью пузырьков на глади реки времени по сравнению с тем, что было и что будет потом. Но выпускник Академии Том Номура разменял только двадцать пятый биологический год, Эверард же не говорил, сколько десятилетий добавили к его возрасту странствия по векам и эпохам, а учитывая омолаживающие процедуры, которым регулярно подвергались сотрудники Патруля, догадаться об этом было невозможно. Номуре казалось, что агент-оперативник испробовал в своей жизни столько существований, что стал ему более чужим, чем Филис, которая родилась через два тысячелетия после двадцатого века.

— Давай, пошли, — бросила она Номуре, и он подумал, что даже эта грубоватая фраза на темпоральном языке в ее устах прозвучала нежно и мелодично.

Спустившись с веранды, они направились через двор. С ними поздоровались двое коллег, обращаясь в основном к девушке. Номура их хорошо понимал. Филис была высокой и стройной, ее лицо с орлиным носом дышало силой, но его суровость смягчали ярко-зеленые глаза и большой подвижный рот; обрезанные над ушами каштановые волосы отливали золотом. Обычный серый комбинезон и крепкие сапоги не портили ни ее фигуру, ни грациозную походку. Номура знал, что и сам выглядит неплохо — коренастое гибкое тело, скуластое лицо с правильными чертами, смуглая кожа, но рядом с Филис он чувствовал себя бесцветным.

«А также незаметным, — подумал он. — Ну как свежеиспеченному патрульному — и даже не офицеру, а всего лишь научному сотруднику, — как ему сказать аристократке Первого Матриархата, что он в нее влюблен?»

До водопадов оставалось еще несколько миль, но в воздухе уже стоял несмолкающий грохот. Номуре казалось, что он звучал, словно хор. Плод воображения это или он действительно ощущает передающуюся по земле непрерывную вибрацию?

Филис распахнула дверь гаража. Внутри стояло несколько темпороллеров, напоминавших двухместные мотоциклы без колес. Снабженные антигравитатором, эти машины были способны совершать прыжки через несколько тысяч лет. (Роллеры и их пилотов доставили сюда грузовые темпомобили.) Темпороллер Филис был весь обвешан записывающей аппаратурой. Том так и не сумел убедить ее, что нагрузка чересчур велика, а доложить об этом он не мог — она ему никогда не простила бы этого. И Эверарда — старшего по званию офицера, хотя и находившегося в отпуске, — он пригласил присоединиться к ним сегодня в слабой надежде, что тот заметит перегрузку роллера и прикажет Филис передать часть оборудования ее помощнику.

— Поехали! — крикнула она, прыгнув в седло. — Утро скоро состарится.

Том уселся на свой темпороллер, включил привод, и вместе с Филис они выскользнули из гаража и ринулись вверх. Набрав высоту, они перешли в горизонтальный полет и понеслись на юг, где река Океан вливалась в Середину Мира.

Южный горизонт всегда тонул в клубах тумана, серебристой дымкой уходившего в лазурь. По мере приближения туман поднимался все выше, нависал над головой. Еще дальше Вселенная закручивалась серым вихрем и, содрогаясь от рева, горечью оседала на человеческих губах, а по скалам стекали ручейки, промывая русло в земле. Таким плотным был этот холодный соленый туман, что долго дышать им было опасно.

Вид, открывавшийся сверху, был еще более грозным — зримый конец геологической эпохи. Полтора миллиона лет чаша Средиземного моря была пустой. Теперь Геркулесовы Врата распахнулись, и в них рвалась Атлантика.

Рассекая воздух, Номура смотрел на запад, на беспокойное, многоцветное, причудливо расчерченное полосами пены безбрежное пространство. Он видел, как воды океана устремляются в недавно возникший разрыв между Европой и Африкой. Течения сталкивались и закручивались, теряясь в бело-зеленом хаосе, бесновавшемся между землей и небом. Стихия крушила утесы, смывала долины, на много миль забрызгивала пеной берега. Снежно-белый в своей ярости поток, сверкая то тут, то там изумрудным блеском, восьмимильной стеной стоял между континентами и ревел. Брызги взлетали вверх, окутывая Врата туманом, и море с грохотом врывалось внутрь.

В тучах этих брызг висели радуги. Здесь, на большой высоте, шум казался всего лишь скрежетом чудовищных жерновов, и Номура четко расслышал в наушниках голос Филис, которая остановила свою машину и подняла руку:

— Подожди. Я хочу сделать еще несколько дублей, прежде чем мы двинемся дальше.

— Но ведь их у тебя уже много, — сказал он.

Ее голос смягчился:

— Где чудо, там не бывает слишком много.

Его сердце подпрыгнуло. «Она вовсе не воин в юбке, рожденная, чтобы повелевать всеми, кто стоит ниже ее. Несмотря на свое происхождение и привычки, она не такая. Ей знакомы благоговейный ужас и красота, и... да-да, ощущение Бога за работой...»

Усмешка в свой адрес: «Должны бы быть...»

В конце концов, ее задача и состоит в том, чтобы сделать аудио-визуальную вседиапазонную запись События — от его начала и до того дня, когда, сотню лет спустя, чаша наполнится и волны заплещутся там, где позднее предстоит плавать Одиссею. На это уйдет несколько месяцев ее жизни. («И моей, моей, ну пожалуйста!») Каждому сотруднику хотелось увидеть и ощутить эту грандиозность: тех, кого не влекли приключения, в Патруль не брали. Но отправиться так далеко в прошлое могли далеко не все, иначе в довольно узком временном отрезке стало бы слишком тесно. Большинству предстояло узнать все это из вторых рук. Конечно, их руководители могли поручить такое дело только настоящему художнику, который увидел бы и воспринял Событие и принес им его изображение.

Номура помнил свое удивление, когда его назначили помощником к Филис. Неужели страдающий от нехватки рабочих рук Патруль может позволить себе держать художников?

После того как он ответил на загадочное объявление, прошел несколько непонятных тестов и узнал кое-что о темпоральных путешествиях, Номура задумался, возможно ли в Патруле найти применение полицейским и спасателям, и оказалось, что да. Он понимал необходимость административных и канцелярских работников, агентов-резидентов, историографов, антропологов, ну и, естественно, научных сотрудников вроде него. Несколько недель работы с Филис убедили его в том, что художники не менее необходимы Патрулю. Не хлебом единым жив человек, не оружием, не бумагами, не диссертациями, не только практическими делами...

Перезарядив свою аппаратуру, Филис крикнула:

— Вперед!

Когда она повернула на восток, на ее волосы упал солнечный луч, и они засверкали, как расплавленное золото. Том покорно последовал за ней.

Дно Средиземного моря на десять тысяч футов ниже уровня Мирового океана. Этот перепад вода преодолевала через узкий пролив протяженностью всего пятьдесят миль. Десять тысяч кубических миль воды в год — сто водопадов Виктория, тысяча Ниагар.

Но это статистика. А реальность была ревом белой от пены воды, окутанной брызгами, разрывавшей землю и сотрясавшей горы. Люди видели и слышали это чудо, чувствовали его вкус и запах. Но постичь его они не могли.

Ниже пролив расширялся, и течение становилось спокойнее, а вода обретала темно-зеленый цвет. Туман редел, в его просветах появлялись острова, точно корабли, зарывшиеся носами в волны и вздымавшие огромные буруны. На берега тут постепенно приходила жизнь. Но уже через столетие большинство этих островов будет съедено эрозией, а большая часть растений и животных не выдержит резкой перемены климата. Ибо Событие переместит Землю из миоцена в плиоцен.

Они летели все дальше, но шум не ослабевал, а, напротив, усиливался. Поток здесь уже не бушевал, но впереди нарастал басовый рокот — казалось, само небо гудит, как огромный медный колокол. Он узнал мыс, жалкий огрызок которого в грядущем получит название Гибралтар. А дальше, водопадом шириной в двадцать миль, вода низвергалась в пропасть глубиной еще в пять тысяч футов.

С ужасающей легкостью поток срывался с обрыва. На фоне темных утесов и охристой травы континентов вода выглядела бутылочно-зеленой. Вверху она ослепительно блестела на солнце. Внизу колыхалось еще одно густое белое облако, кружившееся в нескончаемом вихре. Дальше вода растекалась голубым озером и, разбиваясь на реки, промывала каньоны и неслась все дальше и дальше среди блеска солончаков, пылевых смерчей и дрожащего марева над этой раскаленной землей, которую ей предстояло превратить в дно моря.

Вода гремела, ревела и клокотала.

Филис снова остановила роллер. Номура повис рядом с ней. Они находились очень высоко, и воздух был довольно холодным.

— Сегодня, — объявила она, — я попробую передать масштаб. Пройду над потоком до самого обрыва, а затем спикирую.

— Не опускайся слишком низко, — предупредил он.

— Это мое дело, — отрезала она.

— Но я же вовсе не собираюсь командовать. («Действительно, кто я такой? Плебей! Мужчина!») Просто сделай мне одолжение. — Номура даже вздрогнул от этой дурацкой фразы. — Будь поосторожнее, хорошо? Ты очень дорога мне.

Ее лицо сверкнуло улыбкой. Она почти повисла на ремнях безопасности, чтобы дотянуться до его руки.

— Спасибо, Том. — Помолчав, она мрачно добавила: — Такие мужчины, как ты, помогают мне понять, что неправильно в эпохе, из которой я родом.

С ним она почти всегда говорила мягко. Будь она агрессивнее, то даже ее красота не помешала бы ему спокойно спать по ночам. А может, он и влюбился-то в нее, только когда понял, какие усилия она прилагает, чтобы относиться к нему как к равному. Ей это давалось нелегко (в Патруле она была таким же новичком, как и он) — но не труднее, чем мужчинам из других стран и эпох признать, что она обладает такими же способностями, как и они, и прекрасно ими пользуется.

Ее настроение изменилось.

— Давай! — крикнула она. — Скорей! А то еще лет двадцать, и от водопада ничего не останется.

Ее машина прыгнула вперед. Номура опустил лицевой щиток шлема и устремился за ней следом, нагруженный лентами, аккумуляторами и прочим. «Осторожнее, — мысленно молил он, — ну пожалуйста, осторожнее, моя милая!»

Филис вырвалась далеко вперед. Ему казалось, что это комета, стрекоза — что-то стремительное и яркое, несущееся наискосок над отвесным морем в милю высотой. Грохот оглушил Номуру, в мире для него не осталось ничего, кроме этого светопреставления.

Всего в нескольких ярдах над поверхностью воды она направила роллер к пропасти. Ее голова скрылась под нарамником пульта, руки забегали по кнопкам и клавишам — машиной она управляла только коленями. Соленые брызги оседали на лицевом щитке, и Номура включил автоматическую очистку. Турбулентные потоки сотрясали и раскачивали его роллер. Уши были защищены от шума, но не от перепада давления, и барабанные перепонки пронзала острая боль.

Он почти нагнал Филис, и вдруг ее машина словно обезумела. Он увидел, как роллер закружился волчком, ударился о зеленую толщу и исчез в ней вместе с девушкой. Своего вопля он в этом громе не расслышал.

Ударив по переключателю скорости, Том устремился за ней.

Бешеный поток чуть было не увлек его, но в последнее мгновение слепой инстинкт заставил его повернуть машину. Филис исчезла. Перед ним были только стена воды, клубящиеся облака внизу и равнодушная синева вверху, шум, зажавший его в своей пасти, чтобы разорвать на мелкие куски, холод, сырость и влага на губах — соленая, как слезы.

Он помчался за помощью.

Снаружи пылал полдень. Выгоревшая равнина казалась совершенно безжизненной, и только в небе парил одинокий стервятник. Все молчало — кроме далекого водопада.

Стук в дверь сорвал Номуру с постели. Сквозь шум в ушах он еле услышал свой хриплый голос:

— Да входите же!

Вошел Эверард. Несмотря на создаваемую кондиционером прохладу, на его одежде темнели пятна пота. Сутулясь, он грыз незажженную трубку.

— Ну что? — умоляюще спросил Номура.

— Как я и опасался. Ничего. Она так и не вернулась к себе.

Номура рухнул в кресло и уставился в пространство.

— Это точно?

Эверард сел на кровать, заскрипевшую под его тяжестью.

— Угу. Только что прибыла хронокапсула. В ответ на мой запрос сообщают, что «агент Филис-Рэч не вернулась на базу своего регионально-временного интервала из командировки в Гибралтар»; никаких других сведений о ней у них нет.

— Ни в одной эпохе?

— Агенты же так крутятся в пространстве и времени, что если досье на них и есть, то, наверное, лишь у данеллиан.

— Запросите их!

— По-твоему, они ответят? — оборвал его Эверард, стиснув широкой рукой колено. («Данеллиане, супермены далекого будущего, основатели и истинные руководители Патруля...») — И не говори мне, что мы, простые смертные, можем, если захотим, узнать, что нас всех ждет. Ты же не заглядывал в свое будущее, сынок, а? Мы не хотим, вот и все.

Жесткость исчезла из его голоса. Вертя в руках трубку, он сказал совсем уже мягко:

— Если мы живем достаточно долго, то переживаем тех, кто нам дорог. Обычный удел человека, и Патруль здесь не исключение. Но мне жаль, что ты столкнулся с этим таким молодым.

— Не надо обо мне! — воскликнул Номура. — Давайте о ней.

— Да... Я думал о твоем отчете. Мне кажется, вокруг этого

водопада воздушные потоки вытворяют черт знает что. Это, впрочем, естественно. Из-за перегрузки ее роллер плохо слушался руля. Воздушная яма, вихрь — в общем, что-то неожиданно засосало ее и швырнуло в воду.

Номура хрустнул пальцами.

— А я должен был ее подстраховывать...

Эверард покачал головой.

— Не терзайся так. Ты был просто ее помощником. Ей следовало быть осторожнее.

— Но, черт побери, мы еще можем ее спасти, а вы не разрешаете! — крикнул Номура.

— Прекрати! — оборвал его Эверард. — Сейчас же замолчи!

«Не говори, что патрульные могли бы вернуться назад во времени, подхватить ее силовыми лучами и вытащить из бездны. Или что я мог бы предупредить ее и тогдашнего самого себя. Но этого не произошло, следовательно, это не произойдет.

Это не должно произойти.

Потому что прошлое сразу становится изменяемым, едва мы на своих машинах превращаем его в настоящее. И если смертный хоть раз позволит себе применить такую власть, то где этому конец? Сначала мы спасаем девушку, потом — Линкольна, а кто-нибудь другой тем временем попробует помочь южанам... Нет, только Богу можно доверить власть над временем. Патруль существует, чтобы охранять то, что уже есть. И надругаться над этой заповедью для его сотрудника — все равно что надругаться над матерью».

— Простите, — пробормотал Номура.

— Все в порядке, Том.

— Нет, я... я думал... когда я заметил ее исчезновение, моей первой мыслью было, что спасательный отряд мог бы вернуться в это самое мгновение и подхватить ее...

— Вполне естественный ход мысли для новичка. Умственные стереотипы живучи. Но мы этого не сделали. Да и вряд ли бы кто-нибудь разрешил это. Слишком опасно. Мы не имеем права рисковать людьми. И уж конечно, мы не могли себе позволить этого, если хроники говорят, что попытка была заранее обречена на неудачу.

— И нет способа это обойти?

Эверард вздохнул.

— Я его не знаю. Смирись с судьбой, Том. — Он помялся. — Могу я... можем мы что-нибудь для тебя сделать?

— Нет, — хрипло вырвалось у Номуры. — Оставьте меня одного.

— Конечно. — Эверард поднялся. — Но ты не единственный, кому будет ее не хватать, — напомнил он и вышел.

Когда за ним закрылась дверь, Номуре показалось, что шум водопада приближается, размалывая, размалывая... Он уставился в пустоту. Солнце уже прошло зенит и начало медленно клониться к закату.

«Мне следовало броситься за ней, сразу же.

И рискнуть жизнью.

Но почему бы не последовать за ней и в смерть?

Нет. Это бессмысленно. Из двух смертей жизни не сделаешь. Я не мог спасти ее. У меня не было ни снаряжения, ни... И самым правильным было отправиться за помощью.

Только в помощи было отказано (человеком ли, судьбой — неважно), и она погибла. Поток швырнул ее в пропасть. Она успела испугаться — за мгновение до того, как потеряла сознание, а затем удар о дно убил ее, растерзал на кусочки, разбросал их по дну моря, которое я в молодости буду бороздить во время отпуска, не зная, что есть Патруль Времени и что когда-то была Филис. Господи, пусть мой прах смешается с ее — пять с половиной миллионов лет спустя!»

Воздух сотрясла отдаленная канонада, пол задрожал. Должно быть, поток подмыл еще часть берега. С какой радостью она запечатлела бы это на пленке!

— Запечатлела бы? — выкрикнул Номура и вскочил с кресла. Земля продолжала дрожать.

— Запечатлеет!..

Ему бы следовало посоветоваться с Эверардом, но он боялся (возможно, зря: горе и неопытность — плохие советчики), что получит отказ и сразу же будет отозван.

Ему бы следовало отдохнуть несколько дней, но он боялся чем-нибудь выдать себя. Таблетка стимулятора заменит отдых.

Ему бы следовало проверить генератор силового поля, а не сразу устанавливать его тайком на своем роллере.

Когда он вывел роллер из гаража, встречный патрульный спросил его, куда он собрался. «Покататься», — ответил Номура. Тот сочувственно кивнул. Пусть он не догадывался о его любви, но потеря товарища — всегда горе. Номура предусмотрительно направился на север и, только когда база скрылась за горизонтом, свернул к водопаду.

Ни справа, ни слева берегов потока он не видел. Здесь, почти на половине высоты стены из зеленого стекла, кривизна планеты скрывала от него ее края. Затем он достиг облака брызг, и его окутала мутная жалящая белизна.

Лицевой щиток оставался прозрачным, но взгляд тонул в тумане, сквозь разрывы которого виднелась только гигантская стена воды. Шлем защищал уши, но не мог защитить от вибрации, которая пронизывала все тело: зубы, кости, сердце. Вихри непрерывно сотрясали роллер, и ему приходилось бороться изо всех сил, чтобы машина не вышла из-под контроля.

И чтобы нащупать нужное мгновение...

Он прыгал во времени назад и вперед, уточнял настройку и снова включал стартер, замечал в тумане смутные очертания самого себя и глядел сквозь него в небо, еще и еще... И вдруг он оказался тогда.

Два светлых пятнышка высоко вверху... Он увидел, как одно из них ударилось о воду и исчезло, утонуло, а другое несколько секунд металось вокруг, а потом умчалось прочь. Холодный соленый туман спрятал его от самого себя — ведь его присутствие не зафиксировано в проклятых хрониках!

Том рванулся вперед. Но терпение он сохранял. Если понадобится, он будет рыскать здесь хоть всю биологическую жизнь, дожидаясь того самого мгновения. Страх смерти, мысль о том, что, когда он ее найдет, она может быть уже мертва, отошли куда-то далеко. Им владели стихийные силы. Он превратился в летящую волю.

Том парил в ярде от водяной стены. Вихри, швырнувшие в нее Филис, пытались схватить и его. Но он был наготове и, уворачиваясь, снова и снова возвращался — не только в пространстве, но и во времени, чтобы на протяжении тех нескольких секунд, когда Филис могла быть еще жива, держать в поле зрения весь этот участок водопада. В воздухе кружило почти два десятка роллеров.

Он не обращал на них внимания. Это были просто следы его прошлых и будущих прыжков во времени.

Вот!

Мимо него, в глубине потока, пронесся неясный темный силуэт — на пути к гибели. Он повернул ручку. Силовой луч замкнулся на другой машине. Его роллер потащило к воде: генератору не хватало мощности, чтобы вырвать машину Филис из хватки бушующей стихии.

Вода уже почти поглотила его, когда пришла помощь. Два роллера, три, четыре... Напрягая свои поля, они вытащили машину Филис. Тело девушки висело на ремнях безопасности. Но он не бросился к ней. Сначала он несколько раз прыгнул назад во времени — чтобы спасти ее и самого себя.

Когда наконец они остались одни среди несущихся клочьев

тумана, он высвободил девушку, подхватил на руки и уже собирался мчаться к берегу, чтобы привести ее в чувство. Но она зашевелилась, веки дрогнули, и мгновение спустя на губах появилась улыбка. И тут он заплакал.

Совсем рядом с ревом рушился вниз океан.

Закат, навстречу которому прыгнул Номура, тоже не запечатлели никакие хроники. Все вокруг стало золотым. Должно быть, водопад тоже сейчас пылал. Его песнь разносилась под вечерней звездой.

Филис подложила подушку себе под спину, откинулась на нее и заявила Эверарду:

— Если вы обвините его в нарушении устава или еще какой-нибудь глупости, придуманной мужчинами, я тоже брошу ваш проклятый Патруль.

— Нет-нет. — Эверард поднял руку, как бы защищаясь от нападения. — Вы меня неправильно поняли. Я хотел только сказать, что мы оказались в довольно щекотливом положении.

— Почему? — с вызовом спросил Номура, который сидел на стуле и держал Филис за руку. — Мне никто не запрещал эту попытку, ведь так? Агентам положено беречь свою жизнь, если это возможно, поскольку она представляет ценность для Патруля. Разве отсюда не следует, что спасение чужой жизни тоже оправдано?

— Да, конечно. — Эверард прошелся по комнате. Пол загремел под его ногами, заглушая барабанный грохот водопада. — Победителей не судят даже в более строгих организациях, чем наша. Собственно говоря, Том, инициатива, которую ты проявил сегодня, сулит тебе хорошее будущее, можешь мне поверить. — Он усмехнулся уголком рта, не вынимая трубки. — Такому старому солдату, как я, некоторая поспешность простительна. Слишком много я видел случаев, когда спасение было невозможно, — добавил он, помрачнев. Остановившись, он повернулся к ним обоим. — Но нельзя ничего оставлять незавершенным. Суть в том, что Филис-Рэч, согласно хроникам ее отдела, из командировки не вернулась.

Их пальцы переплелись еще крепче.

Эверард улыбнулся ему и ей (грустной, но все-таки улыбкой), а потом продолжил:

— Нет, не пугайтесь. Том, помнится, ты спрашивал, почему мы, обычные люди, не следим за каждым шагом своих товарищей. Теперь ты понял?.. Филис-Рэч больше никогда не регистрировалась в своем управлении. Может быть, она и посещала родной дом, но мы никогда не спрашиваем, чем занимаются агенты во время отпуска. — Он вздохнул. — Что касается дальнейшего, если она пожелает перевестись в другое управление и принять новое имя, то почему бы и нет? Любой офицер достаточно высокого ранга может это утвердить. Например, я... У нас, в Патруле, все очень просто. Мы гаек не затягиваем. Иначе просто нельзя.

Номура понял и вздрогнул.

Филис вернула его к реальности.

— Но кем я могу стать? — спросила она.

Том воспользовался удобным случаем.

— Ну, — сказал он со смехом, пряча под ним глубокую серьезность, — почему бы тебе не стать миссис Томас Номура?

ЕДИНСТВЕННАЯ ИГРА В ГОРОДЕ

Глава 1

Джону Сандовалю совершенно не шло его имя. И было как-то странно, что он стоит в брюках и гавайке возле окна, выходящего на Манхэттен середины двадцатого века. Эверард привык к анахронизмам, но всякий раз, глядя на эту поджарую фигуру, смуглое лицо и орлиный нос, он видел своего коллегу в боевой раскраске, верхом на коне и с ружьем, наведенным на какого-нибудь бледнолицего злодея.

— Ну ладно, — сказал он. — Америку открыли китайцы. Факт занятный, но почему он требует моего вмешательства?

— Я и сам хотел бы это знать, — ответил Сандоваль.

Он встал на шкуру белого медведя, которую Эверарду подарил Бьярни Херьюлфсон[1], и повернулся к окну. Силуэты небоскребов четко вырисовывались на ясном небе, шум уличного движения сюда, наверх, едва доносился. Заложив руки за спину, Сандоваль сжимал и разжимал пальцы.

— Мне приказано взять какого-нибудь агента-оперативника, вернуться с ним на место и принять меры, которые окажутся необходимыми, — заговорил он немного погодя. — Тебя я знаю лучше других, вот и... — он умолк.

— А может, стоит взять еще одного индейца? — спросил Эверард. — Ведь в Америке тринадцатого века я буду слишком выделяться...

— Тем лучше. Произведешь впечатление, поразишь... Задача-то вряд ли окажется слишком трудной.

— Ну конечно, — согласился Эверард. — Что бы там ни произошло.

Из кармана потрепанной домашней куртки он вытащил кисет с табаком, трубку и стал быстро и нервно набивать ее. Один из первых и важнейших уроков, преподанных ему в Патруле Времени, заключался в том, что не всякая задача, даже очень

---

[1] Бьярни Херьюлфсон в 986 г. первым из европейцев оказался у восточного побережья Северной Америки, названной позднее Винландом (см. «Фантастическую сагу» Г. Гаррисона).

важная, требует для своего выполнения множества людей. Огромные организации стали характерной особенностью двадцатого века, а ранние цивилизации, такие, как эллинская времен расцвета Афин или японская периода Камакура[1] (да и более поздние тоже), ставили во главу угла индивидуальные качества. Поэтому один выпускник Академии Патруля (разумеется, со снаряжением и оружием будущего) мог заменить собой целую бригаду.

Но причина заключалась не столько в эстетике, сколько в обычном расчете: патрульных было слишком мало для наблюдения за таким количеством тысячелетий.

— Насколько я понимаю, — медленно начал Эверард, — вмешательства из другого времени там не было и речь идет не об обычном устранении экстратемпоральной интерференции.

— Верно, — ответил Сандоваль. — Когда я доложил о том, что обнаружил, отдел периода Юань провел тщательное расследование. Темпоральные путешественники в этом не замешаны. Хубилай[2] додумался до этого совершенно самостоятельно. Возможно, его вдохновили рассказы Марко Поло о морских плаваниях арабов и венецианцев, но так или иначе, мы имеем дело с подлинным историческим фактом, даже если в книге Поло об этом не сказано ни слова.

— Китайцы ведь тоже были мореплавателями, и довольно неплохими, — заметил Эверард. — Так что все совершенно естественно. Зачем же понадобились мы?

Он раскурил трубку и глубоко затянулся. Сандоваль все еще молчал, поэтому Эверард продолжил:

— Ну а ты каким образом наткнулся на эту экспедицию? Разве они появились в землях навахо?

— Черт возьми, я ведь занимаюсь не только собственным племенем! Американских индейцев в Патруле и без того мало, а гримировать кого-то другого слишком сложно. Вообще-то я следил за миграциями атабасков.

Как и Кит Денисон, Сандоваль был специалистом-этнологом; он восстанавливал историю тех народов, которые сами никогда не вели письменных хроник. Благодаря этой работе Патруль мог наконец узнать, какие же именно события он оберегает от постороннего вмешательства.

---

[1] П е р и о д   К а м а к у р а (по названию древнеяпонской столицы) — с 1192 по 1333 г.

[2] Х у б и л а й, внук Чингисхана, монгольский Великий Хан (каган), а затем император Китая (1264—1294), основатель династии Юань; при нем было завершено завоевание Китая монголами.

— Я работал на восточных склонах Каскадных гор, неподалеку от Кратерного озера, — продолжал Сандоваль. — Это земли племени лутуами, но у меня были причины предполагать, что потерянное мной племя атабасков прошло именно здесь. Местные жители упоминали о таинственных незнакомцах, идущих с севера. Я отправился взглянуть на них и обнаружил целую экспедицию монголов верхом на лошадях. Тогда я двинулся по их следам на север и набрел на лагерь в устье реки Чиалис, где несколько монголов помогали китайским морякам охранять корабли. Я как ошпаренный помчался назад и доложил обо всем начальству.

Эверард сел на диван и пристально посмотрел на своего сослуживца.

— Насколько тщательно было проведено расследование в Китае? — спросил он. — Ты абсолютно уверен, что это не экстратемпоральная интерференция? Сам знаешь, бывают ведь такие просчеты, последствия которых всплывают лишь лет через десять — двадцать.

— Я и сам об этом подумал, когда получил задание, — кивнул Сандоваль, — и сразу же отправился в штаб-квартиру периода Юань в Хан-Бали, то есть в Ханбалыке, или, по-нашему, Пекине. Они сказали, что тщательно проследили эту линию назад во времени аж до Чингисхана, а в пространстве — до Индонезии. И все оказалось в полном порядке, как у норвежцев с их Винландом. Просто китайская экспедиция менее известна. При дворе знали только то, что путешественники вышли в море, но так и не вернулись, и поэтому Хубилай решил, что другую экспедицию посылать не стоит. Запись об этом находилась в имперских архивах, но потом пропала во время Миньского восстания, когда изгнали монголов. Ну а летописцы об экспедиции позабыли.

Эверард все еще раздумывал. Его работа ему нравилась, но с этим заданием что-то было нечисто.

— Ясно, что с экспедицией случилось какое-то несчастье, — заговорил он. — Хорошо бы узнать, какое. Но почему все же для слежки за ними потребовался еще и агент-оперативник?

Сандоваль отодвинулся от окна. В голове Эверарда снова мелькнула мысль, насколько неестественно выглядит здесь этот индеец навахо. Он родился в 1930 году, до прихода в Патруль успел повоевать в Корее и окончить колледж за казенный счет, но в каком-то смысле он так до конца и не вписался в двадцатый век.

«А мы что, другие? Разве кто-нибудь из нас может смириться с ходом истории, зная о том, что ждет его народ?»

107

— Но речь идет не о слежке! — воскликнул Сандоваль. — Когда я доложил об увиденном, то получил распоряжение непосредственно из штаба данеллиан. Никаких объяснений или оправданий, только приказ: организовать провал экспедиции. Исправить историю своей рукой!

Глава 2

Anno Domini тысяча двести восьмидесятый.

Слово хана Хубилая распространялось от параллели к параллели и от меридиана к меридиану; он мечтал о владычестве над миром, и при его дворе с почетом встречали каждого, кто приносил свежие новости и новые философские идеи. Особенно полюбился Хубилаю молодой венецианский купец Марко Поло. Но не все народы смирились с монгольским господством. Тайные общества повстанцев зарождались во всех концах покоренных монголами государств, известных под общим названием «Катай». Япония, где реальная власть принадлежала стоящему за спиной императора дому Ходзе, уже отразила одно вторжение. Да и среди самих монголов не было подлинного единства: русские князья превратились в сборщиков дани для независимой Золотой Орды, Багдадом правил Абага-ильхан.

Что же до остальных земель, то Каир стал последним прибежищем некогда грозного Аббасидского халифата, мусульманская династия Слейвов властвовала в Дели, на престоле Святого Петра находился папа Николай Третий, гвельфы и гибеллины рвали на части Италию, германским императором был Рудольф Габсбург, королем Франции — Филипп Смелый, а Англией правил Эдуард I Длинноногий. В это время жили Данте Алигьери, Иоанн Дунс Скотт, Роджер Бэкон и Томас Стихотворец[1].

А в Северной Америке Мэнс Эверард и Джон Сандоваль осадили коней на вершине пологого холма.

— На прошлой неделе — вот когда я увидел их в первый раз, — сказал индеец. — Здорово они продвинулись с тех пор. Впереди дорога будет похуже, но все равно при таких темпах они месяца через два будут в Мексике.

— По монгольским меркам это еще довольно медленно, — отозвался Эверард.

---

[1] Томас Стихотворец, или Томас из Эрселдуна, — полулегендарный шотландский бард XIII века, известный также под прозвищем Лермонт; ему приписываются некоторые фрагменты «артуровского» цикла.

Он поднес к глазам бинокль. Вокруг них повсюду полыхала апрельская зелень. Даже на самых высоких и старых буках весело шумела молодая листва. Скрипели сосны — их раскачивал холодный ветер, несущий с гор запах талого снега. Небо было темным от возвращавшихся в родные края птичьих стай. Величественные бело-голубые вершины Каскадных гор словно парили в воздухе далеко на западе. Поросшие лесом предгорья уходили на восток и круто спадали в долину, а дальше, за горизонтом, простиралась гудевшая под копытами бизоньих стад прерия.

Эверард навел бинокль на монголов. Они двигались по открытым местам, повторяя изгибы текущей на юг речушки. Всего их было около семидесяти человек на косматых серовато-коричневых азиатских лошадях, коротконогих и большеголовых. Каждый вел в поводу несколько вьючных и запасных животных. По лицам и одежде, а также по неуверенной посадке Эверард сразу выделил в общей массе нескольких проводников из местных жителей, но гораздо больше его заинтересовали иноземцы.

— Среди вьючных многовато жеребых кобыл, — пробормотал он себе под нос. — Видимо, они взяли столько лошадей, сколько поместилось на кораблях, и выпускали их размяться и попастись на всех стоянках, а теперь прямо в пути увеличивают поголовье. Лошадки этой породы достаточно выносливы, и такое обращение им нипочем.

— Те, кто сторожит корабли, тоже разводят лошадей, — сообщил Сандоваль. — Сам видел.

— Что еще ты знаешь об этой компании?

— Да я уже все рассказал. Кроме того, что видно отсюда, — почти ничего. Есть, конечно, отчет из архивов Хубилая, но ты же помнишь, там лишь кратко сообщается, что четыре корабля под командованием нойона Тохтая и ученого мужа Ли Тай-цзуна были посланы исследовать острова, лежащие за Японией.

Эверард рассеянно кивнул. Нет смысла сидеть здесь и в сотый раз пережевывать одно и то же. Хватит тянуть, пора приступать к делу.

Сандоваль откашлялся.

— Я все думаю, стоит ли идти нам обоим, — сказал он. — Может, останешься на всякий случай здесь?

— Комплекс героя? — пошутил Эверард. — Нет, лучше идти вместе. Ничего плохого я от них не жду. Пока, во всяком случае. У этих ребят хватает ума не затевать беспричинных ссор. И с индейцами они неплохо поладили, разве нет? А мы им вообще покажемся загадкой... Но все-таки я не прочь предварительно чего-нибудь хлебнуть.

— И я. Да и потом тоже.

Порывшись в седельных сумках, они вытащили свои двухлитровые фляги и сделали по глотку. Шотландское виски обожгло Эверарду горло и огнем растеклось по жилам. Он прикрикнул на лошадь, и оба поскакали вниз по склону.

Воздух прорезал свист. Их увидели. Сохраняя спокойствие, Эверард и Сандоваль двинулись навстречу монгольской колонне. Держа наготове короткие тугие луки, двое передовых всадников обошли их с флангов, но останавливать не стали.

«Должно быть, наш вид не внушает опасений», — подумал Эверард. На нем, как и на Сандовале, была одежда двадцатого века: охотничья куртка-ветровка и непромокаемая шляпа. Но его экипировке было далеко до элегантного индейского костюма Сандоваля, сшитого на заказ у Эберкромби и Фитча. Оба для вида нацепили кинжалы, а для дела у них были «маузеры» и ультразвуковые парализаторы тридцатого века.

Дисциплинированные монголы остановились одновременно, все, как один. Подъезжая, Эверард внимательно их рассмотрел. Перед отправкой он около часа провел под гипноизлучателем, прослушав довольно полный курс о монголах, китайцах и даже о местных индейских племенах — об их языках, истории, материальной культуре, обычаях и нравах. Но видеть этих людей вблизи ему пока не доводилось.

Особой красотой они не блистали: коренастые, кривоногие, с жидкими бороденками; смазанные жиром широкие плоские лица блестели на солнце. Все были хорошо экипированы: на каждом сапоги, штаны, кожаный панцирь, покрытый металлическими пластинками с лаковым орнаментом, и конический стальной шлем с шипом или перьями на макушке. Вооружены они были кривыми саблями, ножами, копьями и луками. Всадник в голове колонны вез бунчук — несколько хвостов яка, оплетенных золотой нитью. Монголы внимательно наблюдали за приближением патрульных, но их темные узкие глаза оставались невозмутимыми.

Узнать начальника не составляло труда. Он ехал в авангарде, за его плечами развевался изодранный шелковый плащ. Он был гораздо выше своих воинов и еще суровее лицом; портрет довершали рыжеватая борода и почти римский нос. Ехавший около него проводник-индеец сейчас с открытым ртом жался позади, но нойон Тохтай остался на месте, не сводя с Эверарда спокойного хищного взгляда.

— Привет вам! — прокричал монгол, когда незнакомцы оказались поблизости. — Какой дух привел вас?

Он говорил на диалекте лутуами, будущем кламатском языке, но с неприятным акцентом.

В ответ Эверард пролаял на безупречном монгольском:

— Привет тебе, Тохтай, сын Бату. Да будет на то воля Тенгри[1], мы пришли с миром.

Это был удачный ход. Эверард заметил, что монголы потянулись за амулетами и стали делать знаки от дурного глаза. Но человек, ехавший слева от Тохтая, быстро овладел собой.

— Ах вот оно что! — сказал он. — Значит, люди Запада уже добрались до этой страны? Мы не знали об этом.

Эверард взглянул на него. Ростом этот человек превосходил любого из монголов, а его лицо и руки выделялись своими изяществом и белизной. Одет он был как и все остальные, но не носил никакого оружия. Выглядел он старше нойона — ему можно было дать лет пятьдесят. Не сходя с лошади, Эверард поклонился и заговорил на северокитайском:

— Достопочтенный Ли Тай-цзун, как ни печально, что мне, недостойному, приходится противоречить вашей учености, но мы родом из великого царства, лежащего далеко на юге.

— До нас доходили слухи о нем, — сказал ученый, который так и не смог скрыть своего удивления. — Даже здесь, на Севере, можно услышать рассказы об этой богатой и чудесной стране. Мы ищем ее, чтобы передать вашему хану приветствие кагана Хубилая, сына Тули, сына Чингиса, — весь свет припадает к его стопам.

— Мы знаем о Великом Хане, — ответил Эверард, — но мы знаем и о Калифе, и о Папе, и об Императоре, а также о прочих не столь могущественных владыках. — Он тщательно подбирал слова, чтобы, не оскорбляя правителя Катая открыто, тем не менее деликатно указать ему его истинное место. — О нас же, напротив, известно немногим, ибо наш государь ничего не ищет во внешнем мире и не хочет, чтобы другие искали что-либо в его царстве. Позвольте мне, недостойному, представиться. Имя мое Эверард, и хотя мой облик может ввести вас в заблуждение, я вовсе не русич и не из земель Запада. Я принадлежу к стражам границы.

Пусть погадают, что это означает.

— Ты пришел без большого отряда, — вступил в разговор Тохтай.

---

[1] Т е н г р и, или «Великое Синее Небо», — дух неба, верховное божество у монголов.

— А он нам и не понадобился, — вкрадчиво ответил Эверард.

— И вы далеко от дома, — добавил Ли.

— Не дальше, чем были бы вы, досточтимые господа, в степях Киргизии.

Тохтай взялся за рукоять сабли. В его глазах застыло подозрение.

— Пойдемте, — сказал он. — Посол всегда желанный гость. Разобьем лагерь и выслушаем слово вашего царя.

Глава 3

Солнце уже низко стояло над западными вершинами, и их снежные шапки отливали тусклым серебром. Тени в долине удлинились, лес потемнел, но луг казался еще светлее. Первозданная тишина оттеняла каждый звук: торопливый говор горного потока, гулкие удары топора, пофыркивание лошадей, пасущихся в высокой траве. Пахло дымом.

Монголы были явно выбиты из колеи и появлением незнакомцев, и столь ранним привалом. Их лица оставались непроницаемыми, но они то и дело косились на Эверарда с Сандовалем и принимались шептать молитвы — в основном языческие, но слышались и буддийские, и мусульманские, и несторианские. Тем не менее это не мешало им с обычной сноровкой разбить лагерь, расставить сторожевые посты, осмотреть лошадей, приготовить ужин. И все же Эверарду показалось, что они ведут себя сдержанней обычного. Под гипнозом он усвоил, что монголы, как правило, люди веселые и разговорчивые.

Он сидел в шатре, скрестив ноги. Рядом с ним полукругом расположились Сандоваль, Тохтай и Ли. Пол устилали ковры, на жаровне стоял котелок с горячим чаем. В лагере это был единственный шатер — возможно, у монголов он был всего один и возили его с собой для таких торжественных событий, как сегодняшнее. Тохтай собственноручно налил кумыс в чашу и протянул ее Эверарду; тот шумно отхлебнул из нее (так требовал этикет) и передал чашу соседу. Ему доводилось пробовать напитки и похуже, чем перебродившее кобылье молоко, но он обрадовался, когда по окончании ритуала все стали пить чай.

Заговорил начальник монголов. В отличие от китайца-советника он не умел сдерживаться, и в его голосе непроизвольно прорывалось раздражение: что это за чужеземцы, которые посмели не пасть ниц перед слугой Великого Хана? Но слова оставались вежливыми:

— А теперь пусть наши гости расскажут о поручении своего царя. Не назовете ли вы нам сначала его имя?

— Его имя произносить нельзя, — ответил Эверард, — а о его царстве до вас дошли лишь смутные слухи. Ты можешь судить о его могуществе, нойон, по тому, что в такой дальний путь он отправил только нас двоих и что проделали этот путь мы без запасных лошадей.

Тохтай ухмыльнулся:

— Кони, на которых вы приехали, красивы, но еще не известно, как они побегут по степи. И долго вы добирались сюда?

— Меньше дня, нойон. Мы многое умеем.

Эверард полез в карман куртки и достал два небольших свертка в яркой упаковке.

— Наш господин повелел преподнести высокочтимым гостям из Катая эти знаки его расположения.

Пока разворачивались обертки, Сандоваль наклонился к Эверарду и шепнул по-английски:

— Понаблюдай за их реакцией, Мэнс. Мы сваляли дурака.

— Почему?

— Этим пестрым целлофаном и прочими штучками можно поразить варвара вроде Тохтая. Но взгляни на Ли. Его цивилизация уже создала искусство каллиграфии, когда предки Бонуита Теллера еще разрисовывали себя голубой краской. Теперь его мнение о нашем вкусе резко упало.

Эверард еле заметно пожал плечами.

— Что ж, он прав, разве не так?

Их разговор не остался незамеченным. Тохтай взглянул на них с подозрением, но затем снова вернулся к своему подарку — электрическому фонарику; демонстрация его действия сопровождалась почтительными восклицаниями. Вначале нойон отнесся к дару с опаской и даже пробормотал заклинание, но, вспомнив, что монголу непозволительно бояться чего-либо, кроме грома, он овладел собой и вскоре радовался фонарику как ребенок. Патрульные посчитали, что лучшим подарком для такого ученого конфуцианца, как Ли, будет книга — альбом «Человеческий род», который мог произвести на него впечатление разнообразием содержания и незнакомой изобразительной техникой. Китаец рассыпался в благодарностях, но Эверард усомнился в искренности его восторгов. В Патруле быстро узнаешь, что изощренное мастерство существует при любом уровне технического развития.

По обычаю были преподнесены ответные подарки: изящный китайский меч и связка шкурок калана. Прошло довольно много времени, прежде чем прерванный разговор возобновился. Сандоваль ловко перевел его на путешествие их хозяев.

— Раз вы так много знаете, — начал Тохтай, — то вам должно быть известно, что наше вторжение в Японию потерпело неудачу.

— Такова была воля неба, — по-придворному учтиво сказал Ли.

— Бред сивой кобылы! — рявкнул Тохтай. — Такова была людская тупость, хочешь ты сказать. Мы были слишком малочисленны, слишком мало знали, а море было слишком бурным, да и забрались мы слишком далеко. Ну, так что же? Когда-нибудь мы туда вернемся.

Эверард с грустью подумал о том, что они действительно вернутся к берегам Японии, но их флот потопит буря, погубив бог знает сколько молодых воинов. Он не стал перебивать Тохтая, который продолжал свой рассказ.

— Великий Хан решил, что мы должны больше узнать об островах. Возможно, стоит создать базу где-нибудь севернее Хоккайдо. Кроме того, до нас давно доходили слухи о далекой западной земле. Иногда ее видят издалека рыбаки, по воле случая занесенные в те края, а купцы из Сибири рассказывают о проливе и о стране, лежащей за ним. Великий Хан снарядил четыре корабля с китайскими командами и повелел мне отправиться с сотней монгольских воинов на разведку.

Эверард ничуть не удивился. Китайцы уже сотни лет плавали на своих джонках, вмещавших до тысячи пассажиров. Правда, эти суда еще не обладали теми высокими мореходными качествами, которые они обретут позднее (скажется опыт, перенятый у португальцев), а их капитанов никогда не тянуло в океан, не говоря уж о холодных северных водах. Однако некоторые китайские мореплаватели могли кое-что разузнать у попадавших в Китай корейцев и жителей Формозы[1], то, чего не знали их отцы. По крайней мере о Курильских островах какое-то представление они должны были иметь.

— Мы миновали две цепочки островов, одну за другой, — продолжал Тохтай. — Там почти ничего не растет, но мы хотя бы могли время от времени делать остановки, выпуская лошадей размяться, и расспрашивать местных жителей. Одному Тенгри известно, чего нам стоило узнать у них хоть что-нибудь. При-

---

[1] Ф о р м о з а — о. Тайвань.

шлось изъясняться на шести языках! Нам сказали, что есть две больших земли, Сибирь и другая, и что на севере они сходятся так близко, что человек может переплыть с одной на другую в кожаной лодке, а зимой — перейти по льду. В конце концов мы добрались до этой новой земли. Большая страна: леса, много дичи и тюленей. Однако слишком много дождей. Нашим кораблям словно не хотелось останавливаться, и поэтому мы поплыли вдоль берега дальше.

Эверард мысленно взглянул на карту. Если двигаться сначала вдоль Курильских, а потом вдоль Алеутских островов, то земля всегда будет поблизости. Случись шторм, джонки, благодаря своей малой осадке, могут встать на якорь даже у этих скалистых берегов и избежать опасности. К тому же им помогало течение, которое само вывело их практически на дугу большого круга, то есть на кратчайшую дорогу к Америке. Открыв Аляску, Тохтай не сразу осознал, что же именно произошло. Чем дальше он продвигался на юг, тем гостеприимнее становилась местность. Он миновал залив Пьюджет и вошел в устье реки Чиалис. Возможно, индейцы предупредили его, что плыть через расположенный южнее залив, в который впадает река Колумбия, опасно, и они же потом помогли его всадникам переправиться через широкий поток на плотах.

— Мы разбили лагерь, когда год пошел на убыль, — рассказывал монгол. — Племена в тех местах отсталые, но дружелюбные. Они дали нам столько еды и женщин, сколько мы попросили, и помогали во всем. Взамен наши моряки научили их строить лодки и показали кое-какие способы рыбной ловли. Там мы перезимовали, научились здешним языкам, съездили несколько раз в глубь страны. И повсюду мы слышали рассказы о бескрайних лесах и равнинах, где черным-черно от стад диких быков. Теперь мы увидели достаточно, чтобы в это поверить. Я никогда не бывал в таком богатом краю, — глаза Тохтая вспыхнули, как у тигра. — А людей здесь совсем мало, да и те не знают даже, что такое железо.

— Нойон! — предостерегающе прошептал Ли, едва заметно кивнув в сторону патрульных. Тохтай тут же захлопнул рот.

Ли повернулся к Эверарду:

— До нас дошли слухи о золотом царстве, находящемся далеко на юге. Мы посчитали своим долгом проверить эти слухи, а заодно исследовать земли, лежащие на нашем пути. Мы никак не ожидали, что наши высокочтимые гости окажут нам такую честь, встретив нас лично.

— Это и для нас самих великая честь, — льстиво ответил

Эверард и сразу придал своему лицу серьезное выражение. — Наш повелитель, государь Золотой империи, имя его да пребудет в тайне, послал нас сюда, движимый дружескими чувствами. Он будет опечален, если вы попадете в беду. Мы пришли предостеречь вас.

— Что-о? — Тохтай выпрямился. Его мускулистая рука потянулась за саблей, которую он перед этим из вежливости снял. — Что ты там несешь?

— То, что ты слышал, нойон. Прекрасной кажется эта страна, но на ней лежит проклятие. Расскажи ему, брат мой.

Сандоваль, у которого язык был подвешен лучше, взялся за дело. Его байка была состряпана так, чтобы произвести впечатление на суеверного, полудикого монгола и одновременно не возбудить подозрений у скептика китайца. Он объяснил, что на самом деле на юге два великих царства. Они прибыли из того, что расположено дальше к югу. К северо-востоку от него лежат земли их соперников; там, на равнине, стоит их крепость. Оба государства располагают могущественным оружием — называйте его как хотите: колдовскими чарами или хитроумной техникой. Северная империя, «плохие ребята», считает всю эту территорию своей собственностью и не потерпит присутствия на ней чужеземной экспедиции. Ее разведчики наверняка вскоре обнаружат монголов и уничтожат их ударами молнии. Доброжелательная южная страна «хороших ребят» не сможет этому помешать, но она выслала вестников, чтобы предупредить монголов и посоветовать им вернуться.

— Почему же местные жители не рассказали нам об этих великих государствах? — проницательно спросил Ли.

— А разве каждый охотник в джунглях Бирмы слышал о Великом Хане? — парировал Сандоваль.

— Я только невежественный чужеземец, — продолжил Ли. — Простите меня, но я не понял, о каком неотразимом оружии вы говорите.

«Меня еще никогда не обзывали лжецом в таких вежливых выражениях», — подумал Эверард. Вслух он произнес:

— Я покажу его силу, если у нойона есть животное, которое не жаль убить.

Тохтай задумался. Если бы не выступившая испарина, его невозмутимое лицо могло показаться высеченным из камня. Наконец он хлопнул в ладоши и пролаял распоряжение заглянувшему в шатер караульному. Чтобы заполнить наступившую после этого паузу, они повели разговор о каких-то пустяках.

Казалось, ожиданию не будет конца, но не прошло и часа,

116

как воин вернулся. Он доложил, что два всадника поймали арканом оленя. Подойдет ли он нойону? Подойдет. Тохтай вышел из шатра первым, проталкиваясь через плотную гудящую толпу. Заранее сожалея о том, что предстоит сделать, Эверард двинулся за ним. Он присоединил к «маузеру» приклад.

— Займешься этим? — спросил он Сандоваля.

— Боже упаси.

Оленя, точнее, олениху, уже привели в лагерь. Дрожащее животное с веревками из конского волоса на шее стояло у реки. В лучах заходящего солнца, которое уже коснулось западных вершин, олениха казалась бронзовой. Она смотрела на Эверарда с какой-то слепой покорностью. Он махнул людям, стоявшим возле нее, и прицелился.

Животное было убито первым же выстрелом, но Эверард продолжал стрелять, пока пули не изуродовали тушу.

Опуская пистолет, он почувствовал разлившееся в воздухе напряжение. Он окинул взглядом этих коренастых кривоногих людей, их плоские сдержанно-суровые лица. Их запах — чистый запах пота, лошадей и дыма — ударил ему в ноздри. И тогда патрульный подумал, что в их глазах он выглядит сейчас сверхъестественным существом.

— Это слабейшее оружие из того, что используется здесь, — сказал он. — Душа, вырванная им из тела, не найдет дороги домой.

Отвернувшись, он пошел прочь, Сандоваль двинулся следом. Их лошади были привязаны в стороне, вещи сложены рядом. Они молча оседлали лошадей и поскакали в глубь леса.

Глава 4

От порыва ветра костер разгорелся снова. Но его раскладывал опытный лесной житель — огонь лишь на мгновение выхватил из темноты два силуэта, осветив брови, носы и скулы, отразившись в глазах. Пламя быстро погасло, оставив после себя только россыпь красных и голубых искр над белыми углями, и людей поглотила тьма.

Эверарда это не огорчило. Повертев в руках трубку, он сжал ее покрепче в зубах и глубоко затянулся, но легче ему не стало. Где-то вверху, в ночной темноте, неумолчно шумели деревья, и, когда он заговорил, его голос был еле слышен, но и это его не беспокоило.

Рядом находились их спальные мешки, лошади и темпороллер — снабженный антигравитационной установкой аппарат для перемещений в пространстве и времени, на котором они и прибыли сюда. На многие мили вокруг не было ни души: крохотные огоньки зажженных людьми костров одиноко мерцали, словно звезды во Вселенной. Откуда-то доносился волчий вой.

— Наверное, — заговорил Эверард, — каждый полицейский хоть раз в жизни чувствует себя последним подлецом. До сих пор, парень, ты был только наблюдателем. С такими заданиями, как у меня, порой бывает трудно смириться...

— Да...

Сандоваль вел себя сегодня еще сдержанней, чем его друг. За все время после ужина он даже не сдвинулся с места.

— А теперь это! Когда приходится устранять последствия вмешательства из другого времени, ты по крайней мере можешь считать, что восстанавливаешь изначальную линию развития. — Эверард выпустил клуб дыма. — Я, конечно, и сам знаю, что в данном контексте слово «изначальная» не имеет никакого смысла. Зато оно утешает.

— Угу.

— Но когда наши боссы, эти дражайшие данеллианские супермены, приказывают вмешаться нам самим... Мы ведь знаем, что люди Тохтая так и не вернулись в Катай. Для чего же прикладывать к этому руку? Если они наткнулись на враждебно настроенных индейцев и были истреблены или что-нибудь в этом роде, я ничуть не возражаю. По крайней мере не больше, чем против любого похожего случая в той проклятой бойне, которую именуют человеческой историей.

— Ты же знаешь, нам не нужно их убивать. Нужно только заставить их повернуть обратно. Может, для этого окажется достаточно твоей сегодняшней показательной стрельбы.

— Ну да! Повернут они назад, а что дальше?.. Погибнут в море, скорее всего. Возвращаться домой им будет нелегко: эти примитивные суденышки рассчитаны на плавание по рекам, а их ждут штормы, туманы, встречные течения, скалы... А мы отправляем их обратно именно сейчас! Если бы не наше вмешательство, они бы вышли в море позже, когда условия совсем другие... Зачем нас заставляют брать грех на душу?

— Есть большая вероятность, что они смогут вернуться домой, — пробормотал Сандоваль.

Эверард вздрогнул:

— Что-о?

— Судя по тому, что говорил Тохтай, он планирует возвращаться верхом, а не на кораблях. Как он правильно догадался, Берингов пролив перейти легко: алеуты делают это постоянно. Боюсь, Мэнс, сохранить им жизнь будет не так просто.

— Но они же не собираются возвращаться сушей! Мы-то это знаем!

— Предположим, что они это сделают. — Слегка повысив голос, Сандоваль заговорил быстрее, и его слова подхватил ночной ветер. — Давай пофантазируем. Предположим, что Тохтай двинется на юго-восток. Вряд ли что-то его остановит. Его люди могут найти пропитание повсюду, даже в пустыне, причем гораздо успешнее, чем индейцы коронадо или кто-нибудь другой из местных. Отсюда рукой подать до земель пуэбло — земледельческих племен, стоящих на уровне верхнего неолита. Это еще больше обнадежит Тохтая. К началу августа он будет в Мексике. Мексика сейчас — такая же великолепная добыча, какой была — вернее, будет — при Кортесе. И даже еще соблазнительнее: пока ацтеки и тольтеки выясняют между собой, кто здесь хозяин, многие обитающие по соседству племена готовы помочь прибывшим разделаться и с теми, и с другими... Наличие у испанцев огнестрельного оружия на деле оказалось несущественным. Окажется то есть. Сам помнишь, если читал Диаса. А монгольский воин ничем не уступит испанцу... Я не думаю, что Тохтай сразу бросится в бой. Наверняка он будет держаться очень учтиво, перезимует, разузнает все, что сможет. На следующий год он вернется на север и отправится домой; там он доложит Хубилаю, что богатейшую страну на свете, битком набитую золотом, ничего не стоит завоевать.

— А как дела у остальных индейцев? — спросил Эверард. — Я о них почти ничего не знаю.

— Новая Империя майя переживает расцвет. Крепкий орешек, зато весьма многообещающий. Мне кажется, стоит монголам закрепиться в Мексике, как их уже не остановишь. В Перу сейчас культура выше, а порядка еще меньше по сравнению с тем, что увидел Писарро: в данный момент на власть там претендуют множество племен, а не только кечуа-аймара, то есть инки... А кроме того, земли! Представляешь, во что монголы превратят Великие равнины?

— Вряд ли они будут эмигрировать сюда целыми ордами, — возразил Эверард. Что-то в интонации Сандоваля его встревожило. — Слишком далеко: Сибирь, Аляска...

— Преодолевались и не такие препятствия. Я не думаю, что они устремятся сюда все разом. До начала массовой иммиграции пройдет несколько веков, как у европейцев. Могу представить, как в течение нескольких лет вереница кланов и племен расселяется по всему западу Северной Америки. Захватят и Мексику с Юкатаном — они, скорее всего, станут ханствами. По мере роста населения и прибытия новых иммигрантов скотоводческие племена будут двигаться на восток. Вспомни, меньше чем через сто лет династия Юань будет свергнута. Это послужит для монголов дополнительной причиной, чтобы убраться из Азии. А потом сюда придут и китайцы — за землей и за своей долей золота.

— Ты только пойми меня правильно, — мягко перебил его Эверард, — мне кажется, что кому-кому, а тебе не следует торопить завоевание Америки.

— Это было бы другое завоевание, — возразил Сандоваль. — Я не беспокоюсь об ацтеках: если ты их изучал, то согласишься, что Кортес сделал для Мексики доброе дело. Другим, ни в чем не повинным племенам тоже придется несладко — но лишь на первых порах. Монголы не такие уж дьяволы во плоти, ведь так? Просто над нами тяготеет предубеждение западной цивилизации против них. Мы забываем, что в Европе тогда тоже с большим удовольствием пытали и убивали — и ничуть не меньше... В действительности монголы во многим напоминают древних римлян. Действуют они точно так же: истребляют население регионов, которые сопротивляются, и уважают права тех, кто подчиняется. Этим они дают компетентное правительство и защиту. Тот же самый национальный характер: отсутствие воображения, неспособность к творчеству и в то же время смутное благоговение перед истинной цивилизацией, зависть к ней. Pax Mongolica[1] на данный момент объединяет огромную территорию, способствуя взаимовыгодным контактам между множеством различных народов; чепуховой Римской империи такое и не снилось. А индейцы... Не забывай, что монголы — скотоводы. Здесь не будет ничего похожего на то неразрешимое противоречие между охотником и земледельцем, которое и толкнуло белых на уничтожение индейцев. Расовых предрассудков у монголов тоже нет. Поэтому, немного повоевав, рядовой навахо, чероки, семинол, алгонкин, чиппева, дакота будет рад подчиниться, став союзником монголов. Почему бы и нет? Они получат лошадей и овец, научатся ткать и выплавлять металлы. Они будут превосходить этих захватчиков числом, да и оставаться на равных с монголами им будет куда проще, чем с белыми фермерами и машинным производством. А потом, я уже говорил об этом, сюда придут китайцы. Они будут влиять на всю эту пеструю компанию, приучать их к

---

[1] Монгольский мир *(лат.)*; по аналогии с Pax Romana — Римский мир.

цивилизации, изощрять их ум... Господи, Мэнс! Когда сюда приплывет Колумб, он найдет свою Индию! Величайшего Хана сильнейшего государства на свете!

Сандоваль замолчал. Эверард вслушивался в зловещий скрип ветвей и долго смотрел в ночную тьму. Наконец он заговорил:

— Это могло бы произойти. Значит, нам необходимо остаться в этом веке, пока критическая точка не будет пройдена. Иначе нашего собственного мира не станет. Будто его никогда и не было.

— В любом случае этот наш мир не так уж и хорош, — как во сне отозвался Сандоваль.

— Подумай о твоих... ну, о родителях. Они бы никогда не появились на свет.

— Они жили в дырявой развалюхе. Однажды я увидел своего отца плачущим — он не мог купить нам обувь на зиму. Мать умерла от туберкулеза.

Эверард сидел неподвижно. Сандоваль первым стряхнул с себя оцепенение и с деланым смехом вскочил на ноги.

— Что я тут наболтал? Это же обычный треп, Мэнс. Давай ложиться. Я первый покараулю, ладно?

Эверард согласился, но еще долго не мог уснуть.

Глава 5

Роллер перенес их на два дня вперед и теперь парил на большой высоте в ледяном разреженном воздухе, невидимый с земли невооруженным глазом. Эверард, ежась от холода, настраивал электронный телескоп. Даже при максимальном увеличении караван представлял собой группу пятнышек, еле-еле ползущих по бескрайнему зеленому пространству. Но во всем Западном полушарии больше никто не мог ехать на лошадях.

Эверард обернулся к своему спутнику:

— Ну и что теперь делать?

Широкое лицо Сандоваля осталось непроницаемым.

— Значит, твоя стрельба не сработала...

— Это уж точно! Клянусь, они движутся раза в два быстрее, чем прежде! Но почему?

— Чтобы правильно ответить, Мэнс, мне нужно познакомиться с этими людьми поближе и лучше узнать их. Но дело, видимо, в том, что мы бросили вызов их мужеству. Ведь единственные непреложные добродетели военизированной культуры — это выдержка и отвага. Поэтому у них не было другого выбора —

только вперед... Если бы они отступили перед угрозой, то просто не смогли бы жить после этого в ладу с собой.

— Но монголы же не идиоты! Они никогда не идут напролом, едва завидев неприятеля, а добиваются победы за счет превосходства в военном искусстве. Тохтаю следовало бы отступить, доложить императору обо всем увиденном и организовать экспедицию побольше.

— С этим могут справиться и люди с кораблей, — напомнил Сандоваль. — Теперь-то, поразмыслив, я вижу, насколько мы недооценили Тохтая. Он наверняка приказал, чтобы корабли отправлялись домой без него, если экспедиция не вернется к определенному сроку, скорее всего в течение года. А встретив в пути что-нибудь интересное вроде нас, он может послать в базовый лагерь индейца с письмом.

Эверард кивнул. Ему пришло в голову, что в этом деле его слишком торопили: у него даже не было времени, чтобы как следует спланировать операцию. Вот и наломали дров. Но сыграло ли какую-то роль в этой неудаче бессознательное сопротивление Джона Сандоваля? Немного поразмыслив, он сказал:

— Они вполне могли заподозрить нас во вранье. Монголы всегда знали толк в психологической войне.

— Может быть. Но что нам делать дальше?

«Спикировать на них сверху, выпустить несколько зарядов из установленной на роллере энергетической пушки сорок первого века, вот и все... Боже упаси, меня могут сослать на отдаленную планету раньше, чем я сделаю что-либо подобное. Существуют ведь какие-то границы дозволенного...»

— Устроим более впечатляющее представление, — заявил Эверард.

— А если и оно сорвется?

— Не каркай! Надо сначала попробовать.

— Мне просто любопытно, — слова Сандоваля тонули в шуме ветра. — Почему бы вместо этого просто не отменить саму экспедицию? Прыгнуть в прошлое года на два назад и убедить Хубилая, что на восток никого посылать не стоит. Тогда всего этого никогда бы не случилось.

— Ты же знаешь, устав Патруля запрещает нам производить изменения в истории.

— А как называется то, что мы сейчас делаем?

— Выполнением специального приказа высшего командования. Может, это понадобилось для исправления вмешательства, происшедшего где-то и когда-то еще. Откуда мне знать? Я ведь только ступенька в лестнице эволюции. За миллион лет они ушли от нас так далеко, что их возможности мы просто не в силах вообразить!..

— Папе лучше знать, — процедил Сандоваль.

Эверард скрипнул зубами.

— Ситуация такова, — начал он, — что любое происшествие при дворе Хубилая, могущественнейшего человека на земле, гораздо важнее и значительнее для истории, чем что бы то ни было здесь, в Америке. Нет уж, раз ты меня втравил в это гиблое дело, будешь теперь, если надо, стоять по струнке... Нам приказано вынудить этих людей к отказу от дальнейшего исследования. Что случится потом — не наше дело. Ну, не вернутся они домой. Непосредственной причиной будем не мы. Это все равно что считать человека убийцей только потому, что он пригласил кого-то на обед, а приглашенный по дороге погиб в аварии.

— Ладно, хватит, давай займемся делом, — оборвал его Сандоваль.

Эверард направил роллер по плавной траектории вниз.

— Видишь тот холм? — спросил он через несколько минут. — Он находится на пути следования Тохтая. По-моему, сегодня монголы разобьют лагерь в нескольких милях от него, вот на этой лужайке у реки. Однако холм будет им прекрасно виден. Давай откроем там нашу лавочку...

— И устроим фейерверк? Это должно быть что-то совершенно необыкновенное. Ведь в Катае знают о порохе. У них даже боевые ракеты есть.

— Да, небольшие. Я знаю. Но когда я собирал чемодан в дорогу, то на случай провала первой попытки прихватил с собой кое-какое оборудование.

Холм, словно короной, был увенчан редкой сосновой рощей. Эверард посадил роллер среди деревьев и начал выгружать из просторного багажника какие-то ящики. Сандоваль молча помогал ему. Лошади, специально подготовленные для Патруля, спокойно выбрались из закрытого отсека, в котором их перевозили, и принялись щипать траву на склоне.

Спустя какое-то время индеец нарушил молчание:

— Не люблю я так работать. Что ты сооружаешь?

Эверард похлопал по корпусу небольшого устройства, которое он уже наполовину собрал.

— Переделано из системы управления погодой, которой пользуются в будущем, в Холодных столетиях. Распределитель потенциалов. Он может генерировать такие ужасающие молнии, каких ты никогда не видел, — и с громом в придачу.

— Хм... самое слабое место монголов. — Не удержавшись,

Сандоваль ухмыльнулся. — Ты выиграл. Мы, пожалуй, сможем расслабиться и полюбоваться представлением.

— Ладно, займись пока ужином, а я доделаю нашу пугалку. Только не разводи огонь. Вульгарный дым нам не нужен. Кстати, у меня есть проектор миражей. Если ты переоденешься и, скажем, накинешь капюшон, чтобы тебя не узнали, я намалюю твой портрет с милю вышиной и слегка его приукрашу.

— А как насчет ретранслятора звука? Тот, кто не слышал ритуального клича вождей навахо, может здорово перепугаться.

— Годится!

День был на исходе. Под соснами сгущался сумрак, воздух посвежел. Эверард, расправившись наконец с сэндвичем, стал с помощью бинокля следить за тем, как авангард монгольского отряда выбирает место для лагеря — именно там, где он и предсказал. Прискакали еще несколько всадников с добытой за день дичью и стали готовить ужин. На закате показался и сам отряд; монголы выставили караул и принялись за еду. Тохтай действительно не терял ни минуты, стараясь использовать все светлое время суток. Пока не стемнело, Эверард то и дело поглядывал на охранявших лагерь всадников с натянутыми луками. Ему никак не удавалось справиться с волнением — ведь он встал на пути воинов, от поступи которых дрожала земля.

Над снежными вершинами замерцали первые звезды. Пора было браться за работу.

— Привязал лошадей, Джо? Они могут перепугаться. Монгольские перепугаются, я уверен. Ладно, поехали!

Эверард щелкнул главным тумблером и присел на корточки перед тускло освещенным пультом управления своего аппарата.

Вначале между небом и землей появилось еле заметное голубое мерцание. Затем сверкнули молнии, разносившие одним ударом деревья в щепки; по небу зазмеились языки огня, от грохота задрожали склоны гор. Эверард бросил в бой шаровые молнии: оставляя за собой шлейф искр, эти сгустки пламени, крутясь и кувыркаясь, понеслись к лагерю и стали взрываться над ним, раскалив небо добела.

Оглохший и наполовину ослепший, Эверард кое-как справился с управлением, и теперь над холмом появился флюоресцирующий слой ионизированного воздуха. Словно северное сияние, заколыхались громадные кроваво-красные и мертвенно-белые полотнища; в паузах между ударами грома было слышно исходившее от них шипение. Вперед выступил Сандоваль. Раздевшись до пояса, он с помощью глины разрисовал себя древними индейскими узорами; ничем не прикрытое лицо было вымазано землей и до неузнаваемости искажено гримасой. Прасканировав это изображение, машина внесла в него дополнительные изменения. Перед монголами на фоне светового занавеса предстала громадная, выше гор, фигура. Скользя в странном танце, она моталась между линией горизонта и небом, издавая громоподобные завывания и взвизгивания.

Эверард скорчился, пальцы словно примерзли к пульту. Им овладел первобытный ужас, разбуженный в глубинах его существа этим танцем.

«Черт побери! Если им и этого будет недостаточно...»

К нему вернулась способность рассуждать, и он даже взглянул на часы. Полчаса... Дать им еще минут пятнадцать, чтобы все постепенно затихло?.. Они наверняка останутся в лагере до рассвета, а не разбегутся в темноте кто куда — на это дисциплины у них хватит... Следовательно, нужно затаиться еще на несколько часов, а затем нанести последний удар по их нервам, спалив электрическим разрядом дерево прямо посреди лагеря... Эверард махнул Сандовалю рукой. Индеец, по-видимому, устал сильнее, чем можно было предположить; тяжело дыша, он тут же сел на землю.

— Отличное шоу, Джонни! — сказал Эверард, когда грохот затих. Собственный голос показался ему каким-то дребезжащим и чужим.

— Я, наверное, целую вечность не проделывал ничего подобного, — пробормотал Сандоваль.

Он чиркнул спичкой — в наступившей тишине этот звук заставил обоих вздрогнуть. Пламя на мгновение осветило его поджатые губы. Спичку он сразу же отбросил, и теперь в темноте виднелся только огонек сигареты.

— В резервации никто из нас не воспринимал все это всерьез, — продолжил он немного погодя. — Некоторые старики заставляли нас, мальчишек, разучивать ритуальные танцы, чтобы мы сохраняли древний обычай и не забывали о том, кто мы такие. А мы хотели только заработать немного мелочи, танцуя для туристов.

Он снова надолго умолк. Эверард окончательно погасил проектор. В наступившей темноте, словно маленький Алголь[1], то разгоралась, то затухала сигарета Сандоваля.

— Для туристов! — повторил он и через несколько минут продолжил: — Сегодня я танцевал не просто так, а с определенной целью. Я никогда раньше не вкладывал в танец этого смысла.

Эверард молчал.

---

[1] А л г о л ь — затменно-переменная звезда в созвездии Персея.

Внезапно одна из лошадей, забившаяся на привязи во время «представления» и до сих пор не успокоившаяся, тихо заржала.

Эверард вскинул голову. Вокруг царил непроницаемый мрак.

— Ты что-нибудь слышал, Джо?

В глаза ему ударил луч фонарика.

Ослепленный, он на какое-то мгновение застыл, а затем с проклятием вскочил на ноги, выхватывая свой парализующий пистолет. Из-за дерева к нему метнулась тень, и он тут же получил удар по ребрам. Эверард отшатнулся, но парализатор оказался наконец у него в руке, и он выстрелил наугад.

Луч фонарика снова зашарил вокруг. Эверард краем глаза увидел Сандоваля. Оружие навахо так и осталось в его одежде, поэтому он просто увернулся от удара монгольского клинка. Нападавший снова взмахнул саблей, и тогда Сандоваль воспользовался приемом дзюдо. Он упал на колено, неповоротливый монгол промахнулся и налетел животом прямо на подставленное плечо. Сандоваль тут же выпрямился, ударив противника снизу ребром ладони в подбородок, а когда голова в шлеме откинулась назад, рубанул монгола еще раз, по кадыку; выхватив у него саблю, он повернулся и парировал удар сзади.

Лающие выкрики монголов перекрыл чей-то голос, отдававший приказы. Эверард попятился. Одного из нападавших он оглушил, но на пути к роллеру встали другие. Он повернулся к ним, и в этот момент ему на плечи набросили аркан, затянув его одним умелым движением. Эверард упал, и на него тут же навалились четверо. Он успел увидеть, что с полдюжины монголов бьют Сандоваля древками копий по голове, но тут ему самому стало не до наблюдений. Ему дважды удавалось подняться, но к этому времени он потерял парализатор, «маузер» из кобуры вытащили, а низкорослые воины и сами неплохо владели приемами борьбы явара[1]. Его поволокли по земле, избивая на ходу кулаками, сапогами и рукоятками кинжалов. Сознания он так и не потерял, но в какой-то момент ему все стало безразлично.

Глава 6

Тохтай снялся со стоянки еще до рассвета. Когда выглянуло солнце, его отряд уже пробирался между редкими рощицами по дну широкой долины. Местность становилась ровнее и суше, тянувшиеся справа горы отодвигались все дальше: виднелось толь-

---

[1] Явара — одно из названий дзю-дзюцу (джиу-джитсу).

ко несколько снежных вершин, да и те почти сливались с белесым небом.

Монгольские лошадки неутомимо бежали вперед — стучали копыта, скрипела и побрякивала сбруя. Колонна, когда Эверард на нее оглядывался, сливалась у него в глазах в единое целое: поднимались и опускались копья, ниже колыхались бунчуки, перья и плащи, под шлемами виднелись смуглые узкоглазые лица, тут и там мелькали причудливо разрисованные панцири. Никто не разговаривал, а по выражению этих лиц он ничего прочесть не мог.

Голова у него до сих пор кружилась. Руки ему оставили свободными, но привязали к стременам ноги, и веревка натирала кожу. Кроме того, его раздели догола (разумная предусмотрительность: кто знает, что зашито у него в одежде?), а выданное взамен монгольское обмундирование оказалось смехотворно мало. Пришлось распороть швы, прежде чем он смог с горем пополам натянуть на себя куртку.

Проектор и роллер остались на холме. Тохтай не рискнул взять с собой эти могущественные орудия. Ему даже пришлось наорать на своих перепуганных воинов, прежде чем они согласились увести странных лошадей, которые бежали теперь среди вьючных кобыл — с седлами и скатками на спинах, но без всадников.

Послышался частый стук копыт. Один из лучников, охранявших Эверарда, что-то проворчал и направил своего коня чуть в сторону. Его место занял Ли Тай-цзун.

Патрульный хмуро посмотрел на него.

— Ну что? — спросил он.

— Боюсь, твой друг больше не проснется, — ответил китаец. — Я устроил его немного поудобнее.

«...Привязав его, так и не пришедшего в сознание, ремнями к самодельным носилкам между двумя лошадьми. Конечно, это сотрясение мозга от ударов, полученных вчерашней ночью. В госпитале Патруля его быстро поставили бы на ноги. Но наша ближайшая база в Ханбалыке, и мне как-то не верится, что Тохтай позволит вернуться к роллеру и воспользоваться рацией. Джон Сандоваль умрет здесь, за шестьсот пятьдесят лет до своего рождения».

Эверард посмотрел в холодные карие глаза, заинтересованные, глядящие даже с некоторым сочувствием, но чужие. Он понимал, что все бесполезно: доводы, которые в его время сочли бы разумными, покажутся здесь тарабарщиной, но попробовать следовало.

— Неужели ты не можешь хотя бы объяснить Тохтаю, какую беду он навлекает на себя и на всех своих людей?

Ли погладил раздвоенную бородку.

— Мне совершенно ясно, досточтимый, что твой народ владеет неизвестными нам искусствами, — сказал он. — Но что с того? Варвары (он быстро оглянулся на карауливших Эверарда монголов, но те, очевидно, не понимали диалекта сун, на котором он говорил) захватили множество царств, превосходивших их во всем, кроме умения воевать. Теперь нам уже известно, что вы, э-э, кое-что выдумали, когда говорили о враждебной империи поблизости от этих земель. Зачем ваш царь пытался запугать нас обманом, если у него нет оснований бояться нас?

Эверард осторожно возразил:

— Наш славный император не любит кровопролития. Но если вы вынудите его нанести удар...

— Прошу тебя! — Ли поморщился и махнул своей изящной рукой, будто отгоняя какое-то насекомое. — Рассказывай Тохтаю все, что угодно, я не стану вмешиваться. Возвращение домой меня не опечалит — я ведь отправился сюда только по приказу Императора. Но когда мы говорим с глазу на глаз, не стоит считать собеседника глупцом. Господин, разве ты не понимаешь, что нет такой угрозы, которая испугала бы этих людей? Смерть они презирают; любая, даже самая длительная пытка рано или поздно убьет их, а самое постыдное увечье не страшно человеку, способному прокусить свой язык и умереть. Тохтай сознает, что если он сейчас повернет назад, то покроет себя вечным позором, а продолжив путь, может стяжать бессмертную славу и несметные богатства.

Эверард вздохнул. Его собственное унизительное пленение действительно оказалось поворотным пунктом. Шоу с молниями едва не заставило монголов удрать без оглядки. Многие с воплями попадали на землю (после этого все они будут вести себя еще агрессивнее, чтобы стереть воспоминания о своем малодушии). Тохтай пошел в атаку на источник грозы скорее с перепугу, а также из вызова: лишь горстка людей и лошадей была способна сопровождать его. Да и сам Ли приложил к этому руку: скептичный ученый муж, знакомый с уловками фокусников и чудесами пиротехники, уговорил Тохтая напасть первым, пока их не прикончило ударом молнии.

«Истина, сынок, заключается в том, что мы недооценили этих людей. Нам следовало взять с собой специалиста, нутром чувствующего все тонкости их культуры. Так нет же, мы решили, что нам хватит собственных знаний. А теперь что? Спасательная экспедиция Патруля в конце концов обязательно появится, но Джо умрет через день-два... — Эверард взглянул на каменное лицо воина, ехавшего слева. — Вполне вероятно, что и меня к тому времени не будет в живых. Они все еще нервничают и охотно свернут мне шею».

И даже если другая группа Патруля выручит его из этой передряги (что маловероятно), то как потом смотреть в глаза товарищам? От агента-оперативника, учитывая особые привилегии этого статуса, ожидают умения овладеть любой ситуацией без посторонней помощи... не ставя при этом под угрозу жизнь других, не менее ценных сотрудников.

— Так что я со всей искренностью советую тебе больше не пытаться обмануть нас.

— Что? — Эверард обернулся к Ли.

— Ты что, не понимаешь? — удивился китаец. — Ведь наши местные проводники сбежали. Но мы рассчитываем вскоре встретить другие племена, завязать с ними знакомство...

Эверард кивнул раскалывающейся от боли головой. Солнечный свет резал ему глаза. Его не удивляло успешное продвижение монголов через десятки разноязыких областей. Если не забивать ум грамматическими тонкостями, за несколько часов можно выучить необходимый минимум слов и жестов, а потом днями и неделями практиковаться, разговаривая с нанятыми провожатыми.

— ...и брать проводников от одного племени до другого, как мы делали раньше, — продолжал Ли. — Если ты поведешь нас в неправильном направлении, это быстро обнаружится, и Тохтай накажет тебя самым нецивилизованным образом. С другой стороны, верная служба будет вознаграждена. Ты сможешь рассчитывать на высокое положение при здешнем дворе — когда мы завоюем эти земли.

Эверард не шелохнулся. Брошенная невзначай похвальба словно контузила его.

Он предполагал, что Патруль пришлет другую группу. Ведь что-то должно помешать возвращению Тохтая. Но так ли уж это очевидно? Разве стали бы приказывать им вмешаться в ход истории, если бы в этой самой точке континуума — каким-то парадоксальным, непостижимым для логики двадцатого века образом — не возникла неопределенность, какое-то нарушение...

Тысяча чертей! Монгольская экспедиция может увенчаться успехом! Возможно, будущее Американское Ханство, о котором Сандоваль даже не смел мечтать, окажется реальностью...

В пространстве-времени бывают изгибы и разрывы. Мировые линии могут раздваиваться и стягиваться в петли, в результате чего внезапно возникают предметы и происходят ничем не обусловленные события. Но эти бессмысленные перебивы быстро исчезают и забываются. Так случится и с Мэнсом Эверардом, застрявшим в прошлом вместе с мертвым Джоном Сандовалем, — с Мэнсом Эверардом, прибывшим из будущего, которого никогда не будет, в качестве агента Патруля Времени, которого никогда не было.

Глава 7

На заходе солнца немилосердная гонка привела отряд на равнину, поросшую полынью и колючим кустарником. Кое-где поднимались бурые кручи холмов. Из-под копыт лошадей летела пыль. Редкие серебристо-зеленые кусты, стоило их задеть, распространяли вокруг благоухание — больше ни на что они не годились.

Эверард помог уложить Сандоваля на землю. Глаза навахо были закрыты, осунувшееся лицо горело от жара. Иногда он начинал беспокойно метаться, что-то бормоча. Намочив тряпку, Эверард выжал немного воды на его потрескавшиеся губы, но больше ничего сделать не мог.

На этот раз монголы держались гораздо раскованнее. Они одолели двух великих колдунов и теперь не опасались возможного нападения; скрытый смысл происшедшего стал понемногу до них доходить. Оживленно переговариваясь, они занимались обычной работой по лагерю, а после своей скромной трапезы развязали кожаные бурдюки с кумысом.

Эверард остался рядом с Сандовалем. Они находились почти в середине лагеря. К ним приставили двух караульных, которые молча сидели в нескольких ярдах с луками наготове. Время от времени один из них вставал подбросить веток в маленький костер. Вскоре разговоры затихли. Даже этих железных людей сморила усталость: заснули все, кроме объезжавших лагерь дозорных, у которых тоже слипались глаза. От костров остались только тлеющие угли, а на небе тем временем загорелись звезды. Где-то вдалеке завыл койот. Эверард потеплее закутал товарища — в слабом свете костра было видно, что листья полыни блестят от инея. Сам он завернулся в плащ, мечтая о том, чтобы монголы вернули ему хотя бы трубку.

Сухая земля заскрипела под ногами. Караульные выхватили из колчанов стрелы. В свете костра показался Тохтай — в накидке, с непокрытой головой. Воины низко поклонились и отодвинулись в тень.

Тохтай остановился. Эверард взглянул на него и снова опустил глаза. Некоторое время нойон разглядывал Сандоваля.

— Не думаю, что твой друг доживет до следующего заката, — необычайно мягко сказал наконец он.

Эверард неопределенно хмыкнул.

— Есть ли у вас лекарства, которые могут помочь? — спросил Тохтай. — В ваших седельных сумках много странных вещей.

— Есть средство от воспаления, есть — от боли, — машинально ответил Эверард. — Но у него пробита голова, ему может помочь лишь умелый врач.

Тохтай присел и протянул руки к огню.

— Жаль, но у нас нет костоправа.

— Ты мог бы отпустить нас, — сказал Эверард, не надеясь на успех. — Моя колесница осталась на месте вчерашнего привала. Она успела бы доставить нас туда, где его вылечат.

— Ты же знаешь, я не могу этого сделать! — Тохтай усмехнулся. Жалости к умирающему как не бывало. — В конце концов, Эбурар, вы сами навлекли на себя беду.

Он был прав, и патрульный промолчал.

— Я тебе это в вину не ставлю, — продолжал Тохтай, — даже хочу, чтобы мы были друзьями. Не то бы я остался здесь на несколько дней и вытянул из тебя все, что ты знаешь.

— Ты уверен? — вспыхнул Эверард.

— Уверен! Если от боли тебе нужно лекарство... — Тохтай по-волчьи оскалил зубы. — Однако ты можешь пригодиться как заложник или еще зачем-нибудь. А твоя дерзость мне по душе. Я даже расскажу тебе о своей догадке. Я подумал: а что, если ты совсем не из той богатой южной страны? По-моему, ты просто странствующий шаман и вас не так много. Вы уже взяли власть над южным царем или пытаетесь и не хотите, чтобы вам кто-то помешал. — Тохтай сплюнул в костер. — Все как в старых преданиях, но там герой всегда одолевает колдуна. Почему бы и мне не попробовать?

— Ты узнаешь, почему это невозможно, нойон.

«Так ли уж это теперь невозможно?» Эверард вздохнул.

— Ну-ну! — Тохтай хлопнул его по спине. — Может, ты мне хоть что-нибудь расскажешь, а? Ведь кровной вражды между нами нет. Будем друзьями.

Эверард указал на Сандоваля.

— Жаль, конечно, — сказал Тохтай, — но он же сопротивлялся слуге Великого Хана. Брось, Эбурар, давай лучше выпьем. Я пошлю за бурдюком.

Патрульный поморщился.

— Так у нас мир не заключают.

— А-а, твой народ не любит кумыс? Боюсь, у нас ничего другого нет. Вино мы уже давно выпили.

— Ну а мое виски? — Эверард посмотрел на Сандоваля и снова уставился в темноту. Холод все сильнее пробирал его. — Вот что мне сейчас нужно!

— Что-что?

— Наше питье. У нас фляги в седельных сумках.

— Ну... — заколебался Тохтай... — Хорошо. Пойдем принесем его сюда.

Караульные пошли следом за своим начальником и его пленником — через кустарник, мимо спящих воинов, к куче снаряжения, которое тоже охранялось. Один из часовых зажег от своего костра ветку, чтобы посветить Эверарду.

Мускулы у патрульного напряглись: он спиной почувствовал, что монголы, натянув луки, взяли его на прицел; стараясь не делать резких движений, он присел на корточки и стал рыться в вещах. Найдя обе фляги с шотландским виски, он вернулся на прежнее место.

Тохтай сел возле костра и стал наблюдать за Эверардом. Тот плеснул в колпачок фляги немного виски и одним махом опрокинул его в рот.

— Странно пахнет, — сказал монгол.

Патрульный протянул ему флягу:

— Попробуй.

Он поддался чувству одиночества. Да и Тохтай был не таким уж плохим парнем — конечно, по меркам его эпохи. А когда рядом умирает напарник, можно выпить хоть с самим сатаной, лишь бы забыться. Монгол подозрительно потянул воздух носом, снова взглянул на Эверарда, помедлил, а потом, явно рисуясь, поднес флягу к губам и запрокинул голову.

— Ву-у-у-у!

Эверард едва успел поймать флягу, не дав вылиться ее содержимому. Тохтай хватал ртом воздух и плевался. Один караульный натянул лук, а другой, подскочив к Эверарду, вцепился ему в плечо. Блеснула занесенная сабля.

— Это не яд! — воскликнул патрульный. — Просто для него питье слишком крепкое. Смотрите, я сейчас выпью еще.

Тохтай·взмахом руки отослал караульных и уставился на Эверарда слезящимися глазами.

— Из чего вы это делаете? — кое-как выдавил из себя он. — Из драконьей крови?

— Из ячменя. — Эверард не собирался излагать ему принципы перегонки спирта. Он налил себе еще немного виски. — Ладно, пей свое кобылье молоко.

Тохтай причмокнул.

— И впрямь согревает, а? Как перец. — Он протянул грязную руку. — Дай еще.

Эверард заколебался.

— Ну же! — прорычал Тохтай.

Патрульный покачал головой.

— Я же говорил, для монголов это питье слишком крепкое.

— Что? Смотри у меня, бледнорожее турецкое отродье...

— Ладно, ты сам этого хотел. Я честно предупредил, твои люди свидетели, завтра тебе будет плохо.

Тохтай жадно отхлебнул из фляги, рыгнул и вернул ее обратно.

— Ерунда! Это я просто с непривычки... Пей!

Эверард не торопился, и Тохтай стал терять терпение:

— Поскорей там! Нет, давай сюда другую фляжку.

— Ну ладно. Ты здесь начальник. Но я прошу, не тягайся со мной. Ты не выдержишь.

— Это я-то не выдержу? Да я в Каракоруме перепил двадцатерых! И не каких-нибудь там китаез, а истинных монголов... — Тохтай влил в себя еще пару унций.

Эверард осторожно потягивал виски. Слегка жгло в горле, но голова оставалась ясной — слишком велико было нервное напряжение. Внезапно его осенило.

— Холодная сегодня ночь, — сказал он, протягивая флягу ближнему караульному. — Выпейте по глотку, ребята, согрейтесь.

Слегка опьяневший Тохтай поднял голову.

— Это ведь хорошее питье, — возразил он. — Слишком хорошее для... — Опомнившись, он проглотил конец фразы. Какой бы деспотичной и жестокой ни была Монгольская империя, ее командиры всегда делились добычей со своими подчиненными.

Обиженно покосившись на нойона, караульный схватил флягу и поднес ее к губам.

— Эй, поосторожнее, — предупредил Эверард. — Оно крепкое.

— Кому крепкое, мне? — Тохтай сделал еще несколько глотков и погрозил пальцем. — Трезв, как бонза. Плохо быть монголом. Сколько ни пей, все равно не опьянеешь.

— Ты это жалуешься или хвастаешь? — спросил Эверард.

Отдышавшись, первый караульный передал виски своему товарищу и, вернувшись на место, вытянулся по стойке «смирно». Тохтай тем временем снова приложился к фляге.

— А-а-а-а-х! — выдохнул он, вытаращив глаза. — Хорошо! Ну ладно, пора спать. Эй, вы там, отдайте ему питье!

Кое-как справившись с волнением, Эверард насмешливо бросил:

— Спасибо, я, пожалуй, выпью еще. А тебе больше нельзя — хорошо, что ты это понял.

— Ч-чего? — уставился на него Тохтай. — Да я... Для монгола все это — тьфу! — И он шумно забулькал.

Другой флягой снова завладел первый караульный; воспользовавшись моментом, он еще раз торопливо отхлебнул из нее.

Эверард перевел дух. Его идея могла сработать. Могла.

Тохтай привык к попойкам. И ему, и его людям наверняка были нипочем и кумыс, и вино, и эль, и медовуха, и квас, и то кислое пиво, которое здесь называли рисовым вином, — в общем, любые напитки того времени. Они прекрасно знали, когда им нужно остановиться, пожелать остальным доброй ночи и направиться прямиком в постель. А дело в том, что простым сбраживанием невозможно получить напиток крепче 24 градусов — продукты брожения останавливают процесс. В большинстве же напитков тринадцатого века содержание алкоголя едва ли превышало пять процентов, и вдобавок все они изобиловали питательными веществами.

Шотландское виски — совсем другое дело. Если пить его как пиво (и даже как вино), жди неприятностей. Сначала, незаметно для себя, перестаешь что-либо соображать, а вскоре вообще лишаешься сознания.

Эверард потянулся к караульному за флягой:

— Отдай! А то все выпьешь!

Воин ухмыльнулся, глотнул еще разок и передал флягу товарищу. Эверард поднялся на ноги и стал униженно выпрашивать ее. Караульный пихнул его в живот, и патрульный упал навзничь. Монголы так и повалились друг на друга от хохота. Такую удачную шутку стоило отметить.

Только Эверард увидел, как отключился Тохтай. Сидевший с поджатыми ногами нойон просто откинулся назад. В этот момент костер вспыхнул ярче и осветил его глупую ухмылку. Эверард припал к земле.

Через несколько минут свалился один из караульных. Он зашатался, опустился на четвереньки и изверг из себя обед. Другой повернулся к нему и заморгал, нашаривая саблю.

— Ч-что такое? — выдохнул он. — Ч-что ты дал нам? Яд?

Эверард вскочил.

Он перепрыгнул через костер и, прежде чем монгол успел среагировать, бросился к Тохтаю. С громким криком караульный заковылял к нему. Эверард нашарил саблю Тохтая и выхватил ее из ножен. Воин замахнулся на него своим клинком, но Эверард не хотел убивать практически беспомощного человека. Подскочив вплотную к нему, он выбил саблю у него из рук и ударил монгола кулаком в живот. Тот упал на колени, его вырвало, и он тут же заснул.

Эверард бросился прочь. В темноте, окликая друг друга, зашевелились монголы. Он услышал стук копыт — один из дозорных спешил узнать, в чем дело. Кто-то выхватил из едва тепливщегося костра ветку и принялся размахивать ею, пока она не вспыхнула. Эверард распростерся на земле. Мимо куста, за которым он спрятался, пробежал воин. Патрульный скользнул в темноту. Позади раздался пронзительный вопль, а затем — пулеметная очередь проклятий: кто-то обнаружил нойона.

Эверард вскочил и пустился бежать туда, где под охраной паслись стреноженные лошади. На раскинувшейся под колючими звездами серо-белой равнине они выглядели темным пятном. Навстречу Эверарду галопом понесся один из дозорных.

— В чем дело? — раздался его крик.

— Нападение на лагерь! — гаркнул в ответ патрульный. Ему нужно было выиграть время, чтобы всадник не выстрелил, а подъехал поближе. Он пригнулся, и монгол увидел только какую-то сгорбленную, закутанную в плащ фигуру. Подняв облако пыли, он осадил лошадь. Эверард прыгнул вперед.

Прежде чем его узнали, он успел схватить лошадь под уздцы. Дозорный вскрикнул и, выхватив саблю, рубанул сверху вниз. Но Эверард находился слева от него и легко отразил неуклюжий удар. Его ответный выпад достиг цели — он почувствовал, как лезвие вошло в мышцу. Испуганная лошадь встала на дыбы. Вылетев из седла, всадник покатился по земле, но все-таки поднялся, пошатываясь и рыча от боли. Эверард тем временем успел вдеть ногу в круглое стремя. Монгол заковылял к нему. Кровь, струившаяся из раны в ноге, при свете звезд казалась черной. Эверард вскочил на лошадь, ударил ее саблей плашмя по крупу и направился к табуну. Наперерез ему устремился другой всадник. Эверард пригнулся — мгновение спустя над ним прожужжала стрела. Угнанная лошадь забилась под незнакомым седоком, и на то, чтобы справиться с ней, у Эверарда ушла почти минута. Догнав его и схватившись врукопашную, лучник запросто мог бы взять над ним верх, но он, стреляя на ходу, по привычке проскакал мимо, так ни разу и не попав из-за темноты. Прежде чем монгол смог развернуться, Эверард скрылся в ночи.

Размотав с седельной луки аркан, патрульный ворвался в испуганный табун. Он набросил веревку на ближайшую лошадь, которая, на его счастье, оказалась смирной; наклонившись, Эверард саблей разрубил путы и поскакал прочь, ведя ее в поводу. Проехав через табун, он двинулся на север.

«Конная погоня, долгая погоня, — ни с того ни с сего забормотал он про себя. — Если не сбить их со следа, меня обязательно догонят. Что ж, насколько я помню географию, к северо-западу отсюда должны быть отложения застывшей лавы».

Он оглянулся. Пока его никто не преследовал. Конечно, им понадобится какое-то время, чтобы организоваться. Однако...

Над ним сверкнули узкие молнии. Позади загремел расколотый ими воздух. Его забил озноб — но не от ночного холода. Погонять лошадь он перестал: теперь можно было не торопиться. Все это означало, что Мэнс Эверард...

...вернулся к темпороллеру и отправился на юг в пространстве и назад во времени — именно в эту точку.

Чисто сработано, подумал он. Правда, в Патруле подобная помощь самому себе не приветствовалась. Слишком большой риск возникновения замкнутой причинно-следственной цепи, когда прошлое и будущее меняются местами.

«Но сейчас все сойдет мне с рук. Даже выговора не объявят. Потому что я спасаю Джо Сандоваля, а не себя. Я уже освободился. От погони я могу отделаться в горах, которые я знаю, а монголы — нет. Прыжок во времени — только для спасения друга.

А кроме того (к сердцу подступила горечь), все наше задание — не что иное, как попытка будущего вернуться назад и сотворить собственное прошлое. Если бы не мы, монголы вполне могли завладеть Америкой, и тогда никого из нас никогда бы не существовало».

Огромное черное небо было ясным: редко увидишь столько звезд. Над заиндевевшей землей сверкала Большая Медведица, в тишине звонко стучали копыта. Никогда еще Эверарду не было так одиноко.

— А что я делаю там, в лагере? — спросил он вслух. Ответ пришел к нему тут же, и он немного успокоился.

Подчинившись ритму скачки, он одолевал милю за милей.

136

Он хотел поскорее покончить с этим делом. Но то, что ему предстояло, оказалось не таким отвратительным, как он опасался.

Тохтай и Ли Тай-цзун никогда не вернулись домой. Но не потому, что погибли в море или в лесах. Просто с небес спустился колдун и перебил молниями всех лошадей, а потом разбил и сжег корабли в устье реки. Ни один китайский моряк не осмелится плавать в этих коварных морях на неуклюжих судах, которые можно построить здесь. Ни один монгол и не подумает возвращаться домой пешком. Вероятно, так все и было. Экспедиция осталась в Америке, ее участники взяли себе в жены индианок и прожили здесь до конца своих дней. Племена чинуков, тлинкитов, нутка (весь здешний потлач)[1] с их большими морскими каноэ, вигвамами и медными изделиями, мехами и одеждой, а также с их высокомерием... Что ж, и монгольский нойон, и даже ученый конфуцианец могли прожить куда менее счастливую и полезную жизнь, чем та, что привела к появлению такого народа.

Эверард кивнул — об этом хватит. С крушением кровожадных замыслов Тохтая смириться было куда легче, чем с истинным обликом Патруля, который был для него семьей, родиной и смыслом жизни. А далекие супермены оказались в конце концов не такими уж идеалистами. Они вовсе не охраняли «божественно упорядоченный» ход событий, который породил их самих. Тут и там они вмешивались в историю, создавая собственное прошлое... Можешь не спрашивать, существовала ли хоть когда-нибудь «изначальная» картина исторических событий. И не задумывайся об этом. Взгляни на извилистую дорогу, которой пришлось идти человечеству, и скажи себе, что если кое-где она и оставляет желать лучшего, то некоторые ее участки могли быть гораздо хуже.

— Пусть крупье — мошенник, — сказал Эверард вслух, — но это единственная игра в городе.

В тишине белой от инея гигантской равнины его голос прозвучал так громко, что он не произнес больше ни слова. Он прикрикнул на лошадь, и та помчала его на север.

---

[1] Потлач — группа родственных индейских племен.

DELENDA EST[1]

Глава 1

Охотиться в Европе двадцать тысяч лет назад одно удовольствие, а об условиях для зимних видов спорта и говорить нечего. Поэтому Патруль Времени, неусыпно заботясь о своих высококвалифицированных специалистах, построил охотничий домик в Пиренеях плейстоценового периода.

Мэнс Эверард стоял на застекленной веранде и смотрел на север, туда, где за ледяными вершинами гор и полосой лесов тянулась болотистая тундра. Широкоплечий патрульный был облачен в свободные зеленые брюки и куртку из термосинта двадцать третьего века, обут в сапожки, сшитые во Французской Канаде девятнадцатого века, а в зубах сжимал старую вересковую трубку неизвестного происхождения. Им владело какое-то смутное беспокойство, и он не обращал внимания на шум, доносившийся сюда из домика, где полдюжины агентов Патруля пили, болтали и бренчали на рояле.

Заснеженный двор пересек проводник-кроманьонец — высокий ладный парень с раскрашенным лицом; его одежда напоминала эскимосскую (бытует странное представление, что первобытный человек, живший в ледниковом периоде, не додумался до куртки, штанов и обуви). За поясом у него торчал стальной нож — проводники предпочитали такую плату. Здесь, в далеком прошлом, Патруль мог действовать достаточно свободно, не опасаясь исказить ход истории: металл съест ржавчина, а странных пришельцев забудут через век-другой. Главной бедой были сотрудницы Патруля из эпох, отличавшихся свободой нравов: они то и дело заводили романчики с местными охотниками.

Питер ван Саравак (венерианин голландско-индонезийского происхождения, из начала двадцать четвертого века), гибкий темноволосый юноша, благодаря своей внешности и манерам

---

[1] Delenda est — уже разрушен *(лат.)*. Это слегка видоизмененные слова Марка Порция Катона, прозванного Старшим (234—149 гг. до н.э.), который по преданию каждое свое выступление в Сенате завершал фразой: «Ceterum censeo Carthaginem esse delendam». («А кроме того, я полагаю, что Карфаген должен быть разрушен».)

успешно конкурировавший с кроманьонцами, присоединился к Эверарду. С минуту они стояли молча. Они понимали друг друга без слов — Питер тоже был агентом-оперативником, которого в любой момент могли отправить с заданием в любую эпоху. Ему уже доводилось сотрудничать с американцем, и отдыхать они поехали вместе.

Саравак заговорил первым — на темпоральном:

— Говорят, под Тулузой выследили парочку-другую мамонтов.

Возникнуть Тулузе предстояло еще очень не скоро, но от привычных оборотов речи отвыкнуть не так-то просто.

— Я уже одного подстрелил, — пробурчал Эверард. — И на лыжах катался, и по скалам лазал, и на пляски аборигенов насмотрелся...

Ван Саравак кивнул, достал сигарету и щелкнул зажигалкой. Он затянулся, и на его тонком смуглом лице отчетливо выступили скулы.

— Конечно, побездельничать приятно, — согласился он, — но жизнь на природе все-таки приедается.

Им оставалось отдыхать еще две недели. Теоретически, отпуск не был ограничен, поскольку всегда можно вернуться почти сразу после отбытия, но никто так не делал: какую-то вполне определенную часть своей жизни патрульный должен был посвятить работе. (Тебе никогда не говорили, когда ты умрешь, а здравый смысл подсказывал, что не стоит выяснять это самому. К тому же ничто не определено раз и навсегда — время изменчиво, а Патруль давал своим сотрудникам возможность пройти омоложение с помощью техники данеллиан.)

— Вот бы сейчас махнуть туда, — продолжал ван Саравак, — где много света, музыка и девочки, которые слыхом не слыхивали о темпоральных путешествиях...

— Идет! — согласился Эверард.

— Рим времен Августа? — выпалил венерианин. — Ни разу там не был. Язык и обычаи можно выучить под гипнозом прямо здесь...

Эверард покачал головой.

— Ты переоцениваешь Рим. Если не забираться слишком далеко в будущее, то самая подходящая обстановка для разложения — в моем времени. Скажем, Нью-Йорк... То есть если знаешь нужные телефонные номера. Вот как я.

Ван Саравак ухмыльнулся.

— И в моем секторе кое-что есть. Но, по правде говоря, пионерские цивилизации не слишком поощряют изящное искусство развлечений. Ну ладно, давай смотаемся в Нью-Йорк, в... какой год?

— Давай в 1960-й. В последний раз в моем официальном обличье я был именно там.

Обменявшись улыбками, они пошли собирать вещи. Эверард предусмотрительно запасся для своего друга костюмом двадцатого века.

Укладывая одежду и бритвенный прибор в чемоданчик, американец мельком подумал, сможет ли он угнаться за ван Сараваком. Он никогда не был забубенным гулякой, а идея попойки в каком-нибудь закоулке пространства-времени просто не приходила ему в голову. Хорошая книга, дружеская беседа за кружкой пива — для него этого было вполне достаточно. Но даже самому положительному трезвеннику нужно иногда встряхнуться.

А то и не просто встряхнуться. Если ты агент-оперативник Патруля Времени, если твоя работа в «Компании прикладных исследований» — только ширма для странствий и сражений во всех эпохах человеческой истории, если ты видишь, как эту историю, пусть в мелочах, переписывают заново — и делает это не Бог, с чем еще можно смириться, а простые смертные, которым свойственно ошибаться, потому что даже данеллианам довольно далеко до Бога, если тебя постоянно преследует страх перед таким изменением, после которого окажется, что ни тебя, ни твоего мира нет и никогда не было... Иссеченное шрамами лицо Эверарда сморщилось. Он провел рукой по жестким каштановым волосам, словно отгоняя непрошеные мысли. Что толку? Язык и логика бессильны перед лицом парадокса. В такие моменты лучше просто расслабиться — что он и делал.

Он взял чемоданчик и пошел за Питером ван Сараваком в гараж, где стоял их маленький двухместный антигравитационный роллер с лыжным шасси. Глядя на эту машину, никто бы не подумал, что ее приборы могут быть настроены на любую точку Земли и любой момент ее истории. Но ведь и самолет — не менее удивительное явление. И корабль. И костер.

С моей блондинкой рядом
Приятно погулять,
С моей блондинкой рядом
Приятно рядом спать.

Усаживаясь на заднее сиденье роллера, ван Саравак запел эту французскую песенку, и пар от его дыхания заклубился в морозном воздухе. Песню он выучил в армии Людовика XIV, которую однажды сопровождал. Эверард засмеялся.

— Цыц!

— Ну что ты привязался? — защебетал юноша. — Как прекрасны пространство и время, как великолепен космос! Эй, давай жми на все кнопки!

Эверард не разделял этих восторгов: во всех эпохах он насмотрелся на человеческие страдания. Со временем к этому привыкаешь и черствеешь, но все равно... Когда крестьянин смотрит на тебя глазами измученного животного, или кричит пронзаемый пикой солдат, или город исчезает в пламени ядерного взрыва, внутри что-то рвется. Он понимал фанатиков, пытающихся вмешаться в ход истории. Беда только в том, что они не могли изменить ее к лучшему — даже в мелочах...

Он набрал координаты склада «Прикладных исследований» — удобного и укрытого от посторонних глаз места. Оттуда они отправятся к нему на квартиру, а оттуда уже двинутся развлекаться. Эверард хмыкнул.

— Надеюсь, ты попрощался со своими здешними подружками?

— И очень любезно, уверяю тебя. Хватит копаться! Патока на Плутоне — и та быстрее. К твоему сведению, эта машина ходит не на веслах.

Эверард пожал плечами и нажал на стартер. Гараж тут же исчез.

Глава 2

Сильный толчок чуть было не сбросил патрульных.

Мало-помалу окружающее прояснилось. Роллер материализовался в нескольких дюймах над поверхностью земли (точка выхода не могла оказаться внутри твердого тела — за этим следило специальное устройство), и от неожиданной встряски у патрульных лязгнули зубы. Машина стояла на какой-то площади. Рядом, из чаши, которую обвивали каменные виноградные лозы, бил фонтан. Расходившиеся от площади улицы с аляповато раскрашенными домами-коробками из кирпича и бетона высотой от шести до десяти этажей были заполнены людьми, по мостовой катили автомобили странного вида — какие-то неуклюжие колымаги.

— Что за чертовщина? — Эверард взглянул на приборы. Темпороллер доставил их в заданную точку: 23 октября 1960 года, 11.30 утра, Манхэттен, координаты склада... Но налетевший ветер запорошил ему глаза пылью пополам с сажей, пахло печным дымом и...

В руке у ван Саравака тут же оказался акустический парализатор. Люди, окружавшие темпороллер, попятились, выкрикивая какие-то непонятные слова. Какие они все были разные! Рослые блондины с круглыми головами (многие были просто рыжими), индейцы, метисы всех сортов... Мужчины — в свободных цветных блузах, клетчатых юбочках-килтах, шапках, похожих на шотландские, ботинках и гетрах. Волосы по плечи, у многих — висячие усы. Женщины были в длинных, до щиколоток, юбках, а волосы прятали под капюшонами плащей. И мужчины, и женщины носили украшения — массивные браслеты и ожерелья.

— Что произошло? — прошептал венерианин. — Где мы?

Эверард, застыв, лихорадочно перебирал в уме все эпохи, известные ему по путешествиям и книгам. Эти автомобили похожи на паровые — значит, культура индустриальная, но почему радиаторы машин сделаны в виде корабельных носов? Топят углем — может, период Реконструкции после ядерного века? Нет, килты тогда не носили, да и говорили по-английски...

Ничего похожего он вспомнить не мог. Такой эпохи никогда не было!

— Удираем отсюда!

Его руки уже лежали на пульте, когда на него прыгнул какой-то здоровяк. Сцепившись, они покатились по мостовой. Ван Саравак выстрелил, парализовав одного из нападавших, но тут и его схватили сзади. На них навалились сверху, перед глазами у патрульных поплыли круги...

Эверард смутно увидел каких-то людей в сверкающих медных нагрудниках и шлемах, которые дубинками прокладывали себе дорогу сквозь бушующую толпу. Его извлекли из-под кучи малы и, крепко держа с обеих сторон, надели на него наручники. Затем их обоих обыскали и потащили к большой закрытой машине. «Черный ворон» выглядит одинаково в любой эпохе.

Очнулся он в сырой и холодной камере с железной решетчатой дверью.

— Ради всего святого! — Венерианин рухнул на деревянную койку и закрыл лицо руками.

Эверард стоял у двери, выглядывая наружу. Ему были видны только узкий коридор с цементным полом и камера напротив. Оттуда, через решетку, на них уставился человек с типично ирландской физиономией, выкрикивавший что-то совершенно непонятное.

— Что произошло? — Ван Саравака била дрожь.

— Не знаю, — с расстановкой сказал Эверард. — Просто не знаю. Этим роллером может управлять даже идиот, но, по-видимому, на таких дураков, как мы с тобой, он не рассчитан.

— Такого места не существует, — в отчаянии сказал ван Са-равак. — Сон? — Он ущипнул себя и попытался улыбнуться. Губа у него была рассечена и опухла, подбитый глаз начал заплывать. — Рассуждая логически, друг мой, щипок не может служить доказательством реальности происходящего, но определенное успокаивающее действие он оказывает.

— Лучше бы не оказывал! — бросил Эверард.

Он схватился за решетку и с силой тряхнул ее.

— Может, мы все-таки напутали с настройкой? Есть ли где-нибудь на Земле такой город? В том, что это Земля, черт побери, я уверен! Есть ли какой-нибудь город, хоть отдаленно похожий на этот?

— Насколько я знаю, нет.

Эверард взял себя в руки и, вспомнив уроки психотренинга в Академии, сосредоточился. В таком состоянии он мог вспомнить все, что когда-то знал, а его познаний в истории (даже тех эпох, в которых он сам никогда не бывал) с избытком хватило бы на несколько докторских диссертаций.

— Нет, — сказал он наконец. — Никогда не существовало носивших килты брахицефалов, которые бы перемешались с индейцами и использовали паровые автомобили...

— Координатор Стантель Пятый, — пробормотал ван Сара-вак. — Из тридцать восьмого столетия. Ну, тот великий экспериментатор с его колониями, воспроизводившими культуры прошлого.

— Таких культур никогда не было, — сказал Эверард.

Он уже начал догадываться, что случилось, и сейчас готов был заложить душу, лишь бы эта догадка оказалась неверной. Ему пришлось собрать всю свою волю, чтобы не закричать и не заколотиться головой об стену.

— Нужно подождать, — уныло сказал он.

Полицейский (Эверард полагал, что они находятся в руках закона), который принес им поесть, попробовал заговорить с ними. Ван Сараваку язык напомнил кельтский, но разобрал он всего лишь несколько слов. Еда оказалась неплохой.

Ближе к вечеру их отвели в уборную, а потом позволили умыться, держа все время на мушке. Эверард сумел рассмотреть оружие — восьмизарядные револьверы и длинноствольные винтовки. Помещения освещались газовыми рожками, выполненными в виде все тех же переплетающихся лоз и змей. Обстановка и оружие, как, впрочем, и запахи, соответствовали уровню развития техники начала девятнадцатого века.

На обратном пути он заметил пару надписей на стенах.

Шрифт, несомненно, был семитическим, но ван Саравак, который бывал на Венере в израильских поселениях и немного знал иврит, не смог ничего прочесть.

Снова оказавшись взаперти, они увидели, как ведут мыться других заключенных — толпу на удивление веселых оборванцев и пьяниц.

— Кажется, нас удостоили особым вниманием, — заметил ван Саравак.

— Ничего удивительного, — ответил Эверард. — А ты бы что стал делать с таинственными незнакомцами, которые появились из воздуха и применили невиданное оружие?

Ван Саравак повернулся к нему: выглядел он непривычно угрюмым.

— Ты думаешь о том же, о чем и я?

— Вероятно.

Губы венерианина дрогнули, в его голосе послышался ужас.

— Другая мировая линия! Кто-то ухитрился изменить историю.

Эверард кивнул.

Ночь они провели плохо. Сон был бы для них благодеянием, но в других камерах слишком шумели — с дисциплиной здесь, видимо, было неважно. Кроме того, не давали покоя клопы.

Толком не проснувшись, Эверард и ван Саравак позавтракали и умылись; потом им разрешили побриться безопасными бритвами, похожими на те, к которым они привыкли. После этого десять охранников отвели их в какой-то кабинет и выстроились там вдоль стен.

Патрульные уселись за стол и стали ждать. Как и все остальное, мебель здесь была одновременно знакомой и чужой. Через некоторое время показались начальники. Их было двое: совершенно седой краснолицый мужчина в зеленом мундире и кирасе — видимо, шеф полиции — и худощавый метис с суровым лицом; в волосах у него пробивалась седина, но усы были черными. Он носил голубой китель и самый настоящий шотландский берет. Слева на груди у него красовалась золотая бычья голова — видимо, воинский знак различия. В его внешности было что-то орлиное, но общее впечатление портили тонкие волосатые ноги, выглядывавшие из-под килта. Его сопровождали двое вооруженных молодых людей, одетых в такие же мундиры; когда он сел, они встали позади него.

Эверард наклонился и прошептал:

— Держу пари, что это военные. Кажется, нами заинтересовались.

Ван Саравак мрачно кивнул.

Шеф полиции многозначительно откашлялся и что-то сказал... генералу? Тот раздраженно ответил и повернулся к пленникам. Отрывисто и четко он выкрикнул несколько слов — Эверард смог даже разобрать фонемы, но тон ему совсем не понравился.

Так или иначе, им нужно было объясниться. Эверард показал на себя и назвался:

— Мэнс Эверард.

Его примеру последовал ван Саравак.

«Генерал» вздрогнул и заспорил с полицейским. Затем, обернувшись, он выпалил:

— Ирн Симберленд?

— Но! Спикка да Инглиз, — ответил Эверард.

— Готланд? Свеа? Найруин Тевтона?

— Эти названия, если только это названия, напоминают германские, а? — пробормотал ван Саравак.

— Как и наши имена, сам подумай, — напряженным голосом ответил Эверард. — Может, они думают, что мы немцы?

Он повернулся к генералу.

— Шпрехен зи дойч? — спросил он, но не встретил понимания. — Талер ни свенск? Нидерландс? Денс тунга? Парле ву франсэ? Черт побери, абла устед эспаньол?

Шеф полиции снова откашлялся и показал на себя.

— Кадваладер Мак-Барка, — сказал он. — «Генерал» Синит ап Сеорн.

По крайней мере так воспринял произнесенное им англо-саксонский ум Эверарда.

— Точно, кельтский, — пробормотал он. Под мышками у него выступил пот. — Но все-таки проверим...

Он вопросительно указал на нескольких человек в комнате и в ответ получил такие имена, как Гамилькар ап Ангус, Ашшур ир Катлан и Финн О'Картиа.

— Нет... Здесь чувствуется семитический элемент. Это согласуется с их алфавитом.

Ван Саравак облизнул губы.

— Попробуй классические языки, — хрипло предложил он. — Может, нам удастся обнаружить, где эта история сошла с ума?

— Локвериsne латина? — Опять в ответ молчание. — Элленидейс?

Генерал ап Сеорн дернулся и, сощурившись, раздул усы.

— Хеллена? — требовательно спросил он. — Ирн Парфиа?

Эверард покачал головой.

— По крайней мере о греческом они слышали, — медленно сказал он и произнес еще несколько слов по-гречески, но ему никто не ответил.

Ап Сеорн прорычал что-то одному из своих людей, тот поклонился и вышел. Воцарилось молчание.

Эверард вдруг обнаружил, что будущее его больше не страшит. Да, он попал в переделку, смерть стоит у него за плечами, но, что бы с ним ни случилось, все это сущая ерунда по сравнению с тем, что произошло со всем миром.

«Боже милостивый! Со всем мирозданием!»

С этим было трудно смириться. Перед его мысленным взором поплыли картины Земли, которую он знал, — ее широкие равнины, высокие горы и гордые города. Как живой, встал перед ним отец, и он вспомнил, как в детстве отец, смеясь, подбрасывал его высоко вверх. И мать... Они прожили неплохую жизнь.

А еще там была девушка, с которой он познакомился в колледже, самая прекрасная девчонка из всех — любой парень гордился бы возможностью прогуляться с ней, даже под дождем... Берни Ааронсон — и ночные беседы за кружкой пива, в табачном дыму... Фил Брэкни, который под пулеметным огнем вытащил его с поля боя во Франции... Чарли и Мэри Уиткомб — и крепкий чай у горящего камина в викторианском Лондоне; Кит и Синтия Денисон в их нью-йоркском хромированном гнездышке; Джон Сандоваль среди рыжеватых скал Аризоны... Собака, которая когда-то у него была... Суровые терцины Данте и гремящие шекспировские строки, великолепие Йоркского собора и мост «Золотые Ворота»... Господи, там была целая человеческая жизнь и жизни тех, кого он знал, — миллиарды людей, которые трудились, страдали, смеялись и уходили во прах, чтобы уступить место своим сыновьям... Всего этого никогда не было.

Подавленный масштабами катастрофы, которых он так и не смог до конца осознать, Эверард только покачал головой.

Солдаты принесли карту и разложили ее на столе. Ап Сеорн повелительно махнул рукой, и Эверард с ван Сараваком склонились над ней.

Да, это было изображение Земли в меркаторовой проекции, правда, как подсказывала им зрительная память, довольно грубое. Континенты и острова были раскрашены в разные цвета, но границы между государствами проходили по-другому.

— Ты можешь прочесть эти названия, Пит?

— Буквы древнееврейские — можно попробовать, — сказал венерианин и начал читать вслух. Ап Сеорн ворчливо его поправлял.

Северная Америка вплоть до Колумбии называлась Инис ир Афаллон — по-видимому, одно государство, разделенное на штаты. Крупнейшей страной Южной Америки была Хай Бразил; кроме нее, там имелось несколько небольших государств с индейскими названиями. Австралазия, Индонезия, Борнео, Бирма, восток Индии и почти все тихоокеанские острова принадлежали Хиндураджу. Афганистан и остальная часть Индии назывались Пенджабом. Китай, Корея, Япония и восток Сибири входили в состав государства Хань. Остальная Россия принадлежала Литторну, который захватывал и большую часть Европы. Британские острова назывались Бриттис, Франция и Нидерланды — Галлис, Пиренейский полуостров — Кельтин. Центральная Европа и Балканы были разделены на множество небольших государств, носивших в большинстве своем гуннские названия. Швейцария и Австрия составляли Гельвецию, Италия называлась Симберленд, Скандинавский полуостров был разделен почти посередине: северная часть называлась Свеа, южная — Готланд. Северная Африка представляла собой, по-видимому, конфедерацию, простиравшуюся от Сенегала до Суэца, а на юге доходившую почти до экватора; она называлась Карфагалан. Южная часть континента состояла из мелких государств, многие из которых носили явно африканские названия. Ближний Восток включал Парфию и Аравию.

Ван Саравак поднял глаза, полные слез.

Ап Сеорн что-то прорычал и ткнул пальцем в сторону карты. Он хотел знать, откуда они.

Эверард пожал плечами и показал вверх. Сказать правду он все равно не мог. Патрульные решили утверждать, что прилетели с другой планеты, поскольку в этом мире вряд ли знали о космических полетах.

Ап Сеорн сказал что-то полицейскому, тот в ответ кивнул. Пленников отвели назад в камеру.

Глава 3

— Ну и что теперь? — Ван Саравак тяжело опустился на койку и уставился в пол.

— Будем им подыгрывать. — Эверард помрачнел. — Любым способом нужно добраться до роллера и бежать отсюда. Когда освободимся, тогда и разберемся, что к чему.

— Но что здесь произошло?

— Я же сказал, не знаю! На первый взгляд, что-то случилось с греко-римским миром, и победили кельты, но я не могу понять, что именно.

Эверард прошелся по камере. У него созревала печальная догадка.

— Вспомни основные теоретические положения, — начал он. — Каждое событие — результат взаимодействия множества факторов, а не следствие единственной причины. Поэтому-то изменить историю так трудно. Если я отправлюсь, скажем, в Средние века и застрелю одного из голландских предков ФДР[1], он все равно родится в конце девятнадцатого века, потому что его гены и он сам сформированы целым миром предков, — произойдет компенсация. Но время от времени случаются ключевые события. В какой-то точке переплетается такое множество мировых линий, что этот узел определяет все будущее в целом... И вот где-то в прошлом кто-то зачем-то разрубил такой узел.

— Не будет голубых вечеров возле канала, — бормотал ван Саравак, — нет больше Города Вечерней Звезды, нет виноградников Афродиты, нет... Ты знаешь, что на Венере у меня была сестра?

— Заткнись! — Эверард едва не сорвался на крик. — Знаю. К черту все это. Нужно думать о другом...

Слушай, — помолчав, продолжал он, — и Патруль, и данеллиане пока вычеркнуты из истории. (Не спрашивай, почему они не вычеркнуты навсегда, почему мы, вернувшись из прошлого, впервые попадаем в измененное будущее. Мы здесь, вот и все.) Но как бы то ни было, управления и курорты Патруля, находившиеся до ключевой точки, должны уцелеть. А это — несколько сот агентов, которых можно собрать.

— Если нам удастся туда вернуться...

— Тогда мы сможем найти это ключевое событие и предотвратить вмешательство в историю, в чем бы оно ни состояло. Мы сделаем это!

— Прекрасная мысль. Но...

Снаружи послышались шаги. В замке щелкнул ключ. Пленники отступили к стене. Затем ван Саравак внезапно просиял и, шаркнув ногой, галантно поклонился. Эверард изумленно разинул рот.

Девушка, которую сопровождали трое солдат, была сногсшибательна: высокая, с гривой медно-красных волос, ниспадавших до тонкой талии, зелеными глазами, сиявшими на пре-

---

[1] ФДР — Франклин Делано Рузвельт, президент США.

красном лице, вобравшем в себя красоту не одного поколения ирландок... Длинное белое платье облегало фигуру, словно сошедшую сюда со стен Трои. Эверард уже заметил, что здесь пользуются косметикой, но девушка в ней не нуждалась. Он не обратил внимания ни на золотые и янтарные украшения, ни на пистолеты охранников.

Смущенно улыбнувшись, девушка спросила:

— Вы меня понимаете? Здесь решили, что вам, возможно, знаком греческий.

Она говорила скорее на классическом, чем на современном языке. Эверард, которому довелось как-то поработать в Александрии, не без некоторого напряжения разобрал то, что она сказала.

— Конечно, понимаю, — торопливо ответил он, глотая окончания слов.

— Что ты там бормочешь? — требовательно спросил ван Саравак.

— Это древнегреческий, — ответил Эверард.

— Что и следовало ожидать! — Глаза венерианина блестели, недавнего отчаяния как не бывало.

Эверард назвался и представил своего товарища. Девушка сказала, что ее зовут Дейрдре Мак-Морн.

— Нет! — простонал ван Саравак. — Это уж слишком. Мэнс, немедленно научи меня греческому!

— Помолчи, — попросил Эверард. — Мне не до шуток.

— Но я ведь тоже хочу с ней пообщаться!

Эверард перестал обращать на него внимание и предложил девушке сесть. Сам он устроился рядом, а его напарник в отчаянии метался вокруг них. Охранники держали оружие наготове.

— Неужели на греческом еще говорят? — спросил Эверард.

— Только в Парфии, да и там он сильно искажен, — ответила Дейрдре. — А я занимаюсь классической филологией. Саоранн Синит ап Сеорн — мой дядя, и он попросил меня, если удастся, поговорить с вами. В Афаллоне мало кто знает язык Аттики.

— Что ж... — Эверард невольно улыбнулся, — я очень признателен вашему дяде.

Она посерьезнела.

— Откуда вы? И как вышло, что из всех существующих языков вы знаете только греческий?

— Я знаю и латынь.

— Латынь? — Она нахмурилась. — Это ведь язык римлян? Боюсь, здесь о нем почти никто не знает.

— Греческого достаточно, — твердо сказал Эверард.

— Но вы так и не ответили, откуда вы? — настойчиво повторила девушка.

Эверард пожал плечами.

— С нами тут обошлись не очень любезно...

— Мне очень жаль. — Она казалась искренней. — Но люди сейчас так взвинченны... Особенно при нынешней международной обстановке. И когда вы появились прямо из воздуха...

Эверард кивнул. Международная обстановка? Знакомые слова, хотя и не очень приятные.

— Что вы имеете в виду? — спросил он.

— Разве вы не знаете? Вот-вот начнется война между Хай Бразил и Хиндураджем, мы беспокоимся о последствиях. Когда воюют великие державы...

— Великие? Но, если судить по карте, Афаллон тоже не очень мал.

— Силы нашей конфедерации подорваны еще двести лет назад в изнурительной войне с Литторном. Из-за бесконечных разногласий штатов невозможно выработать единую политику... — Дейрдре посмотрела ему в глаза. — Почему вы этого не знаете?

Эверард проглотил комок.

— Мы из другого мира.

— Что?

— Из другого мира. Наша планета (нет, по-гречески это «странник»)... Наше небесное тело вращается вокруг Сириуса. Так мы называем одну звезду...

— Но... что вы имеете в виду? Мир, связанный со звездой?

— Неужели вы не знаете? Звезды — это такие же солнца.

Дейрдре отшатнулась, сделав пальцем какой-то знак.

— Великий Ваал, охрани нас, — прошептала она. — Или вы безумцы, или... Звезды прикреплены к хрустальной сфере.

«Нет!»

— Какие блуждающие звезды вам известны? — медленно спросил Эверард. — Марс, Венера и...

— Этих названий я не знаю. Если вы говорите о Молохе, Ашторет и других, это, конечно, миры вроде нашего, и они также связаны с Солнцем... На одном обитают души мертвых, другой населен ведьмами, третий...

«Все это наряду с паровыми автомобилями!» Потрясенный, Эверард выдавил из себя улыбку.

— Раз вы мне не верите, то кто же мы по-вашему?

Дейрдре взглянула на него широко открытыми глазами.

— Должно быть, вы — колдуны.

Ответить на это было нечем. Эверард задал еще несколько вопросов, но узнал не слишком много. Этот город назывался Катувеллаунан и был промышленным и торговым центром. Дейрдре полагала, что в нем живет около двух миллионов человек, а во всем Афаллоне — миллионов пятьдесят. Сказать точнее она не могла — переписей здесь не проводили.

Неясна была и дальнейшая участь патрульных — сейчас по этому поводу шли горячие дебаты. Военные конфисковали роллер и другие их вещи, но так и не посмели к ним притронуться. У Эверарда сложилось впечатление, что все правительство, включая руководство вооруженных сил, занято здесь бесконечным выяснением отношений. Сам Афаллон представлял собой конфедерацию бывших колоний Бриттиса и индейских племенных государств (индейцы быстро переняли европейскую культуру), и каждый субъект ревниво относился к своим правам. Древняя империя майя, потерпевшая поражение в войне с Техасом (Теханной), была аннексирована, но еще не забыла своего былого величия и направляла в Совет конфедерации самых упрямых делегатов.

Майя хотели заключить союз с Хай Бразил — возможно, потому, что те тоже были индейцами. Штаты западного побережья, опасаясь Хиндураджа, старались задобрить эту империю, подчинившую всю Юго-Восточную Азию. На Среднем Западе (и в этой истории) царил изоляционизм, а восточные штаты, несмотря на мелкие различия политического курса, находились в целом под влиянием Бриттиса.

Здесь существовало рабство — правда, не на расовой основе. Когда Эверард узнал об этом, он было подумал, что историю могли изменить рабовладельцы Юга, но тут же оставил эту мысль.

Ему хватало собственных забот.

— Мы с Сириуса, — надменно повторил он. — Ваши представления о звездах неправильны. Мы пришли сюда как мирные исследователи, и если с нами что-нибудь случится, то наши соплеменники отомстят вам.

Дейрдре так испугалась, что ему стало стыдно.

— А детей они пощадят? — взмолилась она. — Ведь дети не виноваты...

Эверард сразу догадался, какая картина стоит перед ее мысленным взором: маленькие плачущие пленники, которых ведут на рынки рабов в мире ведьм.

— Вам ни о чем не придется беспокоиться, если нас освободят и вернут наше имущество, — сказал он.

— Я поговорю с дядей, — пообещала девушка, — но даже

если и смогу его убедить, он один ничего в Совете не решит. Когда люди узнали о вашем оружии, то прямо посходили с ума.

Она поднялась. Эверард взял ее за руки (они были теплыми и мягкими) и широко улыбнулся.

— Не дрейфь, крошка, — сказал он по-английски. Она вздрогнула, выдернула руки и снова сделала тот же охранительный жест.

Когда патрульные остались одни, ван Саравак насел на Эверарда:

— Ну, давай выкладывай, что ты выяснил?

После рассказа он погладил подбородок и промурлыкал:

— Редкостное сочетание синусоид. Есть миры и похуже.

— И получше, — оборвал его Эверард. — Здесь нет атомных бомб, но, готов поспорить, нет и пенициллина. А наша работа состоит не в том, чтобы корчить из себя богов.

— Конечно, конечно. — Венерианин вздохнул.

Глава 4

День прошел беспокойно. А ночью в коридоре замелькали фонари, и охранник в мундире отпер их камеру. Без лишних разговоров пленников вывели через заднюю дверь — там уже ждали два автомобиля. Их посадили в первую машину, и отряд двинулся через город.

Улицы в Катувеллаунане не освещались, и по ночам на них было довольно пустынно. Возможно, поэтому погруженный в темноту город казался нереальным. Эверард заинтересовался устройством машины. Как он и предполагал, двигатель был паровым, топливом служил измельченный уголь. Колеса с резиновыми шинами, обтекаемый корпус с заостренным носом, на котором красовалась фигура змеи, — машина была добротно сделана и проста в управлении, хотя ее конструкция и оставляла желать лучшего. Очевидно, в этом мире техника пребывала на кустарном уровне, а в знаниях не было никакой системы.

По уродливому металлическому мосту они проехали на Лонг-Айленд, который и здесь населяли состоятельные люди. Скорость они не снижали, несмотря на то что масляные фары почти не давали света. Дважды они чуть было не столкнулись с другими машинами: никаких дорожных знаков здесь не существовало, а водители, по-видимому, презирали осторожность.

Управление государством, уличное движение... Все это очень напоминало Францию, конечно, исключая те редкие периоды, когда ею управляли Генрих Наваррский или, скажем, Шарль де Голль. В мире Эверарда даже в двадцатом веке Франция оставалась типично кельтской страной. Он никогда всерьез не относился к болтовне относительно врожденных расовых различий, но, надо признать, у людей действительно существуют неистребимые привычки, столь древние, что они становятся неосознанными. Если представить, что в западном мире возобладали кельты, а германские народы сохранились лишь в виде небольших групп... Да это же Ирландия из его мира! Можно вспомнить и восстание Верцингеторига, которое погубила племенная рознь... А как же Литторн? Стоп! В его мире в раннем Средневековье Литва была могущественным государством: долгое время она сдерживала немцев, поляков и русских и вплоть до пятнадцатого века не принимала христианства. Если бы не соперничество с немцами, Литва могла бы продвинуться далеко на восток...

Несмотря на свойственную кельтским странам политическую нестабильность, этот мир состоял из крупных государств, которых было гораздо меньше, чем в мире Эверарда. Это говорило о более древней культуре. Если в его мире западная цивилизация возникла на развалинах Римской империи, скажем, в шестом веке от Рождества Христова, то здесь кельты должны были возобладать гораздо раньше.

Эверард начал понимать, что случилось с Римом, но делиться своими выводами пока не торопился.

Машины остановились около украшенных орнаментом ворот в длинной каменной стене. Водители обменялись несколькими словами с вооруженными охранниками, которые были одеты в ливреи и носили тонкие стальные ошейники рабов. Ворота распахнулись, и машины двинулись по аллее, мимо деревьев и лужаек. В самом конце аллеи, почти у берега, стоял дом. Сопровождающие жестами приказали патрульным выйти из машины и повели их к нему.

Здание трудно было отнести к какому-то определенному стилю. В свете газовых фонарей у входа виднелись его деревянные стены, раскрашенные разноцветными полосами. Конек крыши и концы опорных балок украшали резные головы драконов. Слышался шум моря. Убывавшая луна давала достаточно света, и Эверард сумел разглядеть шедшее к берегу судно с высокой трубой и носовым украшением — по-видимому, грузовое.

Из окон лился желтый свет. Раб-дворецкий пригласил их войти. Стены внутри были обшиты резными деревянными панелями, на полу лежали толстые ковры. Пройдя через прихожую, они оказались в уставленной мебелью гостиной. Здесь висело несколько картин, написанных в довольно традиционной манере, в огромном камине весело плясал огонь.

Синит ап Сеорн и Дейрдре сидели в креслах. Как только вошли патрульные, девушка отложила книгу и поднялась им навстречу. Улыбнувшись, она предложила им сесть. Саоранн с мрачным видом курил сигару. Он проронил несколько слов, и охранники исчезли. Дворецкий принес вино и бокалы.

Эверард отпил из своего бокала (превосходное бургундское!) и прямо спросил:

— Зачем мы здесь?

Дейрдре ослепительно улыбнулась.

— Этот дом наверняка будет приятнее тюрьмы.

— Конечно. Он красивее. Но я все же хочу знать — мы освобождены?

— Вы... — Она замялась, но ее природная искренность в конце концов победила. — Вы здесь гости, но покидать это имение вам нельзя. Мы надеемся, что вы согласитесь оказать нам помощь. Вас щедро наградят.

— Помощь? Какую?

— Покажите нашим ремесленникам и друидам, как делать ваше оружие и волшебные повозки.

Эверард вздохнул. Объяснять было бесполезно. У них не было инструментов, чтобы изготовить инструменты, с помощью которых только и можно изготовить то, что им надо, но как втолковать это людям, верящим в колдовство?

— Это дом вашего дяди? — спросил он.

— Нет, мой, — ответила Дейрдре. — Мои родители умерли в прошлом году. Они были из очень богатого и знатного рода, а я их единственная наследница.

Ап Сеорн снова что-то сказал. Дейрдре перевела, встревоженно нахмурившись:

— О вашем появлении знает уже весь Катувеллаунан, а в нем полно шпионов. Здесь мы можем вас от них спрятать.

Эверард поежился, вспомнив, как вели себя спецслужбы союзников и держав Оси в маленьких нейтральных государствах вроде Португалии. Когда надвигается война, эти люди готовы на все, и в отличие от афаллонцев церемониться они не будут.

— О каком конфликте вы говорили? — спросил он.

— Конечно, о контроле над Айсенийским океаном! В частности, над богатыми островами, которые мы называем Инис ир Лайоннах. — Дейрдре плавно поднялась и показала на глобусе Гавайи. — Литторн и западные союзники (и мы в том числе), — продолжала она серьезно, — истощили свои силы в войне. Главные силы сегодня — это Хай Бразил и Хиндурадж, которые враждуют между собой. В их конфликт вовлечены и менее значительные государства, потому что дело здесь не столько в амбициях, сколько в соревновании двух систем — монархии Хиндураджа и теократии солнцепоклонников Хай Бразил.

— А можно узнать, какова ваша религия?

Дейрдре удивленно подняла брови. Вопрос показался ей не относящимся к делу.

— Более образованные люди полагают, что существует Великий Ваал, который сотворил меньших богов, — сказала она наконец. — Конечно, мы сохраняем древние культы, а также почитаем чужих верховных богов: Перкунаса и Чернебога из Литторна, Вотана Аммона из Симберленда, Брахму, Солнце... Лучше не гневить их.

— Понятно.

Ап Сеорн предложил сигары и спички. Ван Саравак затянулся и недовольно сказал:

— Черт побери, почему-то история изменилась именно так, что здесь не говорят на известных мне языках. — Его лицо прояснилось. — Но я быстро их выучу, даже без гипноза. Меня научит Дейрдре.

— Так я тебя с ней и оставил одного, — оборвал его Эверард. — Послушай, Пит...

И он рассказал товарищу все, что узнал.

— Гм-м... — Юноша потер подбородок. — Не слишком здорово, а? Конечно, если они подпустят нас к роллеру, мы запросто удерем. Почему бы не подыграть им?

— Они не дураки, — ответил Эверард. — В магию они еще могут поверить, но в чистый альтруизм — вряд ли.

— Странно, что при такой отсталости они додумались до двигателей внутреннего сгорания.

— Это как раз понятно. Потому-то я и спросил об их религии. Они всегда были язычниками. Иудаизм, по-видимому, исчез, а буддизм не оказал на них особого влияния. Как указывал Уайтхед, средневековое представление о едином всемогущем Боге сыграло важную роль в развитии науки — с ним связана идея законосообразности природы. А Льюис Мэмфорд дополнил Уайтхеда, показав, что механические часы, скорее всего, были изобретены в монастырях — незаменимая вещь, чтобы молиться в нужное время. В этот мир часы пришли, по-видимому, гораздо позже. — Эверард криво улыбнулся. — Странно говорить об этом. Ведь Уайтхеда и Мэмфорда здесь никогда не было...

— Тем не менее...

— Подожди. — Эверард повернулся к Дейрдре. — Когда открыли Афаллон?

— Белые? В 4827 году.

— М-м... откуда вы ведете летосчисление?

Дейрдре уже ничему не удивлялась.

— От сотворения мира. То есть от даты, которую называют философы, — 5964 года назад.

Это соответствовало знаменитой дате архиепископа Ашшера — 4004 год до Рождества Христова. Возможно, простое совпадение... но все же в этой культуре определенно имеется семитический элемент. Миф о сотворении мира в Книге Бытия тоже ведь вавилонского происхождения...

— А пар (Эверард произнес «пневма») в ваших машинах когда начали использовать? — спросил он.

— Около тысячи лет назад. Великий друид Бороим О'Фиона...

— Понятно.

Эверард несколько раз затянулся, собираясь с мыслями, а затем повернулся к ван Сараваку.

— Картина вырисовывается такая, — сказал он. — Галлы вовсе не были варварами. Они многое переняли от финикийских купцов, греческих колонистов, а также в Цизальпинской Галлии, от этрусков. Очень энергичное и предприимчивое племя. А у флегматичных римлян никогда не было особых интеллектуальных запросов. В нашем мире технический прогресс стоял на месте вплоть до Темных Веков, пока окончательно не развалилась Римская империя.

Но в этом мире римляне сошли со сцены гораздо раньше. Иудеи тоже, уверен в этом. Я думаю, что без Рима с его «разделяй и властвуй» сирийцы уничтожили Маккавеев: это чуть не случилось и в нашей истории. Иудаизм исчез, и поэтому христианство так и не появилось. Во всяком случае, после устранения Рима в Европе возобладали галлы. Они начали путешествовать, строить все более крупные корабли и в девятом веке открыли Америку. Но они не слишком опережали в развитии индейцев, и те легко догнали их... Индейцы получили толчок и смогли создать даже собственные империи, такие, как сегодняшняя Хай Бразил. В одиннадцатом веке кельты начали сооружать паровые машины. По-видимому, у них был и порох — скорее всего, из Китая. Потом они изобрели еще что-нибудь. Но все это на уровне ремесла, без какой-либо научной основы.

Ван Саравак кивнул:

— Думаю, ты прав. Но что произошло с Римом?

— Не знаю. Пока. Но наша критическая точка лежит где-то там.

Эверард снова обратился к Дейрдре.

— Вы сейчас, наверное, удивитесь, — вкрадчиво начал он. — Почти 2500 лет назад наши люди посещали этот мир. Поэтому я и говорю по-гречески. Но мне неизвестно, что случилось потом. Я хотел бы услышать это от вас — ведь вы так много знаете.

Она вспыхнула, и ее длинные темные ресницы, столь редко встречающиеся у рыжеволосых, дрогнули.

— Буду рада помочь вам всем, чем могу. — И уже почти просительно: — А вы... вы нам поможете?

— Не знаю, — с трудом произнес Эверард. — Мне бы очень хотелось, но я не знаю, сможем ли мы...

«Потому что, в конце концов, моя задача — приговорить вас и весь ваш мир к смерти».

Глава 5

Когда Эверарда отвели в его комнату, он обнаружил, что местное гостеприимство не знает пределов. Правда, сам он слишком устал, чтобы им воспользоваться... Ладно, подумал он, засыпая, рабыня, поджидавшая Питера, уж точно не будет разочарована.

Встали они рано. Из своего окна Эверард увидел внизу расхаживавших по берегу охранников, но это не помешало ему насладиться утренней свежестью. Вместе с ван Сараваком они спустились к завтраку, состоявшему из яичницы с беконом, тостов и кофе, который прогнал остатки сна. Дейрдре сказала, что ап Сеорн уехал в город на какое-то совещание. Она словно позабыла свои страхи и весело болтала о пустяках. Эверард узнал, что она играет в любительской драматической труппе, которая иногда ставит классические греческие пьесы в оригинале — отсюда ее беглая речь. Еще она увлекалась верховой ездой, охотой, парусным спортом и плаванием...

— А вы? — спросила она.

— Что?

— Хотите поплавать? — Дейрдре вскочила с кресла (они сидели на лужайке под огненно-красными кленами) и стала непринужденно раздеваться. Эверарду показалось, что он услышал стук отвалившейся челюсти ван Саравака.

— Пойдем! — засмеялась она. — Кто последний, тот жалкий бриташка!

Она уже кувыркалась среди серых волн, когда к берегу подошли дрожащие Эверард и ван Саравак. Венерианин застонал.

— Я с теплой планеты. Мои предки — индонезийцы. Тропические пташки.

— А голландцы тоже из тропиков? — усмехнулся Эверард.

— Они догадались перебраться в Индонезию.

— Ладно, уговорил. Можешь оставаться...

— Черт! Если она смогла, то могу и я!

Ван Саравак попробовал воду пяткой и снова взвыл.

Эверард собрал волю в кулак и, вспомнив тренировки в Академии, ринулся в море. Дейрдре плеснула в него водой. Он нырнул и, схватив ее за стройную ногу, потащил вниз. Они побарахтались еще несколько минут, а потом помчались в дом под горячий душ. Посиневший ван Саравак тащился сзади.

— Танталовы муки, — бормотал он. — Рядом самая красивая девушка всех веков и народов, а я не могу поговорить с ней, к тому же она — наполовину белая медведица.

После того как рабы растерли его полотенцами и облачили в местные одежды, Эверард вернулся в гостиную и встал возле камина.

— Что это за рисунок? — спросил он, показав на свой килт.

Дейрдре вскинула рыжую голову.

— Это цвета моего клана, — ответила она. — Почетного гостя, пока он в доме, всегда считают принадлежащим к клану, даже если он кровный враг. — Она нерешительно улыбнулась. — А между нами, Мэнслах, вражды нет.

Эти слова снова повергли его в уныние. Он вспомнил о своей задаче.

— Мне бы хотелось поговорить с вами об истории, — начал он. — Я ею очень интересуюсь.

Она кивнула, поправила золотую ленту, стягивающую волосы, и достала с плотно заставленной книжной полки увесистый том.

— На мой взгляд, это лучший курс мировой истории. По нему я смогу уточнить любые интересующие вас детали.

«И подскажешь мне, как вас уничтожить».

Эверард сел на диван рядом с ней. Дворецкий вкатил столик с закусками. Еда показалась патрульному безвкусной... Наконец он решился.

— Рим и Карфаген воевали когда-нибудь между собой?

— Да, два раза. Сначала они были союзниками против Эпира, но затем союз распался. Рим выиграл первую войну и захотел помешать развитию Карфагена. — Словно прилежная ученица, девушка склонилась над книгой. — Вторая война началась двадцать три года спустя и продолжалась... м-м... в общей сложности одиннадцать лет, хотя после того, как Ганнибал на девятом году войны взял Рим, боевые действия почти не велись.

«Ага!» Известие об успехе Карфагена почему-то не особенно обрадовало Эверарда.

Вторая Пуническая война (здесь ее называли Римской) или, точнее, какая-то ее битва — именно она и была тем самым поворотным пунктом. Однако из любопытства, а также опасаясь нарушить ход беседы, Эверард не стал выяснять сразу, где произошло отклонение. Сначала ему следовало разобраться в том, что случилось здесь. (Или... не случилось. Нет, реальность — вот она, рядом с ним: теплая, живая... Призраком был он сам.)

— А что было потом? — как можно спокойнее спросил он.

— Карфагенская империя присоединила Испанию, южную Галлию и носок итальянского «сапога», — сказала девушка. — После того как развалился италийский союз, остальная часть полуострова была обескровлена и ввергнута в хаос. Но продажные правители Карфагена не смогли удержаться у власти. Ганнибал был убит — кому-то его честность стала поперек горла. Тем временем Сирия и Парфия схватились из-за восточного побережья Средиземного моря. В войне победила Парфия, которая в результате попала под еще большее влияние эллинов.

Примерно через сто лет после Римских войн в Италию вторглись германские племена (по-видимому, это были кимвры со своими союзниками, тевтонами и амбронами, — в мире Эверарда их остановил Марий). Они разорили Галлию, что вынудило кельтов сняться с места — сначала в Испанию, а затем, по мере упадка Карфагена, и в Северную Африку, где они многому научились у карфагенян.

Начался длительный период войн, в ходе которых Парфия слабела, а кельтские государства росли. Гунны разбили германцев в Центральной Европе, но и сами потерпели поражение от парфян. Галлы вытеснили германцев отовсюду, кроме Италии и Гипербореи (по-видимому, Скандинавского полуострова). Корабли становились все совершеннее, ширилась торговля с Дальним Востоком — как через Аравию, так и напрямую, вокруг Африки (в мире Эверарда Юлий Цезарь был поражен, узнав, что венеты строят лучшие во всем Средиземноморье корабли). Кельтанианцы открыли южную часть Афаллона, которую сочли поначалу островом (отсюда «инис»), но майя их оттуда изгнали. Однако колонии Бриттиса на севере выстояли и впоследствии добились независимости.

Тем временем разрастался Литторн. Одно время ему принадлежала значительная часть Европы. Только западная ее окраина смогла снова освободиться в результате Столетней войны. Азиатские страны изгнали своих европейских хозяев, чьи силы были подорваны войнами, и стали быстро развиваться, в то время как западные государства приходили в упадок.

Дейрдре оторвалась от книги, в которую заглядывала во время своего рассказа.

— Но это только общая схема, Мэнслах. Продолжать?

Эверард покачал головой.

— Нет, спасибо. — Немного помолчав, он добавил: — Вы честно оцениваете положение своей страны.

— Большинство не хочет признавать правды, но я предпочитаю смотреть ей в глаза, — резко ответила Дейрдре и тут же взволнованно попросила: — Расскажите о вашем мире. В такое чудо невозможно поверить...

Эверард вздохнул, запрятал подальше совесть и принялся врать.

Нападение произошло после полудня.

Ван Саравак немного успокоился и с помощью Дейрдре увлеченно изучал афаллонский язык. Держась за руки, они расхаживали по саду и называли различные предметы и простейшие действия. Эверард тащился за ними следом, подумывая, не является ли он третьим лишним; правда, сейчас его больше всего волновало местонахождение роллера.

В безоблачном бледно-голубом небе ярко светило солнце. Алели клены, ветер гнал по траве охапки желтых листьев. Старик раб не спеша сгребал их граблями, а рядом лениво прохаживался моложавый индеец-охранник с винтовкой на плече; возле забора дремала пара овчарок. Глядя на эту мирную картину, с трудом верилось, что совсем рядом люди замышляют что-то недоброе.

Но в любом мире человек остается человеком. Быть может, здесь нет той безжалостной и изощренной жестокости, что присущи западной культуре, — эта цивилизация и впрямь казалась до странности неиспорченной. Но вовсе не потому, что ей не хватало инициативы. И если настоящая наука здесь не возникнет, то люди так и будут без конца повторять один и тот же цикл:

война, империя, распад, снова война... В истории Эверарда человечество все-таки вырвалось из этого порочного круга.

Ну и что? Положа руку на сердце, он не стал бы утверждать, что этот континуум хуже или лучше его собственного. Он был другим — и все. И разве эти люди не имеют такого же права на существование, как... как его собственное человечество, которое будет осуждено на смерть, если он потерпит неудачу?

Эверард сжал кулаки. Проблема чересчур сложна. Подобные решения — выше человеческих сил.

Он знал: если все же решать придется ему, то руководить им будет не абстрактное чувство долга, а память — память об обычных вещах и обычных людях его мира...

Они обошли вокруг дома, и Дейрдре показала на океан. «Аварланн», — сказала она. Ветер трепал пламенеющую гриву ее волос.

Ван Саравак рассмеялся.

— Это что, «океан», «Атлантика» или просто «вода»? Пойдем разбираться.

Он повел девушку к пляжу. Эверард поплелся следом. Какой-то длинный пароход быстро скользил по волнам в миле-другой от берега. За ним летела туча белокрылых чаек. Патрульный подумал, что на месте здешнего командира он обязательно держал бы тут сторожевой корабль.

Неужели именно ему придется принимать решение? Есть ведь и другие патрульные — в эпохах до римской цивилизации. Если они отправятся в родные столетия...

Эверард замер. Холодок пробежал у него по спине, внутренности смерзлись в ледяной ком.

Если они туда отправятся и увидят, что произошло, то попытаются восстановить ход событий. И если кто-нибудь из них в этом преуспеет, здешний мир мгновенно исчезнет из пространства-времени — и он вместе с ним.

Дейрдре остановилась. Вспотевший Эверард встал рядом с ней, не понимая, на что она так пристально смотрит, но тут девушка вскрикнула и взмахнула рукой. Тогда и он посмотрел в сторону моря.

Пароход был уже недалеко от берега, из высокой трубы валил дым и сыпались искры, на носу сверкал золоченый змей. Эверард разглядел фигурки людей на борту и что-то белое, с крыльями... Привязанное веревкой к корме корабля, это устройство поднялось в воздух. Планер! Кельтское воздухоплавание уже достигло такого уровня.

— Чудесно, — сказал ван Саравак. — Думаю, у них есть и воздушные шары.

Планер отцепился от буксировочного каната и направился к берегу. Один из охранников закричал. Остальные выскочили из-за дома. Их винтовки блестели на солнце. Пароход повернул и двигался теперь тоже прямо к берегу. Планер приземлился, пропахав на пляже широкую борозду.

Офицер закричал и замахал рукой. Эверард мельком увидел бледное недоумевающее лицо Дейрдре. Затем на планере повернулась турель (уголком сознания Эверард отметил, что управляют ею вручную), и сразу же заговорила легкая пушка.

Эверард упал на землю. Рядом свалился ван Саравак, увлекая за собой девушку. Шрапнель скосила нескольких афаллонцев.

Злобно затрещали винтовки. Из планера выпрыгивали смуглолицые люди в тюрбанах и саронгах. «Хиндурадж!» — подумал Эверард. Уцелевшие охранники собрались вокруг своего начальника, и завязалась перестрелка.

Офицер что-то крикнул и повел солдат в атаку. Эверард приподнял голову и увидел, что они схватились с экипажем планера. Ван Саравак вскочил. Эверард подкатился к нему и, рванув за ногу, снова повалил на землю, прежде чем тот успел броситься в бой.

— Пусти меня! — Венерианин дернулся и всхлипнул. Вокруг, словно в кровавом кошмаре, лежали убитые и раненые. Казалось, что шум боя доносится и с неба.

— Не валяй дурака! Им нужны только мы, а этот сумасшедший ирландец ни черта не понимает... — Эверарда прервал близкий взрыв.

Благодаря небольшой осадке пароход, взбивая воду винтами, подошел к самому берегу; с него тоже побежали вооруженные люди. Истратившие все патроны афаллонцы оказались меж двух огней, но осознали это слишком поздно.

— Быстро! — Эверард поднял Дейрдре и ван Саравака. — Нам нужно выбраться отсюда и спрятаться где-нибудь по соседству...

Десантники заметили их и развернулись. Подбегая к лужайке, Эверард скорее почувствовал, нежели услышал шлепок пули, вошедшей в землю позади него. В доме истошно вопили рабы. Две овчарки бросились к нападавшим, но их тут же пристрелили.

Пригнувшись, зигзагом по открытому месту, потом — через забор и дальше по дороге... Эверарду удалось бы ускользнуть, но

Дейрдре споткнулась и упала. Ван Саравак задержался, чтобы прикрыть ее. Эверард тоже остановился, и это промедление все решило. Их окружили.

Предводитель смуглолицых что-то приказал девушке. Та ответила отрицательно и с вызывающим видом уселась на землю. Он усмехнулся и ткнул пальцем в сторону парохода.

— Что им нужно? — по-гречески спросил Эверард.

— Вы. — Дейрдре испуганно посмотрела на него. — Вы оба... Офицер что-то добавил.

— И я, чтобы переводить... Нет!

Она изогнулась и, высвободив руку, вцепилась в лицо державшему ее солдату. Кулак Эверарда взлетел вверх и, описав короткую дугу, расквасил чей-то нос. Бесполезно. Его оглушили ударом приклада, а когда сознание к нему вернулось, он понял, что его волокут на пароход.

Глава 6

Планер нападавшие бросили. Столкнув пароход с мели, они запустили двигатель и двинулись в открытое море. Всех своих убитых и раненых они перенесли на судно, а афаллонцев оставили на берегу.

Эверард сидел на палубе и всматривался в удалявшуюся полоску берега, которая постепенно переставала двоиться у него в глазах. Дейрдре плакала на плече ван Саравака, венерианин пытался ее успокоить. Ветер швырял им в лица холодные брызги пены.

Из рубки вышли двое белых, и Эверард сразу же взял себя в руки. Его оцепенение прошло. Не азиаты, а европейцы! Приглядевшись, он понял, что и остальные члены экипажа европейцы: смуглый цвет кожи оказался обычным гримом.

Он встал и осторожно взглянул на новых хозяев. Первый, невысокий полный мужчина средних лет в красной шелковой рубашке, широких белых брюках и каракулевой шапке, был гладко выбрит, а свои темные волосы заплетал в косичку. Второй был помоложе: косматый золотоволосый гигант в мундире с медными застежками, облегающих штанах, кожаном плаще и явно декоративном рогатом шлеме. У обоих на поясах висели револьверы. В их присутствии матросы сразу подтянулись.

«Черт побери!»

Эверард еще раз осмотрелся. Берег уже скрылся из вида, и

судно повернуло на север. Корпус его вздрагивал в такт работающему двигателю. Нос время от времени зарывался в волны, и тогда на палубу летели брызги.

Тот, что был постарше, заговорил на афаллонском. Эверард пожал плечами. Тогда сделал попытку бородатый викинг. Сначала он сказал несколько слов на совершенно незнакомом языке, а потом вдруг произнес:

— Таэлан ту кимврик?

Эверард, знавший несколько германских языков, понял, что у него есть шанс, ван Саравак тоже навострил свои голландские уши. Недоумевающая Дейрдре застыла на месте.

— Йа, — сказал Эверард, — айн вениг. — Золотоволосый молчал, и тогда он добавил по-английски: — Немного.

— О, нимног, Гот! — Гигант потер руки. — Ик хайт Боерик Вульфилассон ок майн гефронд хир эрран Болеслав Арконский.

С этим языком Эверард столкнулся впервые — после стольких веков кимврийский сильно изменился, — но он довольно легко уловил смысл сказанного. Труднее было говорить самому, и патрульному пришлось импровизировать.

— Какого чертаерран ту махинг? — грозно начал он. — Их бин айен ман ауф Сириус, человек с Сириуса, понял? Штерн Сириус мит планетен. Отпустить унс гебах, или плохо будет, виллен дер Тойфель!

У Боерика на лице появилось страдальческое выражение, и он заговорил снова. Эверард понял, что им предлагают пройти внутрь и продолжить разговор с молодой госпожой в качестве переводчицы. Их отвели в рубку — оказалось, что там есть небольшая, но комфортабельная кают-компания. Дверь осталась открытой, в нее постоянно заглядывал вооруженный часовой, еще несколько человек караулили снаружи.

Болеслав Арконский сказал Дейрдре что-то на афаллонском. Та кивнула, и он дал ей стакан вина. Ее это, по-видимому, успокоило, но, когда она заговорила с Эверардом, голос у нее дрожал.

— Нас взяли в плен, Мэнслах. Их шпионы разузнали, где вас держат. Другая группа должна выкрасть вашу машину для путешествий. Ее местонахождение им тоже известно.

— Так я и думал, — ответил Эверард. — Но кто они, во имя всего святого?

Боерик захохотал и долго хвастался своим хитроумием. Идея заключалась в том, чтобы убедить власти Афаллона, будто нападение организовано Хиндураджем. На самом деле эту довольно эффективную шпионскую сеть создали Литторн и Симберленд, заключившие тайное соглашение. Сейчас судно направляется в летнюю резиденцию посольства Литторна на Инис Ллангаллен (остров Нантакет); там волшебники расскажут о своих заклинаниях, и это станет хорошим подарком для великих держав.

— А если мы не согласимся?

Дейрдре перевела ответ Арконского слово в слово:

— Я сожалею о последствиях. Мы цивилизованные люди и за добровольное сотрудничество хорошо заплатим — вас ждут богатство и почет. Если же вы будете упорствовать, мы сумеем вас заставить. На карту поставлено существование наших стран.

Эверард пристально посмотрел на них. Боерик смутился и даже, пожалуй, расстроился, его хвастливое веселье сошло на нет. Болеслав Арконский, плотно сжав губы, барабанил пальцами по столу, а его глаза словно умоляли: «У нас ведь тоже есть совесть. Не вынуждайте нас к этому».

Вероятно, они были мужьями и отцами, любили посидеть с друзьями за кружкой пива и сыграть в кости — словом, самые обычные люди. Арконский, наверное, выращивал розы в Прибалтике, а Боерик разводил лошадей в Италии. Но когда могущественное государство грозит войной их народу, все это отходит на второй план.

Артистизм, с которым была проведена операция, восхитил Эверарда, но сейчас его больше волновало, что им делать. По его расчетам, даже этому быстроходному судну потребуется часов двадцать, чтобы добраться до Нантакета. Значит, у них в распоряжении двадцать часов...

— Мы устали, — сказал он по-английски. — Немного отдыхать, можно?

— Йа, конешн, — с неуклюжей любезностью сказал Боерик. — Ок вир скаллен тобрый трузья пыть, та?

На западе догорал закат. Держась за леер, Дейрдре и ван Саравак стояли у борта и вглядывались в серый океанский простор. Три вооруженных матроса, уже переодевшихся и смывших грим, несли вахту на корме, рулевой вел судно по компасу. Боерик и Эверард расхаживали по шканцам. На всех была теплая одежда, защищавшая от ветра.

Эверард заметно продвинулся в кимврийском: говорил он, правда, с трудом, но понять его было можно. Поэтому он старался больше слушать.

— Значит, вы со звезд? Этого я не понимаю. Я — человек простой. Будь моя воля, я бы сидел в своем тосканском поместье, а мир пусть катится ко всем чертям. Но есть долг перед своим народом...

По-видимому, в Италии тевтоны сменили латинян; в мире Эверарда подобное произошло в Англии, где англы полностью вытеснили бриттов.

— Я вас хорошо понимаю, — сказал патрульный. — Странное дело, война нужна единицам, а сражаться приходится многим.

— Но мы вынуждены! — Боерик стал плакаться: — Ведь карфагаланцы захватили наши законные владения, Египет...

— Italia irredenta[1], — пробормотал Эверард.

— Что-что?

— Неважно. Значит, вы, кимврийцы, заключили союз с Литторном и, пока великие державы сражаются на востоке, надеетесь захватить Европу и Африку.

— Ничего подобного! Эти территориальные притязания абсолютно законны. Мы просто отстаиваем свои исторические права! Ведь сам король сказал... — Боерик пустился в длинные объяснения.

Качка усилилась, и Эверарду приходилось то и дело хвататься за леер.

— Мне кажется, вы слишком дерзко ведете себя с волшебниками, — заметил он. — Берегитесь, мы можем рассердиться!

— Ваше колдовство нам не страшно.

— Вот как...

— Я бы хотел, чтобы вы помогли нам по доброй воле. Если вы согласитесь потратить несколько часов, я с радостью докажу вам справедливость нашего дела.

Эверард покачал головой и подошел к Дейрдре. В сгущавшихся сумерках ее лицо было почти неразличимо.

— Надеюсь, Мэнслах, ты сказал ему, что он может сделать со своими планами? — В голосе девушки сквозило отчаяние.

— Нет, — твердо ответил Эверард. — Мы им поможем.

Дейрдре отшатнулась, как от удара.

— О чем ты говоришь, Мэнс? — спросил ван Саравак.

Эверард рассказал.

— Нет!

— Да.

— Ради бога, нет! Иначе я...

Эверард схватил венерианина за руку и холодно произнес:

---

[1] «Неосвобожденная Италия» (итал.). — В конце XIX века лозунг итальянских националистов, требовавших присоединения территорий Австрии и Швейцарии с большим процентным составом итальянцев.

166

— Успокойся. Я знаю, что делаю. В этом мире нам нельзя становиться ни на чью сторону. Мы против всех, пойми это! Сейчас нам нужно притвориться — будто мы согласны им помочь. Дейрдре ни слова!

Ван Саравак понурился.

— Ладно, — выдавил наконец он.

Глава 7

Курорт посольства Литторна находился на южном берегу Нантакета, около рыбачьей деревушки, от которой он был отгорожен стеной. Его построили в национальном стиле: главное здание и пристройки — длинные бревенчатые дома с выгнутыми, как кошачьи спины, крышами — располагались по сторонам двора, выложенного плитами. Выспавшись и позавтракав, хотя от гневного взгляда Дейрдре ему кусок в горло не лез, Эверард поднялся на палубу как раз тогда, когда они подходили к посольской пристани. У пирса стоял большой катер, а по берегу бродило множество людей довольно бандитского вида.

Сдерживаемое Арконским возбуждение прорвалось наружу.

— А-а! Ваша волшебная машина уже доставлена. Можно сразу приступать к делу, — сказал он на афаллонском.

Боерик перевел, и у Эверарда упало сердце.

Гостей (как их упорно называли кимврийцы) провели в просторный зал, где Арконский поклонился четырехликому идолу, тому самому Свантевиту, которого в истории Эверарда датчане изрубили на дрова. В очаге пылал огонь (было уже по-осеннему прохладно), вдоль стен стояли охранники.

Но Эверард видел только блестевший в полумраке темпороллер.

— Говорят, в Катувеллаунане из-за этой штуки была жаркая схватка, — заметил Боерик. — Убитых было много, но наш отряд оторвался от преследователей. — Он с опаской прикоснулся к рукоятке. — Неужели эта машина может по желанию всадника появиться в любом месте прямо из воздуха?

— Да, — ответил Эверард.

Дейрдре наградила его презрительным взглядом и, высокомерно вскинув голову, отодвинулась от них.

Арконский что-то ей сказал — видимо, просил перевести его слова. Она плюнула ему под ноги. Боерик вздохнул и обратился к Эверарду:

— Мы хотим посмотреть, как работает машина. Я сяду позади вас и приставлю револьвер к вашей спине. Прежде чем что-нибудь сделать, предупреждайте меня, иначе я сразу выстрелю. Ваши друзья останутся в заложниках и тоже будут расстреляны по первому подозрению. Но я уверен, — добавил он, — мы все будем добрыми друзьями.

Эверард кивнул. Его нервы были натянуты как струны, ладони вспотели.

— Сначала я должен произнести заклинания, — сказал он, быстро перевел взгляд на индикаторы пространственно-временных координат роллера и мгновенно запомнил их показания. Затем посмотрел на сидевшего на скамье ван Саравака, на которого были направлены револьвер Арконского и винтовки охранников. Дейрдре тоже села — как можно дальше от патрульного. Эверард максимально точно оценил расстояние от роллера до скамьи, воздел руки и нараспев заговорил на темпоральном:

— Пит, я попробую вытащить тебя отсюда. Сиди, как сидишь, повторяю, как сидишь сейчас. Я подхвачу тебя на лету. Если все будет нормально, это произойдет через минуту после того, как мы с нашим волосатым товарищем исчезнем.

Венерианин сохранял невозмутимый вид, только на лбу у него выступили мелкие бисеринки пота.

— Очень хорошо. — Эверард снова перешел на ломаный кимврийский. — Боерик, залезай на заднее сиденье, и эта волшебная лошадь покажет нам, на что она способна.

Светловолосый гигант кивнул и послушно сел. Как только Эверард занял свое место, он почувствовал, что в спину ему уперся дрожащий ствол револьвера.

— Скажи Арконскому, что мы вернемся через полчаса, — небрежно бросил он (единицы измерения времени здесь были почти такими же, как и в его мире; и тут и там они восходили к Вавилону). Покончив с этим, Эверард сказал: — Сначала мы вынырнем над океаном и будем парить в воздухе.

— От-т-лично, — не очень уверенно отозвался Боерик.

Эверард настроил автоматику на выход в десяти милях к востоку на высоте в тысячу футов и нажал на стартер.

Они висели в воздухе, словно ведьмы на помеле, глядя на серо-зеленые просторы океана и неясные очертания далекого берега. Хлестнул сильный ветер, и Эверард покрепче сжал ногами раму. Боерик выругался, и патрульный сухо улыбнулся.

— Ну как? — спросил он. — Нравится?

— Эх... это поразительно! — По мере того как Боерик осваивался в новой обстановке, его охватывал все больший энтузиазм. — Никакого сравнения с воздушными шарами! Такие машины поднимут нас над вражескими городами, и мы обрушим на них реки огня.

Почему-то от этих слов Эверарду стало легче приступить к задуманному.

— Теперь мы полетим вперед, — объявил он, и скутер легко заскользил по воздуху.

Боерик испустил ликующий клич.

— А теперь мы перенесемся к тебе на родину.

Нажатие на кнопку — и роллер, сделав «мертвую петлю», ухнул вниз с ускорением в 3g.

Заранее зная, что произойдет, патрульный тем не менее едва удержался на роллере. Что, собственно, сбросило Боерика с сиденья (крутой изгиб петли или ускорение), он так и не узнал — только мелькнула перед глазами летящая вниз человеческая фигурка, и он тут же пожалел, что заметил ее.

Несколько минут роллер висел над волнами.

А вдруг Боерик успел бы выстрелить?.. Эверарда пробрал нервный озноб. Потом его отпустило, но стало очень скверно на душе. Однако он взял себя в руки и сосредоточился на проблеме спасения ван Саравака.

Подкрутив верньеры, он установил координаты точки выхода: один фут от скамьи, где сидели пленники, одна минута после отбытия. Правая рука лежала на пульте управления (ему придется действовать быстро), левая оставалась свободной.

«Держите шляпы, ребята. Поехали!»

Машина материализовалась прямо перед ван Сараваком. Эверард схватил венерианина за ворот и втянул его внутрь пространственно-временного силового поля, одновременно крутанув правой рукой темпоральный регулятор назад и нажав на стартер.

По металлу чиркнула пуля. Перед глазами Эверарда мелькнул Арконский, разинувший рот в немом крике. А затем все пропало, и они оказались на поросшем травой косогоре, спускавшемся к берегу, — за две тысячи лет до того, что произошло.

Дрожа всем телом, Эверард уронил голову на приборную панель.

Опомниться его заставил пронзительный крик. Он обернулся и посмотрел туда, где на склоне холма распростерся венерианин. Его рука обвивала талию Дейрдре.

Ветер стих, но волны по-прежнему накатывались на широкий белый пляж. Высоко в небе плыли облака.

— Я тебя, конечно, не виню, Пит. — Не поднимая глаз, Эверард расхаживал возле роллера. — Но это здорово осложняет дело.

— А что мне оставалось? — сердито возразил венерианин. — Бросить ее там, чтобы эти сволочи ее убили? Или чтобы она исчезла вместе со всем ее миром?

— Ты что, забыл о защитном рефлексе? Без разрешения мы не сможем сказать ей правду, даже если захотим. А я, например, и не хочу.

Эверард взглянул на девушку. Она до сих пор не отдышалась, но в глазах у нее уже появился радостный блеск. Ветер теребил ее волосы и длинное тонкое платье.

Она встряхнула головой, словно отгоняя кошмар, подбежала к патрульным и схватила их за руки.

— Прости меня, Мэнслах, — всхлипнула она. — Я должна была понять, что ты нас не предашь.

Она расцеловала их обоих. Ван Саравак, как и следовало ожидать, горячо ответил на поцелуй, а Эверард не сумел себя заставить — это слишком напоминало Иуду.

— Где мы? — продолжала она. — Похоже на Ллангаллен, но тут никого нет. Может, ты привез нас на Острова Блаженных? — Она повернулась на одной ноге и закружилась среди летних цветов. — Можно нам отдохнуть здесь перед возвращением домой?

Эверард глубоко вздохнул:

— Дейрдре, у меня для тебя плохие новости. — Он увидел, как девушка помрачнела и напряглась. — Мы не можем попасть обратно.

Она молча ждала продолжения.

— У меня не было выбора. Эти... заклинания, которыми я воспользовался, чтобы спасти наши жизни... Теперь они не позволяют нам возвратиться.

— И никакой надежды? — еле слышно спросила она.

У Эверарда защипало в глазах.

— Нет.

Она повернулась и пошла по берегу. Ван Саравак было последовал за ней, но передумал и сел рядом с Эверардом.

— Что ты ей сказал?

Эверард повторил.

— По-моему, это наилучший вариант, — подытожил он. —

У меня просто рука не поднимется отправить ее назад и обречь на то, что ожидает ее мир.

— Да, конечно. — Ван Саравак замолчал, задумчиво глядя в морскую даль. — Какой это год? — спросил он наконец. — Время Христа? Тогда мы все еще позже развилки.

— Ага. Но мы до сих пор не знаем, что это было.

— Давай отправимся подальше в прошлое, в какое-нибудь из управлений Патруля. Там нам помогут.

— Может быть. — Эверард откинулся на траву и уставился в небо невидящим взглядом. Он чувствовал себя выпотрошенным. — Но, пожалуй, я смогу определить ключевую точку прямо здесь — с помощью Дейрдре. Разбуди меня, когда она вернется.

Когда Дейрдре вернулась, по ее лицу было заметно, что она плакала. Эверард объяснил ей, что ему нужно, и она кивнула:

— Конечно. Моя жизнь принадлежит тем, кто спас ее.

«После того как мы сами же втравили тебя в эту историю».

— Мне надо кое-что от вас узнать. Вам известно о... таком сне, в котором человек выполняет все, что ему прикажут? — осторожно спросил он.

Девушка неуверенно кивнула.

— Я видела, как это делали друиды-лекари.

— Это не причинит тебе никакого вреда. Я просто тебя усыплю, и ты вспомнишь все, что знаешь, — даже то, что уже не помнишь. Времени это займет немного.

От ее доверчивости у него сжалось сердце...

С помощью стандартных приемов он загипнотизировал девушку и вытянул из ее памяти все, что она слышала или читала о Второй Пунической войне. Для его целей этого вполне хватило.

Поводом для войны послужила попытка Рима помешать проникновению войск Карфагена в Испанию, к югу от реки Эбро, нарушавшая мирный договор. В 219 году до Рождества Христова Ганнибал Барка, карфагенский правитель этой области, осадил Сагунт. Через восемь месяцев он взял город, спровоцировав войну с Римом, как и собирался. В начале мая 218 года он перевалил через Пиренеи. У Ганнибала было девяносто тысяч пехотицев, двенадцать тысяч конников и тридцать семь слонов. Быстро пройдя Галлию, он перешел через Альпы, но понес при этом ужасающие потери: до Италии добралось только двадцать тысяч пеших и шесть тысяч конных воинов. Несмотря на это, он разгромил у реки Тицин римское войско, численно превосходившее его силы. В течение следующего года он одержал еще несколько побед и вступил в Апулию и Кампанию.

Апулийцы, луканы, бруттии и самниты перешли на сторону Ганнибала. Партизанская война, которую начал Квинт Фабий Максим, опустошила Италию, но успеха не принесла. Тем временем Газдрубал Барка навел порядок в Испании и в 211 году привел на помощь брату сильное войско. В 210 году Ганнибал взял Рим и сжег его, а к 207 году капитулировали все остальные города италийского союза.

— Вот так! — Эверард погладил медно-рыжие волосы лежавшей перед ним девушки. — А теперь усни. Спи хорошо и проснись с легким сердцем.

— Что она рассказала? — спросил ван Саравак.

— Очень многое, — ответил Эверард (весь рассказ занял больше часа). — Но главное вот что: она прекрасно знает историю тех времен, но ни разу не упомянула о Сципионах.

— О ком, о ком?

— При Тицине римским войском командовал Публий Корнелий Сципион. Правда, там он был разбит — то есть в нашем мире. Но потом он догадался повернуть на запад и уничтожил базу Карфагена в Испании. В результате Ганнибал оказался отрезанным в Италии, а то незначительное подкрепление, которое смогли послать ему из Иберии, было полностью уничтожено. Войска возглавлял сын Сципиона, звали его так же, как и отца; именно он, Сципион Африканский Старший, наголову разбил Ганнибала при Заме. Отец и сын были лучшими полководцами за всю историю Рима. Но Дейрдре никогда о них не слышала.

— Так... — Ван Саравак снова застыл, глядя на восток; там, за океаном, галлы, кимвры и парфяне раздирали на части рухнувшую античную цивилизацию. — Что же случилось с ними на этой временной линии?

— Моя фотографическая память подсказывает мне, что оба Сципиона участвовали в битве при Тицине и едва там не погибли. При отступлении (которое, на мой взгляд, больше походило на паническое бегство) сын спас жизнь отцу. Десять против одного, что в этой истории Сципионы не спаслись.

— Кто-то должен был их прикончить, — сказал ван Саравак. Его голос окреп. — Какой-нибудь темпоральный путешественник. Наверняка так оно и было.

— Что ж, вполне вероятно. Посмотрим. — Эверард отвел взгляд от безмятежного лица Дейрдре. — Посмотрим.

На курорте в плейстоцене — через полчаса после их отбытия в Нью-Йорк — Эверард и ван Саравак оставили девушку на попечение добродушной экономки, говорившей по-гречески, и созвали своих коллег. Затем сквозь пространство-время запрыгали почтовые капсулы.

Все управления до 218 года (ближайшим было александрийское, располагавшееся в двадцатилетии 250—230 гг.) — всего около двухсот агентов Патруля — по-прежнему оставались «на месте». С последующими управлениями связь пропала, а несколько коротких вылазок в будущее подтвердили самое худшее. Встревоженные патрульные организовали совещание в Академии — в олигоценовом периоде. В служебной иерархии Патруля агенты-оперативники стояли выше сотрудников резидентур, а между собой по званиям не различались. Однако благодаря своему опыту Эверард как-то само собой оказался председателем комитета старших офицеров Патруля.

Каторжный труд! Эти мужчины и женщины легко переносились из одного тысячелетия в другое, владели оружием богов. Но при этом они оставались людьми — со всеми недостатками, присущими человеческому роду.

Нарушение хода истории должно быть устранено — с этим согласились все. Но патрульных тревожила судьба их коллег, которые, ни о чем не подозревая, отправились в будущее (как это произошло с самим Эверардом). Если они не возвратятся до того, как история будет исправлена, то исчезнут навсегда. Эверард организовал несколько спасательных экспедиций, не слишком, впрочем, надеясь на успех. Он в категорической форме предупредил спасателей: в их распоряжении сутки локального времени, и ни секундой больше.

У специалиста из эпохи Научного Возрождения нашлись возражения. Разумеется, в первую очередь уцелевшие обязаны восстановить «первоначальную» мировую линию. Но есть и долг перед наукой. Им представилась уникальная возможность, и они просто обязаны изучить внезапно открывшийся вариант развития человечества. Необходимо детальное антропологическое обследование (всего-то несколько лет!), и только потом... Эверард с трудом заставил его замолчать. Патрульных было слишком мало, чтобы так рисковать.

Исследовательские группы должны были определить точный момент и характер вмешательства в историю. Горячие дискуссии шли непрерывно. В какой-то момент, выглянув в окно, за которым стояла доисторическая ночь, Эверард позавидовал саблезубым тиграм: им жилось куда легче, чем их обезьяноподобным преемникам.

Когда все намеченные экспедиции были наконец отправлены, он откупорил бутылку спиртного и осушил ее вместе с ван Сараваком.

На следующий день оргкомитет заслушал рапорты спасателей, посетивших различные века в будущем. Десяток патрульных удалось вызволить из более или менее неприятных ситуаций, другим уже, по-видимому, ничем нельзя было помочь (пропало человек двадцать). Информация, добытая разведгруппой, оказалась куда существеннее. Выяснилось, что в Альпах к Ганнибалу присоединились два гельвета-наемника, которые втерлись затем к нему в доверие. После войны они заняли в Карфагене высокие посты. Фронтос и Химилко (так они назвались) фактически прибрали к рукам правительство, организовали убийство Ганнибала и жили с поражающей воображение роскошью. Один из патрульных видел их дворцы и их самих.

— Масса удобств, до которых в античные времена еще не додумались. На мой взгляд, они смахивают на нелдориан из 205-го тысячелетия.

Эверард кивнул. Эта эпоха безудержного бандитизма уже доставила Патрулю немало хлопот.

— Думаю, теперь все ясно, — сказал он. — Были они с Ганнибалом до Тицина или нет, значения не имеет. Все равно захватить их в Альпах дьявольски трудно: можно устроить такой переполох, из-за которого будущее изменится ничуть не меньше. Важно, что, скорее всего, именно они ликвидировали Сципионов: вот здесь нам и следует вмешаться.

Англичанин из девятнадцатого века, знающий свое дело специалист, но большой педант, развернул карту и принялся читать лекцию о сражении, за которым следил с воздуха (из-за низкой облачности ему пришлось воспользоваться инфракрасным телескопом).

— ...А здесь стояли римляне...

— Знаю, — прервал его Эверард. — Тонкая красная линия. Судьба сражения была решена, когда они обратились в бегство, но последовавшая за этим неразбериха нам, безусловно, на руку. Ладно, придется незаметно окружить поле битвы, но, по-моему, непосредственно участвовать в бою могут лишь два агента. Эти приятели наверняка ожидают противодействия и будут настороже. Александрийское управление снабдит меня и Питера соответствующими костюмами.

— Послушайте, — воскликнул англичанин, — я полагал, эта честь будет предоставлена мне!

— Нет. Простите. — Эверард улыбнулся одними уголками губ. — Какая там честь? Рисковать жизнью, чтобы уничтожить целый мир вроде нашего — со всеми его обитателями?

— Но, черт побери...

Эверард поднялся.

— Отправиться должен я, — отрезал он. — Не могу объяснить почему, но я.

Ван Саравак согласно кивнул.

Они оставили роллер в небольшой рощице и пошли через поле.

За горизонтом и высоко в небе находилось около сотни вооруженных патрульных, но здесь, среди копий и стрел, это было слабым утешением. Холодный свистящий ветер гнал низкие тучи, накрапывал дождь. В солнечной Италии стояла поздняя осень.

Изнывая от тяжести доспехов, Эверард торопливо шагал по скользкой от крови грязи. На нем были панцирь, шлем и поножи, в левой руке — римский щит, с пояса свисал меч. Но в правой руке он сжимал парализующий пистолет. Ван Саравак в таком же снаряжении шел вразвалку позади него, поблескивая глазами из-под колыхавшегося командирского плюмажа.

Впереди ревели трубы, грохотали барабаны, но их заглушали вопли людей, топот и ржание лошадей, потерявших всадников, свист стрел. В седлах оставались лишь разведчики да несколько начальников (обычное дело для эпох, когда еще не изобрели стремян: после первой же атаки почти вся конница превращалась в пехоту). Карфагеняне наступали, врубаясь в прогибавшиеся под их напором римские линии. Кое-где сражение переходило в отдельные рукопашные схватки: воины с проклятиями рубили друг друга.

А тут битва уже прошла. Вокруг Эверарда лежали мертвые. Он спешил за римским войском, туда, где вдалеке блестели орлы. За шлемами и грудами трупов он разглядел победно развевавшееся багровое знамя. На фоне серого неба в той же стороне замаячили исполинские силуэты: поднимая хоботы и трубя, в бой двинулись слоны.

Все войны похожи одна на другую: это не аккуратные стрелки на картах, не соревнование в героизме. Война — это растерянные люди: грязные, потные, задыхающиеся и истекающие кровью.

Поблизости, пытаясь слабеющей рукой вытащить из живота дротик, корчился худощавый смуглолицый юноша — пращник-карфагенянин. Но сидевший рядом с ним коренастый римский крестьянин не обращал на него никакого внимания, недоуменно уставившись на обрубок своей руки.

Над полем, борясь с ветром, кружили вороны. Они ждали.

— Туда, — выдохнул Эверард. — Скорей, ради бога! Эту линию прорвут с минуты на минуту.

Воздух обжигал горло, но патрульный упорно бежал к орлам Республики. В голове мелькнуло: ему всегда хотелось, чтобы победил Ганнибал. В холодной и деловитой алчности Рима было что-то отталкивающее. И вот он здесь, пытается спасти будущую Империю. Да, жизнь преподносит и не такие сюрпризы.

Оставалось утешиться тем, что Сципион Африканский был одним из немногих порядочных людей, уцелевших в этой войне.

Крики и лязг надвигались — италийцы откатывались назад. Казалось, людские волны разбиваются о скалу, только двигались не они, а скала — неуклонно, с ревом и криками, с блеском окровавленных мечей...

Эверард побежал. Мимо него промчался вопящий от ужаса легионер. Седой римский ветеран плюнул на землю, расставил пошире ноги и дрался, не отступая ни на шаг, пока его не сразили. Пронзительно трубя, слоны Ганнибала медленно брели вперед. Карфагеняне держали строй, наступая под леденящий душу грохот барабанов.

Вон там, впереди! Эверард увидел группу всадников — римских военачальников. Высоко поднимая значки легионов, они что-то кричали, но из-за грохота битвы их никто не слышал.

Мимо пробежали несколько легионеров. Центурион окликнул патрульных:

— Эй, сюда! Мы им еще покажем, клянусь животом Венеры!

Эверард помотал головой, продолжая бежать. Зарычав, римлянин бросился к нему:

— А ну иди сюда, трусливый...

Парализующий луч оборвал его фразу, и он повалился в грязь. Легионеры обомлели, кто-то заорал, и они бросились врассыпную.

Карфагеняне были уже совсем рядом — окровавленные мечи, сомкнутые щиты. Перед глазами Эверарда мелькнули синевато-багровый рубец на щеке одного воина, крючковатый нос другого. Зазвенев, от его шлема отлетело копье. Он пригнулся и побежал.

Сражающиеся были совсем рядом. Эверард метнулся было в сторону, но споткнулся о труп и упал. На него тут же свалился римлянин. Ван Саравак выругался и помог товарищу подняться. По его руке полоснул меч.

Невдалеке обреченно бились окруженные люди Сципиона. Эверард остановился, с трудом переводя дыхание, и попытался что-нибудь разглядеть сквозь завесу мелкого дождя. Блеснули мокрые доспехи — сюда скакал галопом отряд римских всадников. Их кони были по шею измазаны грязью. Должно быть, сын, будущий Сципион Африканский, спешил на помощь отцу. От стука копыт дрожала земля.

— Вон там! — закричал ван Саравак, махнув рукой.

Эверард весь подобрался. Струйки дождя стекали со шлема ему на лицо. Отряд карфагенян скакал к тому месту, где шел бой вокруг римских орлов. Во главе скакали двое — высокие, с рублеными лицами — нелдориане! На них были солдатские доспехи, но каждый держал пистолет с длинным узким стволом.

— Туда! — Эверард развернулся и бросился к ним. Кожаные ремни его доспехов заскрипели.

Патрульных заметили, только когда они были уже рядом с карфагенянами. Кто-то из всадников предупреждающе крикнул. Два сумасшедших римлянина! Эверард увидел, как он ухмыльнулся в бороду. Нелдорианин поднял бластер.

Эверард бросился на землю. Смертоносный бело-голубой луч прошипел там, где он только что стоял. Ответный выстрел — и африканская лошадь опрокинулась под лязг металла. Ван Саравак, стоя во весь рост, хладнокровно навел парализатор. Импульс, второй, третий, четвертый — и один из нелдориан свалился в грязь!

Вокруг Сципионов рубились люди. Воины нелдориан завопили от ужаса. Действие бластера им, должно быть, продемонстрировали заранее, но эти удары невидимой руки оказались для них полной неожиданностью. Они пустились наутек. Второй бандит кое-как справился со своим конем и поскакал за ними.

Эверард бросился к лошади без седока, крикнув на бегу:

— Пит, займись тем, кого ты сшиб!.. Оттащи его подальше, нам надо его допросить...

Он прыгнул в седло и пустился в погоню за нелдорианином, не успев даже толком осознать, что делает.

Позади него Публий Корнелий Сципион и его сын вырвались из окружения и догнали отступающее римское войско.

Эверард мчался сквозь хаос. Он погонял свою лошадь, но догнать нелдорианина не старался. Как только они отъедут достаточно далеко, спикирует роллер и прикончит бандита.

Это понял и нелдорианин. Он осадил коня и вскинул бластер. Эверард увидел ослепительную вспышку, и его щеку опалило жаром. Мимо! Установив парализатор на широкий луч и стреляя на ходу, он продолжал погоню. Второй заряд бластера угодил его лошади прямо в грудь. Она рухнула на всем скаку, и Эверард вылетел из седла. Но падать он умел: сразу вскочил на ноги и, пошатываясь, бросился к врагу. Парализатор вылетел у него из рук, но подбирать его было некогда... Неважно, это можно сделать и потом — если он останется жив... Широкий луч достиг цели. Расфокусированный, он, конечно, не свалил нелдорианина, но бластер тот выронил, а его конь еле держался на ногах.

Дождь хлестал Эверарда по лицу. Когда он подбежал, нелдорианин спрыгнул на землю и выхватил меч. В ту же секунду вылетел из ножен и клинок Эверарда.

— Как вам угодно, — сказал он на латыни. — Один из нас останется на этом поле.

Глава 9

Над горами поднялась луна, превратив заснеженные склоны в тусклое серебро. Далеко на севере лунный свет отражался от ледника. Где-то выл волк. У себя в пещере пели кроманьонцы, но сюда, на веранду, их пение едва доносилось.

Дейрдре стояла на темной веранде и смотрела на горы. Лунный свет ложился на ее блестевшее слезами лицо. Она удивленно посмотрела на подошедших к ней Эверарда с ван Сараваком.

— Вы вернулись? Так скоро? — спросила она. — Но вы же оставили меня здесь только утром...

— Много времени не потребовалось, — ответил ван Саравак, который уже успел выучить под гипнозом древнегреческий.

— Надеюсь... — она попыталась улыбнуться, — надеюсь, вы уже закончили свою работу и сможете теперь отдохнуть.

— Да, закончили, — сказал Эверард.

Несколько минут они стояли рядом, глядя на царство зимы.

— Вы тогда сказали, что я не смогу вернуться домой, — это правда? — грустно спросила Дейрдре.

— Боюсь, что да. Заклинания... — Эверард и ван Саравак встретились взглядами.

Им было разрешено рассказать девушке то, что они сочтут нужным, а также взять ее с собой туда, где, по их мнению, ей будет лучше всего. Ван Саравак утверждал, что лучше всего ей будет на Венере в его столетии, а Эверард слишком устал, чтобы спорить.

Дейрдре глубоко вздохнула.

— Ну что же, — сказала она. — Я не буду всю жизнь лить слезы. Да пошлет Ваал моему народу, там, дома, счастье и благополучие.

— Так оно и будет, — сказал Эверард.

Больше он ничего сделать не мог. Сейчас ему хотелось только одного: спать. Пусть ван Саравак скажет все, что надо сказать, и пусть награда достанется ему.

Эверард кивнул товарищу.

— Пожалуй, я пойду лягу, Пит, — сказал он. — А ты останься.

Венерианин взял девушку за руку. Эверард медленно пошел к себе в комнату.

«...И СЛОНОВУЮ КОСТЬ, И ОБЕЗЬЯН, И ПАВЛИНОВ»

Когда Соломон[1] был на вершине славы, а Храм[2] еще только строился, Мэнс Эверард прибыл в пурпурный город Тир. И почти сразу его жизнь подверглась опасности.

Само по себе это не имело большого значения. Агент Патруля Времени должен быть готов к такому повороту судьбы — особенно если он или она обладает божественным статусом агента-оперативника. Те, кого искал Эверард, могли разрушить весь реально существующий мир, и он прибыл, чтобы помочь спасти его.

Было уже за полдень, когда корабль, который вез его в 950 году до Рождества Христова, подошел к месту назначения. Погода стояла теплая, почти безветренная. Убрав парус, судно двигалось на веслах под скрип уключин, плеск воды и барабанный бой старшины, который расположился неподалеку от орудовавших сдвоенным рулевым веслом матросов. Омывавшие широкий семидесятифутовый корпус волны, журча и отбрасывая голубые блики, образовывали небольшие водовороты. Ослепительный блеск, исходивший от воды чуть далее, не давал как следует разглядеть другие корабли. А их было множество — от стройных боевых судов до похожих на корыта шлюпок. Большинство из них принадлежали Финикии, многие пришли из иных городов-государств этого сообщества, но хватало и чужеземных — филистимлянских, ассирийских, ахейских или даже из более отдаленных краев: в Тир стекались торговцы со всего изведанного мира.

— Итак, Эборикс, — добродушно сказал капитан Маго, — перед вами Царица Моря. Все так, как я вам рассказывал, не правда ли? Что вы думаете о моем городе?

Вместе со своим пассажиром он стоял на носу судна — прямо за вырезанным из дерева украшением в виде рыбьих хвостов, которые поднимались вверх и изгибались назад, по направ-

---

[1] Легендарный царь, правивший Израилем и Иудеей в X веке до н. э. Считается автором нескольких книг Ветхого завета. — *Здесь и далее примеч. пер.*

[2] Построенное Соломоном культовое здание бога Яхве, которое славилось необычайной роскошью. Впоследствии разрушено вавилонянами.

лению к такому же украшению на корме. К этому украшению и к решетчатому ограждению, идущему по обоим бортам корабля, был привязан глиняный кувшин размером с человека, почти полный масла: никакой нужды успокаивать волны не возникло, и путешествие из Сицилии завершилось так же спокойно, как и началось.

Эверард смерил капитана взглядом. Типичный финикиец — стройный, смуглый, с ястребиным носом, крупные и слегка раскосые глаза, высокие скулы; он носил красно-желтый халат, остроконечную шляпу и сандалии, лицо украшала аккуратная борода. Патрульный заметно превосходил его ростом. Поскольку он обратил бы на себя внимание независимо от того, какую маску наденет, Эверард выбрал роль кельта из центральной Европы: короткие штаны, туника, бронзовый меч и свисающие усы.

— В самом деле, вид великолепный, — дипломатично ответил он с сильным акцентом. Гипнопедическое обучение, которому он подвергся в своей родной Америке в верхней части временной шкалы, могло сделать его пунический язык вообще безупречным, однако это не увязалось бы с образом, и он решил, что достаточно будет говорить бегло. — Я бы сказал, даже устрашающий для простого обитателя лесной глуши.

Его взгляд вновь устремился вперед. Поистине Тир впечатлял не меньше, чем Нью-Йорк, — а может, и больше, если вспомнить, сколь много и за какой короткий срок удалось совершить царю Хираму с помощью одних лишь средств железного века, который и начаться-то толком не успел.

Справа по борту поднимались рыжевато-коричневые Ливанские горы, лишь кое-где зеленели фруктовые сады и перелески да ютились деревушки. Пейзаж был богаче и привлекательней того, которым Эверард любовался в будущем — еще до вступления в Патруль.

Усу, старый город, тянулся вдоль всего берега. Если бы не размеры, это было бы типичное восточное селение: кварталы глинобитных построек с плоскими крышами, узкие извилистые улицы и лишь кое-где яркие фасады, указывающие на храм или дворец. Зубчатые стены и башни окружали Усу с трех сторон. Выстроившиеся вдоль пристаней склады с воротами в проходах между ними казались сплошной стеной и могли служить, видимо, оборонительными сооружениями. С высот за пределами видимости Эверарда в город спускался акведук.

Новый город, собственно Тир (или, как называли его местные жители, Сор — «Скала»), располагался на острове, отстоящем от берега на полмили. Точнее, он размещался поначалу на двух шхерах, а затем жители застроили пространство между ними и вокруг них. Позднее они прорыли сквозной канал с севера на юг и соорудили пристани и волнорезы, превратив весь этот район в превосходную гавань. Благодаря растущему населению и бурной торговле, здесь становилось все теснее, и строения начали карабкаться вверх — ярус за ярусом, — пока не выросли над сторожевыми стенами, как маленькие небоскребы. Кирпичные дома встречались реже, чем дома из камня и кедровой древесины. Там, где использовали глину и штукатурку, здания украшали фрески и мозаичные покрытия. На восточной стороне Эверард заметил гигантское величественное здание, построенное царем не для себя, а для городских нужд.

Корабль Маго направлялся во внешний, или южный, порт — как он говорил, в Египетскую гавань. На пирсах царила суматоха: все что-то загружали и разгружали, приносили и относили, чинили, снаряжали, торговались, спорили, кричали, но, несмотря на хаос и суету, делали свое дело. Гигантского роста грузчики, погонщики ослов и другие работники, как и моряки на загроможденной грузами палубе корабля, носили лишь набедренные повязки или выгоревшие, залатанные халаты. Однако взгляд то и дело натыкался на более яркие одежды, что выделялись в толпе благодаря производимым здесь же роскошным краскам. Среди мужчин изредка мелькали женщины, и предварительная подготовка Эверарда позволила ему заключить, что отнюдь не все они шлюхи. До его ушей доносились портовые звуки — говор, смех, возгласы, крики ослов, ржание лошадей, удары ног и копыт, стук молота, скрип колес и кранов, струнная музыка. Жизнь, как говорится, била ключом.

Но на костюмированную сцену из какого-нибудь там фильма вроде «Арабских ночей» это совсем не походило. Он уже видел искалеченных, слепых, истощенных попрошаек и заметил, как плеть подстегнула плетущегося слишком медленно раба. Вьючным животным приходилось и того хуже. От запахов Древнего Востока к горлу подкатила тошнота — пахло дымом, пометом, отбросами, потом, а также дегтем, пряностями и жареным мясом. Эту смесь дополняло зловоние красилен и мусорных куч на материке, но, двигаясь вдоль берега и разбивая каждую ночь лагерь, он успел привыкнуть к зловонию.

Впрочем, такого рода неприятности его не пугали. Странствия по истории излечили Эверарда от привередливости и сделали невосприимчивым к жестокости человека и природы... до некоторой степени. Для своего времени эти ханаанцы — просвещенный и счастливый народ. В сущности, более просвещенный и счастливый, нежели большая часть человечества почти во всех землях и почти во все времена.

Его задача заключалась в том, чтобы так все и осталось.

Маго вновь посмотрел на него.

— Увы, там есть и такие, кто бесстыдно обманывает ново-прибывших. Мне бы не хотелось, дружище Эборикс, чтобы это случилось с вами. Я полюбил вас за время нашего путешествия и желал бы, чтобы у вас остались хорошие воспоминания о моем городе. Позвольте мне порекомендовать вам постоялый двор моего шурина — брата моей младшей жены. Он предоставит вам чистую постель, обеспечит надежное хранение ваших ценностей и не обманет.

— Благодарю вас, — ответил Эверард, — но я по-прежнему намереваюсь разыскать того человека, о котором рассказывал. Как вы помните, именно его существование подвигло меня приехать сюда. — Он улыбнулся. — Разумеется, если он умер, или уехал, или еще что-то там... я буду рад принять ваше предложение. — Эверард сказал это просто из вежливости. За время пути у патрульного сложилось твердое убеждение, что Маго не менее корыстолюбив, нежели любой другой странствующий торговец, и при случае сам не замедлит обобрать путника.

Капитан бросил на него внимательный взгляд. Эверард считался человеком крупного сложения и в своей собственной эре, а уж здесь выглядел настоящим гигантом. Приплюснутый нос и мрачные черты лица усиливали впечатление грубой мощи, в то время как синие глаза и темно-каштановые волосы выдавали в нем выходца с дикого Севера. Пожалуй, не стоит на него давить.

При всем при том представитель кельтской расы вовсе не был чем-то удивительным в этом космополитичном месте. Не только янтарь с Балтийского побережья, олово из Иберии, приправы из Аравии, твердая древесина из Африки или экзотические товары из еще более отдаленных мест прибывали сюда — прибывали и люди.

Договариваясь с капитаном о проезде, Эборикс рассказал, что покинул свою гористую родину из-за утраты поместья и теперь отправляется искать счастья на юге. Странствуя, он охотился или работал, чтобы прокормиться, если никто не оказывал ему гостеприимства в обмен на его рассказы. Так он добрался до италийских умбров, родственных кельтам племен. (Кельты начнут захватывать Европу — до самой Атлантики — лишь через три-четыре столетия, когда познакомятся с железом; однако некоторые их племена уже завладели территориями, расположенными вдали от Дунайской долины, колыбели этой расы). Один из них, служивший когда-то наемником, поведал ему о возможностях, которые имеются в Ханаане, и научил пуническому языку. Это и побудило Эборикса отыскать в Сицилии залив, куда регулярно заходят финикийские торговые суда, и, оплатив проезд кое-каким накопленным добром, отправиться в путь. В Тире, как ему сообщили, проживает, нагулявшись по свету, его земляк, который, возможно, не откажет соотечественнику в помощи и подскажет, чем заняться.

Этот набор нелепиц, тщательно разработанный специалистами Патруля, не просто удовлетворял досужее любопытство — он делал путешествие Эверарда безопасным. Заподозри Маго с командой в иностранце одиночку без связей, они могли бы поддаться искушению и напасть на него, пока он спит, связать и продать в рабство. А так все прошло гладко и в общем-то нескучно. Эверарду эти мошенники даже начали нравиться.

Что удваивало его желание спасти их от гибели.

Тириец вздохнул.

— Как хотите, — сказал он. — Если я вам понадоблюсь, вы найдете мой дом на улице Храма Анат, близ Сидонийской гавани. — Его лицо просияло. — В любом случае навестите меня с вашим патроном. Он, кажется, торгует янтарем? Может быть, мы провернем какую-нибудь сделку... Теперь станьте в сторону. Я должен пришвартовать корабль. — И он стал выкрикивать команды, обильно пересыпая их бранью.

Моряки искусно подвели судно к причалу, закрепили его и выбросили сходни. Толпа на пристани подступила ближе; люди орали во все горло, спрашивая о новостях, предлагая свои услуги в качестве грузчиков, расхваливая свои товары и лавки своих хозяев. Тем не менее никто не ступал на борт. Эта привилегия изначально принадлежала чиновнику таможни. Охранник в шлеме и чешуйчатой кольчуге, вооруженный копьем и коротким мечом, шел перед ним, расталкивая толпу и оставляя за собой волны ругательств — впрочем, вполне добродушных. За спиной чиновника семенил секретарь, который нес стило[1] и восковую дощечку.

Эверард спустился на палубу и взял свой багаж, хранившийся между блоками итальянского мрамора — основного груза корабля. Чиновник приказал ему открыть два кожаных мешка. Ничего необычного в них не оказалось. Патрульный предпринял морскую поездку из Сицилии (вместо того чтобы перенестись во времени прямо в Тир) с единственной целью — выдать себя за того, за кого он себя выдавал. Несомненно, враг продолжает сле-

---

[1] Заостренный стержень из кости, металла или дерева, служивший для письма.

дить за развитием событий, потому что до катастрофы оставалось совсем недолго.

— По крайней мере какое-то время ты сможешь себя обеспечивать. — Финикийский чиновник кивнул седой головой, когда Эверард показал ему несколько маленьких слитков бронзы. Денежную систему изобретут только через несколько столетий, но металл можно будет обменять на все, что угодно. — Ты должен понимать, что мы не можем впустить того, кому в один прекрасный день придется стать грабителем. Впрочем... — Он с сомнением взглянул на меч варвара. — С какой целью ты прибыл?

— Найти честную работу, господин, — охранять караваны, например. Я направляюсь к Конору, торговцу янтарем. — Существование этого кельта стало главным фактором при выборе легенды для Эверарда. Идею подал ему начальник местной базы Патруля.

Тириец принял решение.

— Ну ладно, можешь сойти на берег вместе со своим оружием. Помни, что воров, разбойников и убийц мы распинаем. Если ты не найдешь иной работы, отыщи близ Дворца суффетов[1] дом найма Итхобаала. У него всегда найдется поденная работа для таких крепких парней, как ты. Удачи.

Он принялся разбираться с Маго. Эверард не спешил уходить, ожидая, когда можно будет попрощаться с капитаном. Переговоры протекали быстро, почти непринужденно, и подать, которую надлежало уплатить натурой, стала умеренной. Эта раса деловых людей обходилась без тяжеловесной бюрократии Египта и Месопотамии.

Сказав что хотел, Эверард подцепил свои мешки за обвязанные вокруг них веревки и спустился на берег. Его сразу же окружила толпа, люди присматривались к нему и переговаривались между собой, но, что удивительно, никто не просил у него подаяния и не досаждал предложениями купить какую-нибудь безделушку; двое или трое попытались, однако на том все и кончилось. И это Ближний Восток?

Хотя понятно: деньги еще не изобрели. А с новоприбывшего и вовсе взять нечего: вряд ли у него найдется что-то, что в эту эпоху выполняет функцию мелочи. Обычно вы заключали сделку с владельцем постоялого двора — кров и пища в обмен на энное количество металла или любых других ценностей, которые у вас есть. Для совершения сделок помельче вы отпиливали от слит-

---

[1] Главы исполнительной власти некоторых финикийских городов-государств, избираемые из числа местной знати.

ка кусок — если не оговорена иная плата (обменный фонд Эверарда включал янтарь и перламутровые бусины). Иногда приходилось приглашать посредника, который превращал ваш обмен в составную часть более сложного обмена, затрагивающего еще несколько человек. Ну а если вас охватит желание подать кому-то милостыню, можно взять с собой немного зерна или сушеных фруктов и положить в чашу нуждающегося.

Вскоре Эверард оставил позади большую часть толпы, которую главным образом интересовал экипаж судна. Однако парочка праздных зевак все же увязалась за ним. Он зашагал по причалу к открытым воротам.

Внезапно кто-то дернул его за рукав. От неожиданности Эверард сбился с шага и посмотрел вниз. Смуглый мальчишка, босой, одетый лишь в рваную грязную юбку, с пояса которой свисал небольшой мешок, дружелюбно улыбнулся. Вьющиеся черные волосы, собранные на затылке в косичку, острый нос, тонкие скулы. Судя по пуху на щеках, ему сравнялось лет шестнадцать, но даже по местным стандартам он выглядел маленьким и щуплым, хотя в движениях его чувствовалась ловкость, а улыбка и глаза — большие левантийские глаза с длинными ресницами — были просто бесподобны.

— Привет вам, господин! — воскликнул он. — Сила, здоровье и долголетие да пребудут с вами! Добро пожаловать в Тир! Куда вы хотели бы пойти, господин, и что бы я мог для вас сделать?

Он не бубнил, старался говорить четко и ясно — в надежде, что чужеземец поймет его.

— Что тебе нужно, парень?

Получив ответ на своем собственном языке, мальчишка подпрыгнул от радости.

— О, господин, стать вашим проводником, вашим советчиком, вашим помощником и, с вашего позволения, вашим опекуном. Увы, наш прекрасный город страдает от мошенников, которых хлебом не корми, а дай ограбить неискушенного приезжего. Если вас и не обчистят до нитки в первый же раз, как вы заснете, то уж по крайней мере сбагрят вам какой-нибудь бесполезный хлам, причем за такую цену, что вы без одежд останетесь...

Мальчишка вдруг умолк, заметив, что к ним приближается какой-то чумазый юнец. Преградив ему дорогу, он замахал кулаками и завопил так пронзительно и быстро, что Эверарду удалось разобрать лишь несколько слов:

— ...Шакал паршивый!.. я первый его увидел... убирайся в свою родную навозную кучу...

Лицо юноши окостенело. Из перевязи, что висела у него на плече, он выхватил нож. Однако его соперник тут же вытащил из своего мешочка пращу и зарядил ее камнем. Затем пригнулся, оценивающе взглянул на противника и принялся вертеть кожаный ремень над головой. Юноша сплюнул, пробурчал что-то злобное и, резко повернувшись, гордо удалился. Со стороны наблюдавших за этим прохожих донесся смех.

Мальчик также весело засмеялся и вновь подошел к Эверарду.

— Вот, господин, это и был превосходный пример того, о чем я говорил, — ликовал он. — Я хорошо знаю этого плута. Он направляет людей к своему папаше — якобы папаше, — который содержит постоялый двор под вывеской с голубым кальмаром. И если на обед вам подадут там тухлый козлиный хвост, то считайте, что вам повезло. Их единственная служанка — ходячий рассадник болезней, их шаткие лежанки не рассыпаются на части только потому, что клопы, которые в них живут, держатся за руки, а что до их вина, то этим пойлом только лошадей травить. Один бокал — и вам, скорее всего, будет слишком плохо, чтобы вы смогли заметить, как этот прародитель тысячи гиен крадет ваш багаж, а если вы начнете выражать недовольство, он поклянется всеми богами Вселенной, что вы свой багаж проиграли. И он нисколько не боится попасть в ад после того, как этот мир от него избавится; он знает, что там никогда не унизятся до того, чтобы впустить его. Вот от чего я спас вас, великий господин.

Эверард почувствовал, что его губы расплываются в улыбке.

— Похоже, сынок, ты немного преувеличиваешь.

Мальчишка ударил себя кулаком в хилую грудь.

— Не более, чем необходимо вашему великолепию для осознания истинного положения вещей. Вы, разумеется, человек с богатейшим опытом, ценитель наилучшего и щедро платите за верную службу. Прошу, позвольте мне проводить вас туда, где сдаются комнаты, или в любое другое место по вашему желанию, и вы убедитесь, что правильно доверились Пуммаираму.

Эверард кивнул. Карту Тира он помнил прекрасно, и никакой нужды в проводнике не было. Однако для гостя из далекого захолустья будет вполне естественным нанять оного. К тому же этот паренек не позволит другим своим собратьям досаждать ему и, возможно, даст ему пару-тройку полезных советов.

— Хорошо, отведешь меня туда, куда я укажу. Твое имя Пуммаирам?

— Да, господин. — Поскольку мальчишка не упомянул, как было принято, о своем отце, он, по-видимому, его просто не знал. — Могу ли я спросить, как надлежит покорному слуге обращаться к своему благородному хозяину?

— Никаких титулов. Я Эборикс, сын Маннока, из страны, что лежит за ахейскими землями. — Так как никто из людей Маго слышать его не мог, Эверард добавил: — Я разыскиваю Закарбаала из Сидона — он ведет в этом городе торговлю от имени своего рода. — Это означало, что Закарбаал представляет в Тире свою семейную фирму и в промежутках между приходами кораблей занимается здесь ее делами. — Мне говорили, что его дом находится... э- э... на улице Лавочников. Ты можешь показать дорогу?

— Конечно, конечно. — Пуммаирам поднял с земли мешки патрульного. — Соблаговолите следовать за мной.

В действительности добраться до места было нетрудно. Будучи городом спланированным, а не выросшим естественным образом в течение столетий, сверху Тир напоминал более-менее правильную решетку. Вымощенные и снабженные сточными канавами главные улицы казались слишком широкими, учитывая, сколь малую площадь занимал сам остров. Тротуаров не было, но это не имело значения, поскольку с вьючными животными там появляться запрещали — только на нескольких главных дорогах и в припортовых районах, да и люди не устраивали на дорогах мусорных куч. Дорожные указатели, разумеется, также отсутствовали, но и это не имело значения, поскольку почти каждый был рад указать направление: перекинешься словом с чужестранцем, да глядишь — вдруг и продашь ему что.

Справа и слева от Эверарда вздымались отвесные стены — большей частью без окон, они огораживали открытые во внутренние дворы дома, которые станут почти стандартом в средиземноморских странах в грядущие тысячелетия. Стены эти преграждали путь морским ветрам и отражали солнечное тепло. Ущелья между ними заполняло эхо многочисленных голосов, волнами накатывали густые запахи, но все-таки это место Эверарду нравилось. Здесь было даже больше народу, нежели на берегу; люди суетились, толкались, жестикулировали, смеялись, бойко тараторили, торговались, шумели.

Носильщики с огромными тюками и паланкины богатых горожан прокладывали себе дорогу между моряками, ремесленниками, торговцами, подсобными рабочими, домохозяйками, актерами, крестьянами и пастухами с материка, иноземцами со всех берегов Серединного моря — кого тут только не было. Одежды по большей части выцветшие, блеклые, но то и дело встречались яркие, нарядные платья, однако владельцев и тех и других, казалось, просто переполняет жизненная энергия.

Вдоль стен тянулись палатки. Время от времени Эверард подходил к ним, разглядывал предлагаемые товары. Но знаменитого тирского пурпура он там не увидел: слишком дорогой для таких лавочек, он пользовался популярностью у портных всего света, и в будущем пурпурному цвету суждено было стать традиционным цветом одежд для царственных особ. Впрочем, недостатка в других ярких материях, драпировках, коврах не наблюдалось. Во множестве предлагались также изделия из стекла, любые, от бус до чашек — еще одна специальность финикийцев, их собственное изобретение. Ювелирные украшения и статуэтки, зачастую вырезанные из слоновой кости или отлитые из драгоценных металлов, вызывали искреннее восхищение: местная культура не располагала почти никакими художественными достижениями, однако охотно и с большим мастерством воспроизводила чужеземные шедевры. Амулеты, талисманы, безделушки, еда, питье, посуда, оружие, инструменты, игрушки — без конца и края...

Эверарду вспомнились строки из Библии, которые описывают (будут описывать) богатство Соломона и источник его получения. «Ибо у царя был на море Фарсисский корабль с кораблем Хирамовым; в три года раз приходил Фарсисский корабль, привозивший золото и серебро, и слоновую кость, и обезьян, и павлинов»[1].

Пуммаирам не давал Эверарду долго препираться с лавочниками и влек его вперед.

— Позвольте показать моему хозяину, где продаются по-настоящему хорошие товары. — Без сомнения, это означало комиссионные для Пуммаирама, но, черт возьми, парнишке ведь надо на что-то жить, и, судя по всему, до сих пор ему жилось, мягко говоря, не сладко.

Какое-то время они шли вдоль канала. Под непристойную песню моряки тянули по нему груженое судно. Их командиры стояли на палубе, держась с приличествующим деловым людям достоинством. Финикийская «буржуазия» стремилась быть умеренной во всем... за исключением религии: кое-какие их обряды были в достаточной степени разгульны, чтобы уравновесить все остальное.

Улица Лавочников начиналась как раз у этого водного пути — довольно длинная и застроенная солидными зданиями, служившими складами, конторами и жилыми домами. И несмотря на то что дальний конец улицы выходил на оживленную

---

[1] См.: 3 Цар. 10.22.

магистраль, тут стояла тишина: ни лавочек, прилепившихся у разогретых солнцем стен, ни толп. Капитаны и владельцы судов заходили сюда за припасами, торговцы — провести деловые переговоры. И, как следовало ожидать, здесь же разместился небольшой храм Танит, Владычицы Морей, с двумя монолитами у входа. Маленькие дети, чьи родители, очевидно, жили на этой улице, — мальчики и девочки вместе, голышом или почти голышом — бегали наперегонки, а за ними с возбужденным лаем носилась худая дворняжка.

Перед входом в тенистую аллею, подтянув колени, сидел нищий. У его голых ног лежала чашка. Тело нищего было закутано в халат, лицо — скрыто под капюшоном. Эверард заметил у него на глазах повязку. Слепой, бедняга. Офтальмия входила в число того множества проклятий, что в конце концов делали древний мир не столь уж очаровательным... Пуммаирам промчался мимо него, догоняя вышедшего из храма человека в мантии жреца.

— Эй, господин, — окликнул он, — не укажет ли ваше преподобие дом сидонийца Закарбаала? Мой хозяин хотел бы удостоить его своим посещением... — Эверард, который знал ответ заранее, ускорил шаг.

Нищий встал и сорвал левой рукой повязку, открыв худое лицо с густой бородой и два зрячих глаза, без сомнения, наблюдавших все это время сквозь ткань за происходящим. В то же мгновение его правая рука извлекла из ниспадающего рукава нечто блестящее.

Пистолет!

Рефлекс отбросил Эверарда в сторону. Левое плечо обожгла боль. Ультразвуковой парализатор, понял он, из будущей, по отношению к его родному времени, эры — беззвучный, без отдачи. Если бы невидимый луч попал ему в голову или в сердце, он был бы уже мертв, а на теле ни одной отметины.

Деваться некуда, только вперед.

— А-а-а! — истошно завопил он и зигзагом бросился в атаку, рассекая мечом воздух.

Нищий ухмыльнулся, отступил назад, тщательно прицелился.

Раздался звонкий шлепок. Незнакомец вскрикнул, пошатнулся, выронил оружие и схватился за бок. Пущенный Пуммаирамом из пращи камень покатился по мостовой.

Дети с визгом кинулись врассыпную. Жрец благоразумно нырнул в свой храм. Нищий развернулся и пустился бежать. Спустя мгновение он уже скрылся в каком-то проулке. Эверард понял, что не догонит его. Рана не особенно серьезная, но больно было безумно, и, чуть не теряя сознание, он остановился у поворота в опустевший проулок. Затем пробормотал, тяжело дыша, по-английски: «Сбежал... А, черт бы его побрал!»

Тут к нему подлетел Пуммаирам. Заботливые руки принялись ощупывать тело патрульного.

— Вы ранены, хозяин? Может ли ваш слуга помочь вам? О, горе, горе, я не успел ни правильно прицелиться, ни метнуть камень как следует, иначе вон та собака уже слизывала бы с земли мозги мерзавца.

— Тем не менее... ты... сделал все очень хорошо. — Эверард судорожно вздохнул. Сила и спокойствие возвращались, боль ослабевала. Он все еще был жив. И то слава богу!

Но работа ждать не могла. Подняв пистолет, он положил руку на плечо Пуммаирама и посмотрел ему в глаза.

— Что ты видел, парень? Что, по-твоему, сейчас произошло?

— Ну, я... я... — Мальчишка собрался с мыслями мгновенно. — Мне показалось, что нищий — хотя вряд ли этот человек был нищим — угрожал жизни моего господина каким-то талисманом, магия которого причинила моему господину боль. Да обрушится кара богов на голову того, кто пытается погасить свет мира! Но конечно же, его злодейство не смогло пересилить доблести моего хозяина... — голос Пуммаирама снизился до доверительного шепота: — ...чьи секреты надежно заперты в груди его почтительного слуги.

— Вот-вот, — кивнул Эверард. — Ведь если обычный человек когда-нибудь заговорит об этом, на него свалятся паралич, глухота и геморрой. Ты все сделал правильно, Пум. — «И возможно, спас мне жизнь», — подумал он, наклоняясь, чтобы развязать веревку на упавшем мешке. — Вот тебе награда, пусть небольшая, но за этот слиточек ты наверняка сможешь купить себе что-нибудь по вкусу. А теперь, прежде чем начнешь кутить, скажи: ты узнал, который из этих домов мне нужен, а?

Когда боль и шок от нападения немного утихли, а радость от того, что он остался жив, развеялась, Эверардом овладели мрачные мысли. Несмотря на тщательно разработанные меры предосторожности, спустя час после прибытия его маскировку раскрыли. Враги не только обложили штаб-квартиру Патруля — каким-то образом их агент мгновенно «вычислил» забредшего на улицу Лавочников путешественника и, не колеблясь ни секунды, попытался убить его.

Ничего себе задание. И похоже, на кон сразу поставлено

столько, что и подумать страшно: сначала существование Тира, а затем — и судьба всего мира.

Закарбаал закрыл дверь во внутренние комнаты и запер ее. Повернувшись, он протянул Эверарду руку — жест, характерный для западной цивилизации.

— Добро пожаловать, — сказал он на темпоральном, принятом в Патруле языке. — Мое имя, как вы, очевидно, знаете, Хаим Зорак. Позвольте также представить вам мою жену Яэль.

Оба они были левантийской наружности и носили ханаанские одежды, однако здесь, за запертыми дверьми, отделившими их от конторской и домашней прислуги, внешний облик хозяев дома изменился — осанка, походка, выражение лиц, интонации. Эверард распознал бы в них выходцев из двадцатого столетия, даже если бы не знал этого заранее. Стало вдруг легко и свежо, словно подул ветер с моря.

Он назвал себя.

— Агент-оперативник, за которым вы посылали, — добавил он.

Глаза Яэль Зорак расширились.

— О! Какая честь. Вы... вы первый агент-оперативник, которого я встречаю. Все остальные, кто вел расследование, были лишь техническими специалистами.

Эверард поморщился.

— Не стоит слишком уж этим восторгаться. Боюсь, ничего достойного я пока не совершил.

Он рассказал им о своем путешествии и о непредвиденных сложностях в самом его конце. Яэль предложила Эверарду болеутоляющее, однако он заверил ее, что чувствует себя уже вполне прилично, вслед за чем ее супруг поставил на стол нечто более привлекательное — бутылку шотландского виски, и вскоре атмосфера стала совсем непринужденной.

Кресла, в которых они сидели, оказались очень удобными, почти как кресла в далеком будущем, что для сей эпохи было роскошью. Но с другой стороны, Закарбаал, по-видимому, не бедствовал и мог позволить себе любой привозной товар. Что же до всего остального, то по стандартам завтрашнего дня жилище выглядело аскетично, а фрески, драпировки, светильники и мебель свидетельствовали о хорошем вкусе хозяев. Единственное окно, выходившее в обнесенный стенами садик, было задернуто занавеской для защиты от дневной жары, и потому в полутемной комнате держалась приятная прохлада.

— Почему бы нам не расслабиться на минутку и не познакомиться как следует, перед тем как обсуждать служебные дела? — предложил Эверард.

Зорак нахмурился.

— А вы способны расслабляться сразу после того, как вас чуть не убили?

Его жена улыбнулась.

— По-моему, это как раз то, что ему сейчас нужно, дорогой, — проворковала она. — Нам тоже. Опасность немного подождет. Она ведь уже ждала, не так ли?

Из кошелька на поясе Эверард вытащил несколько анахронизмов, что он позволил себе взять в эту эпоху: трубку, табак, зажигалку. До сих пор он пользовался ими лишь в уединении. Напряжение немного оставило Зорака: он хмыкнул и достал из запертого сундука, в котором хранились всевозможные излишества такого рода, сигареты.

— Вы американец, не правда ли, агент Эверард? — спросил он по-английски с бруклинским акцентом.

— Да. Завербовался в 1954-м. — Сколько его биологических лет минуло «с тех пор», как он ответил на рекламное объявление, прошел несколько тестов и узнал об организации, которая охраняет движение сквозь эпохи? Он уже давно не подсчитывал. Да это и не имело большого значения, поскольку все патрульные регулярно принимали процедуры, предотвращающие старение. — Мне показалось... э-э... что вы оба израильтяне...

— Так и есть, — подтвердил Зорак. — Собственно говоря, это Яэль — сабра[1]. А я переехал в Израиль только после того, как поработал там какое-то время археологом и встретил ее. Это было в 1971-м. А в Патруль мы завербовались четырьмя годами позднее.

— Как это случилось, позвольте спросить?

— Нас пригласили, проверили и наконец сказали правду. Разумеется, мы ухватились за это предложение. Бывает, конечно, и трудно, и тяжело на душе — особенно тяжело, когда мы приезжаем домой на побывку и даже нашим старым друзьям и коллегам не можем рассказать, чем занимаемся, но все-таки этой работе цены нет. — Зорак поморщился. Его слова превратились в почти неразличимое бормотанье. — А кроме того, этот пост для нас особый. Мы не только обслуживаем базу и ведем для ее маскировки торговые дела — время от времени мы ухитряемся помогать местным жителям. Во всяком случае, насколько это возможно, чтобы ни у кого не вызвать подозрений. Хоть

---

[1] Уроженка Израиля.

какая-то компенсация, пусть совсем небольшая, за то... за то, что наши соотечественники сделают здесь спустя много веков.

Эверард кивнул. Схема была ему знакома. Большинство полевых агентов, вроде Хаима и Яэль, были специалистами в определенных областях и вся их служба проходила в одном-единственном регионе и одной-единственной эпохе. Что в общем-то неизбежно, поскольку для выполнения стоящих перед Патрулем задач им приходилось изучать «свой» период истории весьма тщательно. Как было бы удобно иметь персонал из местных! Однако до восемнадцатого столетия нашей эры (а в большинстве стран — до еще более позднего срока) такие люди встречались крайне редко. Мог ли человек, который не вырос в обществе с развитым научным и промышленным потенциалом, воспринять хотя бы идею автоматических машин, не говоря уже об аппаратах, способных в один миг перенестись с места на место и из одного года в другой? Отдельные гении, конечно, могли; но большая часть распознаваемых гениев завоевали для себя надлежащее место в истории, и трудно было решиться рассказать им о ситуации из страха перед возможными переменами...

— Да, — сказал Эверард. — В каком-то смысле свободному оперативнику вроде меня проще. Семейные пары или женщины... Не сочтите за бесцеремонность, но как у вас с детьми?

— О, у нас их двое — дома, в Тель-Авиве, — ответила Яэль Зорак. — Мы рассчитываем наши возвращения таким образом, чтобы не отлучаться из их жизни более чем на несколько дней. — Она вздохнула. — До сих пор не перестаю удивляться, ведь для нас проходят месяцы. — Просияв, она добавила: — Зато когда дети вырастут, они присоединятся к нам. Наш региональный вербовщик уже экзаменовал их и пришел к выводу, что из них получатся превосходные сотрудники.

«А если нет, — подумал Эверард, — сможете ли вы вынести, что на ваших глазах они постареют, будут страдать от грядущих ужасов и наконец умрут, в то время как вы останетесь по-прежнему молоды телом?» Подобная перспектива неоднократно удерживала его от вступления в брак.

— По-моему, агент Эверард имеет в виду детей здесь, в Тире, — сказал Хаим Зорак. — Прежде чем покинуть Сидон — мы воспользовались кораблем, как и вы, потому что не хотели обращать на себя особого внимания, — мы тайно купили у работорговца двух младенцев, взяли их с собой и выдали здесь за своих собственных. Разумеется, мы постараемся обеспечить их, насколько это в наших силах. — Можно было и не объяснять, что в действительности воспитанием этих детей будут заниматься слуги: вряд ли их приемные родители решатся вложить в них много любви. — Это помогает нам выглядеть вполне естественно. Если лоно моей жены более не плодоносит, что ж, это обычное несчастье. Меня, конечно, упрекают, что не беру вторую жену или по крайней мере наложницу, но в целом финикийцы предпочитают заниматься своими делами и не лезут в мои.

— Они вам, видимо, нравятся? — поинтересовался Эверард.

— О да, в общем нравятся. У нас здесь замечательные друзья. Это совсем не лишнее, тем более что мы сейчас живем в переломный момент истории.

Эверард нахмурился и энергично запыхтел трубкой. Деревяшка в его руке нагрелась, превратившись в крохотную топку.

— Вы уверены в этом?

Зораки были удивлены.

— Конечно, — сказала Яэль. — Мы знаем, что это так. Разве вам не объясняли?

Эверард тщательно выбирал слова.

— И да, и нет. После того как мне предложили заняться этим делом и я согласился, меня буквально нашпиговали информацией об этом регионе. В каком-то смысле даже перестарались: за деревьями стало трудно увидеть лес. Мой опыт, впрочем, говорит о том, что до начала самой миссии следует избегать серьезных обобщений. Чтобы, так сказать, можно было за лесом увидеть деревья. Высадившись в Сицилии и отыскав корабль, отправляющийся в Тир, я намеревался на досуге обдумать всю информацию и выработать собственные идеи. Однако план мой сработал не до конца: и капитан, и команда были чертовски любопытны, так что вся моя умственная энергия уходила на то, чтобы отвечать на их вопросы — частенько каверзные — и не сболтнуть ничего лишнего. — Он сделал паузу. — Разумеется, роль Финикии в целом и Тира в частности в еврейской истории очевидна.

Для царства, созданного Давидом из Израиля, Иудеи и Иерусалима, этот город скоро сделался главным источником цивилизирующего влияния, ведущим торговым партнером и окном во внешний мир. В настоящий момент дружбу своего отца с Хирамом продолжал Соломон. Именно тирийцы поставляли ему большую часть материалов и прислали почти всех мастеров для строительства Храма, а также менее знаменитых сооружений. Они пускались в совместные с евреями исследовательские и торговые предприятия. Они ссудили Соломону множество товаров — долг, который он смог выплатить, лишь уступив им два десятка своих деревень... со всеми вытекающими отсюда долговременными последствиями.

Едва заметные поначалу, перемены становились глубже. Финикийские обычаи, представления, верования проникли — к добру или к худу — в соседнее царство; сам Соломон приносил жертвы их богам. Яхве станет единственным Господом евреев, лишь когда Вавилонское пленение вынудит их забыть об остальных, и они пойдут на это, чтобы сохранить самобытность, которую уже потеряли десять их племен. Но прежде царь израильский Ахав возьмет себе в жены тирийскую принцессу Иезавель. И скорее всего, история к ним несправедлива: политика альянсов с другими государствами и внутренней религиозной терпимости, которую они старались проводить, вполне возможно, спасла их страну от разрушения. К сожалению, они наткнулись на противодействие Илии — «сумасшедшего муллы с Галаадских гор», как напишет о нем впоследствии Тревор-Роулер. И все-таки, если бы финикийское язычество не вызывало у пророков такой ярости, еще не известно, удалось ли бы им создать веру, что выстоит несколько тысячелетий и переделает мир.

— О да, — сказал Хаим, — Святая Земля кишит визитерами. На Иерусалимской базе хронические заторы. У нас здесь посетителей гораздо меньше — в основном ученые из различных эпох, торговцы произведениями искусства и тому подобным да иногда богатые туристы. Тем не менее, сэр, я утверждаю, что это место, Тир, настоящее ключевое звено эпохи. — Голос его стал резче: — Да и наши оппоненты, похоже, пришли к тому же мнению, не так ли?

Эверарда сковало оцепенение. Как раз оттого, что, на взгляд человека будущего, известность Иерусалима затмевала известность Тира, эта станция была укомплектована куда хуже других, а это делало ее особенно уязвимой. Если здесь и впрямь проходят корни завтрашнего дня и эти корни обрубят...

Ситуация предстала перед ним с такой ясностью, будто он узнал о ней впервые.

Когда люди построили свою первую машину времени, спустя много веков после родного Эверарду столетия, из еще более отдаленного будущего прибыли супермены-данеллиане, чтобы организовать на темпоральных трассах полицейский контроль. Полиция собирала информацию, обеспечивала управление, помогала потерпевшим аварию, задерживала нарушителей; однако все это было не так существенно по сравнению с ее подлинной функцией, которая заключалась в том, чтобы оберегать данеллиан. Человек не теряет свободу воли только оттого, что отправился в прошлое. Он может воздействовать на ход истории в любом времени. Правда, история имеет свои движущие силы, причем весьма мощные, и незначительные отклонения быстро выравниваются. К примеру, проживет ли некий обычный человек долго или умрет в молодости, добьется чего-то в жизни или нет — несколько поколений спустя ощутимой разницы не будет. А вот, скажем, такие личности, как Салманассар[1], Чингисхан, Оливер Кромвель и В. И. Ленин; Гаутама Будда, Конфуций, Павел Тарский[2] и Магомет ибн Абдалла; Аристотель, Галилей, Ньютон и Эйнштейн... Измени судьбу таких людей, путешественник из будущего, и ты по-прежнему останешься там, где ты есть, но люди, которые произвели тебя на свет, перестанут существовать, и получится так, что их никогда не было. Впереди будет совсем другая Земля, а ты с твоими воспоминаниями превратишься в свидетельство нарушения причинно-следственных связей, в образец первичного хаоса, который лежит в основе мироздания.

Когда-то по долгу службы Эверарду уже приходилось останавливать безрассудных и несведущих, прежде чем они разрушат связь времен. Это случалось не так часто: в конце концов, общества, владеющие секретом путешествий во времени, как правило, подбирают своих эмиссаров довольно тщательно. Однако за миллион или более лет ошибки неизбежны.

Равно как и преступления.

Эверард медленно произнес:

— Прежде чем углубиться в имеющиеся детали...

— Которых у нас кот наплакал, — проворчал Хаим Зорак.

— ...мне хотелось бы, чтобы мы кое-что обсудили. По какой причине бандиты выбрали в качестве жертвы именно Тир? Кроме его связей с Израилем, я хочу сказать.

— Ну что ж, — вздохнул Зорак, — для начала посмотрим, какие политические события произойдут в будущем. Хирам стал самым сильным царем в Ханаане, и его сила переживет его. Тир устроит против ассирийского нашествия, со всеми вытекающими... Его морская торговля будет процветать и распространится столь же широко, как и британская. Он создаст колонии, и главной из них будет Карфаген. — (Эверард сжал губы. У него был уже повод узнать, и куда как хорошо, сколь много Карфаген значил в истории.) — Он подчинится персам, однако в известном смысле добровольно, и, помимо всего прочего, отдаст им большую часть флота, когда они нападут на Грецию. Попытка эта будет, разумеется, неудачной, но представьте, что стало бы с миром, не столк-

---

[1] Правитель Ассирии в XIII веке до н. э. Разгромил царство Митанни, нанес поражение Урарту. Отличался крайней жестокостью.

[2] Имеется в виду один из создателей христианской церкви — св. апостол Павел, который по преданию был родом из турецкого городка Тарс.

нись греки с персидским вызовом. В конечном счете Тир падет перед Александром Великим, однако только после многомесячной осады, что приведет к задержке в его развитии, которая также будет иметь не поддающиеся учету последствия.

Тем временем, как ведущее, по сути, финикийское государство, Тир будет первым в распространении по миру финикийских идей. Да, даже среди греков. Я имею в виду религиозные культы — Афродиты, Адониса, Геракла и других богов, культы, зародившиеся в Финикии. Я имею в виду алфавит — финикийское изобретение. Я имею в виду знания о Европе, Африке, Азии, которые финикийские мореплаватели привезут домой. Наконец, я имею в виду их достижения в кораблестроении и судовождении.

В голосе Зорака появился энтузиазм.

— Но прежде всего я сказал бы о том, что именно Финикия стала родиной демократии и уважения прав личности, признания ее ценности. Не то чтобы финикийцы создали какие-нибудь конкретные теории: философия, как и искусство, никогда не была их сильной стороной. Тем не менее их идеалом стал странствующий торговец, исследователь и предприниматель, человек, который действует на свой страх и риск, самостоятельно принимает решения. Здесь, в Тире, Хирам — не традиционный египетский или восточный владыка-полубог. Трон ему, правда, достался по наследству от отца, но, по сути, он только осуществляет контроль за суффетами — избранными из числа магнатов людьми, без одобрения которых он не может принять сколько-нибудь важного решения. Фактически Тир немного напоминает средневековую Венецианскую республику в период ее расцвета.

У нас нет научного персонала, который проследил бы процесс шаг за шагом, однако я убежден, что греки разработали свои демократические институты под сильным влиянием Финикии и в основном Тира — а откуда вашей или моей стране будет взять их, если не у греков?

Зорак стукнул кулаком по подлокотнику кресла. Другой рукой он поднес ко рту виски и сделал долгий, обжигающий глоток.

— Вот что вызнали эти мерзавцы! — воскликнул он. — Угрожая взорвать Тир, они, если можно так сказать, приставили пистолет к виску всего человечества!

Достав из сундука голокуб, Зорак показал Эверарду, что произойдет через год.

Пленку он снял своеобразной мини-камерой — по сути, молекулярным рекордером XXII столетия, замаскированным под

198

драгоценный камень на кольце. (Слово «снял» едва ли было уместным по отношению к событию, которому надлежало произойти в верхней части временной шкалы, однако английский язык просто не рассчитан на перемещения во времени. Соответствующие формы имелись только в грамматике темпорального.) Зорак, конечно, не был ни жрецом, ни служкой, но, как мирянин, делавший во имя благосклонности богини к его предприятиям щедрые пожертвования, он получил доступ к месту происшествия.

Взрыв имел место (будет иметь место) на этой самой улице, в маленьком храме Танит. Ночью он никому не причинил вреда, однако разрушил внутреннее святилище. Меняя направление обзора, Эверард разглядывал треснувшие и почерневшие стены, осколки жертвенника и идола, разбросанные реликвии и сокровища, покореженные куски металла. Скованные ужасом гиерофанты[1] пытались утихомирить божественный гнев молитвами и жертвоприношениями — как в самом храме, так и по всему городу, который считался священным.

Патрульный настроил голокуб на один из фрагментов пространства и увеличил изображение. Взрыв бомбы разнес носитель на куски, но и по кускам нетрудно было догадаться, как в храм попала бомба. Стандартный двухместный роллер, несметное множество которых заполонило темпоральные трассы, материализовался на мгновение в самом храме, и тут же прогремел взрыв.

— Я незаметно собрал немного пыли и копоти и послал их в будущее для анализа, — сказал Зорак. — Лаборатория сообщила, что взрыв — результат химической реакции, а взрывчатка называется фульгурит-Б.

Эверард кивнул.

— Я знаю, что это такое. Фульгурит появился после нас — в смысле там, в двадцатом веке, — получил широкое распространение и применялся довольно долго. Таким образом, добыть его в достаточном количестве труда не составляет. Выследить источник крайне сложно — так что он гораздо удобнее радиоактивных изотопов. Да и не так много его здесь было нужно... Надо полагать, перехватить машину вам не удалось?

Зорак покачал головой.

— Нет. Точнее, офицерам Патруля не удалось. Они отправились в предшествующее взрыву время, установили различные

---

[1] Здесь: участники массовых богослужений.

приборы — из тех, что можно было замаскировать, но — все случается слишком быстро.

Эверард потер подбородок. Щетина здорово отросла и стала почти шелковистой: бронзовая бритва и отсутствие мыла не способствовали чистому бритью. Даже шершавые щеки лучше, чем это, рассеянно подумал он. По крайней мере привычнее.

Взрыв объяснялся достаточно просто. Машина-бомбардировщик прибыла из какой-то неведомой точки пространства-времени без людей, на автопилоте. Включение двигателя активизировало детонатор, так что материализация машины и взрыв бомбы произошли одновременно. Агенты Патруля сумели засечь момент прибытия, но они оказались бессильны предотвратить взрыв.

Под силу ли это какой-нибудь более развитой цивилизации, например данеллианской? Эверард попытался представить себе смонтированное до взрыва устройство, способное сгенерировать мощное силовое поле и сдержать разрушительную энергию взрыва. Впрочем, раз этого не произошло, значит, это, видимо, просто невозможно. Хотя, скорее всего, данеллиане воздержались от действия, потому что ущерб уже был нанесен: ведь диверсанты могли попробовать еще раз, а подобная игра в кошки-мышки и сама по себе могла сдеформировать пространственно-временной континуум непоправимым образом. Эверард поежился и резко спросил:

— Какое объяснение случившемуся дают тирийцы?

— Ничего догматического, — ответила Яэль Зорак. — Вы же помните, их Weltanschauung[1] отличается от нашего. С их точки зрения, мир отнюдь не управляется законами природы целиком — он непостоянен, изменчив и полон волшебства.

«И ведь они, по сути, правы, не так ли?» Холод, пронзивший Эверарда, стал еще сильнее.

— Если инцидент не повторится, возбуждение утихнет, — продолжала она. — Хроники, зафиксировавшие это событие, будут потеряны. Кроме того, финикийцы не очень-то любят вести хроники. Они решат, что причиной удара молнии был чей-то дурной поступок. Но необязательно поступок человека: это могла быть и ссора между богами. Так что козлом отпущения никто не станет. А через два-три поколения инцидент забудут — если, конечно, не учитывать вероятность того, что он превратится в элемент фольклора.

---

[1] Мировоззрение *(нем.).*

— Это при условии, что вымогатели не взорвут еще чего-нибудь, да посерьезней, — ворчливо произнес Хаим Зорак.

— Да, кстати, давайте взглянем на их послание, — предложил Эверард.

— У нас только копия. Оригинал отправлен в будущее для исследования.

— О, разумеется, мне это известно. Я читал отчет лаборатории. Чернила из сепии[1] на свитке папируса — никаких подсказок. Найдено у ваших дверей. По всей видимости, сброшено еще с одного роллера, который просто пронесся сквозь это пространство-время на автопилоте.

— Не «по всей видимости», а точно, — поправил его Зорак. — Прибывшие агенты установили той ночью приборы и засекли машину. Она появилась примерно на миллисекунду. Они могли бы попытаться задержать ее, но какая была бы от этого польза? В ней наверняка не было ничего, что могло бы послужить подсказкой. К тому же тут не обошлось бы без шума — и уж поверьте, все соседи высыпали бы из домов поглазеть, что происходит.

Он достал документ и протянул его Эверарду. Тот уже ознакомился с текстом во время инструктажа, однако надеялся, что рукописный вариант может хоть что-то ему подсказать.

Слова были написаны тростниковым пером тогдашней эпохи, причем довольно умело. Из чего следовало, что писавший неплохо разбирался в местных обычаях, но это и так не вызывало сомнений. Буквы были печатные, но кое-где с завитушками; язык — темпоральный.

«Патрулю Времени — от Комитета Сильных, привет». По крайней мере никакой болтовни о всяких там народных армиях национального освобождения — типа тех, что вызывали у Эверарда отвращение еще в конце его родного столетия. Эти парни были «честными» бандитами. Если, разумеется, не притворялись таковыми, чтобы получше замести следы.

«Вы уже видели, какие последствия повлекла за собой доставка одной маленькой бомбочки в специально выбранное в Тире место, и наверняка можете представить себе результаты массированной атаки на весь город».

Эверард еще раз угрюмо кивнул. Противникам не откажешь в сообразительности. Угроза убить или похитить кого-либо — скажем, самого царя Хирама — была бы пустячной, если не пустой. Патруль просто снабдил бы охраной любую подобную пер-

---

[1] Светло-коричневая краска, добываемая из выделений каракатицы.

сону. А если нападение вдруг оказалось бы успешным, Патруль всегда мог вернуться в прошлое и сделать так, чтобы в нужный момент жертва находилась где-нибудь в другом месте, — то есть сделать событие «неслучившимся». Само собой, это подразумевало ненавистный патрульным риск и, в лучшем случае, требовало массы дополнительных усилий: нужно убедиться, что будущее не изменится в результате самой спасательной операции. Тем не менее Патруль мог и стал бы действовать.

Но как передвинуть в безопасное место целый остров? Можно, конечно, попытаться эвакуировать население. Но сам город останется. И не такой уж он и большой (а в данном случае не имело значения, сколь крупным он казался в истории) — около 25 тысяч человек ютились на площади примерно в 140 акров, и несколько тонн хорошей взрывчатки легко превратили бы его в руины. Впрочем, в тотальном разрушении даже не было необходимости. После столь ужасного проявления божественного гнева сюда никто бы не вернулся. Тир будет уничтожен, превратится в город-призрак, и тогда все грядущие века и тысячелетия, все человеческие существа с их судьбами и цивилизации, которым Тир помог появиться на свет, станут... нет, даже не призраками, они попросту исчезнут.

Эверард снова поежился. «И пусть кто-нибудь скажет мне, что такой штуки, как абсолютное зло, не существует, — подумал он. — Вот твари...» Он заставил себя продолжить чтение.

«...Цена нашей сдержанности вполне умеренная — всего лишь небольшая информация. Мы желаем получить данные, необходимые для конструирования трансмутатора материи Тразона...»

Когда это устройство только разрабатывалось, в период третьего Технологического Ренессанса, Патруль тайно явил себя ученым-разработчикам, хотя они жили ниже по временной шкале, еще до основания Патруля. После чего применение прибора было жестко ограничено. И так же строго охранялась сама информация о его существовании, не говоря уже о технологии изготовления. Да, способность превратить любой материальный объект, пусть даже кучу грязи, в любой другой, например, в драгоценный камень, машину или живое существо, могла принести всему человеческому роду несметные богатства. Однако проблема заключалась в том, что с такой же легкостью трансмутатор мог выдать несметное количество оружия, ядов, радиоактивных элементов...

«...Вы будете передавать всю надлежащую информацию в цифровой форме по радио из Пало-Альто, Калифория, Соединенные Штаты Америки, в течение двадцати четырех часов в

202

пятницу, 13 июня 1980 г. Волновой диапазон для трансляции... цифровой код... Прием вашей информации будет означать, что ваша временная линия продолжит свое существование...»

Тоже не менее хитроумно. Предложенная форма передачи сообщения практически исключала возможность его перехвата случайным радиолюбителем; кроме того, электронная активность в районе Силиконовой долины была настолько высока, что шансы засечь приемник сводились к нулю.

«...Мы не будем использовать это устройство на планете Земля. Таким образом, Патрулю Времени не следует опасаться за выполнение его Главной Директивы. Напротив, это ваш единственный путь сохранить себя, не так ли?

С наилучшими пожеланиями. Ждем».

Подписи не было.

— Радиопередачи не будет, да? — тихо спросила Яэль. В полумраке комнаты ее сверкающие глаза казались огромными. У нее в будущем — дети, вспомнил Эверард, и они исчезнут вместе с их миром.

— Нет, — сказал он.

— И все-таки наша реальность сохранится! — взорвался Хаим. — Вы прибыли сюда, стартовав позже 1980-го. Стало быть, нам удастся поймать преступников.

Вздох Эверарда, казалось, доставил ему физическую боль.

— Вам ведь прекрасно известна квантовая природа континуума, — невыразительно сказал он. — Если Тир взлетит на воздух, мы-то останемся, а вот наши предки, ваши дети, все то, о чем мы знаем, — прекратит существование. Это будет совсем иная история. И сумеет ли то, что останется от Патруля, восстановить исходную — еще большой вопрос. Я бы даже сказал, очень большой.

— Но что тогда получат преступники? — От волнения у Хаима перехватило горло, он почти хрипел.

Эверард пожал плечами.

— Своего рода удовлетворение, я полагаю. Соблазн сыграть роль Бога бродит в лучших из нас, не правда ли? Да и соблазн сыграть роль Сатаны не есть что-то неслыханное. Кроме того, они наверняка укроются в каком-нибудь предшествующем катастрофе времени, а затем продолжат свои преступные операции. У них появится прекрасная возможность стать властелинами Будущего. Будущего, в котором никто, кроме жалких остатков Патруля, не сможет им противостоять. Ну и как минимум они получат массу удовольствия от самой попытки.

«Порой я и сам бываю раздражен ограничением свободы

моих действий. Любовь, любовь! Могли бы мы с тобой о том условиться с Судьбой. Чтоб изменить Законы Мирозданья...»

— Кроме того, — добавил Эверард, — даннеллиане могут отменить свое решение и приказать нам открыть тайну. Я мог бы вернуться домой и обнаружить, что мой мир изменился. Какая-нибудь мелочь, не столь уж заметная в двадцатом столетии и ни на что серьезно не влияющая.

— А в более поздних столетиях?! — выдохнула Яэль.

— Да. У нас ведь только обещание этих бандитов, что они ограничатся планетами далекого будущего и вне пределов Солнечной системы. Спорить готов на что угодно, что их слово не стоит даже выеденного яйца. Если трансмутатор будет у них в руках, то с какой стати им придерживаться данного касательно Земли обещания? Она всегда будет главной планетой человечества, и я не вижу, каким образом Патруль сможет им помешать.

— Но кто же они? — прошептал Хаим. — У вас есть какие-нибудь догадки?

Эверард отхлебнул виски и затянулся трубочным дымом так глубоко, словно его тепло могло проникнуть в душу.

— Слишком рано говорить об этом, исходя из моего опыта или вашего. Да... Нетрудно понять, что они из далекого будущего, хотя до Эры Единства, что предшествовала даннеллианам, не дотянули. За долгие тысячелетия утечка информации о трансмутаторе неизбежна, и, очевидно, в такой форме, которая позволила кому-то получить четкое представление об этой штуковине и о том, как ее применить. Разумеется, этот «кто-то» и его люди — головорезы без роду и племени: им в высшей степени плевать, что в результате такой акции породившее их общество может исчезнуть вместе со всеми, кого они когда-либо знали. Однако я не думаю, что они, к примеру, нелдориане. Слишком уж тонкая операция. Представьте, какую уйму времени и сил надо было затратить, чтобы хорошо изучить финикийское окружение и установить, что именно Тир является ключевым звеном исторического развития.

Тот, кто все это организовал, просто гений. Но с налетом ребячества — вы заметили, что датой он выбрал пятницу, 13-е? Более того, устраивает диверсию в двух шагах от вашего дома. Модус операнди[1] — и тот факт, что во мне распознали патрульного, — наводят на мысль о... пожалуй, о Меро Варагане.

---

[1] Образ действия (*лат.*). В работе следственных органов некоторых стран — одна из важнейших характеристик преступника (особенности поведения, излюбленные способы совершения преступлений и т. п.)

— О ком?

Эверард не ответил. Он продолжал бормотать, обращаясь в основном к самому себе:

— Может быть, может быть. Не то чтобы это уж очень помогло. Бандиты хорошо подготовились дома, спрятавшись, разумеется, в предшествующем сегодняшнему дню времени... да, им наверняка нужна была информационная базовая линия, покрывающая довольно-таки много лет. А здесь, как назло, недокомплект личного состава. Впрочем, как и во всем Патруле, черт бы все побрал...

«Даже при нашей продолжительности жизни. Раньше или позже, из-за того или другого, но всех и каждого из нас не минует чаша сия. И мы не можем вернуться назад — ни для того, чтобы отменить смерти наших товарищей, ни для того, чтобы увидеть их снова, пока они еще живы, — потому что это создает возмущение во времени, которое запросто может перерасти в гигантский водоворот, а если даже этого не произойдет, то и тогда вызовет слишком много проблем».

— Мы сможем засечь прибытие и отбытие вражеских роллеров, если узнаем, куда и на какое время настраивать наши приборы. Возможно, банда обнаружила штаб-квартиру Патруля именно этим способом, а может быть, они получили информацию обычным порядком, прибыв сюда под видом честных посетителей. Или же они вошли в эту эру где-нибудь в другом месте и добрались сюда привычным здесь транспортом, на вид ничем не отличаясь от бесчисленного множества уроженцев этого времени, — так же, как задумал я.

У нас нет возможности обыскать каждый участок данного пространства-времени. У нас нет людей, к тому же мы не можем допустить возмущений во временном потоке, которыми чревата столь бурная деятельность. Нет, Хаим, Яэль, мы должны найти какую-то подсказку, которая уменьшила бы зону поисков. Но как? С чего начать?

Поскольку его маскировка была раскрыта, Эверард принял предложение Зораков остаться в их гостевой комнате. Здесь будет удобнее, чем на постоялом дворе, и доступ к любой понадобившейся технике гораздо легче. Хотя при этом он будет как бы отрезан от подлинной жизни города.

— Я организую вам беседу с царем, — пообещал ему хозяин. — Никаких проблем: он чудесный человек и непременно заинтересуется таким чужеземцем, как вы. — Зорак усмехнулся. — А стало быть, для сидонийца Закарбаала, который должен поддерживать с тирийцами дружбу, будет вполне естественно проинформировать его о возможности встретиться с вами.

— Прекрасно, — ответил Эверард, — мне также будет приятно нанести ему визит. Возможно, он даже сможет чем-нибудь нам помочь. Между тем... э-э... до захода солнца остается еще несколько часов. Я, пожалуй, пойду поброжу по городу, познакомлюсь поближе. Может, нападу на какой след, если повезет.

Зорак нахмурился.

— Это на вас могут напасть. Я уверен, убийца все еще прячется где-то поблизости.

Эверард пожал плечами.

— Я все же рискну. К тому же еще не известно, кому придется хуже. Одолжите мне, пожалуйста, пистолет. Ультразвуковой.

Он установил мощность оружия на средний уровень — чтобы не убить, но наверняка лишить сознания. Живой пленник был бы самым желанным подарком. И поскольку враг знал об этом, Эверард действительно не ожидал второго покушения на свою жизнь — во всяком случае, сегодня.

— Прихватите заодно и бластер, — посоветовал Зорак. — Они вполне могут напасть с воздуха. Доберутся на роллере до того мгновения, где вы находитесь, зависнут на антигравитаторе и расстреляют в упор. Им-то как раз незачем скрываться.

Эверард повесил кобуру с энергопистолетом рядом с первой. Любой финикиец, которому случится заметить оружие, скорее всего, примет его за амулеты или что-нибудь в этом роде; к тому же Эверард накинул поверх них плащ.

— Не думаю, чтобы моя персона заслуживала таких больших усилий и риска, — сказал он.

— Одну попытку вы уже заслужили, не правда ли? Кстати, как этот парень распознал в вас агента?

— У него, наверное, было описание. Меро Вараган сообразил бы, что на это задание могли послать только нескольких оперативников, включая меня. И это все больше и больше убеждает меня в его причастности к заговору. Если так оно и есть, то противник нам попался подлый и изворотливый.

— Избегайте безлюдных мест, — попросила Яэль Зорак. — Обязательно вернитесь до темноты. Тяжкие виды преступлений здесь редкость, но огней на улицах нет, к ночи они почти вымирают, и вы станете легкой добычей.

Эверард представил было, как охотится в ночи за своим преследователем, однако решил не провоцировать такую ситуацию до тех пор, пока ничего другого не останется.

— О'кей, вернусь к ужину. Интересно будет узнать, на что похожа тирийская пища — не из корабельного рациона, а береговая.

Яэль сдержанно улыбнулась.

— Боюсь, это не бог весть что. Местные жители отнюдь не чревоугодники. Тем не менее я научила нашего повара нескольким рецептам из будущего. Как насчет гефилте[1] на закуску?

Когда Эверард вышел в город, тени были уже длинные, а воздух — прохладнее. Улицы, пересекавшие улицу Лавочников, по-прежнему бурлили, хотя и не более активно, чем ранее. Поскольку Тир и Усу располагались у воды, жара, которая предписывала полуденный отдых жителям столь многих стран, переносилась здесь легче, и ни один настоящий финикиец не стал бы тратить на сон дневные часы, когда можно что-то заработать.

— Хозяин! — раздался радостный крик.

«Ба, да это тот самый пострел с пристани!»

— Привет... э-э... Пуммаирам, — сказал Эверард. Мальчишка, сидевший до этого на корточках, вскочил. — Чего ты ждешь?

Хотя смуглая фигурка склонилась в низком поклоне, веселья в глазах парня было не меньше, чем почтительности.

— Чего же, как не возможности, о которой я молюсь всем сердцем, — возможности снова оказывать услуги его светлости?

Эверард остановился и почесал в затылке. Мальчишка был чертовски проворен и уже, возможно, спас ему жизнь, но...

— Извини, но помощь мне больше не нужна.

— О, господин, вы шутите. Видите, как я смеюсь, восхищенный вашим остроумием. Проводник, осведомитель, защитник от жуликов и... кое-кого почище... Столь великодушный господин, как вы, конечно же, не откажет бедному юноше в такой малости и позволит быть рядом с ним, осчастливит благом своей мудрости и подарит воспоминание, которое не сотрется даже спустя десятилетия после того, как вы позволите мне следовать за вашими августейшими стопами.

Неприкрытая лесть — как и принято в этом обществе, — но его выдавала интонация. Пуммаирам от души веселился, и Эверард сразу это понял. К тому же мальчишку, вероятно, разбирало любопытство, и он не возражал подзаработать еще.

Пуммаирам стоял, выжидающе глядя на гиганта снизу вверх, и едва сдерживал дрожь волнения.

Эверард наконец решился.

— Твоя взяла, мошенник, — сказал он и ухмыльнулся, когда

---

[1] Еврейское блюдо — рыбные шарики, смешанные с яйцами, мацой и т. п.

Пуммаирам закричал и заплясал от радости. В любом случае такой спутник не помешает. Разве он не собирался познакомиться с городом поближе, не ограничиваясь одними достопримечательностями? — А теперь скажи мне, что, по-твоему, ты можешь для меня сделать?

Мальчишка остановился, поднял голову, коснулся пальцами подбородка.

— Это зависит от того, что пожелает мой хозяин. Если у него здесь дела, то какого рода и с кем? Если он ищет развлечений — то же самое. Моему господину нужно лишь сказать.

— Гм-м...

«Итак, почему бы не выложить ему все как есть — в допустимых пределах, разумеется? Если он не потянет, я всегда смогу уволить его. Хотя этот парень, по всей видимости, вцепился в меня как клещ».

— Хорошо, Пум, послушай меня. У меня действительно есть в Тире кое-какие важные дела. Не исключено, что они связаны с суффетами — да и с самим царем. Ты видел, как волшебник уже пытался остановить меня. Да, ты помог мне справиться с ним. Но это может случиться еще раз, и неизвестно, повезет ли мне опять. Рассказать об этом подробнее я не могу. Тем не менее я уверен, что ты понимаешь, как для меня важно побольше узнать, встретиться с разными людьми. Что бы ты посоветовал? Таверну, может быть, где я мог бы угостить посетителей выпивкой?

Веселье Пума сменилось серьезностью. Нахмурившись, он на несколько секунд уставился в пространство, после чего прищелкнул пальцами и хихикнул.

— Придумал! Самое лучшее, что я могу посоветовать для начала, мой господин, — это Главный Храм Ашерат.

— Как? — Пораженный, Эверард пробежался по заложенной в его мозг информации. Ашерат, которую Библия назовет Астартой, была супругой Мелкарта, божественного покровителя Тира, — он же Баал, Мелек, Карт, Сор... Весьма могущественная фигура — богиня, дарующая плодородие человеку, зверю и земле; женщина-воин, которая однажды даже осмелилась спуститься в преисподнюю, дабы вернуть своего возлюбленного из мертвых; морская царица, одним из воплощений которой была, возможно, Танит... Да, в Вавилоне ее звали Иштар, а в греческую мифологию она войдет под именем Афродиты...

— О, многознающий мой господин, без сомнения, помнит, что для заезжего гостя — особенно такого важного, как он, — было бы неосмотрительно не засвидетельствовать свое почтение этой богине, дабы она могла отнестись благосклонно к его планам. Сказать по правде, если жрецы услышат о таком упущении, они выступят против вас. У эмиссаров из Иерусалима уже возникли по этой причине проблемы. К тому же разве освободить женщину от неволи и тоски не доброе дело? — Пум искоса посмотрел на Эверарда, подмигнул ему и подтолкнул его локтем. — Не говоря уже о том, что это еще и приятное развлечение.

Патрульный наконец вспомнил и на какое-то мгновение застыл в нерешительности. Как и большинство других семитских племен того времени, финикийцы требовали от каждой свободнорожденной женщины приносить свою девственность в жертву богине — на манер священных проституток. Пока мужчина не заплатил за ее благосклонность, она не могла выйти замуж. И обычай отнюдь не считался непристойным — он восходил к ритуалам изобилия и страхам каменного века. Кроме того, он, конечно же, привлекал богатых странников и чужеземцев.

— Я надеюсь, вера моего господина не запрещает ему этого? — с тревогой спросил мальчишка.

— М-м-м... нет, не запрещает.

— Прекрасно! — Пум взял Эверарда за локоть и повлек за собой. — Если мой господин позволит своему слуге сопровождать его, то я, скорее всего, смогу подсказать, с кем ему будет полезней познакомиться. Осмелюсь нижайше напомнить, что я всегда рядом с вами и держу глаза и уши открытыми. Они целиком в распоряжении моего хозяина.

Эверард криво усмехнулся и зашагал по улице. Почему бы и нет? Если начистоту, то после долгого морского путешествия он чувствовал себя, так сказать, «на взводе», да к тому же посетить этот святой бордель и впрямь считалось в финикийском обществе проявлением благочестия... А кроме того, возможно, он получит какую-то информацию, связанную с его миссией...

«Но вначале нужно попытаться выяснить, насколько заслуживает доверия мой проводник».

— Расскажи мне что-нибудь о себе, Пум. Мы проведем вместе, может быть, несколько дней, если не больше.

Они вышли на улицу пошире, и теперь им пришлось пробираться сквозь толкающуюся, галдящую, дурно пахнущую толпу.

— Я мало что могу рассказать, великий господин. История бедняка коротка и проста.

Фраза насторожила Эверарда, однако затем, когда Пум заговорил о себе, он понял, что мальчишка поскромничал.

Отца Пум не знал, хотя и предполагал, что это был один из моряков или рабочих, которые частенько посещали некий низкоразрядный постоялый двор в то время, когда Тир еще строился, и имели достаточно средств, чтобы позабавиться с прислуживавшими там девушками. Родился и рос Пум, как щенок, на улице, воспитывала его сама жизнь, питался он чем придется с той самой поры, как научился ходить, попрошайничал и, как подозревал Эверард, порой приворовывал, — короче, крутился как мог, зарабатывая свой местный эквивалент доллара. Тем не менее уже в раннем детстве его приняли служкой в расположенный неподалеку от пристани храм сравнительно малоизвестного бога Баала Хаммона (Эверард припомнил полуразрушенные церкви в трущобах Америки двадцатого столетия). Жрец этого храма, в прошлом человек весьма ученый, к старости раздобрел и спился. Пум понемногу учился у него грамотной речи и всему прочему — словно белка, собирающая орехи в лесу, — пока тот не умер. Более респектабельный преемник старого жреца выставил беспутного кандидата в послушники за дверь. Несмотря на это, Пум успешно обзаводился весьма широкими связями, которые достигали самого дворца: царские слуги нередко появлялись в порту в поисках дешевых развлечений... Все еще слишком юный, чтобы стать каким-нибудь вожаком, он зарабатывал себе на жизнь чем только мог, и уже то, что он дожил до сегодняшнего дня, было большим достижением.

«Да, — подумал Эверард, — похоже, мне повезло. Не то чтобы крупно, но все же».

Храмы Мелкарта и Ашерат стояли друг напротив друга на оживленной площади в центре города. Первый был крупнее, зато второй производил куда более сильное впечатление. За колоннадой портика, украшенной искусными капителями и выкрашенной яркой краской, виднелся мощенный плитами внутренний двор с гигантским медным чаном, наполненным водой для ритуального омовения. Сам храм возвышался в дальнем конце двора, фасад был облицован мрамором, гранитом и яшмой. По обеим сторонам от входа стояли огромные, выше крыши, столбы. (В храме Соломона, который копировал тирийский дизайн, такие столбы будут называться Иахин и Воаз.) Внутри, как вспомнил Эверард, располагалась главная зала для посетителей, а за ней — святилище.

Какая-то часть уличной толпы переместилась с площади во двор и разбилась там на маленькие группки. Мужчины, догадался Эверард, просто искали тихое место, чтобы обсудить какие-то свои дела. Женщин было больше — в основном домохозяйки, каждая с тяжелым узлом на замотанной шарфом голове. Видимо, прервали свои хождения по рынку, чтобы вознести короткую молитву и немного поболтать в свое удовольствие. Служителями богини были мужчины, но здесь, во дворе храма, и женщин встречали радушно.

Когда Эверард, следуя за Пумом, ступил во внутренний двор храма, на него сразу же обратили внимание. Под любопытными взглядами он почувствовал себя неловко, даже смущенно. Жрец сидел за столом, в тени от открытой двери. Не будь на нем раскрашенного во все цвета радуги хитона и серебряного кулона в виде фаллоса, его запросто можно было принять за мирянина. Разве что волосы и борода подстрижены поаккуратней, а так вполне обычное живое лицо с гордым орлиным профилем.

Пум остановился перед ним и с важностью сказал:

— Приветствую тебя, святой человек. Мой хозяин и я желали бы поклониться Повелительнице Любви и Плодородия.

Жрец жестом выказал свою благосклонность.

— Похвально. Чужеземец платит вдвойне. — В его глазах загорелся интерес. — Откуда вы приехали, почтенный странник?

— С северных берегов моря, — ответил Эверард.

— Да-да, это ясно, но ведь земли там обширные и неизведанные. Может быть, вы из страны самих Морских людей? — Жрец указал на табурет, подобный тому, на котором восседал сам. — Прошу вас, садитесь, благородный господин, передохните немного, позвольте мне предложить вам чашу вина.

Мучаясь от того, что вниманием хозяина так легко завладел другой, Пум какое-то время вертелся рядом с ними, но затем успокоился, опустился на корточки, прислонился к одной из колонн и с обиженным видом уставился в пространство. Эверард и жрец неспешно беседовали почти час. Люди стали подтягиваться ближе, кто-то просто слушал, кто-то вступал в разговор.

Время текло незаметно, и Эверард многое узнал. Возможно, полученные сведения и не пригодятся... но кто знает, и в любом случае ему было приятно поболтать со знающим человеком. На землю его вернуло упоминание о солнце. Заходящее светило уже скрылось за крышей портика. Он вспомнил о совете Яэль Зорак и прочистил горло.

— Как ни жаль, друзья мои, но время идет, и мне пора. Если никто не хочет выразить свое почтение богине до нас...

Лицо Пума просияло. А жрец рассмеялся.

— Да, — сказал он, — после столь длительного плавания огонь Ашерат должен гореть жарко. Что ж, добровольное пожертвование составляет полшекеля серебра или можно товаром. Разумеется, богатые и знатные вправе предложить и больше.

Эверард расплатился увесистым куском металла. Жрец повторил жест благосклонности и выдал ему с Пумом по маленькому диску из слоновой кости, украшенному довольно откровенной гравировкой.

— Идите в храм, дети мои, ищите тех, кому вы принесете добро, бросьте это им на колени. Но... вы понимаете, не так ли, уважаемый Эборикс, что вам придется увести вашу избранницу из священного здания? Завтра она вернет жетон и получит благословение. Если у вас поблизости нет своего жилища, можно пойти к моему родичу Ханно — он за вполне умеренную плату сдает чистые комнаты на постоялом дворе, что прямо на улице Торговцев Финиками...

Пум буквально ворвался внутрь. Эверард последовал за ним — более, как он надеялся, степенно. Вслед ему послышались довольно фривольные напутствия, что давно стало частью ритуала и даже придавало ему некое очарование.

Свет масляных светильников едва достигал пределов огромного зала. То здесь, то там он выхватывал из темноты замысловатые фрески, золотые листы с вправленными в них полудрагоценными камнями. В дальнем конце помещения мерцало позолоченное изваяние богини с протянутыми руками — довольно примитивная лепка, но каким-то чудом скульптору удалось передать ощущение сопричастности и сострадания. Эверард ощущал ароматы мирра и сандалового дерева, слышал беспорядочные шорохи и шепот.

Наконец его глаза привыкли к темноте, зрачки расширились, и он разглядел женщин. Числом около сотни, они сидели на табуретах вдоль стен — справа и слева. В самых разных нарядах — от одежд из тонкого полотна до поношенных накидок из грубой шерсти. Одни сидели сгорбившись, другие безучастно смотрели куда-то в пустоту, некоторые делали приглашающие жесты — столь откровенные, сколь позволяли правила, но большинство девушек глядели на бродивших вдоль рядов мужчин одновременно застенчиво и томно. День был самый обычный, и посетителей в этот час набралось немного. Эверард заметил трех или четырех моряков, толстого купца, пару молодых щеголей. Вели они себя довольно сдержанно: как-никак храм.

Пульс Эверарда участился. «Проклятье, — с раздражением подумал он, — с чего я так завожусь? Право же, за свою жизнь я знал немало женщин».

Но тут же им овладела печаль. «Хотя всего лишь дважды — девственниц».

Он шел вдоль рядов, наблюдая, размышляя и стараясь не отвечать на призывные взгляды. Пум разыскал его и дернул за рукав.

— Лучезарный хозяин, — зашептал юноша, — ваш слуга, возможно, нашел то, что вам нужно.

— Да? — Эверард позволил своему спутнику увлечь его к центру зала, где они могли шептаться, не опасаясь, что их услышат.

— Мой господин понимает, что сын нужды никогда еще не бывал в этих стенах, — вырвалось у Пума, — однако, как я уже говорил, у меня есть знакомства, доходящие до самого царского дворца. Мне известно об одной даме, которая всякий раз, когда позволяют служба и Луна, приходит сюда, чтобы ждать и ждать, вот уже третий год. Ее зовут Сараи, она дочь пастуха с холмов. С помощью своего дяди, который служит в дворцовой страже, Сараи получила работу в царском дворце, и, начав всего лишь кухонной прислугой, она теперь помогает господину главному управляющему. Она и сегодня здесь. Поскольку мой хозяин желает наладить такого рода контакты...

Эверард в смущении последовал за своим проводником. Когда они остановились, его горло непроизвольно сжалось. Женщина, ответившая негромким голосом на приветствие Пума, оказалась толстой, маленького роста, с большим носом — только с некоторой натяжкой ее можно было считать просто «не очень красивой» — и явно засиделась в девушках. Однако взгляд, который она подняла на патрульного, был ясен и бесстрашен.

— Не хотели бы вы освободить меня? — тихо спросила она. — Я молилась бы за вас до конца моих дней.

Не дав себе времени передумать, он бросил жетон в ее подол.

Пум отыскал себе красотку, которая появилась в храме впервые и была помолвлена с отпрыском известной семьи. Разумеется, она пришла в уныние, когда ее выбрал такой оборванец. Что ж, это, как говорится, ее проблемы. Может быть, и его тоже, но Эверард за Пума не беспокоился.

Комнаты в гостинице Ханно были совсем крохотные: набитые соломой матрасы в центре — вот и вся обстановка. Сквозь узкие окна, выходившие во внутренний двор, в помещение проникали лучи заходящего солнца, а также дым, запахи улицы и кухни, людская болтовня, заунывные звуки костяной флейты. Эверард задернул служивший дверью тростниковый занавес и повернулся к своей избраннице.

Она опустилась перед ним на колени и словно поникла, кутаясь в свои одежды.

— Я не знаю вашего имени и вашей страны, господин, —

тихо и не совсем уверенно произнесла она. — Не откроетесь ли вы вашей спутнице?

— Ну конечно. — Он назвал ей свое вымышленное имя. — А ты Сараи из Расил-Айин?

— Моего господина послал ко мне тот нищий мальчишка? — Она склонила голову. — О, простите меня, я не хотела показаться дерзкой, просто не подумала...

Он отважился стащить с ее головы платок и погладить волосы. Жесткие, но пышные — они были, пожалуй, самой привлекательной чертой ее внешности.

— Я нисколько не обижен. Знаешь, давай поговорим, а? Может быть, чашу вина, прежде чем... Что ты скажешь?

Она открыла рот от изумления, но ничего не ответила. Он вышел из комнаты, нашел хозяина и распорядился насчет вина.

Спустя какое-то время, когда они уселись на пол и он обнял ее рукой за плечи, Сараи заговорила свободнее. У финикийцев подобные дела долго не затягивали. А кроме того, хоть их женщины и пользовались большим уважением и независимостью, чем женщины многих государств того времени, даже скромное проявление внимания со стороны мужчины приводило к потрясающим результатам.

— ...Нет, я пока не обручена, Эборикс. А в город пришла, потому что мой отец беден и должен содержать моих многочисленных братьев и сестер, но никто из нашего селения не собирался просить моей руки... Может, у вас есть кто-то на примете? — По закону тот, кто заберет невинность девушки, сам стать ее мужем не мог. В сущности, даже ее вопрос в каком-то смысле нарушал закон, запрещавший предварительные сговоры, например с другом. — Я добилась неплохого положения во дворце — если не по должности, то по сути. И я могу командовать слугами, поставщиками, актерами. Я даже собрала себе приданое — небольшое, но... и, может быть, богиня наконец улыбнется мне — после того, как я принесу ей эту жертву...

— Прошу прощения, — сочувственно сказал он, — но я только-только прибыл в Тир.

Он понял — по крайней мере думал, что понял. Она отчаянно хотела выйти замуж — не только для того, чтобы обзавестись мужем и положить конец едва скрываемому презрению и подозрительности, с которыми относились к незамужним, сколько чтобы иметь детей. Для этих людей не было ничего более ужасного, чем умереть бездетным, — все равно что сойти в могилу дважды... Выдержка оставила ее, и она заплакала, уронив голову ему на грудь.

Становилось темнее. Эверард решил забыть о страхах Яэль (и — он усмехнулся — о нетерпении Пума) и никуда не спешить, чтобы все было по-человечески — хотя бы потому, что Сараи заслуживает нормального человеческого отношения, — дождаться темноты, а затем дать волю своему воображению. После чего он обязательно проводит ее домой.

Зораки здорово перенервничали, потому что их гость вернулся лишь глубокой ночью. Он не стал рассказывать им, чем занимался, они тоже не выспрашивали. В конце концов, они просто «локальные» агенты, талантливые люди, которые успешно справляются с тяжелой, зачастую полной неожиданностей работой, но отнюдь не детективы.

Эверард чувствовал, что нужно извиниться перед ними за испорченный ужин: они действительно старались и приготовили нечто необычное. Как правило, главная трапеза проходила в середине дня, по вечерам же подавалась только легкая закуска. А причина тому — всего лишь тусклые светильники: при таком освещении готовить что-то очень сложное было бы слишком хлопотно.

Тем не менее технические достижения финикийцев заслуживали восхищения. После завтрака, довольно скромного — чечевица с луком и сухари, — Хаим упомянул о водопроводных сооружениях. Дождеулавливающие емкости работали достаточно эффективно, но их попросту было мало. Хирам не желал, чтобы Тир зависел от поставок из Усу или чтобы он был связан с материком длинным акведуком, который мог бы послужить врагам мостом. Как и у сидонийцев в недавнем прошлом, его ученые разрабатывали проект извлечения пресной воды из ключей на морском дне.

Ну и конечно, восхищали накопленные финикийцами знания, навыки и мастерство в области красильных и стекольных работ, не говоря уже о морских судах — когда эти суда, на первый взгляд не особенно прочные, начнут ходить так же далеко, как будущие британские, они окажутся на удивление крепкими и надежными.

«Кто-то в нашем веке назвал Финикию Пурпурной империей... — размышлял Эверард. — И я не удивлюсь, узнав, что Меро Вараган питает слабость к этому цвету. Хадсон[1] тоже называл в свое время Уругвай Пурпурной страной. — Он отрывисто рассмеялся. — Любопытное совпадение, хотя, конечно, все это

---

[1] У. Г. Хадсон — английский поэт и писатель-натуралист (1841—1922), автор романа «Пурпурная страна».

глупо... Краска багрянки[1] обычно содержит в себе больше красного, нежели синего. А кроме того, когда мы столкнулись впервые, Вараган проворачивал свои грязные дела гораздо дальше к северу от Уругвая. И строго говоря, у меня пока нет никаких доказательств, что он замешан в этом деле, — только предчувствие».

— Что такое? — спросила Яэль, бросив на Эверарда взгляд сквозь струящийся солнечный свет, косо падавший от выхода во внутренний дворик.

— Нет, пока ничего.

— Вы уверены? — пытливо спросил Хаим. — Ваш опыт наверняка поможет нам вспомнить что-то существенное, что может стать ключом к разгадке. В любом случае мы здесь здорово истосковались по новостям из других эпох.

— Особенно о таких чудесных приключениях, как ваши, — добавила Яэль.

Губы Эверарда изогнулись в улыбке.

— Как говорил один писатель, приключение — это когда кто-то другой переносит чертову уйму трудностей за тысячи миль от тебя, — произнес он. — А когда ставки высоки, как сейчас, ситуация вовсе не напоминает приключение. — Он сделал паузу. — Я, конечно, могу рассказать одну историю, но так, без особых подробностей, потому что предшествующие события довольно запутанны. И... Слуга больше не зайдет?.. Тогда я, пожалуй, выкурил бы трубочку. Кстати, не осталось ли в горшке еще немного этого восхитительного кофе? То, что в этой эпохе не знают кофе, только усиливает удовольствие.

Он уселся поудобнее, затянулся, наслаждаясь вкусом табака, и ощутил, как тепло нового дня разливается по всему телу.

— Мне было предписано отправиться в Южную Америку, в Колумбийский регион, в конец 1826 года. Местные патриоты под предводительством Симона Боливара сбросили испанское владычество, однако столкнулись со множеством собственных проблем. В их число входила и тревога за самого Освободителя. В конституцию Боливии тот включил положения, которые давали ему чрезвычайные полномочия пожизненного президента. Собирался ли он превратиться в некоего Наполеона и подчинить себе все новые республики? Командующий войсками Венесуэлы, которая тогда входила в состав Колумбии и называлась Новой Гранадой, поднял восстание. Не то чтобы этот Хосе Паэс был

_____

[1] Морской моллюск, из выделений которого тирийцы получали знаменитый пурпурный краситель.

таким уж альтруистом — скорее наоборот. Грубый, жестокий человек — одним словом, негодяй. Впрочем, детали не имеют значения. Я и сам не помню их как следует. Суть в том, что Боливар, который тоже родился в Венесуэле, прошел маршем от Лимы до Боготы. Это заняло у него всего два месяца — по тем временам, недолго. Овладев очередным районом, он вводил там военный режим в рамках президентского правления и продолжал двигаться в глубь Венесуэлы, на Паэса. Кровопролитие становилось все более массовым.

Тем временем агенты Патруля, осуществлявшие контроль над историей, обнаружили, что все идет как-то не так... Боливар вел себя отнюдь не как самоотверженный гуманист, каким, в общем, описывали его биографы. Он обзавелся невесть откуда появившимся другом, которому полностью доверял. Порой этот человек давал ему блестящие советы. Однако создавалось впечатление, что он может превратиться в злого гения Боливара. А биографы о нем никогда даже не упоминали...

Я оказался в числе оперативников, которых направили на расследование. Причиной тому послужили некоторые изыскания, проведенные мной в этой глухомани еще до того, как я впервые услышал о Патруле. Они-то, кстати, и породили во мне несколько необычное предчувствие по поводу того, что надо делать. Мне нипочем не удалось бы выдать себя за латиноамериканца, однако я мог стать янки, наемником, который, с одной стороны, пылко поддерживает Освобождение, с другой — надеется на нем заработать, а главное — будучи в достаточной степени macho[1] — тем не менее свободен от традиционного американского высокомерия, что оттолкнуло бы этих гордых людей.

Расследование шло долго и в общем-то скучно. Поверьте мне, друзья мои, девяносто девять процентов оперативной работы сводится к терпеливому сбору малоинтересных и обычно не относящихся к делу фактов, причем все время то гонка идет, то сидишь и чего-то ждешь. Скажу лишь, что мне попросту повезло, и я довольно быстро сумел внедриться, завести нужные знакомства, раздать кому надо взятки, найти информаторов и получить необходимые сведения. В конце концов никаких сомнений не осталось: этот неясного происхождения Бласко Лопес прибыл из будущего.

Я вызвал наших парней, и мы ворвались в его дом в Боготе. Люди, что мы захватили, были по большей части из местных — безобидные крестьяне, которых наняли в качестве прислуги, од-

---

[1] Мужественным (исп.).

нако и то, что они сообщили, оказалось полезным. Сопровождавшая Лопеса любовница была его сообщницей. Она рассказала нам гораздо больше прочих — в обмен на то, что ей предоставят удобное жилище на планете изгнания. Однако сам главарь вырвался на свободу и бежал.

Один-единственный всадник, направлявшийся в сторону Восточных Кордильер, которые виднелись на горизонте... один-единственный всадник, который ничем не отличался от десяти тысяч истинных креолов... мы не могли использовать для его поиска темпороллеры. Нас бы сразу заметили. Кто знает, к какому результату это могло привести... Заговорщики и без того нарушили стабильность временного потока.

Я оседлал коня, прихватил еще пару на смену, взял немного вяленого мяса и витаминных пилюль для себя и пустился в погоню...

С глухим гулом ветер устремлялся вниз по склону горы. Трава и редкие низкорослые кусты дрожали под его леденящими порывами. Выше начинались голые скалы. Справа, слева, сзади в бледно-голубую бездну неба возносились горные пики. А над головой, высматривая чью-нибудь смерть, выписывал гигантские круги кондор. Снежные шапки вершин сверкали в лучах заходящего солнца.

Раздался мушкетный выстрел. Стреляли издалека, звук напоминал скорее сухой щелчок, хотя и его подхватило эхо. Эверард услышал жужжание пули. Близко! Он пригнулся в седле и пришпорил своего скакуна.

«Вараган не может всерьез рассчитывать, что попадет в меня с такого расстояния, — пронеслось в его голове. — Что же тогда? Надеется, что это меня задержит? Если так, он все равно выиграет не много — какая ему от этого польза? Что же он задумал?»

Враг все еще опережал его на полмили, однако Эверард уже видел, как бредет, шатаясь, его обессиленная лошадь. Чтобы напасть на след Варагана, Эверарду потребовалось определенное время: пришлось расспрашивать пеонов и пастухов, не встречался ли им такой-то человек. Лошадь у Варагана была всего одна, и, если бы он гнал ее слишком сильно, он мог остаться вообще без лошади. Так что, напав на след, Эверард кинулся в погоню и довольно быстро нагнал Варагана, ни разу не сбившись с пути благодаря своей подготовке.

Эверард знал, что у беглеца был лишь мушкет. С тех пор как патрульный показался в поле его зрения, Вараган тратил порох и пули довольно свободно. Поскольку перезаряжал он быстро, а стрелял метко, приблизиться к нему не удавалось. Но какое убежище он надеялся найти в этих пустынных местах? Похоже было, что Вараган направляется к одной из скал. Скала эта бросалась в глаза — не только высотой, но и формой: она напоминала башню замка. Впрочем, до крепости ей далеко. Если Вараган укроется за ней, Эверард сможет использовать свой бластер и обрушить на голову врага расплавленные камни.

Может, Вараган не знает, что у агента имеется подобное оружие? Вряд ли. Каким бы чудовищем он ни был, не дурак же он, в самом деле.

Эверард опустил вниз поля шляпы и плотнее закутался в пончо, спасаясь от холодного ветра. Смысла доставать бластер пока не было, но, будто повинуясь инстинкту, его левая рука устремилась к кремневому пистолету и сабле на боку. Это оружие он носил главным образом для того, чтобы лучше вписываться в выбранную роль, ну и конечно, так вызывал больше уважения у местных жителей. Однако привычная тяжесть у бедра как-то даже успокаивала и придавала уверенности.

Остановившись и выстрелив, Вараган снова двинулся вверх по склону, на сей раз даже не перезарядив мушкет. Эверард погнал коня галопом и еще более сократил разделявшее их расстояние. Но теперь он держался настороже — страха Эверард не испытывал, но настороженность не отпускала — в любую секунду он готов был нагнуться в сторону или спрыгнуть на землю и спрятаться за животное. Но ничего неожиданного не происходило, и безрадостный марш по холодным просторам продолжался. Может, Вараган истратил весь порох? «Внимательней, старина Мэнс, внимательней». Редкая альпийская трава кончилась, лишь кое-где между валунами еще встречались жидкие пучки, и под копытами зазвенел камень.

Вараган остановил коня у скалы и замер в ожидании. Мушкет висел в чехле, а руки беглеца покоились на седельной луке. Его лошадь дрожала и шаталась от усталости, голова ее поникла, на боках и на гриве висели клочья пены.

Эверард вытащил свой энергетический пистолет и направил коня к беглецу. Одна из запасных лошадей за его спиной заржала. Вараган по-прежнему ждал.

Не доезжая до него трех ярдов, Эверард остановился.

— Меро Вараган, ты арестован Патрулем Времени, — объявил он на темпоральном языке.

Тот улыбнулся.

— Право, сударь, вы в лучшем положении, — ответил он тихим голосом. — Не окажете ли вы мне честь, сообщив свое имя и происхождение?

— Э-э... агент-оперативник Мэнсон Эверард, родом из Соединенных Штатов Америки около ста лет вперед. Но это к делу не относится. И хватит в игры играть. Ты возвращаешься со мной. Оставайся на месте, пока я не вызову роллер. И предупреждаю: одно неверное движение — и я стреляю. Ты слишком опасен, и я пристрелю тебя без всяких угрызений совести.

Вараган развел руками.

— В самом деле? Что же ты знаешь обо мне такого, агент Эверард, — или думаешь, что знаешь, — чтобы оправдать столь жестокие меры?

— В моих глазах, человек, который в меня стреляет, уже, мягко говоря, не очень хороший человек.

— Может, мне показалось, что ты бандит — из тех, что часто нападают на путников в этих местах. Однако какое преступление мне приписывают?

Эверард потянулся было свободной рукой в карман за коммуникатором, но на мгновение замер словно завороженный и взглянул на своего противника, щуря глаза от ветра.

Меро Вараган сидел, гордо выпрямившись и расправив широкие плечи, — он даже казался выше, чем на самом деле. Ветер трепал черные волосы, обрамляющие бледное лицо, с белизной которого не могли справиться ни солнце, ни непогода. Гладкие щеки, ни даже намека на щетину — словно молодой Цезарь, только черты лица слишком уж тонкие. Большие зеленые глаза Варагана смотрели прямо, вишнево-красные губы изогнулись в улыбке. Его черные одежды, включая сапоги и развевающийся за плечами плащ, были отделаны серебром, и на фоне похожей на башню скалы он вдруг напомнил Эверарду Дракулу[1].

Голос Варагана по-прежнему звучал тихо:

— Очевидно, твои коллеги выудили информацию у моих. Надо полагать, ты поддерживал с ними контакт и поэтому уже знаешь имена и кое-что о нашем происхождении...

«Тридцать первое тысячелетие. Преступная группировка, сложившаяся после неудачной попытки экзальтационистов сбросить бремя цивилизации. За время пребывания у власти обзавелись машинами времени. Их генетическое наследие... Ницше мог бы их понять. Я не пойму никогда».

— ...но знаешь ли ты истинную цель нашего пребывания здесь?

— Вы собирались изменить ход истории, — резко ответил

---

[1] Персонаж одного из романов английского писателя Б. Стокера, человек-вампир.

220

Эверард. — Мы едва успели помешать вам. И теперь нам предстоит сложная воспитательная работа. Зачем вам все это понадобилось? И как вы вообще решились на столь... столь безответственные действия?

— По-моему, лучше сказать «эгоистичные», — усмехнулся Вараган. — Власть личности, неограниченные возможности... Сам подумай. Так ли было бы плохо, если бы Симон Боливар создал в испанской Америке настоящую империю вместо скопища драчливых государств-наследников? Это и цивилизованно, и прогрессивно. Представь, скольких страданий и смертей можно было бы избежать.

— Замолчи! — Эверард почувствовал, как нарастает его гнев. — Вы прекрасно знаете, что это невозможно. У Боливара не было ни людей, ни коммуникаций, ни поддержки. Да, для многих он герой, но у многих других он вызывает ярость — например, у перуанцев, после того как он отделил Боливию. А о чем он будет стонать на смертном одре? Да о том, что все его старания построить стабильное общество были лишь попытками «вспахать море». Если бы вы и впрямь намеревались объединить хотя бы часть континента, вам следовало отправиться в другое время и другое место.

— В самом деле?

— Да. Есть только одна возможность. Я изучал ситуацию. В 1821-м Сан-Мартин вел переговоры с испанцами в Перу — он тогда вынашивал идею основать монархию под властью кого-то вроде Дона Карлоса, брата короля Фердинанда. Монархия могла бы включать территорию Боливии и Эквадора, а позднее, может быть, Аргентины и Чили, поскольку у такого объединения было бы гораздо больше преимуществ, даже чисто географических, по сравнению с союзом, созданным Боливаром. Спросишь, чего ради я все это тебе рассказываю?.. Да просто хочу доказать тебе, мерзавец, что я вижу, что все это ложь. Вы, очевидно, тоже неплохо подготовились.

— Какова же тогда, по-твоему, наша истинная цель?

— Яснее ясного. Заставить Боливара переоценить свои силы. Он же идеалист, мечтатель, а не просто воин. Если он не рассчитает свои силы, всему этому региону грозит хаос, который может распространиться и на оставшуюся часть Южной Америки. Вот тут-то вам и выпадет шанс захватить власть!

Вараган передернул плечами, словно кот. Кот-оборотень.

— По крайней мере, — сказал он, — в такой схеме есть некий элемент мрачного великолепия.

Неожиданно в воздухе появился темпороллер и завис в

двадцати футах над ними. Водитель ухмыльнулся и нацелил на Эверарда свое оружие. Не вставая с седла, Меро Вараган помахал рукой самому себе, восседавшему в машине времени.

Дальше все произошло мгновенно. Каким-то образом Эверарду удалось освободиться от стремян и броситься на землю. Пораженный энергетическим разрядом, его конь пронзительно заржал. Пахнуло дымом и опаленной плотью. Но не успело мертвое животное рухнуть на землю, как Эверард, прячась за телом коня, произвел ответный выстрел.

Должно быть, роллер противника чуть переместился. Конь упал, но Эверард успел отскочить и продолжал стрелять то вверх, то в сторону первого Варагана. Тот тоже соскочил с лошади и укрылся за обломком скалы. В воздухе с треском метались молнии энергетических разрядов. Свободной рукой Эверард выхватил из кармана коммуникатор и надавил большим пальцем на красную кнопку.

Вражеский роллер спикировал за скалу, и спустя секунду оттуда донесся громкий хлопок — схлопнулся на месте исчезнувшей машины времени воздух, — а затем ветер донес резкий запах озона.

Появилась машина Патруля. Но было уже поздно. Меро Вараган уже увез самого себя — раннего себя — в неведомую точку пространства-времени.

— Да, — закончил Эверард, невесело кивнув, — таков был его план, и он сработал, черт подери. Добраться до какого-нибудь приметного объекта местности и отметить точное время на часах. То есть он знал — будет знать позже, — куда и в какое время нужно попасть, чтобы спасти самого себя.

Зораков этот рассказ буквально шокировал.

— Но... но причинно-следственная петля такого рода... — проборматал Хаим. — Он что, вообще не понимает, какой опасности подвергается?

— Без сомнения, понимает, в том числе и то, что мог сделать так, словно его никогда и не было, — ответил Эверард. — Но с другой стороны, Вараган полностью готов к тому, чтобы уничтожить будущее в пользу варианта истории, где он мог бы достичь высокого положения. Он абсолютно лишен страха, ему на все наплевать. Все руководство экзальтационистов таково, это заложено на генетическом уровне.

Он вздохнул.

— Такие понятия, как дружба или преданность, у них также отсутствуют. Вараган и все его возможные сообщники не сделали и попытки спасти тех, кого мы схватили. Они просто исчезли, скрылись. С того самого времени, если можно так сказать, мы ждали их нового появления, и это вот хулиганство в храме как раз в их духе. Но конечно же — опять из-за риска временной петли — я не могу слетать в будущее и узнать, какой рапорт подам по завершении операции. Если «завершение» будет у операции, а не у меня.

Яэль тронула его за руку.

— Я уверена, вы победите, Мэнс, — сказала она. — А что случилось в Южной Америке потом?

— Потом? Когда Вараган перестал подавать дурные советы, которые сам он дурными не считал, Боливар вернулся к своим естественным методам, — ответил им Эверард. — Он заключил мирное соглашение с Паэсом и объявил всеобщую амнистию. Позднее на него обрушилось множество несчастий, но он справился с ними — справился ловко и к тому же вполне гуманными методами. То есть сумел защитить и экономические интересы своего народа, и культуру страны. Когда он умер, от унаследованного им громадного состояния почти ничего не осталось, поскольку он за всю свою жизнь не взял ни единого сентаво из общественных денег. Прекрасный правитель, один из лучших в истории. Таков же и Хирам, как я предполагаю, но только и его правление находится под угрозой со стороны этого бродячего дьявола.

У выхода Эверарда, разумеется, поджидал Пум, который тут же вскочил ему навстречу.

— Куда мой славный хозяин хотел бы пойти сегодня? — пропел он. — Позвольте вашему слуге сопровождать вас, куда бы вы ни собирались. Может быть, навестите Конора, торговца янтарем?

— А? — От неожиданности патрульный вытаращил на Пума глаза. — С чего ты взял, что у меня есть какие-то дела к... таким особам?

Пум поднял на него почтительный взгляд, но хитрые искорки в глазах выдавали его сразу же.

— Разве мой господин не упоминал об этом своем намерении на борту корабля Маго?

— А ты откуда об этом знаешь? — рявкнул Эверард.

— Ну... я разыскал людей из команды, разговорил их, выудил кое-что. Ваш смиренный слуга вовсе не хотел выведывать то, что он знать не должен. Если я перешел границы допустимого, припадаю к вашим ногам и молю о прощении. Моим единственным желанием было узнать побольше о планах моего хозяина, чтобы я мог прикинуть, как ему помочь наилучшим образом. — Пум лучезарно улыбался с нескрываемой дерзостью.

— О, понимаю. — Эверард дернул себя за ус и огляделся по сторонам. В пределах слышимости никого не было. — Ну, коли так, знай, что это лишь притворство. На самом деле меня привели сюда совсем иные дела.

«Как ты уже должен был догадаться, увидев, что я сразу же направился к Закарбаалу и остановился у него», — добавил он про себя. Далеко не в первый раз случай напоминал ему, что люди любой эпохи могут быть столь же проницательны, как и представители далекого будущего.

— О! И разумеется, это дела величайшей важности. Но не беспокойтесь, на устах вашего слуги печать молчания.

— И пойми, я не вынашиваю никаких враждебных замыслов. Сидон и Тир — друзья. Скажем так: мне хотелось бы организовать совместную торговлю в очень больших масштабах.

— Чтобы увеличить обмен товаром с народом моего господина? Но ведь тогда вам как раз и нужно посетить вашего земляка Конора, разве не так?

— Нет! — Эверард осознал, что почти кричит. Справившись с собой, он продолжил: — Конор не земляк мне, во всяком случае, не в такой степени, как, например, тебе. У моего народа нет единой страны. Весьма вероятно, что мы друг друга просто не поймем, потому что родные языки у нас разные.

Это было более чем вероятно. Эверарда и без того напичкали выше головы всевозможной информацией о Финикии — не хватало ему еще и кельтского языка. Он знал лишь несколько фраз, и этого ему вполне хватало, чтобы сойти за кельта среди финикийцев. Во всяком случае, он надеялся.

— Сегодня, — сказал Эверард, — я хотел бы попросту прогуляться по городу, а Закарбаал тем временем попытается устроить мне аудиенцию у царя. — Он улыбнулся. — И здесь я целиком передаю себя в твои руки.

Пум засмеялся и хлопнул в ладоши.

— Как мудр мой господин! А к вечеру он сам решит, получил ли он что искал — будь то удовольствие или нужные сведения, — и, возможно, сочтет в великодушии своем необходимым вознаградить своего проводника.

Эверард ухмыльнулся.

— Ну так показывай, на что ты способен, проводник.

Пум потупил взгляд.

— Может быть, мы заглянем сначала на улицу Портных? Вчера я позволил себе заказать там новое одеяние, которое теперь должно быть готово. Несмотря на необыкновенную щедрость моего хозяина, бедный юноша не осилит цену платья, поскольку придется заплатить и за скорость, и за прекрасный материал. Негоже ведь спутнику великого господина ходить в таких лохмотьях.

Эверард тяжело вздохнул, хотя на самом деле не имел ничего против.

— Я понимаю. Прекрасно понимаю! Не пристало тебе самому покупать себе одежду. Это недостойно моего положения. Что ж, идем, и я куплю тебе яркое достойное одеяние.

Хирам заметно отличался от большинства своих подданных. Он был выше, светлее лицом; рыжеватые волосы и борода, глаза серые, прямой нос. Внешностью он напоминал Морской народ — пиратскую шайку изгнанных с родного острова уроженцев Крита и варваров с европейского Севера, которые два столетия назад неоднократно совершали набеги на Египет и, можно сказать, стали предками филистимлян. Другая, меньшая часть шайки, осевшая в Ливане и Сирии, породнилась с племенами бедуинов, которые и сами уже пытались заниматься мореплаванием. Отсюда и возникли финикийцы. И кровь захватчиков все еще проявлялась в облике местной знати.

Дворец Соломона, который будет прославлен в Библии, станет лишь уменьшенной копией того дома, в котором проживал Хирам. Однако одевался царь просто — обычно в белый льняной халат с пурпурной отделкой и сандалии из тонкой кожи; золотая лента на голове и массивное кольцо с рубином служили символами царской власти. Да и манеры были так же просты. Средних лет мужчина, он все еще казался моложе и был по-прежнему силен и полон энергии.

Они с Эверардом сидели в просторной, изящной и наполненной свежим воздухом комнате, которая выходила окнами в уединенный сад с садком для рыбы. Соломенную циновку под ногами покрывали тонкие узоры. Фрески на выбеленных стенах нарисовал художник, привезенный из Вавилона: они изображали деревья, цветы и крылатых химер. Между мужчинами стоял низкий столик из эбенового дерева, инкрустированный перламутром. На нем были расставлены стеклянные чаши с неразбавленным вином и блюда с фруктами, хлебом, сыром, сладостями. Красивая девушка в полупрозрачном платье, примостившись на коленях рядом с ними, пощипывала струны лиры. Двое слуг ожидали приказаний чуть поодаль.

— Ты полон тайн и загадок, Эборикс, — проворчал Хирам.

— Безусловно... но моя таинственность не вызвана желанием утаить что-то от вашего величества, — осторожно ответил Эверард. Одного взгляда царя достаточно охранникам, чтобы убить его. Впрочем, это было маловероятно: статус гостя священен. Но если он вызовет у царя раздражение, вся его миссия окажется под угрозой. — Если я и не могу до конца объяснить какие-то вещи, то оттого лишь, что мои знания о них незначительны. Но дабы не ошибиться, я также не рискну предъявлять необоснованные обвинения против кого-либо.

Хирам соединил пальцы мостиком и нахмурился.

— Тем не менее ты утверждаешь, что мне грозит опасность, хотя ранее говорил совсем иное. Сдается мне, ты отнюдь не тот прямодушный воин, за которого пытаешься себя выдать.

Эверард изобразил на лице улыбку.

— Мой мудрый повелитель хорошо знает, что необразованный странник из дальних земель не обязательно глупец. Я позволил себе сказать... э-э... слегка завуалированную правду. Мне пришлось так поступить... Но ведь так же поступает любой тирийский торговец, если хочет заключить выгодную сделку, а?

Хирам рассмеялся и расслабился.

— Продолжай. Если ты и мошенник, то, по крайней мере, мошенник забавный.

Психологи Патруля весьма основательно продумали легенду. Сразу она не убеждала — но этого-то они как раз и добивались. Нельзя безоглядно торопить события и подталкивать царя к действиям, которые способны изменить всю известную историю. Тем не менее рассказ должен был прозвучать достаточно убедительно, чтобы царь согласился поспособствовать расследованию, ради которого Эверард здесь и появился.

— Узнай же, о повелитель, что отец мой был вождем в горной стране, что лежит далеко за морем. — Речь шла о Халльштатском регионе Австрии.

Эверард рассказал Хираму о том, что многие кельты, пришедшие в Египет вместе с Морским народом, после сокрушительного поражения, которое нанес этим полувикингам Рамзес III в 1149 году до Рождества Христова, бежали обратно на родину. Потомки их сохранили кое-какие связи (главным образом по Янтарному пути) с потомками кровных родственников, осевших в Ханаане с позволения победоносного фараона. Но старые амбиции не были забыты: кельты всегда отличались долгой памятью, и, по слухам, планировалось новое вторжение. Слухи подтвердились, когда, волна за волной, по обломкам микенской цивилизации варвары спустились в Грецию. По Адриатике и Анатолии словно пронесся разрушительный смерч.

Эверард прекрасно знал о шпионах, которые, помимо этого, выполняли роль эмиссаров царей филистимлянских городов-государств. Дружелюбие Тира по отношению к евреям не могло вызвать любовь филистимлян, а богатство Финикии служило вечным соблазном. Планы зрели медленно, неравномерно, в течение не одного поколения. Сам Эборикс не мог сказать с уверенностью, как далеко уже зашли приготовления к походу на юг армии кельтских авантюристов.

Хираму он честно признался, что и сам думал, не присоединиться ли ему к такому отряду вместе со своими людьми. Но вражда между кланами переросла в открытые столкновения, которые закончились поражением его клана и убийством его отца. Эбориксу едва удалось унести ноги. Желая мести так же сильно, как и упрочения своего положения, он прибыл в Тир с надеждой, что город, благодарный за его предупреждение, сочтет возможным по крайней мере предоставить ему средства, чтобы нанять солдат, которые помогли бы ему вновь вступить во владение своими землями.

— Но ты не представил мне никаких доказательств, — задумчиво произнес царь. — Ничего, кроме твоих слов.

Эверард кивнул.

— Мой повелитель видит ясно — как Ра, Сокол Египта. Разве я не сказал заранее, что могу ошибаться, что, возможно, никакой реальной угрозы нет, а есть лишь сплетни и пустая болтовня глупых обезьян? Тем не менее я молю, чтобы мой повелитель распорядился расследовать это дело со всей возможной тщательностью — просто спокойствия ради. И я готов стать вашим покорной слугой, который мог бы помочь в таком дознании. Я знаю мой народ, его обычаи, а кроме того, по пути через континент я встречал множество различных племен и побывал в разных странах. Теперь я чую коварство лучше всякой ищейки.

Хирам дернул себя за бороду.

— Возможно. В таком заговоре непременно должно участвовать много народу: кучка диких горцев и несколько филистимлян из числа знати здесь ничего не сделают... Люди из разных земель... Однако чужеземцы приезжают и уезжают, вольные как ветер. Кто выследит ветер?

Сердце Эверарда учащенно забилось. Вот оно — мгновение, которого он ждал.

— Ваше величество, я много размышлял об этом, и боги подсказали мне несколько идей. Думаю, что в первую голову нам надлежит искать не обычных торговцев, капитанов и матросов, а странников из тех земель, которые тирийцы посещают редко или совсем не посещают; странников, которые задают вопросы, не имеющие отношения к торговле или выходящие за пределы обычного любопытства. Желая узнать как можно больше, они будут стремиться проникнуть и в общество знати, и на самое дно общества. Не припомнит ли мой повелитель кого-либо, кто отвечает такому описанию?

Хирам покачал головой.

— Нет. Нет, пожалуй. Я непременно услышал бы о таких людях и пожелал бы встретиться с ними. Моим приближенным известно, что я всегда жажду новых знаний и свежих вестей. — Он усмехнулся. — О чем свидетельствует хотя бы то, что я пожелал принять тебя.

Эверарду пришлось проглотить свое разочарование. На вкус разочарование оказалось довольно кислым. «Но мне и не следовало ожидать, что сейчас, накануне удара, враг будет действовать столь открыто. Ему ведь известно, что Патруль тоже не сидит без дела. Нет, очевидно, он провел всю подготовительную работу, собирая информацию о Финикии и ее слабых местах, раньше. Возможно, очень давно».

— Мой повелитель, — сказал он, — если угроза действительно существует, то планы вынашивались уже давно. Осмелюсь ли я попросить ваше величество подумать еще раз? Царь в своем всеведении может припомнить что-то подобное, что было годы назад.

Хирам опустил взгляд и собрался с мыслями. От волнения Эверард весь покрылся испариной. Лишь усилием воли он заставил себя сидеть неподвижно и наконец услышал негромкие слова:

— Что ж, в конце правления моего прославленного отца, царя Абибаала... да... какое-то время у него гостили чужеземцы, ставшие предметом слухов. Они прибыли из страны, о которой мы никогда ничего не слышали... Искатели мудрости с Дальнего Востока, как они говорили о себе... А сама страна?.. Си-ан? Нет, вряд ли. — Хирам вздохнул. — Воспоминания со временем тают. Особенно воспоминания о чужих рассказах.

— Так мой повелитель не встречался с ними сам?

— Нет, я был в отъезде, несколько лет путешествовал по нашим владениям и по миру, готовя себя к трону. А ныне Абибаал спит вечным сном, как и его предки. Как спят, боюсь, почти все, кто мог видеть тех людей.

Эверард подавил вздох разочарования и заставил себя расслабиться. Туманно, расплывчато, но хоть какая-то ниточка.

С другой стороны, на что он вообще рассчитывал? На то, что враг оставит свою визитную карточку?

Здесь не хранят дневников и не берегут писем, не нумеруют года, как стали поступать в более поздние века. Узнать точно, когда Абибаал принимал своих странных гостей, Эверард не мог. Найти хотя бы одного-двоих, кто помнит тех странников, — и то удача. Ведь Хирам правил уже два десятилетия, а средняя продолжительность жизни в эту эпоху совсем невелика.

«Тем не менее надо попытаться. Это единственный пока след. Если, конечно, след этот не ложный. Может, они и в самом деле исследователи — например, из китайской династии Чоу».

Он кашлянул.

— Дарует ли мой повелитель своему слуге позволение задавать вопросы — в царском дворце и в городе? Мне кажется, что простые люди будут разговаривать с простым человеком вроде меня более свободно и откровенно, чем им позволит благоговейный трепет, который охватит их в присутствии вашего величества.

Хирам улыбнулся.

— Для «простого человека», Эборикс, у тебя слишком хорошо подвешен язык. Однако... ладно, можешь попробовать. И я хочу, чтобы ты на какое-то время остался у меня во дворце вместе с твоим молодым слугой, которого я приметил снаружи. Мы побеседуем еще. Уж что-что, а собеседник ты занятный.

Аудиенция завершилась, и слуга провел Эверарда с Пумом в их комнаты.

— Благородный гость будет обедать с начальниками стражи и людьми, равными ему по положению, если его не пригласят за царский стол, — подобострастно объяснил он. — Спутника его ожидают за столом свободнорожденных слуг. Если возникнут какие-либо пожелания, вам нужно лишь сказать слугам — щедрость его величества не знает границ.

Эверард решил эту щедрость особо не испытывать. Хотя придворные, в отличие от большинства тирийцев, всячески старались пустить пыль в глаза, сам Хирам, возможно, не был чужд бережливости.

Тем не менее, войдя в отведенную ему комнату, патрульный убедился, что царь оказался заботливым хозяином. Распоряжения, очевидно, были отданы после их беседы, за то время, пока гостям показывали дворец и кормили их легким ужином.

В большой, хорошо обставленной комнате горело несколько светильников. Окно со ставнями выходило на двор, где росли цветы и гранатовые деревья. Массивные деревянные двери крепились на бронзовых петлях. Еще одна дверь открывалась в смежную комнату — видимо, для прислуги, поскольку места в ней едва хватало на соломенный матрас и ночной горшок.

Эверард остановился. Неяркий свет освещал ковер, драпировки, стулья, стол, сундук из кедрового дерева, двойную кровать. Неожиданно тени колыхнулись — с кровати встала молодая женщина и сразу же опустилась на колени.

— Желает ли мой повелитель что-нибудь еще? — спросил слуга. — Если нет, то позвольте недостойному слуге пожелать вам доброй ночи.

Он поклонился и вышел из комнаты.

Из груди Пума вырвался вздох.

— Красавица-то какая, хозяин!

Щеки Эверарда загорелись.

— Угу. Тебе тоже доброй ночи.

— Благородный господин...

— Доброй ночи, я сказал.

Пум поднял глаза к потолку, демонстративно пожал плечами и поплелся в свою конуру. Дверь за ним захлопнулась.

— Встань-ка, милая, — пробормотал Эверард. — Не бойся.

Женщина повиновалась, но закрыла грудь руками и смиренно опустила голову. Высокая, явно выше среднего роста для этой эпохи, стройная, с хорошей фигурой. Светлая кожа под тонким платьем. Каштановые волосы были собраны на затылке. Ощущая едва ли не робость, он прикоснулся пальцем к ее подбородку. Она подняла голову, и патрульный увидел голубые глаза, дерзко вздернутый нос, полные губы и пикантно рассыпанные по лицу веснушки.

— Кто ты? — поинтересовался он. Горло у него перехватило.

— Ваша служанка, которую прислали позаботиться о вас, повелитель. — В ее речи слышался певучий иностранный акцент. — Что вы пожелаете?

— Я... Я спросил, кто ты. Твое имя, твой народ.

— Здесь меня зовут Плешти, хозяин.

— Потому что, готов поклясться, не могут выговорить твое настоящее имя, — или потому, что им лень делать это. Так как же тебя зовут?

Она сглотнула, на глаза навернулись слезы.

— Когда-то меня звали Бронвен, — прошептала она.

Эверард кивнул — кивнул своим собственным мыслям. Он огляделся и увидел на столе кувшин с вином, сосуд с водой, кубок и вазу с фруктами. Он взял Бронвен за руку, отметив про себя, какая она тонкая и нежная.

— Идем-ка сядем, — сказал он, — угостимся, познакомимся. Вон тот кубок как раз подойдет.

Она вздрогнула и отшатнулась. Печаль снова коснулась его мыслей, но Эверард заставил себя улыбнуться.

— Не бойся, Бронвен. Я не сделаю тебе ничего плохого. Просто хочу, чтобы мы стали друзьями. Видишь ли, девочка, я думаю, что мы с тобой соплеменники.

Она подавила всхлипы, расправила плечи, снова сглотнула.

— Мой повелитель... п-подобен богу в своей доброте. Как же мне отблагодарить его?

Эверард увлек ее к столу, усадил на стул и налил вина. Вскоре она уже рассказывала свою историю.

Все было более чем обычно. Несмотря на ее смутные географические представления, он пришел к заключению, что Бронвен из какого-то кельтского племени, которое мигрировало на юг от родных дунайских земель. Она выросла в деревне в северной части Адриатического побережья, и ее отец считался там весьма состоятельным человеком — насколько это вообще возможно в бронзовом веке.

Бронвен не подсчитывала ни дни рождения «до», ни годы «после», однако, по его оценке, ей было около тринадцати, когда — примерно десять лет назад — пришли тирийцы. Они приплыли в одном-единственном корабле, смело направляясь на север в поисках новых возможностей для торговли. Разбив лагерь на берегу и разложив товар, тирийцы принялись за свое дело, изъясняясь при помощи языка жестов. Очевидно, они не собирались возвращаться в эти места, поскольку, уезжая, прихватили с собой нескольких детей, которые подбрели к кораблю, чтобы взглянуть на удивительных чужестранцев. Среди них оказалась и Бронвен.

Пленниц никто не насиловал — да и вообще тирийцы относились и к ним, и к мальчикам без лишней жестокости, но просто потому, что здоровая девственница стоила на невольничьем рынке очень дорого. Эверард признал, что даже не может назвать моряков порочными. Они просто сделали то, что считалось вполне естественным в древнем мире — да пожалуй, и еще долго в последующие века.

В общем-то Бронвен еще повезло. Ее купили для царского дворца — не для гарема (хотя царь и воспользовался несколько раз ее прелестями, так сказать, в неофициальном порядке), а для того, чтобы Хирам мог предоставлять ее своим гостям — тем, кому он оказывал особое внимание. Мужчины редко бывали умышленно жестоки с ней, а боль, которая никогда не исчезала, объяснялась ее положением — положением пленницы у чужаков.

Это, и еще дети. За годы на чужбине Бронвен родила четверых, но двое из них умерли в младенчестве — не такая уж плохая статистика по тем временам, особенно если учесть, что она сохранила и зубы, и вообще здоровье. Двое выживших были пока малы. Девочка, скорее всего, также станет наложницей, когда достигнет половой зрелости, — если ее не отправят в публичный дом. (Рабынь не подвергали дефлорации в ходе религиозного обряда, потому что никого не волновала их дальнейшая судьба.) Мальчика в этом возрасте, вероятно, кастрируют: воспитанный при дворе, он мог пригодиться в качестве прислуги в гареме.

Что же касается Бронвен, то, когда она подурнеет, ее определят на работу. Не обученная никакому ремеслу — такому, например, как ткачество, — она, скорее всего, закончит свои дни посудомойкой или где-нибудь на мукомольне.

Все эти горькие подробности Эверарду пришлось выуживать из нее одну за другой. Она не жаловалась и не просила о помощи. Такая уж у нее судьба, ничего тут не поделаешь. Ему вспомнилась строчка, которую через несколько столетий напишет Фукидид[1] о гибельной афинской военной экспедиции, последние участники которой провели остаток своих дней в копях Сицилии: «Свершив, что мужчины могли, они терпеливо переносили то, что положено перенести».

Это же можно сказать и о женщинах. Эверард невольно задался вопросом, найдется ли у него столько же стойкости, сколько у Бронвен. Едва ли.

О себе он рассказывал немного. Едва он уклонился от встречи с одним кельтом, ему тут же навязали другого, и он чувствовал, что лучше будет попридержать язык.

В конце концов Бронвен немного повеселела, раскраснелась и, подняв на него взгляд, произнесла слегка заплетающимся языком:

— О, Эборикс... — Дальше он ничего не разобрал.

— Боюсь, мой диалект слишком сильно отличается от твоего, милая, — сказал он.

Она вновь перешла на пунический:

— Эборикс, как великодушно со стороны Ашерат, что она привела меня к тебе, сколько бы времени она мне ни даровала. Как чудесно... А теперь, мой милый повелитель, приди ко мне и

---

[1] Древнегреческий историк, автор знаменитого труда, посвященного событиям Пелопоннесской войны.

позволь твоей служанке также доставить тебе немного удовольствия... — Она поднялась, обошла вокруг стола и устроилась,
мягкая, теплая, у него на коленях.

Эверард уже успел посоветоваться со своей совестью. Если
он не сделает того, чего от него ожидают, слух об этом непременно дойдет до царских ушей. Хирам может обидеться — или
заинтересоваться, что там не так с его гостем. Бронвен тоже обидится, и, возможно, у нее будут из-за него неприятности. Кроме
того, она красива, привлекательна, а он так давно не был с женщиной. Бедняжка Сараи здесь не в счет...

И он привлек Бронвен к себе.

Умная, внимательная, чувственная, она прекрасно знала,
как доставить мужчине удовольствие. Поначалу он рассчитывал
только на один раз, но она заставила его изменить свои намерения — и неоднократно. Ее собственная страсть также оказалась
не фальшивой. Что ж, возможно, он был первым, кто когда-либо
пытался доставить удовольствие ей. Когда они отдыхали после
второго раза, она судорожно прошептала ему на ухо:

— Я... я не рожала... вот уже три года. О, как я молю, чтобы
богиня открыла мое лоно для тебя, Эборикс...

Он не стал напоминать ей, что все ее дети будут рабами.

А перед тем, как они уснули, она пробормотала нечто такое,
о чем, подумал Эверард, она вполне могла и не проговориться,
если бы не вино и не усталость:

— Мы были сегодня одной плотью, мой повелитель, и еще
не раз сможем снова слиться воедино. Но знай: мне известно,
что мы не принадлежим к одному народу.

— Что? — Его пронзил холод. Он сел рывком, но она сразу
прижалась к нему и обняла.

— Ложись, сердце мое. Никогда, никогда я тебя не выдам.
Но... я довольно хорошо помню свой дом, помню множество мелочей, и я не верю, что горные гэлы так уж отличаются от гэлов,
которые живут у моря... Успокойся, успокойся, твоей тайне ничто
не угрожает. Почему Бронвен, дочь Браннока, должна выдать
единственного человека, который за долгие годы здесь проявил
о ней заботу? Спи, моя безымянная любовь, крепко спи в моих
объятьях.

На рассвете, рассыпаясь в извинениях и лести, Эверарда разбудил слуга и увел его в горячую баню. Мыла пока еще не приду-
мали, однако губка и пемза оттерли кожу патрульного от грязи, а
затем слуга сделал ему массаж с втиранием ароматного масла и
побрил его. После чего Эверард присоединился к начальникам
охраны — для скромного завтрака и оживленной беседы.

— Я сегодня освобожден от службы, — сказал один из них. — Не хотите ли, чтобы я свозил вас в Усу, друг Эборикс? Я мог бы показать вам город. А затем, если будет еще светло, мы прокатимся по окрестностям. — Эверард так и не понял, имелась ли в виду ослиная спина или более быстрая, хотя и менее удобная боевая колесница. Лошади в ту эпоху, как правило, слишком ценились, чтобы использовать их для чего-либо, кроме сражений и парадных выездов.

— Благодарю вас, — ответил патрульный. — Однако сначала мне нужно повидаться с женщиной по имени Сараи. Она работает где-то на кухне.

Офицер поднял брови.

— Ну-ну, — ухмыльнулся тириец. — Северяне что, предпочитают царским избранницам простых служанок?

«Боже, что за деревенские сплетники обитают в этом дворце, — подумал Эверард. — Мне лучше будет, если я побыстрей восстановлю свою репутацию».

Он выпрямился, бросил на своего собеседника холодный взгляд и проговорил:

— По повелению царя я провожу дознание, но суть его никого не касается. Ясно это?

— О да, безусловно. Я просто пошутил, благородный господин. Подождите, я разыщу кого-нибудь, кто знает, где она. — Стражник поднялся со скамьи.

Эверарда провели в другую комнату, и на несколько минут он остался один. Он провел их, анализируя охватившее его ощущение, что надо спешить. Теоретически у него было столько времени, сколько нужно: в случае необходимости он всегда мог вернуться назад. Главное — позаботиться, чтобы его никогда не увидели рядом с самим собой. На практике, однако, это предполагало огромный риск, приемлемый только в самом крайнем случае. Помимо того, что создавалась временная петля, которая могла выйти из-под контроля, существовала и возможность иного развития земных событий. И чем дольше длилась операция, тем выше становилась вероятность изменений. Кроме того, ему не давало покоя естественное желание поскорей разделаться с этой работой, довести ее до конца и закрепить существование породившего его мира.

Приземистая фигура раздвинула входные занавеси. Сараи опустилась перед ним на колени.

— Ваша обожательница ожидает приказаний повелителя, — сказала она дрожащим голосом.

— Поднимись, — произнес Эверард. — И успокойся. Я всего лишь хочу задать тебе два-три вопроса.

Она заморгала и покраснела до кончика своего длинного носа.

— Что бы ни приказал мой повелитель, та, кто перед ним в таком долгу, постарается исполнить его волю.

Он понял, что она не пресмыкается и не кокетничает. Не подталкивает его к чему-либо и ничего не ждет. Принесшая свою девственность в жертву богине финикийка по-прежнему считалась целомудренной. Сараи просто испытывала к нему робкую благодарность. Эверарда это тронуло.

— Успокойся, — повторил он. — Мне нужно, чтобы мысли твои ничто не сковывало. По поручению царя я ищу сведения о людях, которые когда-то гостили у его отца, в конце правления достославного Абибаала.

Ее глаза расширились.

— Но, хозяин, я тогда, наверное, только родилась.

— Знаю. А как насчет остальных слуг? Ты наверняка знаешь их всех. Кто-нибудь из тех, кто служил тогда, может до сих пор работать во дворце. Не могла бы ты порасспросить их?

Она коснулась рукой бровей, губ и груди — в знак повиновения.

— Раз мой повелитель желает этого...

Эверард рассказал ей то немногое, что знал сам. Сараи задумалась.

— Боюсь... боюсь, из этого ничего не получится, — сказала она. — Мой повелитель, конечно же, понимает, что приезд чужестранцев для нас большое событие. И если бы дворец посетили столь необычные гости, как описывает мой повелитель, слуги говорили бы об этом до конца своих дней. — Она грустно улыбнулась. — В конце концов, у нас не так уж много новостей — у тех, кто работает во дворце. Мы пережевываем старые сплетни снова и снова, и, если бы кто-то помнил чужеземцев, я давно бы уже знала эту историю.

Эверард мысленно обругал себя на нескольких языках. «Похоже, мне придется отправиться на поиски в Усу самому, на двадцать с лишним лет назад. Хотя риск велик: они могут засечь мою машину или даже убить меня».

— Но ты все-таки порасспрашивай слуг, хорошо? — сказал он расстроенно. — Если никто ничего не помнит, тебе не в чем будет себя винить.

— Да, но это меня очень огорчит, великодушный господин, — тихо ответила она и, прежде чем уйти, вновь преклонила колени.

Эверард направился к своему новому знакомому. Он не рассчитывал всерьез, что за один день найдет на материке ключ к разгадке, но по крайней мере прогулка развеет его, снимет напряжение.

Когда они вернулись на остров, солнце клонилось к горизонту. Над морем стелилась туманная дымка, рассеивавшая свет и превращавшая высокие стены Тира в золотой волшебный замок, который может в любой момент раствориться в воздухе. Сойдя на берег, Эверард обнаружил, что большинство горожан уже разошлись по домам. Начальник стражи, который вместе со своей семьей жил в городе, простился с ним, и патрульный поспешил во дворец по пустынным и словно призрачным после дневной суматохи улицам.

Неподалеку от дворцовых ворот он заметил на фоне стены темный женский силуэт, но стражники не обращали на женщину никакого внимания. Зато когда Эверард приблизился, они вскочили на ноги, направив на него копья, и один из них строгим голосом потребовал, чтобы он назвался. Никакого уважения к почтенному гостю. Женщина поспешила ему навстречу. Она опустилась на колени, и он узнал Сараи.

Сердце Эверарда подпрыгнуло от волнения.

— Что случилось? — вырвалось у него.

— Повелитель, я прождала вашего возвращения почти весь день, потому что мне показалось, вам будет интересно, что я узнаю.

Видимо, она перепоручила кому-то свои обязанности и час за часом ждала его на раскаленной улице...

— Ты... что-то нашла?

— Мне трудно судить. Может быть, это лишь ничтожная крупица...

— Так говори же, не тяни, ради Мелкарта!

— Ради вас, повелитель, только ради вас, поскольку вы просили об этом вашу служанку. — Сараи вздохнула, заглянула ему в глаза. Голос ее окреп, и она заговорила деловым тоном:

— Как я и опасалась, те немногие старые слуги, что еще остались во дворце, не видели людей, которые вас интересуют. В ту пору они еще не поступили на службу, а если и поступили, то работали не во дворце, а в других местах — на полях, в летнем имении или еще где. Двое или трое, правда, сказали, что когда-то они вроде бы слышали какие-то сплетни, но все, что они могли припомнить, мой повелитель уже и так знает. Я была в отчаянии, пока мне не пришло в голову вознести молитву Ашерат. Я попросила ее проявить милосердие к моему повелителю, который служил ей вместе со мной, тогда как ни один другой мужчина не хотел сделать этого долгие годы. И она откликнулась. Да восхвалят ее все живущие! Мне вспомнилось, что отец помощника конюха по имени Джантин-хаму работал раньше в дворцовом хозяйстве и что он до сих пор жив. Я разыскала Джантинахаму, тот отвел меня к Бомилкару — и точно: Бомилкар может рассказать о тех чужеземцах.

— Да ведь это... это замечательно! — воскликнул Эверард. — Без тебя я никогда бы этого не узнал!

— Я молю сейчас лишь об одном — чтобы Бомилкар действительно пригодился моему повелителю, — прошептала она, — тому, кто был так добр к некрасивой женщине с холмов. Пойдемте, я провожу вас...

Как и подобало почтительному сыну, Джантин-хаму выделил для своего отца место в комнате, которую делил со своей женой и двумя младшими детьми, которые пока жили в родительском доме. Единственный светильник выхватывал из тени предметы скудной обстановки: соломенные тюфяки, скамьи, глиняные кувшины, жаровню. Приготовив на общей для нескольких семей кухне еду, женщина вернулась с блюдом в комнату. Духота стояла ужасная, сам воздух казался липким и жирным. Домочадцы сидели на корточках, разглядывая Эверарда, пока тот расспрашивал Бомилкара.

Старик совсем облысел, осталось лишь несколько жидких прядей седой бороды, зубы выпали; полуглухой, со скрюченными, изуродованными артритом пальцами, молочно-белые глаза затянуты катарактами — лет ему было, наверно, около шестидесяти. (Показать бы такого энтузиастам движения «Назад к природе» в Америке двадцатого столетия — враз бы одумались.) Сгорбленный старик сидел на скамейке, вцепившись слабыми руками в деревянный посох. Однако голова у него работала, разум рвался наружу из развалин, в которые заключила его судьба, — словно растение, что тянется к солнечному свету.

— Да, я вижу их перед собой, будто это случилось вчера. Если бы я еще так же хорошо помнил то, что на самом деле произошло вчера... Хотя вчера ничего не произошло, со мной давно уже ничего не происходит... Семеро, вот сколько их было, и они сказали, что приплыли на корабле с Хеттского побережья. Помню, молодому Матинбаалу стало тогда любопытно, он спустился в порт и расспросил моряков, но так и не нашел капитана, который привозил каких-нибудь таких пассажиров. Что ж, может, они приплыли на корабле, который сразу же отправился дальше — в Филистию или Египет... Чужеземцы называли себя «синим»[1] и говорили, что проехали тысячи и тысячи лиг, чтобы привезти царю Рассветной Страны отчет об устройстве мира. На пуническом они изъяснялись неплохо, хотя и с акцентом, подобного которому я никогда не слышал... Рослые, хорошо сложенные, гибкие, они двигались, как дикие кошки, и вели себя так же осторожно, но, видимо, были столь же опасны, если их раздразнить... Все — безбородые, но не потому, что брились: просто лица у них такие безволосые, как у женщин. Однако евнухами они не были, нет: служанки, которых к ним приставили, вскоре начали толстеть. — Старик захихикал, потом продолжил: — Глаза — бледные, а кожа — даже белее, чем у златокудрых ахейцев, но у них волосы были прямые и иссиня-черные... Говорили про них, что это колдуны, и я слышал рассказы о всяких странных вещах, которые они показывали царю. Впрочем, они не причинили никому вреда, только интересовались — еще как интересовались! — любой мелочью в Усу и планами постройки Тира. Царя они к себе быстро расположили, можно даже сказать, завоевали его сердце; он распорядился, чтобы их пускали везде и всюду, будь то святилище или дом торговца со всеми его секретами... Я частенько размышлял потом, не это ли вызвало на их головы гнев богов.

«Клянусь небом! — пронеслось в голове Эверарда. — Наверняка это они и есть, мои враги! Да, экзальтационисты, банда Варагана. А «синим»... Может быть, китайцы? Этакий отвлекающий маневр, на случай, если Патруль наткнется на их след. Хотя не обязательно. Похоже, они просто использовали это название, чтобы преподнести Абибаалу и его двору достоверную историю своего появления. Они ведь даже не потрудились замаскировать свое появление. Вероятно, Вараган, как и в Южной Америке, был уверен, что его изобретательность окажется не по зубам тугодумам из Патруля. Как вполне могло бы случиться, если бы не Сараи... Впрочем, я пока не очень-то далеко продвинулся по следу».

— Что с ними сталось? — спросил он.

— Скорбная история, если, конечно, это не наказание за совершенные ими грехи — за то, например, что они проникали в святилища храмов. — Бомилкар прищелкнул языком и покачал головой. — Спустя несколько недель они попросили разрешения

---

[1] В Библии: «Вот, одни придут издалека; и вот, одни от севера и моря, а другие из земли Синим» (Ис. 49.12).

уехать. Судоходный сезон подходил к концу, и большая часть кораблей уже стояла на приколе, однако, не слушая советов, они за очень высокую плату убедили одного бесшабашного капитана отвезти их на Кипр. Я спустился на причал, чтобы самому поглядеть на их отплытие, да. Холод, ветрина — такой вот был день. Я смотрел, как корабль уменьшается вдали под бегущими по небу облаками, пока он не растворился в тумане. На обратном пути что-то заставило меня остановиться у храма Танит и наполнить светильник маслом — не за них, понимаете, а за всех бедных моряков, на которых покоится благополучие Тира.

Эверард с трудом удержался, чтобы не встряхнуть высохшее тело старика.

— А потом? Что случилось потом?

— Да, мое предчувствие подтвердилось. Мои предчувствия всегда подтверждаются, да, Джантин-хаму? Всегда... Мне следовало стать жрецом, но слишком уж много мальчишек стремилось занять те несколько мест послушников... Да. В тот день разразился шторм. Корабль пошел ко дну. Никто не спасся. Откуда я это знаю? Всех нас, понятно, интересовало, что сталось с чужестранцами, и позже я узнал, что деревянную статую с носа корабля и еще кое-какие обломки выбросило на скалы как раз в том месте, где теперь стоит наш город.

— Но подожди, старик... Ты уверен, что все утонули?

— Ну, клясться не стану, нет... Видимо, один-два человека могли вцепиться в доску, и, может быть, их тоже выбросило где-то на берег. Может, они оказались на берегу где-нибудь в другом месте и продолжили путь никем не замеченными. Разве кого-то во дворце волнует судьба простого моряка? Но корабль точно погиб и эти «синимы» — тоже. Уж если бы они вернулись, мы бы наверняка об этом узнали...

Мысли Эверарда понеслись галопом. «Путешественники во времени, очевидно, прибыли сюда прямо на темпороллерах. Базы Патруля, оснащенной оборудованием, которое способно их обнаружить, здесь тогда еще не было. Мы просто не в состоянии обеспечить людьми каждое мгновение каждого тысячелетия человеческой истории. В лучшем случае, когда возникает необходимость, посылаем агентов с тех станций, что уже есть, вверх и вниз по временной шкале. И если преступники не хотели, чтобы кто-то запомнил, что они отбыли каким-то необычным способом, они должны были уехать, как принято в то время — сушей или морем. Но прежде чем погрузиться на корабль, они наверняка выяснили бы, какая ожидается погода. Суда этой эпохи практически никогда не плавали зимой: слишком хрупкие... А если это все-таки ложный след? Хоть старик и утверждает, что все помнит ясно... Эти чужеземцы могли прибыть из какого-нибудь маленького недолговечного государства, которое история и археология впоследствии просто упустят из виду, — из тех, что путешествующие во времени ученые открывают в основном случайно. Как, например, тот затерявшийся в анатолийских горах город-государство, который перенял так много у хеттов и чья знать так долго практиковала браки только внутри своего круга, что это сказалось на их внешнем облике... С другой стороны, разумеется, кораблекрушение — верный способ запутать следы. И это объясняет, почему вражеские агенты даже не потрудились изменить цвет кожи, чтобы походить на китайцев. Как прояснить все это, прежде чем Тир взлетит на воздух?..»

— Когда это случилось, Бомилкар? — спросил он, заставив себя говорить мягко, без волнения.

— Так я же сказал, — ответил старик, — при царе Абибаале, когда я работал на кухне его дворца в Усу.

Эверард остро и с раздражением ощутил присутствие семьи Бомилкара и почувствовал на себе их взгляды. Он слышал их дыхание. Огонь светильника замигал, угасая, тени сгустились, становилось прохладно.

— Ты мог бы сказать мне поточнее? — продолжал допытываться он. — Ты помнишь, на каком году правления Абибаала это было?

— Нет. Не помню. Ничего такого особенного... Дайте подумать... Сдается мне, это было года через два или три после того, как капитан Риб-ади привез те сокровища из... кажется, он плавал куда-то за Фарсис. А может, чужестранцы прибыли позднее?.. Спустя какое-то время после того шторма моя жена умерла при родах — это я точно помню, — и прошло несколько лет, пока я смог устроить свой второй брак, а до того приходилось довольствоваться шлюхами. — Бомилкар снова сально хихикнул, затем со свойственной старикам внезапностью настроение его изменилось. По щекам покатились слезы. — И моя вторая жена, моя Батбаал, она тоже умерла, от лихорадки... Потеряла рассудок, вот что с ней случилось, совсем меня не узнавала... Не мучайте меня, мой повелитель, не мучайте, оставьте меня в покое и во тьме, и боги благословят вас...

«Больше от него ничего не добьешься... Да и вообще, стоило оно того? Возможно, нет».

Перед уходом Эверард отдал Джантину-хаму небольшой слиток металла — теперь его семья сможет позволить себе кое-какие новые вещи. Древний мир, несомненно, имел ряд преимуществ перед двадцатым веком: по крайней мере здесь не было подоходного налога и налога на подарки.

Во дворец Эверард вернулся через несколько часов после захода солнца. Время по местным понятиям было позднее. Часовые поднесли к его лицу горящий светильник, долго разглядывали, щуря глаза от света, затем вызвали начальника стражи. Убедившись наконец, что он это он, охранники с извинениями пропустили Эверарда внутрь. Его добродушный смех помог больше, чем могли бы помочь крупные чаевые.

Хотя на самом деле ему было не до смеха. Плотно сжав губы, Эверард проследовал за несущим фонарь слугой в свою комнату.

На кровати спала Бронвен. У изголовья догорал светильник. Он разделся и минуты три простоял у постели, глядя на нее в дрожащем полумраке. Ее распущенные золотистые волосы разметались по подушке. Рука, лежавшая поверх одеяла, чуть прикрывала обнаженную молодую грудь. Он, однако, не мог оторвать взгляда от ее лица. Какой невинной, по-детски искренней и беззащитной выглядела Бронвен даже теперь, после всего того, что она перенесла...

«Вот если бы... Нет! Кажется, мы немного влюблены? Но это не может продолжаться, мы никогда не будем по-настоящему вместе — чтобы и душой, и телом. Слишком много веков нас разделяет. Однако что же ее ждет?..»

Эверард опустился на постель, собираясь просто поспать. Но Бронвен проснулась мгновенно: рабы быстро привыкают спать чутко. Она буквально светилась от радости.

— О, мой господин! Я так ждала...

Они слились в объятии, но Эверарду хотелось поговорить с ней.

— Как ты провела день? — прошептал он ей в ушко.

— Кто? Я... О, хозяин... — Вопрос ее явно удивил. — Хорошо провела — и несомненно, потому, что ваши сладкие чары продолжали действовать. Мы долго болтали с вашим слугой Пуммаирамом. — Она прыснула. — Обаятельный паршивец, не правда ли? Вот только вопросы порой задавал слишком уж метко, но не бойтесь, мой повелитель: я отказалась на них отвечать, и он не настаивал. Затем я сказала слугам, где меня можно будет найти, если вернется мой повелитель, и провела вторую половину дня в детских комнатах с моими малышами. Они такие милые. — Она не осмелилась спросить, не пожелает ли он увидеть их.

— Интересно, — Эверарда забеспокоила новая мысль, — а чем в это время занимался Пум?

«Трудно представить, чтобы этот шустрый негодник весь день просидел сиднем».

— Не знаю. Правда, раза два я видела его мельком в дворцовых коридорах, но подумала, что он выполняет поручения, которые мой господин, должно быть, оставил ему... Что такое, мой повелитель?

Встревоженная, она села в постели, когда Эверард прошлепал босыми ногами к комнатке Пума. Патрульный распахнул дверь и заглянул внутрь. Пусто. Куда он, черт возьми, запропастился?

Может, конечно, ничего страшного и не произошло. Однако попавший в беду слуга мог причинить неприятности и своему хозяину.

Стоя на холодном полу, занятый тревожными мыслями, Эверард вдруг ощутил, как женские руки обняли его за талию. Бронвен прижалась щекой к его спине и проворковала:

— Мой повелитель слишком утомился? Если так, пусть он позволит своей верной служанке спеть ему колыбельную ее родины. Ну а если нет...

«К черту все эти проблемы. Никуда они не денутся».

Выкинув из головы все тревожные мысли, Эверард повернулся к Бронвен.

Когда он проснулся, мальчишки все еще не было. Несколько осторожных вопросов выявили, что накануне Пум провел не один час в беседах со слугами — все в один голос говорили, что он «любопытный, но забавный», — а затем куда-то ушел, и с тех пор никто его не видел.

«Может, заскучал и отправился куролесить по кабакам и борделям? Жаль. Шалопай, конечно, но мне казалось, что он заслуживает доверия. Я даже собирался как-то помочь ему, дать шанс на лучшую жизнь. Ну да ладно. Пора заняться делами Патруля».

Предупредив слуг, он оставил дворец и отправился в город один. Когда слуга впустил Эверарда в дом Закарбаала, встретить его вышла Яэль Зорак. Финикийское платье и прическа придавали ей особое очарование, но он был слишком озабочен, чтобы заметить это. Впрочем, она тоже заметно волновалась.

— Сюда, — кратко сказала Яэль и повела его во внутренние комнаты.

Ее муж беседовал за столом с каким-то человеком. Одежда гостя заметно отличалась покроем от тирийского мужского платья. Лицо, словно высеченное из камня, украшала густая борода.

— О, Мэнс, — воскликнул Хаим. — Слава богу! Я думал, что нам придется посылать за вами. — Он перешел на темпоральный. — Мэнс Эверард, агент-оперативник, позвольте мне представить вам Эпсилона Кортена, директора Иерусалимской базы.

Его собеседник резко поднялся со скамьи и отсалютовал, чем живо напомнил Эверарду манеры военных его родного столетия.

— Большая честь для меня, сэр, — сказал он. Впрочем, его собственный ранг был не намного ниже, чем у Эверарда. Он отвечал за деятельность Патруля в европейских землях — в период между рождением Давида и падением Иудеи. Тир, возможно, занимал в мировой истории более важное место, но он никогда не притягивал и десятой доли визитеров из будущего от числа тех, что наводняли Иерусалим и его окрестности. Узнав должность Кортена, Эверард сразу понял, что директор не только человек действия, но и крупный ученый.

— Я прикажу Ханаи принести фрукты и прохладительные напитки. Затем распоряжусь, чтобы сюда никто не входил и чтобы прислуга никого не пускала в дом, — предложила Яэль.

За эти несколько минут Эверард и Кортен успели познакомиться. Последний родился в двадцать девятом веке в марсианском Новом Едоме. Без всякого хвастовства он рассказал Эверарду, что вербовщиков Патруля привлек сделанный им компьютерный анализ ранних семитских текстов плюс его подвиги во время Второй астероидной войны. Они «прозондировали» его, заставили пройти тесты, доказавшие его надежность, сообщили о существовании организации, приняли на службу и обучили — обычная процедура. Однако задачи перед ним ставились отнюдь не обычные, и работа его предъявляла порой исполнителю куда более высокие требования, чем работа Эверарда.

— Вы, очевидно, понимаете, что эта ситуация особенно тревожит наш сектор, — сказал он, когда все четверо расселись по местам. — Если Тир будет разрушен, в Европе пройдут десятилетия, прежде чем проявится мало-мальски заметный эффект, во всем остальном мире — века, а в обеих Америках и Австралазии — тысячелетия. Но для царства Соломона это обернется немедленной катастрофой. Без поддержки Хирама, он, по всей видимости, не сможет долго удерживать свои племена вместе; ну а кроме того, увидев, что евреи остались в одиночестве, филистимляне не станут медлить со своими планами мести. Иудаизм, основанный на поклонении единому богу Яхве, пока еще нов и слаб. И вообще это пока наполовину языческая вера. Мои выкладки показывают, что иудаизм тоже едва ли выживет. Яхве скатится до уровня заурядной фигуры в неустоявшемся и переменчивом пантеоне.

— Вот тут-то и конец практически всей Классической цивилизации, — добавил Эверард. — Иудаизм повлиял как на философию, так и на развитие событий у александрийских греков и римлян. Никакого христианства, а значит, западной цивилизации, византийской, и никаких наследников ни у той, ни у другой. И никакого намека на то, что будет взамен. — Он вспомнил еще об одном измененном мире, существование которого помог предотвратить, и снова нахлынули воспоминания, которые останутся с ним на всю жизнь.

— Да, конечно, — нетерпеливо сказал Кортен. — Дело в том, что ресурсы Патруля ограниченны и к тому же рассредоточены по всему пространственно-временному континууму, имеющему множество не менее важных критических точек. Я не думаю, что Патрулю следует перебрасывать на спасение Тира все свои силы. Ибо если это случится и мы проиграем, все будет кончено: наши шансы восстановить первоначальную Вселенную станут ничтожно малы. Я считаю, что нужно создать надежную базу — с большим числом сотрудников, с хорошо продуманными планами — в Иерусалиме, с тем чтобы минимизировать последствия там. Чем меньше пострадает царство Соломона, тем слабее будет вихрь перемен. Тогда у нас будет больше шансов сохранить ход истории.

— Вы хотите... сбросить Тир со счетов? — встревоженно спросила Яэль.

— Нет. Конечно, нет. Но я хочу, чтобы мы застраховались от его потери.

— По-моему, это уже означает рисковать историей. — Голос Хаима дрожал.

— Понимаю вашу обеспокоенность. Однако чрезвычайные ситуации требуют чрезвычайных мер. Сразу хочу сказать: хоть я и прибыл сюда, чтобы предварительно обсудить все это с вами, но в любом случае я намерен добиваться одобрения своего предложения в высших инстанциях. — Кортен повернулся к Эверарду: — Сэр, я сожалею о необходимости еще больше сократить ваши скудные ресурсы, но, по моему глубокому убеждению, это единственно верный путь.

— Они даже не скудные, — проворчал американец. — Их, считайте, вообще нет.

«Да, какие-то предварительные изыскания были проведены, но после этого никого, кроме меня, Патруль сюда не направлял... Означает ли это, что данеллиане знают о моем успехе? Или это означает, что они согласятся с Кортеном — даже в том, что Тир «уже» обречен? Если я проиграю... то есть если я погибну...»

Он выпрямился, достал из кисета трубку, табак и сказал:

— Дамы и господа, давайте не устраивать состязание, кто кого перекричит. Поговорим как разумные люди. Для начала возьмем имеющиеся у нас неопровержимые факты и рассмотрим их. Нельзя сказать, чтобы я знал очень много, но тем не менее...

Спор продолжался несколько часов.

После полудня Яэль предложила им прерваться на обед.

— Спасибо, — сказал Эверард, — но мне, по-моему, лучше вернуться во дворец. Иначе Хирам может подумать, что я бездельничаю за его счет. Завтра я загляну снова, о'кей?

На самом деле у него просто не было аппетита для обычного плотного обеда — в Финикии это означало жаркое из барашка или что-либо в этом роде. Он предпочел бы съесть кусок хлеба и ломоть козьего сыра в какой-нибудь забегаловке и обдумать при этом возникшую ситуацию. (Еще раз спасибо развитой технологии. Без специально разработанных генетиками защитных микроорганизмов, которыми его напичкали в медслужбе Патруля, он никогда не осмелился бы прикоснуться к местной пище — ну разве только если что-то жареное-пережареное... Опять же, если бы не эти микроорганизмы, вакцинации от всех видов болезней, что обрушивались на человечество за долгие века, давно бы разрушили его иммунную систему.)

Он пожал всем руки, как было принято в двадцатом столетии. Прав Кортен или нет, но человек он приятный, в высшей степени компетентный и действует из лучших побуждений. Эверард вышел на улицу: солнце палило нещадно, но жизнь в городе бурлила по-прежнему.

У дома его ждал Пум. На этот раз он вскочил на ноги уже не так резво. Худое юное лицо его выглядело непривычно серьезно.

— Хозяин, — тихо сказал он, — мы можем поговорить наедине?

Они нашли таверну, где, кроме них, никого не было. По сути, таверна представляла собой навес, закрывающий от солнечных лучей небольшую площадку с мягкими подушками; посетители садились на них, скрестив ноги, а хозяин заведения приносил из внутренних помещений глиняные чаши с вином. Поторговавшись, Эверард расплатился с ним бисеринами. На улице, куда выходило заведение, было людно, однако в эти часы мужчины обычно занимались делами. И лишь вечером, когда на улицы падут прохладные тени городских стен, они разойдутся отдохнуть по тавернам — во всяком случае, те из них, кто сможет это себе позволить.

Эверард отхлебнул разведенного прокисшего пойла и поморщился. С его точки зрения, примерно до семнадцатого столетия от Рождества Христова люди ничего не понимали в вине. Не говоря уже о пиве. Ну да ладно...

— Говори, сынок, — сказал он. — Только не трать зря слов и времени, называя меня сиянием Вселенной и предлагая лечь передо мной ниц, чтобы облобызать мне ноги. Чем ты занимался?

Пум сглотнул от волнения, поежился, наклонился вперед.

— О, повелитель мой, — начал он, и голос у него стал тонкий, как у ребенка, — ваш недостойный слуга осмелился взять на себя многое. Браните меня, бейте меня, порите меня, коли пожелаете, если я совершил проступок. Но никогда, умоляю вас, никогда не думайте, что я стремился к чему-либо, кроме вашего благоденствия. Единственное мое желание — служить вам, насколько позволяют мои скромные способности. — Пум не удержался и ухмыльнулся. — Вы ведь так хорошо платите! — Но к нему тут же вернулась рассудительность. — Вы сильный человек и могущественный господин, на службе у которого я мог бы преуспеть. Но для этого я должен сначала доказать, что достоин ее. Принести ваш багаж и проводить вас в дом наслаждений может любой деревенский болван. Что же, помимо этого, может сделать Пуммаирам, дабы мой повелитель пожелал оставить его в качестве слуги? Что же требуется моему повелителю? Чем я мог бы ему помочь? Вам угодно, хозяин, выдавать себя за невежественного чужестранца, однако у меня с самого начала возникло ощущение, что под этой маской кроется нечто иное. Конечно, вы не доверились бы случайно встретившемуся беспризорнику. А не зная ваших намерений, как мог я сказать, чем смогу быть полезным?

«Да, — подумал Эверард, — постоянные заботы о пропитании должны были выработать у него довольно сильную интуицию, иначе он бы не выжил».

— Ладно, я не сержусь, — произнес он мягко. — Но скажи мне, где ты все-таки пропадал.

Большие светло-карие глаза Пума встретились с его глазами. Он смотрел на него уверенно, почти как равный на равного.

— Я позволил себе расспросить о моем хозяине других. О, я был неизменно осторожен, ни разу не проговорился о своих намерениях и никому не позволил заподозрить, насколько важно то, что он или она сообщает мне. Как доказательство — может ли мой повелитель сказать, что кто-то стал относиться к нему более настороженно?

— М-м... нет... не более, чем можно было ожидать. С кем ты говорил?

— Ну, для начала, с прекрасной Плешти, или Бо-рон-у-вен. — Пум вскинул руки. — Нет, хозяин! Она не сказала ни одного слова, которого вы не одобрили бы. Я всего лишь следил за ее лицом, ее движениями, когда задавал определенные вопросы. Не более. Время от времени она отказывалась отвечать, и это мне тоже кое о чем сказало. Да, тело ее не умеет хранить секретов. Но разве это ее вина?

— Нет.

«Кстати, я не удивился бы, узнав, что той ночью ты приоткрыл свою дверь и подслушал наш разговор. Хотя это неважно».

— Так я узнал, что вы не из... гэлов, так этот народ называется, да? Впрочем, это не было неожиданностью, я уже и сам догадался. Я не сомневаюсь, что в бою мой хозяин страшен, но с женщинами он нежен, как мать со своим ребенком. Разве это похоже на полудикого странника?

Эверард грустно усмехнулся. Туше![1] Ему и раньше, на других заданиях, доводилось слышать, что он «недостаточно груб», но никто еще не делал из этого выводов.

Ободренный его молчанием, Пум торопливо продолжил:

— Я не стану утомлять моего повелителя подробностями. Слуги всегда наблюдают за теми, кто могуществен, и не прочь посплетничать о них. Возможно, я слегка обманул Сараи: поскольку я состою у вас в услужении, она не прогнала меня. Не то чтобы я спросил ее прямо в лоб. Это было бы и глупо, и бессмысленно. Я вполне удовлетворился тем, что меня направили в дом Джантина-хаму, — они там до сих пор обсуждают ваш вчерашний визит. И таким вот образом я получил представление о том, что ищет мой повелитель. — Он гордо выпятил грудь. — А больше, сиятельный хозяин, вашему слуге ничего и не требовалось. Я поспешил в гавань, прошелся... И готово!

Волнение охватило Эверарда.

— Что ты нашел? — почти закричал он.

— Что же, — гордо произнес Пум, — как не человека, который пережил кораблекрушение и нападение демонов?

На вид Гизго было лет сорок пять; невысокий, жилистый, обветренное лицо с большим носом светилось живостью. За годы, проведенные на море, он из матроса сделался рулевым — квалифицированная и высокооплачиваемая работа. За те же годы его закадычным друзьям до смерти надоело слушать о приключившейся с ним удивительной истории, и большинство из них считали, что это просто очередная небылица.

---

[1] В вольной борьбе — прикосновение лопатками к полу, поражение.

Эверард по достоинству оценил фантастическую ловкость проведенного Пумом дознания, методика которого заключалась в хождении по питейным заведениям, где он выуживал у матросов, кто какие байки рассказывает. Самому ему нипочем не удалось бы этого сделать: матросы вряд ли бы доверились чужестранцу, тем более царскому гостю. Как все здравомыслящие люди на протяжении долгой истории человечества, средний финикиец считал, что от правительства лучше держаться подальше.

Им повезло, что в самый разгар мореходного сезона Гизго оказался дома. Впрочем, тот уже достиг достаточно высокого положения и накопил немало богатств, чтобы не испытывать более судьбу в длительных экспедициях, порой трудных и опасных. Его корабль ходил теперь лишь до Египта и часто стоял на приколе в гавани.

Откинувшись на подушках в одной из комнат своего уютного жилища — аж на пятом этаже редкого по тем временам высокого каменного здания, — Гизго охотно делился с гостями рассказами о своей жизни. Время от времени появлялись две его жены с напитками и фруктами. Окно комнаты выходило во двор, где между глинобитными стенами висело на веревках белье. Однако воздух был свеж и чист. Солнце заглядывало в окно, играя бликами среди многочисленных сувениров, что Гизго привез из дальних странствий, — чего тут только не было: миниатюрный вавилонский херувимчик, флейта из Греции, фаянсовый гиппопотам с берегов Нила, иберийский амулет, бронзовый кинжал в форме узкого листа из северных земель... Эверард тоже сделал моряку подарок — увесистый слиток золота, и тот сразу стал намного словоохотливее.

— Да, — говорил Гизго, — ужасное было плавание, это уж точно. Время года паршивое, вот-вот равноденствие наступит, а тут еще эти самые «синимы» неизвестно откуда взялись. Я как чувствовал, не к добру это. Но мы были молоды — вся команда, от капитана до последнего матроса — и решили зазимовать на Кипре, там вина крепкие, а девушки — ласковые. Ну и заплатили нам эти «синимы» неплохо, да. Столько металла предложили, что мы были готовы показать кукиш самой смерти и спуститься в ад. С тех пор я стал мудрее, но не скажу, что счастливее, так вот. Я все еще проворен, но чувствую, что зубы мои источились, и поверьте, друзья мои, быть молодым лучше.

Он состроил знак для отвода дурных сил и добавил:

— Погибшие в пучине морской, пусть ваши души покоятся в мире. — Затем взглянул на Пума. — Знаешь, парень, один из них был здорово похож на тебя. Я даже испугался, когда тебя увидел. Как же его звали... Адиятон, кажется... Да, вроде. Может, это твой дед?

Пум пожал плечами: кто знает?

— Я принес жертвы за них, да, — продолжил Гизго, — и за свое спасение. Всегда помогай своим друзьям и плати долги, и тогда боги не оставят тебя в трудную минуту. Меня вот спасли... Сплавать на Кипр — дело, мягко говоря, непростое. Лагерь не разобьешь, всю ночь в открытом море — а иногда и не одну, если ветер плох. А в тот раз... в тот раз вообще... Едва земля скрылась из виду, налетела буря, и хоть мы и вылили на волны все масло, нам это мало помогло. Весла на воду, и держать, держать нос к волне! Руки отрываются, но надо грести, еще и еще. Темно, как у свиньи в брюхе, ветер воет, дождь хлещет, нас швыряет как щепку, соль глаза ест, губы потрескались, болят дико... Ну как тут грести в лад, когда за ветром даже барабана не слышно?..

Но потом смотрю, на мостике стоит главный этих «синимов», плащ с него ветром чуть не срывает, а он лицо запрокинул и смеется. Представляете, смеется! Не знаю уж, смелый он такой или по глупости не понимал, в какой мы опасности, а может, просто лучше меня знал морское дело. Много позже, в свете добытых с таким трудом знаний, я понял, что чуточку везения — и мы бы победили шторм. Корабль был добротный, и команда знала свое дело. Однако боги — или демоны — распорядились иначе... Ни с того ни с сего вдруг как громыхнет! И молния такая — я чуть не ослеп. Весло выронил — да и не я один. Как-то еще сумел поймать его, прежде чем оно выскользнуло между уключин. Наверное, это и спасло мне зрение, потому что, когда сверкнуло во второй раз, я не смотрел вверх... Да, нас поразило молнией. Дважды. Грома я во второй раз не слышал, но, может быть, рев волн и свист ветра заглушили его. Когда ко мне вернулось наконец зрение, я увидел, что мачта у нас пылает как факел. Переборки полопались, и кораблю приходил конец. Я буквально чувствовал — задницей чувствовал, — как море разламывает наш корабль на части.

Только в тот момент это уже не имело значения. Ибо в мерцающем, неровном свете я заметил в небе над нами какие-то штуки, похожие на вон того крылатого быка, только размером с живого. И светились они, будто отлитые из железа. Верхом на них сидели люди. А потом эти штуки устремились вниз...

И тут корабль развалился на куски. Я оказался в воде, хорошо еще — в весло вцепился. Двое моих товарищей барахтались рядом, тоже нашли какие-то обломки и держались на плаву. Но эти бестии еще не закончили. С неба сорвалась молния и угодила прямо в бедного Хурума-аби, моего приятеля с детства. Его, должно быть, убило сразу. Ну а я нырнул поглубже и не всплывал, пока дыхания хватало.

Потом все-таки воздух кончился, и пришлось высунуть нос над водой; кроме меня, никого на поверхности не было. Однако стая этих драконов — или колесниц, или не знаю уж что это такое — по-прежнему носилась в воздухе, и между ними бушевали молнии. Я нырнул снова.

Думаю, они вскоре улетели в тот загробный мир, откуда прибыли, но тогда меня это мало заботило, надо было как-то спасаться. В конце концов я добрался до берега. Случившееся казалось нереальным, словно дурной сон. Возможно, так оно и было. Не знаю. Знаю только, что вернулся с того корабля я один. И слава Танит, а, девочки? — Тяжелые воспоминания отнюдь не испортили Гизго настроения, и он ущипнул за зад стоявшую рядом жену.

Последовали новые рассказы — беседа длилась еще часа два. Наконец Эверард, едва сдерживая волнение, спросил:

— Вы помните, когда именно это случилось? Сколько лет назад?

— Ну конечно... конечно, помню, — ответил Гизго. — Ровно двадцать шесть. Это произошло за пятнадцать дней до осеннего равноденствия или достаточно близко к этому. — Он махнул рукой. — Вы удивляетесь, откуда я знаю? Что ж, мой календарь не менее точен, чем календарь египетских жрецов. У них он точен, потому что каждый год река их разливается, а затем опять возвращается в свои берега. И там моряк, который забудет о календаре, вряд ли проживет до старости. Знаете ли вы, что за Столбами Мелкарта море поднимается и опадает, как Нил, только дважды в день? Будьте внимательны, если вам случится попасть в эти места. Хотя на самом деле по-настоящему уважать календарь меня заставил не кто-нибудь, а те самые «синимы». Я как раз прислуживал капитану, когда они торговались с ним об оплате, — так вот они только и говорили о том, в какой именно день надо отплыть, — в общем, уговаривали его, понимаете? Я тогда слушал-слушал да и решил для себя, что, может быть, в такой точности тоже есть смысл. В то время я не умел еще ни читать, ни писать, но начал отмечать, что за год случилось необычного, все держал в памяти, по порядку, и, когда надо, мог подсчитать, сколько прошло лет. Так, год кораблекрушения шел за годом, когда я плавал к берегам Красных Скал, а на следующий год я подхватил «вавилонскую хворь»...

Эверард и Пум вышли на улицу и двинулись из квартала Сидонийской гавани по улице Канатчиков, уже притихшей и темной, ко дворцу.

— Мой повелитель собирается с силами, я вижу, — пробормотал Пум спустя какое-то время.

Эверард рассеянно кивнул. Он был слишком занят бушующими, словно тот гибельный шторм, мыслями.

План Варагана казался теперь яснее. (Эверард почти уже не сомневался, что задуманное злодейство было делом рук Меро Варагана.) Из неизвестной точки пространства-времени, где находилось его убежище, он с полудюжиной своих сообщников появился на темпороллерах в окрестностях Усу двадцать шесть лет назад. Высадив семерых, остальные члены банды немедленно вернулись обратно. Патруль не мог и надеяться задержать аппараты за такой короткий промежуток времени, коль скоро момент и место высадки не были точно известны. Люди Варагана вошли в город пешком и вскоре втерлись в доверие к царю Абибаалу.

Однако сделали они это, по всей видимости, уже после взрыва в храме, отправки ультиматума и, быть может, покушения на Эверарда — то есть «после» с точки зрения их мировых линий, их опыта. Найти такую мишень, как он, было, наверное, нетрудно — равно как и снарядить убийцу. Книги, написанные учеными Тира, доступны всем. Видимо, первоначальная выходка убедила Варагана в осуществимости всего плана. Рассудив, что потраченное время и усилия будут здесь оправданы, он решил раздобыть подробные сведения о Тире — такие, какие редко попадают в книги, — с тем, чтобы уничтожение этого сообщества было полным и окончательным.

Когда Вараган и его приспешники сочли, что изучили уже все, что, по их мнению, требовалось, они покинули Усу обычным для того времени способом, дабы не возбудить в народе слухи, которые могли распространиться, сохраниться у кого-то в памяти и со временем дать подсказку Патрулю. По той же причине (чтобы о них поскорее забыли) преступники хотели, чтобы их считали погибшими.

Чем и объясняется дата отплытия, на которой они настояли: разведывательный полет наверняка выявил, что в тот день разразится шторм. Члены банды, которые должны были подобрать их, разрушили энергетическими лучами корабль и убрали свидетелей. Гизго остался в живых по чистой случайности, иначе они замели бы следы почти полностью. И то сказать: без помощи Сараи Эверард, скорее всего, никогда и не узнал бы об этих «синимах» и их «трагической кончине».

Поскольку время демонстрационной атаки приближалось, Вараган «заранее» послал людей со своей базы следить за штаб-квартирой Патруля в Тире. А если удастся опознать и устранить одного или нескольких агентов-оперативников — редких и ценимых, — тем лучше! Тем больше вероятность того, что экзальтационисты получат желаемое — будь то трансмутатор материи или разрушение данеллианского будущего. (Для Варагана, думал Эверард, нет никакой разницы.) И то, и другое удовлетворило бы его жажду власти и Schadenfreude[1].

Однако Эверард напал на след. Можно было спускать гончих Патруля...

«Или еще рано?»

Он пожевал в задумчивости свой кельтский ус и не к месту подумал о том, как будет приятно сбрить этот чертов лишайник, когда операция завершится.

«А завершится ли она?»

Превзойти Варагана числом, превзойти оружием вовсе не обязательно означало переиграть его. План он разработал действительно гениальный.

Проблема заключалась в том, что у финикийцев не было ни часов, ни навигационных инструментов. Гизго не мог определить время катастрофы точнее, чем он сказал, — а это плюс-минус несколько дней, — равно как и не мог указать точнее место, где корабль постигла беда. Следовательно, и Эверард не мог.

Конечно, Патруль способен установить дату, да и курс на Кипр был хорошо известен. Но для получения более точных сведений необходимо поддерживать наблюдение за кораблем с летательного аппарата неподалеку. А у врагов наверняка имеются приборы обнаружения, которые предупредят их о слежке. И пилоты, которые должны будут утопить судно и забрать группу Варагана, успеют приготовиться к бою. Чтобы выполнить свою задачу, им нужно всего несколько минут, а затем они снова исчезнут без следа.

Хуже того, они вполне могут отказаться от этой части плана, выждать более благоприятного момента для возвращения своей разведывательной группы — или, наоборот, сделать это несколько раньше, например, еще до отплытия. И в том, и в другом случае Гизго лишился бы тех воспоминаний, которыми он совсем недавно поделился с Эверардом. След, обнаруженный патрульным с таким трудом, просто перестал бы существовать. Возмож-

---

[1] Радость, испытываемая от несчастий других *(нем.)*.

но, последствия такого парадокса для истории будут незначительны, но кто знает?

По тем же причинам — аннулирование улик и возможные возмущения в пространственно-временном континууме — Патруль не мог упредить план Варагана. Например, спикировать на корабль и арестовать его пассажиров еще до того, как разразится буря и появятся экзальтационисты.

«Похоже, что наш единственный шанс победить — это объявиться именно там, где будут находиться они, причем именно в том промежутке времени в пять минут или менее, когда пилоты примутся за свою грязную работу. Но как их засечь, не насторожив?»

— Мне кажется, — сказал Пум, — что мой повелитель готовится к сражению — к сражению в странном царстве, волшебники которого его враги.

«Неужели я настолько прозрачен?»

— Да, возможно, — ответил Эверард. — Но сначала я хотел бы хорошо вознаградить тебя за верную службу.

Мальчишка схватил его за рукав.

— Повелитель, — взмолился он, — позвольте вашему слуге последовать за вами.

Изумленный, Эверард остановился.

— Что?

— Я не хочу разлучаться с моим хозяином! — воскликнул Пум. На глазах у него блеснули слезы. — Уж лучше мне умереть рядом с ним — да пусть демоны низвергнут меня в преисподнюю, — чем возвратиться к той тараканьей жизни, из которой вы меня вытащили. Скажите только, что я должен сделать. Вы же знаете, я все схватываю на лету. Я ничего не испугаюсь! Вы сделали меня мужчиной!

«Ей-богу, я верю, что на сей раз его пыл вполне искренен. Но, конечно, об этом не может быть и речи».

«Не может?» Эверард остановился будто громом пораженный.

Мгновенно поняв его сомнения, Пум запрыгал перед ним, смеясь и плача одновременно.

— Мой повелитель сделает это, мой повелитель возьмет меня с собой!

«И может быть, может быть, после того как все закончится — если он останется в живых, — у нас появится довольно ценное приобретение».

— Это очень опасно, — медленно сказал Эверард. — Более того, я предвижу такие обстоятельства, что способны обратить в бегство самых стойких воинов. А еще раньше тебе придется приобрести знания, которые не дано постичь даже мудрецам этого царства.

— Испытайте меня, мой повелитель, — ответил Пум. Он вдруг стал совершенно серьезен.

— Испытаю! Пошли! — Эверард зашагал так быстро, что Пуму пришлось чуть не бежать за ним.

Подготовка Пума займет несколько дней — при условии, что он вообще с ней справится. Но это не страшно. В любом случае, чтобы собрать необходимые сведения и организовать группу захвата, потребуется какое-то время. И кроме того, эти дни ему скрасит Бронвен. Эверард не мог знать, останется ли в живых сам. Так почему бы не подарить себе и Бронвен немного радости?

Капитан Баалрам заупрямился.

— Почему я должен брать на корабль вашего сына? — спросил он. — У меня и без него полная команда, включая двух учеников. К тому же он маленький, тощий да еще и в море никогда не был.

— Он сильнее, чем кажется, — ответил человек, назвавшийся отцом Адиятона. (Спустя четверть века он будет именовать себя Закарбаалом.) — Вот увидите, он смышленый и старательный парень. Что же касается опыта, то каждый начинает с нуля, верно? Послушайте, господин. Я очень хочу, чтобы он стал торговцем. И ради этого... я готов буду щедро отблагодарить вас.

— Ну что ж. — Баалрам улыбнулся и разгладил свою бороду. — Это другое дело. Сколько же вы предполагали заплатить за обучение?

Адиятон (которому спустя четверть века уже не нужно будет скрывать свое настоящее имя), выглядел вполне беззаботно. Душа его, однако, трепетала, ибо он смотрел на человека, которому вскоре суждено умереть.

С той точки высоко в небе, где завис в ожидании отряд Патруля, шторм казался иссиня-черной горной цепью, оседлавшей северный горизонт. Во все другие стороны тянулась серебристо-синяя гладь моря — только кое-где сияющую поверхность разрывали острова, а на востоке виднелась темная линия сирийского побережья. Закатный солнечный свет, казалось, столь же холоден, как и окружающая Эверарда синь. В ушах пронзительно свистел ветер.

Кутаясь в парку, Эверард сидел на переднем сиденье темпороллера. Заднее сиденье было пустым — как почти у половины из двадцати аппаратов, находившихся рядом с ним в воздухе: их пилоты рассчитывали увезти арестованных. На остальные машины, с мощными энергетическими пушками, возлагалась роль огневой поддержки — под скорлупой брони, отражающей последние лучи солнца, ждал своего часа смертоносный огонь.

«Черт! — подумал Эверард. — Так и замерзнуть недолго. Сколько же еще ждать? Может, что-то пошло не так? Может, Пума раскрыли, или отказало его снаряжение, или еще что случилось?..»

Прикрепленный к рулевой панели приемник запищал и замигал красным огоньком. Эверард облегченно выдохнул — белый пар немедленно разметало и развеяло ветром. Несмотря на многолетний опыт подобных операций, ему пришлось сделать над собой усилие, и лишь успокоившись, он отрывисто сказал в микрофон, прикрепленный у горла:

— Сигнал получен. Станции триангуляции — доклад!

Вражеская банда, появившись над бушующими волнами где-то под ними, готова была приняться за свою дьявольскую работу. Пум запустил руку в одежду и нажал кнопку миниатюрного радиопередатчика.

Радио. Экзальтационисты наверняка не ожидают чего-то столь примитивного. Во всяком случае, Эверард надеялся...

«Теперь, Пум, тебе надо только спрятаться и продержаться совсем немного».

От волнения у патрульного перехватило горло. У него, без сомнения, были сыновья — в разных странах и разных временах, — но сейчас он больше, чем когда-либо, ощущал себя отцом.

Сквозь треск в наушниках донеслись слова. Последовали цифры. Удаленные на сотню миль приборы определили точное местонахождение гибнущего корабля. На хронометре высветилось время начала операции.

— О'кей, — сказал Эверард. — Необходимо вычислить пространственные координаты для каждой машины согласно нашему плану. Группе захвата ожидать инструкций!

Это заняло еще несколько минут. Эверард почувствовал, как крепнет в нем уверенность в успехе. Его подразделение вступило в бой. В эти секунды оно уже сражалось там, внизу. Да свершится то, что повелели норны[1]!

Поступили данные расчетов.

— Все готовы? — спросил он. — Вперед!

Эверард настроил приборы управления и, щелкнув тумблером, включил двигатель. Темпороллер мгновенно переместился

---

[1] В скандинавской мифологии богини судьбы.

вперед в пространстве и назад во времени — к тому моменту, когда Пум подал сигнал.

Ветер неистовствовал. Роллер трясло и швыряло из стороны в сторону в собственном антигравитационном поле. В пятидесяти ярдах внизу ревели черные в окружающей тьме волны и взметались клочья серой пены — все это освещал гигантский факел, пылавший чуть в стороне от роллера; резкий ветер только раздувал огонь, охвативший просмоленную мачту. Корабль начал разваливаться на куски, и над гаснущими в воде обломками поднялись клубы пара.

Эверард прильнул к оптическому усилителю. Видно стало как днем, и он определил, что его люди прибыли точно в заданное место, окружив с полдюжины вражеских аппаратов со всех сторон.

Однако помешать бандитам начать бойню они не сумели. Те обрушились на корабль, едва успели материализоваться. Не зная заранее, где точно будет каждый из роллеров противника, но подозревая, что все они чертовски хорошо вооружены, Эверард приказал своей группе материализоваться на некотором расстоянии от банды Варагана и оценить ситуацию, пока убийцы их не заметили.

Но рассчитывать они могли от силы секунды на две.

— В атаку! — заорал Эверард, хоть это было излишним. Его «конь» ринулся вперед.

Слепяще-голубой луч смерти пронзил темноту. Какие бы зигзаги ни выписывала в полете его машина, Эверард каждый раз чувствовал, что луч проходит буквально в нескольких дюймах от него, — по теплу, резкому запаху озона, по треску в воздухе. Самих лучей он почти не видел: защитные очки автоматически задерживали слишком яркий свет, иначе он действительно мог ослепнуть.

Сам Эверард пока не стрелял, хотя и держал бластер наготове: это не входило в его задачу. Все небо заполнилось скрещивающимися молниями. Они отражались в волнах, и казалось, само море горит.

Арестовать вражеских пилотов было практически невозможно. Стрелки Эверарда получили приказ уничтожить их — уничтожить немедленно, не дожидаясь, пока бандиты поймут, что они в меньшинстве, и скроются в пространстве-времени. Тем же патрульным, у кого второе сиденье пустовало, было поручено взять в плен врагов, которые находились на борту корабля.

Эверард не рассчитывал, что их можно будет найти у обломков корпуса, качающихся на волнах, хотя на всякий случай и обломки патрульные тоже собирались проверить. Скорее всего, бандитов придется вылавливать в воде. Эверард не сомневался, что они приняли меры предосторожности и под халатами у них спасательные жилеты с баллончиками сжатого газа.

Пум на это рассчитывать не мог. Как член экипажа, он выглядел бы неестественно, будь на нем что-то еще, кроме набедренной повязки. А в повязке можно было спрятать лишь его передатчик — и ничего более. Впрочем, Эверард заранее убедился, что тот умеет плавать.

Но многие финикийские моряки не умели. Эверард заметил одного из них, ухватившегося за доску обшивки. Он почти уже отправился на помощь. Но нет, нельзя! Баалрам и его матросы утонули — все, кроме Гизго, да и тот выжил не случайно: если бы не атака Патруля, бандиты заметили бы его с воздуха и убили. К счастью, у него хватило сил держаться за тяжелое длинное весло, пока его не вынесло на берег. Что же касается его товарищей по плаванию, его друзей — то все они погибли, и родня оплакала их — и будет то уделом мореплавателей еще несколько тысяч лет... а вслед за нами — космоплавателей, времяплавателей... По крайней мере они отдали свои жизни за то, чтобы жил их народ и бессчетные миллиарды людей будущего.

Слабое, конечно, утешение... В оптическом усилителе Эверарда появилась над волнами еще одна голова — человек качался на волнах, как поплавок. Да, враг. Надо брать. Он спустился ниже. Человек посмотрел вверх из пены и хаоса волн, и его рот скривился от злобы. Над водой появилась рука с энергопистолетом.

Эверард выстрелил первым. Пространство рассек тонкий луч. Крик противника затерялся в безумии бури, а его пистолет камнем пошел на дно. Он в ужасе уставился на опаленную плоть и обнажившуюся кость собственного запястья.

Никакого сострадания к нему Эверард не испытывал. Но от него и не требовалось убивать. Живые пленники под безболезненным, безвредным, тотальным психодопросом могли направить Патруль к тайным базам других опасных злодеев.

Эверард опустил свой аппарат почти до самой воды. Двигатель натужно загудел, удерживая машину на месте вопреки стараниям волн, которые с грохотом бились в бок роллера, и неистово завывающего, ледяного ветра. Ноги Эверарда плотно сжали раму аппарата. Наклонившись, он схватил человека в полубессознательном состоянии, поднял его и втянул на нос роллера.

«О'кей, теперь можно и вверх...»

Дело случая, конечно, — хотя радости это не умаляло, — но

так уж вышло, что именно он, Мэнс Эверард, оказался агентом Патруля, который задержал самого Меро Варагана.

Прежде чем отправиться в будущее, отряд решил найти какое-нибудь тихое место и оценить обстановку. Их выбор пал на необитаемый островок в Эгейском море. Из лазурных вод, голубизна которых нарушалась лишь блеском солнечного света и пеной, вздымались белые скалы. Над ними с криками летали чайки. Между валунов пробивались кусты, источавшие под лучами солнца густой, резкий аромат. У горизонта двигался парус. Как знать, может, именно на том корабле плыл Одиссей...

На острове подвели итоги. Из патрульных никто не пострадал, если не считать нескольких ранений. Раны обработали здесь же, но в дальнейшем раненым, видимо, предстояло лечение в госпитале Патруля. Они сбили четыре вражеские машины; три скрылись, но теперь их можно будет выследить. Бандитов, что находились на корабле, взяли всех.

И один из патрульных, ориентируясь по сигналам радиопередатчика, вытащил из воды Пуммаирама.

— Молодец, парень! — воскликнул Эверард и крепко его обнял.

Они сидели на скамье в Египетской гавани. При желании это место можно было бы назвать уединенным — в том смысле, что окружающие были слишком заняты, чтобы подслушивать. Впрочем, на них обращали внимание: празднуя победу, они посетили множество развлекательных заведений, и Эверард купил им обоим халаты лучшего полотна и самого красивого цвета — халаты, достойные царей, каковыми они себя и ощущали. Сам Эверард относился к одежде безразлично, хотя, конечно, новое одеяние произведет должное впечатление во дворце, когда ему придется прощаться с Хирамом, зато Пум был в восторге.

Причал оглашали привычные звуки — шлепанье босых ног, стук копыт, скрип колес, громыхание перекатываемых бочек. Из Офира через Синай пришел грузовой корабль, и портовые рабочие принялись за разгрузку тюков с ценным товаром. От пота их мускулистые тела блестели под яркими солнечными лучами. Моряки расположились на отдых под навесом соседней таверны, где под звуки флейты и барабана извивалась молоденькая танцовщица. Они пили, играли в кости, смеялись, хвастались и обменивались байками о далеких странах. Торговец с подносом расхваливал засахаренные фрукты. Проехала мимо груженая тележка с запряженным ослом. Жрец Мелкарта в роскошной мантии беседовал с аскетичного вида чужестранцем, который служил Осирису. Неподалеку прохаживались двое рыжеволосых ахейцев — похоже, что-то высматривали. Длиннобородый воин из Иерусалима и телохранитель приехавшего в Тир филистимлянского сановника обменивались свирепыми взглядами, однако спокойствие Хирамова царства удерживало их от драки. За чернокожим мужчиной в шкуре леопарда и страусиных перьях увязалась целая толпа финикийских мальчишек. Держа посох словно копье, важно проследовал ассириец. Спустя какое-то время, пошатываясь, прошли в обнимку анатолиец и белокурый уроженец Севера — пиво сделало их веселыми и добродушными. В воздухе пахло красками, пометом, дымом, дегтем, сандаловым деревом, миррой, пряностями и солеными брызгами.

Когда-нибудь, спустя столетия, все это исчезнет, умрет — как умирает все. Но прежде — какая яркая, кипучая здесь будет жизнь! Какое богатое наследие она оставит!

— Да, — сказал Эверард, — я не хочу, чтобы ты слишком уж важничал... — Он усмехнулся. — Хотя цену ты себе, похоже, знаешь и от скромности не умрешь... Впрочем, Пум, ты и в самом деле настоящая находка. Так что мы не только спасли Тир, но еще и тебя заполучили.

Испытывая непривычное для него волнение, юноша уставился в пространство перед собой.

— Вы уже говорили об этом, повелитель, когда учили меня. О том, что едва ли кто в этой эпохе способен представить себе путешествие сквозь время и чудеса завтрашнего дня. О том, что им не помогут объяснения: они просто смутятся или испугаются. — Он погладил пушок на подбородке. — Может быть, я отличаюсь от них, потому что всегда рассчитывал лишь на себя и каждый новый день смотрел на мир открытыми глазами. — Просияв, он добавил: — В таком случае я восхваляю богов, или кто бы они ни были, за то, что они взвалили на меня такую судьбу. Ведь она подготовила меня к новой жизни с моим хозяином!

— Ну, не совсем так, — промолвил Эверард. — Мы с тобой не будем встречаться часто.

— Что? — воскликнул Пум. — Почему? Ваш слуга провинился перед вами, о мой повелитель?

— Никоим образом. — Эверард похлопал паренька по тощему плечу. — Наоборот. Но моя работа связана с разъездами. А тебя мы хотим сделать «локальным агентом» — здесь, в твоей родной стране, которую ты знаешь лучше всякого чужеземца. Ни я, ни Хаим и Яэль Зораки никогда не изучим Тир лучше тебя. Не волнуйся. Работа будет интересная, и она потребует от тебя все, на что ты способен.

Пум вздохнул. Но его лицо тут же озарила улыбка.

— Ну что ж, хозяин, это подойдет! По правде говоря, от мысли, что придется всегда жить среди чужаков, мне было немного не по себе. — Упавшим голосом он добавил: — Вы когда-нибудь навестите меня?

— Разумеется... Или ты, если захочешь, сможешь приехать ко мне во время отпуска на какую-нибудь базу отдыха в будущем. Работа у патрульных тяжелая и временами опасная, но и отдыхать мы умеем.

Эверард умолк, но вскоре заговорил снова:

— Конечно, сперва тебе нужно учиться, получить образование, приобрести навыки, которых у тебя нет. Ты отправишься в Академию — в иное место и иное время. Там ты проведешь несколько лет, и эти годы не будут для тебя легкими — хотя я уверен, что тебе там понравится. И только после этого ты вернешься в Тир — в этот же самый год, да, в этот же месяц — и приступишь к выполнению своих обязанностей.

— Я стану взрослым?

— Верно. В Академии тебе дадут знания, а заодно сделают тебя повыше ростом и пошире в плечах. Ты станешь другим человеком, но это будет нетрудно устроить. Имя сгодится прежнее: оно достаточно распространенное. Моряк Пуммаирам, который несколько лет назад ушел в плавание простым матросом, добился успеха в торговле и желает теперь купить корабль, дабы организовать свое собственное дело. В глаза тебе особенно бросаться не нужно: это повредило бы нашим намерениям. Просто зажиточный и уважаемый подданный царя Хирама.

Мальчишка всплеснул руками.

— Повелитель, ваш слуга потрясен вашей щедростью.

— Подожди-подожди, — ответил Эверард. — У меня есть определенные полномочия действовать в подобных случаях по собственному усмотрению, и я намерен предпринять кое-что в твоих интересах. Даже когда ты заведешь свое дело, тебя не будут воспринимать всерьез, пока ты не женишься. А посему тебе нужно взять в жены Сараи.

Пум простонал и в недоумении уставился на патрульного.

Эверард засмеялся.

— Ладно тебе! — сказал он. — Она, конечно, не красавица, но уродиной ее тоже не назовешь. Мы многим ей обязаны. Верная, умная, всех во дворце знает, а это тоже полезно. Она никогда не догадается, кто ты есть на самом деле, — просто будет женой капитана Пуммаирама и матерью его детей. А если у нее и возникнут какие-то вопросы, я уверен, у нее хватит ума не задавать их. — Строгим голосом он добавил: — Ты будешь добр к ней. Слышишь?

— Это... ну, это... — Взгляд Пума остановился на танцовщице. Финикийские мужчины жили по двойному стандарту, и увеселительных заведений в Тире было предостаточно. — Да, господин.

Эверард хлопнул собеседника по колену.

— Я же тебя насквозь вижу, сынок. Может статься, тебе не так уж и захочется развлекаться на стороне. Что ты скажешь, если твоей второй женой станет Бронвен?

Пум зарделся от радости, и наблюдать за ним было одно удовольствие.

Эверард посерьезнел.

— До отъезда, — объяснил он, — я намерен сделать Хираму подарок, что-нибудь необычное вроде большого золотого слитка. Богатства Патруля не ограничены, и на подобные траты у нас смотрят сквозь пальцы. Хирам, в свою очередь, не сможет отказать мне в моей просьбе. Я попрошу у него рабыню Бронвен и ее детей. Когда они будут моими, я официально отпущу их на волю и дам ей приданое. Я уже спрашивал ее. Если она сможет быть свободной в Тире, Бронвен предпочла бы остаться здесь, а не возвращаться на родину, где ей придется делить обмазанную глиной лачугу с десятью или пятнадцатью соплеменниками. Но для этого ей нужно найти себе мужа, а детям — отчима. Как насчет тебя?

— Я... я хотел бы... но вот она... — Пум залился краской.

Эверард кивнул.

— Я обещал ей, что найду достойного человека.

«Поначалу она расстроилась, — вспомнилось ему. — Однако в этой эпохе, как и в большинстве прочих, романтика пасует перед практичностью.

Потом Пуму, быть может, придется трудно, поскольку семья его будет стареть, в то время как он — лишь имитировать старость. Однако благодаря странствиям по времени он будет с ними в течение многих десятилетий своей жизни. Да и воспитание другое; американцы, пожалуй, более чувствительны. Видимо, все будет хорошо. Женщины, без сомнения, подружатся и образуют союз, чтобы спокойно править домом капитана Пуммаирама и заботиться о нем самом».

— В таком случае... о, мой повелитель! — Пум вскочил на ноги и запрыгал от радости.

— Спокойнее, спокойнее, — ухмыльнулся Эверард. — Помни, по твоему календарю пройдут годы, прежде чем ты займешь свой пост. Ну, чего медлишь? Беги к дому Закарбаала и расскажи все Зоракам. Они будут готовить тебя к Академии.

«Что касается меня... нужно будет провести еще несколько дней во дворце, а затем можно и к себе, без спешки, с достоинством, не вызывая никаких сомнений или подозрений. Опять же Бронвен...» — он грустно вздохнул, подумав о чем-то своем.

Пума рядом с ним уже не было. Мелькали пятки, развевался пурпурный халат — маленький пострел с пристани спешил навстречу судьбе, которую он для себя еще только сотворит.

ПЕЧАЛЬ ГОТА ОДИНА

> О, горе отступнику! — Голос, мной слышанный, так возвещал. — Доля тяжка нибелунгов, и Один погружен в печаль.
>
> *Уильям Моррис. «Сигурд Вольсунг».*

372 г.

Входная дверь распахнулась, и в залу ворвался ветер. Пламя в очагах вспыхнуло с новой силой; едкий дым, клубившийся под крышей, в которой были проделаны отверстия, чтобы он выходил наружу, устремился вниз. Ярко засверкало сложенное у двери оружие: наконечники копий, лезвия топоров, шишечки щитов и рукоятки клинков засияли неожиданным светом. Мужчины, что сидели за столами, вдруг притихли; женщины, подносившие им рога с пивом, принялись беспокойно озираться по сторонам. В полумраке, царившем в зале, как будто ожили резные лики богов на колоннах, а вслед за одноруким отцом Тивасом, Донаром и Братьями-Конниками пробудились к жизни изображения зверей и славных воинов, и словно зашелестели листьями переплетенные ветви на деревянных стенных панелях. «Ух-ху», — шумно вздохнул ледяной ветер.

Показались Хатавульф и Солберн. Между ними шагала их мать Ульрика, и взгляд ее был не менее свирепым, чем у ее сыновей. Они остановились — на мгновение, но тем, кто ожидал их слова, этот миг казался неимоверно долгим. Потом Солберн закрыл дверь, а Хатавульф сделал шаг вперед и поднял правую руку. В зале установилась тишина, которую нарушало лишь потрескивание дров да учащенное дыхание людей.

Первым, однако, заговорил Алавин. Вскочив, он воскликнул:

— Мы идем мстить! — Голос его сорвался: ведь Алавину минуло всего только пятнадцать зим.

Воин, сидевший рядом, потянул мальчика за рукав.

— Садись, — проворчал он, — и слушай, что скажет вождь.

Алавин поперхнулся, покраснел — и подчинился.

Хатавульф криво усмехнулся. Он пришел в мир на девять лет раньше своего нетерпеливого единокровного брата и на четыре года опередил родного брата Солберна, но выглядел куда старше — высокий, широкоплечий, с соломенного цвета бородой и походкой крадущегося дикого кота. Он правил соплеменниками вот уже пять лет, со дня смерти своего отца Тарасмунда, а потому возмужал духом быстрее ровесников. Находились, правда, такие, кто уверял, что Хатавульф беспрекословно повинуется Ульрике, но всякому, кто ставил под сомнение его мужество, он предлагал поединок, и мало кому из противников вождя удавалось уйти с места схватки на собственных ногах.

— Да, — произнес негромко Хатавульф, но его услышали даже те, кто располагался в дальнем конце залы. — Несите вино, женщины. Гуляйте, мои храбрецы, любите жен, готовьте снаряжение. Друзья, предложившие помощь, спасибо вам. Завтра на рассвете мы поскачем отомстить убийце моей сестры.

— Эрманариху, — пробормотал Солберн. Он был ниже Хатавульфа ростом и волосы его были темнее; труд земледельца и ремесленника гораздо больше привлекал его, нежели война или охота, однако он словно выплюнул то имя, что сорвалось с его уст.

По зале пробежал ропот. Смятение среди женщин: одни отшатнулись, другие кинулись к своим мужьям, братьям, отцам, возлюбленным, за которых собирались выйти замуж. Те же — кто обрадовался, кто помрачнел.

Среди последних был Лиудерис, воин, осадивший Алавина. Он встал на скамью, чтобы все видели его — коренастого, седого, покрытого шрамами, вернейшего сподвижника Тарасмунда.

— Ты выступишь против короля, которому принес клятву? — спросил он сурово.

— Клятва утратила силу, когда Эрманарих приказал затоптать Сванхильд конями, — ответил Хатавульф.

— Но он говорит, что Рандвар покушался на его жизнь.

— Он наговорит! — вмешалась Ульрика, становясь так, чтобы быть на свету. Рыжие с проседью кудри обрамляли ее лицо, черты которого казались отмеченными печатью Вирд[1]. Шею Ульрики обвивало янтарное ожерелье из северных земель, плащ был подбит роскошным мехом, а на платье пошел восточный шелк — ведь она была дочерью короля и вдовой Тарасмунда, род которого вел свое начало от богов.

Стиснув кулаки, она бросила Лиудерису и остальным:

---

[1] В и р д — богиня судьбы у древних германцев. — *Здесь и далее примеч. пер.*

— Нет, не из пустой прихоти замыслил Рандвар Рыжий убить Эрманариха! Слишком долго страдали готы под властью этого пса. Да, я называю Эрманариха псом, который недостоин жизни! Пускай он возвеличил нас и раздвинул пределы от Балтийского моря до Черного, пускай. То — его пределы, а не наши, и они отойдут с его смертью. Вспомните лучше о податях и поборах в казну, об обесчещенных девушках и женщинах, о неправедно захваченных землях и обездоленных людях, о зарубленных и сожженных заживо за то только, что осмелились противоречить ему! Вспомните, как он, не сумев заполучить сокровища своих племянников, не пощадил никого из их семей, как он повесил Рандвара по навету Сибихо Маннфритссона, этой змеи, что нашептывает ему на ухо! И спросите себя вот о чем: если Рандвар и впрямь был врагом Эрманариха, врагом, которого предали, прежде чем он успел нанести удар, — даже если так, за что погибла Сванхильд? За то, что была ему женой? — Ульрика перевела дыхание. — Но еще она была нашей с Тарасмундом дочерью, сестрой вашего вождя Хатавульфа и его брата Солберна. Те, чьим прародителем был Вотан, должны отправить Эрманариха в преисподнюю, чтобы он там прислуживал Сванхильд!

— Ты полдня совещалась с сыновьями, госпожа, — проговорил Лиудерис. — Сдается мне, они покорились тебе.

Ладонь Хатавульфа легла на рукоять меча.

— Придержи язык! — рявкнул вождь.

— Я не... — пробормотал было Лиудерис.

— Кровь Сванхильд Прекрасной залила землю, — перебила Ульрика. — Простится ли нам, если мы не смоем ее кровью убийцы?

— Тойринги, вам ведомо, что распря между королем и нашим племенем началась много лет назад, — подал голос Солберн. — Услышав о том, что случилось, вы поспешили к нам. Разве не так? Разве не думаете вы, что Эрманарих испытывает нас? Если мы останемся дома, если Хеорот примет виру[1], какую сочтет подходящей король, то мы просто-напросто отдадим себя ему на растерзание.

Лиудерис кивнул и ответил, сложив руки на груди:

— Что ж, пока моя старая голова сидит на плечах, мы с моими сыновьями будем сопровождать вас повсюду. Но не опрометчиво ли ты поступаешь, Хатавульф? Эрманарих силен. Не лучше ли выждать, подготовиться, призвать на подмогу другие племена?

---

[1] В и р а — денежная пеня за убийство.

Хатавульф улыбнулся — более веселой, чем раньше, улыбкой.

— Мы думали об этом, — сказал он, не повышая голоса. — Промедление на руку королю. К тому же нам вряд ли удастся собрать многочисленное войско. Не забывай: вдоль болот шныряют гунны, данники не хотят платить дань, а римляне наверняка увидят в войне готов друг против друга возможность завладеть нашими землями. И потом, Эрманарих, похоже на то, скоро обрушится на тойрингов всей своей мощью. Нет, мы должны напасть сейчас, застать его врасплох, перебить дружинников — их немногим больше нашего, — зарубить короля и созвать вече, чтобы избрать нового, справедливого правителя.

Лиудерис кивнул опять.

— Ты выслушал меня, я выслушал тебя. Пора заканчивать разговоры. Завтра мы поскачем вместе. — Он сел.

— Мои сыновья, — произнесла Ульрика, — быть может, найдут смерть. Все в воле Вирд, той, что определяет жребии богов и людей. Но по мне, пусть они лучше падут в бою, чем преклонят колени перед убийцей своей сестры. Тогда удача все равно отвернется от них.

Юный Алавин не выдержал, вскочил на скамью и выхватил из ножен кинжал.

— Мы не погибнем! — воскликнул он. — Эрманарих умрет, а Хатавульф станет королем остготов!

По зале прокатился, подобно морской волне, многоголосый рев.

Солберн направился к Алавину. Люди расступились перед ним. Под его сапогами хрустели сухие стебли тростника, которыми был устлан глиняный пол.

— Ты сказал «мы»? — справился он. — Нет, ты еще мал и не пойдешь с нами.

На щеках Алавина заалел румянец.

— Я мужчина и буду сражаться за свой род!

Ульрика вздрогнула и выпрямилась.

— За твой род, пащенок? — язвительно спросила она.

Шум стих. Воины обеспокоенно переглянулись. Возобновление в такой час старой вражды не предвещало ничего хорошего. Мать Алавина Эрелива была наложницей Тарасмунда и единственной женщиной, о которой он по-настоящему заботился. Все дети, которых она принесла Тарасмунду, за исключением их первенца, к вящей радости Ульрики, умерли совсем еще маленькими. Когда же и сам вождь отправился на тот свет, друзья Эреливы поспешно выдали ее за землепашца, который жил на значительном удалении от Хеорота. Алавин, впрочем, остался при Хатавульфе, сочтя бегство недостойным для себя, и вынужден был сносить придирки и колкости Ульрики.

Их взгляды скрестились в дымном полумраке.

— Да, мой род! Сванхильд — моя сестра, — на последних словах Алавин запнулся и от стыда закусил губу.

— Ну, ну, — Хатавульф снова поднял руку. — У тебя есть право, паренек, и ты молодец, что отстаиваешь его. Ты поскачешь завтра с нами.

Он сурово посмотрел на Ульрику. Та криво усмехнулась, но промолчала. Все поняли: она надеется на то, что сын Эреливы погибнет в столкновении с дружинниками Эрманариха.

Хатавульф двинулся к трону, что стоял посреди залы.

— Хватит препираться! — возгласил он. — Веселитесь! Анслауг, — добавил он, обращаясь к своей жене, — садись рядом со мной, и мы выпьем кубок Водана.

Затопали ноги, застучали по дереву кулаки, засверкали, точно факелы, ножи. Женщины кричали заодно с мужчинами:

— Слава! Слава! Слава!

Входная дверь распахнулась.

Приближалась осень, поэтому сумерки наступали достаточно рано, и за спиной того, кто возник на пороге, было темным-темно. Ветер, игравший полой синего плаща, что наброшен был на плечи позднего гостя, швырнул в залу охапку сухих листьев и с воем пронесся вдоль стен. Люди обернулись к двери — и затаили дыхание, а те, кто сидел, поспешно встали. К ним пришел Скиталец.

Он возвышался надо всеми и держал свое копье так, словно оно служило ему посохом, а не оружием. Шляпа с широкими полями затеняла его лицо, но не могла скрыть ни седин, ни блеска глаз. Мало кто из собравшихся в Хеороте видел его раньше воочию, но каждый сразу же признал в нем главу рода, отпрыски которого были вождями тойрингов.

Первой от изумления оправилась Ульрика.

— Привет тебе, Скиталец, — сказала она. — Ты почтил нас своим присутствием. Усаживайся на трон, а я принесу тебе рог с вином.

— Нет, — возразил Солберн, — римский кубок, лучший из тех, которые у нас есть.

Хатавульф, расправив плечи, подошел к Праотцу.

— Тебе ведомо будущее, — проговорил он. — Какие вести ты нам принес?

— Такие, — отозвался Скиталец. Голос его звучал низко и

зычно; слова он выговаривал иначе, нежели южные готы и все те, с кем им доводилось сталкиваться. Люди думали, что родным языком Скитальца был язык богов. Этим вечером в его голосе слышалась печаль. — Хатавульфу и Солберну суждено отомстить за сестру, и тут ничего не изменишь. Такова воля Вирд. Но Алавин не должен идти с вами.

Юноша отшатнулся, побледнел, из горла его вырвался звук, похожий на рыдание.

Скиталец отыскал его взглядом.

— Так нужно, Алавин, — промолвил он. — Не гневайся на меня, но ты мужчина пока только наполовину и смерть твоя будет бесполезной. Помни, все мужчины когда-то были юнцами. К тому же тебе предназначен иной удел, куда более тяжкий, чем месть: ты будешь заботиться о благополучии тех, кто происходит от матери твоего отца, Йорит, — не дрогнул ли его голос? — и от меня. Терпи, Алавин. Скоро твоя судьба исполнится.

— Мы... сделаем все... что ты прикажешь, господин, — пробормотал Хатавульф, поперхнувшись вином из кубка. — Но что ждет нас... тех, кто поскачет на Эрманариха?

Скиталец долго глядел на него в тишине, которая воцарилась в зале, потом ответил:

— Ведь ты не хочешь этого знать. Будь то радость или горе, ты не хочешь этого знать.

Алавин опустился на скамью, обхватив голову руками.

— Прощайте, — Скиталец закутался в плащ, взмахнул копьем. Громко хлопнула дверь. Он исчез.

1935 г.

Я мчался на темпороллере через пространственно-временной континуум, решив переодеться позднее. Прибыв на базу Патруля, замаскированную под склад, я сбросил с себя все то, что носили в бассейне Днепра в конце четвертого века нашей эры, и облачился в одежду, которая подходила для Соединенных Штатов середины двадцатого столетия.

И тогда, и теперь мужчинам полагались рубашки и брюки, а женщинам — платья. На этом сходство заканчивалось. Несмотря на грубую ткань, из которой был сшит наряд готов, он нравился мне больше современного пиджака с галстуком. Я положил готский костюм в багажник своего роллера и туда же сунул разнообразные приспособления вроде маленького устройства, с помощью которого мог слышать, находясь снаружи, разговоры во дворце вождя тойрингов в Хеороте. Копье в багажник не влезало, поэтому я прикрепил его к борту машины. До тех пор пока я не отправлюсь во время, где пользовались подобным оружием, оно мне не понадобится.

Дежурному офицеру было, должно быть, двадцать с небольшим; по нынешним меркам, он едва вышел из подросткового возраста, хотя во многих других эпохах давно бы уже был семейным человеком. Судя по выражению его лица, я внушал ему благоговейный трепет. Он, по-видимому, не догадывался, что я, формально принадлежа к Патрулю Времени, не имею никакого отношения к героическим деяниям вроде прокладки пространственно-временных трасс и вызволения попавших в беду путешественников. На деле я был простым ученым-гуманитарием. Правда, я мог перемещаться во времени по собственному желанию, чего юному офицеру не было положено по должности.

Когда я очутился в кабинете, который официально занимал представитель некой строительной компании — нашего плацдарма в этом временном промежутке, — офицер бросил на меня внимательный взгляд.

— Добро пожаловать домой, мистер Фарнесс, — сказал он. — Похоже, вам пришлось несладко, да?

— Почему вы так решили? — машинально отозвался я.

— У вас такой вид, сэр. И походка.

— Со мной ничего не случилось, — оборвал его я, не желая делиться своими чувствами ни с кем, кроме Лори, да и с ней отнюдь не сразу. Закрыв за собой дверь кабинета, я прошел через холл и оказался на улице.

Здесь тоже стояла осень. День выдался из числа тех свежих и чистых, которыми славился Нью-Йорк до того, как его население начало бурно разрастаться. Так совпало, что я очутился в прошлом за год до своего рождения. Здания из стекла и бетона возносились под самые небеса, голубизну которых слегка нарушали белые пятнышки облаков, подгоняемых ветерком, не замедлившим одарить меня холодным поцелуем. Автомобилей было не слишком много, и доносившийся откуда-то аромат жареных каштанов почти начисто заглушал запах выхлопных газов. Выйдя на Пятую авеню, я направился по ней вверх, мимо поражающих изобилием товаров магазинных витрин, за стеклами которых делали покупки прекраснейшие в мире женщины и богачи со всех концов света.

Я надеялся, что, пройдясь пешком до дома, сумею избавиться от терзавшей меня печали. Город не только возбуждает, он может и исцелять, верно? Мы с Лори неспроста выбрали местом своего обитания Нью-Йорк, хотя могли поселиться где и когда угодно, будь то в прошлом или в будущем.

Пожалуй, я преувеличиваю. Подобно большинству супружеских пар мы хотели жить в достаточно привычных условиях, чтобы нам не пришлось учиться всему заново и постоянно держаться настороже. Тридцатые годы — чудесное времечко, если ты белый американец и у тебя все в порядке со здоровьем и деньгами. Что касается отсутствия удобств, например кондиционера, его можно было установить без особого труда, разумеется, не включая, когда у вас в гостях люди, которым до конца жизни не суждено узнать о существовании путешественников во времени. Правда, у власти находилась шайка Рузвельта, но до превращения республики в корпоративное государство было рукой подать, к тому же оно никоим образом не влияло на нашу с Лори жизнь; распад же этого общества станет явным и необратимым только, по моим подсчетам, к выборам 1964 года.

На Ближнем Востоке, где, кстати, сейчас вынашивает меня моя матушка, мы вынуждены были бы действовать чрезвычайно осмотрительно. Ньюйоркцы же, как правило, были людьми терпимыми или по крайней мере нелюбопытными. Моя окладистая борода и волосы до плеч, которые я, будучи на базе, заплел в косичку, не привлекли всеобщего внимания; лишь какие-то мальчишки закричали мне вслед: «Борода!» Для хозяина дома, соседей и прочих современников мы — оставивший преподавательскую работу профессор германской филологии и его супруга, люди с некоторыми вполне простительными странностями. И мы не лгали — то есть лгали, но не во всем.

Вот почему пешая прогулка должна была успокоить меня, помочь восстановить перспективу, контакт с реальностью, каковой следует иметь агенту Патруля, если он не хочет сойти с ума. Замечание, которое обронил Паскаль, верно для всего человечества на протяжении всей его истории. «Как ни были веселы первые акты, последний всегда трагичен. Твой гроб засыпают землей, и отныне для тебя все кончено». Нам необходимо свыкнуться с этой мыслью, впитать ее в себя, сжиться с ней. Да что там говорить: мои готы в целом отделались куда легче, чем, скажем, миллионы европейских евреев и цыган в годы второй мировой, спустя десять лет, или миллионы русских в эти самые тридцатые.

Ну и что? Они — мои готы. Их призраки внезапно окружили меня, и улица со зданиями, автомобилями и людьми из плоти и крови превратилась вдруг в нелепый, наполовину позабытый сон.

Я ускорил шаг, торопясь в убежище, которое приготовила для меня Лори.

Мы с ней жили в огромной квартире, окна которой выходили на Центральный парк, где мы гуляли теплыми ночами. Наш привратник отличался могучим телосложением и не носил оружия, полагаясь целиком на силу своих мышц. Я ненамеренно обидел его, едва ответив на дружеское приветствие, и осознал это уже в лифте. Мне оставалось только сожалеть, ибо прыжок в прошлое и внесение в него изменений нарушили бы Главную Директиву Патруля. Не то чтобы такая мелочь могла угрожать континууму: он довольно-таки эластичен, а последствия перемен быстро стираются. Кстати, возникает весьма интересная метафизическая задачка: насколько путешественники во времени открывают прошлое и насколько создают его? Кот Шредингера[1] обосновался в истории ничуть не хуже, чем в своем ящике. Однако патруль существует для того, чтобы обеспечивать безопасность темпоральных перемещений и непрерывность той цепочки событий, которая приведет в конце концов к появлению цивилизации данеллиан, создавших Патруль Времени.

Стоя в лифте, я размышлял на привычные темы, и призраки готовы отодвинулись, сделались менее назойливыми. Но когда я вышел из лифта, они последовали за мной.

В загроможденной книгами гостиной стоял запах скипидара. Лори в тридцатые годы сумела завоевать себе известность как художница: она ведь еще не была той замороченной профессорской женой, которой станет позднее; вернее, наоборот. Предложение работать в Патруле она отклонила, поскольку, из-за физической слабости, не могла рассчитывать на должность агента-оперативника, а рутинный труд клерка или секретаря ее совершенно не интересовал. Признаюсь, отпуска мы обычно проводили в, мягко выражаясь, экзотических эпохах.

Услышав мои шаги, Лори выбежала из студии мне навстречу. Я увидел ее и немного приободрился. В заляпанном краской халате, с убранными под платок каштановыми волосами, она оставалась по-прежнему стройной и привлекательной. Лишь приглядевшись, можно было заметить морщинки в уголках ее зеленых глаз.

Наши нью-йоркские знакомые завидовали мне: мол, мало того что жена у него симпатичная, так она вдобавок куда моложе, чем он! В действительности же разница между нами состав-

---

[1] Речь идет об образном выражении идеи о волновой природе материи австрийского физика Э. Шредингера.

ляла всего шесть лет. Меня завербовали в Патруль, когда мне перевалило за сорок и в волосах уже начала пробиваться седина, а Лори тогда находилась почти в расцвете своей красоты. Обработка, которой нас подвергали в Патруле, предотвращала старение, но не могла, к сожалению, вернуть молодость.

Кроме того, большую часть своей жизни Лори провела в обычном времени, где минута равняется шестидесяти секундам. А я, будучи оперативником, проживал дни, недели и даже месяцы за то время, которое проходило с утра, когда мы с ней расставались, до обеда, — время, в которое она занималась собственными делами, пользуясь тем, что я не мешаюсь под ногами. В общем и целом мой возраст приближался к сотне лет.

Порой я чувствовал себя — и выглядел — на добрую тысячу.

— Привет, Карл! — Ее губы прильнули к моим. Я прижал ее к себе. «Запачкаю краской пиджак? Ну и черт с ним!» Лори отстранилась, взяла меня за руки и пристально поглядела в лицо.

— Путешествие далось тебе нелегко, — прошептала она.

— Я знал, что так оно и будет, — ответил я устало.

— Но не подозревал, насколько... Ты долго там пробыл?

— Нет. Подожди чуть-чуть, и я расскажу тебе все в подробностях. Честно говоря, мне повезло. Я попал в нужную точку, сделал, что от меня требовалось, и ушел. Несколько часов скрытого наблюдения, пара минут действия — и все.

— И правда повезло. А возвращаться тебе скоро?

— В ту эпоху? Да, достаточно скоро. Но я задержусь здесь — передохну, осмыслю то, что должно произойти... Ты потерпишь меня недельку-другую?

— Милый, — она обняла меня.

— Я должен буду привести в порядок мои записи, — проговорил я ей на ушко, — но вечерами мы сможем ходить в гости, в театры, словом, развлекаться вдвоем.

— Хорошо бы, у тебя получилось. Обещай мне, что не будешь притворяться ради меня.

— Все образуется, — уверил я ее. — Я буду выполнять свое задание, попутно записывая предания и песни, которые они сочиняют. Просто... Мне нужно приноровиться.

— А нужно ли?

— Необходимо. И вовсе не с точки зрения ученого, нет, дело не в этом. Они — мои подопечные. Понимаешь?

Лори молча прижалась ко мне. Она понимала.

Чего она не знала, подумал я с горечью, и чего, если Господь будет милостив ко мне, не узнает никогда, так это того, почему я буквально не спускаю глаз со своих потомков. Лори не ревновала. Она ни разу не попрекнула меня моими отношениями с Йорит. Как-то мы разговорились, и она со смехом заявила, что совсем не в обиде, зато мне моя интрижка позволяла занять в обществе, которое я изучаю, положение, поистине уникальное для моей профессии. Она успокаивала меня и даже утешала как могла.

Но я не сумел заставить себя открыться ей в том, что Йорит была для меня не только другом, который по чистой случайности оказался женщиной. Я не смел признаться Лори в том, что любил ту, которая обратилась в прах шестнадцать столетий тому назад, ничуть не меньше, чем ее, что люблю до сих пор и буду, пожалуй, любить до конца своих дней.

300 г.

Дом Виннитара Грозы Зубров стоял на обрывистом берегу реки Вислы. Хозяйство у него было большое: шесть или семь жилых домов, амбары, сараи, кухня, кузница, пивоварня, множество мастерских. Предки Виннитара поселились здесь в незапамятные времена, и род его пользовался у тойрингов почетом и уважением. К западу тянулись луга и поля. Земли же на востоке, за рекой, пока оставались дикими, хотя по мере того, как возрастала численность племени, люди все чаще поглядывали в ту сторону.

Они, наверно, извели бы лес на восточном берегу под корень, если бы не странное беспокойство, которое гнало их прочь из родных мест. То была пора волнений и хлопот. Стычки между переселявшимися племенами стали вполне обычным делом. Издалека пришла весть, что римляне тоже ссорятся и подымаются друг на друга, не замечая того, что империя, которую воздвигали их отцы, рушится. Северяне в большинстве своем выжидали, лишь немногие отваживались совершать набеги на имперские рубежи. Однако южные земли у пределов империи — богатые, теплые, беззащитные — манили к себе готов, и они готовы были откликнуться на этот зов.

Виннитар не спешил куда-либо перебираться. Из-за этого ему чуть ли не круглый год приходилось сражаться — в основном с вандалами, порою же с отрядами готов — гройтунгов и тайфалов. Сыновья его, подрастая и становясь мужчинами, покидали отчий кров.

Так обстояли дела, когда появился Карл.

Он пришел по зиме, когда на хуторах рады любому гостю, ибо его появление нарушает тягучее однообразие жизни. Сперва его приняли за разбойника, потому что он был один и шел пешком, но все равно решили отвести к вождю.

Карл легко шагал по заснеженной дороге, опираясь на свое копье. Его синий плащ был единственным ярким пятном на фоне белесых полей, черных деревьев и серого неба. Собаки зарычали и залаяли на него, но он не испугался; позднее выяснилось, что тех, кто нападет на него, ожидает смерть. Воины отозвали собак и приветствовали путника с уважением и опаской, ибо на нем были дорогие одежды, да и сам он производил внушительное впечатление. Он был выше самого высокого из них, худощавый, но жилистый, седобородый, но проворный и гибкий, как юноша. Что довелось видеть его блестящим глазам?

— Я зовусь Карл, — ответил он на вопрос о том, кто он такой. — Хотел бы погостить у вас.

Он свободно изъяснялся по-готски, однако выговор его отличался от всех, какие были известны тойрингам.

Виннитар ожидал пришельца в зале, ибо вождю не подобало выбегать на двор, чтобы поглазеть на чужестранца. Увидев Карла в дверях, он поднялся со своего трона.

— Приветствую тебя, если ты пришел с миром и добром. Да пребудут с тобой отец Тивас и благословение матери Фрийи.

— Благодарю, — отозвался Карл. — Ты не оттолкнул того, кто мог показаться тебе нищим. Я не нищий и надеюсь, мой подарок будет достойным тебя. — Пошарив в сумке, что висела у него на поясе, он извлек оттуда браслет и протянул Виннитару. Вокруг послышались вздохи изумления: массивное запястье было из чистого золота, его украшала искусная резьба и многочисленные самоцветы.

Хозяину с трудом удалось сохранить спокойствие.

— Такой дар под стать королю. Раздели со мной трон, Карл, и оставайся у нас, сколько тебе будет угодно. — Он хлопнул в ладоши. — Эй, принесите нашему гостю меда, да и мне тоже, чтобы я мог выпить за его здоровье! — Он повернулся к работникам, служанкам и детям, что толпились у стола. — А ну, расходитесь! Вечером мы послушаем то, что он пожелает нам рассказать, а сейчас он наверняка устал.

Ворча, те повиновались.

— Почему ты так думаешь? — спросил Карл.

— Ближайшее поселение, в котором ты мог провести ночь, находится чуть ли не в дне пути от нас, — ответил Виннитар.

— Я там не был, — сказал Карл.

— Что?

— Ты бы так или иначе узнал об этом, а я не хочу, чтобы меня считали тут лгуном.

— Но... — Виннитар искоса поглядел на пришельца, подергал себя за ус и проговорил: — Ты не из наших краев. Да, ты явился издалека. Но твое платье выглядит так, словно ты надел его только что, хотя с собой у тебя нет ни узелка со сменой белья и снедью, ни чего-либо другого. Кто же ты, откуда ты пришел и... как?

Карл отвечал негромко, но в голосе его будто зазвенела сталь.

— Кое о чем я не могу говорить с тобой, но клянусь тебе, и пусть Донар поразит меня молнией, если я лгу, что я не изгнанник, не враг твоему роду и не тот человек, принимая которого, ты навлечешь позор на свой дом.

— Никто не станет допытываться у тебя, что ты скрываешь, — сказал Виннитар. — Но пойми, мы невольно задаем себе...

На лице его отразилось облегчение, и он воскликнул:

— А вот и мед! Чужестранец, прими рог из рук моей жены Салвалиндис.

Карл учтиво приветствовал жену вождя, но взгляд его задержался на девушке, что стояла рядом, протягивая рог Виннитару. Крепкая и стройная, она ступала с легкостью лани; распущенные золотистые волосы обрамляли ее выразительное лицо; на губах играла несмелая улыбка, в огромных глазах словно отражалось летнее небо.

Салвалиндис заметила его взгляд.

— Это наша старшая, — сказала она Карлу. — Ее зовут Йорит.

1980 г.

После прохождения подготовительного курса в Академии Патруля я возвратился к Лори в тот же день, в который покинул ее. Мне требовалась передышка, чтобы прийти в себя: каково, по-вашему, перенестись из олигоцена в университетский городок в Пенсильвании? Кроме того, нам надо было разобраться с мирскими делами. В частности, мне нужно было дочитать курс лекций и расстаться с университетом в связи «с получением приглашения из-за рубежа». Лори тем временем продала дом и избавилась от вещей, которые не понадобятся нам там, где мы собирались обосноваться.

Прощаться с многолетними друзьями было очень и очень тяжело. Мы обещали иногда заглядывать на огонек, сознавая, что вряд ли исполним свое обещание. Лгать было неудобно и неприятно. Похоже, у знакомых создалось впечатление, что моя новая работа — не что иное, как прикрытие, необходимое агенту ЦРУ.

Что ж, разве меня не предупреждали в самом начале, что жизнь патрульного состоит из сплошных разочарований? Мне еще предстояло узнать, что это означает в действительности.

В один из тех дней, когда мы рубили канаты, связывавшие нас с прошлым, раздался телефонный звонок.

— Профессор Фарнесс? Говорит агент-оперативник Мэнс Эверард. Я хотел бы встретиться с вами, желательно в эти выходные.

Мое сердце учащенно забилось. Статус агента-оперативника — это едва ли не высшая ступенька, на какую мог подняться сотрудник Патруля Времени. На миллион с лишним лет, которые охранял Патруль, таких агентов было наперечет. Обычно патрульный, даже если он полицейский, действует в пределах установленного временного промежутка, постепенно проникает в его тайны и является членом той или иной группы, которая выполняет определенное задание. А агент-оперативник может отправиться в любую эпоху и поступать там, как сочтет нужным. Он несет ответственность только перед собственной совестью, своими коллегами иданеллианами.

— О... Конечно, сэр, — выдавил я. — Меня устроила бы суббота. Может, вы приедете ко мне? Гарантирую вам вкусный обед.

— Спасибо, но я предпочитаю свою берлогу — по крайней мере на первый раз. Тут у меня под рукой и документы, и компьютер, и все остальное, что может пригодиться. Если вас не затруднит, встретимся наедине. С авиалиниями связываться не стоит. У вас есть на примете такое местечко, где наверняка не будет любопытствующих? Отлично. Вас должны были снабдить локатором. О'кей, тогда определите координаты и сообщите мне, а я подберу вас на своем роллере.

Позднее я выяснил, что любезность — не маска, а черта его характера. Крупный, внушительный на вид мужчина, обладавший могуществом, которое и не снилось Цезарю или Чингисхану, он со всеми был необычайно предупредителен.

Я уселся на сиденье позади Эверарда. Мы прыгнули — в пространстве и чуть-чуть во времени — и очутились на базе Патруля в современном Нью-Йорке. Оттуда мы пешком добрались до квартиры, которую занимал Эверард. Грязь, беспорядок и опасность нравились ему не больше моего. Однако он чувствовал, что ему нужно пристанище в двадцатом веке, да и привык к этой, как он выражался, берлоге — до поры до времени упадок, охвативший страну позже, как-то этого уголка не касался.

— Я родился в вашем штате в 1924 году, — объяснил он. — Вступил в Патруль в возрасте тридцати лет. Я решил, что именно мне следует побеседовать с вами. Мы во многом схожи и, вероятно, сумеем понять друг друга.

Глотнув для храбрости виски с содовой из стакана, который он мне предложил, я проговорил, тщательно подбирая слова:

— Не уверен, сэр. Я кое-что слышал о вас в школе. До вступления в Патруль вы как будто вели довольно лихую жизнь. А потом... Я же человек тихий; пожалуй, меня можно даже назвать размазней.

— Положим, это вы хватили, — Эверард бросил взгляд на листок бумаги, который держал в правой руке. Пальцы левой обхватывали головку старой трубки из верескового корня. Он то попыхивал трубкой, то подносил к губам свой стакан с виски. — Вы позволите мне освежить кое-что в моей памяти? Итак, за два года армейской службы вам не довелось участвовать в настоящем сражении, поскольку вы служили в так называемое мирное время. Однако в стрельбе у вас всегда были отличные показатели. Вам не сидится дома, вы лазаете по горам, плаваете, катаетесь на лыжах, ходите под парусом. В студенческие годы вы играли в футбол и, несмотря на ваше телосложение, добились известного успеха. К числу ваших увлечений относятся также фехтование и стрельба из лука. Вы много путешествовали, причем порой ваши маршруты пролегали далеко в стороне от безопасных туристских троп. Что ж, я бы назвал вас любителем приключений. Иногда эта любовь доводит вас до безрассудства; вот единственное, что слегка меня настораживает.

Чувствуя себя немного неловко, я огляделся. Квартира Эверарда казалась оазисом покоя и чистоты. Вдоль стен гостиной выстроились книжные шкафы, над ними висели три замечательные картины и два копья из бронзового века. На полу была расстелена шкура белого медведя, которую, как обронил Эверард, он добыл в Гренландии десятого столетия.

— Вы женаты и прожили с женой двадцать три года, — продолжал он, — что свидетельствует, особенно сегодня, о том, что вам свойственно постоянство.

В обстановке не было и намека на присутствие женщины. Должно быть, Эверард держал жену — или жен — в другом месте и времени.

— Детей у вас нет, — сказал он. — Гм... Извините, если я ненароком обижу вас, но вам, вероятно, известно, что, стоит захотеть, и наши медики восстановят вашей жене способность к деторождению. И поздняя беременность уже перестала быть проблемой.

— Спасибо, — поблагодарил я. — Фаллопиевы трубы... Да, мы с Лори говорили об этом. *Может, когда-нибудь мы и согласимся, но одновременно менять работу и становиться родителями представляется нам неразумным,* — я хмыкнул. — *Если, разумеется, можно рассуждать об одновременности применительно к патрульному.*

— Мне нравится такая позиция, — кивнул Эверард.

— К чему все эти расспросы, сэр? — рискнул поинтересоваться я. — Ведь после рекомендации Герберта Ганца ваши люди проверили меня вдоль и поперек. Мне пришлось выдержать множество психотестов, причем никто не потрудился объяснить, с какой целью.

Да, так оно и было. Мне сказали, что речь идет о научном эксперименте. Я не стал отнекиваться из уважения к Ганцу, который попросил оказать услугу одному его приятелю. Профессиональная деятельность Ганца, подобно моей, была связана с германскими языками и литературой. Мы познакомились с ним на очередной конференции, быстро сошлись и некоторое время переписывались. Он восхищался моими статьями о «Деоре» и «Видсиде»[1], а я расхваливал его монографию по Библии Вульфилы[2].

Тогда я, правда, не знал, что она принадлежит перу именно Ганца. Она была опубликована в Берлине в 1853 году, а спустя несколько лет после публикации Герберта завербовали в Патруль; в будущем он разыскивал — естественно, под псевдонимом — помощника для своих исследований.

Эверард откинулся в кресле и пристально поглядел на меня.

— Компьютеры сообщили, что вы с женой заслуживаете доверия, — сказал он, — и что мы можем открыть вам истинное положение дел. Однако машины не смогли установить, насколько вы подходите для той работы, которая была вам подобрана. Иными словами, они не выявили степень вашей компетентности. Не обижайтесь. Людей, умеющих все, просто не существует, а задания будут трудными. Вам придется действовать в одиночку и предельно осторожно. — Он помолчал. — Да, предельно осто-

---

[1] «Деор» и «Видсид» — древнеанглийские поэмы.

[2] Библия Вульфилы — перевод Библии на готский язык, выполненный епископом Вульфилой.

рожно. Готы, безусловно, варвары, но они отнюдь не глупы, во всяком случае, не глупее нас с вами.

— Понимаю, — ответил я. — Но послушайте, достаточно ведь прочесть мои отчеты, которые я буду сдавать по возвращении с заданий. Если уже по первым станет ясно, что я что-то где-то напортачил, то оставьте меня дома копаться в книгах. По-моему, «книжные черви» тоже приносят пользу Патрулю.

Эверард вздохнул.

— Я справлялся, и меня уведомили, что вы успешно преодолели — то есть преодолеете — все трудности, которые перед вами возникнут. Но этого мало. Вы пока еще не сознаете, даже не догадываетесь, какое непосильное бремя взвалил на себя Патруль, как тонка наша сеть, раскинутая на протяжении миллиона лет человеческой истории. Мы не в состоянии неотрывно следить за действиями всех локальных агентов, особенно когда они не полицейские вроде меня, а ученые, как вы, и находятся в эпохе, сведения о которой крайне ограниченны или вообще отсутствуют. — Он пригубил виски. — Поэтому, собственно, в Патруле и создано исследовательское отделение. Оно позволяет нам получить немного более четкое представление о минувших событиях, чтобы мы могли действовать с большей уверенностью.

— Но разве изменения, которые вдруг произойдут по вине агента в малоизвестном промежутке времени, могут иметь серьезные последствия?

— Да. Те же готы играют в истории немаловажную роль, верно? Кто знает, как скажется на будущем какая-нибудь, с нашей точки зрения, малость: победа или поражение, спасение или гибель, рождение или нерождение того или иного человека?

— Однако мое задание ни в коей мере не затрагивает событий, происходивших в действительности, — возразил я. — Мне поручено записать утерянные к сегодняшнему дню легенды и поэмы, узнать, как они складывались, и попытаться выяснить, какое влияние они оказали на последующие творения.

— Конечно, конечно, — невесело усмехнулся Эверард. — Неугомонный Ганц со своими проектами. Патруль пошел ему навстречу, ибо его предложение — единственный известный нам способ разобраться в хронологии того периода.

Допив виски, он поднялся.

— Повторим? А за обедом я расскажу вам, какова суть вашего задания.

— Не откажусь. Вы, должно быть, разговаривали с Гербертом — с профессором Ганцем?

— Разумеется, — отозвался Эверард, наполняя мой стакан. — Изучение германской литературы Темных Веков, если термин «литература» годится для устных сочинений, из которых лишь немногие были записаны, да и то, по уверению авторитетов, со значительными купюрами. Конек Ганца — гм-м... да, эпос о Нибелунгах! При чем тут вы, я, честно сказать, не совсем понимаю. Нибелунги обитали на Рейне, а вы хотите отправиться в Восточную Европу четвертого века нашей эры.

Меня побудило к откровенности не столько виски, сколько его манера поведения.

— Меня интересует Эрманарих, сам по себе и как герой поэмы.

— Эрманарих? Кто это такой? — Эверард протянул мне стакан и уселся в кресло.

— Пожалуй, начинать нужно издалека, — проговорил я. — Вы знакомы с циклом Нибелунгов-Вольсунгов?

— Ну, я видел постановку вагнеровских опер о Кольце. Еще, когда меня однажды заслали в Скандинавию, где-то в конце периода викингов, я услышал предание о Сигурде, который убил дракона, разбудил валькирию, а потом все испортил.

— Тогда вы почти ничего не знаете, сэр.

— Оставьте, Карл. Называйте меня Мэнсом.

— Сочту за честь, Мэнс. — Я пустился рассказывать так, словно читал лекцию студентам: — Исландская «Сага о Вольсунгах» была записана позже немецкой «Песни о Нибелунгах», но содержит более раннюю версию событий, о которых упоминается также в Старшей и Младшей «Эддах». Вот источники, из которых черпал свои сюжеты Вагнер.

Вы, может быть, помните, что Сигурда Вольсунга обманом женили на Гудрун из рода Гьюкунгов, хотя он собирался взять в жены валькирию Брюнхильд. Это привело к возникновению зависти между женщинами и в конечном итоге к смерти Сигурда. В германском эпосе те же персонажи носят имена Зигфрид, Кримхильда Бургундская и Брюнхильда из Изенштейна, а языческие боги не появляются вовсе. Но важно следующее: в обоих вариантах Гудрун, или Кримхильда, выходит впоследствии замуж за короля Атли, или Этцеля, который на деле не кто иной, как гунн Аттила.

Затем начинаются разночтения. В «Песни о Нибелунгах» Кримхильда, мстя за убийство Зигфрида, завлекает своих братьев в замок Этцеля и расправляется с ними. Здесь мы, кстати, встречаемся с Теодорихом Великим, остготом, который покорил Италию. Он действует под именем Дитриха Бернского, хотя в действительности жил поколением позже Аттилы. Его сподвижник Хильдебранд, пораженный вероломством и жестокостью королевы, убивает Кримхильду. Хильдебранду посвящена баллада, первоначальный текст которой и позднейшие наслоения надеется отыскать Герб Ганц. Видите, как тут все перепуталось.

— Аттила? — пробормотал Эверард. — Не скажу, чтобы я был от него в восторге. Однако его бравые молодцы терзали Европу в середине пятого века, а вы направляетесь в четвертый.

— Правильно. Теперь, с вашего разрешения, я изложу исландскую версию. Атли пригласил к себе братьев Гудрун с тем, чтобы завладеть золотом Рейна. Гудрун предостерегала их, но они явились ко двору, заручившись обещанием короля не покушаться на их жизнь. Когда Атли понял, что ничего от них не добьется, то приказал убить их. Но Гудрун посчиталась с ним. Она зарубила сыновей, которых принесла королю, и подала их сердца мужу на пиру. Потом она зарезала короля в постели, подожгла дворец и бежала из гуннских земель, взяв с собой Сванхильд, свою дочь от Сигурда.

Эверард нахмурился. Я сочувствовал ему: не так-то просто с ходу разобраться в подобных хитросплетениях судеб.

— Гудрун пришла к готам, — продолжал я. — Там она вновь вышла замуж и родила двоих сыновей, Серли и Хамдира. В саге и в эддических песнях короля готов называют Ермунреком, но нет никакого сомнения в том, что он — Эрманарих, человек, живший в середине — конце четвертого столетия. Он то ли женился на Сванхильд и по навету обвинил ее в неверности, то ли повесил того, чьей женою она была и кто злоумышлял против короля. Так или иначе, по его приказу бедняжку Сванхильд затоптали конями.

В то время сыновья Гудрун, Хамдир и Серли, уже подросли и стали мужчинами. Мать подстрекала их отомстить за Сванхильд. Они поскакали к Ермунреку и повстречали по дороге своего сводного брата Эрпа, который вызвался сопровождать их. Однако они убили его, причем непонятно, за что. Я отважусь высказать собственную догадку: он был сыном их отца от наложницы, а потому между ними троими существовала вражда.

Добравшись до дворца Ермунрека, братья напали на королевских дружинников. Их было только двое, но, поскольку сталь их не брала, они скоро пробились к королю и смертельно ранили его. И тут Хамдир обмолвился, что одни лишь камни могут причинить им вред; или, как утверждает сага, те же самые слова сорвались с уст Одина, который неожиданно появился среди сражавшихся в обличье одноглазого старика. Ермунрек велел своим воинам забросать братьев камнями, что те и сделали. На этом история заканчивается.

— Да, веселенькая сказочка, — хмыкнул Эверард. Он призадумался. — Мне кажется, последний эпизод — Гудрун у готов — был присочинен гораздо позднее. Анахронизмы в нем так и выпирают.

— Вполне возможно, — согласился я. — В фольклоре такое случается довольно часто. Важное событие постепенно обрастает посторонними деталями. Например, вовсе не Филдс сказал, что человек, который ненавидит детей и собак, не безнадежно плох. Эти слова принадлежат кому-то другому, я забыл кому, кто представлял Филдса на банкете.

— Вы намекаете на то, что пора бы Патрулю заняться историей Голливуда? — рассмеялся Эверард. — Но если тот эпизод не связан напрямую с нибелунгами, почему вы хотите исследовать его? — спросил он, снова становясь серьезным. — И почему Ганц поддерживает вас?

— Повествование о Гудрун проникло в Скандинавию, где на его основе сложены были две или три замечательные саги — если, конечно, то не были редакции неких ранних версий, — и вошло в цикл о Вольсунгах. Нас с Ганцем занимает сам процесс. К тому же Эрманарих упоминается во многих других источниках — скажем, в древнеанглийских поэмах. Значит, он был в свое время достаточно могущественным правителем, пускай даже как человек он у меня симпатии не вызывает. Утраченные легенды и песни об Эрманарихе могут быть не менее любопытны, чем все то, что сохранилось до наших дней на севере и западе Европы. Здесь могут обнаружиться влияния, о которых мы и не подозревали.

— Вы намереваетесь явиться к его двору? Я бы вам этого не советовал, Карл. Мы потеряли слишком много агентов по их собственной небрежности.

— Нет, нет. Тогда произошло что-то ужасное, что попало даже в исторические хроники. Мне думается, я смогу определить временной промежуток в пределах десяти лет. Но сначала я собираюсь как следует ознакомиться с этой эпохой.

— Хорошо. Итак, каков ваш план?

— Я пройду курс гипнопедического обучения готскому языку. Читать на нем я уже умею, но мне нужно говорить, и говорить бегло, хотя, разумеется, от акцента я вряд ли избавлюсь. Кроме того, я постараюсь усвоить все, что нам известно о тогдашних обычаях, привычках и так далее. Впрочем, заранее могу сказать, что сведения чрезвычайно скудны. В отличие от визиготов остготы оставались для римлян весьма загадочными существами. Наверняка они сильно отличались от былых готов, когда двинулись на запад.

Так что, в качестве первого шага, я отправлюсь в прошлое глубже, чем следовало бы, год этак в 300-й. Освоюсь, пообщаюсь с людьми, потом буду навещать их через определенные интервалы, короче, буду наблюдать за развитием событий. Следовательно, то, что должно случиться, не застанет меня врасплох. Впоследствии я перенесусь чуть вперед, послушаю поэтов и сказителей и запишу их слова на магнитофон.

Эверард нахмурился.

— Использование подобной аппаратуры... Ладно, мы обсудим возможные осложнения. Насколько я понял, ваши перемещения охватывают значительную территорию?

— Да. Если верить римским хронистам, первоначальное место обитания готов — нынешняя центральная Швеция. Но я сомневаюсь, чтобы столь многочисленное племя могло проживать на таком клочке земли. Однако мне представляется достоверным утверждение, будто скандинавы передали готам основы племенной организации, как то произошло в девятом веке со стремившимися к государственности русскими.

По-моему, древнейшие поселения готов находились на южном побережье Балтийского моря. Готы были самым восточным из германских народов. Но единой нацией они никогда не были. Достигнув Западной Европы, они разбились на остготов, которые захватили Италию, и визиготов, покоривших Иберию. Кстати говоря, под готским правлением те земли вновь зацвели и разбогатели. Постепенно захватчики смешались с коренным населением и растворились в нем.

— А до того?

— Историки мимоходом упоминают о различных племенах. К 300 году нашей эры готы прочно обосновались на берегах Вислы, примерно посредине нынешней Польши. К концу столетия следы остготов обнаруживаются на Украине, а визиготы расположились к северу от Дуная, по которому тогда проходила граница Римской империи. Должно быть, они вместе с остальными принимали участие в Великом переселении народов и окончательно покинули север, куда направились племена славян. Эрманарих был остготом, поэтому я буду придерживаться тех земель, где проживали именно они.

— Рискованно, — проговорил Эверард, — особенно для новичка.

— Наберусь опыта по ходу дела, Мэнс. Вы же сами сказали,

что Патрулю не хватает кадров. Кроме того, я надеюсь добыть множество полезных сведений.

— Добудете, добудете, — улыбнулся он, вставая. — Допивайте и пойдем. Придется переодеться, но оно того стоит. Я знаю один салун — в девяностых годах прошлого века, — где нас накормят отличным обедом.

300—302 гг.

Зима нехотя отступала, сопротивляясь изо всех сил. Почти каждый день, с утра до вечера, бушевала пурга, перемежавшаяся ледяным дождем. Но те, кто жил на хуторе у реки, а вскоре и их соседи, постепенно перестали обращать внимание на непогоду, ибо с ними был Карл.

Поначалу он возбуждал подозрение и страх, однако мало-помалу люди уверились, что его приход не предвещает бед. Они благоговели перед ним, и преклонение это не уменьшалось, а, наоборот, возрастало. Виннитар сказал, что такому гостю негоже спать на скамье, словно простому воину, и уложил его на мягкую перину. Он предложил Карлу самому выбрать женщину, которая согреет ему постель, но чужестранец учтиво отказался. Он ел, пил, мылся и справлял нужду, однако находились такие, кто утверждал, что он притворяется, чтобы его считали человеком, тогда как на деле не испытывает ни голода, ни других потребностей.

Разговаривал Карл негромко и дружелюбно, хотя иногда в его голосе проскальзывало высокомерие. Он смеялся шуткам и сам зачастую рассказывал забавные истории. Он ходил пешком, ездил на лошади, охотился, приносил жертвы богам и наравне со всеми веселился на пирах. Он состязался с мужчинами в стрельбе из лука и в борьбе, и никто не мог победить его. Играя в бабки или в настольные игры, он нередко проигрывал; молва немедленно приписала его проигрыши стремлению уберечься от подозрения в колдовстве. Он беседовал с любым, будь то Виннитар, никудышный работник или крохотный мальчуган, внимательно слушал и был добр со слугами и животными.

Но души своей он не открывал никому. Не то чтобы он был угрюмым и замкнутым, вовсе нет. Он сочинял слова и клал их на музыку, и та зажигала сердца слушателей, как никакая другая. Он жадно внимал сказаниям, легендам и песням и не оставался в долгу, ибо ему было о чем поведать: казалось, он исходил весь белый свет, не пропустив ни единого укромного уголка.

284

Он повествовал о могущественном и сотрясаемом внутренними неурядицами Риме, о его правителе Диоклетиане, войнах и суровых законах. Он рассказывал о новом боге — том, что с крестом; готы слышали о нем от бродячих торговцев и от рабов, которых порой продавали так далеко на север. Он говорил о заклятых врагах римлян, персах, и о чудесах, которые те творят. Он щедро, вечер за вечером, делился своими знаниями о южных землях, где всегда тепло, а у людей черная кожа, где рыщут звери, которые сродни рыси, но размерами с медведя. Он рисовал углем на деревянных дощечках изображения других зверей, и готы разражались изумленными восклицаниями, потому что рядом со слоном и зубр, и даже троллий конь казались едва ли не козявками. По словам Карла, у восточных пределов располагалось королевство, что было больше, древнее и великолепнее Рима или Персии. Кожа людей, которые его населяли, была оттенка бледного янтаря, а глаза как будто косили. Чтобы обезопасить себя от диких племен с севера, они выстроили стену, длинную, как горный хребет, и кочевники стали им не страшны. Вот почему гунны повернули на запад. Они, сокрушившие аланов и донимавшие готов, были лишь соринкой в раскосом глазу Китая. А если двигаться на запад и пересечь римскую провинцию, которую называют Галлией, то выйдешь к Мировому океану — готы слышали про него в преданиях, — а сев на корабль, покрупнее тех, что плавают по рекам, и плывя за солнцем, попадешь в земли мудрых и богатых майя...

Еще Карл рассказывал о людях и об их деяниях — о силаче Самсоне, прекрасной и несчастной Дейрдре, охотнике Крокетте...

Йорит, дочь Виннитара, словно забыла о том, что достигла брачного возраста. Она сидела среди детей на полу, у ног Карла, и слушала, а глаза ее, в которых отражалось пламя, светились двумя яркими звездочками.

Порой Карл отлучался, говорил, что ему надо побыть одному, и пропадал на несколько дней. Однажды, несмотря на то что он запретил ходить за ним, за Карлом увязался паренек, еще юный, но уже умевший выслеживать дичь. Домой он возвратился очень бледный и пробормотал, что Седобородый ушел в Тивасов Бор. Готы отваживались появляться там лишь в праздник середины зимы, когда они приносили под соснами три жертвы Победителю Волка[1] — коня, собаку и раба, чтобы он прогнал стужу

---

[1] В германо-скандинавской мифологии бог Тивас (Тюр) обуздывает чудовищного волка, кладя ему в пасть свою руку.

и мрак. Отец мальчишки выпорол сына, а разговоры затихли сами собой. Если боги не карают пришельца, лучше не доискиваться, в чем тут дело.

Карл приходил обратно в новом платье и непременно с подарками. Пустяковые на первый взгляд, они поражали воображение, будь то нож с необычно длинным стальным лезвием, роскошный пояс, оправленное в медь зеркало или хитроумный садок для рыбы. Постепенно на хуторе не осталось ни единого человека, который не обладал бы тем или иным сокровищем. На все вопросы Карл отвечал: «Я знаю тех, кто это делает».

Весна продвигалась все дальше на север: таял снег, река взламывала ледяной панцирь, набухали и распускались почки. Из поднебесья доносились крики перелетных птиц. В загонах слышалось тоненькое мычание, блеяние и ржание. Люди, щурясь от ослепительно сверкавшего солнца, проветривали дома, одежды и души. Королева Весны, восседая на влекомой быками повозке, вокруг которой танцевали юноши и девушки с гирляндами из листьев и цветов на головах, возила от хутора к хутору изображение Фрийи, чтобы богиня благословила пахоту и сев. Молодые сердца бились чаще и веселее.

Карл уходил по-прежнему, но теперь возвращался, как правило, в тот же день. Они с Йорит все больше и больше времени проводили вместе, гуляли по лугам и бродили по лесам, вдали от любопытствующих взглядов. Йорит как будто грезила наяву. Салвалиндис упрекала дочь в том, что она пренебрегает приличиями, — или она ни во что не ставит свое доброе имя? Виннитар успокоил жену; сам он не спешил с выводами. Что касается братьев Йорит, они хмурились и кусали губы.

Наконец Салвалиндис решила поговорить с дочерью. Она привела Йорит в помещение, куда женщины, если у них не было других занятий, приходили ткать и шить. Поставив девушку между собой и широким ткацким станком, словно чтобы она не сбежала, Салвалиндис спросила напрямик:

— С Карлом, верно, ты ведешь себя иначе, чем дома? Ты отдалась ему?

Девушка покраснела и потупилась, сцепив пальцы рук.

— Нет, — прошептала она. — Я с радостью поступила бы так. Но мы только держались за руки, целовались и... и...

— И что?

— Разговаривали. Пели песни. Смеялись. Молчали. О, мама, он славный, он добр ко мне. Я еще не встречала такого мужчину. Он говорит со мной так, будто видит во мне не просто женщину...

Салвалиндис поджала губы.

— Твой отец считает Карла могучим союзником, но для меня он — человек без роду и племени, бездомный колдун, у которого нет ни клочка земли. Что он принесет в наш дом? Подарки с песнями? А сможет он сражаться, если на нас нападут враги? Что он оставит своим сыновьям? Не бросит ли он тебя, когда твоя красота увянет? Девушка, ты глупа.

Йорит стиснула кулаки, топнула ногой и воскликнула, заливаясь слезами — скорее в ярости, чем в отчаянии:

— Придержи язык, старая ведьма!

И тут же отшатнулась, изумленная, пожалуй, не меньше Салвалиндис.

— Так-то ты разговариваешь с матерью? — опешила та. — Он и впрямь колдун и навел на тебя чары. Выкинь его брошь, швырни ее в реку, слышишь? — Тряхнув подолом юбки, Салвалиндис повернулась и вышла на двор.

Йорит заплакала, но приказание матери не исполнила.

А вскоре все переменилось.

В день, когда лил проливной дождь и Донар раскатывал по небу на колеснице, высекая топором слепящие молнии, к Виннитару примчался гонец. Он едва не падал из седла от усталости, бока полузагнанной лошади бурно вздымались. Воздев над головой стрелу, он крикнул тем, кто устремился к нему по заполнявшей двор грязи:

— Война! Вандалы! Вандалы идут!

Его отвели в залу, где он предстал перед Виннитаром.

— Я послан моим отцом, Эфли из Долины Оленьих Рогов, а он узнал обо всем от Дагалейфа Невиттассона, человек которого бежал из сражения при Лосином Броде, чтобы предупредить готов. Но мы и сами уже заметили зарево пожаров.

— Значит, не меньше двух отрядов, — пробормотал Виннитар. — Рановато они в этом году.

— Им что, не надо сеять? — спросил один из его сыновей.

— У них в избытке рабочие руки, — вздохнул Виннитар. — К тому же я слыхал, что их король Хильдерик сумел подчинить себе вождей всех кланов. Выходит, войско их будет больше прежнего и наверняка подвижнее. Как видно, Хильдерик вознамерился захватить наши земли, чтобы накормить своих псов.

— Что же нам делать? — пожелал знать закаленный в битвах старый воин.

— Созовем соседей и тех, кого успеем, того же Эфли, если он еще жив. Соберемся, как и прежде, у скалы Братьев-Конников. Может, нам повезет, и мы столкнемся с не слишком многочисленным отрядом вандалов.

— А что станется с вашими домами? — подал голос Карл. — Вандалы обойдут вас и нападут на хутора, а вы будете дожидаться их у своей скалы. — Он не стал продолжать, ибо и без слов было ясно, что последует: грабежи, насилие, резня, угон молодых женщин в рабство...

— Придется рискнуть, иначе нас уничтожат поодиночке, — произнес Виннитар. Пламя в очаге выбрасывало длинные языки, снаружи завывал ветер, стучал по крыше дождь. Взгляд вождя обратился на Карла. — У нас для тебя нет ни шлема, ни кольчуги. Может, ты раздобудешь их себе там, откуда приносишь подарки?

Карл не пошевелился, только резче обозначились черты его лица.

Виннитар сгорбился.

— Что ж, принуждать я тебя не стану, — вздохнул он. — Ты не тойринг.

— Карл, о, Карл! — воскликнула Йорит, невольно выступая вперед.

Мгновение, которое показалось собравшимся в зале очень и очень долгим, седобородый мужчина и юная девушка глядели друг на друга, потом он отвернулся и сказал Виннитару:

— Не бойся, я не покину друзей. Но ты должен следовать моим советам, какими бы странными ты их ни находил. Ты согласен?

Люди молчали, лишь пронесся по залу звук, похожий на шелест ветра в листве.

— Да, — промолвил, набравшись мужества, Виннитар. — Пускай наши гонцы несут стрелу войны дальше. А мы с остальными сядем за пир.

О том, что происходило в следующие несколько недель, достоверных сведений не имеется. Мужчины сражались, разбивали лагеря, снова сражались, возвращались или не возвращались домой. Те, кто вернулся — а таких было большинство, — рассказывали диковинные истории. Будто бы по небу носился на коне, который не был конем, воин с копьем и в синем плаще. Будто бы на вандалов нападали ужасные твари, а в темноте зажигались колдовские огни; будто бы враги в страхе бросали оружие и бежали прочь, оглашая воздух истошными воплями. Всякий раз готы настигали вандалов на подходах к какому-нибудь хутору; отсутствие добычи приводило к тому, что от войска короля Хильдерика откалывались все новые и новые кланы. Словом, захватчики потерпели поражение.

Вожди готов во всем повиновались Скитальцу, который предупреждал их о передвижениях врага, говорил, чего ожидать и как лучше выстроить отряды на поле боя. Он, обгонявший на своем скакуне ветер, призвал на помощь тойрингам гройтунгов, тайфалов и амалингов, он сбил спесь с высокомерных и заставил их слушаться.

Со временем все эти истории смешались с древними преданиями, и правду невозможно стало отличить ото лжи. Асы, ваны, тролли, чародеи, призраки и прочие легендарные существа — сколько раз участвовали они в кровавых распрях людей? В общем, готы в верхнем течении Вислы вновь зажили мирной жизнью. За насущными заботами об урожае и хлопотами по хозяйству о войне скоро забыли.

Но Карл возвратился к Йорит как победитель.

Жениться на ней он не мог, ибо у него не было родни. Однако среди зажиточных готов бытовал обычай брать себе наложниц, и это не считалось чем-то постыдным, если, конечно, мужчина мог содержать женщину и детей. К тому же Карл был Карлом. Салвалиндис сама привела к нему Йорит после пира, на котором из рук в руки перешло множество дорогих подарков.

По приказу Виннитара его работники срубили на том берегу деревья, переправили их через реку и построили дочери вождя добротный дом. Карл велел сделать ему отдельную спальню; кроме того, в доме имелась еще одна комната, куда не было доступа никому. Карл частенько захаживал в нее, но никогда не пропадал там подолгу и совсем перестал ходить в Тивасов Бор.

Люди перешептывались между собой, что он слишком уж заботится об Йорит, что не пристало взрослому мужчине вести себя, как какому-нибудь влюбленному мальчишке. Однако Йорит оказалась неплохой хозяйкой, а охотников посмеяться над Карлом в открытую как-то не находилось.

Большинство обязанностей мужа по дому он передоверил управителю, а сам добывал необходимые вещи или деньги, чтобы покупать их. Он сделался заправским торговцем. Годы мира вовсе не были годами затишья. Коробейники, число которых заметно возросло, предлагали янтарь, меха, мед и сало с севера, вино, стекло, изделия из металла, одежду, керамику с юга и запада. Карл радушно принимал их у себя в доме, ездил на ярмарки, ходил на вече.

На вече, поскольку он не был членом племени, Карл только

смотрел и слушал, зато потом, вечерами, оживленно обсуждал с вождями те вопросы, из-за которых драл глотки простой народ.

Люди, равно мужчины и женщины, дивились ему. Прошел слух, что похожего на него человека, седого, но крепкого телом, часто видели в других готских племенах...

Быть может, именно его отлучки были причиной того, что Йорит понесла не сразу; хотя, если разобраться, когда она легла в его постель, ей только-только миновало шестнадцать зим. Так или иначе то, что она в тягости, сделалось заметным лишь год спустя.

Йорит, хоть ей приходилось несладко, буквально лучилась от счастья. Карл же вновь поверг готов в изумление — теперь тем, что переживал не столько за дитя, сколько за будущую мать. Он кормил Йорит заморскими плодами и запретил ей есть соленое. Она с радостью подчинилась, заявив, что так проявляется его любовь.

Тем временем жизнь продолжалась. На похоронах и поминках никто не осмеливался заговорить с Карлом, ибо от него веяло неизвестностью. Главы родов, выбравших его, откровенно изумились, когда он отказался от чести быть тем, кто провозгласит новую Королеву Весны.

Впрочем, вспомнив его заслуги перед готами, былые и настоящие, ему это простили.

Тепло; урожай; холод; возрождение; возвращение лета... Йорит приспела пора рожать.

Роды были трудными и продолжительными. Она стойко терпела боль, но лица женщин, которые помогали ей, были мрачными. Эльфам не понравится, что Карл настоял на неслыханной чистоте в спальне; а ведь он хотел еще — мужчина! — сидеть рядом с роженицей! Да ведает ли он, что творит?

Карл дожидался в комнате за стеной. Когда явились гости, он, как полагалось, выставил на стол мед, но видно было, что ему невмоготу. Когда, уже под ночь, они ушли, он не лег спать, а просидел в темноте, не смыкая глаз, до рассвета. Время от времени из спальни к нему выходила повитуха. При свете лампы, которую держала в руке, она углядела, что он то и дело посматривает на ту дверь, к коей не подпускал никого из домашних.

На закате второго дня повитуха в очередной раз вышла из спальни. Друзья, окружавшие Карла, смолкли. Из свертка на руках повитухи донесся писк. Виннитар испустил крик. Карл поднялся, ноздри его побелели.

Женщина, встав перед ним на колени, развернула одеяло и положила на земляной пол, к ногам отца, крошечного мальчугана: весь в крови, он сучил ножками и плакал. Если Карл не возьмет ребенка, она унесет его в лес и бросит на съедение волкам. Карл подхватил малыша, даже не глянув, все ли с ним в порядке, и прохрипел:

— Йорит? Как Йорит?

— Отдыхает, — сказала повитуха. — Ступай к ней, если хочешь.

Карл отдал ей сына и кинулся в спальню. Женщины, бывшие там, расступились. Он наклонился к Йорит. Лицо ее было бледным, глаза запали, лоб блестел от пота. Увидев над собой возлюбленного, она сделала такое движение, словно тянулась к нему, и улыбнулась уголками губ.

— Дагоберт, — прошептала она. Этим родовым именем она желала назвать своего сына.

— Конечно, милая, — проговорил Карл. Не обращая ни на кого внимания, он поцеловал ее.

Йорит закрыла глаза.

— Спасибо тебе, — пробормотала она еле слышно. — Я родила сына от бога.

— Нет...

Вдруг Йорит вздрогнула, прижала руку к животу, открыла глаза — зрачки были расширенными и неподвижными. Тело ее обмякло, дыхание сделалось затрудненным.

Карл выпрямился и выбежал из спальни. Достав из кармана ключ, он отпер запретную дверь и с грохотом захлопнул ее за собой.

Салвалиндис подошла к дочери.

— Она умирает, — проговорила жена вождя. — Спасет ли ее колдовство? Или повредит?

Дверь распахнулась. Пропуская вперед своего спутника, Карл забыл затворить ее. Люди разглядели некий металлический предмет. Кое-кому вспомнился скакун Карла, на котором он летал над полем битвы. Кто схватился за амулет, кто поспешно начертал в воздухе знак, оберегающий от злых духов.

Карла сопровождала женщина, одетая, правда, по-мужски — в переливчатых брюках и такой же рубахе. Черты лица выдавали в ней иноземку: широкие, как у гунна, скулы, короткий нос, золотистая кожа, прямые иссиня-черные волосы. Женщина несла в руке какой-то ящик.

Они ворвались в спальню. Карл выгнал из комнаты готских женщин, вышел вслед за ними, запер дверь в помещение, где стоял его скакун, и повернулся к людям, которые в страхе отпрянули от него.

— Не бойтесь, — выдавил он, — не бойтесь. Я привез мудрую женщину. Она поможет Йорит.

Ожидание затянулось. Наконец незнакомка выглянула из спальни и поманила к себе Карла. Увидев ее, он глухо застонал, подошел к ней на негнущихся ногах и позволил провести себя внутрь. Вновь установилась тишина. Потом послышались голоса: его — гневный и страдающий, ее — ласковый и умиротворяющий. Языка, на котором они говорили, никто из готов не понимал. Когда они вышли, вместе, Карл выглядел постаревшим на много лет.

— Кончено, — произнес он. — Я закрыл ей глаза. Приготовь ее к погребению, Виннитар. Без меня не хороните.

Они с мудрой женщиной скрылись за запретной дверью. На руках повитухи зашелся криком Дагоберт.

2319 г.

Я прыгнул во времени в Нью-Йорк тридцатых годов двадцатого века, потому что хорошо знал тамошнюю базу Патруля и ее персонал. Молоденький дежурный офицер сослался было на устав, но я быстро его окоротил, и он направил срочный вызов в медицинскую службу. Вышло так, что на этот вызов откликнулась Квей-фей Мендоса, о которой я слышал, но лично знаком не был. Задав мне всего два или три вопроса, она уселась на мой роллер, и мы поспешили к готам. Позже она настояла на том, чтобы мы отправились в ее клинику на Луне, в двадцать четвертый век. У меня не было сил сопротивляться.

Она заставила меня принять горячую ванну, потом уложила в постель; электронный лекарь погрузил меня в продолжительный целебный сон.

Проснувшись, я оделся во все чистое, съел, не ощущая вкуса, то, что мне принесли, и узнал, как пройти в кабинет Мендосы. Она встретила меня, сидя за огромным столом, и взмахом руки указала на кресло. Никто из нас не торопился начинать разговор.

Избегая смотреть на нее, я огляделся. Искусственная гравитация, которая поддерживала мой привычный вес, отнюдь не создавала ощущения того, что я нахожусь в домашней обстановке. Но я вовсе не хочу сказать, будто кабинет вызвал у меня отвращение. Он был красив своеобразной красотой, здесь пахло розами и свежескошенным сеном. Пол устилал ковер густого лилового цвета, испещренный серебристыми искорками. Стены поражали многоцветьем и плавными переходами красок. Из большого окна, если, конечно, то было окно, открывался замечательный вид на лунные горы: вдали маячил кратер, в черном небе сверкала почти полная Земля. Я не мог отвести взгляда от бело-голубого шара родной планеты. Две тысячи лет назад на ней умерла Йорит.

— Ну, агент Фарнесс, — спросила наконец Мендоса на темпоральном, языке Патруля, — как вы себя чувствуете?

— Нормально, — пробормотал я. — Нет. Как убийца.

— Вам следовало оставить ту девочку в покое.

Сделав над собой усилие, я отвернулся от окна.

— Для своих соплеменников она была взрослой женщиной. Наша связь помогла мне завоевать доверие ее родичей, а значит, содействовала успеху моей миссии. Но, пожалуйста, не считайте меня бессердечным злодеем. Мы любили друг друга.

— А что думает по этому поводу ваша жена? Или она не знает?

Я был слишком утомлен, чтобы возмутиться подобной назойливостью.

— Знает. Я спрашивал у нее... Поразмыслив, она решила, что для нее ничего страшного не произошло. Не забывайте, наша с ней молодость пришлась на шестидесятые-семидесятые годы двадцатого века. Впрочем, вам вряд ли что-либо известно об этом периоде. То было время сексуальной революции.

Мендоса угрюмо усмехнулась.

— Мода приходит и уходит.

— Мы с женой одобряем единобрачие, но не из принципа, а скорее из-за того, что удовлетворены нашими отношениями. Я постоянно навещаю ее, я люблю ее, в самом деле люблю.

— А она, как видно, сочла за лучшее не вмешиваться в вашу средневековую интрижку! — бросила Мендоса.

Меня словно полоснули ножом по сердцу.

— То была никакая не интрижка! Говорю вам, я любил Йорит, ту готскую девушку, я любил ее! — Я сглотнул, стараясь избавиться от вставшего в горле кома. — Вы правда не могли ее спасти?

Мендоса покачала головой. Голос ее заметно смягчился:

— Нет. Если хотите, я объясню вам все в подробностях. Приборы — неважно, как они работают, — показали аневризм передней церебральной артерии. Само по себе это не очень опасно, однако напряжение, вызванное долгими и трудными родами, привело к разрыву сосуда. Оживить девушку означало бы обречь ее на тяжкие муки.

— И не было способа, чтобы?..

— Разумеется, мы могли бы перенести ее в будущее, то есть сюда; сердце и легкие заработали бы снова, а мы, применив процедуру нейронного клонирования, создали бы человека, который внешне походил на вашу возлюбленную, но ничего не знал ни о себе, ни об окружающем мире. Моя служба не делает таких операций, агент Фарнесс. Не то чтобы мы не сочувствовали, но мы завалены вызовами от патрульных и от их... настоящих семей. Если мы начнем выполнять просьбы вроде вашей, работы у нас будет просто невпроворот. И потом, поймите: она не боролась за жизнь.

Я стиснул зубы.

— Предположим, мы отправимся к началу ее беременности, — сказал я, — заберем ее сюда, вылечим, сотрем воспоминания о путешествии и возвратим обратно, целую и невредимую?

— Мой ответ известен вам заранее. Патруль не изменяет прошлое, он оберегает и сохраняет его.

Я вжался в кресло, которое, подстраиваясь под очертания моего тела, тщетно пыталось успокоить меня.

— Не судите себя чересчур строго, — сжалилась надо мной Мендоса. — Вы же не могли предвидеть этого. Ну вышла бы девушка за кого-нибудь другого — наверняка все кончилось бы тем же самым. По совести говоря, мне показалось, что с вами она была счастливее большинства женщин той эпохи. — Мендоса повысила голос. — Но себе вы нанесли рану, которая зарубцуется отнюдь не скоро. Вернее, она не затянется никогда, если вы не сумеете противостоять искушению вернуться в годы жизни девушки, чтобы каждодневно видеть ее и быть с ней. Как вы знаете, подобные поступки запрещены уставом, и не только из-за риска, которому при этом подвергается пространственно-временной континуум. Вы погубите свою душу, разрушите свой мозг. А вы нужны нам, нужны, помимо всех остальных, вашей жене.

— Да, — выдавил я.

— С вас достаточно будет наблюдения за вашими потомками. Правильнее было бы вообще отстранить вас от этого задания.

— Не надо, прошу вас, не надо.

— Почему? — спросила она, будто хлестнула бичом.

— Потому что я... не могу бросить их... тогда получится, что Йорит жила и умерла ни за что.

— Ну, решать не вам и не мне, а вашему начальству. В любом случае готовьтесь к серьезному наказанию. Быть может, они ограничат свободу ваших действий. — Мендоса отвернулась и потерла подбородок. — Если, естественно, не потребуется определенного вмешательства, чтобы восстановить равновесие... Ладно, это меня не касается.

Она вновь взглянула на меня, неожиданно перегнулась через стол и сказала:

— Слушайте, Карл Фарнесс. Меня попросят высказать мое мнение о случившемся. Вот почему я привезла вас сюда, вот почему я намерена продержать вас тут недельку-другую, — чтобы понять вас. Однако кое в чем я уже разобралась, ибо таких, как вы, в миллионолетней истории Патруля, уж поверьте мне, хватает: да, вы совершили проступок, но вас извиняет ваша неопытность.

Это происходило, происходит и будет происходить. Чувство оторванности от людей, несмотря на отпуска и на контакты с коллегами вроде меня. Ошеломление, несмотря на подготовку, культурный и прочие шоки. Вы видели то, что было для вас несчастьем, бедностью, запустением, невежеством, неоправданной трагичностью — хуже того, бездушием, жестокостью, несправедливостью, зверством. Вы не могли не испытать боли. Вы должны были убедить себя, что ваши готы — такие же люди, что отличия между вами и ними — исключительно поверхностные; вы захотели помочь им, и вдруг перед вами отворилась дверь, за которой таилось нечто прекрасное...

Да, путешественники во времени, в том числе — патрульные, часто поступают как вы. Обычно их действия не представляют угрозы, ибо важны не предки той или иной конкретной исторической фигуры, а она сама. Если пределы растяжения континуума не превышены, тогда не важно, изменилось ли прошлое в каких-то мелочах или эти мелочи «всегда» присутствовали в нем.

Не вините себя, Фарнесс, — закончила она тихо. — Чем скорее вы оправитесь, тем лучше для вас и для всех. Вы — агент Патруля Времени, а потому не думайте, будто скорбите в последний раз.

302—330 гг.

Карл сдержал свое слово. В молчании опершись на копье, он смотрел, как родичи Йорит кладут ее тело в могилу и насыпают сверху курган. Потом они с Виннитаром устроили поминки по усопшей, на которые созвали соседей со всей округи и которые длились целых три дня. Во время поминок Карл держался особняком, хотя, если к нему обращались, отвечал в своей обычной, вежливой манере. Нельзя сказать, чтобы он косо поглядывал на веселившихся, но в его присутствии никто не отваживался шуметь или петь удалые песни.

Когда гости разошлись и Карл остался наедине с Виннитаром, он промолвил:

— Завтра я тоже уйду. Скоро меня не жди.

— Ты исполнил то, за чем приходил?

— Нет, еще нет.

Других вопросов Виннитар задавать не стал. Карл вздохнул и прибавил:

— Если будет на то воля Вирд, я не покину твой род. Но пока судьба против меня.

На рассвете он попрощался и исчез за пеленой густого, холодного тумана.

Последующие годы породили немало слухов. Кое-кто уверял, что видел, как Карл в сумерках проникал, словно через дверь, в курган Йорит. Иные утверждали, что он ночами выводит умершую возлюбленную на прогулки. Постепенно в воспоминаниях людей он утрачивал человеческие черты.

Дед с бабкой подыскали Дагоберту кормилицу и воспитывали его как собственного сына. Все знали о том, кто был его отцом, но не сторонились мальчика, а наоборот, стремились завести с ним дружбу, ибо ему, если верить молве, предстояло совершить великие подвиги. Именно поэтому его обучали как искусству воина, охотника и землепашца, так и умению пристойно вести себя. Отпрыски богов были не такой уж редкостью. Мужчины становились героями, а женщины славились мудростью и красотой, но они были смертными, как обыкновенные люди.

Появившись три года спустя, Карл, глядя на своего сына, пробормотал:

— Как он похож на мать!

— Да, лицом, — согласился Виннитар, — но видишь сам, Карл, мужества ему тоже не занимать.

Кроме старого вождя, никто не осмеливался называть Скитальца по имени — или так, как, по мнению готов, было бы правильнее всего. На пирах они, по его просьбе, рассказывали недавно услышанные легенды и стихи. Вызнав, какие барды сочинили заинтересовавшие его сказания, он пообещал навестить их и впоследствии выполнил свое обещание, чем весьма польстил самолюбию поэтов. А от того, о чем повествовал он сам, как и прежде, захватывало дух. Впрочем, он пробыл у Виннитара недолго и снова пропал.

Тем временем Дагоберт вырос в статного, пригожего, веселого паренька. Ему исполнилось лишь двенадцать зим, когда он вместе со своими сводными братьями, старшими сыновьями Виннитара, отправился на юг, сопровождая караван торговцев. Они перезимовали на чужбине и вернулись домой по весне, изумленные и потрясенные увиденным. Да, на юг отсюда лежат свободные земли, богатые, плодородные, омываемые Днепром, по сравнению с которыми Висла — не более чем ручеек. Северные долины заросли лесами, но дальше на юг простираются бескрайние пастбища и земля, словно невеста, ожидает плуга пахаря. К тому же тот, кто завладеет ею, будет держать в своих руках торговлю через порты Черного моря.

Готов там немного. Западные племена переселились на Дунай, по которому проходит граница Римской империи. Они вовсю торгуют с римлянами, однако, если вдруг разгорится война, им не позавидуешь: ведь отвага и выучка римских легионеров известна всему свету.

Днепр же протекает достаточно далеко от пределов империи. Правда, побережье Азовского моря заняли герулы, дикие племена, с которыми наверняка не обойдется без стычек. Но, поскольку они презирают доспехи и сражения в строю, с ними справиться будет легче, нежели с вандалами. К северу и востоку от герульских земель обитают гунны, кочевники, схожие с троллями своим уродством и кровожадностью. По слухам, грознее их воинов нет. Однако тем сладостнее будет победа над ними, если они нападут; готы одолеют их, ибо те разбиты на племена и кланы, которые скорее затеют свару друг с другом, чем объединятся, чтобы грабить хозяйства и жечь поселения.

Дагоберт не находил себе от нетерпения места, братья поддерживали его, но Виннитар призвал к осмотрительности. Прежде чем трогаться в путь, из которого не будет возврата, нужно как следует все разузнать. Кроме того, двигаться надо не по отдельности, а всем вместе, иначе переселенцы и их скарб станут добычей разбойников.

В ту пору восточные готы сплотились в единый союз под властью Геберика, вождя племени гройтунгов. Одних он принудил к повиновению силой, других склонил на свою сторону угрозами или посулами. Среди последних были и тойринги, которые в год пятнадцатилетия Дагоберта провозгласили Геберика своим королем.

Это означало, что они платили ему не слишком обременительную дань, давали ему, когда он того требовал, воинов, если только не нужно было в это время сеять или собирать урожай, и исполняли законы, принятые на Большом Вече для всего королевства. Зато теперь можно было не опасаться нападения соседних племен, которые тоже признали Геберика своим властелином. Торговля процветала, и представители тойрингов — неслыханное дело! — каждый год отправлялись на Большое Вече, где их слушали наравне с остальными.

Дагоберт отважно сражался за короля, а в промежутках между войнами сопровождал ходившие на юг торговые караваны. Он многое узнал в тех краях и многому научился.

Как ни странно, редкие появления отца всегда совпадали с его пребыванием дома. Скиталец наделял Дагоберта богатыми дарами и мудрыми советами, но разговора у них обычно не получалось, ибо что мог сказать юнец такому человеку, как Карл?

В тот год Дагоберт принес жертвы в святилище, выстроенное Виннитаром на месте, где стоял когда-то дом, в котором родился мальчик. Похоронив дочь, Виннитар велел сжечь этот дом, где она провела так мало дней. Скиталец запретил кровавые жертвоприношения и дозволил помянуть Йорит лишь первыми плодами земли. Позднее кто-то пустил слух, что яблоки, брошенные в огонь перед каменным алтарем, превратились в Яблоки Жизни.

Когда Дагоберт вступил в пору зрелости, Виннитар подыскал ему жену — Валубург, сильную и пригожую девушку, дочь Оптариса из Долины Оленьих Рогов, второго по могуществу человека среди тойрингов. Скиталец почтил свадьбу сына своим присутствием.

Он был среди готов и тогда, когда Валубург родила первенца, которого родители назвали Тарасмундом. В тот же год у короля Геберика тож родился сын, Эрманарих.

Валубург рожала мужу одно дитя за другим, но не могла привязать его к дому. Дагоберт не ведал покоя. Люди говорили, что в его жилах течет отцовская кровь, что он слышит зов ветра, доносящийся с края света. Возвратившись из очередного похода на юг, он принес нежданную весть: правитель Рима по имени Константин победил всех своих соперников и сделался единоличным владыкой.

Может быть, именно это известие подстегнуло Геберика, хотя он и без того не спешил вкладывать меч в ножны. Потратив несколько лет на приготовления, король повел свое войско на вандалов.

Дагоберт между тем окончательно решил переселяться на юг. Скиталец одобрил его решение, сказав, что те земли предназначены готам судьбой и что, очутившись там первым, он сможет выбрать себе удел по собственному желанию. Дагоберт принялся созывать в дорогу соседей, понимая, что дед прав: в одиночку он туда не доберется. Но отказать королю, не откликнувшись на его призыв, значило покрыть себя бесчестьем, а потому, получив стрелу войны, он двинулся на соединение с Гебериком во главе отряда в сотню с лишним воинов.

Битва завершилась кровавым сражением, задавшим роскошный пир волкам и воронью со всей округи. В ней пал король вандалов Визимар. Погибли и старшие сыновья Виннитара, помышлявшие о переселении на юг заодно с Дагобертом. Сам Дагоберт уцелел, не был даже сколь-нибудь серьезно ранен, и все восхваляли его за проявленную доблесть. Нашлись, правда, такие, которые говорили, что на поле боя его оберегал от вражеских копий Скиталец, но Дагоберт возражал клеветникам: «Отец пришел ко мне лишь в ночь перед решающей схваткой. Мы долго сидели, и я попросил, чтобы он не умалял моей славы, сражаясь за меня, а он ответил, что на то нет воли Вирд».

Наголову разбитые вандалы вынуждены были спасаться бегством. Помыкавшись какое-то время по берегам Дуная, они испросили у императора Константина разрешения поселиться на его землях. Император, никогда не пренебрегавший добрыми воинами, позволил вандалам обосноваться в Паннонии.

Дагоберт, благодаря своему происхождению, женитьбе и завоеванной в боях славе, стал предводителем тойрингов и, дав им достаточно передохнуть после войны, повел их на юг.

Будущее рисовалось в радужном свете, а потому мало кто остался на насиженном месте, но среди этих немногих были старый Виннитар и Салвалиндис. Когда повозки переселенцев скрылись из глаз, старикам в последний раз явился Скиталец. Он был добр с ними, ибо помнил все, что связывало их, и ту, что спала вечным сном на берегу Вислы.

1980 г.

Меня распекали на все лады за нарушение устава и только лишь по настоянию Герберта Ганца, уверявшего, что ему некем меня заменить, позволили продолжать выполнение задания. Но распекал меня вовсе не Мэнс Эверард. У того были свои причины держаться в тени. Постепенно они выяснились — как и то, что Эверард изучал мои отчеты.

В промежутке с четвертого по двадцатый век прошло около двух лет моей настоящей жизни с тех пор, как я потерял Йорит.

Горе сменилось глухой тоской — ах, если бы она пожила хоть чуть-чуть подольше! — но иногда обрушивалось на меня всей своей тяжестью. Лори, как могла, помогала мне свыкнуться с мыслью о потере. Признаться, я и не подозревал, какая замечательная у меня жена.

Я был в отпуске в Нью-Йорке 1932 года, когда Эверард вновь позвонил мне и предложил встретиться.

— Надо бы обсудить кое-какие вопросы, — сказал он. — Побеседуем часок-другой, а потом погуляете по городу. Разумеется, с женой. Вы когда-нибудь видели Лолу Монтес в зените славы? Я взял билеты. Париж, 1843 год.

Наступила зима. За окнами квартиры Эверарда шел снег; мы будто очутились в невообразимых размеров белой пещере. Подавая мне стакан с пуншем, Эверард справился относительно моих музыкальных пристрастий. Мы довольно быстро установили, что нам обоим нравятся мелодии кото, инструмента, на котором играл позабытый ныне, но, безусловно, гениальный средневековый японский музыкант. Что ж, путешествия во времени, помимо недостатков, связаны с определенными преимуществами.

Эверард тщательно набил трубку табаком и разжег ее.

— В отчетах вы ни словом не обмолвились о своих взаимоотношениях с Йорит, — заметил он как бы мимоходом. — Все открылось лишь после того, как вы обратились к Мендосе. Почему?

— Это касалось только меня, — проговорил я. — И потом, в Академии нас предостерегали насчет подобных вещей, но, насколько мне известно, как такового запрета не существует.

Эверард склонил голову. Глядя на него, я почему-то подумал, что он, должно быть, прочел все, что мне предстоит написать. Он знал мое будущее так, как я узнаю его, прожив отведенные мне годы, и ни минутой раньше. Правило, согласно которому агенты оставались в неведении относительно своего жизненного пути, соблюдалось в Патруле неукоснительно и нарушалось лишь в исключительных случаях.

— Не волнуйтесь, я не собираюсь бранить вас, — сказал Эверард. — Между нами, мне кажется, что координатор Абдулла слегка погорячился. Чтобы справиться с заданием, агенту нужна известная свобода. Многие попадали в переделки гораздо неприятнее вашей.

Выпустив изо рта клуб голубоватого дымка, он продолжил:

— Мне хотелось бы кое-что уточнить. Меня интересуют не столько философские обоснования, сколько сами ваши поступки. Я задам вам пару-тройку вопросов... э... научного толка. Как вы понимаете, я не ученый, но достаточно усердно копался в анналах истории, предыстории и даже постистории.

— Не сомневаюсь, — поспешил заверить я.

— Начнем с очевидного. Вы вмешались в войну между готами и вандалами. С какой целью?

— Я уже отвечал на этот вопрос, сэр... то есть Мэнс. Убивать я никого не убивал, поскольку моя собственная жизнь находилась вне опасности. Я помогал в разработке стратегии, ходил в разведку, вселял страх в сердца врагов, летая над их головами на антиграве, наводя иллюзии, стреляя ультразвуковыми лучами. Да одним тем, что напугал их, я спас десятки жизней! Но главная причина заключалась в том, что я, патрульный, затратил немалые усилия на создание базы в обществе, которое должен был изучать, а набег вандалов грозил свести их на нет.

— Вы не боялись, что ваши действия изменят будущее?

— Нет. Пожалуй, мне надо было как следует все обдумать, однако с первого взгляда у меня сложилось впечатление, что этот случай — чуть ли не пример из практического пособия. Вандалы замыслили самый обыкновенный набег. Исторических свидетельств о нем нет, значит, исход его в значительной степени безразличен для обеих сторон, если не принимать в расчет конкретных людей, а ведь некоторым из них мой план отводит важные роли. Что касается их и что касается того рода, основателем которого я явился, то здесь мы имеем дело с заурядными статистическими колебаниями, которые скоро сгладятся.

Эверард нахмурился.

— Карл, вы кормите меня теми же отговорками, какими пытались убедить координаторов. С ними у вас получилось, но меня вы не проведете. Постарайтесь усвоить раз и навсегда: действительность крайне редко совпадает с примерами из учебников и практических пособий.

— По-моему, я потихоньку это усваиваю, — мое раскаяние было вполне искренним. — Мы не имеем права обманывать людей, так?

Эверард улыбнулся. Я ощутил облегчение и поднес к губам стакан с пуншем.

— Ладно, давайте перейдем от общих рассуждений к частностям. Ну, например, без вашей помощи готы во многом остались бы на уровне дикарей. Я говорю не про материальные предметы: ибо они рассыплются в прах, или сгниют, или затеряются. Но вы рассказывали им о мире, существование которого до вас было для них тайной за семью печатями.

— Мне же надо было как-то привлечь к себе внимание. Иначе с какой стати им было припоминать для меня их собственные, давно набившие оскомину предания?

— Н-да, пожалуй. Но не попадет ли то, что вы им наговорили, в готский фольклор и не сольется ли с тем циклом, который вас так занимает?

Я позволил себе усмехнуться.

— Нет. Я заранее произвел психосоциальные вычисления и пользовался ими как руководством. Общества подобного типа обладают весьма избирательной коллективной памятью. Люди необразованные и живут в мире, где чудеса считаются вполне обыденными явлениями. То, что я поведал им, скажем, о римлянах, лишь дополняет подробностями сведения, которые они получили от бродячих торговцев, а эти подробности быстро растворятся в их расплывчатых представлениях о Риме. Что же до более экзотического материала, то Кухулин для готов — всего-навсего еще один обреченный герой, похожий на тех, о ком повествуют их сказания. Империя Хань — еще одна легендарная держава где-то за горизонтом. На своих слушателей я произвел впечатление, но при последующей передаче мои рассказы постепенно начнут восприниматься как волшебные сказки.

Эверард кивнул.

— М-м, — пыхнув трубкой, он вдруг спросил: — А вы сами? Вас трудно причислить к позабытым легендам. Вы — человек из плоти и крови, таинственный незнакомец, который время от времени появляется среди готов. Вы намерены сотворить из себя бога?

Я ждал этого вопроса и загодя приготовился к нему. Снова пригубив пунш, я ответил, взвешивая каждое слово:

— Роль божества меня не прельщает, но, боюсь, обстоятельства складываются не в мою пользу.

Эверард не шелохнулся.

— И вы утверждаете, что история останется неизменной? — протянул он с нарочитой ленцой в голосе.

— Совершенно верно. Сейчас я все объясню. Я не изображал из себя бога, не требовал поклонения и не собираюсь его требовать. Все вышло как бы само собой. Я пришел к Виннитару один, одетый как путник, но не как бродяга. С собой у меня было копье, обычное оружие пешего. Будучи рожденным в двадцатом веке, ростом я выше людей из четвертого тысячелетия, даже если они нордического типа. Волосы и борода у меня, как видите, седые. Я рассказывал о неведомых краях, летал по воздуху и наводил ужас на врагов. При всем при том меня не воспринимали как нового бога, ибо внешним обликом и действиями я походил на того, кому готы молились с незапамятных времен. С течением времени, где-то через поколение или через два, мы с ним, я думаю, станем единым целым.

— Как его звали?

— Готы именовали его Воданом, западные германцы — Вотаном, англичане — Воденом, фризы — Вонсом, и так далее. Наиболее известна поздняя скандинавская версия его имени — Один.

Удивление Эверарда было неожиданным для меня. Впрочем, отчеты для Патруля были куда менее подробными, чем те, которые я составлял для Ганца.

— Один? Но он же был одноглазым и начальником над остальными, тогда как вы... Или я ошибаюсь?

— Нет, не ошибаетесь, — как приятно было вновь ощутить себя лектором перед студенческой аудиторией. — Вы говорите об эддическом Одине, Одине викингов. Однако он принадлежит другой эпохе, которая наступит гораздо позже; кроме того, обитает он намного севернее.

Для моих готов начальником, как вы выразились, над остальными богами был Тивас, чей образ восходит к древнему индоевропейскому пантеону. Там он присутствует наравне с образами прочих, если воспользоваться скандинавским названием, асов, которые противопоставлены хтоническим божествам — ванам. Римляне отождествляли Тиваса с Марсом, поскольку оба они были богами войны.

Те же римляне считали Донара, которого скандинавы называли Тором, германским двойником Юпитера, ибо он повелевал громами и молниями. Однако для готов Донар был сыном Тиваса, подобно Водану, которого римляне приравнивали к Меркурию.

— Значит, мифология тоже эволюционирует? — справился Эверард.

— Конечно, — отозвался я. — Постепенно Тивас превратился в асгардского Тюра. Люди продолжали помнить о нем лишь то, что он потерял руку, обуздывая чудовищного волка, который впоследствии уничтожит мир. Что касается Тюра, то это слово на древненорвежском означает «бог».

Водан же, или Один, приобретал тем временем все большее значение и сделался наконец отцом богов. Мне думается — хотя, разумеется, надежнее всего было бы проверить догадку на практике, — это случилось из-за того, что скандинавы были чрезвычайно воинственным народом. Психопомп[1], приобретший к тому же через финское влияние черты шамана, был для них сущей находкой: он препровождал их души в Вальгаллу. Кстати говоря, Один был очень популярен в Дании, ну, может быть, в Швеции. В Норвегии же и в Исландии больше поклонялись Тору.

— Замечательно, — Эверард вздохнул. — Сколь многого, оказывается, мы не знаем и не успеем узнать до конца своих дней... Но давайте вернемся к вашему Водану в Восточной Европе четвертого века.

— Оба глаза у него пока в целости, — сказал я, — зато уже появилась шляпа, плащ и копье, которое на деле является посохом. Он — путешественник, Скиталец. Вот почему римляне отождествляли его с Меркурием, наподобие греческого Гермеса. Все, о чем я вам рассказываю, восходит к ранней индоевропейской традиции. Ее следы можно отыскать в Индии, Персии, в кельтских и славянских мифах; последние, к сожалению, весьма скудно отражены в источниках. Мои действия... Впрочем, неважно. Водана-Меркурия-Гермеса называют Скитальцем, поскольку он — бог ветра. Отсюда становится понятным, почему его возвели в покровители путников и торговцев. Странствуя по свету, он должен был многому научиться, поэтому его наделяли особой мудростью, а также считалось, что ему подвластны поэзия и магия. Сюда же примешалось представление о мертвецах, которые мчатся на ночном ветре. То есть мы возвратились к образу Психопомпа.

Эверард выпустил изо рта кольцо дыма и проводил его взглядом, словно оно было неким символом.

— Похоже, вы рисуете весьма любопытную фигуру, — проговорил он.

— Да, — согласился я. — Повторяю, меня подтолкнули к этому обстоятельства. Признаться, моя миссия бесконечно осложнилась. Я буду осторожен. Однако... миф-то существует. Упоминаний о появлениях Водана среди людей — бесчисленное множество. Большинство из них — легенды, но некоторые, сдается, имеют под собой реальную основу. Что вы думаете по этому поводу?

Эверард пыхнул трубкой.

— Не знаю. Не могу вам ничего посоветовать. Скажу лишь, что приучился не доверять архетипам. В них таится до сих пор не

---

[1] Психопомп — в древнегреческой мифологии проводник душ в загробном мире.

познанное могущество. Именно поэтому я и расспрашивал вас столь подробно о, казалось бы, очевидных вещах. Не такие уж они и очевидные.

Он не столько пожал, сколько передернул плечами.

— Что ж, метафизика метафизикой, а нам надо решить кое-какие практические вопросы. Потом захватим вашу жену и мою даму и отправимся развлекаться.

337 г.

Битва бушевала весь день напролет. Раз за разом гунны накатывались на ряды готов, словно штормовые волны, что бьются о подножие берегового утеса. Стрелы, пики, развевающиеся знамена затемнили солнце; земля содрогалась от топота конских копыт. Пешие готы уверенно отражали натиск гуннов. Они кололи пиками, рубили мечами и топорами, стреляли из луков, метали камни из пращи. Звуки рогов и зычные крики ратников перекрывали пронзительные боевые кличи гуннов.

Люди валились как снопы. Человеческие ноги и копыта коней давили упавших, ломали им ребра, втаптывали в кровавое месиво. Над полем битвы стоял неумолчный звон: то звенела сталь оружия, обрушиваясь на шлемы, отскакивая от кольчуг, рассекая деревянные щиты и кожаные нагрудники. Лошади, испуская предсмертное ржание, падали навзничь со стрелой в горле или с перерезанными поджилками. Раненые воины, оскалив зубы, сражались, покуда хватало сил. Противники крушили направо и налево, не разбирая, где свой, где чужой, безумие схватки застилало им глаза черной пеленой.

Гуннам наконец удалось прорвать строй готов. Ликуя, они поворотили коней, чтобы напасть на врагов со спины. Но тут откуда ни возьмись появился свежий отряд готов, и гунны очутились в западне. Вырваться сумели лишь немногие. Видя, что атака захлебнулась, гуннские военачальники приказали трубить отступление. С дисциплиной у степняков все было в порядке: они подчинились сигналу и поскакали прочь. Наступила долгожданная передышка; можно было утолить жажду, перевязать раны, издали обменяться с врагом обидным словом или свирепым взглядом.

Кроваво-красное солнце на зеленоватом небе клонилось к закату. Его лучи обагрили воды реки и выхватили из надвигающихся сумерек черные силуэты кружащих над полем стервятников. По истоптанной траве пролегли длинные тени, превратив разбросанные тут и там группки деревьев в нечто бесформенно-грозное. Прохладный ветерок носился над землей, шевелил волосы убитых, тихонько насвистывал, будто призывая мертвецов пробудиться.

Но вот зарокотали барабаны. Построившись в отряды, гунны под звуки труб снова устремились вперед, чтобы схлестнуться с противником в решающей схватке.

Усталые до изнеможения, готы все же выстояли. Смерть пожинала богатый урожай. Что ж, Дагоберт ловко и умело раскинул свою ловушку. Услышав о набеге гуннов — об убийствах, насилии, пожарах и грабежах, — он кинул клич, созывая соплеменников под свое знамя. Отозвались не только тойринги, но и их соседи. Дагоберт заманил гуннов в лощину на берегу Днепра, в которой негде было развернуться коннице, разместил основную часть своего войска на склонах, а тем, кого поставил в долину, запретил отступать.

От его круглого щита остались одни щепки, шлем был весь во вмятинах, кольчуга порвалась, меч затупился, болела каждая косточка и каждая мышца, однако он стоял в первом ряду готской дружины, а над ним гордо реяло его собственное знамя.

Перед ним вздыбилась громадная лошадь. Дагоберт мельком увидел всадника: низкорослый, но широкоплечий, в вонючих одеждах из шкур под слабым подобием доспехов, лысая голова с длинным чубом, жидкая раздвоенная бороденка, многочисленные шрамы на носатом лице. Гунн замахнулся на него топором. Дагоберт отскочил в сторону, чтобы не попасть под копыта, и отразил удар. Зазвенела сталь, в сумерках ярко засверкали искры. Клинок Дагоберта пропорол всаднику бедро. Если бы его лезвие было таким же острым, как в начале битвы, гунн наверняка отправился бы к праотцам, а так он, обливаясь кровью и вереща, ударил снова, на этот раз — по шлему вождя готов. Дагоберт пошатнулся, но устоял на ногах. Мгновение — и противника простыл и след: его унес куда-то водоворот сражения.

Зато появился другой, который швырнул копье, и оно вошло Дагоберту между плечом и шеей. Гунн рванулся было в образовавшуюся в готском строю брешь, однако Дагоберт, падая, успел взмахнуть мечом и ранил гунна в руку, а его товарищ раскроил вражескому воину голову своей алебардой. Конь гунна помчался прочь, волоча за собой мертвое тело.

Битва прекратилась внезапно. Уцелевшие враги в страхе бежали. Удирали они не скопом, а поодиночке, утратив, как видно, всякую веру в дисциплину.

— За ними, — прохрипел Дагоберт. — Не дайте им уйти, отомстите за наших... — Он хлопнул по ноге своего знаменосца, тот наклонил стяг вперед, и готы бросились преследовать гуннов. Те, кто ускользнул, могли считать себя счастливцами, ибо готы не ведали пощады.

Дагоберт ощупал шею. Кровь хлестала из раны струей. Шум схватки отдалялся, становились слышны стоны раненых и крики стервятников. Слух Дагоберта постепенно слабел. Он поискал взглядом солнце, чтобы посмотреть на него в последний раз.

Воздух рядом с вождем задрожал — из ниоткуда возник Скиталец.

Он соскочил со своего колдовского скакуна, упал на колени прямо в грязь, положил руку на грудь сыну.

— Отец, — прошептал Дагоберт; в горле его клокотала кровь.

Лицо человека, которого он помнил суровым и сдержанным в проявлении чувств, было искажено мукой.

— Я не мог... нельзя... они не позволили... — пробормотал Скиталец.

— Мы... победили?..

— Да. Мы избавились от гуннов на многие годы. Ты молодец.

Дагоберт улыбнулся.

— Хорошо. Забери меня к себе, отец...

Карл обнимал Дагоберта, пока за тем не пришла смерть, да и потом он долго еще сидел у тела вождя готов.

1933 г.

— О, Лори!

— Успокойся, милый. Это должно было случиться.

— Сын, мой сын!

— Иди сюда, поплачь, не стесняйся слез.

— Он был так молод, Лори!

— Он был взрослый мужчина. Ты ведь не покинешь его детей, не оставишь своих внуков?

— Нет, никогда. Хотя что я могу сделать? Скажи мне, что я могу сделать для них? Они обречены. Потомки Йорит погибнут, как им суждено. Чем я помогу им?

— Мы подумаем вместе, милый, но не сейчас. Тебе нужно отдохнуть. Закрой глаза, вот так, и постарайся заснуть.

В тот год, когда пал в сражении его отец Дагоберт, Тарасмунду исполнилось тринадцать зим. Похоронив вождя под высоким курганом, тойринги единодушно провозгласили мальчика своим новым предводителем. Пускай он был еще мал, но от него ожидали многого, и потом, тойринги не желали, чтобы ими правил какой-либо другой род.

Вдобавок после битвы на берегу Днепра у них не осталось врагов, которых следовало бы опасаться. Ведь они разгромили союз нескольких гуннских племен, устрашив тем самым остальных гуннов, а заодно и герулов. В будущем же если и придется воевать, то не обороняясь, а нападая. Иными словами, у Тарасмунда будет время вырасти и набраться мудрости. И разве не поможет ему советами Водан?

Его мать Валубург вышла замуж за человека по имени Ансгар. Он был ниже ее по положению, но имел в достатке всякого добра и не рвался к власти. Вдвоем они правили тойрингами, пока Тарасмунд не вступил в зрелый возраст и не стал мужчиной. Он к тому же попросил их не спешить складывать с себя тяжкое бремя, ибо ему, как это, похоже, было заведено в их роду, не сиделось на месте и он хотел повидать свет.

Тойринги одобрили его желание, ибо мир менялся на глазах, и вождь должен был знать, с чем ему предстоит столкнуться в грядущем.

В Риме все было спокойно, хотя Константин, умирая, разделил империю на Западную и Восточную. Столицей Восточной он избрал город Византию, назвав его собственным именем. Константинополь быстро разросся и прославился на весь свет своими богатствами. После множества стычек, в которых им задали хорошую трепку, визиготы заключили мир с Римом, и торговля через Дунай заметно оживилась.

Константин объявил, что отныне в империи признают одного-единственного Бога — Христа. Проповедники веры в него проникали все дальше и дальше, и все больше и больше западных готов прислушивалось к их речам. Те, кто поклонялся Тивасу и Фрийе, угрюмо ворчали. Древние боги могут разгневаться и причинить зло неблагодарным людям, да и новая вера опять же покоряет для Константинополя, не обнажая меча, некогда свободные земли. Христиане уверяли, что спасение души важнее свободы; притом, если вдуматься, лучше жить в пределах Империи, чем вне их. Год от года расхождения во взглядах делались все более очевидными.

Остготы же в своем далеке жили по старым, дедовским обычаям. Христиан среди них было наперечет, да и то большей частью — рабов из западных земель. В Олбии имелась церковь, которую посещали римские торговцы, — деревянная, невзрачная и совсем крохотная по сравнению с древними, пускай даже ныне опустевшими, мраморными храмами. Однако время шло, число христиан понемногу возрастало; священники обращали в свою веру незамужних женщин и некоторых мужчин.

Тойринги же, подобно остальным восточным готам, не изменяли богам предков. Они собирали с полей богатый урожай, вовсю торговали с Севером и Югом, получали свою долю дани с тех, кого покорял готский король.

Валубург и Ансгар выстроили на правом берегу Днепра новый дом, достойный сына Дагоберта. Он встал на холме, что вознесся над рекой, над пойменными лугами и полями, над лесом, в котором не счесть было птичьих гнезд. Над щипецами дома парили резные драконы, над дверью сверкали позолотой рога зубров и сохатых; колоннам в зале придано было сходство с божествами — со всеми, кроме Водана, поскольку тому было отстроено святилище неподалеку. Вокруг дома, по сути — настоящего дворца, поднялись прочие строения, и вскоре хутор превратился в целое селение, в котором кипела жизнь: мужчины, женщины, дети, кони, собаки, повозки, оружие, разговоры, смех, песни, топот копыт, скрип колес, визг пилы, перестук кузнечных молотов и молоточков, огни, клятвы, брань, иногда плач. У берега, когда не уходил в плавание, покачивался на волнах корабль; к пристани часто причаливали ладьи, что несли по реке чудесные грузы.

Дворец назвали Хеоротом, ибо Скиталец сказал с кривой усмешкой, что так назывался знаменитый чертог в северных краях[1]. Сам он по-прежнему появлялся раз в несколько лет, на пару-тройку дней, чтобы услышать то, о чем стоило узнать.

Русоволосый Тарасмунд был шире своего отца в кости, смуглее кожей, грубее лицом и мрачнее духом. Тойрингов это не пугало. Пускай утолит жажду приключений в юности, думали они, наберется знаний, а потом, образумившись, станет править, как и подобает вождю. Они словно чувствовали, что им понадобится мудрый и отважный правитель. Среди остготов ходили слухи о некоем короле, который объединил гуннов, как когда-то Гебе-

---

[1] Речь идет о чертоге Беовульфа в одноименной английской эпической поэме.

рик — их самих. Молва же уверяла, что сын и предполагаемый наследник Геберика, Эрманарих, человек жестокий и властолюбивый. К тому же королевский род, вслед за большинством подданных, вроде бы собирался покинуть северные топи ради солнечных южных земель. Поэтому тойрингам нужен был предводитель, способный отстоять их права.

В свое последнее путешествие Тарасмунд ушел, когда ему исполнилось семнадцать зим, и пробыл в отлучке три года. Он переплыл Черное море и добрался до Константинополя, где и остался, а корабль отправил домой. Родичи, впрочем, не боялись за него, ибо Скиталец пообещал охранять внука на протяжении всего пути.

Что ж, Тарасмунд и его воины повидали столько, что им теперь было о чем рассказывать соплеменникам едва ли не до конца жизни. Проведя какое-то время в Новом Риме, где каждый день случались немыслимые чудеса, они по суше пересекли провинцию Моэзию и достигли Дуная. Переправившись через него, они оказались у визиготов, среди которых прожили около года — по настоянию Скитальца, сказавшего, что Тарасмунд должен завязать с ними дружбу.

Именно там юноша встретил Ульрику, дочь короля Атанариха, до сих пор поклонявшегося древним богам и, как выяснилось, порой привечавшего у себя Скитальца. Он рад был союзу с вождем с востока. Молодые пришлись друг другу по душе. Ульрика, правда, уже тогда была высокомерной и крутонравной, но обещала стать хорошей хозяйкой и принести своему мужу здоровых, крепких сыновей. Договорились так: Тарасмунд возвратится домой, потом состоится обмен дарами и залогами, а где-нибудь через год он соединится со своей нареченной.

Переночевав в Хеороте, Скиталец попрощался с Тарасмундом и исчез. Люди не решались обсуждать его поступки: он, как и встарь, оставался для них загадкой.

Но однажды, годы спустя, Тарасмунд сказал лежавшей рядом Эреливе: «Я раскрыл перед ним свое сердце, как он того просил, и мне почудилось, будто во взгляде его были любовь и печаль».

1858 г.

В отличие от большинства агентов Патруля, Герберт Ганц сохранил связь со своим временем. Завербованный в зрелом возрасте, убежденный холостяк, он удивил меня тем, что ему нравилось быть «господином профессором» в Берлинском университи-

310

тете Фридриха-Вильгельма. Как правило, он возвращался из очередной командировки минут через пять после того, как исчезал, и снова обретал слегка, быть может, напыщенный ученый вид. Поэтому он предпочитал отправляться в будущее с его прекрасно оборудованными станциями и крайне редко посещал эпоху варварства, которую тем не менее изучал.

— Она не подходит для мирного старика вроде меня, — ответил он, когда я поинтересовался как-то о причинах подобного отношения. — Равно как и я для нее. Я выставлю себя на посмешище, заслужу презрение, вызову подозрение; может статься, меня даже убьют. Нет, мое дело — наука: организация, анализ, выдвижение гипотез. Я наслаждаюсь жизнью в том времени, которое меня устраивает. К сожалению, моему покою скоро придет конец. Разумеется, прежде, чем западная цивилизация всерьез приступит к самоуничтожению, я приму необходимые меры и симулирую собственную смерть... Что потом? Кто знает? Быть может, начну все сначала в другом месте, например, в постнаполеоновском Бонне или Гейдельберге.

Он считал своей обязанностью радушно принимать оперативников, если те являлись, так сказать, лично. Уже в пятый раз за время нашего знакомства он потчевал меня поистине раблезианским обедом, за которым последовали сон и прогулка по Унтер ден Линден. В дом Ганца мы вернулись к вечеру. Деревья источали сладкий аромат, по мостовой цокали копыта запряженных в экипажи лошадей, мужчины, приподнимая цилиндры, раскланивались со встречными дамами, из садика, где цвели розы, доносилось пение соловья. Иногда по дороге нам попадались прусские офицеры в мундирах: будущего они на плечах пока не несли.

Профессорский особняк был довольно просторным, хотя множество книг и антикварных вещиц создавало ощущение тесноты. Ганц провел меня в библиотеку и позвонил, вызывая служанку. На той было черное платье, белый фартук и крахмальная наколка.

— Принесите нам кофе с пирожными, — распорядился он. — Да, захватите еще бутылку коньяка и бокалы. Никто не должен нас беспокоить.

Служанка вышла, а Ганц чинно уселся на софу.

— Эмма — хорошая девушка, — заметил он, протирая пенсне. Медики Патруля в два счета ликвидировали бы его близорукость, однако он отказался от операции, заявив, что не желает объяенять всем и каждому, как ему удалось исправить зрение. — Она из бедной крестьянской семьи. Знаете, плодятся они быстро, но жизнь так к ним сурова! Я заинтересовался ею, разумеется, с платонической точки зрения. Она уволится в ближайшие три года, ибо выйдет замуж за приятного молодого человека. Я, в качестве свадебного подарка, обеспечу ее скромным приданым и буду крестным отцом ее первенца, — красноватое лицо профессора помрачнело. — Она умрет в сорок один год от туберкулеза. — Он погладил ладонью лысину. — Мне разрешено лишь немного облегчить ее страдания. Мы, патрульные, не вправе придаваться скорби, тем более — заранее. Я приберегу жалость и чувство вины для моих несчастных друзей и коллег братьев Гримм. Жизнь же Эммы куда светлее, чем у миллионов других людей.

Я промолчал. Мне прямо-таки не терпелось — раз никто нам не помешает — приняться за настройку аппарата, который привез с собой. В Берлине я выдавал себя за английского ученого, поскольку был не в состоянии справиться с акцентом, а американца засыпали бы вопросами о краснокожих и о рабстве. Ну так вот, будучи с Тарасмундом у визиготов, я встретился с Ульфилой и записал нашу встречу, как и все остальное, что представляло интерес для профессионала. Естественно, Ганцу захочется посмотреть на главного константинопольского миссионера, апостола готов, чей перевод Библии был до недавних пор единственным источником сведений о готском языке.

С появлением голограммы обстановка комнаты — подсвечники, книжные шкафы, современная для той эпохи мебель в стиле ампир, бюсты, гравюры и картины в рамах, обои с китайским рисунком, темно-бордовые портьеры — словно исчезла, превратилась в мрак вокруг костра. Я перестал быть собой, ибо глядел на самого себя, то бишь на Скитальца.

Крошечное записывающее устройство действовало на молекулярном уровне, оно впитывало в себя окружающее. Мой рекордер помещался в наконечнике копья, которое я прислонил к дереву. Желая побеседовать с Ульфилой, скажем так, неофициально, я решил перехватить его на пути через римскую провинцию Дакию, которая в мои дни стала называться Румынией. Поклявшись друг другу в том, что не имеют враждебных намерений, мои остготы и его византийцы разбили лагерь и разделили друг с другом ужин.

Мы расположились на лесной поляне. Дым от костров поднимался к верхушкам деревьев и заволакивал звезды. Где-то поблизости ухала сова. Ночь была теплой, но на траве уже выступила холодная роса. Люди, скрестив ноги, сидели у огня; стояли только мы с Ульфилой. Он, как видно, в подвижническом рвении не считал нужным садиться, а я не мог допустить, чтобы он хоть в чем-то превзошел меня в глазах воинов. Те поглядывали на нас, прислушивались, исподволь крестились или делали в воздухе знак Топора.

Ульфила — вернее, Вульфила — был мал ростом, но коренаст, мясистый нос выдавал в нем каппадокийца. Его родители были захвачены готами во время набега 264 года. По договору от 332 года он отправился в Константинополь — как заложник и как посланник. Оттуда он возвратился к визиготам уже в качестве миссионера. Вера, которую он проповедовал, была не та, что получила одобрение Никейского Собора; нет, Ульфила держался суровой доктрины Ария, которую Собор заклеймил как еретическую. Тем не менее он был одним из провозвестников христианского завтра.

— Как можно просто рассказывать о своих странствиях? — проговорил он. — Как можно забывать о вере? — Голос его был негромким и будто отстраненным, но взгляд словно норовил проникнуть мне в душу. — Ты не обычный человек, Карл. Это я вижу и по тебе, и по глазам тех, кто следует за тобой. Не обижайся, однако я не ведаю, человек ли ты.

— Я не злой дух, — отозвался я.

Неужели это и вправду я — высокий, худой, закутанный в плащ, седой, обреченный на знание будущего? В ночь полторы тысячи лет спустя мне показалось, будто там — не я, а кто-то еще, может статься, сам Водан, вечный бродяга, лишенный пристанища.

— Тогда ты не побоишься поспорить со мной, — пылко воскликнул Ульфила.

— Ради чего, священник? Тебе известно, что готы не почитают Книгу. Они могут и приносят жертвы Христу в его землях, а ты, находясь на земле Тиваса, ни разу не поклонился нашему богу.

— Верно, ибо Господь запретил нам искать иных богов, кроме себя. Следует почитать лишь Бога-Отца, потому что Христос, хотя он и Сын Божий... — Ульфила пустился проповедовать.

Его никак нельзя было отнести к пустословам. Он говорил спокойно и разумно, порой даже шутил, без малейшего сомнения обращался к языческим образам, излагал свои мысли толково и убедительно. Мои люди задумчиво внимали ему. Арианство лучше подходило под их обычаи и нравы, чем католицизм, о котором они, впрочем, не имели никакого понятия. Оно будет той формой христианства, какую в конце концов примут все готы, из-за чего впоследствии возникнет немало трудностей.

Похоже, я выглядел бледновато. Но с другой стороны, каково мне было защищать язычество, в которое я не верил и которое, как я знал, постепенно отмирало? Если следовать логике, то по той же причине я не мог защищать и Христа.

Я из 1858 года поискал взглядом Тарасмунда. В его лице явственно проступали милые черты Йорит...

— А как идут литературные исследования? — спросил Ганц, когда изображение погасло.

— Неплохо, — ответил я. — Нашел новые стихотворения со строками, из которых, по всей видимости, родились строфы «Видсида» и «Вальтхере». Говоря конкретнее, с той битвы на берегу Днепра... — проглотив комок в горле, я извлек свои записи и продолжил рассказ.

344—347 гг.

В тот самый год, когда Тарасмунд вернулся в Хеорот и сделался вождем тойрингов, король Геберик почил во дворце своих предков в Верхних Татрах, и повелителем остготов стал его сын Эрманарих.

В конце следующего года к Тарасмунду во главе многочисленного отряда явилась его нареченная Ульрика, дочь визигота Атанарика. Свадьба запомнилась людям надолго: гуляли целую неделю, сотни гостей ели, пили, принимали подарки, развлекались и веселились. По просьбе внука молодых благословил Скиталец; он же при свете факелов отвел Ульрику в помещение, где ожидал ее жених.

Пришлые, не из тойрингов, болтали, будто Тарасмунд вел себя чересчур самоуверенно, словно позабыл о том, что он — всего лишь подданный короля.

Вскоре после свадьбы ему пришлось расстаться с женой. На готов напали герулы; чтобы отогнать их и примерно наказать, потребовалось провести в сражениях всю зиму. Едва с герулами было покончено, как пришла весть, что Эрманарих созывает к себе вождей всех остготских племен.

Встреча оказалась весьма полезной. Были обговорены разнообразные замыслы, которые нуждались в обсуждении. Эрманарих вместе со своим двором переехал на юг, где проживало большинство готов. С ним, помимо гройтунгов, отправилось много вождей, которых сопровождали их воины. Такой переезд заслуживал того, чтобы быть упомянутым в песнях. Барды взялись за дело, и Скиталец вскоре смог пополнить свое собрание.

Неудивительно поэтому, что Ульрика понесла не сразу. Однако, возвратившись, Тарасмунд восполнил упущенное. Ульрика уверяла своих женщин, что у нее наверняка будет мальчик, который прославится не меньше, чем его предки.

Она родила сына студеной зимней ночью. Одни говорили, что роды прошли легко, другие утверждали, что Ульрика сумела скрыть, как ей было больно. Весь Хеорот преисполнился радости. Счастливый отец разослал гонцов, приглашая соседей на пир.

Те поспешили откликнуться на зов, ибо с праздника середины зимы не имели никаких развлечений. Среди гостей нашлись такие, которым надо было переговорить с Тарасмундом наедине. Они таили злобу на короля Эрманариха.

Зала дворца была украшена ветками вечнозеленых растений, тканями, римским стеклом; хотя снаружи был еще день, горели лампы, свет которых отражался от блестящих металлических поверхностей. Облаченные в свои лучшие наряды, богатейшие и храбрейшие тойринги и их жены окружили трон, на котором стояла колыбель с младенцем. Прочие взрослые, дети и собаки сгрудились чуть поодаль. В зале пахло соснами и медом.

Тарасмунд сделал шаг вперед. В руке он сжимал священный топор, который собирался держать над сыном, испрашивая для него благословения у Донара. Ульрика несла кувшин с водой из источника Фрийи. Подобные обряды прежде происходили разве что при рождении первенца в семье короля.

— Мы здесь... — Тарасмунд запнулся. Взгляды обратились к двери, по толпе пробежал ропот. — О, я надеялся! Привет тебе!

Стуча копьем об пол, Скиталец медленно приблизился к трону и нагнулся над младенцем.

— Надели его именем, господин, — попросил Тарасмунд.

— Каким?

— Тем, которое принято в роду его матери и крепче свяжет нас с западными готами. Нареки его Хатавульфом.

Скиталец замер, словно вдруг окаменел, потом поднял голову. Тень от шляпы легла ему на лицо.

— Теперь я понимаю, — пробормотал он. — Хатавульф. Что ж, такова воля Вирд, значит, так тому и быть. Я нареку его этим именем.

1934 г.

Я вышел с нью-йоркской базы Патруля в холодный декабрьский вечер и решил пройтись до дома пешком. Витрины магазинов соблазняли рождественскими подарками, но покупателей было немного. Иллюминация поражала воображение. На перекрестках услаждали слух прохожих музыканты Армии спасения, звонили в свои колокольчики Санта-Клаусы, грустные продавцы предлагали вам то одно, то другое. У готов, подумалось мне, не было Депрессии. Ну, с материальной точки зрения им попросту почти нечего было терять. В духовном же отношении — кому судить? Во всяком случае, не мне, хотя повидал я предостаточно и увижу еще больше.

Услышав мои шаги на лестничной клетке, Лори открыла дверь, не дожидаясь звонка. Мы заранее договорились встретиться в этот день, после того как она вернется с выставки в Чикаго.

Она крепко обняла меня. Мы прошли в гостиную и остановились посреди комнаты. Я заметил, что Лори обеспокоена. Взяв меня за руки, она взглянула мне в глаза и тихо спросила:

— Что стряслось на этот раз?..

— Ничего такого, чего бы я не предвидел, — мои слова прозвучали на редкость мрачно. — Как твоя выставка?

— Чудесно, — отозвалась она. — Продала две картины за кругленькую сумму. Ну, садись же, я принесу тебе выпить. По правде говоря, ты выглядишь так, словно ввязался в уличную драку.

— Я в порядке. Не тревожься за меня.

— А может быть, мне хочется проявить заботу. Такая мысль тебя не посещала? — Лори усадила меня в мое любимое кресло. Я откинулся на спинку и уставился в окно. На подоконник, отражаясь и дробясь в стекле, падал свет фонарей. По радио передавали рождественские гимны. «О, дивный город Вифлеем...»

— Снимай ботинки! — крикнула Лори с кухни. Я последовал ее совету и тут только ощутил, что действительно вернулся домой, как будто был готом и расстегнул пояс, на котором висел меч.

Лори поставила передо мной стакан шотландского виски с лимоном, прикоснулась губами к моему лбу и уселась на стул напротив.

— Добро пожаловать, — сказала она, — добро пожаловать всегда.

Мы выпили. Она терпеливо ждала.

— Хамдир родился, — выпалил я.

— Кто?

— Хамдир. Он и его брат Серли погибнут, пытаясь отомстить за сестру.

— Я поняла, — прошептала Лори. — Карл, милый...

— Первенец Тарасмунда и Ульрики. Вообще-то его зовут

Хатавульфом, но на севере его переделают в Хамдира. Второго сына они хотят назвать Солберном. Время тоже совпадает. Они — те самые, кто будет... когда... — Я не мог продолжать.

Лори подалась вперед и погладила меня по голове, а потом решительно спросила:

— Тебе ведь не обязательно переживать все это, Карл, а?

— Что? — я опешил и даже забыл на мгновение о терзавших меня муках. — Конечно, обязательно. Это моя работа, мой долг.

— Твоя работа — установить источник песен и легенд, а никак не следить за судьбами людей. Прыгни в будущее. Пусть, когда ты появишься в следующий раз, Хатавульф давно уже будет мертв.

— Нет!

Сообразив, что сорвался на крик, я единым глотком осушил стакан и, глядя на Лори в упор, сказал:

— Мне приходило на ум нечто похожее. Честное слово, приходило. Но поверь мне: я не могу, не могу бросить их.

— Помочь им ты тоже не можешь. Исход предрешен.

— Мы не знаем, как именно все случится... то есть случилось. А вдруг мне... Лори, ради всего святого, давай закончим этот разговор!

— Ну разумеется, — вздохнула она. — Ты был с ними поколение за поколением, при тебе они рождались, жили, страдали и умирали, а для тебя самого время шло гораздо медленнее. Поступай, как считаешь нужным, Карл, пока ты должен как-то поступать.

Я молчал, чувствуя, что ей по-настоящему больно, и был благодарен ей за то, что она не стала напоминать мне о Йорит. Она грустно улыбнулась.

— Однако ты в отпуске, — проговорила она. — Отложи свою работу. Я купила елку. Надеюсь, ты не против, чтобы мы вместе нарядили ее, как только я приготовлю праздничный ужин?

> Мир на земле, всем людям мир
> Нам дарит Он с небес...

348—366 гг.

Король западных готов Атанарик ненавидел Христа. Он хранил верность богам предков и опасался церкви, в которой видел лазутчика Империи. Дайте срок, твердил он, и сами не заметите, как начнете служить римским правителям. Поэтому он натравливал людей на церковников, прогонял родственников убитых христиан, если те являлись требовать виру, и убедил Большое Вече принять закон, по которому в случае религиозных беспорядков ревнителей новой веры можно было убивать совершенно безнаказанно. Крещеные же готы, которых теперь насчитывалось не так уж мало, уповали на Господа и говорили, что все в воле Божьей.

Епископ Ульфила упрекнул их в неразумии. Да, согласился он, мученики становятся святыми, однако лишь тела праведников разносят благую весть из края в край. Он добился от императора Констанция позволения своей пастве переселиться в Моэзию. Переправив их через Дунай, он помог им обосноваться у подножия Гаэмийских гор, где они со временем сделались мирными пастухами и землепашцами.

Когда новость о переселении достигла Хеорота, Ульрика громко рассмеялась.

— Значит, мой отец наконец-то избавился от них!

Но радость ее была преждевременной. Тридцать с лишним лет возделывал Ульфила свой виноградник. За ним на юг последовали отнюдь не все христиане из визиготов. Были такие, которые остались, и в их числе — вожди, имевшие достаточно сил, чтобы защитить себя и домочадцев. Они принимали проповедников, и те старались, как могли, отплатить хозяевам за гостеприимство. Преследования со стороны Атанарика вынудили христиан избрать себе собственного вождя. Их выбор пал на Фритигерна, происходившего из королевского рода. До открытого столкновения дело пока не доходило, но мелкие стычки между враждующими возникали постоянно. Моложе своего противника годами и богаче его, ибо римские торговцы предпочитали единоверца язычнику, Фритигерн обратил в Христову веру многих западных готов — просто потому, что это сулило удачу в грядущем.

Остготы не обращали на передряги у соседей почти никакого внимания. Христиан хватало и у них, но увеличение их числа происходило медленно и не сопровождалось никому не нужными волнениями. А королю Эрманариху было чихать как на богов, так и на загробный мир. Он стремился насладиться жизнью в этом и захватывал любые земли, какие подворачивались под руку.

Войны, развязанные им, сотрясали Восточную Европу. За несколько лет он сломил и покорил герулов; те из них, кто пожелал сдаться, бежали на запад, где обитали племена, носившие то же название. Затем Эрманарих напал на эстов и вендов:

они были для него легкой добычей. Ненасытный, он двинул свое войско на север, за пределы тех краев, которые обложил данью его отец. В конечном итоге его власть признали все народы от берегов Эльбы до устья Днепра.

Тарасмунд в этих походах завоевал себе славу и немалые богатства. Однако ему не нравилась лютость короля. На вече он часто говорил не только за свое племя, но и за других и напоминал королю о древних правах готов. Эрманариху всякий раз приходилось уступать, ибо тойринги были слишком могущественны — вернее, он был еще недостаточно силен, — чтобы затевать с ними свару. К тому же готы в большинстве своем отказывались обнажать клинок против рода, основатель которого время от времени навещал потомков.

Так, Скиталец присутствовал на пире в честь третьего сына Тарасмунда и Ульрики, Солберна. Второй ребенок умер в колыбели, но Солберн, как и его старший брат, рос здоровым, крепким и пригожим. Четвертой родилась девочка, которую назвали Сванхильд. Тогда Скиталец явился снова, а потом исчез на долгие годы. Сванхильд выросла красавицей с добрым и веселым нравом.

Ульрика принесла мужу семерых детей, но трое последних, рождавшихся раз в два-три года, не зажились на этом свете. Тарасмунд бывал дома лишь наездами: он то сражался, то торговал, то советовался с мудрыми людьми — словом, правил тойрингами, как и подобает вождю. А возвращаясь, чаще всего проводил ночи с Эреливой, наложницей, которую взял себе вскоре после рождения Сванхильд.

Она не была ни рабыней, ни плебейкой, ибо приходилась дочерью зажиточному землепашцу. Кроме того, ее семья состояла в отдаленном родстве с теми, кто происходил от Виннитара и Салвалиндис. Тарасмунд повстречался с ней, когда объезжал селения соплеменников, как то вошло у него в обычай, узнавая, что радует и что беспокоит его людей. Он загостился в доме отца Эреливы, и их часто видели вдвоем. Позже он прислал гонцов, наказав им передать, что зовет ее к себе. Гонцы привезли с собой подарки родителям девушки и обещания Тарасмунда окружить Эреливу заботой и любить ее. От таких предложений обычно не отказываются, да и сама девушка как будто не возражала, поэтому, когда гонцы Тарасмунда собрались в обратный путь, она поскакала вместе с ними.

Тарасмунд сдержал свое слово. Он всячески заботился об Эреливе, а когда она родила ему сына, Алавина, устроил пир, ничуть не уступавший в изобилии тем, которыми было отмечено рождение Хатавульфа и Солберна. Всех других детей Эреливы, кроме первенца, свела в могилу болезнь, но Тарасмунд отнюдь не охладел к ней и не перестал опекать ее.

Ульрика страдала, но не от того, что ее муж завел наложницу — для мужчины, который мог позволить себе такое, это было в порядке вещей; ее огорчало и злило то, что Тарасмунд сделал Эреливу второй после нее по старшинству в доме и отдал крестьянке свое сердце. Она была слишком горда, чтобы затевать ссору, тем более что победа наверняка досталась бы не ей, но и не скрывала своих чувств. С Тарасмундом она держалась намеренно холодно, даже когда он ложился с ней в постель. Вполне естественно, что он начал избегать ее как женщину и вспоминал о ней лишь тогда, когда думал о том, что у него маловато детей.

Во время его продолжительных отлучек Ульрика измывалась над Эреливой и поносила ее. Та краснела, но терпеливо сносила все придирки дочери Атанарика. У нее появлялись новые друзья, а высокомерная Ульрика постепенно оставалась в одиночестве и потому уделяла все больше внимания своим сыновьям, которые росли, все больше привязываясь к ней.

Впрочем, им не занимать было храбрости, они быстро учились всему тому, что пристало знать и уметь мужчине. Где бы они ни появлялись, везде их принимали с искренним радушием. Нетерпеливый Хатавульф и задумчивый Солберн пользовались среди тойрингов всеобщей любовью, как и их сестра Сванхильд, красота которой восхищала и Алавина с матерью Эреливой.

Скиталец навещал готов довольно редко и обычно не задерживался. Люди благоговели перед ним и относились как к божеству. Стоило кому-нибудь заметить вдалеке его высокую фигуру, как в Хеороте трубил рог и конники мчались к холмам, чтобы приветствовать его и проводить к вождю. С годами он сделался еще более мрачным. Казалось, его гнетет тайное горе. Ему сочувствовали, но никто не смел подступать к нему с расспросами. Сильнее всего его печаль выражалась в присутствии Сванхильд, проходила ли та мимо, или, гордая доверием, подносила гостю кубок с вином, или сидела, наравне с другими подростками, у его ног и слушала рассказы о неведомых землях и заморских диковинках. Однажды Скиталец сказал со вздохом ее отцу: «Она похожа на свою прабабку». Закаленный в битвах воин, Тарасмунд вздрогнул, припомнив, сколько лет прошло со дня смерти той женщины.

Эрелива пришла в Хеорот и родила сына в отсутствие Скитальца. Ей велено было поднести ребенка гостю, чтобы тот посмотрел на него; она повиновалась, но не сумела скрыть страх. Скиталец долго молчал, потом наконец спросил:

— Как его зовут?

— Алавин, господин, — ответила Эрелива.

— Алавин! — Скиталец провел рукой по лбу. — Алавин? — Судя по всему, его удивление было непритворным. Он добавил шепотом: — А ты Эрелива. Эрелива... Эрп... Да, может статься, таково будет твое имя, милая.

Никто не понял, что значили его слова.

Годы летели чередой. Могущество короля Эрманариха все крепло, а попутно возрастали его жадность и жестокость.

Скиталец в очередной раз пришел к остготам в сороковую зиму от рождения короля и Тарасмунда. Те, кто встретил его, были угрюмы и немногословны. Хеорот кишел вооруженными людьми. Тарасмунд откровенно обрадовался Скитальцу.

— Мой предок и господин, ты когда-то изгнал вандалов из нашей древней отчизны. Скажи, на этот раз ты поможешь нам?

Скиталец застыл как вкопанный.

— Объясни мне лучше, что тут происходит, — сказал он.

— Чтобы мы сами это уяснили? А стоит ли? Но если на то твоя воля... — Тарасмунд призадумался. — Разреши, я кое за кем пошлю.

На его зов явилась весьма странная пара. Лиудерис, коренастый и седой, был доверенным человеком Тарасмунда. Он управлял землями вождя и командовал воинами в отсутствие своего повелителя. Рядом с ним стоял рыжеволосый юнец лет пятнадцати, безбородый, но крепкий на вид; в его глазах сверкала ярость взрослого мужчины. Тарасмунд назвал его Рандваром, сыном Гутрика. Он принадлежал не к тойрингам, а к гройтунгам.

Вчетвером они уединились в помещении, где могли разговаривать, не опасаясь быть подслушанными. Короткий зимний день заканчивался, и на дворе смеркалось, но внутри было светло от ламп. От жаровен исходило тепло, но люди кутались в меха, а изо ртов у них вырывался белый пар. Помещение поражало богатством обстановки: римские стулья, стол с жемчужной инкрустацией, шпалеры на стенах, резные ставни на окнах. Слуги принесли кувшин с вином и стеклянные стаканы. Снизу, через дубовый пол, доносились шум и веселые крики. Сын и внук Скитальца потрудились на славу, приумножая богатства своего рода.

Тарасмунд, хмурясь, провел пятерней по нечесаным русым кудрям, погладил коротко остриженную бороду и повернулся к гостю.

— Нас пятьсот человек, и мы хотим посчитаться с королем, — проронил он, ерзая на стуле. — Его последняя выходка переполнила чашу терпения. Мы потребуем справедливости. Если он откажется, над крышей его дворца взовьется красный петух.

Он, разумеется, имел в виду пожар, восстание, войну готов против готов, кровавую бойню и смерть.

В полумраке, который царил в комнате, выражение лица Скитальца разглядеть было отнюдь не просто.

— Расскажите мне, что он сделал, — проговорил гость.

Тарасмунд отрывисто кивнул Рандвару:

— Давай, паренек, и ничего не утаивай.

Тот судорожно сглотнул, но ярость, которая бушевала в его душе, помогла ему справиться со смущением. Стуча себя кулаком по колену, он повел свой рассказ.

— Знай, господин, — хотя, сдается мне, тебе это давно известно, — что у короля Эрманариха есть два племянника, Эмбрика и Фритла. Они — сыновья его брата Айульфа, который погиб в сражении с англами далеко на севере. Когда Эмбрика и Фритла подросли, они стали славными воинами и два года назад повели отряд на аланов, которые заключили союз с гуннами. Возвратились они с богатой добычей, ибо разыскали место, где гунны прятали дань. Эрманарих объявил, что по праву короля забирает всю добычу себе. Племянники не соглашались; ведь с аланами бился не король, а они сами. Тогда он позвал их к себе, чтобы переговорить обо всем еще раз. Братья поехали к нему, однако, не доверяя королю, укрыли сокровища там, где ему их было не найти. Эрманарих обещал, что не тронет их и пальцем, но, едва они приехали, тотчас приказал схватить их. Когда же племянники отказались поведать, где схоронили сокровища, он сперва велел пытать их, а потом убил и послал на розыски своих воинов. Те вернулись ни с чем, но сожгли дома сыновей Айульфа и зарубили тех, кто в них был. Эрманарих заявил, что заставит слушаться себя. Господин, — воскликнул Рандвар, — где тут правда?

— Так уж заведено у королей, — голос у Скитальца был такой, словно его устами говорило железо, обретшее вдруг дар речи. — А как ты оказался в этом замешан?

— Мой... мой отец, который умер молодым, тоже был сыном Айульфа. Меня воспитали мой дядя Эмбрика и его жена. Я отправился на охоту, а когда пришел обратно, от дома осталась лишь куча пепла. Люди поведали мне, как воины Эрманариха обошлись с моей мачехой, прежде чем убить ее. Она... была в родстве с Тарасмундом. Вот я и пришел сюда.

Он скорчился на стуле, стараясь не разрыдаться, и одним глотком выпил вино.

— Да, — произнес Тарасмунд, — Матасвента приходилась мне двоюродной сестрой. Ты знаешь, в семьях вождей приняты браки между родственниками. Рандвар — мой дальний родич, однако и в его, и в моих жилах течет частичка той крови, которая была пролита. Так случилось, что ему известно, где находятся сокровища. Они утоплены в Днепре. Нам нужно благодарить Вирд, что она отослала его из дома и уберегла от гибели. Завладев тем золотом, король окончательно распоясался бы и на него совсем не стало бы управы.

Лиудерис покачал головой.

— Не понимаю, — пробормотал он, — все равно не понимаю. Почему Эрманарих повел себя так? Может, он одержим демоном? Или просто безумен?

— Думаю, ни то ни другое, — отозвался Тарасмунд. — По-моему, он слишком уж прислушивается к тому, что нашептывает ему на ухо Сибихо, который даже не гот, а вандал. Но — слышит тот, кто хочет слышать. — Он повернулся к Скитальцу. — Ему все время мало той дани, какую мы платим, он затаскивает в свою постель незамужних женщин, желают они того или нет, — в общем, всячески издевается над людьми. Сдается мне, он намеревается сломить волю тех вождей, которые осмеливаются перечить ему. Если этот поступок сойдет ему с рук, значит, он одолел нас.

Скиталец кивнул.

— Ты, без сомнения, прав. Я бы добавил только, что Эрманарих завидует власти римского императора и мечтает о подобной для себя. А еще он слышал о распре между Фритигерном и Атанариком, поэтому, должно быть, решил заранее покончить со всеми возможными соперниками.

— Мы требуем справедливости, — повторил Тарасмунд. — Он должен будет заплатить двойную виру и поклясться на Камне Тиваса перед Большим Вечем, что будет править по древним обычаям. Иначе я подниму против него весь народ.

— У него много сторонников, — предостерег Скиталец. — Поклявшиеся в верности, те, кто поддерживает его из зависти или страха, те, кто считает, что готам нужен сильный король, особенно теперь, когда гунны шныряют вдоль границ и вот-вот перейдут их.

— Да, но на Эрманарихе ведь свет клином не сошелся, — вырвалось у Рандвара.

Тарасмунд, похоже, загорелся надеждой.

323

— Господин, — обратился он к Скитальцу, — ты победил вандалов. Покинешь ли ты свою родню в канун предстоящей битвы?

— Я... не могу сражаться в ваших войнах, — ответил Скиталец с запинкой. — На то нет воли Вирд.

Помолчав, Тарасмунд спросил:

— Но ты хотя бы поедешь с нами? Король наверняка послушает тебя.

Скиталец откликнулся не сразу.

— Хорошо, — промолвил он. — Но я ничего не обещаю. Слышишь? Я ничего не обещаю.

Так он оказался, с Тарасмундом и другими, во главе многочисленного отряда.

Эрманарих не имел постоянного места проживания. Вместе со своими дружинниками, советниками и слугами он ездил от дворца ко дворцу. Молва уверяла, что после убийства племянников он направился в пристанище, которое находилось в трех днях пути от Хеорота.

Те три дня весельем не отличались. Укрывший землю снег хрустел под копытами коней. Небо было низким и пепельно-серым, а сырой воздух застыл в неподвижности. Дома под соломенными крышами, голые деревья, непроглядный мрак ельников — разговоров было мало, а песен не слышалось вообще, даже вечерами у костров.

Но когда отряд приблизился к цели, Тарасмунд протрубил в рог и всадники пустили коней в галоп.

Под топот копыт и конское ржание тойринги въехали во двор королевского пристанища. Их встретили дружинники Эрманариха, вряд ли уступавшие им числом; они выстроились перед дворцом и наставили на незваных гостей копья.

— Мы хотим говорить с вашим хозяином! — крикнул Тарасмунд.

Это было намеренное оскорбление: вождь тойрингов приравнивал королевских дружинников к собакам или римлянам. Один из людей Эрманариха, покраснев от гнева, ответил:

— Всех мы не пропустим. Выберите нескольких, а остальные будут ждать тут.

— Согласны, — сказал Тарасмунд, отдавая приказ Лиудерису.

— Ладно, ладно, — громко пробормотал старый воин, — раз вы так перепугались. Но учтите, вам не поздоровится, если с нашими вождями случится что-нибудь этакое, вроде того, что произошло с племянниками короля.

— Мы пришли с миром, — торопливо вмешался Скиталец.

Он спешился следом за Тарасмундом и Рандваром. Их троих пропустили во дворец. Внутри воинов было еще больше, чем снаружи. Вопреки обычаю, все они были вооружены. У восточной стены залы, окруженный придворными, сидел Эрманарих.

Король был крупным мужчиной и держался с подобающим его сану величием. Черные кудри и борода лопатой обрамляли суровое лицо с резкими чертами. Облачен он был в роскошные одежды из заморских крашеных тканей, отороченные мехом куницы и горностая. На запястьях Эрманариха сверкали тяжелые золотые браслеты, на челе переливался отраженным светом пламени золотой же обруч. В руке король сжимал кубок из граненого хрусталя, а на его пальцах поблескивали алые рубины.

Когда утомленные трехдневной скачкой, с головы до ног в грязи, путники приблизились к его трону, он смерил их свирепым взглядом и буркнул:

— Странные у тебя друзья, Тарасмунд.

— Ты знаешь их, — ответил вождь тойрингов, — и тебе известно, зачем мы пришли.

Костлявый человек с бледным лицом — вандал Сибихо — шепнул что-то на ухо королю. Эрманарих кивнул.

— Садитесь, — сказал он, — будем пить и есть.

— Нет, — возразил Тарасмунд, — мы не примем от тебя ни соли, ни вина, пока ты не помиришься с нами.

— Придержи-ка язык, ты!

Скиталец взмахнул копьем. В зале установилась тишина, только дрова в очагах как будто затрещали громче.

— Прояви свою мудрость, король, и выслушай его, — проговорил он. — Твоя земля истекает кровью. Промой рану, наложи на нее целебные травы, пока она не загноилась.

— Я не выношу насмешек, старик, — отозвался Эрманарих, глядя Скитальцу в глаза. — Пускай он думает, что говорит, и тогда я выслушаю его. Скажи мне в двух словах, Тарасмунд, что тебе нужно.

Тойринг словно получил пощечину. Он судорожно сглотнул, овладел собой и перечислил все свои требования.

— Я догадывался, что ты явишься с чем-нибудь подобным, — сказал Эрманарих. — Ведай же, что Эмбрика и Фритла понесли заслуженное наказание. Они лишили короля того, что принадлежало ему по праву. А воры и клятвопреступники у нас вне закона. Впрочем, мне жаль их. Я готов заплатить виру за их семьи и дома — после того, как мне доставят сокровища.

— Что? — воскликнул Рандвар. — Да как ты смеешь, убийца?!

Королевские дружинники заворчали. Тарасмунд положил руку на плечо юноши и сказал, обращаясь к Эрманариху:

— Мы требуем двойной виры за то зло, которое ты учинил. Принять меньше нам не позволит честь. А что до сокровищ, их владельца изберет Большое Вече, и каким бы ни было его решение, все мы должны будем подчиниться ему.

— Я не собираюсь торговаться с тобой, — произнес ледяным тоном Эрманарих. — Согласен ты с моим предложением или нет, все одно — убирайся, пока не пожалел о своей дерзости!

Скиталец, выступив вперед, снова возд́ел копье над головой, призывая к молчанию. Лицо его пряталось в тени шляпы, складки синего плаща походили на два огромных крыла.

— Слушайте меня, — провозгласил он. — Боги справедливы. Они карают смертью тех, кто нарушает законы и глумится над беспомощными. Слушай меня, Эрманарих. Твой час близок. Слушай меня, если не хочешь потерять королевство!

По зале пронесся ропот. Воины боязливо переглядывались, делали в воздухе охранительные знаки, крепче стискивали древки копий и рукояти клинков. В дымном полумраке все-таки было видно, что у многих в глазах появился страх: ведь прорицал не кто иной, как Скиталец.

Потянув короля за рукав, Сибихо вновь что-то шепнул ему, и Эрманарих вновь кивнул. Протянув в сторону Скитальца указательный палец, он произнес так громко, что от стропил отразилось эхо:

— Бывали времена, старик, когда ты гостил в моем доме, а потому не пристало тебе угрожать мне. Вдобавок ты глуп, что бы ни болтали о тебе дети, женщины и выжившие из ума деды, — ты глуп, если думаешь запугать меня. Говорят, будто ты на деле — Водан. Ну и что? Я верю не в каких-то там богов, а только в собственную силу.

Он вскочил и выхватил из ножен меч.

— Давай сразимся в честном бою, старый плут! — крикнул он. — Ну? Сразись со мной один на один, и я разрублю пополам твое копье и пинками прогоню тебя прочь!

Скиталец не шелохнулся, лишь дрогнуло копье в его руке.

— На то нет воли Вирд, — прошептал он. — Но я предупреждаю тебя в последний раз: ради благополучия готов — помирись с теми, кого ты оскорбил.

— Я помирюсь с ними, если они того захотят, — усмехнулся Эрманарих. — Ты слышал меня, Тарасмунд? Что скажешь?

Тойринг огляделся. Рандвар напоминал затравленного собаками волка, Скиталец словно превратился в каменного идола, Сибихо нагло ухмылялся со своей скамьи.

— Я отказываюсь, — хрипло проговорил Тарасмунд.

— Тогда вон отсюда, вы все. Или ждете, чтобы вас вытолкали взашей?

Рандвар обнажил клинок, Тарасмунд потянулся за своим. Дружинники короля подступили ближе. Скиталец воскликнул:

— Мы уйдем, потому что желаем готам добра. Подумай, король, подумай хорошенько, пока ты еще король.

Он направился к двери. Эрманарих расхохотался. Его раскатистый смех долго отдавался в ушах троих миротворцев.

1935 г.

Мы с Лори гуляли в Центральном парке. Природа с нетерпением ожидала весну. Кое-где по-прежнему лежал снег, но во многих местах из земли уже пробивалась зеленая трава. На деревьях и кустах набухали почки. Высотные здания сверкали, точно свежевымытые, а разрозненные облачка на голубом небе устроили своеобразную регату. Легкий мартовский морозец румянил щеки и покалывал кожу.

Но мыслями я находился не здесь, а в той, давно минувшей зиме.

Лори сжала мою руку.

— Не надо, Карл.

Я понимал, что она старается, как может, разделить со мной мою боль.

— А что мне было делать? — отозвался я. — Я же говорил тебе, Тарасмунд попросил меня отправиться вместе с ними. Ответив отказом, как бы я мог потом спокойно спать?

— А сейчас ты спишь спокойно? О'кей, может, ничего страшного и не случилось. Но ты вмешался, ты пытался предотвратить конфликт.

— Блаженны несущие мир, как учили меня в воскресной школе.

— Столкновения не избежать, не правда ли? Оно описывается в доброй половине тех поэм и преданий, которые ты изучаешь.

Я пожал плечами.

— Поэмы, предания — как отличить, где в них истина, а где вымысел? Да, истории известно, чем кончил Эрманарих. Но впрямь ли Сванхильд, Хатавульф и Солберн умерли той смертью, о которой повествует сага? Если что-либо подобное и произошло в действительности, а не является продуктом романтического воображения более поздней эпохи, впоследствии добросовестно записанным хронистом, то где доказательства того, что это произошло именно с ними? — Я прокашлялся. — Патруль охраняет время, а я устанавливаю подлинность событий, которые нуждаются в охране.

— Милый, милый, — вздохнула Лори, — ты принимаешь все слишком близко к сердцу, а потому чувства одерживают в тебе верх над здравым смыслом. Я думала — и думаю... Конечно, я не была там, но, быть может, благодаря такому стечению обстоятельств, вижу то, что ты... предпочитаешь не видеть. Все, о чем ты сообщал в своих докладах, свидетельствует: поступки людей определяются их неосознанным стремлением к одной-единственной, общей цели. Если бы тебе, как богу, суждено было убедить короля, ты бы убедил его. А так континуум воспротивился твоему вмешательству.

— Континуум — штука гибкая, какое значение имеют для него жизни нескольких варваров?

— Не притворяйся, Карл, ты все понимаешь. Меня мучает бессонница, я боюсь за тебя и не могу от страха заснуть. Ты совсем рядом с запретным. Может статься, ты уже перешагнул порог.

— Ерунда, временные линии подстроятся под изменение.

— Если бы было так, кому понадобился бы Патруль? Ты отдаешь себе отчет в том, чем рискуешь?

Отдаю ли? Да. Ключевые точки, или узлы, расположены там, где становится важным, какой гранью упадет игральная кость. И разглядеть их зачастую отнюдь не просто.

В памяти моей, словно утопленник на поверхность, всплыл подходящий пример, который приводил кадетам из моей эпохи инструктор в Академии.

Вторая мировая война имела серьезнейшие последствия. Прежде всего она позволила Советам подчинить себе половину Европы. Ядерное оружие было не в счет, поскольку оно не было связано с войной напрямую и все равно появилось бы где-то в те же годы. Военно-политическая ситуация породила события, которые оказали влияние на последующее развитие человечества в течение сотен и сотен лет, а из-за того, что будущие столетия, естественно, обладали собственными ключевыми точками, влияние второй мировой распространялось как бы волнообразно и бесконечно.

Тем не менее Уинстон Черчилль был прав, называя сражения 1939—1945 годов «ненужной войной». Да, к ее возникновению привела слабость западных демократий. Однако они продолжали бы мирно существовать, если бы к власти в Германии не пришли нацисты. А это политическое движение, поначалу малочисленное и презираемое, потом какое-то время преследовавшееся правительством Веймарской республики, не добилось бы успеха, не победило бы в стране Баха и Гете без Адольфа Гитлера. Отцом же Гитлера был Алоис Шикльгрубер, незаконнорожденный сын австрийского буржуа и его служанки...

Но если предотвратить их интрижку, что не представляет никакой сложности, то ход истории изменится коренным образом. Мир к 1935 году будет совершенно иным. Вполне возможно, в некотором отношении он будет лучше настоящего. Я могу вообразить, что люди так и не вышли в космос; впрочем, и в нашем мире до этого еще далеко. Но я не в силах поверить в то, что это изменение поможет осуществить какую-нибудь из множества романтических и социалистических утопий.

Ну да ладно. Если я как-то повлиял на римскую эпоху, то в ней я по-прежнему буду существовать, но, возвратившись в этот год, могу обнаружить, что моя цивилизация словно испарилась. И Лори со мной не будет...

— Я не рискую, — возразил я, возвратившись мысленно к разговору с Лори. — Начальство читает мои доклады, в которых все описано в подробностях, и наверняка одернет меня, если я вдруг сверну в сторону.

В подробностях? А разве нет? В докладах описываются все мои наблюдения и действия; я ничего не утаиваю, лишь избегаю проявлять свои чувства. Но, по-моему, в Патруле не приветствуется публичное битье себя кулаком в грудь. К тому же никто не требовал от меня схоластической скрупулезности.

Я вздохнул.

— Послушай, — сказал я, — мне прекрасно известно, что я — обыкновенный филолог. Но там, где я могу помочь — не подвергая никого опасности, — я должен это сделать. Ты согласна?

— Ты верен себе, Карл.

Минуту-другую мы молчали. Потом она воскликнула:

— Ты хоть помнишь, что у тебя отпуск? А в отпуске людям положено отдыхать и наслаждаться жизнью. Я кое-что придумала. Сейчас расскажу, а ты не перебивай.

Я увидел в глазах Лори слезы и принялся смешить ее, надеясь вернуть то радостное возбуждение, которое зачем-то уступило место печали.

Тарасмунд привел свой отряд к Хеороту и распустил людей по домам. Скиталец тоже не стал задерживаться.

— Действуй осмотрительно, — посоветовал он на прощание. — Выжидай. Кто знает, что случится завтра?

— Сдается мне, ты, — сказал Тарасмунд.

— Я не бог.

— Ты говорил мне это не один раз. Кто же ты тогда?

— Я не могу открыться тебе. Но если твой род чем-то мне обязан, уплаты долга я потребую с тебя: поклянись, что будешь осторожен.

Тарасмунд кивнул.

— Иного мне все равно не остается. Понадобится немало времени, чтобы настроить всех готов против Эрманариха. Ведь большинство пока отсиживается в своих домах, уповая на то, что беда обойдет их кров стороной. Король, должно быть, не отважится бросить мне вызов, ибо еще недостаточно силен. Мне нужно опередить его, но не тревожься: мне ведомо, что шагом можно уйти дальше, чем убежать бегом.

Скиталец стиснул его ладонь, раскрыл рот, словно собираясь что-то сказать, моргнул, отвернулся и пошел прочь. Тарасмунд долго глядел ему вслед.

Рандвар поселился в Хеороте и на первых порах был ходячим укором вождю тойрингов. Но молодость взяла свое, и скоро они с Хатавульфом и Солберном сделались закадычными друзьями и вместе проводили дни в охотничьих забавах, состязаниях и веселье. Как и сыновья Тарасмунда, Рандвар часто виделся со Сванхильд.

Равноденствие принесло с собой ледоход на реке, подснежники на земле и почки на деревьях. Зимой Тарасмунд почти не бывал дома: он навещал знатных тойрингов и вождей соседних племен и вел с ними тайные разговоры. Но по весне он занялся хозяйством и каждую ночь дарил радость Эреливе.

Настал день, когда он радостно воскликнул:

— Мы пахали и сеяли, чистили и строили, заботились о скоте и выгоняли его на пастбища. Теперь можно и отдохнуть! Завтра отправляемся на охоту!

На рассвете, на глазах у людей, он поцеловал Эреливу, вскочил в седло и под лай собак, ржание лошадей и хриплые звуки рогов пустил коня вскачь. Достигнув поворота, он обернулся и помахал возлюбленной.

Вечером она увидела его снова, но он был холоден и недвижен.

Воины, которые принесли его на носилках из двух копий, покрытых сверху плащом, угрюмо поведали Эреливе, как все произошло. Отыскав на опушке леса след дикого кабана, охотники устремились в погоню. Когда они наконец настигли зверя, то сразу поняли, что гнались за ним не зря. Им попался могучий вепрь с серебристой щетиной и изогнутыми, острыми как нож клыками. Тарасмунд возликовал. Но кабан не стал дожидаться, пока его прикончат, и напал сам. Он распорол брюхо лошади Тарасмунда, и та повалилась на землю, увлекая за собой вождя. Тарасмунд оказался придавленным и не сумел увернуться от кабаньих клыков.

Охотники убили вепря, но многие из них бормотали себе под нос, что, верно, Эрманарих, по совету лукавого Сибихо, наслал на них демона из преисподней. Раны Тарасмунда были слишком глубоки, чтобы пытаться остановить кровотечение. Смерть наступила быстро; вождь едва успел попрощаться с сыновьями.

Женщины разразились плачем. Эрелива укрылась у себя, чтобы никто не видел ее слез; глаза Ульрики были сухи, но она словно окаменела от горя.

Дочь Атанарика, как и подобало супруге вождя, омыла мертвое тело и приготовила его к погребению, а друзья Эреливы тем временем поспешно увезли молодую женщину из Хеорота и вскоре выдали ее замуж за вдовца-крестьянина, детям которого нужна была мать и который жил достаточно далеко от дворца. Однако ее десятилетний сын Алавин выказал редкое для его возраста мужество и остался в Хеороте. Хатавульф, Солберн и Сванхильд оберегали его от гнева Ульрики и тем завоевали искреннюю любовь мальчика.

Весть о гибели Тарасмунда разлетелась по всей округе. В зале дворца, куда принесли из льдохранилища тело вождя, собралось великое множество людей. Воины, которыми командовал Лиудерис, положили Тарасмунда в могилу, опустили туда его меч, копье, щит, шлем и кольчугу, насыпали груды золота, серебра, янтаря, стекла и римских монет. Старший сын погибшего, Хатавульф, заколол коня и собаку, которые будут теперь сопровождать отца в его загробных странствиях. В святилище Водана ярко вспыхнул жертвенный огонь, а над могилой Тарасмунда вознесся высокий земляной курган. Тойринги несколько раз проскакали вокруг него, стуча клинками о щиты и завывая поволчьи.

Поминки продолжались три дня. В последний день появился Скиталец.

Хатавульф уступил ему трон, Ульрика поднесла чашу с вином. В сумрачной зале установилось почтительное молчание, и Скиталец выпил за погибшего, за матерь Фрийю и за благополучие дома. Посидев немного, он поманил к себе Ульрику, что-то прошептал ей, и они вдвоем покинули залу и уединились на женской половине.

Снаружи смеркалось, а в комнате уже было почти совсем темно. Ветерок, задувавший в открытые окна, доносил запахи листвы и сырой земли, слышны были трели соловья, но Ульрика воспринимала их будто во сне. Она взглянула на ткацкий станок, на котором белел кусок полотна.

— Что еще уготовила нам Вирд? — спросила она тихо.

— Ты будешь ткать саван за саваном, — откликнулся Скиталец, — если не переставишь челнок.

Она повернулась к нему.

— Я? — в ее голосе слышалась горькая насмешка. — Я всего лишь женщина. Тойрингами правит мой сын Хатавульф.

— Вот именно. Твой сын. Он молод и видел куда меньше, чем в его годы отец. Но ты, Ульрика, дочь Атанарика и жена Тарасмунда, мудра и сильна, у тебя есть терпение, которому приходится учиться всем женщинам. Если захочешь, ты можешь помогать Хатавульфу советами. Он... привык прислушиваться к твоим словам.

— А если я снова выйду замуж? Его гордость тогда воздвигнет между нами стену.

— Мне кажется, ты сохранишь верность мужу и за могилой.

Ульрика поглядела в окно.

— Но я не хочу, я сыта всем этим по горло... Ты просишь меня помочь Хатавульфу и его брату. Что мне сказать им, Скиталец?

— Удерживай их от неразумных поступков. Я знаю, тебе нелегко будет отказаться от мысли отомстить Эрманариху, Хатавульфу же — гораздо труднее. Но ты ведь понимаешь, Ульрика, что без Тарасмунда вы обречены на поражение. Убеди сыновей, что, если не ищут собственной смерти, они должны помириться с королем.

Ульрика долго молчала.

— Ты прав, — произнесла она наконец, — я попытаюсь. — Она взглянула ему в глаза. — Но тебе ведомо, чего я желаю на самом деле. Если нам представится возможность причинить Эрманариху зло, я буду первой, кто призовет людей к оружию. Мы никогда не склонимся перед ним и не станем покорно сносить новые обиды, — слова ее падали, точно камни. — Тебе это известно, ибо в жилах моих сыновей течет твоя кровь.

— Я сказал то, что должен был сказать, — Скиталец вздохнул. — Отныне поступай как знаешь.

Они возвратились в залу, а поутру Скиталец ушел из Хеорота.

Ульрика вняла его совету, хотя сердце ее переполняла злоба. Ей пришлось помучиться, прежде чем она сумела доказать Хатавульву и Солберну правоту Скитальца. Братья твердили о бесчестье и о своих добрых именах, но услышали от матери, что смелость — вовсе не то же самое, что безрассудство. У них, молодых и неопытных, не получится убедить большинство готов примкнуть к заговору против короля. Лиудерис, которого позвала Ульрика, с неохотой, но поддержал ее.

Ульрика заявила сыновьям, что они не посмеют своим сумасбродством погубить отцовский род. Надо заключить с королем сделку, уговаривала она. Пусть противников рассудит Большое Вече; если Эрманарих согласится с его решением, значит, они могут жить более-менее спокойно. Те, кто погиб, приходятся им дальними родственниками; вира, какую обещал заплатить король, не такая уж и маленькая; многие вожди и землепашцы будут рады, что сыновья Тарасмунда не стали затевать междуусобную войну, и начнут уважать их самих по себе, а не только из-за принадлежности к славном роду.

— Но ты помнишь, чего боялся отец? — спросил Хатавульф. — Эрманарих не уймется, пока не подчинит нас своей воле.

Ульрика плотно сжала губы.

— Разве я утверждала, что вы должны беспрекословно повиноваться ему? — проговорила она чуть погодя. — Клянусь Волком, которого обуздал Тивас: пусть только попробует подступиться к нам! Однако ему не откажешь в сообразительности. Думаю, он будет избегать стычек.

— А когда соберется с силами?

— Ну, на это ему понадобится время, да и мы не будем сидеть сложа руки. Помните, вы молоды. Если даже ничего не случится, вы просто-напросто переживете его. Но, может статься, столь долго ждать не потребуется. Он постареет...

День за днем, неделю за неделей увещевала Ульрика своих сыновей, пока те не согласились исполнить ее просьбу.

Рандвар обвинил их в предательстве. Разгорелась ссора, и в ход едва не пошли кулаки. Сванхильд бросилась между юношами.

— Вы же друзья! — закричала она.

Ворча, меряя друг друга свирепыми взглядами, драчуны постепенно утихомирились.

Позднее Сванхильд увела Рандвара гулять. Они шли по лесной тропинке, вдоль которой росла ежевика. Деревья, шелестя листвой, ловили солнечный свет, звонко пели птицы. Золотоволосая, с большими небесно-голубыми глазами на прелестном личике, Сванхильд двигалась легкой поступью лани.

— Почему ты такой печальный? — спросила она. — Смотри, какой сегодня чудесный день!

— Но те, кто воспитал меня, лежат неотмщенные, — пробормотал Рандвар.

— Они знают, что рано или поздно ты отомстишь за них, а потому могут ждать хоть до скончания времен. Ты хочешь, чтобы люди, произнося твое имя, вспоминали и о них. Так потерпи... Смотри! Ой, какие бабочки! Словно закат сошел с небес!

Былой приязни в отношении Рандвара к Хатавульфу с Солберном уже не было, но в общем и целом он неплохо уживался с ними. В конце концов, они были братьями Сванхильд.

Из Хеорота к королевскому двору отправили посланцев, у которых хорошо подвешены были языки. На удивление всем, Эрманарих пошел на уступки, как будто почувствовал, что после гибели Тарасмунда может действовать помягче прежнего. От уплаты двойной виры он отказался: это означало бы признать свою вину. Однако, сказал он, если те, кому известно, где находятся сокровища, привезут его на Большое Вече, король покорится воле народа.

Ведя с Эрманарихом переговоры о мире, Хатавульф, подстрекаемый Ульрикой, деятельно готовился к возможному столкновению. Так продолжалось до самого Веча, которое собралось после осеннего равноденствия.

Король потребовал сокровища себе. Существует древний обычай, напомнил он, по которому все, что добыл, сражаясь за своего господина, тот или иной человек, доставалось господину, а уж он потом разбирается, кого и как наградить. Иначе войско распадется, ибо каждый ратник будет думать о добыче, а не о славе на поле брани, начнутся свары и поединки. Эмбрика и Фритла знали об этом обычае, однако решили повести дело по-своему.

Когда Эрманарих закончил, поднялись люди Ульрики. Король изумился: он никак не предполагал, что их будет так много. Один за другим они разными словами говорили об одном и том же. Да, гунны и их союзники аланы были врагами готов. Но в том году сражался с ними не Эрманарих, а Эмбрика с Фритлой, которые с тем же успехом могли уйти не в военный, а в торговый поход. Они честно завоевали сокровища, и те принадлежат им по праву.

Долгим и жарким был спор, который велся то у Камня Тиваса, то в шатрах племенных вождей. Речь шла не просто о соблюдении закона предков, а о том, чья возьмет. Ульрика устами своих сыновей и их посланцев сумела убедить немало готов в том, что хотя Тарасмунд погиб — именно потому, что он погиб, — для них будет лучше, если верх одержит не король. Тем не менее разногласий было не перечесть. В итоге Вече разделило сокровища на три равные доли: Эрманариху и сыновьям Эмбрики и Фритлы. А раз те пали под мечами королевских дружинников, их доли переходят к приемному сыну Эмбрики Рандвару. Так Рандвар за одну ночь сделался богачом.

Эрманарих покинул Вече в весьма мрачном расположении духа. Люди боялись заговаривать с ним. Первым набрался храбрости Сибихо. Он попросил у короля дозволения побеседовать с ним наедине. Что они обсуждали, никто не знал, но после разговора с вандалом Эрманарих заметно повеселел.

Узнав об этом, Рандвар пробормотал, что, когда ласка довольна, птицам надо остерегаться. Однако год завершился мирно.

Летом следующего случилась странная вещь. На дороге, которая бежала от Хеорота на запад, показался Скиталец. Лиудерис выехал ему навстречу, чтобы приветствовать и проводить во дворец.

— Как поживают Тарасмунд и его родня? — справился гость.

— Что? — Лиудерис опешил. — Тарасмунд мертв, господин. Разве ты забыл? Ты ведь был на его поминках.

Седобородый старик тяжело оперся на копье. Окружавшим его людям почудилось вдруг, что день стал не таким теплым и светлым, каким был с утра.

— И правда, — прошептал Скиталец еле слышно, — совсем забыл.

Он передернул плечами, взглянул на всадников Лиудериса и сказал вслух:

— Запамятовал, с кем не бывает. Простите меня, но, похоже, я должен буду попрощаться с вами. Увидимся в другой раз. — Он круто развернулся и зашагал в ту сторону, откуда пришел.

Глядя ему вслед, люди делали в воздухе охранительные знаки. Немного спустя в Хеорот прибежал пастух, который рассказал, что встретился на выпасе со Скитальцем и что тот принялся расспрашивать его про гибель Тарасмунда. Никто не мог догадаться, что все это предвещает; работница-христианка, впрочем, сказала, что теперь, дескать, всяк видел — древние боги слабеют и умирают.

Как бы то ни было, сыновья Тарасмунда с почетом приняли Скитальца, когда он появился вновь, уже осенью. Они не осмелились спросить у него, почему он не навестил их раньше. Скиталец держался дружелюбнее обычного и вместо дня-двух провел в Хеороте целых две недели, уделяя особое внимание Сванхильд и Алавину.

Но с ними он смеялся и шутил, а о серьезном разговаривал, разумеется, с Хатавульфом и Солберном. Он побуждал братьев отправиться на запад, как поступил в молодые годы их отец.

— Пребывание в римских провинциях пойдет вам только на пользу, а заодно вы возобновите дружбу со своей родней среди визиготов, — увещевал он. — Если хотите, я буду сопровождать вас, чтобы вы нигде не попали впросак.

— Боюсь, ничего не выйдет, — ответил Хатавульф. — Во всяком случае, не в этом году. Гунны становятся все сильнее и нахальнее и снова подбираются к нашим поселениям. Знаешь сам, как мы относимся к королю, но Эрманарих прав: пришла пора опять взяться за меч. А мы с Солберном не из тех, кто может прохлаждаться, когда другие сражаются.

— Да уж, — подтвердил его брат, — и потом, до сих пор король сидел смирно, однако любви он к нам не питает. Если нас ославят как трусов или лентяев и если ему вздумается однажды посчитаться с нами, кто тогда встанет на нашу защиту?

Скиталец явно опечалился.

— Что ж, — сказал он наконец, — Алавину исполняется двенадцать. Чтобы отправиться с вами, он еще молод, а вот в компанию мне годится как раз. Отпустите его со мной.

Братья согласились, а Алавин запрыгал от радости. Наблюдая, как он кувыркается, Скиталец покачал головой и пробормотал:

— Как он похож на Йорит! Ну да, он родня ей по отцу и по матери. Вы с Солберном ладите с ним? — неожиданно спросил он Хатавульфа.

— Конечно, — отозвался изумленный вождь. — Он славный паренек.

— И вы никогда с ним не ссорились?

— Почему, ссорились, по всяким пустякам, — Хатавульф погладил светлую бородку. — Наша мать недолюбливает его. Но пускай себе тешится старыми обидами; глупцы могут болтать что угодно, однако мы слушаем ее лишь тогда, когда ее советы кажутся нам разумными.

— Храните вашу дружбу. — Скиталец скорее молил, нежели советовал или приказывал. — На свете мало найдется сокровищ дороже ее.

Он сдержал свое слово и возвратился по весне. Хатавульф снарядил Алавина в дальний путь, дал ему коней, сопровождающих, золото и меха для продажи. Скиталец показал драгоценные дары, которые взял с собой, сказав, что они помогут завязать знакомства в чужих краях. Прощаясь, он крепко обнял обоих братьев и привлек к себе Сванхильд.

Они долго смотрели вслед уходящему каравану. Рядом с седоголовым стариком в синем плаще Алавин выглядел совсем юным. И всех троих посетила одна и та же мысль: по вере предков, Водан был богом, который забирает на тот свет души умерших.

Но миновал год, и Алавин вернулся домой в целости и сохранности. Он вытянулся, стал шире в плечах, голос его погрубел; он то и дело принимался рассказывать о том, что видел, слышал и испытал на чужбине.

Новости Хатавульфа и Солберна были не слишком радостными. Война с гуннами пошла вовсе не так, как ожидалось. Ловкие наездники, издавна пользовавшиеся шпорами, гунны научились сражаться в едином строю и подчиняться приказам. Им не удалось одолеть готов ни в одном из многочисленных сражений, но они нанесли противнику немалый урон, и говорить о том, что они потерпели поражение, было бы преждевременно. Измученные непрекращавшимися набегами кочевников, голодные, оставшиеся без добычи воины Эрманариха вынуждены были уйти восвояси. Иными словами, война закончилась ничем.

А потому люди вечер за вечером с восторгом внимали Алавину. Его рассказы о Риме казались грезами наяву. Порой, однако, Хатавульф и Солберн хмурились, Рандвар и Сванхильд обменивались недоуменными взглядами, а Ульрика сердито фыркала. В самом деле, почему Скиталец избрал именно такой путь?

Когда они путешествовали с Тарасмундом, то поплыли прямиком в Константинополь. А сейчас он начал с того, что привел караван к визиготам, где тойринги задержались на несколько месяцев. Они засвидетельствовали свое почтение язычнику Атанарику, но чаще их видели при дворе христианина Фритигерна. Последний был, как уже говорилось, не только моложе своего соперника, но и превосходил его по числу подданных; Атанарик же, как и в былые года, ревностно искоренял христианство в своих землях.

Получив наконец разрешение пересечь границы Империи и

переправившись через Дунай, Скиталец направился в Моэзию, где свел Алавина с готскими приверженцами Ульфилы. Потом они все-таки, но ненадолго, заглянули в Константинополь. Попутно Скиталец растолковал юноше обычаи и нравы римлян. Поздней осенью они возвратились ко двору Фритигерна, там и перезимовали. Визигот хотел окрестить их, и Алавин чуть было не поддался на его уговоры, находясь под впечатлением величественных соборов и прочих чудес, какие ему довелось узреть на берегах Золотого Рога, но в конечном счете отказался под тем предлогом, что не желает ссоры с братьями. Фритигерн не обиделся на его отказ и сказал лишь: «Наступит день, когда для тебя все переменится».

По весне, дождавшись, пока высохнет грязь на дорогах, Скиталец привел караван обратно в Хеорот — и исчез.

Тем летом Хатавульф женился на Анслауг, дочери вождя тайфалов. Эрманарих тщетно старался расстроить их брак.

А вскоре Рандвар попросил Хатавульфа о разговоре наедине. Они оседлали коней и поскакали туда, где бродил по пастбищам скот. День выдался ветреный, и по рыжевато-коричневой луговой траве будто пробегали волны. По небу проносились снежно-белые облака, отбрасывая мимолетные тени на землю внизу. Из-под конских копыт взлетали птицы, высоко в поднебесье кружил, высматривая добычу, ястреб. Прохладный ветер нес на своих крыльях запах прогретой солнцем почвы.

— Сдается мне, я знаю, чего ты хочешь, — прервал молчание Хатавульф.

Рандвар провел пятерней по копне рыжих волос.

— Сванхильд в жены, — пробормотал он.

— Хм... Она вроде бы всегда рада тебе.

— Мы с ней... — Рандвар запнулся. — Ты не прогадаешь. Я богат, а у гройтунгов меня ожидают поля и пашни.

Хатавульф нахмурился.

— Гройтунги далеко, а тут мы все вместе.

— Многие люди пойдут за мной. Ты потеряешь товарища, но приобретешь союзника.

Хатавульф продолжал размышлять. Тогда Рандвар воскликнул:

— Не обессудь, но ты не волен разлучить наши сердца. Так что лучше будь заодно с Вирд.

— До чего же ты опрометчив, — проговорил вождь не без приязни, к которой, впрочем, примешивался укор. — Эта вера в то, что для крепкого супружества достаточно одних только чувств мужчины и женщины, выдает твое безрассудство. Предоставленный сам себе, каких дел ты можешь натворить?

Рандвар побледнел. Останавливая поток резких слов, готовых сорваться у юноши с языка, Хатавульф положил руку ему на плечо и сказал:

— Не обижайся. Я всего лишь хотел, чтобы ты все как следует обдумал, — он улыбнулся печальной улыбкой. — Да, это не в твоих привычках, но все же попытайся — ради Сванхильд.

Смолчав, Рандвар доказал, что умеет сдерживаться.

Когда они вернулись, им навстречу выбежала Сванхильд. Она припала к колену брата и заглянула ему в лицо.

— О, Хатавульф, ты дал согласие, да? Я знала, знала! Ты доставил мне такую радость!

Свадьбу сыграли осенью в Хеороте. Сванхильд немного расстроило отсутствие Скитальца. Она заранее решила, что их с мужем благословит не кто иной, как он. Ибо разве не он был Хранителем рода?

Рандвар отправил своих людей на восток, и они выстроили новый дом на месте сожженного жилища Эмбрики и обставили его так, как подобало вождю. Молодые приехали туда в сопровождении многочисленных спутников. Сванхильд перешагнула порог, держа в руках еловые ветки — ими она призывала на дом благословение Фрийи. Рандвар задал пир для всех, кто жил по соседству. Постепенно они начали свыкаться со своим изменившимся положением.

Рандвар горячо любил красавицу жену, но вынужден был частенько покидать ее. Он разъезжал по округе, знакомился поближе с соседями; если человек казался ему подходящим, он заводил с ним разговор о том, что его всего сильнее волновало, и речь у них шла не о скоте, не о торговле, не даже о гуннах.

В один пасмурный день накануне солнцестояния, когда с неба на стылую землю сыпались редкие снежинки, во дворе залаяли собаки. Взяв копье, Рандвар вышел посмотреть, кого принесла нелегкая; его провожали двое плотно сбитых крестьянских парней, тоже с копьями в руках. Увидев около дома высокую фигуру в плаще, Рандвар опустил оружие.

— Привет тебе! — воскликнул он. — Добро пожаловать!

На голос мужа выбежала Сванхильд, спеша узнать, чему так обрадовался Рандвар. Ее глаза, волосы, что выбивались из-под платка, и белое платье, облегавшее гибкий стан, словно разогнали немного серый сумрак дня.

— Ой, Скиталец, милый Скиталец, добро пожаловать в наш дом.

Когда он приблизился, Сванхильд смогла разглядеть его лицо, все время остававшееся в тени шляпы, и испуганно прижала руку к губам.

— Ты исполнен печали, — выдохнула она. — Что случилось?

— Прости меня, — ответил он; его слова падали как камни, — но не обо всем я могу говорить с вами. Я не пришел к вам на свадьбу, чтобы не омрачать ее своей грустью. Теперь же... Рандвар, я добирался к тебе по неторёной дороге. Позволь мне передохнуть. Давай просто посидим, выпьем чего-нибудь горячего и повспоминаем прошлое.

Вечером, когда кто-то запел песню о последнем набеге на гуннов, Скиталец вроде бы слегка оживился. Сам он, как обычно, повествовал о заморских краях, но слушателям порой казалось, что он принуждает себя говорить.

— Я жду не дождусь, чтобы тебя услышали мои дети, — вздохнула Сванхильд, забыв, похоже, о том, что еще даже не в тягости. Скиталец почему-то вздрогнул, и на миг ей стало страшно.

На следующий день он уединился с Рандваром и проговорил с ним чуть ли не до вечера. Гройтунг потом сказал жене так:

— Он снова и снова предостерегал меня насчет Эрманариха. Мол, здесь мы — на королевских землях, сил у нас мало, а богатство привлекает завистливые взгляды. Он хочет, чтобы мы бросили дом и переселились к западным готам. В общем, ерунда. Скиталец Скитальцем, но доброе имя важнее. Он знает о том, что я подбиваю людей против короля, уговариваю их держаться друг за друга и, если понадобится, сражаться. Он считает, что я спятил, потому что рано или поздно о моих замыслах станет известно королю.

— Что ты ему ответил? — спросила Сванхильд.

— Ну, я сказал, что готы — свободные люди, а потому могут говорить о чем угодно, и добавил, что мои приемные родители до сих пор не отомщены. Если богам не до справедливости, то за них воздадут убийце по заслугам люди.

— Ты бы послушал его, Рандвар. Ему ведь ведомо то, чего мы никогда не узнаем.

— Но я же не собираюсь действовать сгоряча! Я подожду; может, все решится само собой. Люди часто уходят из жизни безвременно; если умирают такие, как Тарасмунд, то почему бы не сдохнуть Эрманариху? Нет, милая, мы не покинем землю, которая принадлежит нашим не рожденным пока сыновьям. Значит, мы должны быть готовы защищать ее, верно? — Рандвар привлек Сванхильд к себе. — Кстати, — усмехнулся он, — не пора ли нам подумать о детях?

Потратив на бесплодные увещевания несколько дней, Скиталец в конце концов распрощался с Рандваром.

— Когда мы увидим тебя снова? — спросила у него Сванхильд с порога.

— Я... — Он запнулся. — Я... О, девушка, похожая на Йорит! — Он обнял ее, поцеловал и торопливо пошел прочь. Передавали потом, что он плакал.

Но к тойрингам он прибыл прежним, несгибаемым и непреклонным Скитальцем. Он провел среди них не месяц и не два, то появляясь в Хеороте, то навещая простых крестьян, коробейников или моряков.

Надо признать, что его слова с трудом находили отклик в сердцах тойрингов. Скиталец хотел, чтобы они крепили связи с Западом. Он говорил, что, помимо выгод от торговли, у них всегда будет место, куда переселиться, если паче чаяния на них нападут хотя бы те же гунны. Он убеждал их послать к Фритигерну людей и припасы — так, на всякий случай; настаивал на том, чтобы под рукой всегда имелись снаряженные в путь корабли и повозки; рассказывал всем, кто согласен был его слушать, о землях, через которые пролегает дорога к визиготам.

Остготы удивлялись и терялись в догадках. Они сомневались, что торговля со столь отдаленным племенем окажется выгодной, а потому не желали рисковать своими богатствами. О том же, чтобы куда-то переезжать, нечего было и думать. Бросить дома, поверив какому-то Скитальцу? Да кто он такой, чтобы ему верить? Его часто называют богом; по слухам, он явился к тойрингам давным-давно, в незапамятные времена, но кто он? Может, тролль или чернокнижник? Или — как утверждали некоторые христиане — дьявол, посланный обольщать людей и сбивать их с толку? Или обыкновенный выживший из ума старик?

Однако кое-кто, внимая его речам, все же задумывался; нашлись и такие — молодые парни, — кого он сумел заразить своим безумием. Первым среди них был Алавин. Хатавульфа тоже обуяла жажда странствий; Солберн пока сохранял здравый рассудок.

Скиталец убеждал, улещивал, угрожал. К осеннему равноденствию он уже мог пожинать плоды своих трудов. Золото и припасы были переправлены к Фритигерну; на следующий год к нему же отправится Алавин, чтобы договориться о расширении торговли; если вдруг возникнет необходимость, готы могли сняться с насиженных мест, почти не теряя времени на сборы.

— Ты положил на нас столько сил, — сказал как-то Скитальцу Хатавульф. — Если ты из богов, значит, они устают не меньше нашего.

— Да, — вздохнул Скиталец, — и они погибнут вместе с миром.

— Ну, это произойдет наверняка не завтра.

— Минувшее засыпано осколками уничтоженных миров. Они гибнут из столетия в столетие. Я сделал для вас все, что мог.

В залу, чтобы попрощаться, вошла жена Хатавульфа Анслауг. Она держала у груди своего первенца. Скиталец долго глядел на малыша.

— Вот оно, будущее, — прошептал он. Никто не понял, что он разумел. Вскоре он ушел, опираясь на копье, по дороге, которую устилала гонимая ветром листва.

А какое-то время спустя по округе разнеслась весть, которая как громом поразила тех, кто обитал в Хеороте.

Эрманарих готовится к набегу на гуннов, именно к набегу, а не к войне с ними; поэтому его войско состояло лишь из королевских дружинников, нескольких сотен славных воинов, преданных своему господину. Он намеревался наказать гуннов за то, что они вновь затеяли возню на границах готских земель, ударить неожиданно, перебить скот и, если выйдет, спалить два-три становища. Прослышав о замысле короля, готы одобрительно кивали головами. Пора, давно пора проучить этих вшивых кочевников, чтобы они не зарились на чужой кусок!

Но поход Эрманариха завершился неожиданно быстро. Пройдясь огнем и мечом по землям гройтунгов, королевский отряд внезапно очутился у дома Рандвара.

Силы были явно неравными, и схватка не затянулась. Связав Рандвару руки за спиной и угощая его пинками, дружинники короля выгнали юношу на двор. Лицо его было залито кровью. Он убил троих из тех, кто напал на него, но у них был приказ взять его живым, а потому они не обнажали клинков и действовали дубинками и древками копий.

День клонился к вечеру. Задувал пронизывающий ветер, поднимались к небесам, заволакивая багровое солнце, клубы дыма. Посреди двора валялись тела погибших. Рядом с Эрманарихом, который гордо восседал на своем коне, стояла ошеломленная Сванхильд; ее стерегли двое королевских ратников. Она как будто не понимала, что происходит; должно быть, ей казалось, что она грезит, грезит наяву.

Рандвара швырнули наземь перед королем. Тот усмехнулся.

— Ну, что скажешь в свое оправдание?

Рандвар вскинул голову.

— Что не нападал тайком на того, кто не причинил мне никакого зла.

— Да? — Пальцы короля — он поглаживал бороду — побелели. — А разве пристало слуге злоумышлять на господина? Разве пристало ему подстрекать к неповиновению?

— Я ничего такого не делал, — пробормотал Рандвар с запинкой. Слова вставали колом в его пересохшем горле. — Я всего лишь оберегал честь и свободу готов...

— Изменник! — воскликнул Эрманарих и разразился напыщенной речью. Понурый Рандвар, похоже, и не пытался прислушаться к ней.

Заметив его безразличие, Эрманарих замолчал.

— Ладно, — сказал он чуть погодя. — Повесить его, как вора, и оставить на потеху воронью.

Сванхильд вскрикнула. Бросив на нее опечаленный взгляд, Рандвар ответил королю так:

— Если ты повесишь меня, я отправлюсь к моему предку Водану. Он отомстит за меня...

Эрманарих пнул его в лицо.

— Кончайте! — распорядился он.

Дружинники перекинули веревку через выдававшееся из-под крыши амбара стропило, надели на шею Рандвару петлю — и дернули. Он долго бился в петле, но наконец затих.

— Скиталец посчитается с тобой, Эрманарих! — крикнула Сванхильд. — Я проклинаю тебя проклятием вдовы и призываю на тебя, убийца, месть Водана! Скиталец, уготовь ему самую холодную пещеру в преисподней!

Гройтунги вздрогнули, схватились за талисманы, принялись чертить в воздухе охранительные знаки. Эрманариху тоже как будто стало не по себе, но тут подал голос Сибихо:

— Она зовет своего бесовского праотца? Так убейте ее! Полейте землю кровью, какая течет у нее в жилах!

— Верно, — согласился Эрманарих и отдал приказ.

Страх вынудил воинов поторопиться. Те, кто держал Сванхильд, повалили ее и оттащили на середину двора. Она мешком упала на камни. Понукаемые всадниками, издавая громкое ржание, к ней приблизились кони. Мгновение-другое — и по камням расплылось кровавое месиво, из которого торчали обломки костей.

Наступила ночь. Воины Эрманариха, празднуя победу, пировали во дворце Рандвара до утра; с рассветом они отыскали сокровище и забрали его с собой. Мертвый Рандвар глядел им вслед, покачиваясь на веревке над обезображенным телом Сванхильд.

Люди поспешно похоронили молодого вождя и его жену. Большинство гройтунгов дрожало от ужаса, но были среди них и такие, кто поклялся отомстить, а узнав о случившемся, к ним присоединились все до единого тойринги.

Братья Сванхильд не помнили себя от горя и ярости. Ульрика внешне сохраняла спокойствие, но сделалась молчаливей прежнего. Однако, когда нужно было сделать выбор и принять решение, она отозвала сыновей в сторонку и принялась в чем-то убеждать их.

Ближе к вечеру они втроем вошли в залу Хеорота.

— Мы решились, — сказал Хатавульф, — нашему терпению настал конец. Да, король будет ждать нападения, но, если верить очевидцам, его отряд едва ли превосходит численностью тех, кто собрался ныне в доме правителя тойрингов. Затаиться же означает дать Эрманариху время, на которое тот, без сомнения, рассчитывает, — время, чтобы покончить с любым возжелавшим свободы остготом.

Воины отозвались на слова Хатавульфа радостными криками. Юный Алавин кричал чуть ли не громче всех. Вдруг распахнулась дверь, и на пороге появился Скиталец. Велев последнему из сыновей Тарасмунда оставаться в Хеороте, он развернулся и скрылся в ветреной ночи.

Ничуть не устрашенные, Хатавульф и Солберн в сопровождении своих людей на рассвете выступили в путь.

1935 г.

Я бежал домой, к Лори. На следующий день, когда я возвратился с продолжительной прогулки, мне навстречу поднялся из моего кресла Мэнс Эверард. От дыма, исходившего от его трубки, першило в горле и щипало глаза.

— Вы? — искренне изумился я.

Примерно одного со мной роста, но шире в плечах, он буквально навис надо мной — черный силуэт на фоне окна за спиной. Лицо его ничего не выражало.

— С Лори все в порядке, — успокоил он меня. — Я просто попросил ее поотсутствовать. Вам и без того несладко, чтобы еще переживать за нее. — Он взял меня за локоть. — Садитесь,

Карл. Я так понимаю, из вас выжали все соки. Не хотите ли пойти в отпуск?

Рухнув в кресло, я уставился на ковер под ногами.

— Надо бы. Конечно, я с удовольствием, но сначала... Господи, до чего же мерзко...

— Нет.

— Что? — я недоуменно посмотрел на Эверарда. Он возвышался надо мной, расставив ноги и уперев руки в бока. — Говорю вам, я не могу.

— Можете и пойдете, — проворчал он. — Прямо отсюда вы отправитесь со мной на базу, как следует выспитесь, но безо всяких транквилизаторов, потому что должны почувствовать то, что произойдет. Вам понадобится обостренное до предела восприятие. Учтите, от вас требуется усвоить урок. Если вы подкачаете, если не пропустите эту боль через себя, то никогда не избавитесь от нее. Вы превратитесь в одержимого. Но, ради Патруля, Лори и себя самого, вы заслуживаете лучшей участи.

— О чем вы говорите? — спросил я, стараясь справиться с охватившей меня паникой.

— Вам придется закончить то, что вы начали. И чем раньше, тем лучше. Что у вас будет за отпуск, если над вами будет висеть незаконченное дело? Вы сойдете с ума, и все. Так что за работу; развяжитесь с ней как можно скорее, и тогда вы сможете полноценно отдохнуть.

Я помотал головой — не отрицательно, а озадаченно.

— Я где-то ошибся? Где? Я же регулярно представлял свои отчеты. Если меня повело в сторону, почему никто не указал мне на это?

— Именно за тем я и явился к вам, Карл, — на лице Эверарда мелькнула тень сочувствия. Он уселся напротив и принялся вертеть в руках трубку.

— Случайные временные петли зачастую представляют собой весьма и весьма хитрое сплетение обстоятельств, — проговорил он. Голос его прозвучал мягко, но смысл фразы заставил меня встрепенуться. Эверард кивнул. — Да, мы имеем как раз такой случай. Путешественник во времени стал причиной тех самых событий, которые послан был изучать.

— Но... Каким образом, Мэнс? — пробормотал я. — Уверяю вас, я не забыл о правилах, я помню о них постоянно. Разумеется, я сделался частичкой прошлого, но той, которая вполне вписывается в его очертания. Мы же выясняли все это на следствии, и я исправил те ошибки, которые допустил.

Эверард сердито щелкнул зажигалкой.

— Хитросплетение обстоятельств, — повторил он. — Знаете, меня не отпускало ощущение того, что с вами что-то не так, поэтому я принялся внимательно наблюдать за вами. Я перечитал ваши отчеты: они удовлетворительны, но страдают неполнотой. Винить вас не в чем, ибо, даже обладая солидным опытом, вы, оказавшись в положении, подобном вашему нынешнему, наверняка упустили бы значительную долю подробностей. Что касается меня, я вынужден был основательно углубиться в ту эпоху, прежде чем сумел разобраться, что к чему.

Он выпустил очередной клуб дыма.

— Технические детали можно опустить, — продолжал он. — Главное заключается в том, что вы не заметили, как ваш Скиталец перерос свой образ. Среди многочисленных поэм, преданий и легенд, которые передавались из уст в уста на протяжении столетий, записывались, изменялись, скрещивались, есть немало таких, которые обязаны своим возникновением ему — не мифическому Водану, а существу из плоти и крови, то бишь вам.

Заранее поняв, к чему он клонит, я приготовил убедительный, на мой взгляд, ответ.

— Это был оправданный риск. Такое случается, и не то чтобы редко. Подобного рода обратная связь — отнюдь не катастрофа. Моя группа отслеживает устные и письменные литературные произведения, но не интересуется тем, что их породило. И потом, какая разница для последующих событий, существовал или не существовал реально человек, которого кое-кто принимал за бога, если тот человек не злоупотреблял своим влиянием? — Я на мгновение умолк. — Верно?

Эверард развеял мои слабые упования.

— Не всегда, — отозвался он. — По крайней мере не в вашем случае. Вам известно, что петля у истока времен несет в себе угрозу, поскольку может получиться резонанс, который способен перевернуть историю вверх тормашками. Единственный выход — замкнуть петлю. Кусая свой собственный хвост, Червь Всепобеждающий[1] бессилен проглотить что-либо другое.

— Но... Мэнс, я же отпустил Солберна с Хатавульфом на смерть! Да, я пытался отговорить их, ни капельки не думая о том, чем может обернуться мое безрассудство. Но они не послушались. Континуум неподатлив даже в таких мелочах.

— Откуда вы знаете, что ваша затея провалилась? Водан, что появлялся среди ваших готов из поколения в поколение, подвигнул тех, кто происходит от вас, искать себе славы и вершить ве-

---

[1] Червь Всепобеждающий — образ из рассказа Э. По «Лигейя».

ликие деяния. В решающей схватке с Эрманарихом они, веря в то, что с ними Водан, вполне могут добиться своего.

— Вы хотите сказать... О, Мэнс!

— Они не должны, — проронил Эверард.

Боль захлестнула меня, накатила, как волна.

— А почему нет? Кому будет дело до какого-то короля уже через несколько десятилетий, не говоря о полутора тысячах лет?

— Вам. Вам и вашим товарищам, — ответил Эверард; во взгляде его сквозила жалость. — Помните, первоначально вы намеревались установить источник предания о Хамдире и Серли. А как быть с эддическими сказителями, с теми, кто складывал саги, и с прочими безвестными поэтами? Главное, впрочем, то, что Эрманарих — историческая личность, заметная фигура своей эпохи. То есть дата его смерти и то, как он окончил дни, историкам известны. События, которые последовали за его кончиной, потрясли мир. Поэтому ваш поступок — отнюдь не легкая рябь на поверхности потока времени, а скорее могучий водоворот. Единственный способ совладать с ним — замкнуть петлю.

С моих губ сорвалось бессмысленное, ненужное:

— Как?

Эверард произнес приговор:

— Поверьте, Карл, я разделяю ваше горе. В «Саге о Вольсунгах» говорится, что Хамдир и Серли почти победили, но их предал появившийся ниоткуда Один. Это были вы, Карл, вы и никто иной.

372 г.

Ночь наступила совсем недавно, и луна еще не взошла. Над холмами и лесами, где притаились тени, бледно сверкали звезды. На камнях потихоньку выступала роса. В холодном, неподвижном воздухе топот множества конских копыт разносился далеко окрест. В полумраке, вздымаясь и опадая подобно морским волнам, поблескивали шлемы и наконечники копий.

Король Эрманарих пировал в самом большом из своих дворцов вместе с сыновьями и дружинниками. В очагах жарко полыхало пламя. Свет ламп с трудом пробивался сквозь дымовую завесу; на стенах колыхались, словно ожившие, шпалеры, подрагивали оленьи рога, будто шевелились резные изображения на колоннах. Сияли золотые запястья и ожерелья, стукались друг о друга кубки, горланили и распевали песни хриплые голоса. Вокруг столов сновали рабы. Над головами пирующих нависали окутанные мраком стропила.

Эрманариху мешал веселиться Сибихо.

— Господин, нам рано радоваться, — говорил вандал. — Пускай мы не можем пока погубить вождя тойрингов, но нужно хотя бы опорочить его в глазах простых людей.

— Завтра, завтра, — отмахнулся король. — Неужто тебе никогда не надоедает строить каверзы? Сегодняшнюю ночку я припас для той рабыни, которую купил...

Снаружи затрубили рога. В залу ввалился воин из караульни. По лицу его текла кровь.

— Враги... там... — многоголосый вопль заглушил его слова.

— В такой час? — воскликнул Сибихо. — Они, должно быть, загнали коней, поспешая сюда, и убивали всякого, кто мог предупредить нас.

Вскочив со скамей, ратники устремились в караульню, где лежали кольчуги и оружие. В дверях образовался неожиданный затор. Послышалась брань, пошли в ход кулаки. Те дружинники, которые были вооружены — король всегда держал под рукой дюжину-другую воинов при оружии, — окружили Эрманариха и тех, кто находился рядом с ним.

А на дворе между тем кипела битва. Нападавшие медленно, но верно пробивали себе дорогу внутрь. Звенели клинки и топоры, погружались в плоть ножи и копья. В возникшей суотолоке мертвые падали не сразу, а раненые, рухнув навзничь, уже не поднимались.

Впереди всех бился молодой воин, меч которого сеял смерть.

— Водан с нами! — кричал он. — Водан! Водан! Хей!

Защитники дворца сгрудились у двери. Юноша налетел на них первым, а следом, круша направо и налево, подступили его сподвижники. Они прорвали строй оборонявшихся и ринулись в залу.

Королевские дружинники, не успевшие облачиться в доспехи, отхлынули назад. Нападавшие остановились.

— Подождем остальных, — раздался голос их предводителя.

Противники, тяжело дыша, глядели друг на друга, прислушиваясь к звукам сражения, которые доносились снаружи.

Эрманарих взобрался на трон и выглянул из-за шлемов своих воинов. Сумрак был ему не помеха: он узнал того, кто стоял у двери.

— Хатавульф Тарасмундссон, какое зло ты задумал? — спросил король.

Тойринг взмахнул окровавленным клинком.

— Мы пришли покончить с тобой, — бросил он.

— Берегись. Боги карают изменников.

— Верно, — вмешался в разговор Солберн. — Этой ночью, клятвопреступник, тебя заберет Водан, и ты о многом пожалеешь, увидев, какую обитель он тебе уготовил!

В залу ворвался во главе отряда ратников Лиудерис.

— Вперед! — рявкнул Хатавульф.

Эрманарих отдал приказ своим. Захваченные врасплох, его дружинники по большей части не успели ни надеть кольчуги со шлемами, ни взять щиты и копья. Однако у каждого из них был при себе нож. К тому же войско тойрингов состояло в основном из крестьян, которые могли позволить себе из доспехов разве что кожаный нагрудник да металлическую каску и которые шли сражаться лишь тогда, когда король объявлял всеобщий сбор. А дружинники Эрманариха были прежде всего воинами: они могли владеть кораблями или хозяйствами, но жизнь их была посвящена ратному труду.

Встав плечом к плечу, они закрылись столешницами; те, у кого были топоры, рубили колонны, раскалывали их на куски и подавали товарищам, которые размахивали ими, как дубинками. Годилось все — сорванные со стены оленьи рога, острый конец рога для питья, римский стеклянный кубок с отбитым верхом, выхваченная из пламени пылающая ветка. В рукопашной схватке, когда тебя со всех сторон стискивают друзья и враги, глаза заливает пот, а ноги скользят по мокрому от крови полу, от мечей и топоров толку мало; копья же могли пускать в ход только дружинники у трона: вспрыгивая на скамьи, они кололи тойрингов сверху вниз.

В зале бушевала слепая ярость, подобная ярости вырвавшегося на волю Волка.

Хатавульф, Солберн и лучшие из их воинов шаг за шагом продвигались к трону, прокладывая дорогу остальным среди криков, стонов и скрежета стали о сталь. Но вот перед ними выросла преграда из щитов и копий. Эрманарих стоял на троне, чтобы все его видели, и потрясал пикой. Он то и дело поглядывал на сыновей Тарасмунда и криво улыбался, а те усмехались ему в ответ.

Строй королевских дружинников прорвал старый Лиудерис. Раненный в бедро и руку, он добрался-таки до скамьи и ударом топора раскроил череп Сибихо.

— Одной змеей меньше, — прошептал он, умирая.

Хатавульф и Солберн переступили через его тело. Эрманариха заслонил сын. Солберн зарубил паренька, а Хатавульф выбил из рук короля пику. Еще выпад — и правая рука Эрманариха безвольно повисла вдоль тела. Меч Солберна поразил короля в левую ногу. Братья занесли клинки для последнего удара. Их сподвижники сомкнули ряды, оберегая вождей от копий дружинников. Эрманарих оскалил зубы.

И тут случилось нечто неожиданное.

Если бросить в пруд камень, по воде пойдут круги; подобно тому, как они распространяются, достигая самых берегов, по зале прокатилось изумление. Люди замерли и пооткрывали рты. В полумраке, который как будто стал с началом схватки гуще, над троном появился из воздуха диковинный скакун; металлические ребра его не обтягивала никакая кожа. На нем восседал высокий седобородый старик. Он кутался в плащ, лица его невозможно было разглядеть из-за низко надвинутой широкополой шляпы. В правой руке он сжимал копье. Наконечник оружия вдруг поймал блик пламени в очаге. Знамение? Предвестье бед?

Хатавульф и Солберн опустили мечи.

— Праотец, — выдохнул старший брат, нарушая мертвую тишину, — ты пришел помочь нам?

Скиталец воскликнул громовым, не по-человечески зычным голосом:

— Братья, примите то, что суждено, и вас не забудут. Эрманарих, твоя пора еще не приспела. Пошли людей, пускай они обойдут тойрингов сзади. И да будет с вами со всеми воля Вирд!

Он исчез.

Хатавульф и Солберн застыли как вкопанные, не веря собственным ушам.

Истекая кровью, Эрманарих прохрипел:

— Слышали? Кто может, живо в заднюю дверь! Внемлите слову Водана!

Первыми от изумления оправились королевские телохранители. Издав боевой клич, они обрушились на врагов. Те отступили, и схватка закипела с новой силой. На полу, в луже крови под троном Эрманариха, распростерся мертвый Солберн.

Большинство тойрингов находилось во дворце, поэтому гройтунги, выбежав через заднюю дверь наружу, в два счета расправились с теми, кто оставался на дворе. Вскоре залитый лунным светом двор был как ковром устлан телами погибших.

Битва переместилась в караульню, где тойринги, едва отразив натиск спереди, вынуждены были тут же разворачиваться, чтобы не получить нож в спину.

Зная, что смерть неизбежна, они сражались до последнего.

Хатавульф окружил себя стеной из убитых недругов. Когда он наконец пал, тому смогла порадоваться лишь горстка уцелевших гройтунгов.

Короля же, наспех перевязав, на руках вынесли из залы, и он, впадая временами в беспамятство, навсегда покинул дворец, в котором с тех пор обитали одни только призраки.

1935 г.

Лори, Лори!

372 г.

Утром пошел дождь. Под завывания ветра он хлестал по земле, застилая окрестности непроглядной пеленой и барабаня по крыше опустевшего Хеорота.

Несмотря на то что в зале зажжены были лампы и полыхало пламя в очагах, обычный полумрак как будто сгустился; от проникавшей снаружи сырости воздух был непривычно промозглым.

Посреди залы стояли трое — стояли, ибо о таких вещах сидя не говорят. С губ их срывались белые облачка пара.

— Погибли? — в смятении переспросил Алавин. — Все до одного?

Скиталец кивнул.

— Да. Но в домах гройтунгов тоже слышен плач. Эрманарих выжил, однако стал калекой и обеднел на двоих сыновей.

Ульрика искоса поглядела на него.

— Если это случилось прошлой ночью, то ты прискакал к нам не на смертном коне.

— Ты ведь знаешь, кто я такой, — ответил он.

— Знаю? — Она согнула пальцы на руках, словно намеревалась выцарапать Скитальцу глаза. Голос ее пронзительно зазвенел: — Если ты и впрямь Водан, так он — двуличный бог, который не захотел помочь моим сыновьям.

— Тише, тише, — проговорил Алавин, смущенно взглянув на Скитальца.

— Я скорблю вместе с вами, — промолвил тот. — Но мы не властны изменить волю Вирд. Молва, может статься, будет утверждать, что я сам присутствовал там и даже спас Эрманариха, однако помните: ни люди, ни боги не могут противостоять ходу времени. Я сделал то, что было мне предназначено. Встретив гибель так, как они ее встретили, Хатавульф и Солберн прославили свой род, и, пока не умрет последний гот, их имена не будут забыты.

— А Эрманарих здравствует по-прежнему, — откликнулась Ульрика. — Алавин, теперь ты становишься мстителем.

— Нет! — возразил Скиталец. — Ему предстоит совершить нечто большее. Он возродит то, что едва не было погублено. Поэтому я и пришел к вам. — Он повернулся к юноше, который внимал ему, широко раскрыв глаза. — Мне ведомо будущее, Алавин, и даже врагу не пожелаю я такой участи. Но порой знание выручает меня. Слушай же и запоминай, ибо сегодня мы говорим в последний раз.

— Скиталец! — вырвалось у Алавина. Ульрика шумно выдохнула сквозь сжатые зубы.

Седой старик поднял ту руку, в которой не было копья.

— Скоро придет зима, — сказал он, — но за ней последуют весна и лето. С дерева твоего рода облетела листва, но в стволе его дремлет скрытая сила и оно снова зазеленеет — если его не срубит топор. Поспеши! Пускай ранен Эрманарих, он не уймется, пока не изведет все ваше семейство. Воинов у него гораздо больше, чем наберется у тебя. Если ты останешься здесь, то погибнешь.

Подумай! Ты собирался на Запад, у визиготов тебя ожидает радушный прием, тем более что в этом году Атанарик потерпел от гуннов поражение на Днестре и ему нужны люди. Он наверняка отдаст под твое начало отряд. Слуги же Эрманариха, явившись сюда, найдут лишь пепелище, ибо ты подожжешь Хеорот, чтобы он не достался королю, помянув заодно сраженных братьев.

Это вовсе не будет бегство, ибо на чужбине ты выкуешь для своих соплеменников светлое завтра. Ныне кровь твоих предков течет в тебе одном. Береги ее, Алавин.

Лицо Ульрики исказилось от гнева.

— Твой язык всегда был без костей, — прошипела она. — Не слушай его, Алавин, прошу тебя. Отомсти за моих сыновей — сыновей Тарасмунда...

Юноша сглотнул.

— Ты и вправду хочешь, чтобы я пощадил убийцу Сванхильд, Рандвара, Хатавульфа и Солберна? — пробормотал он.

— Тебе нельзя оставаться тут, — сурово ответил Скиталец. — Иначе твоя жизнь достанется королю заодно с жизнями сына и жены Хатавульфа и твоей собственной матери. Когда тебя превосходят числом, отступить не зазорно.

— Д-да... Я наберу войско из визиготов...

— Ты никого не станешь набирать. Через три года до тебя дойдут вести об Эрманарихе. Ты обрадуешься им. Боги покарают короля. Я клянусь тебе в этом.

— Ну и что? — фыркнула Ульрика.

Алавин набрал в грудь воздуха, расправил плечи, постоял так миг-другой, а потом сказал:

— Успокойся, мачеха. Решать мне, ибо глава дома — я. Мы примем совет Скитальца. — Но зрелость слетела с него в мгновение ока, и он жалобно спросил: — О, господин, неужели мы никогда больше не увидим тебя? Не покидай нас!

— Увы, — проговорил Скиталец. — Так будет лучше для вас. Да, прощание длить ни к чему. Мир вам!

Он пересек залу и вышел за дверь под проливной дождь.

1943 г.

Тут и там во времени разбросаны были базы Патруля, на которых агенты могли отдохнуть от забот и треволнений службы. Одним из таких мест служили Гавайские острова до появления на них полинезийцев. Хотя этот курорт существовал на протяжении тысячелетий, мы с Лори посчитали себя счастливчиками, когда нам удалось зарезервировать там коттедж на один-единственный месяц. По правде сказать, мы подозревали, что тут не обошлось без Мэнса Эверарда.

Но когда он, ближе к концу нашего пребывания на Гавайях, навестил нас, мы не стали ни о чем выспрашивать. Держался он дружелюбно, отправился с нами на пляж, а потом отдал должное приготовленному Лори обеду. Лишь только под вечер заговорил он о том, что находилось для нас сейчас одновременно и в прошлом, и в будущем.

Мы сидели на веранде. В саду пролегли прохладные голубые тени; они тянулись до самого папоротникового леса. На востоке берег круто обрывался к серебрящемуся морю; на западе сверкала в небе над Мауна-Кеа вечерняя звезда. Где-то поблизости журчал ручеек. Природа словно источала целительный покой.

— Значит, вы готовы вернуться? — поинтересовался Эверард.

— Да, — ответил я. — К тому же черновая работа вся проделана, базовая информация собрана и обработана. Мне остается только продолжать записывать песни и предания в том виде, в каком они были сложены, и отмечать последующие изменения.

— Всего-то навсего! — воскликнула Лори с добродушной укоризной и накрыла мою ладонь своей. — Что ж, по крайней мере ты излечился от своего горя.

— Это так, Карл? — спросил Эверард, понизив голос.

— Да, — отозвался я с напускным спокойствием. — Разумеется, от воспоминаний мне никуда не деться, но такова уж наша общая доля. Впрочем, на память чаще приходит хорошее, и это спасает меня от срывов.

— Вы, конечно, понимаете, что к прежнему возврата нет. Многим из нас приходится сталкиваться с чем-то подобным... — Мне показалось, или голос его, сделавшийся вдруг хрипловатым, действительно дрогнул? — Когда такое случается, человек должен переболеть и выздороветь.

— Знаю, — хмыкнул я. — Вам ведь известно, что я знаю? Эверард выпустил изо рта дым.

— До определенной степени. Поскольку дальнейшая ваша карьера не отмечена никакими безрассудствами, не считая тех штучек, какие рано или поздно выкидывает любой агент Патруля, я счел непозволительным для себя тратить собственное время и средства Патруля на продолжение расследования. Я прибыл к вам не в качестве официального лица, а как приятель, которому захотелось узнать, как вы тут поживаете. Поэтому давайте не трогать тех тем, к каким у вас не лежит душа.

— В вас есть что-то от старого добродушного медведя, — рассмеялась Лори.

Мне было не по себе, но глоток коктейля с ромом помог собраться с мыслями.

— Ну почему же? — возразил я. — Спрашивайте. Я убедился, что с Алавином все будет в порядке.

Эверард пошевелился.

— Как? — осведомился он.

— Не тревожьтесь, Мэнс. Я действовал осторожно, в большинстве случаев — не напрямик. Скрывался под разными личинами, и он ни разу не узнал меня. — Я провел ладонью по гладко выбритому подбородку: римская манера, как и коротко остриженные волосы. Если потребуется, мне даже не придется заново отращивать бороду — наклеят точь-в-точь такую, какая у меня была. — Да, Скиталец вышел в отставку.

— Разумно, — одобрил Эверард и откинулся в кресле. — А что стало с тем пареньком?

354

— С Алавином? Он увел на запад, к Фритигерну, довольно многочисленную компанию готов, в которой была и его мать Эрелива. — Вернее, ему еще предстояло увести их, три столетия спустя. Но мы говорили на английском, система времен в котором в сравнении с темпоральным совершенно не разработана. — Его там хорошо приняли, тем более что он вскоре крестился. Как вы понимаете, уже по этой причине со Скитальцем надо было кончать. Какие могут быть у христианина дела с языческим богом?

— Хм-м... Интересно было бы узнать о его ощущениях.

— Насколько я могу судить, он не распространялся о своем родстве со мной. Разумеется, если его потомки — он удачно женился, — если его потомки сохранили семейную традицию, они, должно быть, видели во мне призрака, бродившего когда-то по отеческим землям.

— По отеческим землям? А, так Алавин не вернулся на Украину?

— По-моему, нет. Обрисовать вам историческую ситуацию тех лет?

— Если можно. Я изучал ту эпоху, занимаясь расследованием вашего случая, но ограничился весьма узким временным отрезком. К тому же кое-что успело подзабыться.

Ибо с тех пор с тобой много чего случилось, подумалось мне. Вслух я сказал:

— В 374 году подданные Фритигерна с разрешения императора переправились через Дунай и поселились во Фракии. Со временем так же поступил и Атанарик; он перебрался в Трансильванию. Визиготы устали от непрекращавшихся гуннских набегов.

Несколько лет готы терпеливо сносили правление Рима, но потом решили, что с них хватит, и взбунтовались. Получив от гуннов некоторое представление о кавалерии, они развили его, и в битве под Адрианополем в 378 году их тяжелая конница смяла ряды римской пехоты. В том сражении, кстати, отличился и Алавин, и именно оттуда начался его путь к славе. В 381 году новый император, Феодосий, заключил с готами мир, и многие их воины поступили в римскую армию на правах федератов, то бишь союзников.

Затем сплошной чередой тянутся стычки, битвы, переезды — ведь шло Великое переселение народов. Что касается Алавина, то я буду краток: после богатой событиями, но в общем-то счастливой и долгой жизни он умер на юге Галлии, где находилось в ту пору королевство визиготов. Его потомки были среди основателей испанской нации.

Так что сами видите — я расстался с ними и возобновил свои ученые занятия.

Лори крепко сжала мою руку.

Сумерки незаметно перешли в ночь. На небе замерцали звезды. Алый уголек в трубке Эверарда как будто подмигивал им. Сам Эверард выглядел черной тенью, этакой горой на фоне светящегося моря.

— Да, — пробормотал он, — я вроде бы что-то припоминаю. Но вы рассказывали о визиготах. А родичи Алавина, остготы, — они ведь захватили Италию?

— Со временем, — ответил я. — Сначала им пришлось пережить немало неприятностей, — я помолчал, ибо слова, что сорвались потом у меня с языка, были солью, попавшей на незажившие раны: — Скиталец не обманул их. Сванхильд была отомщена.

374 г.

Эрманарих сидел в одиночестве под звездным небом. Тоненько поскуливал ветер, издалека доносился волчий вой.

Вскоре после того, как прискакали гонцы с вестями, король, будучи не в силах совладать со страхом и не желая слушать болтовню придворных, приказал двоим воинам вынести себя на плоскую крышу дома. Они посадили его на скамью, накинули ему на плечи подбитый мехом плащ.

— Идите, — буркнул он, и они торопливо подчинились.

Эрманарих наблюдал за тем, как на западе догорает закат, а на востоке собираются иссиня-черные грозовые тучи. Теперь они занимали уже добрую четверть неба, то и дело из них вырывались молнии. К рассвету гроза доберется сюда, а пока явился лишь ее предвестник, и сразу, в разгар лета, повеяло зимней стужей. Остальные три четверти небосвода были усыпаны звездами.

Звезды — крохотные, диковинные, безжалостные. Эрманарих попытался отвести взгляд от Колесницы Водана, что кружила вокруг неотрывно глядевшего с севера Ока Тиваса[1], но созвездие Скитальца словно притягивало его к себе.

— Я не слушал вас, боги, — пробормотал король. — Я верил

---

[1] Речь идет о Большой Медведице и Полярной звезде.

лишь в свои собственные силы. А вы оказались хитрее, чем я думал, хитрее и кровожаднее.

Вот сидит он, могучий властелин, хромой калека, узнавший, что враг переправился через реку и разгромил войско, посланное остановить его. Самое время кликнуть клич, отдать приказ дружине; если людьми правит мудрый вождь, они пойдут за ним в огонь и в воду. Однако на ум королю не приходило ни единой мысли.

Вернее, мысли приходили, но их не пускали под своды костяного дворца мертвые — воины, павшие вместе с Хатавульфом и Солберном, цвет восточных готов. Были бы они живы, гунны бежали бы без оглядки, а остготы, с Эрманарихом впереди, гнали бы их все дальше и дальше. Но Эрманарих тоже погиб в той самой битве; остался лишь беспомощный калека с истерзанным болью рассудком.

Он бессилен что-либо сделать для своего королевства, разве только отречься в пользу старшего сына. Быть может, тот окажется достойнее и сумеет расправиться с гуннами. Эрманарих оскалил зубы. Он слишком хорошо знал тщетность своих надежд. Остготов ждало поражение, бойня, плен и рабство. Если они когда-нибудь и станут снова свободными, это произойдет уже после того, как его кости сгниют в земле.

Он — какое бы то было счастье — или всего лишь его плоть? Чем встретит его загробный мир?

Эрманарих вытащил нож. Стальное лезвие блеснуло в свете молний и звезд. Рука короля задрожала. Ветер пронзительно свистнул.

— Кончено! — воскликнул Эрманарих и, собрав бороду в кулак, приставил нож к шее. Взгляд его как бы непроизвольно устремился к Колеснице. На небе мелькнуло что-то белое — обрывок облака, или то Сванхильд скачет следом за Скитальцем? Набравшись мужества, которого осталось совсем чуть-чуть, король надавил на нож и провел им поперек горла.

Струей хлынула кровь. Эрманарих ничком повалился на крышу. Последнее, что он слышал, был гром. В его раскатах стучали конские копыта, мчавшие на запад гуннскую полночь.

ЗВЕЗДА НАД МОРЕМ

Часть I

День за днем Найэрда проводила в обществе созданных ею тюленей, китов и рыб. С ее пальцев соскальзывали и устремлялись на волю ветра чайки и кружева морской пены. А на окраине мира под песнь Найэрды плясали ее дочери. Песнь ее вызывала дождь с небес или свет, дрожащий на волнах. А когда с востока накатывалась тьма, она отдыхала на своем укрытом мраком ложе. Но часто она поднималась рано, задолго до восхода солнца, чтобы наблюдать за своим морем. Свет утренней звезды озарял ее чело.

И вот однажды на морской берег приехал Фрейр.

— Найэрда, отзовись! — закричал он. Ответил ему только прибой. Тогда он поднес к губам рог Гэзерера и подул в него. С криками взлетели со скал бакланы. Затем он вынул меч и ударил плашмя по боку быка Землевержца, на котором сидел. От рева быка забили родники и мертвые властители проснулись в своих курганах.

И тогда Найэрда отозвалась. Во гневе, окутанная туманом, она приплыла на ледяной глыбе, держа в руке сеть, которой ловила корабли.

— Как ты смел меня потревожить? — обрушила она на него холодные, тяжелые как град слова.

— Я хочу стать твоим мужем, — ответил он. — Сияющий издали свет твоей груди ослепил меня. Я отослал свою сестру прочь. Земля страдает, и вся растительность сохнет из-за жара моей страсти.

Найэрда рассмеялась.

— Что можешь ты дать мне, чего нет у моего брата?

— Дом под высокой крышей, — сказал он, — богатые приношения, горячее мясо на подносах и жаркую кровь в кубках, власть над посевом и жатвой, над зачатием, рождением и смертью.

— Великолепные дары, — согласилась она. — Но что, если я все-таки их отвергну?

— Тогда на суше прекратится жизнь, и все живое, погибая, проклянет тебя, — предостерег он. — Стрелы мои взлетят к коням Колесницы Солнца и сразят их. И тогда она рухнет, объятая пламенем, море вскипит, а потом замерзнет от холода вечной ночи.

— Нет, — сказала она. — Прежде я обрушу волны на твои владения и затоплю их.

И они оба замолчали.

— Силы наши равны, — наконец произнесла она. — Так не будем нарушать мир. Я приду к тебе весной с дождем, моим приданым. И пребудем мы на суше, благословляя ее. А твоим даром мне будет этот бык, на котором ты сидишь.

— Это непомерно великий дар, — возразил Фрейр. — Его скрытая мощь наполняет земное лоно. Он разгоняет врагов, бодает и топчет их, опустошает их поля. Скалы дрожат под его копытами.

— Можешь оставить его на суше и ездить на нем, как и прежде, — ответила Найэрда, — пока он мне не понадобится. Но бык будет моим, и в конце концов я призову его к себе навсегда.

Помолчав немного, она добавила:

— Каждую осень я буду покидать тебя и возвращаться в море. Но весной приходить опять. Так будет в этот раз и каждый грядущий год.

— Я надеялся на большее, — сказал Фрейр, — но думаю, что если мы не объединимся, боги войны разгуляются еще пуще. Пусть будет по-твоему. Жду тебя, когда солнце повернет на север.

— Я приду к тебе по радуге, — клялась Найэрда.

Так было. И так есть.

Глава 1

Вид с крепостных валов Старого Лагеря наводил на мрачные мысли. На востоке узкой лентой поблескивал обмелевший в этом году Рейн. Германцы легко переправились через него, а суда с припасами для укреплений на левом берегу часто садились на мели и порой, не успев сняться с них, попадали в руки врага. Будто бы даже реки, извечные защитницы Империи, оставили Рим. В лесах на том берегу, в рощах на этом листья уже бурели и начинали опадать. Хлеб на полях засох — еще до того, как война превратила их не в грязь, а в серую пыль, заносившую черные пепелища.

Теперь эта почва принесла новый урожай: проросли зубы дракона, и навалили варварские орды. Рослые светловолосые воины толпились вокруг принесенных из священных рощ — мест кровавых жертвоприношений — тотемов, шестов и носилок с черепами или вырезанными из дерева грубыми изображениями медведей, кабанов, зубров, лосей, оленей, рысей и волков. Закатный свет отражался от наконечников копий и щитов, от редких шлемов и от еще более редких кольчуг или панцирей, снятых с убитых легионеров. Большинство было без оружия — в куртках и узких штанах либо голые по пояс, может, с накинутыми на плечи мохнатыми звериными шкурами. Они ворчали, рычали, огрызались, горланили, вопили, топали, и звуки эти напоминали дальние, но приближающиеся раскаты грома.

Действительно дальние. Скользнув взглядом по теням, протянувшимся к варварам, Муний Луперк разглядел длинные волосы, стянутые в узел на затылке. Так заплетали их свебские[1] племена в центральной части Германии. Однако свебов было немного: должно быть, лишь небольшие отряды последовали сюда за дерзкими вождями, но это показывало, как далеко достиг призыв Цивилиса[2].

Большинство заплетало свои гривы в косы, некоторые красили их в рыжий цвет или умащивали так, что они торчали на галльский манер, — видимо, батавы, каннинефаты, тунгры, фризы, бруктеры[3]. Остальные — местные и потому особо опасные — не столько своей численностью, сколько знанием тактики римлян. Ого, а вон конный отряд тенктеров[4] — вылитые кентавры: копья с вымпелами подняты, топоры приторочены к седлам. Конница восставших!

— Жаркая сегодня будет ночь, — сказал Луперк.

— Откуда ты знаешь, господин? — голос ординарца звучал не совсем твердо. Совсем еще мальчишка, взятый на это место второпях после гибели опытного Рутилия. Когда пять тысяч солдат (не считая тройного количества рабов и прочего населения лагерей) отступают с поля боя в ближайшее укрепление, хватаешь то, что подвернется под руку.

Луперк пожал плечами.

---

[1] С в е б ы — собирательное название ряда племен в северо-восточной Германии. — *Здесь и далее прим. пер.*

[2] Ц и в и л и с, Ю л и й, или Клавдий Цивилис, знатный батав, руководивший восстанием германских и кельтских племен против римлян в 69—70 годах.

[3] Б а т а в ы, к а н н и н е ф а т ы, т у н г р ы, ф р и з ы, б р у к т е р ы и др. — племена, жившие в Европе на территории нынешних Нидерландов, Бельгии и др. стран.

[4] Т е н к т е р ы — германское племя в нижнем течении Рейна.

— Привыкнешь понимать, что у них на уме.

Были и более существенные признаки. Рядом с рекой, позади скопища мужчин на этой стороне, вился дымок походных котлов. Женщины и дети из ближайших районов собрались, чтобы вдохновлять своих мужчин на битву. Сейчас у них возобновились причитания по покойным. Луперк прислушивался. Они звучали все громче и отдавались далеко вокруг, похожие на визг пилы, с подспудным ритмом: ха-ба-да, ха-ба, ха-ба-да-да. В хор вступали новые голоса, и все больший хаос смерчем раскручивался над станом.

— Я не думаю, что Цивилис решится напасть сегодня, — произнес Алет. Луперк освободил ветерана-центуриона[1] от командования остатками его отряда и назначил в свой штаб советником. Алет показал на частокол, торчащий над земляным валом: — Две последние атаки довольно дорого ему обошлись.

Там валялись трупы: вздувшиеся, бесцветные, в мешанине вывалившихся кишок и запекшейся крови, разбитого оружия, обломков примитивных укрытий, под которыми варвары пытались штурмовать ворота. Местами трупы заполнили ров. Из раскрытых ртов вывалились языки, объедаемые муравьями и жуками. У многих вороны уже выклевали глаза. Несколько птиц все еще пировали, насыщаясь перед наступлением ночи. Носы уже притерпелись к запаху и морщились, только когда ветер нес его прямо в лицо, а в приближающейся ночной прохладе запах становился все слабее.

— У него достаточно подкреплений, — ответил Луперк.

— И все-таки, господин, он не дурак, не безрассудная голова, разве не так? — настаивал центурион. — Он двадцать лет ходил с нами в походы, а то и больше. Я слышал, он отличился в Италии и удостоен был такого высокого звания, какое только возможно для наемника. Он должен знать, что у нас на исходе еда и другие припасы. Одолеть нас с помощью голода умнее, чем губить понапрасну воинов и осадные орудия.

— Верно, — согласился Луперк. — Я уверен, что именно так он и собирался поступить после неудачной попытки. Но он не может командовать этими дикарями, как римлянами, насколько тебе известно. — И сухо добавил: — Наши легионеры в последнее время тоже грешат непослушанием, не так ли?

Он перевел взгляд в центр пространства, вокруг которого сосредоточились вражеские орды. Там, где люди отдыхали возле

---

[1] Ц е н т у р и о н — начальник центурии (отряд в сто человек в древнеримском войске).

штандартов своих соединений, блестел в лучах заходящего солнца металл; лошади на привязи спокойно ели овес; только что сооруженная из сырого дерева, но достаточно прочная осадная башня стояла наготове. Там расположился Клавдий Цивилис, служивший ранее Риму, и предводители племен, его союзники, перенимающие опыт римского военачальника.

— Что-то снова взбудоражило германцев, — продолжал легат[1]. — Какая-то новость. Они воодушевлены, или раздражены, или... что-то другое. Хотел бы я знать, что именно. Но, повторяю, нас ждет горячее сражение. Надо готовиться.

Он спустился с наблюдательной башни — словно погрузился в мир тишины и спокойствия. За десятилетия со времени основания Старый Лагерь разросся, стал чем-то вроде поселения, не во всем соответствующего суровому военному духу. Сейчас он был забит беженцами и остатками наемных сил. Но Луперк навел порядок: воинов разместили как полагается, гражданских приставили к полезной работе или по крайней мере убрали из-под ног.

В тенистых уголках царила тишина; на некоторое время он перестал воспринимать заунывную песнь варваров. Мысли его улетели далеко через годы и расстояния, через Альпы и через голубое южное море к заливу возле величественных гор, где уютно расположился город, а там дом, двор с розами, Юлия, дети... О, Публий, должно быть, здорово уже вымахал, Люперчилла стала юной госпожой; интересно, у Марка по-прежнему проблемы с чтением?.. Письма приходят так редко и случайно. Как они, что делают именно в этот час там, в Помпеях?

«Оставь воспоминания. Займись неотложными делами».

И он начал обходить свое хозяйство, проверяя, планируя, отдавая распоряжения.

Опустилась ночь. Вспыхнули огромные костры вокруг крепости. Там за праздничной едой и питьем сидели осаждающие. Они осушали нескончаемые амфоры с вином и затягивали свои хриплые военные песни. В отдалении по-звериному выли женщины.

Один за другим, отряд за отрядом германцы вскакивали, хватали оружие и бросались на стены. В темноте их копья, стрелы, метательные топоры рассекали только воздух. Римляне же могли хорошо разглядеть безумцев на фоне их собственных костров. Дротики, пращи, катапульты выбивали из их рядов в первую очередь самых храбрых и самых отчаянных.

---

[1] Л е г а т (здесь) — помощник полководца или наместника провинции.

— Избиение младенцев, а не бой, клянусь Геркулесом! — воскликнул Алет.

— Цивилис тоже видит это, — ответил Луперк.

И действительно, часа через два огненные кометы искр взвились в воздух и рассыпались в прах, грабли отодвинули уголья подальше от древесины, а башмаки и одеяла погасили пламя. Такие предосторожности, похоже, еще больше разъярили германцев. Ночь была безлунной, и дымка пригасила звезды. Бой превращался в рукопашную схватку вслепую, когда удары наносят на слух. Легионеры все еще сохраняли дисциплину. Со стен они швыряли камни и окованные металлом колья настолько точно, насколько могли в темноте определить цель. Скрежет подсказывал им, где приставляют лестницы. Защитники стен отталкивали их щитами, затем летели вниз дротики. Тех же, кто взбирался наверх, встречали мечи.

Где-то после полуночи битва затихла. Вокруг крепости наступила почти полная тишина, не слышно было даже стонов умирающих. Германцы разыскивали и уносили своих раненых, не обращая внимания на опасность, а раненые римляне обращались за помощью к своим лекарям. Луперк снова забрался на свой наблюдательный пункт, чтобы послушать, что творится в стане врага. Вскоре до него донеслись звуки возбужденных голосов, потом крики и снова погребальные песнопения.

— Они вернутся, — вздохнул он, покачав головой.

Первое, что он увидел в утреннем свете, была осадная башня, катящаяся к площадке перед воротами.

Она двигалась медленно, толкаемая двумя десятками воинов, в то время как остальные нетерпеливо топтались позади, а отборный отряд Цивилиса ждал в стороне. У Луперка было достаточно времени, чтобы оценить ситуацию, принять решение, расставить своих людей и задействовать оборонительные машины. На их сооружение он в свое время мобилизовал и солдат, и беженцев-мастеровых.

Башня приблизилась к воротам. Германские воины забрались внутрь, прихватив с собой оружие и метательные снаряды, и приготовились к штурму. Легат отдал приказ. Римляне на стенах приготовили шесты с заостренными концами. Под прикрытием щитов и пращников они толкали, тыкали шестами в щели, били по башне и, остановив ее, принялись разрушать. Тем временем их соратники сделали вылазку и с двух сторон напали на ошеломленного врага.

Цивилис бросил в бой своих ветеранов. Римские умельцы выдвинули балку поверх стены. Металлические «челюсти» на цепи метнулись в воздухе и зацепили одного из варваров, сорвав его с верхней площадки осадной башни. Убедившись в успехе, они переместили противовесы. Балка повернулась, «челюсти» разжались, и захваченный упал на землю внутри крепости. Тут его уже ждали.

— Пленные! — выкрикнул Луперк. — Мне нужны пленные!

Примитивный подъемный кран еще и еще раз возвращался за добычей. Механизм был неуклюжий и грубый, но незнакомый варварам, странный и потому действовал устрашающе. Луперк никак не думал, что подобное сооружение может так сильно испугать врага. Да и все остальные вряд ли могли предвидеть такое. Уничтожение башни и атакующего отряда обученными, слаженно действующими римскими солдатами нанесло варварам серьезный урон.

Регулярное войско заняло бы нужную позицию, перегруппировалось и, окружив ограниченное количество участвующих в вылазке легионеров, перебило бы всех. Но никто из многочисленных вождей варварских племен не мог взять на себя командование и действовать четко, никто не имел ни малейшего представления о том, что происходило на других участках битвы. Те, что ввязались в смертоносную схватку, так и не получили подкрепления. Они были обессилены после долгой, бессонной ночи, многие потеряли большое количество крови, но ни товарищи, ни боги не пришли им на помощь. Мужество покинуло их, и они обратились в бегство.

Остальная орда лавиной кинулась вслед за ними.

— Мы не будем их преследовать, господин? — удивленно спросил ординарец.

— Это было бы катастрофой. — В сознании Луперка мелькнуло смутное удивление: почему он объясняет, а не велит мальчишке просто замолчать? — Паника не охватила их по-настоящему. Посмотри, река заставит их остановиться. Вожди смогут управиться с ними, а Цивилис понемногу приведет их в чувство. Однако я не думаю, что он возобновит подобные попытки. Он встанет здесь лагерем и будет держать нас в осаде.

«И попробует склонить к предательству своих соотечественников, находящихся среди нас, — добавил про себя легат. — Но теперь, по крайней мере, я смогу выспаться». Как он устал! В череп словно песка насыпали, а язык стал шершавым, как подошва.

Но сначала дела. Он спустился вниз по земляной бровке к тому месту, куда кран сбрасывал свою добычу. Двое лежали мертвыми — может быть, из-за того, что слишком отчаянно сопротивлялись, или стражники переусердствовали. Один, с неподвижными ногами, валялся в пыли и стонал. Очевидно, у него сломан позвоночник — лучше сразу перерезать ему горло. Еще трое связанных лежали вповалку под присмотром охраны. Седьмой, со связанными за спиной руками и спутанными ногами, стоял прямо. На могучем теле — военная форма батавийских наемников.

Луперк остановился перед ним.

— Ну, солдат, что скажешь? — тихо спросил он.

Губы в зарослях бороды и усов произносили латинские слова с гортанным акцентом, но дрожи в голосе не чувствовалось.

— Мы ваши пленники. И это все.

Легионер поднял меч. Луперк взмахом руки заставил его отойти в сторону.

— Не забывайся, — посоветовал он. — У меня несколько вопросов к вам, солдаты. Если поможете мне, избежите худшей участи, ожидающей предателей.

— Я не предам своего командира, что бы вы ни делали, — ответил батав. Измождение не дало ему высказать свое презрение с достаточной страстностью. — Уоен, Донар, Тив тому свидетели.

«Меркурий, Геркулес, Марс. Главные их боги, вернее, так мы, римляне, называем их на свой лад. Но не важно. Кажется, он уверен в своих силах, и пытки его не сломят. Надо попробовать, конечно. Может быть, его товарищи будут менее решительны. Хотя не слишком-то я верю, что кто-то из них знает что-нибудь действительно нужное для нас. Сколько понапрасну потраченных сил».

Хотя... Слабая надежда охватила легата. «Может быть, об этом он захочет рассказать».

— Скажи мне тогда, какой бес в вас вселился? Надо сойти с ума, чтобы нападать на крепость. Цивилис, должно быть, рвет на себе волосы.

— Он хотел остановить их, — возразил пленник. — Но воины не подчинились, и мы лишь пытались извлечь из этого хоть какую-то пользу. — Волчий оскал. — Наверное, теперь они запомнят урок и лучше подготовятся к делу.

— А защитников лагеря ты в расчет не берешь?

Голос пленника внезапно дрогнул, в глазах погасла ярость.

— В тактике мы ошиблись, да, но мы откликнулись на призыв. Он верен. Мы узнали о нем от бруктеров, что присоединились к нам. Веледа предрекла победу.

365

— Веледа?

— Пророчица. Она призывает все племена идти на битву. Рим проклят, сказала ей богиня, победа будет за нами. — Батав расправил плечи. — Делай со мной что хочешь, римлянин. Ты пропадешь со всей своей гнилой империей.

Глава 2

В последние десятилетия двадцатого века крышей для амстердамской штаб-квартиры Патруля Времени служила небольшая экспортно-импортная фирма. Офис со складом находились в индийском квартале, где экзотическая внешность не привлекала внимания.

Темпороллер Мэнса Эверарда появился в секретной части здания ранним майским утром. Ему пришлось около минуты ждать у выхода, так как дверь просигналила, что кто-то посторонний, кому не положено видеть выход вместо деревянной панели, проходит по коридору с другой стороны — скорей всего, обычный наемный рабочий из обслуживающего персонала. Затем, повинуясь ключу, панель раздвинулась. Не самое гениальное изобретение, но, видимо, в местных условиях оно себя оправдывает.

Эверард нашел управляющего, который одновременно был шефом всех операций Патруля в этом уголке Европы. Сами операции не представляли собой ничего особенного — так, рутинная работа, если, конечно, можно назвать рутинной работу, связанную с путешествиями по времени. Но все-таки контора была не из главных. До сих пор не считалось даже, что под ее наблюдением находится один из важных секторов.

— Мы не ждали вас так скоро, сэр, — удивленно произнес Виллем Тен Бринк. — Вызвать агента Флорис?

— Нет, спасибо, — ответил Эверард. — Я встречусь с ней позже, когда устроюсь. Хотя сначала немного поброжу по городу. Не был здесь с... да, с 1952 года, когда провел тут несколько дней отпуска. Город мне тогда понравился.

— Ну, надеюсь, скучать вы не будете. Многое изменилось, знаете ли. Нужен вам гид, машина или какая-нибудь помощь? Нет? А как насчет помещения для совещаний?

— Не понадобится, я думаю. Флорис сообщила, что по крайней мере первоначальные сведения ей будет удобнее передать у себя дома. — Несмотря на очевидное разочарование собеседника, Эверард не стал уточнять, о чем идет речь. Дело и без того было довольно деликатное, и ни к чему тем, кого оно не касается непосредственно и кто не работает за пределами эры своего рождения, знать детали. Кроме того, Эверард не был уверен, что угроза действительно существует.

Вооружившись картой, кошельком с гульденами и несколькими практическими советами, он отправился бродить по городу. В табачном киоске Эверард обновил запас табака для своей трубки и купил проездной билет на общественный транспорт. Он не успел пройти гипнопедический курс нидерландского языка, но все, к кому он обращался, отвечали на превосходном английском. Эверард решил просто прогуляться, без всякой цели.

Тридцать четыре года — долгий срок. (Хотя на самом деле, в биологическом смысле, он прожил гораздо дольше, успел вступить в Патруль, стал агентом-оперативником и вволю попутешествовал из века в век и с планеты на планету. Теперь закоулки Лондона эпохи Елизаветы Первой или Пасаргада Цируса Великого стали ему привычнее улиц, по которым он сейчас шел. Неужели то лето в самом деле было таким золотым? Или просто он был тогда молод и не обременен слишком большим житейским опытом?) Что же теперь ждет его здесь?

Следующие несколько часов успокоили Эверарда. Амстердам отнюдь не стал сточной ямой, как утверждают некоторые. Улицы от площади Дам до Центрального вокзала заполонили неряшливые юнцы, но, похоже, они никому особенно не мешали. В аллеях неподалеку от улицы Дамрак можно было прекрасно провести время в кафе или небольших барах с неограниченным выбором пива. Секс-шопы располагались на довольно большом расстоянии друг от друга среди обычных контор и роскошных книжных магазинов. Когда он присоединился к экскурсии по каналу и гид с равнодушным видом указал на розовый квартал[1], Эверард увидел лишь древние здания, облагораживающие всю старую часть города. Его предупредили о карманниках, но грабителей он не опасался. В Нью-Йорке ему приходилось вдыхать смог и погуще, а в парке Грамерси было гораздо больше собачьих отметин, чем в любом жилом районе этого города. Проголодавшись, он забрел в уютное местечко, где довольно сносно готовили блюдо из морского угря. Городской музей его разочаровал — что касается современного искусства, Эверард оставался в рядах непоколебимых консерваторов, — но он забыл обо

---

[1] Известен публичными домами, магазинами секс-индустрии.

всем в Государственном, «Рейксмузеум», и, потеряв счет времени, бродил там до самого закрытия.

Однако пора было идти к Флорис. Время назначил он сам в предварительном телефонном разговоре. Она не возражала. Полевой агент, специалист второго класса, что считалось довольно высоким уровнем, она все-таки не смела перечить агенту-оперативнику. В любом случае выбранное им время дня не считалось слишком неподходящим для визитов. Тем более что в назначенный час можно перескочить. Может быть, она переместилась туда сразу после завтрака.

Что касается Эверарда, вся эта расслабляющая интерлюдия не притупила бдительности. Наоборот. К тому же знакомство с родным городом Флорис немного облегчало ему знакомство с ней самой. Это тоже совсем не лишнее. Вполне возможно, им придется работать вместе.

Пеший маршрут Эверарда пролегал от Музеум-Плайн вдоль Сингелграхт, потом через тихий уголок Вонделпарка. Серебрилась вода, листья и трава блестели на солнце. Юноша во взятой напрокат лодке неторопливо работал веслами, глядя на сидящую перед ним девушку; пожилая пара прогуливалась рука об руку по тенистой аллее с вековыми деревьями; с веселыми выкриками и смехом промчалась мимо компания велосипедистов. Эверард мысленно перенесся в церковь Ауде Кирк, к картинам Рембрандта и Ван Гога — какие-то из них он ведь еще даже не видел, — и задумался о жизни, пульсирующей в городе — сейчас, в прошлом, в будущем, — обо всем, что питало эту жизнь. Он-то понимал, что их реальность — не более чем блик, дифракционный всплеск в абстрактном, нестабильном пространстве-времени, яркое разнообразие которого в любое мгновение могло не просто исчезнуть, а кануть бесследно, словно его никогда и не было.

> Те башни в шапках облаков, громадные дворцы,
> Кичливые империи, громадный шар земной,
> Да, все наследие Земли исчезнет, пропадет,
> Как этот бестелесный маскарад,
> Не оставив и обломков.

Нет! Он не должен поддаваться таким настроениям. Они могут поколебать его готовность выполнять свой долг, какими бы скучными, обыденными ни были нескончаемые операции по сохранению существования этого мира. Эверард ускорил шаг.

Многоквартирный дом, который он разыскивал, стоял на одной из тихих улочек, застроенных аккуратными, симпатичными домиками еще в начале века. Табличка у входа подсказала, что Джейн Флорис живет на четвертом этаже. Указывалось также, что она по профессии bestuurder, что-то вроде администратора; для достоверности легенды жалованье ей платили в компании Тена Бринка.

Кроме этого, Эверард знал только, что она проводила исследования во времена римского железного века, в тот период, когда, на радость археологам, в северной Европе начали появляться письменные свидетельства. Он собирался просмотреть ее личное дело, на что, с некоторыми ограничениями, имел право — не самая ведь легкая эпоха для любой женщины, тем более для исследовательницы из будущего, — но потом передумал. Сначала лучше поговорить с ней самой. Пусть первое впечатление сложится при личной встрече. Может быть, это еще и не кризис. Расследование, возможно, выявит какое-нибудь недоразумение или ошибку, для исправления которых не потребуется его вмешательства.

Эверард нашел квартиру Флорис и нажал кнопку звонка. Она открыла дверь. Некоторое время оба стояли молча.

Была ли она тоже удивлена? Может быть, Флорис ожидала, что агент-оперативник должен иметь более впечатляющую внешность, чем этот верзила с перебитым носом и, несмотря на все пережитое, с нестираемым отпечатком американского провинциализма? Но он-то уж точно не ожидал встретить такую великолепную высокую блондинку в элегантном платье, не скрывавшем физических достоинств его обладательницы.

— Здравствуйте, — начал он на английском. — Я...

Она широко улыбнулась, обнажив крупные зубы. Вздернутый нос, широкие брови... Кроме глаз изменчивого бирюзового цвета, черты ее лица нельзя было назвать особенно красивыми, но они понравились ему, а ее фигуре позавидовала бы и Юнона.

— ...Агент Эверард, — закончила вместо него женщина. — Какая честь, сэр. — Ее голос звучал приветливо, без формальной любезности. Она поздоровалась с ним за руку, как с равным. — Прошу вас.

Проходя мимо нее, Эверард заметил, что она не так уж и молода. Очевидно, ей довелось немало испытать: в уголках глаз и губ собрались тонкие морщинки. Что же, положения, которого она добилась, нельзя достичь наскоком, за несколько лет, и даже омоложение не смогло уничтожить все следы, оставленные долгими годами работы.

Он внимательно осмотрел гостиную. Обставлена она была со вкусом, уютно, как и его собственная, хотя здесь все было новее и не было никаких исторических сувениров. Может быть,

Флорис не хотела объяснять их происхождение обычным гостям — или любовникам? На стенах он узнал копии ландшафтов Кьюпа и астрономические фотографии Сетевой Туманности. Среди книг в шкафу обнаружил Диккенса, Марка Твена, Томаса Манна, Толкиена. Стыдно, конечно, но имена голландских авторов ни о чем ему не говорили.

— Пожалуйста, присаживайтесь, — предложила Флорис. — Курите, не стесняйтесь. Я приготовила кофе. Если хотите чаю, придется подождать несколько минут.

— Спасибо, кофе был бы очень кстати. — Эверард подвинул себе кресло. Она принесла из кухни кофейник, чашки, сливки, сахар, поставила все это на столик и уселась на диван напротив него.

— На каком предпочитаете говорить, на английском или на темпоральном? — спросила она.

Ему понравился такой подход к делу: решительный, но не фамильярный.

— На английском, для начала, — решил он. Язык патрульных имел специальные грамматические структуры, пригодные для описания темпоральных путешествий, вариантного времяисчисления и сопутствующих парадоксов, но, когда дело касалось человеческих взаимоотношений, он не годился, как и любой искусственный язык. (Так эсперантист, ударивший молотком по пальцу, вряд ли воскликнет в сердцах: «Экскременто!») — Расскажите мне вкратце, что происходит.

— А я думала, что вы прибудете во всеоружии... Здесь у меня только всякие мелочи, фотографии, сувениры. Они не представляют интереса для ученых, но ценны как память. Вы, наверное, тоже храните подобные вещи.

Эверард кивнул.

— Тогда, мне кажется, надо вытащить их из ящика, чтобы вы могли лучше почувствовать атмосферу, а мне будет легче вспомнить обстоятельства, которые могут вас заинтересовать.

Он отхлебнул из чашки. Кофе был как раз такой, какой ему нравится: горячий и крепкий.

— Хорошая мысль. Но мы просмотрим их позднее. Когда это возможно, я предпочитаю услышать о деле из первых уст. Точные детали, научный анализ, широкая панорама — это будет важно потом. — «Другими словами, я не интеллектуал; парень из фермерской семьи, который сначала выбился в инженеры, а после стал «полицейским».

— Но я еще там не была, — возразила она.

— Знаю. И никто из нашего корпуса, насколько мне известно, еще не был. Тем не менее вас по крайней мере информировали об этой проблеме, и, учитывая ваш специфический опыт, я уверен, вы уже многое обдумали. Так что вы сейчас самая подходящая кандидатура. — Эверард подался вперед и продолжил: — Так вот, я могу сказать вам лишь следующее. Руководство попросило меня проверить кое-какие сведения. Они получили сообщение о несоответствиях в хрониках Тацита. Это их обеспокоило. События касаются, по-видимому, центральной части Нидерландов в первом веке нашей эры. Получается, что это ваше поле деятельности, а мы с вами, более или менее, современники... — «Хотя между нашими датами рождения чуть не целое поколение». — ...так что, я думаю, мы поладим. Потому-то из всех агентов-оперативников они и выбрали меня. — Эверард показал на книгу «Давид Копперфилд». Ему хотелось продемонстрировать, что у них есть общие интересы. — «Баркис не возражает». Я позвонил Тену Бринку, затем, почти сразу же, вам и прибыл, не откладывая дела в долгий ящик. Наверное, мне следовало сначала изучить Тацита. Я читал его, конечно, но довольно давно и в своей мировой линии, поэтому воспоминания остались довольно смутные. Пришлось снова все просмотреть. Занятно, однако времени было мало, и я ознакомился с материалами очень поверхностно. Так что начинайте с самого начала. Если я что-то уже и знаю, ничего страшного.

Флорис улыбнулась.

— У вас совершенно обезоруживающие манеры, сэр, — проворковала она. — Вы это специально?

На мгновение он подумал, уж не собирается ли она флиртовать с ним. Но Флорис продолжала хорошо поставленным деловым тоном:

— Вы, конечно, понимаете, что и «Анналы» и «Истории» Тацита дошли до нынешних веков не в полном виде. От двенадцати томов самого старого имеющегося в нашем распоряжении экземпляра «Историй» сохранились только четыре и часть пятого. И эта часть обрывается как раз на тех событиях, из-за которых у нас переполох. Естественно, когда отработают детали путешествия во времени, в его эпоху отправят экспедицию и недостающие фрагменты будут восстановлены. Они очень нужны. Тацит не самый надежный летописец, но он замечательный стилист, моралист и, в некотором роде, единственный источник письменных свидетельств такой важности.

Эверард кивнул.

— Согласен. Исследователи читают историков, чтобы знать, что искать и на что обращать внимание, еще до того как отправиться в путь, с тем чтобы восстановить истинную картину происшедшего. — Он кашлянул. — Впрочем, что это я вам рассказываю? Извините. Не возражаете, если я закурю трубку?

— Пожалуйста, — рассеянно произнесла Флорис и продолжила: — Да, полные «Истории», так же как и «Германия»[1], были моими главными помощниками. Я обнаружила, что бесчисленные детали в нашей мировой линии отличаются от тех, что он описывал. Но этого можно было ожидать. В широком плане, а часто и в деталях, его свидетельствам о ходе великих потрясений с их последствиями можно доверять.

Она помолчала, затем откровенно призналась:

— Я не одна проводила исследования, как вы понимаете. Вовсе нет. Многие работают в столетиях до и после моего периода на территории от России до Ирландии. И есть множество таких, которые делают действительно неоценимую работу, которые сидят там, дома, собирают, классифицируют и анализируют наши доклады. Так уж случилось, что я вовлечена в работу на этой территории, где теперь располагаются Нидерланды и примыкающие районы Германии и Бельгии, в те времена, когда кельтское влияние стало ослабевать — после покорения Римом галлов. Народы Германии начали развивать тогда действительно своеобразную культуру. Знаем мы, правда, пока немного, гораздо больше предстоит еще узнать. Но нас слишком мало.

«В самом деле мало. Наблюдать приходится за полумиллионом лет, а то и больше, и у Патруля вечно не хватает людей, приходится напрягаться, идти на компромиссы, выкручиваться. Нам помогают ученые, но большинство из них работают с более поздними цивилизациями; интересы наши часто не совпадают. И все-таки мы умудряемся вскрывать тайны истории, вычисляем критические моменты, когда ход событий легко перевернуть с ног на голову... С точки зрения богов, Джейн Флорис, ты, возможно, стоишь гораздо больше меня в деле защиты нашей реальности».

Ее грустный смех вывел Эверарда из раздумий. Он почувствовал, что благодарен ей: мысли могли привести его к мрачным воспоминаниям.

— Слишком по-научному, да? — воскликнула она. — И банально. Поверьте, обычно я говорю по существу и лучше. Сегодня я слегка нервничаю. — В ее голосе не осталось ни малейшего

---

[1] «И с т о р и и», «Г е р м а н и я» — книги, написанные римским историком Тацитом Корнелием (род. в 55 г., умер в 117 г.) Он также автор таких трудов, как «Анналы», «Диалоги» и др.

намека на юмор. Кажется, она даже вздрогнула. — Я не могу привыкнуть к этому. Встретить смерть — это понятно, но забвение, пустота вместо всего, что когда-то знала... — Губы ее сжались. Она выпрямила спину. — Извините меня.

Эверард чиркнул спичкой и сделал первую затяжку.

— В любом случае, вы окажетесь на высоте, — заверил он. — Вы это доказали. Я хочу все же послушать рассказ о вашем полевом опыте.

— Немного позже.

На мгновение она отвела взгляд. Не промелькнула ли в нем тень обреченности? Затем она снова обратилась к нему и продолжила более деловым тоном:

— Три дня назад специальный агент долго консультировался у меня. Исследовательская бригада раздобыла подлинный текст «Историй». Вы слышали?

— Да-да.

Хотя времени было мало, Эверарда проинформировали и об этом. Чистое совпадение... Впрочем, совпадение ли? Причинно-следственные цепочки порой зацикливаются самым невероятным образом. Социологам, изучавшим Рим начала второго века нашей эры, неожиданно понадобилось узнать, как высшие классы общества относились к императору Домитиану, который умер на два десятка лет раньше. Запомнили ли они его как Сталина своей эпохи или все-таки считали, что он совершил какие-то стоящие дела? Последние труды Тацита дают ему отрицательную оценку. Разумеется, социологам легче было позаимствовать труд из какой-нибудь частной библиотеки того времени и тайно скопировать его, чем отправлять кого-то за информацией в будущее.

— Они заметили отличия от первоначальной версии, насколько они ее помнили, — если только ее можно назвать первоначальной, — а последовавшая проверка показала, что различия эти весьма существенны.

— Причем они выходят далеко за рамки ошибок при переписывании, авторских редакций или чего-либо вполне объяснимого, — взволнованно добавила Флорис. — Расследование показало, что здесь не подделка, а настоящий манускрипт Тацита. Там есть разночтения — и это вполне естественно, если учесть, что окончания у двух вариантов разные, — но серьезные различия в хрониках, в последовательности излагаемых событий появляются только в пятой книге, как раз в том месте, где обрывался сохранившийся у нас экземпляр. Вы полагаете, это совпадение?

— Не знаю, — ответил Эверард, — и лучше пока оставить

этот вопрос. Пугающее, однако, совпадение, да? — Он заставил себя откинуться назад, закинул ногу на ногу, допил свой кофе и неторопливо выдохнул дым. — Предположим, вы даете мне краткий обзор истории — двух историй. Не бойтесь повторить то, что кажется элементарным для вас. Признаюсь, я помню лишь, что голландцы и кое-кто из галлов восстали против римского правления и здорово досаждали Империи, пока их не разбили. После чего они, вернее, их потомки, стали мирными римскими подданными и в конце концов гражданами.

Просьба не осталась без внимания.

— Тацит не опускает подробностей, и я готова... мы готовы подтвердить, что в целом его хроники очень хороши. Все началось с батавов, племени, жившем на территории нынешней южной Голландии, между Рейном и Ваалом. Они и некоторые другие народы на этой территории формально не вошли в подчинение Империи, но выплачивать дань их заставили. Всем приходилось поставлять солдат для Рима, во вспомогательные войска, которые отбывали свой срок вместе с легионерами и уходили в отставку с хорошей пенсией, позволяющей осесть там, где их застигло увольнение, или вернуться на родину.

Но при Нероне римское правительство становилось все более требовательным. Например, фризы каждый год должны были поставлять определенное количество кожи для изготовления щитов. Вместо шкур мелкого домашнего скота правительство требовало теперь более плотных и больших по размеру шкур диких быков, поголовье которых уменьшалось, — или все-таки шкур домашнего скота, но в большем количестве. Это было разорительно.

Эверард ухмыльнулся.

— Налогообложение. Знакомо. Но прошу вас, продолжайте.

В голосе Флорис послышалось волнение. Взгляд ее застыл на какой-то точке в пространстве, сжатые кулаки лежали на коленях.

— Вы помните, при свержении Нерона разразилась гражданская война. В тот год три императора — Гальба, Озо, Вителлий, а затем и Веспасиан на Ближнем Востоке — практически разорили Империю в процессе борьбы за власть. Каждый собирал все силы, какие только мог — любого рода, отовсюду, любыми средствами, включая и воинскую повинность. Особенно доставалось батавам: они видели, как бессмысленная война уносит их сыновей. Но и это еще не все. Некоторые римские военачальники питали слабость к миловидным юношам.

— Точно. Стоит уступить правительству мизинец, оно норовит отхватить всю руку. Вот почему отцы-основатели Соединенных Штатов старались ограничить федеральную власть. Жаль, что успех оказался временным. Извините, я не хотел вас перебивать.

— Ну, так вот, там была одна батавская семья благородного происхождения — богатая, влиятельная, родословная чуть ли не от самих богов. Семья поставила Риму нескольких воинов. Среди них выделялся человек, принявший латинское имя — Клавдий Цивилис. Раньше его звали Берманд. За свою долгую карьеру он проявил себя во многих походах. Но теперь призвал к оружию племена батавов и их соседей. Как вы понимаете, человек это незаурядный, отнюдь не деревенщина.

— Понятно. В определенной степени цивилизованный и, без сомнения, умный и наблюдательный человек.

— Под видом сторонника Веспасиана он выступил против Вителлия, объявив его соратникам, что Веспасиан гарантирует им правосудие. Это помогло германским войскам легко изменить прежней присяге и пойти за ним. Он одержал несколько значительных побед. Северо-восточную Галлию охватил пожар войны. Под командованием Юлия Классика и Юлия Тутора галлы-наемники перешли к Цивилису, провозгласив, что их территории становятся частью Империи под его управлением. В германском племени бруктеров пророчица по имени Веледа предрекла падение Рима. Это вдохновило население на дальнейшую героическую борьбу, целью которой стала независимая конфедерация.

«Более чем знакомые речи для американца. В 1775 году мы начали борьбу за свои права как англичане. Потом все цеплялось одно за другое...» — подумал Эверард, но воздержался от комментариев.

Флорис вздохнула.

— Итак, победа была на стороне Веспасиана. Сам он еще несколько месяцев оставался на Ближнем Востоке — слишком много было дел, — но написал Цивилису, требуя положить конец военным действиям. На приказ, разумеется, не обратили внимания. Тогда он подобрал подходящего генерала, Петилия Цериалиса, командовать войсками на севере. Тем временем галлы и германские племена рассорились, не в состоянии координировать свои действия, и упустили возможность, предоставленную им судьбой. Вы догадываетесь, объединенное командование — это выше их понимания. Римляне разбили их по отдельности. Наконец Цивилис согласился встретиться с Цериалисом, чтобы обсудить положение дел. В драматической сцене у Тацита это описано так: мост через Ессель, в середине которого работники предварительно удалили секцию. Два человека стоят, каждый на своем краю моста, и разговаривают.

— Я помню, — произнес Эверард. — На этом эпизоде рукопись обрывалась, пока не было восстановлено остальное. Как я уже говорил, восставшие получили очень хорошее предложение, и они его приняли.

Флорис кивнула:

— Да. Конец насилию, гарантированное будущее и прощение. Цивилис вернулся к обычной жизни. О Веледе Тацит ничего не сообщает, кроме того, что она, очевидно, помогала заключить перемирие. Хотела бы я знать, какова ее судьба.

— Есть какие-нибудь идеи?

— Только предположения. Если вы зайдете в музеи в Лейдене или в Мидделбурге, что на острове Валхерен, то увидите каменные изделия, относящиеся ко второму-третьему веку: алтари и прочее, блоки с вырезанными латинскими надписями. — Флорис пожала плечами. — Возможно, это не имеет значения, но так или иначе предки голландцев стали провинциальными римлянами и не имели причин жалеть об этом. — Глаза ее расширились. Она вжалась в угол дивана. — Так, во всяком случае, было.

Над ними повисло молчание. Какими хрупкими казались солнечный закат и уличные звуки за окнами.

— Это по Тациту «первому», правильно? — тихо произнес Эверард спустя некоторое время. — На эту версию мы всегда опираемся, ее я и просматривал вчера. Я не совсем понял насчет Тацита «второго». О чем там речь?

Флорис ответила так же негромко:

— О том, что Цивилис не сдался, в основном потому, что Веледа выступила против заключения мира. Война продолжалась еще целый год, пока племена не были полностью порабощены. Цивилис покончил с собой, не пожелав сдаться в плен торжествующим римлянам. Веледа сбежала в свободную Германию. Многие последовали за ней. Тацит «второй» замечает почти в самом конце «Историй», что религия диких германцев изменилась с тех пор, как он написал о них книгу. Верх взяло женское божество. В своей книге «Германия» он рассказывает о Нертус. Он сравнивает ее с Персефоной, Минервой и Беллоной[1].

Эверард потер подбородок.

---

[1] Персефона — богиня плодородия и подземного царства. Минерва — богиня мудрости. Беллона — богиня войны, сестра Марса в римской мифологии.

— Богини смерти, мудрости и войны, так? Странно. Асы, или как вы там называете небожителей мужского пола, долго продержались, прежде чем стать хтоническими[1] фигурами второго плана. А что он говорит о событиях в самом Риме и его окрестностях?

— В основном то же самое, что и в первой версии. Часто другими фразами. То же самое касается диалогов и ряда эпизодов; но древние и средневековые хронисты нередко грешили этим, как вы знаете, или использовали традиционные сюжеты, которые значительно отличались от реальных событий. Эти два варианта не доказывают наличия действительных перемен.

— Не считая Германии. Не так плохо. Что бы ни происходило там в первые несколько десятилетий, это практически не могло коснуться развитых цивилизаций. Хотя широкомасштабные завоевания...

— Они были незначительны, разве нет? — голос Флорис слегка дрогнул. — Мы здесь и никуда не делись, не так ли?

Эверард глубоко затянулся.

— Пока. И это «пока» бессмысленно в английском, как и в голландском или каком-нибудь другом языке. Не будем сейчас касаться темпорального. На данный момент мы имеем аномалию, которую нужно расследовать. Можно сказать, она выпала из внимания раньше — кстати, «раньше» тоже бессмысленно из-за неясных дат. Почти все внимание направлено не туда.

69-й и 70-й годы от Рождества Христова. Это не просто годы восстания северян, годы, когда Кванг Ву-Тай сверг правление последней Ханской династии, или сатаваханы опустошили Индию, или Вологез Первый сражался с повстанцами и захватчиками в Персии. (Я проверил записи, прежде чем отправиться сюда. Ничего никогда не происходит без связи с другими событиями.) И не просто годы, когда Рим стал распадаться на части, потому что легионеры осознали, что императоров можно возводить на престол не только в Риме. Нет, это был период Иудейской войны. Именно она задержала Веспасиана и его сына Тита после их победы над Вителлием. Восстание иудеев, его кровавое подавление, разрушение Третьего Храма — вместе со всем, что это означало для будущего: иудаизм, христианство, империя, Европа, наш мир.

— Значит, это все-таки узловой момент истории? — прошептала Флорис.

---

[1] Х т о н и ч е с к и й — имеющий отношение к подземному царству.

Эверард медленно кивнул. Каким-то образом ему удавалось сохранять спокойствие.

— Силы Патруля сосредоточены на охране Палестины. Можете вообразить, какие страсти там бушуют вот уже несколько веков. Фанатики или грабители, которые хотят изменить то, что имело место в Иерусалиме. Толпы исследователей, из-за которых неизмеримо возрастает вероятность фатального промаха. Сама ситуация, бесконечные случаи вмешательства в события и возникающие из-за этого последствия... Я не стану говорить, что понимаю законы физики, но, опираясь на полученные знания, могу с уверенностью сказать, что континуум особенно уязвим в эти моменты истории. Даже в такой глуши, как варварская Германия, реальность нестабильна.

— Но что могло подтолкнуть ком с горы?

— Вот это-то нам и предстоит выяснить. Может быть, кто-то воспользовался преимуществами службы в Патруле. Могла повлиять случайность, могло быть... ну, я не знаю что. Может быть, данеллиане смогут расшифровать все возможные варианты. — Эверард перевел дыхание. — Если ни у кого нет пусть невероятного, но успокаивающего объяснения, такого, как, например, подделка, эти два различных текста являются... предупреждением. Предзнаменование, ветерок перед бурей, нечто такое, что может иметь последствия, заставляющие историю течь по другому руслу, пока наконец и вы, и я, и все вокруг нас не исчезнет без следа — если мы не внемлем предупреждению и не предпримем шагов, чтобы воспрепятствовать этому. О Господи, лучше перейти на темпоральный.

Флорис уткнулась взглядом в чашку.

— Может быть, отложим? — спросила она едва слышно. — Мне нужно все хорошо обдумать. До сих пор все это было для меня не больше чем теоретическая задача. Я проводила работу, как... как исследователь девятнадцатого века в самом дремучем уголке Африки. Конечно, я вела себя осторожно, но мне сказали, что общую картину событий нарушить очень трудно, и, что бы я ни делала тогда — в пределах разумного, — все «всегда» было — или уже стало — частью прошлого. А сегодня земля словно уходит у меня из-под ног.

— Понимаю. — «Как я все это понимаю. Вторая Пуническая война[1]...» — Не торопитесь. Соберитесь с мыслями. — Неожиданно для самого себя Эверард искренне улыбнулся. — Мне и самому это не помешает. Послушайте, а что, если нам рассла-

---

[1] П у н и ч е с к и е   в о й н ы — войны между Карфагеном и Римом.

биться и поболтать на эту тему или какую-нибудь еще в другой обстановке? Давайте выберемся поужинать и выпить, мы сможем отвлечься и лучше узнаем друг друга. А завтра уже примемся за работу всерьез.

— Спасибо.

Она провела рукой по толстым желтым косам, кольцом охватывающим голову. Эверард вспомнил женщин древнегерманских племен, которые носили волосы, не заплетая их в косы. Она словно почувствовала ту магическую силу, которой, по преданиям всех народов, наделены волосы. К ней вернулась бодрость.

— Да, завтра возьмемся всерьез.

Глава 3

Зима принесла дожди, снег, потом снова дожди, гонимые порывистым ветром. Природа злилась, прорываясь к весне. Реки вздулись, луга и болота переполнились влагой. Люди понемногу выбирали зерно, которое надо было хранить для сева; забивали последний скот — тощих, дрожащих, жмущихся друг к другу коровенок; выходили на охоту чаще и с меньшим успехом, чем обычно. И все невольно задавались вопросом: не выдохлись ли боги во время прошлогодней засухи?

Ночь, когда бруктеры собрались в своем святилище, стояла ясная, хотя и холодная. Может быть, это был добрый знак. Обрывки облаков мчались по ветру, такие призрачные рядом с полной луной, плывущей среди них. Тускло поблескивали редкие звезды. Деревья в роще казались сплошной черной массой, только на самом верху скребли небо отдельные голые ветви. Их скрип звучал, словно незнакомая речь в ответ на шум и завывание ветра.

С шипением и треском горел костер. Пламя вырывалось из раскаленного добела сердца желтыми и красными языками. Искры взвивались вверх, бросая вызов звездам, и умирали. Неровный свет едва достигал огромных стволов вокруг прогалины, и казалось, они шевелятся, будто тени. Пламя высвечивало копья и зрачки собравшихся мужчин, выхватывало из тьмы их мрачные лица, и тут же свет его терялся в густых бородах и обтрепанных одеждах.

Позади костра вырисовывались изображения богов, грубо вырезанные из целых бревен. Уоен, Тив и Донар стояли серые, в трещинах, заросшие мхом и поганками. Сияла под луной Нерха — поновее и свежевыкрашенная; вырезал ее способный раб из южных земель. В дрожащем свете пламени ее можно было бы принять за саму ожившую богиню. Дикого кабана, жарящегося на углях, убили скорее для нее, чем для других.

Мужчин собралось немного, и большинство были немолоды. Все, кто мог, последовали за своими вождями и пересекли Рейн прошлым летом, чтобы сражаться с батавийцем Бермандом против римлян. Они все еще находились там, и дома их очень ждали. Вел-Эдх призвала глав бруктерских кланов собраться этой ночью на совет и выслушать ее обращение к ним.

Дыхание замерло на губах мужчин, когда она появилась. Ее серебристо-белое одеяние было оторочено темным мехом, на груди горело ожерелье из необработанного янтаря. Ветер волнами колыхал юбку, а плащ развевался, словно огромные крылья. Кто знал, какие мысли скрывались под ее капюшоном? Она подняла руки — блеснули на свету, будто маленькие змейки, золотые кольца. Копья склонились к земле.

Хайдхин, распоряжавшийся приготовлением кабана, стоял у самого костра, отдельно от других. Он вытащил свой нож, поднес лезвие к губам, снова сунул в ножны.

— Рады видеть тебя, госпожа, — приветствовал он Вел-Эдх. — Смотри, сюда пришли, как ты велела, те, кто может говорить от имени своего народа, — чтобы услышать, что боги сообщат им твоими устами. Начинай, прошу тебя.

Эдх опустила руки. Хотя и негромкий, ее голос прорывался сквозь ночные звуки. Что-то слышалось в нем иноземное, даже сильнее, чем у Хайдхина, — может быть, сам голос то поднимался, то опадал, словно прибой, бьющийся о далекий берег. Видимо, от этого все относились к ней с почтением и немного со страхом.

— Слушайте, сыновья Брукта, ибо важны известия, что я принесла. Поднят меч войны, волки и вороны поедают плоть, ведьмы Нерхи летают на воле. Слава героям!

Но сначала напомню... Когда я сзывала вас сюда, моим желанием было лишь вселить в ваши сердца радость. Но много прошло времени, в жилища пришел голод, а враг все еще крепок. Многие из вас удивлены, почему мы объединились с нашими сородичами за рекой. Да, нам нужно было отомстить, но мы должны создать королевство вместе с ними и не сможем этого сделать, если они потерпят поражение.

Да, племена галлов тоже поднялись, но слишком переменчив у них нрав. Да, Берманд разгромил убиев, этих псов Рима, но римляне заполонили земли наших друзей гугернов[1]. Да, мы взяли в осаду Могонтиак[2] и Кастра Ветера[3], но от стен первой крепости пришлось отступить, а вторая месяц за месяцем держит оборону. Да, мы одерживаем победы на поле боя, но бывают поражения и потери, иногда очень тяжелые. И все-таки я снова говорю вам, что Рим будет разбит, кости легионеров усеют наши поля, а красный петух прокукарекает над крышей дома каждого римлянина — то будет месть Нерхи. Нам надо драться.

И еще. Сегодня по воле богов, конечно, прибыл ко мне всадник от самого Берманда. Кастра Ветера, лагерь врагов, сдается. Легат Вокула, покоритель Могонтиака, мертв, а Новезий, где он умер, тоже окружен. Колония Агриппины[4], чванливый город убиев, спрашивает об условиях сдачи.

Нерха помогает воинам, сыны Брукта. Свое обещание она выполнит полностью. Рим падет!

Кровожадные крики рванулись к небу. Она еще некоторое время говорила с ними и тихо закончила:

— Когда наконец-то воины вернутся домой, Нерха благословит их чресла и они станут отцами детей, которым суждено завладеть миром. Сейчас пируйте в ее честь, а завтра принесите надежду вашим женам.

Она подняла руку. Копья снова склонились перед ней. Вытащив из костра горящую ветвь, чтобы освещать себе путь, она скрылась во мраке.

Хайдхин приказал снять тушу с рашпера, каждый отхватил себе кусок, и они принялись поедать вкусное мясо. Пока шел разговор о чудесных новостях, Хайдхин отмалчивался. На него часто находили приступы молчаливости, и люди привыкли к этому. Достаточно того, что Вел-Эдх считала его своим доверенным лицом. Кроме того, он был сильным и умным вождем. Гибкий, узколицый, с серебряными прядями в черных волосах на голове и в коротко остриженной бороде.

Но вот кости брошены в середину затухающего костра, и он от имени каждого попросил у богов доброй ночи. Мужчины принялись устраиваться поблизости — им надо хорошо отдохнуть, прежде чем утром тронуться в обратный путь. Хайдхин не присо-

---

[1] У б и и — дружественное Цезарю германское племя, жившее на правом берегу Рейна. Г у г е р н ы — германское племя, жившее на левом берегу Рейна.

[2] М о г о н т и а к — ныне г. Майнц.

[3] К а с т р а — начальное слово в названиях многих римских городов, переводится как «крепость», «укрепленный лагерь».

[4] Н о в е з и й — укрепленное место убиев на левом берегу Рейна, ныне Нейс близ Дюссельдорфа. К о л о н и я Агриппины — ныне г. Кельн.

единился к ним. Факел помогал ему двигаться по едва заметной тропе, пока он не вышел из-под деревьев на широкую поляну. Там он бросил факел, и тот погас сам собой. Луна мчалась между лохматыми облаками над западным краем леса.

Впереди появился горб небольшого дома. На тростниковой крыше поблескивала изморозь. Внутри, насколько он знал, с одной стороны спал скот, а у противоположной стены — люди среди своих припасов и домашнего скарба. Обычное дело, но те, кто жил в этом доме, служили Вел-Эдх. Ее башенка возвышалась рядом; из массивных балок, скрепленных сталью, убежище было возведено, чтобы дать ей возможность оставаться наедине со своими грезами. Хайдхин зашагал вперед.

Какой-то человек, выставив копье, преградил ему дорогу и крикнул:

— Стой! — Затем, вглядевшись в лунном полумраке, добавил: — О, это вы, господин. Вы ищете место для ночлега?

— Нет, — ответил Хайдхин. — Рассвет уже близок, а мой конь у сторожки, он домчит меня до дому. Но сначала я хочу повидаться с твоей госпожой.

Стражник замялся.

— Вы ведь не станете ее будить?

— Не думаю, что она спит.

Стражник не посмел ему перечить и позволил пройти. Он постучал в дверь башни. Девушка-рабыня проснулась и откинула задвижку. Разглядев его, она поднесла сосновую лучину к глиняному светильнику, а потом от нее зажгла другой — для гостя. Хайдхин поднялся по лестнице на верхний этаж.

Как он и ожидал — поскольку знали они друг друга давно, — Эдх сидела на своем высоком стуле, уставясь на тени, отбрасываемые ее собственным светильником. Тени, огромные и бесформенные, метались среди балок, стропил, кож и шкур, колдовских предметов и вещей, приобретенных во время многочисленных путешествий. Спасаясь от промозглой погоды, она куталась в теплый плащ с капюшоном. Она смотрела, как он приближается, и Хайдхину хорошо было видно ее лицо.

— Привет, — тихо произнесла она. Слабый свет упал на изгиб ее губ.

Хайдхин сел на пол и прислонился спиной к планке постели с пологом.

— Тебе надо отдохнуть, — проговорил он.

— Ты же знаешь, я не могу, сейчас не время.

Он кивнул.

— И все-таки ты должна отдыхать. Иначе загонишь себя.

Ему показалось, что он уловил тень улыбки.

— Сколько лет я веду такую жизнь, однако еще цела.

Хайдхин пожал плечами.

— Постарайся все же выспаться при случае. — Это прозвучало довольно резко. — О чем ты думала?

— Обо всем, конечно, — тихо ответила она. — Что значат все эти победы. Что предпринять дальше.

Он вздохнул.

— Так я и полагал. Но почему? Все ведь ясно.

Капюшон собрался складками, тени метнулись по стенам, когда она покачала головой.

— Не совсем. Я тебя понимаю, Хайдхин. Римские вояки попали к нам в руки, и ты полагаешь, что мы должны действовать по примеру воинов прежних лет. Принести жертву, чтобы умилостивить богов. Перерезать глотки, сломать оружие, разбить телеги, а затем бросить все в болото во славу Тива.

— Великолепное предложение. Оно разогреет кровь наших людей.

— И вызовет ярость римлян.

Хайдхин усмехнулся.

— Я знаю римлян лучше тебя, милая Эдх.

Не вздрогнула ли она? Он продолжил:

— Я имел в виду, что сталкивался с ними и с их подданными, и я — вождь, я — воин. Богиня не много рассказывает тебе об обычных вещах, не так ли? Римляне не то что мы. Они слишком предусмотрительны.

— Следовательно, ты хорошо их понимаешь.

— Люди считают, что я хитер и находчив, — согласился он без лишней скромности. — Так давай извлекать пользу из моей сообразительности. Уверяю тебя, кровавая резня поднимет племена и приведет к нам новых воинов. Много воинов, настолько много, что враг и не посмеет думать о мести. — И прибавил для весомости: — К тому же боги тоже будут рады. Они запомнят.

— Я думала об этом, — ответила она. — Ты знаешь, что Берманд собирается пощадить своих пленников?

Хайдхин напрягся.

— А, этот... — вымолвил он. — Да он же наполовину римлянин.

— Только в том смысле, что знает их намного лучше тебя. Он полагает, что бойня бессмысленна. Она может разъярить римлян так, что они соберут все силы против нас, чего бы это им ни стоило. — Эдх остановила его жестом. — Подожди. Он знает

383

вдобавок, чего могут пожелать боги — и чего, мы считаем, они могут пожелать. Он посылает ко мне плененного военачальника.

Хайдхин выпрямился.

— Вот это уже кое-что!

— В сообщении Берманда говорится, что мы, при желании, можем пожервовать пленника богам, но он не советует торопиться. Заложник, которого можно обменять, стоит гораздо больше.

Некоторое время она молчала.

— Я мысленно обращалась к Найэрде. Желает она этой крови или нет? Она не дала мне никакого знака. Полагаю, это означает — нет.

— Асы...

Эдх, сидевшая выше, перебила его неожиданно резко:

— Пусть Уоен и остальные ворчат на Нерху, Найэрду, если хотят. Я служу ей. Пленники будут жить.

Он уставился в пол и прикусил губу.

— Тебе известно, что я враг Риму, и ты знаешь, почему, — продолжила она. — Но все эти разговоры о том, чтобы сровнять его с землей, все больше и больше, пока тянется война, всего лишь болтовня. Богиня не говорит моими устами. Я сама решаю, каких слов она ждет от меня. И я должна была держать речь сегодня ночью, иначе бы совет взбудоражился и дрогнул. Но все-таки, сможем ли мы добиться чего-нибудь большего, чем выдворение римлян с этих земель?

— Сможем ли мы добиться даже этого, если забудем богов? — отозвался он.

— А не забыть ли нам о твоих притязаниях на власть и славу? — огрызнулась она.

Он метнул на нее гневный взгляд.

— От кого-то другого я бы таких слов не стерпел.

Она встала со стула. Голос ее зазвучал мягче:

— Хайдхин, дружище, извини. Я не хотела тебя обидеть. Мы не должны ссориться. Даже если у нас есть разногласия, мы в одной упряжке.

Он тоже поднялся.

— Я поклялся однажды... Мой долг идти за тобой.

Эдх взяла его за руки.

— И до сих пор ты шел.

Она откинула голову назад, чтобы взглянуть на него, капюшон упал на плечи, и он увидел ее лицо в неярких лучах светильника. Тени еще резче обозначили морщины на нем и подчеркнули выступающие скулы, но спрятали седину в косах.

— Мы много прошли вместе.

— Но я не давал клятвы повиноваться тебе слепо, — пробормотал он.

И не повиновался. Порой насмерть стоял, не уступая ее прихотям. Потом оказывалось, что он прав.

— Много, очень много, — прошептала она, будто бы не слыша его слов. Карие глаза вглядывались в темноту за его спиной. — Почему мы остановились здесь, на восточном берегу великой реки? Потому что годы и расстояния утомили нас? Мы должны двигаться дальше, может быть, до владений батавов. Их земли выходят к морю.

— Бруктеры приняли нас. И сделали все, о чем ты их просила.

— О да. Я благодарна им. Но когда-нибудь здесь будет королевство, объединяющее все племена, и я опять увижу над морем сияние звезды Найэрды.

— Не видать нам такого королевства, пока мы не выпустим кишки из римлян.

— Не надо, поговорим об этом позже. Сейчас давай вспомним о чем-нибудь хорошем.

Когда он попрощался с Эдх, небо уже окрасил восход. Все покрыла роса. Темной тенью Хайдхин прошел через священную рощу и зашел в загон за своей лошадью. На челе Эдх читались мир и покой, она почти засыпала, но его пальцы сжимали рукоять ножа.

Глава 4

Кастра Ветера, Старый Лагерь, расположился неподалеку от Рейна, примерно там, где находился в Германии Ксантен, когда родились Эверард и Флорис.

Но в эту эпоху все территории вокруг принадлежали Германии, раскинувшейся от Северного моря до Балтики, от реки Шельды до Вислы, а на юге до Дуная. Швеция, Дания, Норвегия, Австрия, Швейцария и Нидерланды, современная Германия еще только должны были возникнуть здесь в течение двух последующих тысячелетий. А пока это были дикие земли с островками цивилизации в виде деревень, пастбищ, поселений, где племена вели войны и кочевали с места на место, находясь в постоянном движении.

На западе, там, где должны будут появиться Франция, Бельгия, Люксембург, на большей части рейнской долины основным населением были галлы, по языку и образу жизни схожие с кельтами. Благодаря более высокой культуре и превосходству в военном деле они брали верх над соседями-германцами, хотя различия между ними никогда не были слишком серьезными и почти стирались в приграничных районах. Так было, пока их не покорил Цезарь. Это произошло не слишком давно, и ассимиляция еще не завершилась, так что память о прежней вольной жизни пока не вытравилась из галльских сердец.

Казалось, это должно было бы относиться и к их соперникам на востоке, но когда Август потерял три легиона в Тевтобургском лесу, он решил перенести границу империи к Рейну, а не к Эльбе. Всего лишь несколько германских племен остались под владычеством Рима. Некоторые из них, такие, как батавы и фризы, оккупацию почти не ощущали. Словно туземные штаты Индии под правлением Британской короны, они были обязаны выплачивать дань и, в общем, подчинялись решениям ближайшего проконсула. Они поставляли многочисленных воинов, сначала добровольцев, а затем по призыву. И именно они первыми подняли восстание; потом к ним присоединились единокровные союзники с востока, а на юго-западе огонь восстания охватил Галлию.

— Огонь... Я слышал о пророчице, которая объявила, что Рим будет сожжен, — произнес Юлий Классик. — Расскажите мне о ней.

Тело Берманда тяжело колыхалось в седле.

— Подобными речами она привлекла на нашу сторону множество союзников: бруктеров, тенктеров, хамавов, — сообщил он с большей радостью, чем можно было ожидать. — Ее слава перешагнула через обе реки и дошла до нас. — Он взглянул на Эверарда. — Ты должен был слышать о ней во время своих путешествий. Ваши пути наверняка пересекались, а там, где она бывала, ее не забывают. Узнав, что она здесь и зовет на бой, к нам прибывают все новые воины.

— Конечно, я о ней слышал, — отозвался патрульный. — Но я не знаю, как относиться к этим слухам. Расскажи мне побольше.

Дул прохладный ветер, все трое ехали под серым небом по дороге недалеко от Старого Лагеря. Военная дорога, вымощенная и прямая как стрела, вела на юг вдоль Рейна в Колонию Агриппины. Римские легионы находились здесь многие годы. Теперь их остатки, что удерживали крепость в течение осени и зимы, шли под охраной варваров в Новезий, который сдался гораздо быстрее.

На них жалко было смотреть: грязные, оборванные, исхудавшие так, что осталась лишь кожа да кости. Большинство тащилось с потухшим взглядом, даже не пытаясь сохранять строй.

В основном это были галлы из регулярных и резервных войск. Империи галлов и сдались они, поклявшись служить верой и правдой, как того добивались лестью и уговорами вербовщики Классика. Впрочем, ничего другого им и не оставалось: новую атаку они бы уже не отбили, как в начале осады. Последнее время им приходилось есть траву и тараканов — если удавалось поймать.

Охраняла пленных всего горстка их же соотечественников-галлов — откормленных и хорошо вооруженных, из числа тех, что перешли на сторону Классика раньше, — но, учитывая состояние пленников, этого было достаточно. Более многочисленная группа воинов охраняла повозки, запряженные быками, что тащились позади с грузом трофеев, — в основном германские ветераны-легионеры, командовавшие мужиками из глухомани, вооруженными копьями, топорами и длинными мечами. Клавдий Цивилис, он же Берманд Батавиец, не очень-то доверял своим кельтским союзникам.

Берманд хмурился. Рослый, с грубыми чертами лица; левый глаз его был затянут молочно-белой пленкой из-за давнего инфекционного заболевания, правый блестел холодной синью. Отрекшись от Рима, он отпустил рыжую с проседью бороду, не стриг волос и по варварскому обычаю красил голову в красный цвет. Но тело его облегала кольчуга, на голове сверкал римский шлем, а у бедра висел клинок, предназначенный больше для нанесения колющих ударов, чем рубящих.

— Целый день уйдет на то, чтобы поговорить с Вел-Эдх — Веледой, — произнес он. — Не слишком-то я верю, что от этого будет польза. Странной богине она служит.

— Вел-Эдх, — достиг слуха Эверарда шепот на английском языке, — ее настоящее имя. Латиняне, естественно, слегка изменили его.

Все трое использовали в разговоре язык римлян, поскольку он был знаком каждому из них. Эверард, будучи постоянно настороже, невольно вздрогнул и посмотрел вверх, но увидел только облака. За ними парила на темпороллере Джейн Флорис. Женщине нелегко находиться в бунтарском лагере, хотя он и смог бы объяснить ее присутствие. Но лишние проблемы ни к чему, случайностей в их деле и так предостаточно. Кроме того, она намного полезнее там, где сейчас находится. Разнообразные приборы на панели перед ней могли показать в цвете и в увеличенном виде все, что она пожелает. Благодаря электронике в его головной повязке, она видела и слышала все то же, что и он. А микроспикеры и костная проводимость помогали ему услышать

Флорис. В случае серьезной опасности она сможет спасти его. Правда, главное здесь — сумеет ли она сделать это незаметно. Нет нужды говорить, как будут реагировать эти люди; даже самые цивилизованные римляне верят в дурные предзнаменования — а их задача как раз в том, чтобы охранять ход истории. Случается и так, что вмешаться нельзя и напарник должен погибнуть.

— Во всяком случае, — продолжал Берманд, очевидно, желая прекратить разговор о пророчице, — ярость ее утихает. Возможно, сами боги хотят положить конец войне. Какой толк продолжать войну, если мы уже получили то, из-за чего начали ее? — Вздох его улетел вместе с ветром. — Я тоже сыт по горло раздором.

Классик прикусил губу. Этот низкорослый человек не скрывал бушующих в нем амбиций, что подчеркивалось и гордым выражением лица, означающим, как он утверждал, его королевское происхождение. У римлян Классик командовал кавалерией треверов, и в городе, принадлежащем этому галльскому племени, — его будущее название Трир, — он с единомышленниками сговорился воспользоваться восстанием германских племен.

— Мы должны захватить власть, — резко произнес он, — величие, богатство, славу.

— Ну, я-то человек мирный, — невольно произнес Эверард. Если уж он не мог остановить того, что должно случиться в этот день, то должен, по крайней мере, высказать протест, пусть даже бесполезный.

В обращенных на него взглядах он почувствовал недоверие. Нет, лучше от этих слов откреститься. Какой из него пацифист? Ведь он — гот, из тех краев, где впоследствии возникнет Польша. Там все еще обитает его племя, и статус Эверарда, одного из многочисленных отпрысков короля — вернее, вождя Амаларика, — позволял ему говорить с Бермандом на равных. Рожденный слишком поздно, чтобы унаследовать богатство достойное упоминания, он занялся торговлей янтарем, лично сопровождая ценный груз до Адриатики, где и приобрел практические навыки латинского языка. Вскоре он бросил торговлю и отправился на запад, почувствовав вкус к приключениям и поверив слухам о богатствах этих краев. К тому же, намекнул он, некоторые проблемы на родине вынуждают его дать им отстояться пару лет.

Необычная, но вполне достоверная история. Отважный человек крепкого сложения, если при нем нет привлекательных для грабителей вещей, вполне мог путешествовать в одиночку без особого риска. И в самом деле его, как правило, встречали

388

радушно и ценили за новости, сказки и песни, нарушающие однообразие повседневной жизни. Клавдий Цивилис также был рад принять Эверарда. Независимо от того, мог ли тот сообщить что-нибудь полезное или нет, он на время отвлек внимание Цивилиса от рутинных обязанностей долгой военной кампании.

Никто не поверил бы Эверарду, если бы тот стал утверждать, что никогда не участвовал в боях или что теряет сон, случись ему изрубить на куски человека. И чтобы никто не заподозрил в нем шпиона, патрульный поспешил объяснить:

— О, конечно, я участвовал в битвах, и в рукопашных схватках тоже. Любой, кто назовет меня трусом, еще до наступления утра станет кормом для ворон.

Он помедлил. «Кажется, я могу расшевелить Берманда, заставить его слегка раскрыться. Нам просто необходимо знать, что этот человек — ключевая фигура всех событий — думает о происходящем, если мы хотим понять, в какой момент история подходит к развилке и в каком направлении ее развитие идет с пользой для нас и нашего мира, а в каком — нет».

— Но я человек здравомыслящий. И когда есть возможность выбора — торговать или воевать, — я выбираю первое.

— В будущем с нами хорошо можно будет торговать, — объявил Классик. — Ведь империя галлов... — Он на мгновение задумался. — Почему бы и нет? Янтарь можно доставлять на запад и по суше, и морем... Надо бы подумать об этом на досуге...

— Подожди, — прервал его Берманд. — У меня дело к одному из них.

Он пришпорил лошадь и поскакал прочь.

Классик внимательно смотрел ему вслед. Батав подъехал к колонне плененных римлян. Хвост этой печальной процессии как раз поравнялся с ними. Он заставил лошадь идти медленнее, чтобы двигаться рядом, наверное, с единственным из воинов, кто шел прямо и гордо. Человек этот был в чистой тоге, укрывающей его исхудавшее тело, и как будто не замечал непрактичности такой одежды. Берманд наклонился и заговорил с ним.

— Что ему взбрело в голову? — пробормотал Классик, но сразу же опомнился и взглянул на Эверарда. Должно быть, вспомнил, что незнакомец может услышать лишнее. Трения между союзниками не должны выставляться на обозрение посторонним.

«Мне надо отвлечь его, иначе он прогонит меня», — решил патрульный, и произнес вслух:

— Империя галлов, вы сказали? Вы имеете ее в виду как часть Римской империи?

Он уже знал ответ.

— Это независимое государство всех населяющих Галлию народов. Я провозгласил его. Я его император.

Эверард притворился ошеломленным.

— Прошу прощения, сир! Я не слышал об этом, поскольку прибыл сюда совсем недавно.

Классик язвительно ухмыльнулся. И в этой ухмылке было не только тщеславие.

— Империя как таковая создана только-только. Пройдет еще немало времени, прежде чем я смогу править не из седла, а с трона.

Разговорить его большого труда не составило. Грубый и в общем-то не пользующийся влиянием, этот гот тем не менее представлял собой довольно колоритную фигуру. С ним стоило поговорить: он немало повидал, и его трудно было чем-то удивить.

Планы Классика удивляли глубиной и вовсе не казались безумными. Он хотел отделить Галлию от Рима и тем самым отрезать от Империи Британию. С немногочисленными гарнизонами, с норовистым и обидчивым населением остров просто свалился бы ему в руки.

Эверард знал, что Классик сильно недооценивает мощь и целеустремленность Рима. Но это естественная ошибка. Он не знал, что гражданские войны закончились, а Веспасиан будет продолжать править уверенно и со знанием дела.

— Нам нужны союзники, — признал Классик. — Но Цивилис колеблется... — Он сомкнул губы, опять сообразив, что сказал слишком много, затем спросил в упор: — Каковы твои намерения, Эверард?

— Я просто путешественник, сир, — уверил его патрульный. «Выбери верный тон, не просительный и не наглый». — Вы оказали мне честь, поделившись своими планами. Перспективы торговли...

Классик нетерпеливо отмахнулся и отвел взгляд. На его лице появилось жесткое выражение. «Он раздумывает и, видимо, близок к решению, над которым, должно быть, размышлял раньше. Могу предположить какое». По спине Эверарда пробежал холодок.

Берманд закончил свой короткий разговор с римлянином, затем отдал приказ стражнику отвести пленника в грубую мазанку из тех, что германцы построили для себя на время осады. Потом, подъехав к небольшой группе шумных подростков, гарцевавших неподалеку на лошадях, он обратился к самому маленькому и шустрому среди них. Парень послушно кивнул и поспешил к убогим укрытиям, обогнав римлянина и стражника.

Германцы еще оставались там, чтобы присматривать за гражданским населением крепости, и у них было несколько лишних лошадей, припасы и снаряжение, которые Берманд мог потребовать для своих нужд.

— В чем дело? — резко спросил Классик, когда он присоединился к ним.

— Их легат, как я и думал, — ответил Берманд. — Я решил, что надо отвезти его к Веледе. Гутлаф, мой самый быстрый всадник, поехал вперед предупредить ее.

— Зачем?

— Я слышу, люди ропщут. Дома народ тоже недоволен. Да, у нас были победы, но нам пришлось пережить и горечь поражений, а война все тянется. Под Асцибургием[1], и это не секрет, мы потеряли цвет нашей армии, и я сам пострадал так, что несколько дней не мог даже двигаться. Чтобы одолеть противника, нужны свежие силы. Люди говорят, сейчас самое подходящее время устроить кровавый пир для богов. А тут целое стадо врагов попало в наши руки. Надо, мол, зарезать их и принести в жертву богам, тогда мы одержим победу.

Эверард услышал вздох наверху.

— Если того хотят твои подчиненные, то так и сделай. — Классик произнес это почти спокойно, хотя именно римляне пытались отучить галлов от человеческих жертвоприношений.

Берманд уставился на него единственным глазом.

— Что? Этих осажденных, сдавшихся тебе под честное слово?

Очевидно было, что ему не нравится эта идея и смирился он с ней только по необходимости. Классик пожал плечами.

— Они бесполезны, пока их не откормишь, да и потом им доверия не будет. Убей их, если захочешь.

Берманд весь сжался.

— Я не хочу. Такая резня спровоцирует римлян на более активные действия. Глупо. — Он помолчал. — Но какую-то уступку сделать нужно. Я пошлю к Веледе этого сановника. Пусть поступает с ним как хочет и убеждает людей в правильности своего решения.

— Воля твоя. Ну а у меня свои дела. Прощай.

Классик пришпорил коня и галопом поскакал в южном направлении. Он быстро миновал повозки и колонну пленников, становясь все меньше и меньше, и пропал из виду, где дорога сворачивала за стену густого леса.

---

[1] Асцибургий — город в Германии, ныне, предположительно, Асберг.

Эверард знал, что там стояла лагерем большая часть германцев. Некоторые лишь недавно присоединились к войску Берманда, другие находились под стенами Кастра Ветера в течение нескольких месяцев, и им до смерти надоели заросшие грязью мазанки. Лес, хоть и без листьев, все же защищал от ветров, он был живой и чистый, как в родных краях, а ветер в вершинах деревьев разговаривал на языке таинственных богов. Эверард усилием воли унял дрожь.

Берманд, прищурясь, смотрел вслед своему союзнику.

— Занятно... — произнес он на своем языке. — Да... — Мысль еще не оформилась, возникло только смутное предчувствие, которое заставило его развернуться и, махнув телохранителям, поехать за человеком в тоге с его сопровождающим. Телохранители поспешили за ним, и Эверард рискнул присоединиться.

Посыльный Гутлаф выехал из-за хижин на свежем пони с еще тремя запасными. Он спустился к реке и погрузился на ожидающий его паром.

Приблизившись к легату, Эверард смог хорошо разглядеть его. Судя по чертам довольно красивого, даже несмотря на перенесенные лишения, лица, по происхождению он был италийцем. Повинуясь приказу, он остановился и теперь с античным бесстрастием ожидал, как распорядится судьба.

— Я сам займусь этим делом, а то как бы чего не вышло, — произнес Берманд. Затем галлу на латинском: — Возвращайся к своим обязанностям.

И двум своим воинам:

— Вы, Саферт и Гнаф, доставите этого человека жрице Вел-Эдх к бруктерам. Гутлаф только что отправился, чтобы предупредить ее, но это к лучшему. Вам придется ехать помедленнее, а то угробите римлянина: он и без того слаб.

Почти доброжелательно он обратился к пленнику на латинском:

— Тебя доставят к святой женщине. Думаю, к тебе хорошо отнесутся, если не будешь брыкаться.

С благоговейным страхом получившие приказ воины поспешили в свой бывший лагерь готовиться в дорогу.

В голове Эверарда зазвучал дрожащий голос Флорис:

— Это, должно быть, Муний Луперк. Ты, надо полагать, знаешь, что с ним случилось.

— Я знаю, что произойдет со всеми вокруг меня, — ответил патрульный, субвокализируя.

— И мы ничего не можем сделать?

— Нет. Эти события описаны в истории. Держись, Джейн.

— Ты мрачно выглядишь, Эверард, — произнес Берманд на германском наречии.

— Я устал, — ответил Эверард.

Знание этого языка (как и готского) вложили в него на всякий случай, когда он покидал двадцатый век. Язык напоминал тот, который он использовал в Британии четырьмя веками позже, когда потомки варваров с берегов Северного моря отправились ее завоевывать.

— Я тоже, — пробормотал Берманд.

На мгновение в нем проявилась необычная, внушающая симпатию мягкость.

— Мы оба долго были в пути, не так ли? Надо отдохнуть, пока есть возможность.

— Я думаю, тебе пришлось тяжелее моего, — произнес Эверард.

— Ну, в одиночестве меньше хлопот. Да и земля цепляется к сапогам, если пропитана кровью.

В предчувствии удачи Эверарда охватила дрожь. Именно на это он надеялся, над этим упорно бился с тех пор, как прибыл сюда два дня тому назад. Во многих отношениях германцы вели себя как дети, капризные, простодушные. Больше, чем Юлий Классик, которому хотелось лишь продемонстрировать свои амбиции, Клавдий Цивилис — Берманд — жаждал общения с дружелюбным собеседником, возможности облегчить душу с тем, кому ничего от него не нужно.

Эверард связался с Флорис.

— Слушай внимательно, Джейн. И сразу передавай любые вопросы.

За время короткой, но интенсивной подготовки Эверард убедился, что она хорошо разбирается в людях. Вдвоем им легче будет понять, что происходит.

— Ладно, — нервно ответила она, — но лучше не упускать из виду и Классика.

— Ты с юных лет сражался на стороне Рима? — спросил Эверард на германском.

Берманд издал короткий смешок.

— Да уж, и не только сражался. Ходил в походы, учил рекрутов, строил дороги, торчал в бараках, дрался, пьянствовал и развратничал, проигрывался в пух и прах, умирал от болезней — в общем, терпел бесконечную дурь солдатской жизни.

— Я слышал, у тебя есть жена, дети, хозяйство.

Берманд кивнул.

— Не одни лишь тумаки да шишки валятся на головы солдат. А мне и моим сородичам везло больше других. Мы же королевского рода, как тебе известно. Рим хотел от нас, чтобы мы не только воевали, но держали в повиновении свой народ. Всех нас вскоре произвели в командиры и часто давали длительные отпуска, когда войска стояли в Нижней Германии. Собственно, пока не начались волнения, мы там по большей части и стояли. Дома частенько бывали, участвовали в народных собраниях, Рим нахваливали, ну и семьи, конечно, навещали. — Он сплюнул. — Только никакой благодарности!

Воспоминания хлынули потоком. Действия чиновников Нерона вызывали все возрастающий гнев налогоплательщиков, вспыхивали мятежи, сборщиков налогов и им подобных псов просто убивали. Цивилиса и его брата арестовали по обвинению в заговоре. Берманд сказал, что им оставалось только протестовать, хотя и в сильных выражениях. Брату отрубили голову. Цивилиса отправили закованным в цепи в Рим для дальнейшего расследования, несомненно пытали, и скорее всего его ждало распятие. Но после свержения Нерона обвинения сняли. Гальба[1] простил Цивилиса, в числе прочих жестов доброй воли, и отправил снова служить.

Вскоре Отон сместил Гальбе. В это время армии в Германии провозгласили императором Вителлия, а войска в Египте возвели на вершину власти Веспасиана. Преданность Цивилиса Гальбе едва не сгубила его снова, но все грехи были забыты, когда четырнадцатый легион вывели с территории лингонов[2] вместе с его резервными подразделениями.

Пытаясь обезопасить Галлию, Вителлий ввел войска на земли треверов. Его солдаты вовсю грабили и убивали в Диводуре, нынешнем Метце, и это привело к тому, что Классик, восстав, мгновенно получил поддержку народа. Ссора между батавами и регулярными войсками могла перерасти в катастрофу, но была вовремя погашена. Цивилис предпринял шаги, чтобы взять ситуацию под контроль. Вместе с Фабием Валентом в качестве генерала войска выступили на юг, чтобы помочь Вителлию в борьбе против Отона. На протяжении всего пути Валент получал большие взятки от местных властей за то, что удерживал свою армию от грабежей.

Но когда он приказал батавам выступить в Нарбон, город в южной Галлии, чтобы освободить осажденные там войска, его

<hr />

[1] Гальба Сервий Суплиций — легат, участник заговора против Цезаря, император в 68—69 гг.

[2] Лингоны — кельтская народность.

легионеры подняли мятеж. Они кричали, что это погубит храбрейших их товарищей. Но разногласия были урегулированы, и батавы вернулись к прежним порядкам. После того как он пересек Альпы, пришло сообщение еще об одном поражении их сторонников в Плаценции. Солдаты снова заволновались. На этот раз возмущенные его бездействием. Они хотели выступить на помощь.

— Фабий не стал нам отказывать, — прорычал Берманд.

Из поселения выехали двое воинов. Между ними находился римлянин, одетый для дальней дороги. Запасные лошади с провизией и прочей поклажей шли позади. Путники спустились к Рейну. Паром уже вернулся, и они стали грузиться.

— Отонианцы пытались удержать нас у реки По, — продолжил Берманд. — Именно тогда Валент убедился, что легионеры были правы, оставляя нас — германцев — в своих рядах. Мы переплыли реку, отбили плацдарм и удерживали его до прихода подкрепления. После того как мы преодолели реку, враги дрогнули и отступили. У деревни Бедриак была ужасная резня. Вскоре после этого Отон покончил с собой. — Лицо его скривилось. — А Вителлий не смог удержать бразды правления войсками. Они пронеслись по Италии как ураган. Я видел, что они натворили. Мерзость. Ведь не вражескую же территорию они завоевали! Это страна, которую они должны были защищать, так ведь?

Наверное, это и стало одной из причин того, что четырнадцатый легион охватило беспокойство, воины возроптали. Стычки между наемниками и местными служаками превращались чуть не в настоящие бои. Цивилису то и дело приходилось утихомиривать их. Новый император Вителлий приказал легионерам двинуться на Британию, а батавов оставил в качестве дворцовой гвардии.

— Но это тоже не принесло пользы. Вителлий не обладал даром командовать людьми. Солдаты распустились, пили на посту, дрались в казармах. Наконец нас отправили обратно в Германию. Не желая кровопролития и опасаясь за свою драгоценную жизнь, он не мог поступить иначе. Да и нам он до смерти надоел.

Паром, плот из толстых бревен, движимый веслами, пересек поток. Путники выгрузились на берег и исчезли в лесу.

— Веспасиан удерживал Африку и Азию, — продолжал Берманд. — А вскоре его генерал Прим высадился в Италии и написал мне. Да, к тому времени мое имя уже что-то значило.

Берманд разослал обращение своим многочисленным сторонникам. Незадачливый римский легат согласился. Людей отправили удерживать перевалы в Альпах; ни сторонники Вителлия среди галлов, ни германцы не могли пройти на север, а у италийцев с иберийцами хватало забот и на местах. Берманд созвал совет своего племени. Мобилизация, объявленная Виттелием, была последним оскорблением, переполнившим чашу. Стерпеть это было невозможно. Воины колотили мечами по щитам и кричали.

Соседние племена — каннинефаты и фризы — уже знали, что затевается. На народных собраниях мужчин призывали подниматься на правое дело. Тунгрийская когорта покинула свои казармы и присоединилась к восставшим. Услышав такие новости, германские наемники, удерживающие для Вителлия южные земли, дезертировали.

Против Берманда выступили только два легиона. Он разбил их и загнал остатки в Кастра Ветера. Перейдя Рейн, он выиграл схватку неподалеку от Бонна. Его парламентеры убеждали защитников Старого Лагеря перейти на сторону Веспасиана. Те отказались. Тогда он объявил открытую войну ради свободы.

Бруктеры, тенктеры и хамавы вступили в его лигу, но Бердман не унимался и разослал гонцов по всей Германии. Все больше и больше любителей приключений из глухомани стекалось под его знамена. Вел-Эдх предсказала падение Рима.

— Галлы тоже присоединились, — продолжал Берманд, — те из них, кого смогли поднять Классик и его друзья. Всего три племени, но... В чем дело?

Эверард вздрогнул от вскрика, который мог услышать только он.

— Ничего, — проговорил Эверард. — Мне показалось, я уловил какое-то движение, но ошибся. Усталость, знаешь ли...

— Они убивают их в лесу, — послышался дрожащий голос Флорис. — Это ужасно. О боже, почему мы прибыли сюда именно в этот день?

— Ты помнишь, почему, — ответил он ей. — Не смотри туда.

Они просто не могли тратить годы своей биологической жизни на выяснение всех деталей. Да и не мог Патруль так жертвовать временем своих агентов. Тем более что этот сектор пространства-времени был нестабилен и чем меньше здесь будет людей из будущего, тем лучше. За несколько месяцев до раздвоения хода событий Эверард нанес визит Цивилису. Предварительная разведка показала, что к батавам будет легче подступиться после сдачи Кастра Ветера, это увеличивало вероятность личной встречи с Классиком. Эверард и Флорис надеялись добыть информацию и вернуться, прежде чем начнутся перемены, описываемые Тацитом.

— Не Классик ли организовал это? — предположил он.

— Не уверена, — ответила Флорис, сдерживая слезы.

Он не имел права осуждать ее, так как сам не мог спокойно переносить кровавых сцен, хотя немало жестокостей повидал на своем веку.

— Классик среди германцев, это верно, но деревья мешают наблюдению, а ветер заглушает речь. Он знает их язык? — спросила Флорис.

— Немного, насколько мне известно, но некоторые из варваров знают латинский.

— Ты где-то витаешь, Эверард, — произнес Берманд.

— У меня... дурное предчувствие, — ответил патрульный. «Может быть, намекнуть ему, что я обладаю даром предвидения. Позднее это может пригодиться».

Лицо Берманда посуровело.

— У меня тоже, только причины более земные. Соберу-ка я людей, которым доверяю. Посторонись, Эверард. Твой меч остер, не спорю, но ты чужак среди легионеров, а мне, я думаю, не помешает суровая дисциплина. — Последние слова были на латинском.

Все открылось, когда из леса галопом вылетели всадники. Внезапно, ревущей толпой германцы напали на пленников. Несколько галльских стражников разбежались в стороны. Варвары кромсали безоружных людей и уничтожали трофеи, стремясь ублажить богов кровавым жертвоприношением.

Эверард подозревал, что именно Классик подтолкнул их на эту акцию. Сделать это было несложно, и кроме того, Классик хотел исключить возможность сепаратного мира. Несомненно, Берманд разделял эти подозрения, судя по ярости на лице батава. Но что он мог поделать?

Берманд не смог остановить своих варваров, даже когда они, обезумев от жажды крови, толпой ворвались в Старый Лагерь. Над стенами взметнулся огонь. Вопли смешивались с запахом горящей человеческой плоти.

На самом деле Берманд не слишком ужаснулся. Такое в его мире случалось нередко. Злило его лишь неповиновение и скрытые интриги, которые привели к этой резне.

— Я вытащу их на прямой разговор, — рычал он. — Они у меня еще будут гореть от стыда. И чтобы они поняли, что это всерьез, я на их глазах коротко подстригу волосы на римский манер и смою краску. Плевал я на Классика и его империю. Если ему это не понравится, пусть попробует поднять оружие против меня.

— Думаю, мне лучше уехать, — сказал Эверард. — Здесь я только путаюсь под ногами. Может быть, мы как-нибудь встретимся снова.

«Когда, в какие дни несчастий, ожидающих тебя?»

Глава 5

Ветер дунул сильнее, разгоняя облака, словно дым. Косые струи дождя стремительно летели к земле. Лошади шли, низко опустив головы, разбрызгивая копытами лужи на дороге. Саферт ехал первым, Гнаф — сзади, ведя на поводу сменных животных. Между ними, закутанный в промокший плащ, двигался римлянин. Во время кратких остановок на еду и отдых при помощи жестов батавы выяснили, что его имя Луперк.

Из-за поворота появилась группа людей, несомненно бруктеров — ибо они добрались уже и до этих краев. Но сейчас они находились в местности, где никто не жил; германцы предпочитали окружать себя такими необитаемыми землями. Тот, что ехал впереди, был худой, как хорек; в черных как вороново крыло волосах белели редкие седые пряди. Правая рука его сжимала копье.

— Стой! — выкрикнул он.

Саферт придержал коня.

— Мы едем с миром, посланы нашим господином Берман-дом к мудрой женщине Вел-Эдх, — проговорил он.

Темнолицый кивнул.

— Мы уже получили известие об этом.

— Наверное, совсем недавно, потому что мы выехали почти следом за гонцом, хотя и немного медленнее.

— Да. Настало время действовать быстрее. Я Хайдхин, сын Видухада, помощник Вел-Эдх.

— Я помню тебя, — сказал Гнаф. — С тех пор как мой хозяин приезжал навестить ее в прошлом году. Тебе что-то нужно от нас?

— Человек, которого вы сопровождаете, — ответил Хайдхин. — Это тот самый, которого Берманд отдает Вел-Эдх, верно?

— Да.

Догадываясь, что говорят о нем, Луперк напрягся. Он вглядывался то в одно, то в другое лицо, прислушиваясь к их гортанным голосам.

— Она, в свою очередь, отдает его богам, — сказал Хайдхин. — За тем я сюда и прибыл.

— Как, не в вашем святилище, без празднества? — удивился Саферт.

— Я же сказал тебе, нужно спешить. Некоторые из наших вождей предпочли бы держать его заложником в надежде на выкуп, если б узнали, кто он. Мы никак не можем на это согласиться. К тому же боги сердятся. Оглянитесь вокруг. — Хайдхин махнул копьем в сторону мокрого стонущего леса.

Саферт и Гнаф не могли достаточно убедительно возразить ему. Бруктеры превосходили их числом. Кроме того, каждый знал, с тех пор как покинул далекую родину, насколько могущественна прорицательница.

— Призываем в свидетели всех, что мы в самом деле желали встретиться с Вел-Эдх. Но верим твоему слову, верим, что вы исполняете ее желание, — произнес Саферт.

Гнаф нахмурился.

— Давайте кончать с этим, — вымолвил он.

Они спешились, как и все остальные, и дали знак Луперку сделать то же самое. Ему потребовалась помощь, но только потому, что он был слаб и шатался от голода. Когда ему связали руки за спиной, а Хайдхин размотал веревку с петлей на конце, глаза римлянина расширились, и он резко вздохнул. Затем справился с собой и пробормотал что-то, что могло быть обращением к его собственным богам.

Хайдхин взглянул на небо.

— Отец Уоен, воин Тив, Донар-громовержец, услышьте меня, — произнес он медленно и со значением. — Знайте, что эта жертва, какая ни есть, дар вам от Нерхи. Знайте, она никогда не была ни вашим врагом, ни хулителем вашей чести. В то время как люди стали отдавать вам меньше, чем раньше, она всегда разделяла и разделяет полученное ею со всеми богами. Встаньте снова на ее сторону, могучие боги, и ниспошлите нам победу!

Саферт и Гнаф схватили Луперка за руки. Хайдхин приблизился к нему. Кончиком копья он начертил над бровью римлянина знак молота, а на груди, разорвав тунику, свастику. Брызнула ярко-алая в промозглом воздухе кровь. Луперк хранил молчание. Его подвели к ясеню, выбранному Хайдхином, перекинули веревку через сук, надели петлю на шею.

— О, Юлия, — тихо прошептал он.

Двое людей Хайдхина подтянули Луперка вверх, а остальные в это время колотили мечами о щиты и выли. Луперк месил ногами воздух, пока Хайдхин не вонзил копье снизу вверх, через живот в сердце.

Когда остальные сделали все, что положено, Хайдхин обратился к Саферту и Гнафу:

— Ступайте. Вы побывали у меня, теперь возвращайтесь к вашему господину Берманду.

— Что мы должны рассказать ему? — спросил Гнаф.

— Правду, — ответил Хайдхин. — Расскажите ему всю правду. Наконец-то боги, как встарь, получили причитающуюся им долю. Теперь они должны от всего сердца сражаться на нашей стороне.

Германцы отъехали. Ворон захлопал крыльями вокруг мертвого человека, уселся ему на плечо, клюнул, проглотил. Подлетел еще один, потом еще и еще. Ветер раскачивал повешенного и далеко разносил их хриплые крики.

Глава 6

Эверард дал Флорис два дня, чтобы она могла отдохнуть дома и прийти в себя. Не то чтобы она была слабонервной, но ее цивилизация давно отвыкла от подобных жестоких зрелищ. К счастью, Флорис не знала ни одну из жертв лично; ее не преследовало чувство вины оставшегося в живых.

— Если кошмары не исчезнут, попроси психотехников помочь, — предложил Эверард. — И конечно же, нам надо проанализировать события, учитывая то, что мы видели воочию, и выработать для себя программу.

Хотя Эверард был не столь чувствителен, ему тоже хотелось отсрочить возвращение к Старому Лагерю, к его запахам и звукам. Эверард бродил по улицам Амстердама, часами наслаждаясь благопристойностью Нидерландов двадцатого века. Или сидел в штаб-квартире Патруля, перечитывая досье по истории, антропологии, политике и политической географии и записывая в память наиболее важную информацию.

Его предварительная подготовка была весьма поверхностной. Да и теперь он, конечно, не обрел энциклопедических знаний. Это было просто невозможно. Ранняя история Германии привлекала не многих исследователей; да и те были раскиданы по разным векам и странам. Слишком много происходило интересного и, казалось, более важного в других эпохах. Эверарду катастрофически не хватало достоверной информации. Никто, кроме него и Флорис, не изучал личность Цивилиса. Считалось, что это восстание не стоило хлопот, связанных с проведением полевых исследований: ведь оно ничего не изменило, если не считать, что Рим стал лучше относиться к нескольким малоизвестным племенам.

«А может быть, так и есть, — думал Эверард. — Может быть, эти разночтения в текстах имеют вполне невинное объяснение, которое прозевали исследователи Патруля, и мы сражаемся с тенями. В самом деле, у нас ведь нет доказательств, что кто-то жонглирует событиями. Но, каким бы ни был ответ, мы обязаны докопаться до истины».

На третий день он позвонил Флорис из отеля и предложил пообедать, как в их первую встречу.

— Отдохнем, поболтаем, о делах говорить не будем — разве что чуть-чуть. А завтра обсудим наши планы. Договорились?

По его просьбе она сама выбрала ресторан и встретила его уже там.

«Амброзия» специализировалась на карибско-суринамской кухне. Ресторан, тихий и уютный, находился на Штадтхоудерскад, прямо на канале, рядом с тихой Музеум-Плайн. После симпатичной официантки к ним вышел чернокожий повар, чтобы обсудить — на беглом английском, — как приготовить для них заказанные блюда. Вино тоже оказалось превосходное. Они чувствовали себя словно на уютном островке света и тепла в бесконечном море мрака, и то, что все это могло исчезнуть навсегда, придавало ощущениям особую остроту.

— Обратно я бы прошлась пешком, — сказала Флорис в конце ужина. — Вечер такой чудесный.

До ее квартиры было мили две.

— Если не возражаешь, я тебя провожу, — охотно предложил Эверард.

Она улыбнулась. Волосы ее сияли на фоне сумерек за окном, словно напоминание о солнечном свете.

— Спасибо. Я надеялась, ты предложишь.

Они окунулись в тихий вечерний воздух. Прошел дождь, и на улице пахло весной. Машин почти не было, их шум лишь слышался где-то в отдалении. Мимо по каналу двигались лодки, и весла рассыпали в воздухе жемчуг брызг.

— Спасибо, — повторила она. — Все это восхитительно. Только такой вечер и мог ободрить меня.

— Ну и хорошо. — Он вытащил кисет с табаком и принялся набивать трубку. — Однако, я уверен, ты в любом случае довольно быстро пришла бы в норму.

Они свернули в сторону от канала и пошли вдоль фасадов старинных домов.

— Да, мне и прежде приходилось сталкиваться с ужасными вещами, — согласилась она.

Беззаботное настроение вечера, которое они старались сохранить, исчезло, хотя голос ее оставался спокойным.

— Не в таких масштабах, правда, — продолжила она. — Но я видела мертвых и умирающих после сражений, и смертельные болезни, и... Судьба часто бывает жестока к людям.

Эверард кивнул.

— Да, наше время стало свидетелем множества злодеяний, но в другие времена их едва ли было меньше. Главное отличие в том, что теперь люди воображают, будто все могло быть устроено гораздо лучше.

— Поначалу все это романтично, живое прошлое и все такое, но со временем... — вздохнула Флорис.

— Что ж, ты выбрала довольно жестокий период. Хотя понастоящему изощренную жестокость ты бы нашла только в Риме.

Она устремила на него внимательный взгляд.

— Не могу поверить, что ты сохранил какие-то иллюзии о врожденном рыцарстве варваров. Свои я растеряла быстро. Все они жестоки. Просто зверства их были менее масштабны.

Эверард чиркнул спичкой.

— Могу я спросить, почему ты выбрала для изучения именно их? Понятно, кто-то должен заниматься и этим периодом, но с твоими способностями можно было выбрать любое другое историческое сообщество.

Она рассмеялась.

— Меня пробовали переубедить, когда я закончила Академию. Один агент потратил несколько часов, расписывая, как мне понравится Голландия времен Брабанта. Пел он сладко. Но я уперлась.

— Отчего же?

— Чем чаще я вспоминаю об этом, тем непонятнее мне причины. Временами кажется, что... Если ты не против, я могу рассказать.

Он протянул руку. Флорис приняла ее. Она попадала в такт его шагам, но шла более мягко и пружинисто. Свободной рукой он держал свою трубку.

— Пожалуйста, расскажи, — сказал Эверард. — Я не копался в твоем личном деле — выяснил только самое необходимое, — но мне любопытно. Впрочем, в личном деле все равно не найти истинных мотивов.

— Думаю, начать надо с моих родителей. — Она устремила взгляд куда-то в бесконечность. Тонкая морщинка пролегла между бровями. Голос зазвучал почти как во сне. — Я их единственный ребенок, родилась в 1950 году. — «И теперь намного старше, чем тебе исполнилось бы сейчас...» — Мой отец вырос в так называемой Голландской Ост-Индии. Ты помнишь, мы, голландцы, основали Джакарту и назвали ее Батавия? Он был молод, когда сначала нацисты вторглись в Голландию, потом японцы овладели Южной Азией. Он воевал с ними матросом во флоте, что у нас остался. Мама моя — еще школьницей — участвовала в Сопротивлении, работала в подпольной газете.

— Славные люди, — пробормотал Эверард.

— Родители встретились и поженились после войны в Амстердаме. Они все еще живы, ушли на отдых; он отказался от своего бизнеса, она — от преподавания истории.

«Да, — подумал он, — и ты возвращаешься из каждой экспедиции в тот же самый день, когда и уходишь, чтобы не упустить возможность видеться с ними, пока они живы, хотя им так и не известно, чем ты в действительности занимаешься. И внуков нет — тоже, видимо, переживают...»

— Они не хвастались своим участием в войне. Но у меня вся жизнь... связана?... да, связана с ней, с прошлым моей страны. Патриотизм? Называй это, как тебе нравится. Но это мой народ. Что сделало его таким, каков он есть? Откуда семена, каковы корни? Загадки истории буквально зачаровывали меня, и в университет я поступила на археологический факультет.

Эверард уже знал об этом, так же как и о том, что в легкой атлетике она добивалась почти чемпионских результатов и пару раз ходила в туристические походы по довольно опасным маршрутам. Это привлекло внимание вербовщика Патруля, который предложил ей испытания и, когда она прошла их, объяснил, что к чему. Собственно говоря, его завербовали примерно так же.

— Однако, — отметил он, — ты выбрала эпоху, в которой женщин жестоко притесняют.

Она возразила немного резко:

— Но ты видел отзывы о том, на что я способна. И сам знаешь, как ловко в Патруле умеют изменять внешность.

— Извини. Не надо обижаться. Маскарад годится для коротких рейдов.

Чуть выше по временной шкале специалисты Патруля довели искусство перевоплощения почти до совершенства: усы, голосовые связки — это вообще не проблема. Грубая ткань, соответственно скроенная, может спрятать женственные изгибы тела. Могли бы выдать руки, но у нее они как раз были великоваты для женщины. А форму и отсутствие волос вполне можно объяснить молодостью.

— Но...

Всякое случается. Вдруг придется раздеваться в компании спутников, например во время мытья? Или драка завяжется, возможно, спровоцированная выражением лица, которое все равно остается женственным и может показаться варварам изнеженным. Как бы ни была хорошо тренирована женщина, в ситуации, когда запрещено применение высокотехнологичного оружия, она проиграет мускулатуре и грубой силе мужчины.

— Ограниченные возможности часто расстраивали мои планы. Я даже собиралась... — Она замолчала.

— Изменить пол? — осторожно поинтересовался он.

Она сдержанно кивнула.

— Нет необходимости изменять его навсегда, ты ведь знаешь.

В будущем такие операции не требовали хирургического вмешательства и гормональных препаратов; вместо этого производилась перестройка организма на молекулярном уровне, начиная с ДНК.

— Конечно, это не простое дело. И пойти на это можно лишь в случае, когда предстоит работа, рассчитанная как минимум на несколько лет.

Она перевела взгляд на Эверарда.

— Ты бы согласился?

— Ни в коем случае! — воскликнул он. И тут же подумал: «Не слишком ли я резко реагирую? Нетерпимость?» — Но знаешь, я родился в американской глуши, в 1924 году.

Флорис рассмеялась и сжала его руку.

— Я была уверена, что мое сознание, моя личность не изменятся. Мужчиной я стала бы абсолютно гомосексуальным. А в том обществе это хуже, чем быть женщиной. Каковой, кстати, мне быть нравится.

Он ухмыльнулся.

— И это заметно.

«Остынь, парень. Никаких романов на работе. Это может плохо кончиться. И вообще, лучше бы она была мужчиной».

Флорис, наверное, поняла, о чем он думает, потому что как бы отгородилась стеной молчания. Так они и шли некоторое время, не говоря ни слова, но молчание не тяготило. Они шли по парку, вокруг благоухала зелень, сквозь листву падал свет фонарей, отчего тропинка казалась пятнистой. Наконец Эверард заговорил вновь:

— Но, насколько я понимаю, ты как-то выполнила свою программу. Я не проверял досье, надеясь, что ты сама мне расскажешь — так даже лучше.

Раньше он раза два пытался заводить разговор на эту тему, но она всегда уклонялась. Трудности для нее это не составляло, так как полно было других дел, требующих внимания.

Он увидел и услышал, как учащенно она задышала.

— Да, видимо, мне придется, — согласилась она. — Тебе надо знать о моем опыте. Это долгая история, но я могу начать прямо сейчас. — Она замялась. — Знаешь, теперь я чувствую себя с тобой гораздо увереннее. А поначалу это меня ужасало: работать в паре с агентом-оперативником?!

— Ты неплохо скрывала свое замешательство. — Он выпустил клуб дыма.

— В нашей работе быстро учишься скрывать свои чувства. Но сегодня я действительно говорю свободно. Ты умеешь расположить к себе.

Он промолчал, не зная, что на это ответить.

— Я прожила с фризами пятнадцать лет, — произнесла Флорис.

Эверард едва успел поймать свою трубку.

— Как?

— С 22-го по 37-й год нашей эры, — без тени улыбки продолжала она. — Патрулю нужны были точные знания, а не отдельные фрагменты из жизни далекой западной окраины германских земель, когда римское влияние стало сменяться кельтским. В основном специалисты интересовались переворотами в племенах, последовавшими после убийства Арминия[1]. Потенциальное значение их довольно велико.

— Но ничего тревожного там не обнаружено, так? Однако Цивилис, на которого, по мнению Патруля, можно было не обращать внимания, оказался... Что ж, в Патруле тоже люди работают, тоже делают ошибки. И, конечно же, детальный доклад о типичном сообществе варваров начала века ценен по многим другим соображениям... Но продолжай, пожалуйста.

— Коллеги помогли мне подобрать роль. Я стала молодой женщиной племени хазуариев[2], овдовевшей, когда на них напа-

---

[1] Арминий — вождь херусков, разбивший Вара в Тевтобургском лесу (9 г. н. э.), убит в 21 г. н. э.

[2] Хазуарии — племя в северной Германии, жившее в нижнем течении Рейна.

ли херуски. Она убежала на территорию фризов с кое-какими пожитками и двумя мужчинами, которые служили ее мужу и остались верны ей. Староста деревни, которую мы выбрали, принял нас великолепно. Вместе с новостями я принесла и золото; а кроме того, для них гостеприимство — священный долг.

«Не повредило и то, что ты была (и есть) чертовски привлекательна», — подумал он.

— Немного погодя я вышла замуж за его младшего сына, — произнесла Флорис. — Мои «слуги» простились и ушли «на поиски приключений». Больше о них никто ничего не слышал. Все предположили, что они попали в беду. В те времена хватало опасностей!

— И что же дальше? — Эверард смотрел на ее профиль — словно с картины Вермера: золотой ореол волос на фоне сумерек.

— Трудные были годы. Я часто скучала по дому, иногда до отчаяния. Но в то же время я раскрывала, изучала, исследовала целую вселенную привычек и верований, знаний и искусств незаурядных людей. Я даже полюбила их... Довольно добросердечные люди, на свой грубый манер и по отношению к соплеменникам. Так вот, Гарульф и я... сблизились. Я родила ему двоих детей и втайне убедилась, что они будут жить. Он, естественно, надеялся иметь еще детей, но я сделала так, чтобы этого не произошло. Женщины сплошь и рядом становились тогда бесплодными, обычное дело. — Губы ее печально скривились. — Он заимел их от крестьянской девки. Мы с ней в общем-то ладили, она считалась со мной и... Не важно. Это тоже было обычным, общепринятым поведением, меня оно не порочило. Я ведь знала, что когда-нибудь должна буду уйти.

— Как это произошло?

Голос ее стал глуше.

— Гарульф умер. Он охотился на зубров, и зверь поднял его на рога. Я горевала, но все стало проще. Мне следовало уйти гораздо раньше, исчезнуть, как мои помощники, если бы не он и не дети. Но теперь мальчишки подросли, стали почти мужчинами. Братья Гарульфа могли бы присмотреть за ними.

Эверард кивнул. Он знал, что взаимопомощь дяди и племянника приветствовалась у древних германцев. В числе трагедий, перенесенных Бермандом-Цивилисом, был и разрыв с сыном сестры, который сражался и погиб в римской армии.

— И все-таки покидать их было больно, — закончила Флорис. — Я сказала, что ухожу на некоторое время, чтобы провести траур в одиночестве, и оставила их гадать, что же произошло со мной потом.

«А ты гадаешь, как живут они, и, вне всякого сомнения, всегда будешь беспокоиться, — подумал Эверард, — если не проследила уже их жизнь до самого конца. Но, полагаю, ты достаточно умна, чтобы не делать этого. Да, такова цена полной славы и приключений жизни патрульного...»

Флорис проглотила комок в горле. Слезы? Но она справилась с собой и усмехнулась.

— Можешь себе представить, какое косметическое омоложение мне понадобилось после возвращения! А как я соскучилась по горячим ваннам, электрическому свету, книгам, кино, самолетам — по всему на свете!

— И не в последнюю очередь — по чувству равноправия, — добавил Эверард.

— Да, да. Женщины там обладают высоким статусом, они более независимы, чем станут позднее, вплоть до девятнадцатого века, но все-таки — да, конечно.

— По-видимому, с Веледой все было по-другому.

— Абсолютно. Она ведь выступала от имени богов.

«Нам еще надо в этом убедиться», — подумал Эверард.

— Та программа была завершена несколько лет назад по моему личному времени, — продолжила Флорис. — Остальные проекты были менее амбициозны. До сих пор.

Эверард прикусил черенок трубки.

— М-м-да, но все-таки проблема пола остается. Я не хочу этих сложностей с перевоплощениями — разве что на короткое время. Слишком много ограничений.

Она остановилась. Пришлось остановиться и ему. Свет фонаря, под которым они задержались, превратил ее глаза в кошачьи, и Флорис произнесла громче обычного:

— Я не собираюсь лишь болтаться в небе, наблюдая за тобой, агент Эверард. Не собираюсь и не буду.

Какой-то велосипедист прошелестел мимо, окинув их взглядом, и укатил дальше.

— Было бы полезно, если бы ты могла быть рядом, — согласился Эверард. — Но не все время. Ты должна понимать, что очень часто лучше иметь партнера в резерве. Вот когда начнется настоящая детективная работа, тогда ты со своим опытом... Вопрос в том, как это осуществить?

Сменив гневный тон на страстный, она продолжала добиваться своего:

— Я стану твоей женой. Или наложницей, или служанкой —

смотря по обстоятельствам. Нет ничего необычного для германцев в том, что женщина сопровождает мужчину в его путешествиях.

«Проклятье! Неужто у меня и в самом деле покраснели уши?»

— Мы здорово осложним себе жизнь.

Она поймала его взгляд и быстро возразила:

— А вот насчет этого я не беспокоюсь, сэр. Вы профессионал и джентльмен.

— Ну, спасибо, — произнес он с облегчением. — Полагаю, я смогу контролировать свое поведение.

«Если ты будешь контролировать свое!»

Глава 7

Весна обрушилась на землю внезапно. Тепло и увеличивающийся световой день погнали в рост листву. Все расцветало. В небе послышались трели птиц и шелест крыльев. На лугах резвились ягнята, телята и жеребята. Люди вылезали из сумрака хижин, дыма и вони зимы. Они жмурились от яркого солнечного света, впитывали сладость свежего воздуха и принимались за работу, готовясь к лету.

Еще они чувствовали голод после прошлогоднего скудного урожая. Большинство мужчин отправились на войну за Рейн, и немногие из них вернутся обратно. А Эдх и Хайдхин все еще хранили холод в своих сердцах.

Они шли по ее владениям, не замечая ни солнечного света, ни свежего ветра. Работники в полях видели, что она вышла, но не решались приветствовать ее или обращаться с вопросами. Хотя роща на западной стороне поляны сверкала листвой, с восточной стороны поляна казалась темной, словно тень башни дотягивалась и сюда.

— Я недовольна тобой, — сказала Веледа. — Надо бы отослать тебя прочь.

— Эдх, — голос его стал хриплым, костяшки пальцев, сжимающих копье, побелели. — Я сделал все, что нужно. Мне было ясно, что ты пожалеешь этого римлянина. А асы затаили достаточно зла против нас.

— Только глупцы болтают об этом.

— Тогда большинство в племени — болваны. Эдх, я живу среди них, в отличие от тебя, потому что я мужчина и не избран богиней. Люди говорят мне то, что не отважились бы сказать тебе. — Хайдхин шел некоторое время молча, подбирая слова. — Нерха берет слишком много из того, что раньше предназначалось небесным богам. Я согласен, мы с тобой в долгу перед ней, а бруктеры — нет, да и асам мы тоже задолжали. Если мы с ними не помиримся, они отберут у нас победу. Я прочел это по звездам, погоде, полету воронов и бросанию костей. И что с того, если я ошибаюсь? В сердцах людей залег страх. Они могут дрогнуть в битве, и враг одолеет их. Ну, отдал я от твоего имени асам человека, не просто раба, а вождя. Позволь этой новости распространиться, и ты увидишь, как надежда вдохнет новые силы в усталых воинов!

Взгляд Эдх вонзился в него, словно лезвие меча.

— Ха, ты думаешь, одной твоей маленькой жертвы достаточно для них? Знай, пока ты был в отъезде, еще один гонец от Берманда разыскал меня. Его люди поубивали всех пленных и уничтожили Кастра Ветера. Они пресытили своих богов.

Копье, крепко зажатое в руке Хайдхина, дрогнуло, прежде чем лицо его стало непроницаемым. Наконец он медленно произнес:

— Я не мог предвидеть такого. Но все равно — это хорошо.

— Нет. Берманд в ярости. Он понимает, что это побудит римлян драться до последнего. А теперь ты лишил меня пленника, который мог стать посредником между нами и римлянами.

Хайдхин стиснул зубы.

— Я не мог знать, — пробормотал он. — Да и какая польза от одного человека?

— И похоже, этим же ты лишил меня возможности общаться с тобой, — продолжала Эдх бесцветным голосом. — Я решила, что ты отправишься в Колонию.

Удивленный, он повернул голову и впился в нее глазами. Высокие скулы, прямой нос, полные губы... Она смотрела вперед, не поворачивая головы.

— Колонию?

— Это тоже было в сообщении Берманда. Из Кастра Ветера он идет на Колонию Агриппины. Ему кажется, что они должны сдаться. Но если они услышат о резне — а эта весть достигнет их ушей, — зачем им сдаваться? Почему не драться до последнего, в надежде на избавление, когда нечего терять? Берманд хочет, чтобы я наложила заклятие — иссушающее проклятие Нерхи — на тех, кто нарушит условия сдачи.

Обычная проницательность вернулась к Хайдхину, и он успокоился.

— Хм, так... — Он погладил бороду свободной рукой. —

Весть эта здорово встряхнет тех, в Колонии. Они должны знать тебя. Убии — это германцы, хоть и называют себя римлянами. Если твою угрозу громко произнести перед соратниками Берманда, неподалеку от стен, где защитники могут видеть и слышать...

— Кто выполнит эту задачу?

— Ты сама?

— Едва ли.

— Да, правильно, — кивнул он. — Лучше тебе держаться в стороне. Мало кто из бруктеров видел тебя. В легендах больше убедительности, чем в человеке из плоти и крови. — Улыбка его походила на волчий оскал. — Человек из плоти и крови, который должен есть и пить, спать, испражняться, который может заболеть, конечно же, выглядит слабовато.

Голос его сник.

— Я действительно слаба, — прошептала она, склонив голову. — Значит, должна оставаться в одиночестве.

— Так будет вернее, — сказал Хайдхин. — Да. Возвращайся на некоторое время в башню. Дай людям понять, что ты размышляешь, творишь заклинания, призываешь богиню. Я понесу в мир твое слово.

— И я так думала, — распрямившись, выпалила она. — Но после того, что ты сделал, могу ли я тебе доверять?

— Можешь. Я клянусь, — голос Хайдхина на миг прервался, — если тебе недостаточно тех лет, что мы прожили рядом. — Тотчас в нем возобладала гордость. — Ты знаешь, лучшего глашатая у тебя нет. Я больше, чем первый среди твоих последователей, я — вождь. Люди слушаются меня.

Повисло долгое молчание. Они проходили мимо загона, где стоял бык, зверь Тива, с мощными рогами, воздетыми к солнцу. Наконец она спросила:

— Ты передашь мои слова без изменений и будешь следить, чтобы не извратился их смысл?

Старательно подбирая слова, Хайдхин ответил:

— Мне больно, что ты не доверяешь мне, Эдх.

Тогда она взглянула на него. Глаза ее затуманились.

— Все эти годы, дорогой старый друг...

Они остановились тут же, на влажной тропе через заросший травой луг.

— Я стал бы больше, чем другом тебе, если б ты только позволила, — произнес он.

— Ты же знаешь, я не могу позволить себе переступить черту. И ты всегда уважал мое решение. Да, отправляйся в Колонию и будь моим вестником.

К Хайдхину вернулась суровость.

— Я отправлюсь и туда, и куда тебе будет угодно послать меня, чтобы служить, не жалея своих сил... Если только ты не велишь мне нарушить ту клятву, что я произнес на берегу Эйна.

— Это... — Краска вспыхнула и погасла на ее лице. — Это было так давно.

— По мне, так я произнес ее вчера. Никакого мира с римлянами. Воевать, пока я жив, а после смерти преследовать их по дороге в ад.

— Найэрда могла бы освободить тебя от этой клятвы.

— Я никогда не смогу освободить себя сам. — Словно тяжелым кузнечным молотом Хайдхин добивал ее. — Или прогоняй меня навсегда, или поклянись, что не будешь требовать от меня мириться с Римом.

Она покачала головой.

— Я не могу сделать этого. Если они предложат нам, нашим соплеменникам, всем нашим народам свободу...

Он обдумал ее слова, прежде чем сдержанно ответить:

— Ну, если будет так, прими от них свободу. Тебе, я думаю, можно.

— Сама Найэрда желает этого. Она ведь не какой-нибудь кровожадный ас.

— Хм, раньше ты говорила другое, — усмехнулся Хайдхин. — Я не жду, что римляне с готовностью откажутся от налогов с западных племен и позволят им уйти прочь. Но если такое случится, тогда я соберу всех, кто захочет следовать за мной, и поведу их сражаться на землях Рима, пока не паду под мечами легионеров.

— Пусть смерть обходит тебя стороной! — воскликнула Эдх.

Он положил руки ей на плечи.

— Поклянись мне, призови Найэрду в свидетели, что будешь проповедовать войну до конца, пока Рим не оставит эти земли или... или, по крайней мере, пока я не умру. Тогда я выполню все, что ты пожелаешь, честное слово, буду даже оставлять в живых захваченных в плен римлян.

— Если таково твое желание, пусть будет так, — вздохнула Эдх. Она отступила от него и уже командным тоном добавила: — Пойдем в святилище, в таком случае, отдадим нашу кровь земле, а слова ветрам, чтобы закрепить клятву. Отправишься к Берману завтра же. Время наступает нам на пятки.

Когда-то город назывался Оппитум Убиорум. Город убиев — так называли его римляне. Вообще-то германцы не строили
городов, но убии на левом берегу Рейна находились под сильным влиянием галлов. После покорения их Цезарем они вскоре
вошли в состав Империи и, в отличие от большинства своих соплеменников, были довольны этим: торговали, учились, откры-
вали для себя внешний мир. В правление Клавдия город стал
римской колонией и был назван в честь его жены. Страстно желая латинизации, убии переименовали себя в агриппинцев. Город разрастался. Позже он станет Кельном — Колоном для англичан и французов, — но это в далеком будущем.

А в эти дни площадь под его массивными, римской постройки стенами бурлила. От многочисленных лагерных костров
поднимался дым, над кожаными палатками развевались варварские знамена, шкуры и одеяла так и валялись, где их оставили те,
кому негде было ночевать. Ржали и стучали копытами лошади.
Скот мычал и блеял в загонах, ожидая ножа мясника, отправля-
ющего туши на прокорм армии. Мужчины бесцельно бродили
взад и вперед: дикие воины из-за реки, галльский сброд с этой
стороны. Поспокойнее вели себя вооруженные иомены[1] из Батавии и их ближайшие соседи, а ветераны Цивилиса и Классика
всегда отличались своей дисциплиной. Отдельно кучковались
унылые легионеры, которых пригнали сюда из Новезия. По пути
они подвергались таким злобным насмешкам, что в конце концов их кавалерия послала всех подальше, отказалась от клятвы
верности империи галлов и умчалась на юг под знамена Рима.

Отдельно у реки стояла небольшая группа палаток. Ни один
из мятежников не осмеливался приближаться к ним без дела
ближе чем на несколько ярдов, а если приближались, то вели
себя тихо. Часовые бруктеров несли вахту с четырех сторон, но
только как почетная стража. Отпугивал всех ржаной сноп на вершине высокого шеста с привязанными к нему прошлогодними
яблоками — сухими и сморщенными — знак Нерхи.

— Откуда ты сам? — спросил Эверард.

Хайдхин уставился на него, затем процедил в ответ:

— Если ты пролагал свой путь сюда с востока, как говоришь, то должен знать. Ангриварии помнят Вел-Эдх, лангобар-

---

[1] И о м е н ы — арендаторы земельных участков, крестьяне.

ды, лемовии и остальные — тоже. Разве никто из них ничего не сказал тебе о ней?

— С тех пор прошло много лет.

— Я знаю, что они помнят Вел-Эдх, потому что до нас доходят вести о них через торговцев, путников и воинов, недавно прибывших к Берманду.

Облако накрыло тенью грубую скамью возле палатки Хайдхина, где сидели мужчины. Затмив черты лица, тень сделала его проницательный взгляд еще острее. Ветер принес клуб дыма и звон железа.

— Кто ты на самом деле, Эверард, и что тебе надо здесь, у нас?

«Умный, черт, и фанатичный до предела», — понял патрульный и быстро произнес:

— Я хотел сказать, что меня поразило, как долго ее имя живет среди дальних племен.

— Хм. — Хайдхин слегка расслабился. Правой рукой, которую он постоянно держал возле рукояти меча, Хайдхин поплотнее запахнул черные одежды от ветра. — Меня удивляет, почему ты следуешь за Бермандом, если не желаешь идти к нему на службу?

— Я уже говорил тебе, мой господин.

Хайдхин не настаивал, чтобы Эверард обращался к нему так официально, потому что тот не присягал ему на верность, но лесть никогда не вредит. Хайдхин, впрочем, действительно стал важной персоной среди бруктеров: вождь, владеющий землей и стадами, зять в благородной семье, а самое главное, доверенное лицо Веледы и признанный глашатай ее речей.

— Я присоединился к нему у Кастра Ветера, потому что слышал о его славе и жаждал узнать, как идут дела в здешних местах. Проезжая по окрестностям, я узнал, что мудрая женщина собирается сюда, и у меня появилась надежда познакомиться с ней или хотя бы увидеть и услышать ее.

Берманд, который приютил Эверарда, объяснил, что пророчица вместо себя прислала своего представителя. Батав, однако, не оказал ему должного гостеприимства, поскольку был занят делами. Пользуясь случаем, Эверард сам отыскал Хайдхина. Гот был достаточно необычным гостем, но разговор не клеился: Хайдхин то думал о чем-то своем, то вдруг в нем просыпалась подозрительность.

— Она вернулась в свою башню, чтобы остаться наедине с богиней, — произнес Хайдхин. Вера огнем полыхала в его душе.

Эверард кивнул.

— Берманд сказал мне то же самое. И я слушал твою речь вчера у ворот города. Но зачем нам перепахивать вспаханное поле? Я лишь хотел узнать, откуда пришли вы со святой Вел-Эдх? Где началось ваше паломничество, когда и почему?

— Мы происходим из альварингов, — ответил Хайдхин. — Большинство из этого воинства еще не родились, когда мы начали. Почему? Ее призвала богиня. — И продолжил довольно бесцеремонно: — Однако ладно, у меня есть более важные дела, чем просвещать чужака. Если ты присоединишься к нам, Эверард, то узнаешь намного больше и, может быть, мы еще поговорим. А сейчас я должен покинуть тебя.

Они поднялись.

— Благодарю за подаренное мне время, господин, — произнес патрульный. — Когда-нибудь я вернусь к своему народу. Навестишь ли ты или твои слуги нас, готов?

— Возможно, — уже не так резко ответил он. — Мы глашатаи Нерхи... Но сначала полная победа в этой войне. Прощай.

Эверард прошел сквозь шумную толпу к небольшому загону возле штаба Цивилиса, где оставил своих лошадей. Когда он ехал верхом на этих маленьких германских пони, ноги его едва не волочились по земле. Но он и так выделялся ростом среди окружающих и удивил бы всех еще больше, если бы у него вообще не оказалось лошадей для себя и своей поклажи. Эверард двинулся на север. Колония Агриппины осталась позади и скрылась из виду.

Вечерний свет золотом сверкал на речной глади. Окрестные холмы были почти такими же, какими он помнил их в родной эпохе, но поля повсюду заросли бурьяном. Тут и там виднелись разрушенные дома, белели кости, нередко человеческие: всего несколько месяцев назад в этих краях неистовствовал Цивилис.

Безлюдье было ему на руку. Тем не менее он дождался темноты, прежде чем сказать Флорис:

— Все в порядке, спускай платформу.

Никто не должен видеть, как он исчезнет, а транспорт, способный взять на борт лошадей, более заметен, чем темпороллер. Она прислала платформу с помощью дистанционного управления, он погрузил животных на борт и мгновение спустя, преодолев огромное расстояние, прибыл в базовый лагерь. Через минуту Флорис присоединилась к нему.

Они могли, конечно, переместиться в уютный, современный Амстердам, но это означало бы напрасную трату времени там, в будущем: не на перемещения туда и обратно, а на переезды от штаб-квартиры и назад, на переодевания, просто на то, что из-за перемены обстановки приходится постоянно перестраиваться. Лучше уж остаться здесь, на этой древней земле, свыкнуться не только с людьми, но и с ее природой. Природа — ее естественность, таинства дня и ночи, лета и зимы, бурь, звезд, растений, смерти — заполняет мир и души людей. Нельзя до конца понять народ, сопереживать ему, пока не войдешь в здешний лес и не позволишь лесу проникнуть в твою душу.

Флорис выбрала для лагеря вершину отдаленного холма, царящего над бескрайними лесами. Никто, кроме, может быть, редкого охотника, не видел его, и уж точно никто не взбирался на голую вершину. Северная Европа еще не была так густо заселена; группа племен числом в пятьдесят тысяч считалась большой и жила на огромной территории. Даже другая планета могла показаться менее чужой этой стране по сравнению с тем, что будет здесь в двадцатом веке.

Два одноместных укрытия расположились бок о бок, освещенные мягким светом, а над кухонным агрегатом, порождением технологии, намного опережающей знакомую им технологию двадцатого века, вился аппетитный запах. Несмотря на это, Эверард, разместив лошадей, разжег костер из подготовленных заранее сучьев. Они поели в задумчивом молчании, потом отключили лампу. Кухонный агрегат стал еще одной тенью, не слишком отличающейся от остальных. Не сговариваясь, они сели на траву возле костра, словно каким-то шестым чувством поняли, что так будет лучше.

Ветерок нес с собой прохладу. Время от времени ухала сова — тихо, словно вопрошая оракула. Верхушки деревьев волновались и блестели под звездами, будто морские волны. Седой прядью тянулся над ними на север Млечный Путь. Выше сверкала Большая Медведица, которую народ называл Ковшом или Небесным Отцом.

«А как называют это созвездие на родине Эдх? — подумалось Эверарду. — И где эта родина? Если Джейн не знакомо слово «альваринг», то, очевидно, никто в Патруле не слышал о таком племени».

Потрескивал костер. Он раскурил трубку, и дым от нее смешался с дымом костра. Мерцающее пламя время от времени выхватывало из темноты лицо Флорис с крепкими скулами и сбегающие по плечам косы.

— Думаю, пора начинать поиски в прошлом, — произнес Эверард.

Она согласно кивнула.

— События последних дней подтверждают Тацита, не так ли?

Все это время Эверарду приходилось оставаться среди участников событий. Флорис вела наблюдения с высоты, но также играла не менее важную роль. Если его возможности были ограниченны, то она могла охватить широкую панораму и потом, ближе к ночи, рассылала своих миниатюрных роботов-шпионов записывать и передавать все, что происходит под намеченными заранее крышами.

Таким образом они многое узнали. Сенат Колона осознал свое отчаянное положение. Могут ли они добиться менее тяжких условий сдачи и будет ли она почетной? Племя тенктеров, живущее напротив, на другой стороне Рейна, прислало парламентеров, предлагавших объединиться в независимый от Рима союз. Среди условий было требование до основания разрушить городские стены. Колон отклонил предложение, согласившись лишь на сотрудничество и на то, чтобы переход через реку оставался свободным в дневное время — до тех пор, пока между сторонами не возникнет больше доверия. Предполагалось также, что посредниками в таком договоре будут Цивилис и Веледа. Тенктеры согласились. Примерно тогда же прибыли Классик и Цивилис-Берманд.

Классику хотелось как можно скорее отдать город на разграбление. Берманд противился. Среди прочих причин была и та, что в городе находился его сын, взятый заложником в период смуты в прошлом году, когда он все еще боролся за корону императора для Веспасиана. Несмотря на все, что произошло с тех пор, с мальчишкой хорошо обращались, и Берманд настаивал на его возвращении. Влияние Веледы могло принести взаимовыгодный мир.

Так и произошло.

— Да, — высказался Эверард. — Я полагаю, и дальше все пойдет в соответствии с хроникой.

Колон сдастся, не слишком пострадав, и присоединится к союзу мятежников. Однако город возьмет новых заложников — жену Берманда с сестрой и дочь Классика. И то, что оба они так много поставили на кон, говорило больше чем о нуждах политики или о важности соглашения, это говорило о власти Веледы.

(«Сколько дивизий у папы римского?» — бывало, усмехался Сталин. Его преемники могли бы пояснить, что это не важно. Люди живут, главным образом, своими мечтами и часто готовы умереть за них.)

— Но мы еще не добрались до точки отклонения, — напомнила Флорис. — Пока мы исследуем лишь предшествующие ей события.

— И утвердились во мнении, что Веледа — ключ ко всему происходящему. Не кажется ли тебе, что нам — нет, лучше тебе одной — есть смысл явиться к ней и познакомиться?

Флорис покачала головой:

— Нет. Только не теперь, когда она заперлась в своей башне. Возможно, у нее сейчас эмоциональный или религиозный кризис. Вмешательство может повлечь... все, что угодно.

— Ну-ну. — Эверард с минуту пыхтел своей трубкой. — Религия... Джейн, ты слышала вчера речь Хайдхина перед войском?

— Частично. Я знала, что ты там и ведешь запись.

— Ты не американка. И в тебе мало что осталось от предков-кальвинистов. Подозреваю, ты не в полной мере можешь оценить, что он делает.

Она протянула руки к огню, ожидая продолжения.

— Ни разу в жизни я не слышал столь убедительной, угрожающей карами и адским пламенем проповеди, которая нагоняла бы на слушателей такой страх перед божьим гневом, и Хайдхин исправил это упущение, — сказал Эверард. — Весьма действенная проповедь. Жестокостей, как при Кастра Ветера, больше не будет.

Флорис поежилась.

— Надеюсь.

— Но... общий подход... Насколько я понимаю, он известен классическому миру. Особенно после того, как евреи расселились по всему Средиземноморью. Пророки Ветхого завета оказали влияние даже на идолопоклонников. Но здесь, среди северян, оратору следовало бы апеллировать, пожалуй, к их мужской гордости. Или во всяком случае, к их верности обещаниям.

— Да, конечно. Их боги жестоки, но достаточно терпимы. Что сделает их, людей то есть, восприимчивыми к христианским миссионерам.

— Веледа, похоже, бьет в то же самое уязвимое место, — задумчиво произнес Эверард, — за шесть-семь сотен лет до того, как в эти края добрались христианские миссионеры.

— Веледа, — пробормотала Флорис. — Вел-Эдх. Эдх Иноземка, Эдх Чужая. Она пронесла свое обращение через всю Германию. Тацит «второй» говорит, что она снова вернется сюда после поражения Цивилиса, и вера германцев начнет меняться. Да, я считаю, нам надо проверить ее след в прошлом, выяснить, откуда она начинала.

Глава 9

Тянулись дни и месяцы, медленно перемалывая победу Берманда. Тацит еще запишет, как это происходило: смятение и ошибки, близорукость и предательство, в то время как силы римлян неудержимо росли. В истории быстро стираются судьбы конкретных людей, умирающих от ран. Те подробности, что сохранятся, представляют, конечно, определенный интерес, но они в общем-то не нужны, чтобы понять результат. Достаточно и набросков.

Поначалу Берманд развивал успех. Он занял страну сунициев и увеличил там свое войско. На реке Мозель он разбил отряд имперских германцев: некоторых принял к себе, остальных, вместе с вождем, погнал на юг.

Это было серьезной ошибкой. Пока Берманд пробивался через бельгийские леса, Классик сидел и бездельничал, а Тутор просто не успел занять оборону на Рейне и в Альпах. Двадцать первый легион воспользовался своим преимуществом и ворвался в Галлию. Здесь он соединился с наемниками, включающими в себя и кавалерию под командованием Юлия Бригантика, племянника и непримиримого врага Цивилиса. Тутора разбили, его треверов обратили в бегство. Перед этим провалилась попытка мятежа на Секвани, и римские соединения начали прибывать из Италии, Испании и Британии.

Теперь имперскими делами заправлял Петиллий Цериалис. Проведя девять худших для него лет в Британии, этот родственник Веспасиана вернул себе доброе имя, приняв участие в освобождении Рима от вителлианцев. При Могунтикуме — в будущем Майнце — он отправил галльских новобранцев по домам, объявив, что его легионы и без того достаточно многочисленны. Этот жест практически полностью умиротворил Галлию.

Позже он занял Августа Треверорум, нынешний Трир, город Классика и Тутора, колыбель галльского мятежа, а затем объявил поголовную амнистию и взял под свое начало тех, кто пожелал вернуться в его армию. Обращаясь к общему собранию треверов и лингонов в суровой, убедительной манере, он доказал им, что они ничего не приобретут, продолжая сопротивление, а потеряют все.

Берманд и Классик перегруппировали свои силы, за исключением той части, которую Цериалис зажал в ловушке. Они послали к нему гонца с предложением стать правителем Галлии, если он присоединится к ним. Цериалис просто переправил это письмо в Рим.

Занятый политической стороной войны, он не совсем был готов к последовавшим боям. В беспощадной схватке мятежники захватили мост через Мозель. Цериалис сам командовал отрядом смертников, которые отбили мост. Варвары ворвались было в его лагерь и принялись грабить его, но Цериалис развернул когорты, смешал ряды противника, разбил их и обратил в бегство.

На севере, вниз по течению Рейна, агриппинцы — то есть убии, — под нажимом заключившие мирный договор с Бермандом, внезапно перебили у себя германские гарнизоны и обратились к Цериалису за помощью. Тот послал усиленные отряды освобождать их город.

Несмотря на некоторые мелкие неудачи, Цериалис добился капитуляции нервиев и тунгров. Когда свежие легионы удвоили его силы, он двинулся выяснять отношения с Бермандом. В двухдневной битве у Старого Лагеря с помощью батавийских дезертиров, которые провели его людей для флангового удара, он разгромил германцев. Война могла бы здесь и закончиться, имей римляне под рукой корабли, чтобы перекрыть варварам бегство через Рейн.

Узнав о поражении, вожди оставшихся треверских мятежников тоже отступили за реку. Берманд вернулся на остров батавов вместе с людьми, желавшими продолжать войну партизанскими методами. Среди убитых ими был и Бригантик. Но все-таки они не могли долго удерживать свою территорию. Яростный бой свел Берманда и Цериалиса лицом к лицу. Германца, пытавшегося взбодрить отступающее войско, узнали; засвистели вокруг стрелы и камни, и он едва успел спастись, спрыгнув с лошади и переплыв через поток. Лодка Берманда подобрала Классика и Тутора, которые с этого времени стали не более чем его мелкими приспешниками.

Цериалис, однако, тоже испытал непредвиденное поражение. После осмотра зимних квартир, построенных для легионеров в Новезии и Бонне, он вместе с флотом возвращался по Рейну. Со своих наблюдательных постов германские разведчики донесли, что в лагере самоуверенных римлян царит беспечность. Они собрали несколько сильных отрядов и облачной ночью напали. Часть германцев ворвалась в римский лагерь. Они перерезали веревки у палаток и просто закололи находящихся там людей. Их товарищи тем временем зацепили баграми несколько судов и утащили их. Великолепным трофеем стала преторианская трирема, где должен был ночевать Цериалис. Так случилось, что он находился в другом месте — по слухам, с какой-то убийской женщиной, — и вернулся к своим обязанностям измотанный и полуодетый.

Для германцев это была всего лишь удачная вылазка. Вне всякого сомнения, главным ее результатом стало лишь то, что римляне повысили бдительность. Германцы перегнали захваченную трирему вверх по реке Липпе и отдали ее Веледе.

Каким бы незначительным ни было это поражение, оно много позднее было воспринято в Империи как дурное предзнаменование. Цериалис все дальше углублялся в коренные земли германцев. Никто не мог удержать его. Но и он не мог перейти к окончательной схватке со своими врагами. Рим больше не в состоянии был присылать ему пополнение. Поставки припасов стали скудными и нерегулярными. Кроме того, на его войска маршем надвигалась северная зима.

Глава 10

60 год от Рождества Христова.

Через плоскогорье на востоке Рейнской долины двигался многотысячный караван. Большая часть холмов заросла лесом, и пробиваться сквозь него было немногим лучше, чем плыть против течения. Лошади, быки, люди надрывались, волоча повозки. Скрипели колеса, трещал кустарник, с шумом вырывалось дыхание. Многие едва держались на ногах от усталости и голода.

С возвышения милях в двух или трех от них Эверард и Флорис наблюдали, как караван пересекает открытое пространство поляны с густой травой. Оптика приблизила картину на расстояние вытянутой руки. Они могли бы подключить слуховые датчики, но хватало и одного изображения.

Впереди всех ехал крепкий седовласый старик. Вокруг блестели латы и наконечники копий — личная охрана. Этот веселый блеск вовсе не соответствовал настроению тех, кто скрывался под шлемами. За ними несколько мальчишек гнали остатки стада тощих овец и свиней. Тут и там на повозках ехали плетеные клетки с курами или гусями. За телегой с вяленым мясом и сухим хлебом наблюдали более внимательно, чем за узлами с одеждой, инструментами и другими пожитками, — даже украшенный золотом грубый деревянный идол на своей повозке не удостаивался такого внимания. Чем могли помочь боги этому племени ампсивариев?

Эверард указал на старика впереди.

— Как ты считаешь, это их вождь Бойокал?

— Во всяком случае, так Тацит записал его имя, — ответила Флорис. — Да, конечно, он. Не многие в этом тысячелетии доживали до таких лет. Мне кажется, он и сам об этом жалеет.

— И о том, что большую часть жизни провел, служа римлянам. М-да.

Молодая женщина, почти девочка, брела с ребенком на руках. Он плакал у обнаженной груди, в которой больше не было молока. Мужчина средних лет, возможно ее отец, пользуясь копьем как посохом, шел рядом, помогая свободной рукой, когда она спотыкалась. Вне всякого сомнения, муж этой женщины лежал сраженный в десятках или сотнях миль позади них.

Эверард выпрямился в седле.

— Поехали, — резко произнес он. — Нам еще далеко до места встречи: мы сильно отклонились от маршрута. Кстати, почему ты решила завернуть сюда?

— Я подумала, что нам надо повнимательнее взглянуть на них, — объяснила Флорис. — Меня тоже угнетает такое зрелище. Но тенктеры испытали переход на своей шкуре, и надо хорошо знать все подробности, если мы надеемся понять отношение народа и Веледы к этим проблемам и то, как люди относятся к ней самой.

— Да, пожалуй. — Эверард тронул поводья, потянул за узду запасную лошадь, которая теперь везла его скромный багаж, и двинулся вниз по склону. — Впрочем, сострадание — большая редкость в этом веке. Ближайшая цивилизация, которая его практиковала, это Палестина. Но Палестину разрушат, развеют по ветру.

«Занеся таким образом семена иудаизма в Империю, и в результате родится христианство. Неудивительно, что раздоры и битвы на севере станут всего лишь примечаниями к историческим трудам».

— Верность своему племени, своему роду здесь очень сильна, — заметила Флорис, — и перед лицом римской опасности только-только зарождается ощущение родства более широкого, чем кровное.

«Угу, — вспомнил Эверард, — и ты подозреваешь, что здесь есть влияние Веледы. Вот почему мы прослеживаем ее путь во времени — надо постараться определить ее роль в истории».

Они снова въехали под покров леса. Зеленые арки изгибались высоко над ними и над тропинкой, окаймленной с обеих сторон кустарником. Бросая блики на мох и траву, пробивался сквозь листья солнечный свет. По ветвям суетливо бегали белки. Глубокую тишину нарушали птичье щебетанье и трели. Природа уже вобрала в себя агонию племени ампсивариев.

Словно яркая паутинка во тьме, протянулась между ними и Эверардом нить сочувствия. Ему нужно проехать немало, прежде чем она растянется и оборвется. Нет нужды говорить себе, что они умерли за восемнадцать сотен лет до его рождения. Сейчас они рядом, такие же настоящие, как беженцы на запад, которых он видел недалеко к востоку от этих мест в 1945 году. Но эти не найдут своевременной помощи.

Тацит, очевидно, правильно наметил общие контуры исторических событий. Ампсиварии были изгнаны из своих домов хавками[1]. Земли истощились. Людей с неэффективными методами ведения сельского хозяйства становилось все больше, и земля предков не могла прокормить их всех. Перенаселение — понятие относительное и такое же старое, как голод и войны, которые оно вызовет.

Изгнанники двинулись к устью Рейна. Они знали, что здесь есть большие свободные территории, очищенные от прежних обитателей римлянами, которые намеревались держать их в резерве для расселения выходящих в отставку воинов. Два племени фризов уже пытались занять их, но им приказали убираться. Когда же они уперлись, на них напали, многих убили, и еще больше фризов пополнили невольничьи рынки. Но ампсиварии были верными союзниками. За сорок лет до того Бойокала бросили в темницу — за то, что не присоединился к восстанию Арминия. Потом он служил под началом Тиберия и Германика, пока не оставил службу и не стал вождем своего народа. Конечно же, считал он, Рим уступит ему и его беглецам место, где можно преклонить головы.

Рим не уступил. С глазу на глаз, надеясь избежать осложнений, легат предложил Бойокалу поместье для него и его семьи. Вождь отказался от взятки:

— Да, нам нужна земля, где мы могли бы жить, а уж где помереть, у нас есть.

Он повел племя вверх по течению — к тенктерам. Перед огромным собранием народа он призвал их, бруктеров, и все племена, которые считают чрезмерным давление Империи, присоединиться к нему и объявить Риму войну.

Пока они разводили этакие квазидемократические споры по этому поводу, легат переправил свои легионы через Рейн и при-

---

[1] Х а в к и — германское племя, жившее между реками Эмс и Лаба.

грозил истребить всех, если новоприбывших не изгонят. Вторая армия подошла с севера, из Верхней Германии, и встала за спинами бруктеров. Зажатые в тиски тенктеры уговорили гостей удалиться.

«Только не строй из себя праведника. Соединенные Штаты совершат гораздо худшее предательство во Вьетнаме и по менее веским причинам».

Путь Эверарда и Флорис пролегал по узкому разбитому тракту — скорее даже тропе, выбитой ногами, копытами и колесами. Они часами следовали по его подъемам и спускам. Незаметно наблюдая с высоты или с помощью электронных помощников, выделяя главное, терпеливо сопоставляя обрывки, возможно, полезных наблюдений, Флорис заранее спланировала их маршрут. Мужчине с женщиной вдвоем путешествовать без сопровождения было довольно рискованно, хотя у тенктеров разбойные нападения случались не часто. Но так или иначе, агентам было необходимо, чтобы все видели, что они прибыли обычным способом. В случае серьезной опасности можно воспользоваться парализаторами, но это только если не будет многочисленных свидетелей, чьи рассказы могут оставить след в истории.

Пока трудностей не возникало. Все больше и больше на дороге появлялось попутчиков. Мужчины были неразговорчивы, словно погружены в заботы и мрачные мысли, — за исключением одного рослого малого с огромным животом, выдававшим в нем любителя пива. Он назвался Гундикаром, долго ехал рядом с необычной парой и всю дорогу безудержно болтал. В девятнадцатом или в двадцатом веке, подумал Эверард, он стал бы преуспевающим лавочником и завсегдатаем местной пивнушки.

— И как это вам вдвоем удалось добраться сюда невредимыми?

Патрульный выдал ему приготовленную историю:

— С трудом, друг мой. Я из ревдигнов, что живут на северных берегах Эльбы, слышал о таких? Торговал на юге. Потом война между гермундурами и хаттами... Мы ускользнули. Но кажется, я один остался в живых... товар весь пропал, вот только пожитки кое-какие... Женщина... овдовела, родни не осталось, присоединилась ко мне. Теперь пробираемся домой вдоль Рейна и по побережью моря. Надеемся, больше на неприятности не нарвемся. Слышали мы о мудрой женщине с востока... Она должна вроде бы говорить с вами, тенктерами...

— Эх, и вправду ужасные нынче времена, — вздохнул Гундикар. — Убиям на той стороне реки тоже досталось от пожаров.

По-моему, это месть богов за то, что они лижут пятки римлянам. Может быть, скоро весь их род постигнет страшная кара.

— Так вы будете драться, если легионы придут на ваши земли?

— Ну, сейчас это глупо, мы не готовы, да и сенокос на носу, сами понимаете. Но я не стыжусь признаться, мне до слез было жалко этих погорельцев. Пусть Великая Мать будет добра к ним! И я надеюсь, жрица Эдх обратится к нам со словами утешения, когда мы действительно будем нуждаться в них.

Но разговор вела по большей части Флорис. Женщина в обществе, где война обычное дело, как правило, пользуется уважением, если не полным равенством в правах с мужчиной. Она заправляет всем хозяйством, когда ее муж покидает одинокий хутор; будь то нападение соседнего племени, викингов или, позже, индейцев, она командует обороной. Больше, чем греки или евреи, германские народы верили женщинам-пророчицам, почти шаманкам, которым боги дали силу предсказывать будущее. Слава Эдх шла далеко впереди нее, и Гундикар охотно сплетничал.

— Нет, неизвестно, где она появилась в первый раз. Она прибыла сюда от херусков, а прежде, я слышал, жила некоторое время у лангобардов. Я думаю, эта ее богиня Нерха, она из ванов, а не из асов... если это не еще одно имя Матери Фрикки. Но еще говорят, Нерха в гневе страшна, как сам Тив. Болтают что-то о звезде и море, но я ничего не знаю об этом, мы тут далеко от моря... Она пришла к нам вскоре после ухода римлян. Сейчас у короля гостит, а он призывает людей, чтоб те слушали. Видимо, по ее просьбе. Хотя она и не признается в этом...

Флорис старалась вытянуть из него побольше. Все, что он расскажет, поможет ей спланировать последующие шаги поисков. Встречаться с самой Эдх агентам Патруля до поры до времени не стоило. Было бы глупо соваться к ней или вмешиваться, пока они не узнают, кто она такая и что задумала.

В конце дня они приехали в ухоженную долину с полями и пастбищами — главное поместье короля. Он был по сути своей землевладельцем и не считал зазорным присоединяться в работе к своим крестьянам, батракам и рабам. Король верховодил в совете, распоряжался сезонными жертвоприношениями, командовал на войне, но закон и традиции связывали его так же прочно, как и любого другого смертного. Его подданные, народ весьма своенравный, могли сместить его или заставить поступать как им нужно, в зависимости от общего настроения. Любой отпрыск королевского рода мог претендовать на его место, и чем больше он мог собрать воинов в свою поддержку, тем больше у него было прав.

«Неудивительно, что германцы не могут одолеть Рим, — размышлял Эверард. — И никогда не смогут. Это удастся лишь их потомкам — готам, вандалам, бургундцам, ломбардцам, саксонцам и остальным, — но то будет победа над несуществующим противником, так как Империя сгниет изнутри. А кроме того, она одолеет их еще раньше — духовно, обратив в христианство. Так что новая западная цивилизация возникнет там, где начиналась предыдущая, древняя: в Средиземноморье, а не на Рейне или на Северном море».

Мысль промелькнула в глубине сознания, лишь подтверждая то, что он уже знал, и исчезла, как только его внимание сосредоточилось на предстоящем.

Король и его домочадцы жили в длинном, крытом тростником бревенчатом здании. Амбары, сараи, несколько лачуг, где спала челядь, и другие пристройки вместе с ним образовывали квадрат. Неподалеку высилась древняя рощица — святилище, где боги принимали подношения и являли свои предзнаменования. Большинство прибывших разбило лагерь перед королевским домом, заполнив луг. Рядом на огромных кострах жарились телята и свинья, в то время как слуги разносили всем пиво в деревянных чашах или рогах. Щедрое гостеприимство было существенным элементом укрепления репутации хозяина, от которой довольно сильно зависела его жизнь.

Эверард и Флорис, стараясь не привлекать внимания, устроились на краю лагеря и смешались с толпой. Пробравшись между строениями, они смогли заглянуть во внутренний двор. Кое-как вымощенный булыжником, сейчас он был заполнен лошадьми важных гостей, которые удостоились чести остановиться в доме короля. Стояла во дворе и повозка, запряженная четырьмя белыми быками. Она весьма отличалась от других транспортных средств; была красиво и со вкусом отделана. Позади сиденья возничего сходились к крыше боковины.

— Фургон, — проговорил Эверард, — должно быть Веледы-Эдх. Интересно, спит она в нем в дороге?

— Без сомнения, — ответила Флорис. — Ей нужно сохранять достоинство и таинственность. Полагаю, там есть и образ богини.

— М-да. Гундикар упоминал о нескольких мужчинах, путешествующих с нею. Ей ни к чему вооруженная стража, если племена уважают ее настолько, насколько я полагаю, но охрана тоже производит впечатление, и, кроме того, кто-то должен выполнять черную работу. При этом статус помощников идет им на пользу: их приглашают ночевать в жилище господина наравне с его окружением и местными вождями. Ее тоже, как ты полагаешь?

— Конечно нет. Лежать на скамье среди храпящих мужчин?! Она или спит в своем фургоне, или король предоставляет ей какое-нибудь отдельное помещение.

— Как она этого добивается? Что дает ей такую власть?

— Мы и пытаемся это узнать.

Солнце скользнуло за вершины деревьев на западе. Над долиной стали сгущаться сумерки. Ветер дохнул прохладой. Теперь, после того как гости насытились, он нес только запахи дыма и лесной чащи. Порывы ветра поддерживали костры, пламя взлетало кверху, шумело, плевалось искрами. К своим гнездам возвращались вороны, стремительно проносились над головой ласточки. Изменчивые стаи перистых облаков стали пурпурными на востоке и светло-зелеными на западе. Открылась взорам дрожащая вечерняя звезда.

Зазвучали рожки. Воины прогрохотали из большого зала через двор на утоптанную площадку снаружи. В последних лучах заходящего солнца блестели наконечники копий. К ним вышел человек в богато украшенной одежде и с тяжелыми золотыми спиралями на запястьях — король. По толпе собравшихся прокатился вздох, затем все замерли в ожидании. Сердце Эверарда стучало.

Король говорил громко, суровым голосом. Эверард подумал, что в глубине души он потрясен.

— К нам издалека, — говорил король, — прибыла Эдх, о чудотворстве которой все слышали. Она хочет объявить тенктерам пророчество. Оказывая честь ей и богине в ее лице, он повелевает ближайшим жителям пересказать пророчество соседям, чтобы те передали его дальше, и так по всем его владениям. Однако в теперешние смутные времена, какие бы знамения ни посылали боги, относиться к ним нужно осторожно, взвешенно. Слова Эдх могут больно ранить, — предупредил король, — но сносить боль нужно мужественно и стойко — как если бы вам вправляли вывихнутую руку. Обдумайте значение пророчества, чтобы ясно представлять, как оно повлияет на людей и как те поступят, услышав его.

Король отступил в сторону. Две женщины — возможно, его жены — вынесли высокий, на трех ножках, стул. Эдх вышла вперед и села.

Эверард старался разглядеть ее сквозь сгущающиеся сумерки. Как бы он хотел воспользоваться своим биноклем в этом неверном свете костров! То, что он увидел, удивило его. Он был почти уверен, что она предстанет в лохмотьях. Однако одета она была хорошо; длинный, белой шерсти балахон с короткими рукавами, отороченная мехом голубая накидка, скрепленная позолоченной бронзовой брошью, легкие башмаки из тонкой кожи. Голова была обнажена, как у служанок, но длинные каштановые косы переплетали ленты из змеиных кож. Высокая, хорошо сложенная, но худая, она двигалась осторожно и как-то отрешенно. На продолговатом лице с правильными чертами горели большие глаза. Когда она открыла рот, великолепные зубы засияли белизной.

«Она такая молодая, — подумал он. — Хотя нет, ей, наверное, за тридцать. Здесь это средний возраст. Она могла уже быть бабушкой, но говорят, что никогда не выходила замуж».

Эверард на мгновение отвлекся и скользнул взглядом по человеку, сопровождавшему ее и стоявшему сейчас рядом. Вздрогнув, он узнал этого темноволосого, угрюмого, одетого в мрачные тона мужчину.

«Хайдхин. Конечно же. Только на десять лет моложе, чем когда я впервые увидел его. Хотя даже сейчас он выглядит почти таким же».

Эдх заговорила. Руки ее неподвижно лежали на коленях, а голос — хриплое контральто — оставался спокойным, хотя в нем чувствовались сталь и зимний ветер.

— Слушайте меня и запоминайте, — проговорила она, подняв глаза к вечерней звезде над их головами. — Высокородные или низкорожденные, полные сил или стоящие одной ногой в могиле, смотрящие вперед бесстрашно или опасливо, я прошу вас слушать. Когда жизнь потеряна, вам и сыновьям вашим остается только одно: ваше доброе имя. Доблестных дел никто не забудет, они навечно останутся в памяти людей; ночь и забвение — удел малодушных! Не принесут боги добра предателям, не милость, а гнев обрушат на ленивых. Кто боится драться — теряет свободу, будет ползать он на коленях, собирая крохи, и дети его обречены на позор и нищету. Женщины его беспомощно будут плакать, обесчещенные врагом. И эти несчастья — справедливая кара. Лучше бы дотла сгореть его дому. Но тот, кто хочет стать героем, будет бить врагов, пока не падет сраженным и не будет взят на небо.

В небесах грохочут копыта. Летят молнии, сверкают копья. Вся земля содрогается от гнева. Морской прибой разрушает берега. Ныне Нерха ни за что не станет терпеть бесчестье. В гневе выйдет она, чтобы усмирить Рим, боги войны пойдут вместе с нею, и вороны и волки...

Она перечислила все переносимые унижения, поборы, неотомщенные смерти. Ледяным тоном она хлестала тенктеров за уступки захватчикам и глухоту к призывам единокровных племен. Да, на первый взгляд, у них не было выбора, но в конечном счете они выбрали позор. Сколько бы они ни приносили жертв в святилищах, это не вернет им чести. Расплатиться им предстоит неисчислимыми бедами. И повинен во всем Рим.

— Но настанет день... Ждите, когда поднимется кровавое солнце, и будьте готовы.

Позже, прослушивая запись, Эверард и Флорис вновь ощутили магию заклинаний. В первый раз их тоже охватил эмоциональный порыв, чувство единения с орущей и потрясающей оружием толпой.

— Массовый гипноз, — сказала Флорис.

— Скорее всего, именно так, — ответил Эверард. — Власть над людьми — это дар. В настоящем лидерстве всегда есть доля таинственности, что-то сверхчеловеческое... Но я не удивлюсь, если, ко всему прочему, и сам поток времени не влечет ее за собой, помогая и подталкивая.

— Переместимся на север к бруктерам, где она обоснуется, а уж тогда...

Что касается ампсивариев, они странствовали год за годом, иногда на короткое время находя пристанище, но чаще их изгоняли, пока, по свидетельству Тацита, «все их юноши не были убиты в чужих землях, а тех, кто не мог сражаться, не забрали в рабство».

Часть II

С востока, оставляя за спиной утро, двигались асы в мир. Ветер вздымал в небо искры из-под колес повозок, которые так гремели, что сотрясались горы. Лошади оставляли дымящиеся черные отпечатки огненных копыт. Стрелы асов затмевали свет. Звук боевых рогов пробуждал в людях жажду убийства.

Против пришельцев выступили ваны. Впереди, верхом на своем быке и с Живым Мечом в руке ехал Фрох. Ветер терзал море, пока пенные волны не взметнулись к подножию луны, и она скрылась с небосклона. Над волнами в своем корабле прибыла Найэрда. Правой рукой она управляла кораблем с помощью Древесной Секиры вместо весла. С левой руки она спускала орлов — кричать, клевать и терзать. Над бровью ее горела звезда, белая, как сердце пламени.

Так боги шли войной друг на друга, а с дальнего севера и дальнего юга смотрели ётуны и обсуждали, как такая битва может расчистить для них путь. Но птицы Вотана все видели и предупредили его. Голова Мима услышала и предупредила Фроха. И тогда боги объявили перемирие, обменялись заложниками и провели совет.

Помирившись, они поделили мир между собой, устроили свадьбы и стали принадлежать друг другу: ас вану — отец матери, колдун жене, а ван асу — охотница кузнецу, ведьма воину. Именем тех, кого они повесили, именем тех, кого утопили, собственной смешанной кровью клялись они сохранять нерушимым мир до Судного дня.

Потом возвели они стены для собственной защиты — деревянный частокол на севере, гору острых камней на юге — и приняли власть надо всем, что подчиняется Закону.

Но один из асов, Леоказ Вор, наполовину ётун, остался недоволен. Он жаждал возврата старых, диких времен и жалел, что с ним теперь мало кто считается. Наконец он улизнул незамеченным и добрался до южной стены из камня. Наслав сонное заклятие на стражу у ворот, он забрал из тайника ключ и проник в Железную Страну. Вступив в сделку с ее властителями, он получил копье Летнего Проклятия, и отдал им ключ.

Так Железные Владыки проникли в земной мир. Их войско промчалось, неся рабство и смерть. Запад первым узнал их силу, и солнце часто садилось в озера крови.

Но гигант Хоэдх направился на север, думая достичь Страны Морозов и заручиться там поддержкой ётунов. На своем пути он делал все, что хотел; с лугов забирал коров, расшвыривал дома по бревнышку в поисках хлеба, сеял огонь и убивал людей ради развлечения. Весь путь его был отмечен развалинами.

Он достиг берега моря и заметил вдалеке Найэрду. Та беззаботно сидела на камне, расчесывая волосы. Локоны сверкали золотом, а груди казались словно белый снег, когда на нем лежат голубые тени. Вспыхнуло в нем желание. Бесшумно, несмотря на свои размеры, Хоэдх подкрадывался все ближе, потом вскочил и схватил ее. Поскольку она сопротивлялась, он ударил ее головой о скалу и лишил сознания. Здесь, среди прибоя, Хоэдх овладел ею.

Хотя прилив был небольшой, вода поднялась над скалой, чтобы скрыть позор. От того многие корабли погибли, и волны несли мореходов. Но это не уменьшило ярости и горя Найэрды.

Очнувшись снова в одиночестве, она поднялась с диким криком и на крыльях шторма ринулась в свой дом за горизонтом.

— Куда он ушел? — закричала она.

— Мы не знаем, — зарыдали ее дочери, — но только он ушел от моря.

— Месть последует за ним, — произнесла Найэрда.

Она вернулась на сушу и направилась в жилище, которое делила с Фрохом, чтобы уговорить его помочь ей. Но была весна, и он ушел пробуждать растения к жизни. Ей тоже полагалось помогать, и потому она не могла потребовать себе быка Землевержца, хотя имела на это право.

Тогда Найэрда призвала своего старшего сына и превратила его в высокого черного скакуна. Оседлав его, она направилась к асам. Вотан снабдил ее бьющим без промаха копьем, Тивас отдал свой Шлем Ужаса. Она отправилась по следу Хоэдха. Год наступил засушливый, когда Найэрда покинула Фроха и свое море.

Хоэдх слышал, как она идет по его следу. Он поднялся на гору и приготовил свою дубину. Настала ночь. Взошла луна. В ее сиянье он издалека увидел копье, шлем и оскал зловещего жеребца. Сердце его ушло в пятки, и он рванулся на запад. Бежал он так быстро, что Найэрда едва удерживала его в поле зрения.

Хоэдх добрался до своих друзей, Железных Владык, и взмолился о помощи. Щит к щиту встали они впереди него. Найэрда метнула копье поверх голов и пронзила врага. Кровь его затопила долины.

Она отправилась домой, все еще гневаясь на Фроха за нарушенное им обещание.

— Я буду брать быка когда захочу, а ты еще пожалеешь об этом, когда он потребуется тебе в роковой день.

Он тоже рассердился на нее — за то, что она сделала с их сыном. Они расстались.

Накануне Средизимья она родила отпрысков Хоэдха, девять сыновей, и превратила их в собак, таких же черных, как скакун.

Тонар Громовержец подъехал к дому Найэрды.

— Фрох оставил свою сестру, а ты брата, чтобы вам двоим быть вместе, — произнес он. — Если вы не сойдетесь, жизнь умрет и на земле, и в море. Чем тогда кормиться богам?

Весной неохотно вернулась Найэрда к мужу. Осенью она снова покинула его, как это бывало раньше.

— Леоказ нарушил данную нами клятву, — сказал ей

Вотан. — С этих пор мир никогда не будет знать покоя. И нам опять нужно мое копье.

— Я верну его, — ответила Найэрда, — если ты обещаешь дать его мне, а Тивас — свой шлем, когда я выйду на охоту.

Поток унес копье в море. Долго металась Найэрда в поисках. Много есть рассказов о странной женщине, что приходит то в одну страну, то в другую. Тем, кто привечал ее, она помогала: излечивала их раны, исправляла уродства, предупреждала о грядущих бедах. Еще она посылала женщин бродить по земле и делать то же, что она, в ее честь и по ее заветам. В конце концов она нашла копье, плывущее под вечерней звездой.

Но мстительность не покидает ее. При смене времен года, а порой и когда угодно, сердце ее холодеет при воспоминании об унижении, и она идет куда глаза глядят. На коне, в окружении собачьей своры, в шлеме и с поднятым копьем, она несется с ночным ветром, набрасываясь на Железных Владык, разметая призраки злодеев и принося несчастье врагам тех, кто почитает ее. Страшно это — услышать шум и гам в небе, рев горна и стук копыт — звуки Дикой Охоты. Но мужчин, что поднимут оружие против ее врагов, непременно ждет ее благословение.

Глава 11

49 год от Рождества Христова.

На западе от Эльбы, южнее того места, где однажды возникнет Гамбург, раскинулись владения лангобардов. Столетия спустя их потомки завершат длительную миграцию, захватив северную Италию, и создадут королевство, ставшее известным как Ломбардийское. Однако сейчас они были всего лишь одним из германских племен, хотя и достаточно могучим, чтобы нанести римлянам много жесточайших ударов в Тевтобургском лесу. Позднее их топоры разрешили спор, кому быть королем у их соседей херусков. Богатые, высокомерные, они вели торговлю и разносили новости от Рейна до Вистулы, от кимвров в Ютландии до квадиев на Дунае. Флорис решила, что им с Эверардом нельзя просто так въехать и объявить себя бедствующими путешественниками из каких-либо других мест. Такое удавалось в 60—70-е годы среди народов западных земель, связанных с Римом военными, служебными, иными делами больше, чем с восточными племенами. Сейчас же риск совершить ошибку был слишком велик.

Здесь в это время находилась Эдх, странствовавшая уже два года. Здесь должны находиться ключи к тайне ее происхождения, здесь скорее всего удастся получить возможность лучше изучить влияние Веледы на народы, через территорию которых пролегал ее маршрут.

К счастью — но, конечно, не случайно — один этнограф был резидентом Патруля в этих местах, как Флорис среди фризов. Патрулю понадобились некоторые сведения о жизни в Центральной Европе первого века, и здесь оказалось наиболее подходящее место для наблюдений.

Йенс Ульструп прибыл сюда больше десяти лет назад. Он выдал себя за домара, из местности, что в будущем станет норвежским Бергеном — терра инкогнита для привязанных к своей земле лангобардов. Семейная вражда вынудила его покинуть родные места. Он отправился в Ютландию: к тому времени южные скандинавы уже научились строить довольно большие суда. Дальше он двигался на своих двоих, зарабатывая на хлеб и ночлег песнями и стихами. По обычаю король награждал сочинителя понравившихся ему стихов золотом и приглашением погостить. Домар вложил деньги в торговлю, на удивление быстро получил прибыль и в должное время купил собственный дом. Его торговые интересы и любознательность, естественная для менестреля, служили оправданием частых и длительных отлучек. Многие его поездки и в самом деле совершались в другие земли этой же эпохи, хотя он мог бы посетить их с помощью темпороллера.

Удалившись туда, где его никто не мог увидеть, он вызвал из тайника машину времени. Мгновение спустя, но несколькими днями раньше, он оказался в лагере Эверарда и Флорис. Они обосновались далеко на севере, в необитаемом районе — американцы назвали бы его ДМЗ, демилитаризованная зона, — между землями лангобардов и хавков.

С утеса, скрытого за деревьями, они смотрели в сторону реки. Она широко растеклась между темно-зелеными берегами; шелестел тростник, квакали лягушки, серебром всплескивалась рыба, водяные птицы в бесчисленном множестве суетливо летали над рекой; иной раз у противоположного, суаринианского, берега появлялись в лодках рыбаки.

— Мы вряд ли влияем на здешнюю жизнь, — говорила Флорис. — Не больше, чем бестелесные духи.

Но вот появился Ульструп, и они вскочили на ноги. Гибкий светловолосый мужчина, он выглядел таким же варваром, как и они. Нет, он, конечно, явился не в килте из медвежьей шкуры. Напротив, его рубашка, плащ и штаны были из хорошей ткани,

432

ладно скроенные, искусно сшитые. Золотую брошь, что сверкала у него на груди, едва ли одобрили бы эллины, но и она выглядела неплохо. Волосы Ульструпа были расчесаны и собраны в узел с правой стороны, усы подстрижены, а на подбородке чернела щетина, но лишь потому, что до «Жиллеттов» здесь еще не додумались.

— Что вы обнаружили? — воскликнула Флорис.

По тому, как Ульструп улыбнулся, стало ясно, насколько он устал.

— Долго придется рассказывать, — ответил он.

— Дай человеку отдышаться, — вмешался Эверард. — Садитесь сюда. — Он показал на мшистое бревно. — Хотите кофе? Свежий.

— Кофе, — блаженно закатил глаза Ульструп. — Я часто пью его во сне.

«Странно, — подумал Эверард, — что нам троим приходится говорить на английском языке двадцатого века. Хотя нет. Он ведь тоже наш современник. Некоторое время английский будет играть примерно такую же роль, как теперь латинский. Но не так долго».

Они перекинулись несколькими фразами, прежде чем Ульструп посерьезнел. Взгляд его, остановившийся на коллегах, напоминал взгляд загнанного в ловушку животного. Тщательно подбирая слова, он заговорил:

— Да. Полагаю, что вы правы. Это что-то уникальное. Я могу подтвердить, что возможные последствия пугают меня; у меня нет опыта наблюдений вариантной реальности, равно как и ее изучения.

Я уже говорил вам раньше, что слышал рассказы о бродячей прорицательнице, но не обращал на них внимания. Такое явление... ну, не совсем обычно для этой культуры, но в общем-то встречается. Меня больше заботила предстоящая гражданская война между херусками, и, честно говоря, ваше распоряжение заняться этой женщиной, чужестранкой, было очень некстати. Агент Флорис, агент Эверард, приношу свои извинения. Но я встретился с ней. Слушал ее речи, подолгу разговаривал с теми, кто ее окружает. Моя жена-лангобардийка пересказывала мне женские сплетни о ней.

Вы упомянули о значительном влиянии Эдх на западные племена. Подозреваю, вы не в курсе, насколько сильно оно здесь и как быстро возрастает. Она прибыла в неказистой повозке. По слухам, ей дали эту повозку лемовии после того, как она пришла к ним пешком. Уедет она отсюда в прекрасном фургоне, изготовленном по приказу короля и запряженном его лучшими быками. Эдх прибыла в сопровождении четырех мужчин. Уезжать собирается с дюжиной. Она могла бы иметь гораздо больше — и женщин тоже, — но выбрала нескольких и ограничилась этим, видимо, из соображений практичности. Думаю, не обошлось без советов Хайдхина, которого вы тоже упоминали... И вот еще что. Я видел гордых молодых воинов, готовых бросить все и следовать за ней в качестве слуг. Видел, как тряслись у них губы и как они едва сдерживали слезы, когда Эдх им отказала.

— Как она этого добивается? — прошептал Эверард.

— Миф, — высказалась Флорис. — Верно?

— Как вы догадались? — удивился Ульструп.

— Я ее слушала дальше во времени и хорошо знаю, чем можно пронять фризов. Не могут они уж слишком отличаться от восточных собратьев.

— Да. Вероятно. Различаются они не более, чем, скажем, немцы и голландцы в наше время. Конечно, Эдх не проповедует новую религию. Это выше языческого миропонимания. Я готов предположить, что ее идеи эволюционируют по мере ее продвижения вперед. Она не добавляет новых богов, нет, но ее богиня известна большинству германских племен. Здесь ее называют Найэрда. В какой-то степени она соответствует германской богине плодородия Нертус, как описывает этот культ Тацит. Вы помните?

Эверард кивнул. В «Германии» было описание крытой, запряженной быками повозки, что каждый год возила изображение богини по стране. В этот период войны откладывались, и наступало время земледельческих ритуалов. После того как богиня возвращалась в свою рощу, идола относили к уединенному озеру, рабы отмывали его и их почти сразу же топили. Никто не спрашивал, что это за церемония такая, что ее можно наблюдать только перед смертью.

— Довольно мрачный обычай, — сказал он.

Этот культ никак не отражался в легендах неоязычников его собственной эпохи о доисторических временах благословенного матриархата.

— У них и жизнь довольно мрачная, — заметила Флорис.

В Ульструпе проснулся ученый.

— Это явно одна из фигур хтонического пантеона, ван, — произнес он. — Их культ возник до появления индоевропейцев в этих краях. Они принесли с собой черты воинственности и придали мужественность небесным богам, асам. Смутные воспоминания о конфликтах культур сохранились в мифах о войнах между двумя божественными расами, которые в конце концов закончились торговлей и взаимными браками. Нертус-Найэрда все еще остается женственной. Веками позже она обратится в бога мужского пола — эддического[1] бога Ньёрда — отца Фрейи и Фрейра, который сегодня все еще ее муж. Ньёрд станет морским богом, так как Нертус связана с морем, хотя одновременно она еще и богиня земледелия.

Флорис коснулась руки Эверарда.

— Ты что-то вдруг помрачнел, — проговорила она.

— Извини. — Он встряхнулся. — Я отвлекся. Вспомнил эпизод, который еще случится у готов. Он связан с их богами. Но это всего лишь маленькое завихрение в потоке времени, незаметное ни для кого, кроме его участников. Тут другое. Не могу объяснить, но нутром чувствую.

Флорис повернулась к Ульструпу.

— Так что же все-таки проповедует Эдх? — спросила она.

— Проповедует. — Он поежился. — Пугающее слово. Язычники не проповедуют — по крайней мере, язычники-германцы. А христианство в этот момент не больше чем преследуемая еврейская ересь. Нет, Эдх не отрицает Вотана с компанией. Она просто рассказывает новые истории о Найэрде и ее могуществе. Но не все так просто в том, как их воспринимают. Однако... судя по настойчивости и ораторскому искусству... да, действительно, можно сказать, она произносит проповеди. Эти племена не знали прежде ничего подобного. У них нет иммунитета. Вот почему они с такой готовностью восприняли христианство, когда сюда добрались миссионеры. — Как бы в оправдание, тон его стал суше. — Хотя, конечно же, кроме этого возникнут и экономические, и политические предпосылки для обращения в новую веру, которые, без сомнения, решают дело в большинстве случаев. Эдх не предлагает ничего такого, если не считать ее ненависти к Риму и пророчеств о его падении.

Эверард потер подбородок.

— Выходит, она как бы изобрела проповедь, и речи ее проникнуты религиозным рвением... Сама по себе, — сказал он. — Но как это случилось? Почему?

— Надо выяснить, — подытожила Флорис.

— А что за новые мифы? — поинтересовался Эверард.

Ульструп задумчиво посмотрел вдаль.

— Пересказывать все, что я слышал, слишком долго. Они в

---

[1] Эддический — от Эдды, памятника древнескандинавской эпической литературы.

зачаточном состоянии, без всякой теологической системы, как вы понимаете. Думаю, они не исчерпываются теми, что я услышал из ее уст или от рассказчиков. Во всяком случае, я не слышал их развития с течением времени. Но если обобщить... Она нигде не утверждает этого прямо, возможно, даже сама еще не осознает, но Эдх превращает свою богиню в существо могучее и... и всеобъемлющее. Найэрда не отбирает власть над мертвыми у Вотана, но она так же, как он, принимает их в своем доме и ведет на охоту через небесную твердь. Она становится такой же богиней войны, как Тивас, и требует уничтожения Рима. Как и Тонар, она распоряжается стихиями, погодой, штормами, равно как и морями, реками, озерами — всей водой. Ей принадлежит луна...

— Геката...[1] — пробормотал Эверард.

— И при этом она сохраняет свою древнюю привилегию — даровать жизнь, — продолжил Ульструп. — Женщины, которые умирают при родах, отправляются к ней, как павшие воины к эддическому Одину.

— Это должно привлекать женщин, — отметила Флорис.

— И привлекает, — согласился Ульструп. — Не то чтобы у них возникла отдельная вера — тайные культы и секты неизвестны германцам, — но они питают склонность к собственным обрядам.

Эверард прошелся от края до края узкой поляны, ударяя кулаком в ладонь.

— Да, — произнес он. — Это сыграло свою роль в распространении христианства и на юге, и на севере. Христианство давало женщинам больше, чем любое язычество, больше, чем Великая Мать. Они не могли обратить в новую веру своих мужей, но на детей они повлияли, это уж точно.

— Мужчины тоже могут поддаться, — обратился Ульструп к Флорис. — Вам в голову пришло то же, что и мне?

— Да, — ответила она не совсем уверенно. — Это могло случиться: Тацит «второй»... Веледа вернулась в свободную Германию после поражения Цивилиса, продолжая выполнять свою миссию, и новая религия распространилась среди варваров. Она могла оформиться и укрепиться после ее смерти. Никакой альтернативы не было. Она, конечно, не могла принять форму монотеизма[2] или чего-то подобного. Но богиня могла стать верховной фигурой, вокруг которой собрались все остальные. В духов-

---

[1] Геката — богиня Ночи в греческой мифологии.

[2] Монотеизм — религия, признающая, в отличие от политеизма, единого Бога.

ном плане она могла дать людям столько же, или почти столько же, как христианство. Немногие бы тогда присоединились к нынешней церкви.

— Тем более если для этого не будет политических причин, — добавил Эверард. — Я наблюдал подобный процесс у скандинавских викингов, где крещение стало входным билетом в цивилизацию со всеми ее культурными и экономическими преимуществами. Но рухнувшая западная Римская империя не будет выглядеть привлекательно, а Византия слишком далеко.

— Верно, — подтвердил Ульструп. — Вера в Нертус может стать идеологической основой германской цивилизации — не варварства, а цивилизации, хотя и бурной, у которой достаточно внутренних сил, чтобы сопротивляться христианству, как это будет в зороастрийской[1] Персии. Они и сейчас уже не дикари, как вы знаете. Они знакомы с внешним миром, взаимодействуют с ним. Когда лангобарды вмешались в ссоры херусских династий, они восстановили на троне короля, которого свергли за то, что он ориентировался на римлян и был ставленником Рима. Это был хитрый ход. Торговля с югом год от года возрастала. Римские или галло-римские корабли иной раз добирались даже до Скандинавии. Археологи нашего времени будут говорить о римском железном веке, за которым последовал германский железный век. Да, они учатся, эти варвары. Они принимают все, что считают полезным. Из этого вовсе не следует, что они сами должны подвергнуться ассимиляции. — И продолжил упавшим голосом: — Но если этого не произойдет, будущее изменится, и «наш» двадцатый век исчезнет.

— Такой вариант развития событий мы и стараемся предотвратить, — жестко сказал Эверард.

Наступило молчание. Убаюкивающе шептал ветер, шелестела листва, солнечный свет играл на речной глади. Безмятежность природы казалась нереальной.

— Но нам нужно узнать, каким образом и когда началось такое отклонение, прежде чем мы сможем что-нибудь сделать, — продолжал Эверард. — Ты выяснил, откуда Веледа родом?

— Боюсь, что нет, — признался Ульструп. — Плохие средства сообщения, огромные дикие пространства. Эдх отказывается говорить о своем прошлом, ее компаньон Хайдхин тоже. Может быть, он чувствовал себя спокойнее спустя двадцать один год,

---

[1] З о р о а с т р, или Заратуштра (между 10-м и первой половиной 6 в. до н. э.), — пророк и реформатор древнеиранской религии, получившей название зороастризм.

когда говорил вам об альварингах, хотя, кто они такие, я не знаю, но и тогда, мне кажется, опасно расспрашивать его о подробностях, а сейчас от них вообще ничего не добьешься. Тем не менее я слышал, что впервые она появилась у ругиев на Балтийском побережье пять или шесть лет назад — точнее я определить не смог. Говорят, она прибыла на корабле, как и подобает богине в соответствии с пророчеством. Это, а также акцент, указывает на ее скандинавское происхождение. Извините, но больше я ничего не могу добавить.

— Пригодятся и эти сведения, — отозвался Эверард. — Вы неплохо поработали. Приборы и терпение — и кое-какие расспросы на месте помогут нам вычислить время и место ее высадки.

— И тогда... — Флорис умолкла, устремив взгляд поверх реки и леса за ней, на север, в сторону невидимого морского побережья.

Глава 12

43 год от Рождества Христова.

Справа и слева простирался берег, песок наползал на дюны, поросшие чахлой травой, и так — насколько хватало взгляда. Водоросли, чешуя, кости рыб и птиц лежали вперемешку на темной полоске чуть ниже верхней линии прибоя. На волнах качались несколько чаек. Ветер пронизывал холодной сыростью, неся с собой вкус соли и запах морских глубин. Волны омывали низкий берег, с шипением отступая назад и снова возвращаясь, каждый раз немного выше, чем прежде. Дальше от берега они перекатывались крепкими водяными валами и с глухим шумом неслись до самого горизонта, сливавшегося с небом. Темной завесой мчались по небу обрывки облаков. Оно как бы давило на мир, это небо, огромное, как море. Дождь уходил на запад.

На суше вокруг маленьких озер качалась осока, зелень которой была единственным светлым пятном вокруг. Вдалеке чернел лес. Сквозь болото к берегу пробивался ручей. Местные жители, несомненно, использовали его для спуска на воду своих лодок. Их деревушка располагалась в миле от берега: под торфяными крышами горбилось несколько глинобитных хижин. Над трубами вился дымок. Больше ничто не двигалось.

Появившийся внезапно корабль внес оживление. Красивый корабль — длинный и стройный, обшитый внакрой, с высокими кормой и носом, без мачт, — он быстро перемещался, движимый пятнадцатью парами весел. Штормами изрядно побило красную краску, которой он был выкрашен, но дуб оставался прочным. По приказу рулевого команда подогнала корабль к берегу, люди попрыгали с бортов и подтянули судно на сушу.

Эверард вышел навстречу. Люди с корабля ждали его в напряженной готовности. Стоящие впереди могли видеть, что с ним никого нет. Эверард подошел ближе и воткнул древко копья в песок.

— Приветствую вас, — произнес он.

Седой человек со шрамами — должно быть, капитан — спросил:

— Ты из той деревни?

Диалект, на котором он задал вопрос, было бы трудно понять, если бы Эверард и Флорис не впитали его на уровне подсознания при помощи гипнопедии. Вернее, они выучили датский, каким он будет четыре века спустя. Но ничего ближе в каталогах не оказалось. К счастью, ранние нордические языки изменялись медленно. Тем не менее агенты не могли надеяться сойти за земляков ни тех, кто прибыл на корабле, ни местных жителей.

— Нет, я путник. Задержался здесь в поисках ночлега. Я заметил корабль и решил первым услышать ваши рассказы. Это лучше всяких местных баек. Меня зовут Маринг.

Обычно патрульный представлялся Эверардом. Это имя звучало примерно одинаково на разных языках, но ему придется воспользоваться им в будущем при встрече с Хайдхином, с которым он надеялся поговорить сегодня. Эверард не хотел подвергаться риску быть узнанным после — еще один прокол в реальности с непредвиденными последствиями. Флорис предложила маскировку под германца-южанина. Она помогла ему приладить пышный русый парик и накладную бороду вкупе с примечательным носом, который будет отвлекать внимание от всего остального. Учитывая человеческую забывчивость и долгие годы до следующей их встречи, можно было рассчитывать на успех.

Губы моряка скривились в улыбке.

— А я Вагнио, сын Тузевара из деревни Хайриу, что в землях альварингов. Откуда прибыл ты?

— Издалека. — Патрульный ткнул пальцем в сторону деревеньки. — Они что, прячутся за стенами? Боятся вас, что ли?

Вагнио пожал плечами.

— Откуда им знать, может быть, мы грабители какие. Сюда мало кто приплывает. Да и мы высадились...

Эверард уже все знал. С темпороллера он и Флорис давно наблюдали за кораблем, определив, что только на этом есть женщина. Прыжок в будущее показал, где она должна остановиться.

Прыжок обратно в прошлое приблизил его к цели. Флорис осталась за облаками. Объяснять ее присутствие было бы слишком хлопотно.

— ...только чтобы переночевать, — говорил Вагнио, — и утром наполнить бурдюки водой. А потом — вдоль берега на запад к англам с товаром для большой ярмарки, которую они проводят в это время года. Эти, если захотят, могут прийти, а нет, так мы оставим их в покое. У них и взять-то нечего.

— А сами они разве не годятся для невольничьего рынка? — Такой вопрос был омерзителен для Эверарда, но совершенно естествен для этого века.

— Нет, они убегут, как только увидят, что мы направляемся к ним, и уведут с собой всю живность. Вот почему они строятся на таком расстоянии от моря. — Вагнио прищурился. — А ты, должно быть, из сухопутных крыс, раз не соображаешь этого?

— Да, из маркоманов. — Племя это жило достаточно далеко, примерно там, где в двадцатом веке находится западная Чехословакия. — А вы, часом, не из Скании?

— Нет. Альваринги занимают половину острова неподалеку от геатишского берега. Оставайся на ночь с нами, Маринг, и мы обменяемся рассказами... Куда это ты уставился?

Моряки собрались вокруг, жадные до новостей. В основном рослые блондины. Они топтались на месте, заслоняя от патрульного корабль, пока двое из них наконец не передвинулись. Через открывшееся свободное пространство Эверард увидел, как гибкий юноша спрыгнул с борта на берег. Затем он поднял руки и помог сойти женщине.

Веледа! Безусловно. «Я узнал бы это лицо, эти глаза даже на дне океана, сотворенного ее богиней». Но как молода она сейчас! Девушка-подросток, тонкая как лоза. Ветер трепал распущенные каштановые волосы и юбку до лодыжек. С расстояния в десять или пятнадцать ярдов Эверарду показалось, что он увидел... но что? Взгляд, устремленный вдаль, губы, внезапно дрогнувшие или что-то прошептавшие, — горе, потерянность, мечту? Он не мог с уверенностью сказать.

Конечно же, она не проявила никакого интереса к нему. Эверард не понял даже, заметила ли она его вообще. Бледное лицо повернулось в другую сторону. Она отрывисто заговорила со своим темноволосым спутником, и они пошли вдоль берега прочь от корабля.

— А, на нее, — понял наконец Вагнио. На его лице застыло замешательство. — Странная парочка, эти двое.

— Кто они? — спросил Эверард. Тоже естественный вопрос — еще никто не слышал, чтобы женщина пересекала море иначе как пленница. В свое время захватчики с берегов Ютландии и Фрисландии переправят свои семьи в Британию, но произойдет это спустя века.

Хотя, может быть, скандинавы брали иногда своих женщин в морские походы даже в эти века... Эверард, правда, не располагал такой информацией. Эти земли в данный период истории вообще были изучены слабо: считалось, что происходящее здесь едва ли может повлиять на судьбы мира до начала Великого переселения народов. Но вот ведь...

— Эдх, дочь Хлавагаста, и Хайдхин, сын Видухада, — произнес Вагнио, и Эверард отметил, что ее он назвал первой. — Они заплатили за переезд, но не собираются торговать вместе с нами. В самом деле, ей совсем не нужна ярмарка, она хочет, чтобы мы высадили ее — их — где-нибудь по дороге. Она пока не сказала, где именно.

— Давайте лучше готовиться к ночи, хозяин, — вмешался какой-то моряк. Раздались и другие голоса в поддержку.

До наступления темноты оставалось еще несколько часов, и дождь вроде бы не собирался повернуть в эту сторону. «Они просто не хотят говорить о ней, — понял Эверард. — Они ничего не имеют против нее, в этом я уверен, но в ней, да, есть что-то странное».

Вагнио быстро согласился с предложением.

Эверард предложил помощь в обустройстве. Предельно вежливо — ибо гость священен — капитан все же выразил сомнение в том, что от человека, не сведущего в морском деле, может быть какая-то польза, и Эверард направился в ту сторону, куда пошли Эдх и Хайдхин.

Они остановились далеко впереди. Кажется, заспорили о чем-то. Она сделала жест, на удивление непреклонный для такой тросточки. Хайдхин развернулся и направился обратно длинными быстрыми шагами. Эдх пошла дальше.

— Вот подходящий случай, — проговорил Эверард. — Попробую разговорить мальчишку.

— Соблюдай осторожность, — ответила Флорис. — Мне кажется, он расстроен.

— Да, но попытаться все равно стоит, не так ли?

Ради этого, собственно, они и организовали встречу вместо того, чтобы просто проследить путь корабля назад во времени. Они не могли решиться с наскока вторгнуться в события, которые, вполне возможно, являются источником нестабильности и способны изменить будущее. Здесь же, они надеялись, будет возможность узнать что-нибудь заранее.

Хайдхин резко остановился, хмуро глядя на незнакомца. Тоже всего лишь подросток, возможно, только на год-два старше Эдх. В эту эпоху он считался уже взрослым, но был все еще нескладен, не сформировался окончательно. Резкие черты лица оттенял юношеский пушок на щеках. На нем была плотная шерстяная накидка, пахучая в сыром воздухе, и башмаки в разводах от соли. Сбоку висел меч.

— Привет, — дружелюбно произнес Эверард. Он был уже близок к цели, и у него по затылку побежали мурашки.

— Привет, — буркнул Хайдхин. Подобная неприветливость считалась бы естественной для его возраста в Америке двадцатого века. Здесь она могла спровоцировать вполне реальную стычку. — Что тебе надо? — Он подождал секунду и резко добавил: — Не подходи к женщине. Ей нужно побыть одной.

— Не опасно ли это для нее? — спросил Эверард. Еще один естественный вопрос.

— Она не уйдет далеко и вернется до наступления темноты. Кроме того... — Хайдхин снова онемел. Казалось, он боролся с собой. Эверард ждал, что юношеское желание казаться важным и таинственным возобладает над осторожностью. И он услышал почти пугающую своей прямотой фразу: — Кто посягнет на нее, испытает страдания, худшие, чем смерть. Она избрана богиней!

Неужто ветер и в самом деле в это мгновение дохнул холодом? Или показалось?

— Выходит, ты ее хорошо знаешь?

— Я... сопровождаю ее.

— Куда?

— Зачем тебе знать? — вспыхнул Хайдхин. — Оставь меня в покое!

— Успокойся, друг, успокойся, — произнес Эверард. Ему помогали рост и зрелость. — Мне просто интересно, я из других краев. Рад был бы услышать побольше об... Эдх, так ее назвал корабельщик? А ты Хайдхин, я знаю.

В юноше пробудилось любопытство, и он слегка расслабился.

— Кто ты? Мы тебя еще с корабля заметили.

— Я путник. Маринг из рода маркоманов. Небось никогда и не слышал про такой народ? Вечером, если захочешь, приходи слушать мой рассказ.

— Куда направляешься?

— Куда судьба забросит.

Мгновение Хайдхин стоял неподвижно. Шумел прибой. Кричали чайки.

— А может быть, тебя сюда подослали? — выдохнул он.

Пульс Эверарда участился. Усилием воли он заставил себя говорить обычным тоном.

— Кто мог меня подослать и зачем?

— Посмотри сам, — выпалил Хайдхин. — Эдх идет туда, куда отправляет ее Найэрда снами и знамениями. Теперь ей кажется, что она должна покинуть корабль и двинуться в глубь страны. Я пытался убедить ее, что это жалкая страна с далеко разбросанными друг от друга поселениями и здесь можно угодить в руки разбойников. Но она... — Он проглотил комок в горле. — Вроде бы ее должна защищать богиня. — Вера вступила в противоречие со здравым смыслом и нашла компромисс. — Но если бы второй воин пошел вместе с...

— О, великолепно! — раздался голос Флорис.

— Не знаю, насколько хорошо я смогу сыграть роль посланца судьбы, — предупредил ее Эверард.

— По крайней мере ты сможешь втянуть его в разговор.

— Постараюсь, — ответил он и снова заговорил с Хайдхином: — Для меня это неожиданно, как ты понимаешь. Но можно обсудить. У меня сейчас никаких дел; похоже, и у тебя тоже. Пройдемся по берегу, и ты расскажешь мне о себе и Эдх.

Юноша уставился себе под ноги. Он кусал губы, краснел, бледнел, снова краснел.

— Не так-то это легко, как ты думаешь, — выдавил он.

— Но должен же я хоть что-то знать, прежде чем давать обещания, а? — Эверард хлопнул сникшего парня по плечу. — Не торопись, успокойся, но все-таки расскажи.

— Эдх... Она должна... Она решит...

— Что в ней такого, что заставляет тебя, мужчину, ожидать ее приказов? — «Прояви уважение». — Она что, жрица, эта девчонка? Великое дело было бы, коли так.

Хайдхин поднял на него взгляд. Он дрожал.

— Это так и даже больше. Богиня явилась ей, и теперь она принадлежит Найэрде и должна нести по миру весть о ее проклятии.

— Что? А на кого богиня гневается?

— На римский народ!

— О, чем они могли провиниться? — «В этих-то забытых богом местах».

— Они... они... Нет, говорить об этом рано. Дождись встречи с ней. Она просветит тебя, насколько посчитает нужным.

— Знаешь, ты многого от меня хочешь, — резонно возразил Эверард, как поступил бы любой настоящий бродяга. — Ты ничего не рассказал о прошлых делах, ни слова о том, куда держите путь и почему, а хочешь, чтобы я опекал, рискуя жизнью, девицу, которая возбудит желание в любом грабителе и алчность в любом работор...

Хайдхин вскрикнул и выхватил меч.

— Как ты смеешь!

Лезвие устремилось вниз, но отработанные рефлексы спасли Эверарда. Он проворно выставил древко копья и блокировал удар. Сталь вонзилась глубоко, однако выдержанный ясень не сломался. Хайдхин снова взмахнул мечом. Эверард резко повернул свое оружие, словно дубинку. «Как бы не убить его, он жив в будущем и, как бы там ни было, еще ребенок». Глухо прозвучал удар по голове. Он наверняка оглушил бы Хайдхина, если бы не переломилось древко. А так тот только пошатнулся.

— Угомонись, ты, кровожадная душа! — заорал Эверард. Тревога и гнев владели им. «Что, к дьяволу, происходит?» — Тебе нужны люди, чтобы охранять девчонку, или нет?

Взревев, Хайдхин прыгнул вперед. Этот удар меча был слабее, от него легко удалось уклониться. Эверард бросил обломок копья, шагнул ближе, схватился за одежду, подставил бедро и швырнул Хайдхина футов на шесть от себя.

Юноша тут же вскочил на ноги и выхватил из-за пояса нож. «Надо кончать с этим». Эверард провел удар карате в солнечное сплетение. Всего лишь вполсилы. Хайдхин согнулся пополам и, задыхаясь, свалился. Эверард склонился над ним, чтобы проверить, не нанес ли он ему серьезного увечья и не подавится ли мальчишка рвотной массой.

— Wat drommel... В чем дело? — в недоумении воскликнула Флорис.

Эверард выпрямился.

— Не знаю, — тупо ответил он, — но похоже, я, по неведению, задел его за живое. Должно быть, сорвался после нескольких дней, а то и недель мрачных размышлений. Не забывай, он очень молод. Я что-то сказал или сделал, чем спровоцировал эту вспышку. Здесь, особенно у мужчин, такое бывает. Человек просто впадает в бешенство и убивает не задумываясь.

— Не думаю, что... что ты сможешь теперь... исправить положение.

— Боюсь, что нет. Все слишком хрупко. — Эверард оглядел песчаный берег. Темный силуэт Эдх был едва заметен в морском тумане. Погруженная в свои мечты или кошмары, она не заметила драки. — Я лучше скроюсь. Моряки посчитают, что я разъярился — похоже на правду, а? — но не пожелал резать ему горло, пока он в беспомощном состоянии, не стал дожидаться, когда он попытается перерезать горло мне, и не захотел хлопот с примирением. Мне нет до него никакого дела, скажу я и уйду.

Он подобрал наконечник копья, как сделал бы настоящий маркоман Маринг, и направился в сторону корабля. «Они будут разочарованы, — сухо подумал он. — Сплетни из дальних стран большая редкость. Зато не придется пересказывать эту легенду, что мы состряпали».

— Значит, мы можем отправляться сразу на Оланд, — таким же бесцветным тоном произнесла Флорис.

— А?

— Дом Эдх. Капитан точно его описал. Это длинный узкий остров у Балтийского побережья Швеции. Напротив него будет построен город Кальмар. Я была там однажды в отпуске. — Голос ее стал задумчивым. — Прелестное место. Повсюду старые ветряные мельницы, древние курганы, уютные деревни, и на каждом мысе маяк над водой, где покачиваются на волнах лодки. Но все это в будущем.

— В таком местечке я и сам не прочь побывать, — отреагировал Эверард. — В будущем. — «Может быть. Зависит от того, какие воспоминания останутся у меня от этого визита, на девятнадцать веков раньше».

Он двинулся вдоль песчаного берега.

Глава 13

Хлавагаст, сын Унвода, был королем альварингов. Жену его звали Готахильда. Они жили в Лайкиане, самой большой деревне их племени, насчитывавшей более двух десятков домов, обнесенных стеной из камня. Вокруг простиралась пустошь, где только овцы могли найти себе пропитание. Зато не могли застать врасплох враги. Их приближение сразу бы заметили. До восточного края острова идти было недолго, не многим дальше было и до западного, где рос сосновый лес. На южной стороне недалеко от деревни начинались пастбища и плодородные земли, которые тянулись до самого морского берега.

Когда-то альваринги владели всем Эйном, пока с материка не переправились геаты и в течение жизни целого поколения не отвоевали себе богатую северную половину. Альваринги в конце концов остановили их продвижение. Многие геаты говорили, что южная часть и не стоит того, чтобы отбирать ее; многие из альварингов утверждали, что геаты испугались гнева Найэрды. Альваринги приносили ей в жертву столько же добра, сколько асам, и даже больше, а геаты отдавали богине только корову весной. Как бы там ни было, с тех пор два племени больше торговали, чем устраивали раздоры.

В обоих племенах имелись люди, которые товар на обмен переправляли морем, аж до ругиев на юге или англов на западе. Эйнские геаты, кроме того, ежегодно устраивали в гавани Каупавика ярмарку, которая привлекала многих приезжих из далеких земель. На эту ярмарку альваринги привозили свои изделия из шерсти, соленую рыбу, шкуры морских зверей, масло из ворвани, перья и пух, янтарь, когда штормы выбрасывали его на берег. Время от времени их юноши присоединялись к команде какого-нибудь иноземного корабля: если они оставались в живых, то возвращались домой с рассказами о неведомых странах.

Хлавагаст и Готахильда лишились троих детей. Тогда он поклялся, что, если Найэрда будет оберегать детей, что родятся позже, до тех пор пока у первого не сменятся все молочные зубы, то он отдаст ей мужчину — не двух рабов, обычно старых и больных, которых она получала, когда благословляла поля, а здорового юношу. Родилась девочка. Он назвал ее Эдх, Клятва, чтобы богиня не забыла о его просьбе. Вскоре за ней последовали сыновья, о которых он мечтал.

Когда настало время, он снарядил корабль с воинами и отправился на другую сторону канала. Чтобы не взбудоражить геатов с материка, он двинулся мимо них на север и напал на лагерь скридфенов. Из захваченных пленников он выбрал одного и прирезал его в священной роще Найэрды. Остальных продал в Каупавике. Больше Хлавагаст не устраивал набегов, ибо был он по натуре спокойным, задумчивым человеком.

Может быть, из-за особых обстоятельств начала ее жизни, может быть, потому, что у нее были только братья, Эдх росла тихой, погруженной в себя. У нее были друзья и подруги среди деревенских ребятишек, но никого по-настоящему близкого. И когда все играли вместе, она всегда оказывалась в стороне. Эдх быстро училась всякой работе и выполняла ее очень старательно. Но лучше у нее получались дела, зависящие только от нее самой, например, вязание. Она редко болтала и хихикала с подружками.

Однако если ей случалось говорить, подружки слушали ее, ибо рассказывать Эдх умела. Позже и мальчишки, а бывало, и взрослые стали прислушиваться к ее историям. С годами они становились все интереснее, Эдх стала вставлять в них стихи, почти как у скальдов. Истории были о мужчинах-путешественниках, прекрасных дамах, колдунах и ведьмах, о говорящих животных и сказочных существах, о землях за морями, где могло случиться все, что угодно. Временами в них появлялась Найэрда, в качестве советчицы или спасительницы. Сначала Хлавагаст боялся, что богиня может разгневаться, но ничего плохого не случалось, и он не стал запрещать дочери упоминать имя богини. Все-таки его дочь определенным образом связана с нею.

В деревне Эдх никогда не оставалась в одиночестве. Никто не оставался: дома лепились чуть не вплотную друг к другу. В каждом доме с одной стороны располагались стойла для коров или лошадей, у кого они были, а с другой — настилы для людей. Громоздкий ткацкий станок стоял у дверей, чтобы больше было света во время работы, стол и скамья в дальнем конце, а глиняная печь в центре. Продукты и домашнюю утварь либо вешали под потолком, либо укладывали на потолочные балки. Двери выходили во двор, по которому вокруг колодца бродили свиньи, овцы, домашняя птица и тощие собаки. Жизнь, сосредоточившись на крохотных подворьях, смеялась, разговаривала, пела, плакала, мычала, блеяла, крякала и лаяла. Скрипели колеса телег, стучали копыта, гремел молот по наковальне. Лежа в темноте на соломенной постели под овечьей шкурой среди теплых запахов животных, помета, сена, золы, можно было слышать, как плачет ребенок, который не успокоится, пока мать не даст ему грудь, или как она и отец возятся в своем углу, тяжело дыша и постанывая, или как лают собаки на луну, как шуршит дождь, как свистит, а то и ревет ветер, или шумит что-то еще вдали; то ли каркает ночной ворон, то ли кричат тролли и мертвецы...

Для маленькой девочки, когда она свободна от однообразной работы, есть множество объектов для наблюдения: приезды и отъезды, свадьбы и роды, тяжелый труд и буйное веселье, искусные руки, обрабатывающие дерево, кость, кожу, металл, камень; священные дни, когда люди приносят жертвы богам и устраивают пиры... Когда ты вырастаешь, тебя берут с собой, и ты видишь, как проезжает мимо повозка Найэрды, закрытая так, что никто не может видеть богиню; на тебе гирлянды из вечнозеленых растений, и ты разбрасываешь прошлогодние цветы на ее пути и поешь своим детским голосом. В эти мгновения радость и чувство обновления смешиваются с благоговением и с невысказанным подспудным страхом...

Эдх продолжала расти. Шаг за шагом она овладевала все новыми работами, которые все дальше уводили ее от дома. Она собирала сухие ветки для растопки, целебные травы и ягоды, марену для окрашивания тканей. Позже она стала ходить с компанией, которая собирала орехи в лесу и раковины на берегу. Потом она помогала убирать урожай на полях в южной части острова, сначала с корзинкой для сбора колосьев, а года через два взяла в руки серп. Мальчишки пасли скот, и девчонки, принося им обед, часто задерживались у них на весь долгий-долгий летний день. Кроме коротких периодов в переполненное заботами время страды, люди жили размеренно, у них не было причин для спешки. И не боялись они ничего, кроме болезни, злых наговоров, ночных тварей и гнева богов. Ни медведи, ни волки не водились на острове, а враги давно уже не зарились на этот убогий клочок земли.

Все больше взрослея, превращаясь из ребенка в девушку, Эдх отправлялась бродить по пустоши, чтобы избавиться от дурного настроения. Обычно ее походы заканчивались у моря, где она сидела, завороженная зрелищем бесконечной стихии, пока тени и вечерний бриз не принимались теребить ее за рукав, напоминая, что пора идти домой. С высоты известняковой скалы на западном берегу она смотрела в сторону материка, туманного и далекого; с песчаного восточного берега она видела только воду. Этого было достаточно. В любую погоду темно-синие волны плясали под голубым небом, снежные хлопья пены украшали их плечи, а над ними — вихрь чаек. Зеленые и серые волны мчались грузно, их гривы развевал ветер, размеренные удары о берег отзывались дрожью в глубине ее тела. Они вздымались, рушились, растекались, наполняя воздух брызгами. В хорошую погоду волны несли на себе дорожку из расплавленного золота от нее до самого солнца, подергивались рябью перед наступающим дождем и отзывались недовольным шумом, они прятались в тумане и, невидимые, шептались о чем-то неведомом. Раздавая угрозы и благословения, бродила среди них Найэрда. Ей принадлежали водоросли и обкатанный янтарь, рыбы, птицы, тюлени, киты и корабли. Ей принадлежали ростки жизни на суше, когда она выходила на берег к своему Фрейру, потому что море опекало их, укутывало туманом, горевало об их зимней смерти и пробуждало их к жизни весной. Едва заметен среди всего живого был ребенок, которого она хранила в этом мире.

Итак, Эдх превращалась в женщину, высокую, стройную, слегка настороженную, обладающую даром слова, когда говорила не о повседневных делах. Она много размышляла и часто проводила время в мечтах, а когда оставалась одна, могла внезапно разразиться слезами, сама не понимая почему. Никто не избегал ее, но никто и не искал ее общества, потому что она перестала делиться придуманными ею историями и что-то странное стало происходить с дочкой Хлавагаста. Проявилось это, когда умерла ее мать и отец взял новую жену. Не слишком-то они ладили, две женщины. Народ сказывал, что Эдх слишком часто сидит на могиле Готахильды.

Как-то раз один деревенский юноша увидел ее, когда она проходила мимо. Над пустошью дул сильный ветер, а ее распущенные каштановые волосы насквозь пронизывало солнце. Он, который никогда ни перед чем не отступал, почувствовал, как перехватило у него горло и часто-часто забилось в груди сердце. Много времени прошло, прежде чем он осмелился заговорить с ней. Эдх опустила глаза, и он едва расслышал, что она ответила. Но все-таки спустя некоторое время они привыкли друг к другу.

Юноша этот был Хайдхин, сын Видухада. Гибкий смуглый парень, не особенно охочий до веселья, но острый на язык, быстрый и ловкий, умеющий обращаться с оружием, вожак в своей компании, хотя кое-кто и не любил его за надменность. Никто, однако, не решался подтрунивать над ним и Эдх.

Когда Хлавагаст и Видухад увидели, к чему идет дело, они встретились и порешили, что такой союз будет выгоден для обеих семей, но со свадьбой надо подождать. Месячные у Эдх начались только в прошлом году, подростки могут рассориться, а несчастливый брак — это несчастье для всех. Подождем и посмотрим, а пока выпьем по чашке эля за счастливый исход.

Прошла зима — дождь, снег, пещерная тьма, ночные страхи, — и вскоре солнце вернулось обратно, потом пришел праздничный день, посветлело небо, наступила оттепель, родились ягнята, набухли почки на ветвях. Весна принесла с собой листву на деревьях и перелетных птиц; Найэрда вышла на берег; мужчины и женщины ложились в полях, где скоро нужно будет пахать и сеять. Колесница солнца поднималась все выше и замедляла свой бег, распускалась зелень, сверкали грозы, громыхая над пустошью, высоко над морем красовались радуги.

Пришло время ехать на ярмарку в Каупавик. Альваринги собирали товары и готовились сами. Молва шла от поселения к поселению: в этом году прибыл корабль из страны, лежащей за пределами владений англов и кимбриев, из далекого романского королевства.

Ни у кого не было достоверных сведений об этом государстве. Оно располагалось где-то далеко на юге. Но воины его словно саранча, они съедают страну за страной. Изящно сделанные вещицы просачиваются сюда из их королевства; стеклянные и серебряные сосуды, металлические диски с лицами, необыкновенные, словно живые, маленькие фигурки. Приток чужестранцев, должно быть, усиливается, потому что с каждым годом все больше таких товаров попадает на Эйн. Теперь наконец-то римские торговцы и сами пожаловали в земли геатов! Те, кто оставался в Лайкиане, с завистью смотрели на отправляющихся в этот раз на ярмарку.

Отложив на потом мелкие дела, они отдались во власть безделья. Ничто не предвещало беды в тот день, когда Эдх и Хайдхин отправились на западный берег.

Широко распростерлась пустошь. Как только деревня скрывалась из виду, местность стала казаться совсем безлюдной. Безлесная и плоская, она создавала впечатление, что в мире осталось только небо. Неясно вырисовывались в бескрайней голубизне высоко над головой расплывчато-белые облака. Пламенели красные маки, желтели среди мрачного вереска одуванчики. Они решили немного посидеть, вдыхая запах разогретых солнцем трав; пчелы жужжали в тишине, сквозь которую к земле прорывалось веселое щебетание птиц; потом затрепетали крылья и низко над их головами пролетела куропатка. Они посмотрели друг другу в глаза и громко рассмеялись над собственным изумлением. На ходу они держались за руки, не больше, ибо их народ был целомудрен, а сам Хайдхин чувствовал себя стражем хрупкой неприкосновенности.

Путь их пролегал по краю крутого обрыва, что тянулся на север от самых ферм. По тропе они вышли через лес к берегу. Усыпанная дикими цветами трава росла у самой воды. Волны ворошили камешки, что старательно обкатывали тут с незапамятных времен, вдали они сверкали и искрились. На другой стороне пролива затемнял горизонт материк. Невдалеке, на скале, сушили на ветру крылья бакланы. Пролетел мимо аист, белый символ удачи и семейного благополучия.

Хайдхин задержал дыхание и вытянул руку.

— Смотри! — закричал он.

Эдх прищурилась, ослепленная блеском волн, и взглянула на север. Голос ее дрогнул:

— Что там?

— Корабль, — ответил он. — Движется в эту сторону. Большой-большой корабль.

— Нет, не может быть. Что там такое над ним?..

— Я слышал о таких штуках. Люди, которые бывали в других странах, иногда видели такие приспособления. Они ловят ветер, и тот толкает корабль вперед. Это римский корабль, Эдх, не иначе. Двинулся домой из Каупавика, а мы как раз вовремя, чтобы увидеть его!

Восхищенные, они смотрели на море, забыв обо всем. Судно, приближаясь, скользило по воде. Оно и в самом деле казалось великолепным. Черное с золотой кромкой, не длиннее большого северного судна, зато значительно шире; полнобрюхое, чтобы перевозить в себе несметные сокровища. На корабле имелась палуба, люди стояли высоко над трюмом. Их было очень много, достаточно, чтобы отбиться от любых грабителей. Форштевень загибался вверх и к корме, а там красовалась резная лебединая шея. Между ними располагался деревянный домик. Не весла перемещали этот корабль. На мощном столбе с поперечинами раздувалась громадных размеров ткань. Корабль двигался бесшумно, разрезая носом волны и оставляя буруны позади двойного руля.

— Конечно же, им покровительствует Найэрда, — выдохнула Эдх.

— Теперь понятно, как они смогли захватить полмира, — произнес потрясенный Хайдхин. — Кто сможет им противостоять?

Судно изменило курс, приблизилось к острову. Юноша и девушка увидели, что экипаж устремил взоры в их сторону. Они услышали громкие возгласы.

— Ой, мне кажется, они смотрят на нас, — поразилась Эдх. Чего они хотят?

— Может быть... чтобы я присоединился к ним, — произнес Хайдхин. — Я слышал от путешественников, что римляне набирают себе местных, если у них не хватает людей из-за болезни или по какой другой причине.

Эдх бросила на него встревоженный взгляд.

— Ты поплыл бы с ними?

— Нет, никогда! — Ее пальцы крепче сжали его руку, и он в ответ погладил ее ладонь. — Но давай все-таки послушаем их, если они высадятся. Может быть, им надо еще что-нибудь, и они хорошо заплатят за помощь. — Сердце его стучало.

Рея опустилась. То, что должно было служить якорем, хотя это был не камень, а крюк, вылетело на конце каната. Шлюпка волочилась на конце другого каната. Моряки подтащили ее к борту и сбросили веревочную лестницу. Несколько человек спустились и расселись на скамейках. Их товарищи подали им весла. Один поднялся и взмахнул отрезом прекрасной ткани, что он прихватил с собой.

— Он улыбается и машет рукой, — произнес Хайдхин. — Да, им что-то надо, и они надеются получить от нас помощь.

— Какой красивый у него плащ, — пробормотала Эдх. — Я думаю, Найэрда надевает одежду как раз из такой ткани, когда отправляется в гости к другим богам.

— Может быть, скоро она станет твоей.

— О, я не осмелюсь попросить.

— Эй, сюда! — гаркнул мужчина в шлюпке, самый крупный из них и рыжеволосый, несомненно, уроженец Германии, толмач. Остальные были самого разного вида, некоторые с такой же светлой кожей, другие темнее Хайдхина. Римляне явно привлекли на свою сторону много всякого народа. На всех были надеты туники, не закрывавшие голых колен. Эдх вспыхнула и отвела взгляд от корабля, где многие разгуливали вообще без одежды.

— Не бойтесь, — крикнул германец. — У нас дело к вам.

Хайдхин тоже покраснел.

— Альваринги не знают страха! — выкрикнул он. Голос его сорвался, и он покраснел еще гуще.

Римляне гребли к берегу. Двое на берегу ждали, кровь стучала у них в висках. Шлюпка заскрипела по гальке, один из моряков выпрыгнул и закрепил ее. Тот, в плаще, повел остальных вверх по песку. Он все улыбался и улыбался.

Хайдхин тверже сжал свое копье.

— Эдх, — произнес он. — Мне не нравится их вид. Лучше держаться подальше...

Но было поздно. Вожак выкрикнул приказ. Помощники рванулись вперед. Прежде чем Хайдхин успел поднять оружие, его схватили. Кто-то зашел сзади и сжал ему руки в борцовском захвате. Он вырывался с пронзительными криками. Короткой палкой, на которую он не обратил внимания — банда высадилась без оружия, имея при себе лишь ножи, — его ударили по затылку. Искусный удар, лишающий сознания без серьезных повреждений. Он свалился, и его связали. Эдх рванулась бежать. Какой-то моряк схватил ее за волосы. Присоединились еще двое. Они швырнули ее на траву. Она кричала и отбивалась ногами. Еще двое прижали ей ноги. Вожак, ухмыляясь, встал на колени между ее распростертых бедер. Из уголка его рта бежала слюна. Он задрал ей юбку.

— Вы, звери, дерьмо собачье, я вас всех перебью... — слабо закричал Хайдхин, преодолевая разламывающую череп боль. — Клянусь богами войны, не будет покоя вашей породе, покуда я жив. Ваш Ромабург сгорит...

Никто не слушал. Там, где лежала распятая Эдх, римляне лишь сменяли друг друга.

Глава 14

43 год от Рождества Христова.

Проследить путь Вагнио с момента его отплытия с Оланда оказалось нетрудно. Профессионализм и настойчивость быстро помогли им выяснить, что юноша с девушкой пришли к нему в дом из деревни, расположенной примерно на двадцать миль южнее. Но что случилось раньше? Следовало бы осторожно расспросить местных. Но вначале Эверард и Флорис собирались провести воздушную разведку в нескольких предыдущих месяцах. Чем больше они собрали бы предварительных данных, тем лучше. Вагнио вовсе не обязательно мог слышать о каком-нибудь событии, например об убийстве; возможно, семья могла замять такое дело. Или он и его люди не хотели откровенничать перед незнакомцем. Эверард просто не имел возможности заняться расспросами прежде, чем обстоятельства вынудили его переместиться из лагеря на морском берегу.

Оставив в укрытии лошадей и фургон, агенты вылетели вдвоем на двух темпороллерах. Методика поисков состояла в прыжках от точки к точке в определенном заранее пространственно-временном континууме. Если бы они обнаружили что-либо необычное, то установили бы более пристальное наблюдение в течение необходимого срока. Такой метод не гарантировал успеха, но все-таки это лучше, чем ничего. У них ведь не бесконечная жизнь, чтобы часть ее разбазаривать в здешней глуши.

В миле над деревней они прыгнули из середины лета на пару недель позже и повисли в безбрежной синеве. Воздух был слегка разрежен и холоден. Взгляд скользил над залитым солнцем Балтийским морем, холмами и лесами Швеции на западе, над Оландом, похожим на пеструю шерстяную ткань, над лугами, лесами, скалами и песком — но эти названия появятся у здешних мест лишь спустя много столетий.

Эверард повел сканером по дуге. Внезапно он замер.

— Есть! — закричал он в передатчик у ключицы. — В районе семи часов, видишь?

Флорис присвистнула.

— Да. Римский корабль, на якоре у берега? — Задумчиво: — Хотя скорее галло-римский, откуда-нибудь из Бордо или Болона. Они не имели постоянных торговых контактов со Скандинавией, ты сам знаешь, но в хрониках упоминается несколько официальных визитов и вояжей случайных предпринимателей в Данию и дальше. Добыча их потом проходила длинную цепь посредников. Особенно янтарь.

— Может быть, они как-то связаны с нашим делом. Давай проверим. — Эверард отрегулировал увеличение.

Флорис сделала это раньше и вскрикнула.

— Боже... — поразился Эверард.

Флорис ринулась вниз. Воздух засвистел позади нее.

— Стой, не сходи с ума! — закричал Эверард. — Вернись!

Флорис не слушала, в ушах у нее шумело, она забыла обо всем, кроме цели впереди. Вместе с ней вниз летел крик, похожий на клекот пикирующей хищной птицы или вопль разъяренной валькирии. Эверард ударил кулаком по панели управления, выругался с перекошенным лицом и, не в силах остановить Флорис, последовал за ней. Затем остановился на несколько сот футов выше, следя, чтобы солнце оставалось за спиной.

Мужчины, толпившиеся, чтобы понаблюдать за представлением или дождаться своей очереди, услышали. Задрав головы, они увидели мчащуюся на них лошадь Смерти. Римляне взвыли и бросились врассыпную. Тот, что был на девушке, оторвался от нее, и, стоя на коленях, выхватил нож. Может быть, он собирался убить ее, может, это был лишь защитный рефлекс. Неважно. Ярко-синий энергетический луч ударил ему в лицо. Насильник скорчился в ногах Эдх. •

Флорис развернула темпороллер. С высоты человеческого роста она выстрелила в следующего насильника. Сраженный, он вскрикнул и задергался на траве, словно перевернутый жук — так показалось Эверарду. Флорис догнала третьего и чисто срезала его. Потом с минуту неподвижно сидела в седле. По ее лицу стекал смешанный со слезами пот, такой же холодный, как и руки. Она судорожно вздохнула, спрятала оружие и тихо опустилась возле Эдх.

«Что сделано, то сделано», — билась мысль в голове Эверарда. Он быстро принял решение. До смерти перепуганные оставшиеся в живых моряки убегали кто вдоль берега, кто к лесу. Двое, сохранившие каплю рассудка, плыли в сторону корабля, где тоже вскипела паника. Патрульный прикусил губу, потекла кровь.

— Ладно, — произнес он вслух бесцветным тоном. Перескакивая на роллере туда-сюда над местом трагедии и тщательно прицеливаясь, он убил всех, кто высадился на берег. Затем избавил от страданий раненого. «Не думаю, что Флорис оставила его специально. Просто забыла». Эверард вернулся на высоту в пятьдесят футов и остался ждать там, наблюдая с помощью сканера и усилителя за происходящим внизу.

Эдх села. Взгляд ее был затуманен, но она схватилась за юбку и одернула ее, закрыв окровавленные бедра. Связанный Хайдхин, извиваясь, полз к ней.

— Эдх, Эдх... — стонал он, но замер, когда между ними опустился темпороллер. — О, богиня-мстительница...

Флорис соскочила с седла и, встав на колени рядом с Эдх, обняла девушку.

— Все кончилось, милая, — всхлипнула она. — Все будет хорошо. Такое никогда не повторится. Ты теперь свободна.

— Найэрда, — услышала она. — Матерь Всех, ты пришла.

— Бесполезно отрицать сейчас твою божественную сущность, — буркнул Эверард в приемник Флорис. — Выбирайся оттуда к чертовой матери, пока не наделала еще худших ошибок.

— Нет, — ответила женщина. — Ты не понимаешь. Я должна ее хоть немного успокоить.

Эверард онемел. Команда корабля торопливо ставила парус и поднимала якорь.

— Развяжите меня, — попросил Хайдхин. — Пустите к ней.

— Да нет, я понимаю, — произнес Эверард. — Но, ради бога, давай побыстрей, хорошо?

Эдх приходила в себя, но в карих глазах застыло изумление.

— Чего ты хочешь от меня, Найэрда? — прошептала она. — Я принадлежу тебе. И всегда принадлежала.

— Покарай римлян, всех римлян! — выкрикнул Хайдхин. — Я заплачу тебе за это своей жизнью, если пожелаешь.

«Бедный парень, — думал Эверард. — Мы можем отнять у тебя жизнь в любой момент, если сочтем нужным. Но от тебя сейчас вряд ли можно ожидать, что ты правильно все воспримешь. И потом тоже. Без научной подготовки постхристианской Западной Европы... Для тебя боги реальны, и твой высший долг — это месть за причиненное зло».

Флорис гладила спутанные волосы Эдх. Свободной рукой она прижимала к себе дрожащую, пропахшую потом, слабую девушку.

— Я хочу тебе только добра, хочу, чтобы ты была счастлива, — говорила она. — Я люблю тебя.

— Ты спасла меня, — запинаясь, говорила Эдх, — потому... потому что я должна... Что я должна сделать?

— Послушай меня, Флорис, ради бога, — проговорил Эверард сквозь зубы. — Время расстыковалось, и сегодня его уже не поправить. Ты не сможешь. Промедлишь еще немного, и клянусь, не будет ни книг Тацита «первого», ни, может статься, Тацита «второго». Мы не вписываемся в эти события, вот почему будущее в опасности. Оставь их!

Его партнерша окаменела.

— У тебя горе, Найэрда? — спросила Эдх с непосредственностью ребенка. — Что может тревожить тебя, богиню? Эти римляне осквернили твой мир?

Флорис закрыла глаза, открыла их и отстранилась от девушки.

— Это... из-за... твоей беды, моя ты милая, — произнесла она, поднимаясь. — Желаю тебе добра. Будь храброй, свободной от страха и горестей. Мы еще встретимся.

Затем Эверарду:

— Развязать Хайдхина?

— Не надо. Эдх возьмет нож и разрежет веревки. Он поможет ей вернуться в деревню.

— Правильно. Видимо, так будет лучше для них обоих. Насколько тут может быть что-то лучше.

Флорис оседлала темпороллер.

— Полагаю, нам следует просто подняться, а не исчезать из виду, — предложил Эверард. — Двинулись.

Он бросил последний взгляд вниз, чувствуя на себе неотрывные взгляды тех двоих. Корабль с раздутым парусом уже двигался на запад. Недосчитываясь нескольких моряков и, несомненно, двоих-троих офицеров, он может и не добраться до дома. Если все-таки доберется, команда, возможно, не захочет делиться увиденным. Вряд ли в такой рассказ поверят. С их стороны будет умнее придумать что-нибудь более достоверное. Конечно, любую историю могут принять за выдумку, за попытку скрыть мятеж. И если возникнет такое подозрение, их ждет неприятная смерть. Может, они решат не возвращаться домой и попытать счастья у германцев. Зная, что их судьба на ход истории не повлияет, Эверард решил, что ему абсолютно все равно, какова она.

Глава 15

70 год от Рождества Христова.

Солнце снова клонилось к закату, облака на западном краю стали золотисто-красного цвета. С востока небо становилось все глубже по мере того, как, словно прилив, накатывала на пустынные луга ночь. На безлесной вершине холма в Центральной Германии день еще держался, но трава была уже полна теней, а из неподвижного воздуха медленно уходило тепло.

Проверив лошадей, Джейн Флорис посидела возле выгоревшего пятна перед двумя палатками и принялась подготавливать дрова для костра. Они еще оставались, расколотые и сложенные с того раза, когда агенты Патруля пользовались этой стоянкой несколько дней тому назад, если за основу отсчета брать вращение планеты. Гудение и стук заставили ее вскочить на ноги. Эверард спрыгнул со своего роллера.

— Почему ты... Я ждала тебя раньше, — почти робко произнесла она.

Эверард пожал широкими плечами.

— Я решил, что ты займешься делами по лагерю, пока я занимаюсь своими, — ответил он. — К тому же наступление ночи — самый удобный момент для возвращения. Есть я много не буду, но спать хочу ужасно. С ног валюсь. А ты?

Она отвела взгляд.

— Нет, рано еще. Я слишком возбуждена. — Проглотив комок в горле, она продолжала допытываться: — Где ты был? Приказал мне ждать, как только мы прибыли сюда, и пропал.

— Да, верно. Извини, не подумал. Но мне казалось, это очевидно.

— Я решила, что ты это специально.

Он затряс головой более энергично, чем можно было ожидать, исходя из его слов.

— Боже упаси. Хотя признаюсь, у меня мелькнула мысль сделать как раз наоборот, избавить тебя от нотаций. Занялся же я тем, что махнул снова на Оланд после наступления темноты в... тот самый день. Ребятишки ушли, и никого вокруг не было, как я и надеялся. Я погрузил тела, одно за другим, отвез подальше и сбросил в море. Не самая приятная работенка, и я не хотел, чтобы ты принимала в ней участие.

Она метнула взгляд в его сторону.

— Почему?

— Разве не понятно? — хмыкнул он. — Сама подумай. Причина та же, по которой я пристрелил тех подонков, до которых не добралась ты: свести к минимуму влияние на местное население. У нас и без того слишком много переменных факторов. Я уверен, что они более или менее поверят Эдх и Хайдхину. На то они, черт побери, и живут в мире богов, демонов и колдовства. Вещественные доказательства или чье-то свидетельство повлияли бы на них гораздо сильнее, чем малосвязный рассказ.

— Понятно. — Она переплела руки, прижав их к груди. — Я действовала глупо и непрофессионально, так? Правда, меня не готовили специально для такой работы, но это, конечно же, не оправдание. Извини.

— Ну, скажем так, ты меня удивила, — глухо проговорил он. — Когда ты кинулась действовать, я на секунду опешил. А потом мне оставалось только одно. Не запутывать еще больше причинно-следственные связи и беречься, чтобы Хайдхин не увидел мое лицо и не узнал меня в Колонии в этом году. Можно было, конечно, перескочить немного в будущее, переодеться, сменить образ и вернуться в ту же минуту, но не стоит смертным видеть, как ссорятся боги: от этого может стать еще хуже. Оставалось только подыгрывать тебе.

— Извини, — произнесла она в отчаянии. — Я не могла удержаться. Там была Эдх, Веледа, которую я видела у лангобардов, — ни одна женщина не производила на меня большего впечатления — я знала ее, — а тут она была юной девушкой, и эти животные...

— Понятно. Безумный гнев и безграничная симпатия к жертве.

Флорис напряглась как натянутая струна. Сжав кулаки, она с вызовом посмотрела на Эверарда и сказала:

— Я объясняю, а не вымаливаю прощения. И я готова принять любое наказание от Патруля.

Несколько секунд он молчал, затем, криво улыбнувшись, ответил:

— Не будет никакого наказания, если ты добросовестно и со знанием дела продолжишь свою работу. А в этом я уверен. Как агент-оперативник, которому поручено это дело, я вправе самостоятельно принимать решения. Ты оправдана.

Она усиленно заморгала, потерла глаза запястьем и невольно вымолвила:

— Ты слишком добр ко мне. То, что мы работаем вместе...

— Эй, успокойся, — запротестовал он. — Да, ты превосходная напарница, но я бы не позволил этому факту повлиять на мое решение... Слишком повлиять. Здесь в зачет идет то, что ты показала себя первоклассным агентом, а таких всегда не хватает. Ну и самое главное, это не твоя вина.

— Что? — изумилась Флорис. — Я позволила эмоциям взять верх...

— При таких обстоятельствах это вовсе тебя не дискредитирует. Я совсем не уверен, что сам поступил бы иначе, ну, может быть, осторожнее; однако я не женщина. Меня не мучает совесть из-за этих ублюдков. Меня не радуют такие ситуации, как ты догадываешься, тем более когда у противника против меня никаких шансов. Но если уж обстоятельства вынуждают к этому, поверь, я сплю спокойно. — Эверард на мгновение замолчал. — Знаешь, когда я был зеленым юнцом, перед вступлением в Патруль, я выступал за смертную казнь за изнасилования, пока одна дама не высказала мысль, что тогда у подонка появляется причина убить свою жертву и почти не будет мотивов не делать этого. Чувства мои остались прежними. Если я правильно помню, в твоей цивилизованной Голландии двадцатого века проблему решают кастрацией преступника.

— Тем не менее я...

— Перестань, забудь про свое чувство вины. Ты что, слабонервная дамочка, что ли? Давай отложим эмоции и подумаем о происшествии с точки зрения Патруля. Послушай. Я думаю, ты согласна, это были морские купцы, которые завершили свои дела на Оланде или еще где-нибудь и направлялись, скорее всего, домой. Они заметили на пустынном берегу Хайдхина с Эдх и решили воспользоваться случаем. Такое в древнем мире происходило часто. Наверное, они не собирались сюда возвращаться или иметь дело с этим племенем, а может быть, решили, что о злодействе никто не узнает. Как бы там ни было, они схватили ребят. Если бы мы не вмешались, они увезли бы Хайдхина и продали в рабство. И Эдх тоже. Если бы не изуродовали настолько, что напоследок, ради развлечения, им оставалось бы только перерезать ей горло. Вот что могло случиться. Происшествие одно из тысяч подобных. Оно ни для кого не имеет значения, кроме самих жертв, да и те вскоре погибают, пропадают, забываются навеки.

Флорис сложила руки на груди. В ее глазах отражался убывающий свет.

— Вместо этого...

Эверард кивнул.

— Да, вместо этого появились мы. Нам придется навестить ее поселение через несколько лет после того, как она покинет свой дом. Поживем там некоторое время в качестве гостей, порасспрашиваем людей, познакомимся с ее народом. Тогда, может быть, мы поймем, как бедная маленькая Эдх стала ужасной Веледой.

Флорис поморщилась.

— Мне кажется, я и так понимаю, в общих чертах. Могу представить себя на ее месте. Она, скорей всего, была умнее и чувствительней большинства других, даже благочестивей, если такое можно сказать о язычниках. На нее обрушилось ужасное горе, страх, стыд, отчаяние; не только тело — душа ее была сломлена этим непереносимым грузом. И тут вдруг появляется настоящая богиня, поражает насильников и говорит с ней. Из глубины ада — к высотам славы... Но потом, потом! Осквернение, чувство униженности в такой ситуации никогда не покинет женщину, Мэнс. Ей тяжелее вдвойне, потому что в германском железном веке кровь, лоно священны для клана, а неверность жены карается жестокой смертью. Ее бы не стали винить, я полагаю, но это как отметина, а элемент сверхъестественности вызывал бы скорее страх, а не почтение. Языческие боги хитры и часто жестоки. Сомневаюсь, что Эдх и Хайдхин решились рассказать обо всем. Может быть, они вообще ничего не рассказали, и это тоже основа внутреннего конфликта.

Эверарду очень хотелось курить, но он не мог решиться подойти к роллеру и достать свою трубку. Флорис была сейчас слишком ранима. Она никогда раньше не называла его по имени, поскольку они старались избежать осложнений в отношениях. Скорее всего, она даже не заметила этого.

— Возможно, ты права, — согласился он. — Но тем не менее сверхъестественный случай произошел. Благодаря ему они остались живы и свободны. Над телом ее надругались, но над душой никто не властен. Почему-то она понадобилась богине. Должно быть, потому, что у нее особое предназначение, она избрана для чего-то великого. Для чего только? Постоянно слыша подсказки Хайдхина, переполненного чувством мести... Да, в условиях их культуры это могло определить ее выбор. Ей предначертано вдохновлять людей, побуждать их драться, чтобы уничтожить Рим.

— На своем далеком острове она ничего не смогла бы сделать, — закончила эту мысль Флорис. — Не могла она больше и приспосабливаться к прежней жизни. И Эдх двинулась на запад, уверенная в покровительстве богини. Хайдхин вместе с нею. Вдвоем они наскребли достаточно товара, чтобы оплатить дорогу через море. То, что они видели и слышали в пути о делах римлян, подогревало их ненависть и уверенность в правоте своей миссии. Но я думаю, несмотря ни на что, он любил ее.

— Подозреваю, все еще любит. Примечательно и совершенно очевидно, что он никогда не был с ней близок.

— Это можно понять, — вздохнула Флорис. — Она — после пережитого, а он просто не решался посягнуть на избранницу богини. Я слышала, у него жена и двое детей у бруктеров.

— Да, верно. Ну что ж, мы выяснили, что, по иронии судьбы, наше расследование причин возмущения в потоке истории как раз их и вызвало. Честно говоря, такое происходит не впервые. Еще одна причина не мучить себя обвинениями, Джейн. Такие витки часто возникают не только от мощного толчка, но и от едва заметного движения. Наша задача — не допустить, чтобы они превратились в неуправляемый вихрь. Надо предотвращать события, которые ведут к появлению Тацита «второго» и неустанно поддерживать те, что описаны Тацитом «первым».

— Каким образом? — с отчаянием спросила она. — Решимся ли мы снова вмешиваться в историю? Может быть, обратиться за помощью к... данеллианам?

Эверард чуть улыбнулся.

— Ну, мне положение не кажется таким уж безнадежным. От нас ждут, что мы сами сделаем все необходимое, чтобы не расходовать жизненные сроки других агентов. Во-первых, как я уже говорил, полезно будет пожить на Оланде, изучая истоки характера Веледы. Потом вернемся в этот год к батавам, римлянам и... — словом, у меня есть кое-какие соображения, но я хочу обсудить их с тобой подробнее, и у тебя в этом плане будет ключевая роль.

— Надеюсь, я справлюсь.

Они постояли немного молча. Воздух становился холоднее. На холм вползала ночь. Солнечные цвета сменились серыми. Над ними зажглась вечерняя звезда.

Эверард услышал короткий вздох. Несмотря на сумерки, он заметил, что Флорис дрожит, и склонился над ней.

— Джейн, в чем дело? — спросил он, уже догадываясь.

Она посмотрела в темноту.

— Везде смерть, трагедии и горе...

— Такова история.

— Я знаю, знаю, но... Хоть жизнь среди фризов и закалила меня, но сегодня я убила людей, и я... я не смогу уснуть...

Он шагнул ближе и, положив руки ей на плечи, пробормотал что-то успокаивающее. Она повернулась и обняла его. Ему ничего не оставалось, как ответить тем же. Флорис подняла лицо, и Эверард поцеловал ее. Она сразу же ответила. На губах ее чувствовалась соль.

— О, Мэнс, да... да, пожалуйста... разве ты сам не хочешь забыться в эту ночь?

Глава 16

Морось все сыпалась с невидимого неба на землю, которую и так уже почти затопило. Видимости вскоре совсем не стало никакой: плоские поля, поблекшая трава, качающиеся на ветру голые деревья, сожженные развалины домов растворились в непроглядной мути. Одежда почти не защищала от пронизывающей холодом сырости. Северный ветер нес запах болот, над которыми он до того пронесся, морских волн за ними и движущейся с полюса зимы.

Эверард сгорбился в седле, поплотнее запахнувшись в плащ. С капюшона стекали капли воды. Лошадиные копыта с монотонным чмоканьем переступали по толстому слою грязи. А ведь это подъездная дорога к дому через хозяйские владения!

Впереди замаячило здание. Дом в слегка измененном средиземноморском стиле с черепичной крышей построил Берманд, когда он еще звался Цивилисом и был союзником и слугой Рима. Жена, как и положено, вела хозяйство, дети наполняли дом весельем. Теперь же он служил штабом Петиллию Цериалису. В портике стояли двое часовых. Как и те, что у въездных ворот, когда Эверард, подъехав к ступенькам, бросил поводья, они потребовали от патрульного назвать пароль.

— Я гот Эверард, — назвался он. — Генерал ждет меня.

Один из солдат бросил на товарища вопрошающий взгляд. Тот кивнул и произнес:

— Я получил приказ и даже сопровождал первого гонца.

«Последние остатки римской спеси?»

Солдат шмыгал носом и чихал. А первого, скорее всего, прислали на замену офицеру, лежащему сейчас в лихорадке и лязгающему зубами в бараке для больных. Эти двое были, похоже, из галлов, но и им пришлось несладко. Оружие и шлемы потускнели, килты промокли, руки посинели от холода, ввалившиеся щеки говорили о недостаточном питании.

— Проходи, — сказал второй легионер. — Мы позовем слугу, чтоб поставил в стойло твоего коня.

Эверард вошел в темную прихожую, где раб взял его плащ и нож. Несколько сонных воинов — одуревший от безделья штаб — уставились на него, и в их глазах промелькнула внезапная слабая надежда. Нашелся помощник, взявшийся проводить гостя до комнаты в южном крыле здания. Он постучал в дверь, услышал хриплое «открывай», повиновался и доложил:

— Господин, прибыл германский посланник.

— Впусти его, — прохрипел голос. — Оставь нас одних, но будь снаружи, на всякий случай.

Эверард вошел. Дверь за ним захлопнулась. Скудный свет едва просачивался в свинцово-серое окно. Повсюду на подставках стояли свечи. Сальные, а не стеариновые, они больше дымили и воняли. Углы комнаты заполняли тени, заползающие на стол с разбросанными свитками папируса. Кроме того, тут было два стула и сундук — видимо, с одеждой. Пехотный меч и ножны висели рядом на стене. Жаровня с углями согревала комнату, но воздух стоял тяжелый.

Цериалис сидел за столом в одной тунике и сандалиях — плотного телосложения человек с жестким квадратным лицом, чисто выбритым, с глубокими складками. Он внимательно оглядел вошедшего.

— Так ты гот Эверард? — сказал Цериалис вместо приветствия. — Посредник говорит, ты знаешь латынь. Надеюсь, он не обманул.

— Знаю.

«Трудновато будет, — подумал патрульный. — Не в моем характере пресмыкаться, но он может решить, что я слишком высокомерен, а он не собирается терпеть дерзости от какого-то проклятого Юпитером дикаря. Нервы у него, должно быть, на пределе, хотя это понятно».

— Генерал поступил весьма великодушно и мудро, приняв меня.

— Ладно, признаюсь, сейчас я готов выслушать даже христианина — лишь бы совет оказался дельным. А нет — так я бы с превеликим удовольствием распял его на кресте.

Эверард выказал удивление.

— Еврейская секта, — проворчал Цериалис. — Слышал об иудеях? Еще одна свора неблагодарных мятежников. Ну а ты — насколько я понимаю, твое племя живет на востоке. Почему, провалиться мне в Тартар, ты ищешь себе забот в здешних местах?

— Я думал, генералу рассказали об этом. Я не враг ни вам, ни Цивилису. Я побывал в Империи и во многих областях Германии. Так сложилось, что я даже знаком с Цивилисом и с некоторыми его приближенными. Они доверили мне говорить от их имени, потому что я человек посторонний, против которого вы ничего не имеете. А так же потому, что, зная римские обычаи, я могу донести до них ваше слово ясным, неискаженным. Что касается лично меня, то я торговец, которому нравится вести дела в этих краях. Мирная жизнь приносит больше доходов, и кроме того, я надеюсь получить что-нибудь за свои услуги.

Убеждать германцев было сложнее, но не намного. Мятежники тоже ослабли и потеряли решимость драться до конца. Готу можно было поручить лично встретиться с имперским командующим, что могло принести пользу, но никак не ухудшило бы теперешнего скверного положения. После того как гонцы передали предложение, легкость, с которой удалось договориться о встрече, удивила германцев. Эверард ожидал этого. Он лучше их знал из хроник Тацита и наблюдений с воздуха, как тяжело приходилось римлянам.

— Мне все это известно! — резко произнес Цериалис. — Они забыли упомянуть лишь о твоем интересе в этом деле. Хорошо, мы поговорим. Но предупреждаю: начнешь вилять, я сам вытолкаю тебя отсюда. Садись. Нет, налей нам сначала вина. С вином в этом лягушачьем болоте хоть не так паршиво.

Эверард наполнил два серебряных кубка вином из красивого стеклянного графина. Стул, на который он сел, был также весьма изящен, а вкус напитка — превосходен, хотя Эверард отдавал предпочтение менее сладким винам. Здесь, должно быть, все принадлежало Цивилису. Цивилизации.

«Никогда бы не стал восхищаться римлянами, но, кроме работорговли, налогов на крестьянский труд и садистских зрелищ, они принесли с собой еще многое другое. Высокая культура, процветание, широкое мировоззрение — эти ценности не вечны, но, когда прилив отступает, он оставляет разбросанные среди обломков книги, новые технологии, верования, идеи, воспоминания о том, что было раньше, — материал для потомков, который нужно ценить, беречь и использовать, строя новую жизнь. А из воспоминаний о прежней жизни остаются не только те, что связаны с элементарной борьбой за выживание».

— Так, значит, германцы готовы сдаться, а? — переспросил Цериалис.

— Прошу прощения у генерала, если мы неверно изложили свои мысли. Мы не сильны в латинском.

Цериалис стукнул кулаком по столу.

— Говорю тебе, прекрати ходить вокруг да около или убирайся вон! Ты принадлежишь к королевскому роду, происходящему от Меркурия. Во всяком случае, так себя держишь. Я тоже родственник императору, но он и я обыкновенные воины, которым досталось выполнять тяжелую работу. Так что пока нас здесь только двое, мы можем быть друг с другом откровенны.

Эверард рискнул улыбнуться.

— Как пожелаете, господин. Осмелюсь сказать, вы не совсем ошиблись относительно наших намерений. А раз так, почему бы вам не перейти к делу? Вожди, пославшие меня, не собираются идти в рабство. Но они хотели бы положить конец этой войне.

— Какие силы у них остались, чтобы ставить условия? Что у них за душой? Мы больше не видим перед собой настоящего войска. Последней попыткой Цивилиса, достойной упоминания, была морская операция этой осенью. Меня она не встревожила, а удивила: он еще трепыхается! Закончилась она для него неудачно, и он убрался за Рейн. С тех пор нам удалось разгромить его владения.

— Я отметил и ценю тот факт, что вы бережете его собственность.

Цериалис взорвался смехом.

— Конечно. Вбиваю клин между ним и остальными. Заставляю их задуматься, почему они должны проливать кровь и умирать ради его процветания. Я знаю, они уже сыты по горло. Ты пришел от группы родовых вождей, а не от него.

«Это верно, и ты довольно проницателен, парень».

— Связь несовершенна. Кроме того, мы, германцы, привыкли к независимости. Но это не значит, что меня послали, чтобы предать его.

Цериалис отхлебнул из кубка, отставил его в сторону и сказал:

— Хорошо, послушаем. Так что мне предлагают?

— Мир, как я говорил, — провозгласил Эверард. — Разве вы можете отказаться? У вас такие же трудности, как и у них. Вы говорите, что не видите больше вражеских войск. Это потому, что не продвигаетесь дальше. Вы завязли в опустошенной войной стране, где любая дорога похожа на трясину, ваши солдаты мерзнут, мокнут, голодают, валятся от болезней, приходят в отчаяние. Проблемы со снабжением ужасны и не улучшатся до тех пор, пока государство не восстановит силы после гражданской войны, которая продлится дольше, чем вы ожидаете. — «Хотел бы я процитировать знаменитую строку Стейнбека о мухах, одолевших мушиную липучку». — Тем временем Берманд и Цивилис набирают солдат в Германии. Вы можете проиграть, Цериалис, как проиграл Вар в Тевтобургском лесу, с такими же далеко идущими последствиями. Лучше согласиться с условиями, которые дают вам шанс на достойный выход из войны. Надеюсь, я был достаточно откровенен?

Римлянин вспыхнул и сжал кулаки.

— Ты был на грани наглости. Мы не преподнесем такой подарок мятежникам. Мы не можем.

Эверард смягчил голос.

— Тем... от чьего имени я говорю, кажется... что вы в достаточной мере наказали их. Если батавы и их союзники вернутся к вассальной зависимости и успокоятся за рекой, разве это не совпадет с вашими целями? В обмен они просят не больше того, что должны гарантировать своим людям. Никаких казней и угонов в рабство, не забирать пленных для парадов или для арены.

465

Вместо этого — амнистия для всех, в том числе и для Цивилиса. Возвращение родовых земель, тех, что захвачены. Разобраться со злоупотреблениями, которые привели к началу восстания. Это значит, по большей части, что надо пересмотреть налоги, ввести местное самоуправление, обеспечить свободную торговлю и положить конец насильственному призыву в армию. Согласившись с этим, вы получите столько добровольцев, сколько может понадобиться Риму.

— Немалый набор требований, — произнес Цериалис. — Не все решения в моей власти.

«Ага, — пронзила Эверарда радостная дрожь, — он не против того, чтобы обсудить их».

Он наклонился вперед.

— Генерал, вы в числе приближенных Веспасиана, за которого сражался и Цивилис. Император прислушается к вам. Говорят, он весьма трезвомыслящий человек, больше заинтересованный в результатах, чем в скоротечной славе победителя. Сенат... прислушается к воле Императора. Вы сможете протолкнуть этот договор, генерал, если захотите, если попытаетесь. Вас будут вспоминать не как Вара, а как Германика.

Цериалис прищурил глаза.

— Для варвара ты слишком хорошо разбираешься в политике, — произнес он.

— Я много где побывал, господин, и многое видел.

«Ох, побывал, побывал. По всему миру поездил и в каких только веках не был. Совсем недавно посетил источник всех твоих несчастий, Цериалис».

Такое ощущение, словно это было очень давно, эта идиллия на Оланде, нет, на Эйне. Двадцать пять лет прошло по календарю. Хлавагаст и Видухада и большинство тех, кто был так гостеприимен, наверняка теперь мертвы. Кости их в земле, а имена постепенно забываются. Ушли вместе с ними и их боль, и недоумение от поступка детей, которых позвала в дорогу какая-то странная причина. Но для Эверарда и Флорис прошел всего лишь месяц с тех пор, как они распрощались с Лайкианом. Муж и жена, путешественники с юга, которые смогли перебраться через море вместе с лошадьми и хотели бы на время разбить свою палатку рядом с дружелюбной деревней... Необыкновенное событие, а значит, весьма занимательное, заставляло людей быть более разговорчивыми, чем когда-либо в их жизни. Но были и часы, проведенные наедине, в палатке или на воле в летних лугах... Но вскоре агентам Патруля снова пришлось заняться делами вплотную.

— К тому же у меня есть связи, — продолжил Эверард.

«Наука, данные архивов, координирующие компьютеры, эксперты Патруля Времени. И понимание, что именно эта конфигурация событий несет в себе разрушительный заряд. Мы определили случайный фактор, который вызвал перемены; теперь наша задача свести его влияние на нет».

— Хм, — произнес Цериалис. — Я бы с удовольствием послушал о твоих странствиях. — Он откашлялся. — Но это позже. Сегодня займемся делом. Я действительно хочу вытащить своих людей из грязи.

«Кажется, этот парень начинает мне нравиться. Чем-то он напоминает Джорджа Паттона. Да, мы, пожалуй, поладим».

Цериалис заговорил, взвешивая каждое слово:

— Расскажи об этом вождям, а потом передай Цивилису. Я вижу одно значительное препятствие. Ты говоришь о германцах за Рейном. Я не могу поверить, что он захочет и сможет увести войска, если они околдованы кем-то, кому достаточно свистнуть, чтобы поднять их снова.

— Только не он, уверяю вас, — отозвался Эверард. — При соблюдении предложенных условий мы получаем то, за что он бьется, или по крайней мере приемлемый компромисс. А кто еще может начать новую войну?

— Веледа, — жестко проговорил Цериалис.

— Прорицательница бруктеров?

— Ведьма. Ты знаешь, я подумывал нанести по ним удар только ради того, чтобы схватить ее. Но она исчезла в лесах.

— Если бы вам удалось задуманное, это было бы все равно что схватить осиное гнездо.

Цериалис кивнул.

— Каждый безумец от Рейна до Свебского моря схватился бы за оружие. — Он имел в виду Балтию и был прав. — Но это стоило бы сделать хотя бы ради моих внуков — остановить ее, не дать и дальше расплескивать свой яд. — Он вздохнул. — Если бы не она, все бы успокоилось. А так...

— Я убежден, — весомо произнес Эверард, — если Цивилису и его союзникам пообещают почетные условия, мы сможем уговорить ее призывать отныне к миру.

Цериалис вытаращил глаза.

— Ты уверен?

— Попробуйте, — сказал Эверард. — Поторгуйтесь с нею

так же, как с вождями-мужчинами. Я смогу быть посредником между вами.

Цериалис покачал головой.

— Нельзя оставлять ее на свободе. Слишком опасно. За ней нужен глаз да глаз.

— Но не рука.

Цериалис моргнул, потом хохотнул.

— Ха! Понимаю, что ты имеешь в виду. У тебя дар забалтывать людей, Эверардус. Верно, если мы арестуем ее или сделаем нечто подобное, то получим новый всплеск восстания. Но что, если она спровоцирует нас на такие действия? Откуда нам знать, как она поведет себя дальше?

— Все будет в порядке, как только она примирится с Римом.

— Но чего стоит ее слово? Я знаю варваров. Переменчивы, как ветер. — Очевидно, генерала не заботило, что эмиссар варваров может принять оскорбление и на свой счет. — По моим сведениям, она служит богине войны. А если Веледе придет в голову, что ее Беллона снова жаждет крови? У нас на руках будет еще одна Боадицея.

«Твое больное место, да?»

Эверард отхлебнул вина. Сладкий ароматный напиток теплой волной разлился по горлу, напоминая о лете, о южных землях и отвлекая от разыгравшейся снаружи непогоды.

— Давайте попытаемся, — предложил он. — Что вы теряете, обменявшись с ней посланиями? Я уверен, соглашение, которое всех устроит, возможно.

То ли из суеверности, то ли ради красного словца Цериалис ответил на удивление спокойно:

— Все будет зависеть от богини, так?

Глава 17

Над лесом тлел ранний закат. На фоне заходящего солнца сучья выглядели как черные кости. Под зеленоватым холодным небом, таким же холодным, как свистящий над землей ветер, отражали закатный багрянец лужи в полях и на пастбищах. Пролетели вороны. Хриплые крики слышались еще долго после того, как их поглотила тьма.

Крестьянин, таскавший сено от стога к дому, задрожал, но не от непогоды: он увидел проходящую мимо Вел-Эдх. Не то чтобы она таила зло на людей, но Вел-Эдх общалась с Властителями и сейчас шла из святилища. Что она там услышала? Уже несколько месяцев никто не осмеливался заговорить с нею, как часто бывало раньше. Днем она бродила по своим владениям или сидела под деревом, размышляя в одиночестве. Такова была ее воля — но почему? Времена наступили мрачные, даже для бруктеров. Очень многие из них вернулись домой из земель батавов и фризов с рассказами о бедах и страданиях или не вернулись совсем. Неужто боги отвернулись от своей служительницы? Крестьянин пробормотал заклинание и ускорил шаг.

Вскоре перед глазами Веледы появились неясные очертания ее башни. Воин на страже отвел в сторону копье. Она кивнула и открыла дверь. В комнате у небольшого огня, скрестив ноги и соединив ладони, сидели двое рабов. Дым, ища выход, вился по комнате и ел глаза. Их дыхание смешивалось с этим тусклым при свете двух светильников туманом. Рабы вскочили на ноги.

— Желает ли госпожа есть или пить? — спросил мужчина.

Вел-Эдх покачала головой.

— Я иду спать.

— Мы будем охранять ваш сон, — произнесла девушка.

В этом не было нужды. Никто, кроме Хайдхина, не посмел бы непрошеным подняться по лестнице, но рабыня была новенькой. Она отдала госпоже один из светильников, и Вел-Эдх пошла наверх.

Сквозь окно, затянутое тщательно выскобленной пленкой из коровьей кишки, проникали остатки дневного света, горело пламя. Тем не менее верхнюю комнату заполняли густые тени, а вещи казались притаившимися троллями. Не желая еще забираться в постель, она поставила светильник на полку и, плотно запахнув одежду, села на свой высокий трехногий колдовской стул. Взгляд ее остановился на колышущихся тенях.

Внезапно в лицо дунуло порывом ветра, пол дрогнул от неожиданной тяжести. Эдх отшатнулась. Стул с грохотом отлетел к стене. У нее перехватило дыхание.

Из шара над стоящим перед ней рогатым предметом исходило мягкое сияние. Сзади располагались два седла — скрытый под железом бык Фрейра и на нем богиня, забравшая у него этого зверя.

— Найэрда, о, Найэрда...

Джейн Флорис слезла с роллера и приняла величественную позу. В прошлый раз, застигнутая событиями врасплох, она была одета как обычная германская женщина железного века. Тогда это не имело значения, и, вне всякого сомнения, Эдх сохранила в памяти более впечатляющий образ. Но для этого визита она подготовилась как следует: великолепное платье, сверкающее белизной, играющие блеском драгоценности на поясе, сетчатый узор на серебряном нагрудном украшении, волосы под диадемой заплетены в янтарно-золотые косы.

— Не бойся, — заговорила Флорис на диалекте, которым Эдх пользовалась в детстве. — Но говори тише. Я вернулась, как обещала.

Эдх выпрямилась, прижала руки к груди, переводя дыхание. Ее глаза на аскетичном лице казались огромными. Капюшон сполз с головы, и на свету блеснули серебристые пряди. Несколько секунд она приходила в себя. Затем удивительно быстро ею овладело спокойствие — вернее, готовность принять все, что скажет богиня.

— Всегда знала, что ты должна появиться, — наконец заговорила она. — Я готова идти. — Затем добавила шепотом: — Давно готова.

— Идти? — спросила Флорис.

— Вниз, в царство мертвых. Ты проводишь меня во мрак и покой. — Затем на лице ее отразилось беспокойство. — Разве нет?

Флорис напряглась.

— Жертва, которой я жду от тебя, труднее смерти.

Эдх помолчала, прежде чем ответить.

— Как пожелаешь, я не боюсь страданий.

— Я не причиню тебе зла! — торопливо произнесла Флорис, затем снова обрела должную суровость. — Ты много лет служила мне.

Эдх кивнула.

— С тех пор как ты вернула меня к жизни.

Флорис не смогла сдержать вздоха.

— Боюсь, что к жизни ущербной, изломанной...

— Ты спасла меня не зря, я знаю. Ради всех остальных, ведь так? Повсюду женщин насилуют, мужчин убивают, похищают детей, сажают на цепь свободных людей. Я должна была призывать к уничтожению Рима, разве нет?

— Ты уже не совсем уверена в этом?

На ее ресницах заблестели слезы.

— Если я ошиблась, Найэрда, почему ты не остановила меня?

— Ты не ошиблась. Но, дитя, послушай... — Флорис протянула руки.

Словно и в самом деле маленькая девочка, Эдх взяла их в свои, холодные и слегка дрожащие руки. Флорис глубоко вздохнула. Полились величественные слова:

— Всему свое время, и время всякой вещи под небом: время рождаться, и время умирать; время насаждать, и время вырывать насаженное; время убивать, и время врачевать; время разрушать, и время строить; время плакать, и время смеяться; время сетовать, и время плясать; время разбрасывать камни, и время собирать камни; время обнимать, и время уклоняться от объятий; время искать, и время терять; время сберегать, и время бросать; время раздирать, и время сшивать; время молчать, и время говорить; время любить, и время ненавидеть; время войне, и время миру.

Эдх с благоговением смотрела на нее.

— Я поняла тебя, богиня.

— Это старая мудрость, Эдх. Слушай дальше. Ты хорошо потрудилась, засеяла почву для меня, как я хотела. Но работа твоя не закончена. Теперь нужно собрать урожай.

— Как?

— Благодаря решимости, что ты пробудила в нем, народ в западных краях будет воевать за свои права, пока наконец римляне не вернут им отобранное. Но они, римляне, все еще боятся Веледы. До тех пор пока есть страх, что ты снова можешь призвать людей к войне с ними, они не решатся увести войска. Настало время для тебя от моего имени призвать людей к миру.

Эдх в восторге воскликнула:

— Тогда они уберутся вон? Мы избавимся от них?

— Нет. Они будут собирать налоги и оставят наместников, как раньше. — Флорис поспешно добавила: — Но они будут подчиняться закону, а жители на этой стороне Рейна получат прибыль благодаря торговле и законопорядку.

Эдх прикрыла глаза и закачала головой, сжав пальцы в кулаки.

— Не полная, не настоящая свобода? Мы останемся неотомщенные? Богиня, я не могу...

— Такова моя воля, — настойчиво сказала Флорис. — Повинуйся. — Она снова смягчила голос: — А для тебя, дитя мое, будет награда, новый дом в спокойном и удобном месте, где ты будешь заботиться о моем святилище, которое отныне станет святилищем мира.

— Нет, — уперлась Эдх. — Ты... ты должна знать — я дала клятву...

— Говори же! — воскликнула Флорис. И спустя мгновение: — Объяснись наконец сама с собой.

Дрожащая, скованная женщина перед ней снова обрела равновесие. Эдх довелось пережить немало потрясений и бед, и ей легко удалось справиться с удивлением. Вскоре она заговорила — с едва заметной тоской.

— Да, наверное, я действительно никогда себя не понимала... — Она взяла себя в руки. — Мы с Хайдхином... он заставил меня поклясться, что я никогда не заговорю о мире, пока он жив и хоть один римлянин остается на земле германцев. Мы смешали нашу кровь в роще перед богами. Разве тебя там не было?

Нахмурясь, Флорис произнесла:

— Он не имел права.

— Хайдхин обратился к асам.

Флорис изобразила надменность.

— Я разберусь с асами. Ты свободна от клятвы.

— Хайдхин ни за что... Он был верен ей все эти годы. — Эдх на мгновение умолкла. — Ты хочешь, чтобы я вышвырнула его как собаку? Потому что он никогда не прекратит войну против римлян, что бы ни сделали с ним люди или вы, боги.

— Скажи ему, что исполняешь мою волю.

— Не знаю, не знаю! — вырвался вскрик из горла Эдх. Она рухнула на пол и спрятала лицо на коленях. Плечи ее затряслись. Флорис взглянула вверх. Потолочные балки и стропила терялись во тьме. Свет сквозь окно уже не прорывался, потихоньку вползал холод. Завывал ветер.

— Боюсь, что мы столкнулись с тяжелой задачей, — передала она субголосом. — Верность — самая высокая нравственная ценность, известная этим людям. Я не уверена, что Эдх может заставить себя нарушить обязательство. А если сможет, это ее сокрушит.

— Проку от нее в таком случае будет мало, — зазвучали у нее в голове английские слова Эверарда, — а нам нужен ее авторитет, чтобы все сработало, как запланировано. Несчастная измученная женщина...

— Мы должны заставить Хайдхина освободить ее от этой клятвы. Надеюсь, он подчинится мне. Где он сейчас?

— Я только что проверял. Он у себя. — Они совсем недавно поставили «жучок» в его доме. — М-м, погоди, у него сейчас Берманд, он объезжает вождей за Рейном, как ты знаешь. Я подыщу другой день для твоего визита к нему.

— Нет, подожди. Это, наверное, подарок судьбы.

«Или мировые линии сближаются, стремясь обрести прежнее состояние?»

— Раз Берманд пытается подтолкнуть племена к новой попытке...

— Лучше не будем строить догадок насчет него. Неизвестно, как он себя поведет.

— Совершенно верно. Я не имею в виду прямое обращение к нему. Но если он увидит, что непримиримый Хайдхин внезапно переменился...

— Ну... хорошо. Рискованно все это, но решай сама, Джейн.

— Шшш!

Эдх подняла голову. Слезы текли у нее по щекам, но она удерживалась от рыданий.

— Что мне делать? — спросила она погасшим голосом.

Флорис шагнула к ней, наклонилась, снова протянула руки. Она помогла ей подняться, обняла и постояла так с минуту, отдавая тепло своего тела. Затем, отступив назад, произнесла:

— У тебя чистая душа, Эдх. Тебе нет нужды предавать своего друга. Мы вместе придем к нему и поговорим. Он должен понять.

Надежда и страх смешались в одном вопросе:

— Мы вдвоем?

— Правильно ли это? — спросил Эверард. — Впрочем, я полагаю, ее присутствие поможет тебе.

— Любовь может быть такой же могучей силой, как и религия, Мэнс, — ответила Флорис. Потом обратилась к Эдх: — Давай, садись на моего скакуна позади меня. Крепче держись за пояс.

— Священный бык, — выдохнула Эдх. — Или конь, который увезет меня в подземное царство?

— Нет, — ответила Флорис. — Но я ведь говорила, твой путь будет труднее, чем дорога в царство мертвых.

Глава 18

Огонь трещал и прыгал в канавке посреди зала в доме у Хайдхина. Дым не спешил подниматься к вентиляционной башенке, а стоял туманом, отравляя воздух, который пламя едва согревало. Его красные языки боролись с темнотой между балок и колонн. Тени наваливались на мужчин, сидящих на скамьях, и женщин, подносящих им питье. Большинство сидело молча. Хотя дом Хайдхина был так же великолепен, как многие королевские жилища, все знали, что радости в нем меньше, чем в избушке бедного поденщика. В этот вечер ее не было совсем. Снаружи свистел в сгущающихся сумерках ветер.

— Ничего из этого не выйдет, кроме предательства, — сказал наконец Хайдхин.

Сидящий рядом с ним Берманд медленно покачал поседевшей головой. Костер бросал кровавый отблеск на молочную белизну слепого глаза.

— Я уверен, что нет, — ответил он. — Эверард этот ой как непрост. Может, он и сумеет провернуть что-то.

— Лучшее, что он или кто-либо другой мог провернуть, это принести от римлян отказ. Любое предложение означает лишь наше поражение. Тебе не следовало отправлять его.

— А как я мог его остановить? Сначала он переговорил с вождями племен, и это они послали его. Я же говорил тебе, что узнал обо всем только во время этой поездки.

Хайдхин скривил губы.

— Как они осмелились!

— У них есть право. — Голос Берманда звучал глухо и мрачно. — Они не нарушили клятву, вступив в переговоры с врагом. И, знай я об этом раньше, я бы, наверное, не пытался остановить их. Они сыты войной по горло. Может быть, Эверард сумеет найти выход и дать им надежду. Я тоже смертельно устал.

— Я был о тебе лучшего мнения, — презрительно усмехнулся Хайдхин.

Берманд не выказал гнева; все-таки названый брат Вел-Эдх занимал достаточно высокое положение в их иерархии.

— Тебе легче, — терпеливо продолжал батав. — Твой дом не раскололся надвое. Сын моей сестры пал в битве против меня. Моя жена и вторая сестра взяты в заложницы в Колоне; я даже не знаю, живы ли они. Владения мои разорены. — Он уставился на рог с вином. — Что еще уготовили мне боги?

Хайдхин сидел так, будто копье проглотил.

— Даже если ты сдашься, — проговорил он, — я — никогда.

Раздался стук в дверь. Мужчина, сидящий ближе к ней, взял секиру и пошел открывать. В залу ворвался ветер; пламя встрепенулось и брызнуло искрами. Появившуюся в дверном проеме фигуру окутывал мрак.

Хайдхин вскочил.

— Эдх! — воскликнул он и направился к ней.

— Госпожа, — прошептал Берманд.

По всему залу прокатилось бормотание. Мужчины повскакивали на ноги. Отбросив капюшон, Эдх двинулась вдоль костровой канавки. Все заметили, что она бледна и взволнованна, а взгляд ее устремлен куда-то в пространство.

— Как, как ты добралась сюда? — изумился Хайдхин. — И зачем?

Хайдхин, всегда такой сдержанный, выглядел потрясенным, и это многих обескуражило. Эдх остановилась.

— Я должна поговорить с тобой наедине, — промолвила она. В ее тихом голосе звучал зов судьбы. — Иди за мной. Один.

— Но... ты... зачем...

— Иди за мной, Хайдхин. Важные известия. Остальные, подождите здесь.

Вел-Эдх повернулась и направилась к выходу. Словно во сне, Хайдхин двинулся за ней. У входа его рука сама выхватила копье из груды оружия, оставленного у стены. Вместе они шагнули во мрак. Поеживаясь, один из мужчин тихонько пошел запереть дверь.

— Нет, не задвигай засов, — приказал ему Берманд. — Мы подождем здесь, как она велела, пока они не вернутся или пока не наступит утро.

Высоко над головой мигали первые звезды. Постройки чернели бесформенной массой. Эдх прокладывала путь со двора к открытой площадке позади него. Увядшая трава и встревоженные ветром лужи были в непроглядной тьме едва различимы. В стороне высился дуб, у которого Хайдхин приносил жертвы асам. Из-за него пробивался ровный белый свет. Хайдхин невольно остановился. Из его горла вырвался вскрик.

— Сегодня тебе нужна храбрость, — сказала Эдх. — Там богиня.

— Найэрда... она... вернулась?

— Да, прибыла в мою башню, а оттуда перенесла меня сюда. Пошли.

Эдх решительно двинулась дальше. Ее плащ трепетал на ветру, распущенные волосы развевались вокруг гордо поднятой головы. Хайдхин покрепче ухватил древко копья и последовал за ней.

Едва заметные в слабом сиянии, широко раскинулись кривые ветви дуба. Ветер со стуком сталкивал их друг с другом. Хлюпали под ногами мокрые опавшие листья. Они обошли ствол и увидели ее рядом с покрытым железным панцирем то ли быком, то ли конем.

— Богиня, — вымолвил Хайдхин и, упав на одно колено, склонил голову. Но, когда он снова поднял ее, лицо выражало твердость. Если копье Хайдхина и дрожало, то лишь от дикой радости, рвущейся из груди.

— Теперь ты сама поведешь нас в бой?

Флорис устремила взгляд поверх его головы. Он стоял, гибкий и сильный, в темной одежде, с суровым и замкнутым лицом, несущим отметины долгих лет походной жизни; стальной наконечник его оружия сверкал в луче прожектора. Тень Хайдхина падала на Эдх.

— Нет, — произнесла Флорис. — Время войны миновало.

— Все римляне мертвы? Ты всех поразила? — Его голос дрожал от волнения.

Эдх отступила в сторону.

— Они живы, — ответила Флорис, — как будет жить и твой народ. Слишком много погибших в каждом племени, и у них тоже. Они хотят мира.

Левая рука Хайдхина присоединилась к правой, держащей копье.

— Я не хочу, — прохрипел он. — Богиня слышала мою клятву на берегу. Когда они будут убегать, я стану кусать их за пятки. Не будет им покоя ни днем, ни ночью. Должен ли я посвящать тебе смерти моих врагов?

— Римляне останутся. Но они вернут народу его права. Этого будет достаточно.

Как громом пораженный, Хайдхин тряхнул головой. Он переводил взгляд с одной женщины на другую, затем прошептал:

— Богиня, Эдх, неужели вы обе отступаетесь? Не могу поверить.

Он словно бы не заметил, как Эдх потянулась к нему через разделяющий их ветреный мрак. Ее голос умолял:

— Батавы и остальные, они ведь не нашего племени. Мы уже достаточно для них сделали.

— Уверяю тебя, условия будут почетными, — сказала Флорис. — Твоя работа окончена. Ты получишь то, чему будет рад и сам Берманд. А Веледа должна известить всех, что боги требуют сложить оружие.

— Я и ты... мы клялись, Эдх. — В голосе Хайдхина слышалось удивление. — Никогда ни ты, ни я не прекратим войну, пока я жив, а римляне у власти. Мы поклялись и отдали земле нашу единую кровь.

— Ты освободишь ее от клятвы, — требовательно сказала Флорис. — Как это уже сделала я.

— Не могу. И не стану. — Пронизанные болью, его слова внезапно обрушились на Эдх. — Ты забыла, как эти собаки сделали тебя своей сучкой? Тебя больше не заботит собственная честь?

Эдх упала на колени, закрывшись руками.

— Нет! — закричала она. — Не надо, нет, нет!

Флорис шагнула к мужчине. В ночи над ними Эверард нацелил парализатор.

— Имей совесть, — произнесла она. — Не волк же ты, чтобы рвать зубами ту, кого любишь?

Хайдхин рванул одежду в стороны, обнажив грудь.

— Любовь, ненависть... Я человек и дал клятву асам.

— Поступай как знаешь, — сказала Флорис. — Только оставь мою Эдх. Помни, ты обязан мне жизнью.

Хайдхин поник. Привалясь к древку копья, Эдх скорчилась у его ног, а ветер бушевал вокруг, и, как под веревкой висельника, скрипело дерево.

Однако он тут же рассмеялся, расправил плечи и взглянул прямо в глаза Флорис.

— Ты права, богиня, — сказал он. — Да, я должен уйти.

Он опустил копье, схватил его обеими руками чуть ниже наконечника, всадил острие себе в горло и одним резким движением качнул лезвие из стороны в сторону.

Вопль Эдх перекрыл вскрик Флорис. Хайдхин рухнул на землю. Заблестела черная в ночи кровь. В предсмертной агонии он продолжал корчиться, из последних сил вцепившись пальцами в траву.

— Стой! — рявкнул Эверард. — Не пытайся спасти его. Эта проклятая воинственная культура — у него оставался только один выход.

Флорис не позаботилась ответить субголосом. Богиня вполне может петь на неизвестном языке, сопровождая душу в царство мертвых:

— Какой ужас...

— Да, но подумай о каждом, кто останется жив, если мы все сделаем верно.

— Сможем ли мы теперь? Что подумает Берманд?

— Пускай думает. Прикажи Эдх не отвечать ни на какие вопросы. Ее появление здесь, за десяток миль от башни, этот человек, не захотевший положить конец жестокости, но убивший себя, Веледа, говорящая о мире, — вся эта таинственность прибавит ей весомости, скажется на убедительности ее речей, хотя, я думаю, люди и так придут к правильным выводам.

Хайдхин затих. Он словно даже стал меньше. Кровь растеклась вокруг и пропитала землю.

— Сначала нужно помочь Эдх, — сказала Флорис.

Она подошла к женщине, та поднялась и стояла, будто окаменев. Платье и плащ Эдх были залиты кровью. Не обращая на это внимания, Флорис обняла ее.

— Ты свободна, — пробормотала она. — Он ценой своей жизни дал тебе свободу. Помни об этом.

— Да, — вымолвила Эдх, глядя в темноту.

— Теперь ты можешь провозглашать мир на земле. Ты должна.

— Да.

Флорис все не отпускала ее, отдавая свое тепло.

— Скажи мне, как, — проговорила Эдх. — Объясни мне, что говорить. Мир опустел.

— Ох, дитя мое, — дыхание Флорис терялось в седеющих волосах Веледы. — Храни добро в сердце. Я обещаю тебе новый дом, новую надежду. Хочешь услышать об этом? Это небольшой зеленый остров в море.

Жизнь понемногу возвращалась к Эдх.

— Спасибо. Ты так добра. Я сделаю все, что смогу... во имя Найэрды.

— Теперь пойдем, — предложила Флорис. — Я доставлю тебя обратно в твою башню. Усни. Сон облегчит твое горе. Потом подумай над тем, что ты будешь говорить вождям и королям. Когда они придут к тебе, передай им слово мира.

Глава 19

Свежий снег укрыл пепелища, служившие когда-то пристанищем людям. Там, где можжевельник сумел удержать снег в своей темной зелени, он и сам казался белым. Солнце, висящее над южным краем земли, отбрасывало на снег небесно-голубые тени. Тонкий лед на реке с наступлением дня таял, но все еще держался коркой в тростниковых зарослях по берегам, а отдельные льдинки не спеша плыли по течению в сторону севера. Темная полоска на восточном горизонте отмечала границу дикой местности.

Берманд со своими людьми ехал на запад. Копыта глухо стучали по промерзшей земле, восстанавливая старую дорожную колею. Дыхание паром вырывалось из ноздрей и окаймляло изморозью бороды. Морозно поблескивал металл. Всадники лишь изредка обменивались словами. Лохматые, в мехах и войлочных одеждах, они выбрались из леса и направились к реке.

Впереди показался остов деревянного моста, за ним торчащие из воды быки. На противоположном берегу виднелись такие же остатки. Работники, разобравшие середину моста, присоединились к легионерам, что выстроились на той стороне. Римлян прибыло так же мало, как и германцев. Латы их блестели, но килты и плащи были оборваны и в грязи. Плюмажи на командирских шлемах совсем потеряли цвет.

Берманд бросил поводья, спрыгнул с лошади и ступил на мост. Башмаки его застучали по настилу. Цериалис уже ждал. Добрый знак, ведь это Берманд попросил о переговорах — хотя это не имело теперь большого значения, потому что и так ясно было — переговоры будут.

У края своей половины моста Берманд остановился. Двое коренастых воинов пристально разглядывали друг друга через разделявшее их пространство. Под ними, неся свои воды к морю, клокотала река.

Римлянин расцепил ладони и поднял правую руку.

— Приветствую тебя, Цивилис, — произнес он. Привыкший обращаться к войску, он легко преодолевал голосом расстояние между ними.

— Приветствую тебя, Цериалис, — ответил Берманд столь же громко.

— Нам нужно обсудить условия, — произнес Цериалис. — Трудно это делать с предателем.

Он произнес эти слова уверенным, не терпящим возражения тоном, но Берманд воспринял их без обиды.

— Я не предатель, — спокойно ответил он на латинском. Затем подчеркнул, что встречается не с легатом Вителлия: Цериалис служил Веспасиану. И напомнил, что за долгие годы тогда, до войны, Берманд Батав, он же Клавдий Цивилис, оказал Риму немало услуг.

Часть III

Охотник по имени Гутерий часто ходил на охоту в дикий лес, так как был беден и участок имел не слишком урожайный. Прекрасным осенним днем, вооруженный луком и копьем, он отправился в лес. Гутерий не рассчитывал на крупную дичь, которая стала редкой и пугливой. Он собирался на ночь поставить ловушки для белок и зайцев, а затем двинуться дальше, в надежде подбить, может быть, глухаря. Хотя он был готов и к тому, что ничего стоящего ему не попадется.

Путь охотника лежал в обход залива. Прибой яростно колотился о прибрежные скалы, и белые барашки волн теснились на поверхности, несмотря на то что наступил отлив. Какая-то старая женщина шла по берегу, наклоняясь и выискивая, что море выбросило на берег: раскрытые раковины или дохлую рыбу, не слишком порченную. Беззубая, с узловатыми слабыми пальцами, она двигалась так, словно каждый шаг причинял ей боль. Рваную одежду трепал резкий ветер.

— Добрый день, — поздоровался Гутерий. — Как жизнь?

— Совсем плохо, — ответила старуха. — Боюсь, если ничего не найду пожевать, не смогу и до дома доковылять.

— Да, плохи твои дела, — сказал Гутерий и достал из сумки хлеб и сыр, что прихватил для себя из дому. — Возьми половину.

— У тебя доброе сердце, — произнесла старуха дрожащим голосом.

— Я не забыл свою мать, — объяснил охотник, — и почитаю Нехаленнию.

— А не мог бы ты отдать мне весь хлеб и сыр? — спросила она. — Ты молодой и сильный.

— Нет, силу мне надо беречь, если я хочу прокормить жену и детей, — сказал Гутерий. — Скажи спасибо за то, что я поделился с тобой.

— Я благодарна тебе, — отозвалась старушка. — Тебя ждет награда. Но раз ты пожадничал, сначала хлебнешь страданий.

— Замолчи! — воскликнул Гутерий и торопливо пошел прочь от дурных предсказаний.

Войдя в лес, он зашагал по хорошо знакомым тропам. Внезапно из-за кустов выпрыгнул олень. Могучее животное снежно-белого цвета и размером почти с лося. Рога его ветвились, как крона старого дуба.

— Ого-го-го! — воскликнул Гутерий. Он метнул копье, но промахнулся. Олень не кинулся прочь. Он остановился перед Гутерием — светлое пятно на фоне лесного сумрака. Охотник схватил лук, натянул тетиву и выпустил стрелу. Услышав звон тетивы, олень сорвался с места, но быстрее, чем человек. Однако стрелы своей Гутерий не нашел. Он решил, что, может быть, стрела попала в цель и он сумеет добить раненого зверя. Подобрав копье, охотник пустился в погоню.

Преследование все продолжалось и продолжалось, уводя человека в глубь дикого леса. Белое пятно оленя не пропадало из виду. Каким-то чудом Гутерий не уставал бежать, дыхание не перехватывало, он бежал без отдыха, опьянев от погони и забыв обо всем.

Солнце село. Опустились сумерки. Как только дневной свет померк, олень резко прибавил прыти и исчез из виду. Зашумел в ветвях деревьев ветер. Гутерию, вконец обессиленному усталостью, голодом и жаждой, пришлось остановиться, и тут он обнаружил, что заблудился. «Неужто старая карга и в самом деле прокляла меня?» — подумал он. Страх, холоднее наступающей ночи, пронзил его душу. Он завернулся в одеяло, которое прихватил с собой, и пролежал, не смыкая глаз, до самого рассвета.

Весь следующий день он бродил вокруг, не находя ни одной знакомой приметы. В самом деле, в жуткий уголок леса его занесло. Ни единого зверька не пробегало в траве, птицы не подавали голоса из крон деревьев, лишь ветер свистел в ветвях и ворошил увядшие листья. Не росли здесь ни грибы, ни ягоды, ни орехи, только мох на рухнувших стволах и бесформенных камнях. Тучи закрыли солнце, по которому он мог бы определить направление движения. В отчаянии Гутерий метался по лесу.

Ближе к ночи он нашел ручей, бросился на живот и утолил мучившую его жажду. Это придало ему сил, и он огляделся по сторонам. Гутерий оказался на поляне, откуда виден был клочок неба, свободный от туч. На фиолетово-синем фоне сияла вечерняя звезда.

— Нехаленния, — взмолился он, — пожалей меня. Тебе я предлагаю то, что должен был отдать без колебаний.

У него так пересохло во рту, что он не мог есть. Охотник разбросал остатки пищи под деревьями для зверья, которому она может пригодиться. Тут же у ручья он и уснул.

Ночью разразилась жестокая буря. Деревья скрипели и стонали. Ветер разбрасывал сломанные ветки. Дождь лил как из ведра. Гутерий брел вслепую в поисках укрытия. Вдруг он наткнулся на дерево и обнаружил, что оно с дуплом. В нем и провел он остаток ночи.

Наступило спокойное солнечное утро. Капли дождя бесчисленными жемчужинами сверкали на ветвях и во мху. Над головой прошелестели крылья. Только Гутерий размял занемевшее тело, как к нему с лаем подбежала какая-то собака. Не дворняжка, а настоящая охотничья собака, высокая, серая. Радость пробудилась в человеке.

— Чья же ты? — спросил он. — Веди меня к своему хозяину.

Собака повернулась и затрусила прочь. Гутерий последовал за ней. Вскоре они вышли на звериную тропу и двинулись дальше. Но примет, указывающих на близость людей, видно не было. В нем просыпалась догадка.

— Ты принадлежишь Нехаленнии, — осмелился он произнести. — Она послала тебя проводить меня домой или хотя бы к ягодным кустам или орешнику, где я мог бы утолить голод. Как я благодарен богине!

Пес ничего не ответил, только перебирал лапами. Они двигались дальше, но ни ягод, ни орешника не попадалось. Наконец лес кончился. Охотник услышал шум морских волн и почувствовал в порывах ветра вкус соли. Собака прыгнула в сторону и пропала среди теней. Дальше, должно быть, нужно было идти одному. Как ни измучен был Гутерий, душа его наполнилась радостью, так как он знал, что, двигаясь вдоль берега на юг, придет в рыбацкий поселок, где жили его родственники.

На берегу он остановился в удивлении. Среди камней лежал корабль, выброшенный штормом на берег, разбитый, уже непригодный для плаванья, хотя и не полностью разрушенный. Команда осталась цела. Моряки печально сидели возле останков корабля, так как, будучи из других земель, они ничего не знали об этом побережье.

Гутерий подошел ближе и осознал их отчаянное положение. Знаками он попытался объяснить, что может стать их проводником. Моряки накормили охотника и, оставив несколько человек охранять корабль, отправились с ним, захватив кое-какие припасы.

Таким образом Гутерий получил обещанную награду; ибо корабль вез богатый товар, а прокуратор, правящий в этих местах, постановил, что любой, кто спасет команду, должен получить значительную часть груза. Гутерий решил, что та старая женщина и была самой Нехаленнией.

Поскольку Нехаленния — богиня торговли и мореплавания, он вложил свои средства в судно, которое регулярно ходило в Британию. Кораблю всегда везло с погодой и попутным ветром, а перевозимые товары оказались выгодными. Вскоре Гутерий разбогател.

В знак благодарности он воздвиг алтарь Нехаленнии, на который после каждого вояжа возлагал богатые дары; а когда он видел, как впереди сияет вечерняя или утренняя звезда, он низко кланялся, потому что звезды тоже принадлежат Нехаленнии.

И деревья ей принадлежат, виноградники и фрукты. Ей принадлежит море и корабли, что бороздят его просторы. От нее зависит процветание смертных и мир между ними.

Глава 20

— Я только что получила твое письмо, — говорила Флорис в телефонную трубку. — О да, Мэнс, приходи как только сможешь.

Эверард не стал терять время на авиаперелет. Он сунул в карман паспорт и рванул сразу из нью-йоркской штаб-квартиры Патруля в амстердамскую. Здесь он обменял доллары на гульдены и взял машину, чтобы добраться до квартиры Флорис.

Он вошел, и они обнялись. Поцелуй Джейн был скорее дружеским, чем страстным, и длился недолго. Эверард не совсем понимал, удивило его это или нет, разочарован он или обрадован.

— Привет, привет, — выдохнула она ему в ухо. — Давно не виделись.

Гибкое тело еще мгновение прижималось к нему, затем быстро отстранилось. Пульс Эверарда успокоился.

— Ты выглядишь, как всегда, великолепно, — сказал он. Что правда, то правда. Короткое черное платье обтягивало высокую стройную фигуру и оттеняло янтарные, заплетенные в косы волосы. Единственным драгоценным украшением была серебряная брошь в виде альбатроса, приколотая над левой грудью. Уж не в его ли честь? На ее губах играла сдержанная улыбка.

— Спасибо. Но приглядись получше: я очень устала и хоть сейчас готова взять отпуск.

В бирюзовых глазах мелькнула неуверенность.

«Чему еще она была свидетельницей с тех пор, как мы распрощались? — подумал он. — О чем мне не рассказали, не желая тревожить попусту?»

— Я понимаю. Отпуск был бы для тебя сейчас очень кстати. Ведь ты работала за десятерых. Мне, конечно, следовало остаться и помочь...

Она покачала головой.

— Нет. Я понимала это тогда и понимаю сейчас. Кризис миновал, и агенту-оперативнику начальство всегда найдет лучшее применение. У тебя достаточно власти, и ты мог бы остаться для завершения операции, но твое время стараются не расходовать на рутинную работу. — Она опять улыбнулась. — Старый работяга Мэнс.

«Тогда как тебе, специалисту, который действительно знает это тысячелетие, приходится доводить работу до конца. Да, с помощью коллег и новых переведенных к тебе сотрудников, переобученных для тех условий, — но за все отвечала ты. Тебе надо было убедиться, что события пошли так, как зафиксировано у Тацита «первого»; что не возникло сбоев здесь и там, теперь и тогда; что история вышла наконец из нестабильной пространственно-временной зоны и теперь может быть предоставлена своему естественному ходу. Отпуск свой ты точно заслужила».

— Как долго ты оставалась в деле?

— С 70-го по 95-й год. Конечно, я перемещалась во времени, так что в моей мировой линии это заняло... что-то около года. А ты, Мэнс? Чем занимался ты?

— В основном ничем, кроме восстановления здоровья, — признался он. — Я знал, что ты должна вернуться на этой неделе из-за своих родителей и своей легенды в этом времени, так что сразу переместился сюда, выждал несколько дней, потом написал тебе.

«Правильно ли я поступил, возвращаясь к прежнему? Я ведь, пожалуй, менее чувствителен, и случившиеся события мучают меня не в такой степени. А потом, ты пробыла там дольше».

Джейн, похоже, поняла, о чем он думает.

— Ах ты, мой хороший. — Коротко рассмеявшись, она схватила его за руки. — Но что же мы здесь стоим? Пошли, устроимся поудобнее.

Они прошли в комнату, полную картин и книг. Джейн сервировала низкий столик, приготовила кофе, хлебцы, достала шотландское виски — она знала, что он любит, — да, «Гленливет», как раз его любимое, хотя Эверард не помнил, когда упоминал при ней эту марку. Бок о бок они сели на диван. Джейн откинулась назад и потянулась.

— Как хорошо-то, — промурлыкала она. — Нет, просто великолепно. Я снова учусь ценить свой родной век.

«Действительно ли она так спокойна, или это притворство? Сам я почему-то чувствую себя неловко».

Эверард сидел на краю дивана. Он разлил кофе и плеснул себе виски. На его вопрошающий взгляд Джейн отрицательно качнула головой и взяла свою чашку.

— Для меня еще слишком рано, — сказала она.

— Ладно тебе, я же не собирался уничтожать всю бутылку, — заверил он. — Давай отвлечемся от дел, поговорим и, может быть, потом где-нибудь пообедаем вместе. Как насчет того прелестного карибского ресторанчика? Хотя, если хочешь, я просто опустошу твой холодильник.

— А потом? — тихо спросила она.

— Ну, э-э-э... — Он почувствовал, как кровь прихлынула к щекам.

— Ты понимаешь, почему я должна сохранять голову ясной?

— Джейн, ты что, думаешь, я...

— Нет, конечно нет. Ты достойный человек. Иногда это тебе даже вредит. — Она положила руку ему на колено. — Давай, как ты предложил, поговорим.

И убрала руку прежде, чем он успел обнять ее. Сквозь открытое окно проникало нежное дуновение весны. Шум уличного движения напоминал отдаленный прибой.

— Бесполезно изображать веселье, — произнесла она спустя какое-то время.

— Пожалуй. Можем сразу перейти на серьезный лад.

Странно, но Эверард почувствовал себя немного свободнее. Он откинулся на спинку дивана, держа в руке виски и наслаждаясь ароматом не меньше, чем вкусом.

— Что ты будешь делать дальше, Мэнс?

— Кто знает? Проблем всегда хватает. — Он повернулся и посмотрел на нее. — Я хочу услышать о твоих делах. Надо полагать, все закончилось успешно? Меня бы проинформировали, если бы что-то пошло не так.

— Ты имеешь в виду, если бы всплыло что-нибудь вроде новых экземпляров Тацита «второго»?

— Нет. Тот манускрипт сохранился в единственном экземпляре, и какие бы выводы ни делал из него Патруль, это теперь всего лишь курьез.

Он почувствовал, как она вздрогнула.

— Объект, появившийся неизвестно откуда, изготовленный из ничего и неизвестно зачем. Что за ужасная Вселенная. Лучше бы и не знать о вариантной реальности. Иногда я жалею, что меня завербовали.

— В определенных обстоятельствах это бывает, я знаю. — Он хотел поцелуями удалить горечь с ее губ.

«Попытаться? Или не стоит?»

— Да, ты прав. — Она подняла светловолосую голову, голос ее дрожал. — Но потом я вспоминаю об исследованиях, открытиях, о помощи людям и снова радуюсь.

— Вот и умница. Ну, расскажи мне о своих приключениях. — «К самому главному вопросу нужен постепенный подход». — Я не просматривал твой доклад, потому что хотел услышать обо всем непосредственно от тебя.

Она снова упала духом.

— Уж лучше бы ты посмотрел доклад, если тебе интересно, — сказала она, глядя на фотографию Сетевой Туманности на противоположной стороне.

— Что?.. Тебе трудно говорить об этом?

— Да.

— Но ты добилась успеха. Ты обезопасила историю и естественный порядок вещей.

— Лишь отчасти. И на время.

— Большего от человека и требовать нельзя, Джейн.

— Я знаю.

— Мы пропустим детали. — «В самом ли деле они были так кровавы? По-моему, реконструкция прошла довольно гладко, и германским племенам неплохо жилось в Империи, пока она не начала разваливаться». — Но хоть о чем-то ты мне можешь рассказать? О людях, с которыми мы встречались, о Берманде?

В голосе Флорис прибавилось веселья.

— Он был прощен, как и другие. Жена и сестра вернулись к нему целыми и невредимыми. Он удалился в свое поместье в Батавии, где закончил свои дни в скромном достатке, где-то на уровне среднего чиновника. Римляне, однако, уважали его и часто советовались с ним. Цериалис стал правителем Британии, где завоевал земли бригантов. Тесть Тацита Агрикола служил под его началом, и, как ты помнишь, историк отзывался о нем неплохо. Классик...

— Пока неважно, — прервал ее Эверард. — Что с Веледой? С Эдх?

— Ах да. После той встречи на мосту ее имя исчезает из хроник. Полных хроник, восстановленных путешественниками во времени.

— Я помню. Что произошло? Она умерла?

— Только через двадцать лет. В необыкновенно старом возрасте для той эпохи. — Флорис помрачнела. Опять грусть коснулась ее души? — Странно. Ты не думаешь, что ее судьба должна была бы заинтересовать Тацита в достаточной мере, чтобы упомянуть о ней?

— Нет, если она была всеми забыта.

— Не совсем так. Может быть, я сама вносила перемены в прошлое? Когда я доложила о своих сомнениях, мне приказали действовать дальше и сказали, что это и есть естественный ход истории.

— Тогда все в порядке. Не беспокойся. Возможно, история

Веледы была всего лишь незначительным всплеском в причинно-следственной цепочке событий. Если так, то она не играет важной роли в истории. Такие вещи случаются и обычно не оставляют серьезных последствий. Тацит мог и не знать о ее судьбе или потерять к ней интерес, после того как она перестала быть политической силой. Так ведь и произошло на самом деле?

— В некотором роде. Хотя... Та программа, что я обдумала и предложила, а Патруль одобрил, пришла мне в голову благодаря опыту, который я накопила задолго до того, как узнала о существовании Патруля. Я ободряла Эдх, предсказывала, что она должна делать, заранее готовила обстоятельства, наблюдала за ней и появлялась, когда она нуждалась в своей богине. — Эверард опять заметил, как помрачнела Флорис. — Будущее перекраивало собственное прошлое. Надеюсь, в дальнейшем мне в таких экспериментах участвовать не придется. Не то чтобы все это было так ужасно. Нет, оно того стоило. Я чувствовала, что не зря живу на свете. Но... — Она умолкла.

— Страшновато, — помог Эверард. — Со мной такое было.

— Да, — тихо сказала она. — И у тебя есть собственные секреты, не так ли?

— От Патруля нет.

— От тех, о ком ты заботишься. Вещи, о которых тебе больно говорить, а им непереносимо слушать.

«Близко, слишком близко».

— Ну ладно, так что Эдх? Я полагаю, ты пыталась сделать ее как можно более счастливой. — Эверард выждал. — Уверен в этом.

— Был ты когда-нибудь на острове Валхерен? — спросила Флорис.

— М-м, нет. Это где-то рядом с бельгийской границей? Подожди. Я смутно вспоминаю, ты говорила однажды об археологических находках из тех мест.

— Да. В основном камни с латинскими надписями второго-третьего веков. Благодарственные подношения, обычно за удачное морское путешествие в Британию и за благополучное возвращение. Богиня, которой они предназначались, имела храм в одном из портов Северного моря. На некоторых камнях она изображена вместе с кораблем или собакой, часто с рогом изобилия в окружении фруктов и колосьев. Имя ее Нехаленния.

— Очень важный культ, по крайней мере в том краю.

— Она выполняла все, что положено богам: давала мужество

и знание, делала людей немного добрее, чем они могли бы быть в противном случае, а иногда открывала им глаза на красоту.

— Подожди! — Эверард выпрямился. Мурашки побежали у него по спине и затылку. — Это богиня Веледы...

— Древняя нордическая богиня морей и плодородия Нертус, Найэрда, Нерда, Нерха — множество различных вариантов имени. Веледа сотворила из нее мстительное божество войны под влиянием Хайдхина.

Эверард довольно долго смотрел на Флорис, прежде чем сказал:

— А ты убедила Веледу снова провозгласить ее мирной богиней и переместила на юг. Это просто гениально!.. Великолепная операция! Не припомню, чтобы я слышал о чем-то подобном.

Глаза ее опустились.

— Нет, на самом деле это не так. Потенциал уже был заложен в самой Эдх. Удивительная женщина. Чего бы она могла достичь в более благоприятное время?... На Валхерене богиню звали Неха. Культ ее почти совсем угас, несмотря на божественное покровительство сельскому хозяйству и рыболовству. Хотя охотничьи дела ассоциировались с ней с первобытных времен. Прибыла Веледа, оживила культ, внесла новые элементы, соответствующие цивилизации, которая переменила жизнь ее народа. Они начали произносить имя богини с латинским послеслогом, Неха Леннис, то есть Неха Добрая. Со временем оно превратилось в имя Нехаленния.

— Должно быть, богиня играла у них важную роль, раз ей поклонялись и столетия спустя.

— По-видимому, так. Когда-нибудь я хотела бы отследить ее историю, если Патруль позволит использовать на это несколько лет моей жизни. — Флорис вздохнула. — В конце концов империя, конечно, рухнула. Франки и саксы смели все на своем пути, а когда возник новый мировой порядок, он уже стал христианским. Но мне хотелось бы думать, что от культа Нехаленнии многое сохранилось.

Эверард согласился.

— Мне тоже, после того, что ты рассказала. Это могло пойти на пользу людям. Многие средневековые святые произошли от языческих богов, а те, что были историческими личностями, часто имели черты древних богов как в фольклоре, так и в церковных летописях. Костры в середине лета все еще разжигают, хотя теперь уже в честь святого Иоанна. Святой Олаф бьется с троллями и чудовищами, как до него Тор. Даже Дева Мария имеет черты Исиды, и, смею предположить, несколько легенд о ней были первоначально местными мифами... — Он оборвал себя. — Впрочем, тебе это известно. Все нити уходят в глубь веков. Как жила Эдх?

Флорис смотрела мимо него, словно все мысли ее были в прошлом. Затем медленно заговорила:

— Старость Эдх встретила, окруженная почетом. Замуж она так и не вышла, но все относились к ней как к матери. Остров был низкий, на нем строили корабли, как и на острове ее детства, а храм Нехаленнии стоял на берегу ее любимого моря. Я думаю — точно сказать не могу, ибо что богиня может прочитать в сердце смертного? — но я думаю, она... обрела наконец покой. О том ли я говорю? Конечно, когда она умирала... — голос ее дрогнул, — ...когда она лежала на смертном одре... — Флорис попыталась сдержать слезы и не смогла.

Эверард обнял ее, положив голову себе на плечо, и погладил косы. Пальцы ее вцепились в рукава его рубашки.

— Успокойся, девочка, успокойся, — прошептал он. — От некоторых воспоминаний всегда больно. Ты пришла к ней в ее последний час?

— Да, — всхлипывала она у него на плече. — А как же иначе?

— Правильно. Иначе ты поступить не могла. Ты облегчила ей уход. Что здесь плохого?

— Она... она просила — а я обещала... — Флорис зарыдала.

— Жизнь после смерти, — понял Эверард. — Жизнь с тобой, навечно в морском доме Найэрды. И она ушла во мрак счастливой.

Флорис оторвалась от него.

— Это была ложь! — выкрикнула она, вскочила на ноги, задев столик, и заходила по комнате. Она то сжимала руками плечи, то била кулаком по раскрытой ладони. — Все эти годы были сплошной ложью, фокусом, я использовала ее! А она в меня верила!

Эверард решил, что ему лучше оставаться на месте, и налил себе еще немного виски.

— Успокойся, Джейн, — уговаривал он. — Ты должна была это делать ради сохранения всего мира. Но ты выполняла свой долг с любовью. И ты дала Эдх все, чего она могла пожелать.

— Bedriegerij — все фальшь, все пустота, — как и большая часть того, что я делала.

Эверард проглотил бархатный комок огня.

— Послушай, я довольно хорошо тебя изучил. Ты самый честный человек из всех, кого я знаю. Слишком честный, сказать по правде. К тому же ты очень добра по натуре, что еще более важно. Однако уверяю тебя, искренность не самая главная добродетель на свете. Джейн, ты ошибаешься, воображая, что тебе нет прощения. Но в любом случае тебе надо жить дальше. Призови на помощь благоразумие и перестань себя мучить.

Всхлипывая и вытирая слезы, она остановилась напротив него и заговорила, постепенно успокаиваясь:

— Да, я... понимаю. Я думала об этом... несколько дней... прежде чем обратиться в Патруль. И все-таки я не могу избавиться от своих мыслей. Ты прав, это было необходимо, и я знаю, как много людей живут мифами, а многие мифы созданы искусственно. Прости меня за эту сцену. Для меня Веледа умирала на руках Нехаленнии совсем недавно.

— Воспоминания переполняют тебя, ну конечно, а я лезу с расспросами. Извини.

— Ты не виноват. Откуда тебе знать? — Флорис глубоко вздохнула, плотно сжала переплетенные руки. — Но я не хочу лгать больше, чем необходимо. Я совсем не хочу лгать тебе, Мэнс.

— Что ты имеешь в виду? — спросил он, слегка догадываясь и немного пугаясь.

— Я думала о нас, — продолжила она. — Серьезно думала. Видимо, то, что между нами произошло, было ошибкой...

— Ну, в обычных обстоятельствах, возможно, так оно и было бы, но в нашем случае это совсем не повредило работе. Более того, я чувствовал себя как на крыльях. И вообще, все было великолепно.

— И мне так казалось. — Голос ее становился непоколебимо спокойным. — Ты пришел сюда сегодня с надеждой возобновить те отношения, верно?

Он попытался улыбнуться.

— Каюсь. В постели тебе нет равных, дорогая.

— Застенчивостью ты точно не страдаешь. — Слабая улыбка погасла. — Чего бы ты еще хотел?

— Побольше того же самого. Часто.

— Всегда?

Эверард онемел.

— Это трудно, — сказала Флорис. — Ты агент-оперативник, а я специалист. Большую часть нашей жизни мы проводили бы порознь.

— Если ты не перейдешь на обработку данных или подобную работу, когда можно находиться дома, — Эверард подался вперед. — Ты знаешь, это превосходная идея. Ты прекрасно соображаешь. Избавишься от риска и невзгод, да и от всех этих жестокостей, которые не имеешь права предотвратить.

Она покачала головой.

— Я не хочу этого. Несмотря ни на что, я чувствую себя полезной там, на месте, в своей области деятельности, и так будет, пока я не состарюсь и не ослабею.

«Если доживешь до старости».

— Да, понимаю. Перемены, приключения, полная жизнь и возможность помочь кому-то при случае. В этом твоя суть.

— Я могла бы, наверное, возненавидеть человека, который заставит меня уйти с такой работы. Этого я тоже не хочу.

— Ну что ж... — Эверард поднялся. — Ладно, — произнес он. — Не бог весть сколько домашнего уюта, но уж тогда между заданиями все должно быть по высшему классу и только для нас двоих. Играешь в такую игру?

— А ты? — спросила она в ответ.

Вопрос остановил Эверарда на полпути к ней.

— Ты в курсе, чего может потребовать моя работа, — продолжала она. Лицо ее побледнело. Скромность здесь не к месту, вертелась у Эверарда мысль в глубине сознания. — И во время этой миссии тоже. Я не все время была богиней, Мэнс. Время от времени оказывалось, что очень полезно прикинуться обычной германской женщиной вдали от дома. А иногда мне просто хотелось забыться ночью.

В висках у него застучала кровь.

— Я не ханжа, Джейн.

— Но в душе ты по-прежнему провинциальный американец. Ты как-то сам так сказал, и я в этом убедилась. Я могу быть твоим другом, партнером, твоей любовницей, но никогда, в глубине твоей души, никем больше. Будь честен.

— Стараюсь, — хрипло произнес он.

— Для меня это было бы хуже, — закончила Флорис. — Мне пришлось бы слишком многое скрывать от тебя. Я чувствовала бы себя предательницей. В этом, конечно, нет смысла, но именно такое было бы у меня ощущение. Мэнс, нам лучше не влюбляться друг в друга еще раз. Лучше будет, если мы расстанемся.

Они еще несколько часов провели в разговорах. На прощание она прижалась к нему, Эверард обнял ее и ушел.

Часть IV

Мария, Матерь Божия, Мать многострадальная, Мать милосердная, будь с нами теперь и в час нашей смерти.

Плывем мы на запад, однако ночь обгоняет нас. Присмотри за нами во мраке и проводи ко дню. Даруй кораблю нашему свое благословение, и будет оно нашим самым ценным грузом.

Чистая, как ты сама, звезда твоя сверкает над закатом. Веди нас своим светом. Успокой моря своею добротой, направь попутный ветер в пути нашем дальнем и обратно к дому, к нашим любимым, а в конце пути нашего земного молитвами своими проводи на Небо.

Ave Stella Maris!

ГОД ВЫКУПА

10 сентября 1987 года

«Блистательное одиночество». Да, Киплинг мог сказать так. Я помню, как по спине у меня пробегали мурашки, когда я впервые услышала эти строки. Мне их прочел дядя Стив. И хотя все происходило более десяти лет назад, впечатление не изгладилось из памяти. Конечно, стихи эти о море и о горах... Но ведь таковы и Галапагос, Зачарованные острова.

Сегодня мне нужна хотя бы малая толика того одиночества. В основной своей массе туристы — веселые и славные люди. И все же, когда целый сезон пасешь их по одному и тому же маршруту, снова и снова отвечая на одни и те же вопросы, это начинает действовать на нервы. Теперь туристов стало меньше, моя летняя работа окончена, скоро я окажусь дома, в Штатах, и начну занятия в аспирантуре. Другого такого случая не представится.

— Ванда, дорогая!

Роберто сказал «querida», а это может означать и нечто большее. Но не обязательно. Я на мгновение задумываюсь, а он продолжает:

— Пожалуйста, разреши мне по крайней мере побыть с тобой.

Качаю головой.

— К сожалению, нельзя, мой друг.

Нет, и здесь неточность: amigo тоже не переводится на английский однозначно.

— Я вовсе не сержусь на тебя, ничего подобного. Но мне нужно несколько часов побыть одной. У тебя так не бывает?

Я не кривлю душой. Мои коллеги-гиды — прекрасные люди. Мне бы хотелось, чтобы возникшая между нами дружба продолжилась. Так оно и будет, если мы сумеем сюда вернуться. Но никакой уверенности нет. Может, я и вернусь в будущем году, а может, и не смогу. Что, если сбудется моя мечта и я получу приглашение поработать на научно-исследовательской станции «Дарвин»? Да, я знаю, они не могут принять всех желающих, но вдруг... Или у меня появится какая-нибудь другая мечта... Предстоящая экскурсия на катере вокруг архипелага с биваком на берегу действительно может стать заключительным аккордом того, что мы называли el companerismo, то есть дружбы. Одна-две поздравительные открытки к Рождеству — вот и все, что от нее останется.

— Тебе нужна защита, — драматическим тоном произносит Роберто. — Тот странный человек, о котором нам говорили, рыскал по всему Пуэрто-Айора, расспрашивая встречных про молодую блондинку из Северной Америки.

Позволить Роберто сопровождать меня? Соблазнительно. Он красив, импульсивен и вообще джентльмен. Отношения, сложившиеся между нами за эти месяцы, романом назвать нельзя, но мы достаточно сблизились. И хотя он никогда это прямо не выказывал, я знаю, он очень надеется, что мы станем еще ближе... И противиться этому нелегко.

Но надо — и скорее ради него, чем ради себя. Дело не в его национальности. Эквадор, пожалуй, одна из немногих стран Латинской Америки, где янки чувствуют себя как дома. По нашим стандартам, здесь все идет отлично. Кито — просто прелесть, и даже Гуаякиль — неприглядный, задымленный, бурлящий — напоминает мне Лос-Анджелес. Однако Эквадор — не Соединенные Штаты, и по здешним стандартам не все в порядке именно со мной, начиная с того, что я еще не решила, хочу ли переходить к оседлому образу жизни.

Поэтому я говорю со смешком:

— О да, мне обо всем рассказал на почте сеньор Фуэнтес. Бедняга, он был так взволнован. Говорил, как странно одет незнакомец, какой у него акцент и прочее. Как будто не знает, что среди туристов кого только не встретишь. И сколько блондинок бывает на этих островах? Не меньше пятисот в году?

— А как этот тайный обожатель Ванды до нее доберется? — добавляет Дженнифер. — Вплавь?

Нам ведь известно, что с тех пор, как наша экскурсия покинула Санта-Крус, ни один корабль не приставал к острову Бартоломе. Яхт поблизости не было, а местные рыбаки все наперечет.

Роберто краснеет, что заметно даже сквозь загар, а он у нас всех одинаков. Я сочувственно похлопываю его по руке и говорю собравшимся:

— Вперед, ребята, плавайте, ныряйте — словом, развлекайтесь как кому нравится. А я вернусь вовремя и помогу с ужином.

Теперь быстрее в тень. Мне действительно нужно немного одиночества в этом странном, жестоком и прекрасном мире.

Можно обрести одиночество, плавая с аквалангом. Вода здесь прозрачна как стекло, она обволакивает тебя словно шелк. Время от времени навстречу попадаются пингвины; они не плывут, а прямо-таки летят в воде. Танец рыбьих стай похож на фейерверк. Водоросли образуют огромные, переплетающиеся между собой кольца. С морскими львами я могу подружиться, но другие пловцы, даже очень симпатичные, слишком болтливы. Мне нужно побыть наедине с природой. Признаваться в этом неловко — мои слова сочтут излишне эмоциональными, а меня могут принять за представительницу организации «Гринпис» или Народной Республики Беркли.

Белый ракушечный песок и мангровые заросли остаются позади. Я почти физически ощущаю заброшенность этих мест. Бартоломе, как и его соседи, — вулканический остров, он почти начисто лишен плодородной почвы. Утреннее солнце начинает припекать, а на небе — ни единого облачка, которое могло бы умерить жар. То здесь, то там попадаются чахлые кустики и хохолки увядшей травы, но и они редеют по мере того, как я приближаюсь к скале Пиннакл-Рок. В обжигающей тишине, соприкасаясь с темной застывшей лавой, о чем-то шепчут мои «адидасы».

Однако... среди валунов и в лужицах копошатся яркие оранжево-голубые крабы, оставшиеся после прилива. Обернувшись, я вижу ящерицу — в здешних местах они встречаются крайне редко. Я стою всего в ярде от этой глупышки с синими лапками. Она спокойно может улизнуть, но вместо этого доверчиво наблюдает за мной. Прямо из-под ног взлетает зяблик. Это они, зяблики с Галапагосских островов, помогли Дарвину постичь, как с течением времени изменяются живые организмы. В небе вычерчивает белый круг альбатрос. Еще выше парит фрегат. Я поднимаю бинокль, висящий у меня на шее, и ловлю взглядом надменный излом его крыльев, раскинувшихся в потоках солнечного света, и его раздвоенный хвост, похожий на абордажную саблю.

Здесь нет запретных для туристов тропинок, потому что нет туристов. Эквадорские власти очень строги в этом отношении. Несмотря на ограниченные возможности, они делают большое дело, стремясь защитить и восстановить окружающую среду. А биологи всегда смотрят, куда ступают.

Я начну обходить этот островок с восточной его оконечности, пока не окажусь на тропе со ступеньками, ведущими к центральной вершине. С нее открывается захватывающий вид на остров Сантьяго и на ширь океана. Сегодня все это будет принадлежать только мне. Там, наверное, я и съем прихваченный с собой завтрак. Потом, прежде чем отправиться на запад, я спущусь к бухточке, стяну с себя рубашку и джинсы и искупаюсь в одиночестве.

Но нужно быть осторожней, девочка! До экватора всего-то миль двадцать. Здешнее солнце требует к себе уважительного отношения. Я опускаю поля широкополой шляпы и останавливаюсь, чтобы выпить из фляги глоток воды.

Перевожу дыхание и оглядываюсь. Я уже немного поднялась по склону, и, чтобы выйти на тропу, нужно теперь спуститься. Берег и лагерь отсюда не видны. Зато внизу — беспорядочные россыпи камней, ослепительно голубая вода залива Салливан-Бей и серая громада Пойнт-Мартинес на большом острове. Что это там? Ястреб? Поглядим в бинокль.

В небе — вспышка. Отблеск металла. Самолет? Нет, вряд ли. Все исчезло.

Какое-то наваждение. Опускаю бинокль. Мне приходилось немало слышать о летающих тарелках или, выражаясь более научно, неопознанных летающих объектах. Я никогда не воспринимала эти слухи всерьез. Отец сумел привить нам здоровый скептицизм. Он ведь инженер-электронщик. Дядя Стив — археолог. Он немало поколесил по свету и говорит, что мир полон непостижимых явлений. Думаю, я так никогда и не узнаю, что мне довелось сейчас увидеть. Пора двигаться дальше.

Словно ниоткуда — мгновенный порыв ветра. Мягко бьет воздушная волна. Меня накрывает тень. Я запрокидываю голову.

Не может быть!

Надо мной, футах в десяти, безо всякой поддержки, беззвучно висит что-то вроде огромного мотоцикла — только без колес, да и конструкция совсем другая. Человек на переднем сиденье держится руками за какой-то странный руль. Я вижу его необыкновенно четко. Секунды кажутся бесконечными. Меня охватывает ужас; в последний раз такое было со мной в семнадцать лет, когда я ехала в ливень по горной дороге неподалеку от Биг-Сура и мою машину занесло.

Тогда мне удалось выкрутиться. А это видение не исчезает.

Рост человека за рулем примерно пять футов девять дюймов. Он сухопар, но широкоплеч, лицо рябое, нос орлиный, кожа смуглая. Черные волосы закрывают уши, борода и подстриженные усы слегка топорщатся. Его одежда совершенно не вяжется с этой фантастической машиной. Кожаные башмаки, спущенные коричневые чулки, выглядывающие из-под коротких бриджей, свободного покроя рубаха с длинными рукавами. Она, похоже, шафранового цвета, но вся заляпана грязью. Сверху —

стальной нагрудник, шлем, красный плащ, шпага в ножнах на левом бедре...

Словно издалека доносится голос:

— Леди Ванда Тамберли?

Странно, но я даже не вскрикнула. Я ко всему готова. Никогда не была истеричкой. Что это — видение, бред? Кажется, нет. Спиной я ощущаю жар солнечных лучей. Жаром пышет и от скал. Море — невообразимо яркое. Я в состоянии пересчитать все колючки вон на том кактусе. Розыгрыш, трюк, психологический эксперимент? Но уж слишком все реально... У незнакомца — кастильский выговор, но при этом акцент, который мне никогда не приходилось встречать у испанцев.

— Кто вы? — с трудом выдавливаю я из себя. — И что вам нужно?

Плотно сжатые губы вздрагивают. Зубы — скверные. Не поймешь, приказывает он или умоляет:

— Скорее! Я должен найти Ванду Тамберли. Ее дяде Эстебану грозит страшная опасность.

У меня непроизвольно вырывается:

— Это я!

Он отрывисто хохочет. Его машина внезапно падает вниз, прямо на меня. Беги!

Он догоняет меня, нагибается и хватает правой рукой за талию. Ощущаю его стальные мускулы. Земля уходит у меня из-под ног. Начинаю сопротивляться. Растопыренными пальцами целюсь ему в глаза. Но у него мгновенная реакция. Он отталкивает мою руку. Переключает что-то на пульте управления. И внезапно мы переносимся в какое-то другое место.

3 июня 1533 года
(по юлианскому календарю)

В тот день перуанцы доставили в Каксамалку очередную партию сокровищ — часть выкупа за своего правителя. Луис Ильдефонсо Кастелар-и-Морено, муштровавший подчиненных ему кавалеристов, заметил их еще издалека. Он как раз собирался отдать приказ возвращаться, поскольку солнце уже коснулось западных холмов. Тени от их вершин протянулись через всю долину. Напротив сверкала река и золотились столбы пара над горячими источниками — там располагались бани правителя инков. Вытянувшись цепочкой, по южной дороге брели груженые ламы и носильщики, утомленные поклажей и пройденным расстоянием. Местные жители прекратили работу на полях, чтобы поглазеть на караван, а затем вновь торопливо принялись за дело. Послушание было у них в крови и не зависело от того, кто их повелитель.

— Примите команду, — приказал Кастелар лейтенанту и пришпорил жеребца. Оказавшись за стенами города, он натянул поводья и стал дожидаться приближения каравана.

Взгляд всадника уловил движение слева от него. Из прохода между двумя белыми глинобитными постройками, крытыми тростником, появился человек. Он был высокого роста: встань они рядом, пеший оказался бы выше Кастелара на три с лишним дюйма. В волосах вокруг тонзуры, схожих по цвету с его коричневой рясой францисканца, блестела седина, но на тонком светлом лице ни возраст, ни оспа своих следов не оставили, да и все зубы у монаха были целы. С момента их последней встречи произошло много событий, но Кастелар сразу узнал брата Эстебана Танакуила. Францисканец тоже узнал всадника.

— Приветствую вас, преподобный отец, — сказал Кастелар.

— Да пребудет с вами Господь, — ответил монах.

Он остановился возле стремени всадника. Караван с сокровищами тем временем поравнялся с ними и двинулся дальше. На улицах города послышались ликующие возгласы.

— Вот, — радостно произнес Кастелар, — правда, приятное зрелище?

Не услышав ответа, он взглянул на Танакуила. На лице монаха отразилась боль.

— Что-то случилось? — спросил Кастелар.

Танакуил вздохнул.

— Ничего не могу с собой поделать. Сострадаю этим людям: они измотаны, у них сбиты ноги. Думаю о том, сколько веков накапливались несомые ими сокровища и как они были у них отняты.

Кастелар напрягся.

— Вы осуждаете капитана?

«Странный человек, — в который раз подумал он. — Ведь почти все священники в экспедиции — доминиканцы. Непонятно, как он здесь появился и как заслужил доверие Франсиско Писарро. Впрочем, последнего Танакуил добился, вероятно, благодаря своей учености и тонким манерам — и то и другое здесь редкость...»

— Нет-нет, разумеется, нет, — ответил монах. — И все же...

Кастелар слегка поморщился. Ему казалось, он знает, что

происходит в этой голове с выбритой макушкой. Да и сам он сомневался в законности того, что творили конкистадоры в прошлом году. Вождь инков Атауальпа встретил испанцев мирно. Он разрешил им расквартироваться в Каксамалке. По приглашению конкистадоров он приехал в этот город для продолжения переговоров. Но его ждала ловушка: не сходя с носилок, Атауальпа превратился в пленника, а сотни его воинов погибли от пуль и шпаг испанцев. За освобождение вождя инков испанцы потребовали наполнить одну комнату золотом, а другую — дважды серебром, и теперь по приказу Атауальпы его подданные начали собирать сокровища по всей стране.

— Сие есть Божья воля! — резко произнес Кастелар. — Мы принесли этим язычникам истинную веру. С их правителем хорошо обращаются, верно? При нем его жены и слуги, которые выполняют все его желания. А что до выкупа, — Кастелар откашлялся, — Сант-Яго, наш святой покровитель, славно вознаграждает своих воинов.

Монах посмотрел на всадника и сдержанно улыбнулся, словно хотел заметить, что проповедь — не солдатское дело. Пожав плечами, он произнес:

— Нынче вечером я увижу, насколько славно.

— Разумеется, — согласился Кастелар, испытывая облегчение от того, что пикировка закончилась.

Сам он тоже когда-то готовился к принятию сана, но был изгнан из ордена из-за неблаговидной связи с одной девицей, вступил в армию во время войны против французов и в конце концов последовал за Писарро в Новый Свет в надежде, что там он, младший сын обедневшего идальго из Эстремадуры, сможет сколотить хоть какое-то состояние. Но прежнее почтение к духовенству осталось.

— Я слышал, что вы осматриваете каждую вещицу, прежде чем она попадает в хранилище, — заметил Кастелар.

— Кто-то должен этим заниматься... Нужно ведь отыскать среди этой груды металла настоящие произведения искусства. Я убедил в этом нашего капитана и его капеллана. Ценители прекрасного при дворе и в церкви останутся довольны, получив эти изделия в целости и сохранности.

— Хм. — Кастелар потеребил свою бородку. — Но отчего вы занимаетесь этим по ночам?

— Вы и об этом знаете?

— Я здесь уже давно. Об этом все говорят.

— Осмелюсь заметить, вы приносите в казну несравненно

больше, чем получаете. Мне самому хотелось бы побеседовать с вами: ведь ваш отряд совершил героический переход.

Кастелару живо вспомнились события последних месяцев. Брат их капитана, Эрнандо Писарро отправился во главе одного из отрядов на запад, преодолел изумительные по своей красоте Кордильеры — высочайшие горы с головокружительными ущельями и бурлящими реками — и вышел к стоящему на берегу океана таинственному храму Пачакамак.

— Мы не добились крупных успехов, — признался Кастелар. — Самой ценной нашей добычей стал индейский вождь Чалкучима. Удалось подчинить себе часть населения... Но вы собирались рассказать, почему занимаетесь сокровищами исключительно после захода солнца.

— Чтобы не возбуждать алчность и разногласия. Они уже причинили нам немало вреда. При дележе добычи люди всегда проявляют излишнее нетерпение. Кроме того, ночью орды Сатаны наиболее сильны. Я очищаю молитвой предметы, которые посвящены ложным богам.

Мимо них тяжелой поступью прошел последний носильщик и исчез за стенами города.

— Мне бы хотелось взглянуть на сокровища, — порывисто произнес Кастелар. — А почему бы и нет? Я пойду с вами.

— Что? — испуганно спросил Танакуил.

— Я не стану вам мешать. Просто посмотрю.

Монах был явно раздосадован.

— Вначале вы должны получить разрешение.

— Зачем? У меня достаточно высокий чин. Мне никто не откажет. Вы что-нибудь имеете против? Я полагал, вы обрадуетесь, если вам составят компанию.

— Довольно скучное занятие. Другие, во всяком случае, так считают. Поэтому-то я, как правило, и работаю в одиночестве.

— Мне не привыкать стоять на часах, — рассмеялся Кастелар.

Танакуил сдался.

— Ну хорошо, дон Луис, раз вы настаиваете. После вечерней молитвы приходите в Змеиный Дом, как они его здесь называют.

Над горами сверкали бесчисленные звезды. Половину из них, а то и больше, никогда не увидишь на европейском небе. От холода Кастелара пронзила дрожь, и он поплотнее закутался в плащ. Его дыхание превращалось в пар, шаги гулко отдавались на мостовых. Каксамалка, призрачный и мрачный город, окружал его со всех сторон. Кастелар порадовался тому, что на нем металлический нагрудник и шлем, хотя здесь они вроде бы не были нужны. Индейцы называли эту землю Тауантинсуйу — Четыре Четверти Мира. Такое название для страны, превосходящей по размерам Священную Римскую империю, почему-то казалось более подходящим, чем Перу, поскольку никто не знал, что последнее в точности означает. Была ли она уже ими покорена, да и возможно ли такое — покорить всю эту страну, ее народы и ее богов?

Недостойная христианина мысль. Кастелар поспешил дальше.

Вид часовых возле сокровищницы подействовал на него успокаивающе. Свет фонарей отражался от доспехов, пик и мушкетов. Эти солдаты были из числа тех отчаянных головорезов, что прибыли морем из Панамы, прошли маршем через джунгли, болота и пустыни, разбили всех врагов и возвели укрепления. Они сумели преодолеть горы, достигавшие небес, захватить самого правителя язычников и заставить его страну платить дань. Ни человек, ни дьявол не пройдет мимо них без разрешения. А если они устремятся вперед, никто не сможет их остановить.

Часовые знали Кастелара в лицо и отдали ему честь. Брат Танакуил поджидал его с фонарем в руке. Он повел кавалериста вниз, в сокровищницу. Притолока над входом была украшена орнаментом в виде змеи, какую белый человек никогда не видел даже в кошмарных сновидениях.

Огромное, с множеством комнат здание было сложено из каменных блоков, искусно вырубленных и пригнанных один к другому с необычайным тщанием. Кровля у бывшего дворца была деревянной. Испанцы навесили на все входы в здание крепкие двери, тогда как индейцам для этой цели служили циновки из тростника и куски материи. Пропустив гостя вперед, Танакуил закрыл за собой дверь.

Таившиеся в углах тени заскользили по остаткам стенных росписей, которые в своем благочестивом рвении затерли испанские священники. Сокровища, доставленные караваном в этот день, находились в передней комнате. Кастелар различил исходящее от них слабое сияние. Он прикинул, сколько центалов благородных металлов здесь свалено, и у него закружилась голова. Он пожирал сокровища глазами — все, что ему оставалось. По прибытии каравана офицеры Писарро в спешке развязали узлы, желая удостовериться, что обошлось без обмана, да так и оставили все лежать как попало. Завтра они взвесят драгоценный груз и присоединят его к уже имеющимся сокровищам. Повсюду валялись обрывки веревок и мешки.

Монах поставил фонарь на глиняный пол и опустился на

колени. Он поднял золотой кубок, поднес его к неяркому свету фонаря, пробормотал что-то и покачал головой. На кубке виднелась вмятина: изображенные на нем фигурки были повреждены.

— Тот, кто принимал эту вещь, уронил ее или отшвырнул ногой. — В голосе его слышались гневные нотки. Или Кастелару это показалось? — Скоты. Никакого почтения к мастерству.

Кастелар взял кубок и взвесил его в руке. Не меньше четверти фунта, решил он и возразил:

— Какое это имеет значение? Скоро все пойдет в переплавку.

— В самом деле, — с горечью заметил монах и добавил: — Несколько предметов, которые могут заинтересовать императора, будут сохранены. Я отбираю самое лучшее, в надежде, что Писарро прислушается к моим доводам и отберет эти вещи. Но он по большей части со мной не соглашается.

— Какая между ними разница? Все, что здесь находится, просто уродливо.

В серых глазах монаха появился упрек.

— Мне казалось, вы более мудры, более способны понять, что у людей есть много разных способов... восславить Господа через красоту своих творений. Вы же получили образование?

— Знаю латынь. Умею читать, писать, считать. Немного знаком с историей и астрономией. Но боюсь, многое позабыл.

— А еще вы путешествовали.

— Я воевал во Франции и Италии. Могу изъясняться на тех языках.

— У меня создалось впечатление, что вы знаете и язык кечуа.

— Совсем немного. Ровно столько, чтобы не позволить туземцам валять дурака, знаете ли, или строить козни у себя под носом.

Кастелар почувствовал, что подвергается тонкому, но основательному допросу, и переменил тему разговора.

— Вы сказали, что ведете учет всех ценностей. Где же ваши перо и бумага?

— У меня превосходная память. К тому же, как вы сами заметили, нет особого смысла учитывать вещи, которые неизбежно превратятся в слитки. Но хочется быть уверенным в том, что они не послужат ни богопротивному делу, ни колдовству...

Ведя беседу с Кастеларом, Танакуил одновременно сортировал и раскладывал перед собой разнообразные предметы — украшения, блюда, сосуды, статуэтки, казавшиеся испанцу совсем непривлекательными. Покончив с этим делом, монах сунул руку в мешочек, висевший у него на поясе, и извлек оттуда необычайного вида шкатулку. Кастелар нагнулся и прищурил глаза, стремясь получше ее разглядеть.

— Что это? — спросил он.

— Мощи. Здесь находится фаланга пальца святого Ипполита.

Кастелар перекрестился и еще внимательнее уставился на шкатулку.

— Никогда не видел ничего подобного.

Шкатулка была величиной с ладонь, с округлыми краями. Крышка черного цвета, на ней — крест из перламутра. Спереди вставлены два кристалла выпуклой формы.

— Редкая вещь, — пояснил монах. — Оставили мавры, когда покидали Гранаду. Затем, с благословения церкви, ее сделали ковчегом для святых мощей. Епископ, который доверил ее мне, объяснил, что мощи обладают особой силой, способной противостоять языческой магии. Капитан Писарро и брат Вальверде решили, что будет разумно и уж во всяком случае не принесет никакого вреда, если каждый предмет из сокровищ инков я подвергну действию этих святых мощей.

Он поудобнее устроился на полу, взял золотую фигурку, изображавшую какое-то животное, и поднес ее к кристалликам на стенке шкатулки. Губы его при этом беззвучно шевелились. Закончив манипуляции, он поставил фигурку на пол и взялся за следующую.

Кастелар между тем переминался с ноги на ногу.

Спустя некоторое время Танакуил сказал ему с улыбкой:

— Я предупреждал, что это будет утомительно. Мне приходится заниматься этим часами. Так что отправляйтесь спать, дон Луис.

Кастелар зевнул.

— Похоже, вы правы. Спасибо за любезность.

Внезапно послышался низкий шипящий звук, за которым последовал глухой удар. Испанец круто обернулся. То, что он увидел, заставило его на мгновение остолбенеть — он не поверил собственным глазам.

У стены появился непонятный массивный предмет — какая-то удлиненная конструкция, похоже, из стали, с парой рукояток впереди и седлами без стремян, на которых восседали двое. Конкистадор видел все отчетливо, поскольку сидевший сзади человек держал в руках какой-то продолговатый предмет, испускающий яркий свет. На обоих пришельцах были черные облегающие костюмы. По контрасту с ними руки и лица казались мертвенно-белыми и невыразительными.

Монах вскочил с пола и что-то прокричал. Но кричал он не по-испански.

Кастелар заметил, что на лицах пришельцев отразилось изумление. Будь они даже колдунами или исчадиями ада — все равно их силы не могли сравниться с могуществом Господа и всех его святых. Кастелар выхватил шпагу.

— Сант-Яго с нами, вперед! — выкрикнул он старинный боевой клич испанцев, с которым они изгоняли мавров из Испании. Этот возглас могли услышать часовые за стенами сокровищницы и...

Человек на переднем сиденье поднял какую-то трубку. Вспышка! Кастелар провалился в небытие.

15 апреля 1610 года

«Мачу-Пикчу! — мелькнуло в голове Стивена Тамберли, едва он очнулся. И тут же: — Нет. Что-то не то. Не тот город, который я знал. В каком я времени?»

Он поднялся на ноги. Ясность сознания и чувств подсказывали ему, что он подвергся воздействию электронного парализатора, скорее всего из двадцать четвертого века. Ладно... Гораздо больше его поразило появление этих людей на машине, которая будет изобретена спустя несколько тысяч лет после его рождения.

Вокруг вздымались знакомые горные вершины: затянутые туманом, сверху донизу покрытые тропической растительностью и лишь на самых высоких точках — снегом. В вышине парил кондор. Золотисто-голубое утро залило светом ущелье Урубамба. Но внизу не было ни железнодорожной колеи, ни станции. Единственную дорогу, которую он сейчас видел, построили еще инки.

Он стоял на платформе, соединенной наклонным настилом с верхней частью стены надо рвом. Под ним раскинулся город. Тамберли видел высокие каменные здания, близко подступавшие одно к другому, лестницы, террасы, площади. Город и горы своим размахом как бы дополняли друг друга. И если горные вершины словно сошли с картин китайских живописцев, то творения зодчих напоминали о средневековой южной Франции. И все же было в них какое-то отличие, слишком уж они казались чуждыми по духу, слишком своеобразными.

Дул прохладный ветер. Сквозь стук крови в висках Тамберли слышал лишь его шелест. Крепость словно вымерла. Внезапно Тамберли понял, что она покинута совсем недавно, и его охватило отчаяние. Повсюду зеленели трава и кусты. Но природа еще не начала свою разрушительную работу. А когда Хайрам Бингем найдет этот город в 1911 году, многое здесь изменится. Тем не менее Тамберли обнаружил почти не тронутые временем постройки, которые он помнил в виде руин, и те, от которых не осталось и следа. Еще сохранились остатки деревянных и тростниковых крыш. И...

И Тамберли был не один. Сгорбившись, рядом сидел Луис Кастелар; изумление его уже прошло, и на лице появилось свирепое выражение. Вокруг, настороженно глядя на них, расположились мужчины и женщины. У края платформы стоял темпороллер.

Первым делом Тамберли заметил, что на него нацелено оружие, и взглянул на людей, которые его окружали. Подобный тип встретился ему впервые. Они не имели ничего общего ни с одной известной ему расой и потому казались очень похожими друг на друга: тонкие черты лица, высокие скулы, узкие носы и большие глаза. Волосы цвета воронова крыла, кожа словно алебастр, глаза — светлые. Похоже было, что у мужчин бороды и усы вообще не растут. Все — рослые, поджарые, подвижные. И мужчины, и женщины одеты в одинаковые облегающие одеяния, словно выкроенные из одного куска материала и не имевшие видимых швов и застежек. На ногах поблескивают черные мягкие башмаки. У большинства — серебряные украшения на восточный манер, а на нескольких — яркие красные, оранжевые или желтые плащи. К широким поясам пришиты карманы и какие-то футляры. Волосы, доходящие до плеч, перехвачены у одних простой лентой, у других — повязкой с орнаментом или поблескивающей диадемой.

Их было человек тридцать. Все выглядели молодо — или просто не старились? — но Тамберли не сомневался, что у каждого из них за плечами немалый жизненный опыт. Держались они с достоинством, хотя и настороженно, двигались с почти кошачьей грацией.

Кастелар оглядывался по сторонам. Оружие у него отняли. Увидев свою шпагу в чужих руках, испанец напрягся.

Тамберли схватил его за руку.

— Спокойствие, дон Луис! — сказал он. — Это безнадежно.

Можете призвать на помощь всех святых, только сохраняйте выдержку.

Испанец пробормотал что-то невнятное, но послушался. Тамберли чувствовал, что внутренне тот весь кипит от ярости. Один из прибывших произнес несколько слов на странном музыкальном наречии. Другой жестом призвал всех к молчанию и выступил вперед. Двигался он необыкновенно грациозно. Сразу стало ясно, что он здесь главный. Мужественное лицо, глаза — зеленые. Полные губы расплылись в улыбке.

— Приветствую вас, нежданные гости, — произнес он. На темпоральном — основном языке Патруля Времени и многих гражданских путешественников — он говорил совершенно свободно. И темпороллер его почти не отличался от легких машин Патруля. Но Тамберли не сомневался ни секунды: это преступник, враг.

— Какой здесь... год? — выдавил он из себя, судорожно глотнув воздуха.

Боковым зрением он уловил реакцию Кастелара, когда брат Танакуил заговорил на незнакомом конкистадору языке: и удивление, и испуг, и гнев.

— По григорианскому календарю, который, как мне кажется, привычен для вас, сегодня пятнадцатое апреля 1610 года, — ответил чужак. — Думается, вы узнали этот город, хотя вашему компаньону, очевидно, он неизвестен.

«Конечно, неизвестен, — пронеслось в голове у Тамберли. — Священный город, который туземцы более позднего периода назвали Мачу-Пикчу, был основан инком Пачакутеком и считался центром культа Дев Солнца. Он утратил свое былое значение, когда главный очаг сопротивления испанцам переместился в Вилкабамбу. А вскоре испанцы поймали и убили Тупака Амару, последнего, кто носил титул инка до Андского Возрождения в двадцать втором столетии. Поэтому конкистадоры так и не узнали об этом городе, который простоял, пустой и забытый всеми, кроме нескольких нищих крестьян, до 1911 года...»

Сделав паузу, незнакомец добавил:

— Полагаю также, что вы — агент Патруля Времени.

— А вы кто такой? — задыхаясь от волнения, спросил Тамберли.

— Давайте обсудим положение в более подходящей обстановке, — предложил чужак. — Это место мы используем только как посадочную площадку.

Зачем? Ведь в пределах своего радиуса действия темпороллер мог появиться в любом месте и в любом мгновении: с этой площадки он мог перенестись на околоземную орбиту, из 1610 года — в эпоху динозавров или же в будущее данеллиан, хотя это и было запрещено... Тамберли догадался, что заговорщики построили эту посадочную площадку на виду у всех, чтобы держать в страхе местных индейцев и отпугнуть их от города. Одно поколение будет сменяться другим, и истории о волшебных появлениях и исчезновениях забудутся, но город Мачу-Пикчу так и останется запретным.

Стоявшие на помосте чужаки разошлись по своим делам. Лишь четверо охранников, вооруженных парализаторами, последовали за своим начальником и пленниками. Один из них нес шпагу испанца — видимо, решил взять себе как сувенир. Они спустились с площадки и зашагали по дорожкам и лестницам среди городских построек.

— Очевидно, ваш товарищ — простой солдат, который случайно оказался вместе с вами? — внезапно спросил предводитель, нарушив тягостное молчание, и, когда американец утвердительно кивнул головой, продолжил: — Сейчас я побеседую с вами, а его мы пока изолируем. Ярон, Сарнир! Вы знаете язык этого воина. Допросите его. Но пока — только психологическое воздействие.

Тем временем они приблизились к сооружению, которое, если Тамберли не изменяла память, археологи назвали Королевским Ансамблем. Сразу за внешней стеной оказался небольшой дворик, где был припаркован еще один темпороллер. С трех сторон дворик окружали стоящие вплотную здания, в которых на месте дверей и крыш мерцали радужные завесы. Тамберли узнал силовые экраны, способные устоять даже перед ядерным взрывом.

— Во имя всего святого! — воскликнул Кастелар, когда один из чужаков легонько подтолкнул его ногой. — Что происходит? Ответьте, или я сойду с ума!

— Успокойтесь, дон Луис, успокойтесь, — торопливо ответил Тамберли. — Мы в плену. Вы видели, на что способно их оружие. Подчиняйтесь их приказам. Может, небо смилостивится над нами, но самим нам отсюда не выбраться.

Испанец стиснул зубы и, сопровождаемый двумя конвоирами, двинулся к меньшему из зданий. Остальные направились к самому большому. Пропуская прибывших, силовые экраны в дверях погасли, да так и остались выключенными, открыв взгляду скалы, небо, свободу. Наверное, чтобы освежить воздух, подумал Тамберли; комната, в которой он оказался, простояла закрытой, по-видимому, довольно долго.

Солнечный свет смешивался с сиянием, испускаемым силовой завесой над головой, и от этого становилось заметнее отсутствие окон. Темно-синее покрытие пола слегка пружинило под ногами, словно живые мускулы. Форма стола и кресел напомнила Тамберли привычную мебель, но вот из чего они сделаны? Такой материал, темный, тускло поблескивающий, он видел впервые. В комнате стояло также нечто вроде буфета. На полках «буфета» лежали вещи, назначения которых Тамберли даже не мог определить.

По обе стороны от входа застыли часовые — мужчина и женщина не менее крепкого сложения. Предводитель опустился в кресло и предложил Тамберли сделать то же самое. Кресло тут же приняло очертания его тела и не стесняло движений. Хозяин указал на графин и кубки, стоявшие на столе. Они были покрыты эмалью — по-видимому, венецианские, приблизительно этого же периода, решил Тамберли. Куплены? Украдены? Взяты в качестве трофеев? Слуга плавным движением наполнил оба кубка.

Предводитель с улыбкой поднял свой бокал и произнес:

— Ваше здоровье.

Что, видимо, означало: «Ведите себя так, чтобы вам его сохранили».

Вино напоминало терпкое шабли[1] и было необыкновенно освежающим. Тамберли подумал, что в него, вероятно, добавлен какой-то стимулятор. Эти чужаки в своем времени, похоже, неплохо знали биохимию человека.

— Итак, — вкрадчиво начал предводитель, — нет сомнений, что вы из Патруля. У вас обнаружили голографическое записывающее устройство. А Патруль никогда не позволил бы обычному визитеру из другого времени болтаться здесь в столь критический момент — только собственному агенту.

У Тамберли перехватило горло, перестал повиноваться язык. Сработала психологическая блокировка: рефлекс, приобретенный еще во время обучения, не позволял ему открыть постороннему, что по истории можно кататься вперед и назад, как по шоссе.

— Хм, я... — На висках у американца выступил холодный пот.

— Сочувствую.

---

[1] Сухое белое бургундское, производимое во Франции; аналог его выпускается в штате Калифорния, США.

Уж не насмехается ли он?

— Мне хорошо известно о вашей блокировке, но я не думаю, что ее действие противоречит здравому смыслу. Поскольку мы сами путешествуем во времени, вы можете свободно обсуждать с нами эту тему, за исключением тех деталей, которые Патруль предпочитает держать в тайне. Может, вам будет легче, если я назову свое имя? Меро Вараган. Не исключено, что вы слышали о расе, к которой я принадлежу; нас называют экзальтационистами.

Тамберли знал достаточно, чтобы понять весь ужас своего положения.

«Тридцать первое тысячелетие... Это произойдет, нет, произошло... Только в грамматике темпорального языка имеются глаголы и времена для описания таких ситуаций... Произошло задолго до создания первых машин времени. Но отдельные избранные представители этой цивилизации, конечно же, знали о темпоральных путешествиях, и некоторые работали в Патруле подобно людям других эпох. Однако... у этого времени были свои супермены, созданные методами генной инженерии для исследования глубин космоса. В своей эпохе им стало тесно — оказавшись в каменном веке, я чувствовал бы себя точно так же, — и они восстали, потерпели поражение и вынуждены были бежать. Но перед этим они каким-то образом узнали о возможности путешествий во времени и, что еще более невероятно, сумели захватить несколько темпороллеров. И «с тех пор» Патруль разыскивает их, чтобы они не натворили что-нибудь с историей, но рапортов об их поимке в архивах пока нет...»

— Я не могу сказать вам больше того, о чем вы догадались, — возразил Тамберли. — Не смогу, даже если вы замучаете меня до смерти...

— Человек, ведущий опасную игру, — сказал Меро Вараган, — должен быть готов ко всяким неожиданностям. Да, ваше присутствие в сокровищнице мы не сумели предвидеть. Мы полагали, что ночью, помимо часовых у входа, там никого не будет. Но к возможной встрече с Патрулем мы подготовились очень серьезно. Рейор, кирадекс.

Прежде чем Тамберли сообразил, что означает это слово, рядом с ним уже стояла женщина. И тут он все понял. Его охватил ужас, он попытался встать, полный решимости умереть, но не поддаться...

В руке женщины сверкнул пистолет. Регулировка заряда обеспечивала силу воздействия несколько меньшую, чем необходимо для полного отключения. Мышцы американца расслабились, и он снова упал на спинку кресла, которое словно подхватило его, не позволив обмякшему телу сползти на ковер.

Женщина подошла к шкафу и вернулась с необычным прибором — ящиком и светящимся шлемом с соединительным проводом. Рейор надела полушарие шлема на голову американца, и ее пальцы забегали по светящимся точкам: вероятно, это было управление прибором. В воздухе замерцали какие-то символы. Показания датчиков? Тело Тамберли словно загудело. Вибрация постепенно нарастала, пока не охватила его целиком. Американец словно растворился в ней и наконец провалился в темную бездну.

Возвращение к действительности происходило медленно. В конце концов мышцы снова начали его слушаться, и он выпрямился в кресле. Тело было полностью расслаблено: так, вероятно, чувствует себя человек, очнувшийся после долгого-долгого сна. Он был словно отделен чем-то от самого себя, видел себя как бы со стороны, не испытывая при этом никаких эмоций. И все же Тамберли бодрствовал. Чувства резко обострились. Он ощущал запахи своей грязной одежды и давно не мытого тела, порывы ветра с гор, врывавшегося в дверной проем, видел сардоническую ухмылку Варагана, придававшую ему сходство с Цезарем, наблюдал за Рейор, державшей в руках ящик, чувствовал тяжесть шлема на голове и даже следил за мухой, которая сидела на стене, словно напоминая ему, что он такой же смертный, как и она.

Вараган откинулся назад, скрестил ноги, соединил кончики пальцев и издевательски вежливо произнес:

— Назовите, пожалуйста, ваше имя и происхождение.

— Стивен Джон Тамберли. Родился в Сан-Франциско, Калифорния, Соединенные Штаты Америки, двадцать третьего июня 1937 года.

Тамберли сказал все как есть. Он просто не мог ничего скрыть. Вернее, ничего не могли скрыть его память, нервы и голосовые связки. В качестве орудия допроса кирадексу не было равных. Тамберли даже не осознавал до конца весь ужас своего положения. Только глубоко внутри у него что-то отчаянно протестовало, но сознание работало механически.

— И когда вы вступили в Патруль?

— В 1968 году.

Точнее он сказать не мог — все произошло очень незаметно, как бы само собой. Один из коллег Тамберли познакомил его со своими друзьями, интересными молодыми людьми, которые, как он понял впоследствии, давно им интересовались. Потом его уговорили пройти какие-то тесты, якобы для программы психологических исследований. Со временем ему объяснили, что к чему, и предложили вступить в Патруль, что он и сделал весьма охотно. Впрочем, в таком исходе дела никто и не сомневался. Тамберли только что развелся с женой. Ему было бы намного труднее принять решение, зная, что постоянно придется вести двойную жизнь. Но и в этом случае он, наверное, согласился бы. Ведь это давало возможность исследовать иные миры, которые до того представали перед ним лишь в виде надписей, руин, черепков и окаменевших костей.

— Каков ваш статус в организации?

— Ни к полицейскому корпусу, ни к спасателям, ни к чему-либо в этом роде я отношения не имею. Я — полевой историк. В своем времени я был антропологом, работал среди индейцев кечуа, а затем переключился на археологию. Это и определило мой выбор периода испанского завоевания. Конечно, мне больше хотелось изучать доколумбовый период цивилизации, но, разумеется, это было невозможно. Я был бы слишком заметен.

— Понятно. Как долго вы в Патруле?

— Примерно шестьдесят календарных лет.

Сотрудники Патруля имели возможность многократно увеличивать собственную продолжительность жизни. Можно было путешествовать столетиями и возвращаться назад в тот же самый момент времени. Конечно, мучительно больно видеть, как люди, которых ты любишь, стареют и умирают, так никогда и не узнав того, что известно тебе. Приходилось исчезать из их жизни — уезжать куда-нибудь, постепенно сводя контакты с ними на нет. Они не должны были видеть, что ты с годами не стареешь подобно им самим.

— Откуда и из какого года вы отбыли на это задание?

— Из Калифорнии, из 1968 года.

Тамберли поддерживал старые связи дольше большинства агентов. Он прожил уже около девяноста лет, сохранив организм тридцатилетнего человека. Однако стрессы и отрицательные эмоции не могли не сказаться на его облике, и в 1986 году он выглядел на все пятьдесят, хотя родственники часто отмечали его моложавость. Одному Всевышнему известно, сколько печальных дней в жизни патрульного. Она состоит отнюдь не из одних только приключений.

— Хм, — оживился Вараган, — обсудим это подробнее. Прежде всего расскажите о вашем задании. В чем именно заключалась ваша миссия в Кахамарке в прошлом веке?

«Это более позднее название города», — отрешенно отметил про себя Тамберли, а его сознание автоматически выдало ответ:

— Я уже говорил вам, что я — полевой историк, собирающий сведения о периоде испанского завоевания.

Но дело здесь было не только в академическом интересе. Как мог Патруль поддерживать порядок на магистралях времени и сохранять неизменными важнейшие события человеческой истории, не зная, что же это были за события? В книгах хватало ошибок, а многие ключевые моменты вообще не попали в летописи.

— Мне было поручено под именем монаха-францисканца Эстебана Танакуила принять участие в экспедиции Писарро, когда тот в 1530 году снова направился из Испании в Америку. — «До того, как Вальдзеемюллер назвал эту страну Америкой». — Я лишь наблюдал и записывал все как можно подробнее, стараясь не вызвать никаких подозрений. — «И совершал порой мелкие проступки, в бессильном отчаянии пытаясь смягчить жестокость этого мира». — Вы ведь знаете, этот момент будет считаться переломным — в будущем, относительно моего столетия, и в прошлом, относительно вашего, — когда сторонники Возрождения явятся в Анды за своим наследием.

Вараган кивнул.

— В самом деле, — произнес он безразличным тоном. — Если бы события развивались по-иному, что ж, даже двадцатое столетие могло бы претерпеть значительные изменения. — Он улыбнулся. — Предположим, например, что отсутствие законного наследника у инка Уайна Капака не вызвало бы гражданской войны, в которую был втянут Атауальпа в момент высадки Писарро. Жалкая кучка испанских авантюристов вряд ли смогла бы низвергнуть империю. Завоевание такой страны потребовало бы больше времени и более значительных средств. Все это повлияло бы на расстановку сил в Европе, где проявляли свою агрессивность турки, в то время как Реформация разрушила то хрупкое единство, которое существовало в христианском мире.

— В этом и состоит ваша цель?

Охваченный слабостью, Тамберли сознавал, что должен ужасаться, возмущаться и протестовать, но только не быть апатичным. Во всяком случае, этот вопрос он задал не просто из любопытства.

— Возможно, — заносчиво произнес Вараган. — Однако люди, которые вас обнаружили, всего лишь разведчики и задача у них была намного скромнее: доставить сюда выкуп за Атауальпу. Конечно, само по себе это событие тоже может вызвать нежелательные последствия. — Он рассмеялся. — Зато поможет сохранить эти бесценные произведения искусства. Вы же довольствовались тем, что делали голограммы для людей будущего.

— Для всего человечества, — машинально произнес Тамберли.

— Ну, скажем, для тех, кому разрешено наслаждаться плодами темпоральных путешествий под бдительным оком Патруля.

— Доставить сокровища сюда? — удивился Тамберли. — В семнадцатый век?

— Временно. Мы разбили здесь лагерь, потому что это удобная база. — Вараган нахмурился. — В нашем времени Патруль повсюду сует свой нос. Надменные свиньи! — выкрикнул он внезапно, но тут же успокоился: — В таком изолированном месте, как Мачу-Пикчу, никакие вмешательства в ход истории нас не затронут. Например, такое пустячное происшествие, как непостижимое исчезновение выкупа за Атауальпу однажды ночью. Но вас, Тамберли, ваши коллеги будут разыскивать повсюду. Они детально проверят каждый подозрительный факт. Получив от вас необходимую информацию, мы сможем предупредить любые действия с их стороны.

«Меня это должно было потрясти до глубины души. Они совершенно не думают о последствиях... Ведь петли на мировых линиях могут вызвать темпоральные вихри, которые уничтожат все будущее... Нет, это не просто безрассудство. Они намеренно этого добиваются. Но я не ощущаю ужаса. Шлем, надетый на голову, подавляет нормальные человеческие чувства».

Вараган подался вперед.

— Поэтому давайте разберемся в вашей личной истории, — сказал он. — Что вы считаете своим домом? Какая у вас семья? Кто ваши друзья, знакомые?

Вопросы быстро обрели необыкновенную остроту. Тамберли отрешенно слушал и наблюдал, а их изобретательный автор вытягивал из него тем временем одну подробность за другой. Заинтересовавшись чем-нибудь, Вараган не успокаивался, пока не узнавал все до последней мелочи. Вторая жена Тамберли, должно быть, находится в безопасности. Она тоже служит в Патруле. Его первая жена вторично вышла замуж и перестала для него существовать. Но, боже мой, родной брат Билл и его супруга... Будто со стороны он слышал собственное признание в том, что племянница для него — словно родная дочь...

Внезапно свет в дверном проеме померк. В помещение ворвался Луис Кастелар.

Он остервенело размахивал шпагой. Сраженный охранник сложился пополам, упал и задергался в судорогах. Из его горла хлынула алая струя крови.

Рейор уронила ящик с управлением кирадексом и схватилась за кинжал на поясе. Кастелар бросился к ней. Левой рукой он двинул женщину в подбородок. Она зашаталась, затем осела на пол, глядя на него широко раскрытыми глазами, словно парализованная. Меч испанца не останавливался ни на секунду. Вскочил на ноги Вараган. Непостижимо верткий, он уклонился от удара, который рассек бы его пополам, но комната была слишком узка для того, чтобы проскользнуть мимо Кастелара. Испанец нанес удар. Вараган схватился за живот. Сквозь пальцы начала сочиться кровь, он привалился к стене и закричал.

Кастелар, не теряя времени, прикончил его. Затем сорвал шлем с головы Тамберли. Кирадекс со стуком упал на пол. Американцу почудилось, что в это мгновение взошло солнце.

— Бежим! — выдохнул Кастелар. — За стеной стоит эта дьявольская лошадь...

Тамберли с трудом выбрался из кресла. Ноги едва держали его. Кастелар помогал ему свободной рукой. Спотыкаясь, они выбрались наружу. Темпороллер ждал их. Тамберли взгромоздился на переднее сиденье, Кастелар вскочил сзади. В воротах показался человек в черном одеянии. Он крикнул что-то и схватился за оружие.

Тамберли хлопнул рукой по пульту управления.

11 мая 2937 года до Рождества Христова

Город Мачу-Пикчу пропал из виду. В ушах засвистел рассекаемый воздух. В нескольких сотнях футов внизу лежала долина реки, поросшая сочной травой и кустарником. Вдали сверкала гладь океана.

Темпороллер начал падать. Ветер нестерпимо хлестал в лицо. Пальцы Тамберли искали управление антигравитатором. Двигатель снова заработал, падение прекратилось. Плавно и бесшумно машина приземлилась.

Тамберли начала бить дрожь. Темные круги поплыли у него перед глазами.

Приступ кончился. Придя в себя, американец понял, что

рядом стоит Кастелар, и почувствовал у своего горла острие шпаги.

— Слезай с этой штуки, — приказал испанец. — Спокойно. Руки вверх. Никакой ты не святой отец. Скорее всего, ты колдун, и тебя нужно спалить на костре. Сейчас мы все это выясним.

3 ноября 1885 года

Сквозь желтоватый густой туман двухколесный кеб доставил Мэнса Эверарда из здания компании «Дэлхаус энд Робертс» — лондонской штаб-квартиры Патруля Времени в данном пространственно-временном интервале — в дом на Йорк-плейс. Он поднялся по парадной лестнице и потянул ручку дверного звонка. Служанка провела гостя в переднюю, отделанную деревянными панелями. Эверард протянул ей визитную карточку. Через минуту служанка вернулась и сказала, что миссис Тамберли будет рада его принять. Он оставил пальто и шляпу на вешалке и последовал за ней. В доме стоял пронизывающий холод — отопление с ним не справлялось, и Эверард порадовался, что одет основательно, как и подобает джентльмену викторианской эпохи. Прежде он находил этот наряд чертовски неудобным. Во всех других отношениях эпоха была прекрасная — при условии, конечно, что у вас водились деньги, вы были обладателем отменного здоровья и могли сойти за англосакса и протестанта.

Гостиная оказалась уютной: газовое освещение, множество книг и умеренное количество безделушек. Уголь в камине горел ровным пламенем. Хелен Тамберли — невысокая рыжеватая блондинка — стояла возле огня, где ей, вероятно, было удобнее принимать гостя. Длинное платье подчеркивало ее великолепную фигуру, которой, без сомнения, завидовали многие. Ее безупречный английский звучал, словно музыка. Правда, голос слегка дрожал.

— Как поживаете, мистер Эверард? Садитесь, пожалуйста. Не хотите ли чаю?

— Нет, спасибо, мэм, только если вы сами будете пить. — Эверард и не пытался скрыть свой американский акцент. — Скоро сюда прибудет еще один человек. Может быть, попьем чай после беседы с ним?

— Конечно. — Кивком головы она отпустила горничную, которая вышла, оставив дверь открытой. Хелен Тамберли прикрыла ее и, слегка улыбнувшись, сказала: — Надеюсь, все это не слишком шокирует Дженкинс.

— Мне кажется, она уже привыкла здесь к некоторым странностям, — ответил Эверард, стараясь подражать сдержанному тону хозяйки.

— Мы стараемся не быть слишком outre[1], а с некоторой эксцентричностью люди способны смириться. Если бы мы здесь играли роль аристократов, а не обычных зажиточных буржуа, то могли бы позволить себе гораздо больше. Но в таком случае нам пришлось бы чаще появляться в обществе.

Хозяйка сделала несколько шагов по ковру и остановилась перед Эверардом, стиснув руки в кулачки.

— Но хватит об этом! — быстро произнесла она. — Вы ведь из Патруля. Агент-оперативник, так? Что-нибудь со Стивеном? Не скрывайте от меня...

Не опасаясь чужих ушей, Эверард продолжал говорить на английском, который наверняка казался хозяйке более благозвучным, чем темпоральный.

— Да. Но пока мы и сами не во всем разобрались. Он... пропал. Не вернулся. Вы, конечно, помните, он должен был объявиться в Лиме, в конце 1535 года, спустя несколько месяцев после того, как Писарро основал этот город. У нас там аванпост. Путем осторожных расспросов удалось выяснить, что два года назад монах Эстебан Танакуил исчез при загадочных обстоятельствах в Кахамарке. Обратите внимание: исчез, а не погиб в результате несчастного случая, нападения или чего-либо в этом роде.

Он помрачнел и едва слышно добавил:

— Вот как все просто.

— Но тогда он... жив?!

— Мы надеемся. Не могу ничего обещать, но Патруль постарается сделать все возможное, чтобы, черт побери... Ох, извините!

Она через силу улыбнулась.

— Ничего страшного. Ведь вы из времени Стивена, а там не стесняются в выражениях, верно?

— Да, мы оба родились и выросли в Соединенных Штатах середины двадцатого столетия. Вот почему меня и попросили заняться этим расследованием. У нас с вашим мужем много общего, и это может навести меня на какие-то конструктивные идеи.

— Значит, вас попросили... — прошептала она. — Никто не

---

[1] Outre *(фр.)* — здесь: заметными.

может приказывать агентам-оперативникам, никто, кроме данеллиан.

— Это не совсем так, — извиняющимся тоном произнёс
Эверард. Иногда его тяготил собственный статус: агенты-оперативники работали не в каком-либо одном пространственно-временном интервале, а во всех странах и эпохах и, в случае необходимости, могли действовать по собственному усмотрению. По
натуре он был скромным человеком и не любил никакой показухи.

— Я рада, что вы так думаете, — сказала женщина, едва
сдерживая слезы. — Садитесь, пожалуйста. Курите, если желаете.
Может, все-таки принести чаю с печеньем? Или немного бренди?

— Может быть, позже, спасибо. Пожалуй, я закурю.

Он подождал, пока она усаживалась возле камина, затем
устроился напротив, в кресле, которое, очевидно, принадлежало
Стиву Тамберли. На ковре между ними плясали голубые отблески пламени.

— В прошлом у меня было несколько похожих случаев — в
моем личном прошлом, — осторожно начал Эверард. — Всегда
приходилось начинать со сбора возможно более полных данных
об интересующей тебя личности. Значит, нужно расспрашивать
родных и близких. Поэтому я и пришел немного раньше, чтобы
познакомиться с вами. Вскоре прибудет агент, который вел расследование на месте, и расскажет, что ему удалось установить.
Вы не будете возражать?

— Конечно, нет. — Она глубоко вздохнула. — Только объяс-
ните мне кое-что, пожалуйста. Я всегда в этом путаюсь, даже
когда думаю на темпоральном. Мой отец преподавал физику в
Кембридже, и благодаря ему я крепко усвоила, что причина всегда
предшествует следствию. Стивен... каким-то образом попал в
беду в Перу шестнадцатого века. Патруль или сможет его спасти,
или... не сможет. Однако, независимо от результата, Патруль...
будет знать об этом все. Донесение войдет в хроники. Разве вы
не можете ознакомиться с ним? Либо... либо совершить скачок в
будущее и спросить там у самого себя? Почему мы должны про-
ходить через это?

Чему бы ни учил ее отец, подобный вопрос можно было
объяснить лишь сильным потрясением. Ведь она прошла подготовку в Академии Патруля, находящейся в олигоценовом периоде, то есть задолго до того, как появилось на свет основавшее ее
человечество. Но Эверард и не думал осуждать миссис Тамберли.
Наоборот, следовало похвалить ее за выдержку, с которой она
держалась. Ведь в своей работе она никогда не сталкивалась с

парадоксами и опасностями изменчивого времени. Тамберли тоже не встречался с ними на практике: он был обычным, принявшим чужой облик наблюдателем — пока кто-то его не обнаружил.

— Вам же известно, что это запрещено, — мягко возразил Эверард. — Любая петля на мировой линии может легко превратиться в темпоральный вихрь. В лучшем случае это кончится тем, что наша попытка будет начисто вычеркнута из истории. К тому же она окажется бесполезной: во всех этих отчетах и донесениях будет рассказываться о том, чего никогда не было. Попытайтесь себе представить, как то, что мы считаем предвидением, скажется на наших действиях. Нет, мы должны проделать свою работу от начала и до конца, как можно строже соблюдая причинные связи, — только тогда наши успехи или неудачи станут реальными.

Потому что понятие реальности условно. Она как рябь на поверхности моря. Стоит волнам (волнам вероятности фундаментального квантового хаоса) изменить свой ритм, как эта рябь и хороводы пузырей тут же исчезнут, превратившись в нечто иное. Физики получили об этом некоторое представление еще в двадцатом столетии. Но до начала темпоральных путешествий никто не сталкивался с явлением на практике.

Отправляясь в прошлое, вы превращаете его в свое настоящее. У вас та же свобода воли, что и всегда, и свое поведение вы ничем особенно не ограничиваете. Значит, вы неизбежно влияете на то, что происходит вокруг.

Последствия обычно бывают незначительными. Пространственно-временной континуум подобен сети из тугих резиновых лент, которая восстанавливает свою конфигурацию после прекращения действия возмущающей силы. В самом деле, обычно вы являетесь частью этого прошлого. Человек, который путешествовал с Писарро под именем брата Танакуила, существовал реально. «Теперь» это правда, а то обстоятельство, что он родился много позже шестнадцатого века, не играет особой роли. Незначительные анахронизмы вполне допустимы: даже если они и привлекут чье-то внимание, вскоре о них все равно забудут. А вызовут подобные действия небольшие остаточные осцилляции реальности или нет — представляет лишь чисто теоретический интерес.

Но бывают и другие ситуации. Что, если какой-нибудь сумасшедший отправится в пятый век и снабдит пулеметами предводителя гуннов Аттилу? Подобные действия столь очевидны, что предотвратить их не составляет никакого труда. Но не все так просто... Большевики в 1917 году, например, едва не упустили время. Только энергия и гений Ленина позволили им победить. Что, если вы отправитесь в девятнадцатый век и незаметно, никому не причиняя вреда, расстроите брак родителей Ленина? Во что бы ни превратилась в дальнейшем Российская империя, Советским Союзом она наверняка не станет и последствия этого изменения распространятся на всю дальнейшую историю. На вас они не скажутся, но, вернувшись в будущее, вы найдете совершенно иной мир — мир, в котором вы сами, возможно, так и не родились. Вы будете существовать, но как следствие без причины, как порождение той анархии, которая лежала в основе новой реальности.

Когда была построена первая машина времени, появились данеллиане — сверхлюди из далекого будущего. Они-то и ввели правила темпорального движения, а для того, чтобы обеспечить их выполнение, основали Патруль. Подобно любой другой полиции, мы главным образом помогаем тем, на чьей стороне закон. При возможности оказываем им помощь в различных затруднительных ситуациях, иногда на свой страх и риск облегчаем участь жертв истории. Но главная задача у нас одна: защищать и сохранять саму эту историю, которая в конечном итоге приведет к появлению славных данеллиан.

— Простите, — сказала Хелен Тамберли. — Какая я идиотка! Но я была так... так взволнованна! Ведь Стивен предполагал вернуться через три дня. Для него — шесть лет, для меня — три дня. Столько времени ему требовалось, чтобы вновь акклиматизироваться в девятнадцатом веке. Он намеревался побродить здесь инкогнито, заново привыкая к викторианским нравам, чтобы по рассеянности не сделать чего-нибудь, способного привлечь внимание слуг или наших местных друзей... Прошла уже целая неделя! — Она закусила губу. — Извините. Все болтаю и болтаю.

— Вовсе нет. — Эверард достал трубку и кисет с табаком. Страдания этой женщины тронули его, и он хотел немного успокоиться. — У закоренелого холостяка вроде меня такие пары, как ваша, вызывают зависть. Но давайте вернемся к делу. Так будет лучше для нас обоих. Вы родились в Англии в этом веке, правильно?

Она кивнула.

— Я родилась в Кембридже в 1856 году. В семнадцать лет я осиротела, но оставшееся от родителей небольшое наследство позволило мне продолжить образование. Я изучала классические языки и наверняка стала бы «синим чулком», если бы мне не предложили вступить в Патруль. Со Стивеном мы познакомились в Академии... Хотя он родился почти на столетие позже — слава богу, в Патруле это не имеет значения, — у нас... оказалось много общего и после окончания Академии мы поженились. Стивен даже не рассчитывал, что мне понравится то время, в котором он родился. — Она поморщилась. — Я побывала в нем и поняла, что он был прав. А он здесь чувствовал... чувствует себя как дома. Для окружающих он — американец, сотрудник фирмы, занимающейся импортом товаров. Я тоже хожу на службу, иногда беру работу на дом. Конечно, женщина, которая интересуется наукой, пока явление редкое, но не чрезвычайное. Ведь Мария Склодовская — мадам Кюри — будет зачислена в Сорбонну всего через несколько лет.

— Здешние люди лучше уже тем, что предпочитают не совать нос в чужие дела, чего не скажешь о моем времени. — Разговаривая, Эверард продолжал набивать трубку. — Мне кажется, вы... э-э... довольно много времени проводите вместе — здесь это пока не очень принято.

— О да! — горячо подтвердила она. — И в отпуск мы всегда ездим вместе. Мы оба без ума от древней Японии и уже несколько раз там побывали.

Эверард подумал, что, вероятнее всего, в те времена Япония была страной с небольшим, по большей части неграмотным населением, изолированной от остального мира, и поэтому Патруль разрешал любознательным путешественникам время от времени туда наведываться.

— Мы изучили местные ремесла, например изготовление керамики. Пепельница, что рядом с вами, — работа Стива...

Она замолчала.

Эверард торопливо задал новый вопрос:

— Сами вы занимаетесь Древней Грецией?

Патрульный, встретивший его на базе, не знал точно.

— Да, меня интересуют колонии на побережье Ионического моря, главным образом, седьмого и шестого веков до нашей эры. — Она вздохнула. — Ирония судьбы состоит в том, что мне, женщине северного типа, там нельзя показываться. Но, как я говорила, мы видели много прекрасного и в других местах. Нет, мне не на что жаловаться! — Она все время старалась держать себя в руках, но все же не выдержала: — Если Стивен... если вам удастся вытащить его оттуда... как вы думаете, можно будет уговорить его осесть на одном месте и заниматься исследованиями здесь, как делаю я?

В наступившей тишине громко чиркнула спичка. Прикурив, Эверард выпустил вверх струю дыма и крепче сжал в руке шершавую трубку.

— На это не рассчитывайте, — без обиняков сказал он. — Помимо всего прочего, хорошие полевые историки — большая редкость, как, впрочем, и просто хорошие люди... Вы даже не представляете, какая у нас в Патруле дикая нехватка людей. Такие, как вы, дают возможность работать таким, как он. И как я. Обычно мы возвращаемся домой в добром здравии.

Работа в Патруле не имела ничего общего с бравадой и безрассудством. Все строилось на точном расчете. Большую часть информации собирали на месте агенты вроде Стива. Но и они нуждались в кропотливом труде таких людей, как Хелен, которые анализировали их донесения. Конечно, наблюдатели Патруля в Ионии поставляли несравненно больше информации, чем ее содержали те хроники и реликвии, что сохранились к девятнадцатому столетию. Но от этого не становилась ненужной работа Хелен — она сопоставляла, оценивала и классифицировала эту информацию, на основании чего готовились рекомендации для последующих экспедиций.

— Он должен подыскать себе нечто более безопасное, — покраснев, сказала хозяйка. — Я не хочу иметь детей, пока он этого не сделает.

— Не сомневаюсь, что в свое время он перейдет на административную должность, — заверил ее Эверард.

«Если нам удастся его спасти», — тут же подумал он и продолжил:

— К тому времени у него накопится значительный опыт, и мы позволим ему выбрать занятие по вкусу. Скорее всего, он будет руководить новичками. Для этого ему, может быть, придется на несколько десятков лет перевоплотиться в какого-нибудь деятеля из испанских колоний. А если вы последуете за ним, это только облегчит дело.

— Вот будет приключение! Думаю, я сумею приспособиться. В общем-то мы и не планировали навсегда остаться викторианцами.

— Но вы забыли об Америке двадцатого века. А тамошние связи Стива?

— Он происходит из старой калифорнийской семьи, у которой имеются дальние родственные связи с Перу. Его прадед был капитаном; он женился на девушке из Лимы и привез ее к себе в дом. Не исключено, что именно это и явилось причиной интереса Стива к ранней истории Перу. Вы, наверное, знаете, что он стал антропологом, а позднее занялся археологией этой страны. В Сан-Франциско живет его брат с семьей. Незадолго до вступления в Патруль Стив развелся с первой женой. Это случилось... случится в 1968 году. Затем он ушел с профессорской должности, объявив, что получил финансовую помощь от одного научного учреждения, дающую ему возможность заниматься независимыми исследованиями. Этим он объяснял и свои частые длительные отлучки. Он по-прежнему держит там холостяцкую квартиру, чтобы принимать родственников и друзей, и пока не собирается исчезать из их жизни. В конце концов ему придется это сделать, и он знает об этом, но... — Она улыбнулась. — Он сказал, что хочет дождаться, когда его любимая племянница выйдет замуж и родит ребенка. Ему хочется почувствовать себя двоюродным дедушкой.

Эверард старался не замечать того, что хозяйка употребляет смешанные времена глаголов: это было неизбежно, когда о подобных вещах говорили на любом языке, кроме темпорального.

— Любимая племянница, вот как?.. — пробормотал он. С ней нужно обязательно встретиться: она много знает и расспросы не вызовут у нее подозрений. Что вам о ней известно?

— Ее зовут Ванда, и родилась она в 1965 году. Стивен в последнее время часто вспоминал о ней. Она изучала... м-м-м... биологию в каком-то Стэнфордском университете. Между прочим, он намеревался отправиться в эту свою последнюю командировку именно из Калифорнии, а не из Лондона, чтобы встретиться со своими родственниками в... да-да, в 1986 году.

— Мне бы хотелось с ней побеседовать.

В дверь постучали.

— Войдите, — сказала хозяйка.

Появилась прислуга и доложила:

— Пришел какой-то человек, желает вас видеть, миссис. Назвался мистером Баскесом. — И добавила с явным неодобрением: — Он цветной.

— Это мой коллега, — шепнул Эверард. — Он пришел раньше, чем я предполагал.

— Проводи его сюда, — распорядилась хозяйка.

Действительно, по здешним меркам Хулио Васкес выглядел странновато: невысокий, коренастый, черноволосый. На плоском лице с бронзовым отливом выделялся орлиный нос. Чистокровный уроженец Анд, хотя Эверард знал, что он родился в двадцать втором столетии. Впрочем, в этом районе города, без сомнения, привыкли к визитерам экзотического вида. Мало того что Лондон был центром раскинувшейся по всей планете империи, но еще и Йорк-плейс располагалась строго посредине Бейкер-стрит.

Хелен Тамберли вежливо поздоровалась с вошедшим и велела наконец подать чай. Служба в Патруле излечила ее от малейших проявлений викторианского расизма. В силу необходимости все перешли на темпоральный язык, поскольку хозяйка не говорила по-испански (или на кечуа), а английский не был достаточно важен для Васкеса ни до вступления в Патруль, ни после, и разведчик знал на нем лишь несколько дежурных фраз.

— Удалось узнать совсем немного, — начал он. — Задание оказалось очень сложным, особенно из-за такой спешки. Для испанцев я был просто одним из индейцев. Я не смел и подойти к ним, а тем более расспрашивать. За дерзость меня могли выпороть или просто убить на месте.

— Среди конкистадоров полно всякого отребья, — заметил Эверард. — Насколько я помню, после того как был доставлен выкуп за Атауальпу, Писарро все же его не отпустил. Вместо этого, предъявив кучу ложных обвинений, он предал его так называемому суду и приговорил к смертной казни. Кажется, к сожжению на костре?

— После того как Атауальпа принял христианство, наказание смягчили и заменили повешением, — уточнил Васкес. — Впоследствии сам Писарро и его подручные чувствовали нечто вроде угрызений совести. Но они опасались, что, выйдя на свободу, Атауальпа поднимет против них восстание. Позднее именно так и поступил Манко, их марионеточный инка. — Говоривший сделал паузу. — Да, в испанском завоевании было много страшного — убийства, грабежи, порабощение. Но, друзья мои, вы изучали историю в англоязычных школах, а Испания на протяжении веков была соперницей Англии. Их противоречия не раз использовались в пропагандистских целях. Истина же состоит в том, что испанцы с их инквизицией и прочими жестокостями были в ту эпоху не хуже других, а может, даже и лучше. Некоторые из них, такие, как сам Кортес, и даже Торквемада, пытались добиться определенных прав для местного населения. Не следует забывать, что оно уцелело на большей части территории Латинской Америки, причем на землях своих предков, тогда как англичане, вместе со своими последователями — янки и канадцами, почти полностью уничтожили североамериканские племена.

— Туше! — сухо произнес Эверард.

— Пожалуйста, — прошептала Хелен Тамберли.

— Извините меня, сеньора. — Васкес поклонился хозяйке, не вставая с кресла. — Я пытался объяснить, почему удалось узнать так мало, и слегка увлекся. Так вот, достоверно известно, что монах и воин отправились в хранилище, где в ту ночь находились сокровища. Наступил рассвет, но они все не выходили, и тогда обеспокоенные часовые открыли дверь. Внутри никого не было. Осмотрели все выходы. Ничего. Тогда поползли самые невероятные слухи. О происшествии я узнал от индейцев, но даже их нельзя было расспросить как следует. Для них я ведь тоже был чужаком, а сами они отлучались из родных мест крайне редко. Обстановка была напряженная, так что мне пришлось сочинить легенду, объяснявшую мое появление в городе. Однако, если бы мною кто-то заинтересовался всерьез, эта история не выдержала бы проверки.

Эверард попыхивал трубкой.

— Хм, — произнес он между затяжками. — Насколько я помню, Тамберли, будучи священником, имел доступ к каждой новой партии сокровищ. Он читал над ними молитвы или что-то в этом роде. В действительности же он делал голограммы произведений искусства, чтобы грядущие поколения смогли увидеть и оценить их. А как туда попал этот военный?

Васкес пожал плечами.

— Мне сказали, что его имя — Луис Кастелар и что он кавалерийский офицер, отличившийся в этой кампании. Некоторые утверждали, что он, вероятно, задумал похитить сокровища. Но другие считали, что такой доблестный рыцарь на это не способен, не говоря уже о благочестивом брате Танакуиле. В конце концов сам Писарро допросил часовых, но, как мне сказали, он лишь утвердился во мнении об их честности. Сокровища-то остались нетронутыми. Когда я покидал те места, бытовало мнение, что тут не обошлось без вмешательства нечистой силы. Людей охватила самая настоящая истерия. Это могло иметь крайне неблагоприятные последствия...

— ...Которые не отражены в известной нам истории, — докончил за него Эверард. — Насколько критичен этот пространственно-временной отрезок?

— Вне всякого сомнения, испанское завоевание в целом — одно из ключевых событий мировой истории. Что же до этого отдельного эпизода, кто знает? Мы ведь находимся по отношению к нему в будущем, но пока существовать не перестали.

— Это не означает, что мы не можем исчезнуть, — резко оборвал Васкеса Эверард. «Просто навсегда исчезнуть из реальности, мы сами и породивший нас мир, — словно нас никогда и не было. Это пострашнее смерти». — Патруль сконцентрирует все свои резервы в этом временном отрезке и будет действовать крайне осторожно, — добавил он, обращаясь к Хелен Тамберли. — Что же могло произойти? У вас есть какие-нибудь предположения, агент Васкес?

— Есть одна догадка, — ответил разведчик. — Думаю, кто-то намеревался похитить сокровища с помощью машины времени.

— Да, это вполне возможно. Кстати, Тамберли, наряду с прочими задачами, должен был наблюдать за развитием событий и сообщать Патрулю обо всем, что могло вызвать подозрения.

— Как он мог это сделать, не возвратившись в будущее? — удивилась хозяйка.

— Он оставлял донесения в условленных местах среди скал. Контейнеры, имеющие форму обычных булыжников, испускали гамма-лучи, чтобы их легче было обнаружить, — пояснил Эверард. — Все эти места были проверены, но там не нашли ничего, кроме обычных коротких рапортов Тамберли о его наблюдениях.

— Для этого расследования я бросил свою основную работу, — продолжал рассказывать Васкес. — Моя миссия — на одно поколение раньше, во времена правления Уайна Капака, отца Атауальпы и Уаскара. Нельзя изучать испанское завоевание, не разобравшись в истории великой и сложной цивилизации, которую уничтожили конкистадоры. Империя инков простиралась от Эквадора в глубь территории Чили и от побережья Тихого океана до истоков Амазонки. И... похоже, какие-то чужеземцы появлялись при дворе великого правителя инков в 1524 году, примерно за год до его смерти. Они походили на европейцев, и поначалу мы решили, что так оно и есть: инки уже слышали о людях, прибывших издалека. Спустя какое-то время они исчезли, причем никто не знал, куда и каким образом. А незадолго до вызова в будущее я начал получать из различных источников сообщения, что пришельцы пытались убедить Уайна не наделять Атауальпу такой властью, которая позволит ему соперничать с Уаскаром. Им это не удалось: старик был упрям. Однако важен сам факт подобной попытки, так ведь?

Эверард даже присвистнул:

— О боже, конечно! У вас есть предположения, кем могли быть эти пришельцы?

— Достоверных данных нет. В этом интервале крайне трудно завоевать чье-то доверие. — Васкес усмехнулся. — Защищая испанцев от обвинений в том, что они, даже по понятиям шестнадцатого столетия, выглядели чудовищами, должен сказать, что инки тоже не были невинными овечками. Их государство осуществляло агрессивную экспансию во всех направлениях. И было тоталитарным. Жизнь нации регулировалась до последних мелочей. Но власть проявляла и доброту: если вы с ней сотрудничали, то получали свой кусок. Но горе вам, если вы выказывали строптивость. Даже высшие сословия не пользовались у инков какой-либо ощутимой свободой. Ею наслаждался только божественный король инков. Так что вы можете представить, с какими трудностями можно столкнуться, даже если принадлежишь к той же самой расе. В Каксамалке я говорил всем, что меня послали сообщить чиновникам о делах в моей местности. Но до того как Писарро сверг Атауальпу, я и с этой легендой вряд ли продержался бы очень долго. Поэтому мне приходилось довольствоваться лишь слухами и сплетнями.

Эверард кивнул. Испанское завоевание (как, впрочем, и практически любое событие в истории) имело и положительные, и отрицательные стороны. Кортес, по крайней мере, положил конец кровавым жертвоприношениям ацтеков, а Писарро принес индейцам понятие о достоинстве и правах личности. У обоих завоевателей среди индейцев были союзники, которые сразу встали на сторону испанцев.

Патрульному не пристало морализировать. Его долг — охранять то, что было, что составляет историю, и, конечно, помогать своим товарищам.

— Давайте обсудим наши дальнейшие действия, — предложил Эверард. — Может, удастся что-нибудь придумать. Миссис Тамберли, мы не бросим вашего мужа на произвол судьбы: не сомневайтесь, мы сделаем все возможное, чтобы спасти его, хотя, конечно, не все в наших силах.

Дженкинс принесла чай.

30 октября 1986 года

Мистер Эверард поразил меня. Его письма, а затем телефонные звонки из Нью-Йорка были изысканно-вежливы и, скажем так, весьма интеллектуальны. Но вот он сам: здоровяк с перебитым носом. Сколько ему лет? Сорок? Трудно сказать. Уверена, что он немало побродил по свету.

Впрочем, дело не в том, как он выглядит. (Кстати, он мог бы вызвать у меня интерес — при определенных обстоятельствах. Хотя таковых не возникнет. Без сомнения, к лучшему, черт бы все побрал.) Говорит он вкрадчиво, и в целом стиль общения напоминает его письма.

Жмем друг другу руки.

— Рад встретиться с вами, мисс Тамберли. — Голос низкий. — Спасибо, что пришли.

Отель в деловой части города. Вестибюль.

Я парирую:

— Но это ведь связано с моим единственным дядюшкой, не так ли?

Он кивает.

— Мне бы хотелось побеседовать с вами не торопясь. Вы не сочтете меня чересчур навязчивым, если я приглашу вас выпить? Или пообедать? Я не доставлю вам излишних хлопот.

Надо быть начеку.

— Спасибо. Возможно, попозже. По правде говоря, мне нужно немного успокоиться. Давайте пока просто пройдемся.

— Почему бы и нет? День великолепный, а я не был в Пало-Альто уже несколько лет. Может, отправимся в университет и побродим там?

Погода действительно прекрасная — бабье лето, дождей нет и в помине. Еще несколько таких дней, и появится смог. А пока над головой прозрачное голубое небо, и солнечный свет заливает все кругом. Стройные эвкалипты в университетском городке скоро окрасятся в серебристые и нежно-зеленые тона. Мое волнение совершенно естественно (что-то случилось с дядей Стивом), но у него есть и другая причина: рядом со мной самый настоящий детектив.

Мы сворачиваем налево.

— Чего вы хотите, мистер Эверард?

— Побеседовать с вами, как я и говорил. Я бы хотел, чтобы вы как можно подробнее рассказали мне о докторе Тамберли. Какая-нибудь деталь в вашем рассказе может навести нас на след.

Хорошо, что эта организация проявила заботу и поручила дело такому человеку. Понятно, ведь они вложили деньги в экспедицию дяди Стива. Он ведет исследования в Южной Америке, о которых никогда особенно не распространяется. Вероятно, приберегает сенсацию для книги, которую намеревается написать. Похвальная забота. Надо же будет отчитаться, куда пошли не облагаемые налогами суммы. Нет, так нельзя. Дешевый цинизм присущ самонадеянным невеждам.

— А почему вы хотите побеседовать именно со мной? Ведь мой отец, брат дяди, наверняка знает больше.

— Возможно. Я намерен повидаться и с ним, и с вашей матерью. Но, по дошедшей до меня информации, вы пользуетесь особым расположением вашего дяди. Я почти уверен, что он рассказывал вам о себе — никаких тайн, ничего, на ваш взгляд, особенного. Тем не менее эти сведения наверняка помогут мне понять его и подскажут, куда он мог направиться.

Комок в горле. Прошло уже шесть месяцев, а от него — ни строчки.

— Неужели в вашей организации ничего не знают?

— Вы уже спрашивали об этом, — напоминает Эверард. — Тамберли всегда действовал самостоятельно. Это было единственным условием, поставленным им перед организацией. Он работал в Андах — вот и все, что нам известно. Это огромная территория. Полицейские власти нескольких стран, где он мог бы оказаться, не смогли сообщить нам ничего полезного.

Об этом трудно говорить. Мелодрама. Но...

— Вы подозреваете... нечистую игру?

— Мы ничего не знаем, мисс Тамберли. Надеемся, что нет. Может быть, он решил рискнуть и... В любом случае, моя задача — попытаться понять его.

Он улыбается. На лице проступают морщины.

— А для этого я хочу сначала познакомиться с людьми, которых он считает близкими.

— Понимаете, он всегда был очень замкнут и... нелюдим.

— Но отношения с вами — исключение. Не будете возражать, если я задам несколько вопросов, касающихся вас самой?

— Давайте. Но не обещаю, что отвечу на все.

— Ничего сугубо личного. Ну, скажем так. Вы учитесь на последнем курсе в Стэнфорде, верно? Какая у вас специализация?

— Биология.

— Это такое же общее понятие, как физика, правда?

Мозги у него на месте.

— Ну, я интересуюсь главным образом эволюционными изменениями. Возможно, займусь палеонтологией.

— Значит, вы намерены учиться в аспирантуре?

— Конечно. Докторская степень — пропуск в науку.

— Осмелюсь заметить, вы больше похожи на спортсменку, чем на ученого.

— Конечно, теннис, туризм... Люблю прогуляться с рюкзаком по свежему воздуху, а поиски останков ископаемых животных — прекрасный способ еще и получать за это деньги. — Что-то меня подталкивает. — Я уже подыскала себе работу на лето. Буду водить туристов на Галапагосских островах. Самый настоящий затерянный мир, если таковой когда-либо существовал.

Неожиданно у меня начинает щипать глаза, контуры предметов расплываются.

— Эту работу мне нашел дядя Стив. У него в Эквадоре друзья.

— Что ж, неплохо. Говорите по-испански?

— Немного. Раньше мы всей семьей часто проводили отпуска в Мексике. Я и сейчас время от времени там бываю. Кроме того, я несколько раз съездила в Южную Америку.

С ним необыкновенно легко разговаривать. «Удобен, как старый ботинок», — говаривал в подобных случаях отец. Сначала мы сидели на скамейке в университетском городке, потом пили пиво в студенческом клубе. Кончилось же все тем, что он пригласил меня обедать. Ничего особенного, никакой романтики. Но из-за этого стоило пропустить занятия. Я говорила без умолку.

Удивительно, как мало он ухитрился рассказать о себе.

Я поняла это в тот момент, когда он, стоя возле моего дома, пожелал мне спокойной ночи.

— Вы мне необыкновенно помогли, мисс Тамберли. Возможно, больше, чем сами предполагаете. Завтра я примусь за ваших родителей. Затем, вероятно, вернусь в Нью-Йорк. Погодите. — Он достал портмоне и извлек оттуда маленький белый прямоугольник. — Моя визитка. Возьмите. Если вы вспомните еще что-нибудь, сейчас же позвоните мне. — Затем продолжил необычайно серьезно: — Даже если случится что-либо, по вашему мнению, совсем незначительное. Пожалуйста. Дело может принять опасный оборот.

Неужели дядя Стив связан с ЦРУ? Вечер вдруг потерял для меня всю свою прелесть.

— Хорошо. Спокойной ночи, мистер Эверард. — Я выхватываю у него визитку и торопливо закрываю дверь.

11 мая 2937 года до Рождества Христова

— Когда я заметил, что они ушли со своих постов и собрались вместе, я призвал на помощь Сант-Яго и бросился на них, — рассказывал Кастелар. — Первого двинул по шее, и он упал. Извернулся и ударил второго — ребром ладони под нос, снизу вверх. Вот так! — Испанец сделал резкий, сокрушительный выпад. — Он тоже свалился. Тогда я схватил свою шпагу, прикончил обоих и бросился к вам.

Он говорил нарочито небрежно. Тамберли, еще не оправившись от шока, подумал, что экзальтационисты совершили непростительную ошибку: недооценили возможности человека прошедшей эпохи. Этот испанец не знал почти ничего из того, что знали они, но голова у него работала ничуть не хуже. Сыграла свою роль и жестокость, воспитанная столетиями войн, — не конфликтов с использованием передовых технологий, где роль личности незначительна, а средневековых битв, когда смотришь в лицо своему врагу и собственной рукой кромсаешь его на куски.

— И вы не побоялись их... колдовства? — пробормотал Тамберли.

Кастелар покачал головой.

— Я знал, что Бог на моей стороне.

Он перекрестился и вздохнул.

— Я сделал глупость — не захватил с собой их ружья. Больше такого не повторится.

Несмотря на жару, Тамберли охватила дрожь.

Сгорбившись, он сидел в высокой траве, под лучами полуденного солнца. Над ним нависал Кастелар — доспехи сверкают, рука сжимает шпагу, ноги широко расставлены, — словно колосс, покоривший мир. В нескольких ярдах от них стоял темпороллер. Рядом журчал ручей, устремляясь к невидимому отсюда океану. Кастелар прикинул, что до него миль двадцать-тридцать. Пальмы, чиримойи[1] и другая растительность свидетельствовали, что они «все еще» находятся в тропическом поясе Америки. Ну да, он ведь в первую очередь привел в действие темпоральный активатор, а пространственный почти не трогал.

Вскочить, прорваться мимо испанца к роллеру и бежать? Нет, это невозможно. Будь он в лучшей физической форме, рискнул бы. Как и большинство полевых агентов, он в совершенстве владел техникой рукопашного боя. Это давало возможность одолеть более сильного, но менее искусного противника. (Любой кабальеро минувших веков проводил жизнь в условиях такой физической активности, что даже олимпийский чемпион рядом с ним мог показаться заморышем). Но сейчас Тамберли был слишком слаб — и телом, и духом. После того как с головы был снят кирадекс, к нему снова вернулась сила воли. Но что толку? Тело его не слушалось, мысли путались, веки налились свинцом, голова гудела, как колокол.

Кастелар свирепо глядел на американца.

---

[1] Ч и р и м о й я — небольшое фруктовое дерево, эндемик Южной Америки.

— Хватит изворачиваться, колдун! — выкрикнул он. — Ты ответишь на все мои вопросы.

«Если я буду просто молчать, он меня убьет, — в изнеможении размышлял Тамберли. — Но сначала попытается развязать язык пытками и заставить подчиниться силой... Хотя тогда он останется один, неизвестно где, и может быть, не сумеет никому принести вреда. Нет. Убедившись, что от меня мало проку, он наверняка попытается запустить роллер. Хорошо, если сразу взорвется, а если нет? Он ведь такого натворит... Нет, смерть — на крайний случай, когда ничего другого не останется...»

Тамберли поднял голову и увидел в вышине темный силуэт парящего орла.

— Никакой я не колдун, — сказал он. — Просто я знаю много таких вещей, о которых вы даже и не слышали. Индейцы думали, что мушкетеры повелевают молниями. А все дело в порохе. Стрелка компаса указывает на север, но это тоже не колдовство. — «Хотя ты и не понимаешь принцип его действия». — Таковы и оружие, которое поражает, не причиняя ран, и механизмы, способные преодолевать пространство и время.

Кастелар кивнул.

— Я догадался об этом, — неторопливо произнес он. — Охранявшие меня воины, которых я потом убил, думали, что я не понимаю, о чем они говорят.

«Боже, какой сообразительный экземпляр! Возможно, в своем роде гений. Я его недооценивал. А ведь он рассказывал, что в семинарии зачитывался Амадисом Галльским — рыцарскими романами, будоражившими воображение его современников... А в другой раз продемонстрировал в разговоре хорошее понимание тонкостей ислама».

Кастелар вдруг весь напрягся.

— Говори, что здесь происходит, — потребовал он. — Кто ты на самом деле и почему выдаешь себя за духовное лицо?

Тамберли попытался сосредоточиться. Защитного барьера в сознании больше не было: кирадекс снял психологическую блокировку и ничто теперь не удерживало его от раскрытия тайн темпоральных путешествий и Патруля Времени. Кроме чувства долга.

Он обязан, просто обязан найти выход из этого ужасного положения. Ему бы сейчас хоть небольшую передышку — восстановить силы после всего, что пришлось пережить, — и он перехитрил бы Кастелара. Будь тот хоть семи пядей во лбу — ему все равно многого не понять. Но Тамберли был едва жив. А Кастелар чувствовал его слабость и беспощадно на него наседал.

— Отвечай! По существу, без уверток! Говори правду!

Он наполовину обнажил шпагу, но тут же убрал ее обратно в ножны.

— Это будет очень долгий рассказ, дон Луис...

Испанец пнул Тамберли сапогом по ребрам, и тот упал, хватая ртом воздух. Грудь пронзила нестерпимая боль.

— Давай! Говори же! — Голос испанца гремел над ним, словно раскаты грома.

Американец с трудом поднялся с земли и снова сел, втянув голову в плечи.

— Да, я выдавал себя за монаха, но не имел никаких намерений, направленных против веры Христовой. — Тамберли закашлялся. — Так было нужно. Понимаете, где-то в мире есть злодеи, у которых имеются точно такие же машины. На этот раз они хотели завладеть вашим сокровищем и похитили нас обоих...

Допрос продолжался. Уж не у доминиканцев ли, заправлявших испанской инквизицией, обучался Кастелар? Или он просто умел обращаться с пленными? Вначале Тамберли намеревался скрыть все, что касалось темпоральных путешествий, но потом то ли он сам случайно проговорился, то ли Кастелар, заподозрив что-то, сумел развязать ему язык. Конкистадор удивительно быстро ухватил суть идеи. Теория не понадобилась. (Тамберли сам имел довольно смутное представление об этом открытии, совершенном спустя много тысячелетий после его эпохи.) Кастелар не стал ломать голову над проблемой взаимосвязи пространства и времени: выругавшись, он сразу же перешел к практической стороне дела. До него быстро дошло, что машина может летать и зависать в воздухе, а также мгновенно переноситься по желанию седока куда и когда угодно.

Пожалуй, реакция Кастелара оказалась вполне естественной. Даже образованные люди шестнадцатого столетия верили в чудеса — это догмат и христианства, и иудаизма, и ислама. С другой стороны, они жили в эпоху революционных открытий, изобретений и идей. (Испанцы же чуть не поголовно увлекались историями о рыцарях и волшебниках — пока их не излечил от этого Сервантес.) Ни один ученый не говорил Кастелару, что путешествие в прошлое физически невозможно, ни один философ не указывал причины, по которым оно абсурдно с точки зрения логики. Конкистадор принял его как очевидный факт.

Опасность изменения или даже уничтожения всего будущего, по-видимому, нисколько его не беспокоила. Впрочем, возможно, он просто не хотел связывать себе этим руки.

— О мире позаботится Господь, — заявил он и принялся выяснять, как пользоваться машиной.

Конкистадор живо представил себе груженные товарами каравеллы, которые курсировали между столетиями, и картина его воодушевила. Его не слишком интересовал поистине драгоценный груз этих каравелл: сведения о происхождении цивилизаций, утраченные стихи Сапфо, записи выступлений величайших виртуозов, трехмерные изображения произведений искусства, пошедших на переплавку в счет выкупа... Он думал о рубинах и рабах, но прежде всего — об оружии. Ему казалось естественным, что владыки будущего постараются регулировать подобные перемещения, а бандиты станут грабить караваны.

— Значит, ты был шпионом своего повелителя, а его враги, явившись, словно воры, посреди ночи в сокровищницу, удивились, обнаружив там нас двоих? — заключил испанец. — Благодаря милости Божией мы снова на свободе. Что дальше?

Солнце стояло низко. В горле у Тамберли пересохло, голова раскалывалась, суставы болели. Сквозь темную пелену, застилавшую глаза, он увидел, что неутомимый и безжалостный Кастелар присел перед ним.

— Мы... мы должны вернуться... к моим товарищам по оружию, — прохрипел Тамберли. — Они хорошо вам заплатят и... отвезут вас обратно, в Каксамалку.

— Отвезут? Неужели? — Кастелар по-волчьи оскалился. — И сколько они мне заплатят в лучшем случае? К тому же я не уверен, Танакуил, что ты говоришь правду. Я верю лишь в то, что Господь не случайно вложил этот инструмент в мои руки, и я должен воспользоваться им во славу Господа и моего народа.

Слова испанца обрушивались на Тамберли, словно удары.

— И как вы намерены поступить?

Кастелар погладил бороду.

— Я подумаю, — негромко ответил он, сощурившись. — Но прежде ты научишь меня обращаться с этим рысаком.

Он упруго поднялся на ноги.

— Встать!

Испанцу пришлось едва ли не волоком тащить своего пленника к темпороллеру.

«Я должен лгать и тянуть время; на худой конец, откажусь и пусть делает что хочет».

Но силы оставили Тамберли. Истощение, боль, жажда, голод сломили его... Он был не в состоянии сопротивляться.

Кастелар склонился над пленником, готовый отреагировать

на любое подозрительное движение. Но Тамберли уже почти ничего не соображал и даже не пытался обмануть его.

Ухватиться за рукоятки, осмотреть пульт управления. Для определения даты нажать на кнопку. Машина регистрировала каждый пространственный и темпоральный переход. Да, в самом деле, счетчик показывает, что они попали в далекое прошлое, в тридцатое столетие до Рождества Христова.

— До Рождества Христова, — с придыханием произнес Кастелар. — Конечно же, я могу отправиться к Господу, когда он ходил по этой земле, и пасть пред ним на колени...

Когда испанец впал в экстаз, здоровый человек запросто мог бы нанести ему удар, используя карате, но Тамберли лишь упал на сиденье и потянулся к активатору. Кастелар отпихнул его, и американец повалился на землю, словно мешок с мукой. В полузабытьи он лежал на земле, пока острие шпаги не заставило его снова подняться.

Вот дисплей с картой. Они находятся на побережье, которое в будущем станет южной частью Эквадора. По приказу Кастелара Тамберли включил настройку, и глобус начал вращаться. Когда показались очертания Средиземного моря, конкистадор застыл.

— Уничтожить неверных, — пробормотал он. — Вновь обрести Святую Землю.

Банк данных выдавал на экран изображение любого района Земли в заданном масштабе, а управлять перемещениями в пространстве смог бы и ребенок. (Конечно, если не требовалась большая точность.) Кастелар согласился, что пока ему лучше воздержаться от таких трюков, как внезапное появление в запертой сокровищнице. Установка же времени не представляла для него трудностей, поскольку он знал арабские цифры. Поэтому конкистадор в считаные минуты справился с задачей.

Роллер был несложен в управлении и позволял в мгновение ока переноситься куда и когда угодно. Однако использование антигравитатора требовало более основательной подготовки. Перед пробным полетом Кастелар заставил Тамберли показать ему, как пользоваться рычагами управления, а затем усадил американца позади себя.

— Если упадем, то вместе, — пригрозил он.

А Тамберли только об этом и мечтал. Вначале роллер тряхнуло так, что он едва не свалился, но Кастелар тут же выровнял машину и расхохотался. Он попробовал прыгнуть во времени и возвратился на полдня назад. Неожиданно солнце оказалось в зените, а на экране он увидел себя и Тамберли — они находились в долине, почти в миле под ними. Это его потрясло. Он поспешно рванулся вперед, к закату, и сразу же снизился. Теперь внизу никого не было. Почти минуту роллер висел в воздухе, а затем с грохотом приземлился.

— Слава Господу! — вскричал Кастелар, ступив на землю. — Чудеса и милости его бесконечны!

— Пожалуйста, — взмолился Тамберли, — давайте сходим к реке. Я умираю от жажды.

— Чуть позже, — ответил Кастелар. — Здесь нет ни пищи, ни огня. Нужно отыскать место получше.

— Где? — простонал Тамберли.

— Я уже об этом подумал, — сказал Кастелар. — Искать твоего короля — все равно что отдаться ему на милость. Он заберет у меня это приспособление, которое может хорошо послужить христианской вере. Вернуться в ту самую ночь в Каксамалку? Нет, не сразу. Там придется иметь дело с пиратами, а если не с ними, так наверняка с моим великим капитаном Писарро. Я его бесконечно уважаю, но... Возможны затруднения. Если же я явлюсь с могучим оружием, он будет со мной считаться. — При этих словах Тамберли, несмотря на свое полуобморочное состояние, вспомнил, что еще до полного завоевания Перу среди конкистадоров начались распри.

— Ты утверждаешь, что родился почти через две тысячи лет после Господа нашего, — продолжал Кастелар. — Твое время может послужить хорошим убежищем. Ты наверняка знаешь там подходящие места. А если, как ты говоришь, это изобретение было сделано намного позже, то ваши чудеса и подавно не собьют меня с толку.

Тамберли понял, что испанец и не подозревал о существовании автомобилей, самолетов, небоскребов, телевидения... Он был осторожен, словно дикий зверь.

— Тем не менее для начала я предпочел бы какую-нибудь тихую заводь, где мне ничто не будет угрожать; отдохнув, я решу, что делать дальше. Хорошо бы еще найти там человека, слова которого можно было сравнить с твоими...

И тут же словно взорвался:

— Понял? Ты должен знать такое место! Говори!

С запада струился мягкий золотистый свет. Птицы устраивались на ночлег в кронах деревьев. Сверкала вода в реке. Кастелар снова пустил в ход кулаки. По этой части он был мастер.

Ванда... В 1987 году она должна быть на Галапагосских островах, которые как нельзя лучше подходили для убежища... Подвергнуть ее опасности... Нет, это много хуже, чем нарушить инструкции Патруля. Но так или иначе, кирадекс сломал важный барьер внутри Тамберли. Эта девушка находчива, изобретательна и почти столь же сильна, как любой мужчина. Она не бросит в беде своего несчастного, униженного дядю. Ее яркая красота отвлечет Кастелара, хотя он и привык не придавать значения женским чарам. А тем временем американцы найдут или используют какую-либо возможность...

Впоследствии патрульный не один раз проклинал себя за это решение. Да, испанец вырвал его силой, но он и сам виноват: кто тянул его за язык?

Карты и координаты островов, которые ни один известный истории картограф не наносил на бумагу до 1535 года. Их описание. Объяснения, что делала там девушка. (Кастелара вначале это изумило, но потом он вспомнил об амазонках из средневековых романов.) Сведения о ней. Какова вероятность, что большую часть времени она будет в окружении друзей? Возможно ли, что позже она захочет побродить по острову одна?.. Вопросы эти были порождением изобретательного, цепкого ума, обладатель которого привык охотиться в открытую.

Спустились сумерки. Быстро, как это бывает в тропиках, наступила ночь. Зажглись звезды. Откуда-то донесся вой ягуара.

— Ну, что же... — Кастелар ухмыльнулся. — Ты рассказал все, что требовалось. Правда, не по доброй воле, но тем не менее ты заслужил отдых.

— Могу я пойти напиться? — взмолился Тамберли, которому впору уже было ползти.

— Как хочешь. Впрочем, не уходи далеко, чтобы потом я мог тебя отыскать. Боюсь, иначе ты в этой глуши пропадешь.

Тамберли охватил ужас. Он приподнялся и сел в траве.

— Как? Разве мы улетим не вместе?

— Нет, нет. Я не слишком тебе доверяю, приятель. Сначала мне нужно позаботиться о себе. Все дальнейшее — в руках Господа. Подожди здесь, пока я за тобой не вернусь.

В свете звезд тускло поблескивали шлем и металлический нагрудник. Испанский рыцарь направился к машине времени. Сел за пульт. Пальцы его легли на светящиеся рукоятки.

— Сант-Яго с нами, вперед! — раздался клич.

Машина поднялась на несколько ярдов в воздух. Затем послышался хлопок, и роллер исчез.

12 мая 2937 года до Рождества Христова

Тамберли проснулся на рассвете. Берега реки были темны от росы. Рядом шелестел камыш, журчала и плескалась вода. В ноздри ему ударили запахи трав.

Все тело американца болело. Живот свело от голода, но голова была ясная. Исчезли последствия применения кирадекса — неспособность сосредоточиться и головная боль. Он снова мог соображать, снова почувствовал себя человеком. С трудом поднявшись на ноги, он некоторое время стоял на месте, вдыхая прохладный воздух.

Небо приобрело светло-голубой оттенок. Вдалеке с карканьем пролетела стая ворон. Кастелар так и не вернулся. Возможно, ему потребовалось дополнительное время. Когда накануне он увидел самого себя сверху, это, вероятно, вывело его из равновесия. Не исключено, что он вообще не вернется. В будущем, куда он направился, его могли убить... Либо он решил, что мнимый монах просто не стоит беспокойства.

«Довольно рассуждений. В моих силах сделать так, чтобы он никогда меня не нашел. И я буду свободен».

Тамберли двинулся в путь. Он слаб, но если будет экономить силы, то сможет добраться до побережья. Главное — держаться реки. А в устье вполне может быть какое-нибудь поселение. Люди уже давно научились переправляться морем из Азии в Америку. Туземцы, конечно, примитивны, но наверняка гостеприимны. С его знаниями он сможет стать у них важной персоной.

А потом... У него появилась идея.

22 июля 1435 года

Он меня отпускает. До земли — несколько дюймов. Я теряю равновесие и падаю. Снова вскрикиваю. Пячусь от него. Останавливаюсь. Смотрю.

Он по-прежнему в седле машины — улыбается. Сквозь гулкие удары сердца, отдающиеся в голове, слышу, как он говорит:

— Не пугайтесь, сеньорита. Я прошу прощения за столь неделикатное обращение, но иного выхода у меня просто не было. Теперь мы одни и можем побеседовать.

Одни! Оглядываюсь по сторонам. Океан совсем рядом. Это залив — на фоне неба просматриваются очертания противоположного берега. Похоже на Академи-Бей, близ станции «Дарвин»... Но где сама станция? Может, это дорога в Пуэрто-Айора? Кусты, как в Матазарно, деревья, как в Паоло-Санто... Редкие кактусы, кустики травы. Пусто, кругом пусто. Пепел от костра. Господи Иисусе! Панцирь огромной черепахи и обглоданные кости! Невероятно: кто-то убил черепаху на Галапагосских островах!

— Пожалуйста, не пытайтесь убежать, — предупреждает он. — Мне просто придется вас догнать. Поверьте, ваша честь в безопасности. В большей безопасности, чем где-либо. Ведь на этих островах нет никого, кроме нас. Мы — словно Адам и Ева перед грехопадением.

В горле у меня пересохло. Язык едва ворочается во рту.

— Кто вы? Что здесь происходит?

Он слезает с машины. Галантно кланяется.

— Дон Луис Ильдефонсо Кастелар-и-Морено, из Барракоты в Кастилии. До недавнего времени — участник экспедиции капитана Франциско Писарро в Перу. К вашим услугам, миледи.

Кто сошел с ума, он или я? А может быть, весь мир? Я хочу удостовериться, что не сплю, не повредилась головой, что это не галлюцинации и не бред. Нет-нет, я вполне вменяема. Меня окружают растения, которые я знаю. Они крепко сидят в земле. По небосклону движется солнце. Воздух еще не успел нагреться, но запахи, поднимающиеся от земли, такие же, как всегда. Стрекочут кузнечики. Мимо с шумом пролетает голубая цапля. Разве все это не реально?

— Садитесь, — предлагает он. — Вы никак не можете прийти в себя. Хотите воды? — Затем, как бы желая меня успокоить: — Я захватил ее с собой. Здесь безлюдное место. Но у вас будет все, что пожелаете.

Я киваю головой и принимаю его предложение. Он поднимает с земли сосуд, протягивает мне и сразу же делает шаг назад. Чтобы не испугать маленькую девочку. Я принимаю ведерко — розовое, с трещиной у верхнего края. Им еще можно пользоваться, но держать у себя такую вещь никто не станет. Его явно кто-то выбросил, а Кастелар подобрал. Пластик ничего не стоит даже в хижинах туземцев.

Пластик.

Последний штрих. Решил подшутить. Боже, это не смешно. И все же я смеюсь. Кричу. Вою.

— Успокойтесь, сеньорита. Повторяю, если будете благоразумны, вам нечего опасаться. Я буду вас защищать.

Свинья! Я не сбрендившая феминистка, но, когда похититель берет меня под свое покровительство, это уж слишком. Мой смех замирает в тишине. Встаю. Разминаюсь. Мускулы немного дрожат.

И все же, несмотря ни на что, я больше не испытываю страха. Внутри — холодная ярость. Стараюсь точно оценить ситуацию. Испанца вижу так отчетливо, словно его осветила молния. Он невысок и худощав, но силен — я еще помню его хватку. Черты лица, конечно, чисто европейские. Кожа почти черная от загара. Одет он, правда, так себе. Неоднократно чиненная одежда полиняла и выцвела, а кое-где заляпана грязью. Сам он тоже давно не мылся. От него исходит сильный запах, не вызывающий, однако, отвращения. Его можно назвать естественным. На шлеме — гребень, который сзади защищает шею. Латы потускнели, на поверхности металла видны царапины. Следы сражений? На левом бедре висит шпага. Справа — ножны для кинжала. Но они пусты. Испанец, по-видимому, разделал черепаху и сделал из дерева вертел, на котором жарил мясо, с помощью шпаги. Для костра он наломал сухих веток. В стороне лежит приспособление для добывания огня. Вместо шнура — сухожилие. Значит, он здесь уже давно.

Шепотом спрашиваю:

— Где мы?

— Это один из островов того же архипелага; вам он известен под названием Санта-Крус. Мы перенеслись на пятьсот лет назад. Сегодня — ровно сто лет до его открытия.

Дыши медленно и глубоко. Сердце, успокойся. В свое время я отдавала должное научной фантастике. Путешествия во времени. Но... испанский конкистадор!

— Из какого вы времени?

— Я уже говорил. Из будущего, примерно через сто лет. Я принимал участие в походе братьев Писарро, и мы свергли языческого правителя Перу.

— Нет. Я бы вас просто не поняла.

Ошибка. Теперь я вспоминаю. Дядя Стив говорил мне как-то, что если я встречу англичанина из шестнадцатого столетия, то не пойму ни единого слова. Написание слов почти не изменилось, а произношение — радикально. Испанский же в этом отношении гораздо стабильнее.

Дядя Стив!

Остынь. Нужно говорить спокойнее. Нет, не могу. По крайней мере смотрю этому человеку прямо в глаза.

— Вы упомянули об одном моем родственнике, прежде чем... схватить меня своими сильными руками.

— Я сделал то, что было необходимо, — раздраженно говорит он. — Да, если вы действительно Ванда Тамберли, то я знаком с братом вашего отца. — Он пристально смотрит на меня. — Когда мы были вместе, его звали Эстебан Танакуил.

Значит, дядя Стив тоже путешествует во времени? Ничего не могу с собой поделать: голова идет кругом.

Пытаюсь успокоиться. Дон Луис-И-Так-Далее видит мое замешательство. А может, он даже его предвидел? По-моему, он хочет вывести меня из равновесия.

— Я предупредил вас, что дядя в опасности, — говорит он. — И это правда. Он мой заложник, которого я оставил в безлюдном месте, где он вскоре умрет от голода, если прежде его не растерзают дикие звери. И выкуп за него должны дать вы.

22 мая 1987 года

Один миг, и мы прибыли. Похоже на удар в солнечное сплетение. Я едва не падаю. Хватаюсь за него. Зарываюсь лицом в складки его грубого плаща.

Спокойно, милочка. Он предупредил тебя об этом... переходе в другое измерение. Сам он охвачен благоговейным страхом. Слышится торопливое:

— Ave Maria gratiae plena[1]...

Здесь, в небесах, холодно. Луны не видно, но звезды — повсюду. Мигают огоньки летящего самолета.

Полуостров огромен, как раскинувшаяся вширь галактика. Мы над ним на высоте полумили. Внизу — белые, желтые, красные, зеленые, синие искры — сверкающий поток автомобилей, едущих из Сан-Хосе в Сан-Франциско. С левой стороны чернеют тени — это горы. Справа — темный провал залива, прочерченный огнями мостов. Гроздья огней на дальнем берегу обозначают отстоящие друг от друга районы города. Сегодня пятница, около десяти вечера.

Часто ли я видела эту картину прежде? Случалось, сквозь иллюминаторы авиалайнеров. Сейчас иное дело; я разглядываю ее с заднего сиденья зависшего в воздухе пространственно-временного мотоцикла. Впереди меня — человек, родившийся почти за пять столетий до меня.

У него прекрасное самообладание. И прямо-таки львиная отвага. Правда, лев никогда не бросается в неизвестность сломя

---

[1] Католическая молитва «Аве Мария».

голову. А ведь именно так поступили эти парни, когда Колумб объяснил им, где их ждет добыча.

— Это королевство Морганы-ла-Хады? — едва дыша, спрашивает он.

— Нет, тут живу я. А вот это — фонари, фонари на улицах, и в домах, и... на повозках. Эти повозки движутся сами собой, без лошадей. А там летит воздушный корабль. Но он не может переноситься с места на место и из одного года в другой, как этот.

Разумная женщина не стала бы нести такую чепуху. Она бы начала пудрить ему мозги, водить за нос и воспользовалась бы его невежеством, чтобы заманить в ловушку. Как же, в ловушку. Я — всего лишь я, а вот он — действительно супермен или очень близок к такому определению. Он — продукт естественного отбора своей эпохи. В те времена выживали и давали потомство только физически крепкие люди. Крестьянин еще мог быть дураком, ему это нисколько не мешало, а может, и наоборот. Иное дело офицер — ведь тогда не было Пентагона, чтобы думать за него. Еще во время допроса на острове Санта-Крус (на который я, Ванда Мэй Тамберли попала первой из женщин) мое самообладание дало трещину. Он даже пальцем не прикоснулся ко мне, но на психику давил не переставая, и я сломалась. Я подумала, что лучше будет подчиниться ему. Иначе он почти наверняка допустит какую-нибудь ошибку, которая приведет к нашей гибели, и тогда ничто не поможет дяде Стиву.

— Я думал, что подобным сиянием озарены лишь обители святых, — бормочет Луис.

Города, которые ему приходилось видеть до сих пор, с наступлением ночи тонули в полнейшем мраке. Для прогулок по ним требовались как минимум фонари. На улицах, вместо тротуаров, по краям проезжей части клали камни, по которым можно было пробираться, не опасаясь испачкаться в конском навозе и других нечистотах.

Он поворачивается ко мне.

— Нам удастся спуститься незаметно?

— Если соблюдать осторожность. Двигайтесь потихоньку, а я буду указывать направление.

Я узнаю городок Стэнфордского университета — темное пятно в море огней. Наклоняюсь вперед, поближе к испанцу, левой рукой хватаюсь за его плащ. У сидений этого мотоцикла — прекрасная конструкция: можно держаться одними ногами. Снижаемся довольно-таки долго. Вытягиваю вперед правую руку, стараясь не касаться Кастелара.

— Вот сюда.

Машина клюет носом. Выравнивается. Плавно скользим вниз. Опять чувствую его запах. Я уже отметила: запах не кислый, а скорее пряный.

Он мне начинает нравиться. Герой, ничего не скажешь. Только бы перестал закладывать эти отчаянные виражи.

Куда это меня занесло? Слышали о пленниках, которых бьют, пытают, а они тем не менее проникаются горячей симпатией к своим похитителям? Нельзя уподобляться Пэтти Херст.

И все же, черт побери, то, что сделал Луис, просто фантастика. Отвага, помноженная на ум. Ладно, хватит об этом. Пока мы летим, нужно собраться с мыслями и вспомнить, что он рассказал, что ты видела сама и о чем догадалась.

Трудно. В голове у него — жуткая путаница. Прежде всего им движет вера в Троицу и в святых воителей. Совершая в их честь подвиги, он обязательно прославится, затмив самого императора Священной Римской империи. Если же ему суждено погибнуть, то он попадет прямиком в рай, а все его прегрешения будут прощены, ибо воевал он во имя Церкви Христовой. Католической церкви.

Путешествия во времени — реальность. Какая-то guarda del tiempo[1], и дядя Стив там работает. (О, дядя Стив, помнишь, как мы смеялись и болтали, отправляясь всей семьей на пикники, смотрели вместе телевизор, играли в шахматы и в теннис, и все это время ты...) Какие-то бандиты или пираты, свободно разгуливающие по истории, — есть от чего прийти в ужас. Луис бежал от них, захватил машину, выкрал меня и собирается теперь воплотить в жизнь свои сумасбродные идеи.

Как он на меня вышел? Конечно, через дядю Стива — заставил его говорить. Боюсь даже представить, как он это сделал, хотя сам испанец утверждает, что не причинил дяде серьезного вреда. Кастелар перелетел на Галапагосские острова (которые не были еще открыты) и разбил там лагерь. Совершил несколько осторожных разведывательных полетов в двадцатое столетие, а точнее — в 1987 год. Он знал, что в это время я там буду. А я — единственный человек, которого он мог... использовать.

Его лагерь находился в лесном массиве, позади станции «Дарвин». Он мог, ничего не опасаясь, оставлять там эту машину на несколько часов, особенно рано утром либо ближе к вечеру и ночью. Побродить вокруг станции, сходить в город — конечно, без лат. Его наряд выглядел нелепо, но он соблюдал осторожность и общался исключительно с местными жителями, а они

[1] Стража времени (исп.).

привычны к экстравагантности туристов. Перед одними он заискивал, других запугивал, а может, подкупал. Деньги он наверняка воровал без всяких угрызений совести. Так или иначе, он сумел хорошенько расспросить людей в заранее выбранных днях 87-го года. Изучил эту эпоху. Выведал кое-что обо мне. Узнав, что я отправилась на прогулку и уточнив маршрут, забрался повыше, чтобы его никто не заметил, и с помощью электронного телескопа, который он мне потом показал, выследил и выбрал удобный момент для похищения. Так я оказалась здесь.

Все это он осуществит в сентябре. А сейчас уик-энд, последний перед Днем поминовения. Он хотел, чтобы я привела его к себе домой, когда там никого не будет. Главным образом меня. (Интересно, каково это, встретить саму себя?) Вместе с родителями и с Сузи я сейчас в Сан-Франциско. Завтра мы отправляемся в Йосемит. И вернемся только в понедельник вечером.

Он и я в моей квартире. Три соседних блока, как мне известно, пусты: все студенты разъехались на праздники.

Что ж, остается надеяться, что он по-прежнему будет «уважать мою честь». Он уже прошелся насчет моего наряда — сказал, что я одета, как мужчина или как una puta[1]. Спасибо и на этом. Хорошо еще, что я догадалась изобразить негодование, заявив, что в моем времени так одеваются респектабельные дамы. Он вроде как извинился. Сказал, что я белая женщина, хоть и еретичка. С индианкой он, конечно, вел бы себя иначе.

Что он предпримет дальше? Что ему от меня нужно? Не знаю. Вероятно, он и сам пока не решил. А если бы подобная возможность представилась мне, что сделала бы я? Каково это, быть богом? Трудно сохранять хладнокровие, когда от движения твоего пальца может измениться вся история.

— Направо. А теперь помедленнее.

Мы проплываем над Юниверсити-авеню, пересекаем Миддлфилд, и — вот она, Плаза. Здесь моя улица. Приехали.

— Стоп!

Мы останавливаемся. Я гляжу через его плечо на квадратное здание, которое находится в двадцати футах перед нами и десятью футами ниже. В окнах — темнота.

— Я живу на верхнем этаже.

— У вас найдется место для этой колесницы?

Судорожно глотаю.

— Да, в самой большой комнате. Вот за этими окнами, в са-

---

[1] Проститутка, шлюха *(исп.)*.

мом углу, футах в э-э... (сколько их там, черт побери?) Футах в трех от стены.

Испанский фут шестнадцатого века вряд ли сильно отличается от современного английского.

Похоже, что так. Кастелар подается вперед, вглядывается и что-то прикидывает. У меня отчаянно колотится сердце. Прошибает пот. Сейчас он совершит квантовый скачок через пространство (нет, не через пространство, а в обход его, так, что ли?) И появится в моей гостиной. А если мы очутимся там, где уже что-то есть?

Нет, он уже потренировался на Галапагосе. Представляю, что он чувствовал! Но определенные выводы он сделал и даже попытался растолковать их мне. Насколько я понимаю, на языке двадцатого века это звучит так: вы переходите из одной точки пространственно-временного континуума непосредственно в другую. Возможно, это перемещение осуществляется через особую «лазейку» (тут я смутно вспомнила статьи в журналах «Сайентифик Америкен», «Сайенс ньюс» и «Аналог»); при этом на одно мгновение ваши размеры становятся равными нулю, а затем, снова расширяясь до своих прежних габаритов, вы заполняете соответствующий объем в точке назначения, вытесняя из него всю материю. Скажем, молекулы воздуха. Луис установил, что небольшие твердые предметы тоже отодвигаются в сторону. В случае более крупных тел этот аппарат вместе с вами оказывается рядышком с тем местом, куда вы нацелились. Здесь, наверное, происходит взаимное смещение. Действие равно противодействию. Все сходится, сэр Исаак?

Но не все так просто. Что, если Кастелар допустит грубый просчет, и мы врежемся в стену? Она, несомненно, рухнет. Во все стороны, словно шрапнель, полетят кирпичи, куски штукатурки, заклепки, болты... Они изрешетят меня. А потом — падение на этой тяжелой машине с высоты в десять или двенадцать футов...

— Святой Иаков, — слышу я молитву Кастелара, — не оставь нас...

Я чувствую его движения. Бум-с!

Мы на месте, зависли в нескольких дюймах над полом. Он сажает машину. Прибыли.

Сквозь оконные стекла с улицы проникает неяркий свет. Слезаем. Колени подгибаются. Хочу сделать шаг, но Кастелар, словно клещами, сжимает мою руку.

— Ни с места! — приказывает он.

— Я просто хочу сделать так, чтобы стало светлее.

544

— Я должен убедиться, что вы делаете именно это, миледи.

Он идет за мной. Когда я щелкаю выключателем и яркий свет заливает комнату, он от неожиданности застывает на месте. Его пальцы снова впиваются мне в руку.

— О-о!

Он отпускает меня и начинает осматриваться.

Электрические лампочки он мог видеть на острове Санта-Крус. Но Пуэрто-Айора — бедная деревушка, а в дома персонала станции он вряд ли заглядывал. Нужно попытаться взглянуть на окружающее его глазами. Сложно. Для меня все это привычно. А что видит здесь он, человек из другой эпохи?

Машина занимает большую часть ковра. Она загораживает мой стол, тахту, буфет и стеллаж с книгами. Опрокинуты два стула. Дальше — четвертая стена с дверью в прихожую. Слева — ванная комната и кладовка, справа — спальня и стенной шкаф. В самом конце — кухня. Эти двери закрыты. Каморка! И все же я готова поспорить, что в шестнадцатом столетии в таких условиях жили только богатые купцы.

— Так много книг? — сразу удивляется он. — Вы же не можете быть духовным лицом.

А между тем у меня их, наверное, не больше сотни, включая учебники. А ведь Гутенберг жил до Колумба.

— Какие безобразные переплеты!

Кажется, это помогло испанцу снова обрести уверенность. Думаю, что в его время книги все еще были редкостью и стоили дорого. И не существовало книг в мягкой обложке.

Увидев стопку журналов, он качает головой. Должно быть, эти обложки кажутся ему слишком яркими.

— Покажи мне свои комнаты, — не слишком вежливо просит он.

Я так и поступаю, стараясь получше объяснить, что к чему. Водопроводные краны и туалеты со сливом он уже видел в Пуэрто-Айора.

— Ах как хочется принять ванну! — вздыхаю я.

Дайте мне возможность встать под горячий душ и надеть чистое белье, дон Луис, и после этого можете оставить себе свой рай!

— Пожалуйста, хоть сейчас. Но я должен это видеть, как и все остальное, что вы делаете.

— Что? Даже... э-э-э... это?

Он смущен, но по-прежнему полон решимости.

— Сожалею, миледи. Я отвернусь, но буду стоять рядом, чтобы вы не подстроили какую-нибудь ловушку. Я знаю, что вы отважны и у вас здесь наверняка есть неизвестные мне секреты и приспособления.

Ха! Если бы в ящике с нижним бельем у меня был припрятан «кольт» 45-го калибра! А вместо этого мне приходится убеждать его, что ручной пылесос с вертикальной рукояткой — не пушка. Он заставляет тащить его в гостиную и там демонстрировать. Улыбка смягчает суровое выражение его лица.

— Живая уборщица лучше, — замечает он. — Она не воет, как бешеный волк.

Оставляем пылесос в гостиной и возвращаемся вниз, в холл. В кухне ему приглянулась газовая плита с автоматическим воспламенителем.

Я говорю:

— Хочу сэндвич — это еда — и пива. А вам? Теплую воду и полусырое черепашье мясо, как обычно?

— Вы предлагаете мне свое гостеприимство?

В его голосе звучит удивление.

— Назовем это так.

Он задумался.

— Нет. Благодарю, но у меня не настолько чиста совесть, чтобы разделить с вами хлеб-соль.

Смешно, но трогательно.

— У вас устаревшие взгляды. Если не ошибаюсь, в ваше время даже Борджиа занимались торговлей. Или это было раньше? В общем, давайте представим, что мы — противники, которые сели за стол переговоров.

Он нагибает голову, снимает шлем и пристраивает его на полке.

— Миледи, вы — сама доброта.

Еда меня хорошенько подкрепит. Да и испанец, наверное, немного подобреет. Когда мне нужно, я умею нравиться. Нужно выведать у него как можно больше. И быть начеку. Если бы не тревога за дядю — черт побери, какое это могло бы быть захватывающее приключение!

Он следит за тем, как я управляюсь с кофеваркой. Интересуется холодильником, пугается, когда я с шумом откупориваю банки с пивом. Я отпиваю из одной и передаю ему.

— Видите, не отравлено. Садитесь.

Он усаживается за стол. Я начинаю возиться с хлебом, сыром и мясом.

— Странный напиток, — констатирует он.

Конечно, в свое время у них тоже варили пиво, но оно, разумеется, отличалось от нашего.

— Если хотите, у меня есть вино.

— Нет, не следует затуманивать голову.

От пива в Калифорнии даже кот не окосеет. А жаль.

— Расскажите побольше о себе, леди Ванда.

— Если вы сделаете то же самое, дон Луис.

Подаю на стол. Беседуем. Что за жизнь у него была! Он считает, что я живу просто замечательно. Ну, я женщина. По его понятиям, я должна всю себя посвятить воспитанию детей, домашнему хозяйству и молитвам (он забыл о королеве Изабелле, которая правила страной). Испанец меня недооценивает — это хорошо.

Во всем нужен правильный подход. Я не привыкла хлопать ресницами и льстить мужчинам. Хотя, если потребуется... могу. Единственный способ избежать превращения свидания в матч по борьбе — не назначать такие свидания дважды. Мне нужен партнер, который считает, что мы равны.

Луис ведет себя вполне пристойно. Слово держит, абсолютно вежлив. Ни в чем не уступает, но вежлив. Убийца, расист и фанатик. Человек слова, бесстрашный, готовый умереть за короля или товарища. Мечтает о лаврах Карла Великого. Нежные мимолетные воспоминания о бедной и гордой матери, оставшейся в Испании. Чувство юмора ему чуждо, но он неисправимый романтик.

Бросаю взгляд на часы. Скоро полночь. Боже правый, неужели мы так засиделись?

— Что вы намерены предпринять, дон Луис?

— Добыть ваше современное оружие.

Голос ровный. На губах — улыбка. Он видит, что я шокирована.

— Вы удивлены, миледи? Что же еще мне может понадобиться? Я не намерен здесь оставаться. Сверху этот мир похож на Врата Рая, но внизу, где тысячи этих машин несутся куда-то с адским грохотом, — внизу он сродни преисподней. Чужой народ, чужой язык, чужие нравы. Повсюду ересь и бесстыдство, ведь так? Извините меня. Я верю, что вы целомудренны, несмотря на вашу одежду. Но разве вы не безбожница? Очевидно, что вы отвергаете заповеди Господа о предназначении женщины. — Он качает головой. — Нет, мне следует вернуться в свой век, в свою страну. Но вернусь я хорошо вооруженный.

— Что? — в ужасе переспрашиваю я.

Он теребит бороду.

— Я уже все обдумал. Повозка, вроде этих ваших, нам вряд ли пригодится, поскольку у нас нет для нее дорог да и топить ее нечем. Больше того, рядом с моим доблестным Флорио — или с трофейной колесницей — она будет выглядеть неуклюже. В то же время ваше огнестрельное оружие, должно быть, намного совершеннее наших мушкетов и пушек, точно так же, как последние превосходят индейские копья и луки. Да, лучше всего было бы получить ваши ружья.

— Но у меня нет никакого оружия. И я не могу его раздобыть.

— Зато вам известно, как оно выглядит и где хранится. В военных арсеналах, например. В предстоящие дни мне придется о многом вас расспросить. В конце концов, что ж, у меня есть средство пройти незамеченным сквозь все замки и запоры и унести с собой все, что требуется.

Верно. У него есть шанс осуществить задуманное. И есть я — в первую очередь как источник информации, а затем — как переводчик. Не представляю, как избежать этого — разве что геройски погибнуть от его руки. Тогда он попытает счастья где-нибудь еще, а дядя Стив исчезнет навсегда.

— Как... как вы намерены... использовать это оружие?

Он торжественно произносит:

— Буду командовать армиями императора и поведу их к победе. Дам отпор туркам. Расправлюсь с лютеранским мятежом на севере, о котором я слышал. Утихомирю французов и англичан. Совершу последний крестовый поход. — Переводит дыхание. — Но прежде всего я должен закрепить завоевание Нового Света и добиться высокого положения. Дело не в том, что я более других жажду славы. Сам Господь избрал меня для этой миссии.

Пытаюсь представить, какой хаос воцарится в мире, если ему удастся реализовать хотя бы одну из его идей.

— Но тогда все, что нас сейчас окружает, — все это исчезнет навсегда. И я, я тоже исчезну!

Конкистадор осеняет себя крестным знамением.

— На все воля Господа. Если вы станете верно мне служить, я возьму вас с собой. Вы ни в чем не будете нуждаться.

Ну-ну, райская жизнь испанской женщины шестнадцатого века! Если я вообще появлюсь на свет. Ведь родителей моих не будет, верно? Я ничего не понимаю. Просто убеждена, что Луис жонглирует силами, представить масштаб которых не дано ни ему, ни мне — вообще никому, кроме, быть может, этой Стражи Времени. Конкистадор — словно ребенок, играющий на снежном склоне, который в любой момент может обрушиться лавиной.

Стража Времени! Встреча с человеком по имени Эверард в прошлом году. Почему он интересовался дядей Стивом? Потому что Стивен Тамберли на самом деле работал не для научного фонда. Он работал на Стражу Времени.

Одна из задач патрульных — предотвращение катастроф. Эверард оставил мне свою визитную карточку. На ней — номер его телефона. Куда же я ее сунула? Сегодняшней ночью от нее зависит судьба всего мира.

— Мне хотелось бы узнать, что произошло в Перу после того, как я... покинул эту страну, — говорит Луис. — А затем я решу, как поправить случившееся. Расскажите мне все.

Дрожь. Стряхнуть с себя ощущение кошмара. Придумать, что делать.

— Я не могу ответить. Откуда мне знать? Это случилось более четырехсот лет назад.

Призрак из канувшего в небытие прошлого — смуглый, мускулистый, потный — сидит напротив меня. Между нами — грязные тарелки, кофейные чашки и банки из-под пива.

Внезапно меня осеняет.

Не повышать голос. Не поднимать глаз. Сдерживаться.

— У нас, конечно, есть книги по истории. И библиотеки, которые доступны для всех. Я пойду и выясню.

Короткий смешок.

— Вы храбры, миледи. Поэтому я не позволю вам покинуть эти комнаты. Я не спущу с вас глаз и буду следить за каждым вашим шагом. Если мне потребуется осмотреть окрестности, поспать или еще что-нибудь — я вернусь в то же самое мгновение, когда отбыл. Не заходите на середину комнаты.

Представляю: машина времени появляется в том же месте, где нахожусь я. Б-у-у-у-м! Нет, вероятнее всего, она сместится на несколько дюймов в сторону, а меня отшвырнет к стене. Может и кости переломать.

— Ну, тогда я м-м-могу побеседовать с кем-нибудь из специалистов по истории. У нас есть... приспособления... с помощью которых мы передаем речь на расстояние, через многие мили. Одно такое находится у меня в большой комнате.

— А как я догадаюсь, с кем вы беседуете и что говорите на своем английском? Говорю раз и навсегда: вы не притронетесь к этой машине.

Он понятия не имеет, как выглядит телефон, но я не могу воспользоваться своим аппаратом: он тут же догадается.

Враждебность исчезает. Он говорит вполне искренне:

— Умоляю вас, миледи! Поймите, я не замышляю ничего дурного. Просто выполняю свой долг. Речь идет о моих друзьях, о моей стране, о моей церкви. Достанет у вас мудрости — или сочувствия — принять это? Я знаю, что вы образованны. Может, нужная книга есть у вас дома? Запомните, что бы ни случилось, я не отступлюсь от своей священной миссии. От вас зависит, чтобы при этом не пострадали люди, которых вы любите.

Возбуждение проходит, и вместе с ним улетучивается надежда. Я устала. Болит каждая клеточка тела. Придется идти на компромисс. Может, после этого он даст мне поспать. Какие бы кошмары мне ни приснились, они не могут быть ужаснее действительности.

Энциклопедия. Несколько лет назад ее подарила мне сестра Сузи на день рождения. Если Испания завоюет Европу, Ближний Восток и обе Америки, Сузи обречена.

Внезапно меня словно током пронзает. Вспомнила! Визитку Эверарда я сунула в верхний левый ящик письменного стола, где у меня лежат всякие бумажки. Телефон находится как раз над ним, рядом с пишущей машинкой.

— Сеньорита, вы дрожите.

— Разве нет причин? — Я встаю. — Пошли. — Чувство изнеможения внезапно оставляет меня, его словно ветром сдуло. — У меня действительно есть одна или две книги с нужными сведениями.

Он не отступает от меня ни на шаг. Преследует как тень.

Вот и стол.

— Стойте! Что вам нужно в ящике?

Я никогда не умела лгать. Отворачиваюсь и говорю дрожащим голосом (это все, на что я способна):

— Взгляните, сколько здесь книг. Мне нужно посмотреть свои записи, чтобы выяснить, где находятся интересующие вас хроники. Видите? Я не прячу здесь аркебузу.

С силой открываю ящик, но он хватает меня за запястье. Стою спокойно. Пусть пороется, отведет душу. Визитка проскакивает у него между пальцами вместе с другими мелочами. На мгновение замирает сердце.

— Извините, миледи. Не давайте поводов для подозрений, и тогда мне не придется прибегать к силе.

Переворачиваю визитку лицевой стороной кверху. Пусть кажется, будто это случайно. Снова читаю: Мэнсон Эверард, центр Манхэттена, номер телефона... номер телефона. Запомнить накрепко. Копаюсь вокруг. Что я могу выдать за библиотечный каталог? А, мою автомобильную страховку! Мне нужно было взглянуть на нее после того столкновения, несколько месяцев назад, — нет, в прошлом месяце, в апреле, — и я так и не собралась положить ее обратно в сейф.

— Ага, вот он.

Прекрасно, теперь я знаю, как позвать на помощь. Но сделать это нет возможности. Будь внимательна.

Протискиваюсь к стеллажу мимо машины. Луис тяжело ступает следом. Том от «Пан» до «Полька». Беру его в руки и листаю. Испанец заглядывает через плечо. Узнает Перу и непроизвольно вскрикивает. Он грамотен. Хотя и не знает английского.

Перевожу. Раннее Средневековье. Экспедиция Писарро в Тумбес, столкнувшаяся с неожиданными трудностями, и его возвращение в Испанию в поисках поддержки.

— Да-да, я слышал, очень часто слышал...

В Панаму в 1530 году, в Тумбес — в 1531-м...

— Я был с ним...

Сражения. Небольшой отряд совершает героический переход через горы. Победоносно вступает в Кахамарку, захватывает Верховного инка, индейцы собирают выкуп.

— А потом, потом?

Смертный приговор Атауальпе.

— Какая жестокость! Но нет сомнений в том, что у моего капитана просто не было иного выхода.

Марш на Куско. Экспедиция Альмагро в Чили. Писарро основывает Лиму. Манко, марионеточный инк, бежит из стана испанцев и поднимает восстание против захватчиков. Куско находится в осаде с начала февраля 1536 года. Альмагро возвращается и освобождает город от осады в апреле 1537 года. Тем временем обе стороны демонстрируют по всей стране свою отчаянную доблесть. После победы испанцев, доставшейся им огромной ценой, индейцы все еще ведут партизанскую войну, а братья Писарро разрывают отношения с Альмагро. В 1538 году происходит ожесточенная битва. Альмагро терпит поражение, его казнят. Сын Альмагро от индианки и его друзья клянутся отомстить и организуют заговор. 26 июня 1541 года они убивают Франциско Писарро в Лиме.

— Нет! Клянусь телом Спасителя, этому не бывать!

Карл Пятый присылает в Лиму нового губернатора. Тот восстанавливает законную власть, разгоняет группировку Альмагро и отрубает голову молодому заговорщику.

— Ужасно, ужасно. Христианин против христианина. Нет, как только начались раздоры, нужно было поставить во главе войска сильного человека.

Луис вытаскивает из ножен шпагу. Что за черт? В испуге я роняю энциклопедию и отступаю мимо машины к столу. Конкистадор вдруг падает на колени. Берет шпагу за лезвие и поднимает ее, словно крест. По его обветренному лицу текут слезы, исчезая в густой бороде.

— Всемогущий Господь, пресвятая Богородица... — всхлипывает Кастелар. — Не оставьте своего верного слугу!

Неужели мне повезло? Размышлять некогда.

Хватаю пылесос. Высоко поднимаю его над головой. Испанец, стоя на коленях, оборачивается на шум и пытается вскочить. Дубинка из пылесоса плохая. Перегибаюсь через проклятую машину и обрушиваю пылесос на непокрытую голову Кастелара, вкладывая в удар всю свою силу.

Конкистадор валится на ковер. Хлещет кровь цвета красного неона. На голове рваная рана. Удалось оглушить? Не останавливайся, проверять некогда. Пылесос придавил испанца. Прыгаю к телефону.

Номер? Не ошибиться бы. Торопливо нажимаю на кнопки. Луис издает стон. Поднимается на четвереньки. Последняя цифра...

Гудок.

Гудок. Гудок. Луис хватается за книжную полку, пытается подняться.

В трубке — знакомый голос.

— Здравствуйте. Говорит автоответчик Мэнса Эверарда.

О боже, нет!

Луис трясет головой, вытирает кровь, заливающую ему глаза. Он весь перепачкан, кровь капает, ее невозможно много, она невозможно яркая.

— Сожалею, что не могу ответить вам лично. Получив вашу информацию, я постараюсь как можно скорее связаться с вами...

Луис уже стоит, тяжело привалясь к стене, руки его безвольно висят.

— Так, — бормочет он, испепеляя меня взглядом. — Измена.

— ...услышав сигнал, можете говорить. Спасибо.

Кастелар нагибается, поднимает шпагу, с трудом делает шаг. Другой. Неустойчиво, но неумолимо.

Кричу в трубку:

— Ванда Тамберли! Пало-Альто. Путешественник во времени. — Какое число, какое сегодня, черт побери, число? — Пятница, вечер накануне Дня поминовения. На помощь!

Острие шпаги упирается мне в горло.

— Бросьте эту штуку, — рычит конкистадор.

Я повинуюсь. Он припирает меня к столу.

— За это вас следует убить. Возможно, я так и сделаю.

Или он забудет о своих колебаниях относительно моей чести и...

По крайней мере я дала знать Эверарду. Верно?

В-у-у-у-ш! Под потолком возникает еще одна машина времени. Сидящие на ней люди пригнулись, чтобы не задеть головами потолок.

Луис вскрикивает. Пятится назад, взбирается на водительское место своего аппарата. Шпагу из руки не выпускает. Другой включает управление. В руке Эверарда появляется пистолет, но в последний момент что-то его задерживает. И вот в-у-у-у-ш! — Луис исчезает.

Эверард сажает свою машину.

Окружающее видится мне все ярче и отчетливее, затем вмиг исчезает. Прежде я никогда не теряла сознание. Если бы я могла просто посидеть минутку спокойно...

23 мая 1987 года

Ванда появилась в холле в голубом халатике, накинутом поверх пижамы. Плотно облегающий ее подвижную фигуру, он гармонировал с голубизной глаз. Проникающие в окно лучи закатного солнца золотили ее волосы.

— Ох, уже день, — пробормотала девушка, моргая. — Сколько же я проспала?

При ее появлении Эверард поднялся с тахты, закрывая книгу.

— Почти четырнадцать часов, кажется, — сказал он. — Вам нужно было отдохнуть. С возвращением.

Она огляделась. В комнате не было ни темпороллера, ни следов крови.

— После того как моя помощница уложила вас в постель, мы с ней тут немного прибрались, — пояснил Эверард. — Она уже ушла. Лишний человек здесь ни к чему. Хотя, конечно, охранник на всякий случай не помешает. Лучше заранее все проверить и убедиться, что везде полный порядок. Не дело, если бы та, более ранняя Ванда вернулась и обнаружила следы побоища. Она же их не обнаружила, так?

Ванда вздохнула:

— Ни малейшего намека.

— Нам приходится предупреждать подобные парадоксы. Ситуация и так достаточно запутанная.

«И опасная, — прибавил он мысленно. — Реальная смертельная опасность. Нужно приободрить Ванду».

— Послушайте, готов спорить, что вы голодны.

Ему нравилось, как она смеется.

— Могу съесть слона с жареным картофелем и яблочный пирог в придачу.

— Я взял на себя смелость загрузить в холодильник кое-что из съестного и тоже не прочь подкрепиться. Если вы не возражаете, я к вам присоединюсь.

— Возражаю? Попробуйте отказаться!

Усадив ее на кухне, Эверард принялся накрывать на стол.

— Будучи большим специалистом в кулинарии, я рекомендую бифштекс и салат. После такой передряги вам надо подкрепиться. Многие на вашем месте просто спасовали бы...

— Спасибо.

Некоторое время слышно было только, как Эверард возится у плиты. Немного погодя Ванда пристально взглянула на него и спросила:

— Вы из Стражи Времени, верно?

— Что? — Эверард оглянулся. — Да. Только по-английски мы называемся Патрулем Времени. — Он сделал паузу. — Посторонним не положено знать о существовании темпоральных путешествий. И без специального разрешения мы не можем никому об этом рассказать. Делается это только в тех случаях, когда позволяют обстоятельства. Очевидно, что в данном случае они позволяют. Ведь вы уже путешествовали и все знаете. С другой стороны, я имею право принимать подобные решения самостоятельно. Так что буду с вами откровенен, мисс Тамберли.

— Прекрасно. Как вы меня нашли? Я пришла в отчаяние, услышав автоответчик.

— Вы впервые в такой ситуации. Но все очень просто. Прокрутив ваше послание, мы тут же вскочили на роллер и вылетели. Прибыв на место в нужный момент, зависли с наружной стороны здания. Увидев через окно, как этот человек вам угрожает, мы тут же прыгнули внутрь. К сожалению, второпях я не успел выстрелить в испанца, и он скрылся.

— А почему вы не прибыли еще раньше?

— Чтобы избавить вас от нескольких неприятных часов? Извините. Потом я расскажу вам об опасностях, связанных с преднамеренным изменением прошлого.

Ванда нахмурилась.

— Я уже кое-что об этом знаю.

— Вполне возможно. Но давайте обсудим это потом, когда

554

вы отдохнете. Вам потребуется несколько дней, чтобы избавиться от последствий этого потрясения.

Она вскинула голову.

— Спасибо, но в этом нет необходимости. Я жива-здорова, к тому же голодна и сгораю от любопытства. Кроме того, мой дядя... Нет, в самом деле, пожалуйста, мне бы не хотелось ждать.

— О, да вы крепкий орешек. Ладно. Но для начала расскажите о ваших приключениях. Не спешите. Я буду часто перебивать вас вопросами. Патрулю нужно знать абсолютно все. Вы и сами не представляете, насколько это важно.

— Для всего мира? — Ванда поежилась, сглотнула, стиснула пальцами край стола и принялась рассказывать. К середине трапезы Эверард выяснил все интересовавшие его подробности.

— Да, плохо дело, — озабоченно сказал он. — Но, мисс Тамберли, все было бы намного хуже, не прояви вы столько мужества и сообразительности.

Она вспыхнула.

— Зовите меня Вандой, пожалуйста.

Он сухо улыбнулся.

— Хорошо, а вы меня — Мэнсом. Я вырос в средней американской семье двадцатых-тридцатых годов этого века. Так что у меня сохранились привычки того времени. Но если вы предпочитаете обращаться просто по имени, я не возражаю.

Она окинула его пристальным взглядом.

— В вас до сих пор жив этот вежливый провинциал, верно? Странствуя по историческим эпохам, вы упустили из виду перемены в обществе у себя на родине.

«Умна, — подумал он. — К тому же красива и отнюдь не неженка».

В глазах девушки мелькнула тревога.

— А что с моим дядей?

Эверард вздрогнул.

— Извините, я задумался. Испанец сказал вам, что бросил Стива Тамберли на том же континенте, но в далеком прошлом. И все. Ни точного места, ни даты.

— Но ведь у вас есть... время, чтобы организовать поиски.

Он покачал головой.

— Не все так просто. На поиски может уйти несколько тысяч человеко-лет. Мы не можем себе этого позволить. Патруль слишком рассредоточен. Агентов едва хватает для выполнения наших прямых обязанностей и устранения последствий различных ЧП вроде нынешнего. Понимаете, этот запас человеко-лет не столь уж велик: патрульные — обычные люди, рано или поздно они стареют и умирают. Здесь же события вышли из-под контроля. Нам придется мобилизовать все ресурсы, чтобы вернуть историю в прежнее русло. Если, конечно, нам это удастся.

— А может Луис отправиться за дядей обратно?

— Вполне. Но мне кажется, он не станет этого делать. У конкистадора сейчас есть дела и поважнее. Ему нужно где-то спрятаться, пока не заживут раны, а потом... — Эверард отвел взгляд. — Сильный, быстрый, беспощадный, отчаянный человек, вдобавок с машиной времени. Он способен появиться где угодно, в любой эпохе. От него можно ждать любых неприятностей.

— Дядя Стив...

— Он и сам в состоянии выпутаться. Не знаю как, но если он жив, то непременно будет действовать. А энергии и находчивости ему не занимать. Теперь я понимаю, почему среди всех своих родственников он выбрал именно вас.

Ванда смахнула слезу.

— Черт возьми, я не стану хныкать! Какой-нибудь след должен обнаружиться. А пока... м-мой бифштекс остывает.

И она с жадностью набросилась на еду.

Эверард последовал ее примеру. Внезапно он почувствовал, что наступившее молчание больше не тяготит его: атмосфера на кухне стала дружеской. Немного погодя Ванда негромко попросила:

— Расскажите мне, пожалуйста, обо всем.

— Хорошо, — согласился патрульный. — Но лишь в общих чертах.

...Несколько часов спустя Ванда сидела на тахте с широко раскрытыми глазами, а Эверард расхаживал по комнате, время от времени ударяя кулаком в ладонь.

— Все мы под дамокловым мечом, — заключил он. — Но ситуация не безнадежна. Что бы ни случилось со Стивеном Тамберли, он прожил жизнь не напрасно. Через Кастелара он передал вам два названия: «экзальтационисты» и «Мачу-Пикчу». Вряд ли Кастелар рассказал бы все это сам, не прояви вы такой выдержки и не заставь вы его разговориться.

— Этого слишком мало, — возразила она.

— Бомба тоже мала, пока не взорвется. Когда-нибудь я расскажу вам об экзальтационистах поподробнее, а пока вкратце: это банда отчаянных головорезов из отдаленного будущего. В своей эпохе их объявили вне закона. Захватив несколько машин, они затерялись в пространственно-временной бездне. На моей памяти Патрулю уже несколько раз приходилось устранять последствия их «подвигов», но сами они всегда от нас ускользали. Теперь, благодаря вам, мы знаем, что они были в Мачу-Пикчу. Индейцы не покидали этот город до тех пор, пока испанцы окончательно не сломили их сопротивление. Таким образом, из рассказа Кастелара следует, что экзальтационисты побывали там вскоре после этого. Теперь наши разведчики легко установят точную дату.

Наш агент уже сообщил, что за несколько лет до прибытия Писарро при дворе Верховного инка появились какие-то чужаки. Кажется, они пытались, но безуспешно, повлиять на процесс дележа власти, который в итоге привел к гражданской войне, открывшей путь захватчикам под командованием этого капрала. Теперь мне совершенно ясно, что это были экзальтационисты, пытавшиеся изменить ход истории. Неудача их не остановила; они решили предпринять новую попытку — похитить выкуп за Атауальпу. Эта опасная авантюра в случае успеха дала бы им возможность причинить еще больше вреда.

— Каким же образом? — шепотом спросила Ванда.

— А вот каким: ликвидировать все будущее в целом. Стать верховными владыками — сначала в Америке, а потом, не исключено, — и во всем мире. И тогда не будет ни вас, ни меня, ни Соединенных Штатов, ни данеллиан, ни Патруля Времени... Если, конечно, они не создадут свой собственный Патруль для сохранения ими же искаженной истории. Хотя я не думаю, что они долго продержались бы у власти. Подобный эгоизм почти всегда оборачивается против тех, кто им грешит. Все эти битвы сквозь эпохи, хаотичные изменения истории... Запас прочности у пространственно-временной ткани не так уж велик.

Ванда побледнела.

— О боже, Мэнс!

Патрульный остановился, склонился над девушкой, взял ее за подбородок и, заглянув в глаза, спросил с лукавой усмешкой:

— Ну что, теперь вы знаете, каково быть спасителем Вселенной?

15 апреля 1610 года

Снаружи космический корабль казался черным (иначе стремительно пролетающая по рассветному и закатному небу звезда неизбежно привлекла бы внимание тех, за кем велось наблюдение), но изнутри его стенки были совершенно прозрачны, и сейчас за ними проплывала величественно раскинувшаяся Земля.

Там, внизу, в разрывах белого покрывала облаков проглядывала синева океанов, сменявшаяся пестрым многоцветьем суши.

Роллер материализовался в шлюзовом отсеке. На этот раз Эверард не стал задерживаться, чтобы полюбоваться потрясающим зрелищем, как он частенько делал прежде, а сразу же соскочил с машины (гравитаторы обеспечивали на борту нормальную силу тяжести) и поспешил в кабину пилотов. Там его поджидали трое знакомых агентов — все родом из разных столетий.

— Похоже, мы засекли нужный момент, — без предисловий начала Умфандума. — Включаю запись.

Изображение передали сюда, на флагман, с другого корабля — за Мачу-Пикчу наблюдала целая флотилия разведчиков. Как только Эверард получил извещение, отправленное через пространственно-временные ретрансляторы, он сразу же прибыл на место происшествия. Изображение отставало от действительности на несколько минут. Из-за атмосферных искажений при большом увеличении оно казалось смазанным. И все же, когда Эверард остановил кадр и пригляделся повнимательнее, он различил человека, на голове и теле которого поблескивали металлические доспехи. Он и его спутник только что слезли с темпороллера и стояли теперь на платформе, с которой открывался вид на огромный мертвый город, окруженный со всех сторон горами. Рядом ждали люди в темных одеждах.

Эверард кивнул.

— Должно быть, тот самый момент, — сказал он. — Мы не знаем точно, когда Кастелар предпримет попытку вырваться на свободу, но думаю, это произойдет в течение ближайших двух-трех часов. Сразу же после этого мы должны напасть на экзальтационистов.

«Ни секундой раньше, ведь это еще не произошло. Даже сейчас нам нельзя нарушать порядок событий. Хотя наши враги позволяют себе все, что угодно. Именно поэтому мы должны их уничтожить».

Умфандума нахмурилась.

— Ловкачи, — сказала она. — Они всегда держат в воздухе машину с приборами обнаружения. Уверена, что они попытаются мгновенно скрыться.

— Пожалуй. Но у них слишком мало роллеров, чтобы увезти сразу всех. Им придется делать это в несколько приемов. Или же, что больше похоже на правду, бросить тех, кто, на свою беду, окажется чересчур далеко. Думаю, мы обойдемся небольшими силами. Нужно только получше все организовать.

Вслед за этим на корабли начали прибывать боевые темпороллеры с водителями и стрелками. Связь поддерживалась с помощью узконаправленных лучей. Эверард обдумывал план операции и отдавал распоряжения.

А потом осталось лишь ждать общего сигнала. Нервы напряглись до предела. Он подумал о Ванде Тамберли, и ему сделалось легче.

— Пошел!

Эверард вскочил на сиденье роллера. Его стрелок Тецуо Мотонобу уже занял свое место. Пальцы Эверарда коснулись пульта управления...

Они висели в лазурной бездне. Вдали вычерчивал круги кондор. Под ними расстилался горный пейзаж, похожий на гигантский лабиринт. Всюду преобладал зеленый цвет, лишь на вершинах поблескивал снег да кое-где чернели ущелья. Вот он, Мачу-Пикчу, мощь, воплощенная в камне. Да, цивилизация, создавшая этот город, добилась бы многого. Но судьба рассудила иначе.

Эверарду и на этот раз не удалось полюбоваться величественным зрелищем. В нескольких ярдах от них парил наблюдатель экзальтационистов. В разреженном воздухе, пронизанном солнечными лучами, была видна каждая складка на его костюме. Чужак на мгновение опешил, но тут же схватился за пистолет. Сверкнула молния — это разрядил свой бластер Мотонобу. Охваченный пламенем экзальтационист вывалился из седла и полетел вниз подобно Люциферу. За ним потянулся шлейф дыма. Роллер, потеряв управление, стал беспорядочно кувыркаться.

— Машиной займемся позже. Сейчас — вниз!

На этот раз Эверард не стал прыгать сквозь пространство: ему нужна была общая картина сражения. Он вывел свой роллер в пологое пике, и вокруг невидимого силового экрана заревел воздух. Земля стремительно приближалась.

Патрульные обрушили на противника всю мощь своего оружия. На какое-то время город скрылся за стеной адского огня. Когда Эверард приземлился, схватка уже закончилась.

Небо на западе позолотил закат. Из долин бесшумно поползли вверх темные тени, поглощая стены Мачу-Пикчу. Повеяло прохладой.

Эверард вышел из дома, где он допрашивал пленных. Снаружи стояли два агента.

— Соберите отряд, выведите пленных и подготовьтесь к возвращению на базу, — устало сказал он.

— Вам удалось что-нибудь узнать, сэр? — спросил Мотонобу. Эверард пожал плечами.

— Кое-что. Конечно, в штабе допросят поосновательнее, но вряд ли удастся узнать больше. Один из них готов сотрудничать с нами в обмен на гарантию комфортных условий на планете, куда его сошлют. Беда в том, что он не знает того, что мне нужно.

— Где те, кому удалось скрыться?

Эверард покачал головой.

— Предводителя — Меро Варагана — Кастелар серьезно ранил. Несколько сообщников Варагана, желая его спасти, как раз собирались отправиться в такое место, которое знал только он один. Поэтому, когда мы появились, они тут же бежали. Удалось скрыться еще троим.

Эверард выпрямился.

— Да, — сказал он, — операция удалась, как того и следовало ожидать. Большая часть бандитов уничтожена или взята в плен. Немногие спасшиеся рассеялись кто куда, и вряд ли когда-нибудь отыщут друг друга. Заговор ликвидирован.

— Нам бы прибыть сюда пораньше и устроить настоящую засаду, — с досадой проговорил Мотонобу. — Мы бы захватили всех до единого.

— Мы не сделали этого, потому что не могли так поступить, — отрезал Эверард. — Не забывайте, что мы служим закону.

— Да, сэр. Но я помню и о том сумасшедшем испанце, который еще способен натворить бед. Как бы нам его выследить... пока не поздно?

Эверард не ответил и, отвернувшись, стал осматривать площадку, на которой стояли темпороллеры. Над гребнем горного хребта, на фоне неба чернели Врата Солнца.

24 мая 1987 года

Едва он постучал в дверь, как Ванда тут же открыла.

— Привет! — воскликнула она, чуть не задохнувшись от волнения. — Как вы? Все в порядке?

— В порядке, — подтвердил он.

Она сжала его руки и едва слышно произнесла:

— Я так беспокоилась о вас, Мэнс.

Услышать подобное признание было необыкновенно приятно.

— Я никогда не лезу на рожон. А эта операция... Ничего особенного, мы захватили почти всю банду без каких-либо потерь. В Мачу-Пикчу снова тишина и покой.

«Была тишина. Три сотни лет город пустовал, а теперь повсюду шастают туристы. Но патрульному не положено выносить приговоры. Когда имеешь дело с историей человечества, лучше спрятать свои чувства поглубже».

— Чудесно! — Ванда бросилась ему на шею, и он на мгновение стиснул ее в объятиях. Слегка смутившись, они тут же отодвинулись друг от друга.

— Если бы вы явились минут десять назад, вы бы меня не застали, — сказала она. — Я не могла сидеть без дела. И совершила долгую-предолгую прогулку.

— Я же велел вам не выходить из дому! — Эверард нахмурился. — Вам все еще грозит опасность. Здесь, в доме, мы установили прибор, который предупредит нас о любом нежелательном визитере. Но мы не можем перемещать его за вами следом. Черт возьми, девочка, ведь Кастелар все еще на свободе!

Она наморщила нос.

— По-вашему, было бы лучше, если бы я сидела тут и сходила с ума от беспокойства? Зачем ему снова за мной гоняться?

— В двадцатом веке он общался только с вами. Что, если вы наведете нас на его след? Во всяком случае, ему следовало бы этого опасаться.

Она вдруг стала серьезной.

— Между прочим, я действительно могу это сделать.

— Как? Что вы имеете в виду?

Она потянула его за собой. («Какие теплые у нее руки!»)

— Пойдемте, сядем поудобнее, я открою пиво, и мы поговорим. После прогулки у меня в голове прояснилось. Я вновь принялась перебирать в памяти все события, которые произошли со мной. Не думала только о страшном и непонятном. И теперь, кажется, я могу назвать место, куда, скорее всего, должен был направиться Луис.

Эверард остолбенел. У него перехватило дыхание.

— Что?

Ее голубые глаза пристально следили за ним.

— Я хорошо узнала этого человека, — негромко сказала она. — Не то что называется интимно, нет, но наши отношения в эти дни были достаточно близкими. Он вовсе не чудовище. По нашим меркам он жесток, но он дитя своей эпохи. Честолюбивый и алчный, но в душе — странствующий рыцарь. Я перебрала в памяти все, что происходило, минута за минутой. Словно была сторонним наблюдателем и имела возможность видеть нас обоих. Помню, как он реагировал, узнав из энциклопедии о восстании индейцев, осаде Куско и обо всех последующих несчастьях.

Ему казалось, что если он появится внезапно, будто по волшебству, и поможет снять осаду, то, безусловно, станет главнокомандующим. Но, какие бы ни были у него соображения, Мэнс, он обязательно туда прибудет. Для него это дело чести.

6 февраля 1536 года
(по юлианскому календарю)

Встающее над горами солнце осветило величественный город. Словно огненные метеоры, в него летели горящие стрелы и камни, обернутые в промасленный хлопок. Горели тростниковые крыши и деревянные перекрытия, каменные стены рушились. Пламя с воем рвалось вверх, снопами летели искры, ветер гнал густые клубы дыма. Даже вода в реке потемнела от копоти. Отовсюду доносились трубные звуки раковин, заменявших индейцам рога, и крики людей. Стены Куско штурмовали десятки тысяч индейцев. Они походили на коричневую волну, над которой вздымались знамена вождей, султаны из перьев, боевые топоры и копья с медными наконечниками. Эта огромная человеческая масса накатывалась на тонкие шеренги испанцев, бурлила, пенилась, захлебывалась кровью и откатывалась назад, а затем снова бросалась вперед.

Кастелар посадил роллер немного выше цитадели, к северу от места сражения. На мгновение он представил, как этот коричневый прилив захлестывает крепость, и ему захотелось броситься вниз — и убивать, убивать, убивать. Но нет, вначале нужно определить, где сражаются его товарищи. Держа шпагу в правой руке и управляя машиной при помощи левой, он ринулся к ним на помощь.

Пусть ему не удалось доставить сюда ружья из будущего. Шпага его остра, рука тверда, а над непокрытой головой распростер крылья архангел войны. Но нужно быть настороже. Враги могут незримо присутствовать в этом небе и неожиданно наброситься на него. Если это произойдет, нужно тут же прыгнуть во времени и, ускользнув от преследования, вернуться, снова и снова нанося стремительные удары, подобно волку, разрывающему клыками горло лосю.

Кастелар пронесся над центральной площадью; высившееся над ней здание превратилось в гигантский пылающий факел. Вдоль улицы скакали всадники в сверкающих стальных доспехах. На копьях развевались флажки. Это испанцы готовились совершить вылазку против вражеских полчищ.

Конкистадор принял мгновенное решение. Он изменит направление полета, выждет несколько минут, даст возможность соотечественникам ввязаться в схватку, а затем атакует сам. Имея на своей стороне такую могучую подмогу, испанцы поймут, что Бог услышал их, и проложат себе дорогу сквозь ряды врагов, охваченных паникой.

Его заметили. Он увидел поднятые кверху лица, услышал выкрики. Словно гром застучали копыта, и раздалось многоголосье:

— Сант-Яго с нами, вперед!

Он пролетел над южной стеной города, сделал вираж и развернулся для атаки. Теперь, когда он освоил эту машину, она его прекрасно слушалась — этакий летающий конь, на котором он въедет в освобожденный Иерусалим. И может быть, наконец, увидит Спасителя?

— А-а-а-а-х!

Внезапно рядом с ним возникла другая машина с двумя седоками. Пальцы конкистадора вцепились в рычаги управления. Его охватило отчаяние.

— Матерь Божья, спаси!

Его конь споткнулся и рухнул в бездну. По крайней мере ему суждено погибнуть в бою. Пусть силы Сатаны взяли над ним верх, но им не одолеть Врата Рая, открытые лишь для Христова воина.

Душа конкистадора покинула тело и затерялась в ночи.

24 мая 1987 года

— Западня сработала почти идеально, — докладывал Эверарду Карлос Наварро. — Мы обнаружили его из космоса, включили электромагнитный генератор и, совершив пространственный скачок, оказались рядом с ним. Темпороллер Кастелара попал под высокое напряжение, наведенное полем генератора, а конкистадор получил сильнейший электрический удар. Он потерял сознание, электроника роллера вышла из строя. Но вы об этом знаете. Для верности мы выстрелили в испанца из парализатора, а затем подхватили на лету, прежде чем он упал на землю. Тем временем грузовой корабль взял на борт поврежденный роллер и сразу же исчез оттуда. Все это в целом заняло меньше двух минут. Вероятно, нас заметили, но операция была скоротечной, а в сумятице сражения вряд ли кто-то хоть что-нибудь понял.

— Прекрасная работа, — сказал Эверард.

Он откинулся на спинку старого потертого кресла. Разговор происходил в его нью-йоркской квартире, напоминавшей музей. Над баром висели шлем и копья бронзового века, на полу была расстелена шкура белого медведя из Голландии эпохи викингов, всюду лежали разные вещицы, на которые случайные посетители могли просто не обратить внимания, но хозяину они напоминали о важных событиях.

В последней операции Эверард не участвовал. Зачем тратить подобным образом драгоценные часы жизни агента-оперативника? Опасности не было никакой, разве что Кастелар опередит патрульных и скроется. Но этому помешал электромагнитный генератор.

— Между прочим, — сказал хозяин, — ваша операция вошла в историю. — Он указал на том Прескотта, лежавший на краю стола. — Я как раз читал об этом. Испанские хроники описывают явление Пресвятой Девы над горящим холмом Виракоча — в том месте, где позднее был возведен собор. На поле боя явился также святой Иаков, который своим видом вдохновлял сражающихся. Обычно подобные вещи воспринимаются как благочестивые легенды либо как результат галлюцинаций на почве истерических состояний, но... Кстати, как чувствует себя пленник?

— Приходит в себя после транквилизаторов, — ответил Наварро. — От его ожогов не останется и следа. Как с ним поступят?

— Все зависит от нескольких обстоятельств. — Эверард взял из пепельницы трубку и раскурил ее. — Прежде всего он должен рассказать нам о Стивене Тамберли. Вам известна его история?

— Да, — чуть нахмурившись, ответил Наварро. — К сожалению, от высокого напряжения, под которое попал роллер, пострадала молекулярная запись его перемещений в пространстве и времени. Провели предварительную проверку с помощью кирадекса — мы знали, что вы захотите об этом узнать, — но Кастелар не помнит ни времени, ни места, где оставил Тамберли. Сказал только, что это было несколько тысяч лет назад, недалеко от Тихоокеанского побережья Южной Америки. Если бы он помнил точную дату, он наверняка рассказал бы нам все, но этого не произошло. Он даже не потрудился запомнить координаты.

Эверард вздохнул.

— Этого я и опасался. Бедная Ванда.

— Прошу прощения...

— Нет, это так... — Эверард глубоко затянулся, стараясь успокоиться. — Можете идти. Пройдитесь по городу, наберитесь положительных эмоций.

— Не хотите со мной прогуляться? — неуверенно спросил Наварро.

Эверард покачал головой.

— Я побуду здесь. Вряд ли Тамберли нашел способ выбраться оттуда самостоятельно. Если бы так случилось, то его вначале доставили бы для отчета на одну из наших баз. Расследование показало бы, что я имею к нему непосредственное отношение, так что меня поставили бы в известность. Но, естественно, чтобы все произошло именно так, нужно взяться за дело иначе. Возможно, меня скоро вызовут.

— Понятно. Спасибо и до свиданья.

Наварро ушел. Эверард поудобнее устроился в кресле. Понемногу начало смеркаться, но он не торопился включать свет. Ему хотелось просто остаться наедине со своими мыслями и надеждами.

18 августа 2930 года до Рождества Христова

В том месте, где река впадала в море, сгрудились глинобитные дома деревни. Сейчас на берегу лежали только два долбленых каноэ: в такой тихий день все рыбаки отправились на ловлю. Почти все женщины также ушли из деревни — возделывать небольшие участки земли на краю мангрового болота, где они выращивали тыкву, кабачки, картофель и хлопок. Над общинным очагом поднимался ленивый дымок; огонь в нем постоянно поддерживался кем-нибудь из стариков. Оставшиеся в деревне женщины и пожилые мужчины занимались различными домашними делами, а подростки приглядывали за малышами. Жители деревни носили короткие юбки из туго свитых волокон, дополняя одежду украшениями из раковин, зубов и птичьих перьев. Слышно было, как они смеялись и гомонили.

На пороге одного из домов, скрестив ноги, сидел Гончар. Сегодня он оставил свой круг, на котором лепил горшки и миски. Не пылала печь, в которой он их обжигал. Он отрешенно смотрел вдаль и молчал. Он часто вел себя подобным образом — с тех самых пор, как научился говорить на местном языке и начал делать удивительные вещи. Такое мастерство заслуживает уважения. Обычно Гончар был приветлив, но иногда на него находила странная задумчивость. Может быть, в это время он придумывал новую красивую вещь или же общался с духами. Конечно, он был совсем другим — высокий, с бледной кожей, со светлыми глазами и волосами, с бородой до самых глаз. Солнце обжигало его сильнее, чем местных жителей, и поэтому он носил накидку. Его жена сидела дома и растирала в ступке семена диких трав. Двое их детей спали.

Внезапно послышались крики. Вдали показались земледельцы, возвращавшиеся с полей. Люди, оставшиеся в деревне, поспешили к ним навстречу, желая узнать, что там случилось. Гончар поднялся на ноги и последовал за ними.

Вдоль берега реки к деревне подходил незнакомый человек. Чужаки появлялись здесь довольно часто, главным образом торговцы. Однако этого человека прежде никто не видел. От жителей деревни он почти не отличался, разве что был мускулистее. А вот одежда у него была совсем другой. На бедре у незнакомца висела сумка, из которой выглядывало что-то блестящее.

Откуда он мог явиться? Если бы он пришел в долину пешком, охотники заметили бы его еще несколько дней назад... Незнакомец поздоровался — в ответ женщины испуганно завизжали. Старики жестами велели им отойти, а сами приветствовали пришельца как подобает.

Тем временем подошел Гончар.

Тамберли и разведчик долго приглядывались друг к другу. «Он той же расы, что и местные», — решил первый. Странно, насколько спокойно он воспринял это открытие теперь, когда, по прошествии долгих лет, исполнилось его самое заветное желание. «Да, в самом деле. Лучше, чтобы ни у кого не возникало лишних вопросов, даже у простых людей каменного века. Как он собирается объяснить назначение висящего на бедре оружия?»

Разведчик кивнул.

— Я так и думал... — медленно произнес он на темпоральном языке. — Вы меня понимаете?

Тамберли на мгновение лишился дара речи. Но все же...

— Понимаю, — ответил он наконец. — Добро пожаловать. Вы тот, кого я ждал все последние... семь лет, если мне не изменяет память.

— Меня зовут Гильермо Сиснерос. Родился в тридцатом столетии, но работаю в универсариуме Халла.

«Да-да, к тому времени путешествия во времени были уже открыты и получили широкое распространение».

— А я Стивен Тамберли, родом из двадцатого века, полевой историк Патруля.

Сиснерос рассмеялся.

— Надо бы пожать друг другу руки.

Жители деревни наблюдали за ними, онемев от ужаса.

— Вы потерпели аварию? — Этот вопрос Сиснерос мог бы и не задавать.

— Да. Нужно доложить Патрулю. Доставьте меня на базу.

— Разумеется. Я спрятал темпороллер километрах в десяти вверх по течению. — Сиснерос на мгновение замялся. — Я намеревался выдать себя за странника, немного пожить у них и попытаться решить одну археологическую загадку. Вероятно, вы и есть решение этой загадки.

— Именно так, — подтвердил Тамберли. — Когда я понял, что угодил в западню, из которой без посторонней помощи мне не выбраться, я вспомнил об изделиях Вальдивии[1].

— Наиболее древняя керамика Западного полушария, принадлежащая к так называемому «домашнему» периоду. Она почти полностью повторяет глиняные изделия с орнаментом «Дзёмон» из древней Японии. Принятое объяснение сводилось к следующему: какое-то рыболовное суденышко пересекло под парусами Тихий океан. Его экипаж нашел пристанище здесь на берегу, где и научил туземцев гончарному ремеслу. Но концы с концами в этой истории не сходились. Нужно было проплыть более восьми тысяч морских миль... И должно было так случиться, чтобы именно эти моряки знали секреты одного из самых сложных ремесел, которым у них на родине владели только женщины...

— Да, я начал делать керамику по древнеяпонским образцам. Оставалось только ждать, когда кто-нибудь в будущем заинтересуется ею и явится сюда.

В сущности, он даже не очень серьезно нарушил закон, ради соблюдения которого существовал сам Патруль. Его рамки достаточно широки, а в тех обстоятельствах возвращение Тамберли было важнее.

— Вы очень изобретательны, — заметил Сиснерос. — Как вам тут жилось?

— Они очень приятные люди, — ответил Тамберли.

---

[1] П е д р о д е В а л ь д и в и я (предположительно 1500—1554 гг.) — испанский конкистадор. Участвовал в завоевании Перу и Чили.

«Будет мучительно трудно расставаться с Аруной и малышами. Будь я святой, никогда бы не согласился принять предложение отца этой женщины жениться на ней. Но эти семь лет тянулись очень долго, и не было никакой уверенности, что ожидание когда-нибудь кончится. Моя здешняя семья потеряет кормильца, но я оставлю им столько горшков, что у Аруны вскоре появится новый муж — сильный добытчик, скорее всего Уламамо, — и они станут жить в достатке и радости, как прочие их соплеменники. Даже при том, как скромно они здесь живут, это лучше, чем у многих людей в далеком будущем».

Тамберли так и не смог до конца освободиться от сомнений и чувства вины. Он знал, что они всегда будут его преследовать, но в душе уже шевельнулось радостное чувство:

«Я возвращаюсь домой».

25 мая 1987 года

Мягкий свет. Изящный фарфор, серебряные приборы, стекло. Я не знаю, лучший ли «Эрни» ресторан в Сан-Франциско (это дело вкуса), но, без сомнения, он один из десятка лучших. Правда, Мэнс сказал, что ему хотелось бы свозить меня в семидесятые годы двадцатого века — в заведение под названием «Мингей-Йа» при первых его владельцах.

Он поднимает бокал, наполненный хересом, и провозглашает:

— За будущее!

Я следую его примеру и добавляю:

— И за прошлое.

Чокаемся. Восхитительный напиток.

— Теперь можем поговорить.

На лице Мэнса, когда он улыбается, проступают морщины, и оно теряет выражение беззаботности.

— Жаль, что нам не удавалось сделать это раньше. Телефонный звонок не в счет: я лишь хотел сообщить, что с вашим дядей все в порядке, и пригласить вас пообедать. Но мне пришлось изрядно помотаться туда-сюда по времени, чтобы свести в этом деле концы с концами.

Сейчас подразню его.

— А вы не могли сначала сделать это, а затем вернуться на несколько часов назад, чтобы снять меня с крючка?

Он мгновенно становится серьезным. В его голосе звучит сожаление.

— Нет. Слишком опасно подрезать реальность таким образом. Нам в Патруле не заказаны увеселительные прогулки, но только если они не приводят к осложнениям.

— Мэнс, это шутка. — Я протягиваю руку и похлопываю его по тыльной стороне ладони. — Но я заработала этот ужин, разве нет?

А также шикарное платье и моднейшую прическу.

— Вы это заслужили, — с явным облегчением произносит этот большой смелый человек, которому довелось пройти немало пространственно-временных дорог. Из конца в конец.

Довольно об этом. Слишком о многом нужно его расспросить.

— Что у дяди Стива? Вы рассказали, как он освободился, но я не знаю, где он сейчас.

Мэнс сдержанно улыбается.

— Так ли это важно? Он отчитывается в специальном центре, находящемся кое-где и кое-когда. Ему предстоит длительный отпуск, который они проведут с женой в Лондоне, и лишь потом он вернется к своим обязанностям. Уверен, он навестит и вас, и остальных родственников. Наберитесь терпения.

— А... потом?

— Видите ли, нам придется завершить дела таким образом, чтобы темпоральная структура осталась в неприкосновенности. Мы поместим брата Эстебана Танакуила и дона Луиса Кастелара в сокровищницу в Кахамарке в 1533 году — спустя минуту-другую после того, как экзальтационисты схватили их и увезли. Они просто выйдут оттуда, вот и все.

Я хмурюсь.

— Хм. Прежде вы говорили о том, что охрана забеспокоилась, заглянула внутрь, но никого не обнаружила. Это вызвало всеобщий переполох. Разве можно это изменить?

Он сияет.

— Вы очаровательны! Прекрасный вопрос. Да, в подобных обстоятельствах, когда прошлое подверглось деформации, Патруль действительно аннулирует последующие события. Мы, так сказать, восстанавливаем «первоначальную» историю. И как можно точнее.

Странное, щемящее чувство.

— Ну а Луис? После всех перипетий?..

Мэнс отпивает глоток вина и начинает вертеть бокал между пальцами. Херес по цвету напоминает янтарь.

— Мы подумывали пригласить его в Патруль. Однако жизненные ценности конкистадора несовместимы с нашими. Он будет подвергнут обычной блокировке сознания. Сама по себе она совершенно безвредна, но напрочь лишает возможности разглашать какие-либо сведения о темпоральных путешествиях. При попытке сделать это у него перехватит горло, а язык не будет ему повиноваться. Так что он быстро откажется от подобных экспериментов.

Я качаю головой.

— Для него это ужасно.

Мэнс сохраняет спокойствие. Он словно гора: на склонах мелкие невзрачные цветочки, а под ними — огромная каменная глыба.

— Неужели вы предпочли бы, чтобы его физически уничтожили или стерли все из его памяти, сделав идиотом?. Он причинил нам немало бед, но мы не злопамятны.

— Зато он мстителен!

— Хм. Он не успеет напасть на вашего дядю в сокровищнице, поскольку брат Танакуил, едва они окажутся внутри, тут же откроет дверь и скажет часовым, что он закончил свои дела. Но было бы неразумно оставлять брата Танакуила в Кахамарке. Утром, сказав, что ему нужно прогуляться и поразмышлять, он уйдет, и больше его никто не увидит. Солдаты станут жалеть о нем, ведь он был таким славным парнем. Начнут искать его, но безрезультатно, и в конце концов все решат, что его уже нет в живых. Дон Луис скажет им, что ничего не знает. — Мэнс вздохнул. — Придется отказаться от продолжения голографических съемок сокровищ. Может быть, кто-нибудь сфотографирует их до этого, когда они еще находились на своих законных местах. Для контроля за дальнейшей деятельностью Писарро мы будем внедрять новых агентов. Ваш дядя получит другое назначение. Ему предоставят право выбора. Возможно, он согласится на административную должность, поскольку этого хочет его жена.

Я делаю осторожный глоток.

— Что станет... что стало с Луисом?

Мэнс пристально смотрит на меня.

— Кажется, он вам небезразличен.

У меня вспыхивают щеки.

— Ничего романтического. Он, конечно, не подарок, но я считаю его незаурядной личностью.

Мэнс снова улыбается.

— Понятно. Что ж, это еще одна проблема, которой я занимался сегодня. На всякий случай мы будем держать дона Луиса Кастелара под наблюдением до конца его дней. Он быстро адаптируется. Продолжит службу у Писарро, отличится в деле при Куско и в борьбе против Альмагро. — С какой-то внутренней горечью он продолжает: — Наконец, когда завоеватели поделят страну, он станет крупным землевладельцем. Между прочим, он один из тех немногих испанцев, которые добивались заключения честного соглашения с индейцами. Позднее, когда умрет его жена, он удалится в монастырь и завершит жизнь в монашеской келье. У него были дети, и его потомки живут и здравствуют до сих пор. Среди них была женщина, которая вышла замуж за капитана из Северной Америки. Да, Ванда, человек, который втянул вас в эти приключения, — ваш предок.

Вот это да!

Но я тут же прихожу в себя.

— Ничего себе путешествие во времени!

Все эпохи открыты для странствий...

Однако пора заглянуть в меню. Но...

Успокойся, сердце, успокойся, или как там еще звучит эта глупая фраза. Я подаюсь вперед. Я вовсе не боюсь, когда он так на меня смотрит. Только язык не поворачивается, да по спине бегают мурашки.

— А как насчет меня, Мэнс? Я ведь тоже знаю секрет.

— Ах да, — говорит он почти нежно. — Это так типично для вас: сначала вы спрашиваете о других. Что ж, вам придется играть свою роль до конца. Мы вернем вас на ваш остров на Галапагосе, в той же одежде, но лишь несколько минут спустя. Вы присоединитесь к друзьям, закончите увеселительную прогулку, вылетите из Балтры в сумасшедший дом, известный под названием «международный аэропорт Гуаякиль», а оттуда — домой, в Калифорнию.

А потом? Потом?

— Дальше вы будете решать сами, — продолжает Мэнс. — Можете выбрать блокировку. Не то что бы мы вам не доверяли, просто на сей счет существуют строгие инструкции. Повторяю, процедура совершенно безболезненная и не вредит здоровью. А поскольку я уверен, что вы никогда по своей воле нас не предадите, то и особого протеста у вас это не вызовет. Будете жить, как и прежде, а когда встретитесь с дядей Стивом в домашней обстановке, сможете быть с ним совершенно откровенны.

Напрягись, собери волю в кулак...

— А у меня нет другого выбора?

— Есть, конечно. Можете поступить в Патруль. Из вас выйдет очень ценный сотрудник.

Невероятно. Я? Но внутренне я этого ждала. И все же...

— Интересно, что за полицейский в юбке из меня получится?

— Возможно, не очень хороший, — доносится до меня словно издалека. — У вас слишком независимый характер. Но Патруль контролирует как исторические, так и доисторические времена. Это требует знания окружающей среды, и поэтому нам нужны ученые для работы в полевых условиях. Хотели бы вы заниматься палеонтологией, но... с живыми животными?

Ничего не попишешь — я веду себя самым неприличным образом. Вскакиваю из-за стола и издаю боевой клич, нарушая благопристойную тишину ресторана «Эрни».

Щит Времен

Часть I

НЕЗНАКОМЕЦ У ТВОИХ ВОРОТ

1987 год от Рождества Христова

Возвращение в Нью-Йорк в тот же самый день, когда он его покинул, возможно, было ошибкой. Даже здесь стояла прекрасная весенняя пора. В такие сумерки не сидят в одиночестве, предаваясь воспоминаниям. Дождь слегка освежил воздух, и в открытые окна влетал нежный запах весенних цветов и зелени. Огни, струившиеся внизу, и шум улицы создавали впечатление, что под стенами дома течет река. Мэнсу Эверарду захотелось выйти из дома.

Он мог бы отправиться в Центральный парк, прихватив на всякий случай парализующий пистолет. Ни один полицейский этого века не примет его за боевое оружие. После разгула насилия, свидетелем которого недавно стал Мэнс, лучше пройтись по какой-нибудь спокойной аллее и завершить прогулку в одном из знакомых кабачков, посидев там за пивом в приятной компании. Приди ему в голову идея уехать прочь, в его распоряжении был темпороллер в штабе Патруля, оставалось только выбрать подходящую эру и точку на планете Земля. Агент-оперативник никому не обязан отчитываться о своем решении. Но что поделаешь, он оказался в западне, подстроенной ему телефонным звонком. Мэнс, не выпуская изо рта ароматно дымящуюся трубку, мерял шагами густеющий мрак квартиры и время от времени бранил себя. Какая нелепость — поддаваться настроению. Упадок сил после активной работы естествен, однако он уже провел две необременительные недели в Тире, где правил Хирам, и завершил все дела, связанные с его миссией. Что касается Бронвен, то он обеспечил ее до конца жизни, и возвращение к ней могло лишь разрушить состояние благополучия, обретенное ею; календарь указывал на то, что Бронвен погребена под пылью двадцати девяти столетий, так что и дело с концом.

Звонок в дверь вернул его к действительности. Мэнс включил свет и зажмурился от неожиданно яркой вспышки, затем впустил гостя в дом.

— Добрый вечер, агент Эверард, — поздоровался вошедший мужчина по-английски с едва уловимым акцентом. — Гийон. Надеюсь, что не застал вас в неурочное время.

— Нет-нет, я ведь не отказался от встречи, когда вы позвонили мне.

Они пожали друг другу руки. Эверард вдруг подумал, а был ли принят этот жест в родном Гийону окружении. Из каких времен и краев явился пришелец?

— Проходите.

— Видите ли, я полагал, что сегодня вы захотите разделаться с мирскими заботами, а завтра, может быть, отбыть на отдых, вернее на каникулы, как говорите вы, американцы, верно? В какое-нибудь благословенное местечко. Я мог бы, конечно, побеседовать с вами и после вашего возвращения, но тогда воспоминания утратят живость. К тому же, признаться, мне хотелось познакомиться с вами. Может быть, вы позволите пригласить вас на ужин в ресторан? Какой вам нравится?

С этими словами Гийон вошел в комнату и устроился в кресле. Он был неброской внешности, невысокий, худощавый, в сером заурядном костюме. Голова большая, но лицо его, смуглое, с тонко вылепленными чертами, при ближайшем рассмотрении не соответствовало ни одной из рас, живущих ныне на планете.

Эверард гадал, какие силы скрывает улыбка гостя.

— Спасибо, — отозвался он.

На первый взгляд мелочь. Подумаешь, пригласил. Агент Патруля Времени и без того распоряжается неограниченными средствами. Но на самом деле предложение значило много. Гийон готов был потратить на него время из личной продолжительности жизни.

— А если мы немного отложим наш серьезный разговор? Не выпить ли нам для начала?

Заказ принят. Эверард налил шотландского виски с содовой для обоих. Гийон не возражал против дыма его трубки. Эверард опустился в кресло.

— Позвольте еще раз поздравить вас с достижениями в Финикии, — произнес посетитель. — Потрясающе.

— У меня была отличная команда.

— Действительно. Но она имела первоклассного лидера. И подготовительную работу вы провели в одиночку, рискуя собой.

— Вы пришли ко мне ради этого? — требовательно произнес Эверард. — Я ведь довольно подробно отчитался. Вы наверняка уже ознакомились с моим докладом. Не знаю, что еще я могу рассказать вам.

Гийон уставился в приподнятый стакан, словно в нем лежали не кусочки льда, а дельфский кубик для гадания.

— Возможно, вы опустили некоторые детали, на ваш взгляд не имеющие отношения к делу, — пробормотал он.

Мелькнувший хмурый взгляд собеседника не ускользнул от внимания Эверарда. Гийон поднял свободную руку.

— Не беспокойтесь. Я не намерен вторгаться в ваши личные дела. Оперативник, равнодушный к существам человеческим, просто... неполноценен. Бесполезен или даже опасен. Но наши чувства неприкосновенны до тех пор, пока мы не позволяем им мешать выполнению служебных обязанностей.

«Как много он знает или подозревает?» — гадал Эверард. Печальный, короткий роман с кельтской девушкой-рабыней, заранее обреченный из-за временной бездны между их появлением на свет; хлопоты по ее освобождению и замужеству, прощание. «Впрочем, сам я спрашивать не стану... Еще узнаешь то, о чем знать совсем не хочется...»

Эверарда не поставили в известность о том, что нужно Гийону и зачем, он знал лишь, что у него по крайней мере такие же полномочия, может быть, выше. В Патруле, за исключением его низших эшелонов, отсутствовали строгие уставные отношения и формальная подчиненность. Сама суть Патруля исключала иерархию. Его структура была гибче и прочнее любой регламентированной системы. Похоже, только данеллиане полностью понимали ее.

Голос Эверарда, однако, обрел резкость.

— У агентов-оперативников достаточно широкие полномочия, — он не просто формулировал очевидное.

— Само собой разумеется, — отозвался Гийон с коварной покорностью. — Я лишь надеюсь собрать некоторые крупицы информации о том, что вам довелось испытать. А потом, пожалуйста, наслаждайтесь честно заработанным отдыхом. — И совсем вкрадчиво: — Позвольте спросить, входит ли в ваши планы встреча с мисс Вандой Тамберли?

Эверард так вздрогнул, что чуть не выплеснул спиртное.

— Что?!

«Возьми себя в руки. Перехвати инициативу», — тут же подумал он.

— Так вы пришли затем, чтобы поговорить о ней?

— Ведь это вы дали ей рекомендацию.

— После чего она прошла предварительные испытания. Разве не так?

— Разумеется. Но вы встретили ее в тот момент, когда она попала в ту самую перуанскую историю. Короткое, но страстное и запоминающееся знакомство, — Гийон усмехнулся. — С той поры ваши отношения стали ближе. Это ни для кого не секрет.

— Не велика тайна, — огрызнулся Эверард. — Она очень молода. Но я, так сказать, считаю ее своим другом. — Он помолчал немного. — Протеже, если вам угодно.

«Мы и встречались-то всего два раза, — подумал Эверард. — Потом я уехал в Финикию, поездка унесла из моей жизни недели... И вот я вернулся в ту же весну, когда мы с ней впервые оказались вдвоем в Сан-Франциско».

— Да, я непременно увижусь с ней, — добавил Эверард. — Но у нее много других забот. Возвращение в сентябре на Галапагосские острова, откуда ее похитили, затем возвращение домой обычным путем и несколько месяцев на то, чтобы уладить все дела в XX веке и исчезнуть, не вызвав у окружающих никаких вопросов. Но какого черта я повторяю то, что хорошо вам известно и без меня?

«Видимо, размышляю вслух, — подумал Эверард. — Ванда, конечно, не Бронвен, но она может, сама о том не подозревая, помочь мне забыть Бронвен. Как мне и следовало поступить уже давным-давно...»

Эверард не был склонен к самоанализу. Он вдруг осознал, что для душевного покоя ему нужен не очередной роман, нужно лишь побыть немного рядом с молодостью и невинностью. Словно истомленному жаждой человеку, ищущему источник высоко в горах... Потом он вернется к своей привычной жизни, а она будет искать себя на новом пути, в Патруле.

По коже пробежал холодок. «А вдруг ее не примут?»

— Почему, собственно, она вас интересует? Вы занимаетесь подбором кадров? Кто-то выразил сомнения по поводу мисс Тамберли?

Гийон покачал головой.

— Напротив. Психоисследования аттестовали ее прекрасно. Последующие проверки будут чисто формальными — просто чтобы помочь ей с профессиональной ориентацией и подготовить к первым полевым заданиям.

— Хорошо.

Эверард немного успокоился. Пожалуй, он слишком много курит. Глоток виски терпкой прохладой разлился по языку.

— Я упомянул ее просто потому, что ваша судьба перекликается с событиями, в которых замешаны экзальтационисты, — сказал Гийон. Голос его звучал приглушенно, словно бы скучающе. — Прежде вы и ваши соратники помешали их попыткам подорвать карьеру Симона Боливара. Спасая мисс Тамберли, которая, кстати, довольно умело защищала себя сама, вы предотвратили похищение экзальтационистами выкупа Атауальпы и тем самым изменение истории испанского завоевания Латинской Америки. Теперь вы спасли от них древний Тир и пленили почти всех, кто уцелел в ходе операции, включая Меро Варагана. Отличная работа. Тем не менее задача пока не выполнена до конца.

— Верно, — прошептал Эверард.

— Я здесь для того, чтобы... прочувствовать обстановку, — сказал Гийон. — Я не могу точно сформулировать, чего я добиваюсь, даже если заговорю на темпоральном языке.

Он продолжал прежним тоном, но уже без улыбки, и в его бегающем взоре появилось что-то пугающее.

— Происшедшее укладывается в прямолинейную логику не более, чем сама концепция изменчивой реальности. И «интуиция», и «откровение» — оба эти слова совершенно неадекватны. Вот я и стремлюсь... найти иной способ постижения.

Повисло молчание. Казалось, что даже шум города за окном стал тише.

— У нас неофициальный разговор. Я лишь пробую уловить чувства, воспоминания, какие вызывает у вас опыт работы. И все. После этого вы вольны отправляться куда угодно. Но судите сами. Может ли быть чистой случайностью, что вы, Мэнсон Эверард, трижды участвовали в операциях против экзальтационистов? Только однажды вы выступили с предположением, что именно они ответственны за отклонения в истории. Тем не менее вы стали Немезидой для Меро Варагана, который, теперь я могу это признать, держал среднее звено Патруля в страхе. Случайно ли это? Случайно ли то обстоятельство, что Ванда Тамберли была втянута в водоворот событий как раз в тот момент, когда ее родственник, без ведома Ванды, уже работал в Патруле?

— Он-то как раз и стал причиной того, что она...

Эверард умолк. У него похолодело внутри. Кто этот человек в действительности? Чем он занимается?

— Именно поэтому нам хочется получше узнать вас, — сказал Гийон. — Не вторгаясь в вашу личную жизнь, я надеюсь получить ключ к тому, что мы — весьма условно — называем гиперматрицей континуума. Благодаря этим данным мы могли бы напасть на след последних экзальтационистов. Они отчаянны и мстительны, как вы знаете. Мы обязаны выследить их.

— Понимаю, — выдохнул Эверард.

Кровь ударила ему в голову. Он едва расслышал заключительную фразу Гийона:

— Но, пожалуй, гораздо более серьезное значение имеют направление и исход...

И вряд ли заметил, как Гийон оборвал себя на полуслове, словно боялся проговориться о чем-то важном. Эверард, подобно гончей, возвращался назад, пытаясь отыскать след, всматривался вперед, понимая, что нужно не в засаде сидеть, а завершать охоту.

Часть II

ЖЕНЩИНЫ И ЛОШАДИ, ВЛАСТЬ И ВОЙНА

1985 год от Рождества Христова

Здесь, где созвездие Медведицы нависло так низко, ночь пронзала холодом до костей. Днем горы скрывали горизонт, заслоняя его скалами, снегом, облаками. Мужчина, задыхаясь, брел по горному кряжу, чувствуя, как осыпаются под сапогами камни, и изнемогая от невозможности вздохнуть полной грудью. Горло его пересыхало все сильнее. Еще страшили пуля или кинжал, которые с наступлением темноты могли лишить его жизни на этой пустынной земле.

Капитан предстал перед Юрием Алексеевичем Гаршиным подобно ангелу из рая, как его описывала бабушка. Случилось это на третий день после того, как он попал в засаду. Юрий шел на северо-восток, в основном вниз по склону, хотя ему казалось, что каждый шаг уводит его вверх, придавливая тяжестью земли. Где-то там находился лагерь. Спальный мешок дарил Гаршину минуты отдыха, но ужас снова и снова толкал его в путь, полный не менее страшного одиночества. Помня о скудности пайка в вещмешке, он слегка перекусил, и царапающее нутро чувство голода чуть притупилось. Но ему становилось все тяжелее. Воды, чтобы наполнить флягу, вокруг было предостаточно — источники и растопленный снег, — но нечем было подогреть ее. Самовар в родительском доме казался полузабытой мечтой — колхоз, задорные песни над полями ржи, бесконечный ковер луговых цветов, по которому он гулял рука об руку с Еленой Борисовной. Здесь же скалы украшал только лишайник, колючие худосочные кустики цеплялись за камни да торчали кое-где пучки бледной травы. Единственным звуком, помимо его шагов, дыхания и биения пульса, был ветер. Высоко в небе в потоке ветра парила неизвестная Гаршину громадная птица. Стервятник, ждущий его смерти? Нет, эти наверняка пируют над его товарищами...

На его пути вырос утес. Гаршин пошел в обход, размышляя, насколько отклонился от верного пути к своим. Неожиданно он увидел за скалой человека.

Враг! Гаршин схватился за «калашников», перекинутый через плечо. Но тут же в мозгу мелькнуло: «Нет! Наш! Форма наша!» Его обдало теплой слепящей волной. Колени подогнулись.

Когда Юрий пришел в себя, незнакомец подошел ближе. Мужчина был в чистой аккуратной форме. В лучах горного солнца ослепительно сверкали офицерские знаки различия. На спине висели ранец и скатка спального мешка. Из оружия у него был только пистолет, но офицер шагал смело и бодро. Совершенно очевидно, что это не солдат правительственных войск Афганистана, одетый в форму, поставленную союзниками. Подтянутая крепкая фигура, светлокожее лицо, скуластое, но немного скошенное к вискам, карельские глаза.

«Похоже, он откуда-нибудь с Ладожского озера, — рассеянно подумал Гаршин. — А я тут тяну армейскую лямку, выжидая конца этой несчастной войны, чтобы вернуться домой. Если, конечно, выживу».

Дрожащей рукой он отдал честь.

Офицер остановился примерно в метре от него. Гаршин разглядывал капитанские звездочки.

— Как вы здесь оказались, рядовой?

Взор капитана пронзил, как ветер в пору заката. Тон тем не менее неприязненным не был, говор звучал по-московски, тот самый русский язык, который чаще всего приходилось слышать после призыва в армию, только сейчас на нем говорил более образованный человек.

— Р-р-разрешите, товарищ... — неожиданное, беспомощное, заикающееся бормотание. — Рядовой Юрий Алексеевич Гаршин!

Запинаясь, он назвал свою часть.

— Итак?

— Мы были... наша группа, товарищ капитан... в разведке на горной тропе. Вдруг взрыв, автоматная пальба, и вокруг стали падать замертво люди...

...Сергею тогда размозжило голову, а самого его отшвырнуло, будто тряпичную куклу, потом грохот, дым и клубы пыли, и ты ползешь по-пластунски, в ушах такой оглушающий шум, что ничего не слышишь, а во рту противный привкус лекарства...

— Я увидел... бандитов... нет, одного, бородатого в тюрбане, он хохотал. Они меня не заметили. Я спрятался за кустом, а они были слишком заняты, добивая штыками раненых.

Несмотря на то что в желудке у Гаршина было пусто, он почувствовал приступ рвоты. Горло саднило.

Капитан стоял над ним, пока не стихли конвульсии и не отпустила боль.

— Попейте немного, — предложил офицер. — Прополощите рот, сплюньте. Теперь глотайте, только чуть-чуть.

— Слушаюсь! — подчинился Гаршин. Ему стало легче. Он попытался встать.

— Посидите пока, — произнес капитан. — Досталось вам, ничего не скажешь. У моджахедов теперь и ракетные установки, и скорострельное оружие. Вы скрылись, когда они убрались восвояси, верно?

— Т-так точно. Но не дезертировал или что-нибудь подобное, а...

— Знаю. В этой ситуации вам не оставалось ничего другого. Более того, ваш долг и состоял в том, чтобы вернуться на базу и доложить о случившемся. Вы не решились идти тем же путем. Слишком рискованно. Вы карабкались вверх. Вы пребывали в состоянии оцепенения. Когда пришли в себя, поняли, что сбились с дороги. Так?

— По-моему, так. — Гаршин поднял глаза на склоненную над ним фигуру. Она темнела на фоне неба, как нечто инородное, как утес.

Гаршин снова начал соображать и почувствовал, как пальцы его сжимаются в кулаки.

— А как здесь очутились вы, товарищ капитан?

— У меня спецзадание. Вы не должны упоминать обо мне без моего на то разрешения. Ясно?

— Так точно. Но... — Он сел, выпрямив спину. — Вы говорите так, словно знаете... о моей группе почти все.

Капитан кивнул.

— Я шел по вашим следам и восстановил события. Мятежники скрылись, но тела остались на поле боя, их мародерски обобрали. Я не смог похоронить погибших.

Он не стал распространяться о «славе и геройских подвигах». Гаршин не мог понять, радует это его или огорчает. Удивительно, что офицер вообще снизошел до таких объяснений перед солдатом.

— Мы можем послать группу за телами убитых, — сказал Гаршин. — Если наши узнают о случившемся.

— Конечно. Я помогу вам. Уже лучше? — Капитан протянул ему руку.

Солдат поднялся на ноги, отметив про себя, насколько тверда рука офицера. Он почувствовал, что довольно прочно держится на ногах.

Гаршин чувствовал, как его ощупывают чужие глаза. Слова падали размеренно, как удары молота в руках опытного мастера.

— Должен отметить, рядовой Гаршин, что наша случайная встреча удачна для нас обоих и для всех остальных. Я могу направить вас к базе. Вы должны будете доставить туда одну чрезвычайно важную вещь, заниматься которой у меня нет времени.

Прямо ангел небесный. Гаршин обратился в слух.

— Так точно, товарищ капитан!

— Прекрасно! — Капитан все еще пристально смотрел на рядового.

Облака, клубившиеся вокруг двух вершин вдалеке, то плотно укрывали, то обнажали горные пики. У подножия клонились под ветром редкие кустики.

— Расскажите мне, молодой человек, о себе. Сколько вам лет? Откуда родом?

— Д-девятнадцать, товарищ капитан. Из колхоза под Шацком. — Затем смелее: — Вряд ли вам это что-нибудь говорит. Ближайший к нам город — Рязань.

Капитан вновь кивнул.

— Понятно. Вы кажетесь мне смышленым, преданным делу, и, надеюсь, должным образом отнесетесь к моей просьбе. Нужно лишь передать обнаруженный мною предмет по назначению. Возможно, это очень важная находка.

Офицер продел большие пальцы под лямки вещмешка.

— Помогите снять. Вещица там.

Сняв мешок, они опустили его на землю и присели на корточки. Капитан раскрыл мешок и вытащил коробочку. Он по-прежнему был словоохотлив, что совсем не принято у офицеров в отношениях с солдатами, хотя временами Гаршину казалось, что капитан беседует сам с собой, вглядываясь во что-то такое, что ему, Гаршину, не дано видеть.

— Это очень древняя земля. История предала забвению всех людей, которые владели ею, приходили и покидали ее, боролись и умирали, жили здесь из века в век. Последние пришельцы — мы. Наша война непопулярна ни здесь, ни во всем мире. Не давая ни положительной, ни отрицательной оценки этой войне, можно с уверенностью сказать, что она опаляет нас так же, как в свое время обожгла война во Вьетнаме американцев. Вы тогда были еще ребенком. Но если мы сумеем стяжать хотя бы немного славы, приобрести крупицу чести, разве это не послужит нашей родине? Разве это не служба во имя отечества?

По спине солдата пробежал холодок.

— Вы говорите, словно профессор, товарищ капитан, — прошептал он.

Офицер пожал плечами. Голос его поскучнел:

— Какая разница, чем я занимался на гражданке? У меня много интересов. Я набрел на место, где вы оказались в засаде, и среди всего того, что я там обнаружил, был вот этот предмет. Афганцы, видимо, не заметили его. Они торопились, да и что взять с темных обитателей этого племени? Вещица, должно быть, долгие годы пролежала в земле, пока осколок ракеты не вырвал ее на поверхность. Рядом с моей находкой лежали еще какие-то предметы — из металла и кости, — но мое внимание привлек только этот. Вот он. Возьмите.

Капитан вложил коробочку в руки Гаршина. Сантиметров тридцать в длину, около десяти в ширину, зеленовато-серого цвета, покрытая окисной пленкой (бронза?), она прекрасно сохранилась благодаря высокогорной сухости воздуха. Крышка была залита пломбой из смолистого вещества, на которой можно было различить следы печатки. На металлической поверхности просматривались очертания каких-то фигур.

— Осторожнее! — предупредил капитан. — Она очень хрупкая. Ни в коем случае не давите на шкатулку. Ее содержимое — я полагаю, это документы, — может рассыпаться в прах, если вскрыть коробочку без строгого контроля специалистов. Вам все ясно, рядовой Гаршин?

— Да... Так точно, товарищ капитан!

— Как только вернетесь на базу, немедленно доложите сержанту, что вам необходимо видеть командира полка. Это настолько важное задание, что вы обязаны отчитаться только ему одному.

На лице солдата появилось испуганное выражение.

— Но, товарищ капитан, все, что я могу сказать... это...

— Вы должны вручить шкатулку командиру, чтобы она не затерялась где-нибудь у чиновников. Полковник Колтухов, в отличие от большинства его коллег, не безмозглый солдафон. Он во всем разберется и поступит надлежащим образом. Просто расскажите ему правду и отдайте шкатулку. Даю слово, что вы не пострадаете. Колтухов будет спрашивать мое имя и прочие подробности. Скажите, что я не назвал своего имени: мне поручено очень секретное задание, и все, что я вам о себе сказал, неправда. Командир может сообщить обо мне в ГРУ или КГБ, пусть они меня проверяют. Но от вас, рядовой Гаршин, требуется лишь одно: передать Колтухову эту вещь, имеющую исключительно археологическую ценность, — вещь, на которую вы могли наткнуться совершенно случайно, так же, как и я. — Капитан засмеялся, хотя взгляд его оставался по-прежнему сосредоточенным.

Гаршин проглотил комок в горле.

— Понятно. Это приказ, товарищ капитан?

— Да. И сейчас нам следует вернуться к своим обязанностям. — Он опустил руку в карман. — Возьмите компас. У меня есть еще один. Чтобы попасть в часть, вам нужно держаться отсюда к северо-востоку, и когда вон та вершина окажется точно на юго-западе... то... У меня есть блокнот, я укажу вам маршрут... Счастливого пути, приятель!

Гаршин начал осторожно спускаться с горы. Шкатулку он засунул в спальную скатку. Вещица почти ничего не весила, но ему казалось, что она давит на спину, что она так же тяжела, как солдатские сапоги, и неподъемна, как бремя горной породы, нависшей над ним. Капитан, скрестив на груди руки, смотрел ему вслед. Когда Гаршин оглянулся в последний раз, он увидел, что вокруг каски капитана сияют лучи солнца, образуя небесный нимб, — выглядел он словно ангел, указующий путь в некое таинственное и запретное место.

209 год до Рождества Христова

Дорога тянулась по правому берегу реки Бактр. Близость воды радовала путников. Приятный бриз, тень от прибрежных ив и шелковиц, любое прикосновение прохлады в летнюю знойную пору воспринималось как целое событие. Поля пшеницы и ячменя, сады с вкраплениями виноградников и даже дикие маки и багряный чертополох казались выбеленными палящими лучами солнца, застывшего в безоблачном небе. Земля эта тем не менее была благодатной. Множество домов — небольших, зато каменных — теснились в селениях или рассыпались хуторками по полям. Мэнс Эверард предпочел бы не знать, что все это скоро изменится.

Караван упорно продвигался на юг. Из-под копыт вздымалась пыль. Гиппоник перегрузил свой товар с мулов на верблюдов, как только спустился с гор. Верблюды, пусть дурно пахнущие и строптивые норовом, могли нести более тяжелую поклажу и были особо выгодны в этом засушливом районе, через который пролегал маршрут каравана. Животные, приспособленные к условиям Центральной Азии, сбросили с себя зимнюю шерсть, обнажив один горб. Двугорбые верблюды еще не достигли этой страны, которая позже даст им свое название[1]. Поскрипывала

---

[1] Бактриан — двугорбый верблюд.

сбруя, позвякивал металл. Бренчания колокольцев слышно не было, им только предстояло еще появиться в будущем.

Каравыанщики, ободренные приближением к концу их многонедельного путешествия, болтали, перебрасывались шутками, пели, махали руками пешим путникам, кричали и свистели, когда на глаза попадалась хорошенькая девушка, а некоторые из них адресовали свои восторги симпатичным юношам. Большинство каравыанщиков были родом из Ирана — темноволосые, стройные, бородатые, одетые в просторные шаровары и свободные рубахи или длинные кафтаны, в высоких головных уборах без полей. Но встречались среди них и левантийцы — эти выделялись туниками, коротко стриженными волосами и выбритыми лицами.

Сам Гиппоник — эллин (в настоящее время они преобладали в среде аристократов и буржуазии Бактрии) — крупный мужчина с веснушчатым лицом и редкими рыжеватыми волосами, сейчас покрытыми плоским головным убором. Его предки были родом с Пелопоннеса, где в этот период пока проживало немного анатолийцев, которые возьмут верх в Греции в эпоху, когда родится Эверард. Гиппоник ехал верхом на лошади впереди каравана, поэтому он был не так запылен, как его спутники.

— Нет, Меандр, ты должен остановиться у меня, я на этом просто настаиваю, — произнес Гиппоник. — Ты знаешь, я уже послал Клития с наказом жене, чтобы она приготовила комнату для гостя. Не выставишь же ты меня лгуном? Моя Нанно и без того чересчур остра на язык.

— Ты слишком добр, — возразил Эверард. — Посуди сам. Ты вращаешься в обществе важных людей, богатых, образованных, а я всего-навсего неотесанный старый вояка-наемник. Мне бы не хотелось ставить тебя в неловкое положение.

Гиппоник искоса взглянул на своего спутника. Такому детине, несомненно, трудно было подыскать подходящего коня, который наверняка обошелся ему в кругленькую сумму. Амуниция Меандра — груба и незатейлива, за исключением меча у бедра. Больше никто в караване не носил оружия с того момента, как путешественники ступили на безопасную территорию и отпустили нанятых стражей. Но Меандр занимал особое положение.

— Послушай, — сказал Гиппоник, — мое ремесло требует умения разбираться в людях. Скитаясь по миру, тебе тоже поневоле пришлось много повидать. Больше, чем ты показываешь. Я полагаю, ты заинтересуешь и моих компаньонов. И, честно говоря, мне это совсем не повредит, когда дойдет до заключения сделок, что я задумал.

Эверард усмехнулся, и черты его сурового лица сразу смягчились. У него были светло-голубые глаза, каштановые волосы, перебитый в каком-то давнем сражении нос — о сражениях Меандр вспоминал скупо, как, впрочем, и обо всем остальном.

— Что ж, я могу славно развлечь твоих дружков, — процедил он.

Гиппоник посерьезнел.

— Я не собираюсь делать из тебя балаганное чудо, Меандр. Пожалуйста, не сомневайся в этом. Мы ведь друзья, правда? Нам ведь столько довелось вместе пережить. Настоящий мужчина всегда распахивает двери дома для своих друзей.

— Хорошо. Спасибо, — после некоторой паузы отозвался Эверард.

«Я тоже привязался к тебе, Гиппоник, — подумал он. — И не потому, что мы прошли через отчаянные испытания. Та жаркая схватка, затем бурный поток, из которого мы чудом спасли трех мулов... да и другие приключения. Но именно в таких путешествиях и познаешь, кто твои попутчики...»

Они следовали вместе из Александрии Эсхата на реке Яксарт, последнего и самого пустынного из тех городов, которые основал и назвал в свою честь великий Завоеватель, из того самого города, где Эверард нанялся на службу. Александрия находилась в пределах Бактрианского царства, но лежала на самой его окраине, и кочевники, обитавшие за рекой, повадились в том году совершать на город набеги, пользуясь отсутствием войск гарнизона: их перебросили на тревожную юго-западную границу. Гиппоник радовался, заполучив стража высшего разряда, хотя и вольнонаемного. И не напрасно: в дороге им пришлось отбиваться от разбойного нападения. Дальше путь на юг тянулся через Согдиану — пустынную, дикую и суровую местность. Лишь кое-где попадались там орошенные и возделанные земли. Сейчас караван пересек реку Окс и приближался к самой Бактрии, к дому...

«...как и должны, по данным наблюдений. Сегодня утром в течение нескольких минут за нами следили оптические приборы с борта беспилотного космического корабля, затем орбита увлекла его прочь до новых встреч. Вот почему я оказался в Александрии, рядом с тобой, Гиппоник. Я получил информацию, что твой караван достигнет Бактрии в подходящий для моих целей день. Кроме того, ты мне понравился, плут, и я молю Бога, чтобы ты пережил все, уготованное твоему народу».

— Прекрасно, — сказал купец. — Ты ведь не жаждешь потратить свой заработок на блошиную подстилку на постоялом дворе, а? Отдохнешь, насладишься жизнью. Тебе, несомненно, подвернется работа получше этой. Поищи ее сам, без посредников. — Гиппоник вздохнул. — Как бы мне хотелось предложить тебе постоянную службу, но лишь Гермесу ведомо, когда я вновь пущусь в путь. Все эта война проклятая...

В последние дни до них доходили разные новости, путаные, но удручающие. Антиох, правитель Сирии из династии Селевкидов, начал вторжение в Бактрию. Эфидем Бактрийский с войском двинулся ему навстречу. Молва доносила вести об отступлении Эфидема.

Гиппоник отогнал грустные мысли.

— Ха! Знаю, почему ты отпираешься! — воскликнул он. — Боишься упустить случай потаскаться по злачным уголкам Бактрии, если остановишься в гостях в приличном семействе! Так ведь? Неужели та малышка с флейтой не ублажила тебя две ночи назад? — Гиппоник ткнул Эверарда большим пальцем под ребро. — Утром она поковыляла от тебя на полусогнутых. Постарался, ничего не скажешь!

Эверард посуровел.

— А тебе какое дело? — буркнул он. — Твоя, что ли, оказалась хуже?

— Ну ладно, не кипятись! — прищурился Гиппоник. — Похоже, ты раскаиваешься. Может, мальчика попробуешь? Хотя мне почему-то показалось, что это не в твоем вкусе.

— И это правда.

Хотя подобное развлечение подошло бы авантюрной натуре человека, роль которого выбрал для себя Эверард: наполовину — варвара, наполовину — эллина из северной Македонии.

— Я просто не привык распространяться о своих пристрастиях, только и всего.

— Да уж, это действительно так, — пробормотал Гиппоник.

Как в банальном анекдоте — ничего личного.

Эверард понимал, что ему не следовало так реагировать на шутку Гиппоника.

«Почему я разозлился? Он поддел меня без злого умысла. После долгого воздержания мы вновь оказались в обжитых краях и остановились в караван-сарае, где к услугам путников были девушки. Я отменно провел время с Атоссой. Ничего больше. Может, я совершил ошибку, расставшись с нею? «Славная девчонка! Она заслуживает большего, чем дает ей жизнь. Огромные глаза, красивая грудь, тонкие бедра, опытные, ласковые руки. А какая тоска прозвучала в ее голосе, когда на утренней заре Атосса спросила, вернется ли он когда-нибудь. А ведь, кроме небольшой платы и щедрых чаевых, он ничего ей не дал — разве что проявил внимание и заботу, как стараются делать большинство мужчин XX века в Америке. Хотя здесь и это редкость.

Как сложится ее судьба? Атоссу могли украсть или убить бандиты, продать в рабство в чужую страну, когда армия Антиоха займет Бактрию. В лучшем случае она увянет к тридцати годам от изнурительной поденщины, к сорока изработается, потеряет зубы и умрет, не дотянув до пятидесяти. «Я никогда не узнаю, что станется с ней».

Эверард одернул себя: «Прекрати сентиментальничать». Он ведь не мягкосердечный и впечатлительный новичок. Ветеран, агент-оперативник на службе Патруля Времени, прекрасно осознающий, что история в буквальном смысле слова выстрадана людьми.

«Может быть, я чувствую себя виноватым? Но с какой стати? Есть ли смысл в угрызениях совести? Кто пострадал?»

Определенно, не он сам. Искусственные вирусы, введенные в его организм, уничтожали любую болезнь из тех, что мучали людей долгие века. Он не мог наградить Атоссу ничем, кроме воспоминаний.

«И вообще для Меандра из Иллирии противоестественно было бы упустить такую возможность. Их у меня за всю жизнь набралось столько, что память не вмещает, и не всегда потому, что того требовала служебная необходимость.

Ладно. Ладно. Да. Незадолго до отъезда в эту командировку я виделся с Вандой Тамберли. Ну и что? Ей тоже нет дела до моей жизни».

До сознания Эверарда дошли слова Гиппоника:

— Прекрасно. Никаких возражений. Не волнуйся, ты будешь предоставлен сам себе, гуляй на здоровье. У меня дел по горло. Расскажу тебе о самых веселых заведениях, а может, и выкрою часок-другой, чтобы развлечься за компанию. Но большую часть времени тебе придется коротать одному. Жить будешь в моем доме, и точка!

— Спасибо, — отозвался Эверард. — Извини, если я был груб. Усталость, жара, жажда.

«Хорошо, — подумал он. — Получается, мне везет. Я смогу беспрепятственно навестить Чандракумара и, помимо всего прочего, разузнать что-нибудь полезное от приятелей Гиппоника. С другой стороны, я окажусь более заметным, чем предполагал».

Хотя в разноязыкой Бактрии его появление вряд ли станет событием. Ему нечего опасаться, выполняя задание в этом городе...

— Ну, об этом мы скоро позаботимся, — пообещал купец.

Словно бы услышав Гиппоника, дорога резко обогнула рощу, и город — цель путешествия — открылся их взору. Над речным причалом высились массивные коричнево-желтые стены с башнями. Из-за стен, периметр которых составлял около семи миль, курился дым домашних очагов и мастерских, доносился скрип колес и топот копыт. У главных ворот города в обоих направлениях текла людская река: пешие, конные, в повозках. От самой стены начиналась полоса пустого пространства — для обороны города, — а дальше лепились друг к другу жилые дома, постоялые дворы, мастерские, сады.

В основном здесь жили иранцы, которые преобладали и в караване. Их предки заложили этот город, дав ему имя Зариаспа — Город Лошади. Греки называли его Бактра, и по мере приближения к городу греков встречалось все больше. Некоторые из них пришли в эту страну, когда ею владел царь Персии. Переселение зачастую было подневольным — шахи-ахемениды попросту выселяли беспокойных ионийцев. Приток усилился после захвата города Александром, потому что Бактрия превратилась в край новых возможностей и в конце концов добилась статуса независимого государства под властью эллинов. Большинство греков обосновалось в городах. Они состояли на военной службе или ходили торговыми путями, тянувшимися на запад до самого Средиземноморья, на юг — до Индии, а на восток — аж до Китая.

Эверард припомнил лачуги, средневековые руины, нищих земледельцев и скотоводов — в основном тюрко-монгольских узбеков. Но это было в Афганистане 1970 года неподалеку от советской границы. Много перемен принесут степные ветры в грядущем тысячелетии. Слишком много, черт возьми!

Он пришпорил коня. Лошадь Гиппоника пустилась рысью. Погонщики верблюдов тоже прибавили хода, да и пешие путники не отставали: до дома осталось совсем немного.

«И совсем недолго осталось до войны», — подумал Эверард.

Они въехали через Скифские ворота, которые хотя и были распахнуты, но охранялись отрядом воинов. На солнце блестели их шлемы, щиты, латы, поножи, наконечники пик. Солдаты пристально изучали каждого входящего. Городской гул звучал приглушенно, так как жители здесь разговаривали не так громко и отрывисто, как принято на Востоке. Несколько деревянных повозок, запряженных волами или ослами, были нагружены домашним скарбом. Их сопровождали крестьяне с женами и детьми, искавшие защиты за городскими стенами.

Гиппоник сразу обратил внимание на беженцев. Губы его сжались.

— Плохие новости, — обратился он к Эверарду. — Надеюсь, это только слухи, но в таких случаях правда обычно не заставляет себя ждать. Мы довольно быстро добрались, и мне следует принести жертву Гермесу.

Жизнь вокруг, однако, продолжалась. Она никогда не замирает, до тех пор пока не окажется в пасти смерти. Люди сновали по улицам между постройками — в основном без окон, — раскрашенными в яркие тона. Тележки, тягловый скот, носильщики, женщины, ловко несущие на головах кувшины с водой или рыночные корзины, сновали в толпе ремесленников, поденщиков и домашних рабов. Богач в паланкине, офицер верхом на лошади или старый боевой слон с погонщиком шли напролом, вздымая позади себя живые человеческие волны. Скрипели колеса, позвякивала упряжь, сандалии стучали по булыжной мостовой. Слышались смех, скороговорки, гневные возгласы, обрывки песен, журчание флейты или рокот барабана. Воздух был пропитан запахом пота, нечистот, дыма, стряпни, фимиама. В тени харчевен сидели, скрестив ноги, мужчины; они потягивали вино, играли в кости, разглядывали текущую мимо них жизнь.

На Священном Пути располагалась библиотека, одеон, гимназия, облицованные с фасада мрамором, украшенные колоннами и фризами. Между зданиями тут и там стояли гермы фаллической формы — каменные столбы, увенчанные бородатыми головами. Эверард знал, что в городе есть школы, общественные бани, стадион, ипподром и царский дворец, скопированный с чертогов Антиоха. Гордостью главной улицы города были пешеходные дорожки с выложенными из камней перекрестками, возвышающиеся над мусором и навозом. Столь далеко от Греции взошли семена ее цивилизации. Это не означало, однако, что греки отождествляли Анаит с Афродитой-Уранией, хотя и воздвигли храм в ее честь в традиционном стиле. Анаит оставалась азиатской богиней, чей культ почитался беспрекословно, и западная часть Бактрии — зарождающееся Парфянское царство — в недалеком будущем создаст новую империю Персии.

Храм Анаит возвышался над крытой колоннадой Никанора, где раскинулся центральный городской базар. На площади теснились палатки, набитые товаром: шелковые, хлопковые, шерстяные ткани, вина, пряности, засахаренные фрукты, лечебные снадобья, драгоценные камни, поделки из меди, серебра, золота, железа, талисманы — всего было в достатке. Торговцы, выкрикивающие цены, торгующиеся покупатели мешались в толпе с лоточниками, плясунами, музыкантами, предсказателями судеб, колдунами, проститутками, попрошайками, зеваками. В этом круговороте мелькали лица и одежды из Китая, Индии, Персии, Аравии, Сирии, Анатолии, Европы, с диких предгорий и северных равнин.

Эверарду такая картина была почти привычна, хотя в глубине души таилось ощущение нереальности происходящего. Он не раз наблюдал подобные сцены в других землях, в другие столетия. Каждая была отмечена печатью своеобразия, но все их роднили кровные узы с доисторической древностью. Сюда он еще ни разу не попадал. К моменту появления на свет Эверарда город превратится в призрак, в жалкую тень Бактры эллинских времен. Однако Эверард прекрасно ориентировался в незнакомом месте. Совершенная электроника запечатлела в его мозгу карту, историю, основные языки и все сведения об этом городе, которые не зафиксированы в хрониках, но были терпеливо собраны по крупицам Чандракумаром.

Столько подготовки, долгой и опасной работы только ради того, чтобы захватить четверых беглецов. Однако эти четверо угрожали существованию его мира.

— Давайте сюда! — закричал Гиппоник и махнул рукой, не вылезая из седла.

Караван свернул в менее оживленный квартал и вскоре остановился у склада. Часа два потратили они на разгрузку, опись и укладку товаров. Гиппоник заплатил каждому из своих людей по пять драхм, распорядился насчет стойла и корма для животных и договорился встретиться с ними на следующий день в банке, где он хранил свои деньги, чтобы рассчитаться окончательно. Караванщикам не терпелось поскорее попасть домой, узнать, что тут без них происходило, и весело отметить возвращение к родному очагу, хотя новости о войне никому не давали покоя.

Эверард ждал. Он скучал по своей трубке и холодному пиву, которые были бы сейчас как нельзя кстати. Но сотрудники Патруля Времени умели справляться со скукой. Краем глаза Эверард наблюдал за происходящим вокруг и думал о чем-то своем. Вскоре он поймал себя на том, что вспоминает день, до которого оставалось еще более двух тысяч лет.

Через открытое окно проникали солнечный свет, ласкающий ветерок и отголоски городского дыхания. Перед взором Эверарда лежал Пало-Альто, отдыхающий в праздничные дни. Он сидел в квартире студентки Стенфордского университета: удобная, немного обшарпанная мебель, неразбериха на письменном столе, книжная полка, заваленная всякой всячиной, и плакат Национальной федерации дикой природы на противоположной стене. От событий прошлой бурной ночи не осталось и следа. Ванда Тамберли сама все проверила. Она, но другая — на четыре месяца моложе, та, которая еще не знала о существовании Патруля, не должна была ничего заподозрить, вернувшись из поездки с родителями.

Впрочем, Эверард выглядывал на улицу не чаще, чем того требовала привычная осторожность. Гораздо приятнее было глядеть на хорошенькую калифорнийскую блондинку.

Свет играл на ее волосах и складках голубого махрового халата, подобранного под цвет глаз. Даже при том, что она проспала целые сутки, Ванда удивительно быстро оправилась после случившегося. Девушка, похищенная одним из конкистадоров Писарро и спасенная в ходе головокружительной операции, имела полное право на растерянность. Ванда, однако, продолжала задавать вопросы, разделывая при этом большой кусок мяса:

— Но разве путешествия во времени возможны? Я читала, что это абсурд и фантазии.

— С точки зрения современной физики и логики — да. Но в будущем людям откроются более широкие горизонты, — ответил Эверард.

— Ладно. Я вообще-то на биологическом, но физику тоже проходила, да и сейчас стараюсь не отставать. «Новости науки» читаю, «Аналог», — Ванда улыбнулась. — Видите, я ничего от вас не скрываю. Иногда просматриваю «Американскую науку», хотя от этого журнала порой в сон клонит. Вот, все как на духу выложила.

Веселье в ее голосе таяло. Эверард подозревал, что это лишь попытка защитить себя от непонятного, может быть, даже опасного.

— Вы садитесь на какой-то мотоцикл — словно из комиксов про Бака Роджерса, но без колес, — запускаете систему управления, поднимаетесь в воздух, свободно парите, потом включаете другой пульт и оказываетесь по вашему желанию в любом месте в любое время. Независимо от высоты над уровнем моря или... Откуда берется энергия? Земля сама вращается, движется вокруг Солнца, которое, в свою очередь, движется вместе с галактикой. Что вы на это скажете?

— E pur si muove, — произнес Эверард, пожав плечами и улыбнувшись.

— Что? Да, конечно. Это Галилей, когда его заставили признать, что Земля неподвижна? «И все-таки она вертится». Так ведь?

— Так. Странно, что представитель вашего поколения знает об этом.

— Ну, для развлечения я не только ныряю и хожу в походы, мистер Эверард. Иногда я еще читаю.

Он уловил оттенок негодования.

— Вы правы. Извините, я...

— Честно говоря, я удивлена, что вы знаете эту историю.

«Действительно, — подумал он, — какими бы безумно-необычными ни были обстоятельства, ты безошибочно угадала во мне заурядного выходца со Среднего Запада, который никогда толком не счистит грязь с башмаков».

Ее голос зазвучал мягче:

— Хотя, конечно, вы живете историей. — Пышная копна волос медового цвета чуть качнулась. — Я пока не понимаю этого до конца. Надо же — путешествия во времени! До сих пор не могу поверить, что это реальность, несмотря на все случившееся. Слишком все неправдоподобно. Наверно, до меня просто плохо доходит, да, мистер Эверард?

— Мне казалось, что мы обращались друг к другу по имени.

«Привычная манера для этого периода Америки, — подумалось Эверарду. — Мне это, черт возьми, должно быть привычно. Я ведь родом отсюда. И совсем не стар, хотя и появился на свет шестьдесят три года назад. За плечами, правда, столько, что хватит на несколько человеческих жизней. Но биологически мне около тридцати...» Он хотел сказать все это Ванде, но не посмел: двадцатому веку еще неведомо лечение от старости. «У нас, агентов Патруля, есть свои преимущества. Они просто необходимы, чтобы выдержать то, что выпадает на нашу долю...» Эверард попытался настроить себя на оптимистичный лад.

— На самом деле Галилей ни мысленно, ни вслух никогда не произносил тех слов. Это миф.

«Один из тех, которыми живут люди, предпочитая миф реальным фактам».

— Жаль. — Ванда откинулась на диване и снова улыбнулась. — Ладно, Мэнс. Оставим в покое эти темпороллеры, хопперы или как вы их там называете. Надо думать, если бы вы попытались объяснить, как они работают, современным ученым, они бы вас просто не поняли.

— Ну, кое-что они уже понимают. Неинерционные системы отсчета, квантовая теория гравитации, энергия из вакуума. Если я не ошибаюсь, теорему Белла опровергли не так давно путем лабораторных опытов. Или это произойдет через год-два? Не помню. Ученые уже ломают голову над пространственными туннелями, метриками Керра, механизмами Типлера и прочими материями, в которых я и сам не разбираюсь. Физика не входила в круг моих достижений в Академии Патруля. Но пройдет еще несколько тысячелетий, прежде чем будут сделаны главные открытия и появятся первые машины для перемещения в пространстве-времени.

Ванда сосредоточенно хмурилась, затем продолжила за него:

— И... начнутся экспедиции. Научные, исторические, культурологические, коммерческие. Так? Даже военные? Надеюсь, последних не будет. Но я могу предвидеть, в каких областях вскоре потребуется полиция, Патруль Времени. Она будет нужна, чтобы помогать, советовать, спасать и... держать путешественников в узде. Чтобы не было грабежей и мошенничества... — Она состроила гримасу. — Чтобы никто не обманывал людей прошлого. Они же просто беспомощны перед знаниями и машинами будущего. Так?

— Не всегда. Вы сами этому доказательство.

Девушка вздрогнула и нервно засмеялась:

— Ну вы скажете тоже! А, кстати, много в истории таких крепких и обаятельных парней, как Луис Кастелар?

— Достаточно. Наши предки не обладали такими знаниями, как мы, но они знали то, что неведомо нам, что мы не смогли сберечь, забыли или оставили на пыльных полках наших библиотек. И думать они умели не хуже нас с вами. — Эверард подался немного вперед. — Да, большинство из нас в Патруле — полицейские ищейки, выполняющие ту работу, о которой вы говорили, и попутно ведущие собственные исследования. Как видите, мы не можем защитить историю до тех пор, пока досконально не разберемся в ней. Наша главная миссия — защита. Вот почему данеллиане основали эту организацию.

Брови Ванды взлетели вверх.

— Данеллиане?

— Это английский вариант их названия на темпоральном языке. Язык создан для общения путешественников во времени, чтобы избежать всяких недоразумений. Данеллиане... Они появились... вернее, появятся, когда будет открыт способ перемещения во времени. — Он помолчал, затем снова заговорил, тише и медленнее: — Зрелище, надо полагать, было... будет достаточно впечатляющее. Я однажды виделся с данеллианином, всего несколько минут... Потом несколько недель не мог опомниться. Без всякого сомнения, они способны маскироваться, находиться среди нас в человеческом облике, если им того захочется, хотя я не уверен, что они часто пользуются этой способностью. Данеллиане — это те, кто сменит нас в процессе эволюции спустя миллион лет или больше. Подобно тому, как мы пришли на смену обезьянам. По крайней мере, многие из нас так считают. Точно никто не знает.

Глаза девушки расширились, взгляд устремился куда-то вдаль.

— Что могли знать о нас австралопитеки? — прошептала она.

— Вот именно... — Эверард снова заговорил обычным тоном: — Данеллиане явились и приказали создать Патруль. В противном случае весь мир — и наш, и их — был бы обречен. Разрушить его далеко не так просто. Но умышленно или случайно путешествующие во времени могут изменить прошлое настолько, что их будущее предстанет в абсолютно ином виде, и это может повторяться бесконечно, пока... Пока всеобщий хаос, вымирание рода людского или что-либо подобное не остановит саму цивилизацию, и в первую очередь путешествия во времени.

— Но здесь нет никакой логики, — сказала Ванда, побледнев.

— Нет, если исходить из привычных представлений. Но посудите сами. Когда вы отправляетесь в прошлое, вы остаетесь тем же агентом-оперативником, каким были всегда. Существует ли за пределами настоящего какая-то мистическая сила, которая принуждает вас к действию? Нет. Вы, Ванда Тамберли, можете убить своего отца еще до его женитьбы. Я не думаю, конечно, что вы на это способны. Но представьте, что, блуждая в том году, когда ваши родители были молоды, вы невзначай сделали что-то, в результате чего ваши родители никогда не встретятся.

— И я... прекращу существование?

— Нет. Вы по-прежнему останетесь в том году. Но, к примеру, сестра, о которой вы упоминали, никогда не родится.

— В таком случае откуда возьмусь я — из капусты? — съехидничала она, но тут же посерьезнела.

— Ниоткуда. Из ничего. Причинно-следственные связи здесь

неприменимы. Тут вступает в силу нечто вроде квантовой механики, только не на субатомном уровне, а, скажем так, на человеческом.

Напряжение нарастало почти зримо.

— Не беспокойтесь, — сказал Эверард, пытаясь разрядить обстановку. — На практике вселенная не настолько хрупка. Настоящее не так просто поддается деформации. К примеру, в случае с вами и вашими родителями здравый смысл является запретным фактором. Кандидаты в путешественники во времени тщательно изучаются, прежде чем получают допуск к самостоятельным заданиям. И значительная часть выполняемых ими поручений не вызывает изменений устойчивого характера. Какое значение, к примеру, имеет обстоятельство, посещали ли вы или я театр «Глобус», когда на его подмостках играл Шекспир? Если бы вы отменили свадьбу ваших родителей и появление на свет вашей сестры, то, при всем уважении к вам, не думаю, что мировая история обратила бы на это внимание. Ее мужу, может быть, пришлось бы жениться на какой-нибудь другой женщине, и кому-нибудь еще выпадет случай стать той персоной, которая через несколько поколений обретет изначальный набор генов. Через несколько веков родится такой же потомок. И так далее. Вы понимаете меня?

— От ваших объяснений голова идет кругом. Я немного знаю теорию относительности. Мировые линии, наши следы в пространстве-времени похожи на переплетение нитей в эластичном бинте. Тянешь, а волокна стараются вернуть его в первоначальное положение.

Эверард присвистнул.

— Быстро вы уловили суть!

Ванда продолжила, не обращая внимания на его реплику:

— Однако существуют события, люди, ситуации, которые могут быть источником... нестабильности. Так? К примеру, если бы какой-нибудь идиот из самых лучших побуждений предотвратил выстрел Бута в Линкольна, то, вероятно, изменился бы ход последующих событий. Верно?

Он кивнул в ответ.

Девушка выпрямила спину и, задрожав, обхватила колени руками.

— Дон Луис хотел... хочет заполучить современное оружие, вернуться в Перу XVI века и захватить там власть, а затем истребить протестантов в Европе и изгнать мусульман из Палестины.

— Вы отлично все поняли. — Эверард наклонился и взял руки девушки в свои. Ладони ее были холодными. — Не бойтесь,

Ванда. Да, может произойти непоправимое, может случиться так, что наш сегодняшний разговор никогда не состоится, что и мы, и весь мир вовсе перестанем существовать — исчезнем и никогда не появимся даже в чьих-то ночных видениях. Трудно вообразить подобное и принять его, легче смириться с идеей о полном уничтожении личности после смерти. Я прекрасно это знаю. Но не волнуйтесь, на этот раз все будет в порядке, Ванда. Кастелар — это случайность. Лишь по воле случая он завладел темпороллером и научился управлять им. Ну и что? Испанец действует один, и к тому же он абсолютный невежда. Он едва унес ноги отсюда прошлой ночью, Патруль идет по его следу. Мы поймаем его, Ванда, и восстановим все, что он сумел разрушить. Именно для этого и существует Патруль. И поверьте, мы отлично работаем.

Она проглотила подступивший к горлу комок.

— Я верю вам, Мэнс.

Он чувствовал, как теплеют ее пальцы.

— Спасибо. Вы здорово нам помогли. После вашего рассказа мы можем предсказать его последующие шаги, и я рассчитываю на вас в дальнейшем. Возможно, у вас тоже будут какие-то предложения. Поэтому-то я столь откровенен с вами. Как я уже объяснял, обычно нам запрещено посвящать посторонних в факт существования путешествий во времени. Более чем запрещено — мы, можно сказать, запрограммированы против разглашения тайны и просто не в состоянии выдать ее. Но ситуация сложилась чрезвычайная, а я, будучи агентом-оперативником, уполномочен выходить за рамки правил.

Она убрала руки, мягко, но решительно.

«Молодец, сохраняет спокойствие, — подумал он. — Нет, не холодна, отнюдь. Но независима... Сила воли, твердость характера, ум — и это в двадцать один год от роду...»

Ее взгляд прояснился, слегка дрожавший голос вновь зазвучал ровно и уверенно:

— Спасибо. Я вам очень, очень благодарна. Вы совершенно необыкновенный человек.

— Ничего подобного. Просто такая работа выпала, — он улыбнулся. — Жаль, что вам не подвернулся какой-нибудь герой, сорвиголова из эпохи Перестройки Планеты.

— Откуда? — переспросила она и, не дождавшись ответа, добавила: — Насколько я понимаю, Патруль вербует новобранцев во всех эпохах.

— Не совсем так. До научной революции, примерно до 1600

года от Рождества Христова, очень немногие способны воспринять идею. Кастелар — незаурядный тип.

— Как они нашли вас?

— Я откликнулся на объявление, прошел некоторые испытания лет этак... словом, дело давнее.

«Ну да, в 1957 году, — подумал Эверард. — А что? Она ведь не знает всей моей биографии и не станет считать меня древним стариком... А какая тебе, собственно, разница?.. Ну, Эверард, старый ты повеса!»

— Пополнение находят разными путями. — Он уставился в одну точку. — Понимаю, что у вас в запасе десять миллионов вопросов, я хочу ответить на них и, вероятно, смогу сделать это позже. Но сейчас я предпочел бы заняться делом. Мне нужны более подробные сведения о случившемся. Время не ждет.

— Неужели? — пробормотала она. — А я думала, что вы способны в мгновение ока возвращаться по следам событий.

«Соображает!»

— Разумеется. Но нам тоже отпущен лишь определенный срок жизни. Рано или поздно Старик приберет каждого из нас. Кроме того, у Патруля слишком широкое поле деятельности по охране истории, а нас не так уж много. И последнее, меня тревожит бездействие, когда операция не завершена. Мне не терпится пройти путь до конца, до той точки, когда дело будет закрыто и я буду уверен, что мы в безопасности.

— Понимаю, — поспешно отозвалась она. — История ведь не начинается и не кончается доном Луисом?

— Вот именно, — подтвердил Эверард. — Ему удалось завладеть темпороллером, потому что несколько бандитов из отдаленного будущего попытались похитить выкуп за Атауальпу как раз в ту самую ночь, когда испанец случайно оказался в хранилище. Эти молодчики представляют серьезную опасность. Короче, нам пора двигаться по следам конкистадора.

209 год до Рождества Христова

Подобно большинству домов зажиточных эллинов, обосновавшихся так далеко на востоке, жилище Гиппоника сочетало классическую простоту с роскошью Востока. Стены столовой, обрамленные позолоченными планками, были расписаны яркими фресками с изображениями фантастических птиц, животных и растений. Повсюду стояли причудливой формы бронзовые канделябры, тонкие свечи в которых зажигались с наступлением сумерек. Благовония наполняли воздух сладким ароматом. Сейчас было тепло, и дверь во внутренний дворик, украшенный розами и бассейном с рыбками, оставалась открытой. Мужчины в белых туниках со скромным орнаментом вальяжно расположились на кушетках рядом с двумя изящными столиками. Они пили разбавленное водой вино, а из еды им подали зажаренного барашка, овощи и свежеиспеченный хлеб — пища не изысканная, но здоровая. Мясо, впрочем, появилось на столе по случаю прибытия гостей. На десерт были фрукты.

По традиции, в первый вечер после возвращения купец ужинал в кругу семьи с единственным гостем — другом Меандром. На следующий день, как водится, собиралась мужская вечеринка с девушками, приглашенными для игры на музыкальных инструментах, танцев и прочих развлечений. Но на этот раз сложились иные обстоятельства. Гиппонику не терпелось поскорее узнать новости. В записке, посланной жене гонцом, он велел немедленно созвать нужных людей. Прислуживали им только рабы-мужчины.

В городской иерархии Гиппоник занимал не самое последнее место, поэтому двое из приглашенных сумели выкроить время для визита. Сведения Гиппоника с северной границы тоже могли оказаться полезными. Гости расположились напротив Эверарда, и после обмена любезностями мужчины перешли к обсуждению ситуации. Она оказалась не из приятных...

— Только что прибыл курьер, — ворчливо произнес Креон. — Армия будет здесь послезавтра.

Этот плотного сложения человек со шрамами на лице занимал второй по значению пост в гарнизоне, оставленном в городе после отъезда царя Эфидема.

Гиппоник моргнул.

— Все экспедиционные силы целиком?

— За вычетом мертвых, — отозвался Креон.

— А что будет с остальной частью страны? — спросил потрясенный Гиппоник: он владел землями и в отдаленных районах тоже. — Если большинство наших воинов будут закупорены в одном этом городе, войска Антиоха смогут беспрепятственно грабить и жечь все в любом уголке страны.

«Сначала грабить, потом жечь!» — вспомнил Эверард затасканную шутку двадцатого века. Хотя шутка совсем не казалась веселой, когда до ее воплощения в действительность оставалось полшага, но так устроен человек, что он склонен хвататься за любую спасительную соломинку юмора.

— Не волнуйтесь, — успокоил их Зоил.

Перед встречей Гиппоник объяснил Эверарду, что у этого гостя, главного казначея, связи во всем государстве. Мрачное выражение лица Зоила сменилось хитроватой улыбкой.

— Наш правитель хорошо знает, что делает. Когда его силы сосредоточены здесь, врагу придется оставаться поблизости. Кроме того, мы можем выслать отряды для захвата неприятеля с тыла, по частям. Верно, Креон?

— Не все так просто, особенно если кампания затянется. — Взгляд военачальника, брошенный на соседа, словно бы говорил: «Вы, гражданские, всегда считаете себя великими стратегами». — На самом деле Антиох ведет игру осторожно. В этом легко убедиться. Как бы там ни было, наша армия по-прежнему в состоянии боевой готовности, а Антиох забрался слишком далеко от дома.

Эверард, хранивший в присутствии сановников почтительное молчание, отважился задать вопрос:

— А что случилось, господин? Не могли бы вы обрисовать ситуацию, основываясь на донесениях?

Креон ответил слегка снисходительным, но вполне дружелюбным тоном — в конце концов, они оба имели военный опыт:

— Сирийцы прошли маршем вдоль южного берега реки Ариус. — Во времена Эверарда, в будущем, эту местность на картах обозначали как Хари Руд. — Далее на их пути лежала пустыня, которую им пришлось пересечь. Эфидем, конечно, знал о приближении Антиоха. Он давно поджидал его.

«Естественно, — подумал Эверард. — Война зрела на протяжении долгих шести десятилетий, начиная с того момента, когда правитель Бактрии восстал против династии Селевкидов и провозгласил независимость своей провинции, а себя назвал царем».

Примерно тогда же поднялись на борьбу и парфяне. По происхождению они были почти чистокровными иранцами — арийцами в истинном смысле этого понятия — и считали себя наследниками Персидской империи, покоренной Александром, а затем поделенной его военачальниками между собой. После долгого противостояния с соперниками на Западе преемники царя Селевка вдруг обнаружили у себя за спиной новую угрозу.

В настоящее время они правили Киликией (юг центральной Турции во времена Эверарда) и прилегающей к Средиземному морю частью Латакии. Оттуда их власть распространилась на большую часть Сирии, Месопотамию (Ирак) и Персию (Иран) — где в форме прямого правления, где в виде вассального подданства. Все перечисленные страны смешались в одно слово — «Сирия», хотя их верховными правителями были греко-македонцы с примесью ближневосточных кровей, а подданные весьма отличались друг от друга. Царь Антиох III сумел воссоединить их после того, как гражданские войны и ряд других военных авантюр едва не разрушили государство. Затем он отправился в Парфию (северо-восточный Иран) и на какое-то время обуздал повстанцев. Теперь Антиох двигался к Бактрии и Согдиане. А его честолюбивые планы простирались еще дальше на юг, в Индию...

— Его разведчики и шпионы без дела не сидели, — продолжал Креон. — Он занял прочные позиции у реки, которую, как ему было известно, намеревались использовать сирийцы. И должен заметить, Антиох коварен, бесстрашен и тверд. На вечерней заре он отправил отборный отряд через...

Армия Бактрии, подобно парфянской, преимущественно состояла из кавалерии. Конница не только была ближе азиатским традициям, но и наиболее успешно действовала в этой местности. Правда, такая армия становилась почти беспомощной в ночное время, и конники всегда отступали на безопасное, по их представлению, расстояние от неприятеля.

— ...и отбросил наши передовые части на основные позиции. Следом пошли его ударные силы. Эфидем счел разумным отступить, перегруппировался и укрепился здесь. На всем обратном пути он собирал подкрепление. Антиох преследовал наши войска, но не ввязывался в сражения. Борьба сводилась лишь к легким стычкам.

Гиппоник нахмурился:

— Это совсем не похоже на то, что я слышал про Антиоха.

Креон пожал плечами, осушил чашу и протянул рабу, чтобы тот снова наполнил ее.

— По сведениям нашей разведки, он получил ранение, когда форсировал реку. Очевидно, не столь серьезное, чтобы выбить его из строя, но этого оказалось достаточно, чтобы замедлить наступление его армии.

— Тем не менее, — заявил Зоил, — он поступил неблагоразумно, не воспользовавшись своим преимуществом сразу. Бактра хорошо обеспечена провиантом. Ее стены неприступны. И когда сюда придет царь Эфидем...

— ...он будет сидеть сложа руки, позволив Антиоху взять город в осаду и заморить нас до смерти, — перебил говорящего Гиппоник. — Хуже не бывает!

Зная последующие события, Эверард осмелился произнести:

— Возможно, он замышляет иное. На месте вашего правителя я обеспечил бы безопасность здесь, затем предпринял бы боевую вылазку, имея в тылу город, куда можно вернуться в случае поражения.

Креон одобрительно кивнул.

— Новая Троянская война? — возразил Гиппоник. — Да ниспошлют нам боги другой исход!

Он наклонил чашу и вылил несколько капель вина на пол.

— Не беспокойтесь, — сказал Зоил. — Наш царь прозорливее Приама. А его старший сын Деметр подает большие надежды и, возможно, станет новым Александром.

Казначей, очевидно, оставался сановником в любой ситуации. Зоил отнюдь не был примитивным льстецом, иначе Гиппоник и не приглашал бы его. На сей раз Зоил говорил правду. Эфидем сам пробился в жизни. Отважный человек из Магнезии, узурпировавший корону Бактрии, он оказался опытным правителем и искусным военачальником. Пройдут годы, Деметр преодолеет Гиндукуш и отхватит себе добрый кусок от разваливающейся империи Маурьев.

Если только экзальтационисты не одержат верх и будущее, из которого пришел Эверард, не исчезнет.

— Что ж, мне следует проверить свои запасы, — мрачно произнес Гиппоник. — В доме, помимо меня, еще трое мужчин, способных держать оружие в руках, мои сыновья... — Он не мог сдержать дрожи в голосе.

— Прекрасно, — громко отозвался Креон. — У нас произошли кое-какие изменения. Ты будешь под началом Филипа, сына Ксанта, это у башни Ориона.

Гиппоник бросил взгляд на Эверарда. Их руки соприкоснулись, и агент почувствовал легкую дрожь.

Молчание нарушил Зоил, явно решивший испытать Эверарда:

— Если ты, Меандр, не намерен участвовать в нашей войне, уезжай без промедления.

— Но не так же скоро, — ответил Эверард.

— Ты будешь сражаться на нашей стороне? — выдохнул Гиппоник.

— Признаться, это все для меня немного неожиданно... — отозвался Эверард, подумав про себя: «Ври больше...»

Креон усмехнулся.

— О, ты предвкушал веселье? Тогда трать свое жалованье на

самое лучшее. Пей доброе вино, пока оно еще есть, и гуляй, пока не пришло войско и шлюхи не подняли цены, как сейчас у Феоны.

— У кого? — переспросил Эверард.

Гиппоник состроил кислую мину:

— Нечего говорить о ней. Нам до нее как до небес.

Зоил покраснел.

— Такая женщина не для какого-нибудь мужлана с мешком золота, — отрезал он. — Феона выбирает любовников по собственному желанию.

«Ого, — подумал Эверард. — И такой высокопоставленной персоне тоже ничто человеческое не чуждо. Однако не стоит ставить сановника в затруднительное положение. И без того не легко будет вернуть разговор в нужное русло». Но в голове тут же промелькнули строчки из Киплинга:

> Великие вещи, две, как одна:
> Во-первых, Любовь, во-вторых — Война,
> Но конец Войны затерялся в крови.
> Мое сердце, давай говорить о Любви![1]

Эверард повернулся к Гиппонику.

— Простите меня, — произнес он. — Мне бы хотелось остаться рядом с вами, но к тому времени, когда меня, чужеземца, зачислят на службу, решающая битва уже, может быть, завершится. В любом случае я не смогу сделать много. Я не обучен воевать в кавалерии.

Купец кивнул.

— К тому же это не твоя война, — сказал он. В голосе его звучала не досада, а скорее деловитость: — Мне очень жаль, однако, что я не могу оказать тебе настоящее гостеприимство в моем городе. Тебе следует двинуться в путь завтра или послезавтра.

— Я поброжу по улицам, потолкусь среди людей, — сказал Эверард. — Может, кому-то понадобится наемный охранник на время путешествия в родные места. Полмира минует Бактру, так ведь? Неплохо было бы подыскать путника, направляющегося туда, где я никогда еще не был.

Он изо всех сил старался создать в глазах Гиппоника образ человека, скитающегося по миру из любопытства, а не потому только, что его изгнали из родного племени. В эту эпоху такие люди встречались нередко.

— Ты не встретишь никого с Дальнего Востока, — предупредил Зоил. — Торговля с ними почти прекратилась.

---

[1] Р. К и п л и н г. Рассказы, стихотворения. Л-д., «Художественная литература», 1989, стр. 263. Перевод А. Оношкович-Яцына.

«Знаю, — подумал Эверард. — В Китае правит Си Хуан Ти, этакий предшественник Мао. Полная изоляция от внешнего мира. А сейчас, после смерти императора, в стране царит хаос, который продлится до возникновения династии Хань. Тем временем Хиун-Ну и другие разбойники свободно кочуют и за пределами Великой Стены...»

— Я бы отправился в Индию, Аравию, Африку или европейский Рим, Ареконию или даже к галлам. Мне все равно, куда идти, — сказал Эверард, пожимая плечами.

Его собеседники удивились.

— Арекония? — переспросил Гиппоник.

В висках Эверарда застучала кровь. Не изменив выражения лица, он спокойно поинтересовался:

— Вы никогда не слышали об этой стране? Быть может, вам известны ареконцы под другим именем? В Парфии до меня доходили слухи о них, правда, через третьи руки. У меня сложилось впечатление, что это случайные торговцы с далекого северо-запада. Звучит заманчиво.

— На кого они похожи? — поинтересовался Креон с добродушной улыбкой.

— Со слов, они выглядят весьма необычно. Высокие, худощавые, прекрасные, как боги, волосы темные, но кожа цвета алебастра и светлые глаза. Мужчины не носят бород, а щеки их по-девичьи нежны.

Гиппоник сдвинул брови, потом встряхнул головой. Зоил напрягся. Креон поскреб ладонью щетинистую скулу и пробормотал:

— Я, кажется, что-то слышал последнее время... Подождите! — воскликнул он. — Это похоже на Феону. Я не имею в виду бороду, конечно. Но с ней были мужчины подобного вида! Кто-нибудь знает точно, откуда Феона родом?

Гиппоник задумался.

— Насколько я понимаю, она занялась своим промыслом около года назад, причем очень тихо, — произнес он. — Ей, как и всем, требовалось разрешение и всякое такое, но ни шумихи, ни сплетен не было. Короче, Феона как-то незаметно взяла да и обосновалась здесь, — хохотнул купец. — Видимо, у нее могущественный покровитель, который сам пользуется ее услугами.

По коже Эверарда пробежал холодок. «Куртизанка высокого ранга — только таким образом женщина и могла обрести здесь полную свободу действий. Этого следовало ожидать...»

— Как вы полагаете, она снизойдет до беседы с бродягой? —

спросил он. — Может, у нее есть родственники, или она сама соберется уехать из города — так я готов охранять их в пути.

Зоил ударил ладонью по кушетке и воскликнул:

— Нет!

Все оцепенели. Зоил, овладев собой, повернулся к Эверарду.

— Почему ты так интересуешься ею, если почти ничего не знаешь об этих... ареконцах, или как их там? Вот уж не думал, что старый опытный наемник способен поверить в какие-то... небылицы.

«Как проняло! — подумал Эверард. — Пора немного отступить».

Он беззаботно махнул рукой.

— Так, подумал просто... Не стоит из-за этого кипятиться. Завтра поброжу по городу, разузнаю, может, кто меня наймет. Кроме того, я полагаю, у вас есть более важные темы для беседы.

Губы Креона сжались в узкую полоску.

— Несомненно, — ответил он.

Тем не менее Зоил весь вечер бросал на Меандра из Иллирии косые взгляды.

976 год до Рождества Христова

После атаки на экзальтационистов отряд Патруля перелетел на необитаемый остров в Эгейском море — отдохнуть, подлечить раненых и проанализировать операцию. Как и рассчитывал Эверард, она прошла успешно: четыре вражеских темпороллера сбиты, семеро бандитов захвачены в плен прямо с тонущего корабля, на котором они покинули Финикию. Однако три темпороллера увернулись от энергетических лучей и скрылись в неизвестном пространстве-времени. Сердце Эверарда не могло обрести покой до тех пор, пока последнего экзальтациониста не схватят или не убьют. На свободе их осталось не так много, и сегодня — наконец-то! — они поймали главаря.

Меро Вараган отошел от группы к краю утеса и остановился там, устремив взгляд на море. Охранники из числа патрульных не возражали. На каждого экзальтациониста надели невроиндукционный ошейник, который приводился в действие дистанционным управлением, и при первом подозрительном движении пленника легко можно было парализовать. Поддавшись внезапному порыву, Эверард последовал за Вараганом.

Вода сияла голубизной, лишь кое-где нарушаемой белыми

клочьями пены, и искрилась в солнечных лучах. Дикий бадьян под ногами источал от жары едкий запах. Морской бриз растрепал волосы Варагана, отливавшие чернотой обсидиана. Он сбросил промокший до нитки плащ и застыл, словно мраморная статуя, только что изваянная рукой Фидия. Лицо его тоже могло бы считаться идеальным у будущих эллинов, еще не родившихся на свет, — хотя черты были мелковаты, а огромным зеленым глазам и кроваво-красным губам недоставало благородства Аполлона. Дионис, пожалуй, ближе...

— Чудесный вид, — кивнув, произнес Вараган на американском английском, который в его устах звучал как музыка. Голос спокойный, почти беспечный. — Надеюсь, мне не запрещено наслаждаться им, пока мы здесь?

— Нет, конечно, — согласился патрульный, — хотя мы отбываем довольно скоро.

— Найдется что-либо подобное на планете, куда меня сошлют?

— Не знаю. Нам об этом не сообщают.

— Чтобы страха нагнать? Неведомая страна, откуда никто из странствующих не возвращается... — Затем с ухмылкой: — Вам нет нужды уговаривать меня, чтобы я не сбежал, бросившись со скалы, хотя кое-кто из ваших коллег, возможно, испытал бы чувство облегчения.

— Этого только не хватало! Вы доставили бы нам столько хлопот: выуживать вас, оживлять еще...

— Без сомнения, чтобы допросить меня под воздействием кирадекса.

— Да. Вы просто кладезь необходимой нам информации.

— Боюсь, вас ждет разочарование. Дело у нас поставлено так, что никто не посвящен в подробности или в планы своих коллег.

— Ха-ха! Этакий союз прирожденных одиночек!

«А инженеры-генетики XXXI столетия бьются над созданием расы суперменов для исследования дальнего космоса! Шалтен сказал однажды: надо же — они породили Люцифера».

— Хорошо. Я буду сохранять достоинство, насколько это возможно, — сказал Вараган. — Кто знает, — улыбнулся он, — что может случиться на той планете?

Физическая и душевная усталость после всего пережитого лишила Эверарда хладнокровия.

— Почему вы ввязались в это? — не выдержал он. — Вы ведь и без того живете как боги...

Вараган кивнул.

— Действительно, как боги. Но вы когда-нибудь задумывались над тем, что это предполагает жизнь статичную, без перемен, сплошной самообман и полную бессмысленность существования? Наша цивилизация еще старше для нас, чем ваша для вас. В конце концов это просто невозможно стало терпеть.

«Поэтому вы попытались низвергнуть ее, — подумал Эверард, — но провалились, и лишь некоторым из вас удалось похитить темпороллеры и ускользнуть в прошлое».

— Вы могли бы мирно удалиться из приевшегося вам бытия. Патруль, например, был бы счастлив заполучить в свои ряды людей с такими способностями, и, клянусь, скучать вам было бы некогда.

— Да, но для этого нам пришлось бы совершить над собой насилие... Это все равно что надругаться над собственной природой. Ведь Патруль существует для сохранения единственной версии истории.

— А вы настойчиво пытаетесь разрушить ее. Ради бога, почему?

— Столь примитивный вопрос недостоин вас. Вы прекрасно знаете ответ. Мы пытались преобразовать время так, чтобы править всем ходом истории, и это необходимо нам для достижения полной свободы воли. Вот и все. — Его надменный тон сменился сарказмом: — Похоже, вновь торжествует посредственность. Поздравляю! Вы проделали отменную работу, выслеживая нас. Не откроете секрет, как вам удалось напасть на наш след? Мне это чрезвычайно интересно.

— Это займет слишком много времени, — ответил Эверард, а про себя добавил: «И слишком глубоко ранят некоторые воспоминания».

Меро Вараган удивленно поднял брови.

— У вас изменилось настроение, не так ли? Минутой раньше вы вели себя вполне дружелюбно. Однако я по-прежнему испытываю к вам расположение. Вы оказались весьма достойным противником, Эверард.

Патрульный вспомнил Колумбию, где Вараган едва не свалил правительство Симона Боливара; Перу, где его банда пыталась украсть у Писарро выкуп за Атауальпу, изменив ход испанского завоевания; события последних дней в Тире, который экзальтационисты собирались взорвать, если им не передадут секреты технологии, способной сделать их буквально всемогущими...

— Неплохая получилась игра, — продолжал Вараган. — Может быть, мы пересекались где-то еще, не столь явно?

Эверарда охватила ярость.

— Для меня это не игра, — отрезал он, — но в любом случае вы из нее выбыли навсегда!

— Как вам будет угодно, — с раздражением ответил Вараган. — Сделайте милость, оставьте меня наедине с моими мыслями! Одна из них подсказывает мне, что вы пока еще не выловили всех экзальтационистов. В некотором смысле вы не схватили даже меня!

Эверард сжал кулаки.

— В смысле?

Вараган вновь обрел самоуверенность.

— Я могу и объяснить. Так или иначе вам станет это известно после допроса. Раор все еще остается на свободе. Она не участвовала в операции, потому что женщинам в Финикии действовать труднее, но она участвовала во многих других. И Раор — не просто моя спутница, она — мой клон. У нее свои методы, и она узнает, что здесь пошло не так. Она будет столь же мстительна, сколь и честолюбива. Об этом очень приятно думать. — Вараган улыбнулся и повернулся к Эверарду спиной, устремив взор к морю.

Патрульный отошел на несколько шагов, ощущая в душе беспокойство. Он направился на противоположный край утеса, сел на камень, достал трубку, табак и закурил.

«Задним умом, как говорится, все крепки, — отругал он себя. — Следовало бы дать ему отпор, сказать что-нибудь, например: «Ну справится она с этим делом, уничтожит будущее. И что тогда? Не забывайте, вы тоже в этом будущем и тоже исчезнете...» За исключением, конечно, тех фрагментов пространства-времени в прошлом, где он действовал. Следовало бы отметить этот факт с этакой ехидной усмешечкой. А может, и нет. В любом случае он вряд ли боится уничтожения. Неисправимый нигилист...

К черту все это. Находчивостью я никогда не блистал... Сейчас надо бы вернуться в Тир и закончить там все дела.

Бронвен... Нет. Надо обеспечить ей безбедное существование, но это лишь элементарная порядочность... Осталось только научиться, как не скучать друг без друга. Самое подходящее место для меня — старая добрая Америка XX века, где я смогу на какое-то время расслабиться».

Эверард часто ловил себя на мысли, что право агента-оперативника самому устанавливать себе задания вполне компенсирует риск и ответственность, которые возлагает на него этот статус.

«Быть может, после хорошего отдыха мне захочется продолжить дело, связанное с экзальтационистами... Не исключено. — Он поерзал на камне. — Нет, для отдыха, пожалуй, рановато. Надо бы еще подвигаться и поразвлечься. Та девушка, которая попалась в ловушку перуанских событий, Ванда Тамберли... — Сквозь месяцы его собственной жизни и три тысячелетия истории пробилось и вспыхнуло воспоминание. — Почему бы и нет? Проще простого. Она приняла предложение Патруля вступить в его ряды. Можно перехватить Ванду в промежуток между тем обедом, на который я пригласил ее, и днем отъезда в Академию... Прямо похищение какое-то... Нет, к черту! Просто устрою ей приятные проводы, а уж после займусь веселой частью отпуска...»

209 год до Рождества Христова

В конце концов учение Гаутама Будды угаснет в его родной Индии, но сегодня оно еще процветает, и волны его прорвали пределы страны. Пока новообращенных в Бактрии было совсем немного. Ступы, руины которых Эверард видел в Афганистане XX века, построят лишь спустя несколько поколений. Тем не менее Бактра насчитывала изрядное количество верующих, достаточное для содержания вихара, куда приглашались гости-единоверцы. Некоторые из них там и останавливались: купцы, караванщики, служивые, нищие, монахи и прочие странники, потоками текшие через Бактру из бескрайних пределов земли. Город превратился в средоточие новостей, в кладезь для фундаментальных исторических исследований.

Эверард понял это на следующее утро после приезда в Бактру. Святилище-приют представляло собой глинобитное сооружение простой формы, прежде служившее жилым домом на Ионической линии недалеко от улицы Ткачей; на фоне соседних домов, стоящих стена к стене, оно выделялось росписью по штукатурке, цветами лотоса вокруг, драгоценными украшениями на фасаде и очагом во дворе. Эверард постучал. Дверь открыл смуглый человек в желтом одеянии, который приветливо поздоровался с гостем. Эверард спросил о Чандракумаре из Паталипутры. Знаменитый философ, как выяснилось, действительно проживал там, только в настоящее время его не было — он либо участвовал в традиционных сократовских спорах, либо предавался медитации. Вернуться обещал к вечеру.

— Благодарю вас! — произнес Эверард вслух, а про себя чертыхнулся. Хотя известие его не удивило. Он ведь не мог заранее договориться о встрече. Работа Чандракумара состояла в изучении того, что было опущено в уцелевших скупых хрониках, причем занимался он не только политикой, но и экономикой, общественным устройством страны, культурой — словом, самыми разнообразными аспектами, включая факты постоянно меняющейся повседневной жизни. А сведения извлекал в основном из общения с людьми.

Эверард решил побродить по улицам. Быть может, удастся найти что-нибудь интересное. Вдруг Чандракумар уже отыскал какой-то ключ? Сейчас Эверарду не хотелось слишком бросаться в глаза, что было довольно трудно при его росте, гораздо выше среднего для этого времени и здешних мест, и его наружности, больше характерной для варвара-галла, чем для грека или даже иллирийца. (По типу ему ближе всего был бы германец, но никто в Азии никогда не слышал об англах, саксах и им подобных.) Детектив успешнее справляется со своей задачей, если ему удается замаскироваться, слиться с толпой. С другой стороны, любопытство людей к его персоне может упростить знакомства, легче будет завязывать разговоры, а у экзальтационистов пока не было повода считать, что Патруль идет по их следу.

Если они вообще здесь. Вполне вероятно, что они никогда не видели приманки, выставленной для них, а может, были слишком осторожны, чтобы клюнуть на нее.

Но как бы то ни было, у Патруля все равно не нашлось ни одного человека с такими же способностями и опытом, чтобы провести начальную часть операции. Оперативники Патруля вели работу на слишком большом протяжении истории. Их вечно не хватало, и порой в дело шли все, попадавшиеся под руку.

Улицы бурлили. Воздух, помимо обычных запахов города, источал волнующий пряный аромат. Туда-сюда сновали глашатаи, извещая о близком возвращении блистательного царя Эфидема и его войска. Они не говорили о поражении, но люди уже чувствовали что-то неладное.

Никто тем не менее не впадал в панику. Мужчины и женщины занимались повседневными делами и одновременно готовились к нападению. Все были немногословны и старались не выдавать мысли, тревожившие их души: осада, голод, эпидемии, мародерство победителей. Лишний раз говорить об этом — все равно что самому себя истязать. Большинству людей древнего мира в той или иной степени был свойствен фатализм. Грядущие события могли обернуться для них не худшей, а лучшей стороной. Несомненно, многие головы беспокоили мысли о том, как извлечь из создавшегося положения максимальную выгоду.

Голоса пока еще оставались громкими, жесты резкими, а смех пронзительным. Но продукты постепенно исчезали с базаров, поскольку оборотистые жители старались припрятать то, что не попало в царские хранилища. Предсказатели судеб, торговцы амулетами, храмы процветали. Эверарду не составляло труда заводить знакомства. Более того, он ни разу не потратился на стакан вина. Местные мужчины сами платили за любую весточку извне.

На улицах, в проходах базаров, в винных и съестных лавках, даже в общественной бане, где Эверард решил отдохнуть, ему приходилось отвечать на расспросы, сохраняя при этом осторожность и доброжелательность. Отдача пока была скудной. Никто ничего не знал об «ареконцах». Этого следовало ожидать, и хотя несколько человек вспомнили, что видели людей подобной внешности, сведения их оказались слишком расплывчатыми. Кто-то, возможно, и в самом деле видел их, но то могли быть и люди этой эпохи, странники с севера, которые просто соответствовали плохо понятому описанию. Кого-то, может быть, подводила память. А может, собеседник Эверарда просто-напросто рассказывал то, что, по его мнению, Меандру хотелось услышать, — так на Востоке было принято с незапамятных времен.

«Вот тебе и стремительный натиск Патруля, — сказал себе Эверард, вспоминая разговор с Вандой. — Девяносто девять процентов усилий приходится на нудную кропотливую работу, как, впрочем, в любых полицейских подразделениях».

В конце концов ему повезло, хотя информация оказалась тоже не слишком точной. В бане он повстречал человека по имени Тимофей, торговца рабами, — толстого, волосатого, готового мгновенно отвлечься от собственных забот и пуститься в беседу о разврате, которую навязал ему Эверард. Сразу же всплыло имя Феоны.

— Я много слышал о ней, только не знаю, чему можно верить.

— Вот и я сомневаюсь. Как и большинство горожан. Сплетни слишком хороши, чтобы быть правдой. — Тимофей вытер лоб и уставился в пространство, словно вызывая ее образ из облаков пара. — Живая богиня Анаит, — произнес он и поспешно очертил охранительный символ указательным пальцем. — Со всем моим уважением к богине... Все, что я знаю, это слухи — из разговоров с друзьями, слугами, прочими. У нее несколько возлюбленных. Все до единого принадлежат к верхушке общества. А они о Феоне особо не распространяются. Наверное, она сама этого не хочет, иначе о ней пошла бы молва, как о Фрине, Аспазии или

Лаисе. Хотя ее поклонники время от времени нет-нет да и сболтнут что-нибудь, и слух передается из уст в уста, обрастая небылицами. Не знаю, право, чему верить... Лицо и тело Афродиты, голос — как песня, кожа — как снег, походка пантеры, волосы как ночь, глаза зелены, как пламя в медеплавильне. Так, по крайней мере, говорят.

Сам я никогда ее не видел. Да и мало кому это удавалось. Она редко покидает дом, а если и появляется на улице, то в зашторенном паланкине. Прямо как в песне, что поют в тавернах. К сожалению, нам, простым смертным, только и остается воспевать Феону. А в песнях, конечно, много преувеличений. — Тимофей сально хихикнул. — Быть может, поэт все это высосал из пальца для ублажения публики.

«Если это Раор, то описания не надуманы», — мелькнуло в голове Эверарда. Вода вдруг показалась ему холодной, и он заставил себя заговорить обычным тоном:

— Откуда она? Нет ли с нею каких-нибудь родственников?

Тимофей повернулся лицом к здоровяку.

— Откуда такое любопытство? Она не для тебя, приятель, даже если ты предложишь ей тысячу статир. К тому же ее покровители будут ревновать. А это вредно для здоровья, если ты меня понимаешь.

Эверард пожал плечами:

— Просто интересно. Неведомое существо из ниоткуда, ночи напролет чарующее министров двора...

Тимофей беспокойно оглянулся.

— Нашептывают, будто она колдунья. — Затем скороговоркой: — Запомни, я не возвожу на нее напраслину. Например, она пожертвовала деньги на небольшой храм Посейдона за пределами города. Благочестивый поступок, ничего не скажешь. — Он не смог скрыть цинизма. — Хотя храм дал работу ее родственнику Никомаху — он служит там священником, а здесь появился еще до Феоны. Я не знаю, чем он занимался раньше, но, может быть, как раз Никомах и подготовил почву для нее в этом городе. — И снова затараторил: — Со всем моим почтением... Как знать, может, она — богиня среди нас, смертных... И давай теперь сменим тему.

«Посейдон? — гадал Эверард. — Здесь, в глубине материка... Ну конечно. Посейдон ведь не только бог моря, но бог лошадей и землетрясений, а в этих краях есть и то и другое».

Он рассчитывал, что Чандракумар вернется под вечер. Первым делом Эверард утолил голод у жаровни торговца вразнос, съев чечевицу с луком и завернутые в лепешки чапатти. Помидоры, зеленый перец и жареные початки кукурузы принадлежали грядущему. Эверарду хотелось кофе, но пришлось довольствоваться разбавленным прокисшим вином. Еще одну потребность он удовлетворил в переулке, где, к счастью, никого не оказалось. Прелести цивилизации — например, французский писсуар — скрывались в том же далеком и туманном будущем, что и гамбургеры.

Когда Эверард добрался до вихары, солнце уже закатилось за крепостные стены и улицы отдавали дневной жар тени. На сей раз монах провел его в комнату, больше напоминавшую келью: простая обстановка, ни одного окна и лишь тонкая занавеска на дверном проеме для уединения. В глиняном светильнике на полке мерцал благовонный язычок света, вполне достаточный для того, чтобы можно было нащупать путь по полу комнатки, все убранство которой состояло из соломенного матраца и куска мешковины. На нем со скрещенными ногами сидел мужчина.

Когда Чандракумар поднял взор, белки его глаз сверкнули во мраке. Маленький, худой мужчина с кожей шоколадного цвета, тонкими чертами лица и полными губами индуса, рожденного в конце XIX века. Выпускник университета, чьи исследования в области индо-бактрийского общества привлекли к себе внимание Патруля. Один из оперативников разыскал его и предложил возможность продолжить исследования лично. Наряд Чандракумара состоял из белого дхоти, волосы ниспадали на плечи, а около рта он держал какой-то предмет, который, догадался Эверард, только выглядел как амулет.

— Рад видеть тебя! — произнес он неуверенно.

Эверард ответил на приветствие тоже по-гречески:

— И я рад!

Шаги монаха затихли где-то в глубине дома, и патрульный мягко спросил на темпоральном:

— Мы можем поговорить без посторонних ушей?

— Вы агент?

Вопрос на мгновение повис в воздухе. Чандракумар начал было подниматься на ноги, но Эверард жестом попросил его оставаться на месте и сам опустился на глиняный пол.

— Вы не ошиблись, — ответил он. — И дело не терпит отлагательств.

— Надеюсь, что так.

Чандракумар обрел спокойствие. Он был исследователем, а не полицейским, однако часто случалось, что в оперативной обстановке от специалистов узкого профиля требовалось не меньше решительности и сообразительности. В голосе его сквозило нетерпение.

— Весь прошлый год я провел в ожидании кого-нибудь из вас. Сейчас, по-моему, наступает критический момент. Верно?

Захватывающий эпизод в истории совсем не обязательно определяет будущее всего сущего.

Эверард жестом указал на медальон, висевший на груди Чандракумара:

— Лучше его отключить. Не хотелось бы, чтобы о нашем разговоре узнали те, кому он не предназначен.

В медальон было вмонтировано молекулярное записывающее устройство, в которое Чандракумар нашептывал наблюдения каждого дня. Прибор связи и прочее замаскированное оборудование он прятал в другом месте.

Когда медальон превратился просто в украшение, Эверард продолжил:

— Я выступаю в роли Меандра, солдата-наемника из Иллирии. На самом деле я — специалист Джек Холбрук, родившийся в 1975 году в Торонто.

На таком опасном задании даже своему не следовало говорить более того, что следовало знать коллеге в обычных обстоятельствах. Они обменялись рукопожатием, отдав дань приличиям родного им времени.

— А вы... Бенегал Дасс?

— Дома. Здесь я пользуюсь именем Чандракумар. Но знаете, вашими стараниями у меня возникли некоторые сложности. Прежде меня звали Раджнеш. Было бы нелогично вернуться назад так скоро после его отъезда домой, поэтому пришлось сочинить байку о нашем родстве, чтобы объяснить, почему я так похож на него.

Как-то само собой они перешли на английский, который чуть скрасил темноту дыханием привычной им обстановки. По этой же причине, вероятно, они не стали сразу говорить о деле.

— Я очень удивился, узнав, что вы не собираетесь оставаться здесь, — сказал Эверард. — Знаменитая осада. Вы смогли бы заполнить все пробелы и исправить ошибки у Полибия и в других хрониках, фрагменты которых уцелеют.

Чандракумар простер перед собой ладони.

— Располагая ограниченным сроком, отпущенным мне на исследования и земную жизнь, я не намерен расточать своё время на войну. Кровопролитие, потери, нищета — и каков итог через два года? Антиох не может взять город, но при этом не хочет или не смеет оставаться у стен осажденного города. Он заключает мир, скрепленный обручением его дочери с наследником Деметром, и уходит на юг, в Индию. Эволюция общества — вот что имеет значение. Войны не что иное, как патология.

Эверард воздержался от возражений. Вовсе не потому, что ему нравились войны, он слишком много повидал их на своем веку. Но он считал, что, к сожалению, это норма истории — как снежные бураны в Арктике, — и слишком часто их последствия существенно меняют ситуацию в мире.

— Извините, — сказал он, — но мы запросили опытного наблюдателя, а вы как раз он и есть. Вы здесь в качестве буддийского странника, верно?

— Не совсем так. В вихаре есть несколько священных предметов, но они не представляют исключительной ценности. Тем не менее Чандракумар жаждал просвещения, и письма, которые послал ему двоюродный брат Раджнеш, служивший в Бактре агентом по торговле шелком, навели Чандракумара на мысль об изучении мудрости как Запада, так и Востока. К примеру, Гераклит был почти современником Будды, и некоторые его суждения параллельны буддийским. Этот город — самое подходящее место для индуса, изучающего эллинов.

Эверард одобрительно кивнул. Переходя из образа в образ — процесс, который обычно прерывается временной паузой, чтобы избежать узнавания, — Бенегал Дасс провел среди бактрийцев годы, в общей сложности несколько десятилетий. Каждое прибытие и отъезд совершались на медленных, неудобных, опасных средствах передвижения этой эпохи; темпороллер или что-то другое, что могло вызвать здесь любопытство, утрачивали свои незаменимые качества, и агент просто не мог в таком случае выполнять задания Патруля. Чандракумар наблюдал, как город обретает величие, и ему предстояло стать очевидцем его смерти. Конечным итогом его трудов было повествование о Бактре, глубокое и волнующее, всеобъемлющее, не доступное никому, кроме горстки заинтересованных лиц в Патруле или в далеком неведомом будущем. Когда он переносился на родину и в свое столетие, ему приходилось лгать родственникам и друзьям, отвечая на вопросы, чем он зарабатывает на жизнь. Никакому монаху не доводилось вести столь тяжкое, замкнутое и столь подвижническое существование.

«У меня бы у самого духа не хватило...» — признался себе Эверард.

Чандракумар нервно засмеялся.

— Простите, — произнес он, — я уклоняюсь от сути. Велеречивость — недуг ученых. И, разумеется, я сам истомлен неопределенностью. Что затевается? — Пауза. — Ну, рассказывайте же.

— Боюсь, вам это придется не по душе, — мрачно отозвался Эверард. — Вам довелось побывать во многих переделках, и все ради какой-то интермедии. Главное событие, однако, серьезно настолько, что каждая крупица информации на вес золота.

Эверард заметил, как Чандракумар поджал губы. Его голос зазвучал холодно.

— Вот как? Позвольте осведомиться, что же это за главное событие?

— Нет времени вдаваться в подробности. К тому же я и сам многого еще не знаю. Я действую только как связной с вами, что-то вроде посыльного. Событие, которое Патруль должен предотвратить, может произойти через несколько лет. Что-то типа... династии Сасанидов, которая восстает и берет власть над Персией. Ждать уже недолго.

Маленький индус застыл.

— Что?! Невозможно!

Эверард криво усмехнулся:

— Это мы должны сделать событие невозможным. Но, повторяю, разведывательная служба не посвящает оперативников в детали, которые им знать не следует. Однако, как я понял, замысел кучки фанатиков состоит в следующем: царь Парфии Аршак будет низложен узурпатором, который разорвет мирный договор с Антиохом, затем нападет на войско Селевкидов, возвращающееся из Индии, разобьет его и убьет самого Антиоха.

— В результате... — прошептал Чандракумар.

— Да. Вполне вероятно, государство Селевкидов распадется. Оно и без того на пороге гражданской войны. Это позволит римлянам продвинуться в Восточное Средиземноморье, если только парфяне не возжелают отомстить за унижение Антиоха и не позволят им пройти на восток, где царит безвластие, что, в свою очередь, восстановит Персидскую империю за три с половиной века до того, как это должны сделать Сасаниды. Можно лишь гадать, что выйдет из этой затеи, но в любом случае возникнет совсем не та история, которую мы с вами изучали.

— Этот узурпатор... тоже путешественник во времени?

Эверард кивнул:

— Мы так полагаем. Повторю еще раз, мне почти ничего не сообщили. У меня сложилось впечатление, что Патруль напал на след маленькой банды фанатиков, которые завладели каким-то образом двумя-тремя темпороллерами и хотят... я и сам не знаю, чего. Заложить фундамент для Мохаммеда, чтобы аятоллы захватили мир? Маловероятно, но их истинные замыслы могут оказаться еще более невероятными. В любом случае операция ставит целью нарушить их планы — по возможности с минимальным воздействием на ход истории с нашей стороны.

— Да, осторожность тут не помешает, я понимаю... Разумеется, я готов сделать все, что в моих силах. А какова ваша роль, сэр?

— Как я вам говорил, я тоже исследователь узкого профиля, и область моих интересов лежит в военной сфере, точнее, меня интересуют приемы ведения войны у эллинов. Я намерен следить за осадой города в любом случае. Это гораздо интереснее, чем вы готовы признать, право же. Патруль приказал мне слегка изменить мои планы, так же, как и вам. Я должен был войти в город, вступить с вами в контакт и получить информацию, собранную вами за последний год. Завтра я уезжаю, направлюсь к завоевателям и завербуюсь к ним на службу. Я слишком велик для кавалерийских лошадей этой эпохи, но сирийцы до сих пор используют пехоту — старые добрые фаланги македонцев, — и копьеносец моей комплекции будет им весьма кстати. В надлежащий момент Патруль выйдет со мной на связь, и я передам вашу информацию. После установления мира с Эфидемом я последую за сирийской армией в Индию, а затем вернусь на запад. Агент Патруля передаст мне энергетическое оружие, и, если возникнет необходимость, я должен буду защищать жизнь Антиоха. Естественно, мы надеемся, что худшего не произойдет. С узурпатором, я думаю, можно легко покончить, и мне необходимо будет лишь собрать данные о том, как сирийцы проводят военную кампанию.

— Понятно.

В ответе Эверарду послышались неодобрительные нотки: воевать против любимых Чандракумаром бактрийцев? Тем не менее он, видимо, понял необходимость этих действий и поинтересовался:

— А почему такой кружной путь? Это царство, похоже, не вовлечено в конфликт. Как бы там ни было, кто-нибудь мог просто прибыть сюда на темпороллере и повстречаться со мной в безлюдном месте.

— Просто еще одна предосторожность. Не исключено, что у неприятеля здесь есть соглядатаи, способные зафиксировать прибытие или отбытие темпороллера. Мы бы не хотели выдавать себя таким образом. Пока бандитам неизвестно, что мы установили их присутствие в этом городе, нам будет легче захватить их. И у Бактрии есть свое место в истории. До тех пор пока она существует как военная сила, парфяне вынуждены проявлять больше осмотрительности.

«Слишком многословно, но, по крайней мере, правдиво, — подумал Эверард. — А теперь немного вранья...»

— В планы фанатиков, возможно, входит уничтожение экономической мощи Бактрии. А может, и нет — может, их всего жалкая кучка, но мы стараемся не упустить ни единой мелочи. Перед отправкой с базы вам было дано указание держать в поле зрения всякого гостя, который выглядит подозрительно. И вот я здесь, чтобы выслушать, что вам удалось узнать.

— Понятно, — повторил Чандракумар, однако уже вполне дружелюбно, показывая, что он жаждет помочь.

Картина, нарисованная Эверардом, как и следовало ожидать, напугала Чандракумара, хотя внешне он хранил спокойствие, поглаживая подбородок и устремив взор в тусклое пространство.

— Трудно сказать, кто в большей степени привлек мое внимание. Этот город — словно котел, и здесь бывают люди со всего света. Будет жаль, если по моей оплошности сыщики потратят силы на безобидного человека.

— Не волнуйтесь. Рассказывайте. Вашу информацию проанализируют в будущем.

— Не могли бы вы как-то сориентировать меня... наводящими вопросами?

— Вот вам наводящий вопрос: кто останавливался в этом доме, заходил выразить свое почтение, поболтать, а заодно выяснить, появлялись ли в городе необычные люди?

— Было несколько таких приезжих. Вихара — вроде редакции устного вестника, и не только для буддистов, как вы понимаете.

«Правильно, именно по этой причине Патруль полвека назад незаметно помог создать это заведение. В средневековой Европе мы делаем то же самое с некоторыми монастырями», — подумал про себя Эверард, а вслух сказал:

— Продолжайте. И подробней, пожалуйста.

— В соответствии с инструкцией я обосновался здесь, не перебираясь в более удобный квартал, и таким образом меня мало кто мог миновать. Большинство из тех, кто сюда заглядывал, никаких подозрений не вызывают. Желательно поточнее определить, что вас интересует.

— Люди, которые, по вашим впечатлениям, не вписывались в эту эпоху — внешне или с точки зрения культуры... Вообще, как-то выделялись. Мне сообщили, что банда неоднородна по составу.

Пламя в глиняной плошке высветило неуверенную улыбку индуса.

— Судя по тому времени, откуда вы прибыли, вам чудятся арабские террористы? Здесь побывало двое арабов, но у меня нет причин сомневаться в том, что это всего лишь торговцы пряностями, как они и сказали. Были еще ирландцы... Да, двое, судя по всему, ирландцев. Черные волосы, мраморно-белая кожа, которой словно бы не коснулось азиатское солнце, тонкие черты лица. Если они действительно из тех краев, то они не могут быть современниками. Сейчас ирландцы еще варвары, охотники за черепами.

Эверарду пришлось сделать над собой усилие, чтобы не выдать растущий интерес. Он доверял интуиции, но, когда подкрадываешься к такому врагу, с каким имел дело Эверард, нельзя давать ему лишний шанс. Экзальтационисты наверняка понимают, что по крайней мере один специалист по истории находится в городе постоянно. Если они сочтут необходимым вычислить историка, им это не составит особых хлопот. Поэтому собственные следы надо заметать.

— И кем они представились? — спросил Эверард.

— Я не слышал их разговора с Зенодотом. Он — грек из нововообращенных, наиболее активный в миру среди всех здешних монахов. Я пытался выжать из него побольше информации, но, конечно, не забывал приказ не проявлять назойливого любопытства. Он рассказал мне, что те двое, по их словам, галлы, цивилизованные галлы из окрестностей Марселя.

— Возможно. Я слышал, что галлы добирались до очень отдаленных мест, но чтобы они очутились здесь?

— Сомнительно. Именно их внешность и заставила меня задуматься. По-моему, южные галлы больше похожи на французов-южан нашей эпохи, а? Хотя не исключено, что их род перебрался на юг с севера галльских территорий. Они сказали Зенодоту, что здесь им понравилось, и интересовались, выгодно ли будет разводить лошадей, если обосноваться подальше от города. Я не слышал, чтобы из этого что-то вышло. С той поры я раза два мельком видел их или людей, похожих на них, на улицах. Судя по сплетням, куртизанка, которая в последнее время снискала себе довольно сомнительную известность, тоже может быть из их компании. Это все, что я знаю. Вам это пригодится?

— Не знаю, — пробормотал Эверард. — Моя задача лишь в

том, чтобы передать вашу информацию непосредственным участникам операции.

«Прячемся, заметаем следы...»

— Что еще? Какие-нибудь путники, которые называли себя ливийцами, египтянами, евреями, армянами, скифами, или даже что-нибудь более экзотическое, но по облику не совсем соответствовавшее указанной национальности?

— Я внимательно приглядывался к людям на городских улицах и здесь, в доме. Но учтите, у меня нет подобного опыта и мне нелегко распознать такие аномалии. У греков и иранцев, например, слишком сложные для меня этнические корни. Однако могу сказать, что здесь, если мне не изменяет память, месяца три назад побывал человек из Иерусалима. Я передам вам записи моих наблюдений. Палестина находится, как вы знаете, под властью Птолемея Египетского, с которым Антиох в натянутых отношениях. Тем не менее человек этот совсем не упоминал о трудностях в путешествии по территории Сирии...

Эверард слушал уже рассеянно. Он был уверен, что «галлы» и Феона — это те, за кем он охотится. Ему, однако, не хотелось, чтобы Чандракумар понял ход его мыслей.

— ...С полдюжины представителей племени тохар из окрестностей Джакарты, которые добрались сюда, миновав Согдиану, чтобы торговать мехами. Как они получили разрешение на въезд...

Кто-то закричал. В коридоре послышались шаги. Затем глухой стук тяжелых сапог и бряцанье металла.

— Черт! — Эверард вскочил на ноги.

Он отправился в город безоружным, как и полагалось гражданскому лицу; спецснаряжение он тоже оставил в доме Гиппоника, чтобы случайно себя не выдать.

«Это за тобой, старина Мэнс!» — отчаянная мысль человека, знающего все наперед.

Рука резко рванула занавес в сторону. В тусклом свете фитиля заблестели шлем, нагрудник кирасы, поножи, обнаженный меч. Еще двое мужчин стояли темными тенями за спиной первого. Остальные, вполне возможно, ждали при входе в дом.

— Городская стража! — громогласно объявил воин с мечом по-гречески. — Меандр из Иллирии, ты арестован!

«В какой я комнате, они узнали на входе, но откуда им известно мое имя?»

— Великий Геракл! — вскрикнул Эверард. — За что?! Я ничего не сделал!

Чандракумар забился в угол.

— Ты обвиняешься в том, что ты — сирийский лазутчик.

Закон не обязывал командира отряда объяснять причину ареста, но беспокойство, придавшее грубость его голосу, развязало ему язык.

— Выходи! — Острием меча он указал на коридор.

Если сопротивляться, ему достаточно одного шага и выпада, чтобы вонзить меч в живот противника...

«За всем этим наверняка стоят экзальтационисты... Но как они узнали? Как им удалось провернуть это дело так быстро? — думал Эверард. — Впрочем... Тот, кто колеблется, всегда проигрывает...»

Эверард вытянул руку и смахнул светильник с полки. Масло на мгновение вспыхнуло, но тут же растеклось по полу. Эверард бесшумно метнулся в сторону и присел на корточки. Ослепленные темнотой македонцы зарычали и заметались по комнате.

Эверард, привыкший ко мраку, прекрасно видел их темные силуэты. Он поднялся и нанес стремительный удар открытой рукой. Треснула кость. Голова стражника откинулась назад, меч со звоном выпал из руки, он повалился на своих спутников и осел бесформенной грудой у их ног.

Ударить кулаком — в такой темноте можно сломать пальцы, да и развернуться было негде. В сознании промелькнула надежда, что он не убил человека, который просто выполнял свой долг и у которого, несомненно, есть жена и дети... Мысль тут же исчезла. Действуя руками и ногами, Эверард пробился сквозь стражу. Впереди вопил и размахивал руками четвертый стражник: он опасался, что его клинок может угодить в своего, но надеялся задержать беглеца, чтобы его товарищи могли напасть сзади. Его светлый килт метался в темноте броским пятном. Эверард ударил стражника коленом. Крики обратились в стон, и Эверард услышал, как еще один воин споткнулся на том месте, где корчился от боли его товарищ.

Тем временем патрульный оказался уже в общей комнате. Трое монахов в ужасе отшатнулись. Эверард проследовал мимо к порогу и выскочил на улицу.

Карта в голове подсказывала путь — первый поворот налево, затем третий переулок, потому что он пересекается с аллеей, куда выходит множество одинаковых петляющих тропинок... Крики где-то вдали... Так, вот какая-то развалюха, палатка, в которой в оживленные часы торгуют дешевым товаром... Выглядит довольно прочно... Можно подтянуться на руках и залечь на крыше, если покажется преследователь...

Никто не объявился. Переждав немного, Эверард спустился на землю.

Сумерки сгущались в ночной мрак. Одна за другой над отвесными стенами города высыпали звезды. Опустилась тишина: поскольку уличных фонарей не было, большинство жителей прятались по домам еще до наступления темноты. Воздух посвежел. Эверард вздохнул полной грудью и неторопливо зашагал прочь...

На улице Близнецов было, по счастью, темно и почти безлюдно. По пути ему попался лишь мальчишка с факелом, затем мужчина с фонарем, оправленным роговыми пластинами. Сам Эверард вышагивал теперь как достопочтенный гражданин, неожиданно застигнутый темнотой, из-за чего ему приходится идти при свете звезд, тщательно выбирая дорогу, чтобы не угодить в грязь. У него был с собой электрический фонарик — единственный анахронизм, что он решился взять в город. Фонарик лежал среди монет в кошельке на поясе, замаскированный под священный амулет. Но это лишь на крайний случай. Если кто-то заметит свет фонарика, объяснить это будет гораздо сложнее, чем, скажем, пропахшую потом тунику.

Изредка окна домов выходили на улицу — как правило, на верхних этажах. Ставни были закрыты, но тусклый желтоватый свет просачивался сквозь щели. Обитатели домов, верно, ужинали, выпивали по чаше на сон грядущий, судачили о новостях дня, развлекались играми, рассказывали детям сказки перед сном, предавались любви. Где-то звенела арфа, мимо Эверарда проплыл, как дуновение бриза, обрывок грустной песни. Все вокруг казалось еще более далеким, чем звезды...

Сердце патрульного тяжело билось в привычном ритме. Усилием воли он пытался избавиться от напряжения в мышцах, не позволяя себе, однако, расслабляться. Надо было думать...

Почему возникло это ложное обвинение и кто пытался избавиться от него? Перепутали? Едва ли... Ведь стражники знали его имя. Кто-то не только назвал его имя, но и описал внешность, когда отдавал распоряжение об аресте. Очевидно, они хотели избежать накладок, чтобы не встревожить заранее его и тех, с кем Эверард мог быть связан. Экзальтационисты стремились действовать незаметно — так же, как и он.

Конечно, экзальтационисты. Кто же еще? Но у них, скорее всего, нет тайных рычагов, чтобы управлять правительством... Пока нет. Они не могли отправить своих людей под видом городской стражи — слишком рискованно. Равно как и не могли лично послать настоящую стражу. Нет, они действовали через кого-то, кто имеет власть или, по крайней мере, политический вес, чтобы организовать такую акцию.

Кто? Вопрос возвращал Эверарда к исходной точке. Кто его выдал?

«Зоил. Теперь, что называется, задним умом, я понимаю это предельно отчетливо. Важная фигура в городе, кроме того, влюблен в Феону до самозабвения. Она, должно быть, понарассказала ему о врагах, которые ищут ее даже здесь, в этом далеком прибежище, и просила Зоила сообщать о чужеземцах, которые начнут расспрашивать о людях ее племени. Имея широкий круг знакомств, Зоил без труда мог узнать о таких незнакомцах...»

— И надо же, я ему вчера у Гиппоника все сам рассказал, — мрачно пробормотал Эверард.

«Сегодня он, видимо, и рассказал все Феоне. Хотя Зоил, вероятно, принял Меандра просто за любопытствующего... Она же заподозрила нечто более серьезное и уговорила Зоила послать стражников. Ему наверняка потребовалось несколько часов... Зоил не состоит на военной службе — пришлось искать офицера, на которого он мог бы надавить... Тем более что все нужно было провернуть втихую...

При таком росте и внешности меня легко выследить... — Эверард вздохнул. — Они схватят Чандракумара как возможного соучастника. Кроме того, нужно же демонстрировать какие-то результаты... Им и без того достанется по пять-шесть плеток за то, что упустили преступника. Бедняга...

Когда экзальтационисты поймут, что индус не в состоянии выдать нужные им сведения, в пытках не будет смысла — разве только для забавы. Однако сам факт блокировки сознания уже докажет им, что он явился из будущего. Но даже если у них есть кирадекс для снятия гипнотической блокировки, выболтанные им секреты все равно должны увести в сторону... Хорошо, что Шалтен меня поднатаскал перед этим заданием... По крайней мере, я оставил ложный след...»

Прочие его преимущества — выучка, знания, сила, ловкость, природная сообразительность, туго набитый кошелек — тоже пока в силе... Если, конечно, это потребуется. Были еще всякие приспособления, но, кроме фонарика, все осталось в доме Гиппоника. Кольцо, например, вмещало передатчик для коротких сообщений. Мощность его была совсем незначительной, но приемники Патруля могли улавливать даже отдельные фотоны, и в эти времена еще не существовало никаких помех. Медальон богини Афины был более мощным, двухканальным передатчиком. В рукоятке ножа таился излучатель-парализатор с двадцатью зарядами. Меч служил одновременно и энергетическим ружьем.

И Эверард был не одинок в этой эпохе. Исследователи истории, как Чандракумар, другие ученые, предприниматели, просто эстеты и любители необычного исчислялись на планете сотнями. Что более важно, Патруль располагал станциями в Риме, Александрии Египетской, Антиохии Сирийской, Гекатомпиле, Паталипуштре, Хиен-Яне, Куикуилко и региональными отделениями. Они все знают об операции, и на сигнал бедствия помощь придет незамедлительно. Если только он сможет добраться до своей аппаратуры.

Что, в лучшем случае, было бы поступком безумца. Экзальтационисты, должно быть, предприняли все доступные им меры предосторожности. Эверард не знал, какие именно у них приборы обнаружения, но они как минимум ведут непрерывное наблюдение за возможными сигналами из города и его окрестностей и способны выявить появление здесь темпороллера. Они наверняка готовы сбежать, скрыться в неизвестности, едва только поймут, что Патруль вышел на их след.

Но вряд ли все они могут удрать сразу же. Многие из них нередко оказываются вдали от спрятанных темпороллеров. Но наверняка не все: кто-то обязательно дежурит. И если сбежит хотя бы один, этого уже достаточно, опасность сохранится...

Даже с выученной под гипнозом картой сориентироваться без освещения или вывесок было нелегко. Эверард дважды сбивался с пути и бранился про себя. Он спешил. Узнав о провале ареста, экзальтационисты непременно через того же Зоила пошлют человека в дом Гиппоника, чтобы забрать вещи Меандра и устроить засаду их владельцу. Эверарду нужно было оказаться на месте первым, скормить купцу какую-нибудь правдоподобную историю, собрать пожитки и исчезнуть.

Вряд ли туда сразу отправилась вторая группа: у Зоила и без того проблем хватило, когда пришлось использовать свои связи, чтобы послать в вихару четверых стражников. Кроме того, два отряда увеличили бы риск нарваться на неподкупного офицера, который потребовал бы объяснений, а такой поворот дела бросил бы тень на Феону.

«Но как бы то ни было, нужно быть начеку. Хорошо, что телефон еще не изобрели», — подумал Эверард.

Он остановился как вкопанный. Внутри у него что-то оборвалось.

«У-у-у... — простонал он, потому что бранных слов уже недоставало. — Боже, ну чем я думал? Сейчас хоть сообразил...»

626

Он сделал шаг в сторону, в темноту под стеной, прислонился к шершавой штукатурке, прикусил губу и ударил кулаком в ладонь.

Стояла глубокая ночь, усыпанная сверкающими холодными звездами, над Орлиной Башней повис серп луны. На улице, где живет Гиппоник, точно такое же освещение. Эверарда будет отлично видно у дверей, когда он, постучав, станет дожидаться раба-привратника, чтобы тот открыл и впустил его в дом.

Он взглянул вверх. Ярко светила Вега в созвездии Лиры. Ни одного движения, только мерцают звезды. Невидимый глазом, темпороллер может висеть на высоте, пока оптические приборы не засекут его. Прикосновение к пульту, и машина внизу. Даже убивать не надо: выстрел из парализатора, закинуть обмякшее тело на сиденье — и на допрос.

Ну конечно же! Когда Раор узнает о том, что произошло в вихаре, а это случится очень скоро, она просто пошлет одного из своих людей на пару часов назад, чтобы тайно наблюдать за домом купца, пока не объявится беглец или не прибудет стража. У Патруля не было темпороллера поблизости, и Эверард не мог его вызвать. Впрочем, он и не стал бы. Арест наблюдателя мог бы спугнуть остальных экзальтационистов.

«Может, она не додумается? Я-то вот не сразу догадался... — Эверард тяжело вздохнул. — Нет, слишком рискованно. Экзальтационисты, может быть, и сумасшедшие, но они отнюдь не глупы. Даже их слабая сторона — чрезмерная осторожность и предусмотрительность — играет сейчас в их пользу. Придется уступить им свое снаряжение».

Скажет ли оно им что-то? Есть ли у них оборудование, чтобы выявить его секреты? Положим, таковое имеется, но они вряд ли узнают что-нибудь новое — разве что поймут, что Джек Холбрук не совсем идиот.

Слабое утешение, когда Мэнс Эверард остается совершенно безоружным.

Что делать? Покинуть город до прихода сирийцев и пробираться к ближайшей станции Патруля? До нее сотни миль, и не исключено, что он сложит кости где-нибудь на этом пути, навсегда похоронив добытые им сведения. Если же он уцелеет в путешествии, то ему вряд ли позволят перенестись на темпороллере туда, откуда он вынужден был бежать. И Патруль не сможет потратить еще несколько биологических лет на подготовку и столь же тщательно отработанную заброску другого агента.

«Это не имело бы значения для Раор, если бы она столкнулась с подобной дилеммой. Она бы просто вернулась назад, уничтожила первоначальные планы и занялась новыми. И черт с ними, с причинно-следственными вихрями, непредсказуемыми и бесконтрольными последствиями для истории. Хаос — вот что нужно экзальтационистам. Из него они создадут свое царство.

Если я прекращу работу и каким-то образом передам предупреждение Патрулю, помощь будет оказана открыто — эскадрильей темпороллеров, ворвавшихся в ночь. Операция, возможно, спасет Чандракумара и определенно положит конец замыслам Раор. Но тогда она и ее подручные скроются, чтобы продолжить свои попытки, и мы не будем знать, где и когда они объявятся в следующий раз. — Эверард пожал плечами: — Выбор у меня невелик».

Он повернулся и двинулся в сторону реки. Интуиция подсказывала ему, что там находятся несколько дешевых таверн, и в любой он найдет ночлег, убежище, а может, и новые сплетни о Феоне. Завтра. Завтра царь вернется домой с неприятелем, наступающим ему на пятки.

«Полагаю, мне не стоит слишком удивляться такому повороту событий. Шалтен и его ребята разработали прекрасный план. Но каждый патрульный знает, или обязан знать, что в любой операции именно планы погибают первыми».

1987 год от Рождества Христова

Дом находился в пригороде Окленда, где вы общаетесь с соседями ровно столько, сколько вам хочется. Дом был небольшой, скрытый пиниями и дубами, росшими в конце ведущей в гору подъездной аллеи. Оказавшись внутри, Эверард нашел обстановку холодной, мрачноватой и старомодной. Красное дерево, мрамор, вышитая обивка, толстые ковры, темно-бордовые портьеры, книги на французском в кожаных переплетах с золотым тиснением. Великолепные копии Тулуз-Лотрека и Сёра, выполненные с предельной точностью, совершенно не вязались с интерьером.

Шалтен обратил внимание на выражение лица Эверарда.

— Да-да, — произнес он по-английски с акцентом, который Эверард не мог определить, — мое любимое пристанище, pied-a-terre, так сказать, — Париж старых добрых времен. Утонченность до отвращения, стремление к новизне, доводящее до умопомешательства, а для наблюдателя, знающего все наперед, — пикантность с оттенком горечи. Когда мне предложили работу здесь, я захватил эти вещи с собой на память. Пожалуйста, будьте как дома. Я приготовлю нам выпить.

Он протянул руку, и Эверард пожал ее, костлявую и сухую, как птичья лапка. Агент-оперативник Шалтен был тщедушным человечком со сморщенным лицом и массивным лысым черепом. Наряд его состоял из пижамы, шлепанцев, вылинявшего халата и ермолки, хотя он вряд ли исповедовал иудаизм. Когда штаб-квартира Патруля договаривалась о встрече, Эверард поинтересовался, где и когда появился на свет хозяин дома.

— Вам незачем это знать, — последовал ответ.

Вначале Шалтен был по-настоящему гостеприимен. Эверард устроился в чересчур плотно набитом кресле и отказался от шотландского виски, так как ему предстояло возвращаться в отель на машине, однако согласился на пиво. Чай с «Амаретто» и «Трипл Сек» не соответствовали французским вкусам Шалтена, но постоянство, похоже, было ему несвойственно.

— Если вы не возражаете, я буду стоять, — послышался надтреснутый голос.

Длинная трубка лежала на бюро рядом со специальной коробкой, поддерживающей определенную влажность табака. Он набил трубку и закурил тошнотворно-душистую смесь. Эверард, отчасти из самозащиты, раскурил свою, вырезанную из корня вереска. Атмосфера все же располагала к общению.

В конце концов, их объединяла общая цель, и Шалтен, понимая это, постарался разрядить обстановку.

Болтовня о погоде, о пробках на дорогах, о преимуществах кухни у Тадича в Сан-Франциско заняла первые минуты разговора. Затем он обратил на гостя странно поблескивающие желто-зеленые глаза и произнес с той же интонацией:

— Итак, вы расстроили планы экзальтационистов в Перу и частично устранили их. Захватили сбежавшего испанского конкистадора и вернули его туда, где ему положено быть. Вы вновь столкнулись с экзальтационистами в Финикии и также вывели из строя нескольких бандитов.

Подняв руку, Шалтен продолжил:

— Нет, пожалуйста, без излишней скромности. Конечно, подобные операции требуют хорошо сработавшейся команды. В организме великое множество клеток, и все они функционируют, потому что ими управляет дух. Вы не только руководили работой группы, но и действовали при необходимости в одиночку. Примите мои поздравления. Вопрос в том, хватило ли вам времени на отдых после этой операции?

Эверард кивнул.

— Вы уверены? — настаивал Шалтен. — Для отдыха пока есть время. Вам пришлось немало пережить, это серьезная нагрузка. Мы разрабатываем следующий этап, и он будет, похоже, еще более опасным и напряженным.

Шалтен изобразил на лице улыбку.

— Или, учитывая ваши политические взгляды, я должен был сказать, что работа будет опасной и ответственной.

Эверард рассмеялся:

— Спасибо! Благодарю вас. Но я в самом деле готов работать. Меня беспокоит, что экзальтационисты до сих пор разгуливают на свободе.

На английском это замечание звучало нелепо, но только темпоральный язык имел грамматическую структуру, пригодную для описания перемещений во времени. Пока не требовалась абсолютная точность, Эверард предпочитал родной язык. Собеседник отлично понял, что подразумевал патрульный.

— Надо завершить эту работу, прежде чем они покончат с нами.

— От вас никто не требует непосредственного участия в событиях, — сказал Шалтен. — И хотя Штаб надеялся, что вы, с вашей квалификацией, проявите инициативу, но они на этом не настаивали.

— Я сам хотел этого, — проворчал Эверард. Он крепко сжал чашечку трубки, чувствуя, как согреваются пальцы. — Хорошо. Каков ваш план и как в него впишусь я?

Шалтен выпустил клуб дыма.

— Сначала подоплека. Вам известно, что 13 июня 1980 года экзальтационисты находились в Северной Калифорнии. По крайней мере один из них имеет прямое отношение к провокации в Финикии. Они предприняли строгие меры предосторожности, использовали разрешенные перемещения во времени, чтобы замаскироваться, и так далее. У нас нет возможности взять их там. Сам этот факт может открыть нам путь для разыгрывания новой партии, но они, понятно, знают, что мы о них знаем. В тот день экзальтационисты держались особенно осторожно, тщательно избегая любых действий, в которых не были абсолютно уверены.

— М-да. Разумеется.

— Однако, изучив вопрос, я пришел к выводу, что существует еще одна небольшая зона в пространстве-времени, где, вероятно, они скрываются. Это только предположение, точные данные отсутствуют, но сама гипотеза заслуживает внимания.

Длинный мундштук указал на Эверарда.

— Догадываетесь, о чем речь?

— М-м-м... здесь и сейчас. Ведь вы поэтому сейчас здесь.

— Правильно, — Шалтен усмехнулся. — Я провел недели в этой отвратительной эпохе, вынашивая планы, продумывая ловушки, кропотливо перебирая деталь за деталью. И так каждый день. Не исключено, что напрасно. Как часто человек растрачивает свой интеллект впустую! Поможет ли вам выпестованный мною плод? — Он выпустил изо рта тягучее облако дыма. — Догадываетесь, как я дошел до мысли о перспективах этого периода для нас?

Эверард оцепенел, словно человек, стоявший перед ним, превратился в гремучую змею.

— Боже мой, — прошептал он. — Ванда Тамберли!

— Молодая леди, наша современница, угодившая в перуанскую переделку, — кивнул Шалтен и продолжил подчеркнуто неторопливо: — Позвольте высказать мои доводы, хотя вы и сами теперь без труда сумеете восстановить события. Когда провалилась попытка присвоить выкуп за Атауальпу, экзальтационисты взяли в плен двух человек — дона Луиса Кастелара и нашего законспирированного специалиста Стивена Тамберли, чье присутствие в сокровищнице помешало им совершить задуманное — как они надеялись, ненадолго. Припоминаете? Позже они разобрались, что Стивен работает в Патруле, и его допрашивали под воздействием кирадекса. Когда Кастелар вырвался на свободу и скрылся на темпороллере, захватив с собою Тамберли, экзальтационисты собрали всю возможную информацию о Стивене и его прошлом. Ваши люди, вновь атаковав, уничтожили и захватили в плен почти всех.

«Конечно, я припоминаю, черт побери!» — проворчал про себя Эверард.

— Теперь взгляните на случившееся глазами тех, кто сбежал или находился тогда в другом месте, — продолжал Шалтен. — Произошла какая-то ужасная ошибка, и они страстно желают разобраться в ней. Простыл ли след, по которому до них добрался Патруль, или, быть может, он выведет сыщиков на оставшихся экзальтационистов?

Они отчаянно смелы и умны. Они досконально исследуют все возможные ходы, и мы не в состоянии препятствовать им. Так же как не в состоянии охранять каждого человека, причастного к этой истории. Экзальтационисты могли вернуться в Перу после 1533 года и осторожно разузнать последующую биографию Кастелара. Возможно, подобное, но в меньших масштабах, было проделано с Тамберли. Не требует доказательств и то, что они не знают всего о той веселой погоне, в которую нас вовлек Кастелар, и о том, как мы вытащили Тамберли, и как в это была втянута его племянница. Их сведения отрывочны, выводы весьма неполны и расплывчаты. Тем не менее они, очевидно, считают себя вне опасности, доказательством чего является их шальная выходка в Финикии.

Во-первых, я уверен, что они проводили тщательное расследование по всем, кого упомянул Тамберли во время изощренного и жестокого допроса: круг общения, знакомые, родственники. Ведя наблюдение, они вполне могли обнаружить веские причины, чтобы заподозрить его племянницу Ванду в причастности к этому делу, тем более что ей предложили вступить в ряды Патруля. Это произошло в мае 1987 года.

— А мы сидим здесь и мирно беседуем! — воскликнул Эверард.

Шалтен поднял руку:

— Умоляю, успокойтесь, друг мой. С какой стати им нападать на нее или на кого-нибудь еще? Дело сделано. Они беспринципны и жестоки, как дикие коты, но не глупы и не мстительны. Семейство Тамберли больше не представляет для них угрозы. Напротив, они действуют с чрезвычайной осторожностью, так как полагают, что мисс Ванда — под тайным надзором Патруля, который ждет, когда экзальтационисты клюнут на нее. Они не чувствуют никаких угрызений совести, используя человека в качестве приманки. Думаю, что они не решатся ни на какие серьезные действия, они лишь наблюдают, по крупицам собирая информацию, и прячутся где-то во времени.

— И все-таки...

— Не беспокойтесь, она находится под нашим наблюдением — на всякий случай. Я считаю, что неожиданностей не будет и это бдение — только трата драгоценного времени. Но штаб-квартира настаивает, ничего не поделаешь. Так что расслабьтесь.

— Хорошо, — буркнул Эверард, хотя на душе у него было неспокойно.

«Почему я так волнуюсь? Да, она изящна, сообразительна, хороша собой, но это обычная девушка из рода человеческого, миллион лет обитающего на Земле», — подумал Эверард, а вслух произнес:

— Хватит вступлений. Не пора ли перейти к сути?

Шалтен отпил маленький глоток.

— Заключительный результат моих размышлений, — сказал он, — я сообщил вам в начале беседы. Весьма похоже, что один или несколько экзальтационистов находятся на побережье в районе Сан-Франциско в течение нескольких дней текущего месяца — мая 1987 года. Но они настолько осмотрительны, что мы не можем выследить их. Вместо этого мы готовим им ловушку.

Эверард залпом допил пиво, подался вперед и задымил трубкой.

— Как?

— Вы обратили внимание на дело, связанное с бактрийским письмом? — поинтересовался Шалтен.

— Связанное с чем? — задумчиво переспросил Эверард. — Нет, я... пожалуй, упустил это из виду. Что-нибудь новое? Я очень недолго пробыл в том отрезке времени и был слишком занят.

Шалтен кивнул массивным черепом.

— Понимаю. Вы занимались перуанскими событиями, затем ваше внимание переключилось на очаровательную молодую леди, а когда человеку наперед известно, что уготовано этому веку историей, он становится невосприимчивым к проблемам сегодняшнего дня. Тем не менее я полагал, что вы в курсе. Это не просто сенсация местного значения. Она интересна специалистам, но в то же время весьма занимательна и для общественности. Так сказать, небольшая международная сенсация-однодневка.

— Которую вам удалось организовать точно в соответствии с вашим желанием, — заключил Эверард. Сердце его тревожно екнуло.

— Потому-то я и здесь.

«Как он проделывает эти фокусы? Плетет паутину связей, операций, выдумывает сказочки и скармливает их специально отобранным журналистам — и все это вытворяет сие тщедушное создание. Даже при том, что основную работу делают компьютеры, он заслуживает благоговейного трепета. Но не спрашивай его, не надо, не задавай вопросов, иначе он заговорит тебя до смерти», — подумал Эверард, а вслух добавил:

— Пожалуйста, просветите меня.

— Мы могли бы выбрать июнь 1980 года, потому что твердо знали, что экзальтационисты там, — объяснил Шалтен, — но я подумал, что фокус может не сработать, поскольку они не только предельно осторожны, но и присутствие их оказалось слишком кратким. Могло случиться так, что они просто не заметили бы нашу приманку. Этот год лучше — если, конечно, они здесь появятся. Им понадобится по крайней мере несколько дней, чтобы изучить семейство Тамберли. Им, замаскированным под обычных людей XX столетия, придется жить в гостинице, ездить на автобусе — в общем, скука, от которой они станут избавляться с помощью газет, телевидения и прочего. Кроме того, они обладают живым умом и заинтересуются окружающим их миром, который представляется им древней стариной. И тогда... как я уже сказал, в прессе появится сенсация, которая, по-моему, привлечет их внимание. Ненадолго, конечно, история вскоре забудется. Но если известие заинтересует их, это подтолкнет экзальтационистов к действию, например к сбору научных публикаций по данной теме.

Эверард вздохнул.

— Нельзя ли еще пива?

— С удовольствием.

Эверард поудобнее устроился в кресле, а Шалтен по-прежнему стоял перед ним с длинной трубкой, похожий на фоне прекрасного старинного бюро на карикатуру.

Эверард услышал:

— Что вам известно о греческом государстве Бактрия?

— Гм, э-э-э... позвольте подумать...

Его исторические познания в основном касались тех обществ и эпох, в которых он работал, в остальном же были весьма отрывочными.

— Бактрия располагалась на севере современного Афганистана. В свое время Александр Македонский прошел по этим местам и включил их в состав своей империи. Туда двинулись греческие колонисты. Позже они объявили себя независимыми, завоевали... м-м... большую часть Афганистана и отхватили довольно большой кусок от северо-западной Индии.

Шалтен одобрительно кивнул.

— Неплохо, учитывая, что это без подготовки. Конечно, предстоит кое-что подучить и провести разведку на месте — предполагаю, в 1970 году, накануне событий в Афганистане, когда вы сможете приехать туда под видом туриста. — Шалтен набрал воздуха в хилую грудь и продолжил: — Два года назад русский солдат в горах Гиндукуша наткнулся на древнегреческую шкатулку, которую, по всей вероятности, выбросило на поверхность в результате обстрела района повстанцами. Захватывающая история. Пикантность ей придает расплывчатость официальных сообщений — типичный атрибут советской секретности. Дело в том, что солдат передал находку командиру, и в конце концов она оказалась в Институте Востоковедения в Москве. Сейчас некий профессор Л. П. Соловьев опубликовал результаты своих исследований. Он не сомневается в подлинности шкатулки и подчеркивает, что эта находка проливает свет на период, мало известный историкам. Большая часть сведений о нем, которыми наука располагала до сих пор, почерпнута, за неимением источников, из монет.

— Что было в шкатулке?

— Позвольте мне прежде обрисовать ситуацию. Бактрия занимала территорию между Гиндукушем и Амударьей. На севере от нее лежала Согдиана, границей которой служила Сырдарья — теперь река находится на территории Советского Союза. Согдианой правили цари Бактрии.

Они откололись от Селевкидов. В 209 году до Христа Антиох III начал поход на восток через Азию, чтобы снова завладеть этим благодатным краем. Он разбил своего соперника Эфидема и осадил столицу Бактрии, куда Эфидем отступил, но так и не сумел взять крепость. Через два года Антиох снял осаду, заключил мир и ушел на юг для утверждения своей власти в Индии. И там он тоже побеждал путем переговоров, а не завоеваний. Осада Бактрии в свое время была известна так же, как осада Белфорта во Франции, но подробности тех славных дней не дошли до нас.

Итак, в шкатулке, найденной русским солдатом, находился папирус, значительная часть которого сохранилась. Радиоуглеродный и прочие виды анализа подтвердили подлинность памятника. Выяснилось, что это — письмо Антиоха, отправленное неизвестному лицу на юго-запад. Гонец и его эскорт, вероятно, попали в беду, скорее всего, пали жертвой грабителей на горных тропах. Почва погребла шкатулку, которую убийцы отшвырнули, не обнаружив в ней сокровищ, а сухой воздух сохранил документ.

Шалтен допил черничный чай и неторопливо отправился на кухню за ликером, чтобы приготовить себе еще одну чашку. Эверард терпеливо ждал.

— Что сообщалось в послании?

— Вы можете познакомиться с копией. Я вкратце изложу вам суть. Антиох описывает, как вскоре после прибытия его войска к воротам Бактры Эфидем и его решительный сын Деметр совершили военную вылазку. Они внедрились глубоко в тыл врага и вернулись в город только под натиском превосходящих сил противника. Если бы операция удалась, бактрийцы могли бы выиграть войну. Безумная авантюра, следует заметить. В письме рассказывается, как Эфидем и Деметр, находясь в авангарде, едва не погибли во время контратаки Антиоха. Захватывающая история, которая, думаю, доставит вам удовольствие.

Эверард, повидавший на своем веку достаточно поверженных наземь людей, истекающих кровью и с вывороченными внутренностями, лишь спросил:

— Кому писал Антиох?

— Эта часть документа утрачена. Не исключено, что своему

генералу, находящемуся в качестве «военного советника» в марионеточном государстве Гедрозии на берегу Персидского залива, или сатрапу из подчиненной Антиоху провинции на дальнем западе. Важно другое: он пишет, что военная стычка с Эфидемом и Деметром убедила его в нереальности быстрой победы над Бактрией, а потому планы нападения на Индию с запада следует отложить. В конце концов они отказались от этой затеи.

— Понятно.

Трубка Эверарда потухла. Он набил ее заново и раскурил.

— Выходит, рейд в тыл врага и последовавшее за ним сражение были не просто инцидентом?

— Вот именно, — произнес Шалтен. — Профессор Соловьев в «Литературной газете» высказал свою гипотезу, и вот она-то и вызвала всеобщий интерес.

Он выдохнул клуб дыма, отпил маленький глоток чая и продолжил:

— Антиох III вошел в историю под именем Антиоха Великого. Унаследовав империю в состоянии распада, он восстановил большую часть того, что было утеряно. В битве при Рафии он уступил Финикию и Палестину Птолемею Египетскому, но затем отвоевал их. Антиох установил контроль над парфянами. Он ходил в дальние походы, добираясь до Греции, предоставил убежище Ганнибалу после Второй Пунической войны. В конце концов римляне одержали верх над Антиохом, и он оставил сыну урезанные территории, но все равно это была громадная держава. Не менее важны его реформы в области культуры и права. Деятельная натура.

Эверард подавил в себе желание коснуться интимной стороны жизни Антиоха.

— Вы полагаете, если бы он погиб в Бактре...

— Депеша не указывает на какую-либо угрозу для Антиоха. Зато его враги — Эфидем и Деметр — находились в опасности. Отвлекшись от дальнейшей судьбы их государства, можно сказать, что сопротивление Бактрии повлияло на дальнейший путь Антиоха.

Шалтен, вытряхнув из трубки остатки табака, отодвинул ее в сторону, заложил руки за спину и продолжил сухое изложение материала. Холодок то и дело пробегал по спине Эверарда.

— Профессор Соловьев, пользуясь своим авторитетом и мировой известностью, делает в статье весьма оригинальные предположения. Ему удалось привлечь внимание всего мира. Сама статья Соловьева интригует. Ситуация, в которой обнаружена находка, романтична. И кроме того, профессор тонко намекает на несостоятельность марксистского детерминизма. Он предполагает, что чистая случайность — например, погиб или не погиб в битве интересующий нас человек — может определить будущее в целом. Сам факт подобной публикации — уже сенсация. Это один из первых примеров гласности, провозглашенной Горбачевым. Совершенно естественно, что статья вызвала всеобщий интерес.

— Сгораю от нетерпения прочитать ее, — отозвался Эверард почти автоматически. Он нутром чуял ветер, который нес запах тигра... людоеда. — Идея Соловьева перспективна?

— Давайте поразмышляем. Бактрия в самом начале оказывается у ног Антиоха. Победа высвобождает силу, необходимую для стремительного завоевания Западной Индии. Это, в свою очередь, усиливает позиции Антиоха против Египта и, что более важно, против Рима. Каждый может отчетливо представить себе, как Антиох приумножает трофеи на севере Таура·и оказывает существенную поддержку Карфагену, благодаря которой город сохраняется в Третьей Пунической войне. Хотя сам Антиох по натуре толерантен, его потомок пытается сокрушить иудаизм в Палестине, о чем вы можете прочитать в Первой и Второй книгах Маккавейских. Безраздельно владея Малой Азией, потомок Антиоха вполне мог рассчитывать на успех. Если бы это произошло, христианство никогда бы не зародилось, а тот мир, в котором мы существуем, превратился бы в фантом, не более, чего Патруль Времени, понятно, старается не допустить.

Эверард присвистнул:

— Вот как! Выходит, экзальтационисты, следовавшие за Антиохом и вновь объявившиеся при последующих поколениях Селевкидов, получат идеальные условия для сотворения мира, угодного им, так?

— Подобная мысль должна была прийти им в голову, — сказал Шалтен. — Первой, как нам известно, будет попытка в Финикии. Она провалится, и тогда уцелевшие экзальтационисты могут вспомнить о Бактрии.

209 год до Рождества Христова

С шумом и грохотом, наполнявшими воздух на протяжении нескольких часов, армия царя Эфидема возвращалась в Город Лошади. Пыль, вздымаемая копытами и ногами, закручивалась в вихревые воронки. Тучи пыли закрывали горизонт там, где арьергард бактрийской армии отбивался от передовых отрядов сирийцев. Ревели трубы, грохотали барабаны, ржали кони, вопили вьючные животные, гомонили люди.

Эверард смешался с толпой. Он купил плащ с капюшоном, чтобы скрыть лицо. В жаре и тесноте такое одеяние выглядело столь же необычно, как и его массивная фигура, но сегодня никто ни на что не обращал внимания. Эверард неторопливо шел по улицам, «отрабатывая город», как он назвал про себя это занятие, и проигрывая все возможные ситуации, какие только он мог смоделировать с учетом сложившейся обстановки.

Всадники кнутами расчищали себе путь от ворот к казармам. За ними следовали солдаты, серые от пыли, изнуренные усталостью, измученные жаждой. Тем не менее они двигались правильным строем. Большинство — верхом. Острия пик сверкали над вымпелами и штандартами, к седлу, как правило, были приторочены лук, топор и шлем. Кавалеристов редко использовали как ударную силу, поскольку стремена были еще не известны, однако осанкой они напоминали кентавров или команчей, а их тактика боя — «удар-бегство-удар» — вызывала в памяти волчьи повадки. Пехота, которая поддерживала конницу, представляла собой смесь из наемников, многие были родом из Ионии и Греции. Их плотно сомкнутые пики подрагивали в такт строевому шагу. Офицеры ехали верхом, в шлемах с гребнями и в узорчатых кирасах — большей частью греки и македонцы. Горожане, прижатые к стенам, высунувшиеся из окон, высыпавшие на крыши, наблюдали за маршем, размахивая руками, подбадривая воинов и утирая слезы. Женщины поднимали малышей высоко над головами, исступленно крича:

— Смотри! Это твой ребенок!.. — Далее следовало дорогое имя мужа и отца.

Пожилые люди, прищурясь, всматривались в лица проходящих воинов, трясли головами, словно отдались своенравию богов. Мальчишки оглушительно кричали, уверенные в том, что вскоре врага настигнет верная смерть.

Воины ни разу не остановились. Они выполняли приказ разойтись по казармам. А там — глоток воды и новые приказы. Некоторых сразу ожидало дежурство на крепостном валу. Впоследствии, если неприятель не будет штурмовать городские ворота, их по очереди отпустят в короткие увольнительные. И тогда таверны и веселые дома будут переполнены.

Эверард знал, что осада долго не продлится. Город не в состоянии прокормить большое количество животных, хотя Зоил и Креон объявили, что хранилища забиты припасами. Да, осада не охватит город плотным кольцом. Люди под надежной охраной смогут брать воду из реки. Антиох попытается с помощью катапульт воспрепятствовать движению по реке, но ему не удастся остановить баржи, груженные провиантом. Случайный караван в сопровождении мощного эскорта тоже может доставить груз из других районов. Но фуража хватит лишь на ограниченное количество лошадей, мулов и верблюдов. Остальные отправятся на бойню, если Эфидем не использует их в атаках на сирийцев.

«Такова участь города в ближайшие года два. Какое счастье, что я здесь не застряну. Хотя как отсюда выбраться — это пока большой вопрос», — думал Эверард.

Когда операция завершится, независимо от того, поймают экзальтационистов или нет, Патруль будет разыскивать Эверарда, если он не объявится сам. Конечно, Патруль проверит, все ли в порядке с Чандракумаром, и заберет своего агента из армии Антиоха. До той поры, однако, все они могут рассчитывать только на себя. И не имело значения, что агент-оперативник Эверард в силу своего ранга представлял большую ценность, чем два других специалиста, работавших здесь в качестве ученого и дежурного наблюдателя. Эверард находился в Бактрии именно потому, что способен был действовать в любой непредвиденной ситуации. Шалтен рассудил, что Раор, скорее всего, обоснуется в этом городе. Пока планы Патруля не нарушены, человек, сопровождавший Антиоха, будет всего лишь дублером. Но сейчас служебное положение не имело значения. В расчет принималось лишь качество проделанной работы. Если это стоило агенту жизни, то урон корпусу Патруля наносился значительный, но результатом операции являлось спасение будущего, и все, кому суждено было появиться на свет и выполнить свое предназначение, рождались, учились, творили. Не самая скверная сделка. Друзья вспомнят добрым словом, но после.

«При условии, что мы сможем блокировать бандитов, а еще лучше — покончим с ними».

В будущем было зафиксировано, что Патруль удачно справился с этой задачей, по крайней мере с первой частью. Но если операция не удастся, отчеты о ней никогда не появятся, Патруль никогда не создадут, а Мэнс Эверард никогда не родится на свет... Он отогнал мрачные мысли прочь, как делал всегда, когда они начинали мешать ему, и сосредоточился на работе.

Слухи подогревали напряженность, восточный темперамент грозил взрывом, переполох охватил улицы вплоть до ворот крепости. Неразбериха была на руку Эверарду, кружившему по городу и подробно изучавшему обстановку. Время от времени он сверялся с картой, запечатленной в его сознании.

Уже не один раз он прошел мимо дома, который, он был уверен, принадлежал Феоне. Двухэтажная постройка, окруженная двором, походила на другие жилища состоятельных горожан, но уступала по размерам зданиям подобного типа и была намного меньше дома Гиппоника. С фасада из шлифованного камня располагался портик, узкий, но с колоннами под фризом, украшенным барельефом. От соседей дом отгораживали аллеи. На улице, где он стоял, было полно и жилых домов, и лавок, что вполне естественно в отсутствие законов о градоустройстве. Все заведения закрывались после наступления темноты, не считая дома Феоны, но она себя не рекламировала. Так ей было удобнее.

«Прекрасно. Меня это тоже устраивает», — подумал Эверард. План действий обретал плоть.

Горожане никак не могли угомониться. Они разыскивали друзей, бесцельно слонялись по улицам, утешались в тавернах и кабачках, где цены мгновенно подскочили до небес. Проститутки обоих полов и воры-карманники задыхались от избытка работы. Эверард с трудом отыскал в такое позднее время открытую лавку, где смог купить все необходимое. Главным приобретением стали нож и длинная веревка. Ему тоже пришлось заплатить больше, чем он собирался: у продавца не было настроения торговаться. Город буквально впал в истерику. Надвигалась тоска осады.

«Вдруг Эфидем потерпит поражение при вылазке? Ведь у него мало шансов. Если правитель погибнет в боевой операции и Антиох вступит в город, то сирийцы, несомненно, разграбят Бактру. Бедняга Гиппоник. Несчастный город. Жалкое будущее».

Когда шум сражения стал отчетливо слышен за крепостными стенами, прямо на глазах Эверарда началась паника. Он и сам бежал бы куда подальше, но стражники-соглядатаи следили за каждым шагом горожан. Они обязаны были подавлять любые волнения, не допуская их перерождения в мятеж, и толпы на улицах понемногу начали рассеиваться. Люди поняли, что разумнее сидеть по домам или где-нибудь еще и не суетиться.

Шум нарастал. Трубы возвещали о триумфе сражающихся, но Эверард знал, что это неправда. Сирийцы преследовали по пятам бактрийский арьергард до самых крепостных стен, пока лучники не отбили неприятеля на время, достаточное для того, чтобы захлопнуть городские ворота. Завоевателям пришлось отступить и разбить лагерь. Солнце почти закатилось, на мостовые легла тень. По случаю возвращения арьергарда, равно как и по причине полнейшей опустошенности в душе, некоторые обитатели Бактры отважились выбраться на улицу и отметить это событие.

Эверард отыскал еще открытую таверну, немного поел и выпил, вышел на улицу и присел на постамент какой-то статуи, чтобы передохнуть. Расслабить он мог только мышцы, но не ум. Эверард нестерпимо страдал без трубки.

Мрак сгущался, и вскоре город объяла ночь. От звезд и Млечного Пути изливалась прохлада. Эверард двинулся в путь. Он старался идти как можно тише, но звук собственных шагов оглушал его.

Гандарийскую улицу наполняли лишь тени. Он обошел кругом дом Феоны, чтобы как следует осмотреться, а затем вернулся назад и затаился неподалеку от угла портика. Теперь следовало действовать без промедления. Эверард бросил на землю моток веревки, завязав на конце скользящую петлю.

Карниз выдавался вперед, растворяясь во мраке, но глаза, привыкнув к темноте, отчетливо видели его, хотя расстояние трудно было определить точно. Петля раздвинулась, когда Эверард начал вращать лассо над головой. Теперь осталось выбрать момент, чтобы забросить веревку.

Черт! Промахнулся. Эверард напрягся, готовый немедленно отступить, но ничего не произошло. Никто не услышал легкого шлепка веревки о землю. Эверард притянул лассо к себе. С третьей попытки он зацепился за карниз и завопил про себя от радости, когда веревка туго натянулась под рукой.

«Совсем неплохо».

Не то чтобы он любил знакомиться со знаменитостями, но, решив однажды, что владение лассо может когда-нибудь пригодиться, не поленился разыскать в 1910 году знатока этого искусства, согласившегося взять Эверарда в ученики. Часы, проведенные с Уиллом Роджерсом, запомнились чуть ли не как самые приятные в его жизни.

Если бы он не заметил выступа на карнизе, то прибег бы к другому способу, чтобы пробраться наверх, — например, нашел бы лестницу. Рискованно, но не так чтобы слишком. Только бы проникнуть в дом, а там уж он будет действовать по обстановке. Эверард надеялся вернуть часть или даже все снаряжение, выданное ему Патрулем. На случай, если вся банда экзальтационистов окажется в сборе и он сможет ликвидировать их одним махом. Хотя это вряд ли...

Патрульный вскарабкался наверх и подтянул за собой веревку. Припав к черепице, он снял сандалии и засунул их в скатку плаща, привязав ее куском веревки к поясу. Петлю он оставил на месте и держал только конец веревки. Ступив на карниз со стороны двора, Эверард на мгновение застыл. Он ожидал увидеть стену мрака, а в глаза ударили пучки желтого света. Он увидел бассейн, в котором дрожали отражения звезд.

«Неужели придется торчать здесь, пока в доме не улягутся спать? Как быть?» — промелькнуло в голове Эверарда.

Через минуту он принял решение: «Нет. Нельзя так просто отказываться от плана. Если меня схватят, — он потрогал ножны, — живым не дамся. — Уныние как рукой сняло. — Вот будет фокус, если я все-таки справлюсь с задачей! Веселись, пока не вышло время!»

Эверард потихоньку опустил веревку и осторожно соскользнул по ней.

Щеки его коснулась ветка жасмина, источающего ночное благоухание. Скрываясь за живой изгородью, патрульный пробирался по саду. Мгновение, показавшееся вечностью, — и он наконец на месте, откуда удобно наблюдать и слушать. Патрульный замер.

Внутренние покои, видимо, еще не остыли от дневного зноя, окно было распахнуто настежь и не зашторено. Из своего укрытия в гуще листвы он смотрел прямо в комнату, отчетливо различая голоса.

«Счастье! Удача!»

Тут же Эверард без радости отметил, что последнее время везение приходит к нему не так уж часто. У него пересохло в горле, он вспотел, ссадина на лодыжке горела, от неподвижности ныло все тело. Но патрульный забыл обо всем, как только заглянул в окно. Да, Раор могла заставить любого мужчину потерять голову.

Комната была небольшой и предназначалась для интимных свиданий. Восковые свечи в позолоченных подсвечниках в виде папируса[1], расставленных по всей комнате, бросали отблески на персидский ковер. Мебель черного дерева, инкрустированная розовым деревом и перламутром, утонченные эротические фрески, которые сделали бы честь Алисии Остин. Мужчина расположился на скамье, женщина — на кушетке. Прислужница ставила поднос с фруктами и вином на столик между ними.

На нее Эверард почти не обратил внимания — прямо перед ним возлежала Феона. Украшений на ней было мало, а в тех, что

---

[1] Папирус — здесь африканское растение типа осоки.

поблескивали на пальцах, запястьях и груди, наверняка скрывалась электроника. Одеяние простого покроя из тонкой шерсти подчеркивало изящные линии ее тела. Женское воплощение Меро Варагана, его подруга-клон, его второе «я».

— Можешь идти, Касса. — Голос низкий, она скорее пела, нежели говорила. — Сегодня ты и другие рабы не должны покидать своих комнат, если я не позову вас.

Глаза ее слегка сузились. В них промелькнули все оттенки зеленого — от малахитового до цвета морской волны, разбивающейся о риф.

— Это приказ. Передай всем.

Эверарду почему-то показалось, что прислужница вздрогнула.

— Слушаюсь, госпожа.

Она попятилась к выходу. Эверард предположил, что слуги живут наверху.

Раор отпила глоток из бокала. Мужчина на скамье шевельнулся. Одетый в белую одежду с синей каймой, он достаточно походил на Раор, чтобы можно было определить его расу. Седые пряди в волосах, вероятно, крашеные. Мужчина говорил напористо, но без живости, свойственной Варагану.

— Сауво еще не вернулся?

Он говорил на родном языке, который Эверард в свое время долго изучал. Когда охота закончится, если это вообще случится, будет жаль стирать из мозга трели и журчание чужой фонетики. Язык был не только благозвучным, но и богатым, емким настолько, что одно предложение в переводе на английский занимало целый абзац, будто люди пересказывали друг другу давно и хорошо известные им вещи.

Но все в памяти не сохранишь. Резервы ее ограниченны, а впереди ждут другие операции. Так было всегда.

— Он придет с минуты на минуту, — непринужденно отозвалась Раор. — Ты слишком нетерпелив, Драганизу.

— Мы уже потратили столько времени...

— Не больше других.

— Для тебя и Сауво. А для меня прошло уже пять лет с тех пор, как я начал создавать этот образ.

— Потрать еще несколько дней, чтобы защитить свой вклад в дело.

Раор улыбнулась, и сердце Эверарда замерло.

— Воплощение зла становится служителем Посейдона!

«Вот оно что! Значит, это вымышленное имя. «Родственник» Феоны...» Эверард уцепился за этот факт, пытаясь взять себя в руки и избавиться от кружащих голову чар Феоны.

— А для Булени даже больше, и при этом он часто попадал в трудные и опасные переделки, — продолжал Драганизу.

— Для него это развлечение, — сострила Раор.

— Если Сауво не в состоянии приучить себя возвращаться ко времени...

Раор подняла руку, достойную кисти Боттичелли. Ее темноволосая головка, увенчанная косой, замерла.

— Кажется, это он.

Вошел второй экзальтационист в простой тунике и сандалиях. Его красота была более броской, чем у Драганизу. Раор чуть наклонилась вперед, бросив на него быстрый и в то же время пристальный взгляд.

— Дверь за собой запер? — требовательно спросила она. — Я не слышала.

— Конечно, — отозвался Сауво. — Разве я когда-нибудь забывал об осторожности?

По лицу Драганизу скользнуло недовольство. Быть может, он грешил рассеянностью. Может, совершил оплошность лишь раз, но Раор наверняка позаботилась, чтобы это никогда больше не повторилось.

— Особенно когда повсюду рыщет Патруль, — добавил Сауво.

«Значит, — подумал Эверард, — их гараж для темпороллеров находится в запертой комнате на этом этаже... в глубине здания, откуда и появился Сауво...»

Драганизу приподнялся, вновь сел и взволнованно спросил:

— Их агенты здесь? Сейчас?

Сауво сел на другой стул. В древнем мире стулья со спинками были редкостью, в основном они предназначались для царствующих особ. Он налил себе вина и взял с блюда инжир.

— Нам не стоит бояться их, приятель. Как бы они ни подбирали к нам ключи, они проиграли. Патруль думает, что мы нанесем удар где-то там, в будущем. Сюда они послали человека только на разведку, за дополнительными сведениями.

И Сауво пересказал им историю, которую Эверард изложил в вихаре.

«Этот тип упрятал Чандракумара в тюрьму и допросил под действием кирадекса, — понял Эверард. — Все раскрыто. Однако большая часть секретов, которые узнал Сауво, вовсе никакие не секреты. Спасибо, Шалтен!»

— Опять менять план! — воскликнул Драганизу.

— Наш старый план и без того скоро аннулирует и замысел, и исполнителей, — пробормотала Раор. — Но все же интересно было бы побольше узнать о них. Может, даже вступить в контакт... — Слова ее скрылись в молчании, словно змея, скользнувшая за добычей.

— Во-первых, — отрывисто произнес Драганизу, — мы знаем, что этот... Холбрук... вырвался на свободу, и сейчас неизвестно, где его носит.

Раор отреагировала без промедления:

— Успокойся, все в порядке. Его снаряжение и средства связи у нас.

— Если он не даст о себе знать...

— Сомневаюсь, чтобы Патруль рассчитывал немедленно получить от него известия. Оставьте его пока в покое вместе с другими конспираторами. У нас есть куда более срочные дела.

Драганизу повернулся к Сауво и спросил:

— Как тебе удалось допросить его без свидетелей?

— Разве ты не слышал? — не скрывая удивления, ответил Сауво.

— Я пришел несколько минут назад. Был занят делами в качестве Никомаха. В записке Раор черкнула единственное слово: «Приходи».

«Записку доставил раб, — решил Эверард. — Радио использовать боятся. Она, вероятно, чувствует себя уверенно, но «дело Холбрука» обострило ее осторожность до предела».

— Я уговорила Зоила держать арестованных по этому делу в одиночках, — произнесла Раор, пожимая шелковыми плечами. — Сказала, что мои связи дают мне основания видеть в них шпионов.

«И когда стража и обитатели каталажки уснули, Сауво использовал темпороллер и проник в камеру. Раор решила пойти на такой риск. Видимо, они считали, что Чандракумар и Холбрук — единственные специалисты Патруля в Бактре; один теперь заперт на замок, а второй остался без снаряжения и где-то прячется. Сауво оглушил Чандракумара мощным лучом, надвинул ему на голову кирадекс и, когда пленник пришел в себя, подробно допросил его. Надеюсь, он оставил Чандракумара в живых. Несомненно. Зачем вызывать вопросы у тюремщиков? Да и что может сказать им наутро Чандракумар о случившемся? Они просто примут его за лунатика».

Драганизу не сводил с Раор глаз.

— А ты, я смотрю, вскружила ему голову, да?

— Ему и еще многим, — заметил Сауво, пока Раор с притворной застенчивостью пила вино. Он засмеялся. — Видели, какие ревнивые взгляды бросают на мажордома Ксениада? Хотя все знают, что я лишь слуга.

«Значит, Сауво — это Ксениад, ведающий домашней прислугой. Запомним... Сочувствую Зоилу и его компании. Я бы тоже не отказался затащить миледи в постель. — Эверард поморщился. — Хотя и не решился бы заснуть в ее объятиях. Как знать,
может, в этих черных локонах припрятана ампула с цианистым
калием».

— Ладно, греки пусть держат Чандракумара в камере, —
сказал Драганизу. — А что за снаряжение было у Холбрука?

— Он оставил его в доме человека, с которым сюда приехал, — объяснила Раор. — Человек этот — обычный купец из
местных. Он был в ужасе, когда стража заявила, что его гость шпи-
он, и конфисковала вещи чужеземца. В дальнейшем Гиппоника
можно не трогать; в сущности, это было бы даже неразумно.

«И на том спасибо», — подумал Эверард.

— А багаж его здесь, — Раор улыбнулась, став похожей на
кошку. — С этим тоже пришлось повозиться, но Зоил посодей-
ствовал. У него свои каналы. Я обследовала все предметы нашими приборами. Большинство относится к этой эпохе, но некоторые содержат аппаратуру Патруля.

«Наверное, спрятали все вместе с темпороллерами», — мелькнуло в сознании Эверарда.

Раор поставила бокал на стол и выпрямилась. В плавной мелодии ее голоса зазвенел металл:

— Все это убеждает меня в том, что сейчас мы обязаны быть
осмотрительными, как никогда. Чтобы получить доступ к заклю-
ченному, нам пришлось прибегнуть к вынужденной мере —
перемещению в пространстве-времени.

— Не так уж это рискованно, — произнес Сауво, видимо
желая напомнить Раор и сообщить Драганизу, что план предложил именно он и что события оправдали его ожидания. — Холбрук всего лишь курьер, причем низкого ранга. Физически крепок, но теперь зубы ему повыдергивали. И совершенно очевидно, что умом он не блещет.

«Спасибо, дружище», — улыбнулся Эверард.

— И все же, — продолжила Раор, — мы должны выследить
его и уничтожить, пока он как-то не связался со своими и Патруль не начал его поиски.

— Они не знают, где искать. Им понадобится не один день,
чтобы найти хотя бы его след.

— Мы не намерены помогать им, — отрезала Раор. — Если
мы способны засечь электронную аппаратуру в действии, ядер-
ные процессы, гравитационные двигатели и перемещения во
времени, то им это сделать еще легче. Они ни в коем случае не

должны узнать о присутствии здесь других путешественников во времени, кроме них самих. С сегодняшнего вечера и до завершения операции мы перестаем пользоваться высокотехнологичными приборами. Вам ясно?

— За исключением чрезвычайных ситуаций, — настаивал Сауво.

«Похоже, он пытается самоутвердиться; оба Варагана слишком давят своим авторитетом», — подумал Эверард.

— Подобная чрезвычайная ситуация будет, скорее всего, настолько серьезна, что нам придется все бросить и уносить ноги. — Жесткость Раор слегка смягчилась. — А было бы жаль. Пока все шло очень гладко.

У Драганизу, однако, было собственное мнение, которое он и высказал с раздражением:

— Гладко и не без удовольствия для тебя.

В ответ он получил взгляд, способный заморозить гелий.

— Если, по-твоему, я получала удовольствие от внимания Зоила и ему подобных, можешь к ним присоединиться.

«Нервы у них на пределе... Слишком долго тянулась тайная подготовка... Они тоже смертны», — подумал Эверард, и эта мысль подбодрила его.

Раор, вновь став непринужденной, подняла бокал и нежно пропела вполголоса:

— Хотя я согласна, управлять ими, как марионетками, забавно.

Драганизу, видимо, счел за благо вернуться к насущным проблемам:

— Ты даже радио запрещаешь? Если мы не сможем связаться с Булени, как будем координировать действия?

Раор подняла брови:

— Что значит как? Мы все это и затеяли, чтобы иметь запасной канал связи как раз в такой ситуации. Ты будешь доставлять наши послания. Осада или не осада, но бактрийцы разрешат служителю Посейдона выходить из города, а сирийцы пропустят его с миром. Булени позаботится о том, чтобы они уважали территорию храма, в чьи бы руки он ни попал.

Сауво потер подбородок.

— Д-да, — задумчиво произнес он.

Последний год вся троица, должно быть, только и делала, что спорила и обсуждала планы, и порой они, видимо, даже испытывали удовольствие, повторяя друг другу то, что им и без того хорошо известно. Как говорится, ничто человеческое нам не чуждо, благо язык позволял делать это кратко.

— Помощник царя Антиоха вполне способен это устроить.

Слова заставили Эверарда содрогнуться.

«Боже мой! Булени забрался-таки чуть не на самый верх. Наш человек среди сирийцев так далеко не пошел, — промелькнуло у него в сознании. — По словам Драганизу, Булени пробыл здесь более пяти лет. Патруль, однако, счел, что это слишком расточительно».

— Будет только естественно, — добавила Раор, — если Полидор собственной персоной явится в храм со своими подношениями.

«Булени играет роль Полидора, этакого ревнителя бога Посейдона», — вычислил Эверард.

— Ха-ха-ха! — совсем по-человечески залился Драганизу, известный бактрийцам под именем Никомаха, местного священника.

Слова Раор прозвучали решительно. Наконец-то они добрались до сути.

— Он должен быть наготове на случай твоего прибытия. Когда сторожевая застава доложит, что ты вышел из города, он отправится к тебе и завяжет разговор. Думаю, произойдет это завтра, во второй половине дня, хотя сначала нам следует понаблюдать за развитием событий.

Драганизу нетерпеливо повернулся.

— К чему такая спешка? Зоил не сможет передать тебе план сражения Эфидема, пока тот его не разработает. А в настоящий момент, я уверен, никакого плана еще нет.

— Мы должны установить связь сейчас, чтобы после не вызывать ни у кого подозрений, — сказала Раор. — Кроме того, ты проинформируешь Булени о положении здесь, а он тебя — о последних событиях у сирийцев. — Спустя секунду она вкрадчиво добавила: — Все нужно сделать так, чтобы царь Антиох знал о вашей встрече.

Сауво кивнул:

— Да, конечно. Надо напомнить ему, что у Полидора действительно есть связи в городе.

Эверард, поняв смысл сказанного, съежился от внутреннего холода.

Полидор сказал Антиоху, что у него в Бактре есть родственники, питающие неприязнь к Эфидему — может быть, что эти люди готовы и жаждут предать своего правителя. Антиох, понятно, настроен поверить его словам. В конце концов, Полидор у него в руках, и Никомах действительно появится из-за крепостных стен. При благоприятном стечении обстоятельств Никомах передаст Полидору план вылазки Эфидема в тыл врага. Антиох, зная наперед о планах Эфидема, вполне может добиться быстрой победы. Воодушевленный успехом и признательный Полидору, он готов принять его семью при дворе. И не исключено, что у очаровательной Феоны есть свои планы насчет нового повелителя. Если у них все получится, экзальтационисты утвердятся в мире, где не будет ни данеллиан, ни какой другой силы, способной противостоять им, кроме жалких остатков Патруля Времени... И они, победители, смогут беспрепятственно лепить этот мир, как им заблагорассудится. И слухи о колдовских способностях Феоны будут им только на руку...»

По спине Эверарда пробежали мурашки.

— Тебе придется встретиться с ним по крайней мере еще раз, чтобы сообщить о намерениях Эфидема, как только Зоил расскажет мне о них, — говорила тем временем Феона. — Нам бы не хотелось, чтобы у Антиоха зародились сомнения по поводу разведывательных данных, которые мы ему поставляем. Разумеется, в самый критический момент в нашем распоряжении будут и темпороллеры, и электронная связь. Если понадобится, то и энергетическое оружие. Надеюсь, однако, что Антиох расправится с соперником обычным способом. — Серебристый смех. — Нам не нужна репутация слишком опасных колдунов.

— Это привлекло бы Патруль Времени, — согласился Драганизу.

— Нет, Патруль превратится в ничто с того момента, как умрет Эфидем, — ответил Сауво.

— Не забывайте, что следы Патруля в нижних слоях времени не исчезнут, — подчеркнул Драганизу, но лишь для того, чтобы выделить следующую фразу: — Поражение не уничтожит их окончательно. Чем меньше следов мы оставим, тем меньше будет риска. И тогда со временем мы станем настолько могущественны, что никакие уловки Патруля нам не будут страшны. Но на это уйдут столетия работы.

— И какие столетия! — вырвалось у Раор. — Мы четверо, четверо уцелевших, станем творцами богов! — Спустя мгновение она продолжила гортанным голосом: — Какой вызов истории! Даже если мы проиграем и погибнем, жизнь, прожитая по принципам Экзальтационизма, того стоит. — Она вскочила на ноги. — Но если это случится, мир рухнет в огненную пучину вместе с нами!

Эверард до боли в челюстях стиснул зубы.

Мужчины в комнате встали.

Внезапно настроение Раор переменилось. Ресницы опустились, уголки губ вздернулись вверх. Она поманила мужчин рукой.

— Пока не наступили трудные и опасные дни, — вздохнула Раор, — ночь принадлежит нам. Может быть, воспользуемся?

Кровь ударила Эверарду в голову и застучала во всех жилках. Он вцепился пальцами в землю, стараясь удержать себя на месте, словно корабль на якоре, и подавляя желание вскочить, чтобы не разнести дверь в щепки и не наброситься на Раор. Когда к нему вернулась острота зрения и смолкли раскаты грома в ушах, она уже удалялась из комнаты, обнимая своих приятелей за талию.

Мужчины несли по свече. Остальные уже были погашены. Раор вышла из комнаты, и пустое помещение заполнила ночь.

«Стоп-стоп. Подожди. Пусть займутся делом... Повезло же этим двум паразитам... Нет, нечего об этом думать».

Эверард переключил внимание на звезды над головой.

Что делать? Совершенно неожиданно он узнал множество полезных вещей. Что-то он, конечно, уже знал раньше, что-то просто потешило любопытство, но теперь ему ясен весь план противника, а этим сведениям цены нет. Если бы он мог связаться с Патрулем! Но это невозможно, пока не отыщется передатчик. Что делать дальше — рискнуть или отступить?

Эверард сидел неподвижно, и постепенно у него созрело решение. Помочь ему некому, и, что бы он ни предпринял, риск остается. Полное безрассудство равносильно нарушению служебного долга, но, может быть, он сумеет это провернуть...

По его подсчетам, прошел почти час. Раор и ее молодцы, должно быть, увлеклись своими играми и забыли о бдительности... В доме наверняка есть сигнализация, но, очевидно, она не реагирует на входящих. Иначе она то и дело срабатывала бы, когда приходят и уходят слуги и гости, а объяснять им, что это такое, себе дороже.

Эверард поднялся на ноги, размял затекшие мускулы и приблизился к открытому окну. Достал из кошелька фонарик. Длиной дюйма четыре, он был вырезан из слоновой кости в виде статуэтки Аполлона — подобные вещицы носили при себе многие. Эверард сжал лодыжки фигурки, и из ее головы ударил узкий луч света. Услышанное этой ночью подтвердило его подозрения относительно того, что детекторы засекают электрические токи и всякую примитивную технику вокруг дома. Экзальтационисты наверняка носят личные приемники, которые дадут им знать о сработавшей сигнализации, но миниатюрное устройство в его руках представляло собой обычный фотонный аккумулятор: никакого электричества, чистый свет.

Высвечивая путь краткими вспышками фонарика, Эверард залез через окно в комнату, затем вышел в коридор. Крадясь, как рысь, он миновал два входных проема, заглянув в каждый. Обе комнаты говорили о состоятельности хозяйки. Еще две, дальше по коридору, были закрыты. Двери первой из них покрывали деревянные резные панели, изображавшие нимф и сатиров, которые, казалось, оживали под лучом фонарика.

Эверард погасил свет. До него донеслись приглушенные звуки — словно ожили в буйной вакханалии деревянные нимфы и сатиры. Там явно находилась комната, где Феона ублажала своих приятелей. Эверард застыл на месте, охваченный желанием... Прошло несколько мгновений, прежде чем он смог двинуться дальше.

«Что, черт побери, в ней такого? Внешность, манеры или какой-то феромон? — Он выдавил из себя улыбку. — Такой трюк как раз в духе экзальтационистов».

Другая дверь была незатейлива и массивна. Она вела в комнату, которая, совершенно очевидно, занимала всю заднюю часть дома. Да, наверняка это помещение приспособлено под хранилище темпороллеров, приборов и другого снаряжения. Он не собирался ковыряться в примитивном замке — тот висел лишь для отвода глаз. Настоящий запор сразу обнаружит постороннего и подаст сигнал тревоги.

Эверард на цыпочках начал подниматься по ступенькам, но остановился на лестничной площадке. Несколько вспышек фонарика подтвердили его предположения о чисто утилитарном назначении этой части дома. И ни у кого не вызывало удивления, что Феона запирала одну комнату на первом этаже: надо же где-то хранить богатые подношения, которые получали куртизанки ее ранга. Более изощренная скрытность вызвала бы кривотолки.

Эверард вернулся на первый этаж.

«Пожалуй, пора сматываться, пока не поймали. Жаль только, что не удалось ничего прихватить. Глупо было надеяться на то, что они оставят где-нибудь передатчик или оружие, но по крайней мере я знаю теперь планировку дома, а это тоже немало».

Конкретного плана, где эта информация пригодилась бы, пока не было, но кто знает...

Со двора он вскарабкался на крышу. Ступив на карниз, Эверард достал нож и аккуратно надрезал петлю на веревке, оставив целыми лишь несколько волокон. Затем перебросил конец веревки на улицу и заскользил по ней вниз.

Даже если бы веревка оборвалась на полпути к земле, он не наделал бы много шума. Но она оказалась прочной, и пришлось несколько раз с силой дернуть веревку, прежде чем она разорвалась. Лучше не оставлять следов визита. Эверард углубился в аллею, где обулся и накинул плащ, а затем смотал веревку и вновь сделал из нее лассо.

«Так. Теперь пора уходить из города, а это может оказаться не так просто», — подумал Эверард. Ворота заперты, и около них полно солдат. Стены и башни усыпаны стражей.

Днем он присмотрел укромное местечко. На берегу реки, с той стороны, откуда нельзя ожидать внезапного нападения, а потому охраняемой менее тщательно. Однако и те немногочисленные часовые тоже нервничали, никто не спал. Воины наверняка подозревают неладное во всем, что движется, и хорошо вооружены. Патрульный мог рассчитывать лишь на свой рост, силу и военный опыт, о котором здесь и не мечтали. Плюс отчаянное стремление выбраться.

«Плюс непробиваемое упрямство. Авантюра в доме Раор только потому и удалась, что ей даже не пришло в голову опасаться чего-то столь примитивного».

Поблизости от нужного места он нашел проход, ведущий к стене, в темноте которого мог укрыться в ожидании подходящего момента. Ждать пришлось томительно долго. Взошла луна. Дважды Эверард едва не начал действовать, когда мимо проходили люди, но, оценив обстановку, решил подождать еще. Он даже особенно не злился, выжидая своего часа, словно тигр, подстерегающий добычу.

Наконец этот час настал: по мостовой шагал одинокий солдат, видимо, спешил на дежурство. Вокруг не было ни души. Он наверняка улизнул из казармы, чтобы провести время с девушкой или с друзьями, пока водяные часы, звезды или врожденное чувство времени, которым нередко отличаются люди, не имеющие часов, не подсказали ему, что пора возвращаться. По плитам тротуара звонко цокали его сандалии, подбитые гвоздями с широкими шляпками. Лунный свет играл на шлеме и кольчуге. Эверард двинулся следом.

Парень ничего не услышал и не увидел. Из-за его спины появились громадные руки, обхватили горло, и пальцы сдавили сонную артерию. Долю секунды солдат сопротивлялся, не имея возможности даже крикнуть. Каблуки забили частую дробь. Он тяжело рухнул наземь, и Эверард оттащил тело в аллею.

Патрульный затаился, готовый к бегству. Никто не бросился за ним вдогонку, никто не закричал. Эверард выпустил солдата из рук. Юноша шевельнулся, застонал, глотнул воздуха и вновь впал в беспамятство.

Разумнее было бы всадить в него нож, но лунный свет упал на лицо солдата, совсем юное, и у Эверарда не хватило духа. Он лишь достал нож и взмахнул лезвием у солдата перед глазами.

— Будешь слушаться — останешься в живых, — услышал юноша.

К счастью для себя и для совести Эверарда, солдат не стал сопротивляться.

Утром его найдут связанным обрывками веревки, с кляпом из куска его же килта во рту. Парня, должно быть, высекут или погоняют на плацу — это не так важно. Что касается кражи оружия, то его начальники не захотят предать случившееся огласке.

Шлем едва налез на голову похитителя, и то только после того, как Эверард вынул из него подкладку. Кольчуга была чересчур мала, но он надеялся, что ему никто не встретится, а издалека это незаметно. Если же его остановят, что ж, теперь у него есть меч.

Эверарду удалось беспрепятственно подняться по лестнице на верхнюю часть стены и добраться по ней до намеченного места. Стражники видели его, но в тусклом свете нельзя было разглядеть деталей. Шагал он споро, как человек, посланный с особым поручением, которому не следует чинить препятствий. Место, что он выбрал, располагалось между двумя сторожевыми постами, удаленными друг от друга, поэтому Эверард был как тень, которую оба дозорных, может быть, даже и не заметили. Дозор, совершавший обход постов, оказался еще дальше.

Лассо висело на плече патрульного. Одним быстрым движением он закрепил его на зубце крепостной стены и бросил свободный конец веревки вниз. До полоски земли между стеной и пристанью оставалось еще изрядное расстояние. Эверард торопливо перелез через стену и заскользил к земле. Потом веревку найдут и будут гадать, побывал ли здесь лазутчик или сбежал преступник, но вряд ли эта новость достигнет ушей Феоны.

Эверард по ходу огляделся. Дома и окрестности окрасились в темно-серый цвет, сгустившийся до черноты везде, за исключением жилищ, где еще тлели красные огоньки светильников. Кое-где горели более яркие огни — костры неприятеля. Будь он на противоположной стороне города, Эверард увидел бы их великое множество, они располагались цепью, приковавшей Бактру к реке.

Он споткнулся и почти потерял равновесие на крутом склоне. Где-то залаяла собака. Не мешкая, Эверард обошел крепостной вал и двинулся прочь от города.

«Прежде всего надо отыскать стог сена или что-нибудь такое, где можно поспать хоть несколько часов. Боже, как я устал! Завтра утром надо будет найти воды и, если повезет, чего-нибудь поесть... Потом уже все остальное. Мы знаем, какую песню хотим спеть, но поем по памяти, и одна фальшивая нота может изгнать нас, освистанных, со сцены...» — думал Эверард.

Калифорния конца двадцатого века казалась ему еще более далекой, чем звезды.

«Какого черта я вспоминаю о Калифорнии?»

1988 год от Рождества Христова

Когда телефон в его нью-йоркской квартире зазвонил, он недовольно заворчал, подумав, не стоит ли включить автоответчик. Музыка качала его на своих волнах. Дело, однако, могло быть важным. Он не раздавал без разбора номер телефона, не внесенный в справочник. Поднявшись с кресла, он поднес трубку к уху и буркнул:

— Говорит Мэнс Эверард.

— Здравствуйте, — послышалось приглушенное контральто, — это Ванда Тамберли.

Эверард обрадовался, что поднял трубку.

— Надеюсь, я не... помешала вам?

— Нет-нет, — сказал он, — тихий домашний вечер наедине с самим собой. Чем могу служить?

Она явно волновалась.

— Мэнс, мне ужасно неловко, но... наша встреча... не могли бы мы ее перенести?

— Почему же нет, конечно. Можно поинтересоваться причиной?

— Видите ли, все дело в моих родителях. Они хотят поехать со мной и сестрой на экскурсию на выходные дни... Прощальная семейная вечеринка перед тем, как я уеду на м-мою новую работу... Мне и без того приходится им лгать... — проговорила она, — и не хотелось бы их обижать. Они ничего не скажут, если я откажусь, но подумают, что мне нет дела до семьи или что-нибудь в таком духе.

— Конечно. Никаких проблем, — засмеялся Эверард. — На

минуту я испугался, что вы собираетесь вовсе отказаться от встречи со мной.

— Что? Отвергнуть ваше предложение после того, как вы столько для меня сделали? — Она попыталась пошутить: — Зеленый новичок накануне вступления в Академию Патруля Времени отменяет встречу с агентом-оперативником, который хочет ей устроить веселые проводы? Это, возможно, подняло бы меня в глазах других новых рекрутов, но я, пожалуй, переживу без их восхищения.

Беспечность в ее голосе, однако, пропала.

— Сэр, вы... Мэнс, вы были столь добры. Могу ли я попросить вас еще об одном одолжении? Я не хочу показаться настырной... или занудливой, но не могли бы мы поговорить, когда вы окажетесь здесь, просто побеседовать часа два? Вместо обеда, если у вас будет мало времени или вам станет скучно... Я понимаю, что докучаю просьбами, но вы слишком деликатны и не подадите вида. Мне очень нужен... совет... И я обещаю, что буду держать себя в руках и не стану рыдать у вас на плече.

— Право, не стесняйтесь. Жаль, что у вас возникли проблемы. Но я захвачу свой самый большой носовой платок. И уверяю вас, мне с вами никогда не скучно. Однако, со своей стороны, я настаиваю на обеде после разговора.

— Боже, Мэнс! Вы... Хорошо, только не нужно никаких роскошных ресторанов, где мне придется пить «Дом Периньон» и з-закусывать черной икрой.

Он усмехнулся.

— Скажите, куда пойдем, выберите сами. Вы же из Сан-Франциско. Удивите меня.

— Но я...

— Мне все равно, куда идти, — сказал он. — Думаю, на этот раз вы предпочли бы какое-нибудь тихое местечко, располагающее к отдыху. Похоже, я догадываюсь, что вас беспокоит. В любом случае, я вполне могу обойтись пивом и устрицами. Так что выбирайте сами.

— Мэнс, по правде говоря...

— Не надо, прошу вас. Телефон — чертовски неподходящая штука для того, о чем вы, по моим предположениям, хотите поговорить. Мысли ваши естественны и чисты, что делает вам честь. Я встречусь с вами, когда вам будет удобно. Самоуверенность путешественника во времени, знаете ли. Так что выбирайте время. А пока что не вешайте нос.

— Спасибо... Благодарю вас.

Эверард оценил ее чувство собственного достоинства и прямоту, с которой Ванда договаривалась о встрече.

«Славная девочка, очень славная... Станет старше — с ума будет сводить...» — подумал он.

Когда они пожелали друг другу спокойной ночи, Эверард обнаружил, что ее звонок не нарушил созданного музыкой настроения, хотя в этой части она стала еще сложнее. Более того, музыка увлекала его, завораживала, как никогда раньше. И сны в ту ночь ему снились счастливые.

На следующий день, сгорая от нетерпения, он взял роллер и махнул в Сан-Франциско, в оговоренный день, но с запасом в несколько часов до свидания.

— Думаю, вернусь сегодня вечером домой, но поздно, быть может, за полночь, — сообщил Эверард сотруднику Патруля. — Не беспокойтесь, если моего темпороллера не окажется на месте, когда вы придете сюда завтра утром.

Получив ключ блокировки сигнализации, который ему следовало оставить потом в столе, он сел на городской автобус, чтобы добраться до ближайшего пункта проката автомобилей, работающего круглосуточно. Затем Эверард отправился в парк Золотые Ворота — побродить и расслабиться.

Ранние январские сумерки уже опустились на город, когда он позвонил в дом родителей Ванды. Она встретила его на пороге и шагнула навстречу, бросив родителям «пока». На ее светлых волосах играл отблеск уличных огней. На ней был свитер, жакет, твидовая юбка, туфли на низком каблуке, и Эверард сразу же догадался, в каком ресторане Ванде захочется посидеть сегодня вечером. Она улыбнулась, твердо пожав ему руку, но то, что он прочитал в ее глазах, заставило его сразу же проводить Ванду к машине.

— Рад вас видеть, — произнес он.

— О, вы даже не представляете, как я рада вам, — едва донеслось до его слуха.

Они забрались в машину, и Эверард заметил:

— Я чувствую себя неловко, не поздоровавшись с вашей семьей.

Она закусила губу.

— Это я виновата. Ничего. Они рады, что я погощу у них до отъезда, но совсем не собираются держать меня взаперти, тем более если у меня важное свидание.

Эверард включил зажигание.

— Я бы не задержался надолго. Так, несколько вежливых слов, и все.

— Понимаю, но... Я не уверена, что смогла бы выдержать. Они не выспрашивают, но им очень интересно, что это за... таинственная личность, с которой я встречаюсь, хотя и видели вас дважды. Мне пришлось бы делать вид...

— Ну-ну, у вас нет ни таланта, ни опыта, ни желания врать.

— Действительно. — Она легко коснулась его руки. — Но приходится. А ведь это мои родители.

— Цена, которую мы платим. Мне следовало бы организовать вам встречу с вашим дядей Стивеном. Он наверняка сумел бы убедить вас не переживать из-за этого так сильно.

— Я думала об этом, но вы... Ладно...

Эверард печально улыбнулся.

— Хотите сказать, что я сам гожусь вам в отцы?

— Не знаю. На самом деле я так не думаю. Вы занимаете высокий пост в Патруле, вы спасли меня, оказали мне покровительство и так далее, но я... Все это трудно совместить с моими чувствами... Наверно, я какую-то чепуху говорю... Но мне кажется, я хотела бы думать о вас как о друге, но не осмеливаюсь.

— Давайте вместе подумаем, как тут быть, — предложил Эверард с невозмутимым видом, хотя в душе его царило смятение.

«Черт возьми, как она привлекательна!»

Ванда огляделась по сторонам.

— Куда мы едем?

— Думаю, мы сможем припарковаться на Твин Пикс и поговорить. Небо чистое, вид прекрасный, и никого поблизости, кто обратил бы на нас внимание.

Она на мгновение замялась.

— Ну, хорошо.

«Похоже на обольщение, что было бы чудесно при других обстоятельствах. Но...»

— Когда мы поговорим, я с удовольствием отправлюсь в ресторанчик, выбранный вами. Потом, если вы не утомитесь, свезу вас в ирландскую пивную недалеко от Клемент-стрит, где публика иногда поет и два-три пожилых джентльмена непременно пригласят вас на танец.

Он уловил, что Ванда поняла его.

— Звучит заманчиво. Никогда не слышала о таком заведении. Похоже, вы все-таки знаете Сан-Франциско.

— Приходилось бывать.

Ведя машину, он старался поддерживать непринужденный разговор и чувствовал, как настроение Ванды улучшается.

С горы открывался волшебный вид. Город походил на галактику с миллионом разноцветных звезд, мосты парили над мерцающими водами и устремлялись ввысь к холмам, где светилось огоньками бесчисленное множество домов. Гудел ветер, напоенный морем. Но было слишком холодно, чтобы долго оставаться на воздухе. Пока они смотрели на панораму города, ее рука потянулась к его руке. Когда они укрылись от стужи в машине, Ванда прильнула к нему, Эверард обнял ее за плечи, и наконец они поцеловались.

Эверард правильно предположил, о чем она хотела поговорить. Демонов нужно изгнать. Ее чувство вины перед семьей было неподдельным, но за ним крылся еще и страх перед тем, что ее ждет. Первые восторги по поводу того, что она — она! — смогла вступить в Патруль Времени, уже прошли. Никто не в состоянии сохранить надолго это радостное ощущение. Затем последовали собеседования, тесты, предварительное ознакомление... и размышления, бесконечные размышления.

«Все в мире так изменчиво. Реальный мир — словно изменчивый вихрь над морем всеобъемлющего хаоса. Не только твоя жизнь отныне в опасности, но и сам факт того, что ты когда-то пришел в эту жизнь, весь мир и его история, ведомая тебе...

Тебе не дано будет знать о собственных успехах, потому что это может помешать тебе достичь их. Ты будешь идти от причины до следствия, прямо следуя к намеченной цели, подобно остальным смертным. Парадокс — это главный враг.

У тебя появится возможность возвращаться в былое и навещать дорогих тебе ушедших людей, но ты не станешь этого делать, чтобы не поддаться искушению отнять их у смерти, и сердце твое будет разрываться от скорби.

День за днем, не в силах помочь, ты будешь жить этой жизнью, заполненной печалью и страхом.

Мы охраняем то, что есть. Нам не дано спросить, как должно быть. И лучше не спрашивать, что означает это «есть»...»

— Не знаю, Мэнс, я совершенно растерялась. Хватит ли у меня сил? Мудрости, собранности и, как бы лучше сказать... твердости? Может, лучше отказаться сразу, позволить им стереть все из моей памяти и вернуться к нормальной жизни? К жизни, которой хотели бы для меня родители...

— Ну-ну, все не так уж плохо, как вам кажется. Всем поначалу тревожно. Если бы у вас не хватило ума и чувствительности, чтобы задавать себе все эти вопросы, беспокоиться и... да и бояться, вас бы просто не пригласили на работу в Патруль.

...Вам предстоит заниматься наукой, исследовать доисторическую жизнь. Я невероятно завидую вам. Земля была планетой, достойной богов, планетой удивительной красоты, пока все не испортила цивилизация...

...Никакого вреда ни вашим родителям, ни кому-либо другому. Просто есть секрет, который вы таите от них. И не говорите мне, что вы всегда абсолютно откровенны с родными! Кроме того, у вас будет возможность незаметно помочь им, что недоступно обычным людям...

...Века жизни и ни одного дня болезни...

...Дружба. В наших рядах есть замечательные люди...

...Развлечения. Приключения. Полнокровная жизнь. Вообразите, что вы почувствуете, увидев только что воздвигнутый Пантеон или Хризополис, когда его построят на Марсе. Вы сможете переночевать на открытом воздухе в Йеллоустоунском парке еще до того, как Колумб отправился в плавание, а затем появиться на пирсе в Уэльве и помахать ему рукой. Увидеть танцующего Нижинского, Гаррика в роли Лира, наблюдать, как творит Микеланджело. Все, что вас заинтересует, вы можете увидеть сами — в пределах разумного, конечно. Не говоря уже о вечеринках, которые мы устраиваем среди своих. Только представьте себе, какая пестрая собирается компания!..

...Вы отлично знаете, что не отступите. Это не в вашем характере. Так что дерзайте...

И так далее до тех пор, пока она, сжав его в крепких объятиях, не вымолвила потрясенно, борясь со слезами и смехом:

— Да. Вы правы. Спасибо, большое спасибо, Мэнс. Вы образумили меня... и всего... за каких-то неполных два часа.

— Я не сделал ничего особенного, только подтолкнул вас к решению, которое вы для себя уже приняли. — Эверард размял ноги, затекшие от долгого сидения. — Но я проголодался. Как насчет обеда?

— Вы сами знаете! — воскликнула она с таким нетерпением, что ему сразу полегчало. — Вы упомянули по телефону суп из моллюсков.

— Ну, не обязательно суп, — ответил он, тронутый тем, что она запомнила. — Все, что вам угодно. Куда едем?

— Раз мы с вами договорились об уютном незатейливом ресторанчике с вкусной кухней, то нам подойдет «Грот Нептуна» на Ирвинг-стрит.

— Вперед!

Они спускались по дороге, оставив позади звездную россыпь городских огней и хлесткий ветер.

Ванда погрустнела.

— Мэнс!

— Да?

— Когда я звонила вам в Нью-Йорк, в трубке слышалась музыка. Вы устроили себе концерт? — Она улыбнулась. — Я сразу представила вас: туфли сняты, трубка в одной руке и пивная кружка в другой. Так было? Звучало что-то в стиле барокко. Я думала, что знаю музыку этой эпохи, но вещь показалась мне незнакомой... и удивительно красивой. Я бы тоже хотела такую кассету.

Он снова был патрульным.

— Это не совсем кассета. Когда я один, я использую аппаратуру из будущего. Но, разумеется, я с радостью перепишу музыку для вас. Это Бах. «Страсти по святому Марку».

— Что? Но это невозможно?

Эверард кивнул.

— Произведение не дошло до наших дней, за исключением нескольких фрагментов, и никогда не было напечатано. Но в Страстную пятницу 1731 года некий путешественник во времени принес в собор в Лейпциге замаскированное записывающее устройство.

Она поежилась.

— Прямо мурашки по коже...

— Угу. Еще один плюс путешествий во времени и работы в Патруле.

Она повернула голову и долго не сводила с него внимательного, задумчивого взгляда.

— А вы отнюдь не тот простой парень с фермы из какой-нибудь глухомани, каким притворяетесь, — пробормотала она. — Совсем нет.

Он пожал плечами.

— Ну почему парень с фермы не может наслаждаться Бахом за мясом с картошкой?

209 год до Рождества Христова

Милях в четырех на северо-восток от Бактры, в тополиной роще почти на середине невысокого холма, был родник. Он долгие годы почитался святилищем божества подземных вод. Люди приносили сюда дары в надежде, что это убережет их от землетрясения, засухи и падежа домашнего скота. Когда Феона пожертвовала деньги на перестройку храма и, посвятив его Посейдону, пригласила священника, чтобы тот время от времени приходил из города отправлять службу, никто не возражал. Люди просто отождествили новое божество со своим, пользуясь, кто хотел, привычным для них именем, и полагали, что от этого, может быть, будет какая польза для их лошадей.

Подходя к храму, Эверард сначала увидел деревья. Листва серебрилась, подрагивая от утреннего ветерка. Деревья окружали низкую земляную стенку с проемом, но без ворот. Стена очерчивала границу теменоса, священной земли. Бессчетные поколения плотно утрамбовали ногами тропинку к святыне.

Кругом простирались вытоптанные поля с редкими домами. Одни стояли нетронутые, но брошенные хозяевами, от других остались лишь уголья да остовы глиняных печей. До систематического разграбления дело еще не дошло. И соваться в селения у самого города захватчики тоже пока не решались. Это Бактре еще предстояло.

Лагерь неприятеля располагался двумя милями южнее. Стройные ряды шатров тянулись между рвом и рекой. Яркий царский шатер надменно возвышался над пристанищами из кожи, которые давали кров рядовым солдатам. Трепетали флаги, поблескивали штандарты. Сияли кирасы и оружие часовых. Вился дымок от костров. До Эверарда доносился нестройный гул — звуки трубы, крики, ржание. Вдали вздымали пыль несколько отрядов конных разведчиков.

Никто не остановил его, но он сам тянул время, наблюдая за обстановкой и ожидая, когда вокруг не останется ни души. Его могли убить, просто потому, что шла осада. Пока еще сирийцы не брали пленных для продажи на невольничьем рынке. Но, с другой стороны, они не хотели навлекать на себя гнев Посейдона, особенно после того, как Полидор, приближенный царя, приказал не оскорблять святилище. Добравшись до рощи, Эверард облегченно вздохнул. Дневной зной уже давал себя знать, и сень деревьев сама по себе была благословением.

Однако тяжелое чувство в душе не уходило.

Храм занимал значительную часть немощеного двора, хотя и был ненамного больше святилища, где в недавнем прошлом возлагали приношения. Три ступени вели к портику с четырьмя коринфскими колоннами, за которым располагалось здание без окон. Столбы каменные, вероятно, облицованные, крыша — под красной черепицей. Все остальное было из побеленного необожженного кирпича. Никаких изысков в священном месте. Для Раор же истинное предназначение храма заключалось в том, что это было идеальное место для встреч Драганизу и Булени.

В углу теменоса сидели на корточках две женщины. Молодая держала у груди младенца, пожилая сжимала в руке половину лепешки. Эта лепешка да гляняный кувшин воды, должно быть, и составляли весь их дневной рацион. Одежда была драной и грязной. При появлении Эверарда они вжались в стену, и ужас вытеснил с их лиц усталость.

Из храма вышел мужчина. На нем была простая, но чистая белая туника. Согбенный, почти беззубый, он все время щурился и часто моргал; лет от сорока до шестидесяти, точнее сказать было трудно. Во времена донаучной медицины человеку низкого происхождения требовалось немалое везение, чтобы в этом возрасте сохранить здоровье — если он вообще доживал до таких лет.

«А так называемые интеллектуалы двадцатого века еще смеют утверждать, что технические достижения медицины превращают человека в машину», — с горечью отметил про себя Эверард.

Старик, однако, сохранил разум.

— Приветствую тебя, незнакомец, если ты пришел с миром, — заговорил он по-гречески. — Знай, что этот придел священен, и, хотя цари Антиох и Эфидем воюют друг с другом, оба провозгласили неприкосновенность храма.

Эверард поднял ладонь, приветствуя старца.

— Я — паломник, достопочтенный отец, — заверил он.

— Что? Нет-нет. Я не священник, я просто сторож при храме. Долон, раб священника Никомаха, — отозвался человек.

Очевидно, он жил где-то поблизости в какой-нибудь лачуге и присматривал за храмом в течение дня.

— Правда паломник? Как же ты узнал о нашей маленькой обители? Ты уверен, что не сбился с пути? — Долон подошел поближе и остановился, недоверчиво оглядывая Эверарда. — Ты действительно странник? Мы не вправе пускать в храм никого, кто задумал военную хитрость или еще что.

— Я не солдат.

Плащ прикрывал меч Эверарда, хотя сейчас вряд ли бы кто обвинил путника в ношении оружия.

— Я проделал долгий и трудный путь, чтобы отыскать храм Посейдона, который находится за пределами Города Лошади.

Долон покачал головой.

— Еда у тебя есть? Я ничего не смогу тебе предложить — подвоз прекращен. Даже не знаю, как я здесь продержусь. — Он посмотрел в сторону женщин. — Я опасался нашествия беженцев, но, похоже, большинство сельских жителей укрылись в городе или совсем ушли из этих мест.

В желудке у Эверарда забурчало, но он старался забыть о голоде. Тренированный человек может обходиться без еды несколько дней, прежде чем по-настоящему ослабеет.

— Я прошу только воды.

— Святой воды из божественного колодца, запомни. Что привело тебя сюда? — К старику вновь вернулась подозрительность. — Как ты узнал о храме, лишь несколько месяцев назад освященном в честь Посейдона?

У Эверарда на этот случай была приготовлена история.

— Я — Андрокл из Тракии, — начал он.

Этот полуварварский край, мало известный грекам, вполне мог взрастить человека его стати.

— Оракул в прошлом году сказал, что если я приду в Бактрию, то должен найти храм бога за крепостной стеной столицы. Это спасет меня от несчастья. Но я не могу поведать о своих бедах ничего, кроме того, что я не грешник и не преступник.

— Пророчество, стало быть, весть о будущем. — Долон вздохнул. Слова Эверарда не произвели на него особого впечатления, и он не торопился принять услышанное на веру. — Весь путь ты проделал в одиночку? Расстояние в сотни парасангов, так ведь?

— Нет-нет. Я платил за то, чтобы идти с караванами, и был уже на подходе к заветной цели, когда донеслась весть о том, что к Бактре подступает вражеская армия. Хозяин каравана повернул назад. Я хоть и боялся, но путь продолжил, веря, что бог, к которому я стремлюсь, защитит меня. Вчера на меня напала шайка грабителей, похоже, крестьяне. Они отобрали моего коня и вьючного мула, но, с божьего соизволения, я уцелел и продолжил путь пешком. Так вот и оказался здесь.

— На твою долю выпало много испытаний, — сказал Долон уже с явным расположением к гостю. — Что ты теперь намерен делать?

— Ждать, когда бог ниспошлет дальнейшие указания. Думаю, он явится мне в сновидении.

— Ладно... хорошо... хотя не знаю. Необычное дело. Спроси священника. Он в городе, но ему должны позволить выйти за ворота, чтобы... проведать храм.

— Нет, умоляю! Я сказал, что дал обет молчания. Если священник станет задавать вопросы, а я буду молчать, не разгневается ли Сотрясатель Земли?

— Да, но ведь...

— Вот... — Эверард надеялся, что действует напористо, но

дружески. — У меня еще остались деньги. Когда бог подаст мне знак, я сделаю солидное пожертвование. Золотой статир.

Местный эквивалент почти тысячи американских долларов восьмидесятых годов, хотя сравнивать покупательную способность денег в столь далеких друг от друга эпохах едва ли имело смысл.

— Мне кажется, эти деньги позволили бы тебе, то есть храму, купить у сирийцев все необходимое, обеспечив себя припасами на долгий срок.

Долон задумался.

— То была воля божья, — настаивал Эверард. — Уверен, ты не будешь противиться ей. Бог помогает мне. Я помогаю тебе. Все, о чем я прошу, — это лишь разрешить мне с миром дождаться, когда произойдет чудо. Пусть я считаюсь беженцем. И вот...

Эверард достал кошелек, открыл его и вынул несколько драхм.

— Денег у меня достаточно. Так что возьми немного для себя, ты их заслужил. И мне доброе дело зачтется.

Долон, немного поразмыслив, принял решение и протянул руку:

— Что ж, паломник. Неведомы нам пути богов.

Эверард заплатил сторожу.

— Разреши мне пройти в храм, помолиться и испить воды от щедрот божьих, стать воистину его гостем. Потом я тихо устроюсь где-нибудь поблизости от храма и никому не причиню беспокойства.

Холодный полумрак коснулся потной пыльной кожи и пересохших губ.

В центре храма, из камня, на котором покоился фундамент, бил родник. Вода частично наполняла углубление в полу, затем уходила в трубу, проложенную внутри каменной кладки под теменосом и выходящую за его стеной, откуда начинался ручей. За источником располагалась грубая каменная глыба — древний алтарь. Сам Посейдон был изображен на задней стене, и его едва можно было различить при тусклом свете. Пол покрывали груды подношений, в основном примитивные глиняные фигурки лошадей, зверей или изображения частей человеческого тела, которым бог должен был помочь. Священник Никомах наверняка забирал скоропортящиеся продукты и ценные вещи с собой, когда возвращался в город после службы.

«Твоя простая вера не принесла тебе особого достатка, приятель», — подумал с грустью Эверард.

Долон поклонился. Эверард тоже, со всей возможной стара-
тельностью, какую только можно было ожидать от тракайца.
Преклонив колени, служка зачерпнул чашу воды и подал ее человеку, пожертвовавшему на храм и ему на пропитание. Эверарду, в его теперешнем состоянии, ледяная вода показалась лучше
пива. Вознося благодарность богу, Эверард был почти искренен.

— Я оставлю тебя на некоторое время наедине с богом, —
сказал Долон. — Ты можешь наполнить кувшин и, вознеся хвалу
дарующему воду, унести с собой.

Поклонившись фреске, он вышел.

Мешкать нельзя, решил патрульный. Хотя здесь ему никто
не мешал и можно было спокойно подумать.

План у него пока не оформился. Ему надо проникнуть в сирийский лагерь и найти костоправа Калетора из Оинопараса, известного Эверарду как Хайман Бернбаум, который, подобно
Эверарду, давно прошел процедуру адаптации, позволяющую
ему жить среди язычников, не вызывая никаких вопросов. Быть
может, они придумают какой-нибудь предлог, чтобы уйти вместе, а может, Бернбаум изловчится и устроит все так, чтобы Эверард мог беспрепятственно покинуть лагерь. Задача заключалась
в том, чтобы отойти с коммуникатором на значительное расстояние от города, и тогда аппаратура экзальтационистов не зафик-
сирует сигнал на фоне множества других разговоров, что ведут
между собой обычные путешественники во времени в этой эпохе. Информацию Эверарда следовало передать Патрулю, чтобы
Центр смог подготовить западню.

«Судя, однако, по тем мерам предосторожности, которые
они предпринимают, вероятность схватить всех четверых разом
очень мала. Черт бы их побрал!»

Главное сейчас — добраться до Бернбаума, а тут полно солдат, готовых проткнуть мечом любого незнакомца. Он мог бы
остановить их, сказав, что прибыл с очень важным посланием,
но тогда его потащат к офицерам, которые учинят строгий допрос. А если назвать Калетора, то врачевателя тоже начнут до-
прашивать. А поскольку сказать им нечего, обоих будут пытать.

Эверард пришел в храм в надежде встретить кого-нибудь положением повыше, чем раб, — помощника священника, по-
слушника или кого-то в этом роде. Такой человек мог бы дать
ему опознавательный знак святилища, провожатого, а может, и
провести его через сирийские пикеты.

Эверард мог бы показать свой фонарик и заявить, что Посейдон лично даровал ему этот предмет ночью. Но прежде, ко-

нечно, следует дождаться, пока Никомах-Драганизу встретится с Полидором-Булени и они покинут храм.

Патрульный даже думал прийти сюда после того, но прятаться где-нибудь в окрестностях храма было сейчас, возможно, рискованней, чем тихо сидеть во дворе. Тем более что здесь он мог узнать что-нибудь полезное.

План его оказался, в лучшем случае, незрелым, а сейчас выглядел просто нелепо. «Ничего, может быть, появятся свежие мысли... — Эверард усмехнулся, но ухмылка получилась скорее злобной. — Надо придумать какой-нибудь примитивный ход, как вчера, что-нибудь совсем простое, до чего они не додумаются...»

Он вышел из храма на солнечный свет, ослепивший его на краткий миг.

— Я уже почувствовал, как близость бога укрепляет меня, — произнес он значительно. — Я верю, что поступаю по его воле, и ты, Долон, тоже. Будем следовать указанному пути.

— Да, конечно.

Сторож торопливо предупредил его о соблюдении чистоты на храмовой территории, указал отхожее место, которое находилось в роще на приличном расстоянии от святыни, после чего скрылся в своей лачуге.

Эверард направился в угол, где сидели женщины. Ужаса на их лицах больше не было, но осталась скорбь, усугубленная голодом и отчаянием. Он не мог приветствовать их традиционным «Радости вам!».

— Можно я с вами присяду? — спросил он.

— Мы не можем запретить вам это, — пробормотала пожилая женщина (наверно, лет за сорок).

Он опустился на землю рядом с молодой. Та казалась бы еще привлекательной, если бы сохранила силу духа.

— Я тоже ожидаю воли божьей, — сказал он.

— А мы просто ждем, — отозвалась та равнодушно.

— Меня зовут Андрокл, я паломник. Вы живете поблизости?

— Жили.

Сморщенная старуха зашевелилась. Какое-то мгновение в ее глазах светилась гневная сила.

— Наш дом стоял ниже по течению. Так далеко отсюда, что мы до последнего не знали о случившемся, — заговорила она. — Сын мой сказал, мы должны, мол, погрузить в повозку все, что только можно увезти на быках с фермы, не то придется в городе нищенствовать. Но на дороге нас схватили всадники. Они убили сына и мальчиков. А жену его изнасиловали, но, по крайней мере, нас не прикончили. Ворота в город оказались на запоре. Вот мы и подумали, что Сотрясатель Земли даст нам пристанище.

— Лучше бы они нас убили, — произнесла молодая неживым голосом. Младенец заплакал. Она бездумно обнажила грудь и дала ее ребенку, а свободную руку вытянула перед собой, чтобы складками рукава прикрыть дитя от солнца и мух.

— Сочувствую, — только и нашел что сказать Эверард.

«Война, похоже, единственное, что у любого правительства получается лучше всего».

— Я буду молиться за вас, — сказал он.

Женщины не ответили. Что ж, когда чувства атрофируются, это своего рода благо. Он накинул на голову капюшон и привалился к стене. Тополя давали скудную тень. Жар легко проникал сквозь одежду.

Прошли часы. Как часто бывало при долгом и томительном ожидании — особенно в будущих столетиях, — Эверард погрузился в воспоминания. Время от времени он отпивал понемногу тепловатую воду и дремал. Солнце, прокатившись по всему небу, пошло на закат.

«...Тучи, гонимые ветром, ослепительный свет между ними, падающий на волны, обрывки снасти, холодные соленые брызги из-под носа корабля, бороздящего море, которое переливается зеленым, серым, белым, и неожиданный возглас: «Ха!» Это Бьярни Херьюлфссон у рулевого колеса. Чайка, предвестница новой земли, где-то впереди...»

Воспоминания начали расплываться и вдруг мгновенно оборвались. Эверард услышал нарастающий шум, стук копыт, голоса, скрежет металла. Он вздрогнул всем телом, натянул капюшон на лицо, поднял колени и понурил плечи, чтобы выглядеть так же апатично, как женщины рядом с ним.

Из уважения к святыне сирийцы спешились на опушке рощи. Шестеро вооруженных солдат в доспехах последовали за человеком, направлявшимся к теменосу. Подобно воинам, он был в кольчуге и поножах, с мечом на боку, но на его шлеме красовался плюмаж из конского волоса. С плеч ниспадала красная мантия, в руке был жезл из слоновой кости, который он держал, словно щегольскую трость, возвышаясь на несколько дюймов над свитой. Черты лица, обрамленного металлическим шлемом, напоминали алебастровое изваяние работы Праксителя.

Долон торопливо спустился по ступеням и пал ниц. Когда Александр захватил Азию, Восток заполонил Элладу своими обычаями. Рим ждала та же участь, если только экзальтационисты не вмешаются в его судьбу.

«Не вмешаются. Так или иначе, мы им помешаем».

Булени-Полидор буквально источал энергию.

«Боже, но если они снова ускользнут от нас, оставив в назидание лишь опыт неудачи...»

— Можешь встать, — произнес советник Антиоха.

Он бросил взгляд на людей, что, ссутулившись, забились в угол.

— А это кто?

— Беженцы, господин, — дрожащим голосом проговорил Долон. — Они попросили приюта в храме.

Советник царя пожал плечами:

— Ладно, пусть священник решит их участь. Он уже на пути сюда. Но храм будет нужен нам для приватной встречи.

— Конечно, господин, разумеется.

Подчиняясь резким командам, воины заняли посты по обе стороны от входа в храм и у нижней ступени лестницы. Булени вошел внутрь. Долон подошел к Эверарду и женщинам, но остался стоять. Видимо, даже в такой жалкой компании он чувствовал себя спокойнее.

«Так. Никомах уже договорился с властями в Бактре. Не исключено, что ему потребовалась помощь со стороны Зоила, но об этом позаботилась Феона. Священнику нужно выйти из города и проведать свой храм. И будет очень кстати, если в храме с ним встретится высокопоставленный вражеский офицер, чтобы обсудить участь святилища. Ведь ни одна из воюющих сторон не хочет разгневать Сотрясателя Земли. Посыльные царей встретились и обо всем договорились. Помимо прочих соображений, царь Антиох знает, что у его советника Полидора есть контакты с недовольными в Бактре, а это обеспечит создание хорошей шпионской сети».

Снова послышались шум и голоса, но уже не столь высокомерные. Долон вновь распростерся на земле. Облаченный в белые одежды, которые, должно быть, здорово мешали при переезде из города на спине мула, Никомах проследовал к входу. Мальчик-раб вприпрыжку бежал сбоку, держа над головой хозяина зонт. Следом шел солдат, явно сириец, выделенный для сопровождения. Он и мальчик остановились у входа, а священник прошел в храм, после чего оба присели на корточки и расслабились.

Эверард почти не замечал их. Он сидел, словно ослепленный ярким сиянием висевшего на груди Драганизу небольшого медальона, и Эверард отлично знал, что изображено на его лицевой стороне. Сова Афины. Его собственный двусторонний коммуникатор!

Мир снова встал на место.

«А собственно, почему бы и нет? — подумал Эверард. — Чему удивляться? Они пока хранят молчание в эфире, но, если возникнет необходимость, связь им понадобится немедленно. Булени наверняка тоже прячет передатчик где-то в одежде. Снаряжение Патруля, безусловно, превосходит технику экзальтационистов, и для них вполне типично похваляться трофеями. Да и почему бы служителю Посейдона не воздать должное Афине? В конце концов, это можно расценить даже как дань уважения, учитывая, как часто те двое ссорятся в «Одиссее». Экуменизм, черт бы их побрал... — Эверард подавил в себе усмешку. — Но что же так поразило меня, когда я увидел медальон?»

Тут же родился ответ, и он понял, как может умереть.

«И все-таки...»

Можно было попытаться... Шансов остаться в живых мало в любом случае, но так он, по крайней мере, накроет этих мерзавцев и, может быть...

«Нет нужды решать прямо сейчас, сию минуту. Надо спокойно все осмыслить, только не здесь, не на этом пекле...»

Эверард встал. Мышцы затекли, и тело ломило от долгой неподвижности. Он медленно направился к проходу в стене.

Солдат выхватил клинок.

— Стоять! — рявкнул страж. — Куда идешь?

Эверард подчинился.

— Пожалуйста, мне надо по нужде... туда...

— Потерпишь...

Эверард поднял на него измученный взгляд.

— Ты же не заставишь меня осквернить священную землю? Мне страшно даже представить, что бог сделает с нами обоими.

Нетвердой походкой к ним приблизился Долон.

— Человек этот — жертва грабителей. Сотрясатель Земли дал ему приют, он — гость Посейдона, — объяснил сторож.

Солдат, переглянувшись с товарищами, спрятал меч.

— Ладно, — сказал он.

Подойдя к входу, постовой крикнул воинам, сторожившим коней, что человеку этому позволено выйти с территории храма. Женщины с сожалением проводили его взглядами: этот хоть добрым словом согрел.

Эверард брел между деревьями, наслаждаясь тенью.

«Надо торопиться, — напомнил он себе. — Булени и Драганизу вряд ли пробудут в храме дольше, чем им потребуется, чтобы обменяться последними новостями».

Ему, собственно, и не нужно было по нужде, но, укрывшись за ветхим строением, Эверард проделал несколько упражнений, чтобы размять мышцы. Затем взял меч в руки и запахнул плащ. На обратном пути он прихрамывал, как человек, отсидевший ноги, что было вполне естественно. С высоты своего роста патрульный мог поверх стены увидеть происходящее в теменосе.

Он как раз свернул за угол, когда вновь появились оба главных действующих лица. Эверард прибавил шагу. Экзальтационисты спустились по ступеням, когда патрульный миновал проход в стене.

— Ну ты, прочь с дороги! — приказал стражник, стоявший к Эверарду ближе остальных.

— Слушаюсь, господин! — Он неуклюже склонился в восточном поклоне и так же неуклюже, боком двинулся во двор, на самом деле только приблизившись к цели. Экзальтационисты шли бок о бок. Булени заметил впереди нескладную фигуру и нахмурился.

Свободного места было мало. Когда Эверард ринулся вперед, до цели ему оставалось менее шести футов.

Драганизу мог схватить медальон и поднести его ко рту, чтобы поднять тревогу: ему суждено было умереть первым. Эверард выбросил вперед руку с мечом. Клинок, пронзя горло, вышел наружу у основания черепа. Ослепительно-красным потоком хлынула кровь. Труп рухнул навзничь.

Отброшенный силой удара Эверард приземлился на пятки, повернулся и левым кулаком ударил снизу Булени в подбородок — единственный удар, который он мог нанести человеку в шлеме и кольчуге. Тот уже начал доставать оружие. Булени пошатнулся, но устоял на ногах и вытащил меч. Супермен. Но всетаки он не ожидал нападения и действовал слишком медленно. Эверард тут же этим воспользовался. Ребром левой ладони он ударил по руке Булени, в которой тот держал меч, а свой меч вонзил ему в горло, почувствовав, как хрустнул хрящ. Булени упал на четвереньки, заливаясь кровью.

Долон завопил. Солдаты ринулись вперед, размахивая сверкающим на солнце оружием. Эверард бросился наземь около Драганизу, лежавшего с раскрытым в безмолвном крике ртом, схватил окровавленный медальон, нажал на него большим пальцем и прохрипел на темпоральном:

— Агент-оперативник Эверард. Немедленно ко мне! Боевой приказ!

Времени хватило только на краткое сообщение. Первый сириец уже готов был броситься на него. Эверард перекатился на спину и изо всех сил обеими ногами лягнул солдата. Тот отлетел в сторону, но подоспели другие. Один из них просто рухнул на Эверарда.

— У-у-фф!

Когда закованное в металл тело падает на живот, ничего, кроме «У-у-фф!», и сказать не успеешь...

Эверард разбросал обмякшие тела нападавших и сел. Солдаты лежали вокруг него без сознания. Дыхание их было сиплым и тяжелым. Он знал, что остальные, за оградой, тоже получили заряд парализатора и пробудут в забытьи около четверти часа. По крайней мере, живы остались.

Поблизости приземлился темпороллер. Мужчина, похожий на китайца, и чернокожая женщина, хорошо тренированные, гибкие, в плотно облегающих костюмах, помогли Эверарду подняться. Еще четыре темпороллера кружили над самым храмом. Эверард заметил энергетическое оружие.

— Это лишнее, — проворчал он.

— Что, сэр? — спросил мужчина.

— Нет, ничего. Забудьте. Надо разобраться в ситуации, быстро.

Эверард не позволял себе думать о том, сколь близок был к смерти. Он просто не мог позволить себе эмоций. Волнение сейчас недопустимо. Работа в Патруле требовала порой полной отдачи умственных и физических сил. Позже, на досуге, он, может быть, вернется к этому.

Получив сигнал, Патруль поднял по тревоге отряд, находившийся на безопасном расстоянии от Бактры, и отправил его в ту самую секунду, когда вышел на связь Эверард. Теперь нужно использовать посланное подкрепление с такой же молниеносной точностью. Но несколько минут, чтобы обдумать план действий, он мог себе позволить.

Булени был еще жив.

— Этого и убитого экзальтациониста в штаб-квартиру! — приказал Эверард через передатчик, доставленный прибывшей группой. — Там знают, как с ними поступить.

Он огляделся и подошел к Долону. Бедняга неподвижно лежал в пыли.

— Отнесите старика в храм подальше от солнца. Осмотрите его и окажите помощь. Думаю, ему поможет стимулирующая инъекция. Остальные пусть лежат, пока не придут в себя.

Женщины, сидевшие в углу, испуганно съежились от ужаса.

Мать обнимала дочь, та крепко сжимала своего ребенка. Эверард подошел к ним. Он знал, что своим видом вселяет страх — весь в крови, в поту, грязный, — но постарался изобразить на лице улыбку.

— Послушайте, — сказал он со всей доступной его осипшему голосу мягкостью, — слушайте меня внимательно. Вы видели гнев Посейдона, но он обращен не на вас. Повторяю, Сотрясатель Земли не сердится на вас. Мужчины оскорбили его. Они отправятся в Гадес, в подземное царство. Вы невинны. Бог благословляет вас. В знак его милости я отдаю вам вот это.

Эверард достал кошелек и бросил его женщинам.

— Он ваш. Посейдон усыпил солдат, чтобы они не видели того, чего не следует, но он не причинит им вреда после их возвращения из небытия, — если они не причинят вреда вам, находящимся под опекой Посейдона. Передайте им это слово в слово. Вы поняли меня?

Ребенок заплакал, мать всхлипнула.

Пожилая женщина встретилась глазами с Эверардом и произнесла со спокойствием, являющимся последствием шока:

— Я, старуха, верю, что осмелилась понять вас и запомнить ваши слова.

— Хорошо.

Он отошел от женщин и вернулся к патрульным. Он сделал для них что мог. Нарушил, правда, при этом кое-какие правила, но, в конце концов, он агент-оперативник и может это себе позволить.

Однако его спасители беспокоились.

— Сэр, — обратилась к нему молодая женщина. — Простите за вопрос, но то, что мы совершили...

Она, верно, новичок в Патруле, но свою работу выполнила безупречно. Эверард решил, что и она, и ее спутники заслуживают объяснений.

— Не переживайте. Историю мы не изменили. В какой эпохе вы родились?

— Ямайка, сэр, 1950 год.

— Прекрасно. Прибегая к понятиям вашей эпохи, вообразите, что у вас на глазах начинается драка. Неожиданно спускаются несколько вертолетов. Они сбрасывают бомбы со слезоточивым газом, который нейтрализует толпу, не причиняя никому особого вреда. Мужчины в масках затаскивают двоих зачинщиков в вертолет. Один из мужчин говорит свидетелям, что эти два типа — опасные коммунисты, а их подразделение прислано из ЦРУ, чтобы схватить их по приказу правительства. Отряд улетает. Предположим, что все происходит в отрезанной от мира долине, телефонная линия повреждена и поблизости нет никаких средств экстренной связи.

Что ж, в местном масштабе это сенсация. Но к тому времени, когда история дойдет до всего мира, она утратит новизну и занимательность, средства информации уделят ей мало внимания или вообще не заметят, а большинство людей, услышав об этом, сочтут все фантазией журналистов, преувеличением и скоро забудут. Даже вы, на глазах которых произошло событие, перестанете вскоре обсуждать его, и оно сотрется из вашей памяти. В конце концов, вы не пострадали, и вообще у вас своя жизнь, свои заботы. Кроме того, в происшествии нет ничего сверхъестественного. Вы знаете о существовании вертолетов, слезоточивого газа, ЦРУ. Странно все, конечно, но такие вещи случаются. Вы расскажете о происшествии своим детям, но, вероятно, они не станут делиться рассказами со своим потомством.

Так же выглядит и кратковременное вторжение богов в сознании людей этой эпохи. Конечно, мы вмешиваемся в историю, только когда в том есть абсолютная необходимость, и, чем короче вмешательство, тем лучше.

Через передатчик Эверард отдал приказы. Убитого и раненого экзальтационистов погрузили на темпороллеры, которые тут же исчезли. С ними отправился еще один сотрудник Патруля, освободив место и оставив снаряжение для Эверарда.

Напарником Эверарда был коренастый, плотный европеец, его современник, по имени Имре Ружек. Он занял сиденье за спиной Эверарда, а тот устроился за рулем. Патрульный бросил прощальный взгляд на женщин. Когда темпороллер поднялся в воздух, он заметил, как на их лицах замешательство борется с надеждой.

Три темпороллера поднялись на высоту, достаточную для того, чтобы казаться с земли всего лишь маленькими точками, и плавно двинулись по направлению к Бактре. Под ними разворачивалась широкая панорама — горы на юге, зеленые и коричневые поля, испещренные деревьями и крошечными постройками, река, словно ручеек ртути, город и лагерь завоевателей, казавшиеся игрушечными. Ни малейшего признака горя и лишений не доходило до чистых и холодных потоков ветра, лишь седоки несли в душах этот печальный груз.

— Теперь послушайте, — заговорил Эверард. — В живых остались еще двое бандитов, и если мы будем действовать безошибочно, то, думаю, сумеем схватить их. Главное здесь — именно действовать безошибочно. В нашем распоряжении всего одна попытка. Никаких затейливых петель во времени, никаких повторных попыток в случае провала первой акции. Одно дело — продемонстрировать местным жителям чудо, другое — игры с причинно-следственными связями, способными вызвать неуправляемый темпоральный вихрь, пусть даже вероятность этого незначительна. Вам понятно? Я знаю, что все вы помните принципы работы Патруля, но Ружек и я будем на земле, и, если мы потерпим неудачу, кто-то из вас захочет, возможно, рискнуть. Так вот я запрещаю.

Эверард описал дом Раор и его планировку. Сигнализация настроена так, что система срабатывает в тот момент, когда в радиусе нескольких миль появляется или отбывает темпороллер.

Раор и Сауво сразу же бросятся к своей машине или машинам, чтобы скрыться в неизвестном направлении, и даже не подумают спасать своих компаньонов. Преданность и взаимовыручка у этих закоренелых эгоистов просто отсутствуют.

Так могло произойти, если система обнаружения действительно сработала, когда Эверард вызвал помощь и отряд прибыл в храм. Компьютеры темпороллеров с точностью до микросекунды зафиксировали это мгновение. Эверард запрограммировал свой роллер на шестьдесят секунд до того момента, когда он бросился на Драганизу и Булени. В этом случае никто из экзальтационистов не мог предупредить друг друга.

Находясь в воздухе, Эверард с помощью оптики и электронных дальномеров с точностью до нескольких футов определил место, где намеревался появиться в доме, и установил контрольные системы на выбранную точку. Остальные темпороллеры тоже появятся в заданный момент времени, но останутся в воздухе до завершения операции на земле.

— Вперед!

Палец Эверарда нажал на пусковую кнопку системы управления.

Он и его коллега оказались вместе с темпороллером в коридоре. Окно справа от них выходило во внутренний сад. Массивная дверь слева оказалась запертой на замок. Они отрезали неприятелю путь к темпороллерам.

Сауво стремительно выскочил из-за угла, сжимая в руке энергетический пистолет. Ружек выстрелил первым. Узкий голубой луч скользнул мимо Эверарда и ударил в грудь Сауво. На тунике в этом месте появилось опаленное пятно. В мгновение ока ярость на лице Сауво сменилась удивлением и обидой — словно у ребенка, которого неожиданно стукнули. Он упал. На пол вытекло совсем немного крови — раны от лучевого оружия почти не кровоточат, кровь мгновенно запекается, — но в остальном смерть его была обыкновенной и по-человечески неприглядной.

— Парализатор подействовал бы слишком медленно, — сказал Ружек.

Эверард кивнул.

— Все в порядке. Оставайся здесь. Я отыщу последнего. — Затем в передатчик: — Третий готов, остался один.

Группа должна была уловить смысл его команды.

— Мы заблокировали гараж. Следите за дверьми. Если выйдет женщина, хватайте ее.

Словно бы издалека он услышал испуганный плач женщины-рабыни. Ему не хотелось, чтобы пострадала хоть одна невинная душа.

— В этом нет необходимости, — пропел холодный голос. — Я не буду играть с вами в прятки.

Раор сама вышла им навстречу. Тонкие одежды обрисовывали каждое движение ее стройной фигуры. Красивое лицо под маской презрения обрамляли распущенные эбеновые волосы. Эверарду вспомнилась Артемида-охотница. Сердце его замерло.

Она остановилась в нескольких шагах от Эверарда. Он слез с темпороллера и приблизился к ней.

«Боже мой, — подумал он, вспомнив, какой сам грязный и потный, — я чувствую себя испорченным мальчишкой, которого учитель вызвал на проработку».

Эверард расправил плечи. Пульс его бился неровно, но он сумел вынести взгляд лазурно-зеленых глаз.

Раор заговорила по-гречески:

— Замечательно. Уверена, вы тот самый агент, о котором рассказывал мой клон, тот, кого вы чуть не схватили в Колумбии.

— И в Перу. Но зато поймали в Финикии, — отозвался Эверард не ради хвастовства, а потому, что она, как ему казалось, имела право знать правду.

— Тогда вы незаурядное животное. — В ее мягком голосе появился яд. — Но тем не менее животное. Человекообразные обезьяны торжествуют. Вселенная утратила смысл существования.

— Что бы... что бы вы... сделали с ней?

Раор гордо вскинула голову, в голосе послышались величавые нотки.

— Мы бы сделали то, что захотели, разрушили бы ее и перестроили, подняли бы звездную бурю, сражаясь за обладание реальностью, разожгли бы очищающий погребальный костер для каждого, кто погиб, и для всей истории, пока не воцарился бы последний и единственный бог.

Желание погасло в нем, как от дуновения зимнего ветра. Ему вдруг захотелось оказаться дома, среди привычных вещей и старых друзей.

— Арестуйте ее, Ружек! — приказал он и добавил в передатчик: — Присоединяйтесь к нам и завершим дело.

1902 год от Рождества Христова

Квартира Шалтена в Париже, громадная и роскошная, находилась на левом берегу, у бульвара Сен-Жермен. Выбрал ли он эту улицу умышленно? Шалтен обладал изощренным чувством юмора. Эверарду он заметил, что наслаждается жизнью богемы, а соседи, привыкшие к ее странностям, не обращают особого внимания на самого Шалтена.

Стоял теплый осенний полдень. В окна вливался воздух, слегка отдающий дымом и густо пахнущий конским навозом. Редкие автомобили неуверенно пробирались между повозками и экипажами. Меж закопченных серых стен, под деревьями, меняющими цвета от зеленого к желтому и коричневому, по тротуарам толпами текли люди. Кафе, магазины, кондитерские бойко торговали. Жизнь кипела вовсю. Эверард старался забыть, что через несколько лет этот мир обратится в руины.

Обстановка вокруг него — мебель, драпировки, картины, книги, бюсты, старинные безделушки — свидетельствовала о стабильности, которая прочно утвердилась после Венского конгресса. Эверард, однако, заметил и несколько предметов из Калифорнии 1987 года. То был совершенно иной мир, причудливый и далекий, как мечта — мечта или ночной кошмар?

Он откинулся на спинку кресла. Кожа скрипнула, зашуршала набивка из конского волоса. Эверард выпустил клуб дыма из трубки.

— У нас возникли трудности при поисках Чандракумара, — говорил он, — поскольку мы не знали, где именно его держат в заключении. Узники из нескольких камер увидели поразительное зрелище. Но в конце концов мы установили его местонахождение и вытащили из тюрьмы. С ним все в порядке. Допускаю, что к той неразберихе, которую мы уже устроили, добавились видения, исчезновения и прочее. В мирное время это вызвало бы настоящую сенсацию, но тогда у людей было полно других забот, а кроме того, в кризисные периоды в воздухе постоянно рождается множество истеричных россказней, но их быстро забывают. Отчет по тому периоду, с которым я ознакомился, подтверждает, что исторический ход событий не изменился. Но вы наверняка и сами его читали.

«История. Поток событий, великих и малых, бегущий от пещерных людей до даннелиан. Но что же происходит с маленькими пузырьками воздуха в этом потоке, с неприметными заурядными личностями и происшествиями, которые быстро забываются и чье существование или отсутствие вовсе не влияет на течение истории? Хорошо бы вернуться вспять и выяснить, что случилось с моими попутчиками, с Гиппоником, с теми двумя женщинами и младенцем... Хотя нет, не стоит. Жить осталось ровно столько, сколько отпущено, а в жизни и без того немало печального. Быть может, они спаслись...» — думал Эверард.

Сидящий напротив Шалтен кивнул, не выпуская длинную трубку изо рта.

— Разумеется, — сказал он. — Хотя я и не опасался изменений. Вы могли схватить или не схватить экзальтационистов, — кстати, примите мои поздравления, — но вы в любом случае действуете продуманно и ответственно. Кроме того, это особо устойчивая зона пространства-времени.

— Ой ли?

— Эллинистическая Сирия важна, но Бактрия лежит на окраине цивилизации. Ее влияние всегда было незначительным. После заключения мира между Антиохом и Эфидемом...

«Да уж, поладили, что называется, полюбовно — наследник одного престола женился на наследнице другого, — и снова все тихо-мирно, и кому какое дело до убитых, искалеченных, изнасилованных, уморенных голодом, унесенных эпидемиями, ограбленных, угнанных в рабство? Кому какое дело до разбитых надежд и сломанных жизней? Один день переговоров — и все опять спокойно».

— Как вы знаете, Антиох двинулся в Индию, но ничего не добился. Его подлинные интересы лежали на Западе. Когда Деметр взошел на бактрийский трон, Антиох, в свою очередь, вторгся в Индию, но за его спиной возник новый узурпатор, отнявший у него Бактрию. Последовала гражданская война. — Крупная лысая голова качнулась из стороны в сторону. — Должен заметить, что гений греков так и не поднялся до государственной мудрости.

— Правда, — пробормотал Эверард. — В... да, в 1981 году,

кажется, они возьмут на пост премьер-министра профессора из Беркли.

Шалтен часто заморгал, пожал плечами и, не обращая внимания на слова Эверарда, продолжил:

— К 135 году до Рождества Христова Бактрия пала перед кочевниками. Они не были бесчеловечны, но под их властью цивилизации пришел конец. Эллинская династия в западной Индии тем временем ассимилировалась с коренными народами страны и ненадолго пережила свою северную кузину. Она не добилась сколько-нибудь значительных достижений, достойных упоминания, и память о ней вскоре стерлась.

— Знаю, — произнес Эверард раздраженно.

— Я и не намеревался наставлять вас, — вкрадчиво отозвался Шалтен, — я лишь изложил собственную точку зрения. Греческая Бактрия оказалась идеальным отрезком истории, для того чтобы заманить туда экзальтационистов. Страна эта никогда не была особо значимой для остального мира, и, чтобы изменить ситуацию, потребовалась бы целая цепочка невероятных событий — не только в самой Бактрии, но и во всем эллинском мире. Следовательно, по закону действия и противодействия, переплетение мировых линий в Бактрии было особенно устойчиво и прочно на разрыв. Конечно, мы потратили немало усилий, чтобы вызвать у экзальтационистов противоположное впечатление.

Эверард откинулся на спинку кресла.

— Будь... я... проклят!

Суховатая усмешка едва коснулась губ Шалтена.

— А теперь, — сказал он, — мы должны завершить наш розыгрыш. Как говорят в вашей родной эпохе, произвести подчистку. Вам, учитывая ваше положение, необходимо знать правду. И, если бы вы узнали все позже, это могло бы быть опасно. Причинно-следственные петли — штука тонкая. Ваша работа в Бактрии должна быть завершена, поэтому вы должны получить информацию о нашей подготовке к операции до наступления восьмидесятых. Я подумал, что визит в мою Прекрасную Эпоху придется вам по душе.

— Вы хотите сказать, что письмо, найденное в Афганистане русским солдатом и использованное нами в качестве приманки, фальшивка?

— Именно. Неужели эта мысль никогда не посещала вас?

— Но у вас в запасе был миллион лет, даже больше, чтобы подыскать подходящую ситуацию...

— Лучше создать одну, но детально подготовленную. Она

себя оправдала. Благоразумие требует теперь вернуть все на свои места. Никакого письма никогда не было и не будет.

Эверард выпрямился в кресле. Черенок трубки в его руке хрустнул и отломился, но он даже не заметил горящего табака, рассыпавшегося по пышному ковру.

— Постойте! — воскликнул он. — Вы что же, намеренно изменяете реальность?

— Получив на то особые полномочия, — услышал он в ответ.

Эверард молча сжал зубы.

1985 год от Рождества Христова

Здесь, где созвездие Медведицы нависло так низко, ночь пронзала холодом до костей. Днем горы скрывали горизонт, заслоняя его скалами, снегом, облаками. Мужчина, задыхаясь, брел по горному кряжу, чувствуя, как осыпаются под его сапогами камни, и изнемогая от невозможности вздохнуть полной грудью. Горло его пересыхало все сильнее. Еще страшили пуля или кинжал, которые с наступлением темноты могли лишить его жизни на этой пустынной земле.

Юрий Алексеевич Гаршин заблудился и уже потерял надежду встретить своих, но продолжал идти...

Часть III

ДО БОГОВ, СОЗДАВШИХ НЕБО

31 275 389 год до Рождества Христова

— О! — воскликнула Ванда Тамберли. — Посмотрите, скорее!

Ее лошадь захрапела и испуганно отпрянула. Руками и коленями девушка пыталась успокоить животное, а сама подалась вперед, широко раскрыв глаза, чтобы как следует рассмотреть явившееся ей чудо. Встревоженные приближением крупных зверей, с дюжину животных помельче стремглав выскочили из-под кустов слева от Ванды и бросились наутек. Свет играл на пятнистых шкурах — размером животные были с волкодава, с трехпалыми копытами и удивительно похожими на лошадиные головами. Они пересекли тропинку и вновь скрылись в диких дебрях.

Ту Секейра рассмеялся.

— Их предки?

Он коснулся своей лошади и ее, как бы показывая, что он разбирается в доисторических животных, рыщущих по африканским джунглям. На обратном пути его пальцы скользнули уже по бедру Ванды. Она едва замечала его. Счастье буквально переполняло ее. Земля эпохи олигоцена — рай для палеонтолога...

— Мезогиппусы? — гадала она вслух. — Думаю, нет, вряд ли. Но и не миогиппусы, слишком рано для них, так ведь? Боже мой, как мало мы знаем! Даже с помощью машины времени мы собрали лишь крупицы! Промежуточный вид? Если бы я только захватила с собой камеру!

— Захватила — что? — спросил он.

Она бессознательно употребила английский термин в темпоральном, который был у них единственным языком общения.

— Оптический записывающий аппарат.

Необходимость объяснять неизвестный ее спутнику термин несколько развеяла восторженное состояние Ванды. За один только этот день она видела множество диковинных созданий. Сотрудники Патруля не могли не влиять на природу в окрестностях Академии. Похожих на львов нимравусов и саблезубых тигров, например, давно уже отстреляли по всей округе, потому что звери часто набрасывались на людей, когда те отправлялись в джунгли, и одно это уже сказалось на экологическом состоянии региона. Однако, когда у слушателей Академии выпадало несколько свободных дней, они, как правило, разлетались по отдаленным районам — полазить в горах, побродить по живописным тропам или отдохнуть на каком-нибудь идиллическом острове. В целом, человечество едва коснулось этих времен, когда род людской еще не появился на Земле. Тамберли здешние места казались совершенно девственными по сравнению со Сьеррой или Йеллоустоном поры ее появления на свет.

— Тебе придется изучать и камеры, — сказала она, — и множество других примитивных приспособлений. Я вдруг поняла, сколько еще тебе предстоит узнать.

— Не только мне. Всем нам, — ответил он. — Но мне нужно будет очень постараться, чтобы выучить все, что знаешь ты.

Обычно он так не скромничал. Яркая натура, и Ванде он нравился, но у нее мелькнула мысль о том, что он, должно быть, понимает: этим ее интерес надолго не удержишь. А может быть — она едва заметно пожала плечами, — он решил начать атаку в более мягкой манере. В будущей работе и это пригодится.

В любом случае, он говорил правду. Патруль позаимствовал технику обучения из далекого будущего — будущего и для нее, и для него. Через два часа занятий любым языком они уже владели им в совершенстве, он просто отпечатывался в памяти, и это лишь частный пример. Но даже при этом интенсивность занятий и тренировок достигла пределов человеческих возможностей. Редкие передышки пролетали, как дуновение ветра. Как раз сегодня у Ванды выдался свободный день: можно было или поспать, или погулять. И она решила выбрать прогулку и присоединилась к Секейре.

— Но я буду иметь дело с животным миром, — возразила она. Американизм влетел в темпоральный прежде, чем она это заметила. — Люди гораздо сложнее, а тебе предстоит заниматься как раз людьми.

Он родился на Марсе, в эпоху Солнечного Содружества, и после окончания Академии готовился работать в группе, которая изучала и контролировала раннюю стадию космических разработок. Проникнуть, не вызвав подозрений, в такие места, как Пенемюнде, Уайт-Сэндз или Тюратам, уже огромный риск. Но события тех лет слишком серьезно влияли на дальнейшую историю, и агенты Патруля должны были защищать их от вмешательства любой ценой, даже ценой собственной жизни.

Губы Секейры изогнулись в улыбке.

— Кстати, о людях и всяких сложностях: нам не надо возвращаться к занятиям до восьми ноль-ноль завтрашнего дня.

Ванда почувствовала, как кровь прилила к лицу. Слушатели в свободное время были предоставлены сами себе, с тем лишь условием, чтобы досуг не вредил их здоровью.

«Согласиться? Или не стоит?.. Или все же устроить себе веселое приключение перед следующей долгой зубрежкой? Но нужно ли мне это?»

— В данный момент я слышу лишь зов желудка, — твердо сказала она.

Кормили в Академии хорошо, порой даже роскошно. Благо в распоряжении поваров была вся история кулинарного искусства.

Он снова засмеялся.

— Не смею препятствовать. А то ты еще меня проглотишь. Однако после... Впрочем, поехали!

Они едва умещались рядом на узкой тропинке и ехали, то и дело касаясь друг друга коленями. Секейра пришпорил коня и пустился легким галопом. Следуя за ним, Ванда подумала, что обычная форменная одежда просто недостойна его гибкого тела. Здесь больше подошел бы алый плащ...

«Эй, девочка, сбавь-ка обороты», — тут же осадила она себя.

Лес остался позади, и они спустились с холмов. Ее взору открылся великолепный вид. Все чувства словно покинули Ванду, оставив в душе лишь восторженное удивление: она и в самом деле здесь, за тридцать миллионов лет до своего рождения!

Свет золотом разлился по степи, простирающейся далеко за горизонт. Звездами сияли цветы, колыхалась, словно волны, трава, шелестел ветер. Кое-где безграничную равнину нарушали небольшие рощицы и вкрапления кустарника, вдали выстроились вдоль берега большой коричневой реки деревья. Ванда знала, что в воде и в тине кипит жизнь — личинки, насекомые, рыбы, лягушки, змеи, водоплавающие птицы, стада гигантских кабанов и маленьких гиппопотамов. Небо заполняли крылья.

Академия раскинулась на возвышенности, которую строители укрепили на случай возможных наводнений. Тысячелетия за тысячелетиями сады, газоны, коттеджи, невысокие аккуратные сооружения, выкрашенные в спокойные тона, оставались на одном и том же месте и почти не менялись. Когда последний выпускник покинет стены Академии, строители снесут ее, не оставив никаких следов. Но это произойдет лишь через пятьдесят тысяч лет.

Ванда ехала верхом, упиваясь воздухом — мягким, напоенным запахами растений, земли и цветов. А между тем год едва перевалил за точку весеннего равноденствия. То, что когда-то станет Южной Дакотой, раскинулось вокруг, как мечта о будущей Калифорнии. Ледники придут сюда лишь спустя целую геологическую эпоху.

Тропинка превратилась в хорошо утрамбованную широкую дорогу. От развилки она потянулась вокруг жилых корпусов до конюшен, расположенных в дальнем конце территории. Секейра и Тамберли сами поставили лошадей в стойла, расседлали и обтерли их. Работа в Патруле по большей части не требовала таких навыков, но Академия считала нужным обучить слушателей самым разным видам ремесел и воспитать чувство ответственности — это никогда не лишнее.

Работая, Ванда и Секейра перекидывались добродушными репликами. «Привлекательный шельмец», — подумалось ей.

На улицу они вышли рука об руку. Снаружи их поджидал человек; в лучах закатного солнца от него тянулась по земле огромная тень.

— Добрый вечер! — поздоровался он.

Голос невыразительный, одет, как и они, но Ванда каким-то образом уловила тон, которому не следует перечить.

— Слушатель Тамберли?

По существу, это был не вопрос.

— Меня зовут Гийон. Я хотел бы поговорить с вами — буквально несколько слов.

Секейра застыл рядом как вкопанный. Ее пульс подскочил.

— Я сделала что-то не так? — спросила Ванда.

— Нет повода волноваться, — улыбнулся Гийон.

Она не могла понять, насколько искренней была эта улыбка. Расу тоже трудно было определить. Тонкие черты лица говорили об аристократическом происхождении, но из какого века?

— Может быть, вы окажете мне честь, поужинав со мной? Надеюсь, вы извините нас, слушатель Секейра.

«Откуда он узнал, что я здесь? Конечно, это возможно, если занимаешь достаточно высокий пост. Но зачем?»

— Но я вся пыльная, грязная, и вообще...

— Вы в любом случае собирались привести себя в порядок и переодеться, — сухо заметил Гийон. — Часа вам хватит? Комната 207. Преподавательский корпус. Все очень просто и неофициально. Благодарю вас. Жду.

Он учтиво отдал честь. Ванда ошеломленно отсалютовала в ответ. Плавной походкой Гийон направился в сторону административных корпусов.

— Что случилось? — прошептал Секейра.

— Ни малейшего понятия. Но мне лучше пойти. Извини, Ту. В следующий раз.

«Может быть». Она торопливо двинулась к себе и вскоре забыла про Секейру.

Сборы помогли ей отвлечься от размышлений. Слушатели Академии жили в отдельных комнатах с ваннами, необычно и продуманно оборудованными, как и обещал Мэнс Эверард. Ванда, подобно большинству ее однокашников, захватила из дома кое-какую одежду. Разнообразие костюмов добавляло колорита их вечеринкам. Хотя, учитывая разное происхождение студентов, они и так были достаточно романтичны и занимательны. Впрочем, слушателей вербовали не из такого уж широкого временного диапазона. Ванде в самом начале объяснили, что в отношениях представителей слишком далеких друг от друга цивилизаций возникает порой раздражение, непонимание или откровенная неприязнь. Значительная часть ее товарищей по Академии происходила из периода примерно с 1850 по 2000 год. Некоторые, подобно Секейре, прибыли из более далекого будущего; но их культуры были совместимы с ее культурой, и общение с людьми XX века тоже входило в программу учебной подготовки.

Подумав немного, она выбрала скромное черное платье, кулон из серебра с бирюзой работы индейцев навахо, туфли-лодочки без каблуков и подкрасила губы.

Нейтрально, не вызывающе и не уныло. Что бы ни было у Гийона на уме, он вряд ли собирается соблазнять ее.

«А я тем более, — подумала Ванда. — Боже, и как такое в голову придет?»

Но, видимо, она все же представляет для него какой-то интерес. Хотя она — зеленый новобранец, а он... судя по всему, большая шишка. Наверняка агент-оперативник... Или еще выше? Ванда только сейчас поняла, что практически ничего не знает о высшей иерархии Патруля.

А может быть, иерархии и не существует. Может быть, к эпохе Гийона человечество переросло необходимость жесткого подчинения. Сегодня вечером, не исключено, ей удастся что-нибудь узнать об этом... Предвкушение чего-то нового окончательно вытеснило волнение.

Проходя через кампус по мягко светящимся в сумерках дорожкам, она повстречала нескольких знакомых и поздоровалась с ними, но, возможно, не так тепло, как обычно. Со многими из однокашников у нее сложились добрые дружеские отношения, но сейчас ее мысли были заняты совсем другим. Видя, как она одета и куда направляется, никто ее не задерживал. Хотя, разумеется, новость будет живо обсуждаться уже сегодня, а завтра ей следует приготовиться к расспросам. Возможно, отвечать придется примерно так: «К сожалению, ничего не могу сказать. Секрет. Извините меня. Мне пора на занятия».

Затем Ванда вдруг задалась вопросом: а все ли годовые выпуски новых рекрутов занимаются в Академии по одним и тем же программам? Вряд ли. Общества, уклад жизни, образ мышления, чувства — все это наверняка будет сильно меняться на протяжении миллиона лет истории. Большая часть того, чем она занималась сейчас, показалась бы ее прежним профессорам из Стэнфорда чистым безумием... Ванда невольно рассмеялась.

Прежде ей не доводилось бывать в преподавательском корпусе или даже видеть фотографии помещений. Боковой вход вел в маленькую пустую комнату, из которой гравитационный лифт мгновенно доставил ее наверх.

Сразу ясно, что демократическая атмосфера Академии — на самом деле всего лишь атмосфера, хотя польза для обучения тут была несомненная. Ванда ступила в коридор — не застланный ковром пол, податливый и теплый, казался живым. Отовсюду струился переливчато-радужный свет. Дверь с номером 207 исчезла при ее приближении и вновь появилась, когда Ванда вошла в апартаменты. Изящная обстановка — явно из будущего — стилем напоминала тем не менее ее родной век. Видимо, чтобы гости вроде нее чувствовали себя более непринужденно. Окно отсутствовало, но потолок открывался небу. Свет звезд был так близок, что Ванда могла видеть, как они разгораются в чистом прозрачном воздухе все ярче и ярче и ночь наполняется их великолепием.

Гийон встретил ее джентльменским рукопожатием и в той же манере усадил в кресло. В рамах на стенах висели движущиеся трехмерные картины: утесы во время прилива и силуэт горы на фоне заката. Она не знала, записанные это изображения или живые, как не узнала и тихо звучащую мелодию. Возможно, что-то японское, подумала Ванда, догадавшись, что музыку Гийон подобрал специально.

— Если позволите, я бы предложил вам аперитив, — произнес Гийон на хорошем английском с едва заметным акцентом.

— Немного сухого шерри, если можно, сэр, — отозвалась Ванда на том же языке.

Он довольно усмехнулся и сел напротив.

— Что ж, завтра у вас занятия, и лучше будет проснуться со свежей головой. Ужин, что я заказал, тоже, думаю, не сильно нарушит ваш спартанский образ жизни. Как вам нравится наша организация?

Она потратила несколько секунд, подбирая подходящие слова.

— Очень нравится, сэр. Трудно, но захватывающе. Вы ведь и так знали, что мне понравится.

Он кивнул.

— Предварительным тестам можно доверять.

— А кроме того, у вас есть отчет о том, как я закончила учебу. Вернее, закончу. Нет, лучше я скажу это на темпоральном.

Гийон не сводил с нее взгляда.

— Не надо. Вы же знаете, это не в наших правилах, слушатель Тамберли.

Робот плавно поднес Ванде шерри и какой-то напиток в суженном кверху бокале для Гийона. Несколько секунд ей оказалось достаточно, чтобы справиться с мыслями.

— Извините, если я что-то не так сказала. С этими парадоксами... — Она набралась смелости и добавила: — Но, честно говоря, сэр, я не могу поверить, что вы не заглянули в будущее.

Он утвердительно кивнул.

— Да. Это возможно при соблюдении некоторых мер предосторожности. Никто, кстати, и не удивился, когда вы закончили обучение с отличием.

— Хотя мне от этого никак не легче: учиться все равно надо.

— Разумеется. Вы должны работать над собой, набираться опыта. Некоторые, узнав, что их ждет успех, расслабляются, поддаются искушению облегчить себе жизнь, но вы, я уверен, гораздо умнее.

— Понимаю. Успех никому не гарантирован просто так. Я могла бы завалить экзамен и изменить этот фрагмент истории, но, понятное дело, не хочу этого.

Несмотря на вкрадчивые манеры Гийона, напряжение вновь охватило Ванду. Она сделала глоток благоухающего терпкого напитка и постаралась расслабить мышцы, как ее учили на тренировках.

— Сэр, почему все-таки я здесь? Не думаю, что во мне есть что-то особенное.

— В каждом агенте Патруля Времени есть что-то особенное, — ответил Гийон.

— Хорошо, не спорю... Но мне... Я ведь буду всего-навсего исследователем узкого профиля, причем моя специальность — даже не антропология, а доисторические животные. Практически никакого риска для причинно-следственных связей. Что же тут представляет для вас интерес?

— Необычны сами обстоятельства, приведшие вас к нам.

— Так ведь вся жизнь полна неожиданностей! — воскликнула она. — Разве не удивительно, что сложилась такая комбинация генов и на свет появилась именно я? Моя сестра, например, ничуть на меня не походит.

— Веский довод. — Гийон откинулся назад и поднес к губам свой бокал. — Вероятность относительна. Допускаю, что события, в которые вы оказались вовлечены, носили несколько мелодраматический характер, но мелодрама, в каком-то смысле, норма реальности. Что может быть более грандиозно, чем огненное рождение вселенной, галактик и звезд? Что может быть удивительнее, чем жизнь, возникшая на планетах? Постоянные невзгоды, смертельные конфликты, отчаянная борьба заставили ее эволюционировать. Мы выживаем, ведя непрерывную войну против микроскопических захватчиков и предателей в организме каждого из нас. По сравнению с этой картиной столкновения между людьми кажутся до смешного несерьезными и случайными. Но именно они определяют наши судьбы.

Его размеренный тон и менторская дикция успокоили Ванду больше, чем шерри и приемы саморасслабления.

— Что вас интересует, сэр? — спросила она. — Я постараюсь ответить.

Гийон вздохнул.

— Будь у меня точные вопросы, наша встреча вряд ли понадобилась бы. — Он вновь улыбнулся. — И поверьте, я бы много потерял. Я ведь не настолько далек от вас, чтобы ваше общество не доставляло мне удовольствия.

Ванда чувствовала, что за галантностью не скрывается ничего, кроме желания успокоить ее, чтобы она могла вспомнить и рассказать какие-то подробности, нюансы, интересовавшие Гийона. Хотя, возможно, он искренен.

— Я ищу ключ к одному делу, — продолжил он. — А вы своего рода свидетель, невинный наблюдатель. Возможно, вы заметили что-то в происшествии, или преступлении, что окажется полезным для следователя. Вот почему я использовал ваш родной язык. На любом другом, включая и темпоральный, вам не хватит выразительности. Кроме того, жесты и язык телодвижений всегда лучше соответствуют родному языку.

Преступление? Ванда ощутила легкий озноб.

— Чем я могу помочь, сэр?

— Давайте просто побеседуем. Расскажите о себе. Люди

редко отказываются от такой возможности, не так ли? — Он посерьезнел. — И повторяю, вы не совершили ничего предосудительного и, скорее всего, не имеете никакого отношения к данному делу. Однако, как вы понимаете, я должен удостовериться в этом.

— Каким образом? — выдохнула она. — И что это за... дело, которое вы упомянули?

— Я не могу вам сказать.

«Не считает нужным? Или кто-то запретил?» — гадала Ванда.

— Представьте себе бесчисленные мировые линии, переплетенные в паутине причинно-следственных связей. Прикосновение к одной ниточке сотрясает всю паутину. Малейший надрыв ведет к изменению всей конфигурации. Вы уже усвоили на занятиях, что причинно-следственные связи не обязательно действуют только из прошлого в будущее. Они могут отразиться назад и даже отменить свое возникновение. Случается так, что нам известно лишь о возмущении, нарушившем покой паутины, но неведомо, где и в какой точке времени находится возбудитель беспокойства, потому что источник его, возможно, не существует в нашей собственной реальности. Остается лишь искать, проверяя всю нить... — Гийон вдруг замолчал. — Право, я не собирался пугать вас.

— Я не очень пуглива, сэр, — отозвалась Ванда, но про себя подумала: «Такими речами на кого угодно страха нагнать можно».

— Давайте считать, что я всего лишь чрезмерно осторожен, — произнес он. — Вы, как и агент Эверард, оказались втянуты, пусть и против вашей воли, в эту историю с экзальтационистами — наиболее мощной противостоящей нам группировкой, ставившей целью нарушение хода истории.

— Да, но все они были — или будут — пойманы или убиты, — возразила Ванда. — Разве не так?

— Так. Тем не менее они могут иметь отношение к чему-то неизмеримо большему. — Он поднял ладонь. — Нет, речь не идет о какой-то крупной организации или заговоре, у нас нет оснований для таких подозрений. Хаос, однако, имеет определенную внутреннюю структуру. Явления обладают способностью повторяться. Люди тоже. Поэтому и возникает необходимость изучать тех, кто некогда был причастен к великим событиям. События могут повториться, независимо от того, зафиксированы они в дошедших до наших дней источниках или нет.

— Но я была втянута в эту историю против своей воли, — пробормотала Ванда. — Мэнс... в смысле, агент Эверард, играл главную роль.

— В этом-то я и хочу убедиться, — сказал Гийон.

Он дал ей посидеть немного в молчании. Звезды на небосклоне разгорались все ярче, соединяясь в созвездия, неведомые Галилею. Когда Гийон вновь заговорил, девушка уже успокоилась.

Нет, решила Ванда, она никак не может представлять для него интерес. И скромность тут ни при чем: она была уверена, что добьется в предстоящей работе отличных результатов. Но здравый смысл подсказывал, что здесь у нее роль более чем скромная. Просто Гийон — безусловно, личность таинственная и незаурядная, — как всякий дотошный детектив, проверял каждую версию, заранее зная, что большинство из них ведет в никуда.

Кроме того, ему, возможно, приятно ужинать в компании молодой симпатичной женщины. Что ж, ей тоже следует оставить глупые сомнения и наслаждаться ужином и беседой. Может быть, она узнает что-нибудь о нем и о его времени...

Ни о нем, ни о его времени она так ничего и не узнала.

Гийон был учтив. Она бы даже сказала, очарователен, хоть он и не выходил за рамки присущей ему бесстрастно-академической манеры. Он никак не демонстрировал свою власть, но производил на нее то же впечатление, что и отец, когда она была девчонкой.

«Жаль, папа, ты никогда не узнаешь...»

Гийон вовлек ее в разговор о ней самой, о ее жизни, об Эверарде — не вдаваясь в деликатные подробности, но так искусно, что она лишь потом осознала, что рассказала ему гораздо больше, чем ей хотелось бы. Попрощавшись с ним, Ванда решила, что у нее просто состоялась интересная встреча. Гийон никоим образом не намекнул, что они еще когда-нибудь встретятся.

Однако, шагая к себе по теперь уже пустынным дорожкам и вдыхая ночные ароматы древней Земли, она неожиданно для себя поняла, что думает не о нем и уж совсем не о Секейре, а об этом рослом, дружелюбном и, как она полагала, очень одиноком человеке — Мэнсе Эверарде.

Часть IV

БЕРИНГИЯ

13 212 год до Рождества Христова

Глава 1

Добравшись до своего пристанища, она остановилась и огляделась, затем посмотрела в ту сторону, откуда пришла.

«Почему? — подумала Ванда. — Словно это в последний раз... — Сердце тревожно дрогнуло. — Может быть, и в последний...»

Солнце в юго-западной части небосклона висело почти над самым морем, но оно не опустится за горизонт еще несколько часов, а когда исчезнет, то ненадолго. Его лучи окрашивали холодным золотом кучевые облака, башнями уходившие ввысь на востоке, и разливали отблески золота по воде, в миле от того места, где стояла она. Земля там круто восходила к северным холмам, поросшим чахлой невысокой летней травой, монотонность которой нарушали яркие зеленые и коричневые пятна торфяного мха. На ветках низкорослой осины трепетали бледные листья. Повсюду топорщились толстые пучки узколистого кипрея, редко достававшего до лодыжек. Шелестела и перекатывалась волнами осока у ручья, журчавшего неподалеку. Он сбегал в не очень широкую речку, прятавшуюся в овраге. По краям оврага сбились в кучки карликовые ольховые деревца. Клочья дыма вились над жилищами Арюка и его племени.

С моря налетел ветер. Влажный просоленный воздух освежил ее, частично сняв усталость, но усилил чувство голода — сегодня она прошла немало. Тишину нарушали крики птиц, сотнями паривших в высоте: чаек, уток, гусей, журавлей, лебедей, зуйков, кроншнепов. Выше всех парил одинокий орел. Даже после двух лет, проведенных здесь, ее не переставало поражать это пиршество жизни у самых врат Великого Льда. Лишь оставив свою родную эпоху, Ванда поняла, как опустошена планета к XX веку.

— Извините, друзья, — пробормотала она. — Но сейчас меня ждут чайник и коробка печенья.

«А после надо заняться отчетом. Обед подождет. — Она поморщилась. — Почему-то доклады уже не доставляют никакого удовольствия... — подумала Ванда и застыла на месте. — Но почему меня так беспокоит то, что случилось? Откуда это предчувствие беды? Важное событие, большое, но не обязательно плохое... Предчувствие беды? Боже! Может быть, это нормально — время от времени разговаривать самой с собой или с птицами, но когда с тобой начинают говорить твои собственные страхи... Похоже, ты на этом задании уже слишком долго...»

Открыв клапан купола, Ванда вошла в свое жилище и вновь закрыла его. Внутри было сумрачно, пока она не переключила стены на прозрачность. Все равно здесь некому за ней подглядывать, кроме людей из племени «мы», да и те без разрешения сюда не приходят. Тепло позволило ей скинуть парку, снять обувь и носки. Она с удовольствием пошевелила пальцами ног.

Теснота сковывала ее движения. Большую часть купола занимал темпороллер, поставленный под полкой, на которой она держала посуду, подушку и спальный мешок. Единственный стул примостился около стола, тоже единственного, на котором громоздились компьютер и вспомогательные устройства. Рядом располагалось все необходимое для приготовления еды, умывания и прочих бытовых нужд. Разнообразные ящики и коробки замыкали круг. В двух из них были разложены одежда и личные вещи, остальные набиты приборами, непосредственно связанными с ее миссией.

Принципы работы Патруля требовали, чтобы жилище было маленьким и, по возможности, не привлекало излишнего внимания коренных обитателей этих мест. За стенами купола лежали необъятные просторы, где редко можно было встретить человека.

Поставив чайник на огонь, она отстегнула портупею и положила пистолеты — парализующий и энергетический — рядом с ружьями. Сегодня почему-то оружие впервые вызвало у нее неприязнь. Она убивала редко, только ради свежего мяса или для пополнения научной коллекции, и лишь однажды прикончила снежного льва, людоеда, который повадился нападать на людей из рода Улунгу в Кипящих Ключах.

«А вдруг придется стрелять в человека?.. Боже, лезет в голову всякая чушь собачья...»

Она невольно улыбнулась, вспомнив, что позаимствовала это выражение у Мэнса Эверарда. Он старался следить за своей речью в присутствии женщин, как его учили с детства. Заметив, что он чувствует себя спокойнее, когда и она держится в рамках приличий, Ванда угождала ему, если не забывалась.

Музыка должна принести покой. Она прикоснулась к компьютеру.

— Моцарт, — произнесла она. — «Маленькая ночная серенада».

Полились сладостные звуки. Только тогда с легким изумлением она осознала, какую пьесу заказала. Не то чтобы она обожала Моцарта — просто вспомнила о Мэнсе, а Мэнс не переносил рок.

«Быть может, станет полегче», — подумала она.

Чашка индийского чая и овсяное печенье сотворили чудо. Теперь она могла сесть за отчет. Проговорив вступительную часть, Ванда решила прослушать ее, дабы проверить, не звучит ли она нескладно, как ей поначалу показалось.

На экране синие глаза под светлыми бровями смотрят со спокойного лица с прямым носом, резко очерченного скулами и решительным подбородком. Волосы, кое-где выгоревшие от солнца, беспорядочно падают чуть ниже ушей, не раз сходившая кожа задублена ветрами куда сильнее, чем на Калифорнийском побережье.

«О боже, неужели я действительно так выгляжу? Можно подумать, что мне тридцать, а на самом деле... Я еще даже не родилась», — подумала она. Плоская шутка слегка приободрила ее. «Как только вернусь, сразу — в салон красоты, вот что!»

Неожиданно зазвучало слегка хрипловатое контральто:

— Ванда Тамберли, специалист второго класса, агент-исследователь из...

Далее пошли хронологические и географические координаты в принятой в Патруле Времени системе на темпоральном языке.

— Полагаю, что приближается кризис. Как, м-м, как следует из моих предыдущих докладов, до настоящего времени на протяжении всего периода моего пребывания здесь я посетила...

— Короче! — сказала она изображению и убрала его с экрана.

«Когда это Патрулю был нужен академизм? Ты переутомилась, девочка. Возвращение в классную комнату? Не надо. Прошло целых четыре года с той поры, когда ты была ученицей. Четыре года, полных познания и исторического опыта. Доисторического».

Она сделала несколько глубоких вздохов, мускул за мускулом расслабила все тело и сосредоточилась на определенном коане. Она не практиковала дзен или что-нибудь в этом роде, но некоторые приемы бывали порой полезны. Диктовка продолжилась:

— Думаю, что местных ожидают большие трудности. Вы помните, что племя совершенно изолировано от мира, хотя это их нисколько не заботит. Я — первый чужестранец в их жизни.

Исследователи, изучавшие язык и обычаи племени, побывали здесь три столетия назад, и их попросту забыли, разве что какие-то частички воспоминаний преобразились в мифы.

— Однако сегодня мы с Арюком наткнулись на неизвестных пришельцев. Начну по порядку. Вчера Дзурян, сын Арюка, вернулся из странствий. Он искал невесту. Ему двенадцать-тринадцать лет; по-моему, он не ищет подругу всерьез, скорее это ради приобретения опыта. Но не важно... Дзурян вернулся домой и рассказал, среди всего прочего, что видел стадо мамонтов в Бизоновой Низине.

Этого названия будет достаточно. Она уже отправила в будущее карты местности, сделанные ею в экспедиции. Названия придумала она сама. Те, которыми пользовалось племя «мы», частенько изменялись в зависимости от того, кто рассказывал. А они любили рассказывать одни и те же истории об этих местах. («В этой болотистой низине весной, после Великой Трудной Зимы, Хонган увидел волчью стаю, гнавшую бизона. Он созвал людей из двух стойбищ. Камнями и палками они разогнали волков. Отнесли мясо домой, и все насытились. Голову оставили духам».)

— Услышав это, я пришла в необычайное волнение. Мамонты редко подходят ближе чем на двадцать миль к побережью. Еще никогда они не появлялись так близко. Почему? Когда я сказала, что пойду взглянуть на них, Арюк настоял, чтобы сопровождать меня лично.

«Он просто прелесть, он так заботится о своей гостье, которая творит чудеса, рассказывает сказки, но совершенно не понимает этой земли».

— Я не возражала против его компании. Те места я знаю плохо. Отправились мы сегодня же на рассвете.

Тамберли сняла с головы повязку. Вытащила из нее устройство размером с ноготь, фиксировавшее все, что она видела и слышала, заложила его в банк данных. Пальцы забегали по клавиатуре. Вся информация, заключенная в устройстве, будет записана в архив, но для этого отчета она введет лишь то, что непосредственно относится к теме. Пока часы прокручивались за минуты, она не могла преодолеть искушения и не замедлить изображение, чтобы снова просмотреть ту или иную сцену.

Южный склон холма укрывал их от ветра. Ванда и Арюк остановились напиться из ключа, бившего из холма.

Глядя на экран, она вспомнила, какой холодной была вода,

как чувствовался в ней вкус земли и камня; она помнила тепло солнца на своей спине и пронзительный аромат, источаемый крошечными травинками. Под ногами лежала мягкая почва, еще влажная от растаявшего снега. Тучей роилась мошкара.

Арюк, набрав полную пригоршню воды, отхлебнул. В его черной бороде, ниспадавшей на грудь, засверкали капли.

— Хочешь немного отдохнуть? — спросил он.

— Нет, пойдем дальше, очень хочется поскорее их увидеть.

Тамберли произнесла примерно это. В языке Тула было еще меньше эквивалентов английскому, нежели в темпоральном, созданном для путешественников во времени и, по крайней мере, имеющем корни в высокотехнологичной культуре.

Вибрирующий, неровный по тональности, агглютинативный, язык включал в себя понятия, о нюансах которых она могла только догадываться. К примеру, грамматических родов было семь, четыре из них имели отношение к определенным растениям, погодным явлениям, небесным телам и мертвым.

Арюк улыбнулся, обнажив щербатые зубы.

— Твоя сила безгранична. Ты загнала старика.

Тулаты, название народа, которое она перевела как «мы», не вели счета дням или годам. Ванда полагала, что Арюку что-то от тридцати до сорока. Мало кто из его народа заживался после сорока. У Арюка уже росло двое внуков. Тело его, сухое, но жилистое, сохранило природную стройность, его портили лишь шрамы от некогда гноившихся ран. Ростом он был на три дюйма ниже Ванды, но она, по меркам Америки двадцатого века, безусловно считалась высокой женщиной. Она могла рассмотреть его до мельчайших подробностей, поскольку Арюк был совершенно нагой. Обычно в эту пору он накидывал пончо из травы, чтобы защититься от мошкары. Сегодня он сопровождал ее, Ту, Которой Ведомо Неизвестное. Они никогда не приближались к ней сами. Тамберли даже не пыталась объяснить, как действует маленькое приспособление на ее ремне. Она и сама не разбиралась в этой штуковине, изобретенной в далеком будущем. Возможно, это что-то ультразвуковое...

Арюк поднял лохматую голову и посмотрел на нее из-под бровей, тяжело нависающих над глазами.

— Ты могла бы утомить меня чем-нибудь более приятным, чем ходьба, — предложил он.

Когда она замахала на него руками, от смеха на его обветренном, носатом лице появилось еще больше морщин. Было совершенно очевидно, что он просто шутит. Быстро поняв, что эта чужеземка не желает им вреда и на самом деле может в случае необходимости употребить свои силы для помощи нуждающимся, «мы» вскоре начали шутить и резвиться в присутствии Ванды. Она, конечно, оставалась таинственной, это правда, но почти все явления в их мире таили в себе загадки.

— Пора в путь, — сказала она.

Легко меняющийся в настроении Арюк рассудительно согласился с ней:

— Это мудро. Если мы поторопимся, то вернемся домой до захода солнца. — Он поежился. — Дальше не наша земля. Ты, верно, знаешь, какие духи рыщут там после захода солнца.

Но страх тут же прошел.

— Может, мне повезет, и я добуду кролика. Тсешу любит крольчатину. — Так звали его женщину.

Он достал грубо обработанный овальный камень, который постоянно носил с собой, метательную палку, нож и дротик. Прочие орудия были такими же примитивными. Их стиль восходил к мустьерской культуре раннего палеолита или близкой ей культуре. Неандертальской, например. Арюк безусловно был Homo Sapiens, архаичным представителем белой расы; его предки перекочевали в эти края из Западной Азии. Тамберли иногда не без иронии отмечала, что эти первые американцы были куда ближе к «белым», чем все, что переселялись туда после «открытия».

Арюк и Ванда продвигались на северо-запад размашистым, но сберегающим энергию шагом, поглощая милю за милей. Она торопливо прокрутила изображение дальше.

«Почему меня заинтересовала та сцена? Ничего примечательного, если не считать, что я в последний раз вижу все это...»

Ванда позволила себе отвлечься еще дважды. Один раз — когда увидела табун диких лошадей, лохматых, длинноголовых, скакавших галопом по кромке горизонта. Другой раз ей на глаза попалось стадо плейстоценовых бизонов, вожак был почти два с половиной метра в холке. Верно, это им Арюк посвящал песни благоговения.

Его народ не занимался настоящей охотой. Сородичи Арюка ловили рыбу руками в реках и озерах или делали примитивные запруды. Они собирали моллюсков, крабов, яйца, птенцов, коренья, растения, ягоды, — дары природы определялись временем года. Ставили силки на птиц, грызунов и другую мелкую живность. Время от времени им попадались телята, молодые оленята, детеныши разных животных или громадные туши погибших животных, еще пригодные для еды. В последнем случае они забирали и шкуру. Племя Арюка было малочисленным, и неудивительно, что они почти не оставили следов своего пребывания даже южнее ледника.

Мерцание на экране задержало взгляд Ванды. Она вернула изображение назад, вспомнила зафиксированный эпизод и одобрительно кивнула. Вновь включив запись, она облизала вдруг пересохшие губы и продиктовала:

— Около полудня мы добрались до того, что искали. — Деформированные молекулы зафиксировали на экране точное местное время. — Я запишу эту часть без редактуры.

Она могла сделать это в долю секунды, но решила еще раз просмотреть материал. Быть может, она заметит детали, ускользнувшие от нее, или придумает новую трактовку. В любом случае, разумно освежить воспоминания. Ведь в штаб-квартире Патруля предстоит еще подробное собеседование.

Вновь она увидела те места. За спиной у нее простирался морской берег, кое-где поросший лесом. Здесь было много воды, но эта открытая равнина более походила на степь, чем на тундру. Травы плотным ковром укрывали землю, его темно-зеленое однообразие изредка оживлялось тощим ивняком или серебристыми пятнами ягеля. На взморье росли карликовые березы, чуть повыше ив, но тесно сбившиеся в кучки, словно на передовой. Повсюду поблескивали озерца и болотца, поросшие осокой. Только два ястреба парили в воздушных потоках; тетерева, белые куропатки и все остальные птицы, должно быть, сидели на земле, прячась, словно крысы или лемминги. Мамонты, медленно передвигаясь, паслись не менее чем в миле от людей. Урчание в их утробах слышалось даже на таком расстоянии.

Внезапно она вскрикнула. Арюк вздрогнул.

— Что случилось? — спросил он.

Экран показывал протянутую руку и едва различимые фигурки, на которые указывал ее палец.

— Вон там! Видишь их?

Арюк прикрыл глаза, прищурился, тело его напряглось.

— Нет, все расплывается. — Первобытные люди не отличались ни острым зрением, ни крепким здоровьем.

— Мужчины. И еще... Бежим!

Изображение подпрыгнуло.

Это Ванда бросилась к ним. Арюк, покрепче ухватив топор, вприпрыжку несся рядом.

Неизвестные, заметив их, слегка растерялись, потом, немного посоветовавшись, торопливо двинулись вперед, навстречу незнакомой паре. Тамберли посчитала: семеро. Ровно столько было взрослых обитателей в стойбище Арюка, если включить в их число и подростков, а эта группа состояла из одних мужчин.

Двигались они не прямо на Ванду и Арюка, а немного в сторону. Вскоре Ванда заметила, как главный среди них делает им знаки руками, и тоже свернула. Она вспомнила, что думала на бегу: «Видимо, не хотят спугнуть мамонтов. Верно, преследовали их несколько суток, загнали до изнеможения, чтобы завести в такое место, куда те обычно не забредают, где мало пищи, много ям, наполненных грязью, и других ловушек, подходящих для охотников».

Люди были приземистые, черноволосые, в сшитых из кожи куртках и штанах, на ногах — башмаки. Каждый нес копье с костяным наконечником, в котором были прорезаны бороздки для кремниевых пластин с длинными и острыми кромками. На поясе у каждого мужчины висела сумка, в ней, без сомнения, провизия, и остро заточенный камень, служивший ножом. Под ремень был засунут топорик, за плечами какой-то сверток — скорее всего, скатанная шкура, в которую завернуты еще два или три копья. Наготове были и приспособления для метания дротиков. Камень, дерево, олений рог, кость, кожа — все прекрасно обработанные.

Когда Тамберли и Арюк приблизились к неизвестным, те остановились и рассыпались неровным полукругом, готовые к сражению.

Никто из тулатов не поступил бы подобным образом. Драки, особенно с убийствами, случались крайне редко. Групповая вражда не существовала у тулатов даже в воображении.

Незнакомцы застыли на месте.

— Кто они такие? — запыхавшись, выдохнул Арюк.

Пот сверкал на его обожженном солнцем лице. Он с трудом переводил дух, но не от усталости. Все неизвестное казалось ему сверхъестественным и устрашающим до тех пор, пока он не осваивался с новинкой. При этом Ванда видела однажды, как он, рискуя жизнью, гнался по куску льдины, в шторм, за тюлененком, чтобы добыть его для пропитания семьи.

— Попробую выяснить, — сказала Ванда.

Голос ее прозвучал неуверенно. С поднятыми вверх ладонями она двинулась к незнакомцам, но прежде расстегнула кобуры.

Миролюбивый вид женщины слегка успокоил пришельцев. Ванда перебегала взглядом с одного на другого. За индивидуальностью каждого лица она старалась найти то общее, что было свойственно определенной расе. Две косы обрамляли широкие лица природного бронзового цвета, миндалевидные глаза, прямые носы, жидкую растительность вокруг губ либо полное ее отсутствие. На лбу и щеках краской были нанесены линии.

«Я, конечно, не антрополог, — промелькнуло в голове Ванды в промежутке между ударами сердца, — но думаю, что это протомонголоиды. Они наверняка пришли с запада...»

— Богатой добычи! — приветливо произнесла Ванда, приблизившись к мужчинам.

В языке Тула не было слов для выражения чувств гостеприимства, такое поведение считалось само собой разумеющимся.

— Что хорошего вы можете сказать мне?

Говорить полагалось не все, ибо определенные фразы могли пробудить злых духов или враждебные чары.

Самый высокий среди незнакомцев, ростом почти с Ванду, молодой, плотного сложения, решительно зашагал ей навстречу. Слетавшие с его губ слова были совершенно непонятными. Ванда вздохнула, улыбнулась, пожала плечами, недоуменно покачала головой.

Он вглядывался в ее лицо. Она понимала, какой странной должна казаться ему своим ростом, цветом кожи, волос, глаз, одеждой, снаряжением. Молодой человек, однако, не выказывал робости, присущей народу «мы». Спустя несколько секунд он медленно вытянул свободную руку и кончиками пальцев коснулся горла Ванды. Пальцы заскользили дальше.

Она застыла на миг, а потом едва подавила безумный порыв смеха.

«Пощупать решил для верности».

Разведка продолжилась у нее на груди, животе, между ног. Прикосновения были легкими, как трепетание крылышек ночной бабочки, и, насколько она видела по выражению его лица, бесстрастными. Незнакомец просто удостоверялся в том, что она и по виду, и по природе действительно принадлежит к женскому полу.

«А что бы ты делал, дай я тебе под дых?» — подумала Ванда, но подавила в себе и это желание, дабы не провоцировать чужаков на неверные поступки. Когда мужчина закончил проверку, Ванда отступила на шаг.

Он что-то резко и отрывисто сказал своим спутникам. Те хмуро посмотрели сначала на Ванду, потом на Арюка. Вероятно, женщины их племени не ходили на охоту. А может, они приняли ее за его жену? Но тогда почему мужчина околачивается за спиной женщины?

Главарь группы окликнул Арюка. Голос прозвучал высокомерно. Тулат съежился от страха, но все-таки сумел взять себя в руки. Вожак поднял копье и замахнулся, словно бы готовясь метнуть его. Арюк бросился ничком на землю. Пришельцы разразились резким хохотом.

— А ну, стойте! Ишь, разошлись! — воскликнула Тамберли по-английски.

Дома ей не захотелось смотреть эту запись дальше. Она дала команду к немедленной передаче оставшейся информации, вздохнула и добавила:

— Как видите, мы не остались там надолго. Пришельцы оказались непокладистыми. Правда, у них хватило ума не связываться.

Ее искреннее негодование — Ванда выхватила из ножен металлический нож — утихомирило чужаков. Они не могли понять, кто она такая, но позволили ей с Арюком спокойно уйти, провожая взглядом до тех пор, пока горизонт не поглотил и мужчину, и женщину.

— Я рада, что мне не пришлось стрелять в воздух или делать еще что-нибудь устрашающее. Бог знает, как сложились бы обстоятельства в этом случае.

Секундой позже:

— Бог знает, как они еще сложатся. Судя по всему, это палеоиндейцы из Сибири. Я остаюсь на месте и жду дальнейших указаний.

Вынув микродискету из компьютера, она заложила ее в одну из информационных капсул и вставила в передающее устройство. Затем настроила систему управления и привела машину в действие. Маленький цилиндр, издав хлопок, растворился в воздухе. Регионального штаба в столь древней эпохе просто не создавали, и скачок через пространство-время перенес цилиндр с информацией сразу в координационный центр, который базировался как раз на родине Ванды в ее веке. Она вдруг ощутила себя одинокой и неимоверно усталой.

Никаких указаний в ответ не поступило. В бюро поняли, что Ванде следует дать выспаться. И хорошенько поесть. Стряпня, еда, мытье посуды немного отвлекли Ванду и сняли напряжение. Спать ей, однако, не хотелось. Она обтерлась губкой, надела ночное белье и вытянулась на койке, которой служила полка с подушкой у стенки ее жилища. Солнце клонилось к закату. Смеркалось, и Ванда зажгла свет. Несколько мгновений она колебалась — не могла решить, чем заняться: то ли посмотреть еще что-нибудь, то ли почитать книгу. Она захватила с собой «Войну и мир», в надежде что в этой экспедиции наконец-то осилит роман, но после дня вроде сегодняшнего была просто не в состоянии открыть книгу. А может, что-нибудь детективное? Например, роман о Трэвисе Макджи, что она припасла еще со времен своего последнего отпуска, будет в самый раз? Хотя нет, Макдональд — это все-таки чересчур.

Пожалуй, старина Дик Фрэнсис будет в самый раз.

Глава 2

Красный Волк и его охотники уже не могли гнать мамонтов туда, где они сумели бы забить одного из них. Животные больше не бежали от своих маленьких преследователей и вели себя почти беззаботно. Все чаще мамонты останавливались, переминаясь с ноги на ногу, и передвигались лишь для того, чтобы перехватить что-нибудь съедобное. Накануне один из самцов ринулся на людей, охотники бросились врассыпную и отсиживались до вечера, чтобы в сумерках вновь собраться вместе. Стадо слишком удалилось от привычных мест, и терпение мамонтов иссякло.

— В стойбище голодают, — сказал Ловец Лошадей. — Наша охота предрешена богами. Если земляные существа разгневаны, не нужно больше дразнить их. Давайте займемся другим делом и отдадим им нашу первую добычу.

— Еще не время, — отозвался Красный Волк. — Ты знаешь, как нам нужен мамонт. И мы забьем его.

Больше, чем в мясе и жире, люди Облачного Народа нуждались в шкурах, гигантских костях, бивнях, зубах, шерсти мамонтов, которые шли на изготовление различных предметов. Но превыше всего ценилась сама победа, возвращение с удачей. Поход на этот раз оказался долгим и безрадостным.

В глазах Рога Карибу промелькнул ужас.

— Может, та колдунья с волосами как солома, сказала нам что-нибудь дурное? — пробормотал он. — Слишком многое нашептывают эти ветры.

— Почему ты считаешь, что у нее есть колдовская сила? — спросил Красный Волк. — Она и косматый человек ушли от нас. И это было три дня назад. Подождем новостей от Бегущей Лисицы.

До возвращения следопыта в отряде воцарился порядок. Бегущая Лисица сообщил, что глубокое болото совсем недалеко. Красный Волк приободрил охотников, и те решили вновь попытать счастья.

Первым делом они собрали ветки, сухой камыш, хворост. Красный Волк сам взялся за вязанки для огня. При этом он пел

Песнь Добычи, а остальные кружили вокруг него в медленном танце. Опустилась ночь, но она была по-летнему коротка и светла, как сумерки, в которых поблескивали озера, и земля серым полотном простиралась до горизонта, отчетливо различимого даже в этот поздний час. Небо походило на тень над головой, тускло мерцали несколько звезд. Холодало.

Когда охотники приблизились к мамонтам, Красный Волк остался позади, чтобы пылающий факел в его руке не напугал жертву слишком скоро. Ветки трещали, травы шуршали, почва хлюпала под ногами. Ветерок донес тепловато-удушливый запах громадных животных. Красный Волк почувствовал легкое головокружение: последнее время он питался скудно. Шумы в утробах, чавканье громадных ног в трясине заставили его сердце биться быстрее и прояснили голову. Животные были возбуждены: им уже несколько дней не давали покоя. Еще немного, и они обратятся в бегство.

Когда настал подходящий момент, Красный Волк свистнул. Услышав сигнал, охотники стремительно бросились к своему предводителю и подожгли факелы. Теперь Красный Волк шествовал впереди. Растянувшись по длинной дуге, его люди двинулись к стаду. Они размахивали факелами высоко над головой, пламя слепило, искры рассыпались во все стороны. Охотники наступали с волчьим воем, львиным рыком, медвежьим ворчанием и ужасающими, надрывными, то взмывающими вверх, то обрывающимися пронзительными воплями, которые способно издавать только человеческое существо.

Один мамонт испуганно закричал. Другой затрубил. Стадо обратилось в бегство. Земля задрожала.

— Йя-я-яу! Йя-я-яу! — визжал Красный Волк. — Сюда! Вот он, впереди! Гони его! Ко мне, братья, ко мне! Загоняйте его справа и слева! Йе-и-и-и-йя!

Выбранной жертвой стал молодой мамонтенок, которого угораздило помчаться прямо в болото. Его сородичи не разбегались на большое расстояние друг от друга, но каждый выбрал свой путь. Они неслись, спотыкаясь и оглашая темноту криками. Люди видели лучше, чем мамонты. Охотники нагнали мамонтенка и побежали с ним бок о бок. Факелы почти догорели, и люди отбросили их. Ужас животного прорвался в крике. Красный Волк подскочил ближе к зверю. Хвост мамонтенка хлестнул его по плечам. Охотник ударил копьем в брюхо мамонта и, оставив его в теле животного, отскочил назад. Орудия смерти со всех сторон обрушились на молодого мамонта. Они впивались в его тело, вызывая невыносимую боль. Тяжело бежавший зверь прибавил скорости. Дыхание его становилось хриплым, почва уходила из-под ног. Грязь ударила струей и угрожающе чавкнула, мамонтенок по брюхо погрузился в болото и увяз в трясине. Стадо прогрохотало мимо, уносясь в ночь.

Если бы зверю не мешали, он смог бы выбраться. Но охотники не отступали. Они перешли в атаку, с криками метая дротики и копья. Болотная вода, освещенная сиянием звезд, стала черной от крови. Животное ревело в агонии. Туловище его трепетало, бивни вздымались вверх и падали вниз, слепо и бессмысленно. Звезды над ним продолжали свой безмолвный путь.

Силы для борьбы иссякли. Голос мамонта оборвался, превратившись в хриплое пыхтенье. Люди подошли ближе. Двуногие существа были легче и помогали друг другу, и поэтому не погружались глубоко в болотную жижу. Их ножи резали шкуру, топоры крушили плоть. Преодолевающий Снега копьем пронзил животному глаз. Но вторым глазом мамонт успел увидеть, как восходит солнце, подернутое холодным и унылым туманом, который опустился, пока его убивали.

— Хватит, — сказал Красный Волк.

Люди вышли на твердую землю.

Красный Волк завел Песню Духа. От имени всех охотников он, обратившись к северу, громко рассказал Отцу Мамонтов, почему было необходимо это деяние. Затем произнес:

— Иди, Бегущая Лисица, и приведи людей. Остальные пусть достают копья, которые еще пригодны в дело.

Костяные острия сделать было легко, но никто из них пока не знал, где в этих местах найти нужный камень, да и хорошие палки для древка тоже редкость.

Вытащив из болота копья, охотники устроились на отдых. Они доели остатки сушеного мяса и ягод из своих торб, после чего одни расстелили на земле одеяла, в которые уже не было нужды заворачиваться, так как воздух потеплел, и заснули, другие, не в силах заснуть, продолжали болтать и шутить, наблюдая за мучительной агонией мамонта. Тот протянул до позднего утра, потом громадное тело содрогнулось, извергло в болото кучу навоза и застыло.

Люди, сбросив одежду, накинулись на тушу с ножами. Пили кровь, пока она еще не загустела, и по праву охотников, добывших зверя, рвали куски языка и жира с горба мамонта. Потом вымылись в чистом озерце и принесли ему жертву — неповрежденный глаз мамонта. После купания охотники поспешили одеться, потому что воздух вокруг потемнел от мошкары, и только тогда принялись пировать. То и дело приходилось камнями отгонять налетевших стервятников. Привлеченная запахами волчья стая долго рыскала поблизости в расчете на поживу, но не осмелилась подойти.

— Они знают людские повадки, эти мои тезки, — сказал Красный Волк.

Племя подоспело к исходу следующего дня. Им не пришлось идти далеко от последней стоянки, так как преследование мамонтов шло медленно и то и дело сворачивало в сторону, но люди были нагружены шкурами, палатками и прочим скарбом. Они несли колья и жерди для жилищ, к тому же в племени были старики и маленькие дети. В радостных воплях явственно слышалась усталость. Племя быстро устроилось на новом месте, и Красный Волк вечером пошел к Маленькой Иве, своей жене.

С утра соплеменники принялись разделывать тушу, а дело это требовало нескольких дней. Красный Волк отыскал Ответствующего в своей палатке. Они с шаманом долго сидели молча, вдыхая дым священного огня, питаемого торфяником; шаман подбросил в костер трав, придающих силу. Клочья дыма плавали в полумраке, словно призраки; шум снаружи, казалось, доносится из другого мира. Мысли Красного Волка тем не менее оставались ясными.

— Мы проделали длинный путь и далеко забрались, — сказал он. — Остановимся на этом?

— Рогатые Люди больше не появлялись в моих видениях, — осторожно ответил шаман.

Красный Волк махнул рукой вверх и вниз, показывая, что понял сказанное.

Народ, который вытеснил Облачных Людей с земли их предков, не имел причин преследовать их, но стремительный бросок на восток, совершаемый ими вплоть до сегодняшнего дня, проходил по землям враждебных племен, и опасность гнала Облачных Людей все дальше и дальше.

— Скитание — это несчастье, — сказал Красный Волк.

Лицо Ответствующего скривилось так, что углубившиеся морщины скрыли нанесенные краской линии. Он принялся перебирать пальцами ожерелье из когтей.

— Часто по ночам ветер доносит до меня стенания тех, кого мы похоронили во время странствий. Если бы мы могли позаботиться о наших мертвых как подобает, может, они обрели бы силу и даже помогли нам присоединиться к Зимним Охотникам.

— Кажется, мы добрались наконец до земель, где никто не живет, разве что кучки беспомощных людишек.

— Ты уверен, что это так? Твои люди ропщут — они устали, преследуя мамонта.

— Найдем ли мы когда-нибудь место, где нам будет лучше? Боюсь, мы просто забыли все плохое, что было в нашем Небесном Доме. А может, просто мамонтов стало мало повсюду. Но здесь, неподалеку, я видел следы бизонов, лошадей, оленей-карибу и других животных. К тому же во время последней охоты мы встретили нечто удивительное. Об этом я и хочу спросить тебя. Каков смысл этого знака — означает он удачу или опасность?

И Красный Волк рассказал о встрече со странной парой. Поведал он шаману и о том, что они обнаружили: об отбитых кусках камня, костровищах, раздробленных заячьих костях — все это означало присутствие людей. В отличие от племен на западе, эти люди не отличались силой, поскольку крупная дичь, обитавшая в округе, явно не боялась человека, а мужчина, сопровождавший женщину, был нагой и оружием ему служил лишь грубо обтесанный камень. Она же была совсем другая — высокого роста, с сияющими глазами, бледными волосами, в чудной одежде и с диковинным оружием. Женщина разгневалась, когда охотники выставили ее спутника на посмешище, но ничего плохого им не сделала, а просто ушла со своим человеком. Захочет ли ее народ иметь дело с Облачными Людьми, настоящими мужчинами?

— А может, она — какое-нибудь колдовское создание и нам снова придется уходить? — закончил Красный Волк.

Как он и ожидал, шаман не ответил на вопрос, а только спросил:

— Ты хочешь пойти разведать?

— Я возьму несколько смелых охотников, — отозвался Красный Волк. — Если мы не вернемся к тому времени, когда туша будет разделана, считайте, что эта страна не для нас. Но мы уже так давно скитаемся.

— Я кину на костях.

Кости легли послушно движению руки шамана.

— Оставь меня одного до рассвета.

Ночь напролет Красный Волк и Маленькая Ива слышали его бормотание. Стучал бубен. Дети сгрудились вокруг родителей, с нетерпением дожидаясь восхода солнца.

При первых проблесках рассвета Красный Волк приблизился к жилищу Ответствующего. Шаман вышел наружу, измученный и дрожащий.

— Мой дух блуждал по бескрайним просторам, — тихо произнес он. — Я бродил по лугам среди красивых цветов, но они запретили мне прикасаться к ним. Я был совой, вылупившейся из луны, и когти мои схватили утреннюю звезду. Снег выпал летом. Ступай, если осмелишься.

Красный Волк сделал глубокий вдох и расправил плечи.

С ним пошли пятеро мужчин. Бегущая Лисица, Преодолевающий Снега, Сломанный Клинок не удивили Красного Волка своей решимостью. Но Укротителю Лошадей и Рогу Карибу, видимо, пришлось бороться со своими страхами. Поиск повел их на юг. Именно в том направлении скрылась желтоволосая женщина, к тому же там более явно, чем в других местах, обнаруживались признаки обитания человека.

Земля становилась суше по мере того, как они продвигались все дальше на юг. То здесь, то там появлялись трава и островки деревьев. В конце концов путешественники достигли того места, где Великая Вода распростерлась под дымчатым небом, полным порхающих и свистящих птиц. Шумел прибой, волны накатывали на песок и с шипением откатывались назад. В потоках порывистого соленого ветра парили чайки. По берегу были разбросаны кости, раковины, растения, вынесенный морем плавник. Облачные Люди мало что знали о морской живности: привычная им добыча водилась далеко от Великой Воды. Собравшись с мужеством, Красный Волк и его спутники двинулись вдоль берега на восток, где, им казалось, больше шансов найти людей.

Они шли вперед, с каждым шагом убеждаясь в изобилии пищи в этих краях. Выброшенная на берег рыба означала, что вода кишит ею. В раковинах жили моллюски. Кричали тюлени, большие бакланы распластали крылья на утесах, покрытых живым птичьим ковром. На волнах резвились выдры и морские коровы.

— Но мы ведь не знаем, как охотиться на эту дичь, — с сожалением произнес Сломанный Клинок.

— Мы можем научиться, — сказал Бегущая Лисица.

Красный Волк помалкивал. Подобно тому как растет дитя в материнском чреве, в его голове зрела идея.

В том месте, где река вырывалась из лощины на побережье, они неожиданно увидели двоих людей. Чужаки, заметив незнакомцев, отступили вверх по ручью.

— Осторожнее, — сказал Красный Волк спутникам. — Неразумно отпугивать их.

Он шел с копьем в правой руке, однако левую держал ладонью вверх. Двое неизвестных продолжали отступать. Они были молоды — скорее юноши, чем мужчины. Усы, подобные звериным, как, очевидно, у всех мужчин этого племени, на их лицах проступали пока лишь легким пушком. Невыделанные шкуры укрывали их плечи от холода и держались на завязанных на шее ремешках. Качество шкур говорило о том, что сняты они с падали, а не с добытого на охоте животного. Сумки — не сшитые, а просто завязанные куски кожи — болтались на поясе. Обувь была такой же грубой работы. У каждого при себе имелся обработанный камень и кожаный мешок, куда юноши складывали устриц.

Преодолевающий Снега разразился хохотом:

— Ну и молодцы: мыши-полевки и те смелее!

Волна надежды поднялась в груди Красного Волка.

— Они могут оказаться ценнее мамонтов, — сказал он. — Ну-ка, потише!

Ольха с худосочными веточками, росшая по склонам, была не выше человеческого роста и почти не мешала рассматривать чужаков. Юноша крикнул. Голос его дрожал. Ветер подхватил крик и унес в шелестящие ветви. Облачные Люди двинулись вперед, неуклюже карабкаясь по склону. Со стороны протоки появились еще люди и сгрудились в кучу. Юноши повернулись и бросились со всех ног к своим. Во главе группы перепуганных чужаков оказался тот самый мужчина — Красный Волк сразу же узнал его. Другой, молодой, но рослый, держался рядом. За их спинами прятались две женщины, одетые не лучше мужчин, девушка-подросток, вступающая в пору зрелости, и несколько голых ребятишек.

— Это все? — удивился Рог Карибу.

— Может, кто-то отправился на поиски пищи, — отозвался Красный Волк. — Но в любом случае их не может быть много, иначе бы мы узнали о них раньше.

— А где... та, высокая, с волосами, как солнечный свет?

— Какая разница? Ты испугался женщины? Вперед!

Красный Волк широким шагом двинулся вперед. Его охотники следовали справа и слева от вожака. Так Облачные Люди сражались с Рогатыми Людьми до той поры, пока те не взяли над ними верх. Красный Волк с товарищами в те времена были еще подростками, но отцы обучили сыновей приемам боя. Ведь и им тоже предстояло когда-нибудь сразиться с врагом.

Красный Волк остановился в трех шагах от вожака незнакомцев. Глаза смотрели в глаза. Молчание прерывалось лишь завыванием ветра.

— Приветствуем вас, — наконец произнес Красный Волк. — Кто вы?

Губы, заросшие бородой, зашевелились. Звуки, вылетевшие из них, походили на птичье щебетание.

— Они не умеют разговаривать? — проворчал Укротитель Лошадей. — Разве они не люди?

— Они отвратительны, это точно, — сказал Рог Карибу.

— А женщины ничего, — буркнул Сломанный Клинок.

Взгляд Красного Волка скользнул по девушке. Из копны густых распущенных волос выглядывало миловидное личико. Она вздрогнула и поплотнее запахнула шкуру, служившую накидкой, вокруг худенькой фигурки с едва наметившимися формами. Красный Волк снова перевел взгляд на мужчину, который, как он предполагал, был отцом девушки. Хлопнув себя по груди, он назвал свое имя. Только с третьего раза мужчина, похоже, понял, о чем речь.

— Арюк, — произнес он и добавил, взмахнув рукой: — Тулат.

— Теперь мы знаем, как зовется их племя, — сказал Красный Волк.

— Интересно, это настоящие имена? — полюбопытствовал Бегущая Лисица. В их племени настоящее имя было ведомо только его обладателю и его духу.

— Какая разница? — отрезал Красный Волк.

Он почти осязал напряжение, охватившее его спутников. Оно сковало и его. Что ему до той таинственной женщины? Они не должны позволить страху одолеть их храбрость.

— Пошли, а там будет видно, что делать.

Красный Волк сделал шаг вперед. Арюк и юноша, старший среди подростков, бок о бок заступили путь пришельцу. Он ухмыльнулся и пронзил воздух копьем. Те отпрянули в сторону и зашептались между собой.

— Куда подевалась твоя защитница? — язвительно поинтересовался Красный Волк.

Ответом ему был лишь шум ветра. Приободрившиеся соплеменники последовали его примеру. Чужаки испуганно, угрюмо заковыляли следом, как стайка гусей.

Вскоре Облачные Люди отыскали их жилище. Узкая, глубокая лощина расширялась, упираясь в утес, врезавшийся в реку и чуть нависающий над водой. Из поросшего жесткой растительностью склона тонкой струйкой бил ключ — чистый, хотя и солоноватый на вкус. Три крошечные хижины жались друг к другу. Люди, сложившие их, навалили камней в форме окружности на высоту плеча низкорослого человека, оставив лаз для прохода и кое-как замазав щели. Поверх камней был положен валежник, придавленный кусками торфа и служивший крышей. Палки, связанные между собой кишками, использовались для защиты от ветра вместо дверей. Обнесенный камнями очаг красновато светился в полумраке одной из хижин. Огонь, несомненно, поддерживался постоянно. Около жилищ валялись кучи мусора, над которыми гудел рой мух.

— Ну и вонь! — фыркнул Сломанный Клинок. — Кролик и тот лучше нору роет.

Обложенные дерном жилища, которые его народ строил к зиме, служили времянками, укрывавшими их от стужи в ожидании иной, лучшей жизни, но даже в них было куда чище и просторней. А их нынешние шатры из шкур совсем уютны и хорошо проветриваются.

— Заглянем, что там! — скомандовал Красный Волк. — Преодолевающий Снега, будешь меня охранять!

Тулатам обыск явно не понравился, но только Арюк и его старший сын осмелились нахмуриться. Непрошеные гости отыскали мясо и рыбу, вяленые и копченые, а также прекрасный мех и птичьи перья.

— По крайней мере, они искусно ставят капканы, — засмеялся Красный Волк. — Тулаты, мы воспользуемся вашим гостеприимством.

Его спутники взяли все, что хотели, и плотно поели. Вскоре Арюк присоединился к ним, устроившись на корточках рядом с пришельцами, которые сидели со скрещенными ногами. Грызя лососину, он заискивающе улыбался.

Затем люди Красного Волка обследовали русло реки. Их пытливый взгляд зацепился за прогалину на берегу ручья на некотором удалении от берега. Клочок голой утоптанной почвы свидетельствовал о том, что здесь недавно было жилище гораздо просторнее того, что они видели у тулатов. Что это? Кто построил его и зачем? Облачные Люди старались скрыть друг от друга охвативший их страх.

Красный Волк первым преодолел тревогу.

— Думаю, здесь жила та самая колдунья, — сказал он, — но теперь ее нет. Нас она испугалась или духов, что нам помогают?

— Местные расскажут, когда научатся говорить с нами, — произнес Бегущая Лисица.

— Они сделают для нас гораздо больше, — медленно проговорил Красный Волк. Им овладело веселье. — Нам нечего опасаться. Совершенно нечего! Духи привели нас в такое место, о каком мы и не мечтали.

Спутники изумленно уставились на него, но он ничего не

стал объяснять. Возвращаясь в поселение тулатов, Красный Волк лишь задумчиво заметил:

— Да, мы должны научиться их языку и обучить их... тому, что будет приносить нам пользу.

Взгляд его устремился дальше, к семье Арюка. Люди сбились в маленькую кучку, ожидая своей участи. Они держались за руки, прижимая к себе детей.

— Мы начнем наше взаимное обучение с того, что заберем одного из них с собой.

Красный Волк улыбнулся девушке. Ответом ему был застывший в ее глазах ужас.

1965 год от Рождества Христова

Мягкий апрельский день. После полудня в Сан-Франциско. Только что родилась на свет Ванда Тамберли. В такие минуты даже агента Патруля Времени может охватить чувство нереальности происходящего.

«С рождением, Ванда».

Случайное стечение обстоятельств. Ральф Корвин попросил ее зайти в этот день именно в это время, потому что раньше им могли помешать. Из-за недокомплекта личного состава подразделения Патруль мог позволить себе послать лишь небольшую группу для слежения за миграцией в Новый Свет, независимо от степени важности происходящих событий для будущего. Перегруженные заданиями, члены группы всегда толпились в доме у Корвина в Беркли, где он устроил свою административную базу.

Подобно другим, эта база представляла собой дом, снятый на несколько лет людьми, которые действительно там жили. Америка двадцатого века была очень в этом отношении удобна. Большинство сотрудников Патруля из их группы родились в этом веке и чувствовали себя там совершенно естественно. Они не могли часто использовать региональную штаб-квартиру в Сан-Франциско — излишняя активность вызвала бы нежелательный интерес. Беркли шестидесятых годов почти идеально подходил им. Поскольку все здесь жили как хотели, никто не обращал особого внимания на некие странности. В конце концов, поднятая властями шумиха вокруг злоупотребления наркотиками могла спровоцировать слежку за домом. Но к тому моменту группа Патруля успеет свернуть работу и покинуть дом.

Поскольку на базе недоставало укромного места для хранения темпороллеров, Тамберли добралась на городском транспорте до Телеграф-авеню, прошла по ней в северном направлении и пересекла университетский кампус. День стоял прекрасный, и она с любопытством ждала встречи с тем десятилетием. Пока Ванда росла, о времени ее детства уже начали слагать легенды.

Однако действительность оказалась куда менее романтичной. Неряшливость, претенциозность, самодовольство. Когда парень в задубевших от грязи джинсах и тряпке, которую он, вероятно, считал одеялом индейца, сунул ей листовку с выспренними словами о мире, она вспомнила, что случится в недалеком будущем — Камбоджа, люди на джонках, — и сказала с улыбкой:

— Извините, но я — фашистский поджигатель войны.

Да, Мэнс однажды говорил о молодежной революции в таких выражениях, что ей следовало воспринять это как предостережение. Но зачем забивать этим голову сейчас, когда вишневые деревья стоят, будто окутанные застывшей метелью?

Дом, который она искала, находился на несколько кварталов восточнее, на Гроув-стрит (которая будет торжественно переименована в честь Мартина Лютера Кинга, но останется в памяти ее поколения как Милки Уэй). Здание оказалось скромным, но в хорошем состоянии. Добропорядочный владелец не станет объектом любопытства. Ванда поднялась на крыльцо и позвонила.

Дверь открылась.

— Мисс Тамберли?

Она кивнула.

— Добрый день. Пожалуйста, проходите.

Ванда увидела мужчину — высокого, стройного, с римским профилем, щеточкой усов и гладкими, коротко стриженными волосами пепельного цвета. Желтовато-коричневая рубашка с погончиками и несколькими карманами, брюки в тон, отутюженные до остроты лезвия, на ногах сандалии. Выглядел он лет на сорок, но внешность мало о чем свидетельствовала, если человек прошел в Патруле курс омолаживания.

Мужчина закрыл дверь и крепко пожал ей руку.

— Я — Корвин. — Он улыбнулся. — Извините за «мисс». Я не мог назвать вас «агент Тамберли». Вы ведь вполне могли оказаться агентом из отдела рекламы какой-нибудь фирмы. Или вы все-таки предпочитаете «мисс»?

— На ваше усмотрение, — ответила она нарочито небрежно. — Мэнс Эверард как-то объяснял мне, как меняются со временем правила учтивости.

«Пусть знает, что я в дружеских отношениях с агентом-оперативником. На тот случай, если он любит играть в превосходство», — подумала Ванда.

— Совсем недавно — если здесь уместно слово «недавно», поскольку я покинула Берингию неделю назад, — меня называли Хара-цетунтюн-баюк — Та, Которой Ведомо Неизвестное.

«Покажи великому антропологу, что скромный натуралист не совсем уж неуч в его области».

Она задумалась: не британский ли акцент оттолкнул ее. Наведя справки в штабе, Ванда выяснила, что Корвин родился в Детройте в 1895 году. И до поступления в Патруль он успел провести интересные исследования американских индейцев в 20—30-е годы.

— Правда?

Улыбка его стала более располагающей.

Он по-своему привлекателен, призналась себе Ванда.

— Расскажите, пожалуйста. Я жажду услышать об этой стране все до мельчайших подробностей. Но прежде позвольте предложить вам устроиться поудобнее. Что вы предпочитаете из напитков? Кофе, чай, пиво, вино или что-нибудь покрепче?

— Кофе, пожалуйста. Для спиртного еще слишком рано.

Он проводил Ванду в гостиную и усадил в кресло. Мебель была изрядно потрепанной. До отказа набитые книгами полки рядами закрывали стены. Книги в основном носили справочный характер. Извинившись, Корвин вышел на кухню и вскоре вернулся с подносом, уставленным закусками, которые оказались восхитительными. Переставив тарелки на низкий столик перед Вандой, он уселся напротив и попросил разрешения закурить. Это было совершенно в духе того времени. Он задымил сигаретой, а не трубкой, как Мэнс.

— Мы одни здесь? — поинтересовалась она.

— Пока что да. Это было не так просто. — Корвин засмеялся. — Не волнуйтесь. Я просто подумал, что нам следует познакомиться в спокойной обстановке. Предпочитаю слушать повествование, имея некое представление о собеседнике. Что такая прелестная девушка, как вы, делает в организации, подобной нашей?

— К чему этот вопрос, вы же знаете, — удивленно ответила Ванда. — Зоология, экология, словом, то, что называли естественной историей в пору вашей молодости.

«Получилось бестактно», — спохватилась Ванда. К ее облегчению, он не выказал и тени неудовольствия.

— Да, разумеется, меня информировали о вас. — Затем успокаивающим тоном добавил: — Вы ученый в чистом виде, работающий во имя истины. Я, признаться, слегка завидую вам.

Она покачала головой.

— Нет, не совсем так, иначе я бы не служила в Патруле. Ученые академического толка принадлежат гражданским институтам будущего, не так ли? Моя работа состоит в изучении отношений между людьми, если они нам — Патрулю — непонятны, особенно между теми, кто близок к природе, по крайней мере, пока мы не изучим их окружение, быт. Вот почему я выполняла роль Джейн Гудолл именно в том месте и в то время. Переселение палеоиндейцев ожидалось приблизительно в этот период. Не то чтобы мне было необходимо встретиться с ними лично, хотя это и произошло, — просто от меня требовали отчет об обстановке, сложившейся на тот момент, о возможностях, которые их там ожидали, и прочее.

Одновременно Ванда подумала с тревогой: «И что я так разболталась? Ему и так все досконально известно. Это от нервозности. Возьми себя в руки, птичка!»

Корвин прикрыл глаза.

— Извините великодушно. Вы упомянули Джейн Гудолл?

Тамберли почувствовала облегчение.

— Простите, я совсем забыла. Она пока еще не стала знаменитой. Выдающийся этолог, работавший в тропических дебрях.

— Объект для подражания? Так? И замечательный, судя по результатам. — Он отпил глоток. — Я не совсем точно сформулировал вопрос. Я достаточно осведомлен о вашей роли и о том, почему, где и когда вы оказались. Я бы хотел узнать о вас более существенные вещи: как вы поступили на службу в Патруль, например, как впервые узнали о нас?

Рассказывая об этом заинтересованному и привлекательному мужчине, Ванда получала не просто удовольствие, но и душевное облегчение. Как она страдала от того, что начиная с 1987 года была вынуждена лгать родителям, сестре, старым друзьям о причинах, по которым бросила учебу, о работе, разлучившей ее со всеми близкими и знакомыми. Сколько раз в Академии Патруля ей недоставало родного плеча, чтобы выплакаться. Сейчас все это позади. Или еще не совсем?..

— По-моему, это слишком длинная история, — чересчур длинная, чтобы вдаваться в подробности. Мой дядя уже состоял на службе в Патруле втайне от меня и других родственников, когда я изучала эволюционную биологию в Стэнфорде. Он был, как это, ну... о черт! Не перейти ли нам на темпоральный? Чертовски трудно объяснить на английском путешествия во времени.

— Нет. Я предпочитаю услышать это на вашем родном языке. Вы так лучше раскрываетесь — и, кстати, вы совершенно очаровательны, если я смею позволить себе подобное замечание. Пожалуйста, продолжайте.

«Боже милостивый, неужели я покраснела», — подумала она про себя, а вслух торопливо продолжила:

— Дядя Стив вместе с Писарро находился под видом монаха в Перу шестнадцатого века, следил за развитием событий.

«При ином исходе событий и будущее было бы совершенно иным — и чем дальше, тем больше, и в начале двадцатого века на карте мира среди других стран уже не было бы страны под названием Соединенные Штаты и не существовало бы на Земле родителей некой Ванды Тамберли. Реальные события основываются на суммарной предопределенности. На уровне поверхностного восприятия она проявляется в форме хаотических изменений в физическом смысле, и зачастую незначительные явления вызывают драматические последствия. Если ты отправишься в прошлое, ты можешь изменить историю — уничтожить то, что породило тебя самое. Хотя сама ты будешь существовать — без родных, без корней, воплощение вселенской бессмысленности.

Когда путешествия во времени стали реальностью, видимо, не только альтруизм побудил сверхчеловеков отдаленного будущего, данеллиан, основать Патруль. Он помогает, поддерживает в тяжелую минуту, советует, регулирует, короче, выполняет работу, которая составляет значительную часть функций всякой добропорядочной полиции. Но Патруль также старается предотвратить уничтожение истории, достигшей мира данеллиан, глупцами, преступниками, безумцами. Для них это, возможно, просто вопрос выживания. Они никогда нам этого не расскажут, мы почти не видим их, мы ничего не знаем о них»...

— Бандиты из будущих времен пытались похитить выкуп за Атауальпу, ах нет, это слишком сложно. Чтобы все объяснить, потребуется не один час. Дело закончилось тем, что один из людей Писарро завладел темпороллером, узнал его возможности и секреты управления, кроме того, он выяснил, где я нахожусь, и похитил меня, чтобы иметь под рукой гида по двадцатому веку и помощника, который научил бы его обращаться с современными видами оружия. У него были грандиозные планы.

Корвин присвистнул.

— Могу себе вообразить. Сама попытка, независимо от успеха или провала, могла оказаться губительной. И я бы не узнал об этом, поскольку никогда не появился бы на свет. Дело не в этом, но подобные мысли напоминают об исторической логике. Верно? Что же случилось потом?

— Агент-оперативник Эверард уже вошел в контакт со мной по поводу исчезновения дяди Стива. Он, конечно, не открыл мне своего секрета, но оставил номер телефона, и я... я рискнула позвонить. Он и освободил меня... — Тут Тамберли следовало усмехнуться. — В лучших традициях спасательных операций на морском флоте. Что и выдало его с головой.

По долгу службы он обязан был убедиться, что я буду держать рот на замке. Я могла пройти соответствующую обработку, предотвращающую попытки раскрыть посторонним эту тайну — и продолжить свою жизнь с той точки, где в нее ворвались все эти события. Но он предложил мне и другой выбор. Я могла поступить на службу. Эверард не считал, что из меня выйдет образцовый патрульный, и, несомненно, был прав, но для Патруля необходимы и полевые исследователи.

Так что, когда у меня появилась возможность заниматься палеонтологией с живыми образцами, могла ли я отказаться?

— Таким образом, вы закончили Академию, — пробормотал Корвин. — Осмелюсь заметить, обстоятельства удивительным образом благоприятствовали вам. Затем, полагаю, вы работали в составе группы до тех пор, пока руководство не пришло к заключению, что вы наилучшая кандидатура для проведения самостоятельных исследований в Берингии.

Тамберли утвердительно кивнула.

— Я просто должен услышать всю историю ваших испанских приключений, — сказал Корвин. — Это что-то фантастическое. Но вы правы, долг превыше всего. Будем надеяться, что когда-нибудь у нас найдется свободное время.

— И давайте больше не будем обо мне, — предложила Ванда. — Как вы оказались в Патруле?

— Ничего сенсационного. Самым заурядным образом. Человек, занимавшийся отбором кадров, почувствовал мои возможности, завязал со мной знакомство, провел некоторые тесты и, когда результаты подтвердили его предположения, рассказал мне правду и пригласил на службу. Он знал, что я соглашусь. Проследить незаписанную древнюю историю Нового Света, помочь зафиксировать ее... сами понимаете, моя дорогая.

— Трудно ли вам было оборвать все связи? — спросила она.

«Не верю, что мне когда-нибудь удастся сделать это, пока... пока отец, мать и Сюзи не умрут. Нет, не думай об этом, хотя бы сейчас. За окном так тепло и солнечно».

— Без особого труда, — отозвался Корвин. — Я как раз разводился со второй женой, детей не было. Я презирал мелкую грызню в академическом мирке и всегда был скорее одиноким волком. Разумеется, я руководил людьми, но самостоятельная научная работа и, конечно, персонал Патруля были гораздо ближе мне по духу.

«Лучше не вдаваться в подробности личной жизни», — решила про себя Ванда.

— Итак, сэр, вы просили меня прийти к вам и рассказать о Берингии. Попытаюсь, но боюсь, что мои сведения весьма скромны. В основном я жила в одном месте, а территория, которую мне не удалось осмотреть, бескрайняя. Я занималась этим всего лишь два года своей жизни, включая отпуска дома. А для тех мест срок моего пребывания составляет пять лет, потому что я наведывалась в Берингию в разное время, чтобы вести наблюдения в определенные сезоны. Результаты, однако, ужасающе незначительны.

«Но большего сделать было невозможно», — подумала про себя Ванда.

— Даже с отпусками жизнь ваша, наверно, была нелегкой. Вы смелая молодая леди.

— Нет-нет. Все было совершенно замечательно.

Пульс Ванды участился.

«Вот он, мой шанс».

— И само по себе, и потому, что для Патруля это важнее, чем может показаться на первый взгляд. Доктор Корвин, было бы ошибкой прерывать работу на данном этапе. Некоторые основополагающие научные проблемы остались наполовину неразрешенными. Не могли бы вы обратить внимание руководства на это? Может быть, мне позволят вернуться в Берингию?

— Гм, — он погладил усы. — Боюсь, у вас будут более важные дела. Я могу навести справки, но не хочу обнадеживать вас. Извините. — Он усмехнулся. — Полагаю, что вас там привлекает не только наука.

Ванда решительно кивнула, хотя ощущение потери становилось все острее.

— Да, верно. Стылая земля, но... такая живая. А «мы» очень добродушны.

— Мы? Ах да! Так называют себя аборигены. Это аналог слову «тулат»? Они напрочь забыли о предыдущих экспедициях в их глухомань и не подозревали о существовании в мире еще кого-нибудь, кроме них самих, пока не появились вы.

— Правильно. Я не могу понять, почему утрачен всякий интерес к ним? Тысячи лет тулаты обитали в этих местах. Люди, подобные им, мигрировали в Южную Америку, это очевидный факт. Но Патруль направил всего одну группу. Предыдущая экспедиция познакомилась лишь с их языком и составила поверхностный отчет об их образе жизни. Я была, знаете ли, просто потрясена скудостью информации. Почему никому нет дела до Берингии?

Ответ был сдержанным и веским:

— Уверен, вам это объясняли. Нам не хватает персонала, источников для досконального изучения того, что... не имеет существенного значения. Те первые мигранты, просочившиеся через перешеек около двадцати тысяч лет назад, оставили потомков, которые пребывали в неизменно примитивном состоянии. Известно, что на протяжении почти всего двадцатого века большинство археологов подвергали сомнению возможность появления человека в Новом Свете в столь ранний период. Немногочисленные свидетельства их существования — обтесанные камни и кострища — вполне ведь могли иметь естественное происхождение. Люди периода неолита, охотники на крупных животных, прибывшие в район ледника в Висконсине между Кэри и Манкато в то время, когда ледниковый период близился к концу, — вот кто истинные первопроходцы, заселившие два континента. Племена, опередившие их, были или физически истреблены, или вытеснены пришельцами. А если некоторые и смешались с вновь прибывшими, с пленными женщинами, например, что случалось редко, то они все равно были ассимилированы. Их кровь без следа растворилась в крови пришельцев.

— Я знаю! Я знаю это!

В ее глазах сквозила острая боль. Ванда едва сдерживалась, чтобы не закричать.

«Не надо читать мне лекций. Я не новичок, чтобы меня поучать. Что, старые привычки дают себя знать?» — зло подумала Ванда.

— Я хотела сказать, почему никому нет до этого дела?

— Агент Патруля должен быть хладнокровным, подобно врачу или полицейскому. В противном случае то, что ему приходится видеть, может сломать его.

Корвин наклонился вперед. Он положил руку на кулак Ванды, лежавший на колене.

— Но меня ваша проблема волнует. Я более чем заинтересованное лицо. Мои исследования связаны с палеоиндейцами. Они несли в себе будущее. Я непременно хочу изучить все, что вы узнали об этом древнем народе, и выяснить, что это может дать для моих исследований. Я тоже хочу полюбить их.

Тамберли глотнула воздуха и выпрямились в кресле. Она отпрянула от его прикосновения, потом, чтобы он не подумал, будто она отвергает его утешения, поспешно произнесла:

— Спасибо. Благодарю вас. То, что происходит... с народом, который я знаю, с отдельными людьми... их ведь не обязательно ждет злая судьба. Верно?

— Согласен. Чужеземцы, которых вы повстречали, вероятно, принадлежали к малочисленному племени. Я склонен даже вообразить, что их появление эпизодично и они больше ни разу не объявлялись в Берингии на протяжении жизни нескольких поколений. Кроме того, как я понял из вашего рассказа, тулаты обитали на побережье и не охотились на крупных животных. Следовательно, никакой конкуренции.

— Если б это было правдой... А в случае возникновения конфликта вы не могли бы помочь?

— Нет. Патрулю не дозволено вмешиваться.

— Послушайте, — возразила Тамберли с новым приливом энергии, — путешественники во времени волей-неволей вмешиваются в события и влияют на них. Я воздействовала на людей самыми разными способами, так ведь? Среди всего прочего, спасла антибиотиками несколько жизней, убивала опасных хищников, даже само мое присутствие там, вопросы, которые задавала я им и на которые отвечала, тоже имели определенный эффект. Я находилась в гуще той жизни, докладывала о каждом происшествии, и никто не возражал.

— Вы знаете, почему. — Вероятно, он понял, что совершил ошибку, разыгрывая роль профессора, потому что теперь говорил без раздражения или покровительства, мягко, как с ребенком, страдающим от невыносимой боли. — Континуум тяготеет к сохранению своей структуры. Радикальные изменения возможны только в определенные критические моменты истории. Когда-нибудь в другое время произойдет компенсация. С этой точки зрения ваше вмешательство не имеет значения. В некотором смысле это «всегда» частица прошлого.

— Вы правы. — Она с трудом сдерживала негодование, вызванное его попытками успокоить ее. — Извините, сэр. Я кажусь вам глупой и невежественной, не так ли?

— Нет. Вы просто взволнованы. Вы изо всех сил стараетесь ясно формулировать ваши намерения. — Корвин улыбнулся. — В этом нет необходимости. Успокойтесь.

— Но я не могу понять, — настаивала она, — почему вы не можете протянуть руку помощи. Ничего грандиозного, ничего, что останется в народной памяти или что-нибудь в этом духе.

Просто те охотники были... высокомерны. Если они начнут прижимать тулатов, то почему бы не подсказать им, что этого делать не стоит, подкрепив предупреждение какой-нибудь безвредной демонстрацией могущества вроде фейерверка?

— Потому что ситуация совсем не такова, какой видите ее вы. Берингия уже населена, вернее, была уже населена не только статичными племенами, едва миновавшими эолит, если к разбросанным так далеко друг от друга стойбищам вообще применимо слово «племя». Развитая, динамичная, прогрессивная культура или группа культур совершили вторжение. Позвольте напомнить вам, что на протяжении всего нескольких поколений они проложили дорогу между льдами Лавразии и Кордильер и проникли на равнину, где тайга после отступления ледников превращалась в плодородные луга. Число мигрантов возрастало. На протяжении двух тысячелетий с того времени, когда вы их повстречали, они научились изготавливать прекрасные наконечники из кремня. Вскоре они истребили мамонтов, лошадей, верблюдов — большинство крупных представителей американской фауны. Этот народ трансформировался в особую расу американских индейцев, но вы ведь и сами знаете историю. Да, ситуация неустойчива. Времена давние. Никаких письменных свидетельств, посредством которых мертвые могут говорить с живыми. Тем не менее возникновение причинно-следственных вихрей не так уж невозможно. Мы, полевые агенты, должны свести наше влияние к абсолютному минимуму. Никто рангом ниже агента-оперативника не вправе активно вмешиваться, и даже агент-оперативник делает это только в случае крайней необходимости.

«Мне следует помнить, в какие времена он был рожден и воспитан, и делать на это скидку, — подумала Ванда. — Однако он явно упивается собственным красноречием».

Раздражение как-то незаметно погасило тревогу.

— Возможно, вы преувеличиваете, и на самом деле ничего ужасного с вашими друзьями не случилось, — добавил Корвин, и она вдруг согласилась с ним.

Почему же ее настроение столь изменчиво? Конечно, она только что вернулась из диких мест в период, где ее одинаково тяготила как схожесть с родным домом, так и несхожесть с ним. Ванда негодовала, потому что ее работу неожиданно прервали, беспокоилась о «мы», печалилась, что может никогда больше не увидеться с ними и теперь капризничала во время встречи с человеком, у которого за плечами десятилетия опыта в Патруле против ее ничтожных четырех.

«Тебе надо успокоиться, девочка».

— Ваш кофе остыл, — сказал Корвин. — Сейчас налью горячего.

Он забрал чашку, вернулся с чистой, налил в нее до половины кофе из кофейника и поднес бутылку бренди.

— Прописываю маленькую добавку для нас обоих.

— М-м... микродозу, — уступчиво произнесла Ванда.

Средство помогло: скорее просто вкусом, нежели количеством. Корвин больше не настаивал. Он перешел к делу. И этот интеллектуальный обмен мнениями стал уже настоящим лекарством для натянутых нервов.

Он доставал книги, раскрывал их на страницах с картами, показывал геологические периоды той земли, где она выполняла свое задание. Ванда, конечно, изучала историю, но он распахнул перед ней более широкие горизонты, живо и с новыми подробностями.

В ту эпоху, как знала Ванда, Берингия стала значительно меньше. Тем не менее она все еще оставалась громадной территорией, объединяющей Сибирь с Аляской, и процесс ее исчезновения с лица Земли затянется на очень долгое время, если сравнивать с продолжительностью человеческой жизни. В конце концов море, уровень которого поднялся вследствие таяния льдов, поглотит Берингию, но к той поре Америка будет густо заселена от Ледовитого океана до Огненной Земли.

Ей было что рассказать о жизни диких животных и чуть меньше о быте народа этих краев, и она чувствовала себя счастливой, что ей выпало в какой-то степени узнать жителей Берингии. Корвин владел лишь информацией, полученной первой экспедицией, содержащей сведения о языке тулатов, кое-что об обычаях и верованиях. Ванда поняла, что он анализировал эти данные, сравнивал с тем, что узнал о диких племенах других эпох, и экстраполировал их, исходя из собственного опыта.

Он изучал палеоиндейцев в тот период, когда они передвигались на юг через Канаду. Цель Корвина состояла в том, чтобы проследить исходный путь их миграции. Только узнав суть случившегося, Патруль мог рассчитывать на определение узловых точек, над которыми следовало установить особое наблюдение. Информация, пусть даже поверхностная, все равно лучше, чем ничего. Кроме того, люди будущего проявляли большой интерес к этой проблеме: антропологи, фольклористы, художники жаждали новых источников вдохновения.

Тамберли почувствовала, что ее знания обрели объемность и живость — она с необычайной яркостью вспомнила семьи, жившие порознь и только время от времени собиравшиеся вместе; часто лишь гонцы и скитальцы связывали их или юноши, ищущие невест. Все это было обычным делом. Простые обряды, внушающие ужас легенды, неизбывный страх перед злыми божествами и духами, штормами и хищниками, болезнями и голодом, а рядом — веселье, любовь и доброта, детская готовность радоваться любым удовольствиям, которые дарует жизнь; благоговение перед медведем, который, быть может, даже древнее, чем сами люди...

— Боже мой! — воскликнула Ванда. Тени за окнами уже перечеркнули дорогу. — Я и не заметила, как долго мы проговорили.

— Я тоже, — ответил Корвин. — С такой собеседницей, как вы, время бежит быстро. Прекрасный был день, верно?

— Верно. Но сейчас за гамбургер и пиво я готова пойти на преступление.

— Вы остановились в Сан-Франциско?

— Да, в маленькой гостинице около штаб-квартиры. Буду жить там, пока не закончу отчет. Нет смысла перепрыгивать каждый раз сюда из 1990 года.

— Послушайте, вы заслужили больше, чем гамбургер в каком-нибудь кафе. Позвольте пригласить вас на обед. Я знаю стоящие места этих лет.

— М-м-м...

— На вас прелестный костюм. А я сейчас тоже постараюсь принять достойный вид. — Он поднялся с кресла и вышел из комнаты прежде, чем она успела ответить.

«Ну и дела! А, собственно, почему бы и нет? Спокойнее, девочка. Сколько воды утекло с той поры, но...»

Корвин вернулся скоро, как и обещал, в спортивном твидовом пиджаке и галстуке в виде шнурка, скрепленного застежкой. Они перешли через мост и остановились около японского ресторана неподалеку от рыбачьего причала. За коктейлем он сказал, что, если она действительно хочет продолжить работу в Берингии, он, вероятно, мог бы составить ей компанию. Ванда решила, что его слова не более чем шутка. Затем появился повар, чтобы приготовить сукияки[1] прямо на их столе, но Корвин, попросив его понаблюдать за действом со стороны, взялся за дело сам.

— По рецепту Хоккайдо, — объявил он и стал подробно рассказывать о своем пребывании среди палеоиндейцев Канады, живописуя опасные моменты. — Замечательные парни, но

---

[1] Сукияки — блюдо национальной японской кухни — мясо, жаренное в сое с сахаром и приправами.

вспыльчивые, обидчивые и скорые на выяснения отношений с помощью силы.

Он, казалось, не задумывался о том, что некоторые эпизоды его воспоминаний могут перекликаться с тем, что пережила Ванда в Берингии.

После обеда Корвин предложил ей выпить в баре на маяке. Она отказалась, сославшись на усталость. У входа в гостиницу Ванда пожала ему руку.

— Закончим разговор завтра, — сказала она, — а потом я действительно должна перенестись в будущее и повидать своих родных.

13 212 год до Рождества Христова

Каждую осень «мы» встречались у Кипящих Ключей. Когда погода день ото дня становилась холоднее, было очень приятно поваляться в теплой грязи и вымыться в горячей воде, фонтанчики которой вырывались из земли. Сильный привкус и запах воды служили защитой от болезней, пар и близко не подпускал злых духов. «Мы» собирались из разбросанных по всему побережью стойбищ, из отдаленных мест, где, с их точки зрения, кончался мир, чтобы насладиться самым веселым в году праздником. Люди приносили с собой много еды, потому что ни одна семья не смогла бы прокормить такую кучу народа, и пускали припасы по кругу. Среди особого угощения были вкусные устрицы из залива Моржа, их приносили живыми в воде; недавно добытые рыба, птица, мясо, приправленное травами; сушеные ягоды и цветы, собранные на летних лугах, ворвань[1], если кому-то удавалось убить тюленя на суше. Люди брали с собой товар для обмена — прекрасные шкуры и кожи, красивые перья и камни. Они наедались до отвала, пели, танцевали, шутили, вольно предавались любви, обменивались новостями, товарами, строили планы, вздыхали, вспоминая старые времена, и улыбались, глядя на молодую поросль, резвящуюся среди взрослых. Иногда кто-то ссорился, но друзья всегда примиряли забияк. Когда провизия кончалась, они благодарили Улунгу за гостеприимство и расходились по домам, унося с собой приятный груз воспоминаний, который будет освещать грядущие темные месяцы.

Так было всегда. Так должно быть всегда. Но настали времена, когда печаль и страх навалились на «мы». Поползли слухи о

---

[1] Ворвань — вытопленный жир морских животных.

чужаках, объявившихся летом в этих краях и поселившихся в глубине земель, подальше от моря. Немногие «мы» видели пришельцев, но недобрую молву разнесли молодые парни, кочующие по округе, и их отцы, навещавшие ближайших соседей. Уродливые, говорившие с волчьими завываниями, завернутые в кожу, вооруженные невиданным оружием, захватчики разгуливали небольшими группами везде, где им хотелось. Заходя в поселение «мы», они бесцеремонно брали еду, вещи, женщин не как гости, а как хищники, подобные орлу или скопе[1]. Мужчин, пытавшихся оказать сопротивление, жестоко наказывали, пронзая ножами и копьями. Рана у Орака воспалилась, и он умер.

Почему Ты, Которой Ведомо Неизвестное, покинула нас, народ «мы»?

Праздник на Кипящих Ключах в этом году был невесел — смех звучал излишне громко. Может быть, скверные люди уйдут прочь, подобно плохим годам — когда снег лежал до конца лета, — оставлявшим после себя множество мертвых. Что за новое зло постигло их? Люди отходили в сторону и перешептывались.

Неожиданно мальчик, прогуливавшийся неподалеку от источника, с криком помчался к пирующим. Испуг волной пробежал по толпе, приведя ее в движение. Арюк с Ольховой Реки успокоил людей, раздав несколько тумаков, а затем созвал к себе мужчин. Вскоре все, кроме младенцев, успокоились — по крайней мере внешне. За прошедший год Арюк стал подавленным и неразговорчивым. Он и остальные мужчины вышли за пределы стойбища, сжимая в руках топоры или дубинки. Женщины и дети сгрудились среди хижин.

За их спинами грохотал прибой, над головами пронзительно кричали птицы, вокруг безнадежно свистел ветер. Был ясный день, по небу пробегали лишь редкие быстрые облака. На западе солнце освещало холмы, окрашенные осенью в желто-серые тона. Грязевое озеро пузырилось рядом, переливаясь коричневым, самым темным из окружающей гаммы, цветом. Ветер разметал тепло, пар и магический запах озера.

К «мы» приближались незнакомцы. Острые копья покачивались в такт их широким шагам.

Арюк прищурился, глядя вдаль.

— Да, это чужаки, — хрипло сказал он. — Их меньше, чем нас, я думаю. Встали рядом! Быстро!

---

[1] С к о п а — хищная птица отряда соколообразных, обитает у водоемов, питается рыбой.

Чужеземцы приблизились. Но кто это с ними? Женщина?! Одета, как и они, но... ее волосы...

— Дараку! — простонал Арюк. — Дараку, моя дочь, которую они забрали к себе!

Он бросился было бежать, закричал, но повернул назад и замер, дрожа всем телом. Вскоре они подошли. Лицо девушки было худым, и что-то знакомое промелькнуло в ее глубоко запавших глазах. Рядом с нею шел охотник, остальные рассыпались по бокам. Взгляды их светились алчностью.

— Дараку, — прорыдал Арюк, — что это значит? Ты вернулась домой к матери и ко мне?

— Я принадлежу им, — ответила она угрюмо. И указала на мужчину рядом с собой. — Он, Красный Волк, хочет, чтобы я помогла вам в разговоре. Они пока что не выучили наш язык как следует, но я немного понимаю их речь.

— Как... как ты жила, моя милая?

— Мужчины меня используют. Я работаю. Две женщины бывают добры ко мне, когда мы встречаемся.

Арюк вытер глаза тыльной стороной ладони. Он проглотил комок, подступивший к горлу, и сказал, обращаясь к Красному Волку:

— Я знаю тебя. Мы встречались, когда ты пришел сюда впервые, я был тогда с моей сильной подругой. Но она покинула нас, а ты выследил меня и увел мою дочь. Какой злой дух сидит в тебе?

Охотник небрежно махнул рукой, словно отогнал муху. Неужели понял? И что он думает?

— Ванаймо — Облачные Люди, — ответил он.

Арюк едва различал слова, исковерканные непривычным тягучим произношением.

— Хотеть дерево, рыба. Омулайех... — Он взглянул на Дараку и произнес что-то на своем языке.

Она монотонно перевела, глядя мимо отца и братьев:

— Это я сказала им, что вы собираетесь здесь. Мне пришлось это сделать. Они сказали, что сейчас самое подходящее время прийти сюда и поговорить с вами. Они хотят, чтобы «мы»... чтобы вы приносили им разные вещи. Всегда. Они скажут, что и сколько. Вы должны.

— О чем это они говорят? — выкрикнул Хуок с Берега Выдр. — Они что, голодают? У нас не так много еды, но...

Красный Волк изверг из себя еще одну серию бессмысленных звуков. Дараку облизнула губы.

— Делайте, как они говорят, и они не причинят вам вреда. Сегодня я — их рот.

— Мы можем меняться... — начал Хуок.

Рев оборвал его. Хонган с Болота Кроншнепов был самым смелым среди «мы». Поняв, чего хотят пришельцы, он пришел в ярость:

— Они не хотят меняться. Они просто берут! Разве норка меняет свою шкурку на приманку в капкане? Скажи им «нет»! Гони их прочь!

Охотники нахмурились и взяли оружие на изготовку. Арюк понимал, что должен успокоить своих людей, но руки его налились тяжестью, а горло перехватило. Один за другим его мужчины подхватывали крик Хонгана:

— Нет! Нет!

Кто-то швырнул камень. Другой парень выскочил вперед и набросился на охотника с топором. Так в памяти Арюка запечатлелось то мгновение, когда он позже попытался восстановить события. Он так до конца и не понял, что произошло. Раздался оглушительный рев, началась потасовка, которая тут же переросла в свирепое сражение, — кошмар. А затем «мы» бросились бежать. Рассыпавшись, они оглянулись назад и увидели, что все чужаки целы и невредимы, а с их каменных топоров каплями падает кровь.

Двое мужчин «мы» лежали мертвые, с вывороченными из распоротых животов внутренностями, с разбитыми черепами. Раненым удалось спастись — всем, кроме Хонгана. Проткнутый несколькими копьями, он рухнул на землю и долго стонал, прежде чем замолк навсегда. Дараку всхлипывала, припав к коленям Красного Волка.

1990 год от Рождества Христова

— Привет, — произнес автоответчик Мэнса Эверарда.

— Говорит Ванда Тамберли из Сан-Франциско. Помните меня? — Голос ее вдруг как-то сник. Оживление явно было наигранным. — Конечно, помните. Хотя... с той поры минуло уже три года. Во всяком случае, в моей жизни. Право, жаль, что так вышло. Время просто пролетело, а вы... Впрочем, ладно.

«Ты не искал меня. Да и с какой стати? У агента-оперативника хватает важных забот».

— Мэнс... сэр, мне неловко тревожить вас, особенно после

столь долгого молчания. Я не рассчитываю на какие-то привилегии, но просто не знаю, куда еще обратиться. Не могли бы вы, по крайней мере, позвонить мне и позволить объясниться? Если вы скажете, что я несу чепуху, я тут же умолкну и не буду докучать вам. Пожалуйста. Мне кажется, вопрос серьезный. Может быть, вы согласитесь со мной. Вы застанете меня по номеру... — Далее следовал номер телефона и перечень удобных для разговора часов и дней в феврале. — Спасибо большое даже просто за готовность выслушать меня. На этом заканчиваю. Еще раз спасибо.

Молчание.

Прослушав запись, он остановил пленку и несколько минут простоял в раздумье. Ощущение было такое, словно его квартира из Нью-Йорка перенеслась куда-то в другое измерение. Наконец он пожал плечами, невесело усмехнулся и кивнул сам себе. Записанные автоответчиком прочие послания не были срочными, требующими безотлагательных действий. Как и дело Ванды, впрочем. Тем не менее...

Эверард пересек комнату и подошел к маленькому бару. Пол под ногами казался непривычно голым, прикрытый только ковром, — не было шкуры полярного медведя. Многие из гостей упрекали его за нее. Он не мог объяснить им, что шкура эта из Гренландии X века, когда не только медведи представляли опасность, но и сама жизнь была совершенно иная. Да и по правде говоря, шкура слишком загрязнилась. Шлем и скрещенные копья остались висеть на стене — никто не мог догадаться, что это не просто имитация бронзового века.

Он налил себе шотландское виски с содовой, закурил трубку и вернулся в кабинет. Кресло объяло его уютом, как старые разношенные туфли. Эверард старался не приглашать сюда современников, не связанных с Патрулем. Когда все же такие гости забредали в его квартиру, они неизменно начинали распространяться о том, что ему необходимо обзавестись компьютером, и рекомендовали знакомую фирму.

Эверард, бывало, отвечал:

— Я подумаю над этим, — и менял тему разговора.

Большинство предметов на его столе представлялись гостям совсем не тем, для чего они служили на самом деле.

— Дайте мне досье на специалиста Ванду Мэй Тамберли, — приказал он в устройство связи своего компьютера.

Изучив данные на экране, Эверард задумался и начал просматривать все, что имело отношение к работе Ванды. Вскоре ему показалось, что он напал на след, и он запросил подробности. В комнату вползли сумерки. Спохватившись, он понял, что просидел у компьютера несколько часов и проголодался. Он даже не распаковал вещи, вернувшись из последнего путешествия.

Эверард решил не выходить из дома — слишком неспокойно было на душе. Он засунул гамбургеры в микроволновую печь, поджарил, соорудил громадный бутерброд, открыл банку пива и проглотил все, даже не поняв вкуса. Синтезатор пищи мог бы произвести что-нибудь поизысканней, но если ты обосновался в обществе, которое еще не знает о путешествиях во времени, то не следует держать под рукой предметы будущего, если в них нет особой необходимости. В противном случае их нужно прятать или тщательно маскировать. Когда он закончил ужин, калифорнийское время подползло к третьему промежутку, указанному Вандой. Он вернулся в гостиную, снял телефонную трубку и сам удивился, как неровно забилось его сердце.

Ответила женщина. Он узнал мелодику ее голоса.

— Миссис Тамберли? Добрый вечер. Это Мэнсон Эверард. Могу ли я поговорить с Вандой?

Ему следовало бы помнить номер ее родителей. Не так много времени из его собственной жизни минуло с той поры, когда он звонил в их дом, хотя оно и было наполнено бурными событиями.

«Хорошая девочка, возвращается к своим, как только появляется возможность. Счастливая семья, таких сейчас мало», — подумал он. Средний Запад его детства до 1942 года, когда он уехал оттуда на войну, походил на мечту, миф, навсегда утраченный — как Троя, Карфаген и невинность инуитов. Много повидав на своем веку, он давно понял, что лучше ни к чему не возвращаться.

— Алло! — воскликнул запыхавшийся молодой голос. — О, я так рада, что вы позвонили! Спасибо.

— Не за что, — произнес Эверард. — Я понял, что у вас на уме, и, вы правы, поговорить необходимо. Вы сможете встретиться со мной завтра, во второй половине дня?

— В любое время и в любом месте. Я в отпуске, — сказала она и осеклась — ее могли услышать. — То есть у меня каникулы, я это имела в виду. В удобном для вас месте, сэр.

— Тогда в книжном магазине. В три часа, подходит?

Ее родители вряд ли догадались, что он сейчас совсем в другом месте, — и лучше было оставить их в этом неведении.

— А вечер вы мне можете посвятить? — вырвалось у Эверарда.

— Почему же нет, конечно.

Неожиданно смутившись, они обменялись еще несколькими фразами и повесили трубки.

Эверарду нужно было выспаться, но у него скопилось множество действительно неотложных дел. Когда он вошел в городскую штаб-квартиру, сумерки снова спустились на землю; холодные и серовато-мертвенные, они сгустились вокруг чахоточных фонарей.

Из потайной комнаты подвального этажа он вытащил роллер, вскочил в седло, установил курс и включил контрольную панель.

Подземный гараж, в который он перенесся, был еще теснее. Эверард вышел из замаскированной двери и поднялся наверх. В окна лился дневной свет. Он оказался в престижном и дорогом книжном магазине и тут же увидел Ванду, разглядывающую какую-то редкую книгу. Она пришла раньше. Волосы ее на фоне плотно заставленных полок сияли солнечным светом, платье со вкусом подобрано под цвет глаз. Он подошел и произнес:

— Добрый день.

Она даже вздрогнула.

— О! Как вы п-поживаете, агент... Эверард? — Голос выдавал ее волнение.

— Тсс... — оборвал он ее. — Пойдемте туда, где можно поговорить.

Два-три посетителя проводили их взглядами, когда они двинулись по проходу между стеллажами, но скорее из зависти к Эверарду, поскольку все они были мужчины.

— Привет, Ник! — произнес Эверард, входя в кабинет владельца магазина. — Как дела?

Невысокий человек улыбнулся и приветливо кивнул, не сводя с них серьезного взгляда сквозь толстые линзы. Эверард заранее известил его о том, что хочет воспользоваться кабинетом.

В комнате тоже не было ничего особенного. Вдоль стен теснились полки с книгами и громоздились коробки, на полу — кипы бумаг, массивные тома высились на столе, служившем конторкой. Ник был истинным библиофилом. Главной причиной, привлекшей его на службу в Патруле на этом маленьком, но оживленном участке, стала возможность отправляться на поиски книг в другие времена. Последние поступления — судя по переплету, книги викторианской эпохи, — лежали по соседству с компьютером. Эверард взглянул на названия. Он никогда не строил из себя интеллектуала, но книги любил. «Происхождение культа почитания деревьев», «Птицы Британии», «Катулл», «Священная война» — подобные книги некоторые коллекционеры, несомненно, оторвали бы с руками, если бы хозяин не решил попридержать их для себя.

— Садитесь, — предложил Эверард и придвинул Ванде стул.

— Спасибо.

Она улыбнулась и сразу же стала непринужденной, более похожей на себя.

«Хотя невозможно дважды войти в одну и ту же реку. Мы можем перемещаться во времени сколько душа пожелает, но не в силах вырваться из границ собственной жизни», — подумал Эверард.

— Вы по-прежнему старомодно галантны.

— Провинциал. Стараюсь отучиться. Современные дамы готовы оторвать мне голову за то, что я будто бы высокомерен в тех случаях, когда я, на мой взгляд, проявляю всего лишь учтивость.

Эверард обошел стол и сел напротив Ванды.

— Да, — вздохнула она, — куда труднее понять век своего рождения, чем целую цивилизацию прошлого. Я прихожу к такому выводу.

— Как ваша жизнь? Радует ли работа?

Лицо Ванды просветлело.

— Громадное удовольствие. Потрясающе! Прекраснейшая работа. Нет, у меня просто нет слов.

Но в ее глазах промелькнула тень. Ванда отвела взгляд.

— Трудности, как вы знаете, тоже есть. Я уже научилась справляться с ними. До последнего времени, пока не произошла та самая история.

Он решил пока не касаться темы. Прежде всего нужно помочь ей освободиться от страшного напряжения, если, конечно, ему удастся.

— Прошло достаточно времени. Последний раз я видел вас вскоре после окончания Академии.

Тогда они отправились пообедать в Париж 1925 года, бродили вдоль Сены по левому берегу весь весенний вечер напролет, а потом зашли выпить в «Две кубышки», и парочка ее литературных идолов оказалась в том же уличном кафе, через два столика от них. Когда он пожелал Ванде доброй ночи и попрощался с ней у дверей дома ее родителей 1988 года, она поцеловала его.

— С той поры для вас прошло почти три года, верно?

Она кивнула.

— Годы напряженной работы для нас обоих.

— Для меня на сей раз не было так долго. Всего два задания, достойных упоминания.

— Неужели? — удивленно спросила она. — Разве вы не вернулись домой в Нью-Йорк в 1988 году, когда завершили работу?

Вы же не можете допустить, чтобы ваша квартира пустовала месяцами.

— Я сдал ее, вернее, передал в субаренду оперативнице, которой она нужна была для выполнения задания. Вы знаете, в последние десятилетия здесь установили контроль над сдачей жилья. Вечные проблемы с поручителями. К тому же приличного жилья так мало, что для того, чтобы стать владельцем квартиры, надо выложить круглую сумму, а это неразумно для агента Патруля.

— Понимаю.

Тамберли слегка напряглась.

«Оперативнице, вот оно как... Кстати, столь же неразумно для агента Патруля распространяться на подобные темы. Особенно в таких случаях...»

— Послания от моих коллег передаются мне автоматически. Если бы вы позвонили позавчера...

Ее обида или, скорее, укол самолюбия мгновенно забылись. Взгляд Ванды упал на руки, скрещенные на коленях.

— У меня не было повода, сэр, — негромко произнесла она. — Вы чрезвычайно добры, великодушны, но... я не хотела показаться назойливой.

— Я тоже.

«Маститый агент-оперативник совсем засмущал новобранца Патруля. Несправедливо. Она может и обидеться», — подумал Эверард.

— Впрочем, если бы я знал, сколько прошло времени для вас...

Действительно долгий срок, и не потому только, что минуло сколько-то лет, измеряемых ударами пульса, а потому, скорее, что эти годы были полны событий, необычайных приключений, трудностей, побед, веселья, печалей. И романов? Фигура Ванды обрела зрелость, как заметил Эверард, но прибавила не пышности, а твердости. И черты лица стали тверже — события оставили на нем свой след. Но истинная перемена все же трудноуловима. Ванда была девушкой, или, как угодно современным феминисткам, молодой женщиной, совершенно юной. Девушка в ней не умерла, и он сомневался, что это вообще когда-нибудь произойдет. Напротив него сидело источающее молодость создание, но оно стало женщиной в полном смысле этого слова. Сердце у него забилось неровно.

Эверард выдавил смешок.

— Хорошо, давайте прекратим жеманство, — сказал он. —

И, пожалуйста, запомните, мое имя — не сэр. Здесь, с глазу на глаз, мы можем вести себя естественно, Ванда.

Она быстро овладела собой:

— Спасибо, Мэнс, я рассчитывала на это.

Он вытащил из пиджака трубку и табак.

— А как насчет этого? Не возражаете?

— Нет, дымите. — Она улыбнулась. — Поскольку мы с вами одни.

И про себя: «Дурной пример тем, кому курение смертельно опасно! Медицинская служба Патруля искореняет или излечивает все, что не убивает нас открыто. Ты родился в 1924 году, Мэнс, выглядишь лет на сорок. Но сколько ты на самом деле прожил? Каков твой истинный возраст?»

Он вряд ли откроется ей. Во всяком случае, не сегодня.

— Я просмотрел вчера ваше досье, — сказал он. — Вы проделали великолепную работу.

Она посерьезнела и взглянула на него уже спокойно.

— А в будущем?

— Я не запрашивал такую информацию, — поспешно ответил он. — Это невежливо, неэтично, и мне не сообщат ничего, пока я не представлю обоснованной причины для подобного запроса. Мы не заглядываем ни в наше завтра, ни в будущее наших друзей.

— И тем не менее, — пробормотала она, — информация там есть. Все, что вы или я когда-либо совершили, все, что я открою в жизни прошлого, известно там, в грядущем времени.

— Эй, мы ведь на английском говорим, а не на темпоральном. Парадоксы...

Золотистая головка согласно кивнула.

— Разумеется. Работа должна быть выполнена. Она должна завершиться на определенном этапе. Не было бы никакого смысла, если бы это мне уже было известно; что же касается опасности возникновения причинно-следственного вихря...

— Кроме того, ни прошлое, ни будущее не отлито в бетоне. Именно поэтому и существует Патруль. Но, может, довольно повторять вводную лекцию курса?

— Извините меня. Я до сих пор не могу осознать некоторые вещи и вынуждена повторять для себя основные постулаты. Моя работа — это... движение вперед. Подобно освоению неведомого континента. Ничего похожего на то, чем занимаетесь вы.

— Пожалуй. Я вас понимаю. — Эверард плотно набил трубку. — Без сомнения, вы и в будущем будете замечательно работать. Наше руководство более чем довольно вашими достижениями в Бер... гм... Берингии. Не только устными докладами, аудиовизуальными материалами и прочим, но и тем, что вы — я, правда, ничего не понимаю в вашей науке — нащупали модель естественной истории той эпохи. Вы проникли в ее суть и таким образом внесли существенный вклад в общую картину.

Ванда напряглась и задала не дававший покоя вопрос:

— Почему в таком случае они перевели меня оттуда?

Он помедлил, прежде чем зажечь трубку.

— Хм, я понял, вы сделали ровно столько, сколько необходимо для обследования Берингии. После того как вы отгуляете честно заработанный отпуск, они предложат вам какой-то другой аспект плейстоцена.

— Да я почти ничего не сделала! Сотни человеческих лет мало для настоящего исследования.

— Понимаю, понимаю. Но вам известно, или должно быть известно, о нехватке людей в Патруле. Мы, ученые из грядущих времен, и сам Патруль должны создавать обширную общую картину, а не зацикливаться на повадках кучки аборигенов.

Она вспыхнула.

— Вы же знаете, что я имела в виду нечто совсем другое, — отпарировала Ванда. — Я говорю в целом о приполярной миграции биологических видов, о двустороннем движении между Азией и Америкой. Это уникальный феномен, экология во времени и в пространстве. Если бы я хотя бы могла выяснить, почему популяция мамонтов сокращается, вернее, сократилась так быстро в Берингии, когда на другом континенте они еще долго существовали! Но моим планам положили конец. И все, что я получила, это те же рассуждения вокруг да около. Я надеялась, что хоть вы поговорите со мной по-человечески.

«Характер, — подумал Эверард. — Не только не желает заискивать перед агентом-оперативником, но готова даже отчитать, если он того заслуживает, с ее точки зрения».

— Извините, Ванда. Я не хотел вас обидеть. — Затем, глубоко затянувшись, добавил: — Факты таковы, что пришельцы, с которыми вы столкнулись, меняют все. Разве вам этого не объяснили?

— Да. До известной степени. — Она заговорила мягче. — Но неужели мои исследования действительно могут испортить дело? Один человек, тихо передвигающийся по степи, по холмам, лесам, вдоль побережья? Когда я жила среди тулатов — вы знаете, это аборигены, — мое присутствие никого не беспокоило.

Эверард хмуро уставился на трубку.

— Я не осведомлен в деталях, — согласился он. — Вчера я

просмотрел кое-что, но совсем немного из-за нехватки времени. Мне, однако, показалось совершенно очевидным, что ваши тулаты не играют важной роли в перспективе исторических событий. Они исчезают, не оставив после себя значительных следов, сколь-нибудь отчетливых, как, например, в стойбищах Роанок и Винлэнд. Палеоиндейцы станут истинными американцами доколумбовой эпохи. Однако на раннем этапе их внедрения трудно определить, что может вызвать существенные перемены и внести разлад в будущее. — Эверард поднял руку. — Конечно, конечно. Это маловероятно. Мелкие волны и морщинки в общем потоке истории непременно будут разглажены. Это касается и ваших... тулатов. Что же касается палеоиндейцев, то кто способен гарантировать устойчивость ситуации на данном этапе? К тому же управление Древней Америки хочет, чтобы за их историей велось наблюдение без всякого изм... вмешательства в развитие культуры.

Тамберли сжала кулаки.

— Ральф Корвин отправился жить среди них!

— Ах вот оно что! Прекрасно. Он профессионал в таких делах, авторитетный антрополог, я просмотрел и его досье. У него отменный послужной список, начиная с работы с более поздними, чем тулаты, народами. Он сведет до минимума свое влияние, но в то же время узнает достаточно много о том, чему действительно суждено случиться; так же как и вы проделали работу для выяснения истинной картины животного и растительного мира Берингии. — Эверард выпустил дым тонкой струйкой. — Это основополагающая проблема, Ванда. Пришельцам предопределено вступить во взаимодействие с аборигенами. Оно может состояться легко или не очень легко, но процесс неизбежен, и не исключено, что он окажется очень запутанным. Мы не можем допускать анахронизмов на сцене истории. Они способны вызвать такую сумятицу событий, которая будет необратима. Особенно потому, что вы не обладаете опытом Корвина. Понятно? В конце концов, ваши исследования в области экологии весьма ценны, но сейчас абсолютный приоритет отдается изучению человека. Вне всякой связи с вашей личностью возникла необходимость положить конец этому проекту. Вы получите другое задание, и руководство постарается обеспечить вам выполнение работы до конца.

— Да, понятно. Это мне уже втолковывали.

Некоторое время Ванда сидела безмолвно. Когда она подняла глаза, взор ее был твердым, а голос спокойным:

— Но здесь дело не только в науке, Мэнс. Я боюсь за этот

народ, за своих тулатов. Они славные люди. Примитивные, часто по-детски наивные, но хорошие. Безгранично добрые и гостеприимные, и по отношению ко мне они были такими не потому, что я загадочна и сильна, а по сути их натуры. Что станется с ними? Что уже там случилось? Они забыты, потеряны в истории. Почему? Ответ страшит меня, Мэнс.

Он кивнул.

— Корвин изложил свое мнение конфиденциально после беседы с вами. Он повторил рекомендацию прервать ваше задание в Берингии, поскольку опасался, что вы можете поддаться... искушению, соблазну вмешаться в события. Или, по крайней мере, действовать вслепую, не имея специальной на то подготовки и без контроля экспертов. Не считайте его подлецом. Он выполняет свой долг. Корвин предложил вам заняться более ранним периодом.

Тамберли тряхнула головой.

— Бесполезно. Условия тогда изменялись очень быстро, и мне, по существу, придется начинать все заново. Но то, что я обнаружу, не будет слишком полезным для эры миграции людей, в которой так заинтересован Патруль.

— М-да. На предложение наложили вето именно по этим мотивам. Но поверьте Корвину.

— Да, собственно говоря, верю. — Она заговорила быстрее: — Я многое передумала. И вот к чему пришла. Моя работа заслуживает завершения. Мы можем рассчитывать лишь на приблизительный итог, но и он, вне сомнения, окажется полезным. И может быть, я помогу тулатам, совсем немного, очень осторожно, под контролем специалистов, не для того, чтобы изменить их судьбу, а просто чтобы освободить от боли несколько неприметных человеческих жизней. Доктор Корвин намекнул мне, как это сделать, когда мы выходили с ним пообедать. В тот момент я не придала значения его замечанию, но с того самого дня размышляю над ним. Что, если я не вернусь к Арюку и тулатам, но воссоединюсь с ними, смешавшись с чужаками?

Слова Ванды отозвались в голове Эверарда глухими ударами. Он отложил трубку в сторону и сделал каменное лицо.

— Нешаблонно, — произнес он.

Тамберли рассмеялась.

— Единственно, о чем я прошу вас, — намекните милому доктору, что он не в моем вкусе. Я бы не хотела огорчать его. Кроме того, у нас обоих чудовищное количество дел, требующих исполнения в кратчайший срок, иначе мы действительно можем излишне подействовать на людей в Берингии. — Ванда стала совершенно серьезной. Заметил ли он слезы, блеснувшие на ее ресницах? — Мэнс, вот для этого вы мне и нужны. Для начала — ваш совет, а потом, если вы убедитесь, что я еще в своем уме, ваш авторитет и влияние. Я спросила мнение своего непосредственного руководителя, и тот порекомендовал мне забыть об этом. Как вы сказали, нешаблонно. Он не ханжа, но в его сознание заложен другой курс, и никто не смеет тревожить его покой. И Ральф Корвин той же породы. Он, возможно, оказался захваченным врасплох, когда говорил что-то после второй порции коктейля, ударившего в голову. У вас есть власть, авторитет, связи в этой сфере. Пожалуйста, хотя бы вы подумайте о моей просьбе.

Эверард думал. Они говорили и говорили. Когда он согласился с ней, солнце уже село. Эверард вдруг вспомнил, как он пригласил Ванду в Патруль. И как она вскрикнула от радости. Теперь она устала настолько, что была в состоянии только прошептать:

— Спасибо, спасибо большое!

Оба ожили, когда отправились обедать. Эверард приехал в костюме, подходящем для аудиенции у императрицы Китая, Ванда выглядела тоже элегантно. После обеда они еще долго бродили от бара к бару и говорили, говорили. Когда Эверард пожелал ей спокойной ночи у дверей дома ее родителей, она снова поцеловала его.

13 211 год до Рождества Христова

Глава 1

Дело шло к зиме. На землю, промерзшую до звона, бураны намели толстый слой снега; бурый медведь уносился в снах к мертвым, а белый бродил по льду, сковавшему море. «Мы» проводили бесконечно темные дни в своих жилищах.

Сначала медленно, едва передвигаясь, а потом стремительно солнце вернулось в эти края. Ветры стали мягче, сугробы таяли, весело журчали ручьи, плавучие льдины громоздились друг на друга и крошились, рогатые животные и мамонты нетвердой походкой вели новорожденных детенышей в степь, усеянную цветами, как звездами, перелетные птицы возвращались в родные края. В прежние времена эта пора была самой счастливой в жизни «мы».

Они боялись нехоженых троп глубинных земель, волков и

духов, но ходили, ибо не могли не идти. Осенью охотники заставили «мы» отметить камнями дорогу. И потом им пришлось самим же ходить по ней с данью, которую требовали от них чужаки.

Когда выпадал снег, «мы» освобождались от дани до весны, но в теплое время года мужчины из каждой семьи «мы» обязаны были совершать подобные путешествия один раз между полными лунами. Так приказали охотники.

Тяжело нагруженные Арюк и его сыновья шли три дня. Они знали, что на обратный путь уйдет не менее двух суток. Некоторые поселения «мы» находились еще дальше, чем жилище Арюка, другие — ближе к стойбищу охотников, но отлучки одинаково тяготили всех, поскольку это время было потеряно для охоты, сбора ягод и работы на собственную семью. А вернувшись домой, они принимались за подготовку следующей партии дани. На поддержание собственной жизни оставалось слишком мало времени и сил.

«Мы» поговаривали об общей встрече, чтобы обсудить, не поставлять ли дань сообща. Такие походы были бы безопаснее и веселее, но потребовали бы еще больше времени и людей. В конце концов они порешили, что все будут ходить сами по себе — пока не разберутся получше в новом порядке вещей.

Итак, Арюк с сыновьями Баракуном, Олтасом и Дзуряном совершали первую весеннюю ходку. Дома они оставили жен Арюка и Баракуна с маленькими детьми. Мужчины несли длинные толстые бревна, каковые им было приказано доставить, и еду для себя на время похода. Ветер и дождь подхлестывали их, грязь налипала тяжелыми комьями на ноги, массивная ноша пригибала к земле. Вой и отдаленный рык преследовали их по ночам, а с рассветом они снова устало тащились по взбирающейся вверх суше, пока наконец не добрались до стойбища охотников.

Арюк с сыновьями оглядели его с высоты холма. Стойбище располагалось не у подножия холма, а на просторной плоской площадке, где почва была хорошо просушена. С более высокого холма с северной стороны стекал ручеек и бежал через весь поселок.

Благоговейный трепет охватил «мы». Во время их последнего появления здесь они изумлялись при виде высоких жилищ из кожи, которых было куда больше, чем у народа «мы», вместе взятых. Арюк размышлял, не холодно ли в таких жилищах зимой. Сегодня глазам их предстали громадные дома, сделанные чужаками из камня, торфа и шкур. Между жилищами сновали люди, казавшиеся с холма совсем крохотными. Дым очагов поднимался в тихое и ясное небо, освещенное послеполуденным светом.

— Как они это сделали? — вымолвил Олтас. — Какой силой они владеют?

Арюк вспомнил слова, услышанные от Той, Которой Ведомо Неизвестное.

— Я думаю, у них есть орудия, которых нет у нас, — медленно ответил он.

— Все равно, — сказал Баракун, — какая работа! Где они взяли столько времени?

— Они убивают крупных животных, — напомнил сыну Арюк. — Одна добыча кормит их много дней.

Слезы усталости и боли скатились по щекам Дзуряна.

— Почему тогда они т-требуют наших подарков? — запинаясь, произнес он.

У отца не было ответа.

Арюк повел сыновей выше по склону. По пути им попался длинный каменистый холмик. За ним, в том месте, где бежал ручей, скрытое от глаз охотников и, стало быть, от «мы», стояло нечто, поразившее их. На какой-то миг кровь бросилась в голову Арюка.

— Она, — простонал Баракун.

— Нет, что ты! — взвыл Олтас. — Она ведь наш друг и никогда не оказалась бы здесь!

Арюк взял себя в руки и унял дрожь, охватившую его. Он тоже, должно быть, закричал бы, если б не смертельная усталость. Уставившись на круглое серое сооружение, он сказал:

— Мы не знаем, что это, но, вероятно, скоро выясним. Пошли!

Они заковыляли вперед. Люди из поселения наблюдали за их приближением. Дети высыпали на улицу, радостно крича и путаясь под ногами. Несколько мужчин бежали за ними вприпрыжку с копьями и топориками — Арюк выучил эти слова, — но они улыбались. Он предположил, что остальные на охоте. Когда «мы» дошли до домов, женщины и кучка детей сбились в толпу. Арюк в который раз увидел морщинистых, беззубых, согбенных, слепых людей. Слабым здесь не было нужды уходить прочь, чтобы умереть в одиночестве. Молодые и сильные могли прокормить немощных.

Провожатые довели «мы» до строения, более просторного, чем остальные. Там их ждал мужчина, одетый в кожу, отделанную мехом, и в головной повязке, украшенной перьями трех орлов. Арюк знал, что охотники называли его Красный Волк. Он еще не один раз переменит имя в течение жизни, потому что оно должно выражать определенный смысл. Для Арюка его собственное имя было просто набором звуков, на который он откликался. Если бы когда-нибудь он задумался над смыслом имени, то понял бы, что оно значит «Северо-Западный Ветер» и должно произноситься с другим ударением, но Арюку такие мысли никогда не приходили в голову.

Он вдруг забыл про Красного Волка и забыл про все на свете. Из толпы вышел еще один человек. Он возвышался над людьми и даже над предводителем охотников. Толпа почтительно расступилась перед ним, с улыбками и приветствиями, показывающими, что мужчина этот не посторонний в лагере. Его лицо — худое и безбородое, но с усами под горбатым носом, — коротко стриженные·волосы, кожа и глаза, тело и походка напомнили Арюку Ту, Которой Ведомо Неизвестное. Его снаряжение и вещицы, висевшие на груди, были точно такими, как у нее.

Дзурян громко застонал.

— Кладите ношу! — распорядился Красный Волк. Он немного выучил язык «мы». — Хорошо. Накормим вас, спать будете здесь.

Человек из-за пределов мира остановился около Арюка. Освобожденный от груза, Арюк ощущал не только ломоту во всем теле, но и удивительную легкость, словно бы готовность улететь вместе с ветром. Или просто у него закружилась голова?

— Богатой вам добычи! — произнес человек на языке «мы». — Не бойтесь. Вы помните Хара-тце-тунтунбаюк?

— Она... она жила рядом с нашим селением, — сказал он.

— Так вы та самая семья? — мужчина явно обрадовался. — А ты ведь Арюк? Я давно ждал встречи с тобой.

— Она здесь?

— Нет. Она — моя родственница и просила передать тебе дружеские пожелания. Облачные Люди зовут меня Высокий Человек. Я приехал сюда, чтобы провести несколько лет среди охотников, понаблюдать, как они живут. Я хочу и с вами поближе познакомиться.

Красный Волк нетерпеливо переминался с ноги на ногу, потом что-то отрывисто произнес на своем наречии. Высокий человек ответил на его языке. Слова метались между ними, пока Красный Волк не сделал рубящий воздух жест, словно бы говоря: «Только так и не иначе!» Высокий Человек оглянулся на Арюка и его сыновей, молчаливо стоявших под круговым прицелом враждебных взглядов.

— Разговор идет легче с моей помощью, — сказал Высокий

Человек, — хотя я предупреждал, что им следовало бы потрудиться и выучить ваш язык получше. В свое время я тоже покину эту страну, но, находясь здесь, не всегда буду в лагере. Красный Волк хочет поговорить с тобой после того, как ты отдохнешь, о том, что твой народ должен приносить в дальнейшем.

— Что с нас взять, кроме выловленных в море деревяшек? — спросил Арюк. Голос его помрачнел так же, как и настроение.

— Им нужно больше дерева. Они хотят, чтобы вы приносили хорошие камни для изготовления орудий и оружия. Высушенный торф и навоз для топлива. Им нужны шкуры и кожи. Необходимы сушеная рыба, ворвань, все, что дает море.

— Но мы не можем! — закричал Арюк. — Они берут с нас столько, что нам самим нечем кормиться!

Высокий Человек выглядел огорченным.

— Вам трудно приходится, — сказал он. — Я не могу освободить вас от дани, но в состоянии сделать ваше бремя сносным, если вы будете следовать моим советам. Я скажу Облачным Людям, что они ничего не получат от вас, если доведут твой народ до голодной смерти. Я заставлю их дать вам орудия, которые облегчат охоту и рыбалку. Облачные Люди научат вас пользоваться ими. Они смастерили... острую вещицу, на которую рыба попадает и уже не может ускользнуть, наконечники копий, которые вонзаются в тело животного и не выпадают из него. Их одежда будет согревать вас, — голос его дрогнул. — Простите, что я не могу сделать для вас больше. Но мы попробуем...

Высокий Человек замолк, потому что Арюк уже не слышал его.

Красный Волк подошел поближе ко входу в большое строение. Из него выползла женщина. Одежда ее была такой же, как и у всех, но грязная, засаленная и зловонная. Живот у женщины выпирал из-под неряшливого одеяния, волосы висели космами, подчеркивая изможденное лицо. Поднявшись на ноги, она помахала всем рукой, но рука тут же плетью упала вниз.

— Дараку! — прошептал Арюк. — Ты ли это?

Он никогда прежде не видел ее в стойбище и не смел спросить, что стало с его дочерью. Велел ли Красный Волк держаться ей подальше от людских глаз, чтобы не мешаться под ногами, или она сама пряталась от стыда и позора, а может, уже умерла?

Дараку, спотыкаясь, подошла к отцу. Он обнял ее и всхлипнул.

Красный Волк бросил ей отрывистую команду, и она съежилась в руках Арюка. Высокий Человек нахмурился и резко заговорил. Красный Волк и охотники, находившиеся поблизости, ощетинились. Высокий Человек понизил голос. Мало-помалу Красный Волк успокоился. В конце концов он распростер руки и повернулся спиной к людям, давая понять, что покончил с этим делом.

Арюк смотрел из-за плеча Дараку. Как остро выступали ее кости из-под одежды из оленьей кожи. В нем всколыхнулась надежда. Сквозь затуманенное сознание, сквозь шум ветра он видел и слышал Высокого Человека.

— Девушка, которую они увели с собой, твоя дочь, так ведь? Я разговаривал с ней, совсем немного, потому что она едва отвечает на вопросы. Охотники хотели научиться от нее вашему языку. Теперь они знают ровно столько, сколько она смогла передать им, пока тоска прочно не завладела ею. Облачным Людям все еще нужен ребенок, которого она носит в чреве, чтобы он стал еще одним добытчиком или будущей матерью для них, но мне удалось уговорить их отпустить ее. Она может вернуться домой вместе с вами.

Арюк, увлекая за собой Дараку, пал ниц перед Высоким Человеком. Ее братья сделали то же самое.

После они поели. Облачные женщины щедро угощали их, но пища была настолько непривычной, что «мы» не смогли съесть много. А потом они спали, снова все вместе, в шатре, поставленном специально для них. После отдыха состоялся разговор. Высокий Человек переводил слова, сказанные Арюком и Красным Волком. Много было говорено о том, что должны делать «мы» в дальнейшем и что будет сделано охотниками взамен. Арюк гадал, сколько времени уйдет на то, чтобы до конца разобраться в предложениях охотников. Ясно было одно — жизнь «мы» изменилась и вышла из-под власти Арюка и его народа.

Арюк с детьми отправился домой на следующее утро, когда ветер разогнал дождевые облака, открыв просвет в небе. Они шли медленно, часто останавливались, потому что Дараку едва волочила ноги. Она незряче смотрела в пространство и изредка отвечала на вопросы, если к ней обращались, да и то односложно. Когда Арюк гладил ее по щеке или брал за руку, Дараку едва заметно улыбалась, а он смотрел на эту слабую улыбку с горечью.

Той ночью у Дараку начались схватки. Хлестал дождь. Арюк, Баракун, Олтас и Дзурян сгрудились вокруг, пытаясь защитить ее от дождя и холода. Она застонала и уже не могла остановиться. Дараку была слишком юной, таз у нее еще не развился. Когда с невидимого востока занялось серое утро, Арюк увидел, что дочь истекает кровью. Дождь смывал ее в торфяной мох. Лицо ее подалось вверх, взгляд был слепым. От Дараку остался лишь прерывистый голос. Последние его звуки дребезжаще нарушили тишину.

— Ребенок тоже мертв, — сказал Баракун.

— Так всегда бывает, — пробормотал Арюк. — Не знаю, что я должен был сделать.

Вдали протопал мамонт. Ветер крепчал. Похоже, что лето наступало холодное.

Глава 2

Отряд Патруля прибыл позже, безлунной ночью, чтобы выполнить свою работу по возможности быстро и бесшумно и так же исчезнуть. Местные обитатели вскоре узнают, что произошло еще одно удивительное событие, но лучше, если они не будут его свидетелями. Как всегда, минимальный контакт.

Ванда Тамберли, правда, могла прибыть на место лишь после восхода. Роллер доставил ее непосредственно внутрь специально возведенного жилища. Сердце билось глухо, она слезла с аппарата и огляделась по сторонам. Убежище Ванды, сделанное из прозрачных и полупрозрачных материалов, было светлым. Привычные ей предметы расставлены довольно аккуратно. Ей потребовалось совсем немного времени, чтобы переставить все по своему вкусу.

«Первым делом осмотрим окрестности», — подумала она.

Ванда потеплее оделась, набросила непромокаемый плащ и шагнула через порог. Стояла осень того года, когда она покинула Берингию, проведя всего несколько недель в двадцатом веке до возвращения сюда. Астрономически время года не слишком ушло вперед, но здесь, в субарктических широтах в ледниковый период, снег мог пойти в любую минуту. Утро сияло холодным светом. Ветер свистел над пожухлой травой. На севере и на юге горизонт обрамляли холмы. Глыба валунной глины, которую оставил после себя отступивший ледник, нависала над ее убежищем и домом Корвина. У основания глыбы пробивался ключ. Ванда скучала по морю и карликовым деревцам, что окружали ее первое жилище в Берингии. Птицы кружили у нее над головой, их было немного, и принадлежали они к другим, внутриматериковым видам. Дома специалистов Патруля почти касались друг друга. Корвин показался на пороге своего дома, одетый в хаки — плащ и высокие ботинки, все с иголочки. Корвин сиял.

— Добро пожаловать! — произнес он, протягивая ей руку. — Как вы себя чувствуете?

— Все в порядке, спасибо, — ответила Тамберли. — Как вы здесь поживаете?

Брови его поднялись.

— Неужели вы не познакомились с моими отчетами? — игриво спросил он. — Я потрясен и опечален. А я-то страдал, сочиняя их.

«Вот именно, сочиняя, — подумала Ванда. — Хотя, спорить трудно, они действительно представляют собой научную ценность, а изящное изложение совсем не вредит им. Глянец наведен везде, где только можно. Я, вероятно, предвзято сужу об отчете».

— Конечно, я просмотрела их, — отозвалась она, заставив себя улыбнуться. — Включая и ваши возражения по поводу моего нового назначения сюда.

Корвин держался дружелюбно.

— Я не собирался оказывать на вас давление, агент Тамберли. Надеюсь, вы это понимаете. Я просто думал, что ваши проекты внесут совершенно ненужные осложнения, включая и риск для вашей собственной жизни. Я взял на себя слишком много и, вполне вероятно, ошибся. Видимо, мы отлично сработаемся. Чисто по-человечески, разве могу я быть счастливее, чем сейчас, находясь в таком обществе, как ваше?

Тамберли поспешила обойти этот вопрос стороной.

— Без лишних эмоций, сэр. Мы же не можем реально сотрудничать, вы знаете. Вы изучаете Облачных Людей. А мне необходимо провести зимние наблюдения за животным миром, чтобы получить более или менее полную картину определенных жизненных циклов, которые, похоже, создают критическую ситуацию в экологии. — Она повторяла очевидные факты самым любезным тоном, на какой только была способна. — Так что позвольте мне спокойно заниматься своим делом. Подозреваю, что не окажусь ни у вас под пятой, ни вообще под вами.

Корвин воспринял ее слова без раздражения.

— Определенно. Имея за плечами такой опыт, мы тщательно проработаем все, чтобы избежать взаимного вмешательства в наши проекты, а также продумаем, чем можем быть полезны друг другу в случае необходимости. А пока что позвольте пригласить вас на завтрак. Вы, несомненно, уже синхронизировались с местным временем. Полагаю, вы не поели перед отбытием сюда?

— Вообще-то я намеревалась...

— О, не отказывайтесь! Прежде мы должны обсудить дела, и лучше в приятной обстановке. Уверяю, я совсем недурной повар.

Ванда уступила. Корвин обустроил свое жилище аккуратнее и компактнее, чем это когда-либо удавалось ей. Дом изнутри казался более просторным. Он предложил ей стул и налил кофе из уже включенной кофеварки.

— Сегодня особый повод, — заявил он. — Обычно в полевых экспедициях люди просто «заправляются». Что вы скажете о беконе, французских тостах и кленовом сиропе?

— Я бы сказала, дайте все это поскорее, пока я не проглотила вас, — отозвалась Ванда.

— Превосходно!

Корвин захлопотал у крошечной электропечки. Атомный элемент, питавший ее, заодно обогревал и дом. Ванда сбросила плащ, откинулась на спинку стула, глотнула восхитительного кофе и обвела комнату взглядом. Его книги оказались более изысканными, чем у нее, если только он не взял их сюда специально, зная о ее приезде, потому что томики не выглядели зачитанными. Среди них были два его собственных сочинения, изданные еще в академическую пору. На полках покоились некоторые инструменты, подарки и вещицы, которые он выменял у аборигенов, чтобы потом увезти домой на память. Было здесь и копье с наконечником-насадкой, остро заточенный каменный нож с рукояткой из оленьего рога, которая крепилась к лезвию ремешком и клеем. Даже резаки, скребки, резцы без рукояток, другие орудия удивляли прекрасной работой. Тамберли припомнила незатейливые поделки «мы», и слезы навернулись ей на глаза.

— Уверен, вы знаете, — сказал Корвин, не отрываясь от стряпни, — что Ванайимо принимают вас за мою жену. Дело в том, что, когда я сообщил им о вашем приезде, у них другой мысли и не возникло. У них не принята свобода и беспорядочность сексуальных отношений, как у тулатов.

— Ванайимо? Ах, да! Облачные Люди...

— Не волнуйтесь. Они нормально восприняли то, что у вас отдельный дом, где вы будете творить свою магию. Вы в полной безопасности, особенно после того, как они узнали, что вы принадлежите мне. В противном случае... страх перед вашей чудодейственной силой может и остановить их руки, но вполне может найтись какой-нибудь наглый тип или ретивые молодцы, которые решат испытать свою смелость и мужскую зрелость. Еще я им рассказал — они это и сами непременно выяснили бы — о ваших прежних отношениях с тулатами, которых они не причисляют к роду человеческому.

Тамберли жестко стиснула губы.

— Я выяснила это из ваших отчетов. Откровенно говоря, вам бы следовало уделить им больше внимания. Отношениям между двумя народами, я хотела сказать.

— Моя дорогая, я не в состоянии охватить все. И даже части того, что должен бы, как того требует строго антропологический метод. Я провел здесь всего семь месяцев или даже меньше по их летоисчислению.

Корвин изредка отлучался в будущее на совещания и отдых, но, в отличие от Ванды в пору ее жизни среди «мы», всегда возвращался сюда через день-другой после отъезда. Непрерывность была важна в человеческих отношениях, и сам их характер отличался от контактов человека с дикой природой и ее обитателями. «Приходится признать, что он проделал значительную работу за очень короткое время, учитывая великое множество разнообразных трудностей, — подумала Ванда. — Он далеко продвинулся в языке, который был близок наречиям племен восточной Сибири, где Корвин в свое время побывал, и не слишком отличался от языка переселенцев, шедших через Канаду в более поздние времена и бывших когда-то объектом внимания Корвина. Но здесь, на начальном этапе исследования, он находился в одиночестве, и работа эта сказывалась на нервах. Его могли убить. Он сообщал в отчете, что здесь бытует жестокость и буйность нрава».

— И вряд ли у меня много времени впереди, — продолжал Корвин. — В будущем году племя двинется на восток. Пока не знаю, разумно ли кочевать вместе с ним, или стоит присоединиться к Облачным Людям там, где они обоснуются, но в любом случае в этом регионе ожидаются серьезные изменения.

— Как?! — воскликнула Тамберли. — И вы до сих пор не занялись этой проблемой?

— Нет, пока нет. Это новая для меня сфера. В настоящее время они твердо намерены оставаться здесь, поскольку верят, что достигли своей земли обетованной. Для того чтобы разобраться, как они обживаются в этих краях, лучше всего проследить за их отношениями с последующими мигрантами, поэтому я и совершил увеселительную прогулку в ближайшее будущее. Я установил, что регион заброшен. Это произойдет грядущей весной. Нет, я не знаю, почему. Может, природные ресурсы покажутся им скудными? Попробуйте разрешить эту загадку. Сомневаюсь, что угроза придет с запада. Я установил, что в ближайшие пятьдесят лет сюда не прибудут новые палеоиндейцы, процесс их миграции протекает вяло и прерывисто.

«Тогда мои «мы» будут иметь в запасе долгий период мира», — подумала Ванда. Покой в ее душе царил всего какое-то мгновение. Она вспомнила, что происходит сейчас и что это не прекратится, пока Облачные Люди находятся здесь. Сколько «мы» останется в живых, когда пришельцы уйдут?

Она заставила себя решительно взяться за дело.

— Минуту назад вы сказали, что они не считают тулатов людьми в полном смысле слова, — заявила Ванда. — В ваших отчетах почти нет сведений о том, как они в действительности относятся к тулатам. Вы лишь упомянули о «дани». А в жизни?

В тоне Корвина зазвучало легкое раздражение:

— Я уже сказал, что у меня не было возможности обследовать каждую деталь, и я никогда не стану заниматься этим.

Он разбивал яйца в миску с таким видом, словно они были головами оппонентов, отвергших его отчет.

— Заранее овладев языком тулатов, я разговаривал с некоторыми из них, когда они приходили с подношениями: сезон сбора дани наступил вскоре после моего прибытия сюда. Я облегчил участь двух или трех представителей этого племени, посетил одно из их жалких поселений на берегу моря. Чего еще вы хотите? Нравится вам это или нет, но мои интересы, мои обязанности касаются народов, которым предстоит творить будущее. И разве вам не предписано сосредоточить внимание на объектах природы, играющих важную роль в жизни именно таких народов?

Его раздражительность вдруг испарилась. Он делано улыбнулся Ванде.

— Я не хочу показаться вам бессердечным, — добавил он. — Вы новичок на службе и к тому же происходите из страны, у которой удивительно удачная история. Непреложным фактом является то, что на всем протяжении существования человечества, вплоть до неведомых нам будущих времен, отдельные общины, племена, нации воспринимают остальное человечество как добычу, потенциальную или реальную, если только эта добыча не окажется достаточно сильной, чтобы стать врагом, потенциальным или реальным.

Вы найдете Ванаймо не такими уж плохими, совсем непохожими на нацистов или, скажем, на ацтеков. Война была навязана им, потому что Сибирь стала перенаселенной с точки зрения ресурсов, доступных для технологии палеолита. Они хранят память о поражении, но в них не заложена воинственность. Они, несомненно, отчаянны и храбры. Эти качества выработаны самой их жизнью, охотой на крупного и опасного зверя. Для них эксплуатация тулатов так же естественна, как использование оленей для своих нужд. Они неумышленно жестоки и испытывают благоговение перед всем сущим на земле, но берут из мира все, что могут, ради своих жен, детей, стариков и самих себя. Они вынуждены брать.

Тамберли нехотя кивнула. Отчет Корвина описывал, каким подарком судьбы явилась для Облачных Людей случайная встреча с «мы». И пришельцы не преминули воспользоваться удачей. Корвин не предвидел такого поведения Облачных Людей. Прежде они не оказывались в подобной ситуации. Среди них нашелся гений, который изобрел взимание дани, что принесло безмерную выгоду его племени, относившемуся к «мы» в общем-то довольно мягко. Позже, в последующих тысячелетиях, это открытие будет использоваться по всему миру, и обычно с большей жестокостью.

Странствия племени оказались продолжительнее и мучительнее, чем мифические сорок лет скитаний евреев по пустыне. С небес падала не манна, а только снег и ледяной дождь. Другие племена уже захватили хорошие охотничьи угодья и в короткое время научились выставлять незваных гостей за пределы своей территории. Когда наконец Облачные Люди достигли этих краев, удаленных от родной Азии дальше, чем прежде осмеливались уходить мужчины их расы, первая зима была столь же сурова, как и первая зима колонистов в Массачусетсе.

Сейчас Облачные Люди благоденствуют. Дерево, доставляемое «мы», позволило им заменить времянки настоящими домами. Сломанный наконечник копья уже не был бедствием. Пригодные для обработки камень, мясо, рыба, топливо, жир, кожа — теперь в их распоряжении. «Мы» добавили к этому еще и свое наивное бескорыстие. Дань высвободила энергию Облачных Людей для активной охоты, строительства крупных сооружений, для развития искусных ремесел и как никогда прекрасного искусства — песен, танцев, размышлений и мечтаний.

Корвин подчеркнул, что, следуя его советам, Облачные Люди по прагматическим соображениям и в качестве некоторой компенсации передали «мы» крючки для ловли рыбы, гарпуны, ножи, а также научили их обрабатывать камень и пользоваться другими технологическими приемами. Это прогресс, заметил Корвин.

— Держу пари, по вечерам счастливые «мы», усевшись в кружок, распевают благодарственные гимны, — пробормотала Ванда.

Она знала, что первобытные американцы обречены на гибель. Жизнь их оставалась тяжелой, несмотря на старания пришельцев обучить их новым навыкам, но по крайней мере эти аборигены не будут уничтожены на бойне, какую учинили белые над туземцами Тасмании в девятнадцатом веке, не будут втиснуты правительствами XX века в тесные рамки выживания, как это случилось с украинцами и эфиопами. Их не истребят эпидемии, занесенные из чужих краев; бактериологическая изоляция Нового и Старого Света наступит только тогда, когда Берингия скроется под водой. Пока «мы» будут приносить дань и не мешать Облачным Людям, они смогут вести привычный образ жизни. Случалось, что удалой парень из Ванайимо, повстречав на своем пути девушку-тулатку, овладевал ею, но в ее народе такое происшествие не считалось постыдным, как у Облачных Людей, да и вообще смесь генов была полезна, выводя кровь «мы» из замкнутого круга. Ведь так?

Ванда отметила пристальный взгляд Корвина. Время шло. Она встряхнулась.

— Извините, отвлеклась немного.

— Мысли ваши, полагаю, не очень приятного свойства. — Голос его звучал дружелюбно. — Но на самом деле положение могло быть гораздо хуже. В исторической перспективе тулатам уготован печальный жребий. А здесь в наших силах слегка подправить дела. Например, я выяснил, что Ванайимо увели с собой дочь вашего друга Арюка — Дараку, кажется, так ее зовут. Вы, наверное, хорошо ее знаете. Не бойтесь, она не подвергалась умышленным оскорблениям. Замысел был прост — им требовался человек, от которого они научились бы простейшим элементам языка «мы». Но девушка впала в глубокую депрессию — тоска по дому, шоковое воздействие новой культуры, недостаток общения. Я уговорил их вернуть девушку обратно.

Тамберли вскочила со стула.

— Правда? — Она несколько мгновений слепо смотрела в пространство. Ужас отступил. Его сменила волна теплоты. — Вы... вы поступили прекрасно. Спасибо. — Ванда проглотила подступивший к горлу комок.

Он улыбнулся.

— Будет вам. В конце концов, обычная порядочность, когда обстоятельства позволяют. Не стоит перевозбуждаться, особенно перед завтраком. И он будет готов, как говорится, в один миг.

Запах подрумяненного бекона поднял ее настроение быстрее, чем, как ей казалось, позволяло моральное право. За завтраком Корвин поддерживал непринужденную беседу, иногда в шутливом тоне, и оказалось, что он может не только говорить о себе, но даже предоставлять слово Ванде.

— Восхитительный город Сан-Франциско, согласен. Но однажды вы должны побывать там в тридцатые годы, до того, как его очарование стало профессиональным. Расскажите мне, кстати, об этом «Эксплораториуме», что вы упоминали. Это звучит как удивительное новшество, но в старомодном и праведном духе...

После завтрака, закурив свою первую в день — как он сказал, невинную — сигарету, Корвин посерьезнел.

— После того как я вымою тарелки... Нет-нет, помогать не надо, во всяком случае в наше первое утро. Пожалуй, вам стоит встретиться с Ворика-Куно.

Она знала имя Красный Волк, оно часто мелькало в отчетах Корвина.

— Это просто учтивость, но среди Ванайимо она ценится не меньше, чем у японцев.

— Он здесь главный, правильно? — спросила Тамберли. Ее исследования не выявили его статус среди Облачных Людей.

— Не в том смысле, что на него официально возложена власть. Племя принимает решения путем достижения согласия между мужчинами и пожилыми женщинами — теми, которые утратили по возрасту способность к деторождению. Молодые женщины взамен совещательного голоса имеют право высказываться по повседневным делам. Тем не менее кому-то одному в силу его явных способностей и личных качеств суждено главенствовать, пользоваться всеобщим уважением и произносить решающее слово во всех делах. Такой человек — Ворика-Куно. Будь с ним на одной стороне, и любая тропа станет для тебя легкой.

— А что вы скажете об этом... лекаре?

— Да, шаман действительно занимает особое положение. Мои встречи с ним весьма эпизодичны. Мне неоднократно приходилось показывать ему, что я не намерен соперничать с ним и посягать на его авторитет. Вам это тоже предстоит. Откровенно говоря, это я посоветовал прислать вас именно сегодня, уже после того, когда было принято решение о вашем возвращении, потому что шаман в ближайшее время занят по горло и в основном пребывает в уединении. Вам дается срок на то, чтобы осмотреться перед знакомством с ним.

— А чем он занят?

— Смертью. Вчера группа мужчин вернулась с охоты, принеся тело товарища. Бизон поднял его на рога. Это не просто утрата соплеменника, а дурной знак, потому что погибший был ловким охотником и хорошим добытчиком. Теперь шаман должен изгнать несчастье с помощью колдовства. К счастью для общественной морали, Ворика-Куно сумел загнать бизона и его спутники прикончили зверя.

Тамберли негромко присвистнула. Она знала плейстоценовых бизонов.

Ванда вместе с Корвином отправилась в селение. Когда они обошли глыбу горной породы, взору ее предстала впечатляющая картина. У Ванды были представления о подобных поселениях, но они не выражали человеческой энергии, воплотившейся в творениях людских рук. Около дюжины прямоугольных домов, обложенных дерном и укрепленных деревом, стояли на глиняных фундаментах вдоль берегов неглубокой протоки. Дым курился над большинством торфяных крыш. За жилой частью селения располагалась площадка для обрядов, обозначенная кругом, выложенным из камней, в центре которого были очаг и пирамида из камней с черепами крупных животных. Одни принадлежали обитателям степи, другие — жителям лесов и долин, раскинувшихся южнее — оленям-карибу, американским лосям, бизонам, лошадям, медведям, львам. Сверху помещался череп мамонта. На другом краю селения находилась площадка для хозяйственных работ и занятий ремеслами. Там пылал костер, и женщины в одеждах из оленьей кожи — а самые молодые и усердные в легких тканых одеждах — разделывали последнюю добычу. Несмотря на смерть Преодолевающего Снега, ветер доносил обрывки разговоров и смех. Продолжительная скорбь была для этих людей непозволительной роскошью.

Голоса замерли, когда женщины увидели приближающуюся пару. Жители поселка высыпали из домов. Мужчины, отдыхавшие после трудов — охоты или тяжелой физической работы по хозяйству, — вели себя сдержанно, но женщины, занимавшиеся повседневными домашними делами, разглядывали Ванду с плохо скрываемым любопытством. Дети держались в стороне. Корвин упоминал о том, что детей Облачные Люди безмерно любят и даже балуют, но тем не менее приучают к послушанию.

Ученых сопровождал хор приветствий и ритуальных жестов, на которые Корвин исправно отвечал, но никто не последовал за ними. Кто-то сообщил новость Красному Волку, и он уже поджидал их у своего дома. Два мамонтовых бивня украшали вход в его жилище, а сам хозяин был одет богаче своих соплеменников. Ничем другим Красный Волк не выделялся, но его осанка, уверенность в себе, в которой сквозило что-то от повадки пантеры, внушали уважение. Он поднял руку.

— Ты всегда дорогой гость для нас, Высокий Человек, —

степенно произнес он. — Доброй добычи тебе, пусть дом твой будет полной чашей.

— Пусть прекрасная погода и добрые духи всегда сопровождают тебя, Красный Волк, — ответил Корвин. — Я привел ту, о которой говорил тебе, чтобы засвидетельствовать наше уважение.

Тамберли отлично понимала их речь, поскольку Корвин, освоив язык, переписал свои знания в мнемонический блок в будущем. Язык был внедрен в мозг Ванды с той же легкостью, с какой и Корвин овладел словарным запасом и тонкостями языка тулатов, открытыми Вандой. Когда необходимость в знании этих языков отпадет, они будут просто стерты из их мозга, чтобы освободить место для другой информации. Ванда с грустью думала о неизбежном расставании.

Она вернулась мыслями в ледниковый период. Взгляд Красного Волка пронзал ее.

— Мы с тобой встречались прежде, Солнечные Волосы, — пробормотал он.

— Д-да, встречались. — Ванда постаралась собраться. — Я не принадлежу никакому народу здесь, я брожу среди животных. Хочу подружиться с Облачными Людьми.

— Тебе может понадобиться провожатый, — деловито сказал он.

— Конечно, — согласилась она. — Я умею быть благодарной.

Это выражение на языке Облачных Людей наиболее ясно передавало смысл того, что Ванда щедро вознаградит своего спутника.

«Будем воспринимать это как помощь с его стороны. Я смогу сделать в десять раз больше, чем в первый приезд».

Красный Волк распростер руки.

— Входите и будьте благословенны. Мы сможем побеседовать мирно.

Дом состоял из одной комнаты. Плоские камни в центре служили очагом, в котором постоянно поддерживался огонь, поскольку возжигание нового было трудоемким делом и его по мере возможности избегали. Низкая глиняная лежанка вдоль стен, укрытая множеством шкур, могла служить постелью для двадцати взрослых и детей. Но домочадцы не сидели в эту пору взаперти. Дневной свет, приятная погода влекли людей на свежий воздух. Красный Волк представил гостье прелестную жену по имени Маленькая Ива. Затем познакомил с другой женщиной. Глаза ее были опухшими от слез, щеки расцарапаны, а волосы не прибраны в знак траура. Это была Лунный Свет На Воде, вдова Преодолевающего Снега.

— Мы как раз думали, как обеспечить ее и малолетних сирот, — объяснил Красный Волк. — Она не хочет сразу впускать в дом нового мужчину. Я думаю, вдова останется здесь, пока не оправится от горя.

Он предложил гостям усесться на шкуры, расстеленные около очага. Маленькая Ива принесла кожаный мешок, похожий на испанский бурдюк для вина, с перебродившим соком морошки. Тамберли отпила немного ради приличия, но напиток оказался приятным на вкус. Она знала, что ей оказывают прием почти как мужчине, потому что ее положение необычно. Маленькая Ива и Лунный Свет На Воде хоть и не сидели на женской половине, но в разговор не вступали, только слушали. Женщина говорила здесь лишь в случае необходимости, если могла сообщить что-то действительно важное.

— Я слышала, как вы убили ужасного бизона, — сказала Ванда Красному Волку. — Доблестный поступок, — добавила она, зная, что, по его представлениям, бизоном в тот миг овладел злой дух.

— Мне помогали, — ответил он без ложной скромности, просто констатируя факт. Затем усмехнулся. — Один я не всегда одерживаю победу. Может быть, вы сможете научить меня изготовлять надежные лисьи капканы? Мои никогда не срабатывают. Я, верно, когда-то обидел Отца Лисиц. Может, во младенчестве невзначай побрызгал на его отметину?

Ухмылка обратилась в хохот.

«Он способен шутить над неведомым, — поймала себя на мысли Ванда. — Черт побери, похоже, он начинает мне нравиться. Зря, наверно, но ничего не поделаешь...»

Глава 3

Ванда села на темпороллер, вывела на экран карту с сетью координат, установила курс и включила активатор. В то же мгновение купол исчез, и она оказалась на месте своего старого лагеря. Подключив охранную систему, — хотя ни человек, ни зверь не приблизились бы к столь чужеродному предмету в течение ближайших двух-трех часов, — она продолжила свое путешествие пешком.

Небо и море, лишенные солнца, окрасились в серо-стальной цвет. Даже на большом удалении и против ветра доносились неистовые удары прибоя о скалы Берингии. Волны терзали берег. Ветер пронзительно свистел над мертвыми травами, темным мхом, голым кустарником, деревьями и одинокими валунами; он срывался с севера, где мрак уже поглотил горизонт. Холод струился по ее лицу, пытаясь проникнуть под одежду. Первая снежная буря новой зимы неслась на юг.

Ноги привычно нащупали знакомую тропу. Она вывела Ванду в узкое глубокое ущелье. Теснина защищала от ветра, но река, напоенная приливной водой, неслась грязновато-белым потоком. Она достигла утеса, теперь едва возвышавшегося над стремниной, где у ключа лепились три хижины.

Кто-то, видимо, следил за Вандой из-за низкорослых зарослей ольхи, потому что при ее появлении Арюк, откинув в сторону связку хвороста, служившую дверью в хижину, выполз на четвереньках на улицу и поднялся на ноги. Он сжимал в руке топор. Плечи его ссутулились под накинутой шкурой. Изнуренность, которую не могли скрыть грива волос и борода, сразила Ванду.

— Ар-рюк, мой друг... — пробормотала она, заикаясь.

Он долго разглядывал ее, словно пытаясь что-то припомнить или понять, кто стоит перед ним. Затем заговорил, и Ванда едва смогла уловить смысл его слов в рокоте реки и прибоя.

— Мы слышали, что ты вернулась. Но не к нам.

— Нет. Я... — она протянула к Арюку руки.

Тот отпрянул, потом застыл на месте. Ванда опустила руку.

— Арюк, да, я сейчас живу у Убийц Мамонта, но только в силу необходимости. Я не принадлежу им. Я хочу помочь тебе.

Он слегка обмяк — не от облегчения, как показалось Ванде, а просто от изнурения.

— Это правда. Улунгу сказал, что ты по-доброму отнеслась к нему и его сыновьям, когда они были у вас. Ты угостила их Прекрасной Сладостью.

Арюк говорил о шоколаде. Раньше Ванда очень редко раздавала его. Иначе им никаких грузовых темпороллеров не хватило бы.

Она вспомнила понурую благодарность тех, кто потерял все надежды. «Черт побери, лишь бы не расплакаться!»

— Я принесла Прекрасную Сладость тебе и всем твоим родным, — продолжала она, видя, что Арюк не собирается приглашать ее в дом, куда ее, впрочем, совсем не тянуло. — Кстати, почему ты не пришел в эту луну?

Наступил последний месяц сезона приношения дани, который прерывался до следующей весны. После неожиданной встречи с семейством из долины Кипящих Ключей она порадовалась, что находилась в поле, когда появились другие мужчины «мы», приносившие дань. Она мало чем могла помочь им или утешить, и Ванда всю ночь не сомкнула глаз. Тем не менее она попросила Корвина сообщить о приходе Арюка. Ванда не могла не повидаться с ним. Если понадобится, она даже собиралась сделать скачок на несколько дней в прошлое. Но Арюк так и не появился.

— Убийцы Мамонта очень сердятся, — предупредила она. — Я сказала, что выясню причину недоразумения. Ты намерен в ближайшие дни отправиться в путь? Боюсь, надвигается буря.

Косматая голова поникла.

— Мы не можем. Нам нечего нести.

— Почему? — насторожилась Ванда.

— В осенний сбор я сказал всем, что «мы» не будут носить подарки, — ответил Арюк с присущей языку тулатов отрывистостью, но без свойственной ему живости. — Улунгу — настоящий друг. После того как он с сыновьями вернулся из путешествия, он пришел сюда посмотреть, чем может нам помочь. Тогда я и узнал, что ты присоединилась к Высокому Человеку.

«О боже, он переживает мое предательство!»

— Они не смогли ничем помочь, потому что мы сами ничего не сделали, — продолжал Арюк. — Я сказал, чтобы они отправлялись домой и позаботились о своих женщинах и детях. Лето было трудное. Рыбы, моллюсков, мелкой живности очень мало. Мы ходили голодными, потому что должны были тратить время на сбор подарков для Убийц Мамонта и походов в их поселок. Другим тоже пришлось несладко, но немного помогли новые крючки и копья. Только здесь ими не очень попользуешься, ведь рыба и тюлени появляются теперь редко.

«Обмелело устье реки, течение, или что-нибудь в этом роде», — догадалась Ванда.

— Мы должны приготовиться к зиме. Нас ждет голод, если мы будем работать на Убийц Мамонта.

Арюк поднял голову и встретился глазами с Вандой. В его взоре светилось чувство собственного достоинства.

— Быть может, мы дадим им больше на следующее лето, — заверил он. — Скажи им, что я сам, в одиночку, так решил.

— Я передам. — Ванда облизнула губы. — Нет, я сделаю иначе и лучше. Не волнуйся. Они не такие... — в языке тулатов отсутствовали слова «жестокий» или «беспощадный». Да это и несправедливо по отношению к Облачным Людям. — Они совсем не такие, как ты думаешь.

Костяшки пальцев на ручке топора побелели.

— Они берут все, что хотят. Они убивают любого, кто стоит на их пути.

— Действительно, у вас была с ними схватка. А разве «мы» не убиваем друг друга?

Его взгляд стал леденящим, как ветер.

— С той поры еще двое из народа «мы» умерли от их рук.

«Я не знала этого! А Корвин не позаботился проверить».

— И ты заступаешься за Убийц Мамонта? Ну что ж, ты услышала то, что я должен был рассказать.

— Нет, я... я только... только пытаюсь... сделать вас более счастливыми.

«Дать вам силы перезимовать. Весной по каким-то причинам захватчики снимутся с места. Но мне запрещено предсказывать события. А ты, несомненно, все равно не поверишь моим словам».

— Арюк, мне кажется, что Облачные Люди удовлетворены. Они не захотят ничего с Ольховой Реки до той поры, пока снег не сойдет с земли.

Арюк устало посмотрел на нее.

— Кто может быть в этом уверен? Даже ты...

— Я могу. Они прислушиваются ко мне. Ведь Высокий Человек заставил их вернуть тебе Дараку?

Внезапно под темнеющим небом стоящий пред нею человек превратился в старика.

— Ну и что? Она умерла по дороге домой. Ребенок, которого делали множество мужчин, унес ее жизнь.

— О, нет! Нет! — Тамберли вдруг осознала, что говорит по-английски. — А почему ты не рассказал это Высокому Человеку?

— После того случая я ни разу не встретился с ним в поселке, — услышала она безразличный голос. — Я видел его два раза издалека, но он не искал встречи со мной. С какой стати мне к нему идти? Разве он может вернуть мертвых? А ты можешь?

Она вспомнила своего отца, которого могла осчастливить одним телефонным звонком и привести в полный восторг своим появлением на пороге родительского дома...

— Думаю, тебе хотелось бы поскорее остаться одному, — сказала Ванда, чувствуя пустоту в душе.

— Нет, заходи.

В темноте сгрудились домашние Арюка, напуганные и подавленные.

— Мне стыдно, у нас так мало еды, но все равно, проходи в дом.

«Что я могу сделать, что сказать? Если бы я росла рядом с Мэнсом или в более раннюю эпоху, я бы знала, что. Но там, где я появилась на свет, в то время, люди посылают друг другу типографские карточки с соболезнованием и говорят, что горе проходит со временем само».

— Я... Я не могу. Не сегодня. Тебе нужно... подумать обо мне, и ты поймешь, что я — твой друг... всегда. Тогда мы сможем быть вместе. Сначала подумай обо мне. Я буду охранять тебя, буду заботиться о тебе.

«Это мудрость или слабость?»

— Я люблю тебя, — выпалила она. — Всех вас.

Ванда достала из кармана несколько плиток шоколада. Они упали к ногам Арюка. Она кое-как выдавила из себя улыбку, прежде чем уйти. Арюк не задержал ее, он просто стоял на месте, глядя вслед.

«И все-таки я поступаю правильно».

Порыв ветра захрустел ломкими веточками кустарника. Ванда ускорила шаг. Арюк не должен видеть ее плачущей.

Глава 4

Совет — взрослые мужчины и пожилые женщины племени — заполнил дом: священный огонь не мог гореть на открытом воздухе, где несколько дней подряд бушевала буря. Завывания ветра, проникая сквозь толстые стены, звучали фоном людским голосам. Языки пламени на камнях очага присмирели. Они выхватывали из темноты старуху, сидевшую на корточках у огня, чтобы поддерживать в нем жизнь. Длинная комната заполнилась мраком, чадом и запахом сгрудившихся тел в кожаных одеждах. Было жарко. Когда пламя на секунду взметнулось вверх, капельки пота блеснули на лицах Красного Волка, Солнечных Волос, Ответствующего и тех, кто стоял неподалеку от очага.

Тот же свет скользил по стальному лезвию, которое Тамберли подняла над головой.

— Вы слышали, вы поняли, вы знаете, — произнесла нараспев Ванда.

В торжественных случаях Облачные Люди изъяснялись утомительными повторами, которые казались ей похожими на библейские речитативы.

— За то, о чем я вас прошу, за то, что вы выполните мою просьбу, я дам вам этот нож. Прими его от меня, Красный Волк, попробуй его, убедись, что он хорош.

Мужчина взял нож. Резкие черты лица Красного Волка разгладились. Он был похож на ребенка, получающего подарки в рождественское утро. Молчание сковало собравшихся, а потом толпа издала выдох, громкий, как порыв бури, и тяжелый, как удар прибоя. Красный Волк прикинул вес ножа, ловко удерживая его на ладони. Он наклонился и поднял с пола палку. Первая попытка разрубить ее не удалась. Кремень и обсидиан затачивались не хуже любого металла, но из-за хрупкости они не брали задубевшую древесину, и ими невозможно было строгать. Острота, рукоятка ножа были непривычны Красному Волку. Но он быстро приноровился к новому приспособлению.

— Он оживает в моих руках! — восхищенно прошептал Красный Волк.

— Нож умеет делать много вещей, — сказала Тамберли. — Я покажу, как пользоваться им и как заботиться о лезвии.

Когда камень затупляется, его надо обтесывать заново, пока он совсем не источится. Заточка стали — это искусство, но она чувствовала, что Красный Волк овладеет им.

— Вы получите нож, если исполните мое желание, о люди!

Красный Волк огляделся по сторонам.

— Есть ли на то наша воля? — звучно спросил он. — Я принимаю нож от имени всех нас, а нашим ответным даром будет прощение дани, которую не доставил Арюк из рода Полевых Мышей.

Рой голосов зажужжал между тенями. Пронзительный голос Ответствующего оборвал их:

— Нет, этого нельзя делать!

«Черт! Я-то думала, что дело будет простой формальностью. Что беспокоит этого негодяя?»

Жужжание переросло в негромкий гул и замерло. Глаза сверкали. Красный Волк не сводил тяжелого взгляда с шамана.

— Мы видели, что умеет Блестящий Камень, — медленно произнес Красный Волк. — И ты видел. Разве он не стоит нескольких вязанок дров, связок рыбы и шкурок зайца?

Морщинистое лицо шамана скривилось.

— Почему высокие бледнокожие чужеземцы благоволят народу Полевых Мышей? Какие у них общие тайны?

Гнев закипел в Тамберли.

— Все знают, что я жила среди них до того, как вы ступили на эту землю, — резко бросила Ванда. — Они мои друзья. Разве вы не защищаете своих друзей, о Облачные Люди?

— А нам вы друзья? — взвизгнул Ответствующий.

— Если вы позволите мне стать вашим другом.

Красный Волк опустил руку между Вандой и шаманом.

— Хватит, — сказал он. — Неужели мы будем браниться из-за жалких подношений, которые единственный раз не принесла нам какая-то семья? Мы же не чайки над трупом зверя. Ты боишься народа Полевых Мышей, Ответствующий?

«Молодец!» Тамберли воспряла духом. Шаману оставалось только бросить свирепый взгляд и ответить угрюмо:

— Мы не ведаем, какое колдовство подвластно им, мы не знаем их коварных уловок.

Она вспомнила, как Мэнс Эверард однажды заметил, что первобытные частенько наделяли сверхъестественной силой тех, кем помыкали: древние скандинавы — финнов, средневековые христиане — евреев, белые американцы — чернокожих...

Красный Волк сухо сказал:

— Я не слышал об этом. Кто-нибудь слышал? — Он поднял нож над головой.

«Прирожденный лидер, никаких сомнений. Осанка просто царственная, и до чего хорош собой!»

Не последовало ни дебатов, ни голосования. Ванайимо не признавали подобных обычаев, в них просто не было нужды. Они зависели от шамана во всем, что касалось сверхъестественного или заговоров против болезней, но в то же время они не баловали его излишним почтением и поглядывали на него искоса — холостой, малоподвижный, странный человек. Тамберли иногда припоминала знакомых католиков, которые хоть и уважали своих пастырей, но никогда не раболепствовали перед ними и часто возражали своим духовным наставникам.

Ее предложение прошло, как тихая волна, его приняли душой, не облекая согласие в слова. Ответствующий сидел на полу, скрестив ноги, надвинув на голову капюшон из оленьей кожи и всем своим видом выражая недовольство. Мужчины столпились вокруг Красного Волка, чтобы полюбоваться обретенной им диковинкой. Теперь Тамберли могла уйти.

Корвин догнал ее у выхода. Он молча простоял в дальнем углу комнаты, словно случайно забредший на совет посторонний человек, вежливо дожидающийся конца собрания. Даже в тусклом свете костра она видела, как сурово его лицо.

— Зайдите ко мне! — приказал он.

Ванда сдержала возмущение. Впрочем, она предполагала что-то в этом духе.

Дверь была без петель, но тщательно подогнанная к входному проему. Материалом для нее послужили палки, шкура, ивовая лоза, мох. Корвин отодвинул дверь, но ветер рвал ее из рук. Они с Вандой вышли на улицу, и он вставил дверь на место. Накинув капюшоны и поплотнее запахнув куртки, они двинулись в сторону лагеря. Ветер неистовствовал, бил, царапал, оглушающе ревел. Снег затмевал все вокруг. Чтобы не сбиться с пути, Корвину потребовался похожий на компас индикатор направления.

Когда они добрались до своего приюта, оба закоченели. Непогода бушевала, сотрясая стены дома. Все предметы содрогались и выглядели хрупкими и невесомыми.

Когда Корвин заговорил, они по-прежнему стояли друг против друга.

— Ну что же, — сказал он, — я оказался прав. Патруль должен был держать вас дома.

Тамберли собралась с мыслями.

«Никакой дерзости, своеволия, только твердость. Он выше по положению, но он не мой начальник. И Мэнс говорил мне, что Патруль ценит независимость, когда она подкреплена профессионализмом».

— Что я сделала неправильно... сэр? — произнесла она как можно мягче в неистовом шуме бурана.

— Вы сами прекрасно знаете! — отрезал Корвин. — Недозволенное вмешательство.

— Не думаю, что я его совершила, сэр. Ничего, что могло бы оказать более значительное влияние на события, чем это делает само наше присутствие здесь.

«И все это уже в прошлом. Мы «всегда» были лишь маленьким фрагментом предыстории».

— В таком случае почему вы предварительно не согласовали этот вопрос со мной?

«Потому, что ты, конечно, запретил бы мне, и я ничего не смогла бы сделать».

— Простите, если я обидела вас. Честное слово, у меня не было такого намерения.

«Ха!» — воскликнула про себя Ванда.

— Хорошо, положим, я поступила неправильно. Какая в

том беда? Мы общаемся с этими людьми. Говорим с ними, бываем среди них, пользуемся их проводниками, сами ходим с ними, а в знак признательности дарим им безделушки из будущих времен. Так ведь? Живя среди тулатов, я делала для них гораздо больше и на протяжении более долгого времени. Штаб-квартира никогда не возражала. Подумаешь, всего один нож. Они не смогут изготовить нечто подобное. Он сломается, сточится, заржавеет или затеряется уже через два поколения, и никто о нем не вспомнит.

— Вы — новый, начинающий агент... — у Корвина перехватило дыхание. Он продолжил менее официальным тоном: — Да, вам тоже предоставлена определенная свобода действий. С этим ничего не поделаешь. Но каковы ваши побудительные мотивы? У вас нет убедительного довода в пользу совершенного поступка, кроме детской чувствительности. Мы не можем потворствовать такому своеволию.

«А я не могу допустить, чтобы Арюка, Тсешу, их детей и внуков истязали или убивали. Я... не хочу, чтобы Красный Волк был причастен к зверствам».

— Мне неизвестны инструкции, запрещающие нам делать добро, когда представляется такая возможность. — Она изобразила улыбку. — Не могу себе представить, что вы никогда не были добры к дорогим вам людям.

Несколько мгновений он стоял с бесстрастным лицом. Затем улыбка смыла его безразличие.

— Туше! Сдаюсь! — И мрачно: — Вы взяли на себя слишком много. Я не намерен усугублять случившееся, но для вас это должно стать уроком и предостережением. — И вновь добродушно: — Вопрос улажен, давайте восстановим дипломатические отношения. Садитесь, пожалуйста. Я сварю кофе, выпьем бренди, и вообще мы так давно не трапезничали вместе.

— Я провожу много времени в поле, — напомнила Ванда.

— Да-да. Теперь мы, однако, в плену у непогоды.

— Я планирую отправиться на время в будущее, пока погода не установится.

— Гм, действительно, моя милая, ваше усердие похвально, но внемлите голосу опыта. Периодический отдых, восстановление сил, праздная нега чрезвычайно полезны. Одна работа без развлечений, вы знаете, до добра не доводит.

«Ну да, я-то знаю, что у тебя на уме, когда ты говоришь об отдыхе и восстановлении сил». Ванда не обиделась. Естественное побуждение в подобной ситуации, и, возможно, он вообразил, что делает ей одолжение. «Нет, увольте! И надо как-то поделикатнее выйти из этого щекотливого положения».

Глава 5

Самой маленькой в поселке была хижина Ответствующего, где шаман в одиночестве, защищенный от злых духов, проводил свою жизнь. Однако мужчины и женщины из племени нередко заходили в его жилище.

Шаман и Бегущая Лисица сидели у огня. Пламя давало больше света, чем отверстие в крыше, через которое уходил дым. Ясная, почти теплая погода сменила бушующий ветер. Магические предметы застыли в полумраке. Их было немного — барабан, свисток, кости с выгравированным рисунком, сухие травы. Скудной была и домашняя утварь. Силы и жизнь шамана исходили из мира духов.

Ответствующий посмотрел на гостя. Они обменялись осторожными, многозначительными словами.

— У тебя тоже есть причины для беспокойства, — произнес шаман.

В пронзительном взгляде Бегущей Лисицы отразилась злоба.

— Есть, — ответил он. — Какую ссору затевают между нами двое высоких чужаков?

— Кто знает? — выдохнул Ответствующий. — Я вызывал видения. Ничего не получилось.

— Нет ли у них заклинаний против тебя?

— Все может быть.

— А как им это удается?

— Мы находимся далеко от могил наших предков. Продвигаясь вперед, мы оставляли их где придется. В этих местах мало кто поможет нам.

— Дух Преодолевающего Снега, должно быть, обладает большой силой.

— Он один. А сколько против него духов из племени Полевых Мышей?

Бегущая Лисица поджал губы.

— Ты прав. Мускусный бык или бизон сильнее любого волка, но волчья стая способна загнать любого быка.

Поразмыслив, он спросил:

— А вот народ Полевых Мышей... Они берегут могилы и дружат со своими мертвыми, подобно нам? У них вообще есть духи?

— Мы этого не знаем, — отозвался Ответствующий.

Оба поежились. Тайна куда страшнее, чем самая жестокая правда.

— Высокий Человек и Солнечные Волосы владеют могущественными чарами и силами, — наконец произнес Бегущая Лисица. — Они называют себя нашими друзьями.

— Сколько еще они здесь пробудут? — резко спросил Ответствующий. — И помогут ли нам в случае необходимости? Может, они просто усыпляют нашу бдительность, а на самом деле готовят нам расправу?

Бегущая Лисица мрачно усмехнулся.

— Одним своим присутствием Высокие Люди угрожают твоему положению.

— Замолчи! — взорвался шаман. — Ты сам их боишься!

Охотник опустил глаза.

— Ладно. Красный Волк и большинство остальных... почитают чужаков сверх разумной меры.

— А Красному Волку ты стал нужен теперь меньше, чем прежде.

— Хватит! — Бегущая Лисица издал лающий смешок. — Что бы ты сделал — если бы, конечно, мог?

— Если бы мы узнали их больше и получили над ними власть...

Бегущая Лисица сделал предостерегающий жест.

— Было бы безумием в открытую выступать против них. Но они оберегают народ Полевых Мышей. По крайней мере Солнечные Волосы.

— Я тоже так считаю. Что у них общего, какие тайные силы?

— Волосатые сами по себе ничтожны. Они действительно подобны полевкам, которых лисица убивает одним ударом. Если мы захватим их врасплох, втайне от Высокого Человека и Солнечных Волос...

— Возможно ли скрыть такое дело от этих двоих?

— Я видел, как они оба удивлялись, когда случалось что-то неожиданное — белая куропатка вспорхнет из-под снега, речной лед вдруг провалится под ногами, — словом, обычные вещи. Им не все ведомо на свете, — во всяком случае, не более, чем тебе.

— Ты — дерзкий человек.

— Но не глупец, — сказал Бегущая Лисица, теряя терпение. — Сколько дней мы приглядывались друг к другу, ты и я?

— Настала пора откровенного разговора, — согласился Ответствующий. — Ты собираешься пойти туда, к этому самому Арюку, которого она особенно любит, и вытрясти из него правду?

— Мне нужен помощник.

— Я не умею обращаться с оружием.

— Это мое дело. Твое — разбираться в чарах, злых божествах и духах. — Бегущая Лисица внимательно посмотрел на шамана. — А у тебя хватит сил?

— Я не из слабых, — сказал Ответствующий твердым голосом.

Шаман был худым, жилистым стариком и, хотя уже потерял несколько зубов и выглядел хилым, мог ходить на большие расстояния и довольно быстро бегать.

— Мне следовало спросить, есть ли у тебя желание путешествовать? — добавил Бегущая Лисица.

Смягчившись, шаман ответил согласием.

— Дня через два ударит мороз, — предсказал он. — Мягкий снег покроется настом, по нему легче будет идти.

Нетерпение сверкнуло в глазах Бегущей Лисицы, но лицо осталось непроницаемым. Он задумчиво проговорил:

— Лучше выйти под покровом тьмы. Я скажу, что хочу обследовать те края и все хорошенько обдумать.

Люди воспримут это как должное.

— А я скажу, что буду общаться с духами и что меня нельзя тревожить несколько дней и ночей, пока я сам не появлюсь, — решил шаман.

— К тому времени у тебя, возможно, будут важные вести.

— А ты завоюешь себе почет.

— Я это делаю ради Облачных Людей.

— Во имя всех Облачных Людей, — сказал Ответствующий, — живущих и будущих.

Глава 6

Как ястреб над леммингом, нависли Облачные Люди над «мы». Вопль прервал зимнюю дрему Арюка. Он с трудом очнулся от оцепенения. Другой вопль разорвал зимнюю тишину. Женщины и маленькие дети кричали от ужаса.

Его жена Тсешу прижалась к нему.

— Жди здесь! — велел Арюк.

Безошибочно нащупав камень в темноте жилища, он выбрался из шкур, трав и сучьев, в которых они лежали, согревая друг друга. Его обуял ужас, но ярость взяла верх. Неужели зверь напал на людей? Стоя на четвереньках, Арюк отодвинул в сторону заслон дверного проема и выполз наружу. Приподнявшись, он увидел, что надвигается на них. Мужество оставило его подобно воде, вытекающей из разомкнутой чаши ладоней.

Стужа опалила нагое тело. Низкое солнце на юге сверкало в ярко-синем небе, отбрасывая на бриллиантовую белизну снегов тени от ольховых веточек. Темный лед поблескивал на поверхности ручья, до чистоты выметенной ветром. Там, где кончалось ущелье, громоздились прибрежные валуны, покрытые инеем, море скрылось под широкой кромкой льда. Где-то далеко рокотал прибой, словно бы сам Дух Медведя рычал в гневе.

Перед ним стояли двое. Кожа и меха укутывали мужчин. Один держал копье в правой руке и топорик в левой. Арюк прежде встречал этого человека, да, ему точно знакомо это тонкое лицо с блестящими глазами. Облачные Люди называют его Бегущей Лисицей. Второй — морщинистый, сухопарый старик, не выглядевший, однако, изнуренным после долгого путешествия, сжимал в руке кость с выгравированными на ней знаками. Лоб и щеки у обоих были покрыты магическими знаками. Следы свидетельствовали, что чужаки спустились со склона — тихо и незаметно, пока не добрались до жилища Арюка.

Баракун и Олтас ушли на проверку капканов. Домой их ждали не раньше завтрашнего дня.

«Неужели эти двое знали, когда сильные помощники отлучатся из дома?»

Сесет, жена Баракуна, стояла у входа в жилище, съежившись в комок. Дзурян, третий сын Арюка, совсем еще мальчик, находился около хижины, в которой жил с Олтасом, помогая тому по хозяйству. Он дрожал от страха.

— Что... что вы хотите? — запинаясь, спросил Арюк.

Он преодолел страх, сковавший ему язык, но не мог заставить себя пожелать удачи этим гостям, хотя у «мы» принято встречать так любого гостя.

Бегущая Лисица ответил ледяным тоном — студенее облачка пара, слетевшего с его губ. Он освоил язык «мы» лучше всех своих Облачных соплеменников — видимо, не один раз упражнялся с Дараку.

— Я говорить с тобой. Ты говорить со мной.

«Само собой. Говорить. Что у нас осталось, кроме слов? Или они хотят овладеть Сесет? Она молода, еще с зубами. Нет, я не должен поддаваться ярости. Они даже не смотрят на нее».

— Входите, — предложил Арюк.

— Нет! — фыркнул Бегущая Лисица презрительно.

И настороженно, догадался Арюк. В тесноте жилища Тула

ему негде развернуться с его красивым оружием, несущим смерть.

— Мы говорить здесь.

— Тогда я должен одеться, — отозвался Арюк. Ступни и пальцы рук у него закоченели.

В знак согласия Бегущая Лисица сделал небрежный жест. Тсешу выползла из хижины. Она обулась и закуталась в шкуру, изо всех сил стискивая ее руками, словно боялась или стеснялась того, как бы чужие мужчины не заметили ее поникших грудей и отвислого живота. Она принесла такую же одежду и для мужа. Дзурян и Сесет шмыгнули в свое жилище и вскоре появились в одинаковых одеяниях. Они тихо пристроились у входа. Тем временем Тсешу помогала Арюку одеться.

Занятие это немного отвлекло его от грустных мыслей, и вопрос Бегущей Лисицы он выслушал как бы между делом.

— Что общего... у тебя и... Солнечными Волосами?

Арюк разинул рот.

— Волосы Солнца? Что это?

— Женщина. Высокая. Волосы как солнце. Глаза как... — Бегущая Лисица показал на небо.

— Та, Которой Ведомо Неизвестное? Мы... мы были друзьями.

«Друзья ли мы до сих пор? Она теперь у них».

— А кроме этого? Говори!

— Ничего! Ничего!

— Вот как? Ничего! Почему же она дала за тебя выкуп?

Арюк остолбенел. Тсешу завязывала у него на ногах мешочки, набитые мхом, которые служили «мы» обувью.

— Она это сделала? Правда? — Радость переполнила его. — Да, она обещала спасти нас!

Тсешу выпрямилась и встала сбоку от мужа. Это было ее привычное место.

Мимолетное счастье Арюка разбилось о лед.

— Какой кайок в ноже? — прорычал Бегущая Лисица.

— Кайок? Нож? Я не понимаю!

Может, это заклинание? Арюк поднял свободную руку и сделал жест, прогоняющий чары.

Назойливые чужаки насторожились. Бегущая Лисица обратился к своему спутнику. Пожилой человек, указывая узорчатой костью на Арюка, выкрикнул что-то короткое и пронзительное.

— Никаких штучек! — проскрежетал Бегущая Лисица. Его топорик колыхнулся в сторону старика. — Это Аакиннинен, по вашему Ответствующий. Он — кайокалайа. Его кайок сильнее вашего.

Слово должно означать «колдовство», догадался Арюк. Сердце его колотилось о ребра. Холод заползал под одежду и пронизывал плоть.

— Я не желал вам ничего дурного, — прошептал он.

Бегущая Лисица приставил наконечник копья к горлу Арюка.

— Моя сила превосходит твою.

— Да, да!

— Ты видел мощь Ванаймо на Кипящих Ключах?

Арюк стиснул топорик в ладони, словно его тяжесть могла удержать тулата от вспышки запретного гнева.

«Мне следует распластаться на снегу?»

— Делай, как я скажу! — закричал Бегущая Лисица.

Арюк, продолжая стоять, взглянул на испуганных Дзуряна и Сесет. Тсешу была рядом.

— Что мы должны делать? — в замешательстве спросил Арюк.

— Отвечай, что у тебя за сговор с Высокими Людьми? Что они хотят? Чем занимаются?

— Мы ничего не знаем.

Бегущая Лисица придвинул копье еще ближе к Арюку. Каменный наконечник чиркнул его по горлу. За острием потянулся красный след.

— Говори!

Боль была легкой, но угроза тяжелее небес. Встретив наконец льва, человек перестает бояться.

— Можешь убить меня, — произнес он тихим голосом, — только тогда этот рот не сумеет говорить. Вместо него будет разговаривать мой дух.

Глаза Бегущей Лисицы широко раскрылись. Он либо знал слово «дух» на языке «мы», либо догадался о его значении. Он повернулся к Ответствующему. Они торопливо и горячо принялись что-то обсуждать. Бегущая Лисица при этом зорко следил за каждым из «мы». Рука Арюка, свободная от оружия, нашла ладонь Тсешу.

Изможденное лицо Ответствующего налилось тяжестью. Он что-то отрывисто произнес. Его спутник согласился. Арюк ждал, когда судьба вынесет приговор его семье.

— Ты не делать кайок против нас, — произнес Бегущая Лисица. — Мы забрать одного из вас с собой. Она скажет.

Он воткнул копье в снег, широким шагом двинулся вперед и

схватил Тсешу за руку. Женщина вскрикнула, когда Бегущая Лисица оторвал ее от мужа.

Дараку!

Ветер взвыл над Арюком. Он с воплем бросился на чужаков. Бегущая Лисица замахнулся топором. Потеряв равновесие, он промахнулся, не задев головы Арюка, но ударил его по левому плечу. Арюк не увидел и не почувствовал удара. Он был один на один с Облачным Человеком. Правая рука взметнулась вверх. Топорик угодил в висок Бегущей Лисицы. Охотник рухнул наземь.

Арюк застыл над ним. Его разом охватила боль. Он выронил топорик и опустился на колени, схватившись за раненое плечо. Дзурян кинулся к отцу. Камень, брошенный рукой мальчика, тяжело упал, не задев Ответствующего. Старик в смятении кинулся прочь, в гущу деревьев, вверх по склону холма. Дзурян присоединился к матери, хлопотавшей около Арюка. Сесет успокаивала детей.

Душа вернулась к Арюку, когда отхлынул мрак. С помощью двух женщин он поднялся на ноги. Из плеча струилась кровь, пламенея на снегу. Рука висела плетью. Арюк попытался пошевелить ею, но боль так пронзила его, что вновь придавила к земле. Тсешу приподняла одежду, чтобы взглянуть на рану. Она была неглубокой, лезвие топора пришлось на кость, перебив ее.

— Отец, я должен поймать второго и убить его? — спросил Дзурян.

Трепетал ли мальчишеский голос, или Арюку послышалось?

— Нет, — сказала Тсешу. — Он уже далеко отсюда. Ты слишком молод.

— Но ведь он расскажет о случившемся Красному Волку.

Арюк сквозь туман в голове с удивлением обнаружил, что может думать.

— Так лучше, — пробормотал он. — Мы не должны осложнять случившееся... ради всего народа «мы».

Он посмотрел вниз на тело Бегущей Лисицы, безвольно распростершееся у его ног. Кровь, ручьем хлынувшая из носа охотника, уже останавливалась и превратилась в тоненькую струйку, на бегу замерзавшую от стужи. Раскрытый рот пересох, глаза остекленели, кишечник в последний раз опорожнился. Сугроб, в который упал охотник, скрыл раздробленный висок.

— Я не помнил себя, — шептал Арюк, стоя над телом Бегущей Лисицы. — Ты не должен был прикасаться к моей женщине. Особенно после того, что сделал с моей дочерью. Мы оба были неразумны, ты и я.

— Пойдем к очагу, — сказала Тсешу.

Он послушно поволочился к дому. Женщины захлопотали вокруг Арюка, приложили к ране мох, подвязали руку ремешками. Дзурян раздул огонь и достал замороженного зайца из каменной пирамиды, сложенной неподалеку от жилища. Тсешу положила тушку на угли.

Горячая пища придает сил, к тому же Арюка согревало тепло прижавшихся к нему тел. Наконец он смог выговорить:

— Утром я должен оставить вас.

— Нет! — простонала Тсешу.

Он знал, что она давно догадалась о его планах, но не могла согласиться.

— Куда ты сможешь пойти?

— Прочь отсюда, — ответил он. — Они вернутся за своим мертвым, и, если найдут нас вместе, тебе придется плохо. Когда Баракун и Олтас придут домой, все должны разойтись в разные стороны, найти приют и помощь у друзей. Облачные Люди поймут, что я один убил их человека. Если они не увидят вас около трупа, я думаю, они удовлетворятся моей смертью. Весь их гнев падет на меня.

Сесет, обхватив себя руками, раскачивалась взад-вперед, рыдая в голос. Тсешу сидела неподвижно, держа мужа за здоровую руку.

— Ничего больше не говорите! — распорядился Арюк. — Я очень устал. Мне нужно отдохнуть.

Они с Тсешу отправились в свою хижину. Лежа рядом с женой, Арюк неожиданно для себя погрузился в сон. Видения переливались, как радуга, легко скользя над болью.

«Я прожил намного больше остальных, — подумал Арюк в полудреме. — Должно быть, настало мое время отправиться на поиск наших умерших детей. Им так одиноко».

На рассвете он еще раз поел, позволил жене одеть себя и вышел из дома. Ущелье тонуло в тенях, ольховые деревья согнулись под бременем грез. Над головой Арюка мерцало несколько звезд. Пар от дыхания клубился морозным облачком. С моря доносились рокот волн и скрежет льдин. Рана припухла и горела, но болела не очень сильно, если Арюк двигался осторожно.

Его обступили жена, сын, старшая невестка. Он указал на труп.

— Занесите его в хижину и закройте дверь перед уходом. Убийцы Мамонта будут не так гневаться, если чайки и лисицы не попортят тело их товарища. Но прежде всего... — Он попытался наклониться. Рана отозвалась острой болью. — Дзурян, ты теперь останешься за мужчину, пока твои братья не вернутся домой. Вынь глаза у Бегущей Лисицы. Если я унесу их с собой, дух охотника пойдет следом за мной и оставит вас в покое.

Подросток отпрянул, зубы его стучали, едва различимое во мраке лицо искривилось.

— Делай!

Когда глазные яблоки оказались у Арюка в сумке, он одной рукой прижал к себе Тсешу.

— Если бы я состарился и обессилел, я должен был бы уйти в снега, — сказал он. — Я покидаю вас немного раньше срока, совсем на чуть-чуть, вот и все.

Он взял топорик из рук Дзуряна. Арюк и сам не знал, зачем ему оружие. Он отказался от провизии и не намеревался охотиться. Скорее всего, просто так, чтобы нести хоть что-нибудь в руке. Арюк кивнул всем, повернулся и с трудом двинулся вперед, к менее крутой тропке, уводящей за обрыв. Вскоре он исчез из виду.

«Уверен, ты никогда не желала мне этого, Та, Которой Ведомо Неизвестное. Придешь ли ты на помощь, услышав о случившемся? Лучше бы ты помогла моим детям и внукам. Я уже никому не нужен».

Арюк отогнал прочь воспоминания и заставил себя думать о предстоящем переходе.

Глава 7

Зимой тулаты вели малоподвижный образ жизни, стремясь сберечь энергию. Они собирали пищу, которая попадалась под руку, днем выполняли кое-какую работу, но в основном сидели внутри жилищ, проводя большую часть времени во сне или полудремотном забытьи. Не удивительно поэтому, что многие, особенно маленькие дети, заболевали неизлечимыми болезнями. Но был ли у них выбор?

Палеоиндейцы совершенно отличались от тулатов: они постоянно двигались, не прекращая работать даже зимой, длинными ночами. Охотники обладали навыками и орудиями, которые обеспечивали их пищей во все времена года. Когда некоторые животные, например карибу, перекочевывали на дальние пастбища, мамонты оставались на старом месте. Именно по этой причине палеоиндейцы остались в степи, хотя их охотники промышляли и на северных возвышенностях, и в южных лесах. Одно лишь море страшило их. Позже их потомки освоят и морское пространство. Но пока для промысла вдоль побережья Облачные Люди использовали тулатов.

Ральф Корвин привык к ночному шуму и суете в поселке. Оптический прибор, установленный в куче валунной глины, давал ему возможность наблюдать за деятельностью Облачных Людей на экране, сидя дома, и при желании увеличивать изображение. Если происходило что-то любопытное или Ральфа просто интересовало какое-то событие, он шел в поселок и смешивался с его обитателями. Облачным Людям потребовалось много времени, прежде чем они стали воспринимать Корвина как человека загадочного, таящего в себе опасность, но привлекательного и располагающего к себе. Его общество доставляло им удовольствие, а таинственность придавала особую притягательность. Девушки ему улыбались, и некоторые из них были вполне симпатичными. Корвин, увы, не мог воспользоваться положением, дабы не скомпрометировать свою миссию. Тулаты были проще в обращении, но... неопрятны, к тому же у него не хватало на них времени. Патруль не любил попусту растрачивать на одно задание жизнь своих малочисленных агентов.

Было бы просто великолепно, если б Ванда Тамберли, которая, казалось, вполне соответствует рассказам о раскованных девушках Калифорнии конца двадцатого столетия, оказалась пообщительнее. Но раз нет, то и наплевать, часто ворчал он про себя.

Этой ночью Корвин забыл о Ванде. В поселке начался настоящий переполох. Он оделся потеплее и вышел из дома.

Воздух стоял неподвижно, словно ветер застыл от стужи; сквозь ноздри он тек, как ледяная жидкость. В свете полной луны дыхание казалось таким же иллюзорным, как и холмы на севере и юге. Снег искрился и скрипел под ногами. Корвину не нужен был фонарик. Факелы тоже никто не зажигал — это уже роскошь, доступная Облачным Людям благодаря получаемой ими дани. У горки с черепами развели костер. Люди толпились вокруг, что-то выкрикивая. Когда пламя взметнется высоко в небо, они принесут барабаны и начнут танцевать.

Это будет танец скорби и задабривания жертвы, догадался Корвин, что подразумевало определенные планы и подготовку к какому-нибудь серьезному действию. Толпа перед Корвином широко расступилась, и он направился к дому семейства Красного Волка.

Его догадки подтвердились. Беспетельная дверь была прислонена к бивням, и свет неровно падал на снег около входа. Корвин заглянул в проем.

— Эй! — негромко позвал он. — Говорит Высокий Человек, можно ему войти?

В обычной ситуации такой вопрос показался бы оскорбительным, означавшим, что Корвин считает хозяев дома негостеприимными людьми, но правила менялись, когда надвигались злые силы, и Корвин полагал, что и сейчас без Ответствующего не обошлось. Беспокойство нагнеталось на протяжении нескольких дней после того, как шаман уединился, и это необычайное возбуждение...

Через минуту в проеме света возникла темная фигура.

— Добро пожаловать, — произнес Красный Волк и отодвинул лежавшую поперек дверь.

Корвин шагнул за порог. Красный Волк проводил гостя в центр комнаты, где разгоралась кучка угольков. Маленькое дымное пламя давало столько же света, сколько и четыре светильника из мыльного камня, наполненные жиром. Углы комнаты тонули во мраке. Корвин едва различил ширму, натянутую на деревянную раму из плавника и державшуюся на подпорках. За ней, должно быть, находились домочадцы Красного Волка, свободные от дел в эту ночь и не присутствовавшие среди плакальщиков.

Корвин увидел перед собой избранных. Он узнал охотников по имени Сломанный Клинок и Наконечник Копья и почитаемого всеми Огниво — старшего в племени Облачных. Мужчины стояли. На полу, обхватив колени руками, сидел Ответствующий. Тени глубоко залегли в морщинах его лица, в запавших глазницах; спина сгорбилась, голова бессильно поникла.

«Крайнее измождение, — определил Корвин. — Шаман куда-то отлучался, но не думаю, что это было странствие духа».

— Хорошо, что Высокий Человек присутствует на нашем совете, — произнес Красный Волк жестким тоном. — Ты призвал его, Ответствующий?

Шаман пробормотал что-то невнятное.

— Я увидел, что вы чем-то встревожены, и пришел спросить, не нужна ли моя помощь, — сказал Корвин вполне искренне.

— Действительно, случилась беда, — ответил Красный Волк. — Бегущая Лисица, умнейший среди наших мужчин, мертв.

— Это скверно.

Корвин ценил Бегущую Лисицу — быстрого на подъем, толкового собеседника, хотя и склонного задавать вопросы, приводившие его в замешательство. Племя понесло серьезную утрату, лишившись проницательного и независимого в суждениях охотника.

— Что произошло? — поинтересовался Корвин.

«Вне всякого сомнения, случилось нечто необычайное».

— Мужчина из племени Полевых Мышей по имени Арюк зарубил его, — ответил Красный Волк. — Тот самый Арюк, за спасение которого Солнечные Волосы отдала свой нож.

— Что?! Этого не может быть!

«Они трусливы, эти тулаты. Им вдолбили, что они абсолютно беспомощны».

— Именно так, Высокий Человек. Ответствующий только что принес эту весть. Он чудом спасся — он, который неприкосновенен!

— Но... — Корвин набрал в легкие теплый, застоявшийся и прокопченный воздух.

«Сохраняй спокойствие, будь бдителен. Ситуация может выйти из-под контроля».

— Я удивлен. Я опечален. Прошу вас рассказать, как стряслась эта беда.

Ответствующий приподнял лицо. Пламя отсвечивало в его глазах. Послышалось злобное шипение:

— Из-за тебя и твоей женщины. Бегущая Лисица и я отправились в путь, чтобы выяснить, почему эти «мы» так дороги вам.

— Друзья, и ничего больше. Солнечные Волосы подружилась с «мы» раньше меня. Я едва знаком с ними.

— Арюк сказал то же самое.

— Это правда.

— Арюк, быть может, наслал на нее чары? — отважился заметить Огниво.

— Ответствующему требовалось выяснить это, — сказал Красный Волк. — Бегущая Лисица отправился вместе с ним. Они немного поговорили, а потом Арюк внезапно напал на Бегущую Лисицу. Он обезоружил нашего товарища и убил его ударом топора. Кто-то метнул камень в Ответствующего, но тот успел скрыться.

«Неудивительно, что шаман так напуган, — отстраненно подумал Корвин. — Старый человек. Ему, пожалуй, около пятидесяти. Брел сквозь снега днем и ночью, трясясь от страха за свою жизнь».

Шаман снова поник всем телом.

— Но что могло толкнуть Арюка на такой поступок?

— Неясно, — ответил Красный Волк. — Может, злой дух овладел им, или зло давно жило в его сердце... Ты действительно ничего не знаешь?

— Совершенно. Что вы намерены теперь делать?

Красный Волк сверлил его взглядом.

«Он все еще подозревает меня, но ему хочется верить, что мы с Вандой честны. Он хочет убедить меня в доброй воле, демонстрируя искренность».

Молчание длилось до тех пор, пока Красный Волк не принял решение.

— Я не стану танцевать сегодня в память Бегущей Лисицы, — сказал он. — С группой охотников я отправлюсь в сторону моря. Мы должны принести тело товарища домой.

— Да, конечно, — согласился Корвин.

Это было больше, чем просто эмоции.

— Он нужен нам здесь. У него очень сильный дух, как и у Преодолевающего Снега. Они защитят нас от врагов.

— Враги... Тулаты?

— А кто же еще? Я сам позабочусь о том, чтобы тело Арюка лежало далеко отсюда, привязанное к его духу. Ответствующий даст мне что нужно для этого и скажет слова.

— Ты собираешься убить Арюка?

Возгласы удивления заглушили треск огня.

— А как же иначе? — требовательно сказал Красный Волк. — Мы не можем позволить мужчине из Полевых Мышей убить Облачного Человека и остаться безнаказанным.

— Мы должны прикончить побольше этих Полевых Мышей, — прорычал Сломанный Клинок.

— Нет, нет! — возразил Красный Волк. — Как они тогда будут приносить нам дань? Их следует припугнуть, и для этого достаточно убить Арюка.

— А если нам не удастся?

— Тогда нужно отомстить другим за Бегущую Лисицу. Посмотрим, как обернется дело.

— Я бы не хотел, чтобы ваша рука поднялась на человека! — воскликнул Корвин и мгновенно понял свою ошибку.

Просто он был погружен в мысли о том, что будет с Вандой, когда та вернется из полевой экспедиции и узнает о случившемся.

Лица перед глазами Корвина отяжелели. Ответствующий вновь взглянул вверх и ликующе прокаркал:

— Выходит, ты на стороне народа Полевых Мышей? Что связывает вас? Вот что мы хотели выведать с Бегущей Лисицей, но его убили!

— Ничего, — произнес Корвин. — Вы попусту ходили туда.

Правда в том, что мы с Солнечными Волосами всегда говорили вам — мы здесь временные жители и в какой-то миг исчезнем навсегда. Мы только хотим дружбы с... со всеми без исключения.

— Ты — да, скорее всего. А она?

— Я ручаюсь за нее. — Корвин понял, что ему лучше держаться наступательной тактики. Он заговорил более жестко: — Послушай меня! Посудите сами, если бы мы таили коварный замысел против Облачных Людей, разве мы скрывали бы свою силу? Вы видели лишь немногое из того, что мы умеем. Крупицу.

Красный Волк сделал успокаивающий жест.

— Хорошо сказано, — произнес он миролюбиво. — Хотя я думаю, что тебе, Высокий Человек, следовало бы убедиться в непричастности твоей жены, Солнечные Волосы, к этому происшествию.

— Непременно, — пообещал Корвин. — Я обязательно проверю. Но она не может быть причастной. Таков закон нашего племени.

Глава 8

Молодые охотники шли быстро. С короткими привалами, чтобы передохнуть и подкрепиться вяленым мясом. Красный Волк и трое его спутников добрались до Ольховой реки ночью того дня, когда вышли из своего поселка. Взошла луна, надкушенная с одного бока Темным Зайцем, но она все еще изливала мерцающий свет на облака, снег, лед. Три хижины лепились друг к другу бесформенной кучкой. Красный Волк глубоко вздохнул и прикусил зубами магическую кость, прежде чем заставил себя войти в одну из хижин, дверь в которую была наглухо закрыта. Внутри, в полном мраке, он опустил руку на что-то, оказавшееся студенее воздуха. Не раз видевший смерть, Красный Волк тем не менее отдернул руку.

Подавляя ужас, он еще раз пошарил рукой. Да, под его ладонью было застывшее лицо.

— Бегущая Лисица, Красный Волк пришел воздать тебе честь, — пробормотал он, не выпуская кости изо рта.

Ухватившись за одежду мертвого, Красный Волк поволок тело за собой.

Лунный свет серым пятном лег на кожу покойного. Бегущая Лисица промерз, подобно реке или морю. Кровь запеклась на левом виске и на подбородке. Чернотой зияли широко раскрытый рот и два симметричных отверстия сверху. Охотники склонились над телом.

— Они выковыряли ему глаза, — прошептал Сломанный Клинок. — Зачем?

— Отобрали зрение у его духа, чтобы он не преследовал их? — предположил Наконечник Копья.

— Их духи настрадаются вдоволь, — сердито проворчал Белая Вода.

— Хватит! — приказал Красный Волк. — Не к добру говорить о подобных вещах, да к тому же ночью. Утром мы узнаем больше. Давайте унесем его с этого скверного места, чтобы он мог спать среди товарищей.

Они пронесли тело по ущелью и положили в мешок, специально припасенный для этой цели, потом устроились на ночлег.

Ветер неистово завывал. Луна ныряла меж туч. Отдаленный вой волков казался людям по-домашнему привычным, как и рокот моря, скованного льдами. Красный Волк задремал, но его сны были отрывистыми и бессвязными.

На утренней заре охотники начали обследовать окрестности. Следы, оставленные на снегу несколько дней назад, поведали им всю историю.

— Одни ушли на запад, другие на восток, — подвел итог Красный Волк. — Отпечатки маленьких ног ведут в каждом направлении. Они наверняка принадлежат детям и внукам Арюка, бросившимся искать прибежище до того, как мы удовлетворим жажду мести. Только один след ведет в глубь страны, его оставил взрослый мужчина. Это Арюк.

— Или кто-нибудь еще. Может, его сын? — спросил Наконечник Копья. — Они хитрые твари, эти Полевые Мыши.

Красный Волк отверг предположение:

— Зачем сыну морочить нам голову, когда мы все равно нападем на след отца и расправимся с ним? Если бы они хотели защитить его, то пошли бы вместе с ним и вступили с нами в схватку. Но они знали, что проиграют бой. Самое лучшее для них, чтобы Арюк умер один. Это он и предпочел. — И с ухмылкой добавил: — Мы поступим, как угодно Полевым Мышам.

— Если он умрет прежде, чем мы настигнем его, Бегущая Лисица останется неотмщенным, — раздраженно заметил Сломанный Клинок.

— Тогда мы обратим месть против других Полевых Мышей, — поклялся Белая Вода.

Красный Волк нахмурился. Одно дело наказать виновного, что сродни уничтожению опасного зверя. Расправа же над невинными людьми — совсем другое, это похоже на истребление животного без нужды в его шкуре, мясе, внутренностях или костях. Ничем хорошим это не кончится.

— Посмотрим, — отозвался он. — Белая Вода и ты, Наконечник Копья, отнесите Бегущую Лисицу к месту его погребения, а мы со Сломанным Клинком покончим с Арюком.

Он не дал своим спутникам времени на обсуждение, а сразу же распределил обязанности. Преследуемая жертва намного опередила их.

В противном случае им угрожали бы не только злые духи и таинственные силы, которыми обладал Арюк, хотя Красный Волк сомневался в подобных его способностях. Охотники отправились парами лишь потому, что преследование могло осложниться, и вообще в этих краях редко кто рисковал совершать путешествия в одиночку.

Цепочка следов вела на север. Когда берег остался далеко позади, Красный Волк понял, что их жертва начала выбиваться из сил. История, рассказанная Ответствующим, была путаной, но шаман уверял, что Арюк получил удар, прежде чем поверг своего противника. Сердце радовалось в груди Красного Волка.

Короткий день закончился. Некоторое время они со Сломанным Клинком продолжали путь. Пристально вглядываясь в снег, еще можно было различать следы при свете звезд, а позже и в лунном сиянии. Шли они медленно, но это их не беспокоило, потому что охотники видели, как тяжело брел Арюк, все чаще останавливаясь для передышки.

Потом тучи сгустились, лишив охотников возможности продвигаться дальше, и они решили сделать привал. Без огня поели вяленого мяса и улеглись, закутавшись в спальные мешки. Прикосновение к лицу чего-то мягкого разбудило Красного Волка. Снегопад.

«Отец Волков, останови снег», — взмолился про себя Красный Волк.

Но тот не внял просьбам охотника. Утро занялось тихое и серое, небо покрылось белыми хлопьями, сквозь которые видно было лишь на расстоянии броска копья. Некоторое время охотники кое-как передвигались вперед, сметая свежий снег с поверхности старого наста, но в конце концов вынуждены были остановиться.

— Мы потеряли его, — вздохнул Сломанный Клинок. — Теперь расплачиваться придется племени.

— Может, и нет, — отозвался Красный Волк, погруженный

в размышления. — Он не мог далеко уйти. Арюк вполне может быть по ту сторону следующего холма. Надо набраться терпения.

Воздух прогрелся настолько, что охотники сидели, почти не чувствуя холода. Они выжидали, словно терпеливые рыси.

Около полудня снегопад прекратился. Они пошли на север. Путь был трудным, снег доходил до лодыжек, а в некоторых местах до колен.

«Вот бы нам волшебные сапоги, чтобы шагать по сугробам. Интересно, есть ли такие у Высокого Человека и Солнечных Волос? Да, Арюку теперь намного труднее, чем нам», — думал Красный Волк.

С гребня холма им открылся вид на бескрайнюю равнину. Облака рассеялись, и синие тени вытянулись над первозданной белизной снега. Отчетливо просматривался каждый куст и валун. Мужчины пристально осматривали равнину, пока Сломанный Клинок не выкрикнул:

— Вон там!

Сердце Красного Волка подпрыгнуло.

— Может быть. Пошли!

Мужчины с трудом спустились по склону. К тому времени, когда они достигли обнаруженной цели, солнце зашло, но его отблески еще освещали землю, позволяя охотникам ориентироваться в заснеженном пространстве.

— Да, это человек, — произнес Красный Волк. — До него совсем недалеко. Смотри, как он барахтался в сугробах... здесь он споткнулся, упал и едва поднялся на ноги.

Рука Красного Волка, запрятанная в рукавицу, крепко сжала древко копья.

— Он наш!

По равнине идти стало проще, они не тратили много энергии, передвигаясь налегке без привычной им тяжести добычи. Мир окутала ночь. Небо было почти безоблачным, но луна еще не появилась; звезды, колючие от стужи, вскоре усеяли небосклон. Преследование не составляло охотникам труда.

Внезапно Сломанный Клинок резко остановился. Красный Волк, услышав его учащенное дыхание, взглянул вверх. Над северной кромкой горизонта Зимние Охотники развели свои костры.

Сияние в форме лучей и волн трепетало в небесах, разгораясь все ярче и устремляясь ввысь, пока не достигло вершины небесного купола. Мороз окреп, и все звуки кругом застыли в неподвижности. Живым осталось лишь мерцание света на снегу. Охотники застыли в благоговейном ужасе. В небе танцевали самые могущественные из их предков, чьи призраки обладали силой, с которой не могла совладать земля.

— Вы все еще с нами, — наконец выдохнул Красный Волк. — Вы не забыли нас, так ведь? Смотрите на нас! Храните нас! Отведите страхи и мстительных духов от ваших сыновей! Во имя вас мы убьем этой ночью.

— Я думаю, что они и пришли ради этого, — тихо вымолвил Сломанный Клинок.

— Мы не заставим их ждать.

Красный Волк двинулся вперед. Вскоре он увидел какое-то пятно на снегу около погасшего костра. Он прибавил шагу. Тот, другой, должно быть, тоже заметил охотника, потому что до него донеслось отрывистое пронзительное бормотание. Что, неужели у Полевых Мышей тоже есть песни смерти?

Приблизившись, он обнаружил Арюка сидящим со скрещенными ногами в яме, которую тот сам для себя вырыл.

— Я сделаю это, Сломанный Клинок, — сказал Красный Волк. — Бегущая Лисица был близок мне по духу.

Он зашагал так, словно свежий снег больше не был помехой его ногам.

Арюк поднялся. Он двигался очень медленно, неловко, отдавая свои последние силы, но ни разу не съежился от страха. Арюк допел свою песню и теперь стоял, тяжело опустив плечи с висящей плетью левой рукой, укрытой одеждами из шкур. Он все еще твердо держался на ногах. Мороз посеребрил его бороду. Красный Волк подошел к нему, и Арюк улыбнулся.

Улыбнулся.

Красный Волк остановился. Что означает эта улыбка? Что она может предвещать?

Безмолвные огни полыхали у них над головами, отдавая команду охотнику. Он сделал шаг, другой.

«Он — не загнанный зверь, — сознавал Красный Волк. — Арюк готов к смерти. Ну что же, он получит ее легко. Я постараюсь. Он сам заслужил свою смерть».

Охотник обеими руками ударил копьем. Кость и острый кремень вонзились в грудь Арюка и пронзили сердце. Копье удивительно легко вошло в изнуренную плоть. Арюк рухнул навзничь. Тело один раз дернулось, и в горле что-то клокотнуло. Арюк затих.

Красный Волк вытащил копье и склонился над телом. Сломанный Клинок присоединился к товарищу. Неистово в небесах метались языки света.

— Дело сделано, — произнес безразличным тоном Сломанный Клинок.

— Не совсем, — ответил Красный Волк.

Он извлек из сумки покрытую узорами кость и зажал ее между зубами. Опустившись на колени, Красный Волк развязал торбу Арюка. В ней не было ничего, кроме... Он достал глаза Бегущей Лисицы.

— Вы вернетесь к нему, — пообещал Красный Волк.

Передавая комочки плоти Сломанному Клинку, он сказал:

— Заверни как следует и спой им Песнь Духа. У меня другие заботы.

«Для человека, ждавшего смерти и раздавленного усталостью, Арюк отошел спокойно, почти счастливо, насколько было видно в этих колдовских всполохах. Какое знание ведомо ему? Что он собирался делать... потом? Нет, он ничего не сможет. Ответствующий научил меня, как победить духа».

Красный Волк поступил с телом Арюка так же, как недавно Арюк с Бегущей Лисицей. Он размозжил глазные яблоки с помощью двух камней, выкопанных из-под снега. Затем разрезал живот Арюка и натолкал камней в брюшину. Связав запястья и лодыжки ремешками из кожи росомахи, Красный Волк пронзил копьем грудь Арюка с такой силой, что оно, выйдя через спину, глубоко воткнулось в лед.

Красный Волк принялся плясать вокруг тела, взывая к своему тезке, Отцу Волков, и прося послать сюда побольше волков, лисиц, ласок, сов, воронов и прочих пожирателей падали, чтобы они расправились с останками.

— Вот теперь дело сделано, — сказал он. — Пора.

Красный Волк чувствовал опустошенность и усталость, но он должен пройти как можно больше, прежде чем его свалит сон. Когда настанет утро, им со Сломанным Клинком необходимо будет обнаружить какой-нибудь ориентир вроде горы вдалеке, чтобы отыскать обратный путь домой.

Под переливами небесных костров охотники двинулись по равнине назад.

Глава 9

За несколько месяцев старый бродяга мамонт стал для Ванды Тамберли почти что другом. Ей грустно было думать о неизбежном расставании. Но она собрала достаточно информации, которая могла содержать в себе ключ ко всеобщей истории

Берингии. Ванде, если она собиралась расширить свои познания, следовало заняться другими объектами. Руководство уже хотело перевести ее в какое-нибудь иное место и в иное время. Ванде с большим трудом, то и дело связываясь со штаб-квартирой Патруля через пространство-время, удалось настоять на том, чтобы ей разрешили провести здесь еще какую-то часть ее жизни, чтобы завершить годовой цикл наблюдений и встретить последнюю для нее весну в Берингии. Ванда подозревала, что в центре догадываются о том, что ей на самом деле хотелось бы подольше понаблюдать за тулатами.

Не то чтобы у нее не оставалось чисто научных целей, на которые можно было потратить века. Ванда слышала, что гражданские специалисты вели независимые исследования этого периода в широком временном охвате. Но эти ученые принадлежали цивилизациям из будущего, такого далекого и чуждого ей, что Ванда и не помышляла о совместной работе с ними.

Она служила в Патруле, заботой которого оставались непосредственно человеческие отношения. Такая работа имела свои преимущества, над которыми Ванда часто размышляла. Подлинное понимание экологии заложено в ее составляющих — геологии, метеорологии, химии, микробах, растениях, червях, насекомых, крошечных позвоночных. Она же занялась изучением грандиозных созданий, стоящих на одной из верхних ступеней эволюционной лестницы. Конечно, попутно она собирала и данные о прочих процессах. Главным образом, Ванда следила за целой стаей маленьких роботов, копошившихся, как жуки, собирающих образцы и передающих информацию в ее компьютер. Но она также ходила по следу, наблюдала из укрытия или с расстояния за животными, исследовала озера, изучала миграции мамонтов, и все это было прекрасно, интересно и реально.

«Как жаль оставлять эту эпоху навсегда. Хотя... — у нее даже мурашки пробежали по спине. — Вдруг следующее задание — Европа позднего палеолита?»

В этот поход она отправилась одна. Проводники из Ванайймо часто оказывали ей бесценную помощь, гораздо большую, чем любой тулат в ее предыдущую экспедицию, но им нельзя было показывать высокотехнологичные приборы. Нагруженный оборудованием темпороллер Ванды поднимался, преодолевая гравитацию, пока не завис на нужной высоте. Ванда бросила последний взгляд на Берингию. Качество оптики вселяло уверенность в том, что она даст исчерпывающий отчет о двухлетней работе в регионе. Перескакивая расстояния, пронзая туман, усиливая свет, приборы находили любое животное и показывали его

Ванде с любой выбранной ею точки — вот мускусные быки, стоящие спиной к ветру, вот заяц, пробирающийся через сугробы, вот взлетает белая куропатка, а вот вдалеке бредет, недовольно трубя, старый мамонт. На фоне безбрежной белой равнины его косматая шкура темнела подобно утесам, грядой тянувшимся на север. Одним уцелевшим бивнем он разрывал снег в поисках мха и захватывал хоботом корм. Мох был разбросан по всей равнине, и одинокому самцу, потерпевшему поражение в битве и изгнанному из родного стада, эта скудная пища казалась подарком судьбы. Порой Тамберли думала, что из сострадания ей следовало бы пристрелить беднягу. Но старик мамонт позволил ей сделать важные выводы об изменениях в экологии Берингии, и теперь, закончив свои исследования, Ванда не могла заставить себя уничтожить этого оголодавшего гордого великана. Кто знает, вдруг он дотянет до лета и насытит наконец свое громадное чрево.

— Спасибо, Джумбо! — крикнула Ванда наперекор ветру.

Она верила в свое открытие, объяснявшее причину исчезновения сородичей Джумбо в Берингии в то время, как мамонты его вида продолжали населять Сибирь и Северную Америку. Несмотря на то что перешеек был пока еще в несколько сот миль шириной, поднимающееся море постепенно поглощало его, а карликовые березки и кустарник совершенно переменили ландшафт и природу тундры. Ванда и не подозревала, насколько эти слоноподобные зависели от среды обитания. В других местах родственные им виды приспособились к довольно широкому спектру условий. Но гиганты, подобные Джумбо, не проникли на юг в приморские леса и луга, они ушли на север, чтобы там, у подножия гор, доживать свои последние годы.

Это, в свою очередь, повлекло изменения, взволновавшие Ральфа Корвина. Палеоиндейцы охотились на разных животных, но мамонт оставался самой желанной добычей. В Берингии охотники истребят и без того бывших на грани вымирания животных буквально за несколько поколений. Вот еще один миф, будто первобытный человек жил в гармонии с природой. Поскольку мамонты обитали и дальше на востоке, искатели приключений появятся там гораздо раньше. Именно мамонты станут причиной переселения, а не свободные земли.

Миграция в Америку, вероятно, происходила стремительнее, чем предполагал Корвин, и поздние ее волны существенно отличались по характеру от первых переселенцев... Однако это не объясняло, почему Облачные Люди снимутся с места так скоро, уже в следующем году.

Ветер неистовствовал. Серыми клочьями проносился мимо туман.

«Вернусь домой, и сразу же чашечку хорошего горячего чая».

Тамберли включила панель управления и запустила двигатель.

Оказавшись дома, она задвинула темпороллер на место и отключила антигравитационную систему. Аппарат с глухим стуком осел на пол. Ванда потерла ягодицы.

«Черт побери! Какое холодное сиденье. На следующем задании, если это опять будет ледниковый период, первым делом вмонтирую туда нагревательную спираль».

Она разделась, обтерлась губкой, надела просторное платье и задумалась, как ей поступить с Корвином. Его, по-видимому, еще не было. Если бы он находился дома, то его темпороллер зарегистрировал бы ее возвращение, и он, несомненно, объявился бы с приглашением выпить и пообедать у него. Было бы трудно найти благовидный предлог для отказа после ее десятидневного отсутствия. Пока Ванде удавалось отвлекать его внимание от себя: она сама расспрашивала его, и Корвин охотно рассказывал увлекательные истории из своей жизни. Но рано или поздно он обязательно предпримет решительную попытку добиться от нее взаимности, что совершенно не радовало Ванду. Как бы избежать этой неприятной сцены?

«Жаль, что Мэнс не антрополог. С ним так хорошо, уютно... Как... как в старых туфлях, которым сильно досталось на их веку, но они выдержали. Уж о нем-то не надо было бы беспокоиться. Хотя если бы он что-нибудь такое задумал, я бы, наверно... Ха! Кажется, я покраснела».

Она заварила чай и удобно устроилась с чашкой в руках. У входа раздался голос:

— Привет, Ванда! Как дела?

«Он был просто в поселке, черт!»

— Все в порядке! — отозвалась она. — Но, видите ли, я ужасно устала. В компанию не гожусь. Я отдохну до завтра, идет?

— Боюсь, что нет. — Он говорил с неподдельной серьезностью. — Скверные новости.

Ванду окатило холодом. Она поднялась на ноги.

— Входите!

— Лучше вам выйти ко мне. Я подожду.

Теперь она слышала только голос ветра.

Ванда натянула шерстяные носки, брюки, сапоги и парку. Когда она шагнула за порог, ветер обрушился на нее, словно зверь. Солнце, катившееся к южным холмам, отражалось в ледяной поземке мириадами искр. Одетые по погоде Корвин и Красный Волк стояли бок о бок с застывшими лицами.

— Доброй удачи тебе! — произнесла Ванда традиционное приветствие сквозь завывание ветра.

— Пусть добрые духи сопутствуют тебе! — ответил вожак Облачных бесцветным голосом.

— Красный Волк должен рассказать тебе, что случилось, — заявил Корвин так же сухо. — Он сказал мне, что обязан сделать это сам. Узнав о твоем возвращении, я привел его сюда.

Тамберли заглянула в глаза охотника. Они никогда не бегали.

— Твой друг Арюк мертв, — произнес он. — Я убил его. Так было нужно.

На мгновение мир померк. «Надо держаться! Здесь не принято показывать свои эмоции!»

— Почему? — Вопрос прозвучал кратко и с достоинством. — Ты не мог пощадить его? Я бы заплатила... достаточно, чтобы воздать славу Бегущей Лисице.

— Ты сказала нам, что уедешь через несколько лун и Высокий Человек тоже надолго здесь не задержится, — ответил Красный Волк. — А что потом? Другие мужчины из племени Полевых Мышей решат, что им позволено убивать нас безнаказанно. К тому же Арюк завладел властью над духом Бегущей Лисицы. Если бы мы не вернули то, что забрал Арюк, его дух после смерти обрел бы двойную силу и преисполнился бы ненависти к нам. Я вынужден был удостовериться в том, что Арюк никогда не появится среди нас.

— Мне дали обещание, что тулатам впредь никогда не будут мстить, — сказал Корвин, — если они станут хорошо себя вести.

— Это правда, — подтвердил Красный Волк. — Мы не хотим больше огорчать тебя, Солнечные Волосы. — Он помолчал. — Мне очень жаль. Я не хотел, чтобы ты печалилась.

Он сделал прощальный жест, повернулся к Ванде спиной и медленно зашагал прочь.

«Я не могу ненавидеть его. Он сделал то, что считал своим долгом. Я не могу ненавидеть его. О, Арюк, Тсешу, все, кто любил тебя, Арюк!»

— Трагедия, конечно, — пробормотал спустя минуту Корвин. — Но успокойтесь...

Однако боль Ванды вырвалась наружу:

— Как я могу успокоиться, когда он, когда его семья... я должна по крайней мере присмотреть за ними.

— Это сделают их соплеменники. — Корвин положил руку

ей на плечо. — Моя дорогая, вы должны контролировать ваши великодушные порывы. Мы не можем вторгаться в их жизнь больше, чем уже это сделали. Что вы можете предложить им из того, что нам не запрещено? Кроме того, Облачные Люди вскоре уйдут отсюда.

— Сколько тулатов останется после них? Черт побери! Мы не должны устраняться!

Корвин посуровел.

— Успокойтесь. Вы не сможете переиграть Ванаймимо. А если попытаетесь, это лишь усложнит мою работу. Откровенно говоря, вы и так нанесли некоторый урон моему престижу, когда показали, что новость совершенно сразила вас.

Она сжала кулаки и сделала над собой усилие, чтобы не расплакаться.

Он улыбнулся.

— Но я не собирался отчитывать вас. Вы должны научиться принимать жизнь как есть. Перст судьбы, вы же обязаны понимать... — Он мягко обнял ее за плечи. — Пойдемте, посидим, выпьем рюмочку-другую. Поднимем тост за ушедших и...

Ванда вырвалась из его рук.

— Оставьте меня! — выкрикнула она.

— Не понял. — Он поднял заиндевевшие брови. — В самом деле, дорогая, вы принимаете все слишком близко к сердцу. Надо расслабиться. Послушайте старого опытного приятеля!

— Вам бы лучше подумать о персте своей судьбы. Оставьте меня в покое, я же сказала вам!

Она схватилась за дверную ручку. Не почудился ли ей сквозь вой ветра вздох сожаления?

Войдя в дом, Ванда бросилась на койку и дала волю слезам.

Прошло довольно много времени, прежде чем она оторвала голову от подушки. Вокруг царил полумрак. Ванда икала, дрожала и чувствовала такой холод, словно находилась на улице. Во рту стоял соленый привкус.

«Я, наверно, похожа на пугало, — рассеянно подумала она, но вскоре мысль заработала четко. — Почему случившееся так потрясло меня? Я любила Арюка, он был чудесным человеком, и его семье придется несладко, пока она не наладит новую жизнь, которая опять будет зависеть от Облачных Людей, помыкавших тулатами. Но ведь я не из народа Тула, я лишь случайный свидетель этих древних, несчастливых, далеких событий, которые произошли за тысячи лет до моего рождения.

Корвин, мерзавец, прав. Служащие Патруля должны быть закаленными. Чем крепче, тем лучше. Теперь я понимаю, почему Мэнс порой неожиданно становится тихим, смотрит мимо, потом трясет головой, словно пытается избавиться от каких-то мыслей, и затем вдруг становится чрезмерно великодушным».

Она стукнула кулаком по колену. «Я еще новичок в этой игре. Во мне слишком много гнева и печали. Особенно гнева. Что с этим делать? Если я хочу остаться здесь на некоторое время, стоит как-то поладить с Корвином. М-да, я выказала чересчур бурную реакцию, теперь я это понимаю. В любом случае, я должна взять себя в руки, а потом уже думать, что предпринять. Я должна покончить с тем, что засело во мне как болезнь.

Но как? Долгая, долгая прогулка? Пожалуй. Правда, сейчас ночь. Ну да ничего, перенесусь в утро. Только не нужно, чтобы кто-нибудь заметил меня. Сильные эмоции могут подсказать им неверные идеи. Ладно, отправлюсь куда-нибудь, в какое-нибудь другое время, лишь бы подальше отсюда, на берег моря или в тундру, а может... Боже!..»

У Ванды даже дух перехватило.

Глава 10

Сквозь падающий снег проступало серое утро. Все вокруг погрузилось в белизну и безмолвие. Воздух немного потеплел. Арюк сидел, сгорбив спину. Снег почти запорошил его. Он, может, поднимется на ноги и пойдет вперед, но только не сейчас, — а может, вообще никогда. Арюк уже не чувствовал голода, рана жгла, как уголья костра, а ноги за ночь налились неимоверной тяжестью. Когда с непроглядного неба сошла женщина, он застыл в изумлении.

Она слезла с какой-то неведомой штуки, подошла и встала перед ним. Снег покрывал ее голову. Снежинки на лице таяли и стекали слезами.

— Арюк, — прошептала она.

Он дважды пытался что-то сказать, но из горла вырывалось только невнятное клокотанье.

— Ты тоже пришла за мной? — наконец вымолвил он и поднял тяжело поникшую голову. — Ну вот он я.

— О, Арюк!

— О чем ты плачешь? — удивленно спросил он.

— О тебе.

Она проглотила подступивший к горлу комок, вытерла

глаза, синие, как лето, выпрямилась и посмотрела на него более спокойно.

— Тогда, выходит, ты до сих пор друг «мы»?

— Я... я всегда была вашим другом, — она опустилась на колени и крепко обняла Арюка, — и всегда им буду.

Его дыхание стало свистящим. Ванда отпустила его.

— Очень болит? Бедный...

Она осмотрела перевязанную руку и покрытое коркой запекшейся крови плечо.

— Ужасная рана. Разреши, я помогу тебе?

В его глазах слабо вспыхнула радость.

— Ты поможешь Тсешу и детям?

— Если смогу... Да, обязательно. Но сначала тебе. Держи. — Она пошарила в кармане и вытащила вещь, уже знакомую Арюку, Прекрасную Сладость.

Здоровой рукой и зубами он разорвал обертку. Жадно откусил. Тем временем она достала коробку с той штуки, на которой приехала. Он знал о разных коробочках, потому что прежде видел, как она ими пользуется. Она вернулась, вновь опустилась на колени, обнажила руки.

— Не бойся, — сказала она.

— Я ничего не боюсь, когда ты рядом.

Арюк облизнул губы. Пальцами ощупал рот, чтобы убедиться, не осталось ли вокруг коричневых крошек. От прикосновения пальцев льдинки на его бороде зазвенели.

Ванда положила маленькую штучку на кожу около раны.

— Это унесет прочь твою боль, — сказала она.

Он ощутил легкий толчок. Волна покоя, тепла и блаженства накатила на Арюка. Боль исчезла.

— А-а-а-а! — выдохнул он. — Ты делаешь так хорошо.

Она хлопотала над Арюком, очищая и обрабатывая рану.

— Как это случилось?

Ему не хотелось вспоминать, но, поскольку вопрос задала она, он ответил:

— Двое Убийц Мамонта пришли к нам...

— Да, я слышала, что рассказывал один из них, которому удалось сбежать. Почему ты напал на второго?

— Он дотронулся до Тсешу. Сказал, что заберет ее с собой. И я забыл себя.

Арюк не притворялся перед ней, он не раскаивался в содеянном, несмотря на последствия.

— Глупо, конечно. Но я вновь почувствовал себя мужчиной.

— Понимаю. — Улыбка ее погрустнела. — Сейчас Облачные Люди идут по твоему следу.

— Я так и думал.

— Они убьют тебя.

— Снегопад может сбить их со следа.

Она прикусила губу, и он услышал то, что ей так трудно было произнести:

— Они убьют тебя. Я ничего не могу поделать.

Он покачал головой.

— Откуда ты знаешь? Я не понимаю, как можно угадать наперед?

— Я не угадала, я вижу, — проговорила она, глядя на свои руки, продолжавшие проворно работать. — Так все и будет.

— Я надеюсь умереть в одиночестве, и они найдут лишь мое тело.

— Это их не удовлетворит. Они считают, что должны убить тебя, потому что ты убил их человека. Если не тебя, то твоих детей.

Он глубоко вздохнул, глядя на падающий снег, и усмехнулся.

— Значит, хорошо, если они убьют меня. Я готов. Ты унесла мою боль, ты наполнила мой рот Прекрасной Сладостью, ты обнимала меня.

Ее голос зазвучал хрипловато:

— Это произойдет быстро. Сильной боли не будет.

— И не будет бессмысленно. Спасибо тебе.

Тулаты редко произносили слова благодарности — они воспринимали доброту как нечто естественное.

— Ванда, — продолжил он застенчиво. — Так ведь твое настоящее имя? Я помню, ты говорила. Спасибо тебе, Ванда.

Она, не прекращая работы, села на корточки и заставила себя посмотреть в глаза Арюку.

— Арюк, — тихо сказала она. — Я могу... сделать кое-что для тебя. Я сделаю так, что это будет не просто расплата за случившееся.

Удивленный и зачарованный, он спросил:

— Как это? Скажи мне.

Ванда сжала кулак.

— Тебе не станет лучше. Просто смерть будет легче, я думаю. — И добавила громче: — Хотя откуда мне знать?

— Ты знаешь все.

«О боже, нет!»

Она застыла в напряженной позе.

— Слушай меня. Если ты поймешь, что сможешь вынести

это, я дам тебе еды и питья, которые возвращают силы, и... мою помощь...

Дыхание у нее перехватило.

Его удивление росло.

— Ты выглядишь испуганной, Ванда.

— Да, это правда, — всхлипнула она. — Я боюсь. Помоги мне, Арюк.

Глава 11

Красный Волк проснулся, уловив какое-то тяжелое движение.

Он огляделся по сторонам. Луна вновь была полной, маленькой и холодной, как воздух. С крыши небес ее свет лился вниз и растекался мерцанием по снегу. Насколько хватало глаз, простиралась пустынная равнина, приютившая лишь валуны и голые, окоченевшие кусты. Ему почудился шум — свист рассекаемого воздуха, глухой удар, треск, похожий на слабый раскат грома, — звуки раздавались из-за громадной скалы, около которой он, Укротитель Лошадей, Рог Карибу и Наконечник Стрелы устроили привал.

— Всем приготовиться! — крикнул Красный Волк.

Он выскользнул из мешка и одним движением схватил оружие. Остальные мужчины сделали то же самое. Они проспали лишь половину этой сияющей ночи.

— Никогда не слышал ничего подобного. — Красный Волк сделал остальным знак встать рядом с ним.

Черная на фоне лунного снега фигура отделилась от скалы и направилась к охотникам.

Укротитель Лошадей вгляделся.

— Да это же Полевая Мышь! — сказал он, захохотав от облегчения.

— В такой дали от моря? — удивился Рог Карибу.

Тень двигалась прямо на них. Ее почти скрывала одежда из плохо выделанной шкуры. Охотники рассмотрели в руках пришельца какой-то предмет, но не топорик. Фигура подошла совсем близко, и мужчины различили черты человека, густую шевелюру, бороду и изможденное лицо.

Наконечник Стрелы затрясся.

— Это он, тот, которого мы прикончили за Бегущую Лисицу! — завопил он.

— Я ведь убил тебя, Арюк! — воскликнул Красный Волк.

Укротитель Лошадей, застонав, завертелся волчком и бросился наутек по равнине.

— Стой! — пронзительно закричал Красный Волк. — Стоять!

Рог Карибу и Наконечник Стрелы побежали. Красный Волк сам чуть не кинулся прочь. Ужас сковал его, как лемминга в когтях совы. Кое-как он справился с собой. Красный Волк знал: стоит ему побежать, и он превратится в беспомощное существо, перестанет быть мужчиной. Левая рука взметнулась вверх с топором, а правая подняла копье для броска.

— Я не буду спасаться бегством, — слетели слова с его пересохших губ. — Прежде я убью тебя.

Арюк остановился в нескольких шагах от Красного Волка. Лунный свет отразился в глазах, которые совсем недавно вырвал и размозжил Красный Волк. Арюк заговорил на языке Ванаймо, из которого он при жизни знал лишь несколько слов. Голос был высоким, и ему вторило призрачное эхо.

— Ты не можешь убить мертвого.

— Это случилось очень далеко отсюда, — пробормотал Красный Волк. — Я пригвоздил твой дух копьем к земле.

— Оно оказалось недостаточно крепким. Ни одно копье теперь не будет достаточно сильным в руках Облачных Людей.

Сквозь пелену ужаса Красный Волк увидел, что ноги Арюка оставляют следы, как у живого человека. Красному Волку стало еще страшнее. Он бы тоже мог с пронзительным воем броситься наутек подобно своим товарищам, но навязчивая мысль, что он наверняка не убежит от Арюка, останавливала его. К тому же невыносимо было представить за своей спиной такое чудище.

— Я перед тобой, — произнес он, задыхаясь. — Делай что хочешь.

— То, что я сделаю, я буду делать всегда.

«Я не сплю. Мой дух не может спастись, пробудившись. Мне никогда не скрыться», — подумал Красный Волк.

— Духи этой земли полны зимнего гнева, — звучал потусторонний голос Арюка. — Они ворочаются в земле, бредут по ветру. Уходи, прежде чем они придут за тобой. Оставь их страну, ты и твои люди. Уходите!

Даже теперь Красный Волк думал о Маленькой Иве, детях, племени.

— Мы не можем, — произнес он просящим тоном. — Мы тогда умрем.

— Мы вытерпим вас до таяния снега, когда вы сможете вновь жить в жилищах из кожи, — сказал Арюк. — А до той поры трепещите в страхе. Оставьте в покое наше племя. Весной убирайтесь отсюда и никогда не возвращайтесь назад. Я проделал долгий утомительный путь, чтобы сказать тебе это. Я не буду повторять дважды. Уходите, как уйду сейчас я.

Арюк повернулся спиной и пошел туда, откуда явился. Красный Волк лег животом на снег. Он не видел, как Арюк шагнул за скалу, но услышал сверхъестественный шум, с которым тот покинул мир людей.

Глава 12

Луна зашла. Солнце было еще далеко. Звезды и Путь Духов лили бледный свет на выбеленную землю. Поселок спал.

Ответствующий проснулся, когда кто-то отодвинул заслон от входа в его жилище. Сначала он почувствовал досаду и необычайно острую боль в старческих костях. Шаман выбрался из-под шкур и подполз к очагу. В нем оказалась лишь зола. Кто-нибудь из племени приносил ему новый огонь каждое утро.

— Кто ты? — спросил он тень, стоявшую на пороге и закрывавшую звезды. — Что тебе нужно?

Внезапная болезнь, начало родов, ночной кошмар?..

Незнакомец вошел и заговорил. Голос был такой, какого Ответствующему никогда не приходилось слышать в жизни, мечтах или видениях.

— Ты знаешь меня. Смотри!

Вспыхнул ослепительный свет, льдисто-искрящийся, похожий на тот, который Высокий Человек и Солнечные Волосы извлекали из своих палочек. Свет метнулся вверх, по громадной бороде и залег тенями на лице. Ответствующий вскрикнул.

— Твои люди смогли убить меня, — сказал Арюк. — Но они не смогли привязать меня к месту смерти. Я вернулся сюда сказать тебе, что ты должен уйти.

Спохватившись, Ответствующий нащупал рукой магическую кость, которую постоянно держал при себе. Он ткнул костью в сторону Арюка.

— Нет, уйдешь ты! Я-эя-эя-илла-я-а! — он едва вытолкнул бессвязные звуки из онемевшей гортани.

Арюк прервал бормотание шамана:

— Слишком долго твои люди терзали мой народ. Наша кровь тревожит духов, покоящихся в земле. Облачные Люди должны уйти, все до единого! Скажи им об этом, шаман, или тебе придется пойти со мной.

— Как ты поднялся? — захныкал Ответствующий.

— Хочешь узнать? Я мог бы рассказать тебе историю, каждое слово которой разорвет твою душу и заледенит кровь, заставит твои глаза выскочить из глазниц подобно падающим звездам, а волосы твои поднимет дыбом, как иглы у рассерженного дикобраза. Но я уйду. Если вы останетесь, Облачные Люди, я вернусь. Помни обо мне!

Свет исчез. Еще раз входной проем потемнел, затем в нем засветили бесстрастные звезды.

Вопли Ответствующего разбудили соседей. Двое или трое мужчин увидели, что кто-то уходит из поселка, но решили не отправляться в погоню, а посмотреть, чем можно помочь шаману. Ответствующий стонал и бормотал что-то бессвязное. Позже он сказал им, что ужасное видение посетило его. Взошло солнце, и Сломанный Клинок набрался мужества пойти по следу. На некотором удалении от поселка следы обрывались. Снег в том месте был разворошен. Словно что-то рухнуло с Пути Духов.

Глава 13

Далеко на юго-востоке, за льдами и открытым морем, небо начало светлеть. Высокие звезды померкли. Одна за другой они уходили с небосклона. На севере и западе ночь не торопилась. Ничто не нарушало тишину, кроме глухого рокота волн.

Похожее на человека существо пришло в поселок рода Улунгу. Двигалось оно тяжело. Когда человек остановился между домами, плечи его бессильно поникли.

— Тсешу, Тсешу! — прошелестел слабый зов.

Семья Арюка застыла внутри жилища. Мужчины выглянули из-за заслонов, закрывавших входной проем. Представшее взору зрелище заставило их отпрянуть на толпившихся за спинами людей.

— Арюк! Мертвый Арюк!

— Тсешу! — умоляюще звучал голос. — Это я, Арюк, твой муж. Я пришел, чтобы навсегда попрощаться с тобой.

— Ты здесь? — отозвалась женщина в темноте. — Я выйду к нему.

— Нет, это смерть, — Улунгу схватил Тсешу, чтобы удержать ее в доме.

Но она отстранила его.

— Он зовет меня, — сказала женщина и выползла из жилища.

Поднявшись на ноги, она встала перед фигурой, укрытой одеждой.

— Я здесь, — произнесла она.

— Не бойся, — сказал Арюк с необыкновенной мягкостью и душевностью. — Я не причиню тебе вреда.

Женщина в изумлении не сводила глаз с пришельца.

— Ты ведь мертвый, — прошептала она. — Они убили тебя. Мы слышали об этом. Их мужчины обошли все дома «мы» вдоль побережья, чтобы сообщить о твоей смерти.

— Да. Так Ван... так я узнал, где вы теперь находитесь.

— Они сказали, Красный Волк убил тебя за то, что ты сделал, и что все «мы» должны остерегаться их.

— Да, я умер, — подтвердил Арюк.

Беспокойство затрепетало в ее голосе:

— Ты похудел. Ты очень устал.

— Это был длинный путь, — вздохнул он.

Тсешу дотронулась до него.

— Бедная твоя рука.

Он слегка улыбнулся.

— Скоро я отдохну. Как хорошо будет полежать.

— Почему ты вернулся?

— Я еще не мертвый.

— Ты же сказал, что умер.

— Да, я умер луну назад или чуть раньше у подножия Птичьих Духов.

— Как это? — спросила она в недоумении.

— Я не понимаю. То, что я знаю, я не могу рассказать тебе. Но когда я попросил, чтобы меня отпустили, мое желание выполнили, поэтому мне удалось прийти и в последний раз взглянуть на тебя.

— Арюк, Арюк! — она прижалась головой к его косматой бороде.

Он обнял ее здоровой рукой.

— Ты дрожишь, Тсешу, холодно, а ты не одета. Ступай в дом, где тепло. Я уже должен идти.

— Возьми меня с собой, Арюк! — пробормотала она сквозь слезы. — Мы были так долго вместе.

— Нельзя, — ответил он. — Оставайся здесь. Позаботься о детях, обо всех «мы». Иди домой, на нашу реку. Вас ждет покой. Убийцы Мамонта больше никогда не потревожат вас. Весной, когда сойдет снег, они покинут эту землю.

Тсешу подняла голову.

— Это... это... важное событие.

— Это то, что я даю тебе и всем «мы». — Он смотрел мимо нее на угасающие звезды. — Я очень рад.

Она вновь припала к нему и зарыдала.

— Не плачь, — умоляюще произнес Арюк. — Позволь мне запомнить тебя радостной.

На востоке посветлело.

— Я должен уйти, — сказал он. — Отпусти меня, пожалуйста.

Ему пришлось силой высвободиться из рук Тсешу. Она неподвижно смотрела ему вслед, пока он не скрылся из виду.

Глава 14

Тамберли перенеслась на роллере через пространство-время и сквозь снегопад опустилась на землю. Арюк, который держал ее за талию во время стремительных полетов, слез с заднего сиденья. Какое-то время они не могли произнести ни слова. Их окружало ненастное серое утро.

— Сделано? — спросил он Ванду.

Она кивнула в ответ. Шея у нее затекла.

— Да, насколько это было возможно.

— Очень хорошо. — Правой рукой он пошарил по своей одежде. — Вот, возвращаю тебе твои сокровища.

Арюк передал Ванде фонарик, аудиовизуальный передатчик, с помощью которого она видела и слышала, что он делал, наушники, через которые она давала ему указания, низкочастотное переговорное устройство с резонатором обратной связи, позволявшее ей говорить за Арюка на языке Ванайимо.

— Что мне делать дальше?

— Ждать. Если бы только я могла подождать вместе с тобой...

Он задумался.

— Ты добрая, но мне кажется, что мне лучше остаться одному. Нужно о многом подумать.

— Да.

— И если можно, — продолжал он простодушно, — я лучше буду ходить, чем сидеть на месте. Твое колдовство вернуло мне бодрость, она угаснет, но сейчас я с удовольствием воспользуюсь им.

«Чувствуй себя живым, пока можешь».

— Поступай как знаешь. Иди вперед, пока... О, Арюк!

Он так смиренно стоял перед ней. Снег уже выбелил его голову.

— Не плачь, — с тревогой в голосе произнес он. — Ты, повелевающая жизнью и смертью, никогда не должна быть слабой или грустной.

Ванда закрыла глаза.

— Не могу сдержаться.

— Но я очень рад. — Он засмеялся. — Очень хорошо, что я сумел сделать это для «мы». Ты помогла мне. Радуйся этому. Позволь мне запомнить тебя радостной.

Ванда поцеловала его и, улыбаясь ради него, забралась на темпороллер.

Глава 15

Ветер загудел. Дом содрогнулся. Тамберли нырнула в него, спустилась с аппарата и включила свет, разогнав мрак.

Через несколько минут она услышала:

— Впустите меня!

Ванда скинула верхнюю одежду.

— Входите!

Корвин шагнул через порог. Ветер подхватил полог на дверном проеме и прошло несколько секунд, прежде чем Корвин справился с тканью и закрыл вход. Тамберли расположилась на стуле около стола. Она ощущала ледяное спокойствие.

Корвин распахнул парку так, словно потрошил врага, и повернулся кругом. Губы его застыли в напряженной гримасе.

— Наконец-то вы вернулись, — прохрипел он.

— Похоже на то, — сказала она.

— Избавьте меня от вашей наглости!

— Извините. Это ненамеренно.

Ее жесты были так же бесстрастны, как и тон.

— Не присядете? Я приготовлю чай.

— Нет! Почему вы отсутствовали все эти дни?

— Дела. В поле.

«Как нужна мне была чистота ледникового периода и его обитателей», — подумала она.

— Хотела убедиться, что все данные собраны. Зима скоро закончится.

Корвина била дрожь.

— Похоже, скоро закончится ваша служба в Патруле. Вы что предпочитаете — блокировку сознания или изгнание на другую планету?

Она подняла руку.

— Куда хватили! Это в компетенции более высоких инстанций, чем вы, мой друг.

— Друг? После того как вы меня предали, разрушили всю мою работу! Неужели вы вообразили, что я не узнаю, кто стоит за этими... призраками? Вы этого добивались? Уничтожить мою работу?

Ванда решительно встряхнула светлыми волосами.

— Почему же? Вы можете сколько угодно продолжать исследования с Ванаймо, если находите в них пользу. И, кроме того, у вас на очереди множество поздних поколений.

— Причинно-следственный вихрь... Вы подвергаете риску...

— Перестаньте! Вы же сами сказали мне, что Облачные Люди двинутся отсюда следующей весной. Это записано в истории. «Перст судьбы», если вам угодно. Я лишь чуть подтолкнула события. И этот факт тоже зафиксирован, не так ли?

— Нет! Вы осмелились... вы играли роль Бога. — Его указательный палец нацелился в Ванду подобно острию копья. — Именно по этой причине вы не возвращались сюда до отбытия в вашу безумную увеселительную прогулку. Вам не хватило выдержки предстать передо мной.

— Я знала, что мне следовало это сделать. Но я решила, что будет лучше, если местные жители на какое-то время потеряют меня из поля зрения. У них от собственных забот голова идет кругом. Надеюсь, вам удалось как-то объяснить им мое длительное отсутствие.

— Волей-неволей пришлось. Вы нанесли моей репутации непоправимый ущерб. И я не намеревался усугублять ситуацию.

— Но факт остается фактом: они приняли решение покинуть эти земли.

— Потому что вы...

— Что-то ведь обусловило их решение, так ведь? О, я знаю правила. Я совершила прыжок в будущее, представила подробный доклад, и меня вызывают для слушания дела. Завтра я отсюда отбываю.

«И попрощаюсь с этим краем и с Облачными Людьми, с Красным Волком. Желаю им добра».

— Я буду присутствовать на слушании, — клятвенно произнес Корвин. — И с огромным удовольствием буду выступать на стороне обвинения.

— Полагаю, это не по вашему ведомству.

Он в изумлении посмотрел на Ванду.

— Вы изменились, — пробормотал он. — Были такой... подающей надежды девушкой. Теперь же вы хладнокровная стерва, плетущая интриги.

— Если вы изложили ваше мнение, то доброй ночи, доктор Корвин!

Лицо его исказилось. Ладонь звонко ударила ее по щеке.

Ванда пошатнулась, но устояла на ногах. Зажмурившись от боли, она спокойно повторила:

— Я сказала доброй ночи, доктор Корвин!

Он шумно развернулся, на ощупь добрался до выхода, распахнул дверь и, споткнувшись, вышел.

«Я догадываюсь, что во мне изменилось. Немного повзрослела. Или мне просто так кажется. Они вынесут приговор на... трибунале... во время слушания. Может быть, они сломают меня. Вероятно, это было бы самым правильным решением, с их точки зрения. В одном я уверена — я выполнила то, что должна была сделать. И черт меня побери, если я пожалею когда-нибудь о своем поступке».

Ветер усилился. Редкие снежинки неслись в его потоке, как отголоски последнего зимнего бурана.

13 210 год до Рождества Христова

Облака белели ярче сугробов, беспорядочно разбросанных поверх мха и кустарника. Солнце, поднимавшееся все выше с каждым днем, слепило глаза. Его лучи высвечивали озера и пруды, над которыми кружили самые ранние перелетные птицы. Повсюду поднялись бутоны цветов. Раздавленные ногой, они наполняли воздух ароматом зелени.

Всего раз Маленькая Ива оглянулась назад, где за племенем, построенным в походном порядке, виднелись покинутые дома — творение их рук. Красный Волк почувствовал ее настроение. Он обнял жену за плечи.

— Мы найдем новые и лучшие земли и будем владеть ими, а потом наши дети и дети наших детей, — сказал он.

Так обещали им Солнечные Волосы и Высокий Человек, прежде чем покинули свои жилища так же таинственно, как и появились в их селении. «Новый мир» — Красный Волк не понял смысла этих слов, но поверил им и заставил племя тоже в это уверовать.

Взгляд Маленькой Ивы вновь отыскал взгляд мужа.

— Нет, мы не можем остаться.

Ее голос задрожал.

— Эти луны страха, когда в любую ночь дух мог вернуться... Но сегодня я вспоминаю о том, что у нас было и на что мы надеялись.

— Все это ждет нас впереди, — ответил он.

Внимание ее отвлек ребенок, неуклюже ковыляющий сбоку. Она пошла за малышом. Красный Волк улыбнулся, но тут же вновь помрачнел. Он тоже предался воспоминаниям — женщина с волосами и глазами как лето. Он всегда будет помнить ее. А она?

1990 год от Рождества Христова

Темпороллер возник в тайном укрытии под землей. Эверард спустился с аппарата, подал Ванде руку и помог сойти с заднего сиденья. Они направились по лестнице в крохотную комнатку. Ее дверь оказалась заперта, но кодовый замок среагировал на голос Эверарда и впустил их в коридор, заставленный ящиками, служившими книжными полками. У входа в магазин Эверард сказал его владельцу:

— Ник, нам ненадолго нужен твой кабинет.

Тот кивнул:

— Конечно. Я ждал вас. И припас то, что вам пригодится.

— Спасибо. Ты отличный парень! Сюда, Ванда.

Эверард и Ванда вошли в загроможденную комнату и закрыли дверь. Она опустилась в кресло за столом и выглянула в садик на заднем дворе. Пчелы жужжали над ноготками и петуниями. Ничто, кроме стены сада и шума машин, не говорило о том, что это Сан-Франциско конца двадцатого века. В комнате их ждал горячий кофе. Без молока и сахара, поскольку и Эверард и Ванда предпочитали черный кофе. Эверард распечатал бутылку кальвадоса и наполнил бокалы.

— Как вы себя чувствуете? — спросил он.

— В полном изнеможении, — пробормотала Ванда, все еще глядя в окно.

— Конечно, это тяжело. Было бы странно, если бы вы чувствовали себя иначе.

— Знаю. — Ванда взяла чашку и отпила кофе. Голос ее обрел подобие живости. — Я заслуживаю худшего, несомненно.

Эверард старался говорить энергично:

— Все уже позади. Вы идете в очередной отпуск, отдохнете как следует. Позабудете весь этот кошмар. Это приказ.

Он протянул ей бокал.

— Ваше здоровье!

Она повернулась к Эверарду.

— И ваше!

Он сел напротив Ванды. Они пригубили немного в полном молчании. Воздух наполнился густым сладким ароматом.

Теперь Ванда, глядя прямо в лицо Эверарда, тихо произнесла:

— Это вы спасли меня, да? Я не имею в виду ваше выступление в мою защиту на слушании, хотя, боже мой, это как раз та ситуация, когда нужен друг. Слушание было, надо полагать, чистой формальность, да?

— Умная девочка. — Он отпил еще глоток, отставил бокал в сторону и достал трубку и кисет. — Конечно, я поговорил с кем надо. Среди участников заседания были люди, которые хотели бы наказать вас со всей строгостью, но их убедили в том, что достаточно выговора.

— Нет. Этого мало. — Она вздрогнула. — То, что они показали мне, записи...

— Согласование времен нарушилось. Это плохо. — Набивая трубку, он не спускал с нее глаз. — Если откровенно, то вам был необходим такой урок.

Ванда отрывисто вздохнула.

— Мэнс, беспокойство, которое я вам доставила...

— Нет, не надо чувствовать себя обязанной. Пожалуйста. Узнав положение дел, я счел это своим долгом. — Он оторвал взгляд от трубки. — Видите ли, в некотором роде это промах Патруля. Вас готовили на исследователя. Ваше обучение сверх специальности было минимальным. Затем Патруль направил вас на задание, где вы оказались причастны к тому, к чему не были подготовлены. Но в Патруле тоже люди работают. Они тоже совершают ошибки. Так что, черт побери, могли бы это и признать.

— Я не хочу оправдываться. Я знаю, что нарушила правила. — Тамберли опустила плечи. — Но я... я не раскаиваюсь, даже сейчас.

Она отпила еще глоток.

— О чем у вас хватило мужества доложить руководству. — Эверард поднес огонь к трубке и принялся раскуривать табак, пока над трубкой не поднялось густое синее облачко. — Это сработало в вашу пользу. Патрулю больше необходимы смелость, инициатива, готовность нести ответственность, чем послушание и банальная осмотрительность. Кроме того, вы в самом деле не пытались изменить историю. Такое поведение вам бы не простили. Вы просто приложили руку к истории, а это, вполне вероятно, изначально было заложено в данном сюжете. А может, и нет. Одним данеллианам ведомо.

Она спросила с благоговейным трепетом:

— Неужели они действительно заботятся о прошлом в таком далеком будущем?

Он кивнул.

— Думаю, да. Подозреваю, что им обо всем подробно доложили.

— Благодаря вам, Мэнс, агенту-оперативнику.

Он пожал плечами.

— Не исключено. А может... они за вами наблюдали. Интуиция подсказывает, что решение простить вас поступило от них. В таком случае вы представляете для них интерес где-то в грядущих временах, о которых никто из нас сегодня и не помышляет.

Она была крайне удивлена.

— Я?

— Теоретически. — Черенком трубки он указал на Ванду. — Послушайте, я сам нарушил закон еще в самом начале моей службы, потому что этого требовало мое представление о честности. Я готов был понести наказание. Патруль не должен мириться с самоуправством. Но развязка оказалась неожиданной: я попал на специальную подготовку и получил ранг агента-оперативника.

Она покачала головой.

— Вы — это вы. Я не тяну на такую роль.

— Хотите сказать, что не годитесь для такой работы? Я тоже до сих пор сомневаюсь, стоило ли вам идти в Патруль. Вам подошло бы что-нибудь другое. Но будьте уверены, вы выбрали правильную линию поведения. — Он поднял бокал. — Выпьем за это!

Ванда выпила, но молча.

На ресницах у нее заблестели слезы. Прошло некоторое время, прежде чем она произнесла:

— Я никогда не смогу отблагодарить вас, Мэнс.

— Гм-м, — ухмыльнулся он. — Можете хотя бы попробовать. В качестве первой попытки хочу предложить вам ужин.

Она стушевалась.

— О! — в воздухе повис отзвук восклицания.

Эверард внимательно посмотрел на нее.

— Нет настроения, да?

— Мэнс, вы столько сделали для меня, но...

Он кивнул.

— Абсолютная потеря сил. Прекрасно понимаю.

Ванда обхватила себя руками, словно ее коснулся ветер с ледников.

— И воспоминания замучали.

— Это мне тоже хорошо знакомо, — ответил он.

— Если бы я смогла побыть в одиночестве какое-то время...

— И свыкнуться со случившимся. — Он выпустил дым в потолок. — Конечно. Извините. Мне следовало бы самому догадаться.

— Позже...

Он улыбнулся, на сей раз мягко.

— Позже вы снова будете Вандой. Совершенно точно. Вы достаточно сильная девушка, чтобы справиться с этим.

— И тогда... — она не смогла договорить до конца.

— Обсудим это в более подходящее время. — Эверард отложил трубку в сторону. — Ванда, еще немного — и вы рухнете. Расслабьтесь. Наслаждайтесь напитком. Если хотите, вздремните немного. Я вызову такси и отвезу вас домой.

Часть V

РАЗГАДАЙ МНЕ ЗАГАДКУ

1990 год от Рождества Христова

Молнии вспыхивали в ночи, затмевая уличные фонари Нью-Йорка. Гром пока рокотал где-то вдали, не заглушая рева машин, ветер и дождь тоже не подоспели.

Эверард настороженно смотрел на загадочную личность, сидевшую напротив в его квартире.

— Я считал, что дело улажено, — заявил он.

— Не совсем, — произнес Гийон на своем обманчиво педантичном английском.

— Я, конечно, использовал свое положение, связи и повернул дело в выгодную для себя сторону. Но я — агент-оперативник, и, по моему суждению, наказание Тамберли за поступок нравственно правильный привело бы лишь к потере хорошего сотрудника.

Тон Гийона оставался бесстрастным:

— Симпатии к одной из сторон в чужих конфликтах представляются мне спорными с точки зрения морали. Вы лучше других должны знать, что мы не вносим поправки в реальность, а охраняем ее.

Эверард сжал пальцы в кулак.

— А вы, конечно, должны понимать, что это не всегда верно, — перебил он Гийона. Но, решив, что лучше не выходить за рамки мирной беседы, сдержался. — Я сказал Ванде, что не смог бы спасти ее, не поступи к нам из грядущего соответствующий намек. Я прав?

Гийон уклонился от темы, сказав с легкой улыбкой:

— Я пришел сюда за тем, чтобы лично уведомить вас о закрытии дела. Вы больше не столкнетесь с упреками со стороны ваших коллег, с их молчаливыми обвинениями в покровительстве. Теперь все они тоже согласны, что вы действовали должным образом.

Эверард изумился.

— Что? — Сердце его учащенно забилось. — Как, черт побери, вы это проделали?

— Удовлетворитесь тем, что все улажено без ущерба для кого-либо. Перестаньте дергаться. Успокойте вашу совесть.

— Хорошо, гм, ладно. Чертовски любезно с вашей стороны. Пожалуй, я не слишком гостеприимен. Не хотите ли выпить?

— Я бы не отказался от шотландского виски с содовой.

Эверард выбрался из кресла и подошел к бару.

— Я признателен вам, поверьте.

— Не стоит. Это деловая, а не благотворительная поездка. Вы заслуживаете серьезного внимания. Вы слишком ценный для Патруля человек, чтобы докучать вам нежелательной или неполноценной помощью.

Эверард готовил напитки.

— Я? Я не страдаю излишней скромностью, но уверен, что за миллион лет Патруль отобрал множество парней способнее меня.

— Или меня. Тем не менее отдельные личности порой заключают в себе скрытую ценность — гораздо большую, чем их внешняя значимость. Словом, это совсем не то, что мы ценим в себе. В качестве иллюстрации возьмите, например, Альфреда Дрейфуса. Опытный и совестливый офицер, для Франции весьма ценный человек. Однако то, что произошло с ним, повлекло за собой грандиозные потрясения.

Эверард нахмурился.

— Вы подразумеваете, что он... был инструментом в руках судьбы?

— Вы прекрасно знаете, что судьбы, как ее называют, не существует. Существует всеобъемлющая структура, которую мы и стараемся сохранить.

«Положим, — подумал Эверард. — Хотя эта структура не так легко поддается изменениям во времени, как в пространстве. Это, похоже, материя более тонкая и загадочная, чем объясняют нам преподаватели Академии. Совпадения могут оказаться совсем не случайными. Может, Юнг с его записками о синхронии действительно узрел проблеск истины, кто знает. Мне не дано познать вселенную. Я всего лишь работаю в ней».

Эверард налил себе стакан пива, маленькую рюмочку аквавита и поставил напитки на поднос.

Усевшись в кресло, он пробормотал:

— Подозреваю, что к агенту Тамберли проявляется особое расположение.

— Почему вы так считаете? — уклончиво спросил Гийон.

— В последний приезд вы расспрашивали о ней, а она упоминала о встрече с вами, когда еще училась в Академии. Я сомневаюсь, что... кто бы ни направил вас ко мне... без причины интересоваться ничего не представляющим из себя новобранцем они бы не стали.

Гийон кивнул.

— Ее линия жизни, как выяснилось, подобно вашей, пересекается с жизнью многих людей. — Он помолчал. — Как выяснилось, повторяю.

Беспокойство с новой силой охватило Эверарда. Он достал трубку и кисет.

— Что, черт возьми, происходит? — требовательно спросил он. — О чем вообще идет речь?

— Надеемся, что ничего экстраординарного не случится.

— Что вы имеете в виду?

Гийон встретился взглядом с Эверардом.

— Я не могу сказать точно. Может статься, это что-то совершенно неожиданное.

— Тогда скажите мне хоть что-нибудь, ради Христа!

Гийон вздохнул.

— Мониторы обнаружили аномальную вариантность реальности.

— Разве вариантность не всегда такова? — спросил Эверард.

«Многие из вариантов вообще несущественны. Ход истории имеет колоссальную инерцию, эффект путешествий во времени стирается на удивление быстро. Происходят события, которые компенсируют вмешательство, — отрицательная обратная связь. Сколько, интересно, незначительных флуктуаций гуляет по структуре пространства-времени туда-сюда? Насколько постоянна и неизменна реальность? На этот вопрос нет ясного ответа — и, возможно, в нем нет смысла. Но в один прекрасный момент ты сталкиваешься с цепью событий, когда один-единственный эпизод определяет развитие всего обозримого будущего — и неизвестно, к лучшему или к худшему».

Размышления Эверарда прервал спокойный голос:

— Данная аномалия не имеет причины. Ситуация такова, что нам не удалось установить ее хронокинетические источники. К примеру, комедия «Ослы» Плавта впервые была поставлена в 213 году до Рождества Христова, а в 1196 году от Рождества Христова Стефан Неманя, Великий Жупан Сербии, отрекся от престола в пользу сына и удалился в монастырь. Я мог бы привести ряд других примеров приблизительно того же времени — даже в Китае, который так далеко от Европы.

Эверард проглотил аквавит и запил пивом.

— Не утруждайте себя, — резко произнес он. — Я могу свести воедино упомянутые события. Что именно вам кажется странным в этих двух примерах?

— Точные даты названных событий не совпадают с теми, которые зафиксировали ученые из будущего. Не совпадают также некоторые мелкие детали, такие, как текст пьесы или предметы, изображенные на некоторых картинах Ма Юаня. — Гийон отпил из бокала. — Мелкие детали, запомните. Ничего, что явно изменяет общую картину поздних событий или даже что-то в повседневной жизни. Тем не менее подобные мелочи свидетельствуют о нестабильности на этих отрезках истории.

Эверард чуть не вздрогнул.

— Двести тринадцатый до Рождества Христова, вы сказали? «Бог мой! Вторая Пуническая война!»

Он явно перестарался, набивая трубку.

Гийон снова кивнул.

— На вас лежала громадная ответственность за предотвращение катастрофы.

— Сколько их еще могло быть? — резко спросил Эверард.

Вопрос был абсурдный и к тому же заданный по-английски. Прежде чем Эверард перешел на темпоральный язык, Гийон сказал:

— Данная проблема изначально неразрешима. Сами подумайте.

Эверард последовал совету.

— Патруль, все существующее человечество, сами данеллиане обязаны вам после Карфагена. — Помолчав немного, Гийон вновь заговорил: — Если хотите, считайте некоторые уступки, впоследствии сделанные вам, небольшим вознаграждением.

— Спасибо. — Эверард разжег трубку и запыхтел ею. — Не одно бескорыстие двигало мною, как вы понимаете. Мне хотелось, чтобы мой родной мир не исчез из истории Земли. — Он вдруг вытянулся как струна. — Но какое отношение эти аномалии имеют ко мне?

— Не исключено, что никакого.

— Или к Ванде... к специалисту Тамберли? Что вам нужно от меня и Тамберли?

Гийон поднял руку.

— Пожалуйста, не надо заводиться. Я знаю о вашем стремлении к независимости и считаю его в какой-то степени оправданным.

— В тех местах, откуда я родом, это неотъемлемое право каждого, черт побери! — проворчал Эверард. Щеки его вспыхнули.

— Если Патруль призван наблюдать за эволюцией времени и хранить ее, не следует ли ему заодно присмотреть и за собой? Вы стали одним из важнейших агентов, действующих в пределах последних трех тысячелетий. Именно поэтому, знаете вы это или нет, ваше воздействие на ход событий по сравнению с другими более существенно. Иногда оно сказывается через друзей. Тамберли стала катализатором в среде, которую она по заданию должна была просто изучать. Когда вы защитили ее от наказания за проступок, вы тоже стали причастны к этому. Никакого вреда в любом случае это не принесло, и мы не ожидаем, что кто-то из вас вольно или невольно нанесет удар нашему делу, но вы должны понять — мы хотим знать о вас по возможности больше.

Волосы на руках Эверарда встали дыбом.

— Мы, говорите? — прошептал он. — Кто вы, Гийон? Кто вы такой?

— Агент, как и вы, служащий там же, где и вы, за исключением того, что я слежу за самим Патрулем.

Эверард не сдавался:

— Откуда вы? Из эры данеллиан?

Защита мгновенно рухнула.

— Нет! — Гийон сделал нетерпеливый жест. — Я никогда не встречался с ними! — Он отвел взгляд в сторону. Аристократические черты его лица исказились. — Вам однажды повезло, а я... Нет, я просто никто.

«Ты имеешь в виду, что ты просто человеческое существо, подобное мне. Для данеллиан мы оба — Homo erectus[1], или австралопитеки. Хотя ты, рожденный в более поздней и развитой цивилизации, должен знать о них гораздо больше меня. И, видимо, достаточно для того, чтобы бояться их».

Гийон, придя в себя, отпил виски и произнес прежним спокойным тоном:

— Я служу так, как мне приказывают. И все.

С внезапной симпатией и бессознательным желанием разрядить обстановку Эверард пробормотал:

— Итак, теперь вы просто связываете оборванные концы — и ничего драматического.

— Надеюсь. От всей души. — Гийон глубоко вздохнул и улыбнулся. — Ваша здоровая логика и практический подход — как они помогают делу!

---

[1] Homo erectus — человек прямоходящий *(лат.)*

Напряжение отпустило и Эверарда.

— Все в порядке. Нас слегка занесло, верно? На самом деле мне нечего беспокоиться ни за себя, ни за Ванду.

Хладнокровие переросло в облегчение, прозвучавшее в голосе Гийона:

— Я приехал, чтобы убедить вас именно в этом. Последствий вашего столкновения с агентом Корвином и другими больше не существует. Можете выбросить все это из головы и заняться делом.

— Спасибо! Ваше здоровье!

Они подняли бокалы.

Потребуется еще немного времени, чтобы действительно расслабиться.

— Я слышал, что вы готовитесь к новой экспедиции, — заметил Гийон.

Эверард пожал плечами.

— Пустяки. Дело Олтамонта. Не думаю, что вы о нем слышали.

— Нет уж, пожалуйста, расскажите, вы разбудили мое любопытство.

— Ладно. Собственно, почему бы и нет? — Эверард откинулся на спинку кресла, попыхивая трубкой и смакуя пиво. — 1912 год. Назревает Первая мировая война. Немцы полагают, что нашли шпиона, которого смогут внедрить к противнику, — это американец ирландского происхождения по имени Олтамонт. На самом деле он — английский агент и в конце концов очень ловко обводит немцев вокруг пальца. Проблема, с нашей точки зрения, заключается в том, что он слишком наблюдателен и умен. Олтамонт докопался до некоторых странных событий. Они могли вывести его на нашу группу военных исследователей, действовавшую в те годы. Один из исследователей, мой знакомый, обратился за помощью и попросил меня прибыть к ним и придумать что-нибудь, чтобы отвлечь Олтамонта. Ничего существенного. Мы должны сделать так, чтобы ему на глаза ничего необычного больше не попадалось. Так что мне скорее предстоит просто развлечение.

— Понятно. Ваша жизнь состоит не из одних только рискованных приключений. Не так ли?

— Лучше бы их совсем не было!

Еще час они проболтали о пустяках, пока Гийон не откланялся.

В одиночестве на Эверарда нахлынула тоска. От кондиционированного воздуха комната казалась безжизненной. Он подошел к окну и распахнул рамы. Ноздри втянули острый запах надвигающейся грозы. Ветер шумно хозяйничал над городом.

Дурное предчувствие вновь охватило его.

«Совершенно очевидно, что Гийон очень влиятельный человек. Неужели люди из далекого будущего прислали его сюда с таким пустячным поручением, как он пытался изобразить? Может, их скорее пугает неподвластный хаос, на что он едва намекнул? Не отчаянная ли это попытка взять хаос под контроль?»

Молния полыхнула, как флаг, стремительно взлетевший над замковой башней. Настроение Эверарда было под стать погоде.

«Выбрось это из головы. Тебе же сказали, что все в порядке. Надо закончить очередную работу, а дальше... В жизни много приятных моментов».

Часть VI

ИЗУМЛЕНИЕ МИРА

1137-а год от Рождества Христова

Дверь открылась. Солнечный свет ворвался в лавку торговца шелком и заиграл на всех товарах. Осенний воздух заструился следом, неся с собой прохладу и уличный шум. Спотыкаясь, вошел подмастерье. Из полумрака лавки, против света, он казался бесплотной тенью, которая, однако, громко всхлипывала.

— Мастер Жоффре, о, мастер Жоффре!

Эмиль Вольстрап вышел из-за конторки, где занимался подсчетами. Его проводили взглядами два мальчика — итальянец и грек, продолжавшие перекладывать рулоны шелка.

— Что случилось, Одо? — спросил Эмиль.

Норманнский диалект, на котором он произнес эти слова, даже ему самому казался жестче.

— Что-то не вышло с моим поручением?

Тонкая фигурка прижалась к нему, уткнувшись лицом в одежду. Он почувствовал, как от рыданий содрогается тело мальчика.

— Мастер, — уловил он сквозь всхлипывания, — король умер. Эту весть передают по всему городу.

Вольстрап разжал руки и, отстранив мальчика, выглянул на улицу. Но сквозь решетки на арочных окнах много не увидишь. Дверь, впрочем, все еще была распахнута. Булыжник мостовой, дом с галереей на противоположной стороне, сарацин-прохожий в белых одеяниях и тюрбане, воробьи, копошащиеся над крошками, — все казалось Эмилю нереальным. Почему они существуют? Все, что он видел, в любой момент могло исчезнуть. Вообще все вокруг. Он тоже.

— Наш король Роджер? Нет! — решительно произнес Эмиль. — Невозможно. Это ложь.

Одо замолотил руками в воздухе.

— Нет, правда! — Его тонкий голос сорвался. От смущения подмастерье слегка притих. Он глотал слезы и всхлипывал, пытаясь справиться с собой. — Так сказали гонцы из Италии. Он пал в битве. Его армия разбита. Говорят, что и принц тоже мертв.

— Но я точно знаю... — Вольстрап запнулся.

Он со страхом понял, что едва не предсказал то, что случится в будущем, благо вовремя спохватился. Неужели эта весть так потрясла его?

— Откуда люди на улице знают? Такие известия поступают во дворец.

— Г-гонцы... выкрикивали весть народу.

Звук, прорвавшийся сквозь шум Палермо, заглушил их. Блуждая меж городских стен, он вырвался в гавань. Вольстрап знал этот звук. И все знали. Погребальный звон кафедральных колоколов.

Несколько мгновений Вольстрап стоял неподвижно. Где-то вдалеке он увидел подмастерьев на их рабочих местах, осеняющих себя крестом — католик клал кресты слева направо, православный — справа налево. До него дошло, что и ему следует сделать то же. Это вывело Вольстрапа из оцепенения. Он обернулся к пареньку-греку, самому рассудительному из учеников.

— Михаил, — приказал он, — беги поскорее и разузнай, что на самом деле случилось, да не мешкай, возвращайся!

— Слушаю, мастер! — отозвался ученик. — Они должны огласить новость на площади.

Грек убежал на улицу.

— Займитесь работой, Козимо, и ты, Одо. Забудь, за чем я посылал тебя, — продолжал Вольстрап. — Сегодня мне это уже не понадобится.

Разыскивая что-то в дальней части лавки, он услышал рокот, перекрывший звон колоколов. Не обрывки разговоров, песни, шаги, стук копыт, скрип колес, биение пульса города, а крики, стоны, молитвы на латинском, греческом, арабском, еврейском и целом наборе местных наречий — страх, объявший все окрест.

«Ja, det er nok sandt».[1] Он заметил, что в мыслях невольно переключился на датский. Слух, вероятно, не ложный. И если так, то лишь ему одному ведомо, насколько это ужасно.

Догадывался Вольстрап и о причине событий.

Он вышел в маленький сад с бассейном в мавританском стиле. Дом был построен в те времена, когда Сицилией правили сарацины. Купив дом, Вольстрап приспособил его для торговли и для жизни — он не намеревался держать гарем подобно большинству состоятельных норманнов. Вместо этого в недоступной прежде для посторонних глаз части дома оборудовали склад,

---

[1] Ja, det er nok sandt. — Да, это пожалуй, правда *(дат.)*

кухню, спальни для учеников и слуг, помещения для разных хозяйственных нужд. Лестница вела на верхний этаж, где жил он сам с женой и тремя детьми. Вольстрап поднялся к себе.

Жена — маленькая смуглая женщина — встретила его в галерее. Несмотря на полноту и седину в темных волосах, она выглядела очень привлекательно. Он заглянул в ее зрелые годы прежде, чем вернуться в ее молодость и предложить ей руку. Это несколько нарушало законы Патруля Времени, но он прожил с нею долгую жизнь. Жена была необходима для соблюдения общественных приличий, для семейных отношений, для уюта домашнего очага и, конечно, для тепла в постели, поскольку по характеру Вольстрап принадлежал к однолюбам, а не к дамским угодникам.

— Что случилось, мой господин? — ее вопрос прозвучал по-гречески.

Она, как и большинство уроженцев Сицилии, владела несколькими языками, но сегодня обратилась к языку своего детства.

«Как и я», — подумал Вольстрап.

— В чем дело?

— Боюсь, весть печальная, — ответил он. — Проследи, чтобы в доме не началась паника.

Она приняла католичество, чтобы выйти замуж за Вольстрапа, но сейчас, забывшись, перекрестилась по восточному обряду. Он по достоинству оценил цельность ее натуры, проявившуюся в этот момент.

— Как прикажет мой повелитель.

Вольстрап улыбнулся и, взяв жену за руку, сказал:

— Не волнуйся за нас, Зоя. Я обо всем позабочусь.

— Я знаю.

Жена поспешно вышла. Он проводил ее взглядом.

«Если бы века мусульманского господства не превратили женщин всех вероисповеданий в таких забитых существ, каким прекрасным другом могла бы стать Зоя», — неожиданно подумал он. Но она прекрасно выполняла свои обязанности, ее родня неизменно помогала ему в торговле, и... он не мог жить с кем-то, кто проявлял бы любопытство к его секретам.

Вольстрап миновал несколько комнат, еще сохранивших аскетизм ислама, и вошел в свою, предназначенную только для него одного комнату. Он не запирал ее, чтобы не вызвать подозрений в занятиях колдовством или еще чем-нибудь похуже. Но купцу, понятно, необходимы конторские книги, скрытые от чужого взгляда, крепкие шкатулки и порой уединение. Задвинув засов, он поставил стул перед огромным шкафом, сел и принялся нажимать на листья, вырезанные в дереве, соблюдая определенную последовательность.

Перед ним засветился прямоугольник. Он облизнул пересохшие губы и прошептал на темпоральном:

— Описание кампании короля Роджера в Италии, начиная с первых чисел прошлого месяца.

На дисплее возник текст. Память восстановила цепь событий. Год назад Лотарь, старый император Священной Римской империи, перешел Альпы, чтобы помочь папе Иннокентию II в борьбе против Роджера II, короля Калабрии, Апулии и Сицилии. Наиболее знатным из союзников Лотаря был шурин Роджера — Райнальф, граф Авеллино. Они с боями пробивались на юг итальянского полуострова, пока в конце августа 1137 года от Рождества Христова не объявили себя победителями. Райнальфу был пожалован титул герцога Апулии, дабы он защищал юг от сицилийцев. Лотарь, оставив герцогу восемь сотен рыцарей, отправился домой, ощущая приближение смерти. Иннокентий вступил в Рим, хотя его соперник, претендовавший на престол собора Святого Петра, Анаклет II, занял замок Святого Ангела.

В начале октября этого года Роджер вернулся. Он высадился в Салерно и опустошил земли, которые отказались ему подчиняться. Зверства его повергали в ужас даже в этот жестокий век. В самом конце месяца он столкнулся с армией Райнальфа при Риньяно, на севере Апулии.

Там Роджер потерпел поражение. Первая атака под началом его старшего сына и тезки, герцога Роджера, завершилась бегством. Вторая, в которую пошел сам король, захлебнулась и окончилась поражением. Герцог Райнальф — доблестный и всеми любимый военачальник — бросил все силы против королевской рати. Паника охватила солдат Роджера, и они бежали с поля боя, бросив три тысячи убитых. Роджер, собрав остатки разбитой армии, отступил в Салерно.

Победой противник упивался недолго. У Роджера были свежие запасы силы. Он осадил Неаполь, отвоевал Беневенто и большое аббатство на горе Монте-Кассино. Вскоре только Апулия оставалась во власти своего нового герцога. Папе Иннокентию и его известному сподвижнику Бернару Клервоскому пришлось согласиться на посредничество Роджера в переговорах с Анаклетом. Несмотря на то что противник законного папы был на его стороне, король резко заявил, что находит ситуацию слишком сложной для принятия скорых решений. Он предложил провести еще одну встречу в Палермо.

Но она так и не состоялась. Император Лотарь скончался в декабре, по пути домой. В январе 1138 года Анаклет тоже ушел из жизни. Роджер получил нового папу, но тот вскоре положил конец схизме, сложив с себя тиару. Праздновавший триумф в Риме Иннокентий приготовился нанести сокрушительное поражение королю, которого он уже отлучил от церкви. Планы папы не удались. Главный из его уцелевших сторонников — Райнальф — умер от лихорадки весной 1139 года. Вскоре старший и младший сыновья Роджера заманили в западню папскую армию и пленили самого Иннокентия.

— Недурно для Средних веков, когда все люди считались преданными детьми церкви, — пробормотал лютеранин, живший в душе Вольстрапа.

Спохватившись, он подумал: «Я ведь проследил грядущие события, а сейчас за окном начало ноября 1137 года. Да, похоже... Как раз столько времени нужно, чтобы весть достигла столицы Роджера — весть не просто о его поражении при Риньяно, а о гибели короля на поле брани.

Что же будет в день грядущий, в котором ему уготована важная роль?»

Он приказал компьютеру остановить текст. Мгновение он сидел, обливаясь холодным потом. Наконец принял решение. Вольстрап был сейчас, как он считал, единственным путешественником во времени на острове, — но на всей планете работало множество других.

Его дом даже не считался базой Патруля. Вольстрап был наблюдателем, которому вменялось в обязанности оказывать помощь и обеспечивать защиту прочим путешественникам, если таковые объявятся в его краях. Гостей случалось немного. Славные дни норманнской Сицилии пока еще не настали, да и впоследствии слава ее померкнет из-за событий на материке. Региональная штаб-квартира располагалась в Риме с 1198 года, когда Иннокентий III принял бразды власти. Вся Европа бурлила, как, впрочем, и остальной мир. Агенты Патруля, рассеянные по всему миру, тем не менее пытались отслеживать историю.

Вольстрап, получивший информацию из банка данных, мысленным взором окинул планету. В эти минуты Лотарь находится еще на пути в Германию. После его смерти начнутся раздоры за право наследования, в результате чего разразится гражданская война. Людовик VII только что унаследовал корону

Франции и женился на Элеоноре Аквитанской, его правление обернется цепью роковых просчетов. В Англии нарастает соперничество между Стефаном и Матильдой. В Иберии бывший монах против воли возведен на трон короля Арагона, но это событие приведет к союзу с Каталонией; Альфонс VII Кастильский провозгласил себя королем всех испанцев и начал Реконкисту. Бедная Дания с ее слабовольным правителем лежит в руинах, разоренная варварами, пришедшими с Балтии...

Иоанн II умело правит Восточной Римской империей, ведя кампании в Малой Азии в надежде отвоевать Антиохию у крестоносцев. Королевство Иерусалимское, основанное крестоносцами, трещит по швам под напором возродившегося мусульманства. Египетский Халифат раскололся на две противоборствующие стороны. Аравия обратилась в мешанину крошечных королевств. Персия агонизирует в династических войнах.

Князья Киевской Руси также не ладят друг с другом. На Востоке мусульманское завоевание Индии на время приостановилось, пока Махмуд Газневи воевал с афганскими принцами. Татаро-монголы, завоевав Северный Китай, основали там собственную империю, в то время как династия Сун крепко держит бразды правления на юге. Непримиримая вражда домов Тайра и Минамото расколола Японию. В обеих Америках...

Раздался стук в дверь. Вольстрап неуверенно поднялся со стула и отодвинул засов. На пороге стоял дрожащий Михаил.

— Это правда, мастер Жоффре, — сказал ученик. — Король Роджер и его сын пали в битве в месте под названием Риньяно, в Апулии. Тела их не выданы. Гонцы примчались сюда по указанию тех, кто остался в живых. Они говорят, что все части Италии, через которые они проследовали, готовы вновь перейти на сторону врага и отдаться во власть герцога Райнальфа. Мастер, вам плохо?

— Я очень опечален, — пробормотал Вольстрап. — Иди займись работой. Я скоро спущусь к вам. Жизнь продолжается.

«А продолжается ли?»

Оставшись в одиночестве, он отпер сундук. Внутри лежали два металлических цилиндра, слегка суженные вверху, длиной примерно с локоть. Вольстрап опустился на колени и пробежал пальцами по пульту управления одного из них. Его темпороллер был спрятан за городом, но эти капсулы по его приказу унесут информацию в любое время и в любое место.

«Если еще существует пункт назначения».

Он продиктовал новость в записывающий блок.

— Пожалуйста, дайте информацию о реальном положении дел и указания относительно моих действий, — произнес он заключительную фразу.

Вольстрап установил курс на штаб-квартиру Патруля в Риме и время, примерно то же самое, что и сейчас, только в 1200 году. К той поре другой филиал должен обустроиться и вжиться в окружающую среду, в мир, который пока еще не ввергнут в кризисы и бедствия вроде завоевания Константинополя латинянами.

Он коснулся кнопки на корпусе. В воздухе раздался хлопок, и цилиндр исчез.

«Пожалуйста, возвращайся поскорее! Прошу, принеси добрую весть».

Цилиндр прилетел обратно. Руки Вольстрапа дрожали так, что он не сразу смог включить дисплей.

— У-у-устное сообщение, — едва вымолвил он, заикаясь.

На Вольстрапа обрушился кошмар.

— Структуры, способной принять меня, нет. Никто не принял меня ни по одному каналу коммуникаций Патруля. Я вернулся по заданному курсу, — объявил механический голос.

— Понятно. — Вольстрап медленно поднялся на ноги.

«Патруль Времени больше не охраняет будущее, — подумал он без тени сомнения. — И никогда не охранял. Мои милые сердцу родители, братья, сестры, старинные друзья, юная возлюбленная, родина, все, что породило меня, никогда не будет существовать. Я — Робинзон Крузо во времени...

Нет, — мелькнуло у него в мыслях минуту спустя. — Те, кто явился сюда, в прошлое, до рокового часа, все еще существуют — так же, как и я. Мы должны отыскать друг друга и объединиться для восстановления разрушенного. Но каким образом?»

Проблеск догадки вывел Вольстрапа из оцепенения. У него еще оставались коммуникационные модули. Через них он мог связаться с другими в этом мире. А потом... Он не мог думать о том, что ждет его, во всяком случае сейчас. Планы такого рода не входили в компетенцию рядового служащего Патруля. Никто, кроме данеллиан, не знает, как поступить. А если и они исчезли, то надо разыскать агента-оперативника... Если такие еще остались...

Эмиль Вольстрап встряхнулся, как человек, выбравшийся из приливной волны, которая чуть было не утащила его, и принялся за дело.

1765 год до Рождества Христова
15 926 год до Рождества Христова
1765 год до Рождества Христова

Дыхание осени коснулось предгорий. Холод струился в воздушных потоках, несущихся с горных склонов в предрассветную пору, и ложился инеем на траву. Чаща распадалась здесь на сосновые рощи, маленькие и большие; пихты были еще по-летнему темны, но ясень уже пожелтел, а дуб едва задели коричневые мазки. Перелетные птицы — лебеди, гуси, мелкая дичь, — сбившись в громадные стаи, улетали в дальние края. Олени-самцы оспаривали свои права. На юге, подпирая снежными вершинами небеса, возвышалась стена Кавказа.

Лагерь бахри бурлил. Люди разбирали шатры, нагружали повозки, запрягали быков и лошадей, юноши с помощью собак сгоняли овец в гурты. Все готовились к переходу на зимовье в долину. Тем не менее царь Тулиаш немного проводил странника Денеша до места, где они могли спокойно распрощаться друг с другом.

— Дело не в том, что есть в тебе некая тайна и ты воистину обладаешь диковинной властью... — откровенно признался царь.

Он был высок ростом, с темно-рыжей шевелюрой и бородой, со светлой кожей, выделявшей его из окружения. Облаченный в простого покроя одежды — накидку, отороченную мехом, шаровары, кожаные чулки, — царь нес на плече бронзовый боевой топор, отделанный золотом.

— Просто ты понравился мне, и я хотел, чтобы ты подольше оставался с нами.

Денеш улыбнулся. Худощавый, тонколицый, с пепельными волосами и карими глазами — он на две ладони возвышался над своими спутниками. Тем не менее Денеш явно не принадлежал к ариям, которые несколько поколений назад взяли власть над здешними племенами. Он, правда, и не строил из себя мудреца.

— Чудесные месяцы пролетели так быстро, благодарю тебя, — ответил он, — но я уже говорил тебе и старейшинам, что меня позвал мой бог.

Тулиаш сделал почтительный жест.

— Тогда я прошу Индру-Громовержца, чтобы он послал своего стража Марута охранять тебя в пути, покуда распространяются его владения. Я высоко ценю твои дары, истории, поведанные тобою, и песни, которые ты пел для нас.

Денеш опустил вниз свою секиру.

— Благополучия во все времена, о царь, и всем твоим потомкам!

Он поднялся на колесницу, которая медленно катилась сбоку. Возница уже сидел на месте — юноша, похоже, из какого-то племени, жившего в этих местах издревле, — коренастый, с крупным носом и копной пышных волос. Бахри, среди которых они долгое время жили с хозяином, считали его молчуном.

Лошади, услышав команду возницы, пустились рысью вверх по склону холма. Тулиаш провожал взглядом колесницу, пока та не скрылась из виду. Он не опасался за Денеша. Дичи много, высокогорья мирные и гостеприимные, и вряд ли кто рискнет напасть на путников, снаряженных подобно завоевателям с севера. Кроме того, Денеш, хотя и не демонстрировал свою силу, очевидно, был колдуном. Вот если бы он остался... бахри могли бы изменить решение и пересечь горы...

Тулиаш вздохнул, поправил топор на плече и вернулся в лагерь. Предстоят годы тяжелых сражений. Племена, платившие дань, разрослись так, что пастбища стали тесны им. Теперь царю приходится вести половину подданных вокруг внутреннего моря и затем на восток, чтобы они завоевали себе новые земли.

Ездоки в колеснице не проронили лишнего слова. Постепенно они приноровились к ее раскачиванию, и тогда на людей вдруг нахлынули воспоминания, мысли, надежды с горьким привкусом сожаления. Час спустя они достигли таких мест в горах, где царили лишь ветер и пустота.

— Это нам подходит, — сказал по-английски Кит Денисон.

Акоп Микелян остановил лошадей. Они тяжело храпели. Колесница хоть и была легкой, но подъем высоко в горы во времена, когда еще не изобрели сбрую, стремена и подковы, быстро утомил лошадей.

— Несчастные животные, нам следовало остановиться раньше, — сказал Акоп.

— Мы должны быть уверены, что за нами никто не следует, — отозвался Денисон. Он спрыгнул на землю. — Такое ощущение, словно на родину вернулся. — Затем, увидев выражение лица Микеляна, спохватился: — Извини, я забыл.

— Все в порядке, сэр. — Помощник Денисона тоже сошел с колесницы. — И у меня есть куда поехать.

Патруль завербовал его на службу в 1908 году, вскоре после массовой резни армян на озере Ван. Поиски туманных следов происхождения армянского народа вдохновили Микеляна, история армянского народа стала смыслом его жизни. Помолчав немного, он усмехнулся:

— Например, Калифорния 30-х годов. Уильям Сароян был тогда очень популярен.

Денисон кивнул.

— Помню, ты рассказывал.

У них не было свободного времени для близкого знакомства из-за напряженной работы. Специалистов было слишком мало для того, чтобы держать под контролем громадное пространство миграции ранних индоевропейцев. Но задание представлялось им очень важным. Как мог Патруль без их данных контролировать события, которые потрясли мир и определили будущее? Денисон и его новый помощник немедленно принялись за работу.

Микелян, отметил Денисон, показал свою надежность и живой ум. Набрав побольше опыта, он сможет играть более активную роль в последующих экспедициях.

— Куда вы намерены отправиться, сэр? — спросил Микелян.

— Париж 1980 года. Встреча с женой.

— Почему именно в это время? Вы ведь сами рассказывали, что она тоже агент Патруля и работает в середине двадцатого века.

Денисон рассмеялся.

— Ты забыл о проблемах, которые порождает долголетие. Человек, внешне не стареющий на протяжении нескольких десятилетий, несомненно, вызовет подозрение у друзей и соседей. После моего отъезда Синтия намеревалась перебраться в другое место. В 1981 году ей предстоит обрести новый образ в новом месте, сохранив только имя. Ну и мою персону в качестве странствующего антрополога-мужа, конечно. Что может быть лучше, чтобы окунуться в обычаи и нравы следующего поколения, чем просто провести двенадцатимесячный отпуск среди его представителей. А Париж — самое подходящее место для начала знакомства.

«И, боже мой, я заслужил это, — подумал он. — И она тоже, да-да. Время после моего отъезда и до возвращения будет для нее гораздо короче, чем для меня, и в этот период ей придется окунуться в канцелярскую работу, чтобы занять ум и подготовить отъезд из Нью-Йорка, придав ему правдоподобность в глазах наших знакомых. К тому же Синтии предстоит поволноваться. Ведь правила Патруля запрещают ей перенестись на несколько недель вперед и убедиться, что я вернулся домой живым и здоровым. Даже малейшее опережение способно вызвать осложнения. Не всегда, конечно, но это не исключено. Поэтому мы часто миримся с обстоятельствами, чтобы без необходимости не увеличивать риск. Мне это прекрасно известно. Еще бы. Ведь я почти четверть года провел с кочевниками».

Солнце, звезды, дымок лагерного костра, дождь, свет, разлив реки, волки, праздники с состязаниями наездников, скачки на быках, песни, сказания, родовые предания, рождения, смерти, кровавые жертвоприношения, дружба, состязания, любовные приключения. Синтия не спросит больше, чем он захочет рассказать. Он знал, что за молчанием жены кроется догадка, что чья-то судьба в древней Персии скрестилась с его судьбой. Месяцы вдали от дома накапливались, и, если бы он отверг радушное приглашение Тулиаша, рискуя потерять доверие царя, столь необходимое в его работе, то... Он от всего сердца желал благополучия малышке Ферии в ее кочевой жизни, а второй медовый месяц в Париже вновь сблизит его с Синтией, которая воистину милая и отважная женщина...

Его сентиментальные размышления угасли. Денисон поднял боевой топор, служивший знаком его принадлежности к касте воинов, имеющих право вступать в разговор с вождями племен. Топор был к тому же еще и передающим аппаратом.

— Агент Денисон вызывает региональную штаб-квартиру в Вавилоне, — произнес он на темпоральном языке. — Алло! Алло! Говорите свободно, мы с ассистентом находимся в уединенном месте.

В воздухе раздался треск.

— Приветствуем вас, агент. Рады слышать. Мы уже начали за вас волноваться.

— Да, я планировал отбыть чуть раньше, но царь попросил поучаствовать в празднике осеннего равноденствия, и я не нашел предлога отказаться.

— Осеннее равноденствие? Скотоводческий народ следует солнечному календарю?

— Да, у этого племени он соблюдается — первые дни каждой четверти года, что, вероятно, удобно для взимания податей и вообще для отсчета времени. Можете забрать нас? У нас колесница, две лошади и снаряжение Патруля.

— Незамедлительно, агент, дайте ваши координаты.

Микелян пританцовывал на траве.

— Домой! — запел он торжественно, как гимн.

Появилось транспортное средство — не роллер, а большой

816

цилиндр, темпомобиль, зависший в антигравитационном поле на высоте нескольких сантиметров от земли. На этот раз ему не пришлось перескакивать во времени — только в пространстве. Четверо мужчин в одеждах Месопотамии того времени и с курчавыми бородами предстали перед Денисоном. Они быстро погрузили упряжку и колесницу в цилиндр. Пилот занял свое место, и горы Кавказа мгновенно исчезли из виду.

Пейзаж, возникший на экране обзора, являл собой равнину, покрытую травой до самого горизонта. Под сенью деревьев прятались дома из бруса и неподалеку от них — загон для скота. Две женщины в одежде для черновой работы поспешили навстречу гостям. Им поручили колесницу Денисона. Патруль вполне мог позволить себе поставить ранчо в Северной Америке, пока там не появились люди. Микелян любовно похлопал лошадей на прощание. Может быть, он встретится с ними еще раз в следующем путешествии во времени.

Темпомобиль вновь подскочил вверх и вынырнул в потайном ангаре под Вавилоном, где еще правил царь Хаммурапи.

Директор базы встретил антропологов и пригласил их на обед. Им предстояло провести здесь два дня, чтобы передать собранную информацию. Значительную ее часть составляли данные сугубо научного характера, но ведь Патруль и существовал во имя служения цивилизации любыми способами. Жаль, что полученные знания не могли быть обнародованы на протяжении нескольких тысячелетий, до тех пор пока не откроют путешествия во времени, подумал Денисон. А пока ученые будут по-прежнему растрачивать свои жизни, ведя исследования на основании археологических подсказок, нередко уводящих в плен научных заблуждений... Но труд их не напрасен. Их усилия создавали плацдарм, с которого специалисты Патруля стартовали на поиски реальных следов истории.

За обеденным столом Денисон упомянул об открытиях оперативной важности.

— Тулиаш и его союзники не преодолеют горы. Он двинется в восточном направлении. Таким образом, Гандаш не получит подкрепления и именно поэтому касситы не смогут в ближайшие девятнадцать лет отобрать у вавилонян больше земель, чем свидетельствует история.

— Выходит, военно-политическая ситуация не так сложна, и нам нет нужды вести постоянные наблюдения, — сказал директор. — Прекрасно. Отличная работа.

Он явно думал о времени, высвобожденном для усиления охраны других возможных горячих точек.

Директор устроил гостям экскурсию по городу, тщательно замаскированную и охраняемую. Микелян впервые оказался в Вавилоне, и Денисон считал первое знакомство самым интересным. Но нетерпение бередило душу, и, когда их наконец отпустили, они были только рады.

На базе их побрили и постригли. На складе не держали костюмов двадцатого века, но их одежда для работы в экспедиции была прочной, удобной, впитавшей острые запахи просторов, которые пробуждали множество воспоминаний.

— Я сохраню ее на память, — сказал Микелян.

— Не исключено, что она пригодится тебе в новой экспедиции, — заметил Денисон. — Если только тебя не пошлют совсем в другой регион, хотя это вряд ли. Ты согласишься вновь работать со мной?

— Всегда, сэр!

В карих глазах юноши стояли слезы. Микелян крепко пожал Денисону руку, сел на роллер и растворился в пространстве.

Денисон тоже подобрал себе роллер в гараже, залитом белым светом.

— Храни вас Бог, агент! — напутствовал служащий Денисона.

Он прибыл из Ирака XXI века. Патруль старался подбирать физический тип сотрудников в соответствии с эпохой, а расовые изменения происходят гораздо медленнее, чем языковые или религиозные.

— Спасибо, Хасан. Того же и тебе.

Устроившись поудобнее, Денисон на несколько мгновений погрузился в свои мысли. Он приземлится в пещере, почти такой же, как здесь. Нужно будет зарегистрироваться, получить одежду, деньги, паспорт и другие необходимые вещи, затем выйти из здания штаб-квартиры Патруля, расположенной неподалеку от бульвара Вольтера. Субботнее утро, 10 мая, самая чудесная пора в Париже... Уличное движение будет неистовым, но в 1980 году город еще не страдал от чудовищной перегруженности... Гостиница, где Синтия должна заказать номер и встретить его, располагалась на левом берегу. Прелестный, чуть тронутый увяданием анахронизм, где по утрам пекут булочки к завтраку, а служащие предпочитают влюбленных остальным клиентам...

Денисон установил курс на Париж 1980 года и нажал пусковую кнопку.

Вокруг струился дневной свет.

«Дневной свет?»

От потрясения руки его буквально примерзли к пульту управления. Словно при ослепительной вспышке он увидел узкую улочку, устремленные ввысь стены, толпу, которая с воем в ужасе отпрянула от него; женщины — в темных платьях до щиколоток, с покрытыми головами; мужчины — в длинных черных пальто и мешковатых шароварах; воздух пропитан тяжелым запахом дыма и скотного двора. Он мгновенно понял, что нет никакого подвала, а машина, запрограммированная против материализации внутри твердых тел, автоматически вынесла его на поверхность. Только это совсем не его Париж...

«Немедленно убираться!» — мелькнула у него мысль.

Не имея специальной подготовки к боевым заданиям, Денисон опоздал на полсекунды. Мужчина в синем подскочил к нему, схватил за пояс и стащил с роллера. Денисону хватило времени, лишь чтобы привести в действие кнопку экстренного старта. Темпороллер никогда, ни при каких обстоятельствах не должен попасть в чужие руки. Аппарат исчез. Денисон и напавший на него человек упали на мостовую.

— А ну прекрати!

Кое-какие приемы Денисон все же знал, они были составной частью подготовки в Патруле. Мужчина в синем схватил его за горло. Агент нанес удар ребром ладони по шее, под основание челюсти. Нападающий захрипел и обмяк, придавив Денисона мертвой тяжестью. Денисон перевел дыхание. Пелена мрака спала с его глаз. Он высвободился из-под тела и поднялся на ноги.

И снова слишком медленно. Толпа загалдела и хаотично зашевелилась. Сквозь сплошной рев Денисон уловил слова «sorsier!» и «juif vengeur!»[1], и тут же другой человек в синем на прекрасном коне пробрался сквозь гудящий рой. Денисон увидел ботинки, короткую накидку, плоский шлем — да, похоже, солдат или полицейский. Но внимание его приковало направленное на него оружие. В чисто выбритом лице всадника Денисон уловил страх — значит, может убить.

Агент поднял руки вверх.

Солдат достал свисток и трижды свистнул. Потом выкрикнул команду, призывая людей к порядку и тишине. Денисон с

---

[1] Колдун! Иудейский мститель! *(искаж. франц.)*

трудом улавливал его слова. Это не был французский, который он знал, — совсем иной акцент и явно выраженные англицизмы, но в то же время язык не походил и на англизированный французский.

— Спокойно! Всем сохранять порядок! Я арестовал его... Святые... Всемогущий Бог... Его величество...

Денисон изумленно слушал речь всадника.

«Я в ловушке, — стучало в сознании Денисона. — Тут хуже, чем в Персии. Там, по крайней мере, была нормальная история. А здесь...»

Удивительно быстро паника утихла. Зеваки застыли на своих местах и уставились на незнакомца. Они крестились и без умолку бормотали молитвы. Человек, которого Денисон свалил с ног, пришел в сознание и застонал. Появились новые всадники. У двоих было стрелковое оружие вроде карабинов, но неизвестного образца. Они окружили Денисона.

— Deelarezz vos nomu! — рявкнул один из них с серебряным орлом на груди. — Quhat e vo! Faite quick![1]

К горлу подкатила слабость.

«Я пропал, и Синтия, и весь мир».

Он лишь невнятно вымолвил что-то в ответ. Солдат отстегнул от ремня дубинку и сильно ударил Денисона по спине. Тот пошатнулся. Офицер принял решение и рявкнул приказ.

Толпа застыла в напряженном молчании, и всадники повели Денисона прочь. Шли километра полтора. Поначалу спотыкавшийся агент постепенно собрался с силами и вернулся к привычному настороженному состоянию. Он начал осматриваться. Стиснутый всадниками, Денисон мог лишь украдкой бросать взгляды по сторонам, но и столь ограниченный осмотр кое-что говорил ему. Улицы, по которым его вели, были узки и извилисты, хотя и неплохо вымощены. Зданий выше шести-семи этажей не встречалось, большинству на вид было по нескольку столетий, многие наполовину обшиты деревом, со слюдяными окнами. По улице двигалось множество пешеходов: оживленные и подвижные мужчины напоминали французов, но женщины были смирны и благочинны. Дети попадались редко — наверно, еще в школах. Прохожие почти не обращали на процессию внимания, а те, что их замечали, осеняли себя крестом. Видимо, и подобные аресты здесь в порядке вещей. Лошади, оставляя после себя навоз на булыжниках, тянули повозки и редкие, богато отделан-

---

[1] Назови свое имя!.. Ну же! Быстро! *(искаж. франц., англ.)*

ные кареты. Когда добрались до берега Сены, он увидел баржи, которые волокли двадцативесельные шлюпки.

Отсюда он заметил Нотр-Дам. Но это не был привычный ему собор. Казалось, он занимает половину острова — гора закопченно-серого камня вздымалась все выше и выше, ярус за ярусом, башня за башней подобно христианскому зиккурату, пока самая верхняя часть не упиралась в небесный свод на высоте в триста с лишним метров от основания. Чьи амбиции сменили прекрасную готику в этом сооружении?

Он забыл про собор, когда отряд вывел его к другому зданию, массивному и похожему на крепость, нависшую над рекой. На главных воротах было вырезано распятие в человеческий рост. Внутри царили полумрак и холод, везде сновали стражники и мужчины в черных рясах с капюшонами, их грудь украшали кресты, в руках — четки. Денисон принял облаченных в черное за монахов или мирских священников. От растерянности и нахлынувшей душевной тоски он соображал плохо, как в тумане. Окончательно Денисон пришел в себя, только оказавшись в одиночной камере.

Камера была крохотной, темной, стены сочились сыростью. Из коридора сквозь железные решетки пробивался свет. В камере не было ничего, кроме соломенного тюфяка, накрытого вытертым одеялом и лежавшего на полу, а также ночного горшка, который, к крайнему изумлению Денисона, оказался резиновым. Будь сей предмет из твердого материала, он пригодился бы в качестве оружия. На потолке был высечен крест.

«Боже, как я хочу пить! Может, хоть глоток дадут?»

Денисон вцепился в прутья решетки, припал к ним и хрипло выкрикнул свою просьбу. В ответ на его крик кто-то из другой камеры, похоже в конце коридора, громко хмыкнул:

— Даже не мечтай, слышишь?! И не ори!

Английский, хотя и со странным акцентом. Денисон отозвался тоже по-английски, но услышал в ответ лишь брань из той же камеры.

Он растянулся на тюфяке. Слова неизвестного вывели Денисона из равновесия. Времени для подготовки к допросам у него не было. Следует немедля все тщательно обдумать. Решение приободрило его. Денисон поднялся на ноги и стал мерять камеру шагами.

Часа через два в замочной скважине щелкнул ключ, и на пороге появились двое стражников с пистолетами со спущенными предохранителями и священнослужитель — пожилой человек в черном, морщинистый, подслеповато щурящийся, но с резкими манерами.

— Loquerisne latine?[1] — требовательно произнес он.

«Говорю ли я на латыни? — понял Денисон. — Наверняка этот язык до сих пор остается универсальным средством общения в этом мире. Как он был бы мне кстати сейчас. Никогда не предполагал, что когда-нибудь этот язык мне понадобится. От зубрежки в колледже в памяти ничего не осталось, кроме amo, amas, amat». Образ миниатюрной пожилой мисс Уолш, представший перед ним в воображении, пропел:

— Сколько раз я тебе говорила, что латынь культурному человеку просто необходима.

Денисон с трудом подавил в себе истерический смешок и покачал головой.

— Non, monsieur, je le regrette[2], — ответил он по-французски.

— Ah, vo parlezz alorss fransay?[3]

Денисон медленно и осторожно подбирал слова:

— Я, кажется, говорю на другом французском, отличном от вашего, преподобный отец. Я пришел сюда издалека.

Ему пришлось дважды повторить эту фразу, используя синонимы, всплывшие в памяти, чтобы стражники и священник его поняли.

Увядшие губы зашевелились.

— Это понятно, раз ты не признал во мне монаха. Запомни, я — брат Мати из Ордена доминиканцев и Святой Инквизиции.

Денисон похолодел от ужаса, когда понял смысл сказанного. Не выдавая своих чувств, он твердо произнес:

— Произошло печальное происшествие. Поверьте, я выполняю мирную миссию, но она чрезвычайно важна. Я оказался здесь по ошибке. Понятно, мое неожиданное появление вызвало страх и повлекло за собой необходимые меры предосторожности с вашей стороны. Но если вы отведете меня к высшим властям, — «к королю, папе или кто у них тут, черт подери, правит?» — я все им объясню.

Мати отрывисто заговорил, и Денисону пришлось вновь пытаться разгадывать смысл его слов:

— Ты объяснишь все здесь и сейчас. Не думай, что дьяволь-

---

[1] Говорите ли вы на латыни? *(итал.)*

[2] Нет, месье, к сожалению *(франц.)*.

[3] А, так вы говорите по-французски? *(франц.)*

ское искусство поможет тебе в цитадели Христа. Назови свое имя!

Служащий Патруля положился на волю судьбы:

— Кит Денисон, ваше пре... гм, брат.

Почему бы и не сказать? Какая теперь разница! Да и вообще, что теперь имеет значение?

Мати напряженно доискивался до смысла непонятных слов чужестранца.

— А, из Англии? — произнес он по-английски, а не по-французски — «Angleterre» — и продолжил речь: — Мы можем доставить сюда человека, говорящего на твоем наречии, чтобы ускорить твои признания.

— Нет, мой дом... Брат, я не могу открыть свои тайны никому, кроме первых лиц.

Мати метнул на него свирепый взгляд.

— Ты будешь говорить со мной, и будешь говорить только правду. Хочешь, чтобы мы учинили допрос с пристрастием? Тогда, поверь мне, ты благословишь того, кто подожжет костер под тобой.

Ему пришлось трижды повторить свои угрозы, прежде чем их суть дошла до узника.

«Допрос с пристрастием? Выходит, пытки здесь обычное дело. Со мной проводят, так сказать, предварительное собеседование».

Его пронзил ужас. Денисон удивился собственной настойчивости:

— Почтенный брат, клянусь Богом, долг запрещает мне раскрывать некоторые детали. Я имею право говорить о них только с верховным правителем. Если тайна станет явной, случится катастрофа. Подумайте о маленьких детях, которым дают играть с огнем.

Денисон многозначительно посмотрел на стражников. Эффект был смазан необходимостью повторить сказанное.

Последовал недвусмысленный ответ:

— Инквизиция умеет хранить молчание.

— Не сомневаюсь. Но, я уверен, правитель будет недоволен тем, что слово, предназначенное только ему, начнет гулять по улицам.

Мати нахмурился. Заметив его сомнения, Денисон продолжил наступление. Они стали быстрее понимать друг друга на своих различных французских языках. Фокус заключался в том, что говорить надо было подобно американцу, который вызубрил учебник, но никогда не слышал живого языка.

Будет противоестественно, если монах, столкнувшись со столь невероятной ситуацией, не воспользуется случаем выслужиться перед властью. В конце концов, правитель всегда успеет отослать пленника на допрос.

— Кого ты называешь правителем? — спросил Мати. — Святого Отца? Почему в таком случае ты не отправился в Рим?

— Ну тогда король...

— Король?

Денисон понял, что допустил ошибку. Видимо, монарх, если таковой у них имелся, не располагал высшей властью. Он торопливо продолжил:

— Ну да, король. Я просто хотел сказать, что короли часто встречаются в различных странах.

— Да, среди русских варваров. Или в тех землях черных дикарей, что не признают власти халифа. — Шишковатый указательный палец Мати пронзил воздух. — Куда ты направлялся на самом деле? Отвечай, Кит Денисон!

— В Париж, во Францию. Это ведь Париж? Позвольте мне закончить мысль. Я разыскиваю высшее духовное лицо на этой... территории. Я ошибся? Разве он находится не в городе?

— Архикардинал? — выдохнул Мати, в то время как нервозность на лицах стражников сменилась благоговейным трепетом.

Денисон решительно кивнул.

— Разумеется, архикардинал!

«Что еще за сан такой?»

Мати отвернулся в сторону. В его пальцах защелкали бусины четок. После затянувшейся паузы он торопливо произнес:

— Посмотрим. Веди себя осмотрительно. За тобой будут наблюдать.

Он повернулся спиной к Денисону, зашуршал облачением по полу и удалился.

Денисон бессильно рухнул на тюфяк.

«Допустим, я выиграл немного времени, прежде чем они поволокут меня на дыбу, зажмут пальцы в тиски или используют что-нибудь пострашнее тех приспособлений, что были изобретены в Средневековье. Что-нибудь современное. Если только я не попал... Нет, не может быть», — вяло размышлял Денисон.

Когда надсмотрщик в сопровождении вооруженной стражи принес хлеб, воду и жирную похлебку, Денисон поинтересовался, какой сегодня день.

— Святого Антония, одна тысяча девятьсот восьмидесятого года от Рождества Христова.

Слова эти забили последний гвоздь в крышку гроба, прихлопнувшую Денисона.

Но тут же в глубине отчаяния мелькнула слабая искорка надежды. Не все еще потеряно, возможно спасение или... Предаваться отчаянью бесполезно и опасно, оно может парализовать волю. Лучше не терять головы и каждую секунду быть готовым к броску за любой крохой удачи.

Ежась от ночного холода на убогом ложе, Денисон пытался строить планы действий, хотя получались у него лишь наброски. Прежде всего нужно было добиться покровительства большого босса, диктатора — короче, этого самого архикардинала. Значит, следует убедить его в том, что пришелец не только не опасен, но, напротив, потенциально ему полезен или, по крайней мере, представляет собой некий интерес. Денисон не мог раскрыть, что он является путешественником во времени: не позволяла психологическая блокировка. И скорее всего, никто в этом мире просто не сможет понять истинной правды. Однако ему едва ли удастся отречься от того, что он возник из воздуха, хотя можно сослаться на замешательство свидетелей и неточность их показаний. Из слов Мати следует, что здешние люди, даже образованные, верят в колдовство. Нужно держаться с крайней осторожностью, если придется давать разъяснения. Они здесь обладают развитой технологией для производства весьма эффективного на вид оружия и, несомненно, у них есть и артиллерия. Резиновый горшок свидетельствует о прочных связях с Новым Светом, а это означает по меньшей мере знание астрономии и ее использование в навигации...

«Поверите ли вы в пришельца с Марса?»

Денисон усмехнулся. В любом случае такого рода байка выглядит не хуже прочих. Необходимо продумать дальнейшее развитие этого сюжета.

«Покорнейше прошу разрешения поинтересоваться, какие великие умы окружают Его Святейшество. Моя нация, возможно, сделала открытия, пока неведомые вашим ученым».

Неуверенная речь, частые паузы, дающие возможность понять смысл сказанного, пожалуй, будут полезными для обдумывания ответов и исправления любых faus pas[1]...

Денисон забылся в беспокойной полудреме.

Утром, после того как Денисона накормили жидкой кашей,

---

[1] Промашек *(франц.)*

явился священник в сопровождении стражников и забрал его с собой. От того, что Денисон увидел краем глаза в соседней камере, его прошиб холодный пот. Арестованного доставили в выложенную кафелем комнату, где над ванной с горячей водой клубился пар, и предложили как следует вымыться. Затем выдали комплект темной мужской одежды современного покроя, надели наручники и повели в служебное помещение, где за столом под распятием восседал брат Мати.

— Благодари Господа Бога и твоего святого покровителя, если таковой у тебя имеется, что Его Святейшество Албин, архикардинал Фил-Йохан, Великий герцог Северных Провинций снизошел до встречи с тобой, — речитативом произнес монах.

— Да, да, — Денисон проворно перекрестился. — Я поднесу своему хранителю много даров, как только представится такая возможность.

— Поскольку ты чужестранец и знаешь о наших обычаях не больше язычников или мексиканцев, я дам тебе кое-какие инструкции, чтобы ты не злоупотреблял временем Его Святейшества.

«Эге, дело сдвинулось!»

Денисон весь обратился в слух. Он чувствовал, как ловко Мати извлекает из него крупицы информации на протяжении целого часа, но это совсем не смущало Денисона, потому что представилась возможность прорепетировать и развить придуманную историю.

Наконец в наглухо закрытой карете его привезли во дворец на вершине холма, который в утраченном Денисоном мире назывался Монмартром. Его провели пышными коридорами, затем вверх по лестнице и через позолоченную бронзовую дверь с барельефами на библейские темы. Денисон оказался в высокой белой комнате; солнечный свет лился сквозь витражи на восточный ковер. Он увидел перед собой восседающего на троне мужчину в бело-золотом облачении.

Денисон, как было приказано, пал ниц.

— Можешь сесть, — произнес глубокий голос.

Архикардинал был средних лет, но выглядел моложаво. Сознание собственного могущества, казалось, наложило печать на весь его облик. Очки совсем не умаляли его достоинства. В то же время архикардинал, явно заинтригованный, готов был задавать вопросы и слушать.

— Благодарю, Ваше Святейшество.

Денисон сел на стул метрах в шести от трона. Здесь не допускали ненужного риска во время личных аудиенций. По правую руку от прелата висел шнур колокольчика.

— Можешь называть меня просто господин, — сказал Албин, употребив английское слово. — Нам много о чем нужно поговорить.

Затем строго добавил:

— Не вздумай хитрить или прибегать к уловкам. У нас уже и так достаточно оснований для подозрений. Помни, Великий Инквизитор, верховный над тем священнослужителем, с которым ты познакомился, требует от меня приказа немедленно предать тебя огню, пока ты не навлек на нас беды. Он считает, что колдун вроде тебя может быть только Иудейским Мстителем.

У Денисона пересохло в горле, но он понял достаточно, чтобы выдохнуть:

— Кем?.. Кем, господин?

Албин поднял брови.

— Ты не знаешь?

— Нет, господин, поверьте мне. Я из страны, которая настолько далека от вашей, что...

— Но ты немного владеешь нашим языком и заявил, что у тебя есть послание ко мне.

«Да, против меня острый ум», — подумал Денисон.

— Послание доброй воли, господин. В надежде на установление более близких отношений. Мы располагаем поверхностными знаниями о вашей стране, вынесенными из книг древних и современных пророков. К несчастью, я потерпел кораблекрушение. Нет, я кто угодно, только не Иудейский Мститель.

Албин понял его, если и не все слова, то суть сказанного. Губы его поджались.

— Евреи — искусные мастера и инженеры. Вполне возможно, что они владеют и черной магией. Они потомки тех, кто сумел спастись, когда наши предки очищали Европу от их племени. Они обосновались среди поклонников Магомета и помогают им сейчас. Разве ты не слышал, что Австрия попала во власть этих язычников? Что легионы еретиков из Российской империи стоят у ворот Берлина?

«А у Инквизиции полно дел в Христианском мире на Западе. Боже! А я еще считал свое двадцатое столетие мрачной эпохой», — подумал Денисон.

Позже Мэнс Эверард пришел к выводу, что выбор, павший на него, и особенно место и характер случившегося были бы прозаичными, не окажись стечение обстоятельств столь абсурдным. Еще позже, припомнив свои разговоры с Гийоном, он усомнился даже в этом.

Но когда его вызвали, все это было для него дальше, чем звезды на небесах. Они с Вандой Тамберли проводили отпуск в пансионате, который Патруль содержал в плейстоценовых Пиренеях. В последний день они отказались от катания на лыжах и лазания по горам, не отправились на север в поисках завораживающих картин дикой природы ледникового периода и не заглянули в одно из соседних поселений кроманьонцев, чтобы насладиться гостеприимством его обитателей. Они просто отправились в долгую прогулку по легким тропам любоваться горными пейзажами. Говорили мало, но молчание значило гораздо больше слов.

Закат позолотил белоснежные вершины и горную гряду. Пансионат располагался не очень высоко над уровнем моря, но линия снегов лежала ниже, чем ко времени появления на свет Эверарда и Ванды. Граница лесов тоже простиралась гораздо ниже, чем в XX веке. К дому подступала сочная зелень альпийских лугов, расцвеченная мелкими летними цветочками. Чуть выше, на склоне, застыли несколько козлов; они с любопытством, совсем без страха разглядывали Ванду и Эверарда. Небо, зеленоватое на западе, сгущалось до бирюзового оттенка и переливалось в пурпур на востоке. Только трепет крыльев и голоса возвращающихся в родные края птиц пронзали время от времени тишину. Охотники человеческого рода почти не оставляли следов своего пребывания здесь, они жили в гармонии с природой, подобно волкам и пещерным львам. Чистота воздуха буквально чувствовалась на вкус.

Уже возник силуэт здания, в темноте светились окна.

— Потрясающе, — сказал Эверард с американским акцентом. — Во всяком случае, для меня.

— Воистину, — отозвалась Ванда. — Вы были так любезны, когда взяли меня сюда и сделали все, чтобы я вновь обрела покой.

— Ерунда, для меня это удовольствие. Помимо всего прочего, вы — натуралист. Ввели меня, так сказать, в жизнь дикой природы. Никогда не видел ничего подобного и тем более не мечтал увидеть.

Они охотились на мамонта, северного оленя и дикую лошадь, только не с ружьем, а с камерой. Рожденная в Калифорнии во второй половине XX века, Ванда очень неодобрительно относилась к настоящей охоте. Он, правда, вырос в другой среде и в иное время.

Не то чтобы это имело значение. Хотя...

«Со дня нашей первой встречи — ей тогда было двадцать один — она стала старше лет на пять, не больше. А на сколько постарел я?»

Лечебное омоложение, конечно, помогало, но Эверарду совсем не хотелось сейчас подсчитывать свои годы.

— Мне почему-то... — Она проглотила подступивший к горлу комок и отвернулась в сторону. Потом выпалила скороговоркой: — Мне совсем не хочется уезжать.

Пульс у Эверарда забился неровно.

— В этом нет нужды. Вы сами знаете.

— Но я должна. Не так много времени мне отпущено, чтобы забыть о семье.

Родители и сестра никогда не узнают, что Ванда путешествует сквозь века, тогда как их собственные годы на земле не составят и сотни лет. Для них жизнь от начала до конца проходит по прямой.

— А еще я должна, вернее, я хочу, прежде чем вернусь к работе, повидаться с дядей Стивом. — Ее дядя, тоже агент Патруля, работал в викторианской Англии.

Она могла провести в отпуске годы своей жизни, а затем вернуться в базовый лагерь спустя минуту после отбытия, но агенты никогда этим не злоупотребляли. Каждый из них считал себя в какой-то мере обязанным Патрулю и платил годами собственной жизни. Кроме того, продолжительный отрыв от работы выбивает сотрудника Патруля из привычной колеи, а это смертельный риск для жизни агента или, того хуже, коллеги.

— Ладно, я понял, — вздохнул Эверард. Он решился задать вопрос, которого они избегали на протяжении всего отдыха: — Можем ли мы договориться о новой встрече?

Ванда рассмеялась и взяла Эверарда за руку. Какой теплой была ее ладонь!

— Конечно.

Она посмотрела в глаза Эверарда. В угасающем свете он не

мог рассмотреть синеву ее глаз. Четкий овал лица, коротко стриженные волосы цвета янтаря — она была всего на ладонь ниже Эверарда, а он отличался высоким ростом.

— По правде говоря, я надеялась... Но не хотела навязываться. Только не говорите, что вы смущены.

— М-м, ладно...

Он никогда не отличался красноречием. Как теперь объясниться? Эверард и сам себя не понимал.

«Разница между ее и моим положением... Наверно, я боюсь показаться снисходительным или, еще хуже, властным. Ведь ее поколение женщин так гордится своей независимостью».

— Я — типичный старый холостяк. А перед вами огромное поле для игры, если захотите.

Ванда откровенно наслаждалась вниманием, которое уделяли ей другие мужчины, отдыхавшие здесь, — интересные, жизнерадостные, привлекательные люди из самых разных эпох. А Эверард — просто американец двадцатого века с неторопливой речью, невзыскательными вкусами и лицом много повидавшего воина.

Ванда фыркнула:

— Подозреваю, что у вас поле не меньше — ведь вам открыта вся история. И не отрицайте. Было бы ненормально, если бы вы не пользовались время от времени ситуацией.

«А ты?.. Впрочем, это не мое дело», — подумал Эверард.

— Я ни в коем случае не обвиняю вас в злоупотреблениях или еще в чем-то, — торопливо добавила Ванда. — Я знаю, вы этого не сделаете. И меня удивило и взволновало, когда после Берингии вы не порвали отношений со мной. Неужели вы думали, что мне тоже не хочется новой встречи?

Он едва не заключил ее в объятия.

«Но ждет ли она этого? Боже, наверно, да».

Но нет. Это будет ошибочный шаг. Она слишком открыта душой. Пусть сама разберется в своих мыслях и чувствах. Да и ему нужно понять, чего он все-таки хочет.

«Будь признателен за эти две недели, подаренные тебе здесь, парень».

Он сжал свободную руку в кулак и пробормотал:

— Отлично. Куда бы вам захотелось поехать в следующий раз?

«Чтобы поближе познакомиться», — добавил он про себя.

Ванда, похоже, тоже сочла обмен банальностями спасением.

— Надо подумать. Какие будут предложения?

Они вошли в дом, поднялись на веранду и оказались в гостиной. В огромном камине потрескивало пламя. Над ним причудливо извивались рога ирландского лося. На противоположной стороне висел отлитый из меди геральдический щит с символическими песочными часами — эмблемой Патруля. Ее миниатюрная копия украшала и служебную форму, которую сотрудники носили крайне редко. В комнате, в ожидании ужина, сидели их коллеги — пили, разговаривали, играли в шахматы или го, несколько человек собрались в углу у рояля, над которым порхали звуки шопеновского скерцо.

Агенты старались попасть сюда на отдых с теми, с кем они сблизились за время работы. Сегодняшняя пианистка, однако, родилась в XXXII веке на орбите Сатурна. Служащие Патруля всегда питали любопытство к незнакомым эпохам и порой слушали рассказы о каких-то сторонах неведомой им жизни, как завороженные.

Эверард и Тамберли перекинули плащи через руку. Ванда обошла комнату, прощаясь со всеми. Эверард подошел к пианистке.

— Вы остаетесь? — спросил он на темпоральном.

— Еще на несколько дней, — ответила пианистка.

— Прекрасно, я тоже.

Пианистка подняла на Эверарда голубые глаза. Затем белая как алебастр голова, совершенно лысая — нет, не альбинос, нормальный продукт генной технологии — снова склонилась над клавишами.

— Если желаете облегчить сердце, у меня есть дар успокоения.

— Знаю. Спасибо.

Вряд ли ему хотелось чего-то большего, чем обычная беседа, но предложение прозвучало великодушно.

Тамберли вернулась к Эверарду. Он проводил Ванду до ее комнаты. Пока он ждал в коридоре, она переоделась в привезенное с собой платье, подходящее для Сан-Франциско 1989 года, и упаковала вещи. Они спустились в подземный гараж. Залитые холодным белым светом, роллеры стояли рядами наподобие бесколесных футуристических мотоциклов. На один из них, закрепленный за нею, Ванда погрузила свой багаж и повернулась к Эверарду

— Ну что же, au revoir, Мэнс, — произнесла она. — Штаб-квартира в Нью-Йорке, полдень, четверг, десятое апреля 1987 года. Договорились?

Испытывая некоторую неловкость, они условились о встрече.

— Договорились. Я, видимо, возьму билеты на «Призрак оперы». Берегите себя.

— И вы, Мэнс.

Она приблизилась к нему. Поцелуй получился долгим и страстным.

Эверард отступил, тяжело дыша. Слегка взъерошенная Ванда уселась на роллер, улыбнулась, махнула рукой, коснулась пульта управления и мгновенно исчезла из виду. Эверард не обратил внимания на привычный хлопок воздуха в гараже. Минуты две он постоял в одиночестве. Она говорила о трехмесячном пребывании в полевой экспедиции после поездки к родителям. Эверард не знал, сколь долгим окажется для него время до их предполагаемой встречи. Это будет зависеть от работы. Срочных вызовов не поступало, но какое-нибудь дело непременно возникнет, ведь Патруль обязан поддерживать порядок в движении сквозь миллионы лет, и агентов вечно не хватало.

Неожиданно для себя Эверард громко рассмеялся. После долгих скитаний по пространству и времени — сколько уже лет его собственной жизни? — неужели он снова теряет голову? Второе детство, нет, вторая юность? Он вдруг понял, что чувствует себя так, словно ему опять шестнадцать, и его ничуть не беспокоила такая перемена. Прежде он частенько влюблялся. Случалось, Эверард ничего не предпринимал, поскольку развитие отношений ни к чему хорошему не привело бы. Может, и сейчас то же самое? Черт возьми! А вдруг нет? Он должен разобраться. Шаг за шагом, постепенно, но они разберутся в себе. Или отношения станут серьезными — тогда им обоим придется, возможно, чем-то поступиться, — или они просто расстанутся друзьями. А пока что...

Эверард направился к выходу из гаража.

За спиной он уловил знакомый шум, но совсем иного свойства. Эверард остановился, огляделся по сторонам и увидел только что приземлившийся аппарат. Пассажиром была особа ростом около семи футов, с тонкими и длинными конечностями, в облегающем комбинезоне, похоже, из кожи. Не вызывало сомнений, что прибыла женщина. Ее черные волосы, зачесанные наподобие шлема, отливали азиатской синевой, но ни одно монголоидное лицо не имело кожи такого глубокого желтого оттенка, как у неизвестной. Глаза у нее были громадные и такого же бледно-голубого оттенка, как у Эверарда, лицо — узкое, с орлиным носом. Эверард не мог определить расу женщины. Должно быть, она происходила из очень далекого будущего.

С непропорционально толстых губ сорвались хриплые слова на темпоральном.

— Агент-оперативник Комозино, — отрекомендовалась гостья. — Дело очень срочное. Есть ли на этих координатах кто-либо моего ранга?

«Беда», — пронзила его мысль. Комозино явно знала больше него, и, вероятно, мозг ее был более развит. Армейские навыки Второй мировой войны, почти забытые, едва не заставили Эверарда встать по стойке «смирно».

— Я, — коротко отозвался он. — Мэнсон Эммерт Эверард.

— Отлично.

Она спустилась с аппарата и подошла к нему. В тщательно контролируемом голосе он уловил напряжение и страх.

— По данным, что я сумела получить, выходило, что я смогу найти вас здесь. Слушайте, Мэнсон Эммерт Эверард. Произошла катастрофа, что-то вроде временного сдвига. Насколько я смогла установить, он случился приблизительно в день номер 2 137 000 по Юлианскому календарю. После этого ход истории раздваивается. Больше не существует ни одной станции Патруля. Приходится обходиться оставшимися у нас силами.

Она замолкла в ожидании ответа.

«Знает, что ошарашила меня, — подумал Эверард, чувствуя смятение. — Мне нужно время, чтобы взять себя в руки».

Астрономическая цифра, названная ею, — это где-то в европейском Средневековье? Нужно точно высчитать, нет, лучше спросить у нее.

«Ванда отправилась в Калифорнию двадцатого века. Теперь она туда ни за что не попадет, а ведь у нее нет специальной подготовки. Впрочем, как и ни у кого из нас — ведь наша работа состоит в предотвращении катастроф, а для Ванды это вообще полузабытая теория, услышанная когда-то в аудитории. Она будет ошарашена не меньше меня. Боже мой, что она предпримет?»

Глава 2

Гостиная пансионата собрала и отдыхающих, и персонал, поэтому все стулья оказались занятыми. Серебристо-серый свет едва пробивался сквозь окна из-за туч, которые спустились под натиском несмолкаемо гудящего ветра, предвестника осени, идущей на юг. Эверарду почудилось, будто дыхание холода проникло с улицы в дом.

Он буквально ощущал на себе взгляды собравшихся. Эверард стоял в дальнем конце гостиной, под фреской, изображающей бизона, которую написал местный художник с полвека назад. Комозино застыла рядом с бесстрастным видом. Она попросила Эверарда взять руководство на себя. Он был во всех отношениях ближе к находящимся здесь людям — и по времени рождения, и по воспоминаниям, и по стилю мышления. Помимо всего прочего, за его плечами лежал громадный опыт работы, какого не имел никто из собравшихся.

— Мы проговорили почти ночь напролет и всю ночь запускали информационные цилиндры в надежде выйти на контакт и получить новые данные, — произнес Эверард в настороженной тишине. — Пока мы располагаем весьма скудными сведениями. Есть основания полагать, что ключевое событие происходит в Италии середины двенадцатого века. У Патруля там остался свой человек в Палермо, на острове Сицилия. Он услышал о гибели их короля в битве на материке, но этого не должно было случиться. Банк данных нашего человека свидетельствует, что король после сражения прожил около двадцати лет, играя важную роль в истории. Как и подобает здравомыслящему человеку, наш сотрудник послал запрос в грядущее, в ближайшую к нему региональную штаб-квартиру. Цилиндр вернулся назад с сообщением, что штаб прекратил свое существование и бесследно исчез, spurlos versenkt[1]. Тогда он вызвал другие станции, в том же веке, и они проверили свое будущее, очень осторожно, конечно, не заглядывая дальше двадцати лет вперед. Никаких баз Патруля там нет. Во всем остальном ничего не изменилось. Там и не могло — за столь короткое время — произойти никаких изменений. Разве что на юге Европы. Эффект перемен распространяется по миру с различной скоростью, зависящей от таких факторов, как расстояние, средства передвижения, близость отношений между странами. Дальний Восток весьма скоро начнет ощущать дыхание этих перемен, но в обеих Америках перемены не проявятся еще несколько столетий. Австралии и Полинезии предстоит еще более долгий период развития без вмешательства извне. Даже в Европе различия прежде всего носят политический характер. Но это совсем другая политическая история, о которой мы ничего не знаем.

Тем не менее наши базы в двенадцатом веке, естественно,

---

[1] Бесследное погружение (нем.).

начали контактировать с коллегами из раннего периода. Таким образом сигнал поступил к агенту-оперативнику Комозино, — Эверард указал на нее. — Она оказалась в Египте — э-э-э... в период Восемнадцатой династии, так, кажется, вы говорили, — где искала группу из своей эпохи, которая отправилась на поиски вдохновения и, очевидно, затерялась... Скорее всего, то, что произошло с этой группой, заметно не повлияло на историю... Агент Комозино возглавила данную экстренную операцию, поскольку других патрульных ее ранга не было. Проверка данных подсказала, где меня искать, поэтому она прибыла сюда лично, чтобы проинформировать нас о ситуации и обсудить ее. В настоящий момент — если не появятся данеллиане — мы, дамы и господа, находимся на передовой линии спасения будущего.

— Мы?! — воскликнул молодой человек.

Эверард знал его немного — француз времен Людовика XIV, приписанный к тому же периоду: как и большинство агентов, он нес патрульную службу в современном ему отрезке истории. Это означало, что француз оказался смышленее своих современников. Патруль набирал очень немного людей из времен до первой промышленной революции и совсем ограниченное число из обществ, в которых наука находилась на ранних стадиях развития. Человек, не воспитанный в духе логического образа мысли, крайне редко был способен усвоить идеи Патруля. Именно поэтому французскому парню приходилось трудно.

— Но, сэр, должны быть сотни, тысячи патрульных, рассредоточенных в эпохах до кризисной точки. Видимо, стоит собрать их всех вместе.

Эверард покачал головой.

— Нет. У нас и так уже полно проблем. Вихри, которые мы можем поднять...

— Вероятно, я внесу некоторую ясность, — четко произнесла Комозино. — Да, весьма возможно, что большинство персонала Патруля находится в предсредневековом прошлом, например, на отдыхе, подобно вам. Сотрудники Патруля, так сказать, рассеяны повсюду. Некоторые из них неоднократно работали в самых диковинных местах. Например, агент Эверард активно действовал в различных ситуациях в древней Финикии, Персии, Британии построманского периода, в Скандинавии эпохи викингов. Он несколько раз приезжал в этот дом, чтобы отдохнуть и восстановить силы в самые разные периоды его существования как в прошлом, так и в будущем относительно текущего момента. Почему бы нам не собрать тогда всех Эверардов, а? Двух оперативников для такой операции явно недостаточно.

Но мы этого не сделали. И не сделаем. Соверши мы такой шаг, реальность будет бесконечно изменяться, не оставляя нам ни надежды, ни возможности понять происходящее, ни тем более какого-либо контроля. Более того, если мы переживем то, что уготовано нам впереди, и одержим верх над несчастьями, мы не вернемся назад по своим мировым линиям, чтобы предостеречь себя. Никогда и ни при каких обстоятельствах! Предприняв такую попытку, вы убедитесь в том, что ваша психологическая блокировка против подобных поступков столь же непреодолима, как блокировка, заставляющая вас хранить тайну путешествий во времени от непосвященных.

Предназначение Патруля состоит в сохранении предначертанного курса развития истории, причинно-следственных связей, зафиксированных проявлений воли и деятельности человека. Нередко история бывает трагична, и нас охватывает искушение вмешаться в события. Этого необходимо избегать. В противном случае нас ждет хаос.

И если мы намерены выполнить наш долг, мы обязаны заставить себя действовать строго в рамках причинных связей. Мы должны постоянно помнить, что любой парадокс страшнее смертельной опасности.

Я совершила множество перелетов и позаботилась о том, чтобы новость не достигла большинства оставшихся сотрудников Патруля. Разумно доверить информацию нескольким агентам-оперативникам и избранному кругу лиц, не находящихся в настоящее время, подобно вам, при исполнении служебных обязанностей. Внесение возмущений в нормальное течение событий грозит полным уничтожением нашей реальности.

Плечи ее поникли.

— Это было невероятно трудно, — прошептала Комозино.

Эверард и представить себе не мог, сколько своего личного времени отдала этому безумно-спешному занятию агент из будущего. Ведь нужно было не просто, перелетая от одной базы к другой, предупредить людей здесь или скрыть информацию там. Она должна была точно знать, что делает, и, очевидно, провела немало времени, работая с досье и базами данных, оценивая людей и эпохи. Такие решения, должно быть, принимать нелегко. Сколько времени она потратила — недели, месяцы, годы? Эверард с благоговейным трепетом перед ее деянием подумал, что ему такой интеллектуальный подвиг не по силам.

Однако у него были другие достоинства. Эверард взял слово:

— Помните, друзья, и о том, что Патруль не ограничивается лишь тем, что хранит неприкосновенность времени. Эта работа возложена на специальные подразделения, но, несмотря на ее важный характер, она не составляет сути нашей деятельности. Большинство из нас — это полицейские с традиционными для них задачами.

«Мы даем советы, регулируем движение, задерживаем злоумышленников, помогаем путешественникам, попавшим в беду. И случается, мы нужны, чтобы в тяжелую минуту кто-то мог просто поплакаться в жилетку».

— Наши коллеги-агенты загружены работой. Если мы отвлечем их от дел, произойдет черт-те что... обвал. — На самом деле «черт-те что» он произнес лишь мысленно, поскольку на темпоральном языке аналога этому выражению не было. — Так что оставим коллег при их собственных заботах. Согласны?

— Как будем действовать мы? — спросил нубиец из XXI века.

— Нам нужна штаб-квартира, — ответил Эверард. — Ею станет наша гостиница. Можно блокировать ее на ограниченный временной период, не оказывая заметного влияния на другие процессы. В Академии, например, это было бы невозможно. Мы доставим сюда людей и оборудование, и вся оперативная работа будет координироваться отсюда. А что касается конкретных действий... Прежде всего необходимо детально изучить ситуацию, затем выработать стратегию. Несколько дней придется выждать.

Улыбка — если это была улыбка — скривила губы Комозино.

— По чистой случайности или по предначертанию судьбы в дело вовлечен агент Эверард, и он незамедлительно начнет работу здесь, — заметила она.

— Позвольте попросить разъяснения этого важного сообщения, мем-сагиб, — произнес гость из Британской Индии.

Комозино взглянула на Эверарда. Он, нахмурившись, пожал плечами и с расстановкой произнес:

— Может быть, разъяснение окажется сейчас полезным. Примерно в такой же ситуации я побывал в ранний период моей деятельности. Я находился здесь со своим другом за несколько лет до нынешнего дня по календарю отдыха. Вы знаете, как непросто забронировать место на таком популярном курорте, как этот. Дело, однако, не в этом. Мы решили провести остаток очередного отпуска у меня дома, в Нью-Йорке XX века, и совершили туда прыжок на роллере. Город оказался абсолютно чужим.

В конце концов мы выяснили, что Карфаген победил Рим в Пунических войнах.

По комнате пронесся шум. Несколько патрульных вскочили было на ноги, но сразу сели, взволнованные и напуганные.

— Как это? — пробежал по гостиной недоуменный вопрос.

Эверард продолжил, опуская пережитые тогда опасности и собственные деяния. Та история до сих пор больно ранила его душу.

— Мы отправились в далекое прошлое, организовали отряд и снарядили экспедицию в критическую точку, в одно из сражений. Там мы обнаружили двоих преступников с энергетическим оружием, которые воевали на стороне Карфагена. Их замысел заключался в том, чтобы обеспечить себе богоподобное положение в Древнем мире. Мы накрыли их до того, как они смогли предпринять задуманное, и... вновь история вернулась в свое привычное русло, и вернулся мир, который мы знаем, поскольку сами были рождены в нем.

«И тем самым я уничтожил, аннулировал целый другой мир, бессчетные миллиарды человеческих судеб. Словно их никогда и не было. Ничто из того, что я испытал, никогда не происходило. Шрамы в моей душе остались, но они возникли из ничего».

— Но я никогда не слышал ничего подобного! — запротестовал француз.

— Разумеется, — ответил Эверард. — Мы не распространяемся о таких вещах.

— Вы спасли мне жизнь, сэр, мое существование!

— Спасибо, но не стоит благодарности. Это лишнее. Я просто выполнял свой долг.

Китаец, когда-то работавший космонавтом, сузил глаза и спросил, медленно роняя слова:

— Были ли вы с вашим другом единственными путешественниками, которые побывали в той неблагоприятной реальности?

— Конечно же, нет, — ответил Эверард. — Многие незамедлительно вернулись назад. Но кто-то не смог этого сделать, после кого-то недосчитались. Мы можем лишь предполагать, что их схватили или, может быть, убили. Мы с другом едва унесли ноги сами. Случилось так, что из вернувшихся оттуда только мы оказались в состоянии взять на себя ответственность и организовать спасательную акцию. Операция получилась совсем простой, иначе бы нам не справиться — во всяком случае, без подкрепления. Дело было завершено, и поэтому посткарфагенского мира не возникло. Люди, возвращаясь впоследствии из прошлого, «всегда» находили мир в его обычном состоянии.

— Но вы помните и другой мир!

— Как и те, кто повидал измененный мир, а также сотрудники Патруля, которые не были непосредственными участниками операции, но оказывали нам посильную помощь. Все испытанное нашей группой, все совершенное нами не может быть вычеркнуто из нашей жизни — иначе бы мы не могли тогда совершить это.

— Вы говорите о людях, ступивших в альтернативное будущее и не сумевших выбраться из него? Что стало с ними, когда эта история была... улажена?

Ногти Эверарда впились в ладони.

— Они тоже прекратили существование, — произнес он холодным тоном.

— Вероятно, лишь несколько патрульных, включая вас, перешагнули в тот мир. Почему так мало? В конце концов, на протяжении веков...

— Этими людьми оказались лишь те, кого угораздило пересечь критическую точку на пути в будущее, в широкий диапазон времени, в течение которого происходили связанные события, в том числе и спасательные работы Патруля. Но сейчас перед нами более обширный сектор с более активным движением, поэтому наши задачи усложняются. Надеюсь, вы поняли сказанное мною. Сам я, например, не очень.

— Здесь требуются метаязык и металогика, доступные лишь немногим гениям, — сказала Комозино. Тон ее стал резче. — У нас нет времени на теоретические дискуссии. Период использования этой базы без внесения существенных перемен в ход истории весьма ограничен. Число сотрудников Патруля также, и, соответственно, ограничено суммарное время жизни, которым мы располагаем. Мы обязаны использовать наш потенциал оптимальным образом.

— Каким образом? — задала вопрос женщина с Сатурна.

— Для начала, — сказал Эверард, — я отправлюсь в эпоху короля Роджера и попытаюсь разузнать как можно больше. Этот род работы требует опыта агента-оперативника.

«А Ванда по-прежнему остается в плену далекого будущего. Хотя сейчас фраза «по-прежнему» потеряла смысл. Должно быть, что-то удерживает ее там. Иначе почему она не вернулась ко мне? Куда еще она могла запропаститься?»

— Надо полагать, мир Карфагена был не единственной агрессивной реальностью? — спросил индус.

— Думаю, что нет. Я не располагаю информацией о других случаях, но... Мне незачем было это знать. И незачем было идти на риск с другими возможными переменами. Они могут не сгладиться или вызвать новый временной вихрь. И, собственно говоря, — бросил Эверард индусу, — в данный момент мы имеем дело как раз с такой реальностью.

«Неужели вновь умышленное вмешательство? Нелдориане, экзальтационисты, более мелкие организации, просто безумцы или алчные негодяи — кем бы они ни были, до сих пор Патруль с ними справлялся. Порой едва-едва. В чем мы оплошали на этот раз? Кто наш враг? Как с ним расправиться?»

В Эверарде проснулся охотник. Холодные мурашки пробежали по спине. Настал благословенный момент, когда он, отбросив душевную боль, мог думать лишь о преследовании, захвате, мести.

1989-α год от Рождества Христова

Туман, сгустившийся на западе, поглотил рассветные лучи и заволок голубой небосвод белизной. Но холодный ветер с невидимого океана уже начал рвать туманную завесу на клочья и длинные узкие ленты. Листья на ветках кустарника затрепетали. Неподалеку переливалась темной зеленью кипарисовая роща. С одиноко стоящего дуба взлетели с карканьем два ворона.

Первой реакцией Ванды Тамберли было удивление.

«Что произошло? Где я?»

Она, затаив дыхание, огляделась по сторонам и, не увидев признаков присутствия человека, испытала чувство облегчения. На долю секунды ее охватил страх при мысли, что поблизости может оказаться дон Луис. Но нет, это абсурд, ведь Патруль отправил конкистадора восвояси, в полагающийся ему век. Кроме того, здесь не Перу. Темпороллер примял молодую траву, и она даже почувствовала легкий аромат растений. Их испанское название — yerba buena — и дало в свое время название поселению, переименованному позже в Сан-Франциско.

Пульс ее бился неровно.

— Успокойся, девочка! — прошептала Ванда и перевела взгляд на приборный щиток, расположенный на руле темпороллера. Он показывал дату, местное время, широту, долготу. Да, все приборы показывали параметры, заданные Вандой, с точностью до доли секунды, — незамеченными пролетели только те мгновения, когда она в изумлении озиралась по сторонам. Перекрестье линий на компьютерной карте тоже указывало верную позицию. Дрожащими пальцами она вызвала крупномасштабную схему. Центр пересечения линий находился там, где ему и положено, около букинистического магазина в районе Кау-Холлоу, что служил прикрытием для базы Патруля.

Вдали возвышались Ноб-Хилл и Рашен-Хилл. Но они ли? Ванда помнила эти возвышенности, застроенные домами, а не поросшие кустарником. В противоположном направлении — очертания Твин Пикс, такие знакомые ей, но где же телевизионная башня? Куда все подевалось? Она приземлилась не в подземном гараже, а на поверхности, и вокруг никого нет.

Что-то было не так. Ванда нажала на педаль и подняла аппарат вверх. Воздух засвистел, обтекая силовой экран. Она поняла, что поддалась панике. Взяв себя в руки, Ванда зависла на высоте две тысячи футов. В ушах звенело. Барабанные перепонки пронзила боль, которая и вернула ее к действительности: происходящее из кошмара превратилось в обычную проблему, требующую решения.

«Ну не глупо ли — болтаться на виду у Бога и радаров? Ладно, вроде бы меня никто не видит. Ни единой души вокруг».

Ни Сан-Франциско, ни Трежер-Айленда, ни моста Золотые Ворота, ни Бэй-Бридж, ни жилых кварталов на востоке, ни кораблей, ни самолетов — ничего, кроме ветра и дикой природы. За проливом высились порыжевшие от солнца холмы округа Марин, горная цепь тянулась за Оклендом, Беркли, Олбани, Ричмондом, которых тоже не существовало. Океан серебристым блеском уходил на запад, а в северной его части серебро подернулось подвижной голубой пеленой. В дымке берегового тумана Ванда увидела песчаные дюны — там должен был находиться парк Золотые Ворота.

«Словно здесь еще не ступала нога белого человека. Наверное, неподалеку есть индейские поселения. Может быть, что-то сдвинулось в темпоральном механизме роллера, и я промахнулась, не попав в XX век? Никогда не слыхала о таких неполадках, но, с другой стороны, все эти высокотехнологичные штучки ужасно капризны».

И вдруг словно дружеская рука коснулась ее: Ванда вспомнила, что агенты Патруля есть на каждом отрезке последнего миллиона лет. Она включила коммуникатор. На радиочастотах — молчание.

Ветер на высоте был сильнее и холоднее, чем внизу. Ванда почувствовала, что совсем окоченела. На ней были лишь блузка, слаксы и босоножки. В оборудование темпороллера не входили экзотические средства связи типа нейтринного модулятора, но радио Патруль свободно использовал во все эпохи до Маркони... Или кто там был раньше — Герц, Клерк Максвелл или кто-то еще? Может, в данный момент просто никто не работал в эфире?

— Алло! Алло! На связи специалист Ванда Тамберли... Пожалуйста, ответьте!.. Жду связи... Ответьте, пожалуйста!

Должен ведь быть радиомаяк, на который можно настроиться? Или она слишком удалилась от него и никто не может принять ее сигнал? Навряд ли, ведь ученые даже ее времени принимали совсем слабые сигналы в пределах Солнечной системы. Но Ванду никогда не увлекало радиолюбительство.

Вот Джим Эрскин, тот был просто помешан на радио. Он мог заставить электроны танцевать фанданго. Одно время они встречались, когда учились в Стэнфорде. Если бы Джим был рядом! Но ведь она навсегда рассталась с друзьями, поступив на службу в Патруль. И со своими домашними, и со всеми близкими родственниками за исключением дяди Стива. Нет, конечно, она навещает близких, лжет о своей замечательной работе, которая требует столь долгих отлучек, и тем не менее... Одиночество, как ветер, жгло Ванду.

— Стоит найти местечко потеплее и подкрепиться, — пробормотала она. — Желательно такое, где подают горячий ром.

Эта мысль немного развеселила Ванду. Она направила аппарат вниз, вдоль залива.

В воздухе висели тысячи пеликанов и больших бакланов. Морские львы грелись на берегах островков. На восточном побережье Ванда обнаружила прелестное местечко в роще мамонтовых деревьев, сквозь листья которых солнечные лучи падали золотистым дождем. Среди деревьев журчал ручеек, а в нем резвились рыбки.

«Необитаемость — понятие относительное», — подумала Ванда.

Сойдя с аппарата, она скинула босоножки и несколько минут занималась бегом на месте, ощущая под ногами податливо-мягкую почву. Согревшись, она открыла багажник, чтобы осмотреть свои пожитки. Чертовски скудно. Стандартный набор для чрезвычайных ситуаций — шлем, парализатор, изотопная батарея, фонарик, прожектор, бутылка воды, белковые плитки, маленькая коробка с инструментами, небольшая аптечка. Сумка с несколькими сменами одежды, зубной щеткой, расческой и прочим, что Ванда брала с собой на курорт, — там она в основном носила казенную одежду, хранившуюся на складе для гостей. Маленькая сумочка с обычными женскими побрякушками XX века. Несколько книг, которые Ванда изредка открывала на отдыхе. Подобно большинству агентов, которые несли службу вдали от родных мест и не имели постоянного места жительства, у нее была камера хранения на местной станции Патруля, где она хранила вещи первой необходимости, включая деньги. Она планировала взять оттуда все, что ей потребуется, и на такси отправиться к родителям, поскольку те не могли встретить дочь в аэропорту. Будь родители в состоянии добраться туда, Ванде пришлось бы выдумывать новую ложь.

«О, папочка, мамочка, Сузи! И мои кошки!»

Чистота окружающей ее природы постепенно вытеснила отчаяние. Она решила, что ей не следует сразу возвращаться в плейстоцен, хотя, черт побери, разве не здорово было бы снова встретить там Мэнса, крепкого, надежного и способного на... Вслепую носиться по окрестностям тоже нет смысла. Если нельзя доверять перемещениям во времени, то следует взять курс на восток. Может быть, она найдет там европейских колонистов или, перелетев океан, в любом случае выйдет на связь с Патрулем.

Ванда натянула старую куртку, валявшуюся в багажнике с прежней экспедиции, которая теперь вдруг показалась чем-то далеким и полуреальным, надела носки и крепкие башмаки. Шлем на голову, оружие на пояс — и Ванда была готова к любым неприятностям. Она оседлала роллер и, маневрируя между гигантскими стволами деревьев, поднялась в небо.

Зелень окаймляла берега Сакраменто и Сан-Хоакин-ривер; под Вандой стелился рыжевато-коричневый ковер без следов ирригационных и сельскохозяйственных работ, скоростных автомагистралей и городов. Нетерпение кололо словно иголками. Даже на скорости реактивного самолета ей казалось, что роллер летит слишком медленно. Она могла перейти в сверхзвуковой режим, но и этого было бы недостаточно, а кроме того, приходилось помнить об экономии энергии, которая, вероятно, потребуется позже. Несколько минут Ванда собиралась с духом, потом включила систему пространственного переноса и резко нажала кнопку.

Под ней вздымались вершины Сьерры, вдали желтела пустыня, а солнце стояло уже высоко, как ему и положено. По крайней мере, она могла переноситься в пространстве.

Дальше Ванда двигалась короткими скачками. Бесконечный травяной покров переливался под ветром волнами. Тяжелые кучевые облака громоздились на юге. Радио по-прежнему безмолвствовало.

Тамберли прикусила губу. Это было странно. Она уже довольно долго неслась над прериями. Множество пернатых, но животный мир на земле оказался на удивление бедным. Она заметила табун мустангов, а позже нескольких бизонов. Но ведь черно должно быть внизу от них! На правом берегу Миссури курился дымок. Ванда, подлетев ближе, включила оптический прибор и увеличила изображение. Да, люди. У них есть лошади, и живут они в деревеньках с лачугами, крытыми дерном, и распаханными клочками земли за частоколом...

Так не должно быть! Сев в седло, индейцы, обитавшие на равнине, тут же превратились в воинов и кочующих охотников за бизонами; так было, пока белые люди столь же стремительно не истребили последних. Не угодила ли она в один из этих переходных моментов, скажем, в год 1880-й? Нет, в таком случае она бы увидела следы пребывания белых — железные дороги, города, ранчо, фермы поселенцев...

Тут ее осенило: «Конные варвары тоже не сохранили гармонии с природой. Если бы их оставили в покое, то они сами извели бы бизонов, может, не так быстро, но наверняка... Нет, пожалуйста! Только не это!»

Тамберли полетела дальше на восток...

1137 год от Рождества Христова

Путешествие из Франции ледникового периода через Германию в средневековую Сицилию, предпринятое ранее в этом году, отнюдь не казалось Эверарду смешным, пока он об этом не задумался. Он невесело усмехнулся. Такова уж особенность путешествий во времени: люди ко всему привыкают и довольно скоро начинают воспринимать подобные курьезы как должное.

На базе в Палермо того периода был один-единственный агент. Прикрытием служила лавка, в которой жила семья патрульного, а также работники и прислуга. На базе даже не имелось подземного гаража, а появляться здесь средь бела дня на темпороллере, к вящему изумлению публики, было недопустимо. Базу Патруля предполагалось расширить позже, только в 1140 году, когда норманнская Сицилия начнет играть важную роль. Но этого не произошло, потому что король Роджер II погиб на поле брани, и будущее, которое привело к появлению Патруля, исчезло.

Майнц долгое время оставался главным городом Священной Римской империи, поэтому и региональная штаб-квартира располагалась там же. В данный момент государство являло собой бесформенную, нестабильную конфедерацию земель, которые человек XX века будет называть Германией, Нидерландами, Швейцарией, Австрией, Чехословакией, Северной Италией и Балканами. Эверард припомнил замечание Вольтера о том, что империя не была ни священной, ни римской. Тем не менее в XII веке, вероятно, государство более или менее оправдывало свое название.

В день прибытия Эверарда император Лотарь находился в Италии с армией, отстаивая свои интересы и помогая папе Иннокентию в схватке с Роджером и папой Анаклетом. Смута, которая последует за смертью императора, прекратится, когда Фридрих Барбаросса наконец возьмет в свои руки всю полноту власти. Тем временем основные события будут происходить в Риме, куда региональную штаб-квартиру намечалось перевести в 1198 году, но только этого не произошло и не произойдет, потому что Патруль уже перестал существовать.

В Майнце, однако, было все, что требовалось Эверарду.

Поднявшись из гаража наверх, Эверард отыскал директора базы, и они уединились в его кабинете. Комната была отделана деревянными панелями, красиво украшенными резьбой, и со вкусом обставлена — во всяком случае, по меркам эпохи, — два стула, табуреты и маленький столик. В витражное окно просачивался неяркий свет. Поток лучей струился в другое окно, распахнутое навстречу летнему дню. В него влетал городской шум — грохот, скрип, скрежет, голоса, свист, звон. Через это же окно в комнату проникали и запахи домашних очагов, конского навоза, отхожих мест и кладбищ. По другую сторону узкой, грязной, суматошной улицы Эверард видел красивый, наполовину обшитый деревом фасад — за домом вздымались башни кафедрального собора.

— Добро пожаловать, Herr Freiagent[1], милости просим! — Отто Кох плавным жестом указал на графин и кубки на столе. — Не отведаете ли вина? Отличный год.

---

[1] Господин агент-оперативник *(нем.)*.

Он был немцем — родился в 1891 году, изучал средневековую историю, когда его призвали в армию Второго рейха в 1914 году; в Патруль поступил в послевоенный период, полный горечи и разочарования. Годы, проведенные на службе в Патруле, превратили его в благополучного господина средних лет, с небольшим брюшком, прикрытым отороченным мехом камзолом. Наружность эта, однако, была обманчивой. Пост директора базы не мог занимать человек, не обладающий достаточным опытом и широкими познаниями.

— Спасибо, позже, — отозвался Эверард. — Могу ли я закурить?

— Табак? О да! Нас никто не потревожит, — Кох рассмеялся и показал рукой на чашу. — Это моя пепельница. Люди знают, что я возжигаю в ней палочки из редкого восточного дерева, когда хочу заглушить городское зловоние. Богатый купец может позволить себе такую роскошь.

Из специальной коробки, украшенной ликом святого, он достал сигару и зажигалку. Эверард отказался от предложенной сигары.

— У меня есть свои привязанности, если вы не возражаете. — Он вытащил трубку из вереска и кисет. — Но, полагаю, вы не часто позволяете себе такое.

— Нет, сэр. И без того трудно должным образом выполнять свои обязанности. Как вы понимаете, значительную часть времени поглощает пребывание на людях, так сказать, мой имидж. Заботы гильдии, нужды церкви, всего не перечислить.

Кох прикурил сигару и с блаженным видом откинулся на спинку стула. Им не было нужды волноваться о вреде никотина. Иммунизация сотрудников Патруля, основанная на отличных от вакцинации принципах, предотвращала рак, атеросклероз, а также инфекционные заболевания, свирепствовавшие веками.

— Чем могу быть полезен?

Эверард, мрачнея на глазах, объяснил суть дела.

Лицо Коха исказил ужас.

— Что?! В этом году, сейчас — л-ликвидация? Но это... это неслыханно!

— Считайте, что вы ничего и не слышали. Необходимо все сохранить в абсолютной тайне. Ясно?

Привычка к двойной жизни взяла верх. Кох перекрестился раз, другой, третий. А может, он просто был истовым католиком?

— Не пугайтесь, — медленно произнес Эверард.

Озабоченность Коха вытеснила изумление.

— Совершенно естественно, что я тревожусь за работников, друзей, за семью, которая у меня в этой эпохе.

— Никто из вас не исчезнет в критический момент. Вот только визитов из будущего больше не будет, и никаких новых постов, начиная с этого года.

Бездна разверзлась на глазах у Коха. Он откинулся на спинку стула.

— Будущее, — прошептал он. — Мое детство, родители, братья, все, кого я так любил дома. Я не смогу их больше увидеть? Они поверили, что я в Америке, и я встречался с ними, несколько раз приезжал в Германию, пока Гитлер не пришел к власти... Позже я не появлялся.

Кох заговорил на немецком языке XX века, но ни один язык, кроме темпорального, не имел грамматики, подходившей для путешествий во времени.

— Вы можете помочь мне восстановить все, что мы утратили, — сказал Эверард.

Кох удивительно быстро овладел собой.

— Прекрасно. Я в вашем распоряжении. Простите мне минутную слабость. Много лет утекло в моей жизни с той поры, когда я изучал историю в Академии, да и то поверхностно, потому что ничего подобного никогда не должно было случиться. Патруль охраняет мир от таких происшествий. Где, по-вашему, произошел сбой?

— Как раз это я и надеюсь выяснить.

Эверарда, облаченного в подобающий костюм, представили как торговца из Англии. Такая версия показалась им оптимальной. Никто, правда, не видел его входящим в дверь, но это была очень большая лавка, а дворецких держали лишь коронованные особы.

Домашние Коха редко попадались Эверарду за три дня его пребывания в гостях. Они уяснили, что мастер и чужеземный купец уединились для обсуждения конфиденциальных вопросов. Рост городов порождал неслыханные коммерческие возможности.

В потайной части штаб-квартиры в Майнце хранился компьютер с обширной базой данных и устройство для внедрения информации непосредственно в мозг сотрудников Патруля.

Эверард основательно изучил текущие события. Никакая человеческая память не могла бы вместить подробности законов и нравов различных народов с их широким спектром вариаций в зависимости от места применения, но Эверард усвоил доста́точно для того, чтобы, по возможности, не совершать губительных ошибок. Пополнил он и знание языков. Эверард уже владел средневековой латынью и греческим. Немецкий, французский и итальянский пока еще существовали в виде набора диалектов, не всегда понятных даже жителям разных регионов одной страны. Но теперь он в достаточной степени изучил и их. Арабским Эверард решил не забивать себе голову — любой сарацин, с которым случится иметь дело, обязательно говорит по крайней мере на дурном французском.

Эверард составил план действий и подготовился к работе. Прежде всего он намеревался встретиться со служащим Патруля в Палермо, вскоре после известия о кончине Роджера, чтобы изучить ситуацию на месте. Другого способа получить информацию не было. Таким образом, Эверард должен был проникнуть в город незаметно и под благовидным предлогом. Хорошо бы, черт побери, иметь в резерве подкрепление.

Подкрепление явилось в образе служащего Патруля, откомандированного в его распоряжение. Карел Новак бежал от чехословацких властей в 1950 году. Его знакомый, у которого он скрывался, уговорил беглеца пройти загадочные тесты. Оказалось, что тот был агентом Патруля по вербовке, и ему приглянулся молодой человек из Чехословакии. Позже Новак служил в различных подразделениях, прежде чем получил назначение в имперский Майнц. Типичная полицейская работа, только с путешественниками во времени, — давать советы и помогать. Нередко он удерживал коллег от запрещенных действий, выручал из затруднительных ситуаций. В этой эпохе он играл роль посыльного, телохранителя, доверенного лица и слуги мастера Отто. Новак неплохо знал жизнь и обычаи Майнца, но не изучал их специально, поскольку, по легенде, он вырос в лесной глубинке, в Богемии. Повествование о том, как он оказался так далеко от дома, когда большинство простых людей этого века никогда не покидали родных мест, выглядело вполне правдоподобно, даже трогательно, и, расчувствовавшись, слушатели в тавернах нередко подносили ему чарку-другую. Новак был темноволос, приземист и крепок, с маленькими глазами на широком лице.

— Вы уверены, что не следует больше никого посвящать в случившееся? — спросил Кох во время прощания.

Американец кивнул.

— Пока не возникнет очевидной необходимости. У нас и без того проблем выше крыши, так что лучше избегать побочных эффектов. Они могут иметь свои последствия, и тогда ситуация вообще выйдет из-под контроля. Поэтому ни вашим друзьям, ни кому-либо из путешественников, которые могут прибыть сюда по обычным служебным делам, ни единого намека.

— Вы говорили, что в ближайшее время их не будет.

— Из будущего. Но кто-то может явиться из настоящего или из прошлого.

— Но вы же сказали, количество визитов сократится, а потом вообще сойдет на нет. Мои люди непременно заметят перемену и заподозрят неладное.

— Придумайте для них какую-нибудь отговорку. Послушайте, если мы разрешим возникшую проблему и восстановим правильный ход истории, провалов в вашей работе не произойдет. С точки зрения работающих здесь сотрудников Патруля, все будет нормально.

«Интересно, что можно считать нормой, когда деформируется время?» — подумал Эверард.

— Но у меня будут совсем другие воспоминания об этом периоде.

— Да, до переломного момента, который наступит спустя какое-то время в этом году. Тогда, если все утрясется, прибудет агент и сообщит вам, что все в порядке. И вы забудете все, что делали до того, поскольку в недеформированном времени вам не придется заниматься этим. Вы будете просто продолжать вашу обычную жизнь и работу.

— То есть, пока я нахожусь в деформированном мире, я должен помнить, что все, что я делаю, обратится в ничто?

— Если мы справимся с заданием. Я понимаю, это не слишком приятно, но и не смертельно. Мы полагаемся на ваше чувство долга.

— О да! Я постараюсь сделать все, что в моих силах, но... Бр-р!

— Возможно, мы проиграем, — предупредил Эверард. — В этом случае вы присоединитесь к уцелевшим сотрудникам Патруля, когда они соберутся для обсуждения плана действий.

«Окажусь ли я среди них? Маловероятно. Погиб при исполнении служебных обязанностей. Не самый плохой исход. Для нас это будет кошмарный мир», — подумалось Эверарду.

Он отбросил воспоминания, теперь утратившие реальность, и заставил себя не думать даже о Ванде.

— Ну что ж, к делу, — сказал он. — Пожелайте нам удачи.

— Да пребудет с нами Господь! — тихо отозвался Кох.

Они пожали друг другу руки.

«Обойдемся без молитв. И так в голове каша».

Он встретился с Новаком в гараже и уселся на заднее сиденье роллера. Чех сверился с картой на пульте управления, затем установил курс и включил двигатель.

1137-а год от Рождества Христова

Аппарат мгновенно вошел в антигравитационный режим и поднялся на большую высоту. Звезды мерцали бриллиантовой россыпью, какую редко увидишь в конце XX века. Мир внизу разделялся на сияющие воды и грубую твердь, объятую мраком. Воздух был холоден и тих, ведь на Земле не работал ни один мотор.

Новак, увеличив изображение, занялся изучением земной поверхности.

— Совершенно пустынно, сэр, — прокомментировал он. Новак проверил большую территорию и уже отыскал площадку для приземления.

Эверард тоже не отрывал глаз от дисплея. Он увидел ущелье среди гор в форме полукруга, за плоской равниной по берегу залива, на котором стоял Палермо. Тяжелый рельеф, скалы, лишь низкорослый кустарник кругом, поэтому здесь вряд ли встретишь пастухов и охотников.

— Вы будете ждать здесь? — машинально спросил Эверард.

— Да, сэр. До получения дальнейших указаний.

Новак, понятно, не собирался ждать здесь постоянно; он мог перескочить куда-нибудь поесть и выспаться, а затем вернуться спустя несколько минут. Если кто-то вдруг забредет в эти негостеприимные места, ему тоже следовало исчезнуть, но вернуться как можно скорее.

«Отличный солдат. Мгновенно выполняет приказ и не задает ненужных вопросов».

— Сначала доставьте меня к дороге. Летите над самой землей. Хочу запомнить, как отыскать вас в случае необходимости.

Она могла возникнуть, если Эверарду не удастся воспользоваться коммуникатором. Он был вмонтирован в образок, висевший у него на цепочке под одеждой. Диапазон достаточно велик, но никогда нельзя предугадать, что может случиться. Новак был хорошо вооружен — в дополнение к парализатору, хранящемуся в багажнике каждого темпороллера. Эверард, однако, оружия с собой не брал, чтобы не попасть в рискованную ситуацию с местными властями. Он не мог взять ничего необычного, но, как и подобало мужчинам этой эпохи, у него был нож, уместный за обеденным столом и в случае всяких осложнений, плюс посох, плюс его знание боевых искусств. Что-то еще могло бы вызвать подозрения у окружающих. Аппарат пролетел несколько ярдов на двухметровой высоте и теперь оказался над горной тропой, протоптанной козами и пастухами. Впереди раскинулась равнина, и темпороллер взмыл ввысь, чтобы его не заметили жители какой-нибудь деревни. Собаки могли лаем разбудить селян. До изобретения искусственного освещения люди на удивление зорко видели в темноте. Эверард запечатлел в памяти особые приметы ландшафта. Новак плавно развернулся и полетел над дорогой, шедшей вдоль побережья.

— Позвольте, сэр, высадить вас до рассвета, — произнес он. — В двух километрах на запад есть постоялый двор «Петух и бык». Пусть думают, что вы провели там ночь, а с утра пораньше двинулись в путь.

Эверард присвистнул.

— Очень подходящее название...

— Что вы сказали, сэр?

— Нет, ничего. Не обращайте внимания.

Новак коснулся пульта управления. Восток уже начал бледнеть. Эверард спрыгнул на землю.

— Удачной охоты, сэр! — пожелал Новак.

— Спасибо. Auf Wiedersehen!

Аппарат с Новаком исчез. Эверард двинулся навстречу восходящему солнцу.

Дорога была грязной, разбитой, с ямами и колдобинами, но зимние дожди еще не превратили ее в непроходимое болото. Рассвело, и Эверард увидел пятна зелени, приукрасившие наряшливые пашни и ржавые горы. Вдали, слева сияло море. Вскоре он рассмотрел несколько крошечных парусов. Моряки промышляли в основном в дневное время и в прибрежных водах, избегая в эту позднюю пору дальних плаваний. Находясь около Сицилии, они всегда могли зайти в безопасную гавань, да к тому же норманны очистили этот район от пиратов.

Край процветал. Дома и сараи кучками стояли посреди полей, возделанных руками их хозяев. Аккуратные глинобитные домики под соломенными крышами были живописно разрисованы поверх побелки, всюду росли сады — сливы, инжир, цитрусы, каштаны, яблоки и даже финиковые пальмы, посаженные сарацинами во времена, когда они хозяйничали на острове. Эверард миновал пару приходских церквей и увидел на некотором удалении от них массивное строение — вероятно, монастырь или аббатство.

Дорога становилась все оживленнее. В основном ему встречались крестьяне: мужчины в холщовых рубахах и узких штанах, женщины в грубых платьях с расшитыми юбками, дети. Поклажу несли на головах, плечах или везли на маленьких осликах. Люди — низкорослые, черноволосые, живые — потомки местных племен, финикийских и греческих колонистов, римских и мавританских завоевателей, а в последнее время — и случайных торговцев, воинов с материковой Италии, из Нормандии, с юга Франции и из Иберии. Большинство, несомненно, крепостные, но никто не выглядел обиженным судьбой. Они болтали, жестикулировали, смеялись, внезапно впадали в гнев и принимались браниться, но столь же быстро отходили, возвращая себе веселое расположение духа. В толпе сновали уличные торговцы. Перебирая четки, бормотали молитвы одинокие монахи.

Весть о смерти короля не повергла жителей в скорбь. Вероятно, большинство сицилийцев пока еще об этом не знали. В любом случае, простолюдины, которые редко удалялись от родного дома, воспринимали подобные новости как нечто далекое и почти нереальное. История для них была слепой силой — тем, что необходимо просто терпеть: войны, пиратство, чума, налоги, дань, подневольный труд, судьбы, разбитые бессмысленно и жестоко.

Обыватель двадцатого века намного шире, хотя и более поверхностно осознавал окружающий мир, но мог ли и он изменять свою судьбу?

Эверард шел, рассекая людскую волну. На него обращали внимание, несмотря на то что одежда его, простая по покрою, вполне подходила для горожанина или путника — дублет до колен, ноги обтянуты кожаными чулками, шляпа с длинным пером, свисающим на спину, нож и кошелек на поясе, крепкие башмаки, — все неброских цветов. Костюм Эверарда подошел бы к любой местности. В правой руке он держал посох, на левом плече висела торба с пожитками. Эверард не брил лицо, как было принято в эту эпоху, борода его выглядела солидно, густые каштановые волосы доходили до ушей. Даже дома он считался высоким человеком, здесь же его рост сразу выдавал в нем чужака.

Люди разглядывали Эверарда и обсуждали между собой. Некоторые приветствовали его. Он, не замедляя шага, вежливо отвечал им с сильным акцентом. Никто не пытался задержать его.

Связываться с таким гигантом небезопасно. К тому же и выглядел он респектабельно — путник, который высадился на берег в Марсале или Трапани и направляется по делам на восток, а может быть, совершает паломничество. Такие люди часто встречались в Сицилии.

Солнце поднялось. Крестьянские дворы сменились поместьями. За стенами Эверард видел террасы, сады, фонтаны, постройки — такие же здания их строители возвели и в Северной Африке. Появились слуги, в том числе и чернокожие, евнухи в струящихся одеждах и тюрбанах. Поместья перешли в другие руки, но и новые владельцы, подобно крестоносцам на Востоке, вскоре переняли уклад жизни прежних хозяев.

Эверард отступил в сторону и снял шляпу, когда мимо на богато убранном жеребце проехал знатный норманнский вельможа в европейском платье, аляповато расшитом, с золотой цепью на шее, в кольцах, унизывающих пальцы. Его дама — тоже верхом, юбка подобрана, но ноги скрыты кожаными чулками, оберегающими ее от нескромных глаз. Она была одета столь же кричаще и выглядела столь же надменно. За ними следовали слуги и четверо оруженосцев. Стражи являли собой типичных воинов-норманнов — коренастые, крепкие, в конических шлемах со стрелками, защищающими нос, в отполированных до блеска и смазанных маслом кольчугах, с прямыми мечами на бедре и ромбовидными щитами, висящими на боку лошадей.

Позже Эверарду повстречался знатный сарацин со свитой. Эти не были вооружены, зато одеты с утонченной роскошью. В отличие от Вильгельма Завоевателя в Англии, норманны здесь были великодушны к поверженному противнику. Крестьяне-мусульмане стали крепостными, но большинство городов сохранили свое богатство и лишь платили налоги, весьма умеренные. Они продолжали жить по своим законам и подчиняться своему суду. Хотя муэдзины могли созывать их ко всеобщей молитве только раз в год, в остальном религиозные обряды мусульмане отправляли свободно и так же свободно вели торговлю. Среди них были высокообразованные люди, некоторые даже занимали важные посты при дворе, а хорошо обученные воины составили ударные отряды в армии. Арабские слова проникали в язык, например, «адмирал» восходил к арабскому «эмир».

Греческое православное население тоже жило спокойно — норманны были терпимы и к ним. Подобным было и отношение к евреям. Горожане различного вероисповедания жили бок о бок, обменивались товарами и идеями, вступали в деловые отношения, пускались в рискованные предприятия в уверенности, что вся прибыль достанется им. Плодом подобных отношений стало материальное благополучие и блистательная культура — Ренессанс в миниатюре, зародыш новой цивилизации.

Так будет на протяжении всего лишь полдюжины поколений, но след останется в веках. Сведения об этом содержал банк данных Патруля. Он, правда, выдавал информацию о том, что король Роджер II проживет еще два десятилетия, во время которых Сицилия достигнет вершин расцвета. Однако теперь Роджер покоился во всеми забытой могиле, — такую участь его враги сочли для него самой подходящей.

Открылся вид на Палермо. Большинство великолепных сооружений еще не было возведено, но город уже сиял за крепостными стенами. Многочисленные дома, причудливо изукрашенные мозаикой и позолотой, устремлялись в небо, возвышаясь даже над шпилями католических соборов. Пройдя через распахнутые городские ворота без всяких препятствий со стороны стражников, Эверард оказался на оживленной улице, заполненной шумной толпой. Здесь было чище, запахи приятнее, чем в любом другом месте средневековой Европы, где довелось побывать Эверарду. Навигация закончилась, и суда теснились у входа в узкий залив, который в эту эпоху служил гаванью. На волнах покачивались похожие на замки галеоны, суденышки под треугольными парусами, боевые галеры, различные корабли со всех концов Средиземноморья и с Севера. Не все они стояли на якоре. Жизнь не замирала зимой, она продолжалась в больших пакгаузах и мелочных лавках, как и в любом другом месте.

Ориентируясь по карте, которую он хранил в памяти, Эверард шел сквозь толпу. Пробираться в живом потоке было непросто. Он обладал высоким ростом и силой для того, чтобы расчистить себе дорогу, но ему не хватало темперамента здешних жителей. Кроме того, он не хотел неприятностей. Черт побери! Голод и жажда давали о себе знать. Солнце спустилось к западному краю небосвода, тени вытянулись по узким улочкам. Эверард проделал многокилометровый путь.

Навьюченный верблюд протискивался между стенами в переулке. Рабы несли носилки, на которых восседал человек — судя по внешнему виду, важная персона в своей гильдии. На вторых носилках ехала женщина, несомненно, дорогая куртизанка. Несколько хозяек с корзинами на головах сплетничали по дороге с рынка, маленькие дети цеплялись за подолы материнских юбок, одна из женщин была с младенцем на руках. Еврей, торговец коврами, сидел, скрестив ноги, в своей лавке. Когда мимо проходил раввин — мрачный, седобородый, в сопровождении двух юношей-учеников с книгами, — он перестал громко расхваливать свой товар и почтительно поклонился. Из винных лавок доносились громкие голоса греков. Горшечник-сарацин остановил гончарный круг в крохотной мастерской и пал ниц: подошло время молитвы. Дородный ремесленник нес инструменты. Перед каждым храмом нищие клянчили деньги у верующих; священнослужителей они не тревожили. На площади юноша играл на арфе и пел, человек шесть его слушали, бросая монетки к ногам музыканта. По предположению Эверарда, юноша не был настоящим уличным музыкантом, но пел он на провансальском наречии и, должно быть, обучался искусству там, на родине своих слушателей. К нынешнему моменту переселенцы из Франции и Италии численно превзошли коренных норманнов, которые очень быстро ассимилировались.

Эверард упорно шагал вперед.

Путь его лежал в Алькасар, вдоль внутренней стены с девятью воротами, окружающей район рынков. Миновав мечеть, Эверард добрался до дома в мавританском стиле, превращенного в торговое заведение. Хозяин и его люди, как это было принято, жили здесь под одной крышей. Распахнутая дверь вела в комнату. Шелка лежали на столах, расставленных у входа. Многие ткани выглядели как настоящие произведения искусства. В глубине комнаты работали подмастерья — складывали ткани, обрезали кромки. Они не торопились. Средневековый мужчина работал целый день, но в размеренном ритме, и у него было куда больше свободного времени по числу выходных, чем у его потомков двадцатого века.

Все взоры устремились к высокому гостю.

— Я ищу мастера Жоффре Джовиньи, — произнес Эверард на норманнском диалекте.

Навстречу ему шагнул невысокий человек с рыжеватыми волосами, одетый в богато расшитое платье.

— Это я. Чем могу служить, — он запнулся, — любезный господин?

— Мне необходимо поговорить с вами наедине, — сказал Эверард.

Вольстрап мгновенно все понял. Он получил сообщение из прошлого о прибытии агента.

— Разумеется. Следуйте за мной, прошу вас.

Наверху, в комнате со шкафом, помещавшем в себе компьютер и коммуникатор, Эверард признался, что очень проголодался. Вольстрап ненадолго покинул кабинет и вскоре вернулся. Следом за ним вошла жена, неся на подносе хлеб, козий сыр, оливковое масло, сушеный инжир и финики, вяленую рыбу, вино и воду. Когда женщина вышла, Эверард набросился на еду. Одновременно он рассказывал хозяину дома о последних событиях.

— Понятно, — пробормотал Вольстрап. — Что вы намерены предпринять?

— Зависит от того, что я здесь узнаю, — ответил Эверард. — Мне бы хотелось поближе познакомиться с этим периодом. Вы, несомненно, настолько привыкли к местной жизни, что не представляете, как скверно не знать всех тонкостей эпохи, которые никогда не попадают в банк данных — маленькие неприятные сюрпризы.

Вольстрап улыбнулся.

— О, я прекрасно помню мои первые дни здесь. Сколько я ни тренировался, прежде чем попасть сюда, все равно страна оказалась для меня совершенно чужой.

— Вы хорошо адаптировались.

— Мне помогал Патруль. Я бы сам никогда не смог так преуспеть.

— Насколько я знаю, вы прибыли сюда якобы из Нормандии, — младший сын купца, который хотел завести собственное дело на полученный в наследство капитал. Правильно?

Вольстрап кивнул.

— Да. Меня ждало немало неожиданностей. Все эти организации, с которыми пришлось иметь дело, — светские, духовные, частные — плюс запутанные национальные отношения в Сицилии. Мне казалось, что я многое знаю о Средних веках. Но я ошибался. Здесь надо пожить, чтобы понять эту эпоху.

— Обычная реакция. — Эверард тянул время, чтобы получше рассмотреть собеседника и дать ему возможность почувствовать себя непринужденно. Взаимное расположение облегчит дальнейшую работу. — Вы ведь из Дании XIX века?

— Родился в Копенгагене в 1864 году.

Эверард уже интуитивно отметил, что Вольстрап не принадлежит к тому чувственному типу датчан, что распространились в XX веке. Вел он себя суховато, немного скованно, даже производил впечатление человека чопорного. Психологические тесты, однако, должны были выявить склонность к авантюрам, иначе Патруль никогда бы не пригласил Вольстрапа на работу.

— В студенческую пору мною овладела страсть к путешествиям. Я бросил учебу на два года и скитался по Европе, перебиваясь случайными заработками. Подобное в то время было обычным делом. Вернувшись к занятиям, я занялся историей норманнов. Все мои помыслы и мечты были о кафедре в каком-нибудь университете. Вскоре после того, как я получил степень магистра, меня завербовали в Патруль. Но все это совершенно неважно. Главное то, что случилось.

— Почему вы заинтересовались средневековым периодом?

Вольстрап с улыбкой пожал плечами.

— Романтика. Мое время, как вам известно, было закатом периода романтизма на Севере. Скандинавы, коренные жители Нормандии, были вовсе не из Норвегии, как ошибочно утверждает хроника «Хеймскрингла». Собственные имена и географические названия свидетельствуют, что они пришли, по крайней мере подавляющее их большинство, из Дании. Затем они покорили земли от Британских островов до Священной Земли.

— Понятно, — отозвался Эверард.

Последовала пауза, и Эверард восстановил в памяти канву событий.

Робер Жискар, его брат Роджер с соратниками в прошлом столетии достигли берегов Южной Италии. Их соотечественники уже пришли в те края, сражаясь против сарацинов и византийцев. В стране царил хаос. Военачальник, присоединившись к одной из враждующих сторон, мог или потерпеть неудачу, или выиграть все. Робер сделался графом и герцогом Апулии. Роджер I стал Великим графом Сицилии, и могущество его стало больше, чем на родине. Ему помогло то, что он получил папскую буллу, делавшую его апостолическим легатом на острове, — это обеспечило Роджеру I значительное влияние в церковных кругах.

Роджер скончался в 1101 году. Его законные сыновья ушли из жизни раньше отца. Титул Роджера унаследовал восьмилетний Симон, рожденный от последней жены — Аделаиды, наполовину итальянки. Будучи регентом, Аделаида подавила мятеж баронов и, когда болезнь свела Симона в могилу, передала бразды правления своему младшему сыну, Роджеру II. Став полноправным правителем в 1122 году, он взялся за возвращение Южной Италии дому Отвилей. Эти земли ушли из-под их власти после смерти Робера Жискара. Против выступил папа Гонорий II, которому совсем не хотелось иметь по соседству с папскими владениями сильного амбициозного правителя. На стороне папы были родственники Роджера, его соперники — Робер II, герцог

Капуи, и Райнальф, герцог Авеллино, шурин Роджера, а также жители Италии, в среде которых зрели идеи городской автономии и республиканского правления.

Папа Гонорий провозгласил крестовый поход против Роджера, но вынужден был отказаться от своих притязаний, когда армия норманнов, сарацинов и греков с Сицилии взяла верх над войсками коалиции. К концу 1129 года Неаполь, Капуя и другие города признали Роджера своим герцогом.

Для упрочения позиций Роджеру требовалась королевская корона. Гонорий скончался в начале 1130 года. В который раз за Средние века духовные и светские политики выдвинули двух претендентов на папский престол. Роджер поддержал Анаклета. Иннокентий бежал во Францию. Анаклет расплатился с Роджером буллой, провозглашающей последнего королем Сицилии.

Вспыхнула война. Известный в дальнейшем как Святой Бернар, сам Бернар Клервоский выступил за Иннокентия и объявил низложенным короля-язычника. Луи VI, король Франции, Генрих I, король Англии, Лотарь, император Священной Римской империи поддержали Иннокентия.

Под водительством Райнальфа Южная Италия вновь восстала. Смута и раздор охватили эти земли.

К 1134 году Роджер, казалось, был близок к победе. Но перспектива возникновения мощного норманнского государства встревожила даже византийского императора в Константинополе, и тот послал подмогу, как и независимые города-государства Пиза и Генуя. В феврале 1137 года Лотарь двинулся на юг вместе со своими германцами и папой Иннокентием. Райнальф и повстанцы присоединились к ним. Победоносная кампания завершилась тем, что в августе Лотарь и папа провозгласили Райнальфа герцогом Апулии. Император отправился домой.

Неукротимый Роджер вернулся назад. Он разгромил Капую и заставил Неаполь признать свою власть. Затем в конце октября он схватился с Райнальфом в Риньяно...

— Вижу, вы прекрасно здесь устроились, — заметил Эверард.

— Мне пришлось научиться любить эти места, — спокойно ответил Вольстрап. — Не все, конечно, по душе. Многие вещи претят мне. Но ведь это свойственно всем эпохам, верно? Глядя отсюда в будущее, растянутое на долгие годы, я понял, как много было ужасного, на что мы, викторианцы, закрывали глаза. Люди здесь замечательны по-своему. У меня хорошая жена, прекрасные дети.

Боль исказила лицо Вольстрапа. Он никогда не мог до конца довериться им. Ему предстояло увидеть, как состарятся и умрут его домашние, если с ними не произойдет чего-нибудь похуже. Служащий Патруля не заглядывает в свое будущее и судьбы тех, кого любит.

— Так увлекательно наблюдать за развитием событий. Я увижу золотой век норманнской Сицилии. — Он помолчал, проглотил подступивший к горлу комок и договорил: — Если мы сможем устранить несчастье.

— Вы правы, — Эверард решил, что пора переходить к делу. — К вам поступила какая-нибудь информация после вашего первого доклада?

— Да. Я пока не передал ее, поскольку она еще не обобщена. По-моему, лучше составить полную картину.

Эверард не разделял его мнения, но не подал виду.

— Я не ожидал... агента-оперативника так скоро. — Вольстрап выпрямился на стуле и придал твердость голосу: — Остатки армии Роджера, уцелевшие на поле битвы, бежали в Реджо, переправились на судне через пролив и остались там. Их командир предстал во дворце с докладом. Я, естественно, приплачиваю некоторым слугам при дворе. Суть истории заключается в том, что бесспорная победа Райнальфа, гибель короля и наследного принца приписываются молодому рыцарю из Ананьи, некоему Лоренцо де Конти. Но это, как вы понимаете, слухи, которые достигли их ушей, пока они пробирались домой через враждебно настроенную к ним страну. Слухи могут оказаться неверными.

Эверард потер заросшую щеку.

— Да, дело требует изучения, — медленно произнес он. — Возможно, в слухах есть доля истины. Мне бы хотелось поговорить с командиром отряда. Могли бы вы под благовидным предлогом устроить такую встречу? И еще, если этот парень Лоренцо окажется ключевой фигурой, то... — Охотничий азарт охватил Эверарда. — То я попробую начать операцию с него.

1138-а год от Рождества Христова

Однажды в осенний день, когда стояла бодрящая погода, на высоком холме Ананьи, километрах в шестидесяти пяти от Рима, появился всадник. Местные жители разглядывали лошадь и наездника, потому что оба были непривычно крупными. Мужчина, вне всякого сомнения, умел обращаться с мечом и щитом, но сейчас ехал невооруженным. Судя по виду, он был человеком знатным. Навьюченный мул плелся сзади на привязи, но чужестранец путешествовал один. Стражники у городских ворот вежливо ответили на его приветствие, произнесенное на тосканском диалекте с сильным акцентом. Расспросив их, всадник направился на приличный постоялый двор. Пока снимали его поклажу, распрягали и кормили лошадь и мула, гость за кружкой эля беседовал с хозяином. Новый постоялец, по-немецки приветливый и напористый, быстро разузнал обо всем, что его интересовало. Затем он дал монету одному из прислуживающих мальчишек, чтобы тот доставил его записку по нужному адресу.

«Герр Манфред фон Айнбек Саксонский заверяет в истинном почтении синьора Лоренцо де Конти, героя Риньяно, и был бы счастлив нанести ему визит», — гласило послание.

Мэнс Эверард помнил, что в XIX и XX веках в Айнбеке варили отменное пиво, и он позволил себе эту маленькую шутку, чтобы отвлечься от печальных воспоминаний о своей призрачной реальности.

Титулы «синьор» и «герр» имели в то время не столь отчетливое значение и различие, как в будущем, когда сформировались институты и правила рыцарства. Как бы там ни было, по стилю послания адресату станет ясно, что оно написано человеком военным и высокородным. В будущем эти обращения будут соответствовать «мистеру», — но это в его будущем, а кто знает, что случится в этом неведомом новом грядущем?

Посыльный вернулся с приглашением немедленно прибыть в гости. Чужеземцев неизменно жаловали вниманием, поскольку они могли рассказать новости. Эверард переоделся в платье, которому технический специалист Патруля специально придал поношенный и истрепанный в пути вид. Он отправился пешком в сопровождении того же мальчика-слуги. После недавнего дождя город казался чище обычного. Улочки, зажатые между стенами домов и выступающими верхними этажами, были наполнены полумраком, но, посмотрев на полоску неба, Эверард заметил рубиново-золотой закатный луч на соборе, который возвышался на самой вершине холма.

Агент держал путь к месту, расположенному чуть ниже, неподалеку от Палаццо Чивико, возвышавшегося на склоне холма. Семейства Конти и Гаэтано были самыми важными среди фамилий Ананьи, стяжавших себе славу на протяжении нескольких последних поколений. Конти жили в громадном доме, известняк его стен лишь слегка тронуло время, которое в конце концов источит его в прах. Прекрасная колоннада и стекла в окнах смягчали суровый лик сооружения. Слуги в сине-желтых ливреях, все итальянцы и христиане, напомнили Эверарду, как далеко он от Сицилии — не в милях и днях, а по духу. Лакей провел его по залам и комнатам, обставленным весьма скудно. Лоренцо — младший сын в семье, богатой одной лишь славой, еще холостой, жил здесь только потому, что Рим был ему не по карману. Несмотря на упадок, поразивший великий город, знать из провинциальных земель папской области предпочитала жить в своих римских замках, похожих на крепости, изредка навещая сельские владения.

Лоренцо устроился в двух комнатах в глубине дома: их легче было обогревать, чем большое помещение. Энергичность — вот что прежде всего почувствовал Эверард, ступив в его покои. Хозяин, спокойно сидевший на скамье, словно излучал сияние. Он поднялся, как только гость вошел в комнату. Лицо его с классическими чертами, словно изваянное из мрамора, оживилось, заиграло подобно солнечным бликам на воде, потревоженной порывом ветра. Цвет огромных золотисто-карих глаз Лоренцо казался неуловимо изменчивым. Он выглядел старше своих двадцати четырех лет, но в то же время невозможно было определить, сколько ему на самом деле. Волнистые черные волосы ниспадали на плечи, борода и усы аккуратно подстрижены. Он казался высоким для своей эпохи, худощавым, но широким в плечах. Одет Лоренцо был не в домашнее платье, а в плащ, дублет и лосины, словно хотел быть готовым к схватке в любой момент.

Эверард представился.

— Милости прошу, господин мой, во имя Христа и этого дома, — зазвучал баритон хозяина. — Вы оказали мне честь.

— Чести удостоен я, синьор, благодарю вас за любезность, — почтительно ответил Эверард.

Вспыхнула улыбка. Прекрасные зубы, такая редкость в XII веке.

— Будем откровенны, хорошо? Я сгораю от желания поговорить о путешествиях и странствиях. А вы? Пожалуйста, располагайтесь поудобнее.

Пышнотелая молодая женщина, гревшая руки над угольной жаровней, которая кое-как разгоняла холод, помогла Эверарду снять плащ и налила неразбавленного вина из кувшина в кубки. Следом на столе появились засахаренные фрукты и неочищенные орехи. Лоренцо подал ей знак, и она, поклонившись, удалилась в смежную комнату с низко опущенной головой. Эверард успел заметить в ней колыбельку. Дверь за женщиной закрылась.

— Она должна быть там, — объяснил Лоренцо. — Ребенку нездоровится.

Женщина — теперешняя хозяйка дома, несомненно, происходила из крестьян, и у них родился ребенок. Эверард молча кивнул, не выражая надежды на скорое выздоровление. Это считалось дурной приметой. Мужчины не слишком жалуют любовью детей, пока чадо не подрастет.

Они уселись за стол друг против друга. Дневной свет был тусклым, но комнату освещали три медные лампы. Их мерцающий свет словно оживлял воинов на фресках за спиной Лоренцо — они изображали сцены из «Иллиады», а может быть, «Энеиды». Эверард не мог точно припомнить.

— Я вижу, вы совершили паломничество, — произнес Лоренцо.

Эверард позаботился о том, чтобы его крест оказался на виду.

— В Святую Землю, во искупление грехов, — ответил сотрудник Патруля.

Лицо хозяина выразило живую заинтересованность.

— А как обстоят дела в Иерусалимском королевстве? До нас доходят неутешительные вести.

— Христиане пока держатся там.

Они будут держаться на протяжении последующих сорока девяти лет, пока Салах-ад-дин не вернет себе Иерусалим... если только и эта часть истории не пошла наперекосяк. На Эверарда обрушился поток вопросов. Он удачно выпутывался из них, поскольку хорошо подготовился, но некоторые ставили его в затруднительное положение своей проницательностью. В отдельных случаях, когда он не мог проявить неведения, Эверард просто придумывал правдоподобные ответы.

— Боже мой! Доведется ли мне посетить эти места? — воскликнул Лоренцо. — Впрочем, у меня куча дел поважнее и поближе к дому.

— Где бы я ни останавливался на пути через Италию, всюду слышал о ваших выдающихся деяниях, — сказал Эверард. — В прошлом году...

Рука Лоренцо рубанула воздух.

— Господь и Святой Георгий помогают нам. Мы почти завершили изгнание сицилийцев. Их новый король, Альфонсо, храбр, но ему недостает ума и изворотливости его отца. Клянусь, мы скоро загоним Альфонсо на его остров и завершим поход, но пока дела идут скверно. Герцог Райнальф, прежде чем мы двинемся дальше, хочет убедиться в собственной власти над Апулией, Кампаньей и теми землями Калабрии, которые мы завоевали. Поэтому я и вернулся домой и теперь зеваю от скуки до боли в скулах. Дружище, как я рад встрече с вами! Расскажите мне о...

Волей-неволей Эверарду пришлось изложить историю герра Манфреда. Вино, оказавшееся изумительным, развязало ему язык, сняло напряжение и придало живости воображению, особенно в деталях повествования. Посетив священные места, совершив омовение в реке Иордан и прочая, прочая, Манфред оказался вовлеченным в стычку с сарацинами, после чего он немного попьянствовал и поволочился за женщинами, перед тем как отправиться в обратный путь домой. Корабль высадил его в Бриндизи, откуда он продолжил путешествие верхом. Один из его слуг стал жертвой болезни, второй погиб в стычке с разбойниками, поскольку войны, которые вел король Роджер из года в год, разорили страну и ввергли в отчаяние множество людей.

— Ну, от разбойников мы страну очистим, — уверил его Лоренцо. — Я думал перезимовать на юге, чтобы навести там порядок, но в это время года путешественников немного, и разбойники укроются по своим жалким норам, а... я совсем не расположен исполнять роль вешателя, какой бы важной ни была эта миссия. Пожалуйста, продолжайте ваш рассказ.

Бандиты очень досаждали герру Манфреду, несмотря на его смекалку и внушительную фигуру. Он планировал посетить соборы Рима и нанять новую прислугу. Но не мог миновать Ананьи, поскольку мечтал увидеть прославленного синьора Лоренцо де Конти, чей подвиг в прошлом году при Риньяно...

— Увы, друг мой! Боюсь, вас ждут злоключения, — вздохнул итальянец. — Не вздумайте идти через Альпы без провожатых и охраны.

— Да, я кое-что слышал. Могли бы вы рассказать мне подробности? — вопрос этот был естествен для герра Манфреда.

— Полагаю, вам известно, что наш преданный друг император Лотарь скончался в декабре по дороге домой, — объяснил Лоренцо. — Вопрос о наследнике сейчас обсуждается, и противоречия между различными сторонами довели дело до войны. Боюсь, империя будет переживать потрясения еще долгие годы.

«Пока Фридрих Барбаросса наконец не наведет там порядок, — подумал Эверард. — При условии, что к тому времени история не выйдет из привычного русла».

Лоренцо просветлел.

— Как вы убедились, главным по-прежнему остается восстановление справедливости, — продолжил он. — Теперь, когда повержен этот богоотступник, этот дьявол Роджер, его королевство у нас на глазах рассыпается, как замок из песка под дождем. Я вижу Божие знамение в том, что старший сын и тезка Роджера умер вместе с отцом. Из него вышел бы достойный противник. Альфонсо, которого выбрали в качестве наследника... впрочем, я уже говорил вам о нем.

— А все благодаря тому знаменательному дню, — Эверард попытался ввести беседу в нужную ему колею, — который настал благодаря вам. Меня истомила жажда услышать рассказ об этих событиях из ваших уст.

Лоренцо улыбнулся, и поток воодушевления подхватил его.

— Райнальф, как я уже говорил, забирает в свои владения южные герцогства, никого другого эти земли больше не интересуют. А Райнальф — истинный сын Церкви, преданный Святому Отцу. В январе этого года — вы слышали? — умер самозванец папа Анаклет, и не осталось никого, кто смел бы оспаривать права Иннокентия.

«В моей истории Роджер II обеспечил выборы нового папы, но тот через несколько месяцев сложил с себя тиару. Роджер тем не менее обладал личной и политической силой для продолжения противостояния Иннокентию, которое в конце концов закончилось для папы заточением в темницу. По версии Лоренцо, даже слабый противник не по силам Альфонсо», — подумал Эверард.

— Новый сицилийский король по-прежнему настаивает на признании папой его власти, но Иннокентий отменил эту буллу и призвал к новому крестовому походу против дома Отвилей. Мы сбросим их в море и вернем остров Христу!

«Не Христу, а инквизиции, когда она будет создана. Преследованию евреев, мусульман и православных. Сожжению еретиков на кострах».

И все же, по меркам эпохи, Лоренцо казался вполне порядочным человеком. Вино разгорячило его кровь. Он вскочил на ноги и принялся ходить взад-вперед, бурно жестикулируя и продолжая вещать:

— Кроме того, у нас есть сторонники, наши братья во Христе в Испании, которые сейчас выдворяют последних мавров со своей земли. У нас есть королевство Иерусалимское для защиты Вечной Славы Господней. Роджер начал укрепляться в Африке, но мы и те земли вернем в свои руки и захватим новые. Вы знаете, что прежде они были христианскими владениями? И вновь ими станут! Надо посрамить еретика-императора в Константинополе и восстановить власть истинной Церкви на благо его народа. О, безграничная слава, которая ждет нас! И я, грешный, достигну ее, и имя мое прославится в веках. Не осмелюсь мечтать о лаврах Александра или Цезаря, но уподоблюсь Роланду, первому паладину Карла Великого. Конечно, мы прежде всего должны помышлять о воздаянии на небесах за верную службу. Высшая милость заслуживается только на поле брани. Нас окружают бедные, страждущие, скорбящие. Им нужны покой, справедливость, мир. Только дайте мне власть, чтобы даровать им заслуженные блага.

Лоренцо наклонился и, обняв Эверарда за плечи, произнес почти с мольбой:

— Останьтесь с нами, Манфред! Я безошибочно распознаю силу в человеке. Вы один стоите десятерых. Не возвращайтесь на вашу безнадежную родину. Сейчас не время. Вы — саксонец. И, следовательно, подчиняетесь вашему герцогу, который, в свою очередь, подвластен папе. Вы будете полезнее здесь. Каролинги происходят из вашей страны, Манфред. Будьте рыцарем нового Каролинга!

«Вообще-то, — припомнил Эверард, — он был франком и расправился с древними саксонцами с педантичностью Сталина. Однако миф о Каролингах победил. Хотя «Песнь о Роланде» еще не сложена и рыцарским романам предстоит появиться гораздо позже, популярные истории и баллады тем не менее уже в ходу. Лоренцо, похоже, увлечен ими. Я имею дело с романтиком, с мечтателем, который к тому же еще и грозный воин. Опасная смесь. Ему только нимба судьбы над головой не хватает».

Эти размышления вернули агента Патруля к цели его визита.

— Ну что же, мы обсудим ваше предложение, — произнес он осторожно. Эверард благодаря крепкому сложению не чувствовал опьянения, так, легкий жар в крови, который он был способен контролировать разумом. — Но я непременно хочу услышать про ваш подвиг.

Лоренцо рассмеялся.

— О, вы услышите обязательно! Моя гордыня огорчает моего духовника. — Лоренцо сделал круг по комнате. — Оставайтесь! Отужинайте с нами нынче!

Трапеза оказалась легкой, приготовленной на скорую руку. Главное застолье происходило в полдень. Люди, лишенные достаточного освещения, редко засиживались после наступления темноты.

— Вам нечего делать на паршивом постоялом дворе. Позвольте предложить вам ночлег. Живите у нас сколько пожелаете. Я пошлю слуг за вашим конем и поклажей.

Пока родители находились в Риме, Лоренцо распоряжался всем домом. Сев за стол, он схватил кубок с вином.

— Завтра едем на соколиную охоту. Мы сможем свободно поговорить на вольном воздухе.

— С нетерпением жду и благодарю вас от всего сердца.

Холодок пробежал по телу Эверарда.

«Похоже, настает момент попытать удачу», — подумал он.

— Ходят самые невероятные слухи. Особенно о Риньяно. Рассказывают, будто вам явился ангел. Еще говорят, что только чудо помогло вам в схватке с врагом.

— Да, люди болтают все, что ни взбредет им в голову, — проворчал Лоренцо. Затем добавил скороговоркой: — Не один Бог ниспослал нам победу, несомненно, святой Георгий и мой святой заступник придали мне сил. Я возжег множество свечей в их честь и намерен основать аббатство, когда одержу окончательную победу над врагами.

Эверард насторожился.

— И никто не видел... ничего сверхъестественного... в тот день?

«Так средневековые люди восприняли бы путешественника во времени и его работу», — подумал Эверард.

Лоренцо покачал головой.

— Нет. Я ничего не заметил и никогда не слышал ничего подобного от других. Действительно, во время сражения нетрудно утратить чувство реальности. Наверно, ваш собственный опыт научил вас отметать подобные преувеличения.

— И ничего примечательного накануне сражения?

Лоренцо озадаченно взглянул на Эверарда.

— Нет. Если сарацины Роджера и пытались прибегнуть к колдовству, то воля Господня пресекла их затею. А почему вы так настойчиво расспрашиваете об этом?

— Слухи, — невнятно пробормотал Эверард. — Видите ли, совершая паломничество, я особое внимание уделяю всевозможным знамениям — с небес или из преисподней. — Он внутренне собрался, выпил залпом вино и изобразил усмешку. — В основном потому, что мне, как солдату, интересно все, происходившее там. Это ведь была необычная битва.

— Да, верно. По правде говоря, я ощутил руку Господа на себе в тот момент, когда опустил копье и пришпорил коня, завидев знамена принца. — Лоренцо перекрестился. — В остальном все было как обычно — шум и крики, неразбериха, ни мгновения, чтобы оглядеться вокруг или задуматься о своей судьбе. Завтра я с радостью поведаю вам обо всем, что сохранила память о тех событиях. — Он улыбнулся. — Но не сейчас. История эта уже набила мне оскомину. На самом деле я бы предпочел поговорить о том, что нам следует предпринять в дальнейшем.

«Я расспрошу, я вытащу из него и всех остальных мельчайшие детали, пока герр Манфред с огорчением не решит, что долг зовет его на родину в Саксонию. Быть может, я подберусь к кому-то, кто явился сюда из другого времени и вторгся в судьбу истории. Хотя уверенности нет», — подумал Эверард.

От того, что ему было известно, стыла кровь в жилах.

1137 год от Рождества Христова
30 октября (по юлианскому календарю)

Под белесым небом стесненные дорогой, бегущей с гор на запад к Сипонто по побережью Адриатического моря, кучкой стояли домики, которые и составляли деревушку Риньяно. Рассветное солнце, низко поднявшись над сжатыми полями, лесами и садами, тронутыми увяданием, затушевало дымкой горизонты Северной Апулии. Воздух был прохладен и неподвижен. Знамена в лагерях противников поникли, палатки провисли от влаги.

Их разделяло около мили абсолютно голой земли, пересеченной дорогой. Дым от нескольких костров столбами уходил в небо. Скрежет, бряцанье оружия, крики готовящихся к битве воинов заполняли ночь.

Вчера король Роджер и герцог Райнальф провели совещание. Единственным, кто пытался предотвратить кровопролитие, был Бернар, всеми почитаемый аббат монастыря в Клерво. Однако Райнальф, распаленный жаждой мести, настаивал на сражении, а Роджер был упоен одержанными победами. Бернар к тому же принадлежал к сторонникам папы Иннокентия.

Сегодня они сойдутся в битве.

Король решительно шагнул вперед, блеснув кольчугой, и ударил кулаком в раскрытую ладонь.

— По седлам и приготовиться! — воскликнул он.

Голос его прозвучал подобно львиному рыку. По-львиному крупными были и черты лица Роджера, обрамленного черной бородой, но глаза его сияли голубизной, как у викингов. Король взглянул на человека, который делил с ним шатер и развлекал его рассказами перед сном, когда дневные дела были завершены.

— Почему ты так мрачен в этот величайший из дней? — весело спросил Роджер. — Думаю, что джинн вроде тебя... Боишься, что святой отец загонит тебя назад в бутылку?

Мэнсон Эверард выдавил из себя улыбку.

— По крайней мере, пусть бутылка будет христианской да с вином на донышке.

Шутка прозвучала резко.

Роджер испытывал уважение к собеседнику. Король отличался крепким сложением, но его спутник был еще крепче. Хотя он удивлял короля не только статью.

История его жизни выглядела незатейливо.

Внебрачный ребенок англо-норманнского рыцаря Мэнс Эверард несколько лет назад покинул Англию в поисках счастья. Подобно многим соотечественникам со временем он оказался в варяжской страже константинопольского императора, сражался с печенегскими варварами, но, будучи католиком, утратил пыл, когда византийцы двинулись на владения крестоносцев. Уйдя со службы с увесистым кошельком заработанных и добытых денег, он продвигался на запад, пока не высадился в Бари, неподалеку отсюда. Некоторое время провел в этих местах, предаваясь развлечениям. Услышал много рассказов о короле Роджере, третьего сына которого — Танкреда — назначили правителем города. Когда Роджер, усмирив мятежи в Кампанье и Неаполе, пересек Апеннины, Мэнсон отправился навстречу армии короля, чтобы предложить ему свой меч.

Так мог поступить любой вольный искатель приключений. Мэнсон, однако, привлек королевское внимание не столько своим удивительным ростом, сколько способностью о многом рассказывать, особенно о Восточной империи. Полвека назад дядя Роджера, Робер Жискар, стоял почти у ворот Константинополя, но ход событий изменили греки и их союзники венецианцы. Дом Отвилей, подобно другим в Западной Европе, все еще тешил себя амбициями.

Были, однако, некоторые пробелы в рассказах Мэнса, вызывавшие недоумение, и вообще он нес в себе какую-то тайну, словно его терзали тайные грехи или печаль.

— Ладно, — решил Роджер. — Пора отправляться на жатву. Ты поедешь со мной?

— С вашего позволения, господин мой, я полагаю, мне лучше служить под началом вашего сына, герцога Апулии, — сказал скиталец.

— Как хочешь. Я отпускаю тебя, — сказал король, и внимание его переключилось на что-то другое.

Эверард протолкался сквозь гудящий рой. Невзирая на папское отлучение, люди на рассвете молились. Слова молитв прорывались сквозь команды, шутки, вопли на полудюжине языков. Знаменосцы размахивали штандартами, указывая места построения. Вооруженные люди шумно проталкивались к своим позициям, изготовив к бою обнаженные копья и топоры. Лучники и пращники уступали им дорогу — стрелки пока еще не стали главной силой в пехоте. Кони ржали, сверкали кольчуги, копья колыхались, как тростник в бурю. Войско было довольно пестрым: норманны, местные сицилийцы, жители Ломбардии и уроженцы других областей, французы и прочие задиристые парни из доброй половины Европы. В белых летящих одеяниях поверх доспехов, молчаливые, но с кипящей в груди страстью, застыли в ожидании отряды сарацинов, вселяющие страх в противника.

Мэнсон и два его помощника, якобы нанятые в Бари, разбили бивак в чистом поле и жили там, пока король не призвал Эверарда после окончания переговоров.

В городе Эверард сделал несколько покупок — так, по крайней мере, полагали окружающие — верховых лошадей, одну вьючную и боевого коня. Последний оказался громадным животным — он ржал, вскидывая голову, и мерно печатал копытами шаг, заглушая звуки труб.

— Быстро помогите мне со снаряжением! — распорядился Эверард.

— Неужели вам и впрямь надо идти? — спросил Джек Холл. — Чертовски рискованно. Заваруха будет почище, чем с индейцами.

Он взглянул вверх. На недосягаемой для глаза высоте в воздухе зависли на антигравах темпороллеры Патруля. Патрульные наблюдали за полем битвы с помощью оптических приборов, при помощи которых можно было сосчитать даже капельки пота на лице человека.

— А они что — не могут просто убрать этого типа, за которым вы охотитесь? Тихо так, незаметно, парализатором?

— Шевелись! — прикрикнул Эверард. — Сам не сообразишь? Нет, не могут. Мы и так слишком рискуем.

Холл покраснел, и Эверард понял, что несправедлив по отношению к помощнику. Нельзя рассчитывать, что рядовой агент, которого в экстренном порядке привлекли к операции, будет разбираться в теории кризисов. Холл был ковбоем до 1875 года, когда Патруль завербовал его на службу. Как и подавляющее большинство патрульных, он работал в привычной ему среде, ничем не выделяясь среди местных жителей. В секретные обязанности Холла входили контакты с путешественниками во времени, предоставление информации, сопровождение, надзор и помощь, если это потребуется. Если случалось какое-то непредвиденное происшествие, Холл должен был вызвать специалистов из Патруля. Волей случая он оказался в отпуске в эпохе плейстоцена, охотясь на животных и девушек, в одно время с Эверардом, который заметил, как Холл ловко управляется с лошадьми.

— Извини, — сказал Эверард, — я просто тороплюсь. Через полчаса начнется битва.

На основании информации, полученной из Ананьи, патрульный «уже» знал фатально ошибочный ход сражения. Теперь предстояло вернуть события в правильное русло.

Жан-Луи Бруссар приступил к делу.

— Видите ли, друзья, нам предстоит довольно опасное задание. Явление чуда людям, которое не зафиксировано ни в одной из историй, ни в нашей с вами, ни в переиначенной, станет новым фактором, который еще больше запутает события, — рассуждал он.

Жан-Луи больше занимался наукой. Он родился в XXIV веке, но служил во Франции десятого столетия в качестве наблюдателя. Огромное количество информации было утрачено в те времена: летописцы не записывали события вовремя или допускали в хрониках ошибки, книги истлевали, сгорали и бесследно терялись. А поскольку Патрулю полагалось охранять поток времени, он должен знать, что именно находится под его опекой. И полевые специалисты играли здесь роль не менее важную, чем полицейские.

Эверарду вдруг вспомнилась Ванда.

— Быстрее, черт побери!

«Не думай о ней, забудь, хотя бы сейчас!»

Холл все еще возился с жеребцом.

— Будь по-вашему, сэр, но я уже сказал, вы слишком ценный парень, чтобы просто кинуть вас в такую заваруху, — упорствовал ковбой. — Все равно что генерала Ли выставить на передовую.

Эверард не ответил, уйдя в размышления: «Я сам выбрал эту роль. Использовал служебное положение... Не спрашивай, почему, я не смогу тебе толком объяснить, но я должен нанести удар своей рукой».

— У нас с тобой свои задачи, — напомнил Холлу Бруссар. — Мы находимся в резерве, здесь, на земле, на случай осложнения операции.

Бруссар не стал упоминать о том, что в этом случае причинно-следственный вихрь может выйти из-под контроля.

Ночью Эверард спал в рубашке и в брюках. Поверх он надел стеганый жилет и такую же шапочку, переобулся в сапоги со шпорами. Кольчуга скользнула через голову на плечи и упала до колен, разделяясь на две половины на уровне бедер, чтобы можно было сидеть верхом. Доспехи оказались гораздо легче, чем он ожидал, их вес равномерно распределялся по всему телу. Голову венчал шлем со стрелкой. Пояс с мечом, кинжал на правом бедре дополняли костюм, изготовленный для Эверарда в мастерских Патруля. Ему не требовалось долгой тренировки, чтобы освоиться в новом обмундировании, поскольку за плечами у него был огромный опыт работы в боевых условиях различных времен.

Эверард вставил ногу в стремя и вскочил в седло. Боевой конь обычно воспитывался своим седоком с младенчества. Этот был из Патруля, более умный, чем его собратья. Бруссар подал Эверарду щит. Он продел левую руку в ремни, прежде чем взять поводья. Геральдика еще не была развита, но некоторые воины уже использовали свои символы, и Эверард в знак сложности предстоящей операции нарисовал на щите мифическую птицу — индюка. Холл протянул Эверарду его копье. Оно тоже было легче, чем казалось с виду. Агент одобрительно поднял большой палец вверх и ускакал прочь.

По мере формирования эскадронов суета стихала. Знамя Роджера-младшего, которое нес его оруженосец, пестрело в головной части войска. Роджеру предстояло пойти в первую атаку.

Эверард подъехал к нему и поднял копье вверх.

— Приветствую вас, мой господин! — воскликнул он. — Король приказал мне быть с вами в авангарде. По-моему, мне лучше находиться на левом фланге, с краю.

Герцог нетерпеливо кивнул. Жажда битвы разгоралась в

нем, девятнадцатилетнем юноше, который уже стяжал себе славу блистательного и храброго воина. По версии, которой располагал Патруль, смерть Роджера, так и не признанного законным правителем, на другом поле брани одиннадцатью годами позже приведет к полосе злоключений для королевства, потому что он был самым одаренным сыном Роджера II. Но по этой истории сегодняшний день станет для этого подвижного и изящного юноши роковым.

— Как хочешь, Мэнсон, — ответил он и, засмеявшись, добавил: — Порядок слева будет обеспечен!

Военачальники будущего пришли бы в ужас от такой небрежности, но в те времена в Западной Европе не утруждали себя вопросами организации или планами сражений. Норманнская кавалерия и без того была лучше всех, если не сравнивать с армиями Византийской империи и двух халифатов.

Эверард отправился на тот фланг, по которому ударит Лоренцо. Агент занял позицию и огляделся вокруг.

За дорогой строилась неприятельская армия. Сияло железо, разноцветными пятнами мелькали люди и кони. Рыцарей Райнальфа было меньше — около пятнадцати сотен, но след в след за ними шли горожане и крестьяне Апулии с пиками и алебардами — живая чащоба, выступившая защищать свои дома от захватчика, который уже разорил другие земли. По количеству войско Райнальфа было примерно равно неприятельскому.

«Да, современники Роджера считают, что он слишком сурово относится к повстанцам. Но он действовал подобно Вильгельму Завоевателю, который усмирил Северную Англию, обратив ее в пустыню, но, в отличие от Вильгельма, Роджер в мирное время правит справедливо, терпеливо, можно даже сказать, милосердно...

Но не надо искать оправданий. Воплощение великодушия или монстр, он, в моей версии истории, создал Реньо, королевство обеих Сицилий, которое пережило его династию и народ и в той или иной форме просуществовало до XIX века, когда превратилось в ядро нового итальянского государства со всем историческим наследием, значимым для мира. И сейчас я в поворотной точке истории... Хорошо, правда, что мне не пришлось повстречаться с ним до того, как он пересек горы. Я не смог бы заснуть, увидев его в деле в Кампанье».

Как всегда перед сражением, Эверард перестал ощущать страх. Совсем не потому, что ему было незнакомо это чувство, — у него просто не оставалось времени на подобные переживания.

Глаз его приобретал остроту кинжала, слух улавливал малейшие звуки в окружающем гаме. Все чувства напряглись, но Эверард уже не ощущал ни учащенного биения сердца, ни запаха собственного пота — мозг работал почти с математической точностью.

— Приступаем через минуту, — тихо сказал он.

Нагрудный медальон под его доспехами, уловив сигнал на темпоральном языке, передал его по назначению. Эверард не выключил приемник, хотя элемент быстро истощался: сегодняшняя работа не займет много времени, как бы ни пошли дела.

— Видите Лоренцо на экранах?

— Двое из нас ведут за ним наблюдение, — донеслось из модуля, использующего костную звукопроводимость и работающего в паре с кристаллическим приемником в его шлеме.

— Не выпускайте его из поля зрения. Мне нужно точно знать, где он находится, когда мы приблизимся друг к другу. Держите меня в курсе.

— Разумеется. Доброй охоты, сэр!

«Хоть бы все удалось. Надо спасти Роджера и его сына, вернуть к жизни всех наших любимых и наш мир. Семьи. Друзей. Страны. Работу... Да, но Ванда...»

Герцог Роджер обнажил меч. Высоко в воздухе блеснул клинок. Он издал боевой клич и пришпорил коня. Свита герцога вторила ему. Раздался стук копыт, который перерос в грохот, когда рысь сменилась легким галопом и конница пошла в карьер. Копья раскачивались в такт скачке. Дистанция между неприятелями сократилась, и копья опустились вниз, обратив войско Роджера в ощетинившегося дракона.

«Ванда там, в том будущем, которое мы собираемся убить. Она должна быть там, ведь она еще не вернулась. Но я не мог отправиться на поиски, никто не мог. Мы несем ответственность не перед отдельными человеческими существами, а перед всем человечеством. Может быть, она умерла, попала в западню — я никогда об этом не узнаю. Если то далекое будущее не существует, значит, нет и Ванды. Ее отвага и смех будут жить лишь в XX веке, когда она выросла, начала работать и... Я не должен возвращаться, чтобы повидаться с нею, никогда. С той последней минуты в ледниковом периоде линия ее жизни устремилась в будущее и закончилась. Она не погибла, не распалась на атомы, это не просто смерть, это полное исчезновение».

Эверард втиснул раздумья в дальний угол сознания. Он не

мог дать им волю сейчас. Потом, позже, наедине с собой он позволит себе скорбь, а может, и слезы.

Пыль забила ноздри, запорошила глаза, подернула пеленой все вокруг. Отряды Райнальфа впереди казались ему размытым пятном. Мускулы напружинились, седло заскрипело.

— Лоренцо посылает двадцать человек направо, — произнес невыразительный голос в шлеме Эверарда. — Они хотят зайти с тыла.

Так. Рыцарь из Ананьи и кучка его надежных соратников ударят по левому флангу войска Роджера, прорвут его, прикончат герцога и подобно камню, брошенному в стекло, стремительно атакуют. Страх охватит тыловые отряды сицилийцев. Лоренцо возглавит войско Райнальфа, и король будет повержен. Не путешественники во времени, не человеческий просчет, не безумие, не амбиции — нет, не они причина этих событий. Неустойчивость заложена в самой энергетической структуре пространства-времени. Квантовый скачок, нелепая случайность... И даже некому мстить за Ванду.

«В любом случае ее уже нет. Я должен так думать, если мы хотим вернуть наш мир».

— Осторожно, агент Эверард! Вы обращаете на себя внимание... Один рыцарь из отряда Лоренцо скачет в вашу сторону. Похоже, они заметили вас.

«Черт! Пока я с ним буду разбираться... Надо по-быстрому...»

— Он впереди слева.

Эверард увидел человека, его коня и копье.

— Давай-ка, Блэки, поворачивай, сейчас мы его... — пробормотал он.

В ответ на движение седока конь рванулся вперед. Эверард оглянулся, махнул рукой всадникам Роджера и, взяв наперевес копье, внутренне собрался.

Поле брани это не поле для турниров, на которых рыцари, разделенные барьерами, скачут навстречу друг другу, чтобы ради награды выбить соперника из седла. Подобные турниры еще впереди, через несколько веков. Здесь или ты убьешь, или тебя.

«Не то чтобы я всю жизнь в этом совершенствовался, но кое-что тоже могу... И вес поможет, и конь подо мной прекрасный... Ну же!»

Его конь слегка изменил направление. Острие копья противника, метившее в горло, ударилось в щит и отскочило. Эверарду тоже не удалось нанести смертельный удар, но он зацепил кольчугу противника и ударил изо всех сил. Итальянец опрокинулся, правая нога его вылетела из стремени, и он, не удержавшись в седле, рухнул на землю. Но левая нога осталась в стремени, и его поволокло за конем.

Стычка произошла на глазах сицилийцев, скакавших рядом с Эверардом. Они заметили вражескую группу, отделившуюся от войска, и мгновенно последовали за агентом Патруля. Копыта с хрустом подмяли под себя упавшего воина.

Эверард отбросил копье и обнажил меч. В неразберихе ближнего боя он мог делать то, что непозволительно на открытом пространстве. В облаке пыли он двигался навстречу врагу.

— Справа, почти по курсу, — произнес голос.

Эверард дал направление Блэки и спустя мгновение увидел вымпел Лоренцо.

Узнал сразу же. Ведь он ел за столом этого человека, выпускал его соколов, гнал его оленей, болтал с ним и пел, смеялся и пил допьяна, ходил с ним в церковь и на празднества, выуживал из него мечты и сокровенные мысли, притворяясь, будто делится своими, и так день за днем, ночь за ночью — только через год после этой битвы. Лоренцо плакал, когда они расставались, и назвал Эверарда братом.

Отряды рыцарей сошлись.

Люди рубили друг друга наотмашь, кони сталкивались и становились на дыбы. Воины истошно кричали, кони пронзительно ржали. Железо лязгало и бряцало. Кровь лилась потоками. Тела падали на землю, несколько мгновений дергались и превращались в раздавленное красно-белое месиво из плоти и обломков костей.

Рукопашная схватка шла в непроглядных клубах пыли. Эверард упорно пробивался вперед. Наблюдатели сверху предупреждали его об опасности с той или иной стороны, так что он успевал заслониться щитом или отбить мечом неприятельский удар. В конце концов он пробился в самую гущу сражения.

Перед ним оказался Лоренцо. Молодой рыцарь тоже бросил копье и рубил мечом направо и налево, разбрызгивая капли крови с клинка.

— Вперед! Вперед! — кричал он сквозь грохот. — Святой Георгий за Райнальфа, за Его Святейшество!

Он различил силуэт Эверарда в хаосе и завесе пыли. Конечно, Лоренцо не знал этого гиганта, он никогда не встречался с ним прежде, но, весело улыбнувшись, пришпорил коня навстречу врагу.

К черту порядочность! Эверард навел на Лоренцо свое оружие и нажал кнопку. Невидимый луч парализатора ударил в цель. Челюсть Лоренцо отвисла, меч выпал из руки, и он повалился вперед.

Но почему-то не выпал из седла. Лоренцо рухнул на шею коня, тот заржал и рванулся в сторону. Видимо, верховая выучка Лоренцо была настолько хороша, что он и в бессознательном состоянии не упал на землю. Придя в себя, он, скорее всего, подумает, что кто-то нанес ему сильный удар из-за спины, который оглушил его даже сквозь кольчугу и стеганую прокладку на шее.

Во всяком случае, Эверард надеялся, что так и произойдет. Но времени на сантименты не было.

— Вперед, Блэки, уходим. Всем остальным — тоже уходить, — прохрипел Эверард.

Во рту так пересохло, что язык стал деревянным. Накал битвы начал затихать. Случившийся во время нее эпизод не заметил никто — ни со стороны герцога Роджера, ни воины Райнальфа. Сицилийцы, с криками устремившись вперед, ударили по врагу, разметали его и вклинились в самый центр войска противника.

Эверард скакал по полю, усеянному изуродованными и скрюченными трупами; раненые стонали, изувеченные кони метались и ржали. Никто не обращал внимания на Эверарда. Оглянувшись назад, он увидел, как герцог Роджер преследует врагов по дороге на Сипонто. Видел он и то, что Райнальф собирает свое войско для перегруппировки, в то время как армия короля Роджера стоит неподвижно.

Большую часть этой картины Эверард видел мысленным взором, вернее, помнил историю — в том виде, как она должна быть написана. В действительности глазам его представали смятение, груды тел, вопиющий абсурд, который и составляет суть войны.

Неподалеку возвышался холм, поросший деревьями. Там Эверард остановился.

— Все в порядке, — коротко бросил он в медальон. — Забирайте меня.

Напряжение все еще не отпускало его. Оно будет держать его, пока он не увидит конца битвы и не убедится, что теперь события разворачиваются в должном порядке.

Перед Эверардом возник вместительный темпомобиль, готовый принять на борт и его боевого коня. Команда поспешно погрузила четвероногого участника операции. Эверард хвалил его, ерошил мокрую, заляпанную грязью гриву, поглаживал бархатистый нос.

— Он предпочел бы сахар, — сказала блондинка невысокого роста, похожая на финку, и протянула Эверарду кусочек сахара.

Она не в силах была сдержать радости. Сегодня она могла твердо сказать, что помогла спасти этот мир, из которого происходила сама.

Аппарат взмыл ввысь. Его окружило небо. Далеко внизу стелились серовато-коричневая земля и серебристое переливчатое море. Эверард придвинулся к оптическому прибору, увеличил изображение и прильнул к окуляру. Отсюда смерть и боль, гнев и слава выглядели нереально — представление в кукольном театре, абзац в своде летописца.

Человек разносторонне одаренный, любивший одеваться с восточной изысканностью, король Роджер был далеко не гением в военной тактике. Победу он чаще всего добывал лобовым наступлением, жестокой решительностью и замешательством в стане врага. В Риньяно он слишком затянул с началом и потерял преимущество, которое обеспечил ему сын. Когда король наконец двинулся вперед, его войско, словно волна, разбилось об утес. Райнальф бросил все силы против сицилийцев. Возвращение принца оказалось бесполезным. Паника овладела воинами Роджера, и они бросились врассыпную. Люди Райнальфа охотились за ними и приканчивали без жалости. К концу дня три тысячи мертвых лежали на поле боя. Оба Роджера, собрав горстку уцелевших воинов, пробились с боем к горам и двинулись в сторону Салерно.

Так и должно было случиться, так было в мире Патруля. Триумф победителя окажется недолгим. Роджер с новыми силами отвоюет потерянное. Райнальфу суждено умереть от лихорадки в апреле 1139 года. Скорбь по нему будет долгой и тщетной. В июле 1139 года оба Роджера в Галуччо из засады нападут на папскую армию, славные командиры которой спасутся бегством, но тысячи их подчиненных утонут, пытаясь переплыть реку Гарильяно. Папа Иннокентий попадет в плен.

Однако король Роджер отличался необычайной учтивостью. Он преклонил колени перед Его Святейшеством и заверил его в своей преданности. Взамен Роджер получил отпущение грехов и признание всех его требований. Осталось совсем немного — разделаться с противниками. В конце концов даже аббат Бернар признал короля законным правителем, и между ними установились вполне теплые отношения. Но впереди ждали новые бури. Завоевания Роджера в Африке, Второй крестовый поход, от которого он в какой-то степени уклонился, его посягательство на

Константинополь, череда конфликтов с папством и Священной Римской империей. Но пока Роджер упорно сколачивает Королевство обеих Сицилий, подготавливая почву для той гибридной цивилизации, которая предвосхитит Ренессанс.

Эверард сидел, тяжело опустив плечи. Усталость сковала его. У победы был вкус пыли, такой же, как у него во рту. Хотелось спать, хотелось хоть на мгновение забыть о том, что он потерял.

— Похоже, все идет нормально, — сказал он. — Курс на базу.

1989-а год от Рождества Христова

За Миссисипи появились первые признаки колонизации белых. Редкие поселения, раскиданные на почти нетронутых землях, представляли собой деревянные укрепления, соединенные дорогами, точнее, тропинками. Видимо, фактории, догадалась Тамберли. Или базы миссионеров? В каждом форте непременно возвышалась постройка с башней или шпилем, обычно увенчанным крестом, порой внушительных размеров. Она не сбавляла скорость, чтобы внимательнее рассмотреть пейзаж. Безмолвие на радиочастотах гнало ее вперед.

На востоке от реки Аллегейни она обнаружила настоящие колонии. Эти были обнесены стенами и окружены длинными полосами пахотных земель и пастбищ. У стен ютились посады — ряды почти одинаковых домишек. Посередине подобие площади, вероятно базар, в центре которого высилось то ли распятие, то ли крест на постаменте. В каждом селении была часовня, над каждым городом господствовал храм. Нигде Тамберли не увидела одиночных ферм. Картина напоминала ей то, что она читала и слышала о Средних веках. Давясь слезами и борясь со страхом, она перепрыгивала через пространство все дальше на восток.

У морского побережья поселения стали попадаться чаще. Небольшой город расположился в нижнем Манхеттене. Его кафедральный собор был гораздо больше собора Святого Патрика, каким она его помнила, но стиль архитектуры Ванда не узнала: многоярусное здание выглядело массивно и угрожающе.

— Даже Билли Грэм напугался бы, — невольно пробормотала она в онемевший коммуникатор.

В гавани дрейфовало несколько судов, и с помощью оптики ей хорошо было видно одно из них, стоявшее за проливом Нарроус. Широкопалубный трехмачтовый парусный корабль походил на галеон года этак 1600-го — Ванда видела их на снимках, и даже ее «сухопутный» глаз уловил множество отличий в деталях. На флагштоке реял флаг — лилии на голубом поле, а на вершине грот-мачты другой — желто-белый с перекрещенными ключами.

В сознании вдруг разлилась чернота, и Ванда пролетела довольно далеко над морем, пока наконец не справилась с собой.

«Что теперь — плакать, кричать?»

Это ее отрезвило. Нельзя поддаваться панике и впадать в истерику, необходимо отбросить все эмоции до тех пор, пока вновь не обретешь способность думать. Ванда разжала пальцы, державшие мертвой хваткой ручки темпороллера, заработала лопатками, чтобы размять мышцы, и начала понемногу размышлять над ситуацией, потом заметила с коротким нервным смешком, что забыла разжать челюсти.

Аппарат летел вперед. Внизу вздымал волны необъятный пустынный океан, переливающийся тысячью оттенков зеленого, серого, синего. Воздух с ревом обтекал силовое поле роллера, но холод проникал внутрь.

«Никаких сомнений. Произошла катастрофа. Что-то изменило прошлое и мир, который я знала. Мой мир, Мэнса, дяди Стива, нас всех — исчез. Исчез Патруль Времени. Нет, я не права... Они никогда не существовали. Я теперь без родителей, дедушки и бабушки, без страны, истории, без причины — чистая случайность, возникшая по причуде вселенского хаоса».

Она не могла постичь случившееся разумом. Ванда продолжала думать на темпоральном языке, грамматика которого была приспособлена для парадоксов путешествий во времени, но все равно ситуация не обретала реальность и представлялась ей некоей абстракцией — даже при том, что перед ее взором лежала эта нереальная действительность и ее можно было потрогать руками. Происходящее буквально сводило логику к нулю и делало реальность туманно-расплывчатой.

«Конечно, в Академии нам преподавали теорию, но поверхностно, как новичкам-гуманитариям читают обзорный курс по естественным наукам. Мою группу вообще не готовили для полицейской службы Патруля. Нас готовили к полевым исследованиям доисторических эпох, когда людей было еще мало и практически отсутствовала возможность вызвать какие-нибудь изменения, которые в скором времени не компенсировались бы другими явлениями, возвращая порядок вещей в привычное состояние. Мы отправлялись изучать свои эпохи так же просто, как Генри Мортон Стэнли — в Африку.

Что делать? Что?

Может, перенестись в плейстоцен? В далеком прошлом безопаснее. Мэнс пока еще должен быть там. Нет, слова «пока еще» бессмысленны... Он возьмет дело в свои руки. Он ведь намекал, что уже сталкивался с подобной ситуацией. Теперь, вероятно, я смогу расспросить его о том событии. Может, стоит сказать, что я знаю о его любви ко мне. Милый добрый медведь... Я была слишком застенчива, боялась или не ощущала уверенности в собственных чувствах... Черт побери эти дамские штучки! Хватит витать в облаках!»

Внизу проплыло небольшое стадо китов. Один из них прыгнул над волнами, вода вспенилась бурунами вокруг его мощных боков, белых под лучами солнца.

Кровь ее побежала быстрее.

— Ну да, — усмехнулась Ванда вслух, — сбежать под защиту мужчины... Пусть, мол, разберется с этой вселенной и сделает так, чтобы его милочка снова могла там жить.

Она — здесь, в этом странном мире. По крайней мере, она может составить представление о нем и вернуться с докладом, а не со слезливыми россказнями. Несколько часов на разведку, никаких опрометчивых поступков. Мэнс не раз повторял: «В нашей работе не бывает лишней информации». Ее наблюдения могут дать ему ключ к разгадке причины бедствия.

— Короче говоря, — произнесла Тамберли, — даем отпор.

Ею овладела решимость, и Ванда на миг вообразила, будто бьет в Колокол Свободы. Поразмышляв еще минуту, она установила курс прыжка на Лондон и коснулась пульта управления.

Час был поздний по местному времени, но в высоких широтах сумерки еще не наступили. Город широко расползся вдоль берегов Темзы, укрывшись мглой угольных дымов. По оценке Ванды, население Лондона приближалось к миллиону. Тауэр выглядел как прежде. Вестминстерское аббатство, похоже, тоже, но Ванда не была уверена в деталях. Шпили других древних соборов поднимались над крышами домов, но на холме Святого Павла расположился какой-то храм-исполин. Унылые кварталы индустриальных районов и предместий отсутствовали. Пасторальный пейзаж обступал город тесным золотисто-зеленым кольцом, сияющим в заходящем солнце. Ванда даже пожалела, что нет времени насладиться этой красотой.

«Что дальше? Куда? Пожалуй, Париж», — подумала она и определила курс.

Париж был раза в два больше Лондона. Образуя паутину,

радиально разбегались от центра мощеные улицы. Оживленное движение на мостовых и по реке — пешеходы, всадники, кареты, телеги с впряженными в них быками или мулами; баржи, парусные шлюпки, весельные галеры, на палубах которых поблескивали пушки. Несколько каменных крепостей с башнями и зубчатыми стенами — если это действительно были фортификационные сооружения — господствовали над городом. Наиболее привлекательно выглядели дворцы, имевшие немало сходства с теми, которые Ванда прежде видела в Венеции. Один расположился на острове Ситэ, там же находился собор-двойник английского. Сердце Ванды упало.

«Видимо, серьезные события происходят именно здесь. Надо полетать над городом».

Она медленно кружила по спирали, вглядываясь в течение жизни внизу. Если кто-то и смотрел ввысь из этого запутанного клубка, то видел лишь яркое пятнышко на фоне синеющего закатного неба. Ванда не находила ни Триумфальной арки, ни Тюильри, ни Булонского леса, ни уютных крохотных кафе на тротуарах...

Версаль. Или где-то поблизости. Деревенька, прилепившаяся к большой дороге, выглядела немного пестрее, чем обычное крестьянское селение. Вероятно, снабжает город и, может быть, вот тот громадный дворец в двух милях, посреди лесного парка, лужаек и садов. Тамберли двинулась в направлении дворца.

Она сразу определила, что центральная часть постройки когда-то была неприступным замком. На заднем дворе стояли легкие артиллерийские орудия. На протяжении веков замок перестраивался, к нему добавили флигели с большими окнами, просторные, изящные, приспособленные для современного образа жизни. С обеих сторон здания, однако, стоял караул. Все солдаты — в форме алого цвета в золотистую полоску, в разукрашенных касках, только ружья на их плечах выглядели совсем не игрушечными. На высоком флагштоке фасада при вечернем ветерке развевался флаг. Ванда узнала те же скрещенные ключи, виденные ею на корабле.

«Похоже, здесь живет какая-то важная персона... Понаблюдаем».

От западного горизонта струились лучи, освещавшие траву, по которой разгуливали олени и павлины, и парк, украшенный симметрично расположенными беседками, увитыми розами.

«Что это там блеснуло в одной из них?..»

Ванда опустилась пониже. Если даже кто-то и заметит ее, то что они смогут сделать?

«Осторожнее, у них в руках все-таки не игрушки».

С высоты около пятидесяти футов она могла заглянуть в узкие бойницы замка. Оптический усилитель, ага... Там, за каждой бойницей, тоже солдат.

«Почему они держат парк под наблюдением, да еще так скрытно?»

Она скачком набрала высоту и, зависнув над дворцом, направила оптический усилитель вниз. Изображение словно прыгнуло на нее. Ванда отпрянула.

— Не может быть!

Нет, оптика не обманывала, все так и было.

— Прекрати трястись! — выговорила она себе, но это не подействовало. Ощущения, однако, обострились до предела. Мысли заметались чередой догадок, надежд, ужасных предположений.

Окрестности дворца были примерно такими же, какими она знала их по Версалю, аккуратно распланированными, с гравиевыми дорожками между живыми изгородями, цветочными клумбами, подстриженными деревьями, фонтанами, статуями. Под ней был совсем небольшой участок земли, размером с футбольное поле. Раньше, вероятно, он выглядел, как остальные, даже каменные бордюры остались прежние. Но сейчас планировка клумб, обложенных по краям цветной плиткой, являла собой один большой символ — стилизованные песочные часы на геральдическом поле. Изображение обрамлялось кругом и пересекалось красной линией по диагонали.

Эмблема Патруля Времени!

«Нет. Не совсем. Этот круг и линия. Случайное совпадение? Невозможно. Вот он, сигнал, который я так упорно искала».

Девушка заметила, что рука ее лежит на кнопке снижения высоты. Она отдернула руку, словно пульт раскалился добела.

«Нет! Не горячись... Снизишься и... Зачем, по-твоему, там стража?»

Ванда вздрогнула.

«Что означает красная линия в круге? В двадцатом веке, по крайней мере, этот знак гласит: «Нельзя». Запрещено. Опасно. Стоянка запрещена. Не курить. Вход воспрещен. Убирайся. Держись подальше. Но могу ли я? Ведь это эмблема Патруля».

Тень заслонила мир. Позолоченный флюгер на крыше дворца, блеснув в последний раз, растаял в темноте. Даже на высоте солнце скрылось из виду. В сумерках замерцали ранние звезды. В поднебесье сгустился холод. Ветер утих, и повсюду наступила тишина.

«О боже мой! Как я одинока. Лучше бы мне улизнуть в мой чудесный каменный век и доложить об увиденном. Мэнс может организовать спасательную экспедицию».

Ванда сжалась.

— Нет! — сказала она звездам.

Нет, пока она не использовала все свои возможности. Если мир Патруля разрушен, то у тех, кто остался, наверняка есть заботы поважнее, чем спасать попавшего в западню товарища. Или двух.

«Наверно, не стоит отвлекать их от дел. Я смогу что-то и сама».

Ванда с трудом перевела дыхание.

«В конце концов, если мне не удастся...»

Но если она принесет победу Мэнсу...

Жар в крови прогнал ночной озноб. Девушка вжалась в сиденье и задумалась.

Путешественник во времени, который мог быть агентом Патруля, переделал этот уголок сада своими руками или с чьей-то помощью. Это может быть только сигнал коллеге, который вдруг здесь окажется. Тот путешественник не стал бы себя утруждать, будь у него или у нее темпороллер: коммуникатор гораздо эффективнее.

«Таким образом, человек этот — пусть будет «Икс», хоть это совсем не оригинально, — оказался в ловушке...

Господи, чепуха какая-то детская... Хватит! Перестань! Если бы Икс был на свободе, то он, используя эту эмблему, мог бы кое-что добавить к ней, например, стрелу, указывающую на место хранения отчета, записки или чего-то подобного. Следовательно, дополнительный элемент, скорее всего, означает: «Опасность! Не приземляться!» Наличие стражи говорит о том же, как и само расположение поместья, удаленного и удобного для обороны. Икс находится здесь в заточении. Видимо, узнику дозволена некоторая свобода, и он имеет влияние на стражников, поскольку уговорил их разбить этот садик и высадить цветочные клумбы. Тем не менее он находится под неусыпным надзором, и любой новоявленный гость будет взят под арест и отдан на милость владельца поместья.

Так ли это? Ну что ж, проверим».

Снова и снова, пока звезды все ярче разгорались на небосводе, Тамберли пересчитывала свои возможности. Их было огорчительно мало. Она могла летать, беспрепятственно перескакивать с одной позиции на другую и проникать в любую темницу, пока пуля не собьет ее с сиденья. Но Ванда не знала ни окрестностей, ни места заточения Икса. На небольшом расстоянии она могла вывести человека из строя с помощью парализатора, но тем временем ее могут взять в кольцо остальные стражники. Ее появление, быть может, ввергнет их в суеверный страх, но Ванда сомневалась в этом: приготовления, а также то, что здешняя «шишка» могла вызнать у Икса — от всего этого надежд оставалось не больше, чем на выигрыш в государственной лотерее. Можно, конечно, вернуться назад во времени, раздобыть местную одежду и начать шпионить. Но тогда придется расстаться с темпороллером, а это слишком рискованно. К тому же она не имела представления о местных обычаях, манере поведения, жизни. По-испански она говорила свободно, но французский за ненадобностью подзабыла. Кроме того, Ванда сомневалась, что в этом мире испанский, французский и английский звучали привычно ее уху.

Нет сомнений, Икс оставил предупреждение. Оно, быть может, говорило каждому служащему Патруля: «Беги. Забудь меня. Спасайся сам».

Девушка плотно сжала губы.

«Это мы еще посмотрим».

И словно внезапно взошло солнце.

«Да! Мы еще посмотрим!»

Когда она перескочила на год раньше, солнце действительно стояло в зените. Садовники работали над посланием, подчищая траву граблями, обрезая ветви, подметая.

Десятью годами раньше мужчина в яркой одежде и женщина в темном прогуливались среди клумб простого геометрического рисунка.

Тамберли усмехнулась.

— Недолет, перелет. Вилка.

От бесконечных скачков во времени туда-сюда — то солнце, то дождь; мельтешение людей — у Ванды закружилась голова. Следовало бы передвигаться медленнее, но она была слишком возбуждена. Конечно, нет нужды проверять месяц за месяцем, год за годом. Эмблема. Нет эмблемы. Снова эмблема. Видимо, они перекопали старую клумбу в марте 1984 года, и уже в июне появилась эмблема...

Проследив события по дням, Ванда стала изучать каждый час, каждую минуту. Тело от усталости налилось тяжестью, глаза воспалились. Она опустилась на луг на склоне лесистого холма Дордон, где вокруг не было ни души, перекусила, достав припасы из багажника, растянулась на солнышке и заснула.

И вновь за работу. Теперь Ванда была спокойна и предельно внимательна.

25 марта 1984 года, 13 часов 37 минут. Серенькая погода, низкая облачность, шум ветра над полями и в кронах деревьев, еще голых, капли редкого дождя.

«Была ли в тот день такая же погода в уничтоженном мире? Вероятно, нет. Там люди вырубили обширные американские леса, распахали равнины, наполнили небеса и реки химикатами. Люди изобрели свободу, искоренили оспу, отправили корабли в космическое пространство».

Два человека шагали по размеченному клумбами и окруженному рвом парку. Один — в золотисто-алом облачении, на голове что-то среднее между короной и митрой. Второй, шедший рядом, в пальто и в мешковатых брюках знакомого Ванде покроя. Второй мужчина был выше своего спутника, худой, с пепельными волосами. За ними следовали шесть солдат в форме с ружьями на плечах.

Тамберли несколько минут разглядывала их, прежде чем ее осенила догадка: они обсуждают детальный план новой клумбы.

«Вперед!»

Ванда и прежде попадала в опасные переделки, порой по собственной воле. Вот и сейчас она мгновенно приняла решение. Все словно замедлилось, и мир превратился в пляшущую мозаику из отдельных элементов, но она безошибочно выбрала нужные и, отбросив страх, ринулась к цели.

Темпороллер возник метрах в двух от гуляющей пары.

— Патруль Времени! — выкрикнула Ванда, вероятно, без надобности. — Ко мне, быстро!

Она выстрелила из парализатора. Человек в пышном одеянии упал. Теперь солдаты оказались перед ней как на ладони. Худой мужчина застыл в изумлении.

— Скорее! — закричала Ванда.

Шаткой походкой он двинулся вперед. Один из стражников, вскинув ружье, выстрелил. Человек пошатнулся.

Тамберли соскочила с сиденья, подхватила его на руки и потащила к темпороллеру. Над головой просвистела пуля. Она опустила человека на переднее сиденье, прыгнула сама на заднее и, перегнувшись через него, припала к пульту управления.

«Теперь — к своим...»

Третья пуля чиркнула по борту и с визгом ушла в небо.

Оставив темпороллер в гараже, Эверард направился в свою комнату. Вместе с ним вернулись из Риньяно несколько человек, остальные отправились на другие базы, поскольку ни одна из них не могла вместить сразу всех. Теперь участникам операции оставалось только ждать подтверждения успеха. Прибывшие в пансионат Патруля в плейстоцене собрались в гостиной и бурно праздновали победу. Но у Эверарда не было настроения. Больше всего ему хотелось постоять подольше под горячим душем, выпить бокал чего-нибудь крепкого и заснуть. Забыться. Следующий день наступит слишком скоро, и вместе с ним вернутся воспоминания.

Крики и хохот вынудили его спуститься в гостиную. Он свернул за угол и вдруг увидел Ванду.

Оба изумленно застыли на месте.

— Я думала, что... — первой заговорила Ванда и поспешила к нему. — Мэнс! Мэнс!

Он едва удержался на ногах. Они обнялись. Губы их встретились. Поцелуй прервался лишь потому, что нужен был глоток воздуха.

— Я думал, что ты исчезла, — простонал он у щеки Ванды. Волосы ее пахли солнечным светом. — Считал, что ты оказалась в западне измененного мира и... исчезнешь... когда пропадет тот мир.

— Прости, — произнесла она срывающимся голосом. — Я не подумала, как ты будешь беспокоиться. Но я понимала, что тебе потребуется время, чтобы разобраться во всем, организовать операцию, — у тебя и без нас, верно, забот хватало. Поэтому я вернулась через месяц после своего отбытия. Ждала два дня, не находила себе места и ужасно за тебя беспокоилась.

— Я тоже беспокоился.

Внезапно до него дошел смысл сказанного Вандой. Все еще обнимая ее за талию, он сделал шаг назад, заглянул в синие глаза и медленно спросил:

— Кого ты имеешь в виду, говоря «нас»?

— Как кого? Кита Денисона и себя. Он сказал, что вы с ним друзья. Я вытащила его оттуда и доставила сюда. Мэнс, что-нибудь не так?

Руки его упали.

— Ты хочешь сказать, что оказалась в явно измененном будущем и осталась там?

— А что мне следовало делать?

— То, чему тебя учили в Академии, — голос его зазвучал резче. — Ты что, ничего не помнишь? Каждый агент и гражданский путешественник, которые прибывают в изменившийся мир, поступают так, как подсказывает элементарный здравый смысл, если позволяет ситуация. То есть совершают прыжок строго туда, откуда они прибыли, и не раскрывают рта до тех пор, пока не доложат о происшествии в ближайшее отделение Патруля, а затем подчиняются полученным там приказам. Ты... ты хоть понимаешь, что тебе грозило? — гневно продолжал Эверард. — Если бы тебя там схватили, никто никогда не пришел бы тебе на помощь. Тот мир больше не существует. И тебя бы тоже не стало! Я считал, что тебе не повезло, но никак не мог подумать, что ты способна на такую глупость.

Побелев, Ванда стиснула кулаки.

— Я... я хотела вернуться к тебе с докладом. С информацией. Она ведь могла тебе пригодиться. И я... я спасла Кита. А теперь иди к черту!

Вспышка негодования тут же угасла. Вся дрожа, она, стараясь не расплакаться, начала извиняться:

— Ладно. Извини, я не права, я знаю, что это... нарушение дисциплины, но мой опыт и подготовка... я не была готова к этому... — И твердым голосом: — Нет. О чем тут говорить! Сэр, я совершила ошибку.

Его гнев тоже улегся.

— О боже, Ванда! Успокойся. Мне не следовало кричать на тебя. Просто я считал, что ты пропала, и... — Он выдавил из себя улыбку: — Плох тот патрульный, который делает в штаны от страха, боясь нарушить правила ради успеха операции. Ты действительно спасла моего закадычного друга? Специалист Тамберли, думаю, вы заслуживаете благодарности с занесением в личное дело, и я буду рекомендовать повысить вас в звании.

— Я, я... Давай сделаем кое-что, пока я совсем не потеряла голову. Хочешь повидать Кита? Он в постели. Получил ранение, но уже поправляется.

— Мне бы сначала отмыться, — ответил он, так же как и Ванда, стремясь уйти от зыбкой темы и обрести твердую почву под ногами. — А потом ты обо всем мне расскажешь.

— А ты — мне, договорились? — Она вскинула голову. — Ты знаешь, нам нет нужды терять время. Мы можем разговаривать, пока ты... Мэнс, ты что, покраснел?

Изнеможение как рукой сняло. Искушение тронуло душу, но тут же исчезло.

«Нет, — решил он. — Лучше не торопить удачу. И Кит обидится, если я сразу же не навещу его».

— Если хочешь, пожалуйста, — произнес он вслух.

Ванда кое-что слышала об операции от обитателей пансионата. Наслаждаясь потоками воды, он крикнул сквозь шум душа в открытую дверь, что операция в Риньяно прошла весьма успешно.

— Подробности потом.

— Ловлю тебя на слове, — бросила она в ответ. — Нам еще много о чем нужно поговорить!

— Начнем с ваших выходок, юная леди.

Растираясь полотенцем, Эверард слушал ее рассказ. Кожа его покрылась мурашками, когда он понял, что могло произойти с Вандой.

— Кита подстрелили прежде, чем я успела вырваться оттуда, — завершила повествование девушка. — Я сначала летела наугад, а потом направилась сюда и уже два дня нахожусь здесь. Врач немедленно занялся раненым. Пуля прошла сквозь левое легкое. Хирургия и лечение в Патруле на высоте, ничего не скажешь. Киту с неделю придется поваляться в постели, но ему уже не терпится. Может, ты успокоишь его?

— Хотелось бы сравнить наши данные. Ты говоришь, он провел в том мире четыре года?

— На самом деле, похоже, все девять. Он появился в измененном Париже в 1980-м, я в 1989 году. Но я вытащила его оттуда в 84-м, получается, что остальные годы в этом промежутке он не прожил, и у него нет никаких воспоминаний.

Эверард надел чистую одежду, которую захватил с собой в ванную.

— Так-так. Деформация времени. Нарушение Главной Директивы.

— Фу ты! Какая разница для той вселенной?

— Стоящий вопрос. Откровенно говоря — только это не для широкой публики, — Патруль иногда производит как бы регулировку. Кит и я однажды побывали в одной такой переделке. Когда-нибудь на досуге я расскажу тебе эту историю.

«Боль отпустила. Ушла и унесла с собой сожаления о том мире».

Он нашел девушку сидящей с ногами в кресле и с бокалом неразбавленного виски из его бутылки.

— Мог бы и не щадить моей скромности, — заметила она.

Эверард усмехнулся.

— Нахалка! Плесни-ка мне немного того же самого, да пойдем поздороваемся с Китом.

Кит лежал в своей комнате, прислонившись к спинке кровати и перелистывая книгу. Выглядел он бледным и измученным. Но когда пара вошла в комнату, лицо его просветлело.

— Мэнс! — воскликнул он хрипло. — Боже мой, как я счастлив тебя видеть! Как пришлось поволноваться!

— О Синтии, конечно, — сказал Эверард.

— Да, но еще...

— Знаю. Разделяю твои чувства. Но теперь можно все наши страхи выбросить на свалку. Операция прошла как по маслу, — успокоил его Эверард.

«Не совсем так. Боль и опасность, гибель и увечья для стольких храбрых людей. Но, видимо, я все теперь вижу в розовом свете».

— Я услышал шум и подумал... Спасибо, Мэнс, спасибо.

Эверард и Ванда сели на стулья по бокам кровати.

— Благодари Ванду, — сказал Эверард.

Денисон кивнул.

— Кого же еще? Она даже сократила на пять лет мой приговор, ты знаешь? Эти пять лет я могу теперь прожить в свое удовольствие. Мне и тех четырех лет хватило...

— С тобой плохо обращались?

— В общем-то нет.

Денисон описал, как его захватили в плен.

— У тебя вошло в привычку попадать в ловушки, а? — поддел Эверард приятеля.

И сразу же пожалел о шутке, когда лицо Денисона помертвело, а губы прошептали:

— Да. Но было ли это случайным стечением обстоятельств? Я не физик, но читал и слышал что-то о квантовых полях вероятности и временных узлах.

— Не ломай себе голову, — поспешно произнес Эверард.

«Не стоит волноваться, даже если случай сделал тебя потенциальным источником неприятностей, готовых разразиться в любую секунду. Я и сам ничего не понимаю в этих теориях», — подумал он.

— Ты вышел из обеих ситуаций, благоухая, как роза. Видел бы ты меня. Спроси Ванду, мы встретились до того, как я принял душ. Рассказывай дальше.

Ободренный словами Эверарда, Денисон улыбнулся и послушно продолжил историю.

— Архикардинал был по-своему неплохой человек, хотя его положение ограничивало проявление добрых сторон характера. Являясь главой церкви, он, помимо этого, принадлежал к высшей знати Франции, которая включала в себя Британские острова. Ему приходилось посылать на костер еретиков и отдавать приказы о расправе над своевольными крестьянами. Архикардинал не возражал против таких деяний, поскольку почитал их своим долгом, не испытывая, однако, никакого удовольствия от этих обязанностей, подобно многим, кого я повстречал в том мире. В любом случае, духовное звание было важнее светского. Короли в той Европе играли скорее роль марионеток.

Архикардинал Албин был интеллигентным и образованным человеком. Пришлось попотеть, дабы убедить его в том, что я на самом деле прилетел с Марса. Он терзал меня чертовски коварными вопросами. Я ведь явился из ниоткуда. Пришлось объяснять ему, что моя колесница мчится с невероятной скоростью, подобно пуле. Этот номер прошел, поскольку они не знают, что такое звуковой барьер. У них есть телескопы, и они понимают, что планеты — это отдельные небесные тела. Геоцентрическая система мира для них по-прежнему догма, хотя уже стало позволительно использовать гелиоцентрическую систему как математическую модель, облегчающую вычисления... Но дело не в этом. Там было столько странностей, даже в том изолированном мирке, в который меня поместили.

Видите ли, Албин не только поверил мне, но и захотел уберечь от ревнителей веры из Инквизиции, которые допрашивали бы меня и пытали до полусмерти, а потом сожгли бы заживо на костре то, что от меня останется. Албин понял, что по-хорошему может выпытать из меня куда больше, он не разделял всеобщего ужаса перед колдовством. Да, он согласился, что здесь какое-то колдовство, но расценил его как более высокую ступень технологии со своими собственными ограничениями. Архикардинал поселил меня в своем поместье в пригороде Парижа. Все было не так плохо, за исключением, конечно, самого положения пленника, как вы сами догадываетесь. У меня были прекрасные комнаты, хорошая еда, мне позволили гулять вокруг дворца и в его окрестностях, но непременно под присмотром стражи. Еще пускали в библиотеку Албина. Он держал множество книг. Книгопечатание в то время уже существовало. Монополия на него принадлежала церкви и государству, незаконное обладание печатным оборудованием каралось смертной казнью, но верхушке общества книги были доступны. Они-то и спасли мой рассудок.

Архикардинал навещал меня, как только представлялась возможность. Мы беседовали с заката до рассвета. Он был очаровательным собеседником. Я изо всех сил поддерживал его интерес к моей персоне. В конце концов удалось уговорить его установить знак в форме садового украшения. Я сказал, будто неземной ветер уничтожил мою колесницу и разметал ее обломки. Мои друзья с Марса тем не менее будут меня искать. Если кто-то из них, оказавшись здесь, увидит знак, то непременно приземлится. Албин замыслил захватить марсианина и его транспорт. Я не могу его осуждать. Он не намеревался причинять вред инопланетянину, если тот будет сотрудничать с ним. Марсианские знания, а возможно, и альянс с марсианами сулили многое. Западная Европа находилась в затруднительном положении.

Денисон замолк. Голос его задрожал.

— Не переутомляйся, — сказал Эверард. — Мы можем завтра поговорить.

Денисон улыбнулся.

— Это было бы просто жестоко с моей стороны. Ты чересчур любопытен. Ванда тоже. Я до сегодняшнего дня особенно не рассказывал о своих приключениях. Твои новости оживили меня. Налей мне воды, а?

Ванда пошла за стаканом.

— Как я понял, она правильно прочитала твое послание, — сказал Эверард. — Замысел состоял в том, чтобы заявить о присутствии сотрудника Патруля, но предупредить других путешественников во времени о том, что действовать надо чрезвычайно осторожно и не рисковать ради тебя.

Денисон кивнул.

— Что же, мы оба можем радоваться, что она все-таки рискнула. Ванда не только вырвала тебя из неволи, но и отменила дополнительные пять лет плена. Не сомневаюсь, эти пять лет тебе дорого бы обошлись.

Ванда вернулась с водой и протянула стакан Денисону. Тот принял стакан, задержав ее руку в своих.

— Быстро поправляетесь! — рассмеялась она.

Он усмехнулся и выпил воду.

— Ванда упоминала, что ты серьезно изучал историю того мира, — произнес Эверард. — На твоем месте ничего другого и не оставалось. Хотя бы ради того, чтобы отыскать, где и когда произошел сбой. Нашел?

Денисон, откинувшись на подушки, покачал головой.

— Не совсем. Средневековая эра — не моя специализация. Знаю что-то, как следует знать обыкновенному образованному человеку, но не более того. Я только смог установить, что когда-то в позднем Средневековье католическая церковь решительно одержала верх в соперничестве с королями и государством. Вчера мне кое-что объяснили про Роджера Сицилийского, и я припомнил, что в нескольких книгах он упомянут как исключительный злодей. Может, ты восполнишь пробелы в моих знаниях, рассказав о начальной стадии развития того мира.

— Попробую. А ты пока отдохни, — сказал Эверард, поймав взгляд Ванды. — В том мире, который мы аннулировали, Роджер и его старший сын, самый умный среди детей короля, пали в битве при Риньяно в 1137 году. Принц, унаследовавший власть, не смог управлять страной. Враг Роджера и союзник папы Иннокентия — Райнальф — отобрал у Сицилии все ее владения на материке. Вскоре сицилийцы лишились и своих африканских завоеваний. Тем временем умер Анаклет, и Иннокентий утвердился на престоле. Со смертью Райнальфа папа приобрел реальную власть в Южной Италии, равно как и в центральных районах страны. Могущество церкви обусловило выбор череды агрессивных пап. Они безраздельно завладели всей Италией и между делом Сицилией. Какое-то время история развивалась бурно. Фридрих Барбаросса восстановил порядок в Священной Римской империи, но не сумел уладить ссоры с Курией. Тем не менее отсутствие раскола церкви и укрепление папских государств, неуклонно наращивающих силу, держало под контролем императорские амбиции в южном направлении. Они обратились на запад.

А той порой, как и в нашем мире, Четвертый крестовый поход утратил изначальную цель. Крестоносцы взяли и разграбили Константинополь, затем усадили на трон главу Латинской империи. Православная церковь насильно была объединена с католической.

Дальний Восток испытывал незначительное влияние Европы, а обе Америки и тихоокеанские просторы вообще не знали его. Не представляю, что произошло потом. Мы провели расследование примерно до 1250 года, и то весьма поверхностно. Слишком много предстояло сделать, а людей было мало.

— И оба вы жаждете узнать конец моей истории, — сказал Денисон значительно бодрее, чем прежде. — Хорошо. Сделаю специально для вас краткий обзор. Не более. Может быть, я когда-нибудь напишу об этом книгу. Или две.

— Это просто необходимо, — рассудительно ответила Ванда. — Это наверняка поможет нам познать себя в нашем мире.

«Она очень серьезна и к тому же чертовски умна, — подумал Эверард. — И ведь так молода. Но разве я сам уже старик?»

Денисон прочистил горло.

— Что ж, поехали дальше. Барбаросса не завоевал Францию, но доставил ей достаточно неприятностей, чтобы процесс объединения христиан приостановился, а в связи с войнами между Плантагенетами и Капетингами, которые примерно соответствуют нашей Столетней войне, англичане взяли верх, и в результате образовалось англо-французское государство. В его тени Испания и Португалия никогда не обрели весомой роли. Несколько раньше из-за гражданских войн распалась Священная Римская империя.

Эверард кивнул.

— Этого я и ждал, — сказал он. — Фридрих II никогда не появился на свет.

— Гм?

— Внук Барбароссы. Значительная личность. Объединил пришедшую в упадок империю и задал хорошую трепку папам. Но его мать, родившаяся после смерти своего отца, была дочерью Роджера II, который в нашей истории скончался в 1154 году.

— Ага... Это уже что-то проясняет. В том мире пропапская группировка Уэлфа заняла ведущее положение, поэтому Германия фактически превратилась в набор папских княжеств. Тем временем монголы вторглись в глубь Европы, полагаю, значительно дальше, чем в нашем мире, поскольку междоусобные войны в Германии довели страну до такого состояния, что она не смогла послать помощь против завоевателей. Когда они отступили, Восточная Европа лежала в руинах, и новыми землями в конце концов завладели германские колонисты. Итальянцы контролировали Балканы. Французский хвост вилял английской собакой до тех пор, пока у Англии ничего своего не осталось — кроме забавного произношения.

Денисон вздохнул.

— Опустим подробности. При всемогуществе, которое приобрела католическая церковь, она могла подавлять любое инакомыслие. Ренессанс не наступил, не было ни Реформации, ни научной революции. Светские государства по мере распада все больше подпадали под власть церкви. Началось это с той поры, когда итальянские города-государства стали выбирать священников своими правителями. То был период религиозных войн, скорее раскольнических, а вовсе не по поводу догматов веры. Рим удерживал верховенство. В конце концов папа возвысился над всеми королями в Европе. Своего рода Христианский Халифат.

По нашим стандартам, они были отсталыми в технологии, но при этом в XVIII веке достигли Америки. Хотя внедрялись там крайне медленно. Страны Старого Света в силу своего общественного устройства просто не поддерживали исследователей и авантюристов, а колонистов держали в узде. В XIX веке система начала разваливаться, что привело к мятежам, войнам, депрессии и всеобщему обнищанию. Ко времени моего прибытия мексиканцы и перуанцы отчаянно сопротивлялись завоеванию, хотя их лидеры были наполовину белыми и наполовину христианами. Продолжалось внедрение мусульманских захватчиков. Как видите, ислам переживал возрождение энергии и предприимчивости. То же с Россией. После избавления от монголов цари смотрели чаще на запад, чем на восток, поскольку ослабленная Европа казалась им лакомым куском.

Когда Ванда спасла меня, русские вплотную подступили к Рейну, а Восточные Альпы были под угрозой тюрко-арабского союза. Лидеры вроде архикардинала Албина пытались стравливать противников в своих интересах. И, вероятно, они добивались временных успехов, потому что Ванда обнаружила мою клумбу в нетронутом виде в 1989 году. Но я сомневаюсь, что впоследствии положение осталось неизменным. Думаю, мусульмане и русские, опустошив Европу, вцепились друг другу в глотку.

Денисон бессильно опустился на подушки.

— Похоже, мы восстановили гораздо лучший мир, — скромно произнес Эверард.

Ванда уставилась в угол. Слушая рассказ Денисона, она помрачнела.

— Но мы уничтожили миллиарды человеческих жизней, так ведь? — пробормотала она. — Вместе с их песнями и шутками, любовью и мечтами.

В Эверарде вспыхнул гнев.

— Вместе с их рабством, болезнями, невежеством и суевериями, — отрезал он. — Тот мир не имел представлений о науке, логике, проверяющей факты. Никогда. Он влачил жалкое существование, топчась на месте, пока... Мы предотвратили катастрофу. Я отказываюсь чувствовать вину. Мы вернули наших людей в реальность.

— О да, да, — вздохнула Ванда. — Я не хотела...

Дверь из холла внезапно открылась, и они повернули головы. На пороге стояла женщина огромного роста, худощавая, с длинными конечностями, золотистой кожей и орлиным носом.

— Комозино! — закричал Эверард, вскочив со стула. — Агент-оперативник, — представил он ее друзьям, сорвавшись с родного английского на педантичный темпоральный язык.

— Как и вы, — ответила она, но тут же отбросила подчеркнутую учтивость. — Агент Эверард, я повсюду разыскиваю вас. Получено сообщение от наших разведчиков из будущего. Операция потерпела крах.

Он оцепенел.

— Действительно, король Роджер здравствует, — безжалостно продолжала Комозино. — Он завладел Реньо, расширил владения в Африке, приблизил ко двору некоторых известнейших ученых своего времени и скончался в постели в 1154 году. Престол унаследовал его сын Уильям — да, все как и должно быть. Но у нас по-прежнему нет связи с более далеким будущим. Дальше середины XII века постов Патруля так и нет. Краткая разведка в будущем обнаружила, что мир все еще отличается от известного нам. Вселенский хаос опять уготовил нам что-то новое.

1989-β год от Рождества Христова

Три темпороллера зависли на высоте орлиного полета над мостом Золотые Ворота. Утренний туман выбелил побережье, громадный залив сиял, земная твердь убегала прочь от воды летним коричневато-желтым ковром. За проливом по грудам камней можно было определить, где прежде стояли крепостные стены, башни, боевые укрепления. Развалины поросли низким кустарником. Он почти полностью захватил рассыпавшиеся глинобитные постройки. Деревушка расположилась на другой стороне залива, и несколько одномачтовых рыболовных суденышек дрейфовали в море.

Радиоголос Ванды едва слышался за ревущим ветром.

— Наверно, город так и не был восстановлен после землетрясения 1906 года. Не исключено, что враги, воспользовавшись этим, разграбили последнее. И с тех пор ни у кого не нашлось ни средств, ни желания возродить его. Заглянем в прошлые времена?

Эверард покачал головой.

— Нет смысла. Кроме того, мы не имеем права рисковать сверх меры. Куда теперь?

— Центральная равнина должна дать нам ключ к отгадке. В нашем XX веке она была одним из богатейших сельскохозяйственных районов мира.

Он слышал легкое дрожание голоса, словно Ванду трясло от холода.

— Хорошо. Определи координаты, — сказал Эверард.

Она установила курс. Эверард и Карел Новак громко повторили координаты, прежде чем совершить прыжок. Эверард заметил солнечный блик, отразившийся от ствола автоматической винтовки в руках чеха.

«Да, жизнь Новака, жизнь его предков сделали осторожность рефлексом. Нам, американцам, больше повезло — в том мире, где существовали Соединенные Штаты Америки», — подумал Эверард.

Он не сомневался, что при соблюдении мер предосторожности его разведывательная группа не столкнется с серьезной опасностью. Даже до отбытия он не ожидал больших трудностей. Иначе Эверард просто отклонил бы предложение Ванды быть провожатым группы, приказал бы ей остаться и перескочил к моменту полного выздоровления Денисона, хотя это и вызвало бы определенные трудности.

Или не отклонил бы? Разумнее всего было бы подавить в себе подсознательное желание уберечь Ванду от беды и взять ее с собой. Цель экспедиции заключалась в том, чтобы сравнить это будущее с тем, которое они предотвратили. Денисон неплохо знал то будущее, но, в общем-то, из вторых рук.

Ванда, правда, тоже имела о том будущем лишь общее представление, но Эверарду большего и не нужно было.

«Видит бог, девочка доказала, что может работать», — подумал он.

Маленькие фермы жались вдоль рек и остатков довольно примитивной системы каналов. В основном центральная часть Калифорнии вернулась в первозданное безводное состояние. Между селениями располагались укрепления за земляными валами. Сквозь оптику Эверард заметил вдали группу всадников, похожих на диких кочевников.

Громадные земельные владения простирались по Среднему Западу, но многие являли собой унылую картину запустения. Уцелевшие хозяева или захватчики влачили жалкое существование в хижинах, крытых дерном, на плохо обработанных полях. Кто-то жил чуть лучше, занимаясь скотоводством или выращиванием различных сельскохозяйственных культур. В центре каждого селения возвышалось несколько больших зданий, обычно обнесенных частоколом. Города, и прежде не очень большие, уменьшились до городишек или вовсе обратились в деревушки среди заброшенных развалин.

— Натуральное хозяйство, — пробормотал Эверард. — Производят почти все необходимое для дома, потому что торговля практически отсутствует.

Остатки высшей цивилизации уцелели только на востоке, хотя и здесь города пришли в упадок и часто прозябали в нищете. Эверард видел сетку улиц и внушительные каменные строения внутри каждого квадрата. Собственность, которой еще кто-то владел, несомненно, зиждилась на подневольном труде рабов. Он заметил вереницы скованных друг с другом людей, бредущих по дорогам или занятых изнурительной работой на полях под присмотром вооруженных надзирателей. Эверарду казалось, что среди невольников не только черные, но и белые, хотя из-за загара и расстояния определить цвет кожи было трудно. Ему не хотелось рассматривать рабов с помощью приборов.

В долине Гудзона палили пушки, атаковала кавалерия, люди рубились и умирали.

— Думаю, что империя умерла, а это призраки, воюющие друг с другом, — произнес Новак.

Удивленный, так как сам он привык думать о людях более прозаически, Эверард ответил:

— Да. Темный век. Ладно, давайте отправимся на побережье и, пожалуй, пролетим над океаном, а потом уже двинемся в Европу.

Целесообразно было пройти в какой-то степени по следам Ванды. Источник искажения истории должен находиться в Европе, как это случилось в последний раз. Приблизиться к первопричине незаметно, с периферии, и быть готовым в любой миг исчезнуть при малейшем признаке опасности — вот их задача. Взгляд Эверарда постоянно держал под контролем набор детекторов, сигналы которых то и дело вспыхивали на приборной панели.

Существует ли трансатлантическая торговля? Судов было мало, но он заметил два-три корабля, очевидно способных пересечь океан. Они выглядели более совершенными, чем те, которые описывала Ванда. Те напоминали корабли XVIII века из мира Патруля. Однако эти были меньших размеров и плавали только вдоль побережья, ощетинившись жерлами пушек. Ни одного судна в открытом море не оказалось.

Лондон являл собой увеличенные в размере трущобы Нового Света. Париж до удивления повторял то же убожество. Нивелировка сработала повсюду, создав одинаковые перекрестки с прямыми углами и унылые комплексы в центре каждого района. Уцелело несколько средневековых церквей, но пребывали они в жалком состоянии. Нотр-Дам наполовину разрушился. Храмы новой постройки были маленькие и незатейливые.

Дым и гром другого сражения несся с того места, на котором должен бы был стоять Версаль.

— Лондон и Париж были гораздо обширнее в том варианте истории, — подавленно произнесла Ванда.

— Думаю, что могущественные силы этой истории, которая здесь повержена, находятся где-то дальше, на юге или на востоке, — вздохнул Эверард.

— Посмотрим!

— Нет. Не имеет смысла, у нас и без того полно дел. Мы получили подтверждение нашей версии, значит, главная цель разведки достигнута.

Любопытство оживило голос Ванды.

— Какая же?

— А ты не понимаешь? Извини, я забыл объяснить. Мне она кажется очевидной. Но твоя профессия — естественная история. — Эверард набрал в легкие воздуха. — Прежде чем мы попытаемся поправить дела, необходимо убедиться в том, что данное положение не вызвано действиями каких-либо путешественников во времени, случайными или умышленными. Наши оперативники в прошлом, конечно, исследуют эту проблему, но я решил, что мы можем быстро собрать важные данные для проведения разведки в более отдаленном будущем. Если кто-то в XII веке плел интриги, то сегодняшний мир непременно выглядел бы очень странным. Увиденное нами, напротив, указывает на упадок западной цивилизации. Перед нами империя, в которой никогда не было ни Ренессанса, ни научной революции, империя, история которой закончилась. По-моему, можно сделать вывод, что здесь нет сознательных действий. Не похоже и на то, что это результат просчета. Мы вновь столкнулись с квантовым хаосом, неразберихой, самопроизвольным, диким развитием событий.

Новак заговорил с тревогой в голосе:

— Сэр, разве в таком случае наша задача не становится более сложной и опасной?

Эверард твердо сжал губы.

— Конечно.

— Что мы можем предпринять? — тихо спросила Ванда.

— Не надо отчаиваться, — отозвался Эверард, — хаос еще не означает, что история изменилась таким образом без причины. Люди, как правило, совершают поступки, руководствуясь собственными побуждениями. Просто случилось так, что некое деяние повлияло на ход событий и переиначило историю. Мы должны отыскать этот поворотный момент — точку опоры — и проверить, нет ли возможности повернуть рычаг в нужную нам сторону. Ладно, возвращаемся на базу.

Ванда вмешалась прежде, чем он смог вычислить курс.

— А что потом?

— Проверю, что выяснили исследователи, и на основании их данных попытаюсь провести дальнейший поиск. А тебе, вероятно, лучше отправиться на свой прежний пост.

— Что?!

— Конечно, ты проявила себя отлично, но...

Ванду обожгло негодование.

— По-твоему, теперь мне следует бить баклуши, пока я не одурею от безделья? Мэнсон Эверард, оставь этот тон и слушай, что я тебе скажу.

Он не стал возражать. Новак, правда, совершенно опешил. Ванда действительно сделала несколько ценных предложений. Необходимые знания можно без труда внедрить в ее сознание. Способность общения с людьми, нужное поведение в опасных ситуациях — дело опыта, но она уже приобрела кое-какой опыт в прежних экспедициях. И самое главное, Патрулю нужны были способные сотрудники, чем бы они ни занимались.

1137 год от Рождества Христова

В своем кабинете торговец шелками Жоффре Джовиньи принимал двух посетителей. Высокого мужчину в добротном платье и высокую молодую белокурую женщину, которая держалась хоть и застенчиво, но со скрытым достоинством и уверенностью в собственных силах, без намека на самодовольство. Подмастерья изумились, узнав, что она будет спать в одной комнате с хозяйскими детьми.

В остальном посетители вызвали гораздо меньше интереса, чем обычно новые люди в Палермо: город кипел слухами, и каждый гость привозил какую-то свежую историю.

В конце октября король Роджер потерпел неудачу в Ринья-но и чудом, с помощью святых заступников, вырвался невредимым с поля битвы. Отступив, он со свежими силами вновь осадил Неаполь, отвоевал Беневенто и Монте-Кассино, выдворил из Италии своего врага аббата Вибальда и добился избрания своего друга главой большого аббатства. Теперь только Апулия выступала против Роджера, и он вполне мог играть роль третейского судьи в диспутах соперничающих пап. Сицилия торжествовала.

В обшитой деревянными панелями комнате второго этажа сидели Эверард, Ванда и Вольстрап — с унылым, как декабрьский день за окном, видом.

— Мы приехали к вам, — сказал агент-оперативник, — потому что по информации банка данных вы — самый подходящий человек для предстоящей миссии.

Вольстрап, уставясь в кубок с вином, часто заморгал.

— Я?! Сэр, при всем моем уважении к вам, сейчас, когда мы стремительно попадаем из одного кризиса в другой, причем такой же безнадежный, шутки неуместны.

Вольстрап был единственным в этом городе, кто виделся с Эверардом в его предыдущий визит, а во время последней спасательной операции его дважды вызывали в прошлое для консультаций.

Эверард криво усмехнулся.

— Отчаянной храбрости, надеюсь, не потребуется. В наши замыслы входит путешествие в условиях Средневековья, и нам потребуется человек — находчивый, тактичный и досконально знающий эту эпоху. Поскольку мой план может оказаться неосуществимым, я не буду вдаваться в подробные объяснения. Я хотел бы воспользоваться вашими знаниями, задать вам кое-какие вопросы и выслушать ваши идеи. Вы очень хорошо потрудились в эти годы для Патруля, день за днем устанавливая необходимые отношения и закладывая основы для создания базы в этом городе... — «А это произойдет, когда Сицилия вступит в свой золотой век и привлечет многих путешественников во времени из будущего, которое снова предстоит возродить». — Кроме того, вы отлично проявили себя в последней операции.

— Спасибо. Мадемуазель... Тамберли?

— Я пока посижу и послушаю вас, — сказала женщина. —

Попытаюсь мысленно разложить по полочкам энциклопедию, которую недавно в меня впихнули.

— У нас действительно лишь горстка людей, хорошо знакомых с этим периодом, — продолжил Эверард. — Я имею в виду данный регион Средиземноморья этой эпохи. От агентов в Китае, Персии, Англии проку мало, а кроме того, у них сейчас и так забот хватает на своих базах. Из нашего персонала, владеющего знаниями по данному периоду, некоторые не подготовлены для участия в экспедиции, где может произойти все, что угодно. Например, человек, способный стать надежным контролером транспортного движения, может быть начисто лишен качеств, необходимых Шерлоку Холмсу.

Вольстрап наконец-то слабо улыбнулся, показывая, что уловил намек.

— Нам нужен человек, который, по нашему мнению, подходит для задания, и совсем неважно, каков сейчас его официальный статус в Патруле. Но прежде, повторяю, я хотел бы подробно расспросить вас.

— Я к вашим услугам, — ответил Вольстрап едва слышно.

Даже в сумраке было заметно, как побледнело его лицо. За окнами завывал ветер, и серое, как волчья шкура, небо изливало на землю струи дождя.

— Когда поступила информация, что мы потерпели неудачу, вы самостоятельно наладили связь с другими агентами и занялись мнемонической подготовкой, — заявил Эверард. — Это дает повод возлагать на вас большие надежды. Как я понял, ваша цель заключалась в том, чтобы составить детальную картину событий в надежде определить с ее помощью новую поворотную точку.

Вольстрап кивнул.

— Да, сэр. Правда, я не обольщался, что смогу решить эту проблему. И делал я это, признаться, не совсем бескорыстно. Я хотел... сориентироваться.

Ванда и Эверард заметили, как он содрогнулся.

— Это искажение реальности обрекало нас на холод и одиночество.

— Да, так оно и есть, — прошептала Ванда.

— Хорошо, вы были специалистом по истории Средних веков до того, как Патруль завербовал вас, — сказал Эверард. Он говорил размеренно, с показной педантичностью. — В вашей памяти, должно быть, крепко засела подлинная версия истории.

— Достаточно крепко, — подтвердил Вольстрап. — Но, хотя

я знал когда-то бессчетное множество отдельных фактов, значительная часть их давно забылась. Какой смысл помнить, например, что битва при Риньяно состоялась 30 октября 1137 года или что папе Иннокентию III при крещении было дано имя Лотарио де Конти ди Сеньи? И все же любой незначительный исходный факт может оказаться бесценным, когда в нашем распоряжении остались неполные базы данных. Я попросил прислать сюда психотехника, чтобы он помог мне полностью восстановить память.

Вольстрап скривился. Ни сам процесс, ни его результаты приятными не были. Ему потребовалось значительное время, чтобы вернуться в свое обычное состояние.

— И я, — продолжил Вольстрап, — сравнил восстановленные данные с исследованиями коллег, обменялся с ними информацией и идеями. Вот и все. Когда вы прибыли, я как раз работал над подробным отчетом.

— Мы выслушаем его из ваших уст, — сказал Эверард. — Даже у нас жизнь не бесконечна. Сведения, переданные вами в центр, свидетельствуют о том, что вы нащупали верный ключ к загадке, но остаются кое-какие неясности. Расскажите.

Рука Вольстрапа слегка вздрогнула, когда он поднес кубок к губам.

— Это очевидно любому, — ответил Вольстрап. — Преемником папы Гонория III сразу стал Целестин IV.

Эверард кивнул.

— Да, это весьма странно. Но, по-моему, у вас есть соображения о том, что послужило причиной этих событий.

Ванда поерзала на стуле.

— Простите меня, — произнесла она. — Я пока еще путаюсь в именах и датах. Когда у меня есть время подумать, я успеваю расположить события в хронологическом порядке, но мне непросто понять их суть. Не могли бы вы просветить меня?

Эверард взял Ванду за руку — быть может, это рукопожатие ободрило его самого больше, чем Ванду, и пригубил вина, наполнившего его приятной теплотой.

— Это по вашей части, — сказал он Вольстрапу.

Вольстрап заговорил, и сдержанный невысокий человек вдруг обрел уверенность и энергичность. История Средних веков была его истинной любовью.

— Позвольте начать с настоящего момента. Внешне события протекают так, как им и следует. Генрих VI, император Священной Римской империи, заполучил Сицилию путем женитьбы в 1194 году, а армия, так сказать, подтвердила его права на остров. В том же году появился на свет Фридрих II, его сын и наследник. Иннокентий III стал папой в 1198 году. Он был во многих отношениях одним из сильнейших людей, когда-либо сидевших на престоле в соборе Святого Петра, и являл собою одну из наиболее зловещих фигур среди пап, хотя и не всегда по своей вине. Об Иннокентии III со временем напишут, что он особенно отличился, разрушив целых три цивилизации, три культуры. В годы его правления в Четвертом крестовом походе был захвачен Константинополь, и хотя Восточная империя в конечном счете получила верховную власть в лице православного грека, это была лишь ширма. Иннокентий III призвал к Крестовому походу против альбигойцев, который положил конец блистательной культуре, возникшей в Провансе. Его долгое соперничество с Фридрихом II, противостояние церкви и государства фатально подорвали устои разностороннего и толерантного общества норманнской Сицилии, где мы с вами сегодня и находимся.

Иннокентий III умер в 1216 году. Его сменил Гонорий III, тоже энергичный и решительный по натуре человек. Он вел войну с альбигойцами и всюду играл заметную роль в политике, но, похоже, достиг согласия с Фридрихом. Однако после смерти Гонория в 1227 году равновесие пошатнулось.

Григорию IX предстояло занять место покойного папы и пробыть у власти до 1241 года. Следующим избранником должен был стать Целестин IV, но он скончался в тот же год, не дожив до посвящения. Затем шла очередь Иннокентия IV, который и продолжил борьбу против Фридриха.

Но у нас нет Григория. Целестин следует непосредственно за Гонорием. Это слабодушный и нерешительный лидер в стане противников империи, и в конце концов Фридрих восторжествует победу. Очередной папа станет его марионеткой.

Вольстрап отпил глоток вина. За окном выл ветер.

— Понятно, — прошептала Ванда. — Да, теперь я понимаю связь всех этих событий, о которых узнала. Итак, папа Григорий — выпавшее звено?

— Очевидно, — отозвался Эверард. — Он не завершил войну с Фридрихом в нашей истории, но враждовал с ним целых четырнадцать лет, а это существенно меняет дело. Упрямый сукин сын. Это ведь он создал Инквизицию.

— По крайней мере упорядочил ее, — добавил Вольстрап профессорским тоном.

Привычка взяла верх, и он тоже заговорил в прошедшем времени:

— Тринадцатое столетие было веком, в котором средневековое общество утратило первоначальную свободу, терпимость и социальную подвижность. Еретиков сжигали, евреев сгоняли в гетто, если их не истребляли или не изгоняли из страны, крестьян, посмевших заявить о некоторых правах, ждала та же участь. И все же... это наша история.

— Ведущая к Ренессансу, — резко вставил Эверард. — Сомнительно, чтобы мы предпочли мир, который ожидает нас сейчас. Но вы... Вам удалось проследить, что произошло, что случится с папой Григорием?

— Лишь некоторые наметки и размышления, — неуверенно ответил Вольстрап.

— Ну давайте же!

Вольстрап посмотрел на Ванду.

«Она притягивает к себе людей сильнее, чем я», — отметил Эверард.

Вольстрап ответил, обращаясь скорее к ней, чем к Эверарду:

— Хроники дают скудные сведения о его происхождении. Они преподносят Григория уже в почтенном возрасте, когда он принял тиару и прожил до глубокой старости, оставаясь деятельным до последних дней жизни. Источники не сообщают даты его рождения. Позже церковные летописцы давали оценки, разнящиеся лет на двадцать пять. До настоящего времени Патруль, как ни странно, не счел нужным установить факты, связанные с этой личностью. Вероятно, никому и в голову не приходила подобная мысль, включая, конечно, и меня.

Нам лишь известно, что он был крещен под именем Уголино де Конти ди Сеньи и принадлежал к знати города Ананьи. Не исключено его кровное родство с Иннокентием III.

«Конти! — пронеслось в голове у Эверарда. — Ананьи!»

— В чем дело, Мэнс? — спросила Ванда.

— Так, одно предположение, — пробормотал он. — Пожалуйста, продолжайте.

Вольстрап пожал плечами.

— Хорошо, — произнес он. — Мой замысел заключался в следующем: надо было раскопать его корни, и с этой целью я приступил к исследованиям. Никто не смог установить дату его рождения. Следовательно, в этом мире его, скорее всего, и не было вообще. Но я обнаружил дату, погребенную в памяти. Мне помог один из агентов, который сам знал эту историю только понаслышке. Агент должен был работать в период правления Григория. Он решил провести отпуск в более раннем периоде и... Короче, с помощью мнемотехники он определил год рождения Григория и кто его родители. Как впоследствии и писали некоторые историки, он появился на свет в 1147 году в Ананьи. Следовательно, папа дожил до девяноста лет. Его отец — Бартоломео, а мать — Илария из рода Гаэтано. — Вольстрап немного помолчал. — Вот все, что я могу предложить вашему вниманию. Боюсь, что вы потратили слишком много сил, чтобы собрать столь незначительный урожай.

Эверард уставился в пространство, объятое тенями. Дождь струился по стенам дома. Промозглый холод забирался под одежду.

— Нет, — выдохнул он, — вы, пожалуй, напали именно на тот след, что нам необходим. — Эверард вздрогнул. — Надо побольше узнать о том, что из всего этого получилось. Нам потребуется один-два оперативника, способных внедриться в обстановку. Я ожидал такого поворота событий и рассчитывал на вас, хотя до последней минуты точно не знал, куда именно и в какое время нам придется послать разведчиков. Они должны выполнить задание и ни в коем случае не попасть в неприятности. Думаю, что вы двое — идеальный выбор. Я в вас уверен.

«Боюсь, Ванда, что вы двое...» — успел подумать он.

— Простите? — с трудом выговорил Вольстрап.

Ванда вскочила со стула.

— Мэнс, ты правда так решил?! — ликующе воскликнула она.

Эверард тяжело поднялся с места.

— Считаю, что вдвоем вы больше сможете разузнать о событиях, чем в одиночку, особенно если поиски будут вестись с двух сторон, мужчиной и женщиной.

— А ты?

— Если повезет, вы обнаружите необходимые нам доказательства, но их будет недостаточно. Отрицательные результаты исключены. Григорий либо никогда не рождался, либо умер молодым, либо что-нибудь в этом роде. Это предстоит выяснить вам. Я намерен действовать в будущем по отношению к вашему времени, в эпоху, когда Фридрих подчинил церковь своей власти.

1146 год от Рождества Христова

Когда в Ананьи прибыл посыльный из Рима, было начало сентября. Он доставил письмо для Ченсио де Конти или тому, кто в случае кончины либо отсутствия означенного господина возглавляет этот знатный дом в Ананьи. Хотя возраст оставил глубокий след на Ченсио, он оказался дома и в добром здравии.

Находившийся у него церковник прочитал послание вслух. Ченсио без особого труда понимал латынь. Она не слишком отличалась от его родного диалекта, и, кроме религиозных служб, члены семьи Конти часто слушали декламацию воинственной или лирической классики на латыни.

Фламандский джентльмен и его супруга, возвращающиеся на родину после паломничества в Святую Землю, выражают свое уважение семейству де Конти. Они в родстве с достопочтенным семейством. Правда, родство это далекое. Лет пятьдесят назад некий рыцарь посетил Рим и, познакомившись с семьей де Конти, попросил руки их дочери. После свадьбы он увез жену на родину, во Фландрию. (Выгода была невелика, но обоюдна. Невеста, младшая дочь в семье, должна была бы идти в монастырь, поэтому ее приданое оказалось невелико. Однако обеим сторонам показалось престижно иметь связи в столь удаленных друг от друга странах, к тому же они сулили определенную пользу в то время, когда политика и торговля в Европе начнут развиваться. В истории, помимо всего прочего, не обошлось и без любви.) После отъезда молодоженов лишь несколько кратких посланий дошли через Альпы. Пользуясь случаем, путешественники чувствуют необходимость поделиться с домом Конти новостями, хотя и скудными. Они заранее просят прощения за свой внешний вид, если их пригласят в дом. Вся прислуга потерялась в пути из-за болезней, дорожных происшествий, а также обыкновенной непорядочности — похоже, миф о свободолюбивой Сицилии соблазнил беглецов. Может быть, семейство Конти будет великодушно и поможет нанять новых надежных слуг до конца путешествия?..

Ченсио немедленно продиктовал ответ на местном диалекте, который священник переложил на латынь. Путников с радостью ждут. Они, со своей стороны, должны простить хозяев за некоторую суматоху в доме. Его сын, синьор Лоренцо, вскоре женится на Иларии ди Гаэтано, и приготовления к торжествам в теперешние трудные времена особенно суетны. Тем не менее хозяин дома настаивает на безотлагательном прибытии гостей и их участии в свадебной церемонии. Де Конти отправил письмо в сопровождении нескольких лакеев и двух стражей для того, чтобы ни его гости, ни он сам не чувствовали неловкости из-за отсутствия должной свиты.

Поступок его был совершенно естественным. Фламандские кузен и кузина — или кем они там ему приходились — не слишком интересовали де Конти. Гости, однако, только что посетили

Святую Землю. Им есть что рассказать о трудностях, переживаемых Королевством Иерусалимским. Лоренцо больше остальных домашних жаждал узнать новости. Он собирался в крестовый поход.

Несколькими днями позже путешественники появились в громадном доме де Конти.

Ванда Тамберли, оказавшись в расписанном яркими фресками зале, забыла об окружающем ее мире, неизведанность которого удивила и смутила ее. Неожиданно весь этот мир сфокусировался для нее в единственном лице. Оно принадлежало не пожилому человеку, а тому, кто стоял рядом с ним.

«Я разглядываю его так, как это делали женщины во все времена человечества, — мелькнуло у нее в сознании. — Черты Аполлона, темно-янтарные глаза — это и есть Лоренцо. Тот самый Лоренцо, который изменил бы историю девять лет назад в Риньяно, если бы не Мэнс... И фигура тоже что надо...»

С изумлением она услышала певучий голос мажордома:

— Сеньор Ченсио, позвольте представить сеньора Эмиля... — он запнулся на германском произношении, — ван Ватерлоо.

Вольстрап поклонился. Хозяин учтиво ответил тем же.

«А он совсем не такой древний, — решила Ванда. — Шестьдесят, вероятно. Почти беззубый рот старит его гораздо сильнее, чем седые волосы и борода».

У младшего Конти пока еще сохранился полный набор для пережевывания пищи, а его локоны и аккуратно подстриженные усы отливали блеском воронова крыла. Ему было лет тридцать пять.

— Рад видеть вас, синьор, — сказал Ченсио. — Позвольте представить моего сына Лоренцо, о котором я упоминал в письме. Он сгорал от нетерпения повидаться с вами.

— Увидев приближающуюся к дому процессию, я поспешил к отцу, — сказал молодой человек. — Умоляю, простите нашу невнимательность. На латыни...

— Нет необходимости, благодарю вас, синьор, — ответил ему Вольстрап. — Мы с женой знаем ваш язык. Надеемся, вы будете снисходительны к нашему акценту.

Ломбардский диалект, на котором изъяснялся Вольстрап, несущественно отличался от здешнего наречия. Оба Конти почувствовали явное облегчение. Они, несомненно, разговаривали на латыни не так бегло, как понимали со слуха. Лоренцо еще раз поклонился, теперь Ванде.

— Вдвойне приятно видеть в гостях столь прекрасную даму, — промурлыкал Лоренцо.

Его взгляд однозначно выражал смысл сказанного. Очевидно, итальянцы и в эту эпоху питали слабость к блондинкам — так же, как и в период Ренессанса, и во все последующие времена.

— Моя жена, Валбурга, — представил ее Вольстрап.

Имена им придумал Эверард. Ванда заметила, что в сложных ситуациях его чувство юмора становится необычайно причудливым.

Лоренцо взял ее руку. Ванде показалось, что ее поразило электрическим током.

«Прекрати! Да, история вновь зависит от этого же самого человека. Но он обычный смертный... Надеюсь, что так...» — подумала Ванда.

Она пыталась уверить себя, что ее чувства — не более чем отголосок бури, разыгравшейся в сознании при первом прочтении письма Ченсио. Мэнс проинструктировал ее и Вольстрапа довольно подробно, но даже он не предполагал, что они вновь столкнутся с Лоренцо. Мэнс считал, что воитель навсегда остался на поле брани. Информация в распоряжении Патруля была явно неполной. Иларии ди Гаэтано предстояло выйти замуж за Бартоломео де Конти ди Сеньи, который принадлежал к знати этого папского государства и приходился родственником Иннокентию III. В 1147 году она должна была произвести на свет того самого Уголино, что впоследствии стал папой Григорием IX. Вольстрапу и Тамберли поручалось установить, где случился сбой в истории.

Эверард разработал для них план, предполагавший в качестве первого шага сближение с семейством Конти. Им необходимо было каким-то образом проникнуть в аристократическое общество, а Эверард много знал о Конти с 1138 года, когда он гостил в доме у Лоренцо. Тот визит, по теперешнему варианту истории, никогда не состоялся, но тем не менее отпечатался в памяти агента Патруля. Тогда хозяин и гость коротко сошлись и много говорили на разнообразные темы. Таким образом, Эверард разузнал о тонкой ниточке, ведущей во Флоренцию. Связь эта и показалась Эверарду надежным средством для внедрения в дом Конти. К тому же в свое время его собственная легенда о паломничестве в Иерусалим сработала безотказно, почему бы и не повторить ее?

«Могла ли существовать другая Илария ди Гаэтано в этом городе? Мы с Эмилем обсуждали такую версию. Нет, вряд ли.

Конечно, мы это выясним, но я уверена, что второй Иларии нет. Так же я не могу поверить и в то, что по чистой случайности Лоренцо вновь оказался человеком, от которого зависит будущее нашей истории. Ты держишь в руках нити судьбы, детка», — думала Ванда.

Лоренцо отпустил руки Ванды — медленно и явно с неохотой, что она могла истолковать как угодно, хотя в манерах итальянца не было ничего вызывающего. Напротив.

— Я очень рад вашему визиту, — сказал он. — И предвкушаю удовольствие от общения с вами.

«Неужели я покраснела? Какая глупость!»

Она изобразила подобающий случаю поклон, который заучила перед поездкой. Запас знакомых ей светских ухищрений был весьма ограничен, но некоторая неуклюжесть фламандской гостьи не могла вызвать чьего-либо удивления.

— Ну что вы, синьор, — ответила она. Улыбка с неожиданной легкостью подтвердила ее слова. — У вас более приятные ожидания, которые несет с собой близкий день свадьбы.

— Конечно, я с нетерпением жду дня свадьбы, — сказал Лоренцо. Слова его прозвучали официально. — Тем не менее... — Он пожал плечами, развел руками и закатил глаза к небесам.

— Бедные женихи всегда всем мешают перед свадьбой, — засмеялся Ченсио, — а я, вдовец, один должен не покладая рук устраивать приготовления к торжеству, которое не посрамило бы наш род. — Он помолчал немного. — Вы знаете, что в сегодняшних обстоятельствах это Гераклов труд. В самом деле, сейчас мне необходимо вернуться к хлопотам по дому. Возникли затруднения с доставкой хорошего мяса в нужном количестве. Поручаю вас сыну и надеюсь, что вечером за бокалом вина смогу побеседовать с вами.

Учтиво попрощавшись с гостями, он покинул комнату.

Лоренцо поднял бровь.

— Кстати, о вине, — сказал он. — Рановато для вас или вы слишком утомились? Слуги принесут вещи в вашу спальню и приготовят все необходимое за несколько минут. Можете отдохнуть, если вам хочется.

«Этот шанс упускать никак нельзя», — подумала Ванда.

— О нет, благодарю вас, синьор, — ответила она. — Мы переночевали на постоялом дворе и хорошо выспались. Что-нибудь освежающее и беседа обрадовали бы нас куда больше.

Не отпугнула ли она его своей настойчивостью? Лоренцо тактично перенес внимание на Вольстрапа, который подтвердил:

— Действительно, если только мы не злоупотребляем вашим терпением.

— Напротив, — ответил Лоренцо. — Пойдемте, я покажу вам дом. Только вы не увидите никаких чудес. Это всего лишь сельское поместье. В Риме... — его подвижное лицо нахмурилось. — Вы ведь посетили Рим?

Вольстрап продолжил атаку:

— Да. Там ужасно. Паломников обложили большими налогами.

В прошлом году под предводительством монаха Арнольда Брешианского Рим объявил себя республикой, независимой от всех властей, церкви и империи. Новоизбранный папа Евгений III бежал, однако вскоре вернулся, чтобы провозгласить новый крестовый поход, но его выдворили из Рима. Большинство аристократов тоже были вынуждены покинуть город. Республика не падет, пока Арнольд не закончит жизнь на костре в 1155 году.

«Если только в этой истории жизнь его не сложится по-другому».

— Так, значит, вы сошли на берег в Остии?

— Да, и добрались до Рима, где видели священные места и храмы, — ответил Вольстрап.

И многое другое. Обилие нищих, лачуг, огородов, скотных дворов посреди руин былого величия вызвали содрогание. Они вполне могли изображать путешественников: Патруль разработал для них легенду, и служебный транспорт доставил их в портовый город.

Ванда ощущала на груди медальон с вмонтированным в него радио. Это давало уверенность, сознание того, что их подстраховывает агент, укрытый в надежном месте в полной боевой готовности. Конечно, он не прослушивал радио постоянно, непрерывная связь быстро истощила бы блок питания. И если бы они запросили помощь, то агент не возник бы в тот же миг перед ними. Он ни в коем случае не мог рисковать, влияя на события, которые, быть может, еще не потекли по ложному руслу. Агент скорее предложил бы им какую-то уловку, чтобы выбраться из затруднений.

«Все закончится хорошо. Люди здесь милые, обаятельные. Да, мы выполняем жизненно важное задание, но почему бы слегка не расслабиться и не получить удовольствие?»

Лоренцо показывал им фрески — наивные, но живые изображения богов Олимпа. Сам он явно наслаждался картинами, хотя постоянно заверял, что подобное искусство приемлемо для христиан.

«Как жаль, что Лоренцо не родился в эпоху Ренессанса. Он по-настоящему человек того времени», — подумала Ванда.

Фресковая живопись сравнительно недавно вошла в моду.

— Мы, северяне, украшаем стены гобеленами, — заметил Вольстрап. — Они спасают нас от зимних холодов.

— Я слышал. Смогу ли я в один прекрасный день увидеть своими глазами весь удивительный мир, все сотворенное Господом? — вздохнул Лоренцо. — Как вы и ваша супруга выучили итальянский язык?

«Дело было так. У Патруля Времени есть одна штуковина...»

— Что касается меня, то я вел торговлю с ломбардцами на протяжении нескольких лет, — ответил Вольстрап. — Мой дом принадлежит к рыцарскому роду, и я совсем не торговец, но, будучи младшим сыном в семье, я должен был, по крайней мере, зарабатывать на жизнь. Как видите, я мало пригоден для военной карьеры, но в то же время слишком неугомонен для церковного поприща. Поэтому я надзираю за финансами и имуществом нашей семьи, которое включает поместье в предгорьях Раета.

Здесь об этих местах никто и не слышал.

— А жена моя, — продолжал Вольстрап, — обучилась языку за время паломничества: до Бари путь не близкий.

Какими бы скверными и опасными ни были дороги, путешествовать по морю в те времена было гораздо хуже.

— Она хотела научиться общаться с простым людом, с которым нам чаще всего приходилось иметь дело. Поэтому я нанял учителя-ломбардца, сопровождавшего нас в пути. На корабле, зная о возвращении домой через Италию, мы с женой на пару практиковались в языке.

— Какая редкость и наслаждение обнаружить недюжинный ум у женщины. Удивительна женщина, совершившая столь долгое и утомительное путешествие, тем более что дома, без сомнения, многие молодые люди тоскуют от любви к ней, а поэты слагают в ее честь стихи.

— Увы, у нас нет детей, которые привязали бы меня к родному очагу. К тому же я ужасная грешница, — не удержалась от попытки спровоцировать его Ванда.

«Что это, проблеск надежды в его глазах?»

— Не могу поверить, моя госпожа, — сказал Лоренцо. — Скромность — ваша добродетель, одна из множества других, более ценных.

Он, должно быть, быстро понял свою опрометчивость, поскольку повернулся к Вольстрапу с улыбкой на устах.

— Младший сын. Как я вас понимаю! Я тоже. Именно поэтому я взялся за меч и завоевал себе скромную славу.

— По дороге сюда слуги вашего отца много рассказывали о том, как доблестно вы сражались, — ответил патрульный. Он не кривил душой. — Мы были бы счастливы услышать от вас подробности.

— В конце концов все оказалось понапрасну. Два года назад Роджер Сицилийский наконец завоевал то, к чему так стремился, предложив семь лет перемирия, которое, по-моему, затянется настолько, сколько будет осквернять землю этот дьявол. Теперь он пребывает в покое и благополучии. — Лоренцо буквально источал горечь. — Однако нас ждут другие походы, во имя Господа. Какая вам радость выслушивать набившие оскомину повествования о войнах с Роджером? Лучше расскажите, как обстоят дела в Иерусалиме.

Беседуя и осматривая дом, они вошли в залу, где на полках покоились маленькие бочонки, а на столе стояло несколько кубков. Лоренцо просиял.

— Наконец-то! Покорнейше прошу садиться, друзья!

Усадив Ванду на скамью, он выглянул в заднюю дверь и крикнул слугу. На зов явился мальчик, и Лоренцо приказал принести хлеб, сыр, оливки, фрукты. Вино разливал сам хозяин.

— Вы слишком добры к нам, синьор, — сказала Ванда, а про себя подумала: «Чересчур. Я знаю, что у него на уме, а ведь всего несколько дней до свадьбы осталось».

— Нет, это вы меня облагодетельствовали, — настаивал Лоренцо. — Два года я промаялся в праздности. Вы и ваши новости подобны свежему ветру.

— Воображаю, какая скука после ваших былых приключений, — поддакнул Вольстрап. — Мы слышали легенды о вашей отваге в Риньяно, когда герцог Райнальф обратил сицилийцев в бегство. Не чудо ли спасло вашу жизнь в тот день битвы?

Лоренцо вновь помрачнел.

— Победа потеряла смысл, поскольку нам не удалось схватить Роджера. Зачем тревожить память?

— О! Я так жаждала услышать эту историю из первых уст, от самого героя битвы, — проникновенно молвила Ванда.

Лоренцо засиял.

— На самом деле? По правде говоря, моя роль была не такой уж славной. Когда враг атаковал в первый раз, я возглавил фланговый удар по его авангарду. Кто-то, верно, оглушил меня ударом сзади, потому что я, как помню, свалился на коня, и наше наступление захлебнулось. Удивительно, что я не выпал из седла. Впрочем, жизнь, проведенная в седле, дает отменную выучку. Удар не мог быть очень сильным, потому что я очнулся в полной ясности ума, без головной боли, и сумел сразу же вернуться в гущу боя. А теперь вы вознаградите меня некоторыми своими путевыми наблюдениями?

— Смею предположить, что вас более всего интересует военная обстановка, — сказал Вольстрап, — но я, как уже отмечал, не принадлежу к воинскому сословию. Увы, слышанное и виденное мною неутешительно.

Лоренцо ловил каждое слово. Бесчисленные вопросы свидетельствовали о его осведомленности. Тем временем Ванда восстанавливала в памяти знания, полученные перед поездкой в Италию.

К 1099 году Первый крестовый поход добился поставленных целей — в основном истреблением мирного населения, которым мог бы гордиться Чингисхан, — и крестоносцы утвердились на Святой Земле. Они создали цепочку государств от Палестины до района, известного Ванде как Южная Турция, — Иерусалимское королевство, графства Триполи и Эдесса, княжество Антиохия. Завоеватели постоянно испытывали на себе все большее влияние местных культур. Процесс не копировал случившееся с норманнами в Сицилии, которые учились у арабов, стоявших по развитию уровнем выше. Случилось так, что крестоносцы и их дети усвоили далеко не лучшие свойства мусульманского уклада жизни. Последовало ослабление их позиций, и в 1144 году эмир Мосулл захватил Эдессу, а его сын Нур-эд-дин дошел до Иерусалима. Тогда христианский король воззвал к помощи. Бернар Клервоский, в будущем — Святой Бернар, призвал к новому крестовому походу, и папа Евгений провозгласил его. На Пасху 1146 года король Франции Людовик VII «принял крест», поклявшись возглавить поход.

— Я рвался туда с самого начала, — объяснил Лоренцо, — но мы, итальянцы, ленивы в подобных предприятиях и таковыми остаемся, к вечному нашему позору. Какой толк от единственного моего меча в окружении французов, не доверяющих нам? Кроме того, отец устроил мою помолвку с синьоритой Иларией. Это блестящая партия для такого бедного солдата, как я. Я не могу бросить отца без поддержки и еще одного законного внука, который утешил бы его старость.

«Но я вижу его пронзительный взгляд, горящий желанием, — думала Ванда. — Он по-своему добрый человек, преданный долгу. Мужественный и, похоже, хороший тактик. Наверно, именно боевые заслуги Лоренцо заставили папочку Иларии согласиться на брак. Воинская слава вселила в него надежду, что зять способен завоевать богатство за пределами родины, в Палестине. Брак этот, видимо, по расчету. К тому же, подозреваю, Илария не блещет красотой, — вот Лоренцо и вздумал немного развлечься в оставшиеся холостяцкие деньки. По сведениям Патруля, даже глубоко верующие люди в эту эпоху ведут себя весьма вольно. И женщины не исключение, если только они не выставляют свои отношения напоказ. Есть даже гомосексуалисты, хотя закон карает их виселицей или костром. Знакомо звучит для девчонки из Калифорнии, а?»

— Но теперь аббат проповедует среди германцев, — продолжал Лоренцо. Голос его окреп. — Я слышал, будто король Конрад благосклонен к Бернару. Конрад был храбрым воином, когда десять лет назад вместе с императором Лотарем пришел на юг, чтобы помочь в борьбе против Роджера. Уверен, Конрад тоже примет крест.

Так и случится в конце этого года. Империя не только владела землями по обе стороны Альп, но и поддерживала тесные связи со всей Италией. (Из-за неприятностей, которые доставляла ему неугомонная знать, Конрад так и не получит титул Императора Священной Римской империи, но это уже детали.) Лоренцо мог бы найти много единомышленников под знаменем Конрада и, вполне вероятно, возглавил бы одно из подразделений. Конрад двинется на юг через Венгрию осенью 1147 года. Лоренцо хватит времени, чтобы Илария произвела на свет дитя, которое не станет папой Григорием IX...

— Поэтому я терпеливо жду, — закончил Лоренцо. — Никто не отвратит меня от похода. Я стойко сражался за правое дело и Святую Церковь, поэтому не могу позволить отдых своему мечу. Лучший соратник для меня — Конрад.

«Нет, не лучший. Худший», — подумала Ванда.

Второй крестовый поход обернется скверным фарсом. Погребальный звон по европейцам, унесенным болезнями и сражениями, будет раздаваться до тех пор, пока разбитые, отчаявшиеся остатки воинства не приползут домой в 1187 году. Салах-ад-дин войдет в Иерусалим.

Но все эти крестовые походы — Первый, Второй — вплоть до Седьмого, а также гонения на еретиков и язычников в самой

Европе — до некоторой степени были раздуты историками поздних времен. Порой папа или кто-то другой взывал к особым действиям. Зов, случалось, находил серьезный отклик. Чаще всего, однако, вопрос сводился к тому, мог ли человек — идеалист, вояка или грабитель, хотя обычно все смешивалось в одной личности, — добиться, чтобы его называли крестоносцем. Крестоносцам даровались особые права и привилегии в этом мире и отпущение грехов в загробном. Но это, так сказать, юридическая сторона дела. Действительность же заключалась в том, что на протяжении столетий европейцы отправлялись в пешие и конные походы, плыли морем, голодали, страдали от жажды, бесчинствовали, сражались, насиловали, жгли, грабили, зверски убивали, пытали, болели, получали ранения, умирали жалкой смертью и становились богачами либо пленными рабами, влачившими жалкое существование на чужбине и лишь изредка возвращавшимися домой. Тем временем лукавые жители Сицилии, Венеции, Генуи, Пизы извлекали немалые доходы из этого непрерывного перемещения народов, а азиатские крысы плыли на кораблях в Европу, неся вместе с блохами Черную Чуму...

Вольстрап и Тамберли знали достаточно, чтобы справиться с расспросами Лоренцо об Иерусалимском королевстве. Они даже совершили короткое турне по тем краям.

«Да, причастность к Патрулю вознаграждается. Хотя, Боже, как скоро тебе приходится ожесточить свое сердце», — подумала Ванда.

— Но я злоупотребил вашим вниманием! — внезапно воскликнул Лоренцо. — Простите меня! Я совершенно забыл о времени. Вы сегодня проделали долгий утомительный путь. Моя госпожа, должно быть, устала. Пойдемте, я покажу ваши покои, где вы сможете отдохнуть, привести себя в порядок и переодеться в свежее платье перед ужином. Вы познакомитесь с нашими друзьями и родственниками, которые съедутся сюда, похоже, из доброй половины Италии.

Выходя из комнаты, Лоренцо встретился взглядом с Вандой. Она не отводила глаз на протяжении нескольких секунд.

«Мэнс был прав, женщина, знающая эту эпоху, может оказаться очень полезна. Она может многое разузнать и подсказать план действий. Только... гожусь ли я на роль... роковой соблазнительницы?»

Почтительный слуга, указав, где сложены вещи, поинтересовался, все ли в порядке, и сказал, что горячую воду для ванны принесут по первому приказанию синьора и синьоры. В те времена люди отличались чистоплотностью, общественные бани совместного пользования были в порядке вещей. Опрятность сохранится еще несколько веков, пока вырубка лесов в Европе не превратит топливо в дорогое удовольствие.

В глубине комнаты стояла двуспальная кровать. Римские постоялые дворы и придорожные ночлежки разделялись на мужскую и женскую половины, где люди спали обнаженными вповалку.

Вольстрап, облизнув губы, уставился в сторону. Со второй или третьей попытки он вымолвил:

— Мадемуазель Тамберли, я забыл предупредить вас... Я, конечно, устроюсь на полу, а когда кто-то из нас будет принимать ванну...

Ванда рассмеялась.

— Извините, Эмиль, дружище, — ответила она. — И не беспокойтесь за меня. Я отвернусь, если хотите. Матрас довольно широкий. Мы спокойно уместимся на нем вдвоем.

«Спокойно?.. Могу ли я не беспокоиться, когда Мэнс работает в будущем этого неизведанного мира? — кольнула тревогой холодная мысль, затем чуть теплее: — Надо еще и о Лоренцо думать».

1245-β год от Рождества Христова

На западе лежали предгорья Апеннинских гор, а у их подножия простиралась Апулийская равнина. Значительную ее часть занимали сельскохозяйственные угодья с белыми крапинками селений, сочной зеленью садов, наливающихся спелым золотом полей. Всюду виднелись широкие клинья лугов, участки, напоминающие прерию, с высокой, по-летнему темной травой и частые перелески. Рощи были общинными, дети пасли там скотину и гусей, но дикие леса предназначались для императорской соколиной охоты.

Кавалькада императора следовала через один из таких заповедников, направляясь в Фоджу, его самый любимый город. Солнце бросало длинные желтые лучи на спины ездоков, а деревья — голубые тени, хотя воздух был еще теплый и напоенный запахами земли. Взору путников открылся вид на крепостные стены, бойницы, башни, шпили города; стекло и позолота слепили глаза. Далеко по окрестностям разносился громкий звон церковных колоколов, возвещающих вечерю.

Умиротворенный настрой Эверарда исчез при воспоминании о битве, случившейся неподалеку отсюда. Но мертвые солдаты Роджера лежат в прошлом, с того дня уж минул век и еще восемьдесят лет. Только Эверард и Карел Новак остались с тех пор в живых и помнили боль сражения.

Эверард мысленно вернулся к неотложным делам. Ни Фридрих (Фредерик, Фридерикус, Федериго — в зависимости от того, в какой части его обширных владений вы находились), ни его свита не обращали внимания на призыв к молитве. Знатные персоны оживленно болтали; и люди, и кони чувствовали усталость от долгих часов, проведенных на воздухе. Крохотные колокольчики озорно перекликались на путах соколов, которые сидели под колпаками на запястьях охотников. В охоте участвовали и дамы в масках, берегущих нежность лица; кроме того, маски придавали флирту особую пикантность. Следом тянулась прислуга. Добыча покачивалась у седельной луки — куропатки, вальдшнепы, цапли, зайцы. Лошади были навьючены корзинами со снедью и бутылками из дорогого стекла, наполненными напитками.

— Ну что, Мунан, — произнес император, — как тебе охота в Сицилии?

Говорил он в учтиво-непринужденной манере на немецком, точнее, нижнефранконском языке, который был знаком его гостям. Из всех других языков они могли говорить только на латыни с отдельными итальянскими фразами, которые исландец выучил по пути.

Эверард припомнил, что «Сицилия» означала не просто остров, но и Реньо, южную часть материковой Италии, границы которой очертил мечом Роджер II в прошлом веке.

— Бесподобно, Ваша Светлость, — ответил он осторожно. Такое обращение к сильным мира сего было наиболее распространенным по эту сторону от Китая. — Хотя, конечно, все поняли, что у нас на родине мы не занимаемся соколиной охотой. Однако ваши люди слишком хорошо воспитаны, чтобы смеяться над неудачами. Да и на материке мне доводилось охотиться только на оленя.

— Ах, пусть этим занимаются развратные любители псовой охоты, — усмехнулся Фридрих. Он использовал латинское слово, поэтому сумел добавить каламбур. — Я имею в виду тех, кто гоняется за животными с рогами. Другая дичь слишком хороша для них, а потому рога можно было увидеть у кого угодно. — Затем серьезным тоном добавил: — Но соколиная охота это не просто развлечение, а высокое искусство и наука.

— Я слышал о книге Вашей Светлости, посвященной этому предмету, и надеюсь прочитать ее.

— Велю, чтобы тебе преподнесли экземпляр, — Фридрих взглянул на гренландского сокола, сидевшего на его руке. — Если ты сумел доставить мне такую птицу через море в столь прекрасном состоянии, значит, у тебя врожденный дар, который непозволительно загубить. Ты должен тренироваться.

— Ваша Светлость хвалит меня не по моим заслугам. Я опасался, что птица окажется хуже здешних.

— Да, сокола надо еще подучить. Это доставит мне удовольствие, если время позволит.

Эверард обратил внимание на то, что Фридрих не сослался на бога, как обычно делали средневековые люди.

На самом деле сокола доставили с ранчо Патруля в Северной Америке до индейского переселения. Соколы были отменным подарком, способным расположить к себе, во многие времена и во многих странах, при условии, что его преподносили персоне соответствующего ранга. Эверарду пришлось заботиться о птице только по пути с того места на холме, где они с Новаком приземлились на темпороллере.

Эверард невольно оглянулся назад, на запад. Джек Холл ждал его в лощине, куда редко захаживали люди. Радиосигнал достигнет его мгновенно. И неважно, что он появился на людях. Эту историю Патруль не должен охранять, она подлежала уничтожению.

Если только удастся... Да, они могли это сделать без особых трудов — слово здесь, действие там, — но каковы будут последствия? Следовало сохранять максимальную бдительность. Лучше с дьяволом, которого хоть немного знаешь, — пока не выяснишь, откуда он взялся.

Поэтому Эверард и выбрал для разведки 1245 год. Выбор на этот год пал не случайно. Оставалось пять лет до смерти Фридриха — в том, потерянном мире. А в этом мире император, не так задавленный судьбой, не скончается от желудочно-кишечного расстройства и воплотит в жизнь все надежды Гогенштауфенов. Быстрая предварительная разведка обнаружила, что он пробыл в Фодже почти все нынешнее лето, дела его складывались благополучно и грандиозные замыслы осуществлялись почти беспрепятственно.

Можно было предположить, что Фридрих окажет гостеприимство Мунану Эйвиндссону. Любознательность Фридриха касалась всего: она привела его к опытам над животными и, как гласила молва, он даже подвергал вивисекции людей. Исландцы, какой бы далекой, неизведанной и нищей ни была их страна, обладали уникальным наследием. (Эверард ознакомился с ним во время экспедиции в эпоху викингов. Сегодняшние скандинавы давно обращены в христианство, но Исландия сохранила исконные традиции, всюду уже позабытые.) Да, пусть Мунан преступник и изгнанник. Однако это означало только то, что его враги добились в альтинге вынесения ему приговора, и теперь в течение пяти лет любой может беззаконно убить его — если сможет. Республика рушилась в вихре клановых междоусобиц и вскоре падет перед норвежской короной.

Подобно другим несчастным, Мунан на срок своего пребывания вне закона отправился в изгнание. Высадившись в Дании, он купил лошадей и нанял слугу, одновременно и телохранителя, — Карела, наемника из Богемии. Они оба мечтали о благодатном и безопасном юге. Мир, установленный Фридрихом, воцарился в империи. Первой целью Мунана был Рим, но паломничество не входило в его интересы. Впоследствии Мунан осознал предмет своих мечтаний — он жаждал встретить человека, которого называли «stupor mundi», то есть «изумление мира».

Но не только подношение привлекло внимание императора к исландцу. Более всего Фридриха увлекли саги, эддические сказания и поэтические творения скальдов, которые декламировал Мунан.

— Ты открываешь мне другой мир! — ликовал император.

Эти слова не были льстивым комплиментом правителя. При его дворе состояли ученые мужи из Испании и Дамаска, и круг их был разнообразен — от астролога Мишеля Скота до математика Леонардо Фибоначчи из Пизы, который познакомил Европу с арабскими цифрами.

— Ты должен погостить у нас некоторое время. — Император произнес эти слова десять дней назад.

Поток воспоминаний оборвался.

— Неужели отважный синьор Мунан боится преследования в такой дали от дома? Вы, верно, сильно кого-то обидели.

Замечание принадлежало Пьеро делла Винья, ехавшему справа от Фридриха, мужчине средних лет с вызывающе старомодной бородой, сильно убеленной сединой, в скромном платье. Глаза его сияли умом, не уступающим интеллекту Фридриха. Гуманитарий, стилист латинского языка, законник, советник, до недавнего времени канцлер, он играл роль не просто Пятницы при императорской особе, но был самым близким другом Фридриха при дворе, изобилующем льстецами.

Вздрогнув, Эверард солгал:

— Мне почудился шум.

И про себя: «Ну и взгляд у этого типа. Что ему надо? Боится, что я сменю его в череде императорских любимчиков?»

Пьеро внезапно атаковал:

— Ха, вы отлично меня поняли.

Эверард обругал себя: «Этот негодяй говорил по-итальянски. А я совсем забыл, что изображаю иностранца, недавно ступившего на эту землю».

Эверард улыбнулся через силу.

— Естественно, я кое-что усвоил из наречий, которые приходилось слышать раньше. Это совсем не означает, что я оскорбил бы слух Его Светлости попытками говорить на них в его присутствии. — Далее с раздражением: — Прошу синьора извинить меня. Позвольте перевести сказанное на латынь?

Пьеро сделал жест, словно бы отделываясь от Эверарда.

— Я понимаю.

Конечно, такой цепкий ум освоит немецкий, хотя Пьеро наверняка считал его грубым и неблагозвучным. Местные диалекты приобретали все большую важность как в политике, так и в культуре.

— Вы прежде производили иное впечатление.

— Прошу прощения, если меня не так поняли.

Пьеро отвел глаза в сторону и погрузился в молчаливые размышления.

«Не принимает ли он меня за лазутчика? Чьего? Насколько нам удалось установить, у Фридриха не осталось врагов, заслуживающих его внимания. Хотя король Франции, верно, доставляет хлопот», — думал Эверард.

Император рассмеялся.

— Ты предполагаешь, что наш гость намерен обезоружить нас, Пьеро? — поддел он приближенного. Фридрих бывал порой немного жесток — а то и не немного — даже по отношению к своим ближайшим друзьям. — Успокой сердце. Не могу вообразить, что наш друг Мунан у кого-то на содержании, разве только у Джакомо де Мора!

Эверарда осенило: «Вот оно что! Пьеро терзается тем, что синьор Джакомо сверх ожиданий проявил ко мне повышенный интерес. Если Джакомо и не внедрил меня сюда, Пьеро беспокоится, не замышляет ли тот воспользоваться мною в борьбе против соперника. В положении Пьеро любой начнет видеть тени в каждом углу».

Возникло чувство жалости: «Какова судьба Пьеро в этой истории? Случится ли так, что он «снова» падет через несколько лет, когда его обвинят в заговоре против повелителя, что его ослепят и он разобьет себе голову о каменную стену? Забудет ли его будущее, а вместо него в анналы войдет Джакомо де Мора, имени которого нет ни в одной хронике, известной Патрулю?

М-да, интриги здесь напоминают танец на бочке с нитроглицерином. Может, мне следует отдалиться от Джакомо? Хотя... Кто же лучше блистательного военачальника и дипломата при дворе Фридриха способен подвести меня к разгадке того, где именно в историю вкралась ошибка? Кто лучше него знает этот мир? Если он решил уделять мне внимание, когда император занят, а он нет, то мне следует принять оказанную честь с благодарностью. Странно, что Джакомо придумал какое-то оправдание и не поехал сегодня на охоту».

Копыта застучали. Процессия выбралась на главную дорогу. Фридрих пришпорил коня и некоторое время скакал, оставив свиту на изрядном расстоянии позади. Золотисто-каштановые волосы императора выбивались из-под шляпы, украшенной перьями. Низкое солнце высвечивало их подобно нимбу. Да, Фридрих начал лысеть, его фигура слегка отяжелела, черты гладко выбритого лица обозначились резче. (Германский тип лица, унаследовавший больше от деда Фридриха Барбароссы, чем от другого деда, Роджера II.) Но в этот момент император походил на бога.

Крестьяне, еще работавшие на соседнем поле, монах, устало тащившийся в город, неуклюже кланялись ему. Люди выражали нечто большее, чем просто трепет перед властью. Этот правитель всегда, даже в истории из мира Эверарда, был окружен какой-то сверхъестественной аурой. Несмотря на борьбу Фридриха с церковью, многие — и особенно францисканцы — воспринимали его как мистическое создание, спасителя и реформатора земного мира, посланника небес. Другие — их тоже было немало — считали его антихристом. Но все это кануло в прошлое. В этом мире война между Фридрихом и папами закончилась, император одержал победу.

Легким галопом под перезвон колокольцев охотники приблизились к городу. Главные ворота были еще распахнуты, их запирали через час после захода солнца. Особой нужды или угрозы затворять ворота не было, однако так предписывало распоряжение императора по всем его владениям. Передвижение по дорогам должно происходить в установленные часы, а торговля совершаться по твердым правилам. На стиле ворот почти не сказывались изящество и вычурность Палермо, где Фридрих провел детство. Ворота, как и крепости, и административные здания, возведенные повсюду в империи по приказу Фридриха, были массивными и строго прямоугольными. Над ними под вечерним ветерком вились флаги — орел на золотом поле — герб династии Гогенштауфенов.

Не в первый раз со дня приезда сюда Эверард задумывался над тем, многое ли знает его история об этой жизни. До двадцатого века, его двадцатого века, дошли крупицы прошлого, и перед сотрудниками Патруля стояло множество других задач, не оставлявших времени для изучения развития архитектуры. Быть может, окружающий Эверарда мир не слишком отличался от истинной средневековой Фоджии. Не исключено и обратное. Многое зависит от того, как давно события выбились из колеи.

«Строго говоря, сбой произошел около сотни лет назад, когда не появился на свет папа Григорий IX, или чуть позже, когда папа умер в молодом возрасте, или не избрал церковную стезю, или случилось еще что-то. Перемены во времени, однако, не распространяются в виде простой волны. Это бесконечно сложное взаимодействие квантовых функций, которого мне никогда не суждено понять».

Едва приметные изменения вполне способны уничтожить будущее, если событие носило критический характер. Теоретически набор перемен безграничен, но они почти всегда неощутимы. Внешне все выглядит так, словно поток времени защищает сам себя, обходит роковые точки, не сбиваясь с правильного курса и не теряя изначальной формы. Порой сталкиваешься с маленькими странными завихрениями в причинно-следственных цепочках, и вот одно из них разрослось до чудовищных размеров. Перемены, однако, также создают свои причинно-следственные связи. И кто, кроме непосредственных участников событий, может знать, что произошло или не произошло в двух семействах городка Ананьи? Понадобится много времени, чтобы последствия изменений стали заметны. А тем временем остальной мир движется вперед в неприкосновенном виде.

Итак, Констанция, дочь короля Роджера II, родилась после смерти отца. Ей было за тридцать, когда она вышла замуж за младшего сына Барбароссы, и минуло еще девять лет, прежде чем она родила ему Фридриха в 1194 году. Ее супруг стал императором Генрихом VI, получившим корону Сицилии благодаря женитьбе. Он скончался вскоре после рождения сына. Фридрих унаследовал причудливое королевство-гибрид. Он рос среди интриг и волнений под опекой папы Иннокентия III, который устроил его первый брак и способствовал созданию коалиции германских государств, чтобы провозгласить в 1211 году своего любимца верховным правителем, поскольку Отто VI доставлял церкви большое беспокойство. К 1220 году Фридрих победил повсюду, и новый папа Гонорий III провозгласил его императором Священной Римской империи. Тем не менее отношения папы и императора ухудшались день ото дня. Фридрих отказывался от данных им обещаний или нарушал их, и лишь в гонениях на еретиков он, казалось, выказывал некоторое уважение к церкви. Наиболее вопиющим фактом было то, что Фридрих неоднократно откладывал исполнение обета начать крестовый поход, занимаясь подавлением мятежей и укреплением собственной власти. Гонорий умер в 1227 году.

«Да, насколько мы поняли из той скудной информации, что осталась в нашем распоряжении, до момента смерти папы события развивались примерно по той же схеме. Овдовевший Фридрих в 1225 году женился на Иоланде, дочери короля Иерусалимского, как и должно было случиться. Хитроумный ход, чтобы отобрать государство у язычников. Хотя Фридрих по-прежнему откладывал поход и вместо этого попытался силой установить свою власть над Ломбардией. И тогда, в 1227 году, Гонорий скончался.

Следующим папой стал не Григорий IX, а Целестин IV, и с той поры мир все меньше и меньше походит на тот, каким он должен был стать».

Стражники криками приветствовали императора и потрясали копьями. На мгновение яркая одежда сокольятников потускнела в арке ворот, похожей на туннель. Эхо отскакивало от камня. Кавалькада выехала на листель — просторную, аккуратно вымощенную площадку у подножия стены, за которой начинались городские постройки. Над крышами Эверард заметил башни храмов. На фоне закатного неба они выглядели мрачно, словно их уже окутала ночь.

Богато одетый мужчина с сопровождающим ждали процессию за воротами. Судя по нервозности коней, эти двое провели здесь немало времени. Эверард узнал придворного, который приветствовал императора.

— Ваша Светлость, простите мою бестактность, — произнес

он. — Но полагаю, что вы предпочли бы узнать новости сразу. Сообщение пришло только сегодня. Посол Багдада высадился вчера в Бари. Он со свитой намеревается отправиться сюда на рассвете.

— Проклятье! — воскликнул Фридрих. — Стало быть, они прибудут завтра. Мне известно, как скачут арабы. — Он огляделся по сторонам. — Сожалею, но вечернее празднество придется отменить, — сказал император охотникам. — Я буду слишком занят приготовлениями к завтрашнему приему.

Пьеро делла Винья приподнял брови.

— В самом деле, сир? — поинтересовался он. — Есть ли нужда выказывать им великие почести? Их Халифат всего лишь шелуха от величия древности.

— Тем больше нужды возродить былую мощь союзника на этом фланге, — ответил император. — Вперед!

Фридрих, его советник и придворный ускакали прочь.

Обескураженные спутники императора разъезжались в разные стороны по одному или группками в два-три человека, обсуждая, чего можно ждать от неожиданных гостей. Жившие во дворце неторопливо последовали за своим властелином. Эверард тоже остановился во дворце. Он, однако, тянул время и двинулся окольным путем, чтобы остаться в одиночестве и поразмыслить.

«Серьезное дело... Гм, может, Фред или его преемник и в самом деле превратят Ближний Восток в свой оплот и остановят монголов, когда они вторгнутся в те земли. А это уже не мелочь!»

Прошлое промелькнуло в голове патрульного, но прошлое не его мира, другого, который вообще не должен существовать, хотя Эверард и его немногочисленные помощники сумели разметить его историю лишь приблизительно.

Тихому, слабому здоровьем папе Целестину не хватало решимости Григория, чтобы отлучить от церкви императора, когда крестовый поход в очередной раз был отложен. В мире Эверарда Фридрих все равно отплыл в Святую Землю и действительно сумел вернуть Иерусалим, но не в сражениях, а путем умной сделки. В теперешней истории Фридриху не было необходимости делать себя правителем Иерусалимского королевства, церковь помазала его на царство, что дало мощные рычаги влияния, которыми он умело пользовался. Фридрих подавил и хитростью вытеснил таких врагов, как Иоанн Ибелин Кипрский, и заключил прочные соглашения с правителями Египта, Дамаска, а также Иконии. После этого Византия потеряла надежды на свержение ненавистных ей латинян, которым все усерднее приходилось подстраиваться под волю императора Священной Римской империи.

Тем временем в Германии наследник Фридриха Генрих поднял мятеж; в этом мире тоже, но его отец, подавив восстание, заточил сына до конца его короткой жизни в темницу. В этом мире бедняжка юная королева Иоланда умерла от тоски и горя. Но в результате того, что в этом мире не было папы Григория, Фридрих сочетался третьим браком не с Изабеллой Английской, а с дочерью короля Арагонского.

Разрыв Фридриха с Целестином произошел в тот момент, когда император, освободившись от других забот, повел войска в Ломбардию и подчинил ее своей власти. Затем, нарушив все обещания, он захватил Сардинию и женил своего сына Энцио на ее королеве. Видя, как папские владения сжимаются в тисках Фридриха, даже Целестин был вынужден отлучить императора от церкви. Фридрих и его жизнелюбивые приближенные не обратили внимания на приговор. На протяжении ближайших лет они доберутся до центральной Италии.

Фридрих благодаря своим завоеваниям сумел противопоставить монголам внушительные силы, когда те вторглись в Европу, и нанести им в 1241 году сокрушительное поражение. Целестин умер в том же году, и «спаситель христианского мира» легко поставил на папский престол марионетку Луку IV.

Фридрих аннексировал те части Польши, где его армия столкнулась с монголами. Тевтонские рыцари, которых император поддержал, стали орудием в его руках и вели завоевание Литвы. Переговоры о династическом браке шли в Венгрии.

«Что дальше? Кто будет следующим?»

— Простите меня великодушно! — Эверард остановил коня.

Погруженный в размышления, он, проезжая по узкой улочке, утонувшей во мраке, едва не сбил пешего человека.

— Я не заметил вас. Все в порядке? — В этой ситуации Эверард осмелился бегло поговорить на местном итальянском. Он вынужден был так поступить ради приличия.

— Не беспокойтесь, синьор. Все хорошо.

Человек поплотнее завернулся в заляпанный грязью плащ и смиренно побрел прочь. Эверард рассмотрел бороду, широкополую шляпу, желтую эмблему. Да, еврей. Фридрих издал указ, предписывающий евреям носить особую одежду, а мужчинам не бриться, и еще целый список ограничений.

Не причинив серьезного ущерба прохожему, Эверард с чистой совестью двинулся дальше с невозмутимым видом. Аллея вывела его на базарную площадь. Она почти опустела с наступлением сумерек. Люди в средневековых городах сидели в темное время по домам — то из-за запрета властей, то по собственной воле. Опасаться преступлений не было нужды — императорские дозорные и палачи навели порядок, — но горожанам не доставляло никакой радости бродить, спотыкаясь, по неосвещенным улицам, усыпанным навозом и кучами гниющих отбросов. Обуглившийся столб высился в центре площади, его еще не убрали, только кое-как подмели пепел и головешки. Эверард слышал о женщине, обвиненной в манихейской ереси. Видимо, сегодня ее сожгли на костре.

Сжав зубы, он продолжил путь.

«Фридрих вовсе не злодей вроде Гитлера. Он и не идеалист, и не политикан, старающийся заискивать перед церковью. Он предает еретиков огню точно так же, как и непокорившиеся города, так же, как безжалостно убивает жителей этих городов, как регламентирует жизнь не только евреев и мусульман, но и бродячих актеров, проституток, людей всех вольных профессий, поскольку они не служат ему. А Фридрих заботится лишь о благополучии тех, кто служит.

Готовясь к этой экспедиции, я не раз читал, что Фридрих основал первое государство современного типа (по крайней мере, в Западной Европе со времени падения Рима), создал бюрократические институты, систему регулирования порядка, политическую полицию и все структуры верховной власти. Черт меня побери, если я когда-нибудь пожалею о том, что в моем мире все созданное Фридрихом пошло прахом после его смерти!»

В новом потоке времени ничего подобного не произошло. Эверард просмотрел события на семь веков вперед.

«Эй, Ванда! Как ты там, девочка, в прошлом столетии?»

Империя будет расширяться из поколения в поколение, пока не охватит всю Европу, перекроив ее, и непременно окажет глубокое влияние на Восток. Не важно, каким образом, считал Эверард, но, судя по союзу империи с Англией, завершившемуся разделом Франции, со временем империя поглотит Британские острова, Иберийский полуостров, не исключено, и сопредельные территории России, а может, даже часть самой России. Морской флот империи достигнет берегов Америки, но, по всей видимости, гораздо позже 1492 года; эта история также не знала Ренессанса и научной революции. Колониальные владения империи будут простираться далеко на запад. Но во все времена существования империи в недрах ее будет идти всепожирающий процесс загнивания — неизбежный удел любой сверхдержавы.

Что касается церкви, то она не умрет и даже устоит в период Реформации, но превратится в ставленницу государства и разделит с ним предсмертную агонию.

Если только Патруль не сумеет вырвать с корнем эту роковую неизбежность, не посеяв своими действиями семена более страшных бурь!

У дворцовых конюшен Эверард спешился и перепоручил коня заботам конюха. Территория конного двора, обнесенная тяжелыми стенами, представляла собой город в городе. Клетки для ловчих птиц находились внутри, но Эверард, представившись профаном в охоте, не имел своего сокола. На внешнем дворе царила суматоха. Он отправился к задним воротам, дабы избежать суеты. В тусклом свете фонарей приглушенно мерцало железо. Привратная стража, узнав Эверарда, пропустила его с радушными приветствиями. Солдаты оставались славными парнями независимо от того, что они совершили в прошлом. Война есть война в любые эпохи. Эверард тоже был солдатом.

Гравий мягко шуршал под ногами. Классический парк растекался благоухающими аллеями направо и налево. Слышался плеск фонтана, отчетливо звенели струны лютни. Невидимый Эверарду за живыми изгородями и беседками мужчина запел. Скорее всего, ему внимала молодая дама, потому что песня рассказывала о любви. Кавалер пел на южногерманском диалекте. Трубадуры исчезли вместе с историей Прованса, разрушенной крестовым походом против альбигойцев, но немало миннезингеров пересекло Альпы, чтобы попытать счастья при дворе Фридриха.

Перед взором Эверарда раскинулся дворец. Средневековая тяжеловесность слегка сглаживалась боковыми флигелями, пристроенными недавно. Множество окон светилось отнюдь не блеском электроламп за листовым стеклом — этот мир вряд ли узнает такое изобретение, — а рассеянным, но теплым свечением пламени, которое просачивалось сквозь маленькие витражи. Войдя во дворец, Эверард оказался в длинной, хорошо освещенной зале.

Вокруг не было ни души. Слуги ужинали в своих комнатах или уже готовились ко сну. (Обильная трапеза происходила в ранний час пополудни. Сам Фридрих, а следовательно, и его свита ели один раз в день). Эверард поднялся по лестнице. Хотя император оказал ему честь, поселив во дворце, комната, естест-

927

венно, располагалась на отшибе, и агент делил ее со своим спутником.

Он открыл дверь и ступил за порог. Тесная комната едва вмещала двуспальную кровать, пару стульев, комод и умывальный столик. Новак поднялся ему навстречу, напряженно вглядываясь.

— Вольно! — произнес Эверард на английском. — Сколько раз повторять, что мне не нужна европейская страсть к порядку.

Дородная фигура чеха вздрогнула.

— Сэр...

— Минутку!

Они вызывали Джека Холла хотя бы раз каждые сутки, давая знать коллеге, что у них все в порядке. Этот сеанс связи сегодня был первым для Эверарда, когда он мог открыто поговорить с Джеком. Новак несколько раз попадался на том, что связывался с Джеком, не заметив присутствия посторонних. Они хоть и бросали на него странные взгляды, но не вмешивались. Им, верно, казалось, что иностранец выполняет религиозный ритуал, которых существовало несчетное множество. Эверард вытащил медальон, висевший на цепочке под одеждой, поднес его к губам и нажал кнопку.

— Докладываю, — произнес он. — Вернулся во дворец. Пока никаких новостей, не везет. Держись, старина!

Какая тоска вот так ждать, но жизнь ковбоя приучила Холла к терпению.

Эверард не знал, каким образом столь маленькое устройство могло работать на таком большом расстоянии. Некий квантовый эффект, полагал он. Эверард выключил прибор, сберегая энергоблок, и спрятал его на груди.

— Порядок, — сказал он. — Если хочешь быть полезным, сделай мне бутерброд и налей стаканчик. Я знаю, у тебя припрятано.

— Есть, сэр!

Новак явно нервничал. Из-за пазухи он вытащил каравай хлеба, сыр, колбасу и глиняную бутылку. Эверард жадно схватил ее и, откупорив, сделал большой глоток.

— Да это же розовое вино! — проворчал он. — А пива у тебя не найдется?

— Я думал, сэр, вы уже знаете, — ответил Новак, — что в этой эре итальянцы не в состоянии сварить приличное пиво. К тому же нет холодильника.

Новак достал нож и начал резать закуску прямо на крышке комода.

— Как прошел день?

— Забавно, в напряжении, с пользой для кругозора. — Эверард нахмурился. — За исключением того, черт побери, что я не обнаружил ни одной стоящей детали. Воспоминания, но не настолько давние, чтобы предположить, где и когда произошел поворот. Еще неделя, а потом пошлем все к черту и двинем на базу. — Он сел на стул. — Надеюсь, ты не очень скучал?

— Совсем наоборот, сэр. — Новак поднял взгляд. Широкое лицо его насторожилось, голос сделался хрипловатым. — Мне кажется, я раздобыл важную информацию.

— Что?! Говори!

— Я больше часа беседовал с синьором Джакомо де Мора.

Эверард присвистнул.

— Ты? Слуга, почти никчемный человек, черт тебя побери!

Новак, казалось, был рад, что руки у него заняты.

— Я сам изумился, сэр. Один из главных советников императора, его главнокомандующий в сражениях с монголами, личный посол Фридриха к королю Англии и... В общем, он прислал за мной, принял наедине и был непритворно дружелюбен, учитывая разницу в нашем происхождении. Сказал, что хочет узнать по возможности все о других странах, что рассказанное вами, сэр, очень интересно, но простые люди тоже видят и слышат часто такие вещи, которые не замечают их хозяева, и поскольку у него выпало сегодня свободное время...

Эверард кусал губу. Он чувствовал, как ускорился его пульс.

— Не уверен, что мне все это нравится.

— Я тоже, сэр. — Новак, закончив наконец кромсать хлеб и колбасу, сделал бутерброды. — Но что я мог поделать? Я играл под дурачка, как мог. Боюсь вот только, что лицедейство — не мое призвание. — Он выпрямился и медленно произнес: — Мне удалось вставить несколько вопросов. Я задал их так, чтобы они выглядели обычным любопытством. Де Мора удовлетворил его. Он кое-что рассказал о себе и о... своей родословной.

Новак протянул бутерброд Эверарду. Тот машинально взял его.

— Продолжай, — пробормотал он, ощущая ледяной холод, сковывающий мозг.

Новак вновь стоял навытяжку.

— У меня было, как вы говорите, подозрение, сэр. Я навел де Мора на разговор о его семье. Вы знаете, как кичатся своими корнями эти аристократы. Отец его происходил из... это, впрочем, неважно, но мать — из семейства Конти из Ананьи. Я как услышал, так чуть не выдал себя. Но сказал, что слышал историю о прославленном рыцаре Лоренцо де Конти, жившем около ста лет назад. Не родственником ли он ему доводится? И оказалось, что родственником, сэр. — Новак расхохотался. — Джакомо — праправнук этого человека. У Лоренцо был один законный ребенок. Вскоре после его рождения Лоренцо отправился во Второй крестовый поход, заболел и умер.

Эверард уставился в пространство.

— Снова Лоренцо, — прошептал он.

— Не понимаю. Похоже на колдовство какое-то, правда? — Новак вздрогнул. — Не хотелось бы иметь дело с магией.

— Нет, — отозвался Эверард бесцветным голосом. — Никаких чар. Но и не совпадение. Слепой случай, всегда скрывающийся под оболочкой того, что называется реальностью... — Он проглотил конец фразы. — Патрулю уже приходилось работать с узловыми точками пространства-времени, которые легко могут изменить картину мира. Но может ли быть причиной не событие, которое произошло или не произошло, а отдельная личность? Лоренцо своего рода громоотвод, молния ударила в него и после смерти. Джакомо очень важен в карьере Фридриха...

Эверард поднялся со стула.

— Вот и ключ к отгадке, Карел. Ты нашел его. Лоренцо не мог умереть в Риньяно. Он еще должен быть активным участником событий тех кризисных лет, в которые мы отправили Ванду.

— Тогда мы обязаны отправиться к ней, — обеспокоенно сказал Новак, только сейчас до конца осознав значительность факта, раскрытого им.

— Конечно...

Дверь распахнулась. Сердце Эверарда заколотилось. Воздух со свистом вырвался сквозь зубы Новака.

Мужчина, стоявший перед ними, был лет сорока, худощавый, с темными волосами, серебрящимися на висках. Атлетического сложения тело облачено в кожаный дублет поверх рубашки и узкие штаны. В руке он держал обнаженный меч. За его спиной застыли еще четверо вооруженных клинками и алебардами людей.

«Ого-го! Целое сборище!»

— Что случилось, синьор Джакомо? — Эверард вовремя опомнился и заговорил на германском диалекте. — Чем обязаны такой чести?

— Ни с места! — скомандовал рыцарь.

Он прекрасно владел и этим языком. Его клинок качнулся вперед, готовый пронзить или разрубить врага.

— Не двигаться! Иначе смерть!

«А мы, естественно, оставили свое оружие в дворцовой оружейной! При нас только столовый нож. Ну и, может быть, еще острота ума...»

— В чем дело, сэр? — задиристо спросил Эверард. — Мы — гости Его Светлости. Вы забыли?

— Молчать! Руки перед собой! Выходите в коридор!

В ход пошли алебарды. Острие одной из них почти коснулось горла Эверарда. Одно движение, и это такая же верная смерть, как от выстрела из пистолета, только шума будет меньше. Джакомо отступил на несколько шагов назад.

— Синибальдо, Германн! — Голос его звучал мягко, но тем не менее заполнил собой все пространство каменного коридора. — Следуйте за ними, каждый пусть стережет одного. И снимите с них медальоны, которые висят у них на шее, под одеждой. — Затем арестованным: — Будете сопротивляться — вы мертвы!

— Наши передатчики, — прошептал Новак на темпоральном языке. — Холл ничего про нас не сможет узнать.

— Никаких тайных языков! — отрезал Джакомо. И с усмешкой, леденящий холод которой обнаруживал едва сдерживаемое злорадство, добавил: — Скоро мы вызнаем все ваши тайны!

— Это реликвии, — произнес Эверард в отчаянии. — Неужели вы отберете у нас святыни? Берегитесь Божьего гнева, сир!

— Святыни ереси или магии? — отпарировал Джакомо. — За вами вели более пристальное наблюдение, чем вы предполагали. Мы видели, что вы бормотали в них что-то, совсем непохожее на молитву. К кому вы взывали?

— Это исландский обычай.

Эверард почувствовал руку на шее, потом на груди, и цепочка с медальоном скользнула над его головой. Стражник, отобрав и нож, сразу же отошел.

— Разберемся. А теперь вперед! И тихо.

— По какому праву вы нарушаете гостеприимство, оказываемое нам императором? — требовательно спросил Эверард.

— Вы — лазутчики и, похоже, колдуны. Вы солгали, сказав, откуда приехали. — Джакомо поднял свободную руку. — Нет! Я сказал, молчать! — Он, должно быть, хотел на корню пресечь любые попытки сопротивления, сразу заставив их подчиняться. — У меня с самого начала появились подозрения. Ваши рассказы звучали не совсем правдоподобно. Я кое-что знаю о тех землях, из которых якобы происходишь ты, называющий себя Мунаном. Ты достаточно хитер и умен, чтобы провести Пьеро делла Винья, — если, конечно, не он сам тебе платит. Я пригласил твоего напарника и вытянул из него все, что ему известно. — Низкий, торжествующий смех. — То, что он якобы знает. Ты сошел на берег в Дании, Мунан, и нашел его на пристани, где он провел какое-то время. Так ведь? А он плел о раздорах между королем и его братом, между королем и епископами.

— О боже, сэр! — простонал Новак на темпоральном. — Я не знал, как лучше поступить, поэтому пытался выставиться невеждой, но...

Прежде чем Джакомо открыл рот и велел Новаку замолчать, тот, овладев собой, произнес на германском:

— Синьор, я — простой солдат. Откуда мне много знать о таких вещах?

— Ты должен знать, будет война или нет.

«Нас в Патруле остались единицы, — сверлила мысль сознание Эверарда. — Мы не могли предусмотреть все. Карелу преподали общие сведения по истории Дании того периода, но это был наш вариант истории, в которой сыновья Вальдемара II начали вражду, а король восстановил против себя епископов, решив обложить храмы налогом, чтобы пустить средства на войну. В этом же мире Фридрих, верно, превратил Германию в государство более сильное, чем та неустойчивая коалиция в нашем мире, и запугал датчан так, что те сплотились, забыв о распрях».

В глазах Новака стояли слезы.

— Простите меня, сэр! — пробормотал он.

— Это не твоя вина, — ответил Эверард.

«Ты не смог избежать западни, поставленной проницательным и эрудированным противником. Тебя никогда не привлекали и не готовили к разведывательной работе», — думал Эверард.

— Я немедленно беру вас под стражу, чтобы вы не прибегли к помощи дьявола, — сказал Джакомо. — Его Светлость занят, как я слышал, но его поставят в известность при первой же возможности, и он наверняка тоже пожелает узнать, кому вы служите и зачем... особенно если это окажется иностранный подданный.

«Пьеро делла Винья, — понял Эверард. — Самый непримиримый соперник этого парня. Нет сомнений, Джакомо жаждет отыскать что-нибудь, бросающее тень на Пьеро. И, может быть, его идея совсем не так абсурдна. В конце концов, в моем мире Фридрих придет к заключению о предательстве Пьеро».

Сознание пронзила леденящая мысль: «Джакомо — потомок Лоренцо. Извращенная действительность словно защищает свое существование с помощью Лоренцо, который изуродовал нашу историю, а теперь настиг нас даже из могилы».

Он посмотрел в глаза Джакомо и увидел в них свою смерть.

— Вы слишком задержали нас, — произнес аристократ. — Вперед!

Эверард ссутулился.

— Мы ни в чем не виноваты, сир. Позвольте мне поговорить с императором.

«Никакого проку от встречи с ним не будет, только выведет на дополнительный круг пыток. Куда нас отправят — на виселицу, на плаху или на костер?»

Джакомо повернулся к ним спиной и двинулся к лестнице. Эверард поволочился следом, рядом с Новаком, который шел более уверенной поступью. Два стражника с саблями пристроились по бокам, люди с алебардами замыкали шествие.

Эверард резко выбросил руку вверх. Приемом карате он ударил ребром ладони по шее стражника справа, затем стремительно развернулся. Солдат, шедший следом за ним, закричал и попытался рубануть его алебардой с плеча. Эверард поставил блок, перехватив рукой древко. Это стоило ему сильного ушиба, но позволило вплотную приблизиться к неприятелю. Ребром ладони Эверард ударил солдата под нос, почувствовав, как крушатся под рукой кости.

Боевые искусства еще не скоро появятся даже в Азии, и хотя неожиданность сыграла патрульным на руку, одних лишь приемов самозащиты было мало. Двое стражников распластались на полу — то ли уже мертвые, то ли без сознания. Зато двое оставшихся и Джакомо отскочили на безопасное расстояние и готовы были броситься на них. Новак схватил оброненную саблю. Эверард потянулся за алебардой. Вторая алебарда со свистом рассекла воздух. Эверард чуть не остался без руки, но успел отпрыгнуть. Стальное лезвие чиркнуло по камню, выбив сноп искр.

— На помощь! — закричал Джакомо. — Убийцы! Измена! На помощь!

Нет смысла держать в секрете ставшее явным. Эти чужеземцы, простолюдины, уложили наповал двоих подданных императора. Уцелевшие солдаты Джакомо подняли крик. Эверард и Новак бросились к лестнице. Джакомо помчался следом. Отовсюду из комнат вдоль коридора выбегали люди.

— Нам никогда не вырваться! — выдохнул Эверард на лету.

— Бегите! — прохрипел Новак. — Я задержу их.

Они были на верхней площадке лестницы. Эверард, остановившись, повернулся к Новаку, отведя алебарду в сторону.

— Тебя убьют! — возразил агент.

— Нас обоих убьют, если вы не скроетесь, пока есть время! Вы знаете, как положить конец этому дьявольскому миру. А я — нет!

Пот тек по щекам Новака, мокрые волосы повисли сосульками, но он улыбнулся.

— Тогда этот мир исчезнет, словно его никогда и не было. Ты тоже уйдешь в небытие, — сказал Эверард.

— А чем это отличается от обычной смерти? Бегите, вам говорят!

Новак занял боевую позицию. Его сабля замелькала в воздухе. Джакомо размахивал руками перед стекающимися к нему людьми. На первом этаже его тоже слышали. Но замешательство там продлится минуту-другую, не более.

— Благослови тебя Господь! — выдохнул Эверард и понесся по ступеням.

«Я ведь не бросаю его, — прошептал он про себя, как бы оправдываясь перед совестью. — Новак прав, у каждого из нас собственная задача, мой долг — донести полученную информацию до Патруля и использовать ее для пользы дела».

Но тут же в сознании вспыхнула новая мысль.

«Нет! Мы должны были подумать об этом сразу, но спешка... Как только я доберусь до Джека, мы сможем спасти Карела. Если он продержится хотя бы пять минут. Я не обернусь быстрее, мне нельзя сорвать собственный побег, и, черт побери, я должен передать информацию. Только продержись, Карел!»

Он выскочил через заднюю дверь в парк. Шум позади нарастал. Эверард пронесся мимо молодого человека и женщины — видимо, миннезингер с возлюбленной гуляли в сумерках.

— Позовите стражу! — крикнул он им по-итальянски, тяжело дыша. — Мятеж! Я бегу за подмогой.

Смятение возрастало.

У ворот Эверард замедлил шаг. Весть до караульных еще не долетела. Он надеялся, что они не заметят его возбужденного состояния.

— Добрый вечер! — произнес он обычным тоном и неторопливо пошагал дальше, словно бы направляясь на вечеринку или любовное свидание.

Удалившись из поля зрения стражников, он свернул с доро-

934

ги в сторону. Мрак сгущался. Эверард мог добраться до главных ворот города, пока они еще не заперты, а если стража будет задавать вопросы, соврать что-нибудь убедительное. Он не был от природы речист, но за годы службы овладел разнообразными хитростями, в чем совсем не преуспел Карел. К утру облава на Эверарда распространится по окрестностям. Ему потребуется умение ориентироваться в лесу и, вероятно, два-три дня на свободе, чтобы добраться до лощины, где их с Новаком ждет Джек Холл — к тому времени он уже начнет сходить с ума от беспокойства.

А потом такое начнется...

1146 год от Рождества Христова

Глава 1

— Тамберли на сеансе контрольной связи. Вольстрапа нет, он в обществе гостей-мужчин. Я одна в нашей комнате, поэтому пользуюсь возможностью связаться с вами. У нас все в порядке.

— Привет, Ванда!

— Мэнс?! Это ты? Как ты? Как дела? О, как приятно услышать твой голос!

— И твой, милая. Я здесь с Акопом Микеляном, твоим связным. Есть несколько свободных минут?

— Есть, конечно. Подожди, я на всякий случай запру дверь. Слушай, Мэнс, мы обнаружили, что Лоренцо де Конти жив и готовится к женитьбе.

— Знаю. Я уже подтвердил в грядущем, что он та самая фигура, из-за которой все перемешалось. Процесс изменений продолжается и не прекратится, пока мы не остановим его. Информация, черт побери, едва не стоила жизни Карелу Новаку.

— О, нет!

— Он прикрывал мой отход. Как только я добрался до аппарата, мы с Джеком вернулись в прошлое и вырвали Карела из заварухи. Но мы, в конце концов, не эту историю должны охранять.

— Твой тон... дело было опасным для тебя, да, Мэнс?

— Забудь о нем. Я цел и невредим, если тебя это тревожит. Расскажу обо всем потом. Есть новости?

— Ну что сообщить?.. Вчера Бартоломео де Конти ди Сеньи прибыл в соответствии с приглашением.

935

— И что?

— Забыл? Ты ведь сам рассказывал мне о нем. Двоюродный брат или еще что-то в этом роде. Молод, холост. Похоже, он здорово разозлен. Я думаю, он надеялся на брак с Иларией. Такая партия была бы выгодна его семье.

— Похоже на правду. Ему было предопределено стать ее мужем в нашем варианте истории и затем отцом папы Григория. Наша задача как раз и состоит в том, чтобы убрать Лоренцо с пути. Немедленно. Я слышал, свадьба назначена на следующую неделю. Ванда? Ванда?!

— Да. Я... Мэнс, ты же не хочешь... нельзя же просто... ликвидировать его...

— Мне это тоже претит. Но есть ли у нас выбор? Однако все можно сделать быстро и безболезненно, не оставив на теле никаких следов. Невропроектор... остановка сердца... это как свет выключить... Окружающие воспримут его кончину как естественную смерть. Они поскорбят, но жизнь тем не менее будет продолжаться. Жизнь нашего мира, Ванда.

— Нет! Надо лишь расстроить женитьбу Лоренцо. И мы должны придумать какую-то уловку. Но убить его... Я не могу поверить, что ты говоришь об этом.

— Молю Бога, чтобы было иначе.

— Тогда давай думать, черт побери!

— Ванда, послушай меня. Он слишком опасен. Его вины в этом нет, но я установил при дворе Фридриха, что он буквально... фокусирует хаос. Столько мировых линий в нем пересекается, что даже праправнук Лоренцо чуть не разбил наши планы и расправился бы с нами, если бы не Карел. Лоренцо должен уйти.

— Теперь слушай ты, Мэнсон Эверард. Выкради его или еще что-нибудь, но не...

— А что будет после его внезапного исчезновения? Я сказал, что будущее целиком определяется событиями этого месяца в Ананьи. Все зависит от Лоренцо. Я не знал этого раньше, поэтому в Риньяно не разобрался с ним, как следовало, и теперь вижу, чем это обернулось. Мы не имеем права еще на одну ошибку. Не забывай, что и мне он симпатичен. Это действительно больно.

— Помолчи. Дай мне договорить. Я помогу тебе завершить операцию без ненужных жертв. Не думаю, что ты справишься без меня. И можешь быть уверен, я не стану участвовать в убийстве. Он... мы не можем...

— Эй, Ванда! Не лей слезы!

— А я и не плачу! Я, я... Ладно. Или ты соглашаешься, или... Можешь привлечь меня потом за нарушение субординации, если тебе угодно. Что бы со мной ни сделали, я проживу еще много лет, презирая тебя... Мэнс! Ты... слышишь меня?

— Ну да. Размышляю. Видишь ли, я не настолько слаб и эгоистичен, чтобы не взять на себя вину, если необходимо. Но поверишь ли ты, если я скажу, что мне было бы легче умереть там вместе с Карелом? Если мы сможем найти другое решение задачи, которое также гарантирует нам, что история не породит новое чудовище, то я, Ванда, буду перед тобой в неоплатном долгу до скончания вселенной.

— Мэнс, Мэнс! Я знала, что ты согласишься!

— Полегче, девочка! Никаких обещаний, кроме обещания постараться. Посмотрим, что можно придумать. Есть какие-нибудь идеи?

— Нужно подумать. Весь вопрос в том, на что он клюнет. Его психология, инстинкты... Но я достаточно хорошо узнала его.

— В самом деле?

— Да, он разыгрывает передо мной целый спектакль. Никогда прежде моей добродетели не угрожали столь изысканно.

— Неужели?

— Разве ты не понимаешь, что именно по этой причине я не могу согласиться... Будь он просто очаровательным плутом, я могла бы, но Лоренцо — настоящий человек. Честный, отважный, преданный, независимо от того, насколько ошибочны побудительные мотивы его поступков; он не слишком образован по нашим меркам, но жизненного опыта у него не меньше.

— Хорошо, давай вместе подумаем, как нам использовать его многочисленные достоинства, и выйдем на связь завтра.

— Мэнс! Ты что, ревнуешь?

Глава 2

Господин Эмиль ван Ватерлоо, посетовав на недомогание, удалился в свои покои. Он хотел отлежаться, чтобы непременно присутствовать на венчании и свадебных торжествах, предстоящих через три дня. Синьор Лоренцо отыскал добродетельную супругу Валбургу в солярии, где она пребывала в состоянии уныния.

— Зачем так печалиться, моя госпожа? — спросил он. — Уверен, ваш муж слегка приболел, и только.

— На все воля Божья, — вздохнула она. — Однако... простите мне мою смелость, но я ждала этой прогулки, которую вы обещали, гораздо больше, чем вы подозреваете.

— Понимаю.

Взгляд его цепко держал Ванду. Платье свободного покроя не скрывало гибкости и изящества ее фигуры. Из-под головного убора выбивался локон золотых волос.

— Особа, подобная вам, молодая, много путешествовавшая, должна томиться в заточении среди этих стен и кудахтанья заурядных женщин. Я тоже, Валбурга, слишком часто чувствую себя словно в темнице.

Она отозвалась задумчивой улыбкой.

— Вы смотрите на мир проницательнее и с большей добротой, чем я могла ожидать от великого воина.

Лоренцо улыбнулся.

— У нас еще будет время для прогулок, клянусь.

— Не стоит давать обещаний, которые вы не сможете исполнить. Вы должны вступить в брак, у вас будут более приятные обязанности, а мы тем временем... нам лучше не злоупотреблять любезностью вашего отца. Сразу же после празднества мы отправимся в путь, на родину. — Ванда опустила глаза. — Я всегда буду помнить...

Он прочистил горло.

— Моя госпожа, если вы сочтете мое предложение неприличным, скажите прямо, но... не пожаловали бы вы меня честью сопровождать вас на прогулке хотя бы завтра?

— О, вы... Вы привели меня в смятение, синьор.

«Не хватила ли я через край? Он, похоже, теряет голову».

— Ваше время, несомненно, дороже, чем... Но я достаточно хорошо узнала вас. Вы говорите то, что думаете. Хорошо, я попрошу позволения у мужа и надеюсь, он будет рад оказанной вами чести. Хотя и не в такой мере, как я.

Лоренцо склонился в поклоне.

— Трижды удовольствие и честь для меня.

В оживленной беседе они провели время до самого вечера. Говорить с ним было легко, несмотря на его любопытство к странам, в которых она якобы побывала. Как и любого мужчину, Лоренцо легко можно было вовлечь в монолог. Однако в отличие от большинства мужчин он говорил интересно.

Когда Ванда вернулась наконец к себе, Вольстрап лежал, уставившись в потолок, при свете единственной свечи.

— Как дела? — спросила она на темпоральном языке.

— Жуткая тоска, — ответил он. — Никогда прежде я не понимал, сколь благословенны печатное слово и изобилие книг. —

И с кислой миной: — Ничего не поделаешь. Провел день в обществе собственных мыслей. — Он сел в кровати. — А что вы имеете сообщить?

Ванда рассмеялась.

— Именно то, на что мы надеялись. Утром он повезет меня на прогулку в лес. С вашего разрешения, разумеется.

— Сомневаюсь, чтобы он ожидал возражений с моей стороны. Совершенно очевидно, что я снискал репутацию м-м... обходительного господина. — Вольстрап нахмурил брови. — Но вы, неужели вы совсем не боитесь? Прошу, будьте осмотрительны. Ситуация может выйти из-под контроля в любое мгновение.

— Нет. Я абсолютно спокойна и боюсь только того, что ничего не произойдет.

Ей показалось, что Вольстрап покраснел, но свет был слишком тусклым, чтобы рассмотреть.

«Должно быть, считает меня совсем бесстыжей девкой. Бедняга! Не исключено, что ему на самом деле совсем не так легко, как он старается делать вид, когда я рядом в постели, но он не смеет ко мне прикоснуться. Ну ничего, завтра так или иначе мы должны завершить дело», — думала Ванда.

По коже у нее пробежал холодок. Она вызвала Эверарда. Говорили быстро и конкретно.

Странно, но она мгновенно заснула. Сон был неглубоким, оживленным видениями, но на рассвете Ванда проснулась бодрой.

— Я готова к большой охоте! — воскликнула она.

— Простите? — переспросил Вольстрап.

— Так, ерунда. Пожелайте мне удачи.

Когда Ванда была уже на пороге, душевный порыв вернул ее назад. Она склонилась над Вольстрапом и легким поцелуем коснулась его губ.

— Будьте осторожны, дружище!

Лоренцо ждал на первом этаже за столом, на котором был накрыт обычный скромный завтрак.

— Как следует подкрепимся в полдень, — пообещал он.

В его голосе звучала радость. Каждое движение было исполнено итальянской живости и грации.

— Какая жалость, что только мои глаза наслаждаются дарованным вами праздником красоты, но я в упоении от него.

— Прошу вас, синьор, вы становитесь дерзким.

«Говорила бы средневековая фламандка в стиле викторианских романов? Ничего, ему, похоже, нет дела до моих слов».

— Дерзок, но прав, моя госпожа.

Ванда старательно подготовилась к прогулке: затянула кор-
саж — даже туже, чем следовало, отчего ей было не совсем удобно, — и тщательно подобрала одежду по цвету. Голубой цвет шел
ей больше всего. Впрочем, Лоренцо выглядел еще живописнее —
красная короткая накидка поверх прихотливо расшитого золо-
тисто-зеленого длинного камзола, меч на поясе из тисненой кожи с бронзовой пряжкой, желтовато-коричневые (под цвет глаз)
узкие штаны, покрой которых подчеркивал линии бедер и икр,
красные башмаки с загнутыми вверх носами. Короче, они друг
друга стоили.

Внезапно ее кольнула жалость.

«Бедная Илария! Тихая, застенчивая домоседка, предназна-
ченная судьбой для обета верности, материнства, дома, — и
вдруг появляюсь я и околдовываю ее суженого...

Но здесь нет ничего удивительного для нравов этих времен,
и, может быть, я обманываюсь, но мне показалось, что Бартоломео
относится к ней как к личности — до определенной степени, конечно. И что бы ни случилось, это по крайней мере не убийство».

Лошади стояли наготове на улице. Лоренцо не совсем точно
выразил свою мысль, когда сказал, что обед будет на двоих. Даже
здесь это могло вызвать скандал. Двое слуг, муж и жена, сопровождали их в прогулке с корзинами снеди. В течение дня Ванде
необходимо будет остаться наедине с рыцарем. Если он не сделает первого шага, придется самой проявить инициативу. Она пока
не знала, каким образом. Ванда, предпочитая откровенность в
отношениях с людьми, никогда не прибегала к уловкам женской
соблазнительности. Она полагала, что и сейчас, с Лоренцо, это
искусство ей не потребуется.

Однако, взобравшись на лошадь и устраиваясь в дамском
седле, лишенном всяких излишеств, она все же решила показать
Лоренцо стройную ножку, обтянутую чулком.

Копыта застучали по мостовой. Городские ворота остались
позади вместе с запахами города, и Ванда перевела дух. С востока струился солнечный свет. Земля у подножия холмов то убегала вверх, то проваливалась в овраги, играя пятнами тени и света,
то раскидывалась долинами, покрытыми лоскутным одеялом из
полей, садов и виноградников, сшитых серебряными нитями ру-
чейков. Селения лепились к земле белыми гнездами. Вдалеке
Ванда увидела два замка. Вокруг ферм простирались дикие пастбища коричневого цвета с вкраплениями лесов, зеленой листвы
которых коснулось первое дыхание осени. Высоко в небе на все
голоса кричали птицы. В воздухе ощущалась прохлада, но он быстро прогревался и был восхитительно свеж.

— Какая красота! — воскликнула Ванда. — У нас нет ничего подобного на плоских равнинах Фландрии.

«Зато есть в родной Калифорнии».

— Я покажу вам горную долину, где поет водопад и маленькие рыбки играют в его струях, как падающие звездочки, — отозвался Лоренцо. — Деревья там напоминают столбы и арки — так и кажется, что из-под их сени покажутся лесные нимфы. Как знать? Вдруг они и правда прячутся там?

Ванда вспомнила замечание Эверарда о том, что люди в мрачные времена не чувствовали привязанности к природе. Только в позднее Средневековье природа была приручена человеком в той степени, чтобы доставлять ему радость. Может, Лоренцо немного опережал свое время?..

Эверард... Ванда подавила в себе чувство вины. И заодно постаралась избавиться от сковывавшего ее напряжения.

«Действуй в стиле дзен. Наслаждайся окружающим, пока возможно. А задание, которое предстоит выполнить, пусть лишь обострит ощущения. В конце концов, такое приключение!»

Лоренцо пришпорил коня и помчался галопом. Ванда последовала за ним. Она была хорошей наездницей. Но вскоре им пришлось сбавить скорость и дождаться трясущихся на своих кобылах слуг. Переглянувшись, Ванда и Лоренцо рассмеялись.

Время текло вдоль извилистых тропинок, в ритме мышц и глубокого дыхания, заполненное скрипом и позвякиванием сбруи, острыми запахами кожи, пота и леса, потрясающими видами то укромных зеленых уголков, то необъятных просторов, короткими репликами и обрывками песен Лоренцо... «Наше ложе — радость и трава. О, трели соловья!»

Прошло два часа, прежде чем Лоренцо остановил коня. Лесная тропинка, по которой они ехали, вела к лугу, где журчал ручей.

— Здесь мы и устроим трапезу, — сказал он.

У Ванды учащенно забилось сердце.

— Не рано ли?

— Я не собирался утомлять вас тряской в седле. Напротив, я рад подарить вам теплые воспоминания о моей стране, чтобы вы увезли их домой.

Ванда заставила себя изобразить трепет ресниц.

— Как пожелает любезный хозяин. Вы никогда не ошибались в выборе, синьор.

— Лишь потому, что общество вдохновляет меня.

Соскочив на землю, Лоренцо протянул ей руку и помог спешиться, затем долго не выпускал ее пальцы из своих рук.

— Марио, Бьянка! — приказал он. — Приготовьте все, но можете не торопиться. Прежде я хочу показать гостье грот Аполлона. Возможно, ей захочется побыть там некоторое время.

— Как прикажете, — отозвался ровным тоном слуга.

Бьянка, покачав головой, не удержалась от хихиканья. Да, они знали, что затевает синьор Лоренцо и что им следует помалкивать после возвращения с прогулки.

Лоренцо предложил Ванде руку, и они пошли прочь от слуг. Она с деланой нерешительностью спросила:

— Грот Аполлона, синьор? А это не... языческая святыня?

— О, нет. Он, несомненно, был посвящен какому-то божеству в давние времена, и если не Аполлону, то напрасно, — ответил ее спутник. — Так его называют в наше время молодые люди, ведь Аполлон — это солнце и жизнь, красота и счастье. Но думаю, сегодня мы будем там одни. Уверен, что каждый входящий в грот найдет в нем свое очарование и волшебство.

Он продолжал в том же духе. Ванде доводилось слышать вступления и похуже. Лоренцо, однако, хватило ума время от времени замолкать, давая ей возможность насладиться неизъяснимой прелестью природы. Тропинка была узкая настолько, что им приходилось идти бок о бок, и уводила вдоль берега ручья, все выше на холм. Деревья закрывали ее желто-золотистым навесом листвы, где играли солнечные лучи. На исходе лета птицы уже не пели, но Ванда слышала их голоса, видела непоседливых белок и даже заметила промчавшегося стрелой оленя. Утро разлилось ровным теплом, травы поднялись к солнцу. Лоренцо помог Ванде снять накидку и перекинул ее через левую руку.

Шум падающей воды слышался все ближе. Они снова вышли на поляну. Девушка, хлопнув в ладоши, воскликнула от искреннего восторга. С утеса, искрясь, падала вода. Деревья окружали крохотную поляну кольцом и смыкались над ней живым потолком. Дерн по берегам ручья, зеленый и мягкий, окаймляла широкая полоса мха.

— Ну как? Исполнил ли я свое обещание? — спросил Лоренцо.

— Тысячекратно.

— Ваши слова радуют меня больше победного клича на поле боя. Идите сюда, напейтесь, если хотите, и садитесь, — Лоренцо расстелил ее накидку на земле, — и мы возблагодарим Бога за его щедрость, найдя в ней удовольствие.

«Похоже, он уже решился, — мелькнуло у нее в мыслях. — Серьезный малый... и есть в нем этакая основательность, глубина... было бы интересно... — Ванда усмехнулась про себя. — Однако сегодня он, похоже, собирается заняться мной, и накидка брошена на траву вовсе не для того, чтобы я сидела».

Напряжение сковало Ванду.

«Пора!»

Лоренцо склонился над ней.

— Вам плохо, моя госпожа? Вы так побледнели! — Он взял Ванду за руку. — Отдохните, пожалуйста. Мы можем оставаться здесь сколько угодно.

Девушка покачала головой.

— Нет, благодарю вас, я совершенно здорова. — Поняв, что она полувнятно бормочет, Ванда произнесла обычным голосом: — Будьте ко мне снисходительны. Я дала обет ежедневно во время этого путешествия приносить молитву моему небесному покровителю. — И, бросив томный взгляд на Лоренцо: — Если я не исполню его сейчас, боюсь, что позже и вовсе забуду о нем.

— Да-да, конечно, — Лоренцо отошел в сторону и снял темно-фиолетовую шляпу.

Ванда достала коммуникатор, поднесла диск к губам и включила устройство.

— Говорит Ванда, — произнесла она на английском, поскольку темпоральный звучал слишком чужеродно. Она слышала биение сердца отчетливее своих слов. — Думаю, все складывается так, как мы и надеялись. Он и я находимся вдвоем в горной долине, и если он не дает воли рукам, то только потому, что его тактика гораздо тоньше. Зафиксируй мои координаты и дай мне... скажем, пятнадцать минут, чтобы создать непринужденную обстановку. Хорошо?

Она, конечно, понимала, что сейчас Эверард не может ответить, чтобы не вызвать подозрений Лоренцо.

— Связь закончена, — она выключила рацию, опустила медальон, склонила голову и перекрестилась. — Аминь!

Лоренцо тоже осенил себя крестом.

— Вы молились на вашем родном языке?

Ванда кивнула.

— Диалект моего детства. Мне так гораздо спокойнее. Мой покровитель заботливо хранит меня. — Она засмеялась. — Теперь я чиста перед небом и даже готова на опрометчивые поступки.

Лоренцо нахмурил брови.

— Остерегайтесь! Это похоже на ересь катаров.

— Я пошутила, мой господин.

Он тут же отбросил религиозность в сторону и засветился улыбкой, как водная гладь под лучами солнца.

— У вас необычный медальон. Внутри какая-нибудь реликвия? Можно посмотреть?

Получив согласие, он взялся за цепочку, скользнув пальцами по груди девушки, и снял медальон через голову. На одной стороне был выгравирован крест, на другой — епископский посох и пороховница.

— Тонкая работа, — пробормотал он. — Достойная владелицы.

Лоренцо повесил цепь с медальоном на ветку дерева.

Вандой овладело беспокойство.

— С вашего позволения, синьор, — она направилась к дереву.

Он преградил ей дорогу.

— Он ведь не нужен вам прямо сейчас? — промурлыкал Лоренцо. — И вы не по погоде тепло оделись, я вижу капельки пота на вашей белоснежной коже. Позвольте помочь вам...

Он заключил щеки Ванды в ладони, потом пальцы его опустились к ее подбородку и развязали ленты головного убора.

— Вы ослепляете меня золотым сиянием, — выдохнул он и привлек Ванду к себе.

— Мой господин, — задохнувшись, прошептала она, как подобает добропорядочной женщине, — что вы делаете? Не забывайтесь! — Ванда оказывала лишь легкое сопротивление его силе. Тело Лоренцо было мощным и гибким. Его горячее дыхание, колкие усы и борода привели Ванду в смятение. Он знал, как целовать женщину.

— Нет, — слабо запротестовала она, когда его губы коснулись шеи. — Это нехорошо, это смертный грех. Отпустите меня, умоляю!

— Это правильно, это естественно, это судьба — моя и ваша. Валбурга, о Валбурга! Ваша красота вознесла меня к вратам рая. Не свергайте меня в ад с небесных высей!

— Но я, я скоро должна уехать...

— А я буду лелеять воспоминания во время долгого крестового похода и до тех пор, пока я живу на этой земле. Не отвергайте Купидона здесь, в его обители!

«Как часто он произносил эти слова? Он весьма искушен. Но всерьез ли это? В какой-то степени, наверно. А мне, мне придется держать его на крючке до прибытия Эверарда. Любой ценой продержаться. Я думала, что пятнадцать минут — срок вполне безопасный, а тут, ну просто лесной пожар, ей-богу».

Спустя какое-то время — хотя времени она уже не замечала — Ванда перестала умолять, чтобы Лоренцо отпустил ее, и лишь пыталась удержать его руки от излишней проворности. Это тоже продолжалось недолго. Неожиданно для себя Ванда обнаружила, что лежит на собственной накидке, а Лоренцо поднимает ее юбки выше колен.

«Ну что ж, если так, то ради дела я готова и на большие жертвы», — успела подумать она.

Воздух с треском разорвался.

— Берегись, грешник! — прогремел Эверард. — Ад давно поджидает тебя!

Лоренцо скатился с Ванды и вскочил на ноги. Первой безотчетной мыслью Ванды было: «О черт!» Она села, потому что от волнения и частых ударов сердца не могла сразу подняться с земли.

Эверард, приземлив темпороллер, спустился с аппарата и встал, возвышаясь над ними. Белые одежды скрывали его крепкую фигуру. Огромные крылья переливались радугой за его плечами. Вокруг головы сиял нимб. Лицо его, правда, выглядело для ангела слишком уж по-человечески, подумала Ванда, но может быть, именно это и придавало убедительности иллюзии, созданной с помощью фотонного генератора Патруля.

В правой руке Эверард держал распятие внушительных размеров. Внутри него, знала Ванда, был вмонтирован парализатор. Он говорил, что оружие может и не понадобиться. Должен сработать розыгрыш. Эверард и Кит Денисон проделали подобный трюк в древнем Иране и благодаря ему исправили нарушение в истории локального характера.

— Лоренцо де Конти, велики твои грехи на земле! — произнес Эверард. — Как ты посмел посягнуть на честь твоей гостьи накануне женитьбы на непорочной и праведной девице? Знай, своим поступком ты осквернил не только собственное ничтожное существо!

Рыцарь в ужасе отшатнулся.

— Я не хотел ничего дурного! — закричал он. — Женщина ввела меня в искушение!

Ванда решила, что разочарование — это не самая подходящая сейчас реакция.

Лоренцо заставил себя посмотреть в лицо Эверарда. Он никогда прежде не видел его, хотя агент Патруля прекрасно знал итальянца с той поры, когда прервалась линия времени. Лоренцо сжал кулаки, расправил плечи и судорожно втянул в себя воздух.

— Нет! — сказал он. — Я солгал. Она ни в чем не виновата. Я увлек ее сюда с греховной целью. Пусть наказание падет на меня одного.

Слезы затуманили глаза Ванды.

«Я вдвойне рада, что мы оставляем его в живых», — подумала она.

— Достойные слова, — с бесстрастным видом провозгласил Эверард. — Их припомнят в Судный день.

Лоренцо облизнул губы.

— Но почему наказание настигло нас, вернее, меня? — проворчал он. — Подобное происходит тысячи раз каждый день по всему миру. Почему Небеса столь озабочены мною? Она... уж не святая ли она?

— Это определит Бог, — ответил Эверард. — Ты, Лоренцо, совершил серьезный грех, потому что Всевышний предназначал тебя для великих деяний. Святой Землей овладевают язычники, над ней нависла угроза утраты ее для христиан, потому что те, кто по воле Божьей владел ею, забыли о праведности до такой степени, что своим присутствием оскорбляют святыни. Как может грешник искупить их вину?

Рыцарь пошатнулся.

— Я должен...

— Тебя призывают в крестовый поход. Ты мог повременить, готовя душу в мире семейной жизни, пока германский король не выступит в поход. Теперь на тебя налагается епитимья — ты отрекаешься от женитьбы и немедленно отправляешься в войско короля.

— О, нет...

«Ужасный скандал, особенно если он осмелится раскрыть причину только своему духовнику. Бедная отверженная Илария. Несчастный старик-отец. Как бы мне хотелось сделать все иначе», — думала Ванда.

Она предлагала Эверарду перенести Лоренцо в прошлое, чтобы он с самого начала отказался от предложенной партии. Эверард тогда возразил:

— Неужели ты до сих пор не осознала, сколь неустойчиво равновесие событий? Ты уговорила меня на авантюру, которая едва укладывается у меня в сознании.

Сейчас, обращаясь к Лоренцо, он произнес:

— Ты получил приказ, солдат! Подчинись и благодари Бога за его милость!

Лоренцо продолжал неподвижно стоять на месте. Холодок пробежал по телу Ванды. Да, он порождение своей эпохи, но он умен, крепок и отнюдь не наивен, когда дело касается отношений между людьми.

— На колени! — твердо произнесла она и сама приняла молитвенную позу, сложив перед собой руки.

— Да, да! — Лоренцо шатко двинулся к силуэту ангела. — Господь указал мне верный путь. Спаситель укрепил мою волю и вложил силу в руку, держащую меч.

Он опустился на колени перед Эверардом, обнял ноги патрульного и склонил голову на его сияющие одежды.

— Достаточно! — смущенно произнес Эверард. — Ступай и больше не греши!

Лоренцо отпустил Эверарда, воздел руки вверх, словно в молитве, затем вдруг неуловимым движением опустил левую руку и резко ударил по правой руке Эверарда. Распятие выпало из разжавшихся пальцев. Лоренцо проворно выпрямился и отскочил назад. Его меч со свистом вылетел из ножен. Солнце вспыхнуло на стальном клинке.

— Ты ангел?! — выкрикнул он. — Или демон?

— Какого черта?! — Эверард сделал шаг, чтобы поднять парализатор.

Лоренцо прыжком преградил ему путь.

— Стой там, где стоишь, иначе зарублю! — громко распорядился рыцарь. — Назови, кто ты истинно есть, и отправляйся восвояси!

Эверард овладел собой.

— Ты отказываешься повиноваться посланнику Небес?

— Нет. Но если ты и в самом деле посланник Небес. Помоги мне Господь, я должен это узнать!

У Ванды голова пошла кругом.

«Он не поверил. Почему? Да, Мэнс рассказывал, что здесь в ходу истории о дьяволах, набросивших личину, чтобы завлечь людей в свои лапы, а некоторые даже принимают облик Иисуса. Если у Лоренцо возникли подозрения...»

— Смотри на меня! — сказал Эверард.

— Я даже ощупал тебя! — отрезал Лоренцо.

«Охо-хо, — догадалась Ванда. — Ангелам не положено иметь гениталии. Да, мы столкнулись с необычайно проницательным и бесстрашным человеком. Не удивительно, что будущее целиком зависит от него».

Ванда двинулась вперед на четвереньках. Распятие лежало метрах в трех от нее. Если Эверарду удастся удержать внимание Лоренцо, пока она не подползет к оружию, быть может, им удастся закончить операцию.

— Чего ради Сатана станет отправлять тебя в крестовый поход? — возразил агент Патруля.

— Чтобы убрать меня отсюда. На случай, если Роджер, этот волк, решит украсть у нас не только Сицилию. — Лоренцо воздел очи к небу. — Господи, — взмолился он, — не заблуждаюсь ли я? Даруй мне знамение!

«Вряд ли Мэнс сумеет взмахнуть крыльями», — успела подумать Ванда.

Эверард метнулся к темпороллеру. На нем он сможет держать ситуацию под контролем. Лоренцо с криком бросился на него и взмахнул мечом. Эверард едва увернулся. Кровь проступила сквозь порванную одежду, толчками выливаясь из глубокой раны на правом плече и стекая на грудь.

— Вот оно, мое знамение! — возопил Лоренцо. — Ты не демон и не ангел! Умри, колдун!

Он сбросил Эверарда с темпороллера, не дав ему и секунды, чтобы воспользоваться коммуникатором. Ванда подползла к распятию. Схватив его, она вскочила на ноги и тут поняла, что не знает, как пользоваться замаскированным оружием.

— Ты тоже?! — простонал Лоренцо. — Ведьма!

Он двинулся на Ванду. Меч сверкнул над его головой. Неистовая ярость до неузнаваемости исказила лицо Лоренцо.

Эверард бросился в атаку. Правая рука висела плетью, и, чтобы остановить меч, он что было сил ударил Лоренцо сжатой в кулак левой. Удар пришелся сбоку, под челюсть. Треснула кость.

Меч описал дугу и выпал из руки Лоренцо, блеснув, как струя водопада. Рыцарь пошатнулся, обмяк и рухнул на землю.

— Ванда, как ты там? — прохрипел Эверард.

— Нормально. Я не ранена. Что с ним?

Они подошли к Лоренцо. Рыцарь, скрючившись, лежал на земле, недвижимый, с широко открытыми глазами, обращенными к небу. Рот зиял ужасающей впадиной, язык вывалился на выбитую скулу. Голова была неестественно вывернута.

Эверард присел на корточки, осмотрел Лоренцо, выпрямился.

— Мертв, — медленно сказал он. — Перелом шеи. Я не хотел. Но он убил бы тебя.

— И тебя! О, Мэнс! — Ванда прижалась головой к его окровавленной груди. Он обнял ее левой рукой.

— Мне нужно вернуться на базу, чтобы меня подлатали, пока я не потерял сознание, — сказал он, немного помолчав.

— Ты можешь... взять его с собой?

— Оживить и вылечить? Нет. Слишком опасно во всех отношениях. Пережитое нами не должно было случиться. Согласись, это настолько невероятно... Но поток времени... словно нес его, стремясь сохранить извращенное будущее. Будем надеяться, что мы наконец-то сокрушили источник всех наших зол.

Эверард нетвердой походкой направился к темпороллеру. Слова его падали отрывисто. Губы стали бледными.

— Если тебе это поможет, Ванда... Я не предупредил тебя, но... в мире Фридриха... отправившись в крестовый поход, Лоренцо умер от инфекционной болезни. Полагаю, это случилось бы и здесь... Жар, рвота, понос, беспомощность. Достойная ли это смерть для рыцаря? По-моему, нет.

Эверард с помощью Ванды забрался на аппарат. Голос его немного окреп.

— Тебе придется доиграть до конца. Беги к слугам, кричи. Скажи, что на вас напали грабители. Кровь... Он ранил одного-двух воров. Поскольку ты сбежала, разбойники решили, что им тоже лучше скрыться. Люди в Ананьи воздадут должное его памяти. Лоренцо умер как рыцарь, защищая даму.

— М-да.

«А Бартоломео добьется своего и вскоре женится на опечаленной невесте героя».

— Подожди минутку! — Она подобрала с земли меч, подошла к Эверарду и приложила клинок плашмя к его забрызганной кровью одежде. — Кровь бандитов.

Эверард слабо улыбнулся.

— Умница, — прошептал он. — Торопись!

— Давай, трогай!

Она поспешно поцеловала его и пошла прочь. Роллер и человек исчезли.

Ванда осталась одна с мечом в руке над трупом Лоренцо.

«Я тоже запятнана кровью», — подумала она отстраненно.

Стиснув зубы, Ванда сделала два надреза на ребрах с левой стороны. Никто не станет пристально обследовать ее раны и задавать вопросы. Криминалистика принадлежит далекому будущему, ее завтрашнему дню, если он существует. В доме де Конти печаль вытеснит мысли, пока гордость не облечет ее в стойкое смирение.

Ванда, склонившись над телом, вложила эфес меча в пальцы Лоренцо и хотела закрыть ему глаза, но передумала.

— Прощай! — прошептала она. — Если Бог есть, надеюсь, он воздаст тебе.

Поднявшись на ноги, она пошла к поляне, навстречу делам, которые еще ждали завершения.

Он позвонил ей в родительский дом, где Ванда проводила очередной отпуск. Она не хотела, чтобы Эверард заезжал к ней. У нее уже не осталось сил лгать родным. Они встретились на следующее утро в деловой части города в роскошно-старомодном вестибюле отеля «Святой Франциск». Некоторое время они стояли молча, не разнимая рук и глядя друг на друга.

— Тебе, наверно, хочется уйти отсюда, — наконец вымолвил Эверард.

— Да, — согласилась Ванда. — Не могли бы мы побыть где-нибудь на воздухе?

— Хорошая идея. — Он улыбнулся. — Вижу, ты тепло оделась и захватила жакет. Я тоже.

Его машина стояла в гараже на Юнион-сквер. Они почти не разговаривали, пока двигались в плотном потоке автомобилей и пересекали мост Золотые Ворота.

— Ты совсем поправился? — решилась спросить Ванда.

— Да-да, — заверил он. — Давно уже. Несколько недель ушло на всякие организационные дела, прежде чем меня отпустили отдохнуть.

— История вернулась на круги своя? Везде и во всех временах?

— Так мне сказали, и пока все виденное мною подтверждает нормальное течение событий. — Эверард взглянул на нее, на мгновение отвлекшись от руля. — Ты заметила что-то необычное?

— Нет, ничего. Хоть я и приехала сюда... с неспокойным сердцем, в страхе.

— Полагая, что вдруг, например, твой отец — алкоголик, а сестра вообще не появилась на свет? Тебе не стоило волноваться. Континууму не требуется много времени для восстановления структуры вплоть до мельчайших деталей.

Слова эти, произнесенные по-английски, теряли смысл, но по молчаливому согласию они избегали темпорального языка.

— И первооснова случившегося, всех тех событий, которые мы предотвратили, лежит в прошлом, восемь веков назад.

— Да.

— Не слышу радости в твоем голосе.

— Я... я рада и признательна за то, что ты появился на моей временной линии так скоро.

— Ты ведь сообщила дату приезда. Я решил, что дня два

тебе нужно побыть с семьей, отвлечься от служебных забот. Похоже, у тебя это плохо получилось.

— Могли бы мы поговорить позже? — Ванда включила радио. Салон заполнила мелодия Моцарта.

Была середина недели в начале января, промозглого и облачного. Когда они добрались до скоростного шоссе номер 1, их машина оказалась почти единственной, мчавшейся на север. В Олеме они купили на ленч бутерброды и пиво. У станции Пойнт-Рейес Эверард свернул к океану. За Инвернессом начинался огромный пляж, в этот сезон безлюдный. Он оставил машину у воды, и они побрели вдоль берега. Ванда взяла Эверарда за руку.

— Что не дает тебе покоя? — спросил он, нарушив молчание.

— Ты сам знаешь, Мэнс, — отозвалась она. — Ведь ты видишь гораздо больше и глубже, чем показываешь.

Ветер унес ее слова, произнесенные тихим голосом. Он пронзительно выл и гудел над недовольным ропотом прибоя, студил лица холодными брызгами, присыпал губы солью, развевал волосы. Чайки кружили высоко в небе, роняя перышки. Прилив только начал накатывать на берег, и они шли по твердому и темному от воды песку. Изредка под ногами хрустели ракушки или лопались пузырчатые бурые водоросли. Справа, впереди и позади них, насколько хватало глаз, тянулись дюны. Слева из бескрайней дали накатывали гривы волн. Вдали от берега виднелся одинокий корабль. Весь мир окрасился в белый и серебристо-серый цвета.

— Нет, я просто старый бесчувственный чурбан, — сказал Эверард. — А чувства — это твой удел. — Немного помолчав, он спросил: — Тебя беспокоит Лоренцо? Первая насильственная смерть, может, вообще первая смерть человека, которую ты видела своими глазами?

Она кивнула. Тяжесть в душе не уходила.

— Я так и думал, — сказал он. — Это всегда страшно. И особенно отвратительно, когда дело касается насилия, заполняющего экраны в наши дни. Люди упиваются этими зрелищами подобно римлянам на боях гладиаторов. Но зрители забывают реальный смысл. Быть может, продюсеры слишком глупы, или у них совсем нет воображения. Похоже, они просто не осознают, что такое смерть. Ведь каждый раз это жизнь, интеллект, целый мир ощущений, уничтоженные навсегда и безвозвратно.

Ванда содрогнулась.

— Тем не менее, — продолжал Эверард, — мне приходилось

убивать раньше и, видимо, придется и впредь. Боже, как бы я хотел, чтобы все происходило иначе, но события развиваются по-своему, и порой я просто не могу позволить себе отвлеченные размышления. Как и ты. Уверен, ты привязалась к Лоренцо. Я тоже. Мы хотели пощадить его, верили, что сумеем. Но события вышли из-под контроля. И нашей первой задачей было выполнить долг перед теми, кого мы по-настоящему любим. Так ведь? Да, тебе пришлось пережить ужасные события, но ты вела себя с честью и ты достаточно сильна духом, чтобы оставить теперь тот день позади.

Она уставилась в бесконечное пустынное пространство, уходящее к горизонту.

— Я знаю, — ответила она. — Я стараюсь забыть.

— Но?

— Но мы не просто убили человека — или стали причиной его гибели, или оказались причастны к его смерти. Сколько сотен миллиардов жизней мы уничтожили?

— А сколько вернули к жизни? Ванда, те миры, которые мы видели, никогда не существовали. Мы и кое-кто еще из Патруля храним воспоминания о них, у кого-то остались шрамы на память, кто-то потерял там жизнь. Но как бы там ни было, того, что мы помним, никогда не существовало. Мы не уничтожили те варианты будущего. Это неверная фраза. Мы всего лишь предотвратили их появление.

Ванда крепче сжала руку Эверарда.

— Вот это-то меня и страшит, — тихо произнесла она. — Поначалу это была теория, которую преподают в Академии среди прочих предметов — как правило, более понятных. Но теперь я почувствовала все это на себе. Если все случайно и беспричинно, если не существует твердой реальности и есть только математический театр теней, где все меняется, меняется, меняется до бесконечности, сметая нас самих, словно сны...

Ветер бил в лицо. Ванда умолкла, глотнула воздуха и, наклонив голову, двинулась дальше.

Эверард прикусил губу.

— Это нелегко, — согласился он. — Тебе придется смириться с тем, как мало мы знаем и как мало в чем можно быть уверенным.

Они вдруг остановились. Откуда взялся этот незнакомец? Они должны были сразу заметить его, он тоже брел вдоль берега медленным шагом со скрещенными на груди руками, глядя то на море, то на крохотные следы жизни, выброшенные на песок.

— Добрый день, — произнес незнакомец.

Приветствие прозвучало мягко и мелодично, в английском сквозил акцент, происхождение которого они не могли определить. Приглядевшись к незнакомцу, они даже усомнились, мужчина ли перед ними. Одежда, напоминающая облачение христианского монаха, но блекло-желтого цвета, как у буддистов, скрывала фигуру средних размеров. Лицо не то чтобы невыразительное, нет — четкие линии, полные губы, легкая печать времени, — но оно могло принадлежать и мужчине, и женщине, так же, как и голос. Определить расу тоже было невозможно. Он — если это существо мужского пола, — казалось, гармонично соединил в себе черты сразу всех рас.

Эверард глубоко вздохнул и отпустил руку Ванды. Пальцы его на мгновение сжались в кулаки. Он словно подтянулся и ответил ровным голосом:

— Добрый день.

Но может быть, неизвестный обращался к Ванде, а не к нему?

— Простите великодушно. — Какой мягкой была улыбка! — Я невольно услышал ваш разговор. Позвольте поделиться некоторыми мыслями.

— Вы из Патруля... — прошептала Ванда. — Иначе вы бы не услышали и не поняли смысла наших слов.

Незнакомец едва заметно пожал плечами и спокойно произнес:

— В эти времена, как и во многие другие, нравственный релятивизм — это грех, терзающий людей доброй воли. Они должны осознать, что... пользуясь примерами сегодняшнего дня, что смерти, увечья и разрушения, вызванные Второй мировой войной, — это зло. Как и новые тирании, посеянные ею. Однако разгром Гитлера и его союзников был необходим. Поскольку люди таковы, каковы они есть, в мире всегда больше зла, нежели добра, больше печали, нежели радости, а потому тем более важно защищать и лелеять все, что придает ценность нашей жизни.

Некоторые эволюции в сопоставлении лучше других. Это непреложный факт, как и тот, что одни звезды светят ярче других. Вы видели западную цивилизацию, в которой церковь поглотила государство, и другую, где государство подменило собой церковь. Спасенное вами — это тот плодотворный баланс сил церкви и государства, из которого, вопреки раздорам, просчетам, коррупции, цинизму и трагедиям, впервые произросло настоящее понимание вселенной и родились первые прочные идеалы свободы. За содеянное вами не чувствуйте ни гордости, ни вины. Будьте просто счастливы.

Ветер завывал, океан с грохотом подступал ближе.

Ванда никогда не видела Эверарда настолько потрясенным. И ей показалось, что он выбрал очень верное слово.

— Учитель... То, что мы пережили... Это действительно случайность, дефект в потоке времени, который мы, именно мы должны были устранить?

— Да. Комозино точно объяснила вам положение вещей — в той степени, в какой вы и она могли его постичь. — И обращаясь в основном к Ванде: — Подумайте, если угодно, о дифракции, волнах, усиливающихся здесь и гасящих друг друга там, чтобы образовать круги. Это непрерывный процесс, но для человека он обычно незаметен. Когда случилось так, что усиление сошлось на Лоренцо де Конти, его жизнь приобрела характер рока. Однако пусть вас не гнетет и не будоражит то, что ваша воля одолела саму судьбу, рок.

Ванда, дитя конца XX века, взмолилась, не понимая еще, кто стоит перед нею:

— Но скажите же, учитель... Это и есть самое главное?

В ответ — мягкая улыбка, за которой... то ли блеск стали, то ли отсвет молнии.

— Да. Реальность всегда предрасположена к хаосу, а Патруль — тот стабилизирующий элемент, который удерживает время в определенном русле. Может быть, это не самое лучшее русло, но мы не боги, чтобы навязывать нечто иное, зная, что в конце концов оно все-таки приведет нас в будущее, недоступное нашему воображению сейчас. Однако события, если их пустить на самотек, неизбежно станут развиваться в худшем направлении. Вселенная с только лишь спонтанными изменениями сама по себе не имеет ни смысла, ни цели, и в конечном счете ее ждет саморазрушение. В такой вселенной нет места свободе.

И не для того ли вселенная создала разум, чтобы защитить себя и придать смысл своему существованию?.. Впрочем, ответа на этот вопрос нет.

Но пусть вас это не беспокоит. Реальность существует. И вы среди тех, кто ее охраняет.

Рука поднялась вверх.

— Благословляю вас!

Эверард и Ванда остались на берегу одни. Не осознавая, кто у кого ищет защиты, они обнялись и долго стояли на соленом ветру, согревая друг друга свои теплом. Наконец она спросила:

— Это он?

— Да, конечно, — ответил Эверард. — Данеллианин.

Я только раз видел одного из них, да и то всего минуту. Тебя удостоили большой чести. Помни об этом.

— Запомню. У меня снова есть моя жизнь и то, ради чего стоит жить.

Они разомкнули руки и снова застыли в молчании на берегу океана. Затем Ванда, встряхнув головой, громко рассмеялась и задорно крикнула:

— Эй, ну-ка хватит размышлять о судьбах вселенной! Мы ведь просто люди, а? Так что давай наслаждаться жизнью!

Его радость, чуть настороженная, слилась с ее восторгом.

— Да, ты права. Я проголодался, как медведь. — И сразу же застенчиво: — А что ты собираешься делать после обеда?

Совершенно спокойно она ответила:

— Позвонить домой и сказать, что уезжаю на несколько дней. Купить зубные щетки и все необходимое. Этот берег чудесен в любую пору, Мэнс. Вот увидишь!

СОДЕРЖАНИЕ

ПАТРУЛЬ ВРЕМЕНИ. Рассказы

Литературно-художественное издание

Пол Андерсон

ПАТРУЛЬ ВРЕМЕНИ

Ответственный редактор *Д. Малкин*
Редактор *Т. Корженевская*
Художественный редактор *А. Сауков*
Технический редактор *Н. Носова*
Компьютерная верстка *О. Шувалова*
Корректор *М. Мазалова*

В оформлении переплета использована иллюстрация художника *Д. Матингли*

ООО «Издательство «Эксмо»
127299, Москва, ул. Клары Цеткин, д. 18/5. Тел. 411-68-86, 956-39-21.
Home page: **www.eksmo.ru** E-mail: **info@eksmo.ru**

Подписано в печать 02.07.2007.
Формат 84x108^1/$_{32}$. Гарнитура «Таймс». Печать офсетная.
Бум. тип. Усл. печ. л. 50,4. Уч.-изд. л. 56,2.
Тираж 4000 экз. Заказ № 1564.

Отпечатано с электронных носителей издательства.
ОАО "Тверской полиграфический комбинат". 170024, г. Тверь, пр-т Ленина, 5.
Телефон: (4822) 44-52-03, 44-50-34, Телефон/факс (4822)44-42-15
Home page - www.tverpk.ru Электронная почта (E-mail) - sales@tverpk.ru

Гай Юлий Орловский

Кто он: **Гай Юлий Орловский?** *Знаменитый писатель, политик, историк, скрывающийся под псевдонимом? Этого не знает никто — даже в издательстве никогда не видели его лица и не слышали его голоса. Достоверно известно только одно — книги Гая Юлия Орловского пользуются всё большей и большей популярностью, радуя читателей необыкновенными приключениями Ричарда...*

А теперь Бургграф!

Новая, долгожданная книга о приключениях Ричарда Длинные Руки от самого таинственного и загадочного писателя.